JN187702

増補版

THE POWER OF
BIRTHDAYS, STARS, & NUMBERS

誕生日大全

サッフィ・クロフォード＋ジェラルディン・サリヴァン＝著

主婦の友社

誕生日大全

主婦の友社

THE POWER OF BIRTHDAYS,STARS AND NUMBERS
By
SAFFI CRAWFORD&GERALDINE SULLIVAN

装丁／坂川栄治+鳴田小夜子（坂川事務所）
装画／イヌイマサノリ

翻訳／アイディ（北川宏美、草柳恵子、小阪和子、小巻靖子、
坂本希久子、佐藤厚子、佐藤富美子、塩野美奈、中村有以、
ニューマン香月、野々口美也子、バンヘギ裕美子）

本文デザイン／川名美絵子（主婦の友社）

家族へ

私たちの両親、マーガレット・サリヴァンとマイケル・サリヴァン、レオン・グルーシコとクリスティーナ・グルーシコ。そしてメリサ・クロフォード、リッキー・フォルサー、クレオ・フォルサー。これら家族の一人一人が、この本の完成を忍耐強く見守り、支えてくれました。

謝辞

この本の企画の段階から私たちを支えてくれた編集者のギニー・ファーバー、エージェントのジュリー・カスティーリアとチャック・ウェインに感謝の意を表します。
また、編集作業を通じて私たちを励まし、支えてくれたジェイソン・ザズガ、ヒュー・デイヴィーズ、ジェーン・レイン、そして美術面で貢献してくれたマーク・ライナーらにも感謝の意を表します。
さらにパット・フォスター、ジョセフィン・シャノン、トム・サリヴァン、ディアドラ・エドワーズ、ジュリアナ・ドイル、アレクシア・ベック、ターシャ・グリフィス、アン・リーマン、これら多くの人々の助力を得てこの本は完成しました。

目次

はじめに
Introduction

本書では、1年の366日すべての誕生日について、その日に生まれた人の特徴を解説しました。本書の解説は、単純化された太陽占星術だけに基づいたものではなく、本来の占星術、心理学、数秘術、恒星占星術などの要素を総合的に分析して書かれています。宇宙から受ける影響は、366日どれ1つとして同じものはありません。1日1日が特別な日なのです。自分の生まれた日の解説を読めば、自分自身の真の姿や未来を知るための興味深い手がかりを得ることができます。また、解説を読んで初めて気づく、友達、家族、同僚たちのすばらしい魅力もあるはずです。本書を通して、みずからの可能性を再認識し、そして周囲の人々への理解を深めてください。

占星術と数秘術は、人類と宇宙の関係を象徴的に表しています。宇宙の意志の中で、我々がどういう存在なのかを示してくれるものなのです。

人類ははるか太古の昔から、自然界の力とその周期性に気づいていました。この自然界の周期性、宇宙のリズムは、命あるものすべてに影響を及ぼしています。恒星は、我々の地球がある太陽系の外側にある天体ですが、我々に大きな影響を与えています。古代から恒星が占星術に取り入れられてきたのもそのためです。本書では、恒星が366日それぞれに与える影響について、現代の解釈を紹介しています。

これらが我々にどのような影響を及ぼしているかを解説したものが、占星術と数秘術です。占星術は、天文学、象徴学、心理学、物理学、幾何学のうえに成り立っていますが、数秘術は、数には質と量の二面性があるという理論を具現化したものです。こうしたあらゆる解釈を総合したのが本書であり、それぞれの日付に独自の解釈を行いました。

本書では、2種類の太陽周期の計算方法が使われています。占星術の1年は、おひつじ座の0度にあたる3月21日に始まりますが、西洋暦を基準にしている数秘術の1年は、1月1日に始まります。この2つの太陽周期を組み合わせることにより、占星術と数秘術を統合した奥深い心理学的な分析を各誕生日ごとに行うことが可能になります。

きちんとした占星術は、正確な場所と時間を特定することが前提です。占星術では、ホロスコープを作るために、正確な生年月日およびその時間と場所を知る必要があるのです。しかし一般に行われている星占いでは、12星座だけが占いの対象になります。1年を12の星座だけに分類する星占いは、いわば占星術のほんの初歩的なものにすぎません。

太陽系の中心にあるのが太陽です。そして地球を含めた惑星がその周りをまわっています。地球は、地軸を中心にした回転と太陽の周りを逆時計回りにまわる公転という2つの重要な回転をしています。1日に昼と夜があるのは、地球が地軸を中心に自転しているからです。地球から見た太陽は、東の地平から西の地平に向かって空を横切って移動しているように見えます。

恒星が集まってできている12の星座を背景に移動する太陽の軌跡は、黄道と呼ばれています。回転の軸となっている地軸は傾いており、1年間の中には北極が太陽の方を向いている時と太陽とは逆の方を向いている時とがあります。地球に四季があるのは、そのためです。その中の各点が、よく知られている春分点と秋分点、夏至点と冬至点です。1年を4つに分けるこれらのポイントが、占星術では360度のホロスコープを4つに区分し、活動宮が始まるカーディナル・ポイントとなります。占星術の1年は春から始まります。活動宮であるおひつじ座、かに座、てんびん座、やぎ座の0度が、それぞれ春夏秋冬の始まる点です。ホロスコープは30度ずつ12の星座に分割されていますので、この4つの活動宮の後には、4つの不動宮であるおうし座、しし座、さそり座、みずがめ座が続き、さらにその後には、4つの柔軟宮であるふたご座、おとめ座、いて座、うお座が続いています。

高度な占星術では、この12星座をさらに分割します。それぞれの星座は、3つに分割され、支配星（デカネート）と呼ばれます。それぞれの支配星は10度で、各星座ごとに3つの支配星があり、それぞれが第二の影響力を持つとともに、各星座の特徴を補う働きをしています。それぞれの支配星は、さらに独自の星座と天体に関連づけられています。本書では、自分の誕生日の星座に関することだけでなく、非常に重要な意味を持つ自分の支配星についても知ることができます。

太陽は、ほぼ1年間で元の角度に戻りますので、占星術では、誕生日を太陽の回帰（ソーラー・リターン）ととらえます。本書では、各星座30度を1度に分解し、さらに数秘術と恒星占星術を加味することによって、12星座と総合的な占星術との統合を実現しました。

また、読者の皆さんが、自分の真の姿や未来をよりよく知ることができるように数秘術も取り上げました。そこでは、秘数の計算方法やパーソナル・イヤーを使った予言の方法などについても紹介しています。

誕生日の特徴

誕生日がその人に与える影響を366日すべての日付について解説しました。これには、天体の一般的知識、数秘術、星座、太陽の角度などによる解説に加えて、星座をさらに詳しく特徴づける支配星と他の星座や天体との関連についても解説してあります。

また占星術の柱の1つであるプログレス（進行）という概念についても述べてあります。占星術では、太陽の進行を個人の人生の重要な節目の年を示すものとしてとらえています。この人生の転機とも言うべき節目は、（プログレスの）太陽が星座を移り変わる時で、これは一生のうちに2、3度訪れます。

それぞれ誕生日によるその人の長所や短所が、「隠された自己」で明らかにされています。また、その人に向いている職業についても、同じ日に生まれた有名人のリストつきで述べてあります。

それぞれの誕生日には、数秘術から見た解説も加えました。生まれた日の数の影響に加えて生まれ月の数の影響についても解説してあります。また、生まれた日と月の数がその人の性格に影響を与えるのはもちろんですが、もっと大きな影響力をさまざまな面から生涯にわたって及ぼす数があります。それが秘数です。したがって、自分のことをよく知るためには、誕生日の数に加えて自分の秘数を知る必要があるのです。この秘数については、「数秘術とは」（42ペ

ージ）でわかりやすく解説してあります。また、数から受ける影響が各年によってどのように変化するのかを知りたいと思ったら、知りたい年の自分のパーソナル・イヤーを計算する必要がありますが、これについては49ページで紹介しています。

各誕生日の解説で、相性のいいタイプを述べているので、理想の恋人、ソウルメイト、友人選びをする際に役立ちます。しかし、そこに記載された誕生日が絶対であるというわけではなく、その誕生日以外の人のなかにも大切な相手は見つかるはずです。

各誕生日に恒星が及ぼす影響についても解説を載せてあります。太陽の通り道の周りに散在する恒星の影響は、それぞれに独特で強いものです。誕生日によっては複数の恒星の影響を受けるものもありますが、中には恒星の影響を受けないような誕生日もあります。それは、その誕生日の太陽の近くに影響を及ぼすほどの明るさの恒星がないからです。太陽との関係からその誕生日に影響を及ぼす恒星については、すべて記載しました。また巻末には、すべての重要な恒星を掲載しましたので、自分の誕生日に影響を及ぼす恒星についてさらに調べることができます。さらに興味のある方は、その誕生日に太陽の近くにない恒星でも、他の天体と関係していることに気づくにちがいありません。この本が、恒星占星術の奥深い世界へ興味を持つきっかけになることを願っています。

それぞれの誕生日の解説では、生まれた日の数そのものが持つ力に加え、月の数が及ぼす影響についても述べました。それぞれの誕生日の最後には、恋愛やソウルメイト、友人として相性のいいタイプの誕生日を掲載してあります。

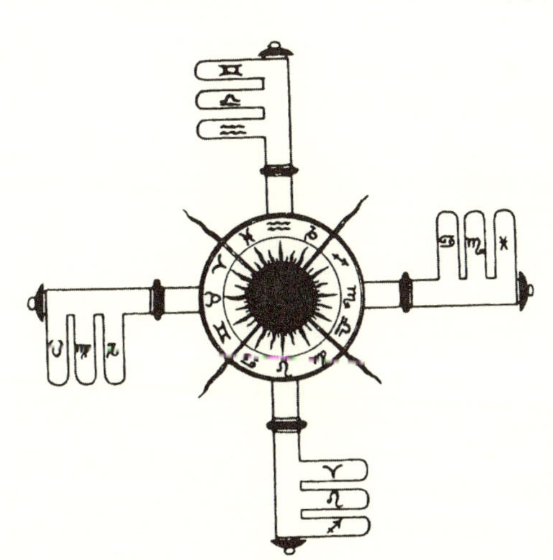

さまざまな角度からの分析をこの1冊にまとめ上げることによって、最も総合的に誕生日による特徴の違いを解説することができたと思っています。何年間にもわたる研究、複雑な占星術、何千件にも及ぶケース・スタディなどを1つにまとめ上げることにより、それぞれの人の性格の特徴や持てる可能性を、あますところなく解説することが可能になりました。さあページをめくって、366日の解説に触れてみましょう。誕生日の1日1日に大きな可能性が秘められているのです。

占星術への招待

はるか昔から、私たちは天空を観察し、宇宙と人類との関係を探ろうとしてきました。昔の人々がいだいていた不安感の源は、地上のあらゆる存在のはかなさでした。しかしそれとは対照的に、日の出日の入りのようなくり返し起きる天体の営みに、安心感の拠り所を求めていました。私たちの祖先は、この不安感と安心感の対比を、天と地の対比として受け止めていました。星や天体の周期性と地上の出来事との関連を研究するのが、占星術なのです。

昔から天と地を1つのものとして考える哲学がありましたが、それが今なお続いているのが占星術であり、占星術は、万物が互いに影響を及ぼしあっていることを教えてくれる学問なのです。すべての法則は、単独で成り立っているわけではありません。すべてのものは、宇宙のサイクルの中に組みこまれた現象の1つでしかないのです。私たちは、生命のサイクルに組みこまれています。私たちの存在そのものが生命サイクルに影響を及ぼし、また私たちはそこから大きな影響を受けているのです。すべての人々は、日々変化する人と人との結びつきの中で生きているのです。宇宙は、いくつもの循環する周期と力とが影響を及ぼしあっています。この相互作用に気づき、それを象徴的な現象として解明しようとしたのが占星術なのです。

何の影響も受けず、ただ1人で生きている人はいません。なぜなら、誰でも刻々と変化する人と人との関わりの一部であり、人と人とのつながりは、宇宙の周期と密接な関係があるのです。

命あるものには、周期性があります。この周期性の存在が、占星術の前提となっています。占星術の複雑さは、主観と客観を同時に内包するという点にあります。客観的な面では、占星術は時間を天体の周期によって測り、その時間に特定の意味を与えます。主観的な面では、占星術は物事の前後関係から事実を見出し、象徴的に物事をとらえます。

占星術では、すべての自然現象を曼荼羅のような円としてとらえます。その360度の円の中では、私たちは独立した存在であると同時に集合体の一部でもあるのです。１度は円の中の独立した存在ですが、その1度が集まって360度の円が存在するのです。

さらに曼荼羅は、すべての生命を象徴しており、それは自己完結的で、始まりも終わりもない完全な存在です。曼荼羅の円は、宇宙の象徴であり、宇宙を内包した個人の象徴です。また、曼荼羅は、時間の周期性を示しています。命あるものの活動は、すべてこの曼荼羅と関連しているのです。占星術を学ぶことによって、宇宙を外側と内側の両方から見ることができるのです。

占星術における最も大きな存在は、昼と夜の周期性の源である太陽と月です。この太陽と月の周期から、古代の人々は、時、日、月、年という概念を持つようになり、暦を作り出しました。心理学では、月と太陽の結合を、「神秘の結婚」と解釈し、1つのものの中に正反対の性質のものが同時に存在することを表します。東洋思想では、陰陽と言われているのがこの概念です。

その人が誕生した時の地球から見た天体の位置を正確に記したものが、その人のホロスコープです。その基本の形となるのが、10の恒星と12の星座なのです。

太陽の占星術における12の役割

すべての人類共通のテーマは、愛、憎しみ、誕生、死、子ども、親、老いです。この人間の営みは、ホロスコープの12の星座を移り変わっていく太陽の移動としてとらえられています。占星術では、私たちはすべて、この神聖で偉大な円の中に生まれ、役割を与えられているのだと考えているのです。シェイクスピアは、次のように書いています。「この世のすべては芝居の舞台、そして男も女もただの役者」。

全体的なとらえ方では、すべてのものは他との関係の中に存在し、すべては互いに関係しあっているととらえます。同じように占星術でも、12星座すべては1人1人そして人類全体の心の中に埋めこまれていると考えます。そして人は1つの星座のもとに生まれますが、全体としてとらえた場合には、他の11の星座との関連も重要になってくるのです。毎日の生活の中で、私たちは12の星座に接していますが、生まれた日の星座が主な影響力を持ちます。心理学では、ユングはこれを元型と解釈しました。

人々は、自分独自の役割を演じていると考えますが、自己を認識することによって、自分は神によって与えられた役割の1つを演じているにすぎないことに気づき、その役割が集まって宇宙が形成されていることに気づくのです。占星術師ディーン・ルディアは、その著書"An Astrological Mandala"で次のように述べています。「人間の自我はレンズのようなもの。光がレンズを通して1点に集められるのと同じように、神の意志は自我を通して個人の行動に集約される。その人間が何もしなくても、神の意志は彼に注がれる。そして彼の人生は神聖なものになる。なぜなら、彼の人生はもはや彼のものではなく、すべてが彼と共にあり、彼という肉体を通してすべてが存在するからなのである」。

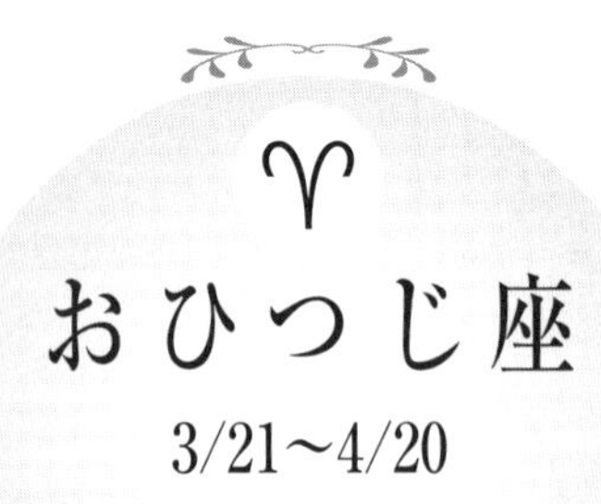

♊ ふたご座
5/22〜6/21

伝達者、通訳、作家、演説家、語り手、教育者

♋ かに座
6/22〜7/22

母、保育者、心理学者、カウンセラー、保護者

♌ しし座
7/23〜8/22

演技者、王あるいは女王、子ども、芸術家、恋人、俳優あるいは女優

♍ おとめ座
8/23〜9/22

分析家、完璧主義者、研究者、召使い、批評家

♎ てんびん座
9/23〜10/22

恋人、外交官、パートナー、社交家、主人役あるいは女主人役、調整者、仲介者

♏
さそり座
10/23〜11/21

監督者、催眠術師、
手品師、探偵、改革者

♐
いて座
11/22〜12/21

旅行者、哲学者、
楽観主義者、探求者、
外国人

♑
やぎ座
12/22〜1/20

父親、権力者、労働者、
厳格な人、伝統主義者

♒
みずがめ座
1/21〜2/19

人道主義者、客観的観察者、
発明家、科学者、友達、変人、
革命家、無政府主義者

♓
うお座
2/20〜3/20

空想家、ロマンティスト、
救済者、神秘主義者、治療者、
夢想家、詩人

おひつじ座

Aries

3/21〜4/20

第1宮
活動宮　火
支配星：火星
身体の部位：頭
キーワード：活力、行動力、指導力

おひつじ座は、黄道12宮の第1番目の星座。この星座に生まれた人は、活動的で創造的なアイディアにあふれています。また、おひつじ座は火の星座。血気盛んで、情熱的、世界を探検し支配しようという野心に燃えているのもこの星座の特徴です。新たな企画を考え出すのが得意なため、自ずと皆を率いる立場に就くことになります。おひつじ座は12星座の中では、リーダー的存在なのです。一見おとなしそうな人も、心の中ではトップの座を狙っています。支配星の火星の影響は、卓越した行動力に表れ、何事にも躊躇することがありません。常に第一線で活躍しますが、それも度胸と冒険心があるからこそ。また理想主義者で、好きな人にはとことん尽くすという一面も持っています。自分の好きなことを長々と話してしまう癖がありますが、相手の話をよく聞くこともできます。

しかし、少々忍耐力に欠けています。決然と目標に向かって突き進みますが、細かい点には気が回りません。短気を起こさないように、また一時的な感情に任せて軽率な行動をとってしまうことがないように気をつけましょう。しかし、危機に対処する能力には優れており、どんな困難な状況にも勇敢に立ち向かうことができます。

周囲と意見が合わないような時も、周りと衝突することをも辞さずに、自説を曲げません。多くの問題に巻きこまれることになりますが、年を重ねるにつれて謙虚さを学んでいくでしょう。おひつじ座の男性は、義侠心にあふれています。また女性は、力強く自己主張が強いという印象を人に与えます。

短気でかっとなりやすい性格ですが、それも長続きはしません。怒っているようでも、すぐに怒りは収まり、水に流すことができるタイプです。緻密な作業をする忍耐力に欠けますが、行動力に恵まれているため、新しい事業を自分で起こせば力を発揮します。ただし、単純で自己中心的なところがあるので気をつけましょう。

おひつじ座の人は創造的なエネルギーに満ちており、また次々にすばらしい発想がわき、自信満々です。多くの人があなたの後についていくことでしょう。思い通りにいかない時も決してあきらめることなく、大胆さと寛大さを発揮し、次の機会を待つことができます。

おうし座

Taurus

4/21〜5/21

第2宮
不動宮　地
支配星：金星
身体の部位：喉と首
キーワード：忍耐力、持続力、官能性

おうし座生まれの人は、繊細で、もの静かな外面とは裏腹に、強い意志の力を内に秘め、決してあきらめることがありません。他の人が脱落しても、持ち前の粘り強さと忍耐力を発揮して、ただ1人前進を続けます。温かく物静かでおおらかな人柄からは、素朴な人生の持つ喜びが伝わってきます。おうし座の人は、性急に物事を決めることを好みません。注意深く慎重に決断をくだし、安定と経済的な問題を第一に考えます。支配星の金星の影響は、官能的な魅力になって表れ、異性を惹きつけます。また、金星の影響は、美しいものに対する愛着、芸術に対する関心、洗練された感覚などにも表れています。

おうし座は、地の星座です。地の星座は、現実を重んじる星座で、そのため食べ物や家庭などの生活の基本となるようなものを、おうし座の人はとても大切にします。料理人やワインの鑑定家になる人も多く、楽しいことが大好きです。また、おうし座は、黄道12宮の銀行ともいうべき存在で、すべての金銭取引のリストを綿密に作るような人が多いのが特徴です。物質第一主義なので、お金の価値に対して敏感で、金銭を求めます。お金に関することから自分自身のことに至るまで、何事であれ評価するのが得意です。

おうし座の人は、愛する人に対しては寛大ですが、所有欲が強くなりすぎないよう注意が必要です。友人に対しては、常に誠実で献身的であり、波風を立てず平穏を保つためであれば黙って1人で耐えることもあります。でもそれが行きすぎると、逆に頑固で強情な印象を人に与えかねません。また，地に足をつけた安定感を必要とし、そのため何事にも変化を嫌います。変化や不安定な状況が生じると、それにうまく対応できないこともあります。しかし幸いなことに、美術や創作を愛し、自然や音楽を楽しむことができるため、それらに慰めを見出すことができます。

おうし座の人は、すばらしい声の持ち主であることが多く、静かでむらのない魅力的な声を活かして歌手として成功することができます。頑丈で健康な体の持ち主ですが、ストレスがたまると喉の病気になることがあります。楽しいことが大好きですが、そればかりを追い求め、溺れてしまうことのないように気をつけましょう。

実利的で辛抱強く、目標に向かって勤勉に努力します。しっかりとした基礎を築くことを信条にしており、必ずや成功を手にすることができるでしょう。

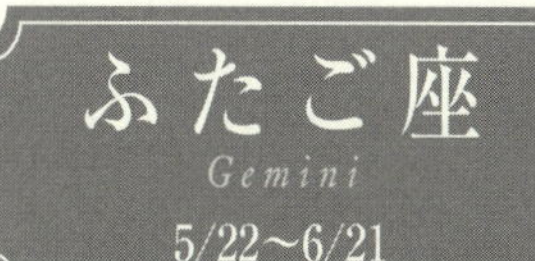

ふたご座

Gemini

5/22〜6/21

第3宮
柔軟宮　風
支配星：水星
身体の部位：肺、腕、手
キーワード：多才、饒舌、創意

ふたご座は永遠の学び人。その知識欲は飽くことを知らず、伝達者になるべくして生まれてきました。風の星座であるふたご座に生まれた人は、聡明で、旺盛な知的好奇心を満たすために常に動き回っています。物事の本質を瞬時に把握する力は抜群で、広範な知識を吸収し、そしてそれを人に伝えることを喜びとします。頭脳明晰にして多芸多才、そして情熱的。しかし、何にでも手を出すのは考えものです。精神を鍛え、より広範な知識を吸収し、物事を深く考えられるようになりましょう。

支配星に水星を持つふたご座の人は、中性的な性格とすらりとした若々しい肉体の持ち主です。自分の考えを伝えようとする時、手ぶりを交じえながら輝くように豊かな表情で話します。大のおしゃべり好きで、話し始めたら止まりません。とんでもない額の電話代の請求書を見て驚くことも一度や二度ではないでしょう。若々しい考え方と感動する心を持ち続けるふたご座の人は、まさに永遠の子どもです。

繊細で豊かな感性の持ち主であるふたご座の人は、1つのことや1人の人に集中するのは苦手です。ふたごの名の通り2つ以上のことを同時にこなすことができ、また多才で柔軟な適応性を持っています。風のような軽快さと洗練された知性を備え、束縛と退屈を嫌います。一貫性に欠け、多重人格的な要素を持ち、気分にもむらがありますが、豊かな知性の持ち主で、俗事にとらわれるよりは、知的好奇心を満たすことを好みます。

明るく親しみやすい性格であるため、誰とでも簡単に心を通じあわせることができ、また自分の豊かな知識を喜んで提供します。若々しい魅力と頭の回転の速さがあれば、最高に楽しい友人であり仲間であるというのも当然のことです。水星から授かった活発さを大いに発揮すれば、持ち前の豊かなアイディアで多くの人を楽しませせることができるでしょう。

かに座

Cancer

6/22〜7/22

第4宮
活動宮　水
支配星：月
身体の部位：胸と胃
キーワード：繊細さ、同情、愛情

感情が豊かで繊細なかに座の人を支配しているのは、感覚です。支配星の月が潮の干満を支配しているのと同じように、感覚があらゆる感情を支配しているのです。そして、深い海のような力強さと、人影のない浜辺に1匹たたずむ、かにのような繊細さを持っています。また、かにが身を守る固い甲羅を持っているのと同じように、繊細さと用心深さをシャイで控えめな顔の裏側に隠しています。しかし、これを弱さの証と考えてはいけません。殻に閉じこもっているかのように見えても、実はその間に力を回復しているのです。

優しく思いやりが深いかに座の人は、人のために何かをしたいという気持ちが強く、よき親となり、介護士、療法士などに向いています。愛する人を守ろうという非常に強い意識を持っているため、どのような犠牲を払ってでも守ろうとします。かに座の人が望む安定の中心に家庭と家族があるのも当然のことなのです。また、美食家で腕のいい料理人が多いのも特徴です。彼らは、冷凍専用庫がないと不安になってしまう程です。

気分はさまざまに変動しますが、とても愛情豊かな性格です。しかし、周りの人を愛し、守ろうとするあまり、愛する人をがんじがらめに縛りつけてしまうことのないように注意が必要です。

かに座は、水の星座です。かに座の人は、とても恥ずかしがり屋で、感傷的。昔の古いものに対する愛着が強いので、熱心な収集家になります。彼らが収集するものは、例えば代々伝わる宝物や骨董品から写真や手紙などの思い出の品まで、実にさまざまです。また、お金を管理する能力にも長けており、万一に備えて熱心に貯蓄に励みます。

性格は、とても複雑。非常に強い人間のように見えたかと思うと、傷つきやすい子どものような顔をみせます。

強い月の影響は、直感力となって表れています。豊かな想像力ときめこまやかな理解力は、芸術などの創造的な表現活動に向いているでしょう。
自分の心をさらけ出せるような、信頼できる相手とめぐり会ったら、驚くほどの強さを発揮し、献身的に相手を守ります。

しし座

Leo

7/23〜8/22

第5宮
不動宮　火
支配星：太陽
身体の部位：心臓
キーワード：活力、自信、自己表現

しし座に生まれた人は、温かく、愛情豊かで、広い心の持ち主です。芝居を愛するしし座の人にとっては、大勢の観客を前にする時が最高の瞬間。その優しく寛大なふるまいも、芝居を愛する心のなせる技なのです。しかし、主役を演じるためには、周りへの気配りも大切。幸いなことに、しし座の人は周囲への配慮も忘れず、他人の業績を認め、賛辞を惜しみません。

支配星に太陽を持つしし座は、憎めない子どものようないたずらっ子。創造的な自己表現をすることを求めています。その他大勢よりも主役を好むしし座は、うぬぼれと高いプライドが短所。自分の間違いを認めることができず、お世辞に弱く、騙されやすいのも欠点です。しかし、陽気な性格、遊び心、気前のよさは、このような欠点を補って余りあります。気さくで社交的なので、各種イベント、パーティ、演劇鑑賞、長期休暇を共にするには理想のパートナーです。

注目を浴びたいという願望と堂々とした威厳を持つしし座の人は、権威ある立場に就き、すばらしいリーダーシップを発揮します。しし座は生まれながらの指導者なのです。自然に指導者的立場に就くことも多いため、時に横柄という非難を浴びることもあります。しかし、指導者としての責任を果たすためには骨身を惜しまず一生懸命働き、すばらしい指導者になります。この天性の能力を活かしきれないしし座の人は、怠惰で、無気力な人かもしれません。

勇敢なしし座の人は、弱々しく無防備でいるよりも、他の人のために強い守護者となって働くことを望みます。物静かな表情をみせている時でも、その慎み深い顔の裏にはプライドと偉大さを秘めており、王者としての風格が漂います。また、他の人々も自分と同じような人格の持ち主であると思いがちで、意見が合わない時でも、自尊心を決して失いません。人によく思われたいという気持ちが強く、人に与える印象をとても大切に考えています。

不動宮と火の星座であるしし座に生まれた人は、生き生きとして熱意にあふれる一方、とても頑固です。またロマンティックな一面もありますが、それは豊かな創造性と芝居を愛する気持ちの表れです。人を愛し、そしてみずからも愛されることを求めているのです。どんな場面で出会ったとしても、太陽のように光り輝くその人柄は、誰の心にも強い印象を残すでしょう。

12 星座

おとめ座

Virgo

8/23〜9/22

第6宮
柔軟宮　地
支配星：水星
身体の部位：内臓
キーワード：洞察力、効率、奉仕

分析好きで、能率を旨とするおとめ座の人は、仕事に対するしっかりとした倫理観を持っています。生活に規律を求め、何事にも秩序のあるやり方を好みます。また既存のやり方には飽きたらず、常に理想を求めて分析と改善をくり返します。しかし不幸なことに、この完璧主義は、周囲の人を批判する結果となり、反感を買うことになります。その一方で、人から自分の欠点を指摘されることは嫌いです。なぜなら自分の欠点もよく自覚しており、一番の辛口批評家は自分自身だからです。控えめでおとなしい性格も、みずからの欠点をきちんと認識しているからこそ。進んで人の役に立とうとする人が多いのも、それを通して自分の価値を確かめようとしているからなのです。

水星を支配星とするおとめ座の人は、知的で、はっきりとした考えを持ち、物事の価値を見抜く目を持っています。おとめ座の元素である土からも影響を受けているため、実践的な手腕に長け、優秀なまとめ役となり、また骨身を惜しまずに働き、細部にまでこまやかな気配りをすることができます。倹約家で慎重なため、財布のひもが固い時もありますが、人が助けを必要としている時には、時間もお金も惜しみなく使います。しかし、助ける相手にも努力を要求します。愚かさや品の悪さには手厳しいおとめ座。混乱の中から本能的に秩序を作り出すことができる論理的思考の持ち主です。どんな細かいことでも分析するおとめ座は、時に同じことをくよくよ思い悩みがちなので注意が必要です。

何事にも非常に高いものを求めるおとめ座の人は、選り好みが激しいところがあります。清潔や栄養に関心を持ち、運動や健康的な生活スタイルの信奉者です。

しかし皮肉なことに、時に精神的緊張から、過度な不安に陥り、神経症気味になることがあります。これは恐らく仕事のプレッシャーが原因です。また、義務感が強いため、自分の能力以上のことを引き受けがちなのも原因の1つかもしれません。しかし普通は、優秀な社員であり、乱雑さを嫌い、何事にも完璧を求め、効率的に仕事をこなします。

頼りがいがあり、誠実で、何事にも秩序を重んじるおとめ座の人は、常に現実的で適切な援助の手を差し伸べてくれます。口に出して頼まなくても、助けてくれるはずです。

てんびん座

Libra

9/23〜10/22

第7宮
活動宮　風
支配星：金星
身体の部位：腎臓
キーワード：平衡、外交、人間関係

黄道12宮の外交官ともいうべき存在がてんびん座です。てんびん座生まれの人は、不協和音が生じないよう愛嬌をふりまき、最高の笑顔をみせ、平和を保つためのあらゆる手段を講じます。愛情深く、優雅で、洗練され、多くの人に好かれることを重要に考えています。風の星座で、風の性質そのままに軽やかさを持ち、知的で親しみやすく、社交的です。

支配星である金星の影響に加えて、人間関係を大切に思っていることなども影響して、いつでも相手の立場に立って物事を考えることができます。しかし人の和を第1に考えるあまり、時に自分を見失いがち。自分自身をもっとよく見つめるためには、パートナーには鏡の役割を果たしてくれる人が必要です。正義感が強く、あらゆる点から慎重に考慮し、公平な判断をくだし、どのような問題についても、賛否両面から論理的に論じ、驚くほどの洞察力を発揮します。仲介役、交渉役には、まさにうってつけの人物です。でも残念なことに、これが優柔不断につながり、自分で結論を出せないことがあります。

てんびん座の人にとって、平衡は非常に重要なキーワードです。てんびん座の人が求めているのは調和。ただし、天秤がどちらかに大きく傾いて、数々の困難に遭遇することがよくあります。しっかりとした自己を確立し、心の平衡を保つようにすれば、人に左右されることも減ります。たとえ誰かに反対されようと、自分が正しいと思うことをはっきりと主張する態度を身につけることが大切です。

支配星の金星が与える影響は、社交性、優雅さ、美しいものや贅沢に対する愛着となって表れています。てんびん座の人の多くは、すばらしい家に住み、その暮らしぶりにも芸術的センスがうかがわれます。色彩感覚にも優れた彼らが求めるのは、趣味のよい調和のとれた環境です。彼らの幸せには、そういう環境が不可欠なのです。当然のことながら、自分の外見にもこだわり、自分を魅力的にみせる努力を怠りません。

パーティや集まりの主人役や女主人役としてすばらしい手腕を発揮しますが、結婚式や友人、家族と開く小さなパーティなどの愛情のこもった集まりが特に好きです。てんびん座の人は、無類のロマンティストなのです。そして美しいものと甘いものが大好き。花やチョコレートをプレゼントすれば感激してくれるでしょう。こんな贈り物にさりげなく愛を添えれば、いつでもてんびん座の人の心を射止めることができます。

さそり座

Scorpio

10/23〜11/21

第8宮
不動宮　水
支配星：冥王星
身体の部位：生殖器
キーワード：再生、秘密主義、力

魅力にあふれるさそり座の人は、12星座の中でも1番の情熱家。何をするにも一生懸命、全力投球です。力と意志と徹底が、彼らのモットーです。

さそり座は水の星座。人生を深く追求し、心の奥底の感情を大切にします。彼らに素人評論家が並べるような空虚な言葉は不要。求めているのは真実、本当の話にだけ耳を傾けます。冥界の神という意味の名を持つ星、冥王星が支配星であることから、意識下の意志をきちんととらえることができます。この結果、人が自分でも気づかないままに感じていることを、さそり座の人はとらえることができるのです。探偵や心理学者のように相手のことをすべて聞き出しますが、自分について語ることはめったにありません。この秘密主義とも言うべき傾向は、多くの場合、自分の力を隠すためです。さまざまなことを正面から受け止め、感情を大きくゆさぶられるため、ひどく傷つくことがあります。いつもきちんと自分をコントロールすることが大切です。

生涯を通じての課題は、欲望の克服。そのためには意志の力が必要です。さそり座は性的衝動の源と結びついていることから、感情がとても激しく、それが嫉妬心や所有欲にもつながっています。
さそり座の人は、死や変身を象徴するような強烈なことにも果敢に挑みます。激しい感情を優先させるために、すべてを投げ打つ覚悟をすることもあるでしょう。たとえすべてを失っても、自分の気持ちに嘘をつくことはできないのです。そして当然のことながら、そういう態度を貫くことで、すばらしい強さを身につけます。一旦心に決めたら、決意がゆらぐことはありません。どんなに辛い結末を迎えることになろうとも、不動宮なればこその優れた持久力を発揮し、最後まで意志を貫き通します。

競争心が旺盛で、負けず嫌い。敗北すると、相手の非を証明し、復讐する機会を狙って、いつまででも待ち続けます。しかし反対に、味方に対してはとても誠実で、愛情深く、どんな努力や犠牲も惜しまずに尽くします。

さそり座は、再生を示す星座です。さそり座の人は、自然界が持つ創造の力と結びつくことによって、大きな力を得ることができます。さそり座のシンボルの1つである鷲は、灰の中から飛び立つ不死鳥を表し、生まれ変わる能力、つまり、新しい英知と力を身につけて深みから高みへと再び舞い上がる能力を示しています。さそり座の人には、すべてか無かのどちらかしかありません。うわべだけの生き方は望んでいないのです。自分の能力を十分発揮できるよう、何かやりがいのあることを見つけることが必要です。

いて座

Sagittarius

11/22〜12/21

第9宮
柔軟宮　火
身体の部位：腰から太腿
キーワード：正直、探究心、理想主義

いて座の人は、自由な精神の持ち主であり、気さくで独立心が旺盛です。束縛を嫌い、飽くことなく理想を追い求め、またさらに上を目指して、視野を広げる努力を惜しみません。性格はおおらかで楽観的。真実、正直、正義を愛するため、その生き方は哲学的です。

活発ないて座の人は、物事を大きくとらえ、壮大な計画を描きます。「壮大な計画」を思い描く能力があるということは、いつも将来を念頭に置いて計画や仕事に携わっていることを意味します。また探究心が旺盛で、世界の出来事や人の心の内面に対する興味が尽きません。知識や知恵を重んじ、知的刺激を常に求めています。しかし、それも自分自身だけのためというよりは、周りの人のため。おもしろい話や気のきいた会話、あるいは満面の笑みで自分の周囲の人々を楽しませたいと心から願っているのです。ただ残念なことに、考えるよりも先に言葉が口から出てしまうため、人を楽しませるどころか、逆の効果を招くことがよくあります。率直ないて座の人は、正直に思ったことを何でも口に出しますが、その言葉は驚くほど単刀直入なのです。しかし、余計なことを言ってもあっけらかんとしているところが、いて座の魅力。その言葉の裏に悪意がないのは明らかで、失言とも思えるような発言も許さざるを得ません。

成長したいという願望を常に持ち続けるいて座の人は、より高度な学問へと目を向け、哲学、宗教、旅行、法律などの分野の研究を行います。中には学問よりもスポーツに興味を持つ人もいますが、それは試合から刺激を受けるためです。幸運に恵まれますが、次から次へと危ない橋を渡ることを好み、ギャンブルや投機に手を出します。

いて座の人は、何につけても派手さを好みます。楽しいことを求めるうちに贅沢に染まったり、浪費癖が行きすぎて、強欲になったり抑制がきかなくなったりしがちですので、注意が必要です。しかしその陽気で誠実な性格は、それらを補って余りあります。自由を愛するため、1つの道を選ぶよりも選択の余地を残しておくことを選びます。

恋多きいて座の人は情熱的、まさに射手のごとく狙いを定めてはるか遠くまで矢を放ちます。楽しむ術を心得ていて、冒険を求めてやみません。

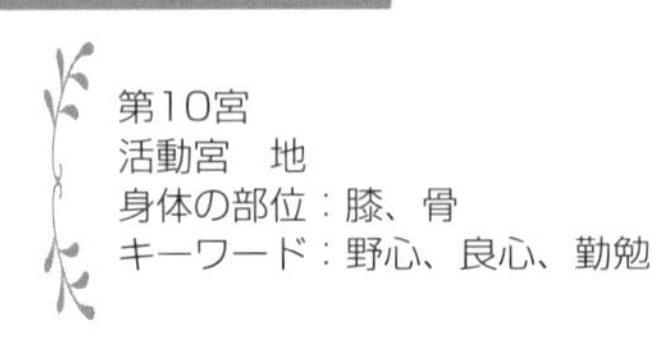

やぎ座

Capricorn

12/22〜1/20

第10宮
活動宮　地
身体の部位：膝、骨
キーワード：野心、良心、勤勉

やぎ座の人は、根っからの現実主義者。懸命に働かなければ何も得られないことをよく知っています。義務感が強く、大きな望みを叶えるためには忍耐強くいつまででも待ち続けます。山羊と同じように、たとえ一生かかっても、最後は山の頂に立つのです。

確固たる意志を持ち、勤勉で骨惜しみせず働くやぎ座の人には、目的が必要です。明確な目標がなければ進むべき道を見失ってしまうからです。完璧さのために秩序と安定を求め、その日のうちにすべきことのリストを毎日作ります。彼らにとって重要なものは、安全です。支配星である土星の影響を受けて、慎重で保守的な生き方をします。権威を重んじ、年長者や経験者の知恵を大切にします。このような姿勢は仕事にも影響を及ぼし、その働きぶりは誠実そのもの。しかし、頑固、冷淡、打算的という部分があり、土星から与えられた厳しさも自制心ではなく、利己的な一面となって表れることがあります。

やぎ座の元素は、地です。その影響を受けたやぎ座の人は、経済観念が発達し、実際的で、倹約家。このような性格が地位や名声を求める気持ちと見事に融合し、その努力が無駄なく活かされ、権威ある地位を手にすることができます。不まじめさや軽薄さとはまるで縁がなく、責任を真剣に果たし、家庭や家族を最優先します。しかし、悲観的になり、自信を喪失することがありますので、憂鬱な気分にならないよう注意が必要です。

自分自身や自分の能力に疑いを持つと何もしないうちにあきらめてしまいますが、しっかりとした基盤が整い、心が安定していれば、妥協することなく、ひたすら成功を追い求めます。やぎ座の人にとって何よりも必要なものは、楽観的で前向きなものの見方を身につけることです。

控えめで、少しはにかんだような印象を与えますが、内には粘り強さを秘め、さりげなく皮肉をこめた冗談を言うこともできます。助けを借りるならやぎ座の人。地に足をつけた頼りになる存在です。

みずがめ座

Aquarius

1/21〜2/19

第11宮
不動宮　風
身体の部位：くるぶし、ふくらはぎ
キーワード：公平性、博愛主義、独立心

型にはまらない独創性と進歩的な精神を持ち、自立心旺盛なのがみずがめ座の人です。人の行動に非常に強い関心を持っています。理性的で客観的な視点を保つことができるのも、冷静さを失わない観察者であればこそ。集団を形成するのは1人1人の個性であるという事実を忘れることなく、集団の一員としての視点を保つことができるのも、そのおかげです。

博愛主義者としての一面もみずがめ座の大きな特徴であり、慈善事業に携わったり、正義のために闘うことも多いでしょう。誰に対しても分けへだてなく思いやりの心を持って接することができるため、初めて会った人とでも、まるで昔からの知りあいであるかのように話すことができます。

何かと反抗的になりやすいのは、支配星である天王星の影響です。天王星は、先を見通す力を授けてくれますが、同時に自由を求める気持ちを強める星なのです。そのため、みずがめ座の人は、指図を受けることが嫌いで、自分の頭で考え、自分のやり方を大切にします。あまりにしつこく命令されると、わざと正反対の行動をとることすらあります。強情で、簡単には考えを曲げようとはしませんが、客観的な意見であれば、進んで聞き入れることもできます。未来を見通す力を持っているので、臆することなく新しい技術や斬新な改革を受け入れることができます。

また、天王星と同じようにみずがめ座の人には電気的な特徴があり、それは鋭い直感となって表れています。ある日突然「ひらめき」を得て、真実を理解するのです。根っからの陽気者で、気まぐれで移り気なところがありますが、独創的な考えの持ち主です。

みずがめ座の人は、皆それぞれに個性的な考えの持ち主ですが、人権を守り、社会をよりよくするという目的を共有していることをきちんと理解しています。世の中より一歩先を行くみずがめ座は、今は社会から理解されないかもしれませんが、時が来れば、社会は彼らが正しかったことを必ずや理解するにちがいありません。

うお座

Pisces

2/20〜3/20

第12宮
柔軟宮　水
身体の部位：足
キーワード：思いやり、受容の精神、
想像力

うお座に生まれた人は、研ぎ澄まされた感覚の持ち主です。とても敏感で絶えず周囲からの影響を受けていますが、自分の心の声にもきちんと耳を傾けます。彼らはしばしば夢の世界に引きこもり、空想にふけることがありますが、時にそれは世の中の過酷な現実から逃れるためでもあるのです。うお座の記号は、反対方向に向かって泳ぐ2匹の魚。それは両極端な性格が同居する二面性を示しています。すぐに嫌気がさし、無気力になったり、ただ流れに身を任せたりすることもあれば、非常に勤勉に、てきぱきと能率よく働くこともあります。

人の心の機微を理解できる人で、思いやり深く寛大です。自分の周りに垣根を作ることのないうお座の人は、他の人の要求に翻弄されがちです。自尊心を失うことのないよう、また自分を犠牲にすることのないよう注意が必要です。強い安心感が得られて初めて自信を持つことができますが、時には恐ろしく頑固になり、誰の意見にも耳を貸さないことがあります。12星座の中では、もっとも無私無欲の星座ですが、我慢強い一方、何かきっかけがあると驚くほど攻撃的になります。

涙もろく温厚で、心優しいうお座の人は、周りの状況や他人の感情を柔軟に受け入れることができます。優しい気質に加えて、驚くほど豊かな想像力の持ち主であるため、人を癒す仕事や音楽、芸術、演劇、写真などの仕事に向いていますが、中でも精神世界に関わる分野で抜群の能力を発揮します。2匹の魚が反対方向に向かって泳ぐという、うお座の記号からわかるように、うお座生まれの人は気持ちが両極端にゆれ動きます。楽観的だったかと思うと、あれこれ思案に暮れ、意欲を失い、すぐにあきらめてしまったりします。現実逃避に走ったり、落ちこんだりしないよう注意が必要です。特に理想主義傾向にある人は、自分の高い理想と夢を人に託し、そして結局は失望するというパターンに陥りがちなので気をつけましょう。

幸いなことに、生まれながらの勘の鋭さで、人間の意識に働きかけることができます。ユーモアや愛嬌のよさ、いたわりの心で周囲の気持ちを引き立てるのも、先を見通す目があればこそです。

10天体 The Ten Planets

10個の天体の1つ1つが、人の心の働きを表しており、人格のさまざまな面を表します。性格の特徴は、天体の位置と天体同士の関係によって決まります。占星術では、太陽と月は、光を発するものという意味を持つルミナリーという名称で呼ばれています。この太陽と月も含めて、太陽系の10個の天体と考えます。それぞれの天体に関連づけられた特徴は、次の通りです。

太陽

太陽系のエネルギーの源である太陽は、光と活動の力を放っています。占星術では、太陽を、すべての命あるもののエネルギー源の象徴とし、太陽がそれぞれに個性を与えているととらえます。私たちの存在の中核をなし、自我を形成するのです。太陽を表す記号は、中心に点がある円ですが、この点は宇宙の心臓を意味しています。象徴学では、円は無限あるいは永遠を表し、中心の点はある特定の時と場所を表します。意志の力、エネルギー、強さ、自己表現は、太陽から与えられる特性です。また太陽は、野望、誇り、意識、自信を表わし、さらに父親あるいは男性的なものを暗に表します。神話の世界では、王や英雄は、ヘリオスや太陽と関連づけて描かれます。太陽は、しし座の支配星です。

●プラスの影響：生命力、個性、創造力、活力、意志の力、ひらめき、自我の目覚め、自尊心、自己認識

■マイナスの影響：自己中心、尊大さ、傲慢、威圧的

月

太陽の光を受ける月は、地球の周りをまわる唯一の衛星であるという点で独特の存在です。月の影響は、本質的に受容的であり、理性ではなく感情に働きかけます。月は、感情的な要求と直感を表し、水の元素を支配しています。海や潮の干満、そして夜の世界を支配しているのです。

神話では、イシス、イシュタール、アルテミス、ダイアナなどは、月の女神です。昔から、月は女性的なものと結びつけて考えられてきました。またギリシャのガイアという概念と調和しています。直感や霊的な力と結びつけて考えられることも多く、民話や詩、伝説に多く登場します。月の神的な影響は、女性、受胎の周期、受胎、誕生、母、自然の豊潤さなどを通して

描かれてきました。

また占星術では、月を無意識の反応や主観的体験を表すものとしてとらえます。また、基本的な欲求を満たしたいという無意識の願望に影響を与えるのも月であるとされています。月は、私たちのさまざまな緊張を受けて、それを外に向けて発散するように働きかけます。また、月は感情の起伏にも影響を与えます。月は、かに座の支配星です。

●プラスの影響：繊細さ、子煩悩、感受性、直感

■マイナスの影響：不機嫌さ、神経質、感情的

水　星

神話の世界では、水星は神々の使者マーキュリーです。マーキュリーは、人間に言葉と文字を与え、情報を交換して学ぶ能力を与えました。ギリシャ神話では、ヘルメスの名で呼ばれ、人間に文字と言葉を与えました。マーキュリーは、会話の術に長け、策略家です。これは知性の表れですが、あまり自分のためになっているようには思えません。

若い男性として描かれることの多いマーキュリーですが、実はマーキュリーは男性でもなければ女性でもありません。知識を伝達する中性の仲介者です。マーキュリーは、知性、論理的思考、判断力の象徴であり、また商売に深い関わりがあります。

心理面から見ると、水星は、知能の象徴です。また、話し言葉、文書、教育などさまざまなかたちでの情報交換を求める気持ちを象徴しています。水星は、ふたご座とおとめ座の支配星です。

●プラスの影響：聡明さ、頭の回転の速さ、コミュニケーション能力、豊かな知性

■マイナスの影響：策略家、智恵の不足と過剰、非論理性

金　星

神話の世界では、金星は愛と美の女神ヴィーナスを表します。ギリシャ神話では、アフロディーテの名で知られています。女性原理の象徴であるヴィーナスは、調和と統一を創造するとともに、自然と芸術を愛します。

ヴィーナスは、人とつながりを持ちたいという気持ち、愛情を表現したいという気持ちを象徴しています。ヴィーナスは、人気者で、魅力にあふれ、人の心を惹きつけますが、気ままでのんきすぎる面もあります。対立を嫌うヴィーナスは、自分の魅力で相手を誘惑し、何としてでも衝突を避けようとします。

ヴィーナスの役割は、調和の実現です。そのため、魅力が重要なポイントになります。外見、社交術、ロマンティックな恋愛、異性などが大きな意味を持ちます。惑星としての金星は、優しい性格、自然を愛する心、強い願望などをもたらします。ヴィーナスが触れると、すべてのものが和やかになり、美を見分ける力、センス、品、芸術的才能、音楽的才能を与えられます。人の価値観を支配するのもヴィーナスで、お金や所有物、自尊心などを司ります。金星は、おうし座とてんびん座の支配星です。

●プラスの影響：美を愛する心、芸術を愛する心、温かい心、社交性、価値観、協調性

■マイナスの影響：快楽主義、気ままさ、なまけ心、贅沢癖

火星

神話の世界では、火星は闘う神マーズを表します。マーズは、私たちの生存本能を支配しており、私たちはその生存本能に従って逃げるべきか、闘うべきかを判断するのです。マーズは、ヴィーナスとは対象的で、男性原理の象徴であり、競争心が強く、雄弁で、行動的です。マーズは、活力と意欲にあふれています。敵と対峙した時、勇気と力強さを発揮するマーズは、英雄の典型でもあります。勇気ある行動と向こう見ずな性格がマーズの特徴です。現代の社会では、マーズのエネルギーは、仕事の成就、目標の達成、信念の確立に影響を及ぼします。

火星の影響は、私たちの生存本能に働きかけるため、体内のアドレナリンの分泌や、機敏に物事に対応する力とも深い関係があります。しかし度を越すと、自己主張と闘争のエネルギーとなっていたものが、不機嫌さ、怒り、攻撃性、いらいらなどへと向けられます。しかし、火星の存在なくしては、私たちの活力、気力、自発性、野心などもあり得ません。火星は、おひつじ座の支配星です。

●プラスの影響：自己主張、勇気、活力、行動力、気力

■マイナスの影響：攻撃性、暴力、粗野なふるまい、怒り、落ち着きのなさ

木星

木星は、太陽系の中では最大の天体です。ローマ・パンテオンの支配者に因んでジュピター（ギリシャではゼウス）と名づけられた木星は、神話の世界では、英知、勝利、正義と関係があります。その大きさを保つために、ジュピターは、膨張するかのように実際よりも大きくみせようとします。自分の限界以上の能力、より大きなものを目指す力を象徴し、そのために必要な楽観的な気持ちと最後までやり通す自信を備えています。

物事の持つ意味とより大きな真実を追い求める気持ちは、ジュピターが哲学的に人生と向きあっていることを示しています。多くの知識を求める気持ちは、より高度な教育を意味し、大学や心の師を求める気持ちへとつながっています。さらに正義を象徴するジュピターは、法制度、法廷、法律、規則などと深い関わりがあります。

木星は、知性、感情、精神などの成長と関連づけられているだけでなく、大きな財産や豊かさとも関連づけられています。木星は、多くの経験をしたいという気持ちや遠くの見知らぬ土地へ旅をしたいという気持ちを刺激します。しかし度を越すと、強欲、強すぎる楽観主義、不誠実、過度の自我に結びつきます。木星の最もよい面は、知性と信望。これが理想を現実のものとする力となって表れます。木星は、いて座の支配星です。

●プラスの影響：真実を求める気持ち、寛大さ、理想主義、楽観主義、長い旅、高い学習意欲

■マイナスの影響：大げさ、過度の膨張、場違いな楽観主義、強欲

土星

神話の世界では、土星は「時の翁」とされるサタンであり、「刈り取るもの」とも呼ばれています。ギリシャやローマの時代には、サタンは、社会秩序を司る神であるとともに鎌を手に

した刈り取る人として描かれ、「蒔いた種は自分で刈り取る」という原則を表しています。またサタンは、完全なる正義、あるいは原因と結果を象徴しています。

心理学的には、サタンは典型的な賢者あるいは教師であるといえます。責任を持つようになり、自己実現の訓練を積むことによって、私たちは年を重ねるとともに賢さも身につけていきます。サタンの影響は、厳しい労働と訓練をもたらしますが、それが唯一の学びの手段であり、結果的にはとても価値があるものです。境界を作り、それを踏み越えようとしない土星は、外へ外へと拡大しようとする木星とちょうどよいバランス関係にあり、それによって秩序を保つことができています。しかし土星の抑制的な影響は、悲観主義、恐怖心、過度の真剣さなどにつながります。

土星が求めるものは、定義、形式、体制です。統制、規制、安全のために境界線を引きます。土星は、固いもの、つまり歯や骨などから確固たる意志にいたるまで、固いものすべての象徴です。また、責任と義務を果たすことを私たちに求める土星は、時に不安感や不快感を引き起こします。土星は、あらゆる事柄に対して公平です。働けば働いただけのものが必ず自分の身に戻ってくるということを表しています。土星の影響のもとでは、濡れ手に粟は存在しないのです。土星が与えてくれる決断力と粘り強さがあれば、成功を手に入れることができるでしょう。土星は、やぎ座の支配星です。

●プラスの影響：規律、秩序、権威、責任、智恵、現実主義、忍耐、粘り強さ

■マイナスの影響：悲観主義、恐怖心、過度の制限

天王星

天王星は、古代ギリシャでは「天」あるいは「夜空」と呼ばれていました。神話では、天王星はサタンの父であるウラヌスです。天の広大さは、宇宙に向かって開く私たちの心の可能性を象徴するものです。土星の拘束と庇護から遠く離れた天王星は、悟りと自由の精神をもたらします。この自由とは、予期せぬ出来事を受け止めるゆとりを持つこと、あるいは圧力を受けても負けずに自分の個性を主張する強さを持つことを意味しています。しかし度を越すと、訳もなく反抗的になってしまう危険があります。

天王星を通して、私たちの視野は広い宇宙へ向けられ、人類は皆兄弟であることをあらためて理解します。天王星は、人類の権利と自己表現の自由を守ってくれるのです。

天王星は、電気的なエネルギーを持つもの、例えば、テレビ、ラジオ、磁場、レーザー、コンピューター、電子技術などを支配しています。天王星は、直感と創作力の象徴であり、常に将来へ向けられる関心と象徴的で抽象的な考え方を表しています。これは社会の先端を行くことを意味し、個性的な方法での自己表現を意味します。天王星は、みずがめ座の支配星です。

●プラスの影響：自由、人道主義、客観性

■マイナスの影響：反抗、奇行、革命的行動、強情

海王星

神話の世界では、海王星は海の神ネプチューンであり、深淵で、測り知れない神秘さを持っています。まさに波が岩を砂に分解するのと同じように、ネプチューンは、心の周りにはりめ

ぐらした壁を非常にゆっくりと崩し、私たちを神秘の世界へと誘い出します。海王星を包みこんでいる靄は、海岸に立ちこめる靄にも似ており、はっきりとした形もなく、現実のものとも思えず、謎に満ちています。

海王星は、私たちの心を清める働きを持ち、それにより私たちは限界に挑戦することができるようになります。火星と違って、海王星には限界はなく、あらゆるものと一体感を感じることができます。しかし、このあらゆるものと一体になることができる能力は、ある意味では曖昧さとなって表れます。極度の感受性の鋭さは、この海王星の影響によるものですが、それは人類の苦難に対する深い哀れみの表れでもあります。また、美術、音楽、演劇などの創造的な活動に没頭する能力をもたらすこともあります。芸術家は、海王星から、ひらめきを得るのです。

感覚と想像力が増幅されると、幻想の世界に迷いこみがちになり、アルコールを乱用したり、自分を欺いたり、あるいは自分を見失ったりしがちです。海王星と向きあい、夢を実現させるためには、自分の展望をしっかりと持つことが大切です。海王星は、うお座の支配星です。

●プラスの影響：敏感さ、展望、思いやり、ひらめき、無限の可能性

■マイナスの影響：幻想、ごまかし、現実逃避、混乱、曖昧さ

冥王星

神話の世界では、冥王星は冥界の神とされ、変化、死、再生の象徴です。冥王星は、奥深い変化を意味し、そのエネルギーは激しく強力です。冥王星は、身ぶりや手ぶりなどの意識下の動作を通して潜在意識を見通す力を私たちに与えてくれます。これは、深層心理学などの分野で積極的に活用できる能力ですが、悪用すれば人を思い通りに操作することなどもできる能力です。

冥王星が発見されたのと、ほぼ時を同じくして亜原子粒子が発見され、また無意識に関するユングの著作が出版されました。冥王星のエネルギーは非常に強力で、その影響は、テロリストから社会の改革者にまで及びます。

また、私たち1人1人の心の中にも同じような影響を及ぼします。冥王星は、全か無かというような考え方の象徴でもあるのです。よりよいものを求めるためには、過去をふり返らず、未来だけを見つめることも必要です。冥王星は、死と再生を象徴しています。冥王星の力を借りて、私たちは人生の転機を受け止めることができ、いらないものを潔く切り捨てることもできるのです。冥王星は、すべての終わりは始まりの時であるということを私たちに教えてくれます。

その教えに助けられ、私たちは再生をくり返すことができるのです。冥王星は、さそり座の支配星です。

●プラスの影響：力強さ、変革、再生、真実の追究

■マイナスの影響：力の乱用、妄想、衝動

支配星

ホロスコープの360度を10度ずつに分割したものが支配星です。1つの星座はそれぞれ30度ですので、1つの座宮には3つの支配星があることになります。ホロスコープの30度は、太陽が地球の周りをまわる軌跡を30度ずつに分割したものと等しいことを思い出してください。つまり太陽は、ほぼ1カ月かけて1つの座宮（地球から見上げた天空の12星座）を通過する間に3つの支配星を通過するのです。太陽は、ほぼ10日ごとに支配星を移動します。それぞれの支配星には支配星と支配星に影響を及ぼす星座があり、それらが基本的な12星座の特徴に影響を与えています。星座だけでなく支配星の影響も考慮することにより、より正確に各誕生日の特徴を読み取ることができるのです。例えば、やぎ座の2番目の支配星に生まれた人は、やぎ座の影響と共に、支配星の星座であるおうし座の影響も受けています。古代エジプトでは、太陽宮の星座と同じくらい、この支配星を重要だと考えていました。

支配星の影響は、それぞれが属する星座の元素との関連で判断します。それぞれの星座は、四元素のうちのどれか1つの元素と関連づけられています。

- 火が支配している星座：おひつじ座、しし座、いて座
  支配星：火星、太陽、木星
- 地が支配している星座：おうし座、おとめ座、やぎ座
  支配星：金星、水星、土星
- 風が支配している星座：ふたご座、てんびん座、みずがめ座
  支配星：水星、金星、天王星
- 水が支配している星座：かに座、さそり座、うお座
  支配星：月、冥王星、海王星

それぞれの星座の3つの支配星は、すべて同じ法則に基づいて並んでいます。3つの支配星は、その星座を支配する元素が支配している3つの星座からそれぞれ影響を受けています。例えば、上に書いてあるようにおひつじ座は、火の支配を受けています。おひつじ座の3つの支配星は、火に支配されている3つの星座と関連づけられているのです。おひつじ座の1番目の支配星は、火の支配を受けている星座の中でも最もおひつじ座に近い星座、すなわちおひつじ座そのものの影響を受けています。そしてホロスコープを反時計回りに進むと、次に現れる火が支配している星座はしし座です。つまり2番目の支配星はしし座の影響を受けていることになります。同じようにさらに反時計回りに進むといて座が現れますので、3番目の支配星はいて座の影響

を受けていることになるのです。すべての星座の支配星が、同じようにそれぞれ星座の影響を受けています。

さらにそれぞれの星座が天体から影響を受け、それぞれに支配星があるのと同じように支配星にも支配星があります。おひつじ座の支配星は火星の支配を受け、またいて座の支配星は木星の支配を受けています。

下の図を見れば、支配星がそれぞれの星座の中でどういう働きをしているかがわかります。

各星座の支配星の日付とその影響は次の通りです。

♈ おひつじ座 3月21日～4月20日

おひつじ座－おひつじ座	支配星✳**火星**：3月20、21日～3月30日
おひつじ座－しし座	支配星✳**太陽**：3月31日～4月9日
おひつじ座－いて座	支配星✳**木星**：4月10日～4月20、21日

♉ おうし座 4月21日～5月21日

おうし座－おうし座	支配星✳**金星**：4月20、21日～4月30日
おうし座－おとめ座	支配星✳**水星**：5月1日～5月10日
おうし座－やぎ座	支配星✳**土星**：5月11日～5月21、22日

♊ ふたご座 5月22日～6月21日

ふたご座－ふたご座	支配星✳**水星**：5月21、22日～5月31日
ふたご座－てんびん座	支配星✳**金星**：6月1日～6月10日
ふたご座－みずがめ座	支配星✳**天王星**：6月11日～6月21、22日

♋ かに座 6月22日～7月22日

かに座－かに座	支配星✳**月**：6月21、22日～7月1日
かに座－さそり座	支配星✳**冥王星**：7月2日～7月11日
かに座－うお座	支配星✳**海王星**：7月12日～7月22、23日

♌ しし座 7月23日～8月22日

しし座－しし座	支配星✳**太陽**：7月23、24日～8月2日
しし座－いて座	支配星✳**木星**：8月3日～8月12日
しし座－おひつじ座	支配星✳**火星**：8月13日～8月22、23日

♍ おとめ座 8月23日～9月22日

おとめ座－おとめ座　支配星✳水星：8月22、23日～9月2日
おとめ座－やぎ座　支配星✳土星：9月3日～9月12日
おとめ座－おうし座　支配星✳金星：9月13日～9月22、23日

♎ てんびん座 9月23日～10月22日

てんびん座－てんびん座　支配星✳金星：9月22、23日～10月3日
てんびん座－みずがめ座　支配星✳天王星：10月4日～10月13日
てんびん座－ふたご座　支配星✳水星：10月14日～10月22、23日

♏ さそり座 10月23日～11月21日

さそり座－さそり座　支配星✳冥王星：10月22、23～11月2日
さそり座－うお座　支配星✳海王星：11月3日～11月12日
さそり座－かに座　支配星✳月：11月13日～11月21、22日

♐ いて座 11月22日～12月21日

いて座－いて座　支配星✳木星：11月21、22日～12月2日
いて座－おひつじ座　支配星✳火星：12月3日～12月12日
いて座－しし座　支配星✳太陽：12月13日～12月21、22日

♑ やぎ座 12月22日～1月20日

やぎ座－やぎ座　支配星✳土星：12月21、22～12月31日
やぎ座－おうし座　支配星✳金星：1月1日～1月10日
やぎ座－おとめ座　支配星✳水星：1月11日～1月20、21日

♒ みずがめ座 1月21日～2月19日

みずがめ座－みずがめ座　支配星✳天王星：1月20、21日～1月30日
みずがめ座－ふたご座　支配星✳水星：1月31日～2月9日
みずがめ座－てんびん座　支配星✳金星：2月10日～2月19、20日

♓ うお座 2月20日～3月20日

うお座－うお座　支配星✳海王星：2月19、20日～3月1日
うお座－かに座　支配星✳月：3月2日～3月11日
うお座－さそり座　支配星✳冥王星：3月12日～3月20、21日

進行―プログレス

占星術では、占いの方法の1つとして進行法が使われています。最も一般的な進行法は「1日1年法」で、これによってその人の一生を占います。この進行法では、１日の天体の進行をその人の１年の天体の進行としてとらえます。例えば、生まれてから24日後の天体の位置をその人の24年後を表す天体の位置として考えるのです。

地球から見ると、太陽は星座が並んだ黄道上にあります。つまり地球が太陽の周りをまわるにつれ、太陽は30度ごとに変化する星座を移動していくのです。本書では、星座を移動する太陽がどのように1人1人に影響を与えるかについて解説しています。「1日1年法」では、太陽が1つの星座を通過するのに30日間ではなく、約30年間かかると考えます。例えば、星座と星座の境目のカスプに生まれた人のプログレスの太陽が、次の星座の境目に到達するのは30年後の30歳の誕生日になります。また、星座の15日目に生まれた人のプログレスの太陽が次の星座に入るのは15年後で、30歳の誕生日の時には次の星座の真ん中に到達することになります。

また、星座の終わり近くに生まれた人のプログレスの太陽は、生まれてから数年後には次の星座に入ります。こういう場合は、自分の星座よりもこの次の星座をより親密に感じることになるでしょう。プログレスの太陽についての3つの例を下に紹介しました。星座を移り変わる転換期は、Xで示してあります。

例１

ふたご座の始まりに近い5月23日に生まれた人のプログレスの太陽は、28年間かけてふたご座を進行し、29歳になった時にかに座へと移動します。そしてそこからまた30年間かけてかに座を進行し、59歳になった時にしし座へと移動します。

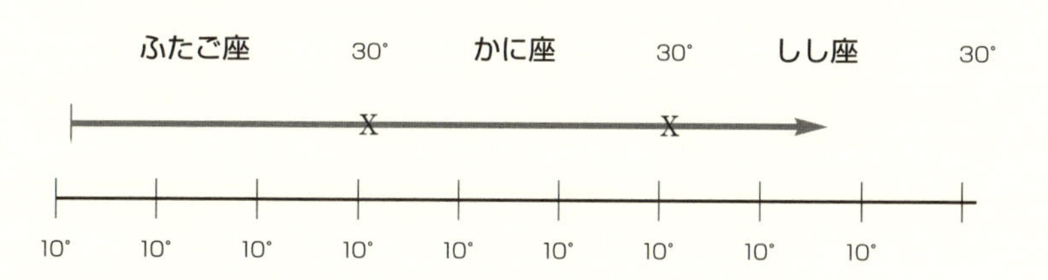

例2

　おとめ座の真ん中にあたる9月7日に生まれた人のプログレスの太陽は、15歳になった時にてんびん座へ移動します。そして30年間かけててんびん座を進行し、45歳になった時にさそり座へ移動します。そしてさらに75歳になった時、プログレスの太陽はいて座へと移ります。

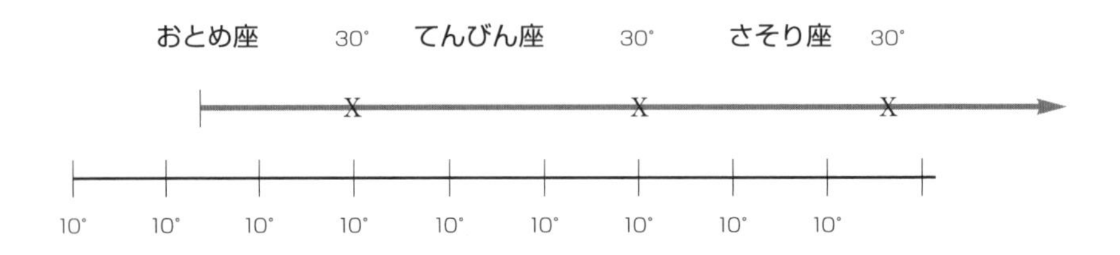

例3

　いて座の終わり近くに生まれた人のプログレスの太陽は、まだ赤ちゃんのうちにやぎ座へと移動します。その30年後、31歳になった時にプログレスの太陽はみずがめ座へ移ります。さらに61歳になった時には、うお座へと移動します。

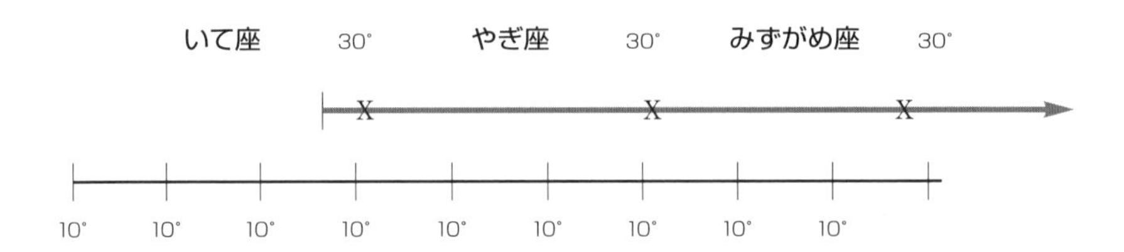

恒星占星術とは

Introduction to Fixed Stars

恒星は、私たちの太陽系の中にあるのではなく、広い宇宙に散在しています。太陽の周りを公転している惑星と違い、恒星はみずから光を放っている太陽のような星です。等級によっては、私たちの太陽よりもずっと大きく、ずっと明るいものもあります。恒星の話をする時、私たちは「光年」という単位を使って、私たちの理解をはるかに超える長い距離を表します。これらの星は、非常に遠い場所にあり、その遠さゆえに私たちの目には静止しているかのように映ります。これらの星が「恒星」と呼ばれるのもそのためです。恒星の影響は、その等級によって変化しますが、それは明るさをもとに計算されます。

宇宙には、何百万もの恒星が存在しますが、占星術ではごく限られた数の恒星だけを使います。黄道の付近に位置する恒星だけを使うのです。

恒星を観察し、それを社会の出来事と関連づけて考えるということは、数千年前から行われていました。メソポタミアやバビロニアの時代にすでに恒星に名前がつけられていたことが確認されています。恒星は、ギルガメシュ叙事詩にも登場し、彗星、日食や月食、惑星などとともに気象現象の解釈に大きな役割を果たしています。またバビロニア人たちだけでなく、エジプトの人々も恒星の持つ大きな力を信じていました。例えば、ナイル川に頼って生きていたエジプト人は、自然の力に気づき、豊作を祈って夏至を祝い、ナイル川の氾濫とシリウスの出現と結びつけて考えていました。最近では、エジプトのピラミッドがオリオン座の三つ星と重なるように並んでいるという有力な説もあります。また多くの歴史家は依然として、ピラミッドはエジプト王たちへの忠誠の証であると考えていますが、最近の多くの考古学的発見は、クフ王のピラミッドと周極星との関連をはっきりと示しています。

キリストの降誕の物語では、星が3人の賢者をベツレヘムの厩へと導きました。また、紀元前250年のギリシャでは、恒星の目録が作られていました。このように恒星の観察は、有史以来ずっと行われており、古代の天体に関する知識が培われていきました。恒星は、人生のさまざまな場面と関連づけられるようになり、その解釈は星座と深い関わりがありました。例えば、しし座のアルファ星であるレグルス（ライオンの心臓とも呼ばれています）は、最も明るい恒星で、強力な力と権力を象徴しています。この星は、王と名誉に関連づけられた非常に重要な星です。通常、この星は、王、女王、支配者、政府の高官などのホロスコープに登場します。またこの星は、多くの人気を博する人と関連づけられています。

宇宙のすべての物質は電荷を帯びており、物質の周りには磁場が発生しているという事実も、恒星の重要性を示すものです。ほんの微量の放射も地球上の生命に影響を与えます。これは、蝶が羽ばたくとその波及効果で地球の他の場所の気候に影響を及ぼすという現代のカオス理論の「バタフライ効果」と実によく似ています。恒星は、太陽と同じような星ですので、やはり恒星の周りにも太陽と同じような力の場があります。恒星の影響は、等級や明るさで測ることができます。

恒星は、潜在意識や秘められた能力、そして心の奥底の問題などについて興味深い洞察を提供してくれます。しかしながら、これらの洞察も、生まれた日のホロスコープをもとに注意深く分析する必要があります。恒星の影響だけを考えるのではなく、恒星は惑星の影響を補う副次的なものであるということを忘れてはなりません。恒星は、惑星の影響をより強めたり、あるいは弱めたりする働きを持つのです。

それぞれの誕生日のページには、その日に最も強い影響を及ぼしている恒星を載せましたが、その星以外にも影響を及ぼしている恒星があることがあります。また、本書の最後に恒星についての読み物を収録しました。

なお、366日すべての誕生日に、恒星の影響が記載されているわけではありません。太陽と関連のある星だけを取り上げていますので、太陽の近くに影響力のある恒星がなければ、その誕生日の頁には恒星についての項目がありません。しかしながら、その日の惑星の位置に影響を与える恒星があることは十分に考えられます。誕生日のホロスコープを使えば、付録を参考にしながら惑星に与える恒星の影響を理解することができるでしょう。本書の読者の皆さんには、自分のホロスコープを作成することをおすすめします。本書では、複雑で魅力的な恒星占星術のさわりの部分を紹介しているにすぎません。

恒星：解釈の基本

太陽は、1年間でホロスコープの360度を1周します。12星座の各星座の角度は、30度です。恒星そのものが占める角度は1度ですが、軌道やその影響は数度にわたることもあります。星の等級も影響力の大きさを左右します。恒星の影響の大きさを考える場合には、この角度の大きさと等級による影響力の大きさの両方を考慮に入れる必要があります。太陽や惑星が恒星の軌道の内側にある場合には、恒星の影響をはっきりと感じることができ、角度が重なる場合に最も強くなりますが、軌道から離れると影響力は消失します。

恒星の等級

星の力は等級で決まります。
最も強い等級は、0から－1です。

- 等級1：軌道2°30′
- 等級2：軌道2°10′
- 等級3：軌道1°40′
- 等級4：軌道1°30′
- 等級5：恒星、星団、星雲：軌道1°未満

本書では、それぞれの誕生日に恒星が及ぼすプラスの影響とマイナスの影響について述べま

した。昔からの解釈に加えて、現代の心理学の解釈なども加味して解説してあります。
　また、恒星の強さを等級に応じてランクづけしました。等級－1は最も強く、星印10個です。等級5は最も弱く、星印2個です。

恒星リスト

おひつじ座　3月21日～4月20日

デネブカイトス	★★★★★★★★	バテンカイトス	★★★★★
アルゲニブ	★★★★★★	アル・ペルグ	★★★★★
シラー	★★★★★★★★	バーテックス	★★★★★

おうし座　4月21日～5月21日

ミラク	★★★★★★★★	メンカル	★★★★★★★
ミラ	★★★★★	ザンラク	★★★★★★
エル・シェラタイン	★★★★★★★	カプルス	★★★★
ハマル	★★★★★★★★	アルゴル	★★★★★★★
スケダル	★★★★★★★	アルキュオネー	★★★★★★
アラマク	★★★★★★★★		

ふたご座　5月22日～6月21日

アルキュオネー	★★★★★★	ミンタカ	★★★★★★★
プリマ・ヒヤダム	★★★★	エルナト	★★★★
アイン	★★★★	エンシス	★★★
アルデバラン	★★★★★★★★★★	アルニラム	★★★★★★★★
リゲル	★★★★★★★★★★	アルヘッカ	★★★★★★★★
ベラトリックス	★★★★★★★★★	ポラリス	★★★★★★★★
カペラ	★★★★★★★★★★	ベテルギウス	★★★★★★★★★★
ファクト	★★★★★★★	メンカリナン	★★★★★★★★

かに座　6月22日～7月22日

テジャト	★★★★★★	プロープス	★★★★
ディラ	★★★★★★	カストル	★★★★★★★★
アルヘナ	★★★★★★★★	ポルックス	★★★★★★★★★★
シリウス	★★★★★★★★★★	プロキオン	★★★★★★★★★★
カノプス	★★★★★★★★★★	アルタルフ	★★★★★
アルワサト	★★★★		

しし座 7月23日～8月22日

プレセペ	★★	アル・ゲヌビ	★★★★★★
ノースアセラス	★★★★★	アルファルド	★★★★★★★★
サウスアセルス	★★★★	アダフェラ	★★★★★
コカブ	★★★★★★★★	アルジャバハー	★★★★★
アクベンス	★★★★	レグルス	★★★★★★★★★★
ドゥベ	★★★★★★★★	フェクダ	★★★★★★

おとめ座 8月23日～9月22日

フェクダ	★★★★★★	コプラ	★★★★
アリオト	★★★★★★★★	ラブラム	★★★★
ゾスマ	★★★★★★★	サヴィジャヴァ	★★★★★
ミザール	★★★★★★★	アル・カイド	★★★★★★★★
デネボラ	★★★★★★★★	マルケブ	★★★★★★★

てんびん座 9月23日～10月22日

ザニア	★★★★	セジヌス	★★★★★★
ヴァンデミアトリクス	★★★★★★	フォラメン	★★★★
カフィル	★★★★★★	スピカ	★★★★★★★★★★
アルゴラブ	★★★★★★	アークトゥルス	★★★★★★★★★★

さそり座 10月23日～11月21日

プリンセプス	★★★★★	アル・シェマリ	★★★★★★★
カンバリア	★★★★	ウーナク・アル・ヘイ	★★★★★★
アクルックス	★★★★★★★★★★	アジーナ	★★★★★★★★★★
アルフェッカ	★★★★★★★	ブングラ	★★★★★★★★★★
アル・ゲヌビ	★★★★★★		

いて座 11月22日～12月21日

イェドプリオル	★★★★★★	ラスアルハゲ	★★★★★★★★
イシディス	★★★★★★★	レサト	★★★★★★
グラフィアス	★★★★★★	アキューリアス	★★★
ハーン	★★★★★★	エタミン	★★★★★★
アンタレス	★★★★★★★★★★	アキューミン	★★★
ラスタバン	★★★★★★★	シニストラ	★★★★★★
サビク	★★★★★★★		

やぎ座 12月22日～1月20日

スピクルム	★★	アセラ	★★★★★★
ポリス	★★★★	マヌブリウム	★★★★
カウス・ボレアリス	★★★★★★	ベガ	★★★★★★★★★
フェイシーズ	★★	デネブ	★★★★★★
ペラグス	★★★★★★★★	テレベラム	★★

みずがめ座 1月21日～2月19日

アルビレオ	★★★★★★	アルムス	★★
アルタイル	★★★★★★★★★★	ドルサム	★★★★
ギエディ	★★★★	カストラ	★★★★
ダビー	★★★★★★	ナシラ	★★★★
オクルス	★★	サド・アル・スード	★★★★★★
ボス	★★	デネブアルゲジ	★★★★★★

うお座 2月20日～3月20日

サドアルメリク	★★★★★★	アケルナー	★★★★★★★★★★
フォーマルハウト	★★★★★★★★★★	マルカブ	★★★★★★★★
デネブ・アディゲ	★★★★★★★★★★	シェアト	★★★★★★★★
スカット	★★★★		

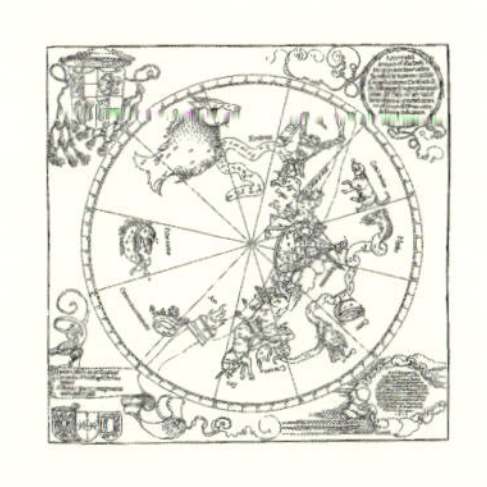

数秘術とは

Introduction to Numerology

数に神秘的な力があると信じていたのは、古代文明やギリシャの哲学者たちだけではありません。ルネッサンス時代の学者や現代の多くの数学者たちもその神秘の力を信じています。

ザイールで発見された紀元前9000年から紀元前7500年頃のものと見られる骨に月の満ち欠けを表す印が刻みこまれていました。これは、これまでに発見された中でも最も古い数学的な行為の1つです。

数秘術の起源は、占星術と同じように古く、メソポタミア文明、ユダヤ文明、古代ギリシャ文明に遡ることができます。例えば、旧約聖書では、文章や夢や人の名前などに出てくる数や文字には隠された意味があると考えていました。それぞれの文明は、独自に数の意味を解釈する体系を作りあげました。有名なものでは、ピュタゴラス学派、カバラ、易、マヤなどの理論があります。

ギリシャの多くの哲学者たちは、数の神秘に惹きつけられましたが、中でも最も有名なのがピタゴラスです。彼は、数は神聖なもので、「万物は数である」と主張しました。ピタゴラスは宗教団体の教祖で神秘的な人物ですが、まぎれもない数学者です。現代の数学者との違いは、彼が神学と論理的思考とを融合させたことです。ピタゴラスは、数の概念の基礎を築き、西洋文明に遺産を残したのです。また、彼は音楽と数との重要な関係に気づき、音階と数学との関係を確立しました。数が形に対応していることを発見したのもピタゴラスで、長方形、正方形、三角形を点や数の組み合わせとしてとらえた最初の人物です。彼の説を信奉するピタゴラス学派の人々もまた、世の中のあらゆるものの基本にあるものは数学の原理であると信じていました。そして、数学の原理の根幹をなすのが数であるとし、数が自然界の秩序を形成しているのだと考えました。

今日の数学者の中にもこの考えを信奉し続けている人々がおり、宇宙をより深く観察すればするほど、宇宙が数学的な存在であることが明らかになると主張しています。数と数学によって、宇宙の仕組みを正確に表すことができるということです。

数には、数学理論、哲学の定義、記号としての数という3つのとらえ方があります。20世紀初頭、ユングが意識は秩序であり、秩序の基本は数であるという説を唱え、数がなければ秩序もないと主張しました。またユングは、数は量的でもあるが質的でもあると信じていました。現に、原子の質量の変化は質的変化をもたらすことが素粒子物理学の研究で明らかになっています。

数秘術は、占星術と同様、私たちの存在と生きる目的を理解する数ある方法の中の1つにすぎません。数字は、2つの性質を持っており、よい面と悪い面の両方を象徴しています。その意味を解き明かすことにより、我々が持っている可能性を探り、さらにそれを発展させ、また生きていくうえでのヒントを提供してくれるのです。本書では、その人の生まれた月と日の数字の質的解釈に重点を置きました。自分の秘数を計算する方法は、以下の通りです。

秘数の計算方法

秘数は、生まれた年、月、日の数の合計から導き出します。秘数が、人生の目的を明らかにし、あなたの長所・短所を教えてくれます。つまり自分の秘数を知ることにより、自分をよりよく見つめることができるようになるのです。秘数の計算方法は、とても簡単です。すべての数字をただ足していけばいいのです。

例えば：

1956年6月28日=1+9+5+6+6+2+8=37=3+7=10=1+0=1

秘数は1です。これは37/1と解釈することもあります。

1961年10月20日=1+9+6+1+1+0+2+0=20=2+0=2

秘数は2です。これは20/2と解釈することもあります。

※秘数は9までになります。10以上になったら、1+0=1、のようにひとけたの数字になるまで足していってください。

基本となる9の秘数

基本となる9個の秘数は、その人が人生に対してどのような姿勢を持つかによって、その人の長所あるいは短所となって表れます。

秘数1

秘数1は、意識に影響を与えます。その影響が長所となって表れると、自信、創造性、独創性、独立心となって表れます。もしあなたの秘数が1だとしたら、あなたは独創的で、活力、野心、意欲にあふれた人にちがいありません。大胆不敵な開拓者であり、常に先頭に立つことを好み、独創性を発揮します。自分の創造力と個性を自覚するようになると、自分を表現したいという願望がわき、独立心も芽生えます。つまり自分の頭で考え、行動できるようになるということです。時には、周囲の人から孤立しているかのような気持ちになることがあります。特に、新しいことを始めた時などは強く感じるでしょう。ひらめきによって意欲がわき、そして迷いが生じた時にも直感がものを言います。強い意志と決断力は、人の後に従うことよりも人の先頭に立つことに向いています。生涯にわたって、さまざまな経験から物心両面の不安感を克服する術を学んでいくことになります。自分の行動に責任をとるということも、生涯を通しての課題です。調子がいい時は、自信を持って自立しており、周りの人々をも鼓舞します。忍耐力、思いやり、持久力をもっと身につければ、目標の達成もより現実味を増します。ゆっくり時間をかけて自分の能力に磨きをかければ、個性をより発揮することができるでしょう。

欠点は、自信喪失と自信過剰の間を大きくゆれ動くこと、また多くを求め、傲慢で自己中心的で、独裁的になりがちなことです。

秘数2

秘数2は、感覚に影響を与えます。影響が長所として表れると、社交性、感受性、自分の要求と人の要求のバランスを上手にとる能力となって表れます。秘数が2の人は、人と接することが上手で、人と協力して何かを行うことから多くを学びます。もしあなたの秘数が2だとしたら、あなたは思いやりがあり、他の人の気持ちを敏感に感じ取り、礼儀正しく、ロマンティックな人にちがいありません。また、外交的で親しみやすく、社交性があり、直感力と順応力に優れており、周囲からの励ましを大きな原動力としますが、お世辞やおだては敏感に嗅ぎ分けます。協力しあうことや人の役に立つことと、不安感からこびへつらい自分を犠牲にすることとの違いをよく認識できるようにすることが大切です。人に頼りすぎることは自信の喪失を招きます。バランスのとれた協力関係を維持することが重要。経済的に困窮すると、優しい性格や弱みにつけこまれてしまいます。喧嘩腰にならずにきっぱりとした態度をとれるように努力しましょう。ノーと言うべき時にはノーと言い、罪悪感を感じる必要はないのです。また助けを受けるべき時は助けてもらいましょう。それは決して無力さや弱さを意味するわけではありません。自分を正しく評価することが大切です。心の中の調和を保ち、目的意識を持ち、きっぱりとした態度をとれるようになることが目標です。

欠点は、依存心がある、神経過敏、意気消沈しやすい、慢性人間不信、自信の欠如などです。

秘数3

秘数3は、感情表現に影響を与えます。その影響が長所となって表れると、創造的な自己表現、鋭い感受性、想像力、多彩な才能となって表れます。もしあなたの秘数が3だとしたら、あなたは情熱的で、楽しいことが大好きで、社交的で、親しみやすい人です。多彩な才能を芸術の分野で発揮することができます。しかしながら、何を選択するかが大きな意味を持ちます。また秘数3の人は、遊び、サークル活動、個人的な会話などを通して、人との交流を楽しむことができます。自由を愛する豊かな感情の持ち主で、生きる喜びを誰かに伝えたいと望んでいます。また知識を共有しあい、自分のアイディアを人に伝えることにも長けています。元気で陽気にふるまって無用な衝突を避けようとするのも秘数3の人の特徴です。感情の未熟さを克服し、自己表現の能力を身につけるためには、自分自身をよく見つめ、そして周りの状況に思い惑わされることなく感情を率直に表現できるようになることが必要です。しかし時に感情が激しく動揺したり、嫉妬や憎悪などの負の感情を感じたりすることがあります。機知に富み、話すことが得意でも、恥ずかしがったり不安感を感じたりすると、集団に解けこめず引っ込み思案になり、感情表現も困難になり、現実逃避しがちになります。分かちあう喜びを知り、愛と思いやりの本質を見極めることができれば、心が満たされるでしょう。

欠点は、心配性、自信のなさ、エネルギーの浪費、大げさ、忍耐力の不足、動転しやすく決断力に欠ける、無責任などです。

秘数4

秘数4は、物質面に影響を与えます。その影響が長所となって表れると、実用性、統括力、自己管理能力となって表れます。もしあなたの秘数が4だとしたら、あなたは正直で、率直で、勤勉であり、安定を得たいと望んでいます。秘数4の人の多くは、我慢強く、注意深く、また何事にも準備と正しいやり方が肝心だということを知っています。何をやるにしてもしっかりとした目標と実践力が必要です。技術力に優れ、何事も最適な方法でてきぱきとこなし、自分1人の力でやり遂げることができます。安全に対して非常に敏感な性格は、金融業界やビジネスの世界に向いています。厳格で感情をあまり表面に出しませんが、とても誠実で頼りになる存在です。しかしそれが頑固さとなって表れることがありますので、順応力を身につけ、柔軟な考え方ができるようした方がよいでしょう。周りの人があきらめてしまうような時でも、持ち前の野心と活力で切り抜けることができます。しかし、あれもこれもと何でも頭に詰めこもうと欲張りすぎないように気をつけましょう。また、愛する人を守ろうとするあまり、差し出がましくなったり、傲慢な印象を与えたりしないよう注意が必要です。秘数4の人は創始者となる資質に恵まれた人が多く、さまざまな企画や企業の創始者となります。

欠点は、独断的態度、強情、いいかげん、怠惰と仕事中毒の二面性、未練がましさ、節度のなさなどです。

秘数5

秘数5は、本能に影響を与えます。その影響が長所となって表れると、豊かな想像力、反応の速さ、断固たる態度となって表れます。秘数5の人は、情熱的で自由を愛する人です。自己管理能力に優れ、集中力があり、用心深く、機敏で、強い責任感の持ち主です。しかし、思い通りに活動できる自由が不可欠です。多彩な才能と進取の気性に恵まれており、さまざまな人との出会いやさまざまな経験を楽しむことができます。自由闊達で寛大な精神の持ち主であり、新しい環境にもすぐ馴染み、自分の思い通りに行動することができます。また敏腕ぶりを発揮し、新しい状況を的確に把握し、真剣に取り組みます。そして秘数5の人に欠かせないのが、旅行と変化。時流に逆らわず、改革を歓迎し、新しい環境にも難なく解けこむことができるのです。しかし秘数5の影響がマイナスに作用すると、不安感や一貫性の欠如となって表れます。目的も忍耐力も喪失し、天職を求めて職を転々とすることになります。そんな時は、自分の意志で行動するようにしてみましょう。理解の深さと広範な知識が、持てる可能性を最大限に引き出してくれます。機転の速さと直感力の鋭さを上手に発揮すれば、あなたは誰よりも光り輝くでしょう。大胆で機知に富んでいますが、礼節もきちんとわきまえています。

欠点は、衝動的行動、気まま、無責任な行動、忍耐力のなさ、無思慮、労力の浪費、辛辣さ、冷酷さなどです。

秘数6

秘数6は、感情と宇宙に影響を与えます。その影響が長所となって表れると、理想主義、創造力、人道主義、思いやり、洞察力となって表れます。秘数6の人は、感性豊かで、責任感が強く、また感覚で物事を判断します。その内面は、周囲の状況や人々の行動をそのまま映しとる鏡のようです。家庭を大切にしますが、目は外へ向けられており、進んで社会に参加します。家族同士の絆の強さは、子どもを持てばよい親となって、子どもを守り育てることを示しています。信頼感も厚く、現実的な助言のできるあなたは、困った時に頼れる存在です。完璧主義でもありますが、創造的なことを愛し、芸術を愛しています。また、優れたセンスで、身の回りや家の中をきれいに飾ります。高い理想を追い求めるのであれば、俗物的な現実に煩わされないような環境が必要です。しかし、理想を実現するためには、理想を高く持ち続け、それに向けて努力をすることが大切です。また、批判的になったり、断定的になったりしないよう注意も必要です。感情と思考とのバランスを上手にとることができれば、調和と平和を手に入れることができるでしょう。自分の不完全さと欠点を受け入れることで、世界を受け入れ、限界を受け入れることができるようになるのです。秘数6の人は、心配性で短気な性格を克服しなければなりません。より多くを与えれば、より多くを得ることができるのです。

欠点は、満足感の欠如、見栄っ張り、思いやりの欠如、過度の批判精神、独断的態度、おせっかいなどです。

秘数7

秘数7は、直感と知性に影響を与えます。その影響が長所となって表れると、正直、信頼感、判断力、緻密な観察眼、独創性などとして表れます。分析的で思慮深い秘数7の人は、自己完結的で、完璧に物事をこなす力を持っています。自主的な姿勢は、強い独立心と自己主張の持ち主であることを示しています。自分の判断で物事を決めることができるようになるためには、経験を通して多くのことを学ぶのが最良の方法です。あまりに敏感で不安を感じるようになると、孤立感を感じたり、引っ込み思案になったりしてしまいます。また誤解されているように感じるのは、自分の感情を上手に表現できない時かもしれません。物事の違いを見分け、改善する能力は、うっかりすると人のあら探しに終始してしまいがちですが、同時に現状をよりよい方向へと変える能力を示すものでもあります。細部にまで及ぶ知識の豊富さは、知識欲旺盛で、また優れた記憶力の持ち主であることを示しています。また自己分析が上手で、向上心が強いあなたにとって、自己をよりよく見つめるためには、1人の充実した時間がとても貴重です。しかし、孤立してしまうことのないように気をつけましょう。読書、作文、精神世界への興味が、ひらめきをもたらし、世界を広げてくれます。これは、教育や学問、あるいは特定分野の研究に対する興味へとつながります。秘数7の人は、直感的ではあっても、合理的に考えすぎる傾向があり、細部に目を奪われがちです。そうなるとかえって自信を喪失し、疑問がわき、不安に陥ることになります。また、プライバシーを重んじ、秘密主義的で謎めいたところがありますが、意味不明の質問をして、周りの人を煙に巻いてしまうこともあります。

欠点は、疑い深さ、秘密主義、懐疑主義、混乱しやすい、過度の批判精神、無関心、無感動などです。

秘数 8

秘数8は、感情と物質的な力に影響を与えます。その影響が長所となって表れると、強さと確固たる信念として表れます。強い意欲と固い決意を持つあなたは、勤勉で信頼感にあふれています。秘数8に与えられた力強さは、確かな価値観、幹部としての能力、正しい判断力があることを示しています。また、安定と現状維持を望む気持ちが強いのも特徴です。支配的立場に立ち、物質的成功を手に入れたいという願望は、成功を切望する大きな野心へとつながっています。献身的な努力と粘り強さを武器に、責任ある立場を手に入れる人も多いでしょう。ビジネス・センスにも恵まれ、経営者としての能力にさらに磨きをかければ、大きな利益を得ることができます。そのためには、経営者としての正しい判断力を身につけることが大切です。大きな影響力を持つようになると、他の人に実質的な助言と保護を提供できるようになります。物事を判断する際には、寛容の精神を忘れず、弱者を思いやり、権力と忍耐を上手に使い分ける必要があります。秘数8の人は、安定を維持するために長期的な計画を立て、将来に向けて投資をします。また自分を癒すだけでなく、他の人をも癒す力を持っています。この力を人のために役立てることができるようになれば、そこからきっとより多くのものを得ることができるにちがいありません。

欠点は、忍耐力の欠如、けち、働きすぎ、強い権力欲、支配的、計画性の欠如などです。

秘数 9

秘数9は、宇宙全体に影響を及ぼします。その影響が長所となって表れると、思いやり、忍耐力、我慢強さ、誠実さ、繊細さ、人道主義となって表れます。秘数9の人には、カリスマ性があり、その鋭い観察眼は、宇宙全体を受け止めることのできる感受性を示すものです。もしあなたの秘数が9だとしたら、あなたは、寛大な性格と優れた直感力の持ち主です。影響を受けやすく理想主義者のあなたには、先見性があり、感覚で判断をくだします。これは、内なる智恵と研ぎ澄まされた意識の存在を示しています。しかし、寛大で思いやりがあるとは言っても、自分自身や周りの人々が思い通りにならないと幻滅やいら立ちを感じます。やる気を失ったり、憂鬱な気分になったりしないように気をつけ、心の満足感を得られるように努力しましょう。理解力や忍耐力をつけることも大切ですが、感情に流されないようにすることも大切です。秘数 9 の人は、人のために働き、人類に貢献するような運命のもとに生まれていると言っても過言ではありません。世界的な視野を持つためには、海外旅行やさまざまな人々と交流するとよいでしょう。そこから、実に多くのことを得られるにちがいありません。常に何かに挑戦せずにはいられない面や、神経質すぎる面があります。心の平衡を保ち、非現実的な夢をいだかないようにすることが大切です。理想主義、強い精神性、はっきりとした夢、これらすべてを併せ持つあなたの幸せは、精神世界を極めることによって実現するのです。

欠点は、神経質、自己中心的、頑固さ、非現実性、自立心の不足、劣等感、心配性などです。

パーソナル・イヤーの計算方法

How to calculate your Holistic Number

ある特定の年について知りたいと思ったら、自分のパーソナル・イヤーを計算します。その計算方法は、知りたい年の数に生まれた月と日の数を足すだけです。もし1956年6月28日に生まれた人が、2013年がどういう年になるかを知りたい場合は、生まれた年の数を2013に置き換えます。

例えば：

生まれた年（1956）を2013に置き換えて

2013年6月28日 ＝2＋0＋1＋3＋6＋2＋8＝22＝2+2=4

この波動は、1月1日から12月31日までの1年間続きます。

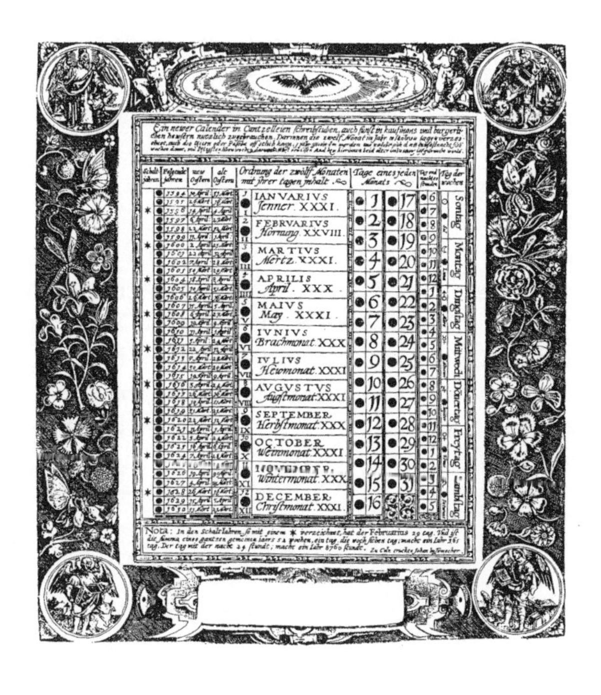

9つのパーソナル・イヤー

パーソナル・イヤーは、9年周期になっています。それぞれのパーソナル・イヤーの波動の特徴は次のとおりです。

数秘術

パーソナル・イヤー 1

この年は、始まりの年です。すでに進行中のものにはさらなる飛躍のチャンスが、そして自分独自の新しい何かを始めるチャンスが、次々に訪れる年になります。新しいことにリスクはつきもの。そして正しい選択をする時には勇気と自信が必要です。自分の心の声だけに耳を傾けましょう。他の人の言葉に心を乱され、躊躇してはいけません。

変化の兆しが見えたら、行動に移す時です。自分を高めることがともかく大切。この1年間は、独立心を養い、積極的に行動し、高い目標を目指すことを最優先に考えましょう。さもなければ、せっかくのパーソナル・イヤー1という絶好のチャンスの年をむだにしてしまうことになります。決して後ろをふり返ってはいけません。夢の実現のためには、なまけ心と迷いは大敵です。この年の大きな収穫は、新しいアイディアの創案や世の中のためになるような発明です。

パーソナル・イヤー 

この年のキーワードは、人間関係、協力、忍耐です。交際の範囲が広がり、さまざまな分野の人々との新たな出会いがあります。仲介者としての役割を果たすことができるようになれば、交友関係やパートナーとの関係も長続きするものへと発展させることができます。また、すばらしい刺激を与えてくれる人との出会いがあります。そういう人と出会ったら、決してそのチャンスを逃してはいけません。心を開き、積極的に働きかけましょう。あなたにとって貴重な智恵の数々を教えてくれる人なのです。この１年間は、人との折り合い、心の平安、社交術、コミュニケーションの技術などを学ぶ時です。他の人との交流を通して自分を見つめ、自分を見つめることによって自分を高めることができます。自分の自由と独立を犠牲にすることなく、周りの人々と上手につき合い、そしてさまざまな人と出会い、また自分を第一に考えながらも人のために尽くす、そんなことができる1年なのです。

パーソナル・イヤー 3

創造的な活動、楽しいこと、愛、この3つを通して自分の感情を表現する年です。この1年は祝福に満ちた年でもあり、人生を大いに楽しむことができる年になります。創造的なエネルギーが体の内側からわいてきて、自由に自分のすべてを表現することができるでしょう。また新しい恋も芽生え、元気はつらつとした楽観的な気持ちのおかげで、楽しい恋愛になります。交際の範囲も広がりますが、嫉妬、不安感、優柔不断、エネルギーの使い方などには気をつける必要があります。パーソナル・イヤー3は、創造と発展の年でもあります。例えば、子どもの誕生、旅行、美術や音楽などを家庭内で楽しむことが実現したり、居心地のいい家を手に入れたりします。外出、観劇、美術館めぐり、会合、家での娯楽などを楽しむことも多いでしょう。また、心密かにやりたいと思っていたこと、例えば、アマチュア演劇、絵画、ダンス、歌、執筆などの芸術的な表現活動や趣味を始めるには、最適な年です。自信を持って、新しいこと、楽しいことを始めてみましょう。この年の一番大きな収穫は、生きる喜びを知ること、そして精神的に成長することです。

パーソナル・イヤー 4

この年は、足固めの年です。しっかりした生活の基盤作りに欠かせないのが、組織、秩序、忍耐、実践です。多くの成果が得られる1年ですが、そのための機会に恵まれる年でもあります。実践的な必要性を感じますが、それは経済的な問題が生じるためで、特に資産の運用がうまくいかないのが原因です。ともあれ、財産、保険、法的な問題を見直し、明確で効率的な環境を整えましょう。

パーソナル・イヤー4の年は、仕事、家の新築あるいは改築、引っ越しなどが順調に進む年です。しかし、資産や保険などについては、後になって後悔することのないよう、よく気をつけて判断するようにしましょう。この1年間で最も重要なことは、しっかりとした生活基盤を築くことです。無用な反逆精神やなまけ心は、大敵です。人に誇れるような何かをやり遂げましょう。

パーソナル・イヤー 5

この年は、変革の年です。仕事面あるいは個人的な交友関係など、あなたをめぐるさまざまな環境に変化が訪れます。旅行や転職によって、たくさんのチャンスが生じます。変化が必要だと、本能が強く訴えかけてきます。新しい人や新しい出来事との出会いを求めれば、びっくりするような嬉しい出来事や予期せぬ出来事が起こります。

大切なのは、訪れる変化に順応すること。心の安定を維持してください。焦燥感、不安感、退屈は大敵。とっさの思いつきで行動して、後で後悔したりすることのないように気をつけましょう。目的をしっかりと見つめ、強い決意で行動し、マンネリから抜け出す時です。この年の大きな収穫は、新しいことを学ぶこと、新しい人々や場所と出会うこと、そして短期間で多くのことを成し遂げる力が自分にあることを知ることです。

パーソナル・イヤー 6

この年は、家庭の内外を問わず、大きな責任を負う年です。6という数字は、宇宙を意味する数ですので、自分の周りのことだけに目を奪われるのではなく、もっと広い世界を視野に入れましょう。新しい環境に腰を落ち着ける時です。新たな責任は、家族に関することや、家を美しく快適に維持することに関係しています。地域活動へ参加したり、人々の役に立つ活動をしたり、人の世話をする年になります。しかし、この1年間一生懸命力を尽くせば、後日、思いがけない収穫や機会に恵まれることになります。できるだけ時間を見つけて、家族や愛する人々と共に過ごしてください。家族もこの1年間、あなたの助けを必要としています。生活に調和と美を取り入れる時です。家を快適に、そしてちょっと贅沢に変えてみましょう。

パーソナル・イヤー 7

この年は、自己改革の年。新しい知識を吸収し、精神的に成長する年です。学びへの願望を満たすことが、何よりも優先します。自分の人生を見つめなおし、過去の努力の結果をふり返り、将来の展望を描くことには、大きな価値があります。これまでに培ってきたものをさらに発展させて新しい知識を吸収し、新しい分野に挑戦してみましょう。この年は、まさにそれにぴったりの年です。仕事でも、研修や訓練を受ける機会があり、その結果、仕事の能力や地位が向上します。自由に使える1人の時間が欲しくなりますが、興味を分かちあう友達も欲しくなります。本や新聞、雑誌などからも大きな感銘を受け、新たな方面へ目が向くようになります。文章を書いたり、読書をしたり、知的刺激を受けられる集まりに参加したりする機会を増やすように心がけましょう。しかし、孤立したり周りの人を批判的な目で見たりしないように注意が必要です。パーソナル・イヤー7の年は誤解されやすい年なのです。この年の一番の収穫は、さまざまなことに対する理解が深まること、そして自分を上手に伝えられるようになることです。

パーソナル・イヤー 

この年は、決断と実行の年です。過去7年間の蓄積が実を結ぶ年です。成功を手に入れたければ、思い迷っている時ではありません。努力を惜しまず、前へ進みましょう。努力の成果は昇格や収入の増加となって実現し、さらに前進するチャンスが訪れます。積み重ねた努力はむだにはなりません。この1年間で仕事量が増え、責任も重くなります。仕事があまり過重にならないよう気をつけましょう。

不動産の購入などの長期的な投資に目が向くようになります。しかし、これも生活の基盤を築き、安定した生活を手に入れる必要性を感じるからこそなのです。仕事面でも好機が到来します。しかし、利益をあげるには、資産運用を上手に行う必要があります。人を支配しようとしたり、目先の儲けだけにあくせくするのではなく、他の人を思いやることを忘れずに、この1年間を楽しく過ごしてください。

パーソナル・イヤー 9

9年周期のパーソナル・イヤーの中で、最も重要なのが、このパーソナル・イヤー9です。この年は、やりかけの仕事を締めくくり、完結させる年です。9年周期が終わりを迎え、次の周期が今まさに始まろうとしているのです。パーソナル・イヤー9の年は、蒔いた種を刈り取るのが大きな仕事です。また、自分の身の回りを見つめなおし、余分なものをそぎ落とす時でもあります。過去への執着は捨てましょう。周囲の状況や人々に物足りなさを感じたら、迷うことなく別れを告げ、未来だけを見つめるようにします。これは、特に1年の後半にさしかかったら、より重要性が増します。

9という数字が象徴するものは成熟と輪廻転生、つまり死と復活、別れと出会いです。変化をくり返しながら永遠に続く命を象徴しているのです。慈悲と寛容の精神から多くのものを得るでしょう。よい行いは、必ずや我が身に返るのです。他の人のために働くことによって、よりよい人間へと成長し、前へ進む勇気がわいてきます。

31つのパーソナル・デー

パーソナル・デーの数は、誕生日の日付と一致します。したがって、これは変わることはありません。

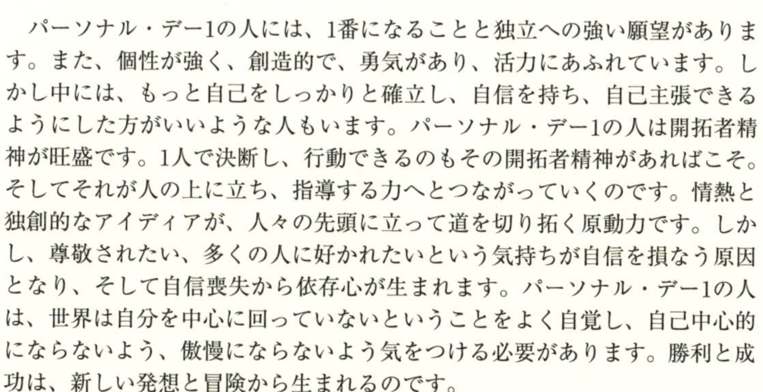

パーソナル・デー 1

パーソナル・デー1の人には、1番になることと独立への強い願望があります。また、個性が強く、創造的で、勇気があり、活力にあふれています。しかし中には、もっと自己をしっかりと確立し、自信を持ち、自己主張できるようにした方がいいような人もいます。パーソナル・デー1の人は開拓者精神が旺盛です。1人で決断し、行動できるのもその開拓者精神があればこそ。そしてそれが人の上に立ち、指導する力へとつながっていくのです。情熱と独創的なアイディアが、人々の先頭に立って道を切り拓く原動力です。しかし、尊敬されたい、多くの人に好かれたいという気持ちが自信を損なう原因となり、そして自信喪失から依存心が生まれます。パーソナル・デー1の人は、世界は自分を中心に回っていないということをよく自覚し、自己中心的にならないよう、傲慢にならないよう気をつける必要があります。勝利と成功は、新しい発想と冒険から生まれるのです。

●**長所**：リーダーとしての資質がある、創造的である、進歩的である、力強い、楽観的である、信念を持っている、競争力がある、独立心がある

■**短所**：横柄である、嫉妬深い、自己中心的である、高慢である、対抗心がある、自制心がない、わがままである、不安定である、短気である

パーソナル・デー 

パーソナル・デー2の人は、繊細で何らかの団体に属したいという強い願望を持っています。また順応力と理解力に優れ、協同作業を通して人との交流を楽しむことができます。周囲の環境に順応し、さまざまな状況を受け入れることができる、親しみやすい温かな人で、社交術にも長けています。調和を重んじ、人と力を合わせて働くことのできるパーソナル・デー2の人は、潤滑油として家庭内の平穏のためになくてはならない人です。しかし、人を喜ばせようとするあまり、依存心が芽生える危険性もあります。自信をつけて、他の人の行動や批判に傷つきやすい点を克服しましょう。恋愛に関しては、自分の直感を信じることです。自分を取り繕いたくなることもあるでしょうが、ありのままが一番です。

●**長所**：協調性がある、優しさがある、機転がきく、順応性がある、直感が鋭い、思慮深い、調和を重んじる、愛想がいい、親切である
■**短所**：疑い深い、自信がない、おべっかを使う、臆病である、神経質である、自己中心的である、ずる賢い、不正直である

パーソナル・デー 3

パーソナル・デー3の人は、愛情、創造的なこと、感情を表現することを常に必要としています。楽しいことが好きで、おおらかで、つき合い上手のため、興味の範囲も広く、さまざまな社会活動を楽しむことができます。多種多様の経験に遭遇できるのも、多彩な才能と自己表現への欲求があればこそ。しかし飽きっぽい性格のため、優柔不断になったり、あまりに多くのことに手を広げすぎたりする傾向があります。芸術的才能とユーモアのセンスを兼ね備え、とても魅力的ですが、不安感や嫉妬心などで心が不安定になることがあるので要注意です。情熱とひらめきを維持するためには、良好な人間関係や愛情あふれる温かな雰囲気が欠かせません。

●**長所**：ユーモアがある、いつも幸せそうである、気さくである、創造的である、芸術的才能に恵まれている、いつも希望に満ちている、自由を愛している、言葉を操るのが上手である
■**短所**：飽きっぽい、見栄っ張りである、大げさである、贅沢である、わがままである、怠惰である、偽善的である、心配性である、優柔不断である

パーソナル・デー 4

パーソナル・デー4の人は、概して組織と秩序に手腕を発揮することが多く、安定を好み、規則と秩序を重んじます。エネルギーと実践的能力、強い意志を持ち、厳しい仕事もいとわずに働き成功します。仕組みに対する感性が鋭く、効率的な制度を作り上げることができる人です。また安定に対する懸念が強く、家族のためにしっかりとした基盤作りをすることを優先的に考えています。誠実で感情を顔に出すことはあまりなく、不言実行を旨としています。実践的な能力は、優れたビジネス・センスへとつながり、物質的な成功を手に入れます。パーソナル・デー4の人は、誠実で、率直、そして公平な心の持ち主です。しかしながら、自分の感情表現が下手で、頑固さと要領の悪さという欠点があります。この欠点とともに、経済的な心配や不安定な時期、さらに薄情な一面を克服する必要があります。

●**長所**：組織的な能力がある、自制心がある、堅実である、勤勉である、職人的な技を持っている、決められた通りのことを実行できる
■**短所**：破壊的である、人に打ち解けない、抑圧的である、融通がきかない、怠惰である、けちである、横柄である

パーソナル・デー 5

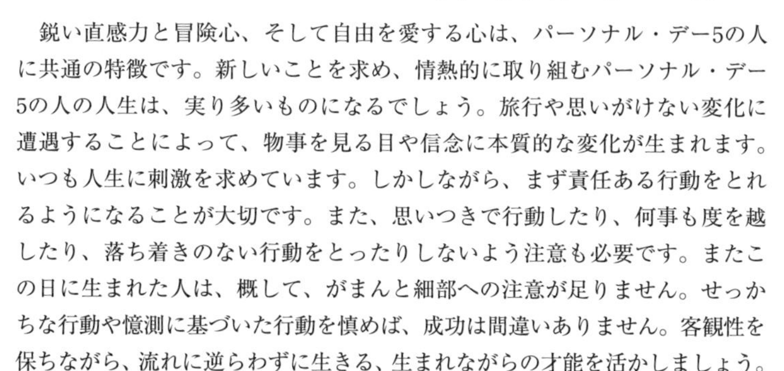
鋭い直感力と冒険心、そして自由を愛する心は、パーソナル・デー5の人に共通の特徴です。新しいことを求め、情熱的に取り組むパーソナル・デー5の人の人生は、実り多いものになるでしょう。旅行や思いがけない変化に遭遇することによって、物事を見る目や信念に本質的な変化が生まれます。いつも人生に刺激を求めています。しかしながら、まず責任ある行動をとれるようになることが大切です。また、思いつきで行動したり、何事も度を越したり、落ち着きのない行動をとったりしないよう注意も必要です。またこの日に生まれた人は、概して、がまんと細部への注意が足りません。せっかちな行動や憶測に基づいた行動を慎めば、成功は間違いありません。客観性を保ちながら、流れに逆らわずに生きる、生まれながらの才能を活かしましょう。

●**長所**：多才である、順応性がある、革新的である、直感力が鋭い、魅力的である、大胆である、自由主義者である、機敏である、機知に富んでいる、好奇心が強い、神秘的である、社交的である
■**短所**：気が変わりやすい、優柔不断である、一貫性がない、信用できない

パーソナル・デー 

パーソナル・デー6の人は、思いやりが深く、理想主義者で、面倒見のいい性格です。誰とでも分けへだてなく友達になることができ、責任感が強く、愛情が深く、先を見通す力にも優れた頼りになる人道主義者です。

仕事を優先しますが、家庭を大切に思うことに変わりはなく、よき家庭人であり、愛情深い親です。信じるもののためならば苦労もいとわず働く原動力は、豊かな感情と調和を切望する気持ちです。感性が非常に鋭いため、美術やデザインなどの創造的な表現活動に興味を持ちます。しかし、もう少し自分に自信を持つこと、友達や近隣の人に対する思いやりを持つこと、自分の行動に責任を持つこと、などを心がけましょう。また、干渉したり、心配や不満あるいは見当違いの同情心をいだいたりする傾向がありますので、注意が必要です。

●**長所**：現実的である、誰とでも仲よくなれる、気さくである、頼りがいがある、理解力がある、理想を持っている、家庭的である、理想的な人道主義者である、安定している、芸術的才能がある、バランス感覚がある

■**短所**：心配性である、恥ずかしがり屋である、非論理的である、頑固である、口が悪い、協調性がない、責任感がない、疑い深い、

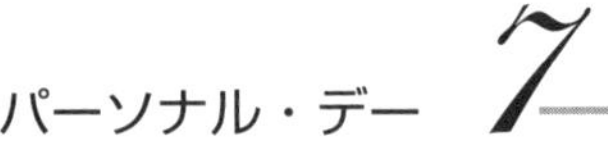

パーソナル・デー 7

分析的で思慮深いパーソナル・デー7の人は、完ぺき主義者であることが多く、さらに批判的で自己完結的なタイプ。自分の考えで判断し、自分の経験から多くを学びます。自分をもっとよく知りたいという気持ちが強く、いろいろな知識を吸収することに熱心です。興味があるのは、読書、執筆活動、精神世界など。学問の世界に惹かれるのもこの旺盛な学習意欲のおかげです。しかし、あまり合理的に物事を考えすぎたり、細部に目を奪われがちなので要注意。また、自分に対する批評に過度に敏感で、誤解されているのではないかと心配になることもあります。不可解で謎めいたところがあり、自分を理解してもらうよりも、相手のほんの些細なことまでが気になります。批判的になりすぎたり、独断的になったり、人を見下すような態度をとったりしないよう気をつけましょう。

●**長所**：学習熱心である、信頼感がある、綿密である、理想主義者である、誠実である、合理的で科学的な考え方ができる、思慮深い

■**短所**：ごまかしが多い、殻に閉じこもりがちである、秘密めいている

パーソナル・デー 

パーソナル・デー8の人は、しっかりとした価値観と正しい判断力の持ち主。目標も高く、とても野心的です。支配的立場、安定、物質的な成功に対する強い願望がありまが、ビジネス・センスに優れているのもパーソナル・デー8の人の特徴です。組織を統括する力や経営力を磨くことによって、大きな利益を手にすることができます。どんな苦労もいとわずに働けば、非常に大きな責任のある地位に就くことができるでしょう。しかしながら、手に入れた権力の正当な使い方を学ぶ必要があります。商取引や金融業界で、法律や規則に関わる地位や責任ある地位に就く人が多いでしょう。安定した生活を手に入れたいという気持ちが強いため、長期的な計画を立て、長期的な投資をします。また、パーソナル・デー8の多くの人には、癒しの力が備わっており、この力を上手に利用すれば多くの人々の幸せのために貢献することができます。

●長所：指導力がある、何事も完璧にやり通す力がある、勤勉である、伝統を重んじる、堂々としている、人を守ろうとする、癒しの力がある、正しい価値観を持っている

■短所：短気である、がまん強さがない、けちである、落ち着きがない、仕事中毒である、くじけやすい、計画性が乏しい、わざとらしい行動がある

パーソナル・デー 9

パーソナル・デー9の人は、博愛主義者で、思いやりが深く、情にもろい性格。創造力豊かで優しさにあふれているため、周りの人からも聡明で寛大な人と思われています。直感力がありますが、この力を積極的に伸ばすようにすれば、インスピレーションが活かされるような分野でその力を発揮することができるでしょう。パーソナル・デー9の人は、自分の人生には予めレールが敷かれているように感じます。理解力、忍耐力を身につけ、人に左右されない強さを養いましょう。また、神経質な部分や感情が大きくゆれ動きやすい部分には要注意。またこのパーソナル・デー9の人は、生まれながらに、人の役に立つために働くよう運命づけられています。

世界旅行やさまざまな分野の人との交流から、多くのものを得ることができます。非現実的な夢に浸ったり、現実から目を背けたりしないように注意。

●長所：理想主義である、人道主義である、創造力がある、感受性が豊かである、寛大である、魅力がある、詩的である、慈悲深い、客観的である、人から好かれる

■短所：欲求不満に陥りやすい、神経質である、不安定である、非現実的である、皮肉っぽい、人に左右されやすい、劣等感がある、怖がりである、心配性である

パーソナル・デー 10

パーソナル・デー10の人は、パーソナル・デー1の人と同じように、どんな困難もものともせず目標に向かってまっしぐらに進むタイプ。自分独自の世界を持ちたいという強い願望を持っています。また、革新的で、自信にあふれ、野心的。大きな視野で物事をとらえることが多く、世俗的なことにも精通しています。独創性に富んでおり、自分の考えを押し通す強さを持っています。しかしときどき、孤独を感じたり、人からあまり好かれていないように感じることもあります。新しいことを始める力の持ち主で、開拓者精神が旺盛。そのため誰も予想しないようなことを独力で始めることがあります。ただし自信の喪失、恐怖心、人から認められたいという願望などがあいまって、依存心が芽生えることもあります。世界が自分を中心に回っているのではないことをよく認識し、自己中心的になったり、傲慢になったりしないように気をつけましょう。目標を達成し、成功を手に入れることが、このパーソナル・デー10の人に共通の願望です。多くの人が、仕事においてはトップの座を手に入れることができます。

●**長所**：指導力がある、創造的である、革新的である、力強い、楽観的である、強い信念を持っている、競争心がある、独立心がある、社交的である
■**短所**：横柄である、嫉妬深い、自己中心的である、うぬぼれが強い

パーソナル・デー 

11は、特別な波動を持つ支配数です。そのためパーソナル・デー11の人にとって、理想、ひらめき、新しいことが特に重要な意味を持ちます。謙虚さと自信の両面を併せ持つため、物心両面で自分を上手にコントロールする術を学ぶ必要があります。しかし数々の経験を通して自分の持つ二面性を上手に活かし、バランスのとれた行動をすることができるようになります。直感力に優れていますが、目標を見失いがちで、せっかくの力を発揮することができません。目標をしっかりと見定めることが先決です。いつも元気はつらつとしていますが、非現実的になったり、不安に駆られたりしないように注意が必要です。最悪の場合は、自分の目標を見失い、自分が本当は何をしたいのかさえわからなくなってしまうことも。しかし、うまく行けば、多くの人のためにその天才的な才能を発揮することができるでしょう。

●**長所**：集中力がある、客観的である、情熱的である、直感が鋭い、霊感がある、理想主義者である、知的である、社交性がある、発明の才能がある、芸術的である、奉仕の精神がある、癒しの力がある、人道的である、信念を持っている
■**短所**：感情的である、不正直である、目的意識がない、傷つきやすい

パーソナル・デー 12

パーソナル・デー12の人の願望は、確固たる個性を確立すること。直感力と推理力に優れていますが、気さくで人のために尽くします。革新的で理解力があり繊細ですが、目標を達成するためには、人との協力がとても大事であることを知っています。心の内側に抱えた不安や動揺が、気楽そうな外見に影を落とすこともありますが、それでも他の人から見れば自信満々です。自己を主張したいという願望と人を助けずにはいられない性格とのバランスを上手にとれるようになれば、満足感と達成感を得ることができるようになるでしょう。いずれにせよ、しっかりとした自分の意志と自信を持つことが大切です。

●長所：創造性に富んでいる、魅力的である、指導力がある、自制心がある、発展的である

■短所：閉鎖的である、変わったところがある、協調性がない、神経質である、自信がない

パーソナル・デー 

パーソナル・デー13の人は、繊細な感情の持ち主ですが、情熱的で直感力に優れています。13という数字の影響は、野心と勤勉さとなって表れ、創造的な表現活動で大きな成功を収めることができます。しかし、自分の創造的な才能を目に見えるかたちで残したいと思うのであれば、実践的な能力を伸ばすことも必要。その独創的で斬新なアイディアは、多くの人に感銘を与え、新たな発想を生みだすでしょう。常に真剣ですが、一方ではロマンティストで、魅力にあふれ、楽しいことが大好きです。一生懸命努力すれば、大きな収穫となって自分に戻ってくるでしょう。豊かな感情と自由を求める精神は、天からの授かりものです。さらに人と協力することを覚えれば、その天賦の才を他の人々と分かちあうことができるようになります。この日に生まれた人に共通しているのは、よりよい生活を求める気持ちが強く、旅行好きあるいは引越し好きであることです。

●長所：野心的である、創造力がある、自由を愛する精神がある、自己表現が上手である、指導力がある

■短所：衝動的である、優柔不断である、横柄である、反抗的である

パーソナル・デー 14

パーソナル・デー14の人によく見られる特徴は、知性と実践力と決断力。しっかりとした生活の基盤を作ることに熱心で、勤勉に働きます。事実、仕事人間であることが多く、自分も含めた人に対する評価も仕事が基準になります。しかし、生活の安定を強く望む半面、変化を求める気持ちもあり、新しい挑戦を求めて前進を続けます。仕事や経済状態に満足できない場合は、特にこの傾向が強く、変化を求め続けます。結果的には多くの人々がトップの座を手に入れるでしょう。また、パーソナル・デー14の人には、創造力という隠された才能があります。その才能を伸ばし、表現することを覚えれば、大きな収穫が得られるでしょう。頑固さを補って余りある多彩な才能、実践力、直感力を持っていますが、愛情表現は苦手です。感覚の鋭さは、問題を迅速に解決する際に役に立ちます。このパーソナル・デー14の人のもう1つの特徴は、賭けごと好き。運が強いため、思いがけない収穫を手にします。

●長所：決断力と行動力がある、働き者である、創造的である
■短所：衝動的である、不安定である、軽率である、頑固である

パーソナル・デー 

パーソナル・デー15の人は、多彩な才能の持ち主で、寛大で、変化を求める人です。また、頭の回転が速く、情熱的で、カリスマ性があります。最もすばらしい資質は、理論と経験両方から学ぶ速さと直感力の鋭さです。多くの場合、学んでいる段階から、それを仕事に結びつけることができます。持ち前の直感力の鋭さを活かして、チャンスを見逃すこともありません。またパーソナル・デー15の人へは、不思議にお金が集まり、また多くの人の援助も集まります。気ままな性格で、予想外の出来事が大好きです。冒険心は旺盛ですが、家庭など自分の拠り所となる場所が必要です。時に頑固さが顔を出し、マンネリに陥ることがあるので要注意。独創的なアイディアと現実的な実践力とを上手に融合させ、落ち着きのなさや不満を克服することができたら、成功はより確実になります。

●長所：意欲的である、寛大である、責任感がある、親切である、協調性がある、感謝の気持ちを持っている、創造的な発想ができる
■短所：破壊的である、落ち着きがない、変化を嫌う、信用がない、心配性である、優柔不断である、物質主義である

パーソナル・デー 16

パーソナル・デー16の人は、野心、豊かな感情、思いやりの持ち主で、とても気さくです。自分の願望を実現したいという気持ちが強く、またより広い世界への好奇心も旺盛なため、家族と離れて暮らすことになります。人を見る目や状況を判断する力は的確で、主に自分の感覚に基づいて判断します。しかし、自分の欲求と他の人に対する責任感との板ばさみになった時、心の中に葛藤が生じます。

パーソナル・デー16の人の関心は、世界へ向かって広がっています。国際協力やメディアに関わる仕事に就く人が多いのもそのためです。慈善活動などで社会のために働く人もいれば、突然のひらめきを得て執筆活動を始める人もいます。心の底には不安を常に抱えており、生活が不安定であったり、節目を迎えた時などは特に緊張状態に陥ります。自信過剰な面と不安感とのバランスを上手にとることが大切です。家族同士の絆が強い家庭に育ちますが、あえて1人暮らしを選んだり、遠くまで旅をする人が多いのもパーソナル・デー16の人に多く見られる傾向です。

●長所：家庭に対して強い責任感を持っている、誠実である、直感的である、社会性がある、協力的である、洞察力に優れている

■短所：心配性である、いつも不満がある、自己顕示欲が強い

パーソナル・デー 17

パーソナル・デー17の人は、非常に聡明で優れた分析力の持ち主。しかし、一方では控えめな性格でもあります。独自の考えを持ち、有能で教養があり、自分の経験に基づいて判断をくだすことができます。豊富な知識を専門家としての技術の向上に役立て、物質的な成功や専門家としての名声を手に入れます。1人で物思いにふけることを好むため、厳格で思慮深い印象を人に与えることがあります。人と心を通じあわせることができるようになると、他の人との交流から新たな自分の一面を発見することもあります。しかし、いったん決断をくだすと意志は固く、よきにつけ悪しきにつけ人の忠告が耳に入らなくなります。長時間1つのことに集中できる忍耐力があり、自分の経験を通して多くのことを学びます。少々疑い深いところがあるので、その点を改善すれば、もっといろんなことを吸収できるようになります。

●長所：思慮深い、専門知識が豊富である、計画性がある、ビジネス・センスに優れている、お金を集める力がある、独自の考えを持っている、苦労をいとわない、きちんとしている、調査能力がある、科学的才能がある

■短所：無関心である、孤独である、頑固である、注意力散漫である、怒りっぽい、神経質である、心が狭い、批判的である、1人を好む、心配性である、疑い深い

パーソナル・デー 

パーソナル・デー18の人は、決断力と野心と強い自己主張の持ち主。行動的で活力に満ちており、権力と変化を求めています。法律に関わる仕事や公的な仕事に就くことが多く、有能で勤勉。責任感も強いため、高い地位に就くことになるでしょう。組織を統括する力と優れたビジネス・センスに恵まれているため、商取引の世界に進む人もいます。議論好きで、批判的な性格のため、中途半端なことではなかなか満足できません。仕事中毒になりやすいので、時には肩の力を抜いてリラックスすることも覚えましょう。またパーソナル・デー18の人には、人を癒す力、助言する力、他人の問題を解決する力があります。その力を活かすためには、そうした能力の正しい使い方を知る必要があります。他の人と共に生きていくことの中から身につけていきましょう。

●**長所**：革新的である、自己主張ができる、直感が鋭い、勇気がある、決断力がある、癒しの力を持っている、有能である、助言する能力がある
■**短所**：感情が抑えられない、怠惰である、秩序正しくない

パーソナル・デー 19

パーソナル・デー19の人は、創造的で明るく快活で行動力に富んでいます。繊細な一面を持つ人道主義者ですが、決断力にも優れ、機知に富んでいます。また、深い洞察力を持っていますが、夢想家としての一面も持ち、思いやり深く、理想に燃えています。ひとかどの人間になりたいという気持ちが、めざましい活躍の原動力です。自分の世界を築きたいという強い願望がありますが、その願望を達成するためには、仲間から受ける重圧感を克服する必要があります。数多くのことを経験してはじめて、自信とリーダーとしての資質が身につくのです。他の人の目には、あなたはいつも自信満々、元気はつらつで機知に富んでいるように見えますが、本当は緊張感が強く、その緊張感のために感情も大きく左右されがちです。自分の努力が周囲から高く評価されていることを認識し、誇りを持ちましょう。しかし自分を中心に世界が回っているのではないこともきちんと自覚しておく必要があります。つまり、自己中心的になったり、傲慢になったりしてはいけないということです。勇気、計画性、きちんとした生活態度を身につければ、孤独に対する恐怖心を克服することができます。

●**長所**：創造的である、リーダーとしての資質がある、革新的である、楽観的である、強い信念を持っている
■**短所**：自己中心的である、気分が沈みやすい、感情の起伏が激しい、物質主義的である

パーソナル・デー 20

パーソナル・デー20の人は、直感が鋭く繊細ですが、順応性と理解力に長けているため、集団の中で力を発揮します。1人で行動するよりは、お互いに切磋琢磨できる共同作業が好きです。環境によっては、美術や音楽の才能も開花します。上品で社交的なため、どのような人々のグループにでも違和感なく解けこむことができます。他人の批判や行動に傷つきやすい面がありますので、改善が必要です。また、自分を犠牲にしたり、不信感に陥ったり、人に頼りきってしまいがちですので要注意。しかし何と言っても、あなたは和気あいあいとした和やかな雰囲気作りの達人。仕事場や家庭での仲裁役として、なくてはならない存在です。

●長所：協調性がある、優しい、気配りができる、順応性がある、直感が鋭い、思慮深い、友好的である、博愛精神がある
■短所：疑い深い、自信がない、媚びへつらう、臆病である、神経質である、不正直である

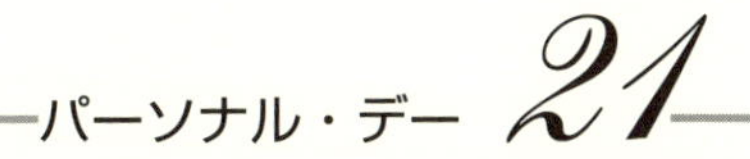

パーソナル・デー 21

パーソナル・デー21の人は、社交的で行動的です。社会への関心も高く、さまざまなことに興味があり、つき合いも広範囲、誰に対しても気さくに接することができます。そして強運、強い個性、直感力の持ち主であり、独立心も旺盛です。楽しいことが好きで、魅力的で創造的。とはいえ、中には控えめで恥ずかしがり屋の人もいます。そういう人は、ちゃんと自分を主張できるように努力が必要です。パーソナル・デー21の人は、多くのチャンスに恵まれ、他の人と力を合わせて働き成功します。仕事でも共に働く同志を求め、私生活では一生を共にする伴侶を求めますが、自分の能力と才能を多くの人に認めてもらいたいという強い願望も持っています。自己中心的になったり、人に自分の夢を押しつけたりしがちですので注意が必要です。あまり長い時間行動を共にして、互いに依存しあってしまうようなことにならないよう気をつけましょう。

●長所：直感が鋭い、創造的である、愛情が深い、人間関係が長続きする
■短所：依存心が強い、神経質である、落ち着きがない、変化を恐れる

パーソナル・デー 22

パーソナル・デー22の人は、誇り高く、実践的で、自制心があり、直感の鋭い人です。22は支配数であり、22と4両方の波動を持っています。正直で勤勉であり、人の先頭に立つ力を持ち、カリスマ性があります。人を理解し思いやる気持ちもあり、多くの人々に感銘を与えます。あまり自分の気持ちを表面に出そうとはしませんが、他の人の幸せを願い、守ろうとする気持ちは、自ずと他の人にも伝わります。だからと言って、自分を犠牲にしたり見失ったりするようなこともありません。広く世界に目を向け、教養も高いため、多くの人から慕われ、尊敬されます。実践的な手腕と経営者としての能力には、目をみはるものがあります。率直で冷静なため、高い地位に就くことができます。また、中には他の人の協力を得て、大きな成功を実現し、かなりの財産を築く人もいます。兄弟姉妹との絆が深く、彼らを守り、助けようと力を尽くします。

●**長所**：世界に目を向けている、直感力がある、実践的である、決められたことをきちんとできる、有能である、組織を統括する力がある、現実的である、問題解決能力がある、目標を達成する力がある
■**短所**：手っ取り早い儲け話に乗りやすい、神経質である、傲慢である

パーソナル・デー 23

パーソナル・デー23の人は、鋭い直感、繊細な感情、豊かな創造力を持っています。多彩な才能があり、情熱的です。頭の回転も速く、次々にアイディアがわいてきます。新しいことも即座に吸収することができますが、理論よりも実践を重んじるのもパーソナル・デー23の人の特徴です。他の人に対して批判的になったり、自己中心的になったりすることがありますので、注意が必要です。新しいものを求めてやまない精神は、旅行好きや冒険心となって表れ､新しい環境に置かれても常に最高の力を発揮することができます。勇気があり、いつも意欲にあふれていますが、親しみやすく楽しいことが大好きです。自分の才能を開花させるためには、常にいろんなことに挑戦する気持ちを忘れてはいけません。また、たとえ人の役に立ちたいという気持ちはあっても、煮えきらない態度をとると、無責任な印象を相手に与えかねませんので注意が必要です。生涯の伴侶に出会い、幸せを手にするまでには、いくつもの出会いと別れを経験することになるでしょう。

●**長所**：忠実である、責任感が強い、心を通じあわせることが上手である、直感が鋭い、創造的である、多才である、信頼できる、名声を手に入れることができる
■**短所**：自己中心的である、不安感が強い、頑固である、嫉妬深い

パーソナル・デー 24

パーソナル・デー24の人は、誠実で責任感が強く、冒険心に富んでいます。決まりきった仕事は嫌いですが、実践的な能力と正しい判断力を持っており、骨身を惜しまずよく働きます。とても繊細な感情を持っているので、秩序正しい安定した生活を築くことが大切です。また、複雑な組織や制度でも、効率的に運営する能力を持っています。正直で頼りがいのあるタイプですが、自分やパートナーのために安定した生活の基盤を築き、愛情豊かな生活を送ることが大切です。不言実行を旨として多くを語りませんが、常に誠実で信頼に応えることのできる人です。優れた実践力は、優れたビジネス・センスにもつながり、物質的な成功を得ることができます。しかし、不安定になったり、自分の考えにこり固まったりすることがあるので注意しましょう。自分の直感を信じ、社会性を身につければ、自制心も自ずと身につきます。また時に冷酷とも思えるような破壊的な行動をとる傾向があるので、やはり注意が必要です。パーソナル・デー24の人にとって重要なことは、さまざまな分野の人と上手につき合えるようになること、疑い深い性格を克服すること、安定した家庭を築くことです。

●**長所**：いつも元気である、理想が高い、実践的な能力に長けている、意志が強い、正直である、気さくである、公平である、寛大である
■**短所**：物質主義である、機械的な仕事を嫌がる、怠惰である

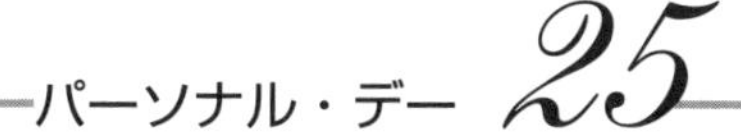

パーソナル・デー 25

鋭い直感力と思慮深さがあり、頭の回転が速くてエネルギッシュ、そんなパーソナル・デー25の人は、さまざまなことに挑戦し、自分の才能を発揮します。胸がわくわくするような新たな発見があるでしょう。そして物事に完璧さを求めるため、とても働き者で生産的です。しかし、自分の思い通りに物事が進まない時も、もう少しがまん強く、そしてあまり批判的にならないような努力が必要です。繊細な感情の持ち主ですが、創造力と芸術的才能という隠れた資質があります。また、自分を過小評価してしまう傾向があり、いら立ちや投げやりな行動の原因になるので気をつけましょう。人間関係や愛に対して強い執着心を持っていますが、25という数字の波動から常に受けている影響により、これも徐々に弱まります。直感的で鋭い感性の持ち主であり、単なる理論よりも実践から多くの知識を得ます。正しい判断力と細部にまで気を配ることのできる観察力によって、成功を手に入れることができます。しかし疑い深く、ときどき衝動的で奇妙な行動をとることがあるので気をつけましょう。変化に対する恐怖心が、緊張感、憂鬱感そして嫉妬心の原因になることがあります。

●**長所**：直感力がある、順応性がある、創造的である、人づき合いがうまい
■**短所**：衝動的である、短気である、責任感がない、感情的になりやすい

パーソナル・デー 

パーソナル・デー26の人は、とても野心的。高い目標を持っていますが、優秀な実践力や優れた経営能力、ビジネス・センスの持ち主でもあります。26という数字の影響は、用心深さとしっかりした価値観、そして正しい判断力となって表れています。責任感の強さも特徴です。また芸術的な才能にも恵まれています。家庭を愛する心と親としての強い義務感を持っているため、しっかりとした基盤のうえにゆるぎない安定を築くことを必要としています。時にあきらめの早さが顔を出しますが、原因は頑固さか自信のなさのどちらかです。綿密な計画を立て、自分を上手にコントロールできるようになれば、成功を手にすることができるでしょう。

完全主義と人道主義の両方の性格を併せ持ったパーソナル・デー26の人は、人と関わる仕事に向いています。周りの人にとっては強さの象徴のような人物であり、家族や親戚、友人たちが困難に遭遇した時、頼りになる存在です。しかしすべてを自分の思い通りにしたくなる傾向には注意が必要。

●**長所**：創造的である、実践力がある、思いやりがある、責任感が強い、家族の誇りである、ひたむきである、勇気がある
■**短所**：頑固である、反抗的である、持続力がない

パーソナル・デー 27

パーソナル・デー27の人は、忍耐強さと自制心を身につけることで、その思考力をさらに高めることができます。直感力、分析力、決断力、観察力などに恵まれ、物事の細部にまで注意が行き届きます。理想主義で繊細な感情の持ち主ですが、豊かな心と創造力があり、多くの人々はあなたの独創的な発想に感銘を受けます。ときどき、合理的で近寄りがたい雰囲気や秘密めいた印象を人に与えることもありますが、それは心の中の緊張を隠そうとしているためです。そういう時は、衝動的であったり、決断力が鈍ったり、混乱したり、不安を感じたりすることが多いようです。人と上手にコミュニケーションをとるためには、心の奥底の感情を上手に表現できるようになることが大切です。パーソナル・デー27の人の成功への鍵は、直感です。さらに、広い視野で物事をとらえることができるようになれば、感情がコントロールできなくなったり、人の視線が気になったりすることがなくなるでしょう。パーソナル・デー27の人にとっては、教育が非常に重要な意味を持ちます。

●**長所**：多才である、想像力が豊かである、創造的である、毅然としている、勇気がある、理解力がある
■**短所**：気難しい、怒りっぽい、理屈っぽい、神経質である

パーソナル・デー 28

強い独立心、高い理想、因習にとらわれない考え方を持ち、実践力と決断力があるパーソナル・デー28の人は、自分自身がすべての基準です。しかし独立心がある一方、心の片隅には、拠り所を求める気持ちがあり、葛藤が生じます。またこのパーソナル・デー28の人は、パーソナル・デー1の人と同じように、野心的で、率直で、進取の気性に富んでいます。いつも活動的で冒険好きなため、さまざまなことに挑戦し続けます。周りの人は、その情熱に感銘を受け、冒険に参加できないまでも、できる限りの声援を送ってくれます。多くの資質に恵まれていますが、中でも特筆すべき資質は、確固たる信念、優秀な手腕、正しい判断力、知識の吸収力、問題解決能力などです。またパーソナル・デー28の人の多くは、優れた指導者であり、自分の良識、論理、明晰な思考力などを大きな武器としています。野心的で成功に対する強い願望を持っていますが、一方では家族と家庭をとても大事に考えています。家族や大事な人の世話や安定した生活を実現することが、パーソナル・デー28の人の大きな目標です。責任ある地位に就くことも多いのですが、情熱を傾けるあまり暴走しかけたり、短気になったりすることも多いようです。

●長所：思いやりがある、革新的である、大胆である、芸術的才能がある
■短所：夢見がちである、非現実的である、傲慢である

パーソナル・デー 29

パーソナル・デー29の人は、非常に高い理想を持ち、行動的で力強く、驚くほどの可能性を秘めています。鋭い直感力、繊細さ、豊かな感情の持ち主でもあります。また思いやりの気持ちは人道主義的な考え方を育み、周囲の人々にも感銘を与え、夢と希望を与えます。成功への鍵は、ひらめきです。そのひらめきを失うと、目標も見失うことになってしまうでしょう。大きな夢も、ともすると情緒不安定の原因となります。とても気さくで温かな雰囲気の持ち主であるかと思うと、急に冷たくよそよそしくなったり、楽観的であったかと思うと、突然悲観的になったりします。パーソナル・デー29の人は、競争心も強く野心的ですが、皆から好かれたいと思うあまり、人の視線が気になります。批判的で疑い深く、恥ずかしがり屋で孤立しがちなところに気をつけ、周囲の人々に対して思いやりを持つようにしましょう。自分の心の奥底の声に耳を傾け、また心を開いて人と接するようにすれば、不安も消え、心の壁を取り去ることができます。創造的な発想を特別なもののために使えば、多くの人の役に立ちます。

●長所：ひらめきがある、バランス感覚がある、心が平和である、寛大である、創造力に恵まれている、大きな夢を持っている、視野が広い、信頼感がある
■短所：集中力がない、不安定である、気難しい

パーソナル・デー 30

パーソナル・デー30の人は、芸術的で創造力があり、気さくで社交的です。生活を楽しみ、人とのつき合いを愛し、誠実で親しみやすく、強いカリスマ性を持っています。豊かな感情と大きな野心を持ち、創造的な才能を秘めています。そして自分独自の方法でそれらの才能を実践へと結びつけ、開花させることができるのです。安定した情緒と社交的な性格、洗練されたセンスと優れた鑑賞眼を持ち合わせており、どのような仕事に就いても成功しますが、特に美術やデザイン、音楽などの分野で才能を大きく開花させることができます。気高さと大きな野心、さらに多くのチャンスに恵まれ、どのような世界に進んでも頂点を極めることができるでしょう。しかし、パーソナル・デー30の人は、感情に左右されることが多いため、常に愛情で満たされていることが必要です。幸福を求めるのであれば、感情が不安定になるような怠惰、わがまま、短気、嫉妬などの感情を持たないように気をつけましょう。ミュージシャン、俳優、芸人などで名声を手にしますが、そのためには愛する人を犠牲にすることになるでしょう。

●**長所**：楽しいことが好きである、誠実である、親しみやすい、物事を総合的に考えることができる、創造的である
■**短所**：怠惰である、頑固である、常軌を逸した行動をとる、短気である

パーソナル・デー 31

パーソナル・デー31の人は、強い意志の力の持ち主で、決断力があり、自己を強く主張します。また直感力と実践的な能力とを上手に統合して、適切な判断をくだすことができます。いったん決意すると疲れることなくよく働き、物質的な成功を手に入れようとしますが、人間には限界があると知ることも重要です。そうすることによってはじめて、しっかりとした生活の基盤を築くことができます。独創的な発想と優れたセンスの持ち主なので、ゆっくり時間をかけ、きちんとした計画を立てるようにすればビジネスの世界でも成功を手にすることができるでしょう。また、パーソナル・デー31の人は、強運の持ち主で多くのチャンスに恵まれ、余暇の時間を使って大きな利益を生みだすことができます。しかし、意気消沈しやすいところや人に対する思いやりに欠けるところがあるので、気をつけましょう。とても働き者ですが、意識して愛する人と過ごす時間、楽しいことをする時間を持つようにすることが大切です。わがままや自己中心的なところは、改善が必要です。また、あまりに楽観的になりすぎる傾向もあるので気をつけましょう。

●**長所**：創造的である、独創的である、前向きである、がまん強い、実際的である、話し上手である、責任感が強い
■**短所**：情緒不安定である、短気である、疑い深い、意気消沈しやすい

366日の

性格&相性診断

【相性占いの読み方】
本書の“相性占い”で紹介しております「恋人や友人」とは、恋人や友人としてふさわしい間柄にある相手、「力になってくれる人」とは困ったときに助けてくれる相手、「運命の人」とは良くも悪くもその人の運命を変えてしまう相手、「ライバル」とは競争相手でありながらも、お互いに切磋琢磨し、刺激をあたえあえる相手、「ソウルメイト」とは魂の伴侶、精神的なつながりの深い相手を、それぞれ意味しています。
【この日に生まれた有名人について】
誕生日はグレゴリオ暦で表記しています。

◎太陽：おひつじ座／魚座
◎支配星：おひつじ座／火星
◎位置：うお座29°30'−0°30'　おひつじ座
◎状態：活動宮
◎元素：火
◎星の名前：デネブカイト

March Twenty-First

3月21日

ARIES

意欲と野望に満ちた社交的な性格

きっぱりとした決断力を持ちながらも協調性に富み、人と関わりを持つ仕事に才能を発揮します。おひつじ座の最初の日に生まれたあなたは、**エネルギッシュで活動的な性格**で、意欲と野望に満ちています。常に進歩を願ってやまない性格は、時にせっかちで短気な印象を人に与えることがありますが、あなたは人と関わり、心を通わせることを願っています。わき出るアイディアはあらゆる分野で活かされることでしょう。

支配星である火星からは、勇気、困難を乗り越える力、仕事の好機を瞬時に見極める智恵が与えられています。直感力と想像力に優れたあなたは、判断力に富み、自らの情熱を人々に印象づける術を知っています。しかし**頑固な一面**を持っており、思い通りにいかない時にも我を通そうとする自己主張の強さは、直した方がよいでしょう。生まれつきの財を成す才能も、時には妥協が必要です。特に物質に対する執着心が強い人の場合は、たとえ成功を収めて経済的に恵まれている時でも、お金がなくなることへの不安はあまり持たないように心がけましょう。**有能な戦略家**でもあるあなたは、成功への野望と博愛の精神とのバランスを上手にとることができます。人への投資は、時にあなたに莫大な利益をもたらします。しかし、そのためには人を見極める力を養うことが必要です。

社交的な性格のあなたは、仕事においても、また日常生活においても、多くの人々と活発に交流し、仕事熱心で規律正しい人々と良好な協調関係を築いていくことができます。

30歳を迎え太陽がおうし座に入ると、平穏と経済的安定を求める気持ちが高まります。自分と愛する家族のために、しっかりとした基盤を築くことに集中すべき時期です。これは、太陽がふたご座に入る60代まで続き、考え方の転機を迎えます。新しい興味と知識の吸収、そして新たな人間関係作りの重要性が高まる転換期です。

隠された自己

認められたいという気持ちが、あなたの成功への原動力。あなたの洞察力と直感力によって、**物質面で大きな成功を手にする**のも夢ではありません。濡れ手で粟などありえないと肝に銘じているので、望むものを手に入れるためには身を粉にして働くこともいといません。高い理想を掲げるあなたには、高額の収入を得ることができ、周りの人々にも恩恵をもたらすような仕事が適しています。

あなたは、お金、権力、地位を望む一方で、平和と静けさをも望むという二面性を持っています。この相反する面を上手に調和させるには、家庭という安息の場所を手に入れるといいでしょう。あるいは、権力を求める気持ちを、心が癒されるようなもの、または美術や音楽、その他創造的な活動に向けることも1つの方法です。しかし、だからといって緊張感を緩めすぎたり、惰性に陥ったり、あるいは成果を得ようとあせったりしないように十分気をつけることが必要。

仕事と適性

対人関係に優れた能力を発揮するあなたには、広報担当者、弁護士、エージェントなどの職業が向いています。また、販売業も向いていますが、売るものに対して信頼感を持つことは不可欠です。しかし、最も理想的なのは、日常の雑務に束縛されることもなく、**先頭に立って推し進めるような仕事**。このような仕事は、あなたが指導力を遺憾なく発揮し、強い熱意を注ぎこむことのできる仕事といえます。ともあれ、どのような職業に就くにしても、あなたの人との関係作りの才能が、その真価を発揮することになります。生まれながらに備わっている会社経営者や管理者としての能力によって、権威ある地位に就く人も多いはず。通信販売業や不動産業も向いています。自営業を選ぶ人もいますが、協力者を得た方が、より高い利益をあげることができます。

恋愛と人間関係

精神的な刺激を求める気持ちは、活発な社会活動となって表れ、多くの人間関係を築き、さまざまな活動に参加します。あなたはエネルギッシュで機知に富む人々に魅力を感じますが、パートナーとの精神的な駆け引きに陥らないように注意しましょう。恋愛中は、あなたはとても**積極的で寛大**です。しかし、相手の要求と自分自身の要求のバランスを上手にとる術を学ぶことが必要。

数秘術によるあなたの運勢

21の日に生まれた人は、陽気で、人を惹きつける魅力にあふれ、創造力に富み、社交的。他の人に対して、人当たりがよく、友好的な印象を与えます。また、独創性と直感力に優れ、独立心が旺盛。恥ずかしがりやで遠慮がちで、特に親しい関係になればなるほど自己主張に欠ける一面が強くなります。協力的な関係や結婚を望む気持ちがある一方、才能と能力を認められたいという気持ちを常に持っています。

生まれ月の**3**という数字からも影響を受けているあなたは、自分の気持ちや感情をもっと素直に表現するように。あなたの楽しい気持ちは周りの人にも伝わり、皆があなたの魅力の虜となります。また相手の心を理解し、優しい気持ちを持つことによって、問題解決への糸口も見つかるでしょう。物事を見極める目は必要ですが、批判的になりすぎないように。

●長所：直感力がある、魅力的である、創造力に優れる、愛情が豊かである、安定した人間関係を築くことができる

■短所：依存心がある、神経質である、感情のコントロールが苦手である、先見性に乏しい、落胆しやすい、変化を恐れる、嫉妬深い

♥恋人や友人

1月3、23、31日／**2月**11、21、22日／**3月**9、19、28、31日／**4月**7、17、26、29日／**5月**5、15、24、27、29、31日／**6月**3、13、22、25、27、29日／**7月**1、11、20、23、25、27、29日／**8月**9、18、21、23、25、27日／**9月**7、16、19、21、23、25日／**10月**5、14、17、19、21、23日／**11月**3、12、15、17、19、21日／**12月**1、10、13、14、15、17、19日

◆力になってくれる人

1月4、10、21日／**2月**1、2、8、19日／**3月**6、17、30日／**4月**4、15、28日／**5月**2、13、26日／**6月**11、24日／**7月**9、22日／**8月**7、20日／**9月**5、18日／**10月**3、16、31日／**11月**1、14、29日／**12月**12、27日

♣運命の人

1月22、28日／**2月**20、26日／**3月**18、24日／**4月**16、22日／**5月**14、20日／**6月**12、18日／**7月**10、16日／**8月**8、14日／**9月**6、12、23、24、25日／**10月**4、10日／**11月**2、8日／**12月**6日

♠ライバル

1月11、20日／**2月**9、18日／**3月**7、16日／**4月**5、14日／**5月**3、12、30日／**6月**1、10、28日／**7月**8、26、31日／**8月**6、24、29日／**9月**4、22、27日／**10月**2、20、25日／**11月**18、23日／**12月**16、21日

★ソウルメイト(魂の伴侶)

1月26日／**2月**24日／**3月**22、30日／**4月**20、28日／**5月**18、26日／**6月**16、24日／**7月**14、22日／**8月**11、12、20日／**9月**10、18日／**10月**8、16日／**11月**6、14日／**12月**4、12日

有名人

佐藤健(俳優)、平野レミ(料理家・歌手)、加藤和彦(ミュージシャン)、岩城滉一(俳優)、田崎真也(ソムリエ)、アイルトン・セナ(F1レーサー)、江國香織(作家)、ショーンK(タレント)

太陽：おひつじ座
支配星：おひつじ座／火星
位置：0°30'－1°30'　おひつじ座
状態：活動宮
元素：火
星の名前：デネブカイトス

March Twenty-Second

3月22日

ARIES

成功へと導く強い意欲を持つ理想主義者

熱血漢で、活動的なのがこの日生まれの特徴。鋭い直感力を持ち、自立心が強く、大胆で冒険家という、おひつじ座らしい特質の持ち主でもあります。あなたが主導権を握ると、物事は新しい方向へと進みます。成功の鍵となるのは、意気ごみです。意欲があれば、**どんな困難にも立ち向かえます**。

支配星である火星からは、平凡な生活では満足できないほどのエネルギーを与えられています。**広い心と積極性**とを併せ持っているので、理想を掲げて人々の先頭に立ち、自信を持って皆を成功へと導くことができます。ただ、あなたの期待に応えられなかった人に対して批判しすぎたりしないように。先見の明と自主性を持っているので、大きな野望のもと新しい計画をスタートさせ、人々を率いるのが得意です。目標を達成することに執着しがちなので、あまりに夢中になりすぎて自分勝手にならないこと。常に変化を求める性格のせいで、思い通りに進まないと、すぐに考えを変えてしまう癖もあります。小さなことを大げさに考えてしまうことが多いので、動揺を抑える自制心を身につけることも必要。

人のために働くことが、あなたの宿命です。実務能力と、すばやく状況を見極める力を持ち、戦略家としても優れているため、想像力に富んだ独創的なアイディアで周囲を活気づけることも。生来の博愛主義者で、何が人々を動かす原動力になるのかということに敏感なため、人間関係に関する第六感に磨きがかけられています。

29歳を迎え、太陽がおうし座に入ると、富を得ることや物質的な成功を収めることに心が向かうようになります。経済的な安定や、自然とのふれあいを求める気持ちも高まってきます。59歳に太陽がふたご座に入ると、第二の転機。興味の対象を広げることの重要性に気づき、学びたいという思いが高まってくるでしょう。

隠された自己

あなたは心の奥底では、愛情を強く求めています。状況によっては、与えられた分を返すだけでは飽き足りないほどの愛がわき出してきます。前向きな気持ちの時には、枯れることのない泉のようにあふれ出す愛情により、生来の指導力がますます高まります。しかし、自分のことばかりを考えてこの力が弱まってしまうと、人に対して感情的な態度をとったり、自分の考えを無理やり押しつけたりしがちです。愛情のエネルギーを、芸術、エンターテインメント、実業界などで創造的に使うことができれば、非常に斬新なものを生み出すことができます。成功のチャンスを増やし、そこに近づくためには、個人的な人間関係が重要。自分を疑わず、信念に基づいて行動すれば力を発揮できるので、自分の直感と計画力を信じて前へ進みましょう。**活動的で勤勉**ですから、駆け引きや小細工などに頼らなくても、素直にまっすぐ進めば、成功はもう目の前！

仕事と適性

度胸と責任感があり、実行力があるので、渉外職、各種代理業、財務顧問など、交渉と関係のある仕事が適職。独創性を活かして、クリエイティブな分野でも活躍が期待されます。あなたは理想主義者でありながら、現実をきちんと見すえる力も持った、生まれながらの指導者です。新しいことを始めたり、困難に立ち向かうことに生きがいを感じます。仕事では、**好機を見抜く才能**が役立ちます。時には、自分自身の立身出世よりも他人のことを優先することも。そんなあなたの人間関係を築く能力は、どんな仕事に就いても役立ちます。

恋愛と人間関係

常に変化を求め、現状に満足することのないあなたは、優柔不断な一面も。そのため、自分に本当に必要なのは誰か、わからなくなってしまうこともあります。いつも**あなたを楽しませ、刺激的なアイディアを提供してくれる誰か**が必要な時もありますが、何かに縛られることが苦手で、心を決めて身を落ち着かせることができません。けれども、情熱的で、愛嬌たっぷり、気さくで友人の多いあなたは、人の心を惹きつける魅力にあふれています。じっくり時間をかけてあなたにぴったりの友人やパートナーを選びさえすれば、恋愛や人間関係に焦ることもなくなります。

数秘術によるあなたの運勢

誕生日の22という数字は数秘術ではマスターナンバーとされます。22としての影響とともに、4という数字としての働きも持っているのです。そんなあなたは、誠実で勤勉、指導力とカリスマ性を生まれ持っています。さらに、人の心がよくわかり、相手の意欲を起こさせるのは何かを知っています。表には出さず、こっそり思いやりを示して他人に尽くすことも。誰もが認めるあなたの特徴といえば、実務技術や管理能力に優れていること。その率直で落ち着いた性格により、管理職に就くこともあります。あなたの内面には負けん気の強さもあり、周囲の助けを得られれば、成功して一財産築くことができます。生まれ月の3という数字は、さまざまな苦難を乗り越えて、より賢く、より優しくなるということを示しています。内省的で思慮深いあなたですが、直感を信じて行動することも必要です。現実的なのもよいのですが、世の中を悲観しすぎないようにうまくバランスをとることを心がけて。物事を細かく分析する癖がありますが、何もかも疑ったり、難癖をつけたりはしないように。

●長所：博識である、監督力に優れる、鋭い洞察力を持つ、実際的な考え方ができる、現実的な判断ができる、手先が器用、設計力に優れる、組織力がある、問題解決能力が高い、最後までやり遂げる、現実的である

■短所：楽な儲け話に弱い、神経質である、劣等感が強い、いばりがちである、ものに執着する、先見性に乏しい、なまけがちである、自己中心的である、目立ちたがりである、欲張りである

♥恋人や友人

1月14、15、24、31日／**2月**12、22、29日／**3月**10、20、27日／**4月**8、9、18、25日／**5月**6、16、23、30日／**6月**4、14、21、28、30日／**7月**2、12、19、26、28、30日／**8月**10、17、24、26、28日／**9月**8、15、22、24、26日／**10月**6、13、20、22、24、30日／**11月**4、11、18、20、22、28日／**12月**2、9、16、18、20、26、29、30日

♦力になってくれる人

1月5、22、30日／**2月**3、20、28日／**3月**1、18、26日／**4月**16、24日／**5月**14、22日／**6月**12、20日／**7月**10、18、29日／**8月**8、16、27、31日／**9月**6、14、25、29日／**10月**4、12、23、27日／**11月**2、10、21、25日／**12月**9、19、23日

♣運命の人

1月12日／**2月**10日／**3月**8日／**4月**6日／**5月**4日／**6月**2日／**9月**24、25、26、27日

♠ライバル

1月16、21日／**2月**14、19日／**3月**12、17、30日／**4月**10、15、28日／**5月**8、13、26日／**6月**6、11、24日／**7月**4、9、22日／**8月**2、7、20日／**9月**5、18日／**10月**3、16日／**11月**1、14日／**12月**12日

★ソウルメイト(魂の伴侶)

1月25日／**2月**23日／**3月**21日／**4月**19日／**5月**17日／**6月**15日／**7月**13日／**8月**11日／**9月**9日／**10月**7日／**11月**5日／**12月**3、4、30日

有名人

大橋巨泉（タレント）、草間彌生（芸術家）、有働由美子（アナウンサー）、リース・ウィザースプーン（女優）、中山晋平（作曲家）、堀越勸玄（歌舞伎俳優）

太陽：おひつじ座
支配星：おひつじ座／火星
位置：1°30'−2°30'　おひつじ座
状態：活動宮
元素：火
星の名前：デネブカイトス

March Twenty-Third

3月23日

ARIES

知性と洞察力が導く成功

強い精神力、知性、判断力、思慮深さが生まれつき備わっています。おひつじ座らしく説得力があり、権力の座に就くこともあります。知性は、あなたの大きな強み。知識と教養があるので、**大成功を収める**ことも可能です。この日生まれの女性は、仕切る立場になることが多いでしょう。天性のリーダーであるしっかり者のあなたは、主導権を握ったり、新しい計画に着手することを好みます。問題解決にユニークな方法を考え出したり、他の人にも具体的な助言や解決方法を与えることができます。あなたのことをよく知っている人は、あなたのことを**保守性と革新性を同時に備えたおもしろい人**だと思っています。議論好きですが、相手に対して攻撃的になったり、自分の考えに固執してばかりいては、思い通りの結果を得ることはできません。あなたは他人の心の内を見抜く力も持っています。それを活かして相手の要求を理解することができれば、適材適所に人を配置する優れた経営者になるでしょう。しかし人の失敗に厳しいという、心の狭い一面も。自分は何でもわかっていると思い、横柄にふるまうのはあなたの短所。もっと同情の心と寛容さを持つようになれば、人との関係がうまくいき、成功のチャンスも倍増します。

自己表現をしたいという心の奥の強い思いをないがしろにしていると、気分の変化に振り回されたり、劣等感にさいなまれることに。自分の直感を信じれば、独創的な芸術の才能や、仕事で役立つ眼識を育てるための挑戦に立ち向かうことができます。

27歳までは、大胆で行動的。28歳になり、太陽がおうし座に入ってからは、経済状態に関心を持つようになり、物質的な安定を求める気持ちが高まります。この傾向は、58歳の太陽がふたご座に入るまで続きます。それ以降は、新たな興味関心が生まれ、あらゆるレベルのコミュニケーションを求める気持ちが強まります。

♈
3
月

隠された自己

いつでも権力の座を狙っていて、実際に力を手中に収めることも多いのがあなたです。特に、活発な意見交換を通して力を獲得するのが得意。自ら進んで懸命に働き、時には厳しい決断をくだすことも。しかし、状況によっては外交手腕もなかなかのもの。決断力と外交手腕のどちらを使うべきか判断するには、生まれ持った知的才能にさらに磨きをかけることが必要です。議論の末に相手とわかりあうのを理想としていますが、時には妥協することも覚えましょう。主導権を握りたいという思いが強くても、ごまかしの手段に頼らないこと。皮肉っぽいと思われがちですが、**実は正義感が強い親分肌**。いつもまじめで頼りになる存在であろうとするがために頑張りすぎてしまわないよう注意。

仕事と適性

あなたの指導力、勤勉さや責任感の強さは、あらゆる分野で役立ちます。鋭い知性と豊かな想像力は、言葉の世界で活きてくるので、教師や学者といった職業が適職。また、**斬新な表現力**を持っているので、芸術やエンターテインメントの分野にも向いています。

恋愛と人間関係

精神的に安心できる環境を必要としているため、友人や恋人にはいつもそばにいてほしいと願っています。正直で率直で、守らなければならない者はとことん守り抜き、**愛する者のためなら何でもします**。あなたの優れた論理力を使えば皆を説得することも可能ですが、尊大にならぬよう注意が必要。

あなたにとって、家族や家庭は大変重要な存在です。精神的な安定を与えてくれる人々との間になら、長続きする、安定した関係を築くことができます。現実的な部分も、安定を得るのに役立ちます。カリスマ性と情熱を持っていますが、情熱のみに踊らされないように。

数秘術によるあなたの運勢

多様な才能と情熱、鋭敏な頭脳。プロ意識があり、創造的なアイディアがどんどんわき出してきます。旅行や冒険、見知らぬ人との出会いが大好き。誕生日の23という数字の影響で変化を求める気持ちが強く、いろいろな経験をします。どのような状況にもうまく順応し、ベストを尽くすことができます。新たな話題もすぐに取りこめますが、理論を学ぶよりも実際に行動する方が好きなタイプ。ただ、他人には厳しい傾向があるので気をつけ、わがままにならないように注意して。

生まれ月の3の影響で、記憶力と想像力に優れ、愛と注目をたっぷり浴びることを必要としています。自分の感情を、斬新な創造力を活かして表現することができれば、精神的な不安を乗り越えることができるはずです。友好的でおもしろいことが大好き。勇気とやる気にあふれているので、能力のすべてを発揮するためには活動的な生活を送り、責任を負い、それを果たすことが重要です。

●**長所**：誠実である、責任感が強い、コミュニケーション能力に優れる、鋭い洞察力を持つ、創造力に優れる、多芸多才、頼りになる、評判がよい

■**短所**：わがままである、自信がない、頑固である、何かと難癖をつける、無気力、引きこもりがち、えこひいきをする

♥恋人や友人

1月11、13、15、17、25、27、28日／**2月**9、11、13、15、23日／**3月**7、9、11、13、21日／**4月**5、7、9、11、19日／**5月**3、5、7、9、17、31日／**6月**1、3、5、7、15、29日／**7月**1、3、5、27、29、31日／**8月**1、2、3、11、25、27、29日／**9月**1、9、23、25、27日／**10月**7、21、23、25日／**11月**5、19、21、23日／**12月**3、16、17、19、21、30日

◆力になってくれる人

1月1、5、20日／**2月**3、18日／**3月**1、16日／**4月**14日／**5月**12日／**6月**10日／**7月**8日／**8月**6日／**9月**4日／**10月**2日

♣運命の人

9月24、25、26、27日

♠ライバル

1月6、22、24日／**2月**4、20、22日／**3月**2、18、20日／**4月**16、18日／**5月**14、16日／**6月**12、14日／**7月**10、12日／**8月**8、10、31日／**9月**6、8、29日／**10月**4、6、27日／**11月**2、4、25、30日／**12月**2、23、28日

★ソウルメイト（魂の伴侶）

1月6、12日／**2月**4、10日／**3月**2、8日／**4月**6日／**5月**4日／**6月**2日

内村鑑三（教育者）、黒澤明（映画監督）、浅田彰（思想家）、中島京了（作家）、姜暢雄（俳優）、梅佳代（写真家）、七瀬なつみ（女優）、北大路魯山人（陶芸家）、本田武史（プロフィギュアスケーター）、千賀健永（Kis-My-Ft2　タレント）

太陽：おひつじ座
支配星：おひつじ座／火星
位置：2°30'−3°30'　おひつじ座
状態：活動宮
元素：火
星：デネブカイトス

March Twenty-Fourth

3月24日

ARIES

才能と自信にあふれた正直者

鋭い洞察力、判断力と、優れた頭脳に恵まれています。知恵と論理を併せ持つあなたは、権力の座に就くことも多いはず。**現実的で意志が強く、人を惹きつける魅力**にあふれているという、おひつじ座らしい特徴も持っています。

支配星である火星からは、負けん気の強さと野心を与えられています。直感と自分の内なる声を信じれば、皆に差をつけることができます。周りの人から見たあなたは、**才能と自信にあふれた正直者**です。しかし、相手に共感できない時には、意見を聞きいれない頑固者になってしまいます。無知を許せないので、人に対してもどかしさを感じたり、いらいらしてしまうことも多いのでは。人に親切をする時は、自分を犠牲にしていることを大げさに強調しないように気をつけましょう。

あなたは決断力に優れているので、思いついたことはすぐに行動に移します。好奇心と知識欲が旺盛で、いつでも新しい分野を開拓したいと思っています。人とのコミュニケーションにおいては、**機知と雄弁の才能**を発揮します。社交的で、創作意欲にもあふれているので、芸術、演劇や小説の執筆などに才能を開花させます。

26歳までは、奔放な生き方をします。27歳になり太陽がおうし座に入ると、物質的な成功や安定を求めるようになってきます。この現実重視の考え方は、57歳で太陽がふたご座に入るまで続きます。この第二の転機を境に新たなアイディアや技術を追求するようになり、物を書くこと、スピーチをすること、人とのコミュニケーションの重要性が高まるのです。

隠された自己

周囲の人は、あなたのことを**とても頭のよい人**だと思っています。しかし、自信にあふれた態度の裏にとても感じやすい一面が隠れています。心の奥底に潜んでいる感情を表現するためには創造的な手段を見つけることが必要。人に認められたい、歴史に名を残したいという思いが強く、一見不可能そうなアイディアに没頭することもあります。あきらめずに取り組みましょう。夢に向かって突き進むその道程こそが、ゴールそのものよりも大切です。大きな夢を描く才能のおかげで、到達すべき目標のずっと先の方まで見渡すことができます。ものに執着しがちな傾向を乗り越えることができれば、お金や地位だけでは真の満足を得ることはできないということ、そしてお金で買うことのできない喜びもこの世にたくさん存在するということがわかるでしょう。価値観と人間性の幅を広げてくれるような選択をしていくことが大切なのです。

仕事と適性

誰にでも愛情を注ぐことのできるあなたは、教師、カウンセラー、福祉活動家または政治家など、人のために役立つ仕事で力を発揮するでしょう。法律、金融に関する仕事も向いています。創造力や言語の才能を活かせば、執筆業、映画監督、音楽や演劇に関する仕事が適職。現実的な考え方を持っているので、科学や商売の世界にも興味があります。どのような職業に就こうと、あなたが真の満足を得られるのは、**他人のために働いている時**です。自分の選んだ仕事の現場で、優れた指導力を発揮すれば、きっと第一線で活躍できます。

恋愛と人間関係

精神的な冒険が好きで、好奇心旺盛、優れた直感力を持ち、さらに現実的で、人間関係について第六感が働きます。愛想がよく社交的なあなたが惹かれるのは、**多才で野心にあふれる、知的で活発な人**です。あなたは、人生で自分に必要なのは何かよくわかっているのに、優柔不断なせいで突然心変わりをしてしまうことがあります。何か失敗をしてしまった時には、どこで間違えたのか考えるのは仲間に任せて、1人で別の方向へと進んでしまうことも。誠実で優しい部分もあるのですが、見当違いの同情をしたり、必要以上に手を出した結果、こちらの親切心につけこまれるということのないように用心しましょう。飽きっぽい性格を克服し、がまんすることを覚えれば、しっかりとした長続きする関係を築くことができます。

数秘術によるあなたの運勢

24日生まれの人を表すのには、良心、責任感、実行力といった言葉がよく使われます。決まりきった仕事をするのは嫌いですが、優れた実務能力としっかりした判断力を活かして、骨身を惜しまずに働きます。誠実で頼りがいがあり、安全意識が高く、人から愛と支持を受けることを必要としているあなたは、自分自身、そして家族のためにも、強固な基礎を築きます。いつでも、現実的な視点から自分の人生を見ているため、商売のセンスがあり、物質的に成功する能力があります。ただし24という数字を誕生日に持つ人は、頑固に自分の考えに固執してしまう傾向があるので注意。疑い深い傾向を抑えること、そして安全な家庭を築くことが目標。

生まれ月の**3**は、人を思いやる広い心の持ち主ではあるけれど、理想を実現するためには忍耐強さを身につける必要があるということを示唆しています。思慮深さと人に対する理解力を持てば、わかりあえるでしょう。

●長所：エネルギッシュ、理想を追求する、実務能力に優れる、意志堅固である、正直者、率直である、公正である、心が広い、家庭を大切にする、活動的である

■短所：冷淡である、ものに執着する、情緒不安定である、日常雑務を嫌う、なまけがちである、不誠実である、横柄である、強情である、執念深い

♥恋人や友人

1月12、16、25日／**2月**10、14、23、24日／**3月**8、12、22、23、31日／**4月**6、10、13、20、29日／**5月**4、8、18、27日／**6月**2、6、16、25、30日／**7月**4、14、23、28日／**8月**2、12、16、21、26、30日／**9月**10、19、24、28日／**10月**8、17、22、26日／**11月**6、15、20、24、30日／**12月**4、13、17、18、22、28日

◆力になってくれる人

1月2、13、22、24日／**2月**11、17、20、22日／**3月**9、15、18、20、28日／**4月**7、13、16、18、26日／**5月**5、11、16、18、26日／**6月**3、9、12、14、22日／**7月**1、7、10、12、20日／**8月**5、8、10、18日／**9月**3、6、8、16日／**10月**1、4、6、14日／**11月**2、4、12日／**12月**2、10日

♣運命の人

1月25日／**2月**23日／**3月**21日／**4月**19日／**5月**17日／**6月**15日／**7月**13日／**8月**11日／**9月**9、26、27、28日／**10月**7日／**11月**5日／**12月**3日

♠ライバル

1月7、13日／**2月**5、21日／**3月**3、19、29日／**4月**1、17、27日／**5月**15、25日／**6月**13、23日／**7月**11、21、31日／**8月**9、19、29日／**9月**7、17、27、30日／**11月**3、13、23、26日／**12月**1、11、21、24日

★ソウルメイト(魂の伴侶)

1月17日／**2月**15日／**3月**13日／**4月**11、22日／**5月**9日／**6月**7日／**7月**5日／**8月**3日／**9月**1日／**11月**30日／**12月**6、28日

この日に生まれた 有名人

綾瀬はるか(女優)、持田香織(Every Little Thing ボーカル)、辻口博啓(パティシエ)、天野ひろゆき(キャイ～ン　タレント)、ちはる(タレント)、原田泰造(ネプチューン　タレント)、羽鳥慎一(アナウンサー)、大津祐樹(サッカー選手)、くわばたりえ(クワバタオハラ　タレント)、ジェシカ・チャステイン(女優)、大友愛(バレーボール選手)、竹富聖花(モデル)、平野早矢香(卓球選手)

太陽：おひつじ座
支配星：おひつじ座／火星
位置：3°30'－4°30'　おひつじ座
状態：活動宮
元素：火
星：デネブカイトス

March-Twenty-Fifth

3月25日

ARIES

個性豊かで気まぐれ屋

カリスマ性がある、若々しい、情熱的。この日に生まれた人は、そんな特徴を備えているので、大きな困難に直面した時も、**理想を失わず前向き**でいられます。おひつじ座らしく、大胆で率直、積極的で、さまざまなアイディアを生みだします。しかし、本能の赴くままに行動してしまう傾向があるので、何かに熱中するあまりに、がまんすることができない時も。そのため、計画も立てずに衝動的に決断をくだしてしまうことがあるのです。責任感を持つこと、慎重に思慮深い態度をとることが成功の鍵。

あなたは個性豊かで、独特の芸術的、創造的な表現方法を持っています。**型にはまらず進歩的**で、人とは違う興味関心を持っています。**気さくで社交的**ですが、責任感が薄く、人と違うことが好きなので、協調性に欠けるところがあります。しかし、絶えず変化を求めているので、他人の感情を無視して反抗的な態度をとって時間をむだにするのは避けたいとも感じています。

25歳までは、情熱的で大胆、自由奔放。太陽がおうし座に入る26歳の頃、地位や安定、経済的な保証を求める気持ちが高まります。次の転機は56歳になってから、太陽がふたご座に入る頃に訪れます。興味の範囲を広げたり、新たな研究分野にとりかかることに関心が生まれてくるでしょう。

隠された自己

強い活力と、自分を表現したいという思いがからみあい、活動の最前線に立ちたがります。先頭に立てば、あなたの強い思いや意見を表現することができるからです。しかし同時に、安定を求める気持ちが強いので、ものに執着しがち。金銭的なことを必要以上に心配しすぎて貴重なエネルギーを浪費しないように気をつけて。**人生の中で大切なのは愛情**であることを、豊かな感情が示しています。その気持ちを外に出せれば、仲間を助けたいという衝動を行動に移すことができると同時に、周りの人からの愛を得ることも。心の欲するものとお金との間でうまくバランスをとることができれば、すばらしい機知とユーモアを披露し、人々を喜ばせることができるでしょう。

仕事と適性

人と楽しくコミュニケーションをとることのできるあなたは、教育、執筆業、営業、販売促進、PR活動、株式売買、政治といった分野に向いています。知識を吸収する能力が高いので、学者など、学究の道もあります。あるいは、若々しさと創造的な才能を活かして美術、音楽、演劇などの分野で生計を立てるのも一考。**目標のためには骨身を惜しまず働く**ので、鋭敏な頭脳、優れた指導力を活かせば、法律や経営の分野でも活躍。冒険好きな精神で、新たな分野を開拓します。

恋愛と人間関係

気ままで大胆、情熱的な性格で、自由を愛し、独立心が強いあなたですが、理想の恋愛関係を探し求めています。時には後先を考えず、情熱に任せて衝動的な関係を築くことも。理想を高く持ちすぎて、がっかりしてしまうこともしばしばです。安定した関係を築くには、まず責任感を持たなければなりません。理想主義に走りがちなので、孤独感にさいなまれることもあります。そんな時には強い精神的な結びつきが必要。あなたには**不思議なオーラ**があり、秘密の関係を持つこともあるかもしれません。

数秘術によるあなたの運勢

25日に生まれた人は、強い精神的なエネルギーを持っています。集中している時には、あらゆることを考えたうえで、誰よりも早く結論を出すことができます。鋭い洞察力を持ちながら思慮深く、頭の回転も速くてエネルギッシュなので、さまざまな経験、例えば新しくてワクワクさせてくれるアイディア、人、場所などを通して自己表現をすることが必要。物事が思い通りに運ばない時でも、いらいらしたり、怒りっぽくならないように。直感を信じ、忍耐力と根気を得ることができれば、成功も幸せもすぐそこです。

生まれ月の**3**は、独創性と自信を表します。野心にあふれていて、できる限り単独で行動し、決断も自分でくだしたいと思っています。豊かな感受性と芸術的な才能に加えて、さらにいろいろな能力を隠し持っています。直感力に優れて抜け目がありません。理屈で考えるよりも現実に照らし合わせて考えることで、さらなる知識を得ることができます。

●長所：鋭い洞察力を持つ、完璧主義である、才知が鋭い、創造力に優れる、人間関係を築く能力に優れる

■短所：軽率である、短気である、責任感がない、感情に振り回されやすい、嫉妬心が強い、秘密主義である、人のあらを探す、気難しい、神経質である

♥恋人や友人

1月7、10、17、18、27日／**2月**5、8、15、25日／**3月**3、6、13、23日／**4月**1、4、11、21日／**5月**2、9、19日／**6月**7、17日／**7月**5、15、29、31日／**8月**3、4、13、27、29、31日／**9月**1、11、25、27、29日／**10月**9、23、25、27日／**11月**7、21、23、25日／**12月**5、15、19、21、23日

◆力になってくれる人

1月3、5、20、25、27日／**2月**1、3、18、23、25日／**3月**1、16、21、23日／**4月**14、19、21日／**5月**12、17、19日／**6月**10、15、17日／**7月**8、13、15日／**8月**6、11、13日／**9月**4、9、11日／**10月**2、7、9日／**11月**5、7日／**12月**3、5日

♣運命の人

1月13日／**2月**11日／**3月**9日／**4月**7日／**5月**5日／**6月**3日／**7月**1日／**9月**27、28、29日

♠ライバル

1月16、24日／**2月**14、22日／**3月**12、20日／**4月**10、18日／**5月**8、16、31日／**6月**6、14、29日／**7月**4、12、27日／**8月**2、10、25日／**9月**8、23日／**10月**6、21日／**11月**4、19日／**12月**2、17日

★ソウルメイト(魂の伴侶)

1月16日／**2月**14日／**3月**12日／**4月**10日／**5月**8日／**6月**6日／**7月**4、31日／**8月**2、15、29日／**9月**27日／**10月**25日／**11月**23日／**12月**7、21日

京マチ子(女優)、はいだしょうこ(歌手)、織田信成(プロフィギュアスケーター)、原田宗典(作家)、嘉門達夫(歌手)、アレサ・フランクリン(歌手)、志茂田景樹(作家)、橋本治(作家)、福士加代子(陸上長距離選手)、サラ・ジェシカ・パーカー(女優)

太陽：おひつじ座
支配星：おひつじ座／火星
位置：4°30'−5°30'　おひつじ座
状態：活動宮
元素：火
星：デネブカイトス

March Twenty-Sixth

3月26日

ARIES

控えめな中にも強い意志が

抜け目がなく、野心にあふれて意志堅固。そんな特徴を持っているのがこの日生まれの人です。いろいろな経験をしてみたいと願うあなたは、自己修養に努め精神的なエネルギーを分散させてしまうことのないようにしましょう。そうすれば目標に集中することができるようになります。

支配星である火星の影響で、**さまざまなことを達成できる**可能性を持っています。しかし、いい考えが浮かばないと、いらいらと不満が募るばかりで、始めたことを最後までやり遂げることはできません。想像力をかきたててくれる何かを見つけるまで、究極のゴールとなるものを探してさまよい続けるのです。この状況を乗り越えるための1つの方法は、自制と内省を学ぶこと。本当の満足は、自分で努力して達成することにより得られるのだと肝に銘じて。人の努力に頼ろうとしていては、すぐに退屈し、不満を覚えます。まっすぐ前を向き真剣に働けば、成功も夢ではありません。あなたの描く目的地に向かうためには、**小さなことを気にせず大きな視野で物事を見て、独力で進む**ことが必要です。

あなたは他人を説き伏せる能力も持っています。普段はあなたの強さや神経質さは、愛想がよくのんびりした様子の影に隠れているので、周囲からは**控えめな人**だと思われることも多いようです。

幼少期に、男性、特に父親から強い影響を受けます。24歳までは積極的で冒険を好みます。25歳になって太陽がおうし座に入ると、物質的な安定を求める気持ちが高まるでしょう。50代の中頃、太陽がふたご座に入ってからは、知識、教育を重要視するようになります。

隠された自己

正直でありたいという思いが非常に強く、他の人なら避けたがるような事態にも挑戦。目指すものが何にしろ、しっかりとした基盤を築きたいあなたは、**目標にたどり着くためなら労を惜しまず働きます**。常識と、優れた社交性、人間関係についての眼識を組み合わせて成功に導きます。創造的なあなたにとっては、自己表現をすることはもちろん、それを受け取ってくれる人々も大切です。しかし、心配事や悩み事のせいで人生の楽しみを逃してしまわないように。仕事はあなたの人生の中の重要な一部ですから、誇りを持って。しかし働きすぎは禁物。

あなたの深い知識は、人生への哲学的なアプローチや、社会問題への斬新な解決法などを考える時に役立つはずです。

仕事と適性

あなたのやる気と、鋭い知性、すばらしい社交力は、さまざまな分野で力を発揮するのを助けてくれます。自分を表現することへの強い欲求を持ち、刺激的なものを好むので、執筆業や芸術、エンターテインメントの世界に惹かれます。教育、研究、科学、政治、哲学、PR活動といった分野もおすすめ。人に言われたことをするだけでは満足できないので、誰かの下について働くのは苦手。仕事の中では、大きな企画に自然と引き寄せられ、**すばらしい問題解決能力**を示すことでしょう。組織化、管理の能力を活かして重要な地位に就くこともあります。

恋愛と人間関係

家庭を愛し、協力的なあなたは、頼りがいのあるパートナーになります。その一方で、自立心が強く、しっかりとした信念と野心も持っているあなたは、**パワフルで自己主張の強い人**に惹かれます。しかし、何をするにも、始めた時の熱意が長続きしません。人との関係を築く時も、相手が思ったほど魅力的でないとわかると、途端に興味が消失。友人にしろ恋人にしろ、勤勉で権威を持つ人を選びます。**誠実でまじめな人**と好相性。

数秘術によるあなたの運勢

26日に生まれた人は、慎重さや、しっかりとした価値基準、判断基準を持っています。生まれ持っている実務能力や、ビジネスのセンスに磨きをかけて、人生に対する現実的な視点を持つように心がけましょう。この日生まれの人は、責任感が強く、美的センスにも恵まれています。さらに、母性・父性本能が強く、家庭への愛が強いので、しっかりとした基盤を築いたり、安定を得ることを求めています。友人が困っていれば、家族と同じように手助けをするので、皆から頼りにされています。ただし、ものに執着しがちなところ、状況や人を常に自分の支配下に置いておきたがるところがあるので注意。

生まれ月の**3**は、繊細で理想主義者。常に理想を追い求め、寛大な心を持つあなたは、皆を平等に愛することができます。外の要素からひらめきを得ることもありますが、自分自身の直感や考えに従って前に進むようにしましょう。

●長所：創造力に優れる、現実的な判断ができる、思いやりがある、責任感が強い、家族を大切にする、熱意にあふれている、度胸がある

■短所：強情である、反抗的な態度をとる、安定した関係を築くことができない、意気ごみに欠ける、忍耐力が足りない、移り気である

♥恋人や友人

1月1、14、19、28、31日／**2月**12、26、29日／**3月**10、24、27日／**4月**8、13、22、25日／**5月**6、20、23日／**6月**4、18、21日／**7月**2、16、19、30日／**8月**14、17、28、30日／**9月**12、15、26、28、30日／**10月**10、13、24、26、28日／**11月**8、11、22、24、26日／**12月**6、9、20、22、24日

◆力になってくれる人

1月26日／**2月**24日／**3月**22日／**4月**20日／**5月**18日／**6月**16日／**7月**14日／**8月**12日／**9月**10日／**10月**8日／**11月**6日／**12月**4日

♣運命の人

9月26、27、28、29日

♠ライバル

1月3、25日／**2月**1、23日／**3月**21日／**4月**19日／**5月**17日／**6月**15日／**7月**13日／**8月**11日／**9月**9日／**10月**7日／**11月**5日／**12月**3日

★ソウルメイト(魂の伴侶)

1月3、10日／**2月**1、8日／**3月**6日／**4月**4日／**5月**2日／**8月**16日／**12月**8日

有名人

渡辺麻友(AKB48 タレント)、いしだあゆみ(女優)、京極夏彦(作家)、安野モヨコ(マンガ家)、後藤久美子(タレント)、YUI(歌手)、高木雄也(Hey! Say! JUMP タレント)、柳楽優弥(俳優)、ダイアナ・ロス(歌手)、宮原知子(フィギュアスケート選手)

太陽：おひつじ座
支配星：おひつじ座／火星
位置：5°30'－6°30'　おひつじ座
状態：活動宮
元素：火
星：なし

March Twenty-seventh

3月27日

ARIES

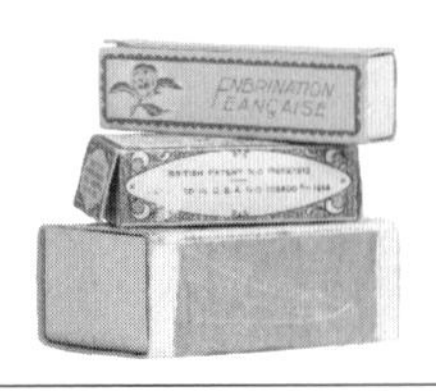

大胆である一方、内面は繊細

豊かな感情と高い理想、そして創造力を併せ持つのがこの日生まれの人です。斬新なアイディアを持ち、芸術的な能力にあふれています。鋭い直感力と想像力を持っているのに、簡単に負けを認めてしまうので、精神的な挫折感を味わうことになってしまいがち。自制することを覚え、困難も新たなことを学ぶチャンスだと思って前向きになれば、難しい状況も優位な状況へと変えることができます。

支配星である火星の影響で、**知識を求める開拓者精神**を与えられています。ちょっとした刺激があれば、新たな冒険に向かって全力で突進。ただし、物事を重く考えすぎたり、心配しすぎる傾向は要注意。考えすぎると、不安やいら立ちが募ってしまいます。好きな人には優しく寛大です。陽気で気さくにふるまうことで、繊細な内面を隠そうとします。

力強い表現力と大胆さを持つあなたは、いつでも刺激を求めているため、困った状況に巻きこまれてしまうこともしばしば。バランスを保つことを覚え、安心と調和を育むことができれば、本当に満足できる結果が得られます。広い視点、寛大な心、同情を持つことで、前向きになり、成功の可能性も高まります。**夢を描くだけではなく、実行に移す**ようにしましょう。

23歳までは幅広い興味を持ち、旅行や調査が吉。24歳になり太陽がおうし座に入ると、物質的な成功、安全、経済的な安定を望むようになります。自然とのふれあいも求め始めます。50代の半ば、太陽がふたご座に入ると、知識、教育が人生の中で重要になります。

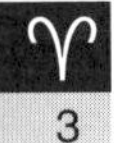

隠された自己

舞台の中心で輝くような力強い表現力と、安らぎを求める心とが混じり合っています。安定を強く求めているので、家庭を持つことが大切。あなたにとって家庭とは、安心を求めて駆けこめる場所であり、同時に誇るべき存在でもあるのです。**誰に対しても正直で、自分の意見を伝えたい**という気持ちを強く持っているため、弱い立場の人に代わって活動することも。ただし、この傾向が強い責任感と結びついて、他人の生活に干渉しすぎないように。広い心を持ち、気前がよく、人との交際にずば抜けた才能を発揮するというよい面も持っているのですが、横柄な態度をとってしまうことも。温かい心ではなく、悪い部分が前面に出てしまうと、才能は発揮できません。公平な視点と、何か信じるものを持てば、いつでもすばらしい潜在能力を発揮できます。

仕事と適性

個性的なアイディアを表現できる能力から、デザイン、執筆、音楽、美術、演劇などの職業に適性があります。知識欲と博愛主義的精神は、教育、著述、科学などの分野もおすすめ。**討論好き**でもあるので、コミュニケーションの技術を活かして商売をしたり、弁護士、政治家などの職業も適職です。目標に向けて資金を募る才にも恵まれているため、組織力や経営能力を活かせば、福祉の仕事にも向いています。

恋愛と人間関係

理想を追い求め、他人の感情や要求に敏感なのですが、頑固になったり、自分勝手な一面も。しかし、社交的なので友人に恵まれます。情熱的な部分が前面に出ることが多いのですが、時には休んだり、反省したり、よく考えるための1人の時間が必要。あなたにとって、人との関係はとても大切なものですが、相手に依存しすぎたり、相手の意見に従いすぎないように。理想主義や、自己犠牲精神を貫くことにこだわりすぎると、がっかりしたり、他人を信用できなくなってしまいます。いらいらしたり、感情の波にのまれないように心がけつつ、自分の思いを内に閉じこめずに相手に伝える方法を会得しましょう。あなたに必要なのは、**情熱やアイディアを分かちあえる相手**なのです。

数秘術によるあなたの運勢

洞察力を持ち、分析的。27日生まれの人は、観察眼が鋭く、細部にも気を配ることができて、力強い説得力を持っています。ミステリアスで、沈着冷静な人だと思われがちですが、実は内側に緊張を隠しています。突然の変化には対応できず、受け入れられません。あなたの成功の鍵となるのは、インスピレーション。もっと広い視野を持てば、感情の爆発を抑えることもでき、他人がどう思おうと気にならなくなります。

生まれ月の3は、あなたが繊細な理想主義者で、創意豊かであることを示しています。独創的なアイディアで皆を感動させ、豊富な知識は共同作業の中で大いに役立ちます。生まれつき多才で、想像力豊か、強い直感力を持っていて、いつも注目を浴びていたいと思っています。また、衝動的な行動は苦手。思いついたアイディアを、どうしたら人にわかりやすく表現できるかを学ぶようにしましょう。

●**長所**：多芸多才である、想像力が豊かである、創造力に優れる、意志が固い、勇敢である、理解力に優れる、知的才能が豊かである、精神的なものを重んじる、アイディア力がある、精神力が強い
■**短所**：怒りっぽい、落ち着きがない、神経質である、疑い深い、感情に振り回されやすい、緊張しやすい

相性占い

♥恋人や友人
1月1、5、15、26、29、30日／**2月**13、24、27、28日／**3月**11、22、25、26日／**4月**9、20、23、24日／**5月**7、18、21、22日／**6月**5、16、19、20日／**7月**3、14、17、18、31日／**8月**1、12、15、16、29、31日／**9月**10、13、14、27、29日／**10月**8、11、12、25、27日／**11月**6、9、10、23、25日／**12月**4、7、8、21、23、29日

◆力になってくれる人
1月1、2、10、14、27日／**2月**8、12、25日／**3月**6、10、23日／**4月**4、8、21日／**5月**2、6、19、30日／**6月**4、17、28日／**7月**2、15、26日／**8月**13、24日／**9月**11、22日／**10月**9、20日／**11月**7、18日／**12月**15、16日

♣運命の人
9月28、29、30日

♠ライバル
1月17、26日／**2月**15、24日／**3月**13、22日／**4月**11、20日／**5月**9、18日／**6月**7、16日／**7月**5、14日／**8月**3、12、30日／**9月**1、10、28日／**10月**8、26、29日／**11月**6、24、27日／**12月**4、22、25日

★ソウルメイト（魂の伴侶）
1月21日／**2月**19日／**3月**17日／**4月**15日／**5月**13日／**6月**11日／**7月**9、29日／**8月**7、17、27日／**9月**5、25日／**10月**3、23日／**11月**1、21日／**12月**9、19日

有名人

内田篤人（サッカー選手）、佐藤栄作（政治家）、遠藤周作（作家）、田辺聖子（作家）、知花くらら（タレント）、青木さやか（タレント）、クエンティン・タランティーノ（映画監督）、松本孝弘（B'zギタリスト）、マライア・キャリー（歌手）、宮本信子（女優）

太陽：おひつじ座
支配星：おひつじ座／火星
位置：6°30'−7°30'　おひつじ座
状態：活動宮
元素：火
星：なし

March Twenty-Eighth

3月28日

ARIES

強い自己主張と自立心

この日に生まれた人は、知的な才能と堅固な意志力を持っています。冷静に、がまん強く取り組めば、すばらしい成功を手にすることができます。おひつじ座らしい自己主張の強さと、いつでも活動状態にありたいという思いを持ち、特に精神的に活発でありたいと強く思っています。支配星である火星の影響で、**自立心が強く率直な人柄**です。しかし、怒った時に、はっきり言いすぎたり、感情的になりすぎないように。

和気あいあいの環境を作ることが、あなたによい影響を与えます。コミュニケーションの技術を磨けば、誤解されることもなくなります。あらゆる**知的活動に優れている**ので、討論でも切れ味の鋭さをみせます。しかし、乗り気でないとすぐに飽きてしまい、優れた精神力をつまらない主張や不必要な対立のために費やすことになりがち。しかし、あなたに備わっている**鋭い第六感**で相手に誠意のない時にはすぐに見抜きます。この能力は、特に権力争いの場面で発揮されるでしょう。自分のことは自分でできるタイプです。自分の真価が認められていないと感じて釈然としない時でも、相手があなたに敵意を持っているなどと思わないこと。あなたの力は、知的な能力が必要な場面で発揮されます。計画立案者の中心となって優れた組織力をみせたり、巧みな戦略を立てられます。投資にもツキがあります。その多種多様な能力を活かして物質的な成功を収めることも。

22歳までは、情熱的で、独立独歩の頑固者。23歳になり、太陽がおうし座に入ってからは、物質的な成功や経済的安定を求めるようになります。この頃から精神的にも安定し始めます。53歳で太陽がふたご座に入ると、人生の転機が訪れます。あなたの運命を変える新しい友人ができるでしょう。

隠された自己

生まれつき運がよく、頑張らなくても望んだものは何でも手に入れることができます。それこそがあなたの一番の課題。自分の内なる知恵に気づいてはいるのですが、今持っている知識にさらに新しいものを加えていく忍耐力に欠けるのです。ですから、自制心と集中力を持って、精神的な能力を鍛えることが重要。心の深いところで愛されたいという強い欲求を持っているので、人生の中で一番大切なのは愛情だと思っています。普段は積極的なあなたですが、世の中から離れて1人でもの思いにふけったり、物を書いたり、自分の本質を探るための時間も必要です。信念と着想がある時には、強い意志を持って目標に向かって突き進むことができます。

仕事と適性

どんな仕事に就いても、生来の指導力のおかげでいつも最前線に。新しい企画に着手するのも好き。**優れた構成力を持つ戦略家**でもあります。想像力を活かして、建築、写真、映画に関わる仕事もおすすめです。あなたの管理能力が必要とされる、教育、健康、社会事業、法律などの分野がぴったり。直感的な部分は、美術、音楽、エンターテインメントの分野で創造的な自己表現法を見つけることが必要。

恋愛と人間関係

あなたは強い意志と自立心を持ち、大胆でありながらも誠実で頼りになります。**精神的な刺激を与えてくれる人**、興味や関心、価値観を共有できる人を求めています。理屈っぽくならず、公正でいることができれば、関係を長続きさせることができます。似たような主義を持ったり、根本的な部分でお互いを理解できれば、異性との間にも温かく優しい関係が築けます。**知的で前向きな人**に惹かれ、率直で正直でいることを好むあなたですが、軽率な口をきいたり、衝動的な行動をとって後悔しないように。それさえ気をつければ、誠実で勤勉なあなたは、愛する人にたっぷりの愛情を注ぎ、守ってあげることができるでしょう。

数秘術によるあなたの運勢

自立心が強く、理想を高く持ち、型にはまらない自由な心を持っていながら、実践に重きを置いた考え方をしています。自分のルールを持っているのです。誕生日の**28**という数字の影響で、自立心と、集団に所属していたいという気持ちの間でゆれています。いつでも行動を起こす準備、新たな冒険のための準備ができていて、どんな困難にも勇敢に立ち向かいます。

あなたの情熱は、他人にも影響を与えます。今すぐに仲間に引き入れることのできない相手でも、次の機会には力になってくれます。強い信念、機知、優れた判断力、常識など、さまざまな能力を持っています。

成功を重視しているものの、家庭生活も大切。でも、安定を見つけること、家族を大切にすることは難しい時もあります。

生まれ月の**3**は、直感力と創造力を表します。計画をきちんと立てることで、注目を集め、成功も目前になってくることでしょう。

●**長所**：同情の心を持っている、進歩的な考え方ができる、勇気がある、芸術的才能がある、創造力に優れる、理想を追求する、野心に満ちている、勤勉である、安定した家庭を築くことができる、強い意志を持つ

■**短所**：やる気がない、思いやりが足りない、夢見がちである、いばりがちである、分別がない、攻撃的である、優柔不断である、依存心が高い、うぬぼれ屋

♥恋人や友人

1月10、13、20、21、30日／**2月**8、11、18、19、28日／**3月**6、9、16、26日／**4月**4、7、14、24日／**5月**2、5、12、22日／**6月**3、10、20日／**7月**1、8、18日／**8月**6、16、30日／**9月**4、14、28、30日／**10月**2、12、26、28、30日／**11月**10、24、26、28日／**12月**8、22、24、26日

◆力になってくれる人

1月12、16、17、28日／**2月**10、14、15、26日／**3月**8、12、13、24日／**4月**6、10、11、22日／**5月**4、8、9、20、29日／**6月**2、6、7、18、27日／**7月**4、5、16、25日／**8月**2、3、14、23日／**9月**1、12、21日／**10月**10、19日／**11月**8、17日／**12月**6、14日

♣運命の人

3月31日／**4月**29日／**5月**27日／**6月**25日／**7月**23日／**8月**21日／**9月**19、30日／**10月**1、17日／**11月**15日／**12月**17日

♠ライバル

1月6、18、22、27日／**2月**4、16、20、25日／**3月**2、14、18、23日／**4月**12、16、21日／**5月**10、14、19日／**6月**8、12、17日／**7月**6、10、15日／**8月**4、8、13日／**9月**2、6、11日／**10月**4、9日／**11月**2、7日／**12月**5日

★ソウルメイト（魂の伴侶）

3月28日／**4月**26日／**5月**24日／**6月**22日／**7月**20日／**8月**18日／**9月**16日／**10月**14日／**11月**12日／**12月**10日

有名人

レディー・ガガ（歌手）、伊武雅刀（俳優）、石田衣良（作家）、的場浩司（俳優）、古谷実（マンガ家）、神田うの（タレント）、鈴木明子（フィギュアスケート選手）、水野真紀（女優）、北の富士勝昭（第52代大相撲横綱）、法華津寛（馬術選手）、秦万里子（歌手）

太陽：おひつじ座
支配星：おひつじ座／火星
位置：7°30'−8°30'　おひつじ座
状態：活動宮
元素：火
星の名前：アルゲニブ

March Twenty-Ninth

3月29日

ARIES

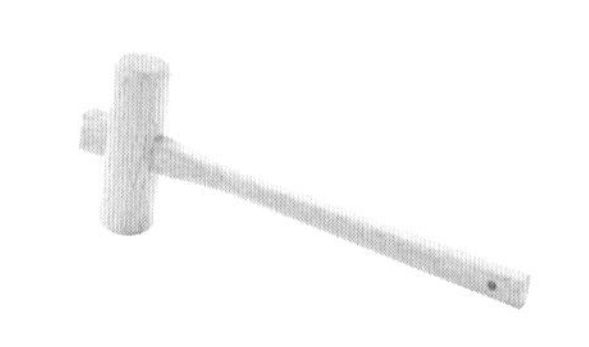

率直で正直、一方で疑い深くて繊細

賢くて抜け目がなく、すぐに状況を理解することができるこの日生まれの人には、生まれつき第六感が備わっています。何でも首をつっこみたがるのですが、口出ししすぎないように慎みましょう。おひつじ座らしく、**積極的で野心にあふれています**。疑い深いのですが同時に繊細で、他の人にはあなたの考えていることがよくわからないことも多いでしょう。心からあなたのためを思っての助言にも、かたくなに耳を傾けようとしないこともあります。

支配星である火星の影響で、困難にも挑戦します。自由を愛しながらも、その**働きぶりは非常に勤勉**。あなた自身が率直で正直な人柄の持ち主ですから、誠実で飾らない人と一緒にいるのを好みます。**厳しい状況にもうまく対処する能力に恵まれている**ので、運命に翻弄されていると感じることはありません。意志の力と決断力を活かして経済的な成功を遂げることができるでしょう。しかし、金銭について、必要以上に不満を持ったり、心配したりしないように。また、楽な儲け話につられないように注意。

3月

21歳までは、自立心が強く、冒険を好みます。22歳、太陽がおうし座に入ってからは、経済的な安定と保証を強く求めるようになります。52歳で太陽がふたご座に入ると、新たな分野に興味を持つようになってきます。

隠された自己

障害を乗り越える内なる力を秘めていて、決断力を伴えば、富を築くことができます。でも、お金だけでは真の満足は得られません。あなたの深い見識を表現する手段を見つけてこそ、本当の満足が得られるのです。自分が**創造的で役に立つ**と感じていたいので、仕事の存在は年々重要になっていきます。よい発想のあった時には、理想を形あるものとして実現するために骨身を惜しまず働きます。始めと終わりがわかっている時よりも、エネルギーのわき出るままに突き進む方が働きやすいかもしれません。自由な心とあふれんばかりのやる気を持っているのですが、自分の直感を信じるがゆえに人を疑いすぎることがあるので注意しましょう。

仕事と適性

商売、討論、裁判、調査研究などの職がぴったり。専門技術を活かして、コンピューターやエンジニアリングに関わる仕事もよいし、**指導力を持っている**ので、教育関係の仕事もおすすめです。コミュニケーションの才能を活かして、執筆業もよいでしょう。この誕生日に生まれた人は、改革を率いる可能性と、政府関係の仕事に就く可能性を、同時に持っています。

恋愛と人間関係

前向きで決然としていれば、他の人があなたのことをどう思うかを気にしすぎる傾向を乗り越えることができます。洞察力と直感力に優れていながら、寡黙で秘密主義なあなたは、自分の本当の感情を表に出そうとはしません。疑いやすい性質なので、信用できて長続きする関係を築くためには時間が必要。しかし、情熱的、魅力的にふるまえるので、冷静さを保てば、異性を惹きつけることができます。**たたきあげの人、勤勉で野心にあふれた人**に惹かれることが多く、信用できる素敵な相手を見つけることができれば、あなたの心にも自信が生まれ、誠実で献身的なパートナーに。日常生活においても仕事においても、**女性が幸運の鍵**となってくれることでしょう。

数秘術によるあなたの運勢

大胆で力にあふれた理想主義者で、先見の明のある人です。誕生日に**29**という数字を持つ人は、強力な個性と、非凡な潜在能力の持ち主です。直感力があり、繊細で感情的。思いやりの心を持ち、皆に対して平等に愛を注ぐことができます。他の人が夢を叶えるのを助けることもあるでしょう。競争好きで、野心も持っているのですが、人気者でいたいとも思っているので、他人があなたのことをどう思っているのかが気になります。心の奥底の感情を信じ、他人に心を開けば、不安になったり、心の中に閉じこもったりする傾向を乗り越えることができます。

生まれ月の**3**という数字は、洞察力と第六感が鋭く、創造的な才能が豊かであることを示唆します。エネルギッシュで絶えず活動をしていて、自由を好み、人に頼ったりはしません。マンネリ化しないように気をつけながら、訓練と安定を生活に取りこむことが必要。多才で想像力豊かなあなたですが、もう少し現実を見据え、よく考えて、衝動的に行動しないように。

●**長所**：直感力がある、バランス感覚に優れる、精神的に安定している、心が広い、成功を収めることができる、創造力に優れる、鋭い洞察力を持つ、霊的直感力がある、夢に向かって突き進むことができる、世才に長ける、頼りになる

■**短所**：集中力に欠ける、自信がない、神経質である、気難しい、素直でない、極端な行動に走りやすい、早まった行動をしがち、閉じこもりがち、神経過敏である

♥恋人や友人

1月21、28、31日／**2月**19、26、29日／**3月**17、24、27日／**4月**15、22、25日／**5月**13、20、23日／**6月**11、18、21日／**7月**9、16、19日／**8月**7、14、17、31日／**9月**15日／**10月**3、10、13、27、29、31日／**11月**1、8、11、25、27、29日／**12月**6、9、23、25、27日

◆力になってくれる人

1月9、12、18、24、29日／**2月**7、10、16、22、27日／**3月**5、8、14、20、25日／**4月**3、6、12、18、23日／**5月**1、10、16、21、31日／**6月**2、8、14、19、29日／**7月**6、12、17、27日／**8月**4、10、15、25日／**9月**2、8、13、23日／**10月**6、11、21日／**11月**4、9、19日／**12月**2、7、17日

♣運命の人

1月3日／**2月**1日／**4月**30日／**5月**28日／**6月**26日／**7月**24日／**8月**22日／**9月**20日／**10月**1、2、3、18日／**11月**16日／**12月**14日

♠ライバル

1月7、8、19、28日／**2月**5、6、17、26日／**3月**3、4、15、24日／**4月**1、2、13、22日／**5月**11、20日／**6月**9、18日／**7月**7、16日／**8月**5、14日／**9月**3、12日／**10月**1、10日／**11月**8日／**12月**6日

★ソウルメイト(魂の伴侶)

1月3、19日／**2月**1、17日／**3月**15日／**4月**13日／**5月**11日／**6月**9日／**7月**7日／**8月**5日／**9月**3日／**10月**1日

有名人

滝沢秀明(タッキー＆翼 タレント)、江口寿史(マンガ家)、西島秀俊(俳優)、キム・テヒ(女優)、里田まい(タレント)、実相寺昭雄(映画監督)、篠原ともえ(タレント)、野沢直子(タレント)

太陽：おひつじ座
支配星：おひつじ座／火星
位置：8°30'－9°30'　おひつじ座
状態：活動宮
元素：火
星の名前：アルゲニブ

March Thirtieth

3月30日

ARIES

勤勉で探究心が旺盛

鋭い洞察力を持ち、さまざまなアイディアと計画でいっぱいの、創造的な精神の持ち主です。しかし、野心と同時に面倒くさがりな部分も持っており、あなたのすばらしい潜在能力を阻むことも。この誕生日は、あなたが義務感と責任感を持つ勤勉な人であるということを表しています。輝かしい可能性の持ち主なのですが、愛情と感情的な満足を強く求めすぎたために可能性がつぶされてしまうこともしばしば。

あなたはさまざまなアイディアを持っており、**世渡り上手**です。独自のビジョンを持っているので、**独創的なスタイル**で、皆を驚かせることもあるでしょう。

また、友好的で寛大な人柄と鋭い思考力を持っています。学ぶ意欲が旺盛なので、美術、音楽の分野などにおける創造的な才能を伸ばす機会を得ることでしょう。**繊細で神経質、才気あふれる表現力の持ち主**。他の人はあなたのことをこう表現するでしょう。しかし、必要以上に心配してしまう傾向は乗り越えることが必要。特に、人の期待に応えられているかを心配しすぎないように。何でも几帳面にこなし、物事を先送りしないように心がければ、落ちこんだり、自己憐憫に陥ることもなくなります。社交性に富み友好的で、仲間の一員でいることが好きなあなた。寂しい時や落ちこんだ時は、現実逃避をしたり、食べたり飲んだりすることでうさばらしをする傾向がありますが、心の平安と精神的な安定を得るためには、自己表現の手段を身につけるとよいでしょう。

21歳になって太陽がおうし座に入ってからは、富や安全に興味がわいてきます。経済的安定を求める探求は、何か確かなものを作りたいという欲求をかきたてます。この傾向は40代後半まで続きます。太陽がふたご座に入る51歳で転機到来。さまざまな人と交流して、精神的に成長することでしょう。

隠された自己

天性の指導力を持っていながら、他人の協力なしでは物事は進まないこともよくわかっています。さらに運のよいことに、1対1での関係を築く能力や、必要な人との間につながりを築く能力にも長けています。**内なるパワーと強い信念**を持っているので、一度心を決めたら、その道の権威になることもできます。そのためには、最終的な目標、進むべき方向をしっかり知ることが重要。

時には、仕事とプライベートとの間で板挟みになることもあります。そのため、仕事ではパワフル、家ではおとなしくなることも。他人の感情を敏感に感じ取りながらも、あなたの力の及ぶ範囲では妥協しすぎないように、釣り合いをとることが必要。仕事と人間関係との間でうまくバランスをとるようにしましょう。

仕事と適性

自分の能力開発については忍耐力を欠く部分があるのですが、知的な職業に喜びを見出すため、教育、講義、研究、執筆などに関わる職業が最適。あなたの魅力と、色や形に対する優れたセンスを活かして、インテリアデザイン、造園、演劇、音楽、美術に関する職業もおすすめです。個人的な関係を築く仕事や、人にアドバイスをする仕事、例えばセラピストなどの職業もよいでしょう。また、この日に生まれた人は、**優秀な経営者や重役**になる人も多いのです。

恋愛と人間関係

激しい情熱と思いやりの心を持ち、魅力的で愛すべき理想家、それがあなたです。愛されたいという思いを強く持っているのですが、それ以上に欠かせないのが安定と安心です。ただし、すぐに精神的に不安定になったり、物事が自分の思い通りに運ばない時に過度の要求をするという傾向があるので注意しましょう。

恋人には**精神的に刺激を与えてくれる人**、あなたと同じく**知的好奇心の強い人**、創造的な自己表現を必要としている人などがベスト。創造力を発揮する手段として、緊張を解放したり、同じような考え方を持っている人とつき合うとよいでしょう。

数秘術によるあなたの運勢

創造的、友好的、社交的といった特性は、**30**という誕生日の示唆するもののうち、ほんの一部でしかありません。まじめな生活を送り、人づき合いを好み、並はずれたカリスマ性を持ちながらも誠実で愛想もいい人。あふれる野心とさまざまな才能を併せ持ち、思いついたアイディアを独自のスタイルで発展させることもできます。社交好きで、色や形について優れたセンスを持っているので、美術、デザイン、音楽に関する仕事ならどんなものでも楽しむことができます。幸福を追求する中で、なまけたり、わがままになったり、せっかちになったり、嫉妬したりしないように。こういった悪い癖のせいで、情緒不安定になりがちです。30日生まれの人には、名声を獲得している人が多数います。特に、音楽家、俳優、タレントといった分野で活躍している人。

生まれ月の**3**は、あなたが情熱的で才能に恵まれ、すばらしい記憶力と、人に強い印象を与える感性の鋭い自己表現力を持っていることを示しています。普段は穏やかなあなたですが、時には気まぐれに怒りっぽくなってしまうことも。完璧主義者なので、何もかもをパーフェクトな状態にしていたいと思っており、満足できない時には不平不満をもらしがちです。

●**長所**：楽しいことが好き、誠実である、友好的である、人に共感できる、言語的才能にあふれる、創造力に優れる
■**短所**：なまけがちである、意固地である、風変わりな行動をする、短気である、自信がない、無関心である、エネルギーを分散させがち

相性占い

♥恋人や友人
1月8、18、22日／**2月**16、20日／**3月**14、18、28日／**4月**12、16、26日／**5月**10、14、24日／**6月**8、12、22日／**7月**6、10、20、29日／**8月**4、8、18、20、27、30日／**9月**2、6、16、25、28日／**10月**4、14、23、26、30日／**11月**2、12、21、24、28日／**12月**10、19、22、26、28日

◆力になってくれる人
1月6、10、25、30日／**2月**4、8、23、28日／**3月**2、6、21、26日／**4月**4、19、24日／**5月**2、17、22日／**6月**15、20、30日／**7月**13、18、28日／**8月**11、16、26日／**9月**9、14、24日／**10月**7、12、22日／**11月**5、10、20日／**12月**3、8、18日

♣運命の人
5月29日／**6月**27日／**7月**25日／**8月**23日／**9月**21日／**10月**1、2、3、4、19日／**11月**17日／**12月**15日

♠ライバル
1月13、29、31日／**2月**11、27、29日／**3月**9、25、27日／**4月**7、23、25日／**5月**5、21、23日／**6月**3、19、21日／**7月**1、17、19日／**8月**15、17日／**9月**13、15日／**10月**11、13日／**11月**9、11日／**12月**7、9日

★ソウルメイト(魂の伴侶)
1月6、25日／**2月**4、23日／**3月**2、21日／**4月**19日／**5月**17日／**6月**15日／**7月**13日／**8月**11、20日／**9月**9日／**11月**7日／**12月**5、12日

ローラ(モデル)、フランシスコ・ゴヤ(画家)、フィンセント・ファン・ゴッホ(画家)、島倉千代子(歌手)、坂本冬美(歌手)、エリック・クラプトン(歌手)、小川洋子(作家)、千原ジュニア(千原兄弟　タレント)、マリウス葉(Sexy Zone　タレント)、島崎遥香(AKB48　タレント)

太陽：おひつじ座
支配星：しし座／太陽
位置：9°30'－10°30' おひつじ座
状態：活動宮
元素：火
星の名前：アルゲニブ

March Thirty-First

3月31日

ARIES

好奇心が旺盛なので活動的でしかも大胆

直感力に優れ、抜け目のない切れ者。この日に生まれた人を表すのには、こういった表現がよく使われます。**変化を好み、好奇心が旺盛**で、いつでも活発なのです。常に新しい体験を求めていますが、何かやりがいのあることを見つけると、興味を持ち続け、その道のスペシャリストになることもあります。おひつじ座らしく、活動的で、自己主張が強く、大胆な性格の持ち主です。しかし、飽きやすく、気持ちが変わりやすい点には注意が必要。忍耐力を鍛えれば、衝動的に行動することもなくなります。

支配星座であるしし座の影響で、活気と自信を与えられていますが、傲慢になりすぎないように。**理想主義的**な部分があるので、物事の白黒をはっきりさせたいという思いを強く持っています。また、なかなか満足せず、疑い深い性格なので、混乱したり、エネルギーを四方八方に分散させてしまったりもします。しかし、物事を深く学ぶことを覚えて自分の傾向に気づいたなら、しっかりと集中し深く考えることができるようになります。そうすれば、最後までやり遂げることもでき、**問題解決にも優れた能力を発揮**できるはずです。

19歳までは果敢に冒険に挑み、さまざまな所を渡り歩く生活をすることも。30歳になり、太陽がおうし座に入ると、現実的な考え方をするようになり、富と安定を得ることへの関心が増してきます。安定を求める気持ちは、50代の初め、太陽がふたご座に入る頃まで続きます。この転機を迎えると、新たな技術や知識を会得することになるでしょう。

隠された自己

心の中で思っていることが外には表れにくいあなたですが、実際のところあなたは、自分で思っているよりもさらに強く、他人からの意見を求めているようです。変化を求めながら、一方では堅固なものを築きたいとも思っているのです。この2つの思いがうまく結びつくと、柔軟にさまざまなものを生みだすことができるようになったり、興味のある一分野でしっかりと自分を鍛えることができるようになります。

調子のよい時には、自分のためだけに時間を使いたいと感じますが、ふと立ち止まった時には、心の底から他人のことを考え、自己犠牲といえるほどのことまですることができます。**天真爛漫な性格**なので**独創的なアイディア**が浮かぶこともあります。自然体で生活するとよいでしょう。

仕事と適性

鋭い知性を持ち、精神的な刺激を求めているので、生活に変化を求めるようになり、情報をすばやく把握する能力が高まります。生まれ持った指導力があらゆる分野で成功をもたらしてくれるかもしれません。特に、商売の世界、哲学、政治などの分野で成功するでしょう。職を選択するにあたっては、飽きがこないことを重視して。公共の仕事、旅行関係の仕事など、**いろいろな人や状況に出会う仕事**を選ぶことも重要です。

恋愛と人間関係

鋭い洞察力を持ち、理想を追い求めるあなたは、心の内に秘めた感情と、外に表れている感情の2種類を同時に持っています。繊細なのですが、**秘密主義者**で、個人的なことは人に話したがりません。あらゆる関係を、冒険心を刺激してくれる、学びのチャンスだと考えるようにしましょう。仕事が、私生活でも重要な役割を果たすことも多く、過去と決別するための教訓を得ることもあります。

数秘術によるあなたの運勢

強い意志と決断力、自己表現を大切にすることなどが31という数字の特性です。直感と実務能力を結びつけて、正しい判断をすることが多いのです。いつも、疲れ知らずではつらつとしているのがあなた。**31**という日に生まれた人は、独特のアイディアと、形についての優れたセンスを持っています。また、時間をかけてしっかりとした行動計画を立てれば、商売で成功する能力も持っています。余暇を、投機のために使っても、成功するでしょう。その一方で、わがままになったり、楽観的になりすぎることに要注意。

生まれ月の**3**は、創造力を持ちながら、分析する能力も優れていることを表します。直感力と言語能力に優れているため、執筆の分野に独特の才能を持っていますが、神経質になったりシニカルになりすぎないように注意が必要。愛され、注目されることを欲しているあなたですが、独占欲を強く出さないように。内省的で思慮深いところが、ぼんやりしていて無関心だと誤解されてしまうこともあります。

●**長所**：創造力に優れる、独創的である、設計力に優れる、建設的な視点を持っている、あきらめない、現実的な判断ができる、話し上手、責任感が強い

■**短所**：自信がない、短気である、疑い深い、すぐにやる気をなくす、目標が低い、わがままである、強情である

♥恋人や友人

1月13、19、23、24日／**2月**11、17、21日／**3月**9、15、19、28、29、30日／**4月**7、13、17、26、27日／**5月**5、11、15、24、25、26日／**6月**3、9、13、22、23、24日／**7月**1、7、11、20、21、22日／**8月**5、9、10、18、19、20日／**9月**3、7、16、17、18日／**10月**1、5、14、15、16、29、31日／**11月**3、12、13、14、27、29日／**12月**1、2、10、11、12、25、27、29日

◆力になってくれる人

1月7、15、20、31日／**2月**5、13、18、29日／**3月**3、11、16、27日／**4月**1、9、14、25日／**5月**7、12、23日／**6月**5、10、21日／**7月**3、8、19日／**8月**1、6、17、30日／**9月**4、15、28日／**10月**2、13、26日／**11月**11、24日／**12月**9、22日

♣運命の人

10月1、2、3、4日

♠ライバル

1月6、14、30日／**2月**4、12、28日／**3月**2、10、26日／**4月**8、24日／**5月**6、22日／**6月**4、20日／**7月**2、18日／**8月**16日／**9月**14日／**10月**12日／**11月**10日／**12月**8日

★ソウルメイト(魂の伴侶)

4月30日／**5月**28日／**6月**26日／**7月**23、24日／**8月**22日／**9月**20日／**10月**18、30日／**11月**16、28日／**12月**13、14、26日

この日に生まれた 有名人

大島渚(映画監督)、毒蝮三太夫(タレント)、アル・ゴア(政治家)、宮迫博之(雨上がり決死隊　タレント)、ユアン・マクレガー(俳優)、坂本真綾(歌手・声優)、朝永振一郎(物理学者)、上原さくら(タレント)、筒井道隆(俳優)、ヨハン・セバスチャン・バッハ(作曲家)、舘ひろし(俳優)

太陽：おひつじ座
支配星：しし座／太陽
位置：10°30−11°30′ おひつじ座
状態：活動宮
元素：火
星の名前：アルゲニブ

人と違うものを求めて冒険に

意志が強く自立していて、鋭い感性を持った、シャイなあなた。独特の哲学的視点を持つ、神秘的な実際家です。おひつじ座の特徴である、鋭敏な頭脳、強い野心、鋭い洞察力と優れた指導力も持っています。知的なあなたは、経験を通じてさまざまなことを学びます。きちんとした教育を受けることで、成功のチャンスが増すでしょう。太陽の影響で、**自己表現をしたいという欲求**が強く、毎日の決まりきった仕事から抜け出して、人とは違う特別な何かを成し遂げたいと思っています。自由を愛し、普通とは違うものを好むので、冒険が大好き。そのため、趣味として旅行を楽しむことが多いでしょう。自分の本当の能力を発揮できていないと感じると、心に描く理想と現実の生活とのギャップに葛藤を感じてしまいます。欲求不満になりがちなので、人を憎んだり嫉妬深くなったりしないように気をつけましょう。

精神的な満足を得るためには、**自信を持つこと、そして、疑い深くならないこと**が大切。落ち着いて、根気と自信を持って進めば、夢を叶えることができます。

18歳までは、強い独立心のもと、大胆に突き進みます。19歳になり太陽がおうし座に入ると、安定した生活と経済的な安定を求める気持ちが高まります。この傾向は49歳の頃、太陽がふたご座に入るまで続きます。これをきっかけに、学習やコミュニケーションに対する興味が新たにわいてくるでしょう。

隠された自己

自分の内なる能力をしっかり認識して、自ら人を率いる立場に立つようにすれば、生まれついての指導力をさらに伸ばすことができます。チャンスの際には、起こりうる結果を熟考したうえで自己修練に努めれば、持てる力を最大限に発揮できるはず。時には、あなたほど知的でない人のもとで働かなければならないこともありますが、そういう時は、独立心を養うチャンスだととらえるようにしましょう。

仕事の中に喜びを見出すことができるというのも、あなたの魅力の1つ。**人の扱いがうまく、活動的**ですが、自分を振り返るための1人になる時間も必要です。1人の時間が、美術、音楽、演劇や直感を必要とする分野での着想を与えてくれるのです。

仕事と適性

この日に生まれた人は、実務能力と統率能力に長けています。そのため、スペシャリストとして経営、管理、政治などの分野で活躍します。商売のセンスも持っています。さらに、豊かな想像力を発揮できる、美術、音楽、演劇に関わる仕事も適職。管理能力に優れているので、人の財産を預かったり、商売を営むことも。**理想を追い求める博愛主義者**なので、公務に就いたり、洞察力を活かして教師やカウンセラーになる可能性もあるでしょう。

恋愛と人間関係

社交的でフレンドリーなあなた。豊かな感性を持ちながら、現実的で、自立しています。人気者で、社会的に高い評価を受けます。**教養のある、知的な人**に惹かれます。この日生まれの女性は、おしゃべりになりすぎたり、高慢になったりしないように気をつけて。新しいことを学ぶのが好きで、常に精神的な刺激を求めています。何かの研究グループや教育活動に参加すると、よい結果を得られるでしょう。機知にあふれた空想家で、人を惹きつける魅力にあふれています。遊ぶこと、楽しいことが大好き。

数秘術によるあなたの運勢

トップに立ちたい、独立していたいという思いが非常に強いのが、この日生まれの人です。1という数字は、エネルギッシュで個性的、革新的で、度胸も備わっていることを示します。個性を確立し、積極性を育むことが大切。開拓者精神のもと、たった1人で突き進むこともあります。自ら切り開いて前進するタイプなので、生まれ持っている管理能力、統率力がますます高まります。強い熱意を持って独創的なアイディアを提示し、周りの人に進むべき方向を示す力も持っています。ただし、世界はあなたを中心に回っているわけではないということを知る必要があります。自己中心的にならないように注意！

生まれ月の4という数字は、現実主義で、勤勉であることを表します。エネルギッシュで好奇心旺盛、さまざまな能力を持ち、機知に富んだ人物です。強い意志の持ち主でもあります。ただし、自分の力を過信したり、強情や無神経になりがちなので気をつけてください。

●**長所**：指導力に優れる、創造力に優れる、進歩的態度を持つ、説得力がある、楽観的である、強い信念を持つ、競争心旺盛である、独立心が強い、社交的である

■**短所**：高圧的な態度をとる、嫉妬心が強い、自己中心癖がある、うぬぼれ屋、敵意を抱きがちである、節度がない、わがままである、弱気である、移り気である、短気である

相性占い

♥恋人や友人

1月5、6、21、28、31日／**2月**19、26、29日／**3月**17、24、27日／**4月**15、22、25日／**5月**13、20、23、30日／**6月**11、18、21日／**7月**9、16、19日／**8月**7、14、17、31日／**9月**5、12、15、29日／**10月**3、10、13、27、29、31日／**11月**1、8、11、25、27、29日／**12月**6、9、23、25、27日

◆力になってくれる人

1月9、12、18、24、29日／**2月**7、10、16、22、27日／**3月**5、8、14、20、25日／**4月**3、6、12、18、23日／**5月**1、4、10、16、21、31日／**6月**2、8、14、19、29日／**7月**6、12、17、27日／**8月**4、10、15、25日／**9月**2、8、13、23日／**10月**6、11、21日／**11月**4、9、19日／**12月**2、7、17日

♣運命の人

1月3日／**2月**1日／**10月**4、5、6日

♠ライバル

1月7、8、19、28日／**2月**5、6、17、26日／**3月**3、4、15、24日／**4月**1、2、13、22日／**5月**11、20日／**6月**9、18日／**7月**7、16日／**8月**5、14日／**9月**3、12日／**10月**1、10日／**11月**8日／**12月**6日

★ソウルメイト(魂の伴侶)

1月3、19日／**2月**1、5、17日／**3月**15日／**4月**13日／**5月**11日／**6月**9日／**7月**7日／**8月**5日／**9月**3日／**10月**1日

竹内結子（女優）、三船敏郎（俳優）、若松孝二（映画監督）、林真理子（作家）、高橋克実（俳優）、槙田真澄（元プロ野球選手）、岡本圭人（Hey! Say! JUMP タレント）、八木沼純子（プロフィギュアスケーター）、アルベルト・ザッケローニ（サッカー元日本代表監督）

太陽：おひつじ座
支配星：しし座／太陽
位置：11°30'－12°30'　おひつじ座
状態：活動宮
元素：火
星の名前：アルゲニブ、シラー

April Second

4月2日

ARIES

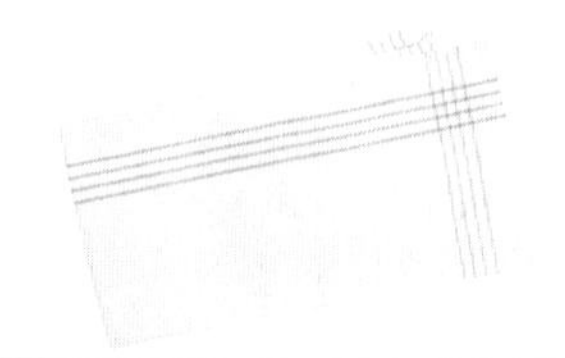

開拓者精神と創造的な才能の持ち主

おひつじ座のこの日に生まれたあなたは、開拓精神と、進歩的な考えの持ち主。独創的なアイディアを持っているのですが、常に変化を求めているために、最後までやり遂げる力に欠けるところがあります。

支配星である火星の影響で、活動的で刺激のある生活を求めています。さらに、支配星座のしし座からは、**豊かな想像力とクリエイティブな才能**、人に評価されたいという強い思いを与えられています。鋭い洞察力を持ち、協調性と平和を好み、魅力にあふれています。大胆な面もあるのですが、どちらかというと**繊細で控えめ**。洗練された物腰を持ち、気の合う友人に囲まれていたいと思っています。自分に厳しくすることで、生まれ持った才能を存分に発揮することができます。心の内に潜む真の力を見出すことができれば、あらゆる障害を乗り越えるほどの強い意志と決断力があなたのものになるでしょう。ただし、強情と根気とは違うことを覚えておいてください。

人との触れあいは、あなたにとって欠かすことのできないもの。そこに太陽からの影響が加わり、創造的な才能と、何かをやり遂げたいという強い思いが生まれています。**社交的で、強い正義感とフェアプレー精神**を持っています。周囲の人はあなたのことを責任感が強く、まじめで勤勉な人だと思っています。しかし、見た目の繊細さとは裏腹に、前進し続けていつかは成功を収めたいという強い願いと野心を持っているのです。

幼少時代に、女性からの強い影響を受けるでしょう。18歳になり太陽がおうし座に入ると、安定と経済的保証を求める気持ちが強まります。この傾向は48歳になり、太陽がふたご座に入って転換期を指し示すまで続きます。この頃になると、人とのコミュニケーション、知的探求が重要になってくるのです。

隠された自己

先を読む力と、人を信頼する心が、優れた理解力につながっています。あなたに必要なのは、精神的な孤独に耐える心。あなたにとっては難しいでしょうが、安全圏から外に出ることも、時には必要。孤独に耐えられるようになれば、何ものにも縛られない自由な心と、表面的なものにとらわれない深い思想を得られます。

人間関係では、人に依存しがちで、くよくよと思い悩む傾向があります。しかしその一方で、**献身的で思いやりのある、誠実な友人**でもあるのです。寛大な心を持ち、誰にでも分け隔てなく愛情を注ぐことができるので人気者です。相手の言いたいことをすぐさま理解できるので、人と力を合わせる企画では大いに力を発揮することでしょう。

仕事と適性

この日生まれの人は、マスコミ、PR活動、心理学、カウンセリング、通信、社会奉仕など、人と関わる仕事で成功します。人と組んで働く可能性も高いでしょう。他人と協力することで、利益を得られます。

あなたには**独創的な表現力**があるので、演劇などの芸術活動や、調査研究、教育、何らかの主義主張を持った運動で活躍します。優れた商売のセンスを持った**努力家**で、何か世の中のためになることを成し遂げることで運が向いてきます。

恋愛と人間関係

知的で洞察力も優れているあなたは、何でもすぐに自分の力にしてしまいます。読書が好きで、知識を得ることに喜びを感じます。精神的な満足を得るためには、高いレベルまで教育を受けるか、常に新しいスキルを身につけていくことが必要。**精神的な刺激を与えてくれる、知的な人**に惹かれることが多いでしょう。強い精神力を持った、成功者や博識な人に魅力を感じます。社会生活をうまく営み、多くの友人を持っています。しかし、親しい人のことを疑ったりしないこと。

数秘術によるあなたの運勢

2日に生まれた人は、感受性が強く、集団の一員でいることが好きです。理解力に優れ、どんな人ともうまくやれるので、人と協力する仕事に向いています。好きな相手を喜ばせようとするあまりに、相手に合わせすぎてしまうことも。他人の批判を気にしすぎるところがあるので、もっと自分に自信を持ちましょう。

生まれ月の4は、しっかりした基礎を築きたいという思いを表します。正確で完璧なものを好み、人を助け、協力したいと願っています。社交的で、自分の家庭を誇りに思っているので、人を招いてもてなすのが大好き。周囲を元気づけるのも得意ですが、本当の気持ちを表に出すことはあまりありません。

あなたは完璧主義者で、強い責任感を持っています。しかし不満を抱いたり、無気力になってしまうことが多いので気をつけましょう。

●**長所**：協力的である、親切である、機転がきく、受容力が豊か、鋭い洞察力を持つ、思慮深い、協調性がある、愛想がよい、善意にあふれる

■**短所**：疑い深い、自信がない、人に追従する、神経過敏である、わがままである、傷つきやすい、人を騙そうとする

♥恋人や友人

1月6、10、20、22、24、30日／**2月**4、18、20、22、28日／**3月**2、16、18、20、26、29日／**4月**14、16、18、24、27日／**5月**12、14、16、22、25日／**6月**10、12、14、20、23日／**7月**8、10、12、18、21、29日／**8月**6、8、10、16、19日／**9月**4、6、8、14、17日／**10月**2、4、6、12、15日／**11月**2、4、10、13日／**12月**2、8、11、19日

♦力になってくれる人

1月1、3、4、14日／**2月**1、2、12日／**3月**10、28日／**4月**8、26、30日／**5月**6、24、28日／**6月**4、22、26日／**7月**2、20、24日／**8月**18、22日／**9月**16、20日／**10月**14、18日／**11月**12、16日／**12月**10、14日

♣運命の人

1月11日／**2月**9日／**3月**7日／**4月**5日／**5月**3日／**6月**1日／**10月**5、6、7日

♠ライバル

1月3、5日／**2月**1、3日／**3月**1日／**7月**31日／**8月**29日／**9月**27、30日／**10月**25、28日／**11月**23、26、30日／**12月**21、24、28日

★ソウルメイト（魂の伴侶）

1月5、12日／**2月**3、6、10日／**3月**1、8日／**4月**6日／**5月**4日／**6月**2日

この日に生まれた 有名人

忌野清志郎（ミュージシャン）、ハンス・クリスチャン・アンデルセン（児童文学作家）、坂井宏行（料理家）、Zeebra（ミュージシャン）、カンニング竹山（カンニングタレント）、セルジュ・ゲンズブール（歌手・映画監督）、岡本綾子（プロゴルファー）、入江雅人（俳優）

太陽：おひつじ座
支配星：しし座／太陽
位置：12°30'−13°30'　おひつじ座
状態：活動宮
元素：火
星の名前：シラー

April Third

4月3日

ARIES

活動的なので波乱に富んだ人生に

多才で、開拓者精神を持ち、旅行好きなあなたの人生は、退屈知らずで波乱に富み心躍る冒険に事欠かないものになるでしょう。あふれる熱意を持ち、コミュニケーション能力にも優れているため、**人を説得するのが上手**。

支配星である火星と元素である火から、せっかち、活動的という性格を与えられています。支配星座のしし座は、あなたが他人の前では断定的で自信満々にふるまいがちだということを示唆しています。情熱的なあなたは、孤独に耐えられるようになると、精神的に成長することができます。目的達成を阻む障害物は、仕事上でも出現するので、多くの変化を経験することになります。しかしチャンスもたくさん訪れるはず。新たな始まりや、うまい打開策を生みだしてくれるでしょう。

あなたは気分が落ちこんでふさぎこんでしまうことも多いのですが、確固たる信念を持っているので、すぐに立ち直ることができます。**楽しいことを愛するひょうきん者**で、熱い思いと想像力を持っています。さらに**機知とユーモアにもあふれる**あなたは、友達としては最高です。ただし、飽きっぽいところがあるので注意して。青年期のあなたは、活動的で自立しています。常に変化を求めていて、時には無謀な一面も出てくるでしょう。あなたにアドバイスを与える男性の親類や友人から、強い影響を受けます。

太陽がおうし座に入る16歳から17歳頃になると、現実的な考え方をするようになり、経済状態にも関心が生まれてきます。その後、さまざまな経験を経た後、中年期に入ると、人との協力関係が友好的だと、利益が得られます。情熱的なあなたですから、この頃に夢のいくつかは叶うことでしょう。47歳になり、太陽がふたご座に入ると、知的好奇心が増してきます。全く新しい興味や関心を持つようになります。

隠された自己

内に秘めた強い愛の力によって、**すばらしい成功を収める**ことができます。心の中にある強い思いを外に向かって放ちましょう。上手に表現ができるのに、胸にしまったままだと、正常な判断や行動ができないほど思い悩んでしまうことに。感受性と想像力が豊かで、魅力にあふれています。人生におけるしっかりした基礎を築くことと、思いを胸に押しこめてしまう性格との間で、うまくバランスをとる必要があります。あなたのすばらしい能力を最大限に引き出すためには、まず先を読む力を活かして明るい未来図を描き、そこにたどり着くために計画をきちんと立てるという手順を踏むことが大切。集中して、精一杯努力すれば、持てる能力のすべてを発揮することができます。そうすれば、あなたの求めている経済的な安定も得られます。

仕事と適性

力強い表現力を持ち、説得力のあるあなたは、営業マンや広報・宣伝担当者として活躍できます。この能力が自己表現をしたいという気持ちと結びつくので、演劇、芸術、講義、政治などの分野が向いています。**変化に満ちて、移動を伴うような仕事**、例えば宅配業や航空業に関わることで満足を得られます。人を思いやる気持ちも強いので、健康やヒーリングの世界にも惹かれます。冒険心をかきたてる職業が合っています。変化のない職業は避けた方が無難。

恋愛と人間関係

あなたは、想像力豊かで空想好き、献身的で愛すべき人柄です。ロマンティストで、いつも理想の相手を探し求めています。相手にも精神的な関係を求めますが、あなたの高い期待に沿えるほどの人は、なかなか見つかりません。**知的な博愛主義者**をパートナーとして選ぶとよいでしょう。恋に落ちた時は、相手を崇拝するあまり、求められている以上のものを捧げることがあるので気をつけて。人前では堂々とふるまい、弱みをみせたくありません。親しい関係を築くために、コミュニケーション技術を磨きましょう。理想のパートナーを見つけるには、焦らないことが大切。

数秘術によるあなたの運勢

3という日に生まれた人は、繊細で、自己表現することを必要としています。楽しいことが大好きで、何かわくわくする体験をしたいと思っています。多才で表現力が豊かです。いつでも新鮮な経験を求めているので、すぐに飽きたり、優柔不断になってしまうことも。それでもユーモアと芸術的才能にあふれ、魅力たっぷりです。自分に自信を持ち、精神的な不安を乗り越えましょう。

生まれ月の4は、几帳面さを表します。さらに分析力にも優れています。時には積極的に自分の意見を主張してみましょう。ただ、自分の意見に固執するあまりに、他人に冷たくならないように。それでも、人の注意を惹こうと思ったら、ほんの二言三言で相手を惹きつけることもできるのがあなたの魅力です。

●長所：ユーモアがある、さまざまなことに幸せを見出すことができる、友好的である、多くのものを生みだすことができる、創造力に優れる、芸術を愛する、望みを持ち続ける力がある、自由を愛する、言語的才能にあふれる

■短所：飽きっぽい、虚栄心が強い、活動的すぎる、夢見がちである、大げさである、無愛想である、自慢ばかりする、浪費癖がある、気ままますぎる、なまけがちである、猫をかぶる

♥恋人や友人

1月1、6、7、20、21、23、31日／**2月**5、18、19、21、29日／**3月**3、17、19、27日／**4月**1、15、17、25日／**5月**13、15、23日／**6月**11、13、21日／**7月**9、11、19日／**8月**7、9、17日／**9月**5、7、15日／**10月**3、5、13日／**11月**1、3、11日／**12月**1、9日

◆力になってくれる人

1月5、16、18日／**2月**3、14、16日／**3月**1、12、14、29日／**4月**10、12、27日／**5月**8、10、25、29日／**6月**6、8、23、27日／**7月**4、6、21、25日／**8月**2、4、19、23日／**9月**2、17、21日／**10月**15、19日／**11月**13、17日／**12月**11、15、29日

♣運命の人

1月6、30日／**2月**4、28日／**3月**2、26日／**4月**24日／**5月**22日／**6月**20日／**7月**18日／**8月**16日／**9月**14日／**10月**5、6、12日／**11月**10日／**12月**8日

♠ライバル

1月4日／**2月**2日／**5月**29、31日／**6月**27、29、30日／**7月**25、27、28日／**8月**23、25、26、30日／**9月**21、23、24、28日／**10月**19、21、22、26日／**11月**17、19、20、24日／**12月**15、17、18、22日

★ソウルメイト(魂の伴侶)

1月23日／**2月**21日／**3月**19日／**4月**17日／**5月**15日／**6月**13日／**7月**11、31日／**8月**6、9、29日／**9月**7、27日／**10月**5、25日／**11月**3、23日／**12月**1、6、21日

有名人

大泉洋(俳優)、田辺誠一(俳優)、中島らも(作家)、千住真理子(バイオリニスト)、金本知憲(プロ野球選手)、タカ(タカアンドトシ タレント)、澤村拓一(プロ野球選手)、上原浩治(プロ野球選手)、有馬稲子(女優)、高橋由伸(読売ジャイアンツ第18代監督)

太陽：おひつじ座
支配星：しし座／太陽
位置：13°30'－14°30'　おひつじ座
状態：活動宮
元素：火
星の名前：シラー

April Fourth

4月4日

ARIES

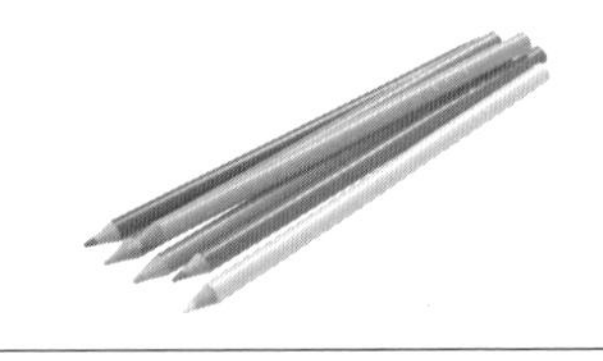

あなたの原動力は熱い決意と大胆な野心

強い決意と前向きな態度を胸に、懸命に働くことができれば、山をも動かすほどの原動力を手にすることができます。また、幅広い知識で皆に感銘を与えることも。一方、安定を求めて、しっかりした基盤を築こうとします。仕事においては、与えられたチャンスと第六感を最大限に活かして、**望み通りの成功を収める**ことができるはず。そのために、経済的に困ることはめったになく、たとえあったとしても、すぐに解決します。おおらかで魅力的なあなたは、すぐに**皆の人気者**に。しかし、あまりにもずけずけとものを言ったり、横柄な態度をとったりすると、仲間は去ってしまいます。人を惹きつける力にあふれているのですから、自分自身でも楽しみながら、相手を喜ばせる術を身につけましょう。

あなたは価値観がゆらぎがちで、度を越した浪費をしてしまうことがあります。贅沢な暮らしを追求しすぎないように。また、他人の要求を無視して頑固で融通のきかない一面をみせることもあるので注意！

おひつじ座らしく、大胆で野心に燃えていながら、**現実主義者**でもあります。変化に富んだ生活を強く望んでいます。支配星座であるしし座の影響で、活動的な性格に、堅固な意志が加わります。ただし、あまり強情になったり、自分の意見を強引に押し通してはいけません。頑固になると、非建設的な行動をとりがちです。

15歳までは、反抗的で恐れ知らず。16歳を迎え、太陽がおうし座に入ると、経済的な安定や富、そして安全を求めるようになります。この傾向は、46歳になって太陽がふたご座に入る頃まで続きます。この時を境に、学ぶこと、コミュニケーションをとること、周囲の人との関係を築くことに、新たに興味がわいてきます。

隠された自己

あなたの武器は知識です。そして、あなたと同じように強い精神力を持ち、自立した人を尊敬しています。成功を収めることを重視し、野心をいだいているので、チャンスを見逃しません。問題に直面しても、**創造的な解決法**を見出すことができるでしょう。いつでも正直でいたいと願っています。強い意志の力と分析能力をうまく使えば、成功はもう目の前。**好奇心が旺盛**なので、いつも新しく刺激的な何かを探しています。強い熱意を持ち、周囲を元気づける能力にあふれていますが、夢中になりすぎて欲張りになったりわがままになったりしないように気をつけて。自由で元気いっぱいな態度で幸運を呼び寄せているので、どんな状況も自分なりのやり方で乗り切ることができるでしょう。

仕事と適性

実際に役立つ数々の能力が優れた戦略と結びつけば、大きな計画を立てられます。重役として経営管理する立場に立つこともあり、起業家、プロデューサー、広報担当者として活躍します。芸術の分野にも心は惹かれるのですが、金銭的報酬が期待できない限り、関わろうとはしません。物事をきっちりと構成する能力に優れ、**骨身を惜しまず働きます**。

完璧主義者で、自分の業績を誇りに思っているのはよいのですが、他の人にまで完璧を求めすぎないように。

恋愛と人間関係

成功至上主義で、大胆な野心家。世間に認められたい、名声を得たいと思っています。後ろ盾のしっかりした、**裕福な人や高い地位の人**に惹かれるでしょう。関係を築くうえでお金は重要だと考えていて、才能がないと見なした人のために時間を割くのを嫌います。気位が高く、美的感覚に優れています。あなたに必要なのは、精神的な満足と物質的な富とは、必ずしも関係があるわけではないと気づくことです。

数秘術によるあなたの運勢

4日という誕生日は、しっかりとした構造と規律を表します。そのため、この日に生まれたあなたは、安定と秩序を求めています。エネルギッシュで、強い決断力とさまざまな実務能力を持っているので、懸命に働けば成功も夢ではありません。安全を大切に考えているので、家族や自分のために強い基盤を築きます。4日生まれの人は正直で公正です。あなたにとって最大の困難は、不安定な時期や、経済的に落ちこむ時期を乗り切ること。

生まれ月に4を持つ人は、活動的な生活を楽しみ、好奇心旺盛でエネルギッシュ。自制心と意志力を持ち、威厳に満ちたあなたは、自力で権力の座に就くことを望んでいます。しかし、いばりすぎたり、人をコントロールしようとしないように。縛られることや、人から命令されることが大嫌いです。

●**長所**：組織力がある、自制心が強い、まじめである、勤勉である、優れた技巧を持つ、手先が器用、実際的な考え方ができる、信頼できる

■**短所**：コミュニケーション下手である、欲求不満を感じやすい、融通がきかない、なまけがちである、感受性に欠ける、ぐずぐずする、ケチである、偉そうにする、愛人関係を持ちやすい、怒りっぽい

♥恋人や友人

1月8、14、17、20、22、24日／**2月**6、15、18、20、22日／**3月**4、13、16、18、20日／**4月**2、11、14、16、18日／**5月**9、12、14、16日／**6月**7、10、12、14日／**7月**5、8、10、12、30日／**8月**3、6、8、10、28日／**9月**1、4、6、8、26日／**10月**2、4、6、24日／**11月**2、4、22日／**12月**2、20、21日

◆力になってくれる人

1月6、23日／**2月**4、21日／**3月**2、19、30日／**4月**17、28日／**5月**15、26、30日／**6月**13、24、28日／**7月**11、22、26日／**8月**9、20、24日／**9月**7、18、22日／**10月**5、16、20日／**11月**3、14、18日／**12月**1、12、16、30日

♣運命の人

1月7日／**2月**5日／**3月**3日／**4月**1日／**10月**7、8日

♠ライバル

1月5、26、29日／**2月**3、24、27日／**3月**1、22、25日／**4月**20、23日／**5月**18、21日／**6月**16、19、30日／**7月**14、17、28日／**8月**12、15、26、31日／**9月**10、13、24、29日／**10月**8、11、22、27日／**11月**6、9、20、25日／**12月**4、7、18、23日

★ソウルメイト(魂の伴侶)

1月30日／**2月**8、28日／**3月**26日／**4月**24日／**5月**22日／**6月**20日／**7月**18日／**8月**16日／**9月**14日／**10月**12、31日／**11月**10、29日／**12月**8、27日

有名人

山本五十六(軍人)、アンドレイ・タルコフスキー(映画監督)、照英(俳優)、古川聡(宇宙飛行士)、ヒース・レジャー(俳優)、ロバート・ダウニーJr.(俳優)、ゲッターズ飯田(占い師・タレント)、細木数子(占術家)

太陽：おひつじ座
支配星：しし座／太陽
位置：14°30'－15°30'　おひつじ座
状態：活動宮
元素：火
星の名前：シラー

April Fifth

4月5日

ARIES

創造的なエネルギーと大胆さの裏には繊細な神経も

おひつじ座のこの日に生まれたあなたは、説得力のある、まじめで精力的な人。多才なところに、支配星である火星の影響による競争心が加わって、大胆で自信にあふれています。太陽からは、創造的なエネルギーと、自己表現をしたいという強い思いを授かっています。強引な人だと思われがちですが、実は内面のぐらつきや不安を隠すためにそのようにふるまっているだけ。しかし、自分の野望を達成するためには休まず活動し続ける力を持っているので、もう少し決断力が身につけば、困難を乗り越えることも可能です。常に活動状態にないと不安が募ります。あなたの強い個性は、**リーダーの地位に向いています**。ただし、いばり散らしたり、多くを要求しすぎないように。人に対して強い影響力を持ちます。しかし、**繊細な神経**に負担をかけないように、くだらないことにエネルギーを費やさないことが必要。エネルギーを再生するために時間をとるように心がけ、健康に気をつかいましょう。晩年にはそれまでのさまざまな経験や、はるか遠くまで人生の旅を続けてきたという実感から、幅広い知恵と知識を得ています。人によい印象を与えたいと考えているので、外見を重視します。**斬新な表現力**を持っているので、大胆な意見も、恐れず発表しましょう。

幼少期には活動的な生活を送り、野外活動に積極的に取り組みます。友人も多いはず。15歳になり太陽がおうし座に入ると、安心と経済的な安定を求めるようになります。この傾向は45歳で太陽がふたご座に入るまで続きます。この頃から知識を得ること、人とコミュニケーションをとること、新しいスキルを身につけることの必要性が高まります。さらに変化を求め、さまざまな所へ旅行するようになるでしょう。

隠された自己

一見しては気づかないかもしれませんが、あなたの人生は祝福であふれています。心の底では人と調和することを強く願っているのですが、人生の多くの部分をお金やものに関わる問題に費やしてしまいがち。数々の疑念や恐れと向かい合うことによって、人生を見つめ直したり、心から自分を信じることができるようになるでしょう。愛情、友情、美、すべてがあなたには与えられています。あなたにとって大切なのは、**責任感を持つこと**。自分の行動に責任を持つようになれば、人生がさらに輝きます。落ち着き、忍耐力を持つようになれば、美術、音楽、演劇などの才能はますます伸びることでしょう。芸術的才能は、単なる自己表現にとどまらず、あなたの若々しい魅力とカリスマ性を活かして周囲を楽しませることにもつながります。

仕事と適性

開拓者精神を強く胸に抱き、自分の創造的な才能を発揮したいと思っているあなたは、探検家、政治家、演劇や映画などに関わる仕事が向いています。教育、科学、法律、哲学の分野で研究活動に従事するのもよいでしょう。**説得上手で、優れた指導力**を持っているので、ベンチャー企業、公共機関などで人々を率いる立場に立つことも。しかし、どんな仕事に就いても、儲からないと判断すると、すぐにあきらめてしまう一面もあります。

恋愛と人間関係

生まれつき魅力にあふれるあなたの周りには、いつも崇拝者がいっぱい。あらゆるタイプの人が集まってくるため、友人を選ぶ際には慎重に。自分の考えを表に出したいという気持ちと、1人にはなりたくないという気持ちの間でいつもゆれています。考えごとをしたりエネルギーを充電するために、自然に囲まれて1人で過ごすことも時には必要。活動的で、精神的な刺激を与えてくれる人に惹かれます。仲間と一緒に知的活動に関わると、得るものは大きいでしょう。安定した関係を築くのには多少の苦労は必要です。

数秘術によるあなたの運勢

5日生まれの人は、鋭い観察眼を持ち、冒険好きで自由を好みます。常に新しいことに挑戦したいと考えていて、何事にも情熱を持って取り組むことができます。人生には、まだあなたの経験していないさまざまなことが潜んでいるのです。旅行など新しい経験を通して、考え方を180度変えることになるかもしれません。誕生日に5という数字を持つ人は、いつもわくわくすることを求めています。しかし、責任感を持つことも大切。誰にも予想できない行動をとったり、落ち着きなく動き回るのもほどほどに。早まった行動や危険な賭けをせず、がまんすることを学べば成功を収めることができるはず。生まれ月の4という数字は、安心を求める心と、自分らしさを見つけたいという欲求を示しています。直感力に優れ、繊細なあなたは、寛大な視点も持ち合わせ、伝統を大切にする気持ちもあります。現実をよく見すえること、そして感情的になりすぎないように注意。

●長所：多芸多才である、受容力がある、進歩的な考え方ができる、勘が鋭い、人を惹きつける力が強い、勇気がある、自由を愛する、機敏である、機知に富む、好奇心が旺盛である、神秘的である、社交的である

■短所：信頼できない、気持ちが変わりやすい、ぐずぐずする、矛盾した行動をする、あてにならない、自信過剰である、強情である

♥恋人や友人

1月6、9、17、23、25、27日／**2月**7、21、23、25日／**3月**5、19、21、23、29日／**4月**3、17、19、21、27、30日／**5月**1、15、17、19、25、28日／**6月**13、15、17、23、26日／**7月**11、13、15、21、24日／**8月**9、11、13、19、22日／**9月**7、9、11、17、20日／**10月**5、7、9、15、18日／**11月**3、5、7、13、16日／**12月**1、3、5、11、14日

◆力になってくれる人

1月2、4、7日／**2月**2、5日／**3月**3日／**4月**1日／**5月**31日／**6月**29日／**7月**27、31日／**8月**25、29日／**9月**23、27日／**10月**21、25日／**11月**19、23日／**12月**17、21日

♣運命の人

1月8、14日／**2月**6、12日／**3月**4、10日／**4月**2、8日／**5月**6日／**6月**4日／**7月**2日／**10月**8、9日

♠ライバル

1月6、19、29日／**2月**4、17、27日／**3月**2、15、25日／**4月**13、23日／**5月**11、21日／**6月**9、19日／**7月**7、17日／**8月**5、15日／**9月**3、13、30日／**10月**1、11、28日／**11月**9、26日／**12月**7、24、29日

★ソウルメイト(魂の伴侶)

1月16、21日／**2月**9、14、19日／**3月**12、17日／**4月**10、15日／**5月**8、13日／**6月**6、11日／**7月**4、9日／**8月**2、7日／**9月**5日／**10月**3日／**11月**1日

有名人

三浦春馬（俳優）、板東英二（タレント）、吉田拓郎（歌手）、鳥山明(マンガ家)、野村萬斎（狂言師）、川原亜矢子（モデル）、西川史子（医師・タレント）、ヘルベルト・フォン・カラヤン（指揮者）、ファレル・ウィリアムス（ミュージシャン）

太陽：おひつじ座
支配星：しし座／太陽
位置：15°30'－16°30'　おひつじ座
状態：活動宮
元素：火
星の名前：シラー

April Sixth

4月6日

ARIES

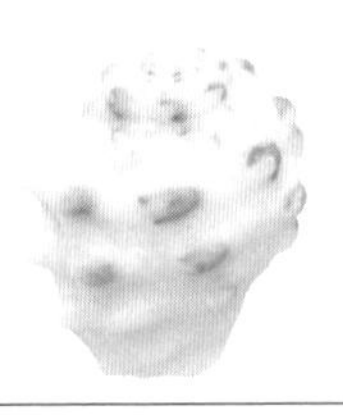

エネルギッシュで人々の先導者に

野心にあふれ大胆でありながら、一方で繊細な一面もあるのがあなたです。理想と現実の両方を重んじます。人との関わりを大切にしているのですが、高い理想をあきらめることはなく、**持ち前の実践的なセンス**を活かして追い求めます。チャンスがあれば、最大限に利用することができるでしょう。おひつじ座らしいきっぱりとした態度と独創性を持ち、エネルギッシュなので、人々の先頭に立つことも多いはず。**独立心も強い**のですが、1人で働くよりは皆で力を合わせて働く方が好きです。同僚や、仕事の結果に対していらいらすることもあるでしょうが、感情的になりすぎると孤立してしまうので注意を。あなたの潜在能力は、人と協力する中で発揮されます。経済的な成功も、チームでの活動を通して得ることができます。太陽の影響で、**独自性と自由を愛する心**が与えられています。しかし、大騒ぎや規則違反、他人の感情を無視することは嫌いです。すぐに不機嫌になったり、焦ったり、強情になったりするところがあるので、その点に気をつけて共同作業を成功させましょう。

洞察力と理解力に優れており、博愛の精神のもとで偏見のない判断をすることができます。そのため、他人のことをよく理解し、応援します。

14歳になって太陽がおうし座に入ると、経済的な安定や富を得ることを目指し始めます。さらにこの頃から自然との触れ合いを求めるようになるでしょう。この傾向は44歳で太陽がふたご座に入るまで続きます。それからは、人とのコミュニケーションをとることや、新たなスキルを得ること、興味や関心の幅を広げることが大切になってきます。

隠された自己

バランスのとれた生活を送ることで幸せを感じます。仕事中心の日々を送っていますが、単調な毎日に慣れきってしまわないように気をつけましょう。仕事以外に趣味を持ったり、旅行をしたりすることで、視野が広がり、さまざまなチャンスに出会います。**想像力豊かでクリエイティブな才能**に恵まれているあなたですが、心に描く大きな夢を実際の行動に移せるかどうかが課題。

あなたの持っている気高い心は、人々を率いる立場に立った時に目立ちます。仕事を大切に考えていて、自分なりの方法で取り組む自由が与えられると、最大限の力を発揮。問題を1人で抱えこんでしまう傾向があるので、誰かに相談するようにしましょう。難しい状況に陥った時には、あらゆる側面に目を配り、争うよりは妥協すること。そうすれば、今よりもっとよい結果を得られます。社交的にふるまいますが、本当は**繊細で内気**なあなた。心の奥に、人にはみせない強さを秘めています。

仕事と適性

あなたの中には、現実を重視し積極的に活動したい部分と、内気で繊細な部分とが同居しています。どのような職業に就いても、この2つの側面のバランスをとることが大切。

人と協力してする仕事を通して成功を収めます。PR活動、外交、交渉といった仕事や、外国に関係する仕事で活躍。人のために働きたいという思いも強いので、奉仕活動に従事したり、非営利活動に関わることも。どんな活動にも熱心に取り組むことができるので、それなりの見返りを受けることができます。売買や貯蓄の才能があるので、株式仲買人としても活躍できます。政治や公益事業で働くのもおすすめ。クリエイティブな才能と、先を見通す力を活かして、演劇、写真、執筆など、芸術やエンターテインメントの分野で活躍します。

恋愛と人間関係

恋をすると、**ロマンティックで大胆**になり、とても魅力的。しかし、その情熱の奥には、安定した関係を築きたいという思いを持っています。情熱あふれる蜜月の期間を過ぎると、調和のとれた平和な毎日を望むようになります。しかし、変化がなく退屈なのは嫌い。そのために、パートナーに対して不機嫌になってしまうこともあります。ただし、人を惹きつける魅力を持っているため、いつでも愛情を注がれ、孤独を感じることはないでしょう。

数秘術によるあなたの運勢

6日生まれの人は、情熱的で思いやりあふれる理想主義者。6の数字は、完璧主義で、誰とでも友人になれること、責任感が強く協力的な博愛主義者であることをも表します。6という数字を誕生日に持つ人は、家庭的で、愛情深い親になる人です。あなたの中の繊細な部分は、クリエイティブな表現手段を必要としています。そのため、美術、デザインや芸能の世界に惹かれます。劣等感を抱いたり、不安になったり、見当違いな同情をしがちなので、もっと自分に自信を持ちましょう。

生まれ月の**4**は、大きな野心を抱いて理想を追い求めることを表します。独創的でクリエイティブなので、自分に自信を持ち、自立することで、目標を達成することができます。外国旅行をしたり、海外で働くことも。遠回しな言い方や駆け引きを学ぶことで、より円滑な人づき合いができるようになります。

●**長所**：世才がある、人類愛にあふれる、友好的である、同情の心を持っている、頼りになる、理解力に優れる、人に共感できる、理想を追求する、家庭的である、博愛主義である、落ち着きがある、芸術的才能がある、バランス感覚に優れる

■**短所**：不満がちである、心配性である、臆病である、理性的でない、強情である、遠慮なくずけずけ言う、横柄な態度をとる、責任感がない、わがままである、疑い深い、自己中心的である

相性占い

♥恋人や友人

1月10、11、26、28日／**2月**8、9、24、26日／**3月**6、22、24、30日／**4月**4、20、22、28日／**5月**2、18、20、26、29日／**6月**16、18、24、27日／**7月**14、16、22、25日／**8月**12、14、20、23、30日／**9月**10、12、18、21、28日／**10月**8、10、16、19、26日／**11月**6、8、14、17、24日／**12月**4、6、12、15、22日

◆力になってくれる人

1月8日／**2月**6日／**3月**4、28日／**4月**2、26日／**5月**24日／**6月**22、30日／**7月**20、28、29日／**8月**18、26、27、30日／**9月**16、24、25、28日／**10月**14、22、23、26、29日／**11月**12、20、21、24、27日／**12月**10、18、19、22、25日

♣運命の人

1月15日／**2月**13日／**3月**11日／**4月**9日／**5月**7日／**6月**5日／**7月**3日／**8月**1日／**10月**9、10日

♠ライバル

1月7、9、30日／**2月**5、7、28日／**3月**3、5、26日／**4月**1、3、24日／**5月**1、22日／**6月**20日／**7月**18日／**8月**16日／**9月**14日／**10月**12、29日／**11月**10、27日／**12月**8、25、30日

★ソウルメイト(魂の伴侶)

1月8、27日／**2月**6、10、25日／**3月**4、23日／**4月**2、21日／**5月**19日／**6月**17日／**7月**15日／**8月**13日／**9月**11日／**10月**9日／**11月**7日／**12月**5日

有名人

宮沢りえ（女優）、乙武洋匡（エッセイスト）、森本龍太郎（元Hey! Say! JUMP タレント）、大西ユカリ（歌手）、小沢昭一（俳優）、秋山幸二（プロ野球監督）、大林健二（モンスターエンジン タレント）、宇津木妙子（ソフトボール元日本代表監督）

太陽：おひつじ座
支配星：しし座／火星
位置：16°30'－17°30'　おひつじ座
状態：活動宮
元素：火
星の名前：シラー

April Seventh

4月7日

ARIES

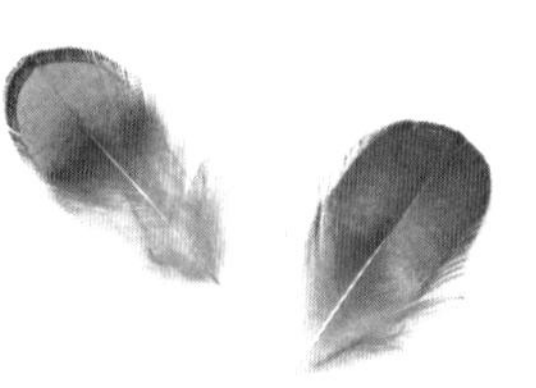

理想に向かって発揮される創造力と決断力

この日に生まれた人は、洞察力と決断力に優れています。活発で、新しもの好きなので、自ら企画を立てることが多いでしょう。新たな挑戦をすることで、大きく成長したり、それまでの苦労に報いる結果が得られます。第六感を研ぎすませば、自分自身のことをさらによく理解することができるはず。

あなたはやる気になった時には、ひたむきに取り組みますが、支配星である火星の影響で**絶えず変化を求めて**いて、じっとしているのは苦手。思いつきがあれば、強い熱意を持って創造力を発揮し、理想を追い求めることができます。あまり人と関わらず内心を打ち明けることも少ないため、あなたが何を目指しているのか、他の人にはわかりにくいでしょう。人前では大胆な態度をとりますが、**本当は恥ずかしがり屋で感じやすい心の持ち主**です。過去を乗り越え、自分をあまり責めないように。そうすれば上手に自分をコントロールできるようになり、本当の進歩を遂げられるはずです。冷たく無関心な人だと思われないために、内面的な強さやきっぱりとした判断力を持つのと、意固地になったり高慢な態度をとるのとでは違うということを理解しましょう。

13歳になり太陽がおうし座に入ると、**安定と富を求める気持ち**が高まります。この傾向は、43歳で太陽がふたご座に入るまで続きます。この頃に、それまでとは違った興味や関心を持つようになり、いろいろな交渉術が必要になってきますので、新たなスキルを学ぶことになるかもしれません。

隠された自己

他の人にはみせませんが、実は**繊細な理想家**です。そのため、思索や自己分析に時間を費やします。完璧主義者なので、あなたの高い理想にかなう人はいないと感じています。むやみに人を疑ったり、孤独を恐れたりしないように。**生まれ持っての洞察力**をさらに磨くことで、精神的な力が強まります。その力が、どんな困難に面してもあなたを守り、救い出してくれます。

鋭敏な頭脳を持ち、しかも努力を惜しみません。人の特性をあっという間に見抜く力を持っているので、人との関わりにおいて不安を抱いたりいら立つことはありません。しかし力をうまく発揮できない時は、ユーモアをも失ってしまいます。逆にエネルギーがうまく巡っている時は、何事にも積極的に取り組むことができます。スポーツ、武道、ヨガなどの分野で活躍できるかもしれません。

仕事と適性

指導力に優れ、しかも努力家なので、**どのような仕事に就いても成功**します。自分の力でコントロールをしたいと思っているので、経営、管理職に就くか、自ら企業を立ち上げることになるかもしれません。どんな難局に直面しても冷静で、本当の強さをみせることのできるあなたは、皆の尊敬を集め、権威ある地位に就くことになります。経営能力や、斬新なアイディアを生みだす力が評価されているのです。演劇や映画の世界に興味があるなら、俳優、プロデューサー、演出家として成功することも可能。強い個性を持っているので、執筆、美術、音楽といった分野で頭角を現すことも。

恋愛と人間関係

愛情を示す時には、非常に積極的に表に出すか、完全に内面に閉じこめてしまうかのどちらかになりがち。極端にならずバランスをとり、相手のあるがままを受け入れるように。何事も真剣にとらえすぎるところがあるので、理想を追い求めようとする強いエネルギーを、何らかの手段で外に出してやることが必要。もの作りに挑戦したり、周囲の人を平等に愛そうとしてみてください。**人を惹きつける魅力にあふれている**ので、あなたの周りにはいつもたくさんの友人や崇拝者が。そのため、活発に社会と関わりあうことになります。ただ、必要に迫られて社交的にしているものの、実は外へ出て人と触れあうのはあまり好きではありません。自分自身の内面を探ることばかりに夢中になり、周囲から孤立してしまわないように。相性がよいのは、あなたに似た人で、自分の内面と向き合いながら、地道な努力のできる人です。

数秘術によるあなたの運勢

思慮深く分析的な7日生まれの人は、自分の考えに夢中になり、人に対して批判的になることがあります。自分のことをもっとよく知りたいという思いがあるので、情報を集めることや、読書をすること、物を書くことなど、精神的なものに興味を持っています。鋭敏な頭脳を持っているのですが、人をむやみに疑ったり、物事を合理化しすぎて細部を省略してしまう傾向があります。ミステリアスな雰囲気を持ち、人とあまり関わろうとしないので、誤解を受けてしまうこともしばしば。

生まれ月の4という数字は、現実的でありながら、物事をすぐに理解し受け入れる才能があることを示唆します。感情の幅が広く繊細なので、精神的なストレスの少ない環境を選ぶようにし、常に前向きに元気でいられるように心がけましょう。内心を人に明かさず、謎めいた行動や発言の多いあなたは、意図を隠したまま、鋭い質問を投げかけることも得意。

●長所：教養がある、信頼できる、細かい気配りができる、理想を追求する、正直者である、精神力が強い、科学的な考え方ができる、理性的である、物事を深く考えることができる

■短所：薄情である、孤立しがちである、秘密主義である、懐疑的である、すぐにうろたえる、人を騙そうとする、無関心である、冷たい

相性占い

♥恋人や友人

1月11、20、21、25、27、29日／**2月**9、18、23、25、27日／**3月**7、16、21、23、25日／**4月**5、14、19、21、23日／**5月**3、12、17、19、21日／**6月**1、10、15、17、19日／**7月**8、13、15、17日／**8月**6、11、13、15日／**9月**4、9、11、13日／**10月**2、7、9、11日／**11月**5、7、9日／**12月**3、5、7日

◆力になってくれる人

1月9、26日／**2月**7、24日／**3月**5、22日／**4月**3、20日／**5月**1、18、29日／**6月**16、27日／**7月**14、25、29、30日／**8月**12、23、27、28、31日／**9月**10、21、25、26、29日／**10月**8、19、23、24、27日／**11月**6、17、21、22、25日／**12月**4、15、19、20、23日

♣運命の人

1月16日／**2月**14日／**3月**12日／**4月**10日／**5月**8日／**6月**6日／**7月**4日／**8月**2日／**10月**8、10、11、12日

♠ライバル

1月8、29、31日／**2月**6、27、29日／**3月**4、25、27、28日／**4月**2、23、25、26日／**5月**21、23、24日／**6月**19、21、22日／**7月**17、19、20日／**8月**15、17、18日／**9月**13、15、16日／**10月**11、13、14、30日／**11月**9、11、12、28日／**12月**7、9、10、26日

★ソウルメイト（魂の伴侶）

2月11日／**5月**5、30日／**6月**28日／**7月**26日／**8月**24日／**9月**22、30日／**10月**22、28日／**11月**18、26日／**12月**16、24日

この日に生まれた 有名人

フランシスコ・ザビエル（キリスト教宣教師）、ビリー・ホリデイ（歌手）、ジャッキー・チェン（俳優）、西野朗（サッカー監督）、ラッセル・クロウ（俳優）、河本準一（次長課長　タレント）、玉山鉄二（俳優）、島袋寛子（SPEED歌手）、HITOE（SPEED歌手）、フランシス・フォード・コッポラ（映画監督）

太陽：おひつじ座
支配星：しし座／太陽
位置：17°30'−18°30'　おひつじ座
状態：活動宮
元素：火
星：なし

April Eighth

4月8日

ARIES

ビジネスに役立つ強い自立心と実践力

おひつじ座のあなたは、度胸があり、強い自立心を持っています。人とは違う、独自の方法で自己表現をしたいと思っています。新たなアイディアに対して理解力があり、いつも新しい経験を求めています。

この日に生まれた人は、**何かを成し遂げたい、パワーを得たい**と強く思っています。強い個性を持ち、実践的な手段を持っているので、権威ある地位に就く可能性も。太陽の影響で無尽蔵のエネルギーを与えられているうえに、**生まれついてビジネスのセンスを持っている**ので、チームの主導権を握り計画を成功へと導くことができるでしょう。頂点に立ちたいという強い思いがあるので、責任感を持って懸命に働きます。将来の安定を望んでいるのですが、時には本能に基づいた大胆な行動をすることも。計画なしに行動してしまう傾向があるので、自分をうまくコントロールすることを覚えましょう。また、すぐに落ちこんだりあきらめたりしないように。ただ、自分でも驚くほどの幸運に恵まれることもあります。一見、伝統を重んじるようですが、実は**非常に進歩的な考え方**の持ち主です。

20歳で太陽がおうし座に入ると、富と安定を求める気持ちが高まります。このような、現実を重んじる傾向は、太陽がふたご座に入る42歳の頃まで続きます。この時から、人生のペースが速まり、新たな趣味や、物を書くこと、人とコミュニケーションをとることが重要になってきます。

隠された自己

知的才能にあふれるあなたは、さまざまな表現手段を持っています。しかし、一度にすべて、手をつけないように。見た目よりもずっと繊細で、芸術的才能と知性にあふれています。かっとなりやすい一面があるのですが、目的のためにはそれを隠すこともできます。

あなたは非常に**クリエイティブ**で、新しいことを成し遂げたいと思っています。表現力にあふれ、人から命令や批判を受けることが嫌い。**人間関係を築く能力**に優れ、交渉の橋渡しをするのが得意です。しかし、敏感で優しい一面をみせたかと思うと、すぐに冷たく無関心になったり。人前では自信満々にふるまうのですが、心の中には恐れと不安が渦巻いています。家族や友人からの愛情による温かいサポートが必要。

仕事と適性

勤勉で、力を得ることを強く望んでいるので、人々を指導する立場に立つことも多いはず。人の心を理解する力に優れているため、カウンセリングや治療に関わることにも向いています。または、この力をビジネスの現場で活かすには、広告関係の仕事がぴったり。物事を組織化する能力に優れ、壮大な夢を持っています。この日に生まれた人は、**正義や秩序、法律に関わる仕事**に就くことが多いようです。ビジネスで人々を率いる立場に立ったり、経営、銀行に関わることも。鋭敏な頭脳と演技の才能を持っているので、美術、音楽や演劇で活躍することもあります。

恋愛と人間関係

社交的で向上心のある人に惹かれます。自分が楽観的で率直なので、相手にも同じように正直であることを求めます。お金の力をよく知っていて、将来性のある人に魅力を感じます。知識欲が旺盛なあなたは、知的な刺激を与えてくれる人や新しい情報、スキルを与えてくれる団体に関わっていたいと思っています。

あなたはプライドが高く、人の尊敬を受けたいと思っていますが、権力争いに巻きこまれたり、友人や恋人に対していばったり批判的になったりしないように。**人づき合いが上手で魅力にあふれる**あなたは、いつでも友人に囲まれています。

数秘術によるあなたの運勢

8日生まれの人は、しっかりとした価値観と、公正な判断力を持っています。8という数字は、何か大きなことを成し遂げたいという強い野心を表します。人の上に立ちたいという気持ちや、安定、富を求める気持ちも、この誕生日からの影響です。ビジネスのセンスに恵まれているので、組織能力、管理能力をさらに伸ばすことで大きな成功を収めることができます。安心を求めているので、長期にわたる計画を立てたり、将来のための投資に力を注ぎます。

生まれ月の4は、責任感の強さ、慎重さ、そして現実を重んじる態度を示します。多くの能力に恵まれ、機知と人を楽しませる才を持ち、親しみやすくて頼りになります。努力を惜しまなければ、大きな責任のある立場に立つことになるでしょう。正しく公平に権力を使う方法をよく考えてください。でも、仕事を背負いこんで働きすぎないように気をつけて。

●長所：指導力に優れる、最後までやり遂げることができる、勤勉である、伝統を重んじる、権力を手にする、人を守ろうとする、癒す力がある、しっかりした価値観を持つ

■短所：短気である、度量が狭い、欲張りである、横柄である、人を支配しようとする、すぐにやる気をなくす、計画性がない

相性占い

♥恋人や友人

1月3、4、11、12、26、28、30日／**2月**2、9、10、24、26、28日／**3月**7、8、22、24、26日／**4月**5、6、20、22、24、30日／**5月**3、4、18、20、22、28、31日／**6月**1、2、16、18、20、26、29日／**7月**14、16、18、24、27日／**8月**6、12、14、16、22、25日／**9月**10、12、14、20、23日／**10月**8、10、12、18、21日／**11月**6、8、10、16、19日／**12月**4、6、8、14、17日

◆力になってくれる人

1月10、29日／**2月**1、8、27日／**3月**6、25日／**4月**4、23日／**5月**2、21日／**6月**4、19日／**7月**17、30日／**8月**15、28日／**9月**13、26日／**10月**11、24日／**11月**9、22日／**12月**7、20日

♣運命の人

1月11日／**3月**7日／**4月**5日／**5月**3日／**6月**1日／**10月**11、12、13日

♠ライバル

1月9日／**2月**7日／**3月**5、28日／**4月**3、26日／**5月**1、24日／**6月**22日／**7月**20日／**8月**18日／**9月**16日／**10月**14、30、31日／**11月**12、28、29日／**12月**10、26、27日

★ソウルメイト（魂の伴侶）

1月7日／**2月**5日／**3月**3日／**4月**1日／**5月**29日／**6月**27日／**7月**25日／**8月**23日／**9月**21日／**10月**19日／**11月**17日／**12月**15日

この日に生まれた 有名人

高橋みなみ(元AKB48 タレント)、黒川紀章(建築家)、千昌夫(歌手)、桃井かおり(女優)、森下愛子(女優)、ピエール瀧(電気グルーヴ タレント)、DAIGO(タレント)、沢尻エリカ(女優)、博多華丸(博多華丸・大吉 漫才師)

太陽：おひつじ座
支配星：しし座／太陽
位置：18°30'－19°30'　おひつじ座
状態：活動宮
元素：火
星：なし

April Ninth

4月9日

ARIES

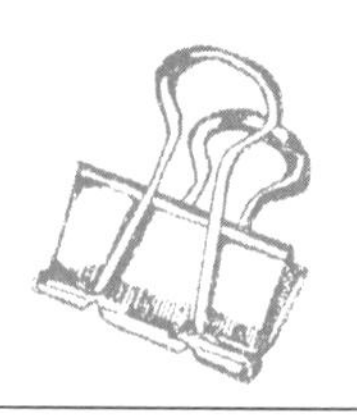

勤勉で頼もしいあなたは、カリスマ性のあるリーダー

この日に生まれた人は、創造力、冒険心、強い心、威厳を併せ持っています。洞察力と理解力に優れ、活動的な性格なので、リーダーシップをとるのが得意。何らかの組織に属して、重要な役割を果たすのが好きです。

おひつじ座らしく、力強い表現力と決断力を持ち、勤勉で頼もしいあなたは、自分の仕事に誇りを持っています。他の何よりも**強く安定を求めています**。周囲の人はあなたのことを、**寛大で誰にでも優しく**、しっかりした価値観の持ち主だと思っています。しかし、ものに執着しすぎるところがあるので、金銭的な計画を立てるのに苦労します。個性が強く、補助的な立場では満足できません。魅力にあふれ、**カリスマ性**を持っています。しかし、ずばずばものを言ったり、皮肉っぽくならないように。好奇心旺盛で思考力に優れるため、すばやく正確にポイントをつかむのが得意で、科学的な研究に従事することも。

まじめで几帳面なので、自分の考えを論理立ててしっかり説明することがうまく、また、即座に問題を解決する能力も持っています。

11歳の頃、太陽がおうし座に入ると、富や地位、経済的な安定を強く求めるようになってきます。太陽がふたご座に入る第2の転機である41歳の頃には、興味の幅が広がり、知識を得ること、人とのコミュニケーションをとること、研究することなどを重視するようになります。71歳になり太陽がかに座に入ると、自分の感情や家族、家庭が大切になります。

隠された自己

人並みはずれた創造力を持っているのですが、優柔不断になったり、物質的なことを心配しすぎるあまり、力を発揮できないこともままあります。そうならないためにも、贅沢を慎むように。そうすれば、人生におけるさまざまな重荷や欲求不満から解放され、もっと高尚な目標を追求することができます。孤独感を乗り切ることができれば、陽気で快活にふるまい、人の性格を見抜けるようになります。社交的で公共心にあふれ、集団で何かをする際には他人のために尽くします。**クリエイティブな才能**を発揮し、その道の達人になります。ただ、無用になったものも大切にするように。広い心を持つあなたは、時間とエネルギーを人のために費やします。心の底から信じている人や計画には、すべてを賭けて尽くすことさえあるのです。

仕事と適性

情熱的でエネルギッシュなあなたは、未知の領域に足を踏み入れることも恐れません。勇気と指導力、開拓精神を持っているので、職業を選ぶ際にも幅広い選択肢があります。ビジネスに才能を発揮し、**自分で企業を立ち上げる**こともあります。また教育や、公共に関わる仕事に就く可能性もあります。この日に生まれた人の中からは、多くの思想家、芸術家、画家、音楽家、美術監督や学芸員などが出ています。強い権力を持つ地位に就くことで力を発揮します。公正さを持つあなたは、すばらしい経営者、管理者にもなれることでしょう。

恋愛と人間関係

気だてがよく、個性を表現したいという思いが強いので、いつも友人に囲まれ、にぎやかな社会生活を営みます。独創的なあなたが惹かれるのは、創造力をかきたててくれるような相手。忠実な友人になることもできるのですが、時には、優柔不断なところや気分の変わりやすさが問題を引き起こすことも。しかし、完璧な関係を築きたいという強い思いを持っているので、愛する人のためには自分が犠牲になることもいとわず尽くします。**さまざまな困難に負けることなく、常にクリエイティブな態度を持ち続ける**ことで、人との関係においても積極的でいられるはず。

数秘術によるあなたの運勢

9日生まれの人は、思慮深く、善意にあふれ、強い感受性を持っています。優しく寛大で、自由な心の持ち主でもあります。直感が鋭く、強い精神的なパワーを持っていて、理解力に優れています。知的な道を追い求めることもあります。感情の起伏が激しいので、抑えることも覚えましょう。世界中を旅してあらゆる立場の人に会うことで、多くのことを学びます。夢見がちで現実逃避をする点には注意。

生まれ月の**4**という数字は、現実的で優れた計画力を持っていることを示します。制限のある状況の中に置かれることを嫌いますが、もう少し順応性を持つように。過去に執着せず、新しい状況も受け入れましょう。

●長所：理想を追求する、博愛主義である、創造力に優れる、繊細な感性を持つ、寛大な心を持つ、人を惹きつける力が強い、ロマンティストである、慈愛の心を持つ、気前がよい、孤独を恐れない、人気者である

■短所：落ちこみやすい、神経質である、頼りない、わがままである、実践力がない、皮肉っぽい、非倫理的である、人の言いなりになりがち、劣等感が強い、怖がり、心配性、閉じこもりがち

♥恋人や友人

1月13、14、21、29日／**2月**11、27、29日／**3月**9、25、27日／**4月**7、23、25日／**5月**5、21、23、29日／**6月**3、19、21、27、30日／**7月**1、17、19、25、28日／**8月**15、17、23、26日／**9月**13、15、21、24日／**10月**11、13、19、22、29日／**11月**9、11、17、20、27日／**12月**7、9、15、18、25日

◆力になってくれる人

1月11日／**2月**9日／**3月**7、31日／**4月**5、29日／**5月**3、27、31日／**6月**1、25、29日／**7月**23、27、31日／**8月**21、25、29、30日／**9月**19、23、27、28日／**10月**17、21、25、26日／**11月**15、19、23、24、30日／**12月**13、17、21、22、28日

♣運命の人

1月12日／**2月**10日／**3月**8日／**4月**6日／**5月**4日／**6月**2日／**10月**11、12、13、14日

♠ライバル

1月10日／**2月**8日／**3月**6、29日／**4月**4、27日／**5月**2、25日／**6月**23日／**7月**21日／**8月**19日／**9月**17日／**10月**15、31日／**11月**13、29、30日／**12月**11、27、28日

★ソウルメイト（魂の伴侶）

1月18、24日／**2月**16、22日／**3月**14、20日／**4月**12、18日／**5月**10、16日／**6月**8、14日／**7月**6、12日／**8月**1、4、10日／**9月**2、8日／**10月**6日／**11月**4日／**12月**2日

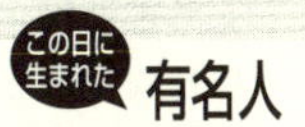

有名人

山下智久（タレント）、ジャン=ポール・ベルモンド（俳優）、マルタン・マルジェラ（デザイナー）、マーク・ジェイコブス（デザイナー）、永島昭浩（サッカー解説者）、高樹のぶ子（作家）、伊藤さおり（北陽　タレント）、成田アキラ（マンガ家）、クリステン・スチュワート（女優）、入江慎也（カラテカ　タレント）、厚切りジェイソン（タレント）

太陽：おひつじ座
支配星：いて座／木星
位置：19°30'－20°30'　おひつじ座
状態：活動宮
元素：火
星の名前：バテンカイトス

April Tenth

4月10日

ARIES

変化を求める心と冒険心

この日に生まれた人は、野心とやる気にあふれる若々しい個性を持っています。元気がよく、温かい心を持っていて、魅力たっぷりなのですが、成功を収めることに執着をみせます。ものにこだわる性格と、理想を追い求める気持ちとが合わさって、この傾向を生みだしているのです。

おひつじ座の特徴である常に変化を求める心と冒険心も持っているので、**刺激的でわくわくする生活**を送りたいと考えています。情熱的で、人を惹きつける魅力にあふれており、いつもたくさんの友人や崇拝者に囲まれています。しかし、何か大きなことを成し遂げたいという思いが高まると、衝動的な行動に走ってしまいがちです。気まぐれでいい加減なことをしてしまわないように注意しましょう。

あなたは**鋭敏な頭脳と、独自の芸術的才能**を持っていますが、自分の本当に進むべき方向を見つけるまではエネルギーをあちこちに分散させてしまいます。自分の道を決めるまでは、横道にそれないように気をつけましょう。**陽気で機知に富み、才知の鋭い**あなたですが、大人になることを拒む子どもっぽい一面もあります。責任感を持つようになれば生活に安定が生まれます。もっと成熟した視点を持ちましょう。そうすれば、成功への道がさらに広がります。

10歳になり、太陽がおうし座に入る頃、安心を強く求めるようになります。他人からの愛情に敏感になり、現実的な側面がさらに強まります。この傾向は、太陽がふたご座に入る40歳まで続きます。この時、新たな興味を持ち始め、人とのコミュニケーションを大切にするようになります。新しいスキルを学ぶことにもなるでしょう。

隠された自己

快活で表現力に富み人柄のよいあなたは、興味の幅も広く、多くの友達とたくさんのチャンスに恵まれています。ただ、本当にやりたいこととお金になることが一致しないこともあるでしょう。**関心の幅が広い**ので、さまざまな方向へと向かうことになりますが、常に目的意識を持つことが大切。また、重大な決断の際には優柔不断になりすぎないように気をつけましょう。

強い自立心を持っていますが、周囲の人との関係も大事にしましょう。人との親しい関係を必要としているあなたは、1人ではなく、誰かと組んで仕事をする方が力を発揮できます。安定を失うと不安になってしまうので、直覚力を活かして乗り切りましょう。直感を信じて進むことで、内なる幸せをつかむことができます。鋭い洞察力を持ち、クリエイティブな心の持ち主なので、斬新なアイディアを次々と生みだすことができます。さらに、一生を通して強い情熱を持ち続けることでしょう。

仕事と適性

組織力と指導力に優れ、カリスマ性を持ったあなたは、自分の選んだ分野で**トップに立つ能力**を持っています。販売、交渉、宣伝、出版、広告、法律、金融といった分野で成功を収めます。強い野心を持っていて、組織を管理・運営する立場に就くことを狙っています。自分で組織を創設することもあります。どのような職業を選ぼうと、人間関係を築く優れた能力が役立ち、あなたを成功へと導いてくれるはずです。自己表現への強い欲求と、感動的なものを好む傾向があるので、芸術やエンターテインメントの分野に惹かれます。

恋愛と人間関係

いつもはつらつとしていて、カリスマ性を持っています。周囲には友人や崇拝者がたくさんいますが、**情熱的で陽気**なあなたは、さまざまなステージで魅力を発揮して大活躍。思い切った冒険をすることもあり、活動的な毎日を送っています。人との関係を築くにあたっては、慎重になった方がよいこともあります。軽率に判断をしてしまうと、後悔することも。この日に生まれた人は、周囲の親しい人たちに支えられる幸せな結婚生活を送ります。

数秘術によるあなたの運勢

10の日生まれの人は、果敢に冒険に挑みます。そして、よい結果を得ることも。目的を達成するためには、忍耐力と決断力を持つようにしましょう。エネルギッシュで創意に富むあなたは、自分の信念を貫きます。たとえそれが人とは違うものでも、気にせずに信じ続けることができます。開拓者精神を持ち、新しいことを始める力を持っているので、たった1人で人より一歩先を行くこともあります。ただし、世界はあなたを中心に回っているわけではないということをしっかり念頭におきましょう。いばったり、自己中心的にならないように注意！　成功を収めることが大切だと考えているので、自分の専門の中でトップに立ちたいと思っています。

生まれ月の4は、冒険心に富み、常に変化を求めていることを表します。すぐにあきらめず、責任感を持つことが大切。生活が単調にならないように気をつけて、変化の中に安定を求めるようにしましょう。

●長所：指導力に優れる、創造力に優れる、進歩的である、説得力がある、楽観的である、強い信念を持っている、競争心が旺盛である、独立心が強い、社交的である

■短所：高圧的な態度をとる、嫉妬心が強い、孤立しがち、自己中心癖がある、うぬぼれ屋、節度がない、わがままである、情緒不安定である、短気である

♥恋人や友人

1月6、8、14、15、23、26、28日／**2月**4、10、12、13、21、24、26日／**3月**2、10、12、19、22、24日／**4月**8、14、17、20、22日／**5月**6、15、16、18、20日／**6月**4、13、16、18日／**7月**2、11、14、16、20日／**8月**1、9、12、14、22日／**9月**7、10、12、24日／**10月**5、8、10、26日／**11月**3、6、8、28日／**12月**1、4、6、30日

◆力になってくれる人

1月9、12日／**2月**7、10日／**3月**5、8日／**4月**3、6日／**5月**1、4日／**6月**2、30日／**7月**28日／**8月**26、30、31日／**9月**24、28、29日／**10月**22、26、27日／**11月**20、24、25日／**12月**18、22、23、29日

♣運命の人

10月12、13、14、15日

♠ライバル

1月11、13、29日／**2月**9、11日／**3月**7、9、30日／**4月**5、7、28日／**5月**3、5、26、31日／**6月**1、3、24、29日／**7月**1、22、27日／**8月**20、25日／**9月**18、23、30日／**10月**16、21、28日／**11月**14、19、26日／**12月**12、17、24日

★ソウルメイト(魂の伴侶)

1月12、29日／**2月**10、27日／**3月**8、25日／**4月**6、23日／**5月**4、21日／**6月**2、19日／**7月**17日／**8月**2、15日／**9月**13日／**10月**11日／**11月**9日／**12月**7日

堂本剛(KinKi Kids　タレント)、淀川長治(映画評論家)、永六輔(作家)、和田誠(イラストレーター)、水島新司(マンガ家)、和田アキ子(歌手)、箭内道彦(クリエイティブディレクター)、ミッツ・マングローブ(タレント)、木村佳乃(女優)、水卜麻美(アナウンサー)、さだまさし(歌手)

太陽：おひつじ座
支配星：いて座／木星
位置：20°30'－21°30'　おひつじ座
状態：活動宮
元素：火
星の名前：バテンカイトス

April Eleventh

4月11日

ARIES

強い意志と度胸と野心、それがあなたを冒険へと誘う条件

この日に生まれた人はラッキーです。**富と成功が約束されている**ような誕生日なのです。しかし、その贈り物を受け取るためには、もちろん、まじめに働かなくてはいけません。あなたは、おひつじ座らしい鋭い洞察力や強い意志、しっかりした価値観を持ち、野心にあふれています。支配星である火星からは、度胸と冒険好きな性格が与えられています。また、周囲の人からは**生まれついてのリーダー**だと思われているようです。抽象的な概念を目に見えるかたちで表す能力にも恵まれています。支配星座のいて座の影響で、あなたは**人よりも先にチャンスに気づきます**。けれども、不必要にすべてのチャンスにとびついたり、考えもなく危険な投機に手を出さないように気をつけましょう。財産を築くことを重視しているあなたですから、豪華で贅沢な暮らしをすることになるかもしれません。しかし、ものに執着しすぎて、それを守るために人に対して冷酷にならないこと。生活に不満を覚えると、目的意識を失い、あちらこちらとふらふらしてエネルギーを無駄遣いしてしまいそう。

9歳になる頃、太陽がおうし座に入ります。そのために、物質的、経済的な安定を求める気持ちが高まります。30代の終わり頃になると、太陽がふたご座に入ることで転機を迎えます。この頃、周囲の人との人間関係に興味を持ち始め、コミュニケーションの大切さがわかってきます。太陽がかに座に入る69歳を過ぎてからは、自分の感情や家族、家庭を重んじる気持ちが高まってくるようです。

隠された自己

人生の早い段階でお金の力を知るようになるため、商魂が旺盛です。**忙しくしているのが好き**なので、常に予定がびっしり。組織化する能力に長けていて、周囲の人を自分の計画に誘うのが得意です。計画のよい面を強調し、相手をワクワクさせて誘い入れるのです。ただし、忙しいからといって自分の内面を掘り下げることを怠ってはいけません。**気高い心と豊かな表現力**を持っているので、小さな仕事にかまけていないで、権力ある地位に就いた方が才能を発揮できます。異なる分野の人と人をつなぐ連絡係になるのが得意です。周囲の人には、驚異的な目標達成能力を持つ自信家だと思われているようです。ふとした瞬間にわがままな一面が出てしまうことがあるので気をつけてください。自分の計画に夢中になりすぎて、周囲の感情に気を配ることができなくなってしまうのです。しかし、その傾向を補って余りあるほど寛大で善意にあふれているのがあなたなのです。

仕事と適性

人から指図を受けることが嫌いなので、自然と皆の先頭に立つ能力が磨かれます。そのため、集団のトップに立つことも多いようです。**優れた商売のセンス**を持ち、自分の魅力を最大限に利用することを知っているので、経済的な成功を収めることになりそうです。特に販売、マーケティング、サービス産業、レストラン経営などで力が発揮されるはず。

1人でする仕事よりも、他人との協力が必要な仕事が向いています。広い視野を持っているので、経営者、起業家、行政官、管財人、公務員、裁判官、銀行員、聖職者といった職業に向いています。あなたの中の利他的な面は、教育やカウンセリングに関わる仕事に惹かれます。この誕生日は、多くの慈善活動家、芸術支援者を生んでいるのです。

恋愛と人間関係

カリスマ性を持つあなたはいつも皆の人気者で、友人や恋人を見つける多くの機会に恵まれています。愛する人に対しては、惜しまず多くを与えようとする、寛大で誠実な友人になることができます。しかし、常に変化と刺激を求めているので、いつもそわそわして満足しません。強い感情に任せて行動してしまうこともしばしば。一瞬の感情で大切な関係を駄目にしてしまわないように気をつけて！　愛情を求める気持ちと物質的な安定を求める気持ちとの間で葛藤することもあるでしょう。**野心を持ち自立した人**と一緒にいるのが好きなので、感情面での交流はあまり求めないようです。

数秘術によるあなたの運勢

誕生日に11というマスターナンバーを持つ人は、思いつきを大切にする、革新的な理想主義者。謙虚さと自信とが一体になっているので、自制心を保つことに苦労するかもしれません。けれども、さまざまな経験を重ねてゆけば、両方の部分をうまく扱うことができるようになるでしょう。自分の感情を信じることで、極端な態度をとってしまうこともなくなるはず。いつも元気いっぱいのあなたですが、起こりそうもないことまで心配してしまう傾向があるので、気をつけてください。生まれ月の4という数字は、現実に即した考えを持ちながら、人のことを思いやる理解力にもあふれていることを示します。あなたの持っている独創的なアイディアと現実的な能力とがうまく結びつけば、斬新な概念が生まれそうです。普段は心が広く協力的なあなたですが、かっとなって衝動的に行動をしてしまうことも。わがままにならないように注意！　たまには1人きりで状況を見つめ直し、分析する時間をとるようにしましょう。問題を解決するのは、簡単なことではないのです。時間をかけてじっくりと取り組むことも必要。

●長所：バランス感覚に優れる、強い集中力を持つ、物事を客観的に見ることができる、熱意にあふれる、直感力がある、精神的なものを重んじる、理想を追求する、鋭い洞察力を持つ、知性にあふれる、外向的性格である、考案の才に富む、芸術的才能がある、もてなし上手である、癒す力がある、博愛主義である、信頼できる
■短所：高慢である、不誠実である、目的意識に欠ける、傷つきやすい、あがり性である、わがままである、曖昧である

♥恋人や友人
1月6、15、16、29、31日／**2月**4、13、14、27、29日／**3月**2、11、25、27日／**4月**9、10、23、25日／**5月**7、21、23日／**6月**5、19、21日／**7月**3、17、19、30日／**8月**1、10、15、17、28日／**9月**13、15、26日／**10月**11、13、24日／**11月**9、11、22日／**12月**7、9、20日

◆力になってくれる人
1月13、15、19日／**2月**11、13、17日／**3月**9、11、15日／**4月**7、9、13日／**5月**5、7、11日／**6月**3、5、9日／**7月**1、3、7、29日／**8月**1、5、27、31日／**9月**3、25、29日／**10月**1、23、27日／**11月**21、25日／**12月**19、23日

♣運命の人
5月30日／**6月**28日／**7月**26日／**8月**24日／**9月**22日／**10月**13、14、15、20日／**11月**18日／**12月**16日

♠ライバル
1月12日／**2月**10日／**3月**8日／**4月**6日／**5月**4日／**6月**2日／**8月**31日／**9月**29日／**10月**27、29、30日／**11月**25、27、28日／**12月**23、25、26、30日

★ソウルメイト(魂の伴侶)
1月2、28日／**2月**26日／**3月**24日／**4月**22日／**5月**20日／**6月**18日／**7月**16日／**8月**14日／**9月**12日／**10月**10日／**11月**8日／**12月**6日

有名人

井深大(ソニー創業者)、加山雄三(俳優・歌手)、山本益博(料理評論家)、武田鉄矢(俳優・歌手)、森高千里(歌手)、玉田圭司(サッカー選手)、前田健太(プロ野球選手)、すぎやまこういち(作曲家)、金子みすゞ(童謡詩人)

太陽：おひつじ座
支配星：いて座／木星
位置：21°30'−22°30'　おひつじ座
状態：活動宮
元素：火
星：バテンカイトス

April Twelfth

4月12日

ARIES

鋭敏な頭脳と寛大で穏やかな心を持った冒険好き

自ら進んで何事にも取り組むことのできる大胆なあなたの人生は、非常に活発なものになるでしょう。楽観的で、常に理想を追い求めています。ものの真価を見抜くのも得意。おひつじ座らしい、寛大で穏やかな心を持った、冒険好きな野心家です。

支配星座のいて座の影響で、**各地を旅する**ことになりそうです。外国で成功を収めるかもしれません。物質的にも精神的にも常に進化し続けていないと、好奇心を失ってしまうので注意しましょう。まじめに働くあなたは、**多くの収入を得ることができる**はずなのですが、気前がよすぎるために、金銭的にはいつも欠乏状態です。この日に生まれた人は、運の上がり下がりが激しく、驚くべき幸運をつかんだかと思うと、次の瞬間には何もかもを失うということも少なくないのです。

鋭敏な頭脳と寛大な心、そして客観性も持っているので、想像力と個性を活かせば、絶望的な状況も、すばらしい成功談に変えることができます。**人前では常に元気にふるまう**ように心がけましょう。時には、人の意見に救われることもあります。向こう見ずな冒険をせず、周囲の意見にも耳を傾けましょう。自制心を持って用心深くゆっくりと目標に向かえば、計画を成功に導くことができるはずです。

8歳になる頃に太陽がおうし座に入るので、現実をよく見つめるようになります。安定や地位を求める気持ちが育ち始めるのです。38歳の頃、太陽がふたご座に入ると、興味や関心の幅が広がり、知識を得ること、人とコミュニケーションをとることが大切になってきます。68歳を迎え、太陽がかに座に入ると、自分の気持ちや、他人への思いやり、家庭生活の重要性が高まっていくでしょう。

隠された自己

優れた価値観と金銭感覚を持っています。しかし、あなた自身の財政状態は安定しないことも。きちんと予定を立てたり、先を見込んだ投資をすることを覚えれば、経済的な不安を最小限に抑えることができるでしょう。誰かの補助をするだけでは飽き足りない強い個性を持っているので、**集団の先頭に立って重要な役割を果たす**ことになりそうです。退屈しないように、変化を伴う仕事に就くのが理想。持ち前の頭のよさを活かして、勝算の見込める時には自分の力を信じて前へ進みましょう。ただし、不必要な危険は冒さないように。指導力を持ち、権力を行使することの多いあなたですが、いばったり、人を見下したりすることのないように気をつけましょう。周囲の人はあなたを頼りにしています。あなた自身も、自分の仕事に誇りを持っているので、責任を持つことで満足感を得られることでしょう。

仕事と適性

豊かな知性を持ち、物事を客観的に見ることができるので、強い意志を持って真剣に取り組めば、あらゆる分野で成功を収めることが可能です。人々を統率する能力に長けているので、**権力のある地位に就くことを望んでいます**。もしそれが無理なら、少なくとも自分らしい方法で仕事を進められる職業を選ぶとよいでしょう。教師、講演者などが適職です。芸能界、芸術方面で活躍するかもしれません。賢く、自由な心を持った博愛主義者なので、慈善事業や広報活動、医療、科学の分野で才能を発揮します。現実的でしっかりとした判断力は、銀行、商売、株式取引所で役立つことでしょう。

恋愛と人間関係

知的で陽気なあなたは、多くの友人や崇拝者を惹きつけます。頭の回転も速いので、あなたのパートナーになる人も、絶妙な受け答えをして精神的な刺激を与えてくれる、**鋭敏な頭脳の持ち主**でなければいけません。理解力にあふれ思いやりの心も持っているのですが、物事を深刻にとらえすぎたり、落ちこみやすい傾向がトラブルにつながってしまうことも。しかし、駆け引き上手で人の心理を読む力にも恵まれているので、やっかいな状況も切り抜けることができるはずです。

あなたは似たような興味や関心を持ち、冗談を言いあえるような人たちに囲まれている時が一番幸せです。

数秘術によるあなたの運勢

12日生まれの人は洞察力と推理力に優れ、人には親切です。革新的な態度を持ち、他の誰にも真似のできないような個性を確立しようとします。繊細で理解力に優れているので、目的を達成するためにはどのような戦略を使ったらよいのかがよくわかっています。個性を表現したいという気持ちと、他人のために尽くしたいという気持ちの間でうまくバランスをとることが、精神的な満足感を得るためには不可欠。もっと自信を持って、自分の足でしっかり立ち、他人の意見に振り回されないようにしましょう。

生まれ月の**4**という数字は、知と勤勉を表します。寛大で親しみやすいあなたですが、忍耐力を身につけて、現実をよく見るように心がけましょう。前向きな気持ちの時には、分析能力を活かして独創的なアイディアをひねり出し、問題を解決することができます。現状をしっかり把握して困難を乗り切るために、思いついた意見やアイディアは必ず書き留めておくようにしましょう。責任感を持ち、素直になれば、成功はおのずと近づいてきます。

●長所：創造力に優れる、魅力に富む、自発性を持つ、規律正しい、推薦上手である

■短所：社交性に欠ける、とっぴな行動をとる、非協力的である、神経過敏である、自尊心に欠ける

♥恋人や友人

1月6、16、25日／**2月**4、14日／**3月**2、12、28、30日／**4月**10、26、28日／**5月**8、24、26、30日／**6月**6、22、24、28日／**7月**4、20、22、26、31日／**8月**2、18、20、24、29日／**9月**16、18、22、27日／**10月**14、16、20、25日／**11月**12、14、18、23日／**12月**3、10、12、16、21日

◆力になってくれる人

1月9、14、16日／**2月**7、12、14日／**3月**5、10、12日／**4月**3、8、10日／**5月**1、6、8日／**6月**4、6日／**7月**2、4日／**8月**2日／**9月**30日／**10月**28日／**11月**26、30日／**12月**24、28、29日

♣運命の人

1月21日／**2月**19日／**3月**17日／**4月**15日／**5月**13日／**6月**11日／**7月**9日／**8月**7日／**9月**5日／**10月**3、14、15、16日／**11月**1日

♠ライバル

1月4、13、28日／**2月**2、11、26日／**3月**9、24日／**4月**7、22日／**5月**5、20日／**6月**3、18日／**7月**1、16日／**8月**14日／**9月**12日／**10月**10、31日／**11月**8、29日／**12月**6、27日

★ソウルメイト（魂の伴侶）

1月15、22日／**2月**13、16、20日／**3月**11、18日／**4月**9、16日／**5月**7、14日／**6月**5、12日／**7月**3、10日／**8月**1、4、8日／**9月**6日／**10月**4日／**11月**2日

この日に生まれた 有名人

酒井宏樹（サッカー選手）、ハービー・ハンコック（ジャズピアニスト）、三雲孝江（アナウンサー）、田中康夫（作家・政治家）、笠井信輔（アナウンサー）、広瀬香美（歌手）、藤原基央（BUMP OF CHICKEN　ボーカル）、岩隈久志（プロ野球選手）、吉澤ひとみ（タレント）

太陽：おひつじ座
支配星：いて座／木星
位置：22°30−23°30′　おひつじ座
状態：活動宮
元素：火
星：バテンカイトス

April Thirteenth

4月13日

ARIES

ビジネスセンスを駆使して富や名声を獲得

しっかりした価値観と判断力を持ち、ビジネスセンスにも優れているのが、この日生まれの人です。支配星である火星が、おひつじ座の特徴である活力や意志の力、組織力、指導力をますます高めてくれています。あなたの大胆な性格は、**安定や権力、富、名声を獲得したいという思い**から生まれています。成功を収めるために必要不可欠なのは、教育。理論を通して新たな知識を得るのもよいでしょうし、実践を通じて知識の利用法を学ぶのもためになるでしょう。目標達成のためにはまず堅固な基礎を作ろうとするあなたですが、その前に気をつけなければならないことがいくつかあります。まずは、**自制心を持つ**こと。そして、物質的な成功のみに夢中になって、他人に冷たくふるまったりしないこと。自分さえよければという考え方をしないように。もし、あなたの持っている膨大なエネルギーのすべてを、本当にやりがいのある計画に費やすことができたら、**歴史に残る偉業も達成できる**はず。1つ困難を乗り越えるたびに、強く大きく成長することができます。しかし、頂点に上りつめるためには、反抗的にならず強情にならないこと。そして、一生懸命稼いだお金を余分なものに費やさないこと。これらに気をつけることが必要です。周囲はあなたのことを勤勉な人だと思っていますが、わがままになってしまう傾向があるので注意。

太陽がおうし座に入る7歳の頃から、物質的、経済的な安定を求める気持ちを持ち始めます。それから30年間は、その後の人生で達成することになる目標のための堅固な基礎を築くのに費やすでしょう。37歳になり、太陽がふたご座に入ると、人に認められたいという気持ちが高まり、新たな興味も生まれてきます。67歳で太陽がかに座に入ると、感受性が高まり、家庭や家族をますます大切にするようになるでしょう。

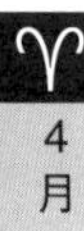

隠された自己

生来の指導力に恵まれていて、さまざまな場面でその力を発揮できるようです。時には、この力が自制心に形を変えて現れることも。おかげであなたは**勤勉でアイディアいっぱいのすばらしいリーダー**になることができるでしょう。自分の能力に疑問をいだいてしまうと、周りの人に対して冷たくなったり、距離を置いたりしてしまうかもしれません。とにかくあなたの力を信じて、心の向かう方向へと進みましょう。そうすれば、あなた自身のためになるだけでなく、周囲の人もより高い目的地へと向かうことができるのです。

鋭敏な頭脳を持っていて、それをうまく役立てる方法もよく知っています。しかし、誰にも煩わされずに1人で自分を見つめ直したいという気持ちと、誰にも負けない個性的な方法で自分を表現したいという気持ち、2つの相反する思いを抱えています。

仕事と適性

大胆で包み隠すことのない性格のあなたは、仕事を効率よく進めるのが得意。てきぱきと**目標に向かってまっすぐに突き進みます**。何らかの組織のまとめ役や、経営者、管理者、指導者、また新たな分野の開拓者として活躍するでしょう。商売、法律、政治の分野も向いています。独立心が旺盛で、指図を受けることを嫌うので、人の上に立って働く方が才能を活かせます。コミュニケーション能力の必要な職業に就くことが多いようです。

恋愛と人間関係

非常に社交的で、いつも人気者でいたいと願っているので、どんどん友人の輪が広がっていきます。生まれ持った創造力を発揮したい、個性を表現したいという思いが、**集団行動を好む性格**につながっているようです。友人としては非常に誠実で、愛する人のためならどんな努力も惜しみません。しかし、あなたが本当に望んでいるものは何なのか、自分でもわからなくなってしまうことがあるようです。自信のなさ、決断力のなさ、そして嫉妬心に苦しめられることもあるでしょう。1人でいることに慣れ、何者にも自分の幸せは邪魔させないと決意を固めてください。そうすれば苦しみから逃れられるはずです。

数秘術によるあなたの運勢

13日生まれの人は、情熱的で感受性豊か。独特のアイディアに恵まれています。大きな夢を持ち、夢の実現のためには努力を惜しみません。人とは違う独自の手段で個性を表現することができます。夢を夢に終わらせず、何か形のあるものとして残したいのなら、まずは現実をよく見つめることが大切。独創的なアプローチのできるあなたは、斬新で奇抜なアイディアで皆を驚かせてくれることでしょう。13という数字を誕生日に持つ人は、まじめで、魅力的な人柄です。豊かな想像力を持ち、おもしろいことが大好き。何事にも、心をこめて取り組むことができれば、大成功を収められます。

生まれ月の**4**という数字は、しっかりした判断力と、強い個性を表します。エネルギッシュで機知に富んだ努力家でもあります。ビジネスセンスに恵まれていて、伝統を大切に考えています。しかし伝統に従うだけではなく、自分なりの哲学を持っているので、人に影響されずに独自の考え方ができます。富や権力を欲する強い気持ちに、あなたらしさを奪われてしまうことのないように。

●長所：野心に満ちている、創造力に優れる、自由を愛する、自己表現が得意である、自発性を持つ
■短所：軽率である、優柔不断である、偉ぶる、冷淡である、反抗的な態度をとる

♥恋人や友人
1月7、17、18、20日／**2月**5、15、18日／**3月**3、13、16、29、31日／**4月**1、11、12、14、27、29日／**5月**9、12、25、27日／**6月**7、8、10、23、25日／**7月**5、8、21、23日／**8月**3、4、6、19、21日／**9月**1、4、17、19日／**10月**2、15、17日／**11月**13、15、30日／**12月**11、13、28日

◆力になってくれる人
1月15、17、28日／**2月**13、15、26日／**3月**11、13、24日／**4月**9、11、22日／**5月**7、9、20日／**6月**5、7、18日／**7月**3、5、16日／**8月**1、3、14日／**9月**1、12日／**10月**10、29日／**11月**8、27日／**12月**6、25日

♣運命の人
1月5日／**2月**3日／**3月**1日／**10月**16、17、18日

♠ライバル
1月4、5、14日／**2月**2、3、12日／**3月**1、10日／**4月**8、30日／**5月**6、28日／**6月**4、26日／**7月**2、24日／**8月**22日／**9月**20日／**10月**18日／**11月**16日／**12月**14日

★ソウルメイト（魂の伴侶）
1月2日／**3月**29日／**4月**27日／**5月**25日／**6月**23日／**7月**21日／**8月**5、19日／**9月**17日／**10月**15日／**11月**13日／**12月**11日

♈ おひつじ座

有名人

水嶋ヒロ（作家・俳優）、吉行淳之介（作家）、藤田まこと（俳優）、上沼恵美子（タレント）、西城秀樹（歌手）、萬田久子（女優）、萩原智子（水泳選手）、ジャック・ラカン（精神分析家）、宮尾登美子（作家）

太陽：おひつじ座
支配星：いて座／木星
位置：23°30－24°30′　おひつじ座
状態：活動宮
元素：火
星：なし

April Fourteenth

4月14日

ARIES

人より一歩先を行く楽観的な理想主義者

この日に生まれた人は、楽観的な理想主義者です。短気な一面もあるのですが、熱意にあふれ、人を惹きつける力を持っています。

支配星座のいて座の影響で、思ったことは何でもすぐに口に出してしまいます。大きな野望を持っているのはよいのですが、熱くなりすぎて他人にまで強制的な態度をとらないように注意！　**責任感が強く、正義を信じる気高い心**の持ち主ですが、成功の度合いで人を判断してしまう悪い癖があります。何か大きなことをやり遂げたいと思っているので、**常に人より一歩先を行き**、新たな挑戦をしようと試みています。

あなたの心の中には、相反する2つの性格が存在しています。**思いやりあふれる博愛家**になったかと思うと、厳格で容赦のない一面をみせることがあるのです。金銭が絡むと厳しくなってしまうようです。基本的には**前向きで明るい性格**なので、成功を収めることもできるでしょう。幸運の女神があなたに微笑んでくれた時には、心から感謝するようにしましょう。落ち着きや忍耐力に欠けるところがあるので、細かい部分を見誤ってしまうことがあります。最後まできっちりと注意を払って仕事をやり遂げることができれば、困難のたびにいらいらすることはなくなるはずです。

太陽がおうし座に入る6歳の頃から、物質的、経済的な安定を求める傾向が生まれ始めます。それからの30年間で、徐々に実際的になり、目標達成のための堅固な基礎を築いていくのです。36歳の頃、太陽がふたご座に入ると、新しいアイディアが生まれる時期に入ります。他人とコミュニケーションをとり、相手をきちんと理解することが必要になってきます。65歳になり太陽がかに座に入ると感受性が鋭くなり、それと同時に人生における家族や家庭の占める割合がぐんと高まることでしょう。

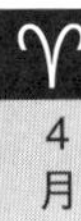

隠された自己

愛情を表現することをとても大切に考えています。もちろん自分から愛するだけでなく、相手からも愛され、受け入れられたいと願っているのですが、これまではその願いが満たされることがなかったかもしれません。まるで、愛情を受けるためにどこまで妥協ができるか、試されているように感じていたはず。

しかし、必要なのは妥協することではなく、**あなた自身を大切にする**ことなのです。自分を大切にすれば、精神的に自立することができます。いつも支配権を握っている強い自分でいようとせずに、弱さをさらけだし、物事をあるがままに受け入れることができれば、他人に対しても寛大になれるはずです。あるがままに受け止めることができるようになれば、今度こそ望み通りの愛情を受けることができるでしょう。

仕事と適性

社交的で魅力にあふれるあなたは、**人と関わる仕事**に向いています。仕事の中にも喜びを見出すことができるでしょう。個性を表現したいという強い思いと演劇のセンスを持っているため、美術、音楽、演劇、執筆に関わる職業が向いています。生来の指導力は、集団を率いる立場に立ったり、自営で開業することで発揮されます。自制心を失って短気を起こすと、せっかくの能力を発揮できなくなってしまうので気をつけましょう。人に強制されず、自分なりのやり方をしたいと思っており、**熱意もあってビジネスセンスに優れている**ので、新しい計画に着手することでも才能を発揮できるでしょう。

恋愛と人間関係

あなたにとって人間関係は、喜びと不満の両方を生みだすもののようです。それは、あなた自身が定まらない性格の持ち主で、温かく愛情に満ちた様子をみせたかと思うと、突然内気でよそよそしくなったりするからなのです。しかし、**生まれ持った魅力と社交性**のおかげで、広い交友関係を築くことができるでしょう。友人には優しく、寛大にふるまうことができます。美と芸術を愛する心を持っているので、自分の内面を表現しようと試みます。自分の心を表現することは、満足感を得ることにつながります。ときどき陥る欲求不満や失望も乗り切ることができるようになるはずです。ただ、忠誠心や愛情を注ぐに値しない相手の犠牲にならないように気をつけてください。また、あなたは、年の離れた相手と相性がよいでしょう。

数秘術によるあなたの運勢

知的で決断力に優れ、実用的なアイディアを出せるのが14日生まれの人です。安定を求めているのですが、14という数字の持つ常に変化を求める気持ちがあなたを新たな挑戦へと向かわせます。この2つの相反する気持ちがあなたの人生に何度も転機をもたらすことになるでしょう。労働条件や収入に不満を感じるとすぐに新しい職業を探し始めます。知覚が鋭いので、問題が起きるとただちに反応し、積極的に解決法を探します。

生まれ月の4は、活発で、知識欲旺盛であることを示しています。実務能力と機転にも恵まれているようです。人の指図を受けるのが嫌いなので、自分の能力を活かして、1人でどうにかやりくりします。鋭い洞察力と豊かな感受性を活かすには、理想への高尚な思いと富を求める欲求との間でうまくバランスをとることが必要。

●長所：決断力に優れる、勤勉である、創造力に優れる、実際的な考え方ができる、想像力が豊かである、努力家である

■短所：極端に慎重になったり大胆になったりする、情緒不安定である、思慮に欠ける、強情である

♥恋人や友人

1月4、8、18、19、23日／**2月**2、6、16、17、21日／**3月**4、14、15、19、28、30日／**4月**2、12、13、17、26、28、30日／**5月**10、11、15、24、26、28日／**6月**8、9、13、22、24、26日／**7月**6、7、11、20、22、24、30日／**8月**4、5、9、18、20、22、28日／**9月**2、3、7、16、18、20、26日／**10月**1、5、14、16、18、24日／**11月**3、12、14、16、22日／**12月**1、10、12、14、20日

◆力になってくれる人

1月5、16、27日／**2月**3、14、25日／**3月**1、12、23日／**4月**10、21日／**5月**8、19日／**6月**6、17日／**7月**4、15日／**8月**2、13日／**9月**11日／**10月**9、30日／**11月**7、28日／**12月**5、26、30日

♣運命の人

1月17日／**2月**15日／**3月**13日／**4月**11日／**5月**9日／**6月**7日／**7月**5日／**8月**3日／**9月**1日／**10月**17、18、19日

♠ライバル

1月1、10、15日／**2月**8、13日／**3月**6、11日／**4月**4、9日／**5月**2、7日／**6月**5日／**7月**3、29日／**8月**1、27日／**9月**25日／**10月**23日／**11月**21日／**12月**19、29日

★ソウルメイト（魂の伴侶）

8月30日／**9月**28日／**10月**26日／**11月**24日／**12月**22日

大友克洋（マンガ家）、中谷彰宏（作家・タレント）、今井美樹（歌手）、小沢健二（歌手）、亜希（モデル）、工藤静香（歌手）、山ちゃん（南海キャンディーズ　タレント）、小泉進次郎（政治家）、杏（モデル）、エイドリアン・ブロディ（俳優）

太陽：おひつじ座
支配星：いて座／木星
位置：24°30'−25°30'　おひつじ座
状態：活動宮
元素：火
星の名前：アル・ペルグ

April Fifteenth

4月15日

ARIES

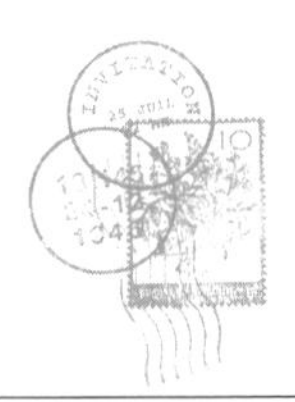

やる気となまけ心が共存

感受性豊かで人を惹きつける魅力にあふれ、大きな野心をいだいています。この日に生まれた人の心には、やる気となまけ心が同時に存在しているようです。おひつじ座は、成功、富を獲得したいという強い欲求に苦しめられることもあります。あなたには、やる気を起こさせてくれる何らかの要因が必要。それがないと、想像力をかきたててくれる何かが見つかるまで、あてもなくふらふらとさまよったり、マンネリ状態のまま過ごすことになってしまいます。

あなたは木星の影響で、**明るく人見知りしない性格**。多くのチャンスに恵まれているので、幸運をつかむことも多いはず。成功したいなら、常に前を向き、楽観的でいることです！　意志を強く持ち、ねばり強く努力することによってのみ、目標を達成することが可能になるのです。いつも自分の行動に自信を持っているあなたは、**周囲の人に頼られることも多い**でしょう。確かに、ためになるアドバイスをすることができるのですが、その内容があなた自身にも実践できないような難しいものであることも多いのです。うぬぼれたり、押しつけがましくならないように気をつけてください。組織を構成する能力や、広い視野で物事を考える能力にも恵まれているので、**成功や幸福は少し手を伸ばせばすぐに届く**ところにあるようです。しかし、本当に欲しいものを手に入れるためには、懸命に努力をしなければなりません。

5歳になる頃に太陽がおうし座に入ってからは、徐々に実際的な考え方をするようになり、経済的安定を求める気持ちが育ち始めます。35歳の頃太陽がふたご座に入ると、大きな変化が訪れます。興味関心の幅を広げたり、知識を増やすこと、人とコミュニケーションをとることなど、知的探求の重要性が高まるのです。そのため、この頃に何か講義を受け始めたり、スキルを学び始めることになるかもしれません。太陽がかに座に入る65歳を過ぎると、内面的なことや家庭生活に対する興味が高まってくるはずです。

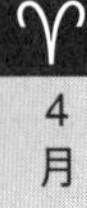

隠された自己

創造的で、鋭い洞察力を持っています。ただし気持ちが落ちこむと、この能力は損なわれてしまいます。落胆の原因は、周囲の人にあることも多いようです。いつもあなたのことを頼っている人たちが、あなたが助けを必要としている時になると、ちっとも助けてくれない時があるのです。あなたを取り巻く環境を変えるためには、まず内側から変革していきましょう。**前向きな気分の時には非常に社交的で、人に温かく接する**ことができます。さまざまな友人がいて、皆あなたのことを寛大で気前がよいと思っています。しかし時にはそこにつけこもうとする人がいます。あなたと関係のない事件に巻きこまれないためには、目的意識を強く持つことが大切。単純で楽な仕事で満足してしまう一面もあるのですが、何かよいことを成し遂げたいと思っているので、努力をすることもできるはずです。

仕事と適性

鋭敏な頭脳を持ち、率直に意見を述べることができるので、商売、広告代理業、販売促進などに向いています。どのような職業を選んでいても、**常に新たな分野を開拓したい**と思っています。寛容で哲学的なので、聖職者や教師になるかもしれません。人づき合いがうまく、弱い立場の人を助けたいと強く思っているので、何かの主義主張のために戦うことになりそうです。色、形、調和を好み、美術、音楽や演劇でも才能を発揮します。

恋愛と人間関係

自分のことをよく理解し、人に優しくできるあなたは、とても人気があります。人を扱うのに長けているのは前述の通りですが、その能力が役立つのは、誰に近づくかを見極める時くらいかもしれません。あなたには**人を安心させる力**があるので、周囲の人に頼りにされているようです。常に頼られる立場にいても、精神的に相手と平等でいるように心がけましょう。あなたの人生の中では物質上の安定、そして家庭や家族が重要な部分を占めています。人間関係に高い理想を持っていて、人から受け入れられ、必要とされることを求めているようです。

数秘術によるあなたの運勢

15日生まれの人は、情熱的で、さまざまな才能に恵まれています。カリスマ性を持ち、用心深い性格の持ち主です。あなたの最大の強みは、強い直感力を持っていること、そして理論と実践を通してあっという間に物事を学ぶ才能を持っていることです。洞察力が鋭いので、チャンスを逃すことはありません。お金や人の支持を惹きつける才能があるようです。冒険心を持っているのですが、本拠となる場所、家庭を必要としています。生まれ月の**4**という数字は快活で現実的なことを示しています。独立心が旺盛で、決断力にも優れるため、思う存分自由を謳歌しています。常に積極的な態度で、注目を浴びたいと思っています。人のことを思いやる強さも持っているのですが、何もかも1人で背負いこまないように気をつけましょう。人前では自信満々な態度をとるのですが、本当は不安を抱えているので、精神的な動揺を隠していることも。意志は固く、プライドは高く、努力を人に認めてもらいたいと思っています。

●長所：意欲的である、心が広い、責任感が強い、親切である、協力的である、鋭い眼識を持つ、独創的なアイディアを持つ
■短所：混乱しやすい、落ち着きがない、責任感がない、自己中心的である、変化を恐れる、信念を持たない、心配性である、優柔不断である、ものに執着する、権力を悪用する

♥恋人や友人
1月5、9、18、19日／**2月**3、7、16、17、18日／**3月**1、5、14、15、31日／**4月**3、12、13、29日／**5月**1、10、11、27、29日／**6月**8、9、25、27日／**7月**6、7、23、25、31日／**8月**4、5、6、21、23、29日／**9月**2、3、19、21、27、30日／**10月**1、17、19、25、28日／**12月**13、15、21、24日

◆力になってくれる人
1月1、6、17日／**2月**4、15日／**3月**2、13日／**4月**11日／**5月**9日／**6月**7日／**7月**5日／**8月**3日／**9月**1日／**10月**31日／**11月**29日／**12月**27日

♣運命の人
10月17、18、19、20日

♠ライバル
1月2、16日／**2月**14日／**3月**12日／**4月**10日／**5月**8日／**6月**6日／**7月**4日／**8月**2日／**12月**30日

★ソウルメイト（魂の伴侶）
1月11、31日／**2月**9、29日／**3月**7、27日／**4月**5、25日／**5月**3、23日／**6月**1、21日／**7月**19日／**8月**17日／**9月**15日／**10月**13日／**11月**11日／**12月**9日

田原総一朗（ジャーナリスト）、坂崎幸之助（THE ALFEE　ギタリスト）、野口聡一（宇宙飛行士）、楢﨑正剛（サッカー選手）、JOY（モデル）、エマ・ワトソン（女優）、有岡大貴（Hey! Say! JUMP　タレント）

太陽：おひつじ座
支配星：いて座／木星
位置：25°30'−26°30' おひつじ座
状態：活動宮
元素：火
星の名前：アル・ペルグ、バーテックス

April Sixteenth

4月16日

ARIES

大胆で、自信にあふれた野心家

この日に生まれた人は、常に変化を求めています。**優しい心の持ち主**なのですが、身を立て名を上げたいという大きな野望をいだいています。人生の中で移動が重要な位置を占めることになりそう。よりよい職を求めて転職を繰り返すかもしれません。

あなたは活動的で刺激がいっぱいの生活を送りたいと思っています。**大胆で、野心と自信を併せ持つ**という、おひつじ座らしい性格。支配星である木星から進歩的な精神と度胸を与えられているため、周囲に影響力を持つ地位に就きたいと思っています。1つの目標に集中し、力を注ぐことができます。

自由を愛し、個性を表現したいという強い思いを持っているので、落ちこんでもすぐに立ち直るのがあなた。強い決心と忍耐力を持って取り組めばどんな困難も乗り越えることができるはず。秩序を大切にして、衝動的な行動を避ければ、経済的な変動も最小限に抑えることができるでしょう。

あなたは**物知りで話し好き**ですが、用心深い性格の持ち主。直感を役立てて、遠い先のことまで思い描く力を持っています。長期の投資をすると、相当の利益を得られそうです。

4歳になると太陽がおうし座に入り、安心と経済的安定を求め始めます。さらにこの頃に、将来目的を達成するための基礎を築き始めます。34歳の頃、太陽がふたご座に入ると転機が訪れます。対人関係やコミュニケーションについての関心が高まり始めるのです。この頃に、仕事であれ趣味であれ、新たな勉強をし始めることになりそうです。太陽がかに座に入る64歳を迎えると、感受性が高まり、人生における家族や家庭の重みが増し始めるでしょう。

4月

隠された自己

自分の判断に対する自信を失い、不安になってしまうことがあります。しかし、大きな視野で見てみれば、大したことのない問題であることが多いのです。くよくよ思い悩んでいるよりも、あなたの持っているすばらしいアイディアやクリエイティブな計画、ユーモアのセンスを活かすことに集中した方がよいでしょう。**物覚えがよく、儲けるチャンスに目ざとい**のもあなたの特徴。しかし、がまんが苦手で、欲しい物は待たずにすぐ手に入れたいと思っているので、わがままになったり、浪費しすぎる傾向があります。気をつけましょう。そのエネルギーを本当に興味のあることに費やせば、責任感を持って熱心に働き、確実に報酬を受け取ることができるはずです。

仕事と適性

野心と優れた指導力を持ち、常に変化を求めているため、単純作業をしないですむ権威ある地位に就くのがよいでしょう。想像力と現実的なセンス、両方を活かせる仕事が理想的。俳優、作家、写真家、建築家などが適職です。国際的な企業やメディア業界で働くことにも興味を持っています。また、慈善事業に力を尽くすこともあります。選んだ職の中で新しい分野を模索することで、達成する喜びを得ることができるでしょう。あなたは**すぐに儲かる仕事**でないと、熱中することができません。**各地を旅する仕事**に特に惹かれます。活動的なので、スポーツの分野でも活躍。

恋愛と人間関係

相手の人柄をすばやく正確に見抜くことができるので、社交の場ではいつも陽気で愉快な人気者です。友情を大切に考えていて、あなたに何らかの影響を与えてくれる、そして共に楽しい時間を共有できる人たちと過ごすのが大好き。頭の中は作り出したいもののアイディアとイメージでいっぱいですが、他人の意見にもよく耳を傾けます。関係を安定させるためには努力を惜しみませんが、たまに短気になったり理屈っぽくなってしまうことがあるので気をつけましょう。

あなたは、**頭がよく似たような興味関心を持っている相手**に惹かれます。陽気で元気な性格の持ち主なのですが、責任を持つことも学びましょう。

数秘術によるあなたの運勢

16日生まれの人は、繊細で思慮深く、友好的です。鋭敏な分析能力を持っているのですが、時には感情に任せて判断してしまうことも。自分の意見を表明したいという強い思いと、他人に対して感じている責任の間に挟まれ、葛藤することもあります。世界情勢や政治にも強い関心を持っています。突然ひらめきがあり、執筆作業を始めることもあります。自信満々な一面をみせたかと思うと、突然不安になったり疑い深くなったりするので、バランスをとるように心がけましょう。

生まれ月の4の影響で、現実的で勤勉です。愛想がよくグループ志向が強いので、他人の感情に敏感で親切です。理解力に優れ、他人の意見を重視します。友人から批判されても、すぐに落ちこまないようにしましょう。自分が変わることを恐れず、また、柔軟な対応をすることも必要。

●**長所**：家族を大切にする、品行方正である、鋭い洞察力を持つ、社交的である、協力的である、洞察力に満ちている
■**短所**：心配性である、欲求不満に陥りやすい、責任感がない、頑固である、懐疑的である、こうるさい、怒りっぽい、わがままである、思いやりに欠ける

相性占い

♥恋人や友人
1月6、10、20、29日／**2月**4、8、18、27日／**3月**2、6、16、25、28、30日／**4月**4、14、23、26、28、30日／**5月**2、12、21、24、26、28、30日／**6月**10、19、22、24、26、28日／**7月**8、17、20、22、24、26日／**8月**6、7、15、18、20、22、24日／**9月**4、13、16、18、20、22日／**10月**2、11、14、16、18、20日／**11月**9、12、14、16、18日／**12月**7、10、12、14、16日

◆力になってくれる人
1月7、13、18、28日／**2月**5、11、16、26日／**3月**3、9、14、24日／**4月**1、7、12、22日／**5月**5、10、20日／**6月**3、8、18日／**7月**1、6、16日／**8月**4、14日／**9月**2、12、30日／**10月**10、28日／**11月**8、26、30日／**12月**6、24、28日

♣運命の人
1月25日／**2月**23日／**3月**21日／**4月**19日／**5月**17日／**6月**15日／**7月**13日／**8月**11日／**9月**9日／**10月**7、19、20、21日／**11月**5日／**12月**3日

♠ライバル
1月3、17日／**2月**1、15日／**3月**13日／**4月**11日／**5月**9、30日／**6月**7、28日／**7月**5、26、29日／**8月**3、24、27日／**9月**1、22、25日／**10月**20、23日／**11月**18、21日／**12月**16、19日

★ソウルメイト(魂の伴侶)
1月18日／**2月**16日／**3月**14日／**4月**12日／**5月**10、29日／**6月**8、27日／**7月**6、25日／**8月**4、23日／**9月**2、21日／**10月**19日／**11月**17日／**12月**15日

この日に生まれた **有名人**

チャールズ・チャップリン(喜劇俳優)、坂上二郎(タレント)、なぎら健壱(歌手)、大西順子(ジャズピアニスト)、BONNIE PINK(歌手)、徳井義実(チュートリアル　タレント)、ウィルバー・ライト(ライト兄弟の兄　航空技術者)、コンチタ・マルティネス(テニス選手)、岡崎慎司(サッカー選手)

太陽：おひつじ座
支配星：いて座／木星
位置：26°30'−27°30' おひつじ座
状態：活動宮
元素：火
星の名前：アル・ペルグ、バーテックス

April Seventeenth

4月17日

ARIES

幸運を逃さないために必要なのは、確かな価値観と責任感のある行動

先見の明と優れた行動力を持ち、大きな野望をいだいています。おひつじ座なので、どんどん前へ進みたいという強い衝動を持っていますが、その途中で突然集中力を失ったり、別の方向へ向かおうとしてしまう傾向があるので、気をつけましょう。

支配星座のいて座は、**洞察力に優れている**ことを示しています。そのため、正しい決断を下すことができるのです。**幸運に恵まれている**ので、経済的に失敗することもありません。ただし、幸運という天からの贈り物を最大限に活かすには、価値観をしっかり持ち、責任感を持って熱心に働くことが不可欠。あなたは、どんな困難な状況も切り抜けられるほどの能力に恵まれています。理解力を活かせば、即座に問題を解決することができるはずです。力を尽くして困難を乗り越えた後には、しっかり休憩をとるようにしましょう。洞察力、集中力、実務能力……、これらは、あなたに与えられた数々の能力のうちのほんの一部でしかありません。**自分の仕事に誇りを持っている完璧主義者**。経済的なことばかりに気をとられないように注意し、さまざまな分野であなたの能力を活かしましょう。現実に根ざした能率的な方法をとれるのはあなたの長所です。しかし、それが遠慮のない態度をとることにつながってしまうこともあります。ぶっきらぼうになったり、頑固になったりしないように。

太陽がおうし座に入る3歳の頃から、安心を求める気持ちが強まり始めます。33歳の頃太陽がふたご座に入ると、興味の幅が広がり、人とコミュニケーションをとったり新しいことを学ぶことに興味が生まれます。太陽がかに座に入る60代前半になると、自分の感情や家庭生活を大切に思うようになるでしょう。

隠された自己

安定した生活を求める気持ちと、変化や活気にあふれる生活を求める気持ちという相反するものを同時に併せ持っています。物事が順調に進んでいる時でも、その落ち着いた状況に慣れてしまわないように気をつけましょう。あなたのチャンスは、日常の決まりきった仕事とは離れたところに潜んでいるのです。新たな出会いや刺激を求めて外へ出ましょう。そうしないと理由もなくむしゃくしゃして、現実から逃げたくなってしまいます。活動的なあなたは、理論よりも実際の経験から学ぶことの方が多いでしょう。**豊かな感受性と見識が、よい方向へと導いてくれます**。間違った方向へと進んでしまわないように、心の声に耳を傾けてください。そうすれば、物事はもっと円滑に運びます。

仕事と適性

この日に生まれた人は、**商売のチャンス**に恵まれています。現実的で、物事を秩序立てるのが得意。大きな野望を果たすためには、まずしっかりと計画を立てることが不可欠です。あなたには、輸出入、金融、法律に関する才能があります。商取引や外国で働くこと、大規模な計画を立てることに向いています。また、器用で、形に関するセンスを持っています。野望に満ちて、交渉技術に長けているので、有利な契約を結び、しっかりとした報酬を得られます。この日に生まれた人は、物事の事実について強い興味を持っているので、**何らかの専門家や研究者として富や地位を得ます**。各地を回って調査をする仕事に就くこともあるでしょう。感受性や創造性を活かして音楽や美術などの分野で活躍することもあります。

恋愛と人間関係

社交的で温かい心を持ち、人を惹きつける魅力にあふれています。**感情豊かで愛情豊か**ですが、それをうまく表現することができないと、気分が落ちこんでしまいます。他人から制限を受けている時、状況に不満を感じている時には、いらいらしたり、不安に思う傾向があります。常に冒険心を持ち積極的に行動することで、精神的な満足が得られます。時には関係が不安定になってしまうこともありますが、簡単にはあきらめず、調和を求めて突き進むことができます。あなたは大胆でエネルギッシュなので、どんな人といる時でも自分の居場所を見つけ、尊敬と愛情を受けることができるでしょう。

数秘術によるあなたの運勢

自立した、賢明な思索家なので、しっかりとした教育を受けることでさらに成功に近づきます。17日生まれの人は、専門知識を伸ばすことに熱心。内向的な性格で、優れた分析能力を持っているので、専門家、研究者として高い地位に就きます。思慮深く、自分なりのペースで物事を進めるのが好きです。コミュニケーション技術を磨けば、自分自身のことがもっとよくわかるはず。

生まれ月の4という数字は、あなたには外向的手腕や社交的な能力もあるということを示しています。深い思いやりを表に出すようにすれば、誤解されることもなくなります。1人で問題を解決することが好きなのですが、他人と意見を交換したり、チームの一員として活動することも覚えましょう。人を妬んだり、欲張ったりしないように気をつけて。社会で評価されたいと思っているので、創造的な精神を発揮して自己表現をすることを切望しています。

●長所：思慮深い、計画的に物事を進めることができる、商売のセンスがある、経済的に成功する、個性的な考え方ができる、努力家である、几帳面である、調査力に優れる、科学的である

■短所：無関心である、寂しがり屋である、強情である、うっかり者である、気難しい、神経過敏である、度量が狭い、人のあらを探す、疑い深い

♥恋人や友人

1月7、11、22、24日／**2月**5、9、20日／**3月**3、7、18、31日／**4月**1、5、16、29日／**5月**3、14、27、29日／**6月**1、12、25、27日／**7月**10、23、25日／**8月**8、10、21、23、31日／**9月**6、19、21、29日／**10月**4、17、19、27、30日／**11月**2、15、17、25、28日／**12月**13、15、23、26日

◆力になってくれる人

1月8、14、19日／**2月**6、12、17日／**3月**4、10、15日／**4月**2、8、13日／**5月**6、11日／**6月**4、9日／**7月**2、7日／**8月**5日／**9月**3日／**10月**1、29日／**11月**27日／**12月**25、29日

♣運命の人

10月20、21、22日

♠ライバル

1月9、18、20日／**2月**7、16、18日／**3月**5、14、16日／**4月**3、12、14日／**5月**1、10、12日／**6月**8、10日／**7月**6、8、29日／**8月**4、6、27日／**9月**2、4、25日／**10月**2、23日／**11月**21日／**12月**19日

★ソウルメイト（魂の伴侶）

1月9日／**2月**7日／**3月**5日／**4月**3日／**5月**1日／**10月**30日／**11月**28日／**12月**26日

有名人

畑正憲（作家）、オリヴィア・ハッセー（女優）、高見沢俊彦（THE ALFEE　ミュージシャン）、小林賢太郎（ラーメンズ　タレント）、ヴィクトリア・ベッカム（デザイナー・モデル）、宮國椋丞（プロ野球選手）、市川森一（脚本家）、ウィリアム・ホールデン（俳優）、ルーニー・マーラ（女優）

太陽：おひつじ座
支配星：いて座／木星
位置：27°30'−28°30' おひつじ座
状態：活動宮
元素：火
星の名前：ミラク、アル・ペルグ、バーテックス

April Eighteenth

4月18日

ARIES

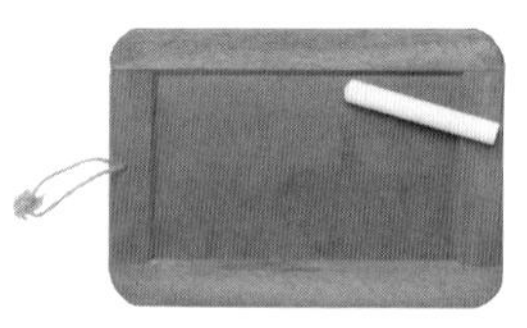

まじめで几帳面、しかし好奇心は旺盛

いつもまじめなあなたですが、独創的な才能に恵まれているので、個性を表現する道を探し求めているはずです。創造的で強い意志を持ちながら、のんびり屋で魅力的というおひつじ座ならではの特徴も併せ持っています。

支配星であるいて座の影響で、幅広い興味を持ち、さまざまな経験をしてみたいと考えています。そのため、**各地を旅して回るのが大好き**。多様な興味を持っているのはよいのですが、そのせいでエネルギーがあちこちに分散してしまい、時間を浪費してしまう危険性もあるので気をつけましょう。常識を頼りに、物事のあらゆる側面を見つめる能力を持っていますが、これが仇になって優柔不断になってしまうことも。**直感力があり、戦略を立てるのが得意**。問題に直面しても、創意に富んだ答えをすぐに見つけることができます。

几帳面なあなたは、まっすぐに問題の核心に迫りたいタイプ。知性にあふれ、理解力にも優れるあなたは、周囲の人の信頼と尊敬を集めることでしょう。誠実かつ創造的な心で、人を惹きつけるのです。**どんな困難にもあきらめることなく立ち向かう**のですが、最初からやり直せば何でもうまくいくと信じるばかりに、理想を追い求めすぎたり、向こう見ずな賭けをしたりしないように。

2歳という幼い年齢で太陽がおうし座に入るため、安心を求める子供時代を過ごしたはずです。32歳の頃、太陽がふたご座に入ると、転機が訪れます。この頃から知識欲が増し、人との交際も活発になってきます。太陽がかに座に入る62歳の頃には、自分自身の感情や家庭生活を重んじる心が強まってきます。

隠された自己

常に愛情と安心を求めているのがあなたです。この思いは、さまざまな形で外に現れます。例えば、指導力が試されそうな状況になると、安心が確信できるまでは先に進もうとしません。また、愛する人が落ちこんでいる時は、全身全霊をかけて励まそうとするのです。生活に変化が少なく物事がゆっくりとしか進まない時には不安が募ります。しかし、それはほんの束の間。すぐに活発な一面が顔を出し始めます。**短い静止期間は、精神的な落ち着きを得るために欠かせない時間**。この時間を利用して、エネルギーを充電して再出発するために、立ち止まって自分を振り返りましょう。

仕事と適性

鋭敏な頭脳を持ち、コミュニケーション能力にも優れているので、多くのことを達成できそう。すぐに焦ったり、自分を疑ってしまう傾向があるので気をつけて。気分が乗っている時には、独創的な方法を考え出します。芸術の世界で奇抜なアイディアを発表したくなるかもしれません。**生まれついての社交性とビジネスセンスを活かせる職**が向いています。銀行や不動産などの職業がおすすめ。哲学的で博愛精神にもあふれているため、聖職者や慈善事業家になるのもよいでしょう。各地を旅することで、道が広がるようです。

恋愛と人間関係

創造的で才能にあふれ、多くの友人に囲まれています。愛想がよく魅力的なので、他人と関わることを必要とするすべての活動において能力を発揮します。その中でも特に、自分の個性を表現することが得意。恋愛においても**積極的な態度を持ち続ければ、愛情に満ちた恋人になるでしょう**。しかし相手のことを考えず自分のことばかり考えていると、冷たい人間だと思われてしまいます。自分自身を見つめ直し、直感や内なる声に耳を傾けるために時間をとることも大切。そういった時間があなたを高め、理想へと近づけてくれます。信念を強く持つことで、経済的な不安や人間関係における悩みから、抜け出すことができるでしょう。

数秘術によるあなたの運勢

18日生まれの人は、自己主張が強く野心にあふれています。いつも変化を求め、活動的。企業に勤めることが多いでしょう。責任感が強く勤勉なあなたは、高い地位に就くことになるかもしれません。優れたビジネスセンスと組織力を活かして、商売に関わることも。働きすぎには気をつけて。時にはリラックスするのも大切です。誕生日に18という数字を持つ人は、人のために力を尽くします。役立つアドバイスを与え、問題を解決するのを手伝ったり、悩みや悲しみを癒そうとします。

生まれ月の4は、素直で想像力豊か、さらに頼りがいのあることを示します。自信をなくした時には、直感を信じて突き進んでください。精神的に追いつめられてしまうこともあるのですが、かっとしたり、わがままになったりしないように気をつけましょう。誰にでも遠慮なくずばずば言ってしまう癖があります。何事も行動に移す前によく考えて、批判的になりすぎないように注意！　理解力を示してください。権力を得ることも多いのですが、誠実と公平を心がけるように。

●**長所**：進歩的な考え方ができる、きっぱりしている、鋭い洞察力を持つ、度胸がある、意志が固い、癒す力がある、てきぱき動ける、適切な助言ができる

■**短所**：感情のコントロールが苦手、なまけがちである、態度が一貫しない、わがままである、物事を最後までやり遂げることができない、人を騙そうとする

相性占い

♥恋人や友人

1月8、22、26日／**2月**6、20、21、24日／**3月**4、18、22日／**4月**2、16、20、30日／**5月**14、18、28、30日／**6月**12、16、26、28日／**7月**10、14、24、26日／**8月**8、9、12、22、24日／**9月**6、10、20、22、30日／**10月**4、8、18、20、28日／**11月**2、6、16、18、26日／**12月**4、14、16、24日

◆力になってくれる人

1月9、20日／**2月**7、18日／**3月**5、16、29日／**4月**3、14、27日／**5月**1、12、25日／**6月**10、23日／**7月**8、21日／**8月**6、19日／**9月**4、17日／**10月**2、15、30日／**11月**13、28日／**12月**11、26、30日

♣運命の人

1月27日／**2月**25日／**3月**23日／**4月**21日／**5月**19日／**6月**17日／**7月**15日／**8月**13日／**9月**11日／**10月**9、21、22、23日／**11月**7日／**12月**5日

♠ライバル

1月2、10、19日／**2月**8、17日／**3月**6、15日／**4月**4、13日／**5月**2、11日／**6月**9日／**7月**7、30日／**8月**5、28日／**9月**3、26日／**10月**1、24日／**11月**22日／**12月**20、30日

★ソウルメイト（魂の伴侶）

1月15日／**2月**13日／**3月**11日／**4月**9日／**5月**7日／**6月**5日／**7月**3日／**8月**1日／**10月**29日／**11月**27日／**12月**25日

小宮悦子（アナウンサー）、上地雄輔（俳優）、島尾敏雄（作家）、毛麻仲（俳優）、松永二三男（アナウンサー）、岸田敏志（歌手）、ロージー・ハンティントン＝ホワイトリー（モデル）、小野文恵（アナウンサー）、天達武史（気象予報士）

太陽：おひつじ座
支配星：いて座／木星
位置：28°30'-29°30' おひつじ座
状態：活動宮
元素：火
星の名前：ミラク、バーテックス

April Nineteenth

4月19日

ARIES

胸に冒険心をいだく、寛大で親しみやすい理想家

親しみやすい理想家で、常に胸に冒険心をいだいています。富と安定を求め、それを与えてくれる集団に所属していたいと思っています。おひつじ座らしく、情熱的で自己主張が強く、鋭敏な精神の持ち主でもあります。想像力と理解力にあふれ、独創的なので、**主導権を握る立場に立つ**ことも多いようです。この日に生まれた人は人間関係を非常に大切に考えています。**意志が固く説得力がありますが**、周囲の人の助けを得るためには妥協することも学ぶ必要があります。支配星座のいて座は、楽観的で機知に富むことを表しています。莫大な富を生み出すアイディアを思いつくこともあるかもしれません。**寛大で親しみやすい**ので、集団の一員として活動することが多いでしょう。何らかの主義主張を持つと、あなたの説得力はますます強まります。仕事においては、販売促進の才能があるので、取引をうまく成立させることができるでしょう。

1歳で太陽がおうし座に入ると、安心を求める心が高まります。31歳になる頃、太陽がふたご座に入り、転機が訪れます。興味の幅が広がり、知識を得ることや人とコミュニケーションをとることが大切になってくるのです。太陽がかに座に入る60代前半には、自分の感情と、安定した家庭生活を大切に思うようになるでしょう。

隠された自己

世間に認められたいという思いに突き動かされて、富を得ることに。理想を追求する心と、富や権力を求める心が重なって、成功を収めるためのエネルギーや決意が生まれます。しかし、**最も心が満たされるのは、他人のために何かをしている時**でしょう。調和を求める気持ちが強いので、野心的な企てのスタート地点として、安定した家庭が必要。安定した家庭を持つことは、音楽や美術など、芸術的才能を磨くことにもつながるのです。ただで得られるものなどないことを理解すること。労働を大切に考えているので、目標がはっきりとしている方が望ましいでしょう。金銭的な欠乏状態を非常に恐れているのですが、他人のために何かをすることを理想としています。

仕事と適性

専門知識を持ち、新しい計画に着手するのを好むあなたは、さまざまな分野で活躍できます。商魂が旺盛で、自分の信じる物であれば、どんな商品でもアイディアでも売り出すことができます。そのため、単なる商品販売にとどまらず、あなた自身やあなたの理想を宣伝することも得意。細かい単純作業を他人に任せて、自分は集団の責任者でいることを理想としています。**コミュニケーション能力が高いので、人と関わる仕事が向いています。**アドバイザー、PR業、広告代理に関わる仕事がぴったりでしょう。不動産関係の交渉にも才能を発揮します。自営業か、人の上に立って働くかは別にしても、あなたは協力して働くことの大切さもちゃんと知っています。

恋愛と人間関係

エネルギーにあふれ、多様な関心を持っているので、にぎやかな社会生活を送ることになるでしょう。

知的な人､力のある人や強烈な個性を持っている人に惹かれます。

あなたには、精神的に相手に対して優位に立とうとしたり、自分の思い通りにならない時にはごまかしの手段に頼ってしまうこともあるのですが、基本的には寛大で協力的。あらゆる職業の人と友達になるチャンスに恵まれていて、その出会いをビジネスに活かすこともできます。

数秘術によるあなたの運勢

19日生まれの人は、野心にあふれた陽気な博愛家と思われることが多いようです。強い意志と臨機応変に動く力を併せ持っており、深い見識を備えています。

思いやりを持ち、理想を一途に追求する一面もあります。繊細なあなたですが、誰か自分とは違う人になりたいという思いを強く持っているので、演劇に関わり、舞台でスポットライトを浴びることになるかもしれません。自分らしさを確立したいと願っているので、まずは仲間の影響下から離れることが必要。他の人からは、自信に満ちあふれ快活で知的な人だと思われているのですが、本当は心に不安をたくさんいだいた感情の起伏の激しい人なのです。芸術性とカリスマ性を持っています。また、未知の世界に対する好奇心もたっぷり持っています。

生まれ月の**4**の影響で、現実的で勤勉なあなたですが、エネルギーを分散させずにしっかり集中することが大切。楽観的になりすぎて、大人げない行動をとってしまうことも。

あなたは自信を持っていながら、人の意見にも耳を傾けることができるので、優秀なリーダーになれるでしょう。想像力豊かで現実的な技術も持っているので、さまざまなアイディアを形にすることが得意。

●長所：活力にあふれる、精神的に安定している、創造力に優れる、指導力に優れる、進歩的な考え方ができる、楽観的である、強い信念を持っている、競争心旺盛である、独立心が強い、社交的である

■短所：自己中心的である、気分が沈みがちである、心配性である、甘えん坊、感情の起伏が激しい、ものに執着する、うぬぼれ屋である、短気である

♥恋人や友人

1月3、23日／**2月**11、21、23日／**3月**9、19、28、31日／**4月**7、17、26、29日／**5月**5、15、24、27、29、31日／**6月**3、13、22、25、27、29日／**7月**1、11、20、23、25、27、29日／**8月**1、9、18、21、23、25、27日／**9月**7、16、19、21、23、25日／**10月**5、14、17、19、21、23日／**11月**3、12、15、17、19、21日／**12月**1、10、13、15、17、19日

◆力になってくれる人

1月3、4、10、21日／**2月**1、2、8、19日／**3月**6、17、30日／**4月**4、15、28日／**5月**2、13、26日／**6月**11、24日／**7月**9、22日／**8月**7、20日／**9月**5、18日／**10月**3、16、31日／**11月**1、14、29日／**12月**12、27日

♣運命の人

1月22、28日／**2月**20、26日／**3月**18、24日／**4月**16、22日／**5月**14、20日／**6月**12、18日／**7月**10、16日／**8月**8、14日／**9月**6、12日／**10月**4、10、23、24日／**11月**2、8日／**12月**6日

♠ライバル

1月11、20日／**2月**9、18日／**3月**7、16日／**4月**5、14日／**5月**3、12、30日／**6月**1、10、28日／**7月**8、26、31日／**8月**6、24、29日／**9月**4、22、27日／**10月**2、20、25日／**11月**18、23日／**12月**16、21日

★ソウルメイト(魂の伴侶)

1月26日／**2月**24日／**3月**22、30日／**4月**20、28日／**5月**18、26日／**6月**16、24日／**7月**14、22日／**8月**12、20日／**9月**10、18日／**10月**8、16日／**11月**6、14日／**12月**4、12日

この日に生まれた 有名人

小嶋陽菜(AKB48　タレント)、マリア・シャラポワ(テニス選手)、坂下千里子(タレント)、久世光彦(演出家)、庄司薫(作家)、石原伸晃(政治家)、源氏鶏太(作家)、村野武範(俳優)、高倉麻子(サッカー日本女子代表監督)

太陽：おひつじ座／おうし座
支配星：いて座／木星
位置：29°30おひつじ座'−0°30' おうし座
状態：活動宮
元素：火
星の名前：ミラク

April Twentieth

4月20日

ARIES

情熱と野心を持ちながらも繊細

おひつじ座とおうし座のカスプに生まれたあなたは、おひつじ座らしい**情熱や自己主張の強さ**と、おうし座らしい**しっかりとした判断力**の、両方を併せ持っています。大きな野心を持ちながらも繊細で、物質的な安定を得ることと社会進出を望んでいます。あなたの中には人を思いやる部分と、自己中心的で権威志向の強い部分とが共存しています。その2つの間でうまくバランスをとるようにしましょう。成功と安定への欲求が、人から認められたいという意識を生みだしているので、親しみやすく理解力に優れています。人を惹きつける力を持っています。鋭敏な洞察力も、あなたを助けてくれるはず。これらの能力は、状況をすばやく正確に把握する際に非常に役立ってくれます。**外向的で親しみやすい性格**の持ち主なのですが、他人からの批判には非常に敏感。もっと合理的な考え方ができるようになれば、そう簡単には傷つかなくなります。現実的な方法と外交手腕を発揮し、**人との協力が必要な仕事で成果をあげる**ことができます。あなたの本領は、仕事と楽しみ、金銭的な儲けのすべてが結びついた時に発揮されます。

幼い頃に、女性、特に母親から強い影響を受けています。13歳になり太陽がおうし座に入ると、地位や安定、富を求める気持ちが高まります。30代の初めに太陽がふたご座に入ると再び転機が訪れ、興味の幅が広がり、知識やコミュニケーションが大切になってきます。60歳の頃、太陽がかに座に入ると、自分自身の感情や家族、家庭をますます大事にするようになるでしょう。

隠された自己

人や状況を一目で正しく判断する力を持っているので、人より少し先んずることができます。アイディアを売りこむ時にも、人との関係を築く時にも、この能力は役立ってくれるはず。**新しい計画を創始するのが好き**です。

誰かと一緒に働く時は、力で強引に進めるのではなく、妥協や駆け引きといった手段を上手に使うようにしましょう。心の奥には強い欲求を持っています。その力が献身的な愛情に結びつけば、周囲に多くの利益をもたらします。経済的なことを心配するあまりに、この大きな力を失ってしまわないように気をつけてください。**意志を表に出すのが得意**です。自分が本当に必要としているのは何か、そして何故それを必要としているのかをはっきりと把握することが大切。

仕事と適性

情熱的で度胸があり、責任感と管理能力に優れるあなたは、広告代理業、財務顧問として活躍します。新たな挑戦をすることを生きがいにしていて、**ビジネスチャンスを見抜く力を持っています**。

強い意志と決意によって、目に見えないものに形を与えることができます。理想を追求する心と現実を重視する心を両方持っているので、指導力に優れ、経営者や起業家として成功を収めます。**表現力のセンス**もあり、芸術やエンターテインメントの方面にも向いています。

恋愛と人間関係

親しみやすく心の優しいあなたは、さまざまな人との出会いを経験し、にぎやかな生活を送ることになります。誰とでもすぐに親しくなるのですが、心が変わりやすいため、関係を長続きさせることが苦手。変化を好むので、あなたの人生はさまざまな冒険に満ちあふれたものになりそうです。

意志が強く、野心家のあなたにぴったりなのは、**あなたと同じくらい活動的で勤勉な人**。普段は優しく寛大なのですが、好きな人の前ではわがままを言ったりいばってしまうことも。がまんすることを覚え、公平にふるまうように心がければ、精神的な調和と安定を得られます。

数秘術によるあなたの運勢

20日生まれの人は、鋭い洞察力を持ち、繊細で順応力に優れ、理解力を持っているので、大きな集団に所属することも多いでしょう。他人から学んだり、意見を交換しあうことのできる、共同での活動が好き。誰に対しても優しい交際上手なので、どんな集団にも簡単に入りこむことができます。ただ、依存心が強く、人の批判に傷つきやすいところがあります。もっと自分に自信を持って。仲よく楽しい雰囲気を作り出すことにかけては右に出るものがいません。

生まれ月の**4**という数字は、現実を重んじながらも愛情深く協力的であることを示します。自分の直感を信じて、信用できない相手のことを心配しすぎないようにしましょう。

あなたは完璧主義者なので、常に全力を尽くしていないと気がすみません。批判的になりすぎないように気をつけて。他人の意見を聞くよりも、自分の意見をしっかり持つこと。

●**長所**：協力的である、親切である、機転がきく、受容力に優れる、鋭い洞察力を持つ、思慮深い、協調性がある、愛想がよい、平和を愛する、善意にあふれる

■**短所**：疑い深い、自信がない、臆病である、神経過敏である、感情に振り回されやすい、わがままである、人を騙そうとする

相性占い

♥恋人や友人

1月14、24、31日／**2月**12、22、23、29日／**3月**10、20、27日／**4月**8、18、25日／**5月**6、16、23、30日／**6月**4、14、15、21、28、30日／**7月**2、12、19、26、28、30日／**8月**10、11、17、24、26、28日／**9月**8、15、22、24、26日／**10月**6、13、20、22、24、30日／**11月**4、11、18、20、22、28日／**12月**2、9、16、18、20、26、29日

◆力になってくれる人

1月5、22、30日／**2月**3、20、28日／**3月**1、18、26日／**4月**16、24日／**5月**14、22日／**6月**12、20日／**7月**10、18、29日／**8月**8、16、27、31日／**9月**6、14、25、29日／**10月**4、12、23、27日／**11月**2、10、21、25日／**12月**9、19、23日

♣運命の人

1月12日／**2月**10日／**3月**8日／**4月**6日／**5月**4日／**6月**2日／**10月**24、25日

♠ライバル

1月16、21日／**2月**14、19日／**3月**12、17、30日／**4月**10、15、28日／**5月**8、13、26日／**6月**6、11、24日／**7月**4、9、22日／**8月**2、7、20日／**9月**5、18日／**10月**3、16日／**11月**1、14日／**12月**12日

★ソウルメイト（魂の伴侶）

1月25日／**2月**23日／**3月**21日／**4月**19日／**5月**17日／**6月**15日／**7月**13日／**8月**11日／**9月**9日／**10月**7日／**11月**5日／**12月**3、30日

有名人

アドルフ・ヒトラー（政治家）、吉井理人（元プロ野球選手）、紀里谷和明（写真家・映画監督）、宇治原史規（ロザン　タレント）、ミランダ・カー（モデル）、長島圭一郎（スピードスケート選手）、新竹優子（体操選手）

太陽：おうし座／おひつじ座
支配星：おうし座／いて座
位置：0°－1°30′ おうし座
状態：不動宮
元素：地
星の名前：ミラク、ミラ

April Twenty-First

4月21日

TAURUS

自立した強い精神力

この日に生まれたあなたは知的で自立した精神を持ち、率直なやり方を好む有能な人物。思慮深く几帳面であると同時に創意工夫に満ち、新しい考えも広く受け入れることができ、**自分は大胆できっぱりとした人間であると思われたい**と考えています。

おひつじ座とおうし座の両方のカスプに生まれたあなたには、2つの星座が持っている長所が備わっています。独創的で大胆、しかも官能的で芸術的才能に恵まれています。2つの星座が影響するため、残念ながら頑固でわがままになる傾向もまた倍になっています。**才気あふれる**あなたには、そのすばらしい可能性をうまく活かすために、教育がとても重要な役割を果たします。

現実的な性格ですが、あなたには知的好奇心を刺激し、知識の幅を広げてくれる興味の対象が必要です。**人生の目的を誠実に追求したい性分**です。そのためには安定した基盤ともいうべきものを持っていることが重要。これは家庭であることが多いのですが、仕事など他のものの場合もあります。

これがあると、あなたは自分の影響力を存分に発揮でき、みずからの知恵で状況を支配することができると感じることでしょう。この日に生まれた女性は男性的な発想をすることもありますが、男女ともに支配的になりすぎる傾向があるので要注意。

29歳までは、生活および経済の安定に関心が向かいます。太陽がふたご座に入る30歳以降になると、新しい興味の対象が生まれ、心にあることをはっきりと伝えあうことが必要になってきます。この状況は、太陽がかに座に入る60歳代の初めまで続きます。この年代以降では、感情面での安定が以前より重要となり、人生において家庭や家族がそれまでよりも重要な役割を果たします。

隠された自己

強い精神力があり、人間関係をうまく処理できる能力の持ち主なので、自分が主導権を握っていない場合には幸せと感じることができません。あなたは他人に挑戦することで能力を発揮します。望ましくない例としては権力闘争に夢中になるなど、望ましい例では他の人と競いあうことで成長します。

あなたは**人々と意見交換をすることが好き**で、本能的に多くの人と一緒に仕事をする傾向があります。しかし内には秘めた繊細さや理想主義があり、それが表に出ないこともあります。責任を果たすため無理をすることもありそうです。

働きすぎたり、目的を達成するまで手を止めようとしないかもしれません。**身を粉にして働く**タイプですが、支配的になったり、実利主義が行きすぎることのないよう注意。

ただし、目先の仕事に特に興味がない場合であっても、あなたの決断力はすばらしく、妥協のないものになることでしょう。

仕事と適性

リーダーシップがあり、熱心な働きはすぐに認められるため、どのような仕事であろうと自然に高い地位に就くことになります。あなたの知的能力を考えると、その並はずれた可能性を引き出すためには何らかの教育が必要。鋭い知性と優れた想像力の持ち主なので、話す、書く、歌う、あるいは演じるといった、**言葉でみずからを表現することを望む**場合もあるでしょう。そのため、教師、裁判官、改革者あるいは芸能人といった職種に向いています。ビジネスの場では、投資、株式市場、営業、出版、広告、不動産関連に適性があります。

恋愛と人間関係

安定した感情を強く求めているため、活発で知的にやりがいのある生活を望んでいると同時に、平和な家庭生活をも必要としています。あなたは、人に熱心に語ることに力を注ぎ、安定した関係を保とうとする傾向があります。

ただし、批判がすぎたり、あまりに尊大だと、周囲にいらぬ緊張と不安を作り出してしまうので注意！

あなたは**人々に知的刺激を与えることに喜びを見出し**、パートナーとは共通の興味を持ちたいと考えています。他の人たちを守ろうという父性・母性的な愛情にあふれた性格です。

数秘術によるあなたの運勢

21の日に生まれた人は、強い意欲を持ち積極的な性格です。親しみやすく社交的なので友人も多く、交際範囲も広いです。21日生まれの人は、楽しいことが大好き。人を惹きつける魅力にあふれ、独創的です。また、恥ずかしがり屋で遠慮がちな面もあります。親しい関係になればなるほど自己主張に欠ける一面が強くなります。協力的な関係や結婚を望む気持ちがある一方で、才能と能力を認められたいという願望を常に持っています。

生まれ月の**4**という数字からも影響を受けているあなたは、実際的で責任感の強い人ですが、同時に分析能力のある思慮深くて想像力に富んだ人でもあります。他の人と一緒にいたいと望みますが、時には考え事をしたり反省したりして時間を過ごすことができる1人きりの静かな環境も必要。また、人を信頼する気持ちや思いを率直に表現することを大切にして、疑い深い傾向を克服しましょう。

●長所：直感力がある、創造力に優れる、愛ある関係を築くことができる、安定した人間関係を築くことができる
■短所：依存心がある、神経質である、感情のコントロールが苦手、先見性に乏しい、がっかりしやすい、変化を恐れる

♥恋人や友人
1月8、11、13、15、17、25日／**2月**9、11、13、15、23、24日／**3月**7、9、11、13、21日／**4月**5、7、9、11、19日／**5月**3、5、7、9、17、31日／**6月**1、3、5、7、15、29日／**7月**1、3、5、27、29、31日／**8月**1、3、11、25、27、29日／**9月**1、9、23、25、27日／**10月**7、21、23、25日／**11月**5、19、21、23日／**12月**3、17、19、21、30日

◆力になってくれる人
1月1、5、20日／**2月**3、18日／**3月**1、16日／**4月**14日／**5月**12日／**6月**10日／**7月**8日／**8月**6日／**9月**4日／**10月**2日

♣運命の人
10月23、24、25日

♠ライバル
1月6、22、24日／**2月**4、20、22日／**3月**2、18、20日／**4月**16、18日／**5月**14、16日／**6月**12、14日／**7月**10、12日／**8月**8、10、31日／**9月**6、8、29日／**10月**4、6、27日／**11月**2、4、25、30日／**12月**2、23、28日

★ソウルメイト（魂の伴侶）
1月6、12日／**2月**4、10日／**3月**2、8日／**4月**6日／**5月**4日／**6月**2日

有名人

エリザベス2世（イギリス女王）、安田美沙子（タレント）、イギー・ポップ（ミュージシャン）、臼井儀人（マンガ家）、南場智子（DeNA創業者）、未希（モデル）、輪島功一（元プロボクサー）、久宝留理子（歌手）、今井雅之（俳優）、藤井拓郎（水泳選手）

太陽：おうし座
支配星：おうし座／金星
位置：1°–2° おうし座
状態：不動宮
元素：地
星の名前：ミラク、ミラ、エル・シェラタイン

April Twenty-Second

4月22日

TAURUS

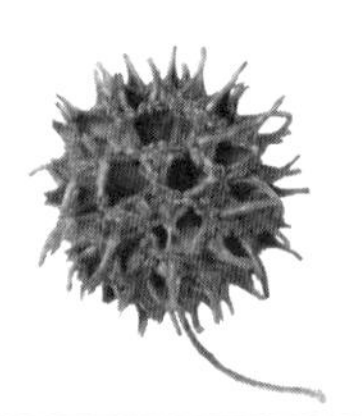

集団のまとめ役に向いている気質

あなたは頭がよくて社交的、生まれながらに多くの才能に恵まれた自信に満ちた魅力的な人です。優れたリーダーシップを発揮します。**頭の回転が速く、当意即妙の受け答えなどが得意**。また、優れた批評家でもあり、結果など気にせずに思ったままを口にする性格です。

支配星のおうし座の影響を受けているあなたはとても**官能的で、愛し愛されることを望んでいます**。色彩、美術、美を理解し、独創的でゴージャスなものが好きです。ただし、夢中になりすぎたり、溺れてしまうことのないように注意しなければなりません。けれどもその一方で、経済的事柄や物質的なことについても、きちんとした判断をくだすことができます。

あなたは大きな計画を持ち、全体を見渡すことができるので、異なったグループの人々をまとめたり、橋渡しをするのが得意です。愛する人には寛大で理解があります。でも、頑固になったりわがままになりすぎることのないよう気をつけましょう。しかし、あなたは**自分には厳しく不言実行の人**です。

28歳までは、人間関係やお金に価値を置いています。29歳を過ぎて太陽がふたご座に入ると、教育とか新しい技術の習得を大事だと考えるようになります。人と心を通わせあうことも以前より重要になります。これは、太陽がかに座に入る50歳代の終わりまで続きます。この時期では感情が重要になり、安定した気分、家庭、家族の重要性が増します。

隠された自己

物質主義と繊細な感情とが交じりあっているあなたは、個人としての達成感を求めています。世俗的な考えに陥りやすい傾向もありますが、やがてお金や地位だけが究極の目的ではないことに気づくようになります。これは、それまで当然と思ってきたことを捨て去ることであり、自分自身の内なる声や直感に耳を傾けることです。難しいのは正しい決断をすること、独自のやり方を完全に信頼することです。いったん決めたり疑問がなくなれば、あなたは自信を持って決然と前へと進んでいくことができ、すばらしい成果をあげることでしょう。

あなたには**自分を表現する力**があるので、それが不安を解消し、神経質になりすぎるのを防いでくれます。また、人生の喜びを増し、幸福で独創的な生き方をする助けとなってくれます。

仕事と適性

あなたは実際的な側面があるので、ビジネスに関わるチャンスに恵まれます。その場合には優秀な銀行員、経済学者、あるいは株式仲買人となります。あるいは優れた金融アドバイザー、会計士となるかもしれません。**指導的立場にいることを好み、組織をまとめる力がある**ので、政治家や組織管理者としても成功します。また、科学に関心を寄せ、言葉

に敏感であるため、教育・法律方面にも適性があります。

恋愛と人間関係

冒険心が強く夢中になりやすいあなたは変化を好み、野心に満ちた仲間が大好きです。魅力があり社交的なので、恋愛の機会は多いでしょう。しかし、事がスムーズに進まない場合には飽きるのも早いです。

あなたの機知のあるユーモアセンスを理解してくれる人に縁があります。ただし、個人的な人間関係の場合には、損を被りがちなので、注意が必要。

数秘術によるあなたの運勢

22の日に生まれた人は、現実的で、規律正しく、直感力に優れています。22が主として影響を与える数字ですが、22と4との間でゆれることもあります。

正直で仕事熱心、生まれながらにリーダーシップが備わっているあなたにはカリスマ性があり、人間を深く理解することができます。感情を表に出すことは少ないものの、いつも他人の幸せを気にかけています。

生まれ月の4という数字からも影響を受けているあなたは、不必要なリスクを冒さないよう心がけなければなりません。忍耐強くきちんとしていることで、有能で建設的な人間となることができます。

日常的な事柄を処理する場合には、直感や洞察力を用いることを学びましょう。精神的なものに関心を寄せるようにすれば、宇宙の法則や秩序がわかるようになり、物質主義になるのを防ぐことができます。すばやく決断をし、熱心に働くことで、あなたはたくさんのことを成し遂げることができます。

●**長所**：どこででも通用する、リーダーシップがある、直感的である、実用主義である、手作業に長けている、ものを作る才能がある、組織力がある、現実主義である、問題解決能力がある、物事を成し遂げることができる

■**短所**：一攫千金を狙いがちである、神経質である、劣等感を持っている、ワンマンになりがちである、物質主義である、将来の展望がない、怠惰である、自己本位である、欲張りである

♥恋人や友人

1月4、12、16、25日／**2月**10、14、23、24日／**3月**8、12、22、31日／**4月**6、10、20、29日／**5月**4、8、18、27日／**6月**2、6、16、25、30日／**7月**4、14、23、28日／**8月**2、12、21、26、30日／**9月**10、11、19、24、28日／**10月**8、17、22、26日／**11月**6、15、20、24、30日／**12月**4、13、18、22、28日

◆力になってくれる人

1月2、13、22、24日／**2月**11、17、20、22日／**3月**9、15、18、20、28日／**4月**7、13、16、18、26日／**5月**5、11、16、18、26日／**6月**3、9、12、14、22日／**7月**1、7、10、12、20日／**8月**5、8、10、18日／**9月**3、6、8、16日／**10月**1、4、6、14日／**11月**2、4、12日／**12月**2、10日

♣運命の人

1月25日／**2月**23日／**3月**21日／**4月**19日／**5月**17日／**6月**15日／**7月**13日／**8月**11日／**9月**9日／**10月**7、25、26、27日／**11月**5日／**12月**3日

♠ライバル

1月7、23日／**2月**5、21日／**3月**3、19、29日／**4月**1、17、27日／**5月**15、25日／**6月**13、23日／**7月**11、21、31日／**8月**9、19、29日／**9月**7、17、27、30日／**11月**3、13、23、26日／**12月**1、11、21、24日

★ソウルメイト（魂の伴侶）

1月17日／**2月**15日／**3月**13日／**4月**11日／**5月**9日／**6月**7日／**7月**5日／**8月**3日／**9月**1日／**11月**30日／**12月**28日

ウラジーミル・レーニン（政治家）、新藤兼人（映画監督）、冨田勲（作曲家）、ジャック・ニコルソン（俳優）、三宅一生（ファッションデザイナー）、西本智実（指揮者）、中田翔（プロ野球選手）、加賀乙彦（作家）、森星（モデル・タレント）

太陽：おうし座
支配星：おうし座／金星
位置：2°−3°　おうし座
状態：不動宮
元素：地
星の名前：ミラク、ミラ、エル・シェラタイン

April Twenty-Third

4月23日

TAURUS

自己表現の方法にもう少し工夫を

この日に生まれたあなたは、**物事に熱中しやすくカリスマ的な性格**。頭がよく、自分の考えを的確に伝える能力があり、社交的で楽しい人です。自分の感情に忠実でありたいと願う傾向があり、物事を大きく育てる能力を持っています。

おうし座の影響を受けているので、美しいもの、自然、芸術を愛し、自分を表現したいという強い欲求を持っています。この分野の才能に恵まれていることが多いので、才能と独創性が結びつけば、すばらしい成果をあげることができます。**強制されることは嫌い**で、そうなった場合はかたくなに自分の殻に閉じこもりがち。でも、愛がある場合は大丈夫。生涯設計では物質的に安泰であることが重要で、確実で安定したものを必要とします。**経済的にはうまくいくことが多く**、自分や他の人たちのための富を得る能力を持っています。

あなたはとても気さくで、異なる分野の人たちとも交流を図り、いつも行動的です。でも、神経質になりがちだったり、感情を抑えこんだり、反対に感情過多になることから生じるストレスには注意が必要です。この日生まれの人は説得力に富んでいることが多く、人々を楽々とまとめているように見えます。しかし、いらいらしたりせっかちになって、その結果、急に頑固になることがあるので注意しましょう。常に新しいものに目がいくため、１カ所にじっととどまることはなく、自他ともに助けあいながら視野を広げる新しい方法を探そうとします。

27歳までは、人生を非常に現実的に、かつ安全を意識した角度から眺める傾向があります。しかし太陽がふたご座に入る28歳以降になると、それまでより新しい考えを受け入れるようになり始め、学びたいと思うようになります。このような以前より知的な影響は、太陽がかに座に入る50歳代の終わりまで続きます。これ以降は感情面に重点が移り、家庭や家族を特に大切に思うようになります。

隠された自己

仕事上の倫理感が強く、人生で何かを成し遂げたいという欲求を持っていますが、このような傾向は楽しいことが好きで愛情を求める願望とうまくバランスがとれています。愛情面が存分に発揮され、自己を表現したいと強く感じている時、あなたは人々を虜にするような魅力を発揮します。ただし、楽しいことを求める気持ちと責任感とのバランスのとり方については学ぶ必要があるでしょう。何かをしたいと強く望む時には自由な時間をすべてそれにあて、理想主義と工夫とを総動員します。

成功を強く望むあなたには、物質的なものに惹かれる傾向があるのが問題点。お金を稼ぐ能力は優れているので、金銭についての心配は不要です。人々に関心をいだかせたりおもしろがらせたりしながら自分のアイディアを発展させていく力があなたにはあるため、金運には非常に恵まれています。

仕事と適性

どのような仕事を選ぼうと、**目的を達成するためにあなたは進んで熱心に働きます**。人的魅力、説得力、コミュニケーション能力が備わっているので、営業、宣伝といった世界で成功するでしょう。また、不動産、広報、法律、政治の世界に適しています。精神を常に高めたいと望んでいるので、学問の世界を選ぶこともあり、写真、執筆、美術、音楽、演劇といった創造的な職業に就きたいと思うこともあるでしょう。信じるもののためには粘り強く取り組むこともいとわないため、改革に関わる仕事に心惹かれることもあります。また、**管理者や執行者**としても優れています。

恋愛と人間関係

情熱的なあなたは、**刹那的な恋愛体質**。しかし、理想を追い求める傾向が強いため、精神的な結びつきを強く必要としています。恋愛に関しては非常に理想主義です。しかし、期待通りにいかない場合、孤独になることがあります。また、普通ではない関係や秘密の恋愛をすることもあります。他の人への責任や家族の心配事もまた、あなたの人間関係に影響します。しかし、あなたは忠実で協力的なパートナーや友人でいることができ、そのカリスマ性は他の人々を惹きつけるでしょう。

数秘術によるあなたの運勢】

23の日に生まれた人の特徴は、直感的で繊細な感情の持ち主で、独創性があるということです。多才で情熱的、頭の回転が速く、プロ意識と独自の考えを持っています。数字の23が影響して、新しいことを容易に取り入れることができますが、理論よりは実践を好む傾向があります。あなたは旅行や冒険、新しい人と会うのが好きで、常にいろいろな経験をしたいと希望しています。勇気があり、やる気に満ち、親しみやすくおもしろいことが大好きなあなたは、その可能性を実現するために活動的な生活を送るように心がけて。

生まれ月の4の影響も受けているので、秩序と計画性を好みます。直感と実務能力とを使えば、すばらしいアイディアや計画が出てくることでしょう。ずっと中心人物でいたいと願っていますが、目的を見失うことのないようにすれば、自分は孤独であると考えないですむでしょう。

●長所：忠誠心がある、責任感が強い、コミュニケーション能力がある、直感に優れる、想像力がある、多才である、信頼できる、名声を得ることができる

■短所：利己的である、不安定である、頑固である、妥協しない、洗練されていない、人のあら探しをする、鈍感である、引っ込み思案である、先入観がある

相性占い

♥恋人や友人

1月2、7、10、17、27日／**2月**5、8、15、25日／**3月**3、6、13、23日／**4月**1、4、11、21日／**5月**2、9、19日／**6月**7、17日／**7月**5、15、29、31日／**8月**3、13、27、29、31日／**9月**1、11、25、27、29日／**10月**9、23、25、27日／**11月**7、21、23、25日／**12月**5、19、21、23日

◆力になってくれる人

1月3、5、20、25、27日／**2月**1、3、18、23、25日／**3月**1、16、21、23日／**4月**14、19、21日／**5月**12、17、19日／**6月**10、15、17日／**7月**8、13、15日／**8月**6、11、13日／**9月**4、9、11日／**10月**2、7、9日／**11月**5、7日／**12月**3、5日

♣運命の人

1月13日／**2月**11日／**3月**9日／**4月**7日／**5月**5日／**6月**3日／**7月**1日／**10月**26、27、28日

♠ライバル

1月16、24日／**2月**14、22日／**3月**12、20日／**4月**10、18日／**5月**8、16、31日／**6月**6、14、29日／**7月**4、12、27日／**8月**2、10、25日／**9月**8、23日／**10月**6、21日／**11月**4、19日／**12月**2、17日

★ソウルメイト(魂の伴侶)

1月16日／**2月**14日／**3月**12日／**4月**10日／**5月**8日／**6月**6日／**7月**4、31日／**8月**2、29日／**9月**27日／**10月**25日／**11月**23日／**12月**21日

この日に生まれた **有名人**

レオナルド・ダ・ヴィンチ(芸術家・科学者)、溝口肇(音楽家)、前田亘輝(TUBEボーカル)、阿部サダヲ(俳優)、設楽統(バナナマン タレント)、森山直太朗(歌手)、加藤綾子(アナウンサー)、シャーリー・テンプル(女優)、河島英五(歌手)、IZAM(タレント)、田中明日菜(サッカー選手)

太陽：おうし座
支配星：おうし座／金星
位置：3°−4°　おうし座
状態：不動宮
元素：地
星の名前：エル・シェラタイン

April Twenty-Fourth

4月24日

TAURUS

グループのリーダー的存在

この日に生まれたあなたは温かい心を持ち、知的で独立心旺盛、決めたことはやり遂げるきっぱりとした性格の人です。1つの目標に関心を持った場合には、夢中になって取り組み、すばらしい成果をあげます。

おうし座に太陽が入っている影響で、あなたには**強い官能性**、**愛情**、**美**、**芸術性**が備わっています。必要なら、魅力的にもおもしろい人にも、また社交的にもなれます。ただ、思い通りに進まないとすぐにわがままで頑固になることも。**いつも大きなことを考え**、**管理能力がある**ので、集団行動では**生まれながらのリーダー**としてふるまうことができます。時に尊大な態度をとったり、気難しくなったりすることもあり、逆に自信を失うこともあります。幸い、決断力があり直感的でもあるので、このような問題は乗り越えることができます。

あなたには人気者でいたい、いつもスポットライトを浴びる存在でいたいという願望があります。説得力に富んでいるので、自分を律することさえできれば、そのすばらしい可能性を最大限に引き出すことができるでしょう。

26歳までは、愛情と物質的安泰とを必要とすることが多いものの、太陽がふたご座に入る27歳頃には、あなたの幅は広がり多くの興味の対象を見つけるようになります。太陽がかに座に入る57歳以降にもう一度転換期がきて、家庭が重要な意味を持ちます。

隠された自己

知は力であると知っているあなたは、常に学び続けます。また、実際家で判断力もあるので、大きな計画を達成するために必要な基礎となる仕事もいとわず行います。根気よくやること、目標と現実を照らしあわせることで、あなたのすばらしい可能性を現実のものとすることができます。

あなたは**社交的で**、**組織のまとめ方を知っている**ので、他の人の援助を上手に受けて成功を勝ち得ることができます。自由に生きたいと考えていますが、実は仕事が人生の重要な部分を占めています。また、直感がそっと教えてくれることに耳を傾けるのも重要。特に他の人に失望するようなことがあった場合、それを乗り越えるために必要です。成長したいと望むのなら、はしゃいだり、貪欲になったり、実利的になりすぎることのないよう注意。しかし金銭的な心配は不要です。あなたは生まれながらにして経済的な強運があります。

仕事と適性

優れた知性、めざましい才能、つき合い上手などのおかげで、あなたの可能性は人生のさまざまな分野で活かすことができます。ビジネスの場では、進取の気性に富み、部下を守ってやろうとします。**問題解決能力があり**、**組織をまとめ管理することに長けています**。文才もあり、これは小説など文芸の世界で用いられることもあるでしょうし、ビジネスの場で活きることもあります。公の生活に魅力を感じ、政治、演技をすること、あるいは芸能の世界と関わる可能性もあります。変化を好み、独立していたいため、人に気配りをする必要がない職業が向いています。非常に実際的ではあるものの、この日に生まれた人の中には、哲学や神秘主義の世界で開花する人たちもいます。

恋愛と人間関係

年上の男性おそらくは父親が、あなたのものの見方に強い影響を与えているようです。あなたが独立した忙しい生活をしたいと望んでいるため、関係が不確かなものとなる可能性があります。あなたが尊敬し仰ぎ見ることができるような自然な威厳を備えたパートナーを探す必要があるでしょう。

あなたには**まじめで一生懸命に仕事をする人**が好相性。独裁的になることや、あまりにまじめすぎることのないようにすれば、人との関係の中に愛と幸せとを見出すことができます。

数秘術によるあなたの運勢

24の日に生まれたあなたは繊細な感情の持ち主で、バランスと調和を求めています。また、理系的発想に優れ、複雑でも効率のよいシステムをいとも簡単に作り出すことができます。忠実で公平、感情を表に出さない傾向があり、言葉よりは行動の方がものを言うと信じています。

24の日に生まれた人にとって主な課題となるのは、さまざまな分野の人々と一緒にやっていくことを学ぶこと、疑い深くなりやすい傾向を克服すること、そして、安定した家庭を作ることです。

生まれ月の4の影響も受けているあなたは、強い意志の力と探究心とを併せ持つ人です。いらいらしたり、要求が多かったり支配的になる傾向は克服しなければなりません。

“急がば回れ”を常に念頭に置いて。受身になりがちな傾向を克服することで自分に自信をつけることも大切です。

●長所：エネルギッシュである、理想主義である、実際的である、強い意志力がある、正直である、率直である、公平である、寛大である、家庭を愛している、活動的である

■短所：冷たい、支配的な傾向がある、物質主義である、気が変わりやすい、定型を嫌う、怠惰である、不誠実である、傲慢で頑固である

♥恋人や友人

1月1、4、9、14、28、31日／**2月**12、26、29日／**3月**10、24、27日／**4月**8、22、25日／**5月**6、20、23日／**6月**4、18、21日／**7月**2、16、19、30日／**8月**14、17、28、30日／**9月**12、15、26、28、30日／**10月**10、13、24、26、28日／**11月**8、11、22、24、26日／**12月**6、9、20、22、24日

◆力になってくれる人

1月26日／**2月**24日／**3月**22日／**4月**20日／**5月**18日／**6月**16日／**7月**14日／**8月**12日／**9月**10日／**10月**8日／**11月**6日／**12月**4日

♣運命の人

10月26、27、28、29日

♠ライバル

1月3、25日／**2月**1、23日／**3月**21日／**4月**19日／**5月**17日／**6月**15日／**7月**13日／**8月**11日／**9月**9日／**10月**7日／**11月**5日／**12月**3日

★ソウルメイト(魂の伴侶)

1月3、10日／**2月**1、8日／**3月**6日／**4月**4日／**5月**2日／**9月**14日

桂由美(ファッションデザイナー)、シャーリー・マクレーン(女優)、つかこうへい(劇作家)、ジャン＝ポール・ゴルチエ(ファッションデザイナー)、田中マルクス闘莉王(サッカー選手)、高橋マリ子(モデル)、大鶴義丹(俳優)、田島貴男(オリジナル・ラブ　ミュージシャン)、宮沢氷魚(モデル・タレント)

太陽：おうし座
支配星：おうし座／金星
位置：4°−5°　おうし座
状態：不動宮
元素：地
星の名前：ハマル、エル・シェラタイン

April Twenty-Fifth

4月25日

TAURUS

聡明で健全な常識の持ち主

この日に生まれたあなたは、その聡明さのために語るべきものを持っている人として周りから注目されています。**現実主義でありながらも理想を求める**あなたは健全な常識の持ち主で、偏見のない心の広い人物。しかし、物事を否定的に考える傾向は克服し、批判的になったりかたくなになったりすることのないよう注意しましょう。

太陽がおうし座に入っている影響から、この日に生まれた人は頼もしく、愛情を強く求める人です。また、**愛する人に対してはとても気前がよい**ものの、かなりの節約家で経済観念が発達しています。

美しいもの、美術、音楽を愛し、芸術的な才能と並はずれた美声の持ち主であることもよくあります。このような才能は、鍛錬によって着実に伸ばしていくことができるでしょう。

頑固になる傾向を克服するためには、すでに知っていることではなく、新しい分野で常に自分を試してみることが必要かもしれません。楽観的ですが落ちこんだ時には、短気になったり欲求不満を感じたり、自信喪失に悩むこともあります。それでも、組織のまとめ役として優れた手腕を発揮します。**すばらしいアイディアの持ち主**で、並はずれた可能性を実現させることもあります。

太陽がふたご座に入る26歳以降は、人と心を通わせたり意見の交換をする必要が増してきます。人生の新しい課題について学び、精神的に成長することができる時期です。太陽がかに座に入る56歳以降にまた大きな転換期を経験することになり、あなたが愛し気にかけている人とさらに親密になる必要が出てきます。家族構成にも変化が生じる可能性があります。

隠された自己

平安な居場所を求めているあなたにとって、人間関係や家庭は特に重要な役割を果たします。家族運に恵まれ温かい家庭を築きます。精神的な刺激を与えてくれる人たちとの関係にも縁があり、あなたを高めてくれるでしょう。さらに教育を受けることも日常生活にインスピレーションを与えてくれます。

親切な心の持ち主なので、忠告や援助を必要としている人々を惹きつけます。非常に繊細で対人関係の能力があるために、ガイドやカウンセラーの役割を果たしていることも多いでしょう。人生における明確な目標を持つようにすれば、他人に依存しすぎる危険を避けることができます。ただし、他人に依存すると、相手があなたの期待に沿ってくれない場合にフラストレーションや失望が生じます。あなたは協調性のある人で、公平で責任を持ちたいと考えているので、他の人も同じであると期待しすぎてしまうのです。

仕事と適性

知性を愛するあなたは、教育や芸術的な仕事に携わると成功します。その人間性と思いやりは、ソーシャル・ワーカーに適していると言えるでしょう。**話し上手で、他の人々と知識を分かちあいます**。ビジネスに関心をいだく場合は、金融業、株式売買、商品取引、不動産業といったさまざまな分野で活躍します。手先が器用なので、設計業務などを得意とすると思われます。演劇や音楽、特に歌うことに適性があります。

恋愛と人間関係

あなたのように繊細で感情的な人にとって、人間関係は非常に重要です。この日に生まれた女性は従順で忠実ですが、パートナーに頼りすぎることのないよう注意。社交的で気さくなあなたは**快活でユーモアのセンス抜群**なので、よい友人に恵まれます。常に人と関わる運命にあるため、対人関係の中で、自分を大きく変えていくことでしょう。自分が考えていることを相手に伝える方法を学び、控えめすぎたり黙っていることのないように。励ましや愛情があることで成長する性分なので、あなたを理解してくれる相手が必要です。

数秘術によるあなたの運勢

直感的で思慮深いと同時に、頭の回転が速くエネルギーに満ちたあなたは、さまざまな経験を通じて自己を表現したいと考えます。

25の日に生まれたことからくる完璧主義のために、熱心に働き、常に生産的であろうとします。あなたは直感的で機敏で、机上の空論にとらわれず、実際に応用してみることでさらに多くの知識を得ます。優れた判断力を持ち、細部にまで目が届くので、成功を勝ち得ることができます。衝動的に決めてしまう傾向は克服して。疑い深い態度も抑える必要があります。

25の日に生まれたあなたは、強い精神的エネルギーの持ち主。集中すればあらゆる事実を見通すことができ、誰よりも早く結論に達します。

生まれ月の4の影響も受けているあなたは、自分の創造的な能力を育てるために、がまんすることを学び実際的である必要があります。感情の導きに任せて集中し続けることを学び、直感を信じましょう。疑い深い態度を育てることのないように、行動する前に考えることを心がけて。

●**長所**：直感的である、完璧主義である、明敏である、独創的である、人とのつき合いが上手である

■**短所**：衝動的である、短気である、無責任である、感情過多になる、嫉妬深い、秘密主義である、批判的である、むら気である、神経質である

♥恋人や友人

1月1、5、10、15、26、29、30日／**2月**13、24、27、28日／**3月**11、22、25、26日／**4月**9、20、23、24日／**5月**7、18、21、22日／**6月**5、16、19、20日／**7月**3、14、17、18、31日／**8月**1、12、15、16、29、31日／**9月**10、13、14、27、29日／**10月**8、11、12、25、27日／**11月**6、9、10、23、25日／**12月**4、7、8、21、23、29日

◆力になってくれる人

1月1、2、10、27日／**2月**8、25日／**3月**6、23日／**4月**4、21日／**5月**2、19、30日／**6月**17、28日／**7月**15、26日／**8月**13、24日／**9月**11、22日／**10月**9、20日／**11月**7、18日／**12月**5、16日

♣運命の人

10月28、29、30日

♠ライバル

1月17、26日／**2月**15、24日／**3月**13、22日／**4月**11、20日／**5月**9、18日／**6月**7、16日／**7月**5、14日／**8月**3、12、30日／**9月**1、10、28日／**10月**8、26、29日／**11月**6、24、27日／**12月**4、22、25日

★ソウルメイト(魂の伴侶)

1月21日／**2月**19日／**3月**17日／**4月**15日／**5月**13日／**6月**11日／**7月**9、29日／**8月**7、27日／**9月**5、25日／**10月**3、23日／**11月**1、21日／**12月**19日

三浦綾子(作家)、アル・パチーノ(俳優)、五代目坂東玉三郎(歌舞伎俳優)、鳥羽一郎(歌手)、レニー・ゼルウィガー(女優)、鈴木おさむ(放送作家)、矢野諭(元プロ野球選手)、鶴田真由(女優)、エラ・フィッツジェラルド(歌手)

太陽：おうし座
支配星：おうし座／金星
位置：5°−6°　おうし座
状態：不動宮
元素：地
星の名前：ハマル

April Twenty-Sixth

4月26日

TAURUS

実利的ながら、非常に独創的な側面も

この日に生まれたあなたは知的でありながら繊細で、大きな成功の可能性がある現実的なビジョンの持ち主。荒々しいことは苦手で、周りの反応に対して敏感です。**意欲と想像力**があり、夢のために邁進する時には、これらは理想的な武器となります。

おうし座の最初のデカネートに太陽があるので、**非常に独創的な側面**を持ち、色彩、かたち、音を深く理解しています。また、自然、美、高級なものに対する愛も強く、自分を表現したいと強く願っています。非常に愛情深いため、やはり愛に満ちた人に心惹かれます。

支配星である金星の影響も受けているあなたには**経済的な駆け引きの才があり、夢を現実のものにする強運な人物**。しかし、羽目をはずす傾向もあるので注意。実利的タイプですが、あなたには生まれながらによい意味での霊的な力も与えられています。強い直感で人々の行動の意味を見抜き、悟りの境地に達します。

太陽がふたご座に入る25歳以降は、自分の考えを表現し、周りの人たちとの関係を強めたいという気持ちが増します。このため、さまざまな方法で勉強したり精神的に多様化するようになり、これは太陽がかに座に入る55歳頃まで続きます。この時期はあなたにとっての転機で、安全な家庭という基盤を持ち、特に家族内において自分の感情を表現することがますます重要になってきます。育んだり、育まれたりする必要性も大きくなります。

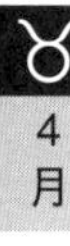

隠された自己

知識の価値を知っており、それを将来設計に役立てたいと考えているあなたは、自分自身生産的であり続けたいと願っています。このため積極的で自分の価値観に忠実ですが、現実逃避に陥りがちな側面もあります。

繊細で想像力に富んでいるために、容易な道を選ぶことがよくあります。逆に、いったん心を決めてしまうと、その意志の力と決意は確固としたゆるぎないものになります。**組織をまとめるのが上手で非常に社交的**なので、グループで何かをやる場合にはその才能を発揮します。

あなたは指導的立場でいたいと思うことが多く、特に学問に関する場合にそれが当てはまります。ある課題に興味をいだくと非常に早くそれを習得できます。

仕事と適性

現実的な性格が組織をまとめる力と結びついているため、製造、金融業で成功します。ビジネス分野では大企業が向いています。また、天性の創造力があるので、執筆、美術、音楽といった方向を選ぶこともあります。人間関係に関する才知があるため、一般大衆を相手にする仕事、特に教育や社会福祉の世界で成功します。構造やかたちに対する優れたセンスが洞察力と結びついて、建築、写真、映画制作といった仕事に携わることもあります。また、あなたには**特別な心理学的洞察力と天性の癒しの能力**が備わっているため、医療や健康関連の職業に就くこともあるでしょう。

恋愛と人間関係

大切なパートナーを見つける場合には、**同じ考えを持ち、価値観や理解のレベルが近い人**であることが重要。最もうまくいくのは知的な刺激を与えてくれ、自分自身を理解している人で、政治、哲学、精神世界、教育に関わっている人です。仕事もまた、個人的関係では重要な役割を果たしますが、権力闘争に関わる傾向があるので注意して。

あなたは感情の機微に敏感なので、異性との素敵な関係を楽しむことができます。

数秘術によるあなたの運勢

26の日に生まれたあなたは強さを備えた人で、しっかりとした価値観と健全な判断力を身につけた注意深い性格。家庭を愛し、親としての自覚が強いので、しっかりとした基礎を作り真の安定を見つけることが大切です。他人に対して大きな影響力を持つので、助けを求めてやってきた友人、家族、親戚には進んで支援して。しかし、物質的なものへ傾きがちなことや、人や状況を支配したいと思う気持ちについては注意が必要です。

生まれ月の**4**の影響も受けているあなたは、自分自身をもっと自由に表現したいと考えています。批判的になりすぎたり、なまけたり、皮肉っぽくなることのないようにして。混乱すると機嫌が悪くなったり、頑固になったり、簡単に飽きてしまう性格です。悲観的になるのはやめて、積極的でいながら現実を見据え、楽しいことをするための時間をとるようにしましょう。

●**長所**：独創性がある、現実的である、思いやりがある、責任感が強い、家族を誇りに思っている、熱中しやすい、勇気がある

■**短所**：頑固である、反抗的である、人間関係が不安定である、根気がない

相性占い

♥恋人や友人

1月10、13、20、30、31日／**2月**8、11、18、28日／**3月**6、9、16、26日／**4月**4、7、14、24日／**5月**2、5、12、22日／**6月**3、10、20日／**7月**1、8、18日／**8月**6、16、30日／**9月**4、14、28、30日／**10月**2、12、26、28、30日／**11月**10、24、26、28日／**12月**8、22、24、26、29日

◆力になってくれる人

1月12、16、17、28日／**2月**10、14、15、26日／**3月**8、12、13、24日／**4月**6、10、11、22日／**5月**4、8、9、20、29日／**6月**2、6、7、18、27日／**7月**4、5、16、25日／**8月**2、3、14、23日／**9月**1、12、21日／**10月**10、19日／**11月**8、17日／**12月**6、15日

♣運命の人

3月31日／**4月**29日／**5月**27日／**6月**25日／**7月**23日／**8月**21日／**9月**19日／**10月**17、29、30、31日／**11月**15日／**12月**17日

♠ライバル

1月6、18、22、27日／**2月**4、16、20、25日／**3月**2、14、18、23日／**4月**12、16、21日／**5月**10、14、19日／**6月**8、12、17日／**7月**6、10、15日／**8月**4、8、13日／**9月**2、6、11日／**10月**4、9日／**11月**2、7日／**12月**5日

★ソウルメイト（魂の伴侶）

3月28日／**4月**26日／**5月**24日／**6月**22日／**7月**20日／**8月**18日／**9月**16日／**10月**14日／**11月**12日／**12月**10日

風間杜夫（俳優）、栗山英樹（プロ野球監督）、加藤浩次（極楽とんぼ　タレント）、田中直樹（ココリコ　タレント）、品川祐（品川庄司　タレント）、綾小路翔（氣志團　ボーカル）、D-LITE（BIGBANG　歌手）、福留孝介（プロ野球選手）

太陽：おうし座
支配星：おうし座／金星
位置：6°−7° おうし座
状態：不動宮
元素：地
星の名前：ハマル、スケダル

April Twenty-Seventh

4月27日

TAURUS

大胆なアイディアをひねり出すのが得意

おうし座のこの日に生まれたあなたは、頭がよく、独自の考えを持った人です。自立していて状況を読むのが早く、疑い深いところと天真爛漫さが混在しています。その大胆で興味深いアイディアに人々は心惹かれます。また、**粘り強いため目標に向かって最後まで努力することができます。**

太陽がおうし座にいる影響で、あなたは贅沢を好みます。強制されると強情でわがままになることがあります。しかし、こういった点は、温かく愛情に満ちた別の側面が埋めあわせをしてくれます。生まれつき官能的なあなたは、美、色彩、かたちといったものを理解しており、そのため芸術的な方法で自己表現をすることもあります。また、欲張りな傾向があり、それが行きすぎる場合もあります。不安や心配事があると冷たくなったりいらいらしたりするので、明確な目標を持ち、いつも前向きであることが大切です。その気になるとあなたは**俊敏な人となり、すぐに行動に移して機会を逃しません。**

太陽がふたご座に入る24歳以降は、自分の考えを人に伝えたり、アイディアを出しあったりする必要が増します。この時期は、視野を広げ、新しい技術を学び、新しい勉強をするべき時なのです。太陽がかに座に入る54歳になると、もう1つの大きな転機が訪れ、物事を成し遂げるための強力な基盤の存在が必要になってきます。このため、安全な家庭や家族との結びつきを持つことが重要です。

4月

隠された自己

人生でいかなる困難に見舞われようと、あなたは自分には**逆境に打ち勝つ力**があると心の奥底で思っています。生まれながらにものの価値を見分けるセンスがあり、物事をやり遂げる意欲に満ちているため、それによってあなたは前に進むことができるのです。

女性の影響も大きく、目標を達成するのに助けとなってくれます。ビジネスセンスがあるので、経済的な目標も達成し成功しますが、そのためには自分の仕事が価値あるものだと信じることが欠かせません。またあなたの才能を十分に引き出すためには教育も必要です。頑固なところがあるので、激しい論争などではなくて、他の人との意見の交換を楽しむように心がける必要があります。洗練された会話を好み、うまく相手を刺激するような質問を発して喜びを見出します。

あなたは社交的ではありますが、エネルギーを回復し反省のための時間を持つために、1人になることも必要。これにより天性の直感力もさらに強まり、疑い深くなる傾向も克服することができます。

仕事と適性

知的バイタリティにあふれ論争好きなあなたは、教育や法律、あるいは研究関連の仕事に適性があります。技術的能力の持ち主であることも多く、コンピューターなど、さまざまな技術が必要な仕事に就くこともできます。

優れた知性は高い教育を受けることでさらに磨かれます。組織をまとめる力を持ちあわせているために、公的な仕事で高い地位を得ることができます。あるいは、心理学に興味があれば、分析能力を持っているため医療関連の仕事もおすすめです。

恋愛と人間関係

直感的で繊細ですが、進取の気性に富んだ積極的なあなたは、**機知に富んだ人**に心惹かれます。他の人が何によって心動かされるのかを知りたいと思う傾向が強いのですが、それは、心を開いて内なる感情を表現することに疑いをいだく傾向を克服した場合に限られます。あなたの成功には、**誠実な女性たち**が重要な役割を果たしてくれることでしょう。彼女たちはあなたが仕事上で権威ある地位に上る手助けをしてくれたり、適切な社交グループの人たちを紹介してくれたりします。

数秘術によるあなたの運勢

27の日に生まれたあなたは、直感的ではあっても探究心が強く、忍耐力を養うことができるならその思考はますます深まっていきます。力にあふれ、細部にまで注意を払うことができるでしょう。理想を追い求める繊細なあなたは、豊かで独創性に富んだ精神の持ち主であるために、周囲はその独自のアイディアに深い感銘を受けます。コミュニケーション能力を育てれば、心の奥深くにある感情表現の苦手さを克服することができます。

27の日に生まれた人にとって教育は大変重要です。適切な資格を得れば、執筆、研究、大組織での仕事において成功を勝ち得ることができるでしょう。生まれ月の**4**の影響も受けているあなたは、物事に熱中しやすいため、自分を律し、人生を秩序だったものにすることが必要です。

生まれつき多才で想像力があり、優れた直感力や精神力があり、野心に満ち、多くのアイディアを持っています。しかし、落ち着きがないために不安定だったり衝動的だったりすることが障害になることもあります。自分のアイディアを実現化するためにも注意深く行動するよう心がけて。

●長所：多才である、想像力に富む、独創的である、意志が強い、勇気がある、理解力に優れる、精神力がある、創意工夫に富む
■短所：気難しい、すぐに怒る、理屈っぽい性格である、落ち着きがない、神経質である、疑いの目を向ける、堅苦しい

♥恋人や友人
1月11、21、28、31日／**2月**19、26、29日／**3月**17、24、27日／**4月**15、22、25日／**5月**13、20、23日／**6月**11、18、21日／**7月**9、16、19日／**8月**7、14、17、31日／**9月**5、12、15、29日／**10月**3、10、13、27、29、31日／**11月**1、8、11、25、27、29日／**12月**6、9、23、25、27日

◆力になってくれる人
1月9、12、18、24、29日／**2月**7、10、16、22、27日／**3月**5、8、14、20、25日／**4月**3、6、12、18、23日／**5月**1、10、16、21、31日／**6月**2、8、14、19、29日／**7月**6、12、17、27日／**8月**4、10、15、25日／**9月**2、8、13、23日／**10月**6、11、21日／**11月**4、9、19日／**12月**2、7、17日

♣運命の人
1月3日／**2月**1日／**10月**30、31日／**11月**1、2日

♠ライバル
1月7、8、19、28日／**2月**5、6、17、26日／**3月**3、4、15、24日／**4月**1、2、13、22日／**5月**11、20日／**6月**9、18日／**7月**7、16日／**8月**5、14日／**9月**3、12日／**10月**1、10日／**11月**8日／**12月**6日

★ソウルメイト（魂の伴侶）
1月3、19日／**2月**1、17日／**3月**15日／**4月**13日／**5月**11日／**6月**9日／**7月**7日／**8月**5日／**9月**3日／**10月**1日

有名人

エリック・シュミット（Google会長）、宮根誠司（アナウンサー）、加藤雅也（俳優）、富樫義博（マンガ家）、松野明美（元マラソン選手）、鈴木杏（女優）、藤原喜明（元プロレスラー・タレント）、桐島ローランド（写真家）

太陽：おうし座
支配星：おうし座／金星
位置：7°−8°　おうし座
状態：不動宮
元素：地
星の名前：ハマル、スケダル

April Twenty-Eighth

4月28日

TAURUS

粘り強さが、人生を切り開く力に

この日に生まれたあなたには、精神力、人間的魅力、ビジネス上の手腕が入り交じり、このことが際だった特徴となっています。あなたは**忍耐強く、自分自身の努力で人生を切り開く能力**を持ち、ビジョンを達成するために必要な粘り強い方法を自分のものにしています。しかし、残念ながら、よい暮らしを望む気持ちがあまりにも強く、また自分の考えに夢中になりやすいため、大きな夢を実現するのが難しいこともあります。

太陽がおうし座に入っているもう1つの影響として、あなたは美、色彩、音を深く理解し、独創的な表現をしたいと考えています。**語ることや歌うといったことに関して特別な才能を持っています。強烈な魅力の持ち主**であるあなたは他の人から愛されることを必要とし、愛情でそれに報いたいと考えています。しかし、いら立ったり、さまざまなかたちで生来の快楽主義に身を任せてしまうことのないよう、注意が必要。あなたの中の理想主義と物質主義の矛盾を避けるためには、あなたの強い願望の本当の意味を探り、日常において直感に従って行動する必要があります。

太陽がふたご座に入る23歳以降では、生活のペースが速くなり、書くこと、話すこと、コミュニケーション全般がこれまでよりも重要になります。これは太陽がかに座に入る53歳頃まで続きます。この時期はあなたにとっての転機となり、感情的な結びつき、安泰、家庭、家族といったものの重要性が増します。

隠された自己

印象的な性格と決断力があり、人と協力して仕事を進めていく能力とが結びついているあなたには、**リーダーとしての資質**があります。自分の才能を周りにわかるかたちにして示す能力を生まれながらに持っていますが、経済的に恵まれないという根拠のない恐れは克服する必要があります。

あなたは人生において、仕事の成功と人間関係のバランスをうまくとることが重要です。妥協や譲歩を理解する能力は持っていますが、その過程での力加減には注意が必要です。多すぎると支配的になり、少なすぎると消極的になってあきらめてしまいます。しかし、あなたにはいつも、いかなる状況であっても、バランスのとれた意志の力で乗り越えていく強さがあります。

仕事と適性

知的なものを追求することに喜びを見出すあなたには、**教える、書くといった仕事**が適しています。人間性を理解することができるので、アドバイザー、セラピスト、カウンセラーといった職業もふさわしいでしょう。生まれつき、かたちや色彩に優れたセンスを発揮するので、デザイナーになることもあれば、演劇、音楽、美術などに関係することもあるでしょう。また、説得力とひらめきがあるので、広告、メディア、出版の世界で成功する可能性も。

恋愛と人間関係

感情の起伏が激しいあなたは、自分の愛情や創造的な能力を表現したいと考えています。ロマンティストですが、自分を抑えることを学び、相手を自分のものだと考えたり、人を羨み、嫉妬したりすることのないよう注意。

あなたは**毎日の生活に興奮を与えてくれるような起伏に富んだ個性の持ち主**を好きになる傾向があります。あるいは、知性にあこがれるあなたは、同じ関心を持つ同好の士を求めるでしょう。

数秘術によるあなたの運勢

1の日に生まれた人と同じように、28の日に生まれた人は野心的で、率直で進取の気性に富んだ人です。いつでも行動や新しい冒険に移ろうとしており、勇気をふるって人生の困難に立ち向かいます。あなたにとって家族や家庭生活は非常に重要なものです。安定を見出すこと、最も身近にいる愛する者たちの世話をすることは宿命です。

生まれ月の4の影響も受けているあなたは、物事に夢中になる多才な人でもあります。安定や安全を必要としていますが、旅に出たり家から離れて仕事をしたりもします。自由を愛する気持ちと義務との間でうまくバランスをとる必要がありますが、自分に厳しくすることを学ぶことで、断固とした態度をとることができるようになります。エネルギーをあちこちに分散することのないように。過程を大切にし、一歩一歩積み重ねることで、目標を達成できるということを学びましょう。

古いアイディアをまとめて新しい仕組みを作り出すあなたの能力は、新規ビジネスなどひらめきを要する仕事で効果を発揮します。

●長所：思いやりがある、進歩的態度を持っている、勇敢である、芸術的な才能がある、独創性がある、理想主義である、野心を持っている、熱心に働く、安定した家庭生活に恵まれる、強い意志の持ち主である

■短所：夢見がちである、やる気に欠ける、現実的ではない期待をする、判断力がない、攻撃的である、自信がない、他の人に頼りすぎる、プライドが高すぎる

♥恋人や友人

1月8、12、18、22日／**2月**10、16、20日／**3月**8、14、18、28日／**4月**12、16、26日／**5月**10、14、24日／**6月**8、12、22日／**7月**6、10、20、29日／**8月**4、8、18、27、30日／**9月**2、6、16、25、28日／**10月**4、14、23、26、30日／**11月**2、12、21、24、28日／**12月**10、19、22、26、28日

◆力になってくれる人

1月6、10、25、30日／**2月**4、8、23、28日／**3月**2、6、21、26日／**4月**4、19、24日／**5月**2、17、22日／**6月**15、20、30日／**7月**13、18、28日／**8月**11、16、26日／**9月**9、14、24日／**10月**7、12、22日／**11月**5、10、20日／**12月**3、8、18日

♣運命の人

5月29日／**6月**27日／**7月**25日／**8月**23日／**9月**21日／**10月**19、31日／**11月**1、17日／**12月**15日

♠ライバル

1月13、29、31日／**2月**11、27、29日／**3月**9、25、27日／**4月**7、23、25日／**5月**5、21、23日／**6月**3、19、21日／**7月**1、17、19日／**8月**15、17日／**9月**13、15日／**10月**11、13日／**11月**9、11日／**12月**7、9日

★ソウルメイト（魂の伴侶）

1月6、25日／**2月**4、23日／**3月**2、21日／**4月**19日／**5月**17日／**6月**15日／**7月**13日／**8月**11日／**9月**9日／**11月**7日／**12月**5日

♉ おうし座

この日に生まれた 有名人

東郷青児（画家）、玄侑宗久（作家）、本多勝一（ジャーナリスト）、辻元清美（政治家）、ペネロペ・クルス（女優）、ジェシカ・アルバ（女優）、生稲晃子（タレント）、ゆいP（おかずクラブ タレント）、オスカー・シンドラー（実業家）

太陽：おうし座
支配星：おうし座／金星
位置：8°−9° おうし座
状態：不動宮
元素：地
星の名前：ハマル、スケダル

April Twenty-Ninth

4月29日

TAURUS

ビジネスでも役立つ鋭い知性と直感力

あなたに備わっている鋭い知性と頭の回転の速さは、精神がとどまることなく動いていることを示しています。**非常に直感的で、ものを深く考えることができる**人物。精神的なエネルギーすべてを何か価値あるものに集中することができるように、特別な興味の対象を見つけましょう。

おうし座の影響を受けているあなたは、美や芸術への愛、そして**創造的な自己表現**をしたいという願いを持っています。

生まれつき**ビジネスセンス**があり、それが人への関心とうまく結びついて、人生のあらゆる場面で役立ちます。外国で仕事をする機会を持つこともあるでしょう。悲観的になることや、皮肉っぽくなるのを避けるために、自分自身に到達可能と思われる明確な目標を与えることが必要です。

頭の回転が速く好奇心いっぱいのあなたは、仲間としてすばらしく、独特のユーモアのセンスがある非常におもしろい人です。

太陽がふたご座に入る22歳以降は、人生の進み具合は速くなり、書くこと、話すこと、心を通わせることに重点が置かれるようになります。これは太陽がかに座に入る52歳頃まで続きます。この時はあなたにとっての転換期で、感情的親密さや安定の重要性が増します。

隠された自己

あなたは心の中に漠然とした不安を常に抱えており、人生に安定を求めています。しかし実直な性格で、問題を解決していくことができるでしょう。

一度決めるとその意志は非常に固く、少々頑固なところも。表面的には非常に実際的であるにもかかわらず、心の中では深くて意義のある何かを探し求める気持ちもあります。このため、人との関係で秘密を持つようになることや、より深い問題に関心を示すようになります。

また、**繊細な感情の持ち主で直感的**であるため、人間をよく理解できるようになります。愛情に満ちた深い思いやりのある人ですが、気分が動揺しやすいので注意して。

ただし、前向きな気持ちの時には、あなたの独創性が思考や実務能力にヒントを与え、目標を達成することができます。

仕事と適性

精神的刺激を求める気持ちや頭の回転が速いため、あなたは**情報収集能力に長けています**。これによりキャリアの選択の幅は広がりますが、飽きっぽい面もあるので注意。さまざまな仕事に手を出しすぎてエネルギーの分散を招いてしまうことには注意しましょう。作家やジャーナリズム、商業美術、宣伝、ファッションといった仕事で成功する人も。

リーダーシップがあるので、ビジネスの世界や政治の場で成功することもあります。演技や音楽もまた、あなたの想像力と意欲の表現手段としてふさわしいものです。

恋愛と人間関係

あなたは**率直できびきびとした人**ですが、自分についてはあまり語ろうとしません。愛する人のことを疑いすぎる傾向を克服し、人間関係によって経験は学ぶものだと思うようにしましょう。

あなたは友人に恵まれ、社交生活もうまくいきます。

数秘術によるあなたの運勢

29の日に生まれたあなたは非常に直感的で繊細、そして感情的な性格です。思いやりがあって博愛主義なので、他の人々を励まし助けます。

真の夢想家ですが、性格の極端な一面が現れることがあり、気分が変わりやすいので注意が必要。

29の日に生まれているので人気者でいたいと願い、他の人があなたのことをどう考えているのか気にします。

生まれ月の**4**の影響も受けており、安定と安全も必要としています。理想主義で寛大ですが、他の人の気持ちをもっと考慮してあげて。不安を感じて落ち着かない場合には、要領が悪く、支離滅裂になることも。

自分の限界を受け入れ、足を地にしっかりとつけておくことは、目標を達成するうえで効果的です。

●長所：インスピレーションに優れている、バランスがとれている、心が平和である、寛大である、独創的である、直感的である、明確な夢を持っている、広い視野がある、信念を持っている

■短所：焦点が定まらない、神経質である、気分屋である、気難しい、極端である、軽率である、孤立している、過敏である

♥恋人や友人

1月4、13、19、23日／**2月**11、17、21日／**3月**9、15、19、28、29、30日／**4月**7、13、17、26、27日／**5月**5、11、15、24、25、26日／**6月**3、9、13、22、23、24日／**7月**1、7、11、20、21、22日／**8月**5、9、18、19、20日／**9月**3、7、16、17、18日／**10月**1、5、14、15、16、29、31日／**11月**3、12、13、14、27、29日／**12月**1、10、11、12、25、27、29日

◆力になってくれる人

1月7、15、20、31日／**2月**5、13、18、29日／**3月**3、11、16、27日／**4月**1、9、14、25日／**5月**7、12、23日／**6月**5、10、21日／**7月**3、8、19日／**8月**1、6、17、30日／**9月**4、15、28日／**10月**2、13、26日／**11月**11、24日／**12月**9、22日

♣運命の人

11月1、2、3日

♠ライバル

1月6、14、30日／**2月**4、12、28日／**3月**2、10、26日／**4月**8、24日／**5月**6、22日／**6月**4、20日／**7月**2、18日／**8月**16日／**9月**14日／**10月**12日／**11月**10日／**12月**8日

★ソウルメイト（魂の伴侶）

4月30日／**5月**28日／**6月**26日／**7月**24日／**8月**22日／**9月**20日／**10月**18、30日／**11月**16、28日／**12月**14、26日

この日に生まれた 有名人

中原中也（詩人）、蓮實重彥（フランス文学者）、米原万里（作家）、田中裕子（女優）、coba（アコーディオン奏者）、ユマ・サーマン（女優）、内海哲也（プロ野球選手）、デューク・エリントン（作曲家）、星野佳路（実業家）

太陽：おうし座
支配星：おうし座／金星
位置：9°−10°　おうし座
状態：不動宮
元素：地
星の名前：ハマル

April Thirtieth

4月30日

TAURUS

快楽主義の恋愛体質

この日に生まれたあなたは、非常に実直な人です。実務力、組織をまとめる力、忠誠心があるので、大規模のクリエイティブな仕事に関わりたいと思うこともあるでしょう。しかし、反抗的なところがあるため、周囲との軋轢が生じることも。

おうし座のもう1つの影響として、あなたは**快楽主義で、恋愛体質**。美しいものや豪華なものを好みますが、夢中になりすぎることのないよう注意が必要です。

また、美術、音楽、演劇に対する愛や自然を理解するといったこともこの星の影響として表れます。**生まれつき独創性がある**ので、これをさらに伸ばして何らかのかたちの自己表現にするとよいでしょう。

あなたは生まれながらに駆け引きやビジネス上の交渉がうまく、**天性の説得力**があるので、頭がよくてみずからの力で成功している人々に惹きつけられることが多いでしょう。何をする場合でもきちんと正直にやりたいと考えており、知識欲があります。熱心に集中してやれば、自分のアイディアを具体的に現実のものとすることができます。

太陽がふたご座に入る21歳頃は、さまざまなことに興味をいだきます。この時期では、学ぶことと人に思いを伝えることがあなたにとって、それまでより大事になります。太陽がかに座に入る51歳以降にもう一度転機が訪れ、感情的な結びつきや基盤としてのしっかりした家庭を築きあげます。

隠された自己

内面的に繊細なあなたは、外の世界のせわしさから離れた静かな安息の場所を持つことが重要です。

そのため、**家庭はあなたの責任範囲の中では重要な役割を果たし、すべての基礎**となってくれます。

経済的見返りを期待してであろうと、あなたの性格の理想主義的な側面を満足させるためであろうと、知識を力として高めることで、あなたは新しい手段や考えを探し出そうと思うようになります。たとえ愛する人のためであろうと、感情によってあなたが道を誤ることはほとんどありません。

反対に、あなたの遊び好きな側面が全く予期しない時に現れて、その奔放さに周りが驚くことがあります。

仕事と適性

あなたには**お金儲けのアイディアがたくさんあり**、企画者としてもまとめ役としても優れた能力があります。教育、営業、商業、販売促進、宣伝の分野で成功することができるでしょう。ビジネスの場では、自営業の適性があります。哲学、心理学あるいは宗教思想といった学問に特に関心を示します。あなたの洗練された精神が活かせる職業、例えばIT系、あるいは教育に関わる仕事に縁があります。

恋愛と人間関係

あなたは、時折非常に変わった人間関係に心惹かれることがあるかもしれませんが、判断力が備わっているため、それで打ちのめされるようなことはありません。

人間関係というのは貴重な経験で、自分を以前より賢くしてくれ、また愛についてたくさんのことを教えてくれると考えるのです。

あなたは心を鍛えたいと思い、**感情よりは意見を口にする傾向**が強いのですが、いったん心を強くゆさぶってくれる人が見つかったなら、あなたは忠実で協力的なパートナーとなることでしょう。

数秘術によるあなたの運勢

30のつく日に生まれた人は、独創的で親しみやすく社交的。美術、デザイン、音楽に関してならどんな仕事であろうと成功を収めます。同様に自己表現を必要とし、言葉に対する感性を備えているので、書く、話す、歌うといったことに優れています。

あなたは激しい感情の持ち主で、恋愛をすることや、博学であると思えることはあなたにとって重要なことです。幸福を求める場合に、怠惰になったり、夢中になりすぎることのないよう注意。

生まれ月の**4**の影響も受けているあなたはすばらしいアイディアの持ち主であり、心静かに独創的な考えを育てることができる安全な場所を必要としています。その場所であなたは、時にもの思いにふけったり、読書によってさらに内面を高めることでしょう。物事の優先順位をはっきりさせ、多くの活動で気を散らすことのないように。

あなたは外交的な人ですが、人生を豊かにするためには内面を磨くことも大切です。

●長所：おもしろいことが好きである、忠誠心がある、親しみやすい、物事を総合的に見ることができる、言葉に関する才能がある、独創的である

■短所：怠惰である、頑固である、風変わりな行動をする、せっかちである、不安定である、無頓着である、エネルギーを分散する傾向がある

相性占い

♥恋人や友人

1月3、4、14、20、24、25日／**2月**2、12、18、22日／**3月**10、16、20、29、30日／**4月**8、14、18、27、28日／**5月**6、12、16、25、26、31日／**6月**4、10、14、23、24、29日／**7月**2、8、12、21、22、27日／**8月**6、10、19、20、25日／**9月**4、8、9、17、18、23日／**10月**2、6、15、16、21、30日／**11月**4、13、14、19、28、30日／**12月**2、11、12、17、26、28、30日

◆力になってくれる人

1月4、8、21日／**2月**2、6、19日／**3月**4、17、28日／**4月**2、15、16日／**5月**13、24日／**6月**11、22日／**7月**9、20日／**8月**7、18、31日／**9月**5、16、29日／**10月**3、14、27日／**11月**1、12、25日／**12月**10、23日

♣運命の人

1月3日／**2月**1日／**3月**31日／**6月**29日／**7月**27日／**8月**25日／**9月**23日／**10月**21日／**11月**2、3、4、19日／**12月**17日

♠ライバル

1月7、10、15、31日／**2月**5、8、13、29日／**3月**3、6、11、27日／**4月**1、4、9、25日／**5月**2、7、23日／**6月**5、21日／**7月**3、19日／**8月**1、17日／**9月**15日／**10月**13日／**11月**11日／**12月**9日

★ソウルメイト（魂の伴侶）

3月31日／**4月**29日／**5月**27日／**6月**25日／**7月**23日／**8月**21日／**9月**19日／**10月**17、29日／**11月**15、27日／**12月**13、25日

河野多恵子（作家）、前原誠司（政治家）、常盤貴子（女優）、冨澤たけし（サンドウィッチマン　タレント）、ATSUSHI（EXILE　ボーカル）、キルスティン・ダンスト（女優）、ウィリー・ネルソン（歌手）、草刈愛美（サカナクション　ベース）

太陽：おうし座
支配星：おとめ座／水星
位置：9°30'−11°　おうし座
状態：不動宮
元素：地
星の名前：なし

May First

5月1日

TAURUS

社交性に磨きをかけ、人間的な広がりを

この日に生まれた人は独創的で、洞察力のある実際家。人を惹きつける魅力を持ち、社交的で人気者。他の人から認められたいと強く願っています。

美術、音楽、演劇に心惹かれ、繊細な感情を表現する手段として仕事をする傾向があります。

おとめ座の影響で、**頭の回転が速く、コミュニケーション能力に長けています**。また創造的で、文才もあります。熱心に働き、綿密な仕事や研究に関心を示すと同時に役に立つ人間でいたいと考えています。また、**金銭運がある**ので、自分の理想の生活を実現することができます。感情豊かで繊細でありながら実際的で分析能力もあるので、**幅広い個性の持ち主**。そのため大きなスケールで何かを成し遂げる場合に他の人よりは有利な立場にいます。

熱中しすぎたり、贅沢な生活をしたいと望むあまりに、結局は挫折して自分の高い目標を見失うことのないように注意。若い頃は繊細でさまざまな才能を持つ社交的な人です。

太陽がふたご座に入る20歳を過ぎると、自分の思いを表現して、周囲ともっと関わりたいと願うようになり、精神的に幅広い人間になるように勉強します。さまざまな経験をして中年期に入ると、あなたは人との密接な関わりが有益であると納得。太陽がかに座に入る50歳頃に、もう一度転換期がきます。感情的な安定と落ち着いた家庭の重要性が増す時期です。

隠された自己

激しい感情の持ち主で、愛を与え、また受けとめる能力を持っています。そのため、金銭的な利益を追求するよりは、自分の感情を表現する方法を見つけることが重要。

感受性が強いため、流れに身を任せていると他人の愛憎劇に巻きこまれてしまうことがあります。秩序とか方法を重要視する傾向を活かして、明確な人生設計を持つことが、あなたの大きな可能性をうまく引き出すために欠かせません。

勤勉に働き、優れた洞察力をうまく使えば、仕事がしたい時にそのチャンスがやってきます。そのためには**忍耐が成功の重要な鍵**。すぐに満足したいと考えるあなたの短気な一面を抑え、目的に着実に進んでいけます。

仕事と適性

創造的で音楽の才能に恵まれたあなたは、すばらしい声とよい耳を持っています。変化に満ちた旅行や仕事にも興味を覚えます。直感に優れ感受性が鋭いため、哲学あるいは精神的なものにも興味を持ちます。キャリア志向の場合は、アイディア、人あるいは製品を宣伝する能力を持った優れた営業担当に。金融業、不動産、園芸用品店、料理分野も適職。芸能関係にも縁があります。

恋愛と人間関係

ロマンティックで理想主義的なところがあるため、真のパートナーを見つけるのに時間がかかります。高い理想を叶えてくれる相手を探すのが難しいので、**プラトニックな友情関係**を選ぶ場合も。

人道主義的な面を強く持ち、頭がよく物事に熱心なパートナーを選ぶのがよいでしょう。恋に落ちた場合、あなたの愛情は深く、困難に遭遇しても愛に忠実。柔軟に対応し、状況に左右されないことを学べば失意に陥ることもなく、人間関係は円滑で幸せな実り多いものとなります。

数秘術によるあなたの運勢

この誕生日の人は自分が一番で、自立していたいと強く願っています。あなたはエネルギーにあふれた独立独歩の勇気ある革新的な人。パイオニア精神があるので、自分自身で決定をくだしたり、1人で新しい活動を始めます。熱意と独自の考えに満ちているので、他の人に進むべき道を教えることもよくあります。

1のつく日に生まれたあなたは、世界はあなたを中心に回っているのではないことを学ぶことが必要。

また生まれ月の5の影響も受けているので、一定のペースを守り、目標を定めることも必要です。自制心を養うことで、自分の人生を支配することができます。

自分の考えを行動と結びつけることに熱心な、多才で実際的な戦略家なので、定型的な日常業務や専門性を持つことはあなたの役に立ちます。他の人が欲しがっているものに気づき、責任を持つようにすれば、不安からは解き放たれます。鋭い直感があなたを導き奮い立たせてくれる原動力。

自分を向上させれば新しい可能性や明るい未来が広がります。粘り強く、できる範囲で仕事をしてください。

●長所：リーダーシップがある、独創的である、進歩的な態度の持ち主である、説得力に富む、楽観的である、強い信念の持ち主である、競争力がある、独立心がある、社交性に富む

■短所：高圧的である、嫉妬深い、利己的である、対抗心が強い、自制心に欠ける、身勝手である、安定していない、短気である

相性占い

♥恋人や友人

1月1、7、8、21、23、31日／**2月**5、19、21、29日／**3月**3、4、17、19、27日／**4月**1、15、17、25日／**5月**13、15、23日／**6月**11、13、21日／**7月**9、11、19日／**8月**7、9、17日／**9月**5、7、15日／**10月**3、5、13日／**11月**1、3、11日／**12月**1、9日

◆力になってくれる人

1月5、16、18日／**2月**3、14、16日／**3月** 1、12、14、29日／**4月**10、12、27日／**5月**8、10、25、29日／**6月**6、8、23、27日／**7月**4、6、21、25日／**8月**2、4、19、23日／**9月**2、17、21日／**10月**15、19日／**11月**13、17日／**12月**11、15、29日

♣運命の人

1月6、30日／**2月**4、28日／**3月**2、26日／**4月**24日／**5月**22日／**6月**20日／**7月**18日／**8月**16日／**9月**14日／**10月**12日／**11月**2、3、4、10日／**12月**8日

♠ライバル

1月4日／**2月**2日／**5月**29、31日／**6月**27、29、30日／**7月**25、27、28日／**8月**23、25、26、30日／**9月**21、23、24、28日／**10月**19、21、22、26日／**11月**17、19、20、24日／**12月**15、17、18、22日

★ソウルメイト(魂の伴侶)

1月23日／**2月**21日／**3月**19日／**4月**17日／**5月**15日／**6月**13日／**7月**11、31日／**8月**9、29日／**9月**7、27日／**10月**5、25日／**11月**3、23日／**12月**1、21日

この日に生まれた 有名人

北杜夫(作家)、阿木燿子(作詞家)、ジョン・ウー(映画監督)、本上まなみ(女優)、坂本美雨(歌手)、小山慶一郎(NEWS　タレント)、吉村昭(作家)、原沙知絵(女優)

太陽：おうし座
支配星：おとめ座／水星
位置：10°30'−12°　おうし座
状態：不動宮
元素：地
星の名前：アラマク

May Second

5月2日

TAURUS

人との関わりを大切にする正直者

おうし座の生まれのあなたは、美しいものを理解することができ、実際的ではっきりとした独創的な人です。**正直で率直であると同時に天性の外交手腕**があり、親しみやすいイメージを与えて、その仕事を成功させます。

太陽がおうし座の主星おとめ座にいる影響から、生まれながらに**物質的要求を満たす才能**を持っています。包容力があり直感的、頭の回転が速く分析的で実際的な人です。また、正確に話すことや人と心を通わせることにこだわり、批評能力や鑑識眼の持ち主でもあります。人を惹きつける魅力と温かさがあるので、**人と関わる活動はうまくいきます。**

また、周りの人との調和を大事にするので、周囲に対して注意深く、身の回りを好みの品や豪華なものでそろえようとします。そのため、家庭はあなたの人生計画における重要なポイントとなり、そこを魅力的で心地よいものにするように努力します。

天性の独創的な才能があるため、音楽、美術、執筆、演劇といった分野で人より優れた結果を出します。自然を愛し、ガーデニングや戸外での活動にも関心大。

太陽がふたご座に入る19歳以降は、人と心を通わせ、意見交換が必要です。自分自身を精神的に成長させ、勉強に興味を覚える時期。太陽がかに座に入る49歳は転換期となります。他の人との密接な関係がますます必要となり、家庭内での自分の居場所を見直すようになります。

5
月

隠された自己

頭がよく、強い精神力の持ち主で、経験や知識のある人を尊敬します。技術を実際に応用したり、理論を実践に変えることを好み、これが成功の一因となります。熱心に働き成功志向であること、野心的で天性のリーダーであることも一助に。細部に目を配ることができ、創意工夫に富み、問題解決に優れた能力を発揮。生まれながらに好奇心にあふれているので、常に答えを探し求めます。これが想像力に富んだ知性と結びついて、神秘主義や精神性に関心が向くのです。

自分に忠実なので、**あなたの安心感は愛情や友情のうえに成り立つ**ことが多いでしょう。良好な関係を築くことが、達成感を得るうえで重要。いつもは率直で正直な人ですが、いったん思い違いをすると頑固になり非常にわがままになるので、真実から目をそむけないように。

仕事と適性

現実的で物事に積極的に取り組むあなたは、起業家、プロデューサー、広報・宣伝担当、工事施工者として成功します。安定と贅沢を強く求めているため、**喜んで一生懸命に働きます**。芸術に関心がありますが、経済的な見返りを求めるタイプなので、メディアあるいは執筆や演技などが適職です。

おおらかなやり方と実行力があるので、あなたは優れた管理職となり、また親切で理解ある雇用主となります。積極性と巧妙さとを併せ持つあなたは手先が器用で、新しい仕事を立ち上げることが楽しみでもあります。幸運とチャンスは仕事を通じてやってきます。固い決意があれば、**選んだ分野での成功は確かなものに。**

恋愛と人間関係

時として野心的なあなたは、成功や名声に執着します。人間関係においては経済的安泰と金銭は重要な要因なので、成功した人やその可能性の高い人とつき合うことを好みます。**趣味がよく、品質を重んじる**ため、相手に対してもこのような面で評価をくだします。いつもは愛する人に対して寛大ですが、驚くほどの節約家になることも。

物事すべてを物質的な見方で判断することをやめ、柔軟で思いやりを持てば、あなたが必要な賞賛と愛情を手に入れることができます。

数秘術によるあなたの運勢

生まれた日の2という数字は、あなたが繊細な人で、グループの一員になりたがっていることを示しています。

順応性に富んだ思いやりのある人で、協力して行う活動を楽しみます。調和を愛し、他の人との交流を望むため、家族の問題の仲介者や調停者となることも。人を喜ばせようとして、相手に依存しすぎないように。

生まれ月の5の影響も受けているあなたは、感情を表現したり他の人と心を通わせることを必要とします。積極的で決断力があるために、物事に集中し、自信を深めることができます。控えめなところと高飛車なところや、他人に不信感を持つことと他人に安易に期待しすぎて裏切られてしまうこととの間でバランスをとることを学びましょう。

独創的でもあるあなたは、一方で合理的でもあるので、客観的な自分なりの哲学が必要。

●**長所**：良好なパートナーシップを築くことができる、優しい、如才ない、包容力がある、直感的である、思慮深い、協調性がある、愛想がいい

■**短所**：疑い深い、自信がない、おべっかを使う、小心である、繊細すぎる、利己的である、傷つきやすい、偽りを言う

相性占い

♥恋人や友人

1月8、12、17、20、22、24日／**2月**6、15、18、20、22日／**3月**4、8、13、16、18、20日／**4月**2、11、14、16、18日／**5月**9、12、14、16日／**6月**7、10、12、14日／**7月**5、8、10、12、30日／**8月**3、6、8、10、28日／**9月**1、4、6、8、26日／**10月**2、4、6、24日／**11月**2、4、22日／**12月**2、20日

◆力になってくれる人

1月6、23日／**2月**4、21日／**3月**2、19、30日／**4月**17、28日／**5月**15、26、30日／**6月**13、24、28日／**7月**11、22、26日／**8月**9、20、24日／**9月**7、18、22日／**10月**5、16、20日／**11月**3、14、18日／**12月**1、12、16、30日

♣運命の人

1月7日／**2月**5日／**3月**3日／**4月**1日／**11月**3、4、5日

♠ライバル

1月5、26、29日／**2月**3、24、27日／**3月**1、22、25日／**4月**20、23日／**5月**18、21日／**6月**16、19、30日／**7月**14、17、28日／**8月**12、15、26、31日／**9月**10、13、24、29日／**10月**8、11、22、27日／**11月**6、9、20、25日／**12月**4、7、18、23日

★ソウルメイト（魂の伴侶）

1月30日／**2月**28日／**3月**26日／**4月**24日／**5月**22日／**6月**20日／**7月**18日／**8月**16日／**9月**14日／**10月**12、31日／**11月**10、29日／**12月**8、27日

有名人

デビッド・ベッカム（サッカー選手）、樋口　葉（作家）、夏木マリ（女優）、秋元康（プロデューサー）、武蔵丸光洋（第67代大相撲横綱）、リリー・アレン（ミュージシャン）、近賀ゆかり（サッカー選手）

太陽：おうし座
支配星：おとめ座／水星
位置：11°30'-13°　おうし座
状態：不動宮
元素：地
星の名前：アラマク、メンカル

May Third

5月3日

TAURUS

頭の回転が速く社交的

この日に生まれた人は非常に知的で創造的な素質の持ち主です。しかし心配や優柔不断になることで目標が達成できなくなることについては注意が必要。親しみやすく社交的で、人を惹きつける魅力があるので、人と関わる活動での成功が約束されています。

太陽がおうし座の支配星おとめ座にいる影響で、物質的要求を満たす方法を知っています。**知識やアイディアをすばやくつかむ頭の回転の速さ**とともに、分析能力、綿密な仕事ぶり、コミュニケーション能力も持っています。美しいものや芸術に理解を示しますが、このような傾向は天性の感受性と一緒になって、絵画、音楽、演劇などを通して表現されます。

生まれ持った才能を活かして何かしようとする時、**不安や挫折を味わうことがあっても、結果として得るものは大きいでしょう**。あなたには他の人を奮い立たせる力があり、仕事を進めるための努力を楽しめるタイプ。前向きの時は熱心に働き、努力によって成果が出ると信じるならば勝利が約束されます。客観的で建設的な批判精神で仕事をすれば、頑固になったり不満を感じる傾向を克服するのは簡単。

物質主義でありながら、**生まれながらに神秘的な力も持っている**のでそれを育てていくと、自分と周囲を理解するうえで大きな助けとなります。若い時には、社交的で想像力に富み多才な人で、アウトドアライフを好みます。

18歳になって太陽が以後30年間にわたり、ふたご座に入っている時期では、人と心を通わせたり意見交換をすることが必要。これは自分自身を精神的に成長させる時期であり、学問を修めることでもあります。太陽がかに座に入る48歳はあなたの人生における転換期。仕事をするうえでの強力な基盤となるものがとても必要となります。このため、安定した家庭を持つことや家族の結びつきが特に重要となります。

隠された自己

優れたビジネスセンスを持ち、**働くことが好き**なので、着実に財産を増やすことができます。しかし、重要な魂の成長は、世俗的なものから超然としていることで得られます。精神的な調和を切望しており、それを得るためには喜んで犠牲を払います。このため、安全で安心できる家庭という基盤を持つことがあなたの人生計画における重要なポイント。いつも強い精神的なエネルギーに満ちており、それは独自性や陽気さ、あるいは自分に対する後悔の念といったかたちで表れます。

世の中、自分や他人の期待通りには事が進みませんが、その埋めあわせをしようと熱心になりすぎることのないように。困難な問題を引き受けるなら、人生は十分あなたに報いてくれることがわかるでしょう。

仕事と適性

自己表現と精神的刺激が仕事をするうえでの基礎となり、**キャリアの向上には女性が重**

要な役割を果たします。生まれながらにビジネスセンスがあるので、商売、金融業、不動産といった仕事に向いています。科学の研究や法律関係の職もよいでしょう。あるいは、執筆、インテリアデザイン、室内装飾、アンティークや美術品の取引といった、創造的な仕事も適職。理想主義なので、心を動かされた場合には大義のために無条件で働くことができます。自然が好きなので、農業や園芸の方面も実を結びます。

恋愛と人間関係

社交的ではありますが、1人でいたいと思う時もあります。反省したり考えをまとめたりするために、自然に恵まれた環境で過ごす時間を持つとよいでしょう。**知的な人々に心惹かれる**あなたは、知的活動や楽しみを共有できる人を好みます。

あなたの大きな特徴である人間的魅力のために、すぐに友人や恋人を惹きつけます。しかし、本当の勝利は長く続く関係の中で、遭遇する困難を乗り越えることから生まれるのです。

数秘術によるあなたの運勢

楽しいことが好きでよい関係となるので、友人との活動を満喫することができます。**3**日生まれの人は自己表現の欲求が強いので、それがうまくいった時が最上の喜び。しかしすぐに飽きてしまい、優柔不断になり、手を広げすぎることがあります。

とはいえ、いつもはユーモアのセンスあふれる芸術的で魅力的な人です。話すこと、書くこと、あるいは歌うことが上手なので、言葉に関する才能が豊か。自負心を育て、不安や心配など感情が不安定にならないように。

生まれ月の**5**の影響も受けているので、自分の持つ多彩な創造力の使い方を学びましょう。多才でじっとしてはいられない性格なので、実利的なものの見方を育てることで安定を得ることができます。心底努力し熱心に働きますが、これは成功しようという決意を示すもの。困難や遅れが生じてもそれに耐えるようにすれば、物事を自分の支配下に置くことができるようになります。

●**長所**：ユーモアがある、親しみやすい、生産性が高い、独創性がある、芸術的な才能がある、強い願望を持っている、自由を愛する、言葉に対する才能がある

■**短所**：想像力が豊かすぎる、大げさである、すぐ飽きる傾向がある、見栄っ張りである、愛情を表さない傾向がある、大きなことばかり言う、浪費家である、わがままである、なまけ者である、偽善的なところがある

♥恋人や友人

1月9、11、13、23、25、27日／**2月**7、21、23、25日／**3月**5、19、21、23、29日／**4月**3、17、19、21、27、30日／**5月**1、15、17、19、25、28日／**6月**13、15、17、23、26日／**7月**11、13、15、21、24日／**8月**9、11、13、19、22日／**9月**7、9、11、17、20日／**10月**5、7、9、15、18日／**11月**3、5、7、13、16日／**12月**1、3、5、11、14日

◆力になってくれる人

1月2、4、7日／**2月**2、5日／**3月**3日／**4月**1日／**5月**31日／**6月**29日／**7月**27、31日／**8月**25、29日／**9月**23、27日／**10月**21、25日／**11月**19、23日／**12月**17、21日

♣運命の人

1月8、14日／**2月**6、12日／**3月**4、10日／**4月**2、8日／**5月**6日／**6月**4日／**7月**2日／**11月**4、5、6日

♠ライバル

1月6、19、29日／**2月**4、17、27日／**3月**2、15、25日／**4月**13、23日／**5月**11、21日／**6月**9、19日／**7月**7、17日／**8月**5、15日／**9月**3、13、30日／**10月**1、11、28日／**11月**9、26日／**12月**7、24、29日

★ソウルメイト（魂の伴侶）

1月16、21日／**2月**14、19日／**3月**12、17日／**4月**10、15日／**5月**8、13日／**6月**6、11日／**7月**4、9日／**8月**2、7日／**9月**5日／**10月**3日／**11月**1日

♉ おうし座

ウィリアム・シェイクスピア（劇作家）、ジェームス・ブラウン（歌手）、三宅裕司（俳優）、猪口邦子（国際政治学者・政治家）、相原コージ（マンガ家）、上杉隆（ジャーナリスト）、為末大（元陸上ハードル選手）、橋幸夫（歌手）、松尾伴内（タレント）、野村宏伸（俳優）

太陽：おうし座
支配星：おとめ座／水星
位置：12°30'−14°　おうし座
状態：不動宮
元素：地
星の名前：アラマク、メンカル

May Fourth

5月4日

TAURUS

地道かつ独立独歩で高い理想に向かうタイプ

この日に生まれた人には、実用主義と感情的な繊細さが混在しています。**仕事を分担したり、協力しあったりすることが成功の鍵**。野心的で一生懸命に働くあなたは、責任感の強い、良心的な人です。

太陽がおうし座の主星おとめ座にいる影響で、仕事では高い目標を掲げ、他の人の役に立つことに喜びを感じます。また、**非常に実際的で地道な性格**で、本当に安心できるまでは秩序を重んじます。

独立独歩で束縛は好きではありませんが、1対1で関わることには優れた能力を発揮します。これは人間性について理解があることと、**優れた認識力を持っている**ため。最初は物質的なことに関心を持ちますが、より深い洞察を得たいと願い、人生の後半では精神的なものに心を寄せるようになります。とはいえ、自己中心的な頑固さや自己不信に陥ることもあります。このような感情が嫌で、時には現実逃避やわがままになる傾向があるので注意が必要。そういう時に、強い想像力が働いて心の中に完全な理想像を描き、否定的な気分を追い払う能力が備わっています。

太陽がふたご座に入る17歳以降は人生の進みは速くなり、書くこと、話すこと、人と心を通わせることはさらに重要に。これは、太陽がかに座に入る47歳まで続きます。親密さ、安心感、家庭の結びつきの重要性が増す転換期です。

5
月

隠された自己

人から効率的でない仕事を引き継いだ時こそ、あなたのリーダーとしての能力が発揮されます。高飛車に見えることがありますが、あなたは他の人と協力して仕事を進めることができるセンスの持ち主。**精神力があり、必要な情報を手に入れる能力がある**ということは、知識が豊富で自分なりの判断をくだすのを好むということ。直感力を育てることで優れたアイディアをかたちあるものにし、そこから大きな利益を得ることができます。

あなたには強い責任感があるので他の人から認められ成功します。しかし、気分屋になったり、心配したり、緊張しすぎたりすることのないように。これらは人間関係のバランスに影響を与えます。調和のとれた環境にいることが必要。そのため家庭は特に重要で、安心できる安定した居場所となります。

仕事と適性

金融業や商売に天性の才能があります。**人の役に立つ活動**、つまり慈善事業やカウンセリング、恵まれない人たちとともに働くことにも関心を持ちます。

一方、公務員、外交官、広報職といった仕事もうまくこなします。音楽、写真、演劇の分野で、創造的な才能を特に発揮します。この日に生まれた人の中には、スポーツ界でその才能を開花させる人もいます。

恋愛と人間関係

結婚、落ち着いた関係、安心できる家庭はあなたにとって特に重要。**知を愛し、人と心を通わせたいと思っている**ので、新しい考えを探索することや独創的であることに喜びを見出します。マンネリに陥ったり単調にならないように注意が必要。

パートナーとともに歩む創造的な活動は、楽しみを見つける場合に役立ちます。外に出て人と交わることや家で友人をもてなすことは、生活にいつも喜びをもたらします。

数秘術によるあなたの運勢

誕生日の**4**が示すように、規則正しくすることで、安定を得て秩序を確立します。安全志向なので、自分と家族のためにしっかりした基盤を作り上げます。人生に対して実用主義で取り組むうえで、優れたビジネスセンスと経済的な成功を達成する能力とが与えられています。感情を表には出しませんが、忠実なあなたは正直で率直、公平な人です。しかし、自分の感情を上手に表現する方法を学びましょう。

4の日に生まれた人にとって困難となるのは、不安定な時期を克服すること。生まれ月の**5**の影響も受けているので熱中しやすいのですが、繊細な面もあります。わくわくするようなアイディアや仕事を見つけて心を奮い立たせることが必要。直感的な自分を信じ、それに従いましょう。自由業志向ですが、それには自制心と安定が必要であることに気づいています。

●**長所**：組織だったことを好む、自制心がある、着実である、熱心に働く、職人気質である、手先が器用である、実用主義である、信頼できる、几帳面である

■**短所**：物事をぶち壊すような行動をとる、人と心を通わせようとしない、感情を表さない、優柔不断である、ケチである、高圧的である、愛情を隠す、怒りっぽい

♥恋人や友人

1月10、11、14、26、28日／**2月**8、24、26日／**3月**6、22、24、30日／**4月**4、20、22、28日／**5月**2、18、20、26、29日／**6月**16、18、24、27日／**7月**14、16、22、25日／**8月**12、14、20、23、30日／**9月**10、12、18、21、28日／**10月**8、10、16、19、26日／**11月**6、8、14、17、24日／**12月**4、6、12、15、22日

◆力になってくれる人

1月8日／**2月**6日／**3月**4、28日／**4月**2、26日／**5月**24日／**6月**22、30日／**7月**20、28、29日／**8月**18、26、27、30日／**9月**16、24、25、28日／**10月**14、22、23、26、29日／**11月**12、20、21、24、27日／**12月**10、18、19、22、25日

♣運命の人

1月15日／**2月**13日／**3月**11日／**4月**9日／**5月**7日／**6月**5日／**7月**3日／**8月**1日／**11月**5、6、7日

♠ライバル

1月7、9、30日／**2月**5、7、28日／**3月**3、5、26日／**4月**1、3、24日／**5月**1、22日／**6月**20日／**7月**18日／**8月**16日／**9月**14日／**10月**12、29日／**11月**10、27日／**12月**8、25、30日

★ソウルメイト（魂の伴侶）

1月8、27日／**2月**6、25日／**3月**4、23日／**4月**2、21日／**5月**19日／**6月**17日／**7月**15日／**8月**13日／**9月**11日／**10月**9日／**11月**7日／**12月**5日

有名人

オードリー・ヘップバーン（女優）、森繁久彌（俳優）、田中角栄（政治家）、キース・ヘリング（画家）、菊池桃子（タレント）、たむらけんじ（タレント）、大黒将志（サッカー選手）、小沢遼子（社会評論家）、樋口恵子（評論家）

太陽：おうし座
支配星：おとめ座／水星
位置：13°30'–15°　おうし座
状態：不動宮
元素：地
星の名前：アラマク、メンカル

May Fifth 5月5日 TAURUS

秩序を重んじる現実的な性格

意志力のあるはっきりとした性格の持ち主。多様性があり、行動することを好みますが、内心の落ち着きのなさは克服しましょう。**頭がよく状況を直ちに理解して**、感銘を受けた仕事のために一生懸命に働ける人物です。

太陽がおうし座の主星おとめ座にいる影響から、自分の実用主義的な傾向を批判的に見る力も持っており、**仕事を成功させることが重要だと考えています**。分析能力があり、物事を秩序だてて行いたいと望む、技術的な能力の持ち主でもあります。頑固さやわがままな一面は人生にとって障害となるので克服するようにしましょう。

あなたは経済的安泰と同様、人間関係や人生そのものについて、より深いレベルにまで達したいという望みも持っています。このため、表面下にあるものを調べたり、すべてを額面通りには受け取らないようになります。このような直感的な一面を育てれば、自分の利益を図る傾向や、不機嫌や落ちこみやすいといった傾向を克服する助けとなり、大きな可能性を活かすうえで大いに役立ちます。

直感的で魅力があり、いつも忙しくしていたいと考えているあなたは、リーダーとしても適任。物事を視覚的に理解し、現実的に考えるので、新しい刺激的な事業を成功させるでしょう。

太陽がふたご座に入る16歳頃は、さまざまなものに関心を持ちます。この時期では、学ぶこと、そして人と心を通わせることが重要。太陽がかに座に入る46歳以降に次の転機が訪れます。家族の結びつきが重要であると考え、しっかりとした家庭という基盤を持つことを大切に考えるようになります。

隠された自己

実際的な表面の下にきわめて**理想主義的な一面が隠れています**。このため、相手が理想と違う場合があるので注意を。真剣になりすぎないよう、持ち前の並はずれたユーモアのセンスを使うことが重要。相手がこのユーモアについていけるかどうかで、第一印象が思った通りかどうかがわかります。あなたのこの直感を信じ、つき合いにくい人であっても、できるだけ友好的に接することができれば、あなたの可能性の範囲を広げ、失望もせず、引っ込み思案にもならなくなります。大きな自信をつけるためには、なにより自分の力を信じること。いかなる状況でも対処できるような強い力を持っています。これは、新しいアイディアを他の人に論理的に説明する時に役立ち、人はあなたの独創的なものの見方に感銘を受けることでしょう。

仕事と適性

上司は現状を把握して上手な対応ができるあなたの能力を認め、理解しています。状況に順応し、危機的状況の場合も冷静でいられるので、困難な状況を克服できます。このような資質は、一生懸命に働こうという熱意と合わさり、しばしば**リーダーとしての能力**を育む助けとなります。自分のために働くか、あるいは組織の長として働くかする方が成功への道。演劇や映画に関心を持った時は、優れた俳優、プロデューサー、監督になれるでしょう。

恋愛と人間関係

あなたは思いやりがあり寛大で、自由主義でもあります。状況によっては、愛情と仕事、あるいは義務と欲求の間で葛藤を経験することになります。親密な関係になっても、時には自分の感情表現を抑えることが必要。

それでも、あなたは**パートナーに常に献身的**。自分の利益追求にだけ夢中になると、人との間に溝ができてしまいます。あなたに適した人は、あなたの高い理想と強い願望を共有できる人です。

数秘術によるあなたの運勢

5のつく日に生まれた人は、強い直感力、冒険心、自由を望む気持ちがあります。旅行や予期せぬ変化を経験することで、自分の意見や信念を根本から転換することになります。

5の日生まれは、活動的な人生を送ることが多く、忍耐や細かいことに気を配る術を学びましょう。あまりに早急な行動や推測での行動は控えること。また、時には流れに身を任せたり、客観的な立場をとることも覚えておきましょう。

生まれ月の**5**の影響で、野心的できっぱりとした性格で自信過剰な一面も。すぐに目的を達成しようとして、全体像を見失うこともあるので注意。

あなたは意志が強く洞察力があるので、束縛されることは苦手です。いつも同じ状況だと、変化を求めたり、新たに何かを始めたくなります。成功したいのなら、自制心も必要です。

●長所：多才である、順応性が高い、前向きな態度をとる、鋭い直感力を持つ、人を惹きつける魅力がある、勇敢である、自由を愛する、頭の回転が速く機知に富む、好奇心がある、社交的である

■短所：頼りにできない、変わりやすい、優柔不断である、一貫していない、好色である、自信過剰である

♥恋人や友人

1月11、15、20、25、27、29日／**2月**9、18、23、25、27日／**3月**7、16、21、23、25日／**4月**5、14、19、21、23日／**5月**3、12、17、19、21日／**6月**1、10、15、17、19日／**7月**8、13、15、17日／**8月**1、6、11、13、15日／**9月**4、9、11、13日／**10月**2、7、9、11日／**11月**5、7、9日／**12月**3、5、7日

◆力になってくれる人

1月9、26日／**2月**7、24日／**3月**5、22日／**4月**3、20／**5月**1、18、29日／**6月**16、27日／**7月**14、25、29、30日／**8月**12、23、27、28、31日／**9月**10、21、25、26、29日／**10月**8、19、23、24、27日／**11月**6、17、21、22、25日／**12月**4、15、19、20、23日

♣運命の人

1月16日／**2月**14日／**3月**12日／**4月**10日／**5月**8日／**6月**6日／**7月**4日／**8月**2日／**11月**6、7、8日

♠ライバル

1月8、29、31日／**2月**6、27、29日／**3月**4、25、27、28日／**4月**2、23、25、26日／**5月**21、23、24日／**6月**19、21、22日／**7月**17、19、20日／**8月**15、17、18日／**9月**13、15、16日／**10月**11、13、14、30日／**11月**9、11、12. 28日／**12月**7、9、10、26日

★ソウルメイト（魂の伴侶）

5月30日／**6月**28日／**7月**26日／**8月**24日／**9月**22、30日／**10月**20、28日／**11月**18、26日／**12月**16、24日

有名人

中川翔子（タレント）、カール・マルクス（経済学者）、金田一京助（言語学者）、地井武男（俳優）、デーブ・スペクター（タレント）、工藤公康（野球評論家）、渡部篤郎(俳優)、アデル(歌手)、Dr.コパ（建築家・実業家・風水研究家）

太陽：おうし座
支配星：おとめ座／水星
位置：14°30'–16°　おうし座
状態：不動宮
元素：地
星の名前：アラマク、メンカル

May Sixth

5月6日

TAURUS

内面に抱えるもうひとりの自己

この日に生まれた人は外見よりは複雑な人です。映画やドラマの俳優のように、あなたは多方面に才能を発揮する自信あふれる人に見えます。

しかしその裏に潜んでいるのは、心配性で優柔不断な性格。**生まれながらにリーダーとしての素質**を持ち、人とのつき合い方を知っているので、そのすばらしい能力を最大限に発揮しましょう。しかし、安楽な生活に落ち着いてしまうと、自分の能力を十分に発揮できないことも。

太陽がおうし座の第2の主星にいるので、あなたの**優れた分析能力と批判力**のおかげで目標を達成することができます。また、**天性のビジネス的な洞察力**と同じく、**文才もあります**。理解力のあるあなたは、知識と自由を大切にしているので、独創的あるいは進歩的な考えをすぐに受け入れます。

人生設計においては**家庭と安心感**が重要なテーマで、自分の責任についてまじめに考えます。面倒を見すぎて他の人の生活に干渉し、彼ら自身のやり方で学ぶ機会をつぶしてしまうことのないように。

幸運なことに愛想があり、つき合い上手でもあります。あなたの周りにはたくさん人が集まってきますが、あなたはおもしろくて精神的な刺激を与えてくれる人を友人に選びます。しかし、刺激的な生活を楽しんで、羽目をはずしすぎないよう注意が必要です。

太陽がふたご座に入る15歳以降は、人生の歩みが速くなり、人と心を通わせることがそれまでより重要になってきます。続く30年以上にわたっては、精神的に成長し、人とアイディアを交換しながら人生を渡っていくことが必要になります。太陽がかに座に入る45歳は転換期。家族や安心感の重要性が増します。太陽がしし座に入る75歳を過ぎると、あなたの力と自信はさらに強くなります。

隠された自己

創造的な精神の持ち主。知性と洞察力とを駆使して、人々の特徴を細部にわたってとらえ、しかも皮肉っぽく表現してみせます。人間一般に興味をいだいているため、人道主義的な願いを持ちます。**自由の獲得、あるいは夢の実現などに力を発揮**。それにより不安を払拭し、大きな満足感を得ます。

これらを阻むのは、自分の能力に対する不信と優柔不断な態度。このため能力を最大限に発揮できずに、不満足な結果に甘んじることになります。

あなたは勇気づけてもらうと、十分に応えようとするタイプなので、尊敬する人の人生論を読むとよいでしょう。夢を達成するためにたどるあなたの歩みは、他の人をも力づけます。他人には批判ではなく、感銘を与えてください。

仕事と適性

生まれつき持っている心理学的能力は、どのような仕事を選ぼうと必ず役に立ってくれます。ビジネスでは、このような洞察力のおかげで人々と協力しあって働くことができます。また、あなたは、**権力ある地位に上りつめるすべての条件をそろえています**。このような才能を医療の分野で用いると、生来の博愛主義を発揮。鋭い知性と芸術的センスがあるので、舞台関係の職業に関わることもあり、また美声の持ち主なので歌手として、あるいは政治家としても成功します。教育といった職業もまた、あなたの才能をうまく活かすものとなります。人から指示されるのは好きではないので、独立して事業を起こします。

恋愛と人間関係

自己研鑽に励んでいる人に惹きつけられるあなたは、社交性と学習意欲を発揮し、情報や知識の交換に興味を持ちます。調和を愛する気持ちは人間関係における大切な要因で、精神的な刺激を与えてくれる人、あるいは高等教育を受けている人に惹かれます。強烈な個性の持ち主ですが、愛する人に対して支配的になりすぎることのないように。

数秘術によるあなたの運勢

生まれた日の**6**の影響で、思いやりがあり理想主義で、面倒見のよい性格。家の中のことを好んでやるので、よい主婦や献身的な親になるでしょう。調和を望む気持ちが、強い感情と結びつき、自分が信じるもののために熱心に働くことも。感受性を創造的な方法で表現したいと願うため、芸能の世界、あるいは美術やデザインに心惹かれます。

6の日に生まれた人にとっての課題は、もっと自信を持つこと、友人や近所の人たちに対して思いやりの心と責任感を持つこと。

生まれ月の**5**の影響も受けているので、あなたは熱心で絶えず動いていますが、誇り高い人でもあります。如才なく外交的なあなたは、そのおおらかさで他の人を魅了します。また、一方では自信に満ちて落ち着いており、もう一方では感受性が強くためらいがちといった二面性があります。

●長所：俗事に通じている、兄弟愛の持ち主である、親しみやすい、思いやりがある、頼りになる、ものわかりがよい、共感してくれる、理想主義である、家庭的な傾向がある、人道主義である、安定している、芸術的な才能がある、バランスがとれている

■短所：不満が多い、心配性である、恥ずかしがり屋である、無分別である、頑固である、ずけずけものを言う、支配的態度をとる、責任感が欠如している、利己的である、皮肉屋である

♥恋人や友人

1月4、11、12、16、26、28、30日／**2月**2、9、10、24、26、28日／**3月**7、8、12、22、24、26日／**4月**5、6、20、22、24、30日／**5月**3、4、18、20、22、28、31日／**6月**1、2、16、18、20、26、29日／**7月**4、14、16、18、24、27日／**8月**12、14、16、22、25日／**9月**10、12、14、20、23日／**10月**8、10、12、18、21日／**11月**6、8、10、16、19日／**12月**4、6、8、14、17日

◆力になってくれる人

1月3、10、29日／**2月**1、8、27日／**3月**6、25日／**4月**4、23日／**5月**2、21日／**6月**4、19日／**7月**17、30日／**8月**15、28日／**9月**13、26日／**10月**11、24日／**11月**9、22日／**12月**7、20日

♣運命の人

1月11日／**2月**9日／**3月**7日／**4月**5日／**5月**3日／**6月**1日／**11月**7、8、9日

♠ライバル

1月9日／**2月**7日／**3月**5、28日／**4月**3、26日／**5月**1、24日／**6月**22日／**7月**20日／**8月**18日／**9月**16日／**10月**14、30、31日／**11月**12、28、29日／**12月**10、26、27日

★ソウルメイト（魂の伴侶）

1月7日／**2月**5日／**3月**3日／**4月**1日／**5月**29日／**6月**27日／**7月**25日／**8月**23日／**9月**21日／**10月**19日／**11月**17日／**12月**15日

有名人

イビチャ・オシム（サッカー元日本代表監督）、ジグムント・フロイト（精神分析学者）、井上靖（作家）、向井千秋（宇宙飛行士）、トニー・ブレア（元イギリス首相）、ジョージ・クルーニー（俳優）、吉田美和（DREAMS COME TRUE　歌手）、宇佐美貴史（サッカー選手）、高橋尚子（元マラソン選手）、武井壮（タレント）

太陽：おうし座
支配星：おとめ座／水星
位置：15°30'–17°　おうし座
状態：不動宮
元素：地
星の名前：アラマク

May Seventh

5月7日

TAURUS

鋭い洞察力と強力なリーダーシップ

この日生まれの人は、強烈な個性を持った機敏な実際家。**勤勉で我が強い**あなたは、権威ある地位へと上ることができますが、言葉で人を傷つけたり支配したりすることのないように。状況判断が的確で、他の人の権利を守るために闘います。忙しくしているのが好きで、**集中力もずば抜けている**ので、すばらしい成果をあげます。

太陽がおうし座の主星おとめ座にいる影響で、人生に対して秩序だって分析をする傾向があり、頭の回転の速さと集中力とを兼ね備えています。これは、文章力やコミュニケーション能力となって発揮されます。人生に対しては現実的な取り組みをし、問題の核心に迫る能力があり、ビジネスでは洞察力となって表れます。**物事を深く考える気質**で、問題を解決する場合に哲学的手法を用いる傾向も。しかし、あなたの可能性の前に立ちはだかるのは、簡単に引き下がってしまう性格や、頑固さや横柄さです。

経済的要求を満たすための方法、優れた組織力や、人を力づける能力を生まれながらに持っているので、**いかなる状況にあろうと自然にリーダーとなります**。内なる力と自制心とを融合させ、インスピレーションを目に見える現実のものに変えることができます。

太陽がふたご座に入る14歳頃に、興味を惹く多くの新しい対象を見つけ、変化の時期が始まります。この時期には学習と、人と心を通わせることが重要になります。太陽がかに座に入る44歳以降が次の転換期。感情的な結びつき、家族、それに他の人々が自分を必要としていることを直感的に理解し始めます。

隠された自己

天性の傑出した能力に自制心を加えることで、美術、音楽、演劇を愛する感情を具体的な自己表現のかたちに変えることができます。それはビジネス上であろうと、家庭内であろうと同じです。しかし、金銭や仕事について心配したり優柔不断になる傾向があって、すばらしい可能性の邪魔をすることがあります。

こうした心配や失望感のために、決断をする場合に安全すぎる道を選んだり、適切ではない状況に長くとどまりすぎたりします。**博愛主義や旺盛な独立心**は、あなたを励まして高い目標へと導き、さらに勇敢になるよう刺激を与えてくれます。しかし自由を手に入れても、人生の楽しみに無節操になったり溺れてしまわないように。

仕事と適性

仕事の面では、幅広い選択の余地があります。うまくリーダーシップをとり、評価能力を発揮して販売促進や宣伝で成功します。**寛大な心を持つ**あなたは、人々を助け、いろいろな事業や活動を支援する慈善家となることもあります。あるいは、独創性があるために芸能、美術、音楽といった世界に関心を寄せることも。美や芸術とビジネスとを結びつけ、美術品のディーラー、興行主あるいは学芸員もおすすめ。他にも、教育やその他の公共の仕事に興味を持ちます。

恋愛と人間関係

精神的な刺激と独創性を必要としているので、人生のあらゆる場面で**知的な人**に心惹かれます。あなたは一緒にいて楽しく、幅広い興味の持ち主ですが、相手との関係がはっきりしないと、不安を感じて混乱してしまうことも。そうした際には、外に出かけて友人とつき合うことです。

いつも独創的でいるようにし、混乱したり心配で思い悩まないようにすれば、人間関係をうまく処理することができます。

数秘術によるあなたの運勢

数字の7の日に生まれた人は、分析的で思慮深く、しばしば完璧主義で批判的、自分の考えに夢中になる人です。みずから決定をくだすことを好むので、自分の経験が最大の教訓。向学心のために学問の世界に入ったり、技術を磨いたりします。時には批判に対して過剰に反応し、誤解されていると感じます。秘密主義になる傾向があるために、あなたは相手に自分の真意を知られることなく、突っこんだ質問ができるようになります。

生まれ月の5の影響も受けているので、知的でアイディアをすぐにつかみ取る能力があります。機知に富み、明晰で、仲間を楽しませます。独創的でありながら感受性が強く、おもしろいことが好きでたくさんの趣味を持っています。誠実であること、協力することがあなたの成功には不可欠。

人の役に立ち親しみやすいあなたは、よき支援者です。しかし、自分の本当の感情を表現するのが難しいと感じる時もあります。

●長所：教養がある、信頼できる、細部にまでこだわる、理想主義である、正直である、科学的な態度をとる、合理的である、熟考する

■短所：隠し事をする、無愛想である、懐疑的である、混乱している、悪意のあるふるまいをする、無関心である

相性占い

♥恋人や友人

1月13、17、29日／**2月**11、27、29日／**3月**9、25、27日／**4月**7、23、25日／**5月**5、9、21、23、29日／**6月**3、19、21、27、30日／**7月**1、17、19、25、28日／**8月**15、17、23、26日／**9月**1、13、15、21、24日／**10月**11、13、19、22、29日／**11月**9、11、17、20、27日／**12月**7、9、15、18、25日

◆力になってくれる人

1月11日／**2月**9日／**3月**7、31日／**4月**5、29日／**5月**3、27、31日／**6月**1、25、29日／**7月**23、27、31日／**8月**21、25、29、30日／**9月**19、23、27、28日／**10月**17、21、25、26日／**11月**15、19、23、24、30日／**12月**13、17、21、22、28日

♣運命の人

1月12日／**2月**10日／**3月**8日／**4月**6日／**5月**4日／**6月**2日／**11月**8、9、10日

♠ライバル

1月10日／**2月**8日／**3月**6、29日／**4月**4、27日／**5月**2、25日／**6月**23日／**7月**21日／**8月**19日／**9月**17日／**10月**15、31日／**11月**13、29、30日／**12月**11、27、28日

★ソウルメイト(魂の伴侶)

1月18、24日／**2月**16、22日／**3月**14、20日／**4月**12、18日／**5月**10、16日／**6月**8、14日／**7月**6、12日／**8月**4、10日／**9月**2、8日／**10月**6日／**11月**4日／**12月**2日

この日に生まれた **有名人**

ヨハネス・ブラームス(作曲家)、ピョートル・チャイコフスキー(作曲家)、萩本欽一(タレント)、上田晋也(くりぃむしちゅー タレント)、窪塚洋介(俳優)、上川隆也(俳優)、紺野あさ美(アナウンサー)、森本貴幸(サッカー選手)、中島唱子(女優)、西加奈子(作家)

太陽：おうし座
支配星：おとめ座／水星
位置：16°30'−18°　おうし座
状態：不動宮
元素：地
星の名前：なし

May Eighth

5月8日

TAURUS

ビジネスセンスのある社交的な人

この日に生まれた人は、親しみやすく魅力に満ちた頭の回転が速い人です。理想主義と物質主義とが共存する、**温かくて社交的な人**。生涯を通じて若々しい気の持ち主で、これが他の人を確実に魅了するあなたの一面となっています。野心家でもあるので、トップに上りつめるために人と接する技術は確実に役に立ちます。

おうし座の主星おとめ座に太陽がいる影響で、コミュニケーション能力が高まり、同時に頭の回転もいっそう速くなっています。ビジネスに対する適性があると同時に、批判的分析や人の役に立ちたいとの願いも持っています。あなたには**経済的要求を満たす知識が備わっている**のです。

イメージにこだわるので、自分が他の人の目にどのように映っているか知っていますし、強い個性と自分のスタイルを表現したいと望んでいます。世俗的なものを超越したいという願いは、精神的な経験への願望、あるいはそれとは正反対に、現実逃避や非現実的な夢となって表れます。しかし、常に**正直で率直でありたい**と考えており、自由を強く望んでいます。

太陽がふたご座に入る13歳になると、自分の考えを表現し、自分の周りにいる人たちともっと関わりたいと願うことが多くなります。このため、勉強に励み、精神的に幅のある人物になろうと努力します。これは太陽がかに座に入る43歳まで続きます。転換期となるこの時期では、感情にもっと忠実に、そして家庭や家族に重点を置くことが重要です。

隠された自己

明るくて魅力的な性格は、多才な人であることの証明。明確な目的を持ちましょう。きちんと計画を立てることによって、優柔不断や不安になるのを避けることができます。金銭や贅沢な生活を望むと理想から遠ざかります。

自分の**傑出した才能**を発揮するためには、物質的なことに執着しないように。幸い、あなたは金運が強く、経済的な心配をする必要はありません。また、人生の後半で、教育と執筆活動とがあなたの前進に一役買うことになります。どちらも、あなたの独創性と人と心を通わせるこれまでの経験の集大成として成功します。

仕事と適性

カリスマ性があるとともにお金を稼ぐ能力があるので、自分が選んだ分野でトップにまで上りつめます。特に営業、販売促進などで成功。出版など、メディア業にも適性があり、法、政治、あるいは金融業に関わることもあります。**リーダーとしての素質と野心**があるので、重役や管理職としての役割を果たします。自己表現は独創的でありたいと考え、作家、詩人、俳優といった職業も選択肢に。芸術的な才能があるため、音楽、美術の世界に心惹かれることもあります。また、不動産、建物、農業といった土地に関連する仕事でも成功します。

恋愛と人間関係

あなたの恋愛関係には**安定、安心感**が重要。生活を維持するために必要な援助や資金を、しばしば友人から受けます。

理想主義である一方、現実的でもあるあなたは、親しみやすく社交的で、忠実な仲間がいるという安心感を必要としています。愛情深い人なので、愛する人と一緒にいる時にはロマンティックな気分に浸りますが、幸福であるためには、長期にわたる経済的安定を得ることが必要。人との関係を結ぶ場合は時間をかけましょう。

そうでないと、あなたの高い期待に他の人がついていけずに、幻滅してしまうことがあります。

数秘術によるあなたの運勢

数字の8が持つ強い力のために、確固たる価値観と適切な判断力を持ちあわせているあなた。

8の日に生まれた人は、大きな成功を手に入れたいと望むことが多く、野心的な性格。支配、安心感、経済的成功を望むこともこの誕生日の特徴です。

8の日生まれなので、天性のビジネスセンスがあり、組織力、管理能力を育てることで大きな利益を得ることができます。権限を公平に行使したり、権限を委譲する方法を学びましょう。安泰を強く願うので、長期計画や長期の投資計画を作り上げます。

生まれ月の5の影響も受けているので、強い意志はありますが、じっとしていられない性分。気楽に自分の感情を表現しましょう。自己鍛錬と建設的な見方で、あなたの正しい印象を与え、それをコントロールすることができます。

●**長所**：リーダーシップがある、物事を徹底的にやる、一生懸命に働く、伝統を重んじる、権威がある、他人を守る、癒しの力がある、価値を正しく判断する

■**短所**：がまんできない、むだが多い、狭量である、ケチである、落ち着きがない、働きすぎである、支配的である、すぐにがっかりする、計画性がない、口汚い、支配的態度をとる

♥恋人や友人

1月6、8、14、18、23、26、28日／**2月**4、10、12、21、24、26日／**3月**2、10、12、14、19、22、24日／**4月**8、14、17、20、22日／**5月**6、15、16、18、20日／**6月**4、13、16、18日／**7月**2、11、14、16、20日／**8月**9、12、14、22日／**9月**2、7、10、12、24日／**10月**5、8、10、26日／**11月**3、6、8、28日／**12月**1、4、6、30日

◆力になってくれる人

1月9、12日／**2月**7、10日／**3月**5、8日／**4月**3、6日／**5月**1、4日／**6月**2、30日／**7月**28日／**8月**26、30、31日／**9月**24、28、29日／**10月**22、26、27日／**11月**20、24、25日／**12月**18、22、23、29日

♣運命の人

11月9、10、11、12日

♠ライバル

1月11、13、29日／**2月**9、11日／**3月**7、9、30日／**4月**5、7、28日／**5月**3、5、26、31日／**6月**1、3、24、29日／**7月**1、22、27日／**8月**20、25日／**9月**18、23、30日／**10月**16、21、28日／**11月**14、19、26日／**12月**12、17、24日

★ソウルメイト(魂の伴侶)

1月12、29日／**2月**10、27日／**3月**8、25日／**4月**6、23日／**5月**4、21日／**6月**2、19日／**7月**17日／**8月**15日／**9月**13日／**10月**11日／**11月**9日／**12月**7日

ロベルト・ロッセリーニ(映画監督)、かたせ梨乃(女優)、榊原郁恵(タレント)、さくらももこ(マンガ家)、カジヒデキ(ミュージシャン)、曙太郎(第64代大相撲横綱・格闘家)、澁澤龍彦(文芸評論家)、白石康次郎(冒険家)、天童荒太(作家)

太陽：おうし座
支配星：おとめ座／水星
位置：17°30'−19°　おうし座
状態：不動宮
元素：地
星の名前：なし

May Ninth

5月9日

TAURUS

すばやい状況判断でチャンスを手中に

この日に生まれた人は成功志向で野心家。巧みな交際術を備えた頭のよい人です。エネルギーと意欲にあふれ、成果をすぐに得ることができるという見通しがあると、計画や構想をしっかり立てます。

あなたは**人や状況を評価するのが非常に早く**、常にチャンスを探し、大きな仕事をこなそうとします。

太陽がおとめ座にいる影響で、頭の回転が速く、非常に論理的で分析力に優れ、**天性のビジネスセンス**があります。また人の役に立つことを喜びとします。感性豊かで情熱的な行動をしばしばとりますが行きすぎることのないよう注意が必要。自立心にあふれており、企画者や組織者として優れているので、**あらゆる種の事業の責任者**となります。寛大で楽観的なあなたは人から愛され、財産も増えるでしょう。

しかし、時として表れる頑固な面には注意を。成功に必要な要素は十分備えているので、すばらしい可能性を花開かせるためにはただ自己鍛錬を行うだけでよいのです。

太陽がふたご座に入る12歳以降、人生の歩みは速くなり、学ぶことあるいは他の人と心を通わせることと同じく、人間的な相互関係も重要になってきます。これは太陽がかに座に入り転換期となる42歳まで続きます。その後は親密さや安心感がますます重要になるでしょう。

隠された自己

人生の初期においては、金銭は力であると学んだものと思われますが、現在は物質的成功がいつも幸せを運んでくるのではないということに気づいています。

あなたには**生まれながらに金銭を得る能力が備わっています**が、本当は理想主義的な思いを表現することで達成感や満足が得られると知っています。柔軟な知性を持ち、独創的な思考をするあなたは時代を一歩リードしているので、社会における人々の意識の変化に関心を持ちます。これは人道主義や博愛的関心として表れ、指導的立場に立つことであなたの能力を輝かせることでしょう。

生まれつき人と人をつなぐのが上手なので、人生においてさまざまな人々と交流することになり、彼らにとって有益な存在となるでしょう。

仕事と適性

積極的で野心にあふれ、自制心が必要ではあるものの、生来のビジネス的洞察力を備えていて、それが多くの成果をもたらしてくれます。楽観的で壮大な計画を持っているので、指導的な立場に立って新しい仕事を始めるのが好きです。指示を受けるのは嫌いです。多くの才能を持っていますが、中でも**管理能力や組織力**があるために、役人、公務員、判事、銀行員といった仕事で昇進することができます。名声を望む場合には、俳優や政治家といった分野で才能を伸ばすこともあります。

恋愛と人間関係

独創性と説得性を兼ね備えたカリスマ的な人。忠実な友人として、愛する人たちには寛大です。社交的なあなたには浮気なところもあり、**ロマンティックな機会を数多く持つ**ことでしょう。

新しい人と知りあいになった場合には心弾んで、起伏に富んだ情熱的な性格をあらわにします。しかし、パートナーの感情も考える必要があり、支配的になりすぎることのないように。また、その気になれば自分の人生を高尚な構想のために喜んで捧げます。

数秘術によるあなたの運勢

博愛心、思いやり、感受性といったものすべては生まれた日の**9**に関連しています。知的で直感的であると思われることが多く、広く世界を受け入れる能力を持っています。あまり個人を主張しないように、理解力、がまん、忍耐を育てることが必要。世界旅行や、あらゆる階層の人々と交流することで大きな利益を得ます。非現実的な夢や現実逃避をする傾向は避けましょう。

生まれ月の**5**の影響も受けているので、何事にも熱心で冒険心に富み、忙しく活発でいるのが好きです。他の人から指示されのは嫌いなので、１人で働くことを好みます。一生懸命に働き自己鍛錬をすれば、物事に対する独自の取り組み方をさらに育てることができます。

自由と安定の両方を求めているので、秩序とルーティンワークを好みますが、マンネリを快適だとは思わないように注意しましょう。

●長所：理想主義である、博愛精神の持ち主である、独創性がある、感受性が鋭い、寛大である、人を惹きつける魅力がある、ものの見方が詩的である、慈悲深い、寛大な性格である、超然としている、人気がある

■短所：欲求不満である、神経質である、はっきりしない、利己的である、非実際的である、皮肉っぽい、容易に惑わされる、劣等感を持っている、恐れをいだいている

相性占い

♥恋人や友人

1月6、15、19、29、31日／**2月**4、13、27、29日／**3月**2、11、25、27日／**4月**9、23、25日／**5月**7、21、23日／**6月**5、19、21日／**7月**3、17、19、30日／**8月**1、15、17、28日／**9月**13、15、26日／**10月**11、13、24日／**11月**9、11、22日／**12月**7、9、20日

◆力になってくれる人

1月13、15、19日／**2月**11、13、17日／**3月**9、11、15日／**4月**7、9、13日／**5月**5、7、11日／**6月**3、5、9日／**7月**1、3、7、29日／**8月**1、5、27、31日／**9月**3、25、29日／**10月**1、23、27日／**11月**21、25日／**12月**19、23日

♣運命の人

5月30日／**6月**28日／**7月**26日／**8月**24日／**9月**22日／**10月**20日／**11月**10、11、12、18日／**12月**16日

♠ライバル

1月12日／**2月**10日／**3月**8日／**4月**6日／**5月**4日／**6月**2日／**8月**31日／**9月**29日／**10月**27、29、30日／**11月**25、27、28日／**12月**23、25、26、30日

★ソウルメイト(魂の伴侶)

1月2、28日／**2月**26日／**3月**24日／**4月**22日／**5月**20日／**6月**18日／**7月**16日／**8月**14日／**9月**12日／**10月**10日／**11月**8日／**12月**6日

この日に生まれた 有名人

森光子(女優)、ビリー・ジョエル(ミュージシャン)、掛布雅之(野球評論家)、片山さつき(政治家)、東浩紀(評論家)、大橋卓弥(スキマスイッチ ミュージシャン)、松田龍平(俳優)、山田涼介(Hey! Say! JUMP・NYC タレント)、平原綾香(歌手)、長塚圭史(俳優)

太陽：おうし座
支配星：おとめ座／水星
位置：18°30'−20° おうし座
状態：不動宮
元素：地
星の名前：なし

May Tenth

5月10日

TAURUS

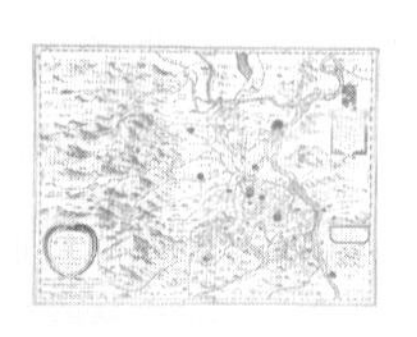

バイタリティあふれる冒険家

誕生日が示す通り、あなたは実際的でしっかりと自立しており、**善良な野心的かつ広い心の持ち主**。いつも忙しくしていることを好むあなたには**バイタリティ**があり、決断力に優れています。しかし、失望したり意気消沈すると可能性が消えてしまうので、明確な目標や価値ある大義を持っていることが大切。

太陽がおうし座の主星おとめ座にいる影響で、**明晰で機知に富んだ人**。知的にも恵まれています。また、批判力もあり、細かい技術や研究を行う能力もあります。これらが組みあわさって、天性のビジネスセンス、すなわち財政的状況を分析する能力として発揮されます。自分自身ですべてを自由に決定することを望むことが多く、他の人から指示を受けるのは苦手。

壮大な計画を持ち熱意で人を動かす力があり、あなたには新しいわくわくするような事業を組織的に動かせる能力が備わっています。しかし、わがままや頑固になりすぎないようにすることが必要です。

幸い、すばらしいユーモアのセンスが、自分のことだけで頭がいっぱいになったり、強迫観念に駆られるのを防いでくれます。

太陽がふたご座に入る11歳の頃に経験したことで、新しい興味の対象が生まれます。それからの30年間は、学習と人間関係がさらに重要になります。太陽がかに座に入る41歳の時が次の転換期。この時期には感受性が増し、家族や安心できる家庭の存在がより大切になります。

隠された自己

遭遇する困難の多くは経済的なものが原因です。あなたには状況を判断する優れた能力があり、そのため生まれながらに権力を手にする素質がありますが、極端な面もあります。一方では**贅沢で、理想主義で思いやりのある人**ですが、その一方では物質主義で利己的、あまりにも保身を気にしすぎます。相反する面を調和させることが重要と肝に銘じて。

また、現実的な節約計画を立てて、贅沢をしたいという衝動に気をつけましょう。1人でいる時には、あなたは人生を広い視野から見ることができ、他の人を助けたいと望む博愛主義者。あなたの客観的な見解は直感的で、自己啓発の時にあなたを助けてくれます。

仕事と適性

非常に独立心が強く、指示を受け入れるよりは指示する方を好むので、権力を持った地位にいる方がうまくいくでしょう。また、グループの一員として働く場合には、自分のやり方で進めていく自由がある方がうまくいきます。

進歩的な考えで仕事を楽しめますが、**実際的でビジネス向き**の面が強いので、金融業、商取引、株式売買といった職がよいでしょう。あるいは、優れた精神力と心理学的な能力があるので、教育、科学といった分野にも向いています。この日に生まれた人の多くが生まれつき癒しの能力を持っているので、医学や代替医療といった仕事を通してそれを活かすこともあります。人間関係に対処する能力が優れているので、どのような仕事を選ぼうとそれが大きな役割を果たしてくれます。

恋愛と人間関係

感情をあまり外に出さない人であると思われていますが、内面は思いやりがあって親切な人です。**知的活動を共有できる人**たちと一緒にいると幸せに感じます。真剣になりすぎる時があるので、もっと超然としたものの見方を育てることが必要。

人と心を通わせることが得意なので、たいていの人とうまくやっていけます。異なるグループの人たちとも歩調を合わせることができます。しかし、内心の不安定さが議論をしたりわがままになるといった否定的表現となって出てくることも。

平等なギブ・アンド・テイクの関係が築けるなら、パートナーシップはあなたにとって特に役立つものとなります。

数秘術によるあなたの運勢

数字の1の日に生まれた人と同じく、野心的で独立を好む人です。確固とした信念を持って困難に打ち勝ち、自分の目標を達成することがよくあります。先駆者精神の持ち主なので、家から遠く離れたところに旅行をしたり、1人で計画し実行することが好きです。10のつく日に生まれているので、世界はあなたを中心に回っているのではないこと、支配的にならないことを学びましょう。

生まれ月の5の影響もあり、鋭い直感力に恵まれた熱心な人です。理想に燃えて、他の人に自分のアイディアや計画について熱く語りますが、束縛されていると感じると反抗的になったり秩序を乱す存在となりかねません。実際的な能力をうまく使うことや、想像力を用いるやり方を学ぶことが必要。焦って決定をくだしたり、適切な行動計画なしに前進することのないように。人生を調和に満ちたものとし、願望とそれを現実のものにする力との間でバランスをとるようにしましょう。

●長所：リーダーシップがある、創造性がある、前向きな態度を持っている、説得力がある、楽観的である、強い信念の持ち主である、競争力がある、独立している、社交的である

■短所：尊大な態度をとる、嫉妬深い、利己的である、プライドが高すぎる、対抗心が強い、抑制がきかない、身勝手である、気分が変わりやすい、短気である

相性占い

♥恋人や友人

1月6、16、20日／**2月**4、14日／**3月**2、12、28、30日／**4月**10、26、28日／**5月**8、24、26、30日／**6月**6、22、24、28日／**7月**4、20、22、26、31日／**8月**2、18、20、24、29日／**9月**4、16、18、22、27日／**10月**14、16、20、25日／**11月**12、14、18、23日／**12月**10、12、16、21日

◆力になってくれる人

1月9、14、16日／**2月**7、12、14日／**3月**5、10、12日／**4月**3、8、10日／**5月**1、6、8日／**6月**4、6日／**7月**2、4日／**8月**2日／**9月**30日／**10月**28日／**11月**26、30日／**12月**24、28、29日

♣運命の人

1月21日／**2月**19日／**3月**17日／**4月**15日／**5月**13日／**6月**11日／**7月**9日／**8月**7日／**9月**5日／**10月**3日／**11月**1、11、12、13日

♠ライバル

1月4、13、28日／**2月**2、11、26日／**3月**9、24日／**4月**7、22日／**5月**5、20日／**6月**3、18日／**7月**1、16日／**8月**14日／**9月**12日／**10月**10、31日／**11月**8、29日／**12月**6、27日

★ソウルメイト(魂の伴侶)

1月15、22日／**2月**13、20日／**3月**11、18日／**4月**9、16日／**5月**7、14日／**6月**5、12日／**7月**3、10日／**8月**1、8日／**9月**6日／**10月**4日／**11月**2日

有名人

扇千景(政治家)、森達也(映画監督)、シド・ヴィシャス(ミュージシャン)、藤あや子(歌手)、草刈民代(女優)、武田修宏(元サッカー選手)、山口洋子(作詞家)、橋田壽賀子(脚本家)、志田未来(女優)

太陽：おうし座
支配星：やぎ座／土星
位置：19°30'-21°　おうし座
状態：不動宮
元素：地
星の名前：なし

May Eleventh

5月11日

TAURUS

目標に向かって突き進むパワフルな人物

この日生まれの人は、大きな夢をいだいた決断力のある人で、内に秘めたすばらしい可能性を実現するだけの意志の力と能力とを持っています。活動的で前向きで、視野を広げながら将来に向かって着実に進んでいくタイプ。優れたリーダーシップ、鋭い勘、人間関係を円滑に進める能力――これらのおかげで望みを果たすことができます。たまに優柔不断にもなりますが、いったん決心すると目標に向かってまっしぐら。時間をむだにはしません。

支配星のやぎ座の影響で、**あなたは懸命に働き、強い責任感も持っています。**財産を築く才能があり、必要となればいくらでも倹約家になれる**やりくり上手**。また、誠実で頼りがいがあるため、他の人から尊敬されます。あなたも信頼を得ることを望んでいるので、相互によい影響を与えあうでしょう。少し保守的な面はあるものの、驚くほど自由な発想をし、またユニークなアイディアを考案します。**自信家なので直感に従って行動しますが、**たまにいら立ったり頑固になることもあるので要注意。これが成功へのプロセス上で後れをとる原因となります。

太陽がふたご座に入る10歳頃には、新しい興味の対象が見つかり、それまでより友人が増えます。その後の30年は、勉強や新しい技術を学ぶことが重要な時期。40歳になると太陽がかに座に入り、次の転換期が始まります。この時期には、他の人との感情的なつながりが特に大切となり、家庭や家族の重要性がますます大きくなります。

5月

隠された自己

生まれつきビジネスセンスがあり、**チャレンジ精神旺盛**なので、あなたは一生懸命仕事に取り組み、重要な地位に就きます。また、知的なものを好み、頭の回転が速いので、どんな困難な状況でもうまく乗り越えます。しかし、頭が切れすぎるため疑い深くなりすぎる一面もあり、これが目的達成の妨げとなるので注意しましょう。

あなたは他の人がどう思おうと気にせずに言いたいことを言う傾向があるので、他の人をうんざりさせることのないように。自制心を働かせるには、まず自分の直感を信じ、手が届く目標を定めて、意志の力を育てていくことです。

仕事と適性

権力や形式を重んじ、効率的に動くことを好みますが、**直感も優れています**。これらが合わさると、金銭面から創造的な分野まで、あらゆるところであなたを助けてくれます。人あたりがよく魅力的な性格が人間関係では大いに役立ち、人と関係する仕事では成功間違いなし。人に従うのは嫌いで、権力ある地位に就くことや自分で会社を起こす方を選びます。しかし、チームワークが必要な状況で働く場合には、少しは歩み寄る必要があるでしょう。この日に生まれた人は、音楽や演劇といった創造的な才能を、ビジネスとして活かす才覚があります。

恋愛と人間関係

繊細で独創的なあなたは感情が豊かで、とても社交的。自信家ですが、愛情面では優柔不断になることがあり、三角関係にはまってしまうことも。しかし、愛の力を信じ、本当に好きな人のために尽くすことがあなたを幸せにすることを心して。

愛のため大きな犠牲を払うこともいとわない性格ですが、嫉妬や独占欲をいだきがちなので注意しましょう。あなたは芸術を愛し、美や音楽を理解し、自己表現の手段を持ちたいと思っているので、**創造的な資質のある人**たちとの交際が吉。

数秘術によるあなたの運勢

生まれた日の**11**という数字に影響されているあなたには、理想を持ち、革新的であることがなにより大切。謙虚なところと自信過剰なところの両面があるので、自制心を働かせて仕事をすることが必要です。

あなたは直感力がありますが、散漫なところもあるので、目標を見つけてそれに集中し、もっと真剣に自分のやるべきことを考えましょう。いつもはとても熱心で、バイタリティにあふれているのですが、時に心配しすぎたり、非現実的になることがあるので気をつけて。

生まれ月の**5**の影響も受けているので、熱心でエネルギーに満ちた人ですが、独自のアイディアを育てていくには時間が必要。他人の秘密を守ることで、信頼が置けるよき相談相手となります。自分の欲望と他の人への義務、この2つのバランスを上手にとる必要があります。洞察力があるので細かいことにも目が届きますが、批判的になりすぎて信頼を失うようなことのないように。

●長所：バランス感覚がある、集中力がある、客観的である、物事に熱中する、ひらめきがある、精神性がある、理想主義である、直感に優れる、知的である、外交的な性格、創意工夫に富む、芸術的才能がある、サービス志向である、癒しの力を持っている、博愛精神に富む、信念がある

■短所：優越感をいだく、誠実でない、無方針である、感情過多である、傷つきやすい、神経質すぎる、利己的である、明快でない、残酷な時がある、人を支配することがある

♥恋人や友人

1月7、17、20、21日／**2月**5、15、18日／**3月**3、13、16、17、29、31日／**4月**1、11、14、27、29日／**5月**9、12、25、27日／**6月**7、10、23、25日／**7月**5、8、21、23日／**8月**3、6、19、21日／**9月**1、4、5、17、19日／**10月**2、15、17日／**11月**13、15、30日／**12月**11、13、28日

◆力になってくれる人

1月15、17、28日／**2月**13、15、26日／**3月**11、13、24日／**4月**9、11、22日／**5月**7、9、20日／**6月**5、7、18日／**7月**3、5、16日／**8月**1、3、14日／**9月**1、12日／**10月**10、29日／**11月**8、27日／**12月**6、25日

♣運命の人

1月5日／**2月**3日／**3月**1日／**11月**12、13、14日

♠ライバル

1月4、5、14日／**2月**2、3、12日／**3月**1、10日／**4月**8、30日／**5月**6、28日／**6月**4、26日／**7月**2、24日／**8月**22日／**9月**20日／**10月**18日／**11月**16日／**12月**14日

★ソウルメイト(魂の伴侶)

1月2日／**3月**29日／**4月**27日／**5月**25日／**6月**23日／**7月**21日／**8月**19日／**9月**17日／**10月**15日／**11月**13日／**12月**11日

この日に生まれた有名人

泉谷しげる(歌手)、久米小百合(歌手)、浜田雅功(ダウンタウン タレント)、松井大輔(サッカー選手)、槙野智章(サッカー選手)、サルバドール・ダリ(画家)、松尾貴史(タレント)

太陽：おうし座
支配星：やぎ座／土星
位置：20°−21°30′　おうし座
状態：不動宮
元素：地
星の名前：なし

May Twelfth

5月12日

TAURUS

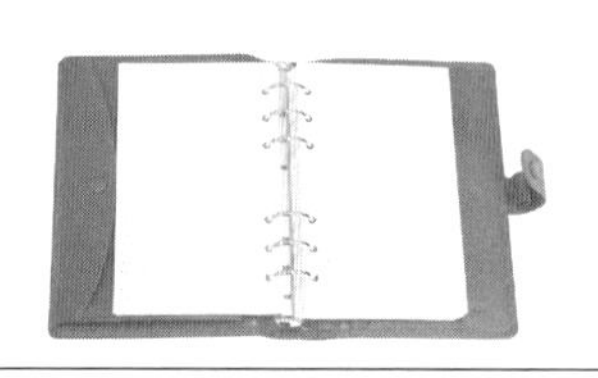

誠実で陽気な性格の裏にある強い意志の力

この日生まれのあなたは働き者で、誠実で魅力ある人です。温かい人柄で陽気で、同時に、強い義務感も持っています。このため、仕事とプライベートの間で葛藤が生じることも。あなたは冷静沈着で強い人なので、多くの友人にとってよき友となるでしょう。

支配星のやぎ座の影響で、責任感が強く、名声や地位を得たいと考えています。あなたが最重視するのは**経済的な安定**で、長期計画を立てるのが好きです。この星の影響を受けているため、**集中力があり**、自分が何を望んでいるかを理解しています。また、完璧主義で、一度何かを引き受けると正確にやり遂げます。

あなたには強い意志の力が備わり、**勤勉で強い自制心を持っています**が、この自制心が頑固さに変わることのないよう気をつけましょう。生まれた12日という数字は、あなたが人と思いを分かちあうことを楽しいと感じ、寛大で、社交性のある人だと示しています。頼りがいがあり、よき親であり、家族をしっかりと守ってくれます。美しいものや贅沢が好きで、趣味もよいため、温かくて魅力的な家庭を作ります。

太陽がふたご座に入る9歳以降は、周りの人たちともっと関わりたいという望みが強くなります。その後の30年間は、そのために勉強をしたり、コミュニケーション能力を伸ばしたりしますが、これは太陽がかに座に入る39歳頃まで続きます。この時期は次の転換期で、家庭の重要さが増し、自分や周りの人たちの感情がとても大切になってきます。

隠された自己

あなたは寛大で博愛主義なので、この広い心を積極的に働かせれば、どんな状況でもすべてを愛し受け入れ、本当の慈悲の心を示すことができます。一方、強い感情は、失望、心の葛藤、懐古主義というかたちで表れます。しかし、経験を重ねることで、愛の力が強くなります。

あなたは他の人から頼りにされる**親分肌な気質**で、相手には思いやりを与えながらも、ひとり立ちさせようともします。しかし時折、消極的な気分になり自己嫌悪に陥る危険があります。

また、時には陽気で天真爛漫な子どものようなすばらしい性格が突然現れ、周りの人たちを驚かしたり喜ばせたりと、気分が安定しない傾向があります。

仕事と適性

責任感が強いので、上司から高く評価されますし、自営業であれば目標を達成することができます。**人と一緒に仕事をする方がうまくいく**ことが多く、楽しみながら仕事をすることができます。面倒見のよい性格から、カウンセリングや教育関連といった職業と関わることがあり、経営者になった場合も力を発揮します。また、感情面ではなく健康面での癒しの分野では確実な収入をあげて成功します。

恋愛と人間関係

理想を求め、ロマンティックなあなたは、真剣な関係を望んでいます。あなたは繊細でこまやかな心の人に惹かれます。愛のためには喜んで大きな犠牲を払いますが、それだけの価値のある人かどうかをまず確認しましょう。

あなたは親切で人の気持ちを理解する能力があるので、忠告や慰めを求めてあなたの周りに人が集まってきますが、ちょっとしたことであなたは傷つき、心を閉じてしまうようなことも。この日生まれ人の恋愛は、年の差なんて気にしません。**年が離れた人**と親密な関係を結ぶことがあります。

数秘術によるあなたの運勢

直感的で親しみやすく、優れた推理力を持っています。生まれた日の**12**という数字の影響から、自分の本当の個性を確立したいという望みをいだいています。

創意工夫に富み感受性が強いので、目標を達成するためには機転を働かせたり、他の人とうまく協力して進めます。

外見上はおおらかで、何事にも積極的な態度なので、他の人からは自信家だと思われることがありますが、本当は自分に自信が持てません。自分自身を確立することと、他の人を助ける存在であることのバランスをとれるようになれば、精神的にも満足し、達成感を得ることができます。

生まれ月の**5**の影響も受けているので、現実的な見通しを持つ人です。律儀で強い責任感があるので、細部にも目を届かせることができます。野心があり働き者のあなたは、客観的なものの見方を通じて、あるいは生来の能力を育てることで、日々成長していきます。忍耐力を持ち、決断力を高め、熱心に働くことで成功をつかみます。反省したり考えをまとめたり、エネルギーを充填するために、1人になる時間を持つこともお忘れなく。

●**長所**：創造力がある、魅力的である、直感に優れる、規律正しい態度をとる、自分あるいは他の人をうまく伸ばす
■**短所**：孤立している、風変わりなところがある、非協力的な態度をとる、神経過敏である、自尊心に欠ける

相性占い

♥恋人や友人
1月4、8、18、19、22、23日／**2月**2、6、16、17、21日／**3月**4、14、15、19、28、30日／**4月**2、12、13、17、26、28、30日／**5月**10、11、15、24、26、28日／**6月**8、9、13、22、24、26日／**7月**6、7、10、11、20、22、24、30日／**8月**4、5、9、18、20、22、28日／**9月**2、3、6、7、16、18、20、26日／**10月**1、5、14、16、18、24日／**11月**3、12、14、16、22日／**12月**1、10、12、14、20日

◆力になってくれる人
1月5、16、27日／**2月**3、14、25日／**3月**1、12、23日／**4月**10、21日／**5月**8、19日／**6月**6、17日／**7月**4、15日／**8月**2、13日／**9月**11日／**10月**9、30日／**11月**7、28日／**12月**5、26、30日

♣運命の人
1月17日／**2月**15日／**3月**13日／**4月**11日／**5月**9日／**6月**7日／**7月**5日／**8月**3日／**9月**1日／**11月**13、14、15日

♠ライバル
1月1、10、15日／**2月**8、13日／**3月**6、11日／**4月**4、9日／**5月**2、7日／**6月**5日／**7月**3、29日／**8月**1、27日／**9月**25日／**10月**23日／**11月**21日／**12月**19、29日

★ソウルメイト(魂の伴侶)
8月30日／**9月**28日／**10月**26日／**11月**24日／**12月**22日

♉ おうし座

有名人

武者小路実篤(作家)、バート・バカラック(作曲家)、萩尾望都(マンガ家)、西川のりお(タレント)、余貴美子(女優)、渡辺徹(タレント)、奥田民生(ミュージシャン)、石川直宏(サッカー選手)、フローレンス・ナイチンゲール(看護師)、大久保佳代子(オアシズ　タレント)

太陽：おうし座
支配星：やぎ座／土星
位置：21°−22°30′　おうし座
状態：不動宮
元素：地
星の名前：ザンラク

May Thirteenth

5月13日

TAURUS

礼儀正しく控えめな人

おうし座に生まれたあなたは、生まれながらのカリスマ的な存在で心が温かく、人とのつき合いが上手です。飾らないおおらかな性格で、礼儀正しくて控えめ、有能で忍耐強い人でもあります。

太陽がやぎ座にいる影響で、**一生懸命に働き金運もよいでしょう**。あなたは少々高圧的なところがあり、他人の問題を自分自身の問題だと勘違いして口をはさみすぎることも。本来は実利主義ですが、時に感情的になって合理的ではない考え方をしたり、直感で決断をくだしたりすることもよくあります。自分にとって必要なことにはそれほど熱心にはならないものの、**弱者救済など世のため人のために一生懸命になります**。

プラス思考にあふれ、頼りがいがあります。しかし、自分や他人に満足できないと、批判的になりすぎることも。また、あまりに多くの人から頼られてしまうと負担を感じて生来の思いやりのある性格も発揮できず、いら立ったり頑固になったりします。しかし本来は**とても優しい性格**なので、すぐにもとに戻ります。

太陽がふたご座に入る8歳からの30年間は、勉強やコミュニケーション能力を磨くことが重要になり、また身近な人たちとの関わりも大切になる時期。太陽がかに座に入る38歳は転換期で、自分の感情、家庭、家族の重要性が増します。

5月

隠された自己

生まれながらに持っている上品なセンスは、ファッションやインテリアに活かされます。優しい魅力を持ち人間関係をうまくこなしますが、そのためには自分の能力を本当に信頼していることが必要。挫折したり苦境に立たされると、自分を信じる気持ちをなくしてしまいがちですが、そんな時は、気晴らしにパッと遊ぶことで解消しましょう。この日に生まれた人は**健康で幸福をつかみ、金銭的にも不自由しません**。

人生では家庭や友人が特に重要な役割を果たします。思わぬところからチャンスがやってきますが、日常生活に埋没していると気がつかないこともあります。見逃したことを後悔しないように。

仕事と適性

頭がよく頼りがいがあり誠実なので、**どのような職業を選ぼうと経営者から愛されます**。あなたは心が広くて魅力があり、礼儀正しい人だという印象を与えるので、営業など人と関わる仕事で成功します。

生まれつき哲学的思考をするので、教育や法律の分野も適職。美を愛する気持ちがあるので、芸術、演劇あるいは音楽の世界ですばらしい自己表現をします。特に料理、インテリア、雑貨といった生活文化の分野では成功間違いなし。造園や建築業、不動産投機といった仕事でもうまくいきます。

恋愛と人間関係

活力にあふれた精神の持ち主なので、人間関係に大きな期待を寄せることがよくあります。**異性を惹きつける魅力に恵まれている**ために、愛情生活で相手に対して要求しすぎたり感情的になりすぎないように気をつけて。

あなたは愛する人にはすべてを捧げようとするので、じっくりと時間をかけて自分にふさわしいパートナーを見つけることが肝心。ただし、あなたは人を見る目を養う必要があります。そうすれば、あなたの成功を邪魔するような人ではなく、必要な時に助けてくれる本当の友人を見つけることができます。

数秘術によるあなたの運勢

13のつく日に生まれた人は、繊細な感情とひらめきを持っています。働き者で決断力がありさまざまな才能にも恵まれた人なので、多くの成果をあげます。しかし、創造的な才能を現実的なものにしたいと考えるなら、自制心を育てることが必要。

13のつく日に生まれているので、魅力的で楽しいことが大好きな社交的な性格。旅行をしたり、もっとよい生活を求めて、新しい環境に身を落ち着けたいと考えています。

生まれ月の**5**の影響も受けているため、直感的で、金銭面の安定も大事で、その気になれば熱心に働きます。一方、説得力に富んでおり、人道的なことであれば、助けを求めている人々のためには無我夢中で働きます。心を広く持ち、自由な態度をとるようにすれば、もっと頼られるようになるでしょう。

●長所：野心的である、創造力がある、自由を愛する、自分を表現できる、指導力がある

■短所：衝動的である、優柔不断である、高圧的である、感情に乏しい、反抗的である

♥恋人や友人

1月5、9、18、19、23日／**2月**3、7、16、17日／**3月**1、5、14、15、19、31日／**4月**3、12、13、29日／**5月**1、10、11、27、29日／**6月**8、9、25、27日／**7月**6、7、23、25、31日／**8月**4、5、21、23、29日／**9月**2、3、7、19、21、27、30日／**10月**1、17、19、25、28日／**12月**13、15、21、24日

♦力になってくれる人

1月1、6、17日／**2月**4、15日／**3月**2、13日／**4月**11日／**5月**9日／**6月**7日／**7月**5日／**8月**3日／**9月**1日／**10月**31日／**11月**29日／**12月**27日

♣運命の人

11月13、14、15、16日

♠ライバル

1月2、16日／**2月**14日／**3月**12日／**4月**10日／**5月**8日／**6月**6日／**7月**4日／**8月**2日／**12月**30日

★ソウルメイト(魂の伴侶)

1月11、31日／**2月**9、29日／**3月**7、27日／**4月**5、25日／**5月**3、23日／**6月**1、21日／**7月**19日／**8月**17日／**9月**15日／**10月**13日／**11月**11日／**12月**9日

この日に生まれた 有名人

笠智衆(俳優)、鈴木光司(作家)、佐渡裕(指揮者)、井上和香(タレント)、野波麻帆(女優)、熊田曜子(タレント)、太田光(爆笑問題 タレント)、スティービー・ワンダー(ミュージシャン)、ローラ・チャン(タレント)

太陽：おうし座
支配星：やぎ座／土星
位置：22°−23°30′　おうし座
状態：不動宮
元素：地
星の名前：ザンラク

May Fourteenth

5月14日

TAURUS

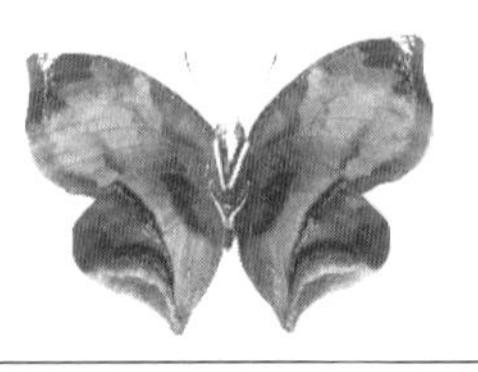

現実的であきらめの早い一面も

この日に生まれた人は、現実的な考えの持ち主で、頭の回転が速い人です。内面の落ち着きのなさを克服するために**変化と行動とを求めています**。しかし、あきらめの早い一面もあります。自分の限界を乗り越えるためには、決断すること自分を見つめることに焦点をあて、それを育てていくことが必要です。

太陽がやぎ座にいるので、**働き者で興味がわくと意欲が出ます**。星の影響からあなたは実際的で、集中力があって勤勉。ただし、ストイックすぎて頑固に変わってしまうことのないよう気をつけて。経済的安定、社会的地位や名声を特に重要だと考えていますが、自分の主義主張のためには断固闘う姿勢もみせます。一方、生活には**精神的な刺激が大切**だと考えており、視野を広げるために遠くに旅をしたり、外国に住むこともあります。しかし、気を紛らわせたり、いやなことを避けようとしないで、目標から目をそらさずに進みましょう。すばらしい夢を叶えるためには忍耐心を育てることが必要です。

太陽がふたご座に入る7歳からは、勉強や人とのつき合いが重要となり、その時期が30年間続きます。太陽がかに座に入る37歳に転換期が来て、家庭、家族が重要になり、感情を表現したいという思いが強くなります。

隠された自己

確固たる信念と強い精神力を持っていますが、これらは誕生日が持つ感情的な繊細さとは相反するものです。このため、特に金銭的な問題で心配になったり、いら立ったりすることがよくあります。平然としていれば、このような不安定な状況は乗り越えられます。知識や情報をキャッチするのが速く、これが自信につながります。

一方、生き生きとした想像力のあるアイディアからも、あなたが創造的で機知に富んだ人であることがわかります。

あなたは**つき合いがよくユーモアのセンスもある**ので、人を楽しませることができますが、時に調子に乗りすぎてしまいます。言い方には気をつけて。決断がつかない時、つまらないことにエネルギーを分散してしまいます。しかし、いったんやる気になれば一生懸命に働き、責務を果たそうとするので大きな見返りが期待できるでしょう。

仕事と適性

有能で多くの才能を持っているので、好奇心が旺盛。1つの仕事に落ち着く前にいろいろなことを試します。変化に富んでいる方が好きなので、決まりきった仕事は苦手。**視覚的センスがよい**ので、コンピューター・グラフィックス、写真関連の職業に向いています。人づき合いがよくて働き者なので、販売促進や海外と関係するような仕事で成功します。沈思黙考型でもあり、研究、哲学、教育といった仕事を選ぶのもよいでしょう。

恋愛と人間関係

あなたの生まれつきのユーモアのセンスに惹かれ、多くの人が集まってくるでしょう。友人たちとお互いに精神的な刺激を与え、充実した時間を過ごせるでしょう。恋人は同じ趣味を持つ人がベスト。あなたに必要なのは、**たくさんのものを共有できるパートナー**なのです。ただあなたはのんきで気持ちが若いので、最終的に落ち着く前に、もっと責任のあり方について学ぶことが必要です。

数秘術によるあなたの運勢

14のつく日に生まれた人には、知的で実利的で断固とした決意を持つという特徴があります。仕事では、トップまで上りつめることも夢ではありません。洞察力を駆使して問題にすばやく対処し、それを解決できます。

リスクを負ったり冒険するのが好きで、しかもその成果をしっかりと手中に収めます。生まれ月の**5**の影響も受けているため、物事に熱中する野心に満ちた人。自立していて、立ち直りも早いため、主導権を握って率先して動くのが好きです。

しかし自分の望みと、周囲との調和との間でバランスをとる必要があります。直感的に浮かんだ知恵を実際的な仕事に取りこむことで、他の人をも奮起させます。魅力があって人を惹きつける性格ですが、もっと内に潜む力を見つけ出しましょう。

●**長所**：断固たる行動をとる、働き者、めぐりあわせがよい、創造力がある、実利的である、想像力に富む、勤勉である

■**短所**：心配しすぎる、衝動的に行動しすぎる、不安定である、軽率である、頑固である

相性占い

♥恋人や友人

1月6、10、20、24、29日／**2月**4、8、18、27日／**3月**2、6、16、20、25、28、30日／**4月**4、14、23、26、28、30日／**5月**2、12、21、24、26、28、30日／**6月**10、19、22、24、26、28日／**7月**8、17、20、22、24、26日／**8月**6、15、18、20、22、24日／**9月**4、8、13、16、18、20、22日／**10月**2、11、14、16、18、20日／**11月**9、12、14、16、18日／**12月**7、10、12、14、16日

◆力になってくれる人

1月7、13、18、28日／**2月**5、11、16、26日／**3月**3、9、14、24日／**4月**1、7、12、22日／**5月**5、10、20日／**6月**3、8、18日／**7月**1、6、16日／**8月**4、14日／**9月**2、12、30日／**10月**10、28日／**11月**8、26、30日／**12月**6、24、28日

♣運命の人

1月25日／**2月**23日／**3月**21日／**4月**19日／**5月**17日／**6月**15日／**7月**13日／**8月**11日／**9月**9日／**10月**7日／**11月**5、15、16、17日／**12月**3日

♠ライバル

1月3、17日／**2月**1、15日／**3月**13日／**4月**11日／**5月**9、30日／**6月**7、28日／**7月**5、26、29日／**8月**3、24、27日／**9月**1、22、25日／**10月**20、23日／**11月**18、21日／**12月**16、19日

★ソウルメイト（魂の伴侶）

1月18日／**2月**16日／**3月**14日／**4月**12日／**5月**10、29日／**6月**8、27日／**7月**6、25日／**8月**4、23日／**9月**2、21日／**10月**19日／**11月**17日／**12月**15日

この日に生まれた 有名人

斎藤茂吉（歌人）、くらもちふさこ（マンガ家）、ケイト・ブランシェット（女優）、ソフィア・コッポラ（映画監督）、日村勇紀（バナナマン　タレント）、マーク・ザッカーバーグ（Facebook創業者）、野久保直樹（タレント）、ロバート・ゼメキス（映画監督）、マギー（モデル・タレント）

太陽：おうし座
支配星：やぎ座／土星
位置：23°−24°30′　おうし座
状態：不動宮
元素：地
星の名前：ザンラク

May Fifteenth

5月15日

TAURUS

豊かな想像力と鋭い感性の持ち主

あなたは、豊かな想像力を持つ現実的で感性の鋭い人。親しみやすくて心が温かく、自分の価値観をしっかりと持っており、安定を求めていますが、一方で驚くほど感性が豊かです。一方安定も望み、仕事がもたらしてくれる経済的な利益を重要だと考えています。

あなたはまた、**誠実で頼りがいのある人**です。独創的なアイディアを考案できる発想力も身につけています。

太陽がやぎ座にいるため、勤勉で几帳面、秩序を愛する人で、**生まれついての常識家**です。何事も一生懸命に取り組みますが、気分屋だったり頑固になることでそれを台なしにしてしまうこともあるので気をつけて。

親切で思いやりがあるため、多くの友達がいます。一方、感受性が鋭いために、ちょっとでも置かれた環境に違和感を感じるとうまくやっていけません。あなたは高い理想や自然や芸術を愛する気持ちがあるので、それを創造的に表現する場が必要。しかし、気晴らしを求めて、現実逃避をしたり、それほど価値のないものに溺れてしまうことのないよう注意しましょう。

6歳の時に太陽がふたご座に入ります。それからの30年間は、教育やコミュニケーションが重要になる時期。太陽がかに座に入る36歳は転換期となり、安定した感情、家庭、家族の重要性が増してきます。

隠された自己

困難な状況にぶつかっても、**人を惹きつける魅力を力に変えて乗り越えます**。また、あなたは、人が考えていることを本能的に理解することができ、この才能のおかげで、心は奮い立ち、限界を打ち破って成功することができるのです。

あなたは家族への責任のために一生懸命に仕事をしますが、がんじがらめに縛りつけられているのは好きではありません。ですから、いつも活動的でいられるように心がけて。そうすることで人間関係や環境に対して不満をいだいたり、いらいらするのを抑えることができます。

仕事と適性

現実的で洞察力に優れているので、科学の研究からビジネスまで、どんな仕事であっても成功します。それほど野心的ではありませんが、生まれつきビジネスセンスがあり、秩序を好む外交的手腕の持ち主。

そのため、銀行、法律あるいは海外での取引業務といった、他の人の金銭を取り扱う仕事が適職。頭はよいのですが、理論よりは実践派。自由業を選んだり、自分の腕一本で仕事をすることもあります。

この日生まれの人には、**すばらしい仕事の機会と強い責任感**とが与えられていますが、ルーティンワークは向いていません。

恋愛と人間関係

激しい感情と広い心を持つあなたは､人に多くのものを与えます。しかし、この力が適切に表現されないと、気分に左右されるただの欲求不満の人になってしまうおそれも。そうなると人間関係に投げやりになり、感情的なパワーゲームに巻きこまれたり、人の不機嫌に影響されたりするので注意して。ただし、あなたには**カリスマ的な個性と魅力**があるので友達も多いでしょう。

数秘術によるあなたの運勢

この日に生まれたあなたはカリスマ的な個性を持った頭の回転の速い人です。一番の財産は、鋭い直感力と理論と実践を結びつける能力です。新しい技術をすぐに習得し、それを稼ぐ手段に変えてしまうのもお手のもの。機会を的確にとらえ、金運があり、人から支持を得る才能があります。怒りっぽい性格を克服すれば、仕事で成功できる機会はさらに増えます。

生まれ月の5の影響も受けているので、常識があり、アイディアをすぐに実現します。自分のやり方を通したいと願うことがよくありますが､人と協力したりチームの一員となって仕事をすることが､結果的に自分の利益になることを学びましょう。相手を理解し共感することで、さらに忍耐強い性格を育てることができます。

一方、生まれつき冒険心に富んでいますが、それでも真の安全の地である家庭を見つける必要があるでしょう。

●**長所**：意欲がある、寛大である、責任感が強い、親切である、協力的である、理解力がある、独創的なアイディアの持ち主である

■**短所**：落ち着きがない、自己中心的なふるまいをする、変化を恐れる、忠誠心がない、心配性である、優柔不断である、物質主義である、力の誤った使い方をする

相性占い

♥恋人や友人

1月7、11、22、25日／**2月**5、9、20日／**3月**3、7、18、21、31日／**4月**1、5、16、29日／**5月**3、14、27、29日／**6月**1、12、25、27日／**7月**10、23、25日／**8月**8、21、23、31日／**9月**6、9、19、21、29日／**10月**4、17、19、27、30日／**11月**2、15、17、25、28日／**12月**13、15、23、26日

◆力になってくれる人

1月8、14、19日／**2月**6、12、17日／**3月**4、10、15日／**4月**2、8、13日／**5月**6、11日／**6月**4、9日／**7月**2、7日／**8月**5日／**9月**3日／**10月**1、29日／**11月**27日／**12月**25、29日

♣運命の人

11月16、17、18日

♠ライバル

1月9、18、20日／**2月**7、16、18日／**3月**5、14、16日／**4月**3、12、14日／**5月**1、10、12日／**6月**8、10日／**7月**6、8、29日／**8月**4、6、27日／**9月**2、4、25日／**10月**2、23日／**11月**21日／**12月**19日

★ソウルメイト(魂の伴侶)

1月9日／**2月**7日／**3月**5日／**4月**3日／**5月**1日／**10月**30日／**11月**28日／**12月**26日

この日に生まれた有名人

村野藤吾(建築家)、市川房枝(政治家)、瀬戸内寂聴(作家)、伊丹十三(映画監督)、美輪明宏(歌手)、美川憲一(歌手)、井上康生(柔道家)、藤原竜也(俳優)、南明奈(タレント)、江夏豊(元プロ野球選手)

太陽：おうし座
支配星：やぎ座／土星
位置：24°−25°30′ おうし座
状態：不動宮
元素：地
星の名前：ザンラク

May Sixteenth

5月16日

TAURUS

まじめで几帳面な性格の一方、強烈な野心の持ち主

この日に生まれた人は聡明でつき合いやすく、独自の個性を持っています。一見、陽気で愛想よく見えますが、生まじめな一面もあり、やや理屈っぽいところも。**働き者で明敏な知性を持ち、合理的で実際的**。

一方、目新しい風変わりな独創的なアイディアにも注目し、時代の先端をいき、真顔でユーモアあふれることを言っては人を楽しませます。**独立独歩をモットーとする**あなたにとって自由は大切ですが、身勝手や強情にならないよう注意しましょう。せっかくの魅力が台なしです。

太陽がやぎ座にいるため、集中力があって几帳面で、仕事は正確にこなします。**鋭いビジネスセンスと強烈な野心**を持ち、そのために仕事上でトップにまで上りつめることがよくあります。一方、とても倹約家でバーゲン品ばかり買いこんだり、お金に執着してしまう傾向もあります。人に関心があり人道主義的なので、どんな人ともすぐに親しくなることができます。

太陽がふたご座に入る5歳頃からは、勉強、新しい技術を学ぶこと、人と心を通わせることが重要となり、その時期は30年間続きます。太陽がかに座に入る35歳以降になると次の転換期がきて、あなたは以前より繊細になり、家庭や家族を大切に思うようになります。

隠された自己

完璧主義なので、目標の達成や愛する人のためなら喜んで大きな犠牲を払います。責任感が強く、結果を出すために何をすべきかをよく理解しています。これらとすばやく人や状況を判断する能力とが結びついて、**指導者としての役割を果たします**。しかし、安定を求めるために安全第一になりすぎないこと。また、せっかくのあなたの可能性を活かすために、恐れず新しいことにチャレンジするようにしましょう。

また、経済的な心配をしがちですが、それは自分の持ち味を活かした仕事を見つけることで克服できます。幸福で満足している時は心から喜びを表現すること。それによって他の人を勇気づけるのです。

仕事と適性

独創的で鋭い知性を持ち、懸命に働くので、**トップに上りつめるだけの能力が備わっています**。しかし、エネルギーを分散しないように気をつけて。探究心があるので、物事を徹底的に突きつめて理解し、分析的かつ理論的にとらえます。優れたビジネスセンスがあるので、金融業や不動産投機業といった仕事に就く可能性も高いでしょう。あるいは生来の思いやりの心を発揮できる社会福祉業も適職。また、自己表現を望む気持ちや美へのこだわりは、音楽、著述、芸術を通じて発揮されます。

恋愛と人間関係

あなたは**恋人に対する理想が非常に高い人**です。時には自分自身を振り返り、相手の悪いところも受け入れられるように意識を変えてみましょう。誠実で寛大ですが、その性格が度を過ぎると、自分を犠牲にしかねないので注意しましょう。

いつも前向きで誠実であるようにすれば、人を疑ったり嫉妬したり、自分の考えで頭がいっぱいになるようなことは避けられます。

数秘術によるあなたの運勢

16という数字から、この日に生まれた人は野心と繊細さが同居しています。外交的でつき合いがよく、親しみやすくて思いやりがあります。また洞察力があって注意深い人です。世界の出来事に関心があり、国際的な団体に加わることもあります。独創的な一面は、ひらめきによって執筆するという才能となって表れています。自信過剰なところと疑い深く不安を感じる心のバランスをとる方法を学びましょう。

生まれ月の**5**の影響から、直感的で包容力のある人です。社交的で多才なので交際も幅広く、さまざまなことに興味を持ちます。

独自のアイディアを実際の技術と結びつけ、創意工夫に富んだ仕事をこなします。また、よい印象を与えたいので、外見にも気を配ります。

自分の感情を大切にし、優柔不断になったり心配性になることのないよう気をつけて。

●長所：家庭や家族に対して責任を持つ、誠実である、直感に優れる、社交的である、協力的である、洞察力がある

■短所：心配性である、いつも不満である、自己宣伝をする、強情な態度をとる、疑い深い、小うるさい、利己的である、同情心に欠ける

♥恋人や友人
1月8、13、22、26日／**2月**6、20、24日／**3月**4、18、22日／**4月**2、16、20、30日／**5月**5、14、18、28、30日／**6月**12、16、26、28日／**7月**10、14、24、26日／**8月**8、12、22、24日／**9月**6、10、20、22、30日／**10月**4、8、18、20、28日／**11月**2、6、16、18、26日／**12月**4、14、16、24日

◆力になってくれる人
1月9、20日／**2月**7、18日／**3月**5、16、29日／**4月**3、14、27日／**5月**1、12、25日／**6月**10、23日／**7月**8、21日／**8月**6、19日／**9月**4、17日／**10月**2、15、30日／**11月**13、28日／**12月**11、26、30日

♣運命の人
1月27日／**2月**25日／**3月**23日／**4月**21日／**5月**19日／**6月**17日／**7月**15日／**8月**13日／**9月**11日／**10月**9日／**11月**7、17、18、19日／**12月**5日

♠ライバル
1月2、10、19日／**2月**8、17日／**3月**6、15日／**4月**4、13日／**5月**2、11日／**6月**9日／**7月**7、30日／**8月**5、28日／**9月**3、26日／**10月**1、24日／**11月**22日／**12月**20、30日

★ソウルメイト(魂の伴侶)
1月15日／**2月**13日／**3月**11日／**4月**9日／**5月**7日／**6月**5日／**7月**3日／**8月**1日／**10月**29日／**11月**27日／**12月**25日

有名人

溝口健二(映画監督)、関谷亜矢子(アナウンサー)、ジャネット・ジャクソン(歌手)、藤田晋(サイバーエージェント創業者)、大倉忠義(関ジャニ∞　タレント)、ミーガン・フォックス(女優)、田中和仁(体操選手)、酒井彩名(タレント)、横尾渉(kis-My-Ft2　タレント)

太陽：おうし座
支配星：やぎ座／土星
位置：25°−26°30′ おうし座
状態：不動宮
元素：地
星の名前：アルゴル

May Seventeenth

5月17日

TAURUS

強い野心と固い意志を持った行動派

理想に燃え、毅然とした態度で、社交的なのでどんな分野でもうまく対応できます。前向きな気持ちになっている時は、非常に血気さかんで、自分の考えを信じています。また、**世渡り上手で常に人との交流に恵まれ、楽しい生活を送ることができる**でしょう。

しかし、根拠もなくお金が不足するのではという恐れに取りつかれることがあります。強い野心があるので、名声を得たり、少しばかりの贅沢な生活をしたいと願う心に突き動かされます。

太陽がやぎ座にいる影響で、**目標を持って仕事に全力を注ぎます**。優れたアイディア、戦略を立てる能力、成果をあげる力を持っていますが、計画通りに進めようと思った場合は、自分にも他人にも厳しくなりすぎる一面も。一方、感受性が鋭く理想主義なところがあるので、思い通りにいかない時はそのはけ口を家族や友人にぶつけてしまうので注意が必要です。

太陽がふたご座に入る4歳から30年のサイクルが始まります。この時期では、人と心を通わせ、あらゆるかたちで学ぶことが重要になります。これは太陽がかに座に入る34歳まで続きます。この転換期には、親しさや安心感が重要となるでしょう。

隠された自己

しっかりした計画と行動に支えられた生活であっても、心の奥底では平和と調和を求めています。このため、**周りの人たちに癒しを与える存在**となることもあります。また、プライドが高く、他人から認められることがとても重要だと思っているため、評価されない状態が続くことは耐えられません。

しかしあなたは、名声を得て、安心感と経済的な見返りを獲得することができます。これらを愛する人たちと分かちあいたいと望んでいますが、恩着せがましい態度になったり、嫉妬したりということのないように注意。人生の楽しみを求める気持ちと、仕事や家庭など守るべきものとの間で、バランスがとれるよう心がけましょう。

仕事と適性

自分で責任を持って仕事をするのが好きですが、人と協力して働くことが重要だということもわかっています。このため**協力して仕事をしたり、チームワークが必要な仕事**に関わるようになります。また、アイディアや製品を売ったり販売促進に関する仕事に適しています。人間関係を上手に処理する能力があるので、人に関わる仕事は理想的で、例えば広報、広告代理店といった仕事が向いています。また、優れたビジネスセンスと組織力があるので、投資顧問、金融業あるいは不動産業で成功します。教育、科学、音楽といった仕事も、あなたにとっては特に重要な選択肢となることでしょう。

恋愛と人間関係

人づき合いに熱心なので、人気者。あなたは誠実な友人となりますが、しっかりした意見を持った知的な人とつき合いたいと思っています。

しかし、感情的なもつれからパートナーとの衝突に巻きこまれがちなので注意しましょう。

人間関係に安心感をいだいている時は、愛する人に対してとても協力的で寛大になります。恋人は**知的な刺激を与えてくれる人**がよいでしょう。あなたの中にある優れた才能を引き出してくれます。

数秘術によるあなたの運勢

17のつく日に生まれているので、自制心のある合理的な性格の人です。知識の活かし方を理解しているので、専門分野を探究して、専門家や研究者として成功したり、傑出した存在となります。

自立して超然としているあなたは、まじめで思慮深くマイペースで事を進めるのが好きです。長時間集中しがまんすることができ、経験が力になります。とはいえ、疑心暗鬼の気持ちから逃れられれば、もっと効率的に学ぶことができるのです。

生まれ月の**5**の影響から、現実的で知的な人で、事実と数字に重きを置きます。生まれつきビジネスセンスと分析能力があるので、その道の専門家となります。知識を得て視野を広げれば、自信を深めることができるでしょう。他人に対する責任感を育てれば、自分の属する社会に役立つ人となるでしょう。

●長所：思慮深い、専門的な能力がある、計画性がある、優れたビジネスセンスを持つ、お金儲けが上手、内省的である、骨惜しみしない、正確である、研究心がある、科学に優れた才能を持つ

■短所：孤立している、頑固である、不注意である、気分が変わりやすい、心が狭い、批判的である、心配性である、疑い深い

相性占い

♥恋人や友人

1月3、23、27日／**2月**11、21日／**3月**9、19、28、31日／**4月**7、17、21、26、29日／**5月**5、15、24、27、29、31日／**6月**3、13、22、25、27、29日／**7月**1、11、20、23、25、27、29日／**8月**9、18、21、23、25、27日／**9月**7、11、16、19、21、23、25日／**10月**5、14、17、19、21、23日／**11月**3、12、15、17、19、21日／**12月**1、10、13、15、17、19日

◆力になってくれる人

1月3、4、10、21日／**2月**1、2、8、19日／**3月**6、17、30日／**4月**4、15、28日／**5月**2、13、26日／**6月**11、24日／**7月**9、22日／**8月**7、20日／**9月**5、18日／**10月**3、16、31日／**11月**1、14、29日／**12月**12、27日

♣運命の人

1月22、28日／**2月**20、26日／**3月**18、24日／**4月**16、22日／**5月**14、20日／**6月**12、18日／**7月**10、16日／**8月**8、14日／**9月**6、12日／**10月**4、10日／**11月**2、8、18、19、20日／**12月**6日

♠ライバル

1月11、20日／**2月**9、18日／**3月**7、16日／**4月**5、14日／**5月**3、12、30日／**6月**1、10、28日／**7月**8、26、31日／**8月**6、24、29日／**9月**4、22、27日／**10月**2、20、25日／**11月**18、23日／**12月**16、21日

★ソウルメイト（魂の伴侶）

1月26日／**2月**24日／**3月**22、30日／**4月**20、28日／**5月**18、26日／**6月**16、24日／**7月**14、22日／**8月**12、20日／**9月**10、18日／**10月**8、16日／**11月**6、14日／**12月**4、12日

エリック・サティ（作曲家）、デニス・ホッパー（俳優）、坂井真紀（女優）、井ノ原快彦（V6 タレント）、木佐貫洋（プロ野球選手）、生野陽子（アナウンサー）、島田陽子（女優）、山形由美（フルート奏者）

太陽：おうし座
支配星：やぎ座／土星
位置：26°−27°30′　おうし座
状態：不動宮
元素：地
星の名前：アルゴル

May Eighteenth

5月18日

TAURUS

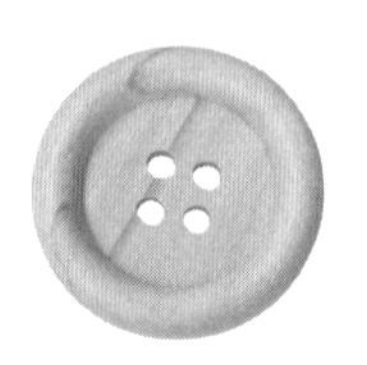

強い意志と責任感を持ちあわせた人道主義者

親しみやすく指導力があり、強い意志力も持っているので、**生まれながらに成功を約束された人**です。ものの価値をきちんと理解している実利主義者で、機会をすばやくとらえることができます。

太陽がやぎ座にいるために、熱心に働くことと責任を持つことを当然のように持ちあわせています。仲間の尊敬を得たいと考えており、計画を遂行しようとする時には疲れ知らずに誠実に働き、自分のすべてを投じることがあります。理想主義と精神性、自分を知ることが大事だと考え、これらは強い**人道主義的傾向**となって表れます。この人に対する興味は思いやりの心を育て、人々が何を必要としているかを理解する力となって表れます。**感受性と活発な想像力**は、美術、音楽、演劇を通じてはけ口を見つけることもあります。英知に対する強い欲求を持っているので、議論を楽しみ、組織化するのがうまく、いかなる状況もすばやく把握することができます。

しかし、たいした理由もないのに他の人に対して意地になって反対する傾向があるので気をつけて。そうは言っても、あなたは寛大なところがあるので、人から嫌われることはないでしょう。

太陽がふたご座に入る3歳頃に、兄弟姉妹の大切さが明らかになり、新しい技術や勉強を学ぶことが重要になる30年のサイクルが始まります。太陽がかに座に入る33歳は、家族や家庭という基盤が重要となる転換期です。

隠された自己

強い意志を持ち、**アイディアを具体的に現実のものに変えることができる**ので、この力を活かして仕事の成功へ結びつけることが特に重要となります。

あなたの両極端な性格を1つに融合し、心の中にある愛の力と結びつけることで、あなたは他の人を助ける力を持つようになります。これらは思いやりとして表れるか、あるいはおせっかいというかたちで表れるかです。

あなたに必要なのは現実的な考えを持ち、常に将来を見つめ、あなたの大きな構想を実現するために挑戦してみること。そうすれば、自分の能力を使い果たしてしまうのではないかという焦りや心配を、克服することができます。

仕事と適性

野心や理想が原動力となり、あなたは懸命に働いて目的を達成しようとします。固い決意と能力の導くままに、あなたは新しい仕事に就き、法律、あるいは政府関連の仕事で力を発揮します。**人を育てたり、アイディアを売ったりするのが非常にうまい**ので、マーケティングや、広告代理店といった分野の仕事が適しています。忍耐、献身、そして事務能力があるので、投資顧問、経営者、株式仲買人あるいは起業家といった仕事を選ぶこともあります。

恋愛と人間関係

いろんな人に関心を示しますが、自分の理想を共有することができる魂の伴侶を探し求めて、さまざまな人と恋愛関係になるでしょう。この落ち着きのなさは、理想と現実の間で、葛藤をくり返しているからです。一方、野心があり安全第一のあなたは、愛情からではなくて、金銭的な理由で結婚する傾向がありますが、これは必ずしも幸せになれるとは限りません。

あなたにはとても**温かくて寛大な面と、冷たくてまじめすぎる面**があってパートナーはそれにふり回されます。しかし、誠実であるとともに、忍耐と根気を学べば、幸福で感情的なバランスや安定を見つけることができます。

数秘術によるあなたの運勢

生まれた日の**18**と関連して、決断力があり野心的な人で、大胆かつ活動的。権力を持つことを望み、常に挑戦していたいと考えています。批判的になったり、なかなか満足しなかったり、また賛否両論を呼ぶような問題に関わる時もあります。

18日生まれは、自分の能力を使って他の人の手助けをし、適切な忠告を与えてその人たちの問題を解決します。あるいは、優れたビジネスセンスと組織力があるので、商売を始めることもあるでしょう。

生まれ月の**5**の影響も受けているので、現実的感覚を持ち、活力にあふれ、決断力のある人です。反省や分析をすることにより、細部にまで注意を払うことができるので、人に誤解を与えずにすみます。また、仕事をあまりに早急に処理しすぎたり、中途半端のままにしておくと、かえって遅れが生じてしまいます。

ときどき、人に厳しくあたりすぎることがあり、自分の心に不満がくすぶっていると、人に対する気持ちが急変する場合があります。

確信が持てないと急に弱気になり、人と心を通わせようとしなくなったり気分屋になったりするので、注意しましょう。

●長所：積極的な態度の持ち主である、強い主張を持っている、直感的である、勇気がある、意志が固い、癒しの力がある、忠告をする能力がある

■短所：感情を抑えられない、なまけ者である、きちんとしていない、利己的である、無神経である、仕事や計画を完成させることができない、不正直である

相性占い

♥恋人や友人

1月14、24、28、31日／**2月**12、22、26、29日／**3月**10、20、24、27日／**4月**8、18、25日／**5月**6、16、23、30日／**6月**4、14、21、28、30日／**7月**2、12、19、26、28、30日／**8月**10、17、24、26、28日／**9月**8、12、15、22、24、26日／**10月**6、13、20、22、24、30日／**11月**4、11、18、20、22、28日／**12月**2、9、16、18、20、26、29日

◆力になってくれる人

1月5、22、30日／**2月**3、20、28日／**3月**1、18、26日／**4月**16、24日／**5月**14、22日／**6月**12、20日／**7月**10、18、29日／**8月**8、16、27、31日／**9月**6、14、25、29日／**10月**4、12、23、27日／**11月**2、10、21、25日／**12月**9、19、23日

♣運命の人

1月12日／**2月**10日／**3月**8日／**4月**6日／**5月**4日／**6月**2日／**11月**19、20、21日

♠ライバル

1月16、21日／**2月**14、19日／**3月**12、17、30日／**4月**10、15、28日／**5月**8、13、26日／**6月**6、11、24日／**7月**4、9、22日／**8月**2、7、20日／**9月**5、18日／**10月**3、16日／**11月**1、14日／**12月**12日

★ソウルメイト（魂の伴侶）

1月25日／**2月**23日／**3月**21日／**4月**19日／**5月**17日／**6月**15日／**7月**13日／**8月**11日／**9月**9日／**10月**7日／**11月**5日／**12月**3、30日

この日に生まれた有名人

ヨハネ・パウロ2世（第264代ローマ法王）、寺尾聰（歌手）、東尾修（元プロ野球監督）、チョウ・ユンファ（俳優）、島本理生（作家）、大迫勇也（サッカー選手）、SOL（BIGBANG 歌手）、槇原敬之（ミュージシャン）、瀬戸康史（D☆DATE 俳優・歌手）

太陽：おうし座
支配星：やぎ座／土星
位置：27°−28°30′　おうし座
状態：不動宮
元素：地
星の名前：アルキュオネー

May Nineteenth

5月19日

TAURUS

ずば抜けたリーダーシップを持ち、進歩的な考え方をする人

この日に生まれたあなたには**人並はずれた指導力**が与えられており、それが優れた精神力、認識力と一緒になって、より効果を発揮しています。注意深く慎重なので、他の人からは自信に満ちた落ち着いた人だと思われていますが、独立独歩でわが道をいくという性格も持ちあわせています。

太陽がやぎ座にいるため、懸命に働きますがはっきりした目標があればさらに熱心になります。また、**強い野心と義務感、そして長期計画を実現する力**も備えています。頑固になることもありますが、持久力と天性の能力のおかげで成功を勝ち得ることができます。生まれつき人に関心があるので、**社会改革のために闘う人道主義者**でもあります。

一方、創意工夫に富み独創的で、人生においては進歩的な考え方を持っています。しかしこの日に生まれた人は男女とも高慢になりがちなので気をつけて。ただし、冗談が好きで、話し上手なので仲間内では盛り上がって楽しい時を過ごせます。自己中心的で同情心がないと思われないように。また、人生の快楽に溺れてしまわないよう注意しましょう。

太陽がふたご座に入る2歳の時に、学ぶこと、書くこと、語ること、心を通わせることが重要となります。この時期は、太陽がかに座に入る30代初めまで続きます。ここで転換期となり、親密さ、家族、家庭そして安心感といったものの重要性が大きくなります。

隠された自己

生まれついての指導者ですが、チームワークやグループで行う仕事の重要性にも気づいています。他の人に依存しないためには、鋭い直感力を働かせて自分自身のために立ち上がることと、他の人の意見を受け入れることの間で、うまくバランスをとること。他人の心を惹きつける魅力の持ち主なので、あなたの理想がどんなに大切なのかを周囲に納得してもらい、支援してもらうことができます。

あなたは誠実であること、公平であることを望んでおり、どんな状況でもその力を発揮しますが、他の人には独裁的に映ることがあるので気をつけましょう。一方、あなたは問題を中途半端にしておくことが嫌いなのに、なかなか解決できないものに悩まされてしまう傾向があります。

しかし、こういった際も生来の決断力と粘り強さで取り組んでいけば、最終的には解決を見るでしょう。実は、このようなまじめさの奥に潜んでいるのは、**理想主義で他の人が頂上を極めるのを喜んで助けたいと願う心**なのです。

仕事と適性

物事に熱心に取り組む姿勢、優れた指導力、強い責任感がスクラムを組んでいるので、**たくさんの分野で成功する**でしょう。並はずれた頭脳には、多くの創意工夫に富んだアイディアが詰まっています。そして、教育、哲学あるいは科学研究といった仕事が適職。また、感受性が強いので、美術や芸能にも興味を持ちます。言葉にも関心が深く、話すこと、書くこと、歌うことを通じて自己表現をしようとします。癒しの力を秘めているので、医学に関わる職業も適しています。

恋愛と人間関係

心が広く率直で、愛する人を注意深く守ろうとします。調和に満ちた平和な環境に身を置くのが好きです。あなたのおおらかな個性で、**精神的に悩む人々を救う**こともできます。しかし、横柄になりすぎたり、自分自身が落ち着かない気分にならないように注意して。またマンネリにも気をつけましょう。

あなたはとても社交的ですが、家庭と家族が人生計画すべてにおいて重要な役割を果たします。

数秘術によるあなたの運勢

19のつく日に生まれた人は、深い洞察力を持ち、決断力のある才能に満ちた人ですが、夢見がちな一面もあり、思いやりがあって繊細です。理想の人間像に近づきたいという願いから、好んで外から刺激を受け、また中心人物になりたがります。

他の人にとってあなたは自信に満ちてはつらつとしているように見えますが、実は心の中は緊張感がいっぱいで、感情の浮き沈みをくり返しています。あなたは誇り高い人ですが、世界が自分中心に回っているのではないことを学びましょう。他の人の感情や望みをもっと理解するように。

生まれ月の**5**の影響も受けているので、抜け目がなく、精神的に落ち着かないところもあります。リラックスしたり、平然とした態度を心がけるようにして、あまり心配しすぎないようにしましょう。他の人を勇気づけたり、あなたの忍耐力をつければ、批判的になる態度を克服できます。

自己中心的なところと、他の人のために無心で尽くすこととの間でバランスをとりましょう。公平さは、勇気と真の自己管理から生まれるのだと心して。

●長所：エネルギーに満ちている、身勝手でない、創造性がある、指導力がある、前向きな態度をとる、楽観的である、強い説得力がある、競争力がある、自立している、社交的である

■短所：自己中心的である、落ちこみやすい、心配性である、断られるのが怖い、気分が変わりやすい、物質主義である、利己的である、忍耐心がない

♥恋人や友人

1月11、13、15、17、25、29日／**2月**9、11、13、15、23日／**3月**7、9、11、13、21、25日／**4月**5、7、9、11、19日／**5月**3、5、7、9、17、31日／**6月**1、3、5、7、15、29日／**7月**1、3、5、27、29、31日／**8月**1、3、11、25、27、29日／**9月**1、9、13、23、25、27日／**10月**7、21、23、25日／**11月**5、19、21、23日／**12月**3、17、19、21、30日

◆力になってくれる人

1月1、5、20日／**2月**3、18日／**3月**1、16日／**4月**14日／**5月**12日／**6月**10日／**7月**8日／**8月**6日／**9月**4日／**10月**2日

♣運命の人

11月19、20、21、22日

♠ライバル

1月6、22、24日／**2月**4、20、22日／**3月**2、18、20日／**4月**16、18日／**5月**14、16日／**6月**12、14日／**7月**10、12日／**8月**8、10、31日／**9月**6、8、29日／**10月**4、6、27日／**11月**2、4、25、30日／**12月**2、23、28日

★ソウルメイト（魂の伴侶）

1月6、12日／**2月**4、10日／**3月**2、8日／**4月**6日／**5月**4日／**6月**2日

有名人

ホー・チ・ミン（ベトナム初代大統領）、ポル・ポト（政治家）、マルコムX（黒人解放運動指導者）、安藤政信（俳優）、神木隆之介（俳優）、横森理香（エッセイスト）、大友直人（指揮者）、澤部佑（ハライチ　タレント）

太陽：おうし座
支配星：やぎ座／土星
位置：28°−29°30'　おうし座
状態：不動宮
元素：地
星の名前：アルキュオネー

May Twentieth

5月20日

TAURUS

聡明で知性があふれ、熱意のある指導者

この日に生まれた人の特徴は、聡明で魅力的な知性です。熱意があり生まれながらの指導者で、人とのつき合い方を知っている**親切で社交的な人物**。さまざまな才能に恵まれており、他の人からは**常識があって魅力的な、自信に満ちた人**だと思われています。

太陽がおうし座のやぎ座のデカネートにいる影響で、名誉と自尊心を持つことが重要と考えています。威厳を保ち懸命に働くあなたは、責任感が強く金銭感覚があり、予算を立ててこまめに記帳したり、しっかりした業務計画を立てることが好きです。しかし、贅沢にも心惹かれるので、浪費家な一面も。はまりすぎないように注意。

あなたは生まれつき才気にあふれ、知的で心を通わせることができる人たちとつき合いたいと考えています。そして、言語を巧みに使い、ユニークな議論や機知に富む会話を楽しみます。また、話の大意をすばやくつかむ能力があります。**正直で率直でありたい**と考えていますが、頑固になる傾向があるので気をつけましょう。一方、大きな計画が失敗して、後悔したまま中途半端で終わるかに見えても、あなたがそこで障害を乗り越えようと固く決意をすれば、**最後は成功させる力を持っています**。

2歳頃に、あなたの太陽はふたご座に入ります。子どもとしては学習能力に優れ、兄弟姉妹と密接な関わりを持つことに重点が置かれます。30歳までは、学問や新しい技術の習得に集中します。31歳の時、太陽はかに座に入るので転換期がきます。家族の結びつきと家庭という基盤の重要性が明らかになります。

隠された自己

大きな企画を実行に移す行動力を持っていますが、失敗した時に強い自己嫌悪になりがちなので改めましょう。あなたは独創的な精神の持ち主で、いつも自分の心をとらえ視野を広げてくれる新しい刺激的なことを求めています。現状では満足せず、自分のすべての可能性を追求するために、旅に出たり、さまざまなことにチャレンジしたりします。

あなたは、外には表れにくいのですが、**非常に感情豊かな人**でもあります。しかし、本来はこうした繊細な感情は、人生の喜びを通して表現するものであり、それを日常の些細な出来事の中に埋没させてはいけません。幸福な時には、自分の心が望んでいる目標をすべて、しかもいつでも達成できるかのように思えます。

目標を選択する時には、大きな夢をつぶさないためにも、**自分を信じて突き進んで**。持ち前の決断力、ひらめき、寛大さを組みあわせれば、人生において驚くほどの成功を自分のものにすることができます。

仕事と適性

さまざまな知性を身につけたいと思っていて、常に自分の知識を最新のものにしようとします。大きな仕事の計画を立てたり、大企業で仕事をするのが好きですが、他の人に従うのが嫌いなため、自営業かあるいは**自分で調整したり権威を持てる仕事**を選ぶのが理想。

美術、音楽、演劇に優れた理解を示すので、芸術、マスコミあるいは芸能の世界も向いています。また、思いやり深い性格から、カウンセリングや社会福祉などもぴったりです。

恋愛と人間関係

あなたは、濃い人間関係と精神的な刺激を必要としています。多くの人たちと幅広く交際するより、むしろ少数の、**知性とアイディアに満ちた知的な人**と親しくする方がよいでしょう。あなたは愛情深く誠実で思いやりのある人で、身近にいる人たちのことをいつも気にかけています。恋に落ちると喜んで大きな犠牲を払おうとします。しかし、あなたには落ち着きのないところがあるので、心変わりをしたり、煮え切らない態度をとりがち。

数秘術によるあなたの運勢

20のつく日に生まれた人は、直感力があって順応性が高く、思いやりのある人です。人と協力して行う活動を楽しみ、そして互いに影響しあい経験を分かちあい、さまざまなことを得るでしょう。しかし、他の人の行動や批判で簡単に傷ついてしまう傾向があるので、克服しましょう。

人間関係では、相手に自分をすべて捧げてしまったり、逆に疑ったり、あるいは依存しすぎたりすることのないよう、注意が必要です。

生まれ月の5の影響も受けているので、創造性と自己表現の必要を感じています。包容力があって知的な人ですが、一方、恥ずかしがり屋のところもあるので、自分の感情の表現方法と、また他の人に自分のことを理解してもらう方法を学びましょう。

人とのつき合いはほどほどにして、たまには1人静かに熟考する時間も必要です。そして、新しい技術や知識を学ぶ時間を作り、あなたの人生を変革するために他の人の知恵も借りましょう。しかし、最後は自分の直感を信頼し、精神力を鍛えるように。

●長所：良好な関係を築ける、優しい、機転がきく、感受性が強い、直感力に優れる、思慮深い、調和を好む、協調性がある、友好的な性格である

■短所：疑い深い、自信がない、臆病である、感受性が強すぎる、感情が激しすぎる、利己的である、傷つきやすい、人を騙すことがある

相性占い

♥恋人や友人

1月12、16、25、30日／**2月**10、14、23、24日／**3月**8、12、22、26、31日／**4月**6、10、20、29日／**5月**4、8、18、27日／**6月**2、6、16、25、30日／**7月**4、14、23、28日／**8月**2、12、21、26、30日／**9月**10、14、19、24、28日／**10月**8、17、22、26日／**11月**6、15、20、24、30日／**12月**4、13、18、22、28日

◆力になってくれる人

1月2、13、22、24日／**2月**11、17、20、22日／**3月**9、15、18、20、28日／**4月**7、13、16、18、26日／**5月**5、11、16、18、26日／**6月**3、9、12、14、22日／**7月**1、7、10、12、20日／**8月**5、8、10、18日／**9月**3、6、8、16日／**10月**1、4、6、14日／**11月**2、4、12日／**12月**2、10日

♣運命の人

1月25日／**2月**23日／**3月**21日／**4月**19日／**5月**17日／**6月**15日／**7月**13日／**8月**11日／**9月**9日／**10月**7日／**11月**5、21、22、23日／**12月**3日

♠ライバル

1月7、23日／**2月**5、21日／**3月**3、19、29日／**4月**1、17、27日／**5月**15、25日／**6月**13、23日／**7月**11、21、31日／**8月**9、19、29日／**9月**7、17、27、30日／**11月**3、13、23、26日／**12月**1、11、21、24日

★ソウルメイト(魂の伴侶)

1月17日／**2月**15日／**3月**13日／**4月**11日／**5月**9日／**6月**7日／**7月**5日／**8月**3日／**9月**1日／**11月**30日／**12月**28日

相田みつを(書家)、野田佳彦(政治家)、益子直美(元バレーボール選手)、河村隆一(ミュージシャン)、光浦靖子(タレント)、永井大(俳優)、王貞治(元プロ野球監督)、ホセ・ムヒカ(元ウルグアイ大統領)

太陽：おうし座／ふたご座
支配星：やぎ座／土星
位置：29°おうし座−0°30′　ふたご座
状態：不動宮
元素：地
星の名前：アルキュオネー

May Twenty-First

5月21日

TAURUS

強い責任感と優れた組織力

この日に生まれた人は知的で精神性が高く、野心的で人を惹きつける魅力のある活発な人です。このカスプに生まれた特別な利点は、おうし座の官能性とふたご座の知的な部分の両方を備えているということです。

最大の財産となっているのは、生来の優れた才知に加え、**巧みな交際術**。また画期的なアイディアを思いつき、それをユニークな方法で人に伝えるのが上手です。さまざまな分野の友人を持ち、**強烈な個性と独立心**を備えています。

太陽が2つの支配星のカスプにあるので、**責任感が強く誠実な働き者で、話し上手**。また、現実的な一面を持っているので、家庭の大切さと安全の重要性をよく理解しています。起業家精神があるので、野心を行動に移し、また遠大な計画も成功へと導きます。しかし、反抗的な気分になったり、頑固になることもあり、これに気をつければ人間関係をうまく保てます。一方、**機知に富み、独創性があって率直**なので、人を説得するのがうまく、組織をまとめる力もあります。

あなたは豪華なものや楽しいことが大好きで、人生をあるがままに楽しみたいと考えていますが、行きすぎると人生の大切なものを失ってしまう羽目になります。自制心を養うようにし、欲張りすぎないようにしましょう。

生まれてから最初の30年間は、太陽はふたご座にいます。子どもの頃のあなたは、機敏で物事をすばやく学ぶことができます。この時期では、知的能力と人と心を通わせる技とを育てます。30歳代の初めに太陽はかに座に入りますが、ものの見方が感情的な欲求、家庭、家族といったものへとその重心が移ります。

隠された自己

金銭に対する強い執着があって、人生における安定を重視しすぎる傾向がありますが、一方で広い心と他の人への思いやりがあるので、全体としてはバランスがとれています。年とともに愛の力はさらに重要なものとなっていき、自己表現の手段を見つけることが特に大切だとわかるようになります。このため、自分の才能を伸ばすために、執筆、演劇、美術、音楽などの芸術に触れる機会を持つとよいでしょう。また、あなたの数ある才能の中に、まるで**子どものように無邪気なほほえましいところ**があります。これにより周りの人はリラックスできるのです。

その気になると、喜んで多くのものを差し出しますが、相手は必ずしも同じだけ返してくれるとは限りません。期待しすぎないように。あなたは**思いやりがあり問題を解決する力がある**ので、他の人、特に家族のために、その力を発揮します。しかし、いざ自分の問題になると金銭的なことで、根拠もないのに余分な心配をする傾向がありますが、支出する以上に入ってくる方が多いのですから、あまり気にしないことです。

仕事と適性

才能に恵まれ、いつも懸命に働き、おまけに人を惹きつける魅力もあるので、**人と関わる活動では成功**します。頭の回転が速く人との対話がうまいので、執筆、ジャーナリズム、教育、政治、あるいは法律といった分野で、言葉に関わる才能を活かせます。また、営業、マーケティング、販売促進などでめざましい成果をあげることもできます。また、この日に生まれた多くの人が、美術、音楽、あるいは芸能の世界で仕事をしたいと考えています。

恋愛と人間関係

熱意があり親しみやすく、社交的なのでいつも周りに人が集まってくる人気者です。また、陽気で楽天的、しかも働き者で洞察力があるので、自由で独立していたいという気持ちと、恋人に対して尽くしたいという気持ちの板ばさみになることがよくあります。友達や恋人を選ぶ場合は、十分時間をかけること。**あなたの内なる気持ちに共感してくれる特別な人**と出会うはずです。

あなたの人間に対する理想が高すぎるきらいがあります。もっと現実的になり、過大な期待をいだくことはやめましょう。

数秘術によるあなたの運勢

21のつく日に生まれた人は、強い意欲と積極的な性格の持ち主です。親しみやすく社交的で、社会的なさまざまなことに関わり、また幅広い交友関係も自慢です。21の日に生まれた人は、おもしろいことが大好きな魅力的な人物。一方、恥ずかしがり屋で控えめなところもあるので、特に身近な人たちに対しては、もっと自分を主張するようにしましょう。

友達になったり、恋愛関係になったり、あるいは結婚をしたとしても、あなたはいつも自分の才能や能力を認めてもらいたいと考えています。

生まれ月の**5**の影響もあって、あなたは多才で熱意のある人です。アイディアが次々にわいてくるので、新しい技術もすぐに習得します。新しい計画には熱心に取りかかりますが、途中で投げ出さず、最後までやり遂げましょう。

●**長所**：ひらめきがある、創造性がある、愛情に満ちた関係を結べる、安定した人間関係を築く

■**短所**：依存的である、神経質である、感情を抑えることができない、展望がない、失望しやすい、変化を恐れる

♥恋人や友人

1月7、10、17、21、27日／**2月**5、8、15、25、29日／**3月**3、6、13、23、27日／**4月**1、4、11、21日／**5月**2、9、19日／**6月**7、17日／**7月**5、15、29、31日／**8月**3、13、27、29、31日／**9月**1、11、15、25、27、29日／**10月**9、23、25、27日／**11月**7、21、23、25日／**12月**5、19、21、23日

◆力になってくれる人

1月3、5、20、25、27日／**2月**1、3、18、23、25日／**3月**1、16、21、23日／**4月**14、19、21日／**5月**12、17、19日／**6月**10、15、17日／**7月**8、13、15日／**8月**6、11、13日／**9月**4、9、11日／**10月**2、7、9日／**11月**5、7日／**12月**3、5日

♣運命の人

1月13日／**2月**11日／**3月**9日／**4月**7日／**5月**5日／**6月**3日／**7月**1日／**11月**22、23、24日

♠ライバル

1月16、24日／**2月**14、22日／**3月**12、20日／**4月**10、18日／**5月**8、16、31日／**6月**6、14、29日／**7月**4、12、27日／**8月**2、10、25日／**9月**8、23日／**10月**6、21日／**11月**4、19日／**12月**2、17日

★ソウルメイト（魂の伴侶）

1月16日／**2月**14日／**3月**12日／**4月**10日／**5月**8日／**6月**6日／**7月**4、31日／**8月**2、29日／**9月**27日／**10月**25日／**11月**23日／**12月**21日

有名人

穂村弘（歌人）、岡本健一（俳優）、米良美一（声楽家）、梨花（タレント）、アンリ・ルソー（画家）、白井晃（俳優）、原田貴和子（女優）、板垣退助（政治家）

太陽：ふたご座／おうし座
支配星：ふたご座／水星
位置：0°－1°30′　ふたご座
状態：柔軟宮
元素：風
星の名前：アルシオーネ

May Twenty-Second

5月22日

GEMINI

飽きっぽいので刺激のある仕事を

5月22日生まれの人は、**野心家で機転がきき、カリスマ性のある人物**。心が広く、偏見にとらわれない自由な考え方の持ち主です。一方やや反抗的で飽きやすいところがあるので、非凡な才能を活かすには刺激のある仕事を見つけることが不可欠。一度仕事に夢中になると、成功を疑うことなく我を忘れてのめりこみます。ただ、ごまかすことができないので、自分にふさわしい自己表現法を見出すことが必要です。

おうし座とふたご座のカスプに生まれたあなたは、土星と水星、2つの支配星の恩恵を受けており、**知識欲が強いばかりか現実的な考え方をします**。人を信服させる魅力と、人を元気にする前向きな活力があるので、指導的立場に向いています。

問題は、頑固でせっかち、おしゃべりで理屈っぽいところ。自信が傲慢に変わりがちなので、気をつけてください。

若い頃は、男性、それもたいていは**父親から大きい影響を受けます**。30歳になり太陽がかに座に入ると、家庭や家族、また情緒面の要求を満たすことが生活の中心を占めるようになります。それは太陽がしし座に入る60代初めまで続き、あなたは権威と信頼と自信を手にする時期を迎えます。

隠された自己

あなたには、失敗を恐れない芯の強さがあり、物事を簡単にはあきらめません。この強さこそが偉業を成し遂げる力。その決断力、説得力と、ずば抜けた社交術によって、世界はあなたの思うままです。

あなたはより多くの仕事を成し遂げたいと望むあまり、焦りを感じ、情緒不安定になりがちですが、そのような時は内なる自分の英知を信じましょう。どんな知的な言葉よりはるかに、**あなたの直感力は確かです**。最先端の知識と技術を持つあなたは、将来非常に高い地位に就くことになるでしょう。

仕事と適性

現実的で人間関係を作るのが上手なあなたには、販売、宣伝、広報関係の仕事が向いています。頭の回転が速いので、株価分析や評論の仕事でもうまくいくでしょう。指図されるのを嫌うので、人の下で働くのは避けて。天性の創造力と旺盛な冒険心を発揮して、芸能界で活躍するという道もあります。また、器用な手先と人を癒す力を活かし、医療の世界に進むのもよいでしょう。

恋愛と人間関係

旺盛な独立心と強い直感力があるあなたは、決断力や自制力を持った強い人に魅力を感じます。**あなたの生まれた日に関わりのある信頼すべき年配の男性**が、あなたのものの見方や信念に大きな影響を与えます。パートナーには勤勉で尊敬できる人を。友人やパートナーにいばりちらして張りあおうとすることがありますが、それがあなたの目標ではありません。知恵を働かせ思いやりの気持ちを持てば、望みを叶えることができます。

数秘術によるあなたの運勢

22はマスターナンバー。22と4両方の波動を受けています。指導力があり、まじめによく働き、カリスマ性を備えています。また、人間を深く理解し、やる気にさせる術を心得ています。控えめではありますが、人の幸福を守るため常に気遣い、しかも現実的な立場を見失うことはありません。

教養があり世知に長けており、多くの人から崇拝されています。競争心の強い人ほど、人から助けられたり励まされたりして仕事を成功させ、富を築くでしょう。この日に生まれた人の多くは兄弟姉妹と強い絆で結ばれており、支えとなって守ります。

誕生月の**5**は、創造性と想像力と鋭い直感力がある半面、あなたが神経質だということを示しています。風変わりには見えませんが独自のスタイルを押し通します。現実主義で、ほとんど手間をかけることなく問題を片づけることができます。ただし、どんな人や状況に対しても過剰な反応は禁物。後年はさらに野心的になるでしょう。

●**長所**：博識である、指導者に適する、直感力が鋭い、実践的である、現実的である、手先が器用である、技巧に優れる、起業家の素質がある、組織力がある、問題解決能力がある、最後までやり遂げる

■**短所**：一攫千金狙いである、神経質である、劣等感がある、横柄である、物質主義である、先見性に乏しい、なまけ者である、利己的である

♥恋人や友人

1月1、8、14、28、31日／**2月**12、26、29日／**3月**10、24、27日／**4月**8、22、25、26日／**5月**6、20、23日／**6月**4、18、21日／**7月**2、16、19、30日／**8月**14、17、28、30日／**9月**12、15、16、26、28、30日／**10月**10、13、24、26、28日／**11月**8、11、22、24、26日／**12月**6、9、20、22、24日

◆力になってくれる人

1月26日／**2月24日**／**3月22日**／**4月20日**／**5月18日**／**6月16日**／**7月14日**／**8月12日**／**9月10日**／**10月8日**／**11月6日**／**12月4日**

♣運命の人

12月22、23、24日

♠ライバル

1月3、25日／**2月**1、23日／**3月21日**／**4月19日**／**5月17日**／**6月15日**／**7月13日**／**8月11日**／**9月9日**／**10月7日**／**11月5日**／**12月3日**

★ソウルメイト（魂の伴侶）

1月3、10日／**2月**1、8日／**3月6日**／**4月4日**／**5月2日**

有名人

リヒャルト・ワーグナー（作曲家）、コナン・ドイル（作家）、大竹まこと（タレント）、森末慎二（元体操選手）、庵野秀明（アニメプロデューサー）、ナオミ・キャンベル（モデル）、田中麗奈（女優）、ローレンス・オリビエ（俳優）、髙木美帆（スピードスケート選手）、錦織一清（少年隊　タレント）、ゴリ（ガレッジセール　タレント）

太陽：ふたご座
支配星：ふたご座／水星
位置：1°－2°　ふたご座
状態：柔軟宮
元素：風
星：なし

May Twenty-Third

5月23日

GEMINI

飛び回ることが大好きですが、落ち着きをなくさないで

聡明で親しみやすいあなたは、人と心を通わせるのが得意。**気持ちが若く、頭の回転が速い**ので物事をたちまち理解します。何でもそつなくこなしますが、スピードを求めるあまり、落ち着きをなくしたり短気になったりしないよう気をつけましょう。

ふたご座の1番の支配星である水星の影響を受け、あなたは世事に関心があり、忙しく飛び回っているのが大好き。総じて、**分けへだてなく寛容で親切、そして誠実**。動揺しやすい性質なので思いつめず楽観的に明るい未来のことだけを考えましょう。慈愛にあふれ、人のためには自己犠牲もいとわないので、弱い立場の人をサポートするような仕事が向いています。

また、大変な節約家ですが、**大切に思う人には非常に気前がよい**でしょう。また、あなたには超自然的なものを探求する傾向があり、潜在意識と密接に関係した鮮明な夢を見ることも。興味が広範囲にわたるので、内面的に刺激を与えてくれる才気ある人が必要です。話し上手なあなたは、特にペットのこととなると熱くなって語る傾向があります。

29歳を迎え太陽がかに座に入ると、家庭生活が大きなウエイトを占め、神経質さも安全意識も度合いを増してきます。太陽がしし座に入る59歳頃にはあなたはますます社交的かつ冒険的になるでしょう。

隠された自己

生来、**激情的**なところがあり、自分の独創的なアイディアを発表しないではいられません。それが満たされないと欲求不満になり落ちこみます。前向きな人生観を持てば、流されることなく集中することができます。公正であること、責任を持って行動すること、借金は返すこと、これらは大切なことです。というのもあなたは**正義感が強く**、またできるだけ波風の立たない環境を望むからです。ただし、事を荒立てないようにしようとするあまり、型にはまったありきたりのことで満足してしまう傾向があるので注意。

仕事と適性

組織力を必要とする仕事ならどんな仕事でも大丈夫です。知識欲と人間関係を築く才能があるので優れた教師になれます。手先が器用ですから、創造的芸術の分野の仕事も向いています。海外関係や人と交わる仕事に就けば、変化を好むあなたは退屈することもなく満足感を得られますし、この日に生まれた人は、ショービジネスや音楽の世界でも成功を収めます。

恋愛と人間関係

家庭生活と心の友を見つけること、それが最優先課題。ですが、人とのつながりに頼りすぎてはいけません。あなたは忠実で愛情豊かですが、恋愛はそうそう計画通りにはいかないもの。変化に適応することも覚えましょう。忍耐力と自制心を磨き、超然と構えていれば、難関にぶつかっても、すぐあきらめたりせず立ち向かうことができるのです。**1人は苦手**なので、本当に愛する人と出会えれば、心安らかな満ち足りた生活を送れるでしょう。

数秘術によるあなたの運勢

23の日に生まれた人は直感力があり、感受性と独創性に恵まれています。多芸多才で情熱的、頭の回転が速く、プロ意識に徹しており、独創的アイディアにあふれています。23の影響を受け、何でものみこみが早いですが、理論より実践派。また、せわしなく動き回るというところもあります。旅と冒険と、人との出会いを愛し、さまざまなことを経験し、どんな場面でも自分を活かそうとするのです。親しみやすく陽気なあなたには、勇気と意欲があり、才能を発揮するのには行動的な生活が必要です。

月の**5**は、あなたがマルチの才能を備え、野心家だけれど落ち着きがないことを示しています。これという目的に狙いを絞って断固自分を主張することが必要。仕事を通じて個性を見つけましょう。

●**長所**：忠実である、責任感が強い、隠しだてをしない、直感力がある、独創性がある、多芸多才である、信頼できる、評判がよい

■**短所**：自己中心的である、臆病である、頭が固い、協調性に欠ける、あら探しをしたがる、引っ込み思案である、偏見を持ちやすい

♥恋人や友人

1月1、5、6、15、26、29、30日／**2月**13、24、27、28日／**3月**11、22、25、26、29日／**4月**9、20、23、24日／**5月**7、18、21、22日／**6月**5、16、19、20日／**7月**3、14、17、18、31日／**8月**1、12、15、16、29、31日／**9月**10、13、14、17、27、29日／**10月**8、11、12、25、27日／**11月**6、9、10、23、25日／**12月**4、7、8、21、23、29日

◆力になってくれる人

1月1、2、10、14、27日／**2月**8、12、25日／**3月**6、23日／**4月**4、8、21日／**5月**2、6、19、30日／**6月**4、17、28日／**7月**2、15、26日／**8月**13、24日／**9月**11、22日／**10月**9、20日／**11月**7、18日／**12月**5、16日

♣運命の人

11月24、25、26日

♠ライバル

1月17、26日／**2月**15、24日／**3月**13、22日／**4月**11、20日／**5月**9、18日／**6月**7、16日／**7月**5、14日／**8月**3、12、30日／**9月**1、10、28日／**10月**8、26、29日／**11月**6、24、27日／**12月**4、22、25日

★ソウルメイト（魂の伴侶）

1月21日／**2月**19日／**3月**17日／**4月**15日／**5月**13日／**6月**11日／**7月**9、29日／**8月**7、27日／**9月**5、25日／**10月**3、23日／**11月**1、21日／**12月**19日

有名人

サトウハチロー（詩人）、西川峰子（女優）、川島隆太（医学者）、ウルフルケイスケ（ウルフルズ ミュージシャン）、根本要（スターダストレビュー　ミュージシャン）、モーガン・プレッセル（プロゴルファー）、大迫傑（陸上選手）、夏菜（女優）

太陽：ふたご座
支配星：ふたご座／水星
位置：2°－3°　ふたご座
状態：柔軟宮
元素：風
星の名前：プリマ・ヒヤダム

May Twenty-Fourth

5月24日

GEMINI

好奇心の世界へと誘（いざな）う鋭い感受性と直感力

5月24日生まれの人は、**知性と豊かな感受性に際立ち**、多才で好奇心旺盛、また、感情をうまく表現し、物事の核心を瞬時に理解する力を持っています。裏を返せば飽きやすいということですから、粘り強さを養う必要も。

一方、**意気と気力にあふれ頭脳鋭敏**なあなたは、常に新しいものを強く欲しています。ふたご座の第1の支配星である水星からは、感受性とものを書く才能を与えられています。雄弁さと並はずれた想像力によって、**不可能な仕事はありません**。やってみないとわからないというタイプなので、天職に出会うまではいろいろ経験を積むこと。

また、**知識は力とわきまえている**あなたは、常に向学心に燃えています。一方で**直感力が鋭く、神秘的な思考の持ち主**。ただ方向を間違うと、人を騙したり気まぐれになったり現実逃避に走りがちなので、気をつけて。

ふたご座の影響は知的分野において色濃く表れ、太陽がかに座に入り転換期を迎える28歳まで、その状態が続きます。それからは仕事の基盤作りだけでなく、感情面の問題、とりわけ家庭と家族に関わる問題が重要に。この時期は太陽がしし座に入る58歳まで続き、あなたは権威、強さ、自信を増していきます。

隠された自己

あなたは、何が人をやる気にさせるかを本能的に理解し、不誠実な言動は即座に見抜きます。**精神力はあなたの最大の武器**。

チャンスを見逃さず、卓越したあなたのアイディアでベンチャービジネスに乗り出しましょう。頭がよく機知に富むので、持って生まれた運に任せてよいのですが、それではあなたの崇高な運命に叶う責任を見つけることはできません。

活発な社会生活のようですが、あれもこれもと手を出し、仕事に支障をきたすことのないように。あなたは包括的なものの見方ができるので、確実に勝てると思うとギャンブルなどリスクを負うことに手を出すこともありますが、これはよい結果になるでしょう。あなたは環境に左右されやすいタイプなので、家庭と職場は平安を第一に選んで。

仕事と適性

組織運営の抜群のセンスと技能を併せ持っているので、**どんな分野に進んでもトップに立つ**ことになります。映像センスも冴えているので、美術、デザイン、写真や映画関係の仕事に就くとよいでしょう。人間関係を築くのがうまく社会意識も高いので、教育や法律など人間と関わりを持つ仕事にも向いています。

よく気が回り洞察力があるので、生まれながらの癒しの力を発揮できるよう、医療に携わるのもよいでしょう。

さらに、気力とアイディアあふれるあなたには、演技、演出、著作、歌、作曲などを通して、自分のインスピレーションを人に伝えるのもおすすめです。

恋愛と人間関係

同じ考えを持ち、価値観や理解力を共有できる人と出会うことが大前提。仕事も家庭も大変重要ですが、安定した環境でなければ人間関係は持続しません。日常生活で心を通わせることのできる関係を築くなら、あなたに精神的な刺激を与えてくれる人が最善。人間と、人間をやる気にさせる動機に興味があるせいか、政治や哲学について議論すると、挑発的になったり理屈っぽくなったりする傾向が。それでも異性とは甘い関係を持つことができるでしょう。

数秘術によるあなたの運勢

24の日に生まれた人は、変化のないお決まりの仕事は嫌いですが元来は働き者。実践的な能力と健全な判断力を備えています。また、豊かな感受性を持っています。忠誠心に篤く公正で、控えめな時もありますが、言葉より行動が大事と信じています。この実践的アプローチで、仕事のセンスと能力に磨きをかけ、障害を乗り越え、成功を収めるのです。

24の日に生まれた人はまた、頑固な面に気をつけて。

一方、月の**5**は、優れた理解力、包容力があることを示しています。真実を求めて理想に燃え、明確なビジョンがありますが、一方で疑い深く、形のないものは信用できないところも。

インスピレーションを得ると、心から誠実に、確信を持って話をします。感じがよくて気配りもそつがなく、大勢の中にいるのを好みます。1人でいるのは苦手なので仲間同士のつき合いが何より重要。

●長所：エネルギッシュである、理想家である、実践技術が優れている、意志が固い、正直である、率直である、公正である、寛容である、家庭を大切にする、行動的である

■短所：慈悲がない、物質主義である、ケチである、気まぐれである、同じことのくり返しが嫌いである、なまけ者である、不誠実である、傲慢で頑固である、執念深い

相性占い

♥恋人や友人

1月3、10、13、20、25、30日／**2月**8、11、18、28日／**3月**6、9、16、26日／**4月**4、7、14、24、28日／**5月**2、5、12、22日／**6月**3、10、20日／**7月**1、8、18日／**8月**6、16、30日／**9月**4、14、18、28、30日／**10月**2、12、26、28、30日／**11月**10、24、26、28日／**12月**8、22、24、26日

◆力になってくれる人

1月12、16、17、28日／**2月**10、14、15、26日／**3月**8、12、13、24日／**4月**6、10、11、22日／**5月**4、8、9、20、29日／**6月**2、6、7、18、27日／**7月**4、5、16、25日／**8月**2、3、14、23日／**9月**1、12、21日／**10月**10、19日／**11月**8、17日／**12月**6、14日

♣運命の人

3月31日／**4月**29日／**5月**27日／**6月**25日／**7月**23日／**8月**21日／**9月**19日／**10月**17日／**11月**15、25、26、27日／**12月**17日

♠ライバル

1月6、18、22、27日／**2月**4、16、20、25日／**3月**2、14、18、23日／**4月**12、16、21日／**5月**10、14、19日／**6月**8、12、17日／**7月**6、10、15日／**8月**4、8、13日／**9月**2、6、11日／**10月**4、9日／**11月**2、7日／**12月**5日

★ソウルメイト（魂の伴侶）

3月28日／**4月**26日／**5月**24日／**6月**22日／**7月**20日／**8月**18日／**9月**16日／**10月**14日／**11月**12日／**12月**10日

Ⅱ ふたご座

横溝正史（作家）、鈴木清順（映画監督）、ボブ・ディラン（ミュージシャン）、小沢一郎（政治家）、哀川翔（俳優）、小林聡美（女優）、河相我聞（俳優）、佐々木則夫（サッカー元日本女子代表監督）、瀬戸大也（水泳選手）

太陽：ふたご座
支配星：ふたご座／水星
位置：3°－4° ふたご座
状態：柔軟宮
元素：風
星の名前：プリマ・ヒヤダム

May Twenty-fifth

5月25日

GEMINI

革新的で独立心旺盛

5月25日生まれの人には**優れた知的潜在能力**があり、それが成功を収める最大のキーポイント。頭が切れて如才のないあなたは、勤勉で、新しい考え方をすぐに自分のものにする革新的な人です。独立心旺盛で、どんな状況にも確固とした意思力を持って自然に対応できます。

半面、どんなに勢い盛んな時でも、信念を失うとブレーキがかかり、すばらしい機会を阻まれることも。支配星であるふたご座の影響で、**知的好奇心が強い傾向**。文才と話術は生来のもの。気持ちが前向きの時は知的難問に対しても、機転をきかせてうまい答えを出します。この時インスピレーションがひらめき、気持ちが刺激され、自分は向上していると思うことができるので、**難問もあなたにとって大切な意味がある**のです。ただ、いら立ったり意地を張ったりしてはいけません。幸い、あなたのエネルギーはたえまなくわきあがり、自分の目標を達成させるだけでなく、人も元気にして前向きに行動させる力となります。

27歳を迎え太陽がかに座に入ってからは、恋愛面と家族のことが焦点になります。人生には基盤が必要だという思いをますます強くしますが、たいていの場合それは家庭です。57歳頃太陽がしし座に入ると、確固とした自己表現が必要になりますが、それが力となり、あなたはより冒険的、社交的になるでしょう。

隠された自己

富を築くのには成功しても、お金だけでは決して満足できないタイプ。知識を探求し、ものを見抜く力を培い、表現するのが吉。定期的に自分のための時間を見つければ、洞察力を深めることも可能です。

目がきき、不屈の決意をさらに強固にする精神力があり、それが大きな力となって仕事に成果をあげます。生まじめすぎるきらいがありますから、遊び心、冒険心のはけ口が必要。怒りや反抗心が突如としてわきでるのを避けるには、自分を省み、肩の力を抜き、**自分の創造性を確実に活かせる仕事を見つける**こと。

仕事と適性

あなたの**知性とコミュニケーション能力**を活かして、販売員や弁護士といった仕事がよいでしょう。また、社会福祉事業や、人の心を癒したりする仕事も向いています。一方、教育を通じて、表面的ではなく、深く掘り下げて学ぶ能力を伸ばし、哲学、基本原理など奥深い本質を探るテーマに関わるのもよいでしょう。また、執筆や音楽の道でも際立った才能を発揮します。

恋愛と人間関係

洞察力に優れ、そつがないが、秘密主義で無口。そんなあなたは、本心以外のことなら何でも話します。疑い深いので、人と長く信頼しあえる関係を作るのには時間がかかります。それでも、あなたは情熱的で人に好かれ、特にクールな落ち着きは異性の気を惹きつけます。あなた自身は**勤勉な人、とりわけ意志が固く賢明で創意にあふれた人**が好みです。信頼することができ、あなたに元気を与えてくれる人と出会うと、あなたは誠実このうえないパートナーになります。

数秘術によるあなたの運勢

25の日に生まれた人は、頭の回転が速くエネルギッシュ、しかも勘が鋭く、思考力に恵まれており、斬新で刺激的な思想や人々、場所などさまざまな経験を積む中で、自分を表現したいと思っています。完璧を求めて一生懸命に取り組み、よい結果を出します。ただし、事が計画通りに運ばないからといって、あら探しをすることなどないように。

誕生日の25から与えられているのは強靭な精神力。集中すると、すべてのことに目を配り、誰よりも早く結論を出します。自分の本能を信じ、粘り強くがまんすることを身につければ、成功と幸福はあなたのもの。

月の**5**からの影響は、野心に満ち、バランスがよく、自信家というところに表れています。一方、神経質で落ち着きのないところがあり、人と折りあうのを嫌い、いつも不満が残ります。情熱的ですが、自惚れたかと思うと不安にさいなまれ、対応を誤ってしまうことも。柔軟に創造力を働かせ、気をもむのはやめましょう。

●長所：勘が鋭い、完璧を好む、洞察力がある、創造的精神がある、人間と関わることに秀でている
■短所：衝動的である、短気である、責任感がない、感情的になりすぎる、嫉妬深い、秘密主義である、批判的である、気まぐれである、神経質である

相性占い

♥恋人や友人
1月2、21、28、31日／**2月**19、26、29日／**3月**17、24、27日／**4月**15、22、25、29日／**5月**13、20、23、27日／**6月**11、18、21日／**7月**9、16、19日／**8月**7、14、17、31日／**9月**5、12、15、19、29日／**10月**3、10、13、27、29、31日／**11月**1、8、11、25、27、29日／**12月**6、9、23、25、27日

◆力になってくれる人
1月9、12、18、24、29日／**2月**7、10、16、22、27日／**3月**5、8、14、20、25日／**4月**3、6、12、18、23日／**5月**1、10、16、21、31日／**6月**2、8、14、19、29日／**7月**6、12、17、27日／**8月**4、10、15、25日／**9月**2、8、13、23日／**10月**6、11、21日／**11月**4、9、19日／**12月**2、7、17日

♣運命の人
1月3日／**2月**1日／**11月**26、27、28日

♠ライバル
1月7、8、19、28日／**2月**5、6、17、26日／**3月**3、4、15、24日／**4月**1、2、13、22日／**5月**11、20日／**6月**9、18日／**7月**7、16日／**8月**5、14日／**9月**3、12日／**10月**1、10日／**11月**8日／**12月**6日

★ソウルメイト(魂の伴侶)
1月3、19日／**2月**1、17日／**3月**15日／**4月**13日／**5月**11日／**6月**9日／ **7月**7日／**8月**5日／**9月**3日／**10月**1日

Ⅱ ふたご座

上野樹里(女優)、ソニア・リキエル(ファッションデザイナー)、菊池武夫(ファッションデザイナー)、荒木経惟(写真家)、小倉智昭(キャスター)、江川卓(野球評論家)、二ノ宮知子(マンガ家)、石田ひかり(女優)、伊坂幸太郎(作家)、清宮幸太郎(学生野球選手)

太陽：ふたご座
支配星：ふたご座／水星
位置：3°30'−5°　ふたご座
状態：柔軟宮
元素：風
星の名前：プリマ・ヒヤダム

May Twenty-Sixth

5月26日

GEMINI

鋭い勘と強い責任感を持つおおらかな人物

5月26日生まれの人には鋭い勘とおおらかさがあり、多才な人間的魅力をいっそう深いものにしています。自分の態度を決めるまでは、細部まで詳しく知ろうと努め、一度約束をかわしたら責任を全うするのが重要だと考えています。目標が決まった時には、その目標に向けてそれぞれの段階で、**あなたを励まし支えてくれる人が必要**です。

ふたご座の1番の支配星である水星の影響を受け、あなたは自分の発想や独自の展望を人と共有することを好み、**あらゆることに好奇心を持っています**。問題の核心を突きとめる力があり、**人に関わっていることが好き**なので、音楽や創造的分野で才能を活かしてもよいですし、生来のものを書く技能を伸ばしても成功します。

安定した人生には家庭が絶対で、愛する家族のために大きな犠牲を払うこともいといません。楽な方、楽な方へと流れがちですが、大切なものを見失ったり、ストレスに耐えかねて降参することなどのないように。一方それとは反対に、駆け引きをし自分を制すると決めた時には、断固とした決意を固守し、熱心に事にあたります。怠惰になるのを防ぎ、怒りを発散するために、定期的に体を動かして。

26歳を迎え太陽がかに座に入ってからは、人生でのゆるぎない基盤となる家庭を持つことがますます重要になり、あなたの精神が必要としているものが見えてきます。これは太陽がしし座に入る56歳頃まで続き、精神的強さを増して自信にあふれたあなたは、社会で活躍することになります。

隠された自己

認められたいという気持ちに駆りたてられて教育を受け、自分の才能を伸ばします。これでますます自信が深まるだけでなく、大望を実現するための基礎ができます。あなたの技術、能力をお金儲けに活かすには、協力者が不可欠。お金の心配をするあまり、意志の強さを失ってはいけません。思うように進まないからといって後回しにすると、好機を逃すことにもなりかねないので注意が必要です。

あなたは印象的にみせる演出法を心得ているうえ、主導権を握りたいと思っていますから、**影響力のある立場に立ちます**。権威ある仕事に就いたなら、公正公平を心がけ、不正やごまかしをしてはいけません。人助けの道を選ぶのなら天性の心を癒す力が活かせます。心的ストレスや感情的な不安を抱えている人を楽にしてあげてください。

仕事と適性

一見野心家のようには見えませんが、頭の回転が速く即座に状況が判断できるので、**どんな職業でも成功します**。エネルギーをむやみやたらに使うことがないよう、自制が必要です。教職や執筆など知的な能力を活かした仕事が最適。ビジネスの世界であれば、話術に長けているので、販売業や顧客サービスが向いています。生まれつき人の心を理解し思いやることができるのを活かし、カウンセラーやアドバイザーも適職。

恋愛と人間関係

理想主義で感受性があり、大げさなほど表情豊かなあなたは、激情家にしてロマンティスト。愛情を求めますが、安定と安全は絶対譲れません。気さくなあなたは人との交流が大好き。

ただ、気に入らないことがあっても、感情的になりすぎたり自信を失ったり注文をつけるのはやめましょう。目標達成には自分のセンスで物事を組み立てることと、**あなたを力づけてくれる知性的な人**が好相性。独創的な表現手段で緊張を解きほぐし、同じような考えの人を惹きつけます。

数秘術によるあなたの運勢

26の日に生まれた人は、実践に即した生活を信条とし、会社の経営能力とビジネス感覚に優れています。責任感が強く、美を見分ける目と家庭を愛する心を持ち、真の安定を得るためのゆるぎない基盤を必要としています。頼りにされることが多く、友人や家族、窮地に陥った親戚たちに快く援助の手を差し伸べます。ただ、物質に執着する傾向と、事態や人を思いのまま操りたいと思う欲求は抑えて。

月の5からも影響を受けており、安定と安全を必要としています。過去のことは忘れ、価値のないことにはノーと言えるようにするべきです。

自分の判断基準を維持し､柔軟な姿勢で責任を持つようにすれば、問題を克服し、気に病むこともなくなります。

●**長所**：創造性豊かである、実践的である、思いやりがある、責任感が強い、家族を誇りにする、情熱がある、勇気がある

■**短所**：頑固である、反抗的である、人間関係が安定しない、さめている、がまんが足りない、気が変わりやすい

相性占い

♥恋人や友人

1月8、18、22日／**2月**16、20日／**3月**14、18、28日／**4月**12、16、26日／**5月**10、14、24日／**6月**8、12、22日／**7月**6、10、20、29日／**8月**4、8、18、27、30日／**9月**2、6、16、20、25、28日／**10月**4、14、23、26、30日／**11月**2、12、21、24、28日／**12月**10、19、22、26、28日

◆力になってくれる人

1月6、10、25、30日／**2月**4、8、23、28日／**3月**2、6、21、26日／**4月**4、19、24日／**5月**2、17、22日／**6月**15、20、30日／**7月**13、18、28日／**8月**11、16、26日／**9月**9、14、24日／**10月**7、12、22日／**11月**5、10、20日／**12月**3、8、18日

♣運命の人

5月29日／**6月**27日／**7月**25日／**8月**23日／**9月**21日／**10月**19日／**11月**17、26、27、28日／**12月**15日

♠ライバル

1月13、29、31日／**2月**11、27、29日／**3月**9、25、27日／**4月**7、23、25日／**5月**5、21、23日／**6月**3、19、21日／**7月**1、17、19日／**8月**15、17日／**9月**13､15日／**10月**11、13日／**11月**9、11日／**12月**7、9日

★ソウルメイト（魂の伴侶）

1月6、25日／**2月**4、23日／**3月**2、21日／**4月**19日／**5月**17日／**6月**15日／ **7月**13日／**8月**11日／**9月**9日／**11月**7日／**12月**5日

マイルス・デイビス（ジャズトランペッター）、東海林のり子（レポーター）、モンキー・パンチ（マンガ家）、二代目快楽亭ブラック（落語家）、木佐彩子（アナウンサー）、TAKURO（GLAYミュージシャン）、つるの剛士（タレント）、伊東美咲（女優）、トミーズ健（トミーズ　タレント）

太陽：ふたご座
支配星：ふたご座／水星
位置：4°30'−6°　ふたご座
状態：柔軟宮
元素：風
星の名前：プリマ・ヒヤダム、アイン

May Twenty-Seventh

5月27日

GEMINI

新しい刺激を求める好奇心と冒険心

5月27日生まれの人は明朗で誰からも好かれるタイプ。絶えず新しい刺激を求めており、そのため精神は常に活発で好奇心旺盛。人間が好きで変化を求めるため、次々と新しいことにチャレンジし続けます。あなたが**いつも行動的で、世界を股にかけるようなことがある**のもそのためです。

ふたご座の1番の支配星である水星の影響を受け、人間関係を築くことに長けています。どんな考えも**すばやく理解する能力**があり、その先に進みたいと望んでいますが、裏を返せば、せっかちということでもあります。雄弁ですが、自分が話すよりは人の話を聞くことも心がけましょう。

多芸多才で何でもこなしますが、すばらしい精神的潜在能力があるのですから、徹底的に集中して伸ばさなくてはなりません。それでも何か気になる問題があれば、自分の現実的な論法に即して解決することができます。**深い思考能力**を持っていますが、頑固でひがみっぽく、人と打ち解けないところがありますから、心に柔軟性を持たせることが大切。一方、ストレートな言葉で自分を主張し、一気に物事の核心をつくことも得意。強い起業家精神があり、たいていは楽天家でやる気にあふれ、冒険心旺盛です。お金儲けや物質面の満足を得るために精力的に行動します。精神的かつ創造的な能力を形にできる、例えば著作業のような仕事が適職です。

太陽がかに座に入る25歳を迎えると、情緒的に安定し、家庭や家族関係に関することが人生の大切な問題になってきます。これは、太陽がしし座に入る55歳頃まで続き、権威と力を備えた社交的な人になるでしょう。

隠された自己

落ち着きがないために愛をうまく相手に伝えられない一面があります。性格の飽きやすい面を自己表現に向ければおもしろい毎日が続き、あなたの素質をむだにすることもありません。**本能的に人の気持ちを理解する力があり**、それが起業家精神と結びつくと成功は間違いなし。明朗な性格なので外からはわかりにくいのですが、内面は大変繊細。半面、地に足のついた実用的なものの考え方をします。神秘的なものが好きなので、未知の世界にも関心をそそられます。的を絞ることを意識すれば万事うまくいくでしょう。

仕事と適性

単調な仕事だと飽きてしまうので、どんな職業にしても**変化に富んでいるもの**を選んで。落ち着きのない性格で、人生を探検したいという願望があるので、最終的にこれという仕事に落ち着くまでには、何回か転職を経験するかもしれません。後年になって第二の人生を始める可能性もあります。言葉の才能と鋭い人間洞察力があるので、販売、執筆、宣伝・広報、芸能に関わる仕事が向いています。

恋愛と人間関係

自分の意見を率直にはっきり話しますが、神経がこまやかで多くを語らず、ただ見守っているだけで、個人的な人間関係についてはほとんど話しません。そのため、コミュニケーション不足で緊張関係が生じたり、対人関係が心配になったりします。辛抱強く時間をかければ、1つの学習体験として人間関係を築くことができ、愛と信頼を育む人との出会いもあるはずです。

私生活を作り上げるのは最初が肝心。新しいチャンスと経験とともに、**過去と決別する**中で得るものもあるのです。

数秘術によるあなたの運勢

27の日に生まれた人は、理想家で鋭い感受性を備えています。直感力と分析力があり、創造性に富んだ精神の持ち主のあなたは、奇抜な考えで人を印象づけます。また、無口で感情が表に出ず、衝動的で優柔不断。人間関係を円滑にするには、腹を割って話すのを嫌がらないこと。掘り下げて考える力を養えば、がまんも自制も容易になります。

月の**5**から受けている影響は、多芸多才、豊かな想像性、鋭い勘に表れています。細部まで気を配ることを覚えて大雑把にならないように。よく考えてから話すことが肝心です。

●**長所**：多芸多才である、想像力がある、創造性が豊かである、意志が固い、勇気がある、理解力に優れている、知的能力がある、気高い、創意に富む、精神的に強い

■**短所**：気難しい、喧嘩っぱやい、怒りっぽい、 理屈っぽい、落ち着きがない、神経質である、疑い深い、感情的になりすぎる、緊張しやすい

相性占い

♥恋人や友人

1月4、13、19、23日／**2月**11、17、21日／**3月**9、15、19、28、29、30日／**4月**7、13、17、26、27日／**5月**5、11、15、24、25、26日／**6月**3、9、13、22、23、24日／**7月**1、7、11、20、21、22日／**8月**5、9、18、19、20日／**9月**3、7、16、17、18日／**10月**1、5、14、15、16、29、31日／**11月**3、12、13、14、27、29日／**12月**1、10、11、12、25、27、29日

◆力になってくれる人

1月7、15、20、27、31日／**2月**5、13、18、29日／**3月**3、11、16、27日／**4月**1、9、14、25日／**5月**7、12、23日／**6月**5、10、21日／**7月**3、8、19日／**8月**1、6、17、30日／**9月**4、15、28日／**10月**2、13、26日／**11月**11、24日／**12月**9、22日

♣運命の人

11月28、29、30日

♠ライバル

1月6、14、30日／**2月**4、12、28日／**3月**2、10、26日／**4月**8、24日／**5月**6、22日／**6月**4、20日／**7月**2、18日／**8月**16日／**9月**14日／**10月**12日／**11月**10日／**12月**8日

★ソウルメイト（魂の伴侶）

4月30日／**5月**28日／**6月**26日／**7月**24日／**8月**22日／**9月**20日／**10月**18、30日／**11月**16、28日／**12月**14、26日

中曽根康弘（政治家）、植田まさし（マンガ家）、荻原博子（経済ジャーナリスト）、ジュゼッペ・トルナトーレ（映画監督）、いっこく堂（腹話術師）、柳沢敦（元サッカー選手）、美馬怜子（モデル）、レイチェル・カーソン（生物学者）、内藤剛志（俳優）、山根良顕（アンガールズ タレント）、MATSU（EXILE元パフォーマー）

太陽：ふたご座
支配星：ふたご座／水星
位置： 5°30'－7°30' ふたご座
状態：柔軟宮
元素：風
星の名前：アルデバラン、プリマ・ヒヤダム、アイン

May Twenty-Eighth

5月28日

GEMINI

異性だけではなく、同性にも性的関心が

5月28日生まれの人は鋭い理解力と高い理想があり、独立心旺盛。素直で率直、如才がなく実践的で、人の思惑やそのときどきの状況を見抜く**鋭い直感力**を持っています。

支配星である水星の影響を受けて、あなたは常に若々しく、異性だけでなく同性にも性的関心を持っています。

自分の考えをはっきり述べ、理解が早く、説得力があるので、物書きなど意思を伝える仕事が成功の鍵に。

機知に富んだ戦略家ですが、自分のためだと、策士策に溺れるというようなことになりかねないので注意。アイディアがたくさんひらめくと、楽観的な考えとエネルギーが爆発して夢の実現を可能にします。積極的に事業に乗り出せば幸運が回ってきます。理想は高いのですが、がまんと忍耐を身につける必要があります。これはあなたより未熟な人と関わる時はなおさら大切。

型にはまらないタイプなので、前代未聞の開発事業を目指すこともあるでしょうが、さらに大きな企画を見すえる力を持っており、人の上に立ってリーダーシップをとる素質があります。冒険心を養い自分が元気になるのには、旅行が吉。

24歳を迎えて太陽がかに座に入ってからは、人生の強固な基盤となる家庭を持つことがますます重要になり、あなたの情緒的な要求が浮きぼりになってきます。これは太陽がしし座に入る54歳頃まで続き、あなたは自信と創造性にあふれ、社会の難局でますます活躍することになります。

隠された自己

あなたは博識で行動的ですが、真に望んでいるのは心の平静で、それを求めてあらゆる分野の知識探求に乗り出すことになります。しかし、少しゆとりを持ち、生活をシンプルにすることを学びましょう。それにより最大の成功を手にすることもあるのです。**自省し、精神集中を身につけること**、それがあなたの穏やかさを保ち、内面の不安を取り除く助けになります。見かけは自信ありげで何でもこなしそうですが、内面はとても敏感で傷つきやすい傾向が。バランスのよい生活を送ることが、この二面性を調整するために最優先でしなければならない課題。あなたの人生では連携して仕事をすることが重要です。幸い、自分にふさわしい人を見抜く特技があります。価値があると思うつき合いは、物質的な成功ではなく知性と関係があることを、徐々にわかるようになります。

仕事と適性

頭が切れ回転も速いため、**儲け話に困ることはありません**。独立心旺盛。自分のやり方で仕事をすることができる自由が必要ですが、人と協調して仕事をするメリットも痛感しています。立案し組織する優れた技量があるので、販売や商売、保険業界で活躍します。一方、人に奉仕することを好む人は、法律や教育の世界の仕事を選ぶのもよいでしょう。

考えをはっきり述べ、知性と教養を大事にするあなたは、執筆業や宣伝、出版の世界にも魅力を感じます。頭のよさを活用できる仕事であればより大きな満足感を得ることができますが、ぐずぐず引き伸ばしたり、興味をさらに深めようとしない傾向は、改めて。

恋愛と人間関係

理想家で独立心旺盛なあなたは、人間関係に何を求めるか、明確な考えを持っています。けれども、落ち着きのなさや破天荒な情熱が問題を引き起こします。短気な人には特にこれが当てはまります。あなたが変わった人を求めるのも、普通とは一味違う人間関係に惹かれるからで、外国人とも交流したがります。それでも人間関係がしっくりこないとすぐに退却してしまいます。現実的に考えるので、人に思いを寄せるようなことは、めったにありません。意見を言うことはあっても、気持ちを口にすることはあまりないのです。ただ、**積極的に心を刺激してくれる人**に出会えれば、あなたは愛情深く誠実で、相手のよい支えとなるでしょう。

数秘術によるあなたの運勢

28の日に生まれた人は、独立心の強い理想家で、断固として実際的なアプローチを行います。したがって自分の規範は自分自身であるという場合が多いのです。1の数字を持つ人と同様に、あなたは大志をいだき、率直で、進取の気性に富んでいます。自立していたいという気持ちと、チームの一員でいたいという気持ちの対立は、28の数字の影響。新しい行動や冒険の準備はいつでもできており、人生の難局に敢然と立ち向かっていきます。そして人は簡単にあなたの情熱に動かされ、あなたの仲間にはならないとしても、最低でも、支持してくれることだけは確かです。

28の日に生まれたあなたには、リーダーシップがありますが、頼りにしているのは自分の常識や理論、明晰な思考力です。責任感が強いのはいいのですが、熱心すぎたり短気になったり、また寛容な心をなくすことのないように。月の**5**からも影響を受け、あなたは如才がなく鋭い直感力を持っています。社会のためになることに向け、グループの一員として協調して仕事に携わり、知識と技術を分かちあうことを心がけて。

●**長所**：思いやりがある、進歩的である、破天荒である、芸術的である、独創性がある、理想主義である、大志がある、勤勉である、家庭生活が安定している、意志が強い

■**短所**：空想家である、やる気が感じられない、思いやりがない、非現実的である、いばる、判断力に欠ける、攻撃的である、自信がない、人に頼りすぎる、高慢である

相性占い

♥恋人や友人

1月3、4、6、8、14、20、24日／**2月**1、2、12、18、22日／**3月**10、16、20、29、30日／**4月**8、14、18、27、28日／**5月**6、12、16、25、26、31日／**6月**4、10、14、23、24、29日／**7月**2、8、12、21、22、27日／**8月**6、10、19、20、25日／**9月**4、8、17、18、23日／**10月**2、6、15、16、21、30日／**11月**4、13、14、19、28、30日／**12月**2、11、12、17、26、28、30日

◆力になってくれる人

1月4、8、21日／**2月**1、2、6、19日／**3月**4、17、28日／**4月**2、15、16日／**5月**13、24日／**6月**11、22日／**7月**9、20日／**8月**7、18、31日／**9月**5、16、29日／**10月**3、14、27日／**11月**1、12、25日／**12月**10、23日

♣運命の人

1月3日／**2月**1日／**5月**31日／**6月**29日／**7月**27日／**8月**25日／**9月**23日／**10月**21日／**11月**19、28、29、30日／**12月**1、11、17日

♠ライバル

1月7、10、15、31日／**2月**5、8、13、29日／**3月**3、6、11、27日／**4月**1、4、9、25日／**5月**2、7、23日／**6月**5、21日／**7月**3、19日／**8月**1、17日／**9月**15日／**10月**13日／**11月**11日／**12月**9日

★ソウルメイト（魂の伴侶）

3月31日／**4月**29日／**5月**27日／**6月**25日／**7月**23日／**8月**21日／**9月**19日／**10月**17、29日／**11月**15、27日／**12月**13、25日

筒美京平（作曲家）、中沢新一（宗教学者）、カイリー・ミノーグ（歌手）、五十嵐亮太（プロ野球選手）、能見篤史（プロ野球選手）、若槻千夏（タレント）、黒木メイサ（女優）、立花隆（ジャーナリスト）、柴崎岳（サッカー選手）

♊ ふたご座

太陽：ふたご座
支配星：ふたご座／水星
位置：6°30'－8°　ふたご座
状態：柔軟宮
元素：風
星の名前：アルデバラン、アイン

May Twenty-Ninth

5月29日

GEMINI

人を惹きつける会話力と豊かな表現力

気さくで親しみやすく、**人を惹きつけて離さない魅力**。それが29日生まれの人のすばらしい強みです。鋭い観察力とユーモアがあるので人づき合いがうまいうえ、誰からも好かれます。しかしあなたの疑い深くて優柔不断なところは人目に触れず、あなたの**心が傷つきやすくてもろい**ことを知る人はいません。

支配星である水星の影響を受け、すばらしい会話力と豊かな表現力を持ち、どんな方面の才能も備えています。何でもできるのであらゆることに興味を惹かれ、手を広げすぎて収拾がつかなくなることも。しかし、一度自分の戦略と冒険心を向ける目標が定まれば、決意は固く、ひたむきに力を注ぎます。ただ、誘惑を拒否できないような邪魔が入り、気が散るおそれがあります。衝動に駆られてのめりこみすぎないこと。余計な心配はせず、むやみにエネルギーを使わないことです。また演劇の才能を持っており、人生においてさまざまな人格を演じることができます。

太陽がかに座に入り23歳を迎えると、安全意識がさらに敏感になり、家庭生活に重きを置くようになります。53歳頃、太陽がしし座に入ると、自己を表現し主張することが強く求められるようになり、あなたの社交性や指導力に磨きがかかります。

隠された自己

誇り高いあなたは、**生まれながらのビジネスセンス**が備わっています。仕事や財政をめぐる状況が不安定だと、お金は人生に不安をもたらしかねないものになります。大きな成功を収めるかもしれませんが、浪費癖がありますから、予算内で生活するよう心がけ、長期の投資と貯蓄計画を立てるのが吉。信念を育めば、みずからの資質に頼れるようになり、再び迷うことがなくなります。強い勘を頼みに富を得る機会もめぐってくるでしょう。

仕事と適性

多芸多才で変化や心的刺激を求めるので、**お決まりの仕事は避けて**。生来魅力にあふれ社会意識も高いので、人に関わる仕事なら成功は間違いありません。言語能力に長けるので作家や講師もよし。あるいは販売の世界でも頭角を現します。夢中になると創造的な姿勢で取り組むので、旅行代理業でも活躍します。芝居がかった一面があるので、演技や政治の世界も向いています。

恋愛と人間関係

感受性豊かで理想を求めるロマンティスト。親しみやすい性格と、創造的な才能で、友人には不自由しません。しかし、落ち着きがなくて神経質で、人とのつき合いの中で自分がどう感じているか、はっきりわかっていません。また飽きやすいので、いろいろな人に同時に興味を感じます。恋愛をすると大きな自己犠牲を払うことができますが、冷たくなったり、深刻になったりします。それでも、愛する人といると大変寛大で、気持ちが前向きな時は周りの人を楽しくします。**よく気がつき、理解力があり、自分の能力を信じてくれるパートナー**を求めているのです。

数秘術によるあなたの運勢

29の日に生まれた人は強烈な個性とずば抜けた可能性を持っています。直感力があり感受性豊か。あなたを成功に導く鍵はひらめき。これがないと、目的を失います。強烈な空想家で気分が変わりやすいので注意が必要。自分の感情を信じて人に心を開けば、周囲に壁を作ることも無用です。創造的な思考を用いて、人を動かしたり、人に奉仕するための何か特別なことを成就しましょう。

月の**5**は、あなたが自主的思考から得るものがあることを示しています。知識はあなたの自信を深め、説得力を強くします。細かいところに目が届きますが、自分の考えは自分の胸に秘める傾向があるので、あまり積極的に表面に出るのではなく、見守るタイプです。

●長所：ひらめきがある、バランス感覚がある、精神が穏やかである、寛容である、成功を収める可能性が高い、創造性がある、直感力がある、夢に力がある、信念がある

■短所：集中力がない、安定していない、神経質である、気分が変わりやすい、気難しい、過激である、思いやりがない、ひがみやすい

♥恋人や友人

1月21、25、30日／**2月**19、23日／**3月**17、21、30日／**4月**15、19、28、29日／**5月**13、17、26、27、31日／**6月**11、15、24、25、30日／**7月**9、13、22、23、28日／**8月**7、11、20、21、26、30日／**9月**5、9、18、19、23、24、28日／**10月**3、7、16、17、22、26、29日／**11月**1、5、14、15、20、24、27日／**12月**3、12、13、18、22、25、27、29日

◆力になってくれる人

1月5、13、16、22、28日／**2月**3、11、14、20、26日／**3月**1、9、12、18、24、29日／**4月**7、10、16、22、27日／**5月**5、8、14、20、25日／**6月**3、6、12、18、23日／**7月**1、4、10、16、21日／**8月**2、8、14、19日／**9月**6、12、17日／**10月**4、10、15日／**11月**2、8、13日／**12月**6、11日

♣運命の人

6月30日／**7月**28日／**8月**26日／**9月**24日／**10月**22日／**11月**20、28、29、30日／**12月**1、18日

♠ライバル

1月2、23、30日／**2月**21、28日／**3月**19、26、28日／**4月**17、24、26日／**5月**15、22、24日／**6月**13、20、22日／**7月**11、18、20日／**8月**16、18、19日／**9月**7、14、16日／**10月**5、12、14日／**11月**3、10、12日／**12月**1、8、10日

★ソウルメイト（魂の伴侶）

1月14、22日／**2月**12、20日／**3月**10、18日／**4月**8、16日／**5月**6、14日／**6月**4、12日／**7月**2、10日／**8月**8日／**9月**6日／**10月**4日／**11月**2日

有名人

ジョン・F・ケネディ（第35代アメリカ大統領）、美空ひばり（歌手）、片山右京（レーシングドライバー）、大桃美代子（タレント）、ノエル・ギャラガー（ミュージシャン）、伊勢谷友介（俳優）、内田百閒（作家）、池上遼一（マンガ家）

太陽：ふたご座
支配星：ふたご座／水星
位置：7°30'−9°　ふたご座
状態：柔軟宮
元素：風
星の名前：アルデバラン

May Thirtieth

5月30日

GEMINI

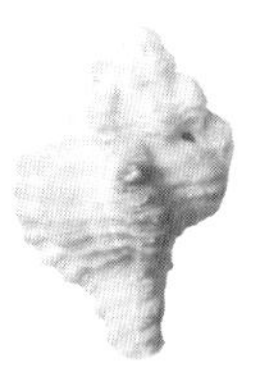

知識欲が旺盛な社交家

5月30日生まれの人はユーモアのセンスがあり、**多芸多才で話好きの社交家**。頭の回転が速く表情が豊かなため、社交上の、特に個人的なつき合いの中で異彩を放ちます。支配星である水星からは、きわめて明敏な知性でチャンスを見抜き、それを利用する力を与えられています。**知識欲旺盛で頭も切れる**ので、さまざまな活動に携わります。ただし、変化を求めて動きすぎ、多方面の関心ごとにむやみにエネルギーを注ぐことのないよう自分をコントロールしましょう。

人が何で動くか、第六感でわかるあなたは、親しみやすい一方、**競争心を燃やして当意即妙の答えをする生まれながらの心理学者**です。明快に話し、質の高い論議、討議を繰り広げますが、挑発的になったり、我を通そうと自己主張が強くなることは避けるように。

しかし、外交的手腕と鋭い観察力があるので、度を越しているようなことがあれば自分で気がつきます。若いうちに父親や叔父など、強い力を持った男性から大きな影響を受けるでしょう。

太陽がかに座に入る22歳を迎えると、家族生活に関心が向き、家庭という安定した基盤を求めるようになります。これがあなたの転機で、愛情と理解と気持ちの安定がさらに必要になるのです。52歳になって自分の能力がよくわかってくると、自分への自信も急に深まるでしょう。

隠された自己

高潔さと劇的なまでの表情の豊かさを自分で感じているあなたは、**優しくて心が温かく**、自分への好意、愛情にはうまく対応します。愛する人に対しては寛容ですが、一度敵意を覚えると不機嫌になります。すばやく考えをめぐらして対応し、非常に傷つきやすい自分を守ることがよくあります。

あなたは物事により深い本質的なものを求めますが、それはあなたの性格に、まじめで思慮深い面があることを意味しています。直感力が鋭いのですから自分の本能が正しいと信じることを覚えましょう。内面からわき上がる感情に任せて自分を自由に表現してみて。そうすれば、感情的な不満は抑えられ、自分らしい個性が発揮できます。

仕事と適性

言葉を操る才能があり、頭の回転も速いあなたは、作家、教師、講師、広報・宣伝担当者の有力候補。同様に、人の扱いに長けているので、代理店業や販売員、公務員などの仕事でも力を発揮します。生まれながらにしての心理学者ですから、カウンセラー、セラピスト、また医療現場の仕事に働きがいを見出します。独創的な自己表現をするので、芸能・芸術分野も適性があります。一方、**人を統率する能力と組織を作る技能**があり、戦略的に計画をめぐらすあなたは、商業の世界でも力を発揮します。

恋愛と人間関係

若々しくて社交的。絶えず新しい人や場所に興味を惹かれ、じっとしていられない面があります。生まれつき交際上手な人気者。おもしろいことが好きで、自分を認めてもらいたい気持ちが、あなたを社交的にしています。恋愛ではほれっぽい一面も。気持ちがころころ変わりやすいので、人間関係で困難なことがあった時でも、乗り越えられるよう大人になる必要も。**あなたの創造性に火をつけ、あなたが自分の内面に踏みこむことの力になってくれる人**に惹かれます。

数秘術によるあなたの運勢

30の日に生まれた人には創造性、親しみやすさ、社交性が備わっています。それだけでなく、野心家で、創造力があり、思いついたことを独自のスタイルで拡大していきます。またあなたは、金運に恵まれ、飛び抜けてカリスマ性があり、社交的。情熱的なので常に恋しているか、気持ちが満ち足りていないと、生きていけません。幸せを求める時は、短気や嫉妬、怠惰やわがままは禁物。それが原因で、精神的に不安定な状態に追いこまれてしまうからです。

30の日に生まれた人の中には、ミュージシャン、俳優やタレントなど、名声を求める人が多くいます。

月の**5**は、実践的な見方を培うことが重要だということを示しています。知識と洞察力、建設的創造力を用いて、ゆるぎのない基盤を作り上げ、任務を最後まで成し遂げること。途中で放り投げてはいけません。周囲と協力して一生懸命取り組めば、見返りも大きいのです。自分の道を手に入れるのに、機転と駆け引きを使いましょう。

●**長所**：陽気である、誠実である、親しみやすい、人をまとめるのがうまい、言葉を操る才能がある、創造性に富む

■**短所**：怠慢である、頑固である、気まぐれである、短気である、不安定である、無関心である、むやみにエネルギーを使う

♥恋人や友人

1月6、7、16、18、22、26日／**2月**4、14、20、24日／**3月**2、12、18、22日／**4月**10、16、20、30日／**5月**8、14、18、28日／**6月**6、12、16、26日／**7月**4、10、14、24、31日／**8月**2、4、8、12、22、29日／**9月**6、10、20、27日／**10月**4、8、18、25日／**11月**2、6、16、23、30日／**12月**4、14、18、21、28、30日

◆力になってくれる人

1月6、17、23、31日／**2月**4、15、21、29日／**3月**2、13、19、27、30日／**4月**11、17、25、28日／**5月**9、15、23、26日／**6月**7、13、21、24日／**7月**5、11、19、22日／**8月**3、9、17、20日／**9月**1、7、15、18、30／**10月**5、13、16、28日／**11月**3、11、14、26日／**12月**1、9、12、24日

♣運命の人

11月29、30日／**12月**1、2日

♠ライバル

1月24日／**2月**22日／**3月**20、29日／**4月**18、27、29日／**5月**6、16、25、27、30日／**6月**14、22、25、28日／**7月**12、21、23、26／**8月**10、19、21、24日／**9月**8、17、19、22日／**10月**6、15、17、20日／**11月**4、13、15、18日／**12月**2、11、13、16日

★ソウルメイト(魂の伴侶)

1月13日／**2月**11日／**3月**9日／**4月**7日／**5月**5日／**6月**3、30日／**7月**1、28日／**8月**26日／**9月**24日／**10月**22日／**11月**20日／**12月**18日

有名人

渡邉恒雄(経営者)、左とん平(俳優)、火野正平(俳優)、十八代目中村勘三郎(歌舞伎俳優)、矢口史靖(映画監督)、君島十和子(美容家)、朝井リョウ(作家)、河瀬直美(映画監督)、福士蒼汰(俳優)

太陽：ふたご座
支配星：ふたご座／水星
位置：8°30'−10°　ふたご座
状態：柔軟宮
元素：風
星の名前：アルデバラン

May Thirty-first

5月31日

GEMINI

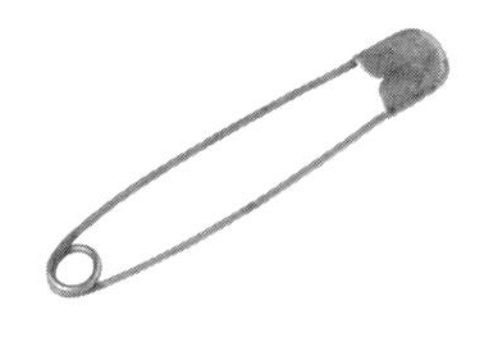

広い見聞と知識を持つ

5月31日生まれの人は知的で意志が強く、魅力あふれる性格を持っています。理想主義ですが現実的でもあり、**自分の考えや構想を実現することができます**。人と接する仕事をする能力に恵まれています。

支配星である水星の影響を受け、頭脳明敏で、正規の学校教育であれ個人的な自主学習であれ、教育に重きを置き、優れた知的潜在能力をさらに高めていこうとします。自分自身が**生まれながらにしての教師**であり、現実面でも精神的でも見聞が広く、その知識で人を啓発します。

また、考え方が創造的で文才があり、外交手腕に優れ、言語や文学に関心があります。理想主義ですがお金に対する執着が強い面も。**優れた知性を活かすことがあなたの成功の鍵**。仕事でも趣味でも、精神的に立ち向かっていく姿勢を持続させるものが必要です。仕事熱心で気立てがよく、しかも知性あふれるあなたに必要なのは、非凡な才能を最大限に活かすために修養を積むことです。

太陽がかに座に入る21歳になると、家庭、家族といった強い基盤を築くことを重視するようになります。親密な人間関係を結び情緒的安定を求める気持ちが強くなるのです。太陽がしし座に入る51歳まではこの状態が続き、あなたの独創力、自信、権威、力強さが光を放つ時代を迎えます。

Ⅱ
5月

隠された自己

1人でも大丈夫なように見えますが、実はあなたには**親密な間柄の人が絶対必要**。自分を犠牲にすることもいとわない、よい友人になれます。自分の愛情、時間を惜しみなく注ぎ、身を捧げて尽くしますが、相手からも同じだけ与えられていると感じることが重要です。安全のために自分を守りすぎると、不安に満ち、相手にふり回されてしまう危険性があります。あなたのこまやかな神経と高い理想は、平安によって与えられるものです。愛を切望する気持ちは、理想とするものや芸術、音楽に専念することを通しても表れてきます。あなたの能力、理解力ゆえに、人は救いを求め、自然とあなたの周りに集まるのです。

仕事と適性

気持ちが若く、機転がきき、ずば抜けた記憶力を持つあなたは、**どんな仕事に就いても貴重な貢献をします**。文才があるので、物書きや図書館、あるいは統計学の仕事に進むとよいでしょう。人の上に立って働く能力と知識を愛する気持ちを兼ね備えているため、学校の先生や会社の指導者といった、人にものを教える仕事にも向いています。独創性があるので、芸術の分野や美容業、あるいは音楽、芸術関係の職業も適職。

恋愛と人間関係

社交的で現実的、力あふれる態度は、威圧的でありながら魅力的。外交手腕を駆使し、ムードメーカーとしての一面も。**努力して取り組めば、たいてい成功がついてきます**。あなたは勤勉で成功した人が好きです。また、常に魂の通う友を探しているあなたは、結婚を信じ、一緒になったパートナーに対して誠実でいることができます。時として、自分の求める思いやりや愛情を与えてもらえないからといって、気難しくなったり嫉妬深くなることがありますから注意しましょう。

数秘術によるあなたの運勢

31の日に生まれた人は意志が強く決断力があり、自己表現を重視します。生まれた日の31は、あなたが独自の考えを持ち、センスがよく、時間をかけ現実的に行動すれば、仕事で成功する力があることを示しています。また、幸運と好機に恵まれ、余暇の趣味も充実します。

月の**5**は、理想主義で度胸があることを示しています。穏やかではありますが、信念は強いタイプ。冷静で超然としているように見えますが、感じやすく神経質な面も。仕事や研究を途中で投げ出さないことが重要です。

●**長所**：創造性が豊かである、独創的である、ものを作り上げる力がある、建設的な考え方をする、決してあきらめない、現実的である、会話がうまい、責任感が強い

■**短所**：情緒が安定しない、短気である、疑い深い、すぐくじける、覇気がない、わがままである、頭が固い

♥恋人や友人

1月1、4、9、27、29日／**2月**2、25、27日／**3月**23、25日／**4月**21、23日／**5月**19、21、29日／**6月**17、19、27日／**7月**15、17、25日／**8月**13、15、23日／**9月**11、13、21日／**10月**9、11、19日／**11月**7、9、17日／**12月**5、7、15、19日

◆力になってくれる人

1月3、10、15、18日／**2月**1、8、13、16日／**3月**6、11、14、29、31日／**4月**4、9、12、27、29日／**5月**2、7、10、25、27日／**6月**5、8、23、25日／**7月**3、6、21、23日／**8月**1、4、19、21日／**9月**2、17、19日／**10月**15、17日／**11月**13、15日／**12月**11、13日

♣運命の人

4月30日／**5月**28日／**6月**26日／**7月**24日／**8月**22日／**9月**20日／**10月**18日／**11月**16日／**12月**1、2、3、14日

♠ライバル

1月9、14、16、25日／**2月**7、12、14、23日／**3月**5、10、12、21、28、30日／**4月**3、8、10、19、26、28日／**5月**1、6、8、17、24、26日／**6月**4、6、15、22、24日／**7月**2、4、13、20、22日／**8月**2、11、18、20日／**9月**9、16、18日／**10月**7、14、16日／**11月**5、12、14日／**12月**3、10、12日

★ソウルメイト(魂の伴侶)

12月29日

有名人

土方歳三(新撰組副長)、クリント・イーストウッド(俳優・映画監督)、枝野幸男(政治家)、ブルック・シールズ(女優)、鈴木京香(女優)、有吉弘行(タレント)、コリン・ファレル(俳優)、眞鍋かをり(タレント)、平井伯昌(水泳指導者)、ケンブリッジ飛鳥(陸上選手)

太陽：ふたご座
支配星：てんびん座／金星
位置：9°30'−11°　ふたご座
状態：柔軟宮
元素：風
星の名前：アルデバラン

June First

6月1日

GEMINI

あなたを待つ多くの出会い

6月1日生まれの人は**頭の回転が速くて直感力があり、多芸多才**。気が若く、はつらつとしています。

支配星そして水星の影響で、優れたコミュニケーション能力と細かい神経の持ち主。また、デカネートを支配するてんびん座からの影響で、カリスマ的人物でもあります。説得力と人を惹きつける魅力で、巧みな社交術はさらに磨きがかかり、少し妖しい雰囲気を漂わせています。

あなたには人間的魅力があり、**絶えず変化を求めている**あなたの人生は、多くの出会いと新しい経験を得られるでしょう。多趣味で多方面に才能を発揮するかと思えば、1つのことに一心不乱に向かうことも。一生懸命働き、仕事で結果を出す自信もあるので、成功は折紙つき。公平な目で、建設的な批判精神で仕事をこなせば、神経過敏になることも、独断に走ることもありません。

あなたにとって、**いったん計画を立てたら途中で放り出すことなく最後までやり遂げることは、特に大切**。女性があなたの仕事を支えてくれることが多く、会社でも大きな助けとなるでしょう。豊かな感受性に恵まれているので、想像力を働かせて、音楽や芸術の世界で自分の理想を追求します。

感受性豊かで頭の回転も速いので、何につけてものみこみの早いあなた。20歳を迎えて太陽がかに座に入ると、気持ちの安定、家族と家庭への関心がますます高まります。55歳で太陽がしし座に入る頃、再びあなたに転機が訪れ、より強く、より確信に満ち、自信にあふれた自分を感じることができます。

隠された自己

自信を喪失したり、大きなリスクを前にしてうろたえることもありますが、正面から恐怖と向きあえば、本当の信念を見出し、人生を楽しむことができます。何の屈託もなく思いきった行動をとるあなたですが、成長とともに責務も大きくなってきます。自分の行動に責任を持ち、公平公正に事にあたれば、人生は余りある見返りを与えてくれるはずです。

若々しさあふれるあなたは、**想像力があり遊び心もたっぷり**。人に期待して当てがはずれることがあっても、過激な行動に走らないよう注意が必要。あなたのすばらしい魂が公平無私を学ぶことで成長した時、大切なのは奉仕と協調の精神で人と一緒に仕事をすることだと学ぶのです。

仕事と適性

あなたの強味は**先駆的な自己表現と頭の回転の速さ**です。生来のコミュニケーション能力があるので、販売員やプロモーターが適職。またジャーナリズム、講演、執筆、音楽や舞台関係の仕事にも向いています。外国に興味を惹かれ仕事を得ることがあるのも、この日に生まれた人の傾向。また、職場環境の変化で転職する傾向も持っています。

恋愛と人間関係

どんな人をも惹きつける魅力がありますが、友達はしっかり見極めて選ぶことが大切。自分の気持ちや考えを表現する時もあれば、気持ちがさめて孤立してしまう時もあります。人を惹きつける力が大きな強みとなり、そのカリスマ的性格で、友人や恋人を夢中にさせること間違いなし。一方、本当は何を求めているのか、はっきりしないところがあります。**バランスのとれた、自立した人間関係を維持**することが、あなたの課題。知的な人に魅力を感じるので、共通の関心事や情報を共有するのがよいでしょう。

数秘術によるあなたの運勢

1の日に生まれた人は個性的で革新的、度胸があって生命力にあふれています。またしっかりとした独自性を確立し、発言力を高めたいと望んでいます。パイオニア精神にかきたてられて独立独歩の精神を発揮し、経営者や指導者として腕をふるいます。情熱と独創的なアイディアに満ち、前進あるのみと、身をもって示します。

ただ1の日に生まれたあなたは、世界が自分中心に回っているのではないことを知り、自己中心的、独裁的にならないように注意すること。

月の**6**からも影響を受けていて、人の要求を受け入れる柔軟な姿勢が必要。独立独歩だからといって、家族に対しての責任をおざなりにしないように。

あなたには辛抱強さと強い意志があるので、忍耐力を養うことができます。自分を律することのできるあなたは、自分に対しても人に対してもまっすぐで正直です。

●**長所**：指導力がある、創造性がある、進歩的である、力強い、楽天家である、鉄の意志を持つ、競争心がある、独立心が強い、社交的である

■**短所**：横柄である、自己中心的である、傲慢である、対抗心が強い、慎みがない、利己的である、軟弱である、優柔不断である、せっかちである

♥恋人や友人

1月9、13、23、25、27日／**2月**7、21、23、25日／**3月**5、19、21、23、29日／**4月**3、17、19、21、27、30日／**5月**1、15、17、19、25、28日／**6月**13、15、17、23、26日／**7月**11、13、15、21、24日／**8月**9、11、13、19、22日／**9月**7、9、11、17、20日／**10月**5、7、9、15、18日／**11月**3、5、7、13、16日／**12月**1、3、5、11、14日

◆力になってくれる人

1月2、4、7日／**2月**2、5日／**3月**3日／**4月**1日／**5月**31日／**6月**29日／**7月**27、31日／**8月**25、29日／**9月**23、27／**10月**21、25日／**11月**19、23日／**12月**17、21日

♣運命の人

1月8、14日／**2月**6、12日／**3月**4、10日／**4月**2、8日／**5月**6日／**6月**4日／**7月**2日／**12月**2、3、4日

♠ライバル

1月6、19、29日／**2月**4、17、27日／**3月**2、15、25日／**4月**13、23日／**5月**11、21日／**6月**9、19日／**7月**7、17日／**8月**5、15日／**9月**3、13、30日／**10月**1、11、28日／**11月**9、26日／**12月**7、24、29日

★ソウルメイト（魂の伴侶）

1月16、21日／**2月**14、19日／**3月**12、17日／**4月**10、15日／**5月**8、13日／**6月**6、11日／**7月**4、9日／**8月**2、7日／**9月**5日／**10月**3日／**11月**1日

有名人

マリリン・モンロー（女優）、モーガン・フリーマン（俳優）、千代の富士貢（第58代大相撲横綱）、夏川結衣（女優）、HIRO（EXILE 元ダンサー）、山下泰裕（柔道家）、宇津木麗華（ソフトボール元日本代表監督）、坂上忍（俳優）、本田望結（女優・フィギュアスケート選手）

太陽：ふたご座
支配星：てんびん座／金星
位置：10°30'－12°　ふたご座
状態：柔軟宮
元素：風
星の名前：アルデバラン

June Second

6月2日

GEMINI

頑固な性格の裏には人にはみせない繊細さも

6月2日生まれの人は勤勉で気立てがよく、誰からも愛される人気者。**目標を達成する力を持っています**。感受性が高く、独立心の強いタイプですが、自営でも会社の仕事でも、人とうまく折りあうことができます。組織をまとめる手腕があるので、楽しみながら仕事ができます。

あなたのデカネート、てんびん座の影響で、芸術的素質があり、**豪華で美しいものが大好き**。また優れた外交手腕も授けられているおかげで、人間関係を楽に築き、交渉の場ではっきり考えを述べることができます。いらついて意固地になると、話術の才能が間違った方向に向かい、辛辣な意見を言ってしまうことがあるので要注意。あなたの性格には、こういった頑固で手に負えない面がある一方、それとは対照的に、思いがけなく繊細で哀れみ深い側面もあります。ただし主導権を握っていたいので、人にはこういった面をめったにみせません。

あなたは**分別があり、夢を実現させるハッキリした展望を持っています**が、ついわき道にそれて、掲げた目標に集中できなくなることがあるので注意が必要。なまけ癖や素行の悪さで、あなたの将来が台なしにもなりかねません。しかし、一度その気になると、このうえなく熱心に働きます。あなたには、**目的を達成する才能と強い意志**があるのです。

19歳を迎えて太陽がかに座に入ると、安定や家庭、家族に関わる問題が人生で重要な意味を持つことを意識するようになります。太陽がしし座に入る49歳までこの状態が続くと、あなたは活力と自信を育む時代を迎え、自己を表現することへの興味は一段と強くなります。

隠された自己

知的で、人や状況をすばやく見極めるあなたは、知識には力があると認めています。また、気高い心を持ち、指導力と自信を備えています。きわめて有能ですから、自信喪失に陥り、自分が人より劣っているという気持ちを経験すると、うろたえてしまいます。幸いあなたには優れた直感力があるので、より深いレベルで欠点を理解し、自分を改善していくことができます。そのためにも教育は、どんな形態であっても有益で、目標以上のものを達成する助けになります。家庭と家族に対して一段と責任を感じているのは、それだけ人生で大切だということ。ただし、決まりきった生活は避けて。さまざまな分野に手を広げる機会を犠牲にして、ありきたりの暮らしをくり返していてはいけません。

時として、自分の意見を曲げず、横柄な態度をとることもありますが、**もともとは人道主義的な性格**。持てる技術や専門知識をみずから進んで**人のために役立てましょう**。

仕事と適性

人の心をすばやく読み取る能力を持っているあなたにとって、販売、プロモーションや広報活動といった分野での成功は確実。またバイヤー、各種代理店業としても優れた力を発揮します。人道主義的な性格から、カウンセリングなど社会的な責任を担う職業に就くこともあります。あるいは創意あふれた革新的な精神を活かす科学、技術関係にも関心を惹かれるでしょう。一方、創造力と視覚センスがあるので、写真や演劇、音楽を通して自己表現の場を見つけることもできます。パートナーや集団で共同で仕事をすることが合っているようです。

恋愛と人間関係

家庭は人生の中でとても大切ですが、何ひとつ新しいもののない決まりきった人間関係にならないよう、気をつけなくてはなりません。

あなたは非常に直感力が強く人の心の動きに敏感なので、調和のとれた円満な環境が必要。神経過敏になったり、気分屋になることのないように。理解と思いやりで、愛する人の力になり、元気づけることができます。**協力して何か創造的な仕事をすれば、パートナーとより親しくなれます**。友人と交わり友人を楽しませることで、あなた自身も元気になるのです。

数秘術によるあなたの運勢

2の日に生まれた人は神経がこまやかで、集団の一員でいることを必要とします。融通がきいて人の気持ちがわかるあなたは、人と触れあうことのできる共同作業を好みます。好きな人を喜ばせようとするあまり、度を越して従属してしまう危険が。人の行動や批評で簡単に傷つくことがないよう、自分に自信を持つように。

月の**6**は、自分の行動にもっと責任を持つ必要があるということを示しています。自制力を身につけ努力を続けて生活を管理することです。経済観念を持ち、予算内で生活できるようお金の使い方を見直せば、ゆるぎない基盤を築き、安心感を得ることができます。人の弱点や欠点は許し、理解してあげれば、人の心を癒すことができます。困難にめげず目的を貫けば、成功はあなたのもの。

●長所：協調的である、優しい、機転がきく、受容力がある、直感力がある、頭の回転が速い、思いやりがある、和やかである、感じがよい

■短所：疑い深い、自信がない、臆病である、神経過敏である、感情的である、利己的である、傷つきやすい、人を騙す

相性占い

♥恋人や友人

1月10、14、26、28日／**2月**8、12、24、26日／**3月**6、22、24、30日／**4月**4、20、22、28日／**5月**2、18、20、26、29日／**6月**16、18、24、27日／**7月**14、16、22、25日／**8月**12、14、20、23、30日／**9月**10、12、18、21、28日／**10月**8、10、16、19、26日／**11月**6、8、14、17、24日／**12月**4、6、12、15、22日

◆力になってくれる人

1月8日／**2月**6日／**3月**4、28日／**4月**2、26日／**5月**24日／**6月**22、30日／**7月**20、28、29日／**8月**18、26、27、30日／**9月**16、24、25、28日／**10月**14、22、23、26、29日／**11月**12、20、21、24、27日／**12月**10、18、19、22、25日

♣運命の人

1月15日／**2月**13日／**3月**11日／**4月**9日／**5月**7日／**6月**5日／**7月**3日／**8月**1日／**12月**3、4、5日

♠ライバル

1月7、9、30日／**2月**5、7、28日／**3月**3、5、26日／**4月**1、3、24日／**5月**1、22日／**6月**20日／**7月**18日／**8月**16日／**9月**14日／**10月**12、29日／**11月**10、27日／**12月**8、25、30日

★ソウルメイト(魂の伴侶)

1月8、27日／**2月**6、25日／**3月**4、23日／**4月**2、21日／**5月**19日／**6月**17日／**7月**15日／**8月**13日／**9月**11日／**10月**9日／**11月**7日／**12月**5日

この日に生まれた 有名人

河野一郎(政治家)、小田実(作家)、マルキ・ド・サド(作家)、鷲尾真知子(女優)、倉本美津留(放送作家)、末續慎吾(陸上選手)、乾貴士(サッカー選手)、又吉直樹(ピース　タレント・作家)

太陽：ふたご座
支配星：てんびん座／金星
位置：11°30'−13° ふたご座
状態：柔軟宮
元素：風
星の名前：リゲル

June Third

6月3日

GEMINI

自分自身を深いところで探求

6月3日生まれの人は頭が切れて意志が強く社交的、輝くように快活で、自分を表現することを強く求めています。また**理想主義者**であることが多く、こまやかな神経と深く感じる心も持っています。新しい計画の立ち上げは特に好きで、すばらしい能力を発揮するには、独創的な考えを常に忘れず、行動的に取り組むことが不可欠。

ふたご座2番目の支配星である金星からの強い影響で、**人に関わることがあなたにとって一段と重要**。あなたには創造性と、美、色彩などに対する研ぎ澄まされた感性があり、愉快な友人に恵まれています。また、快活で機知に富み、楽しいことを夢中になって探し求めています。

一方、優柔不断で、見栄っぱりで身勝手なのも金星の影響です。それでもベストの状態の時は、成功を手に入れるために、創造的技術と独創性を武器に、物事に粘り強く熱心に取り組むことができます。**巧みなコミュニケーション能力**があるのに加えて、自分自身をより深いレベルで知っていたいという要求を持っています。これを探求することは、人生の根源に関わる問題の答えを求めることであり、精神世界的な領域に足を踏み入れることにつながります。これをないがしろにすると、内省的な性格が独りよがりになりかねず、過度に深刻になり、いら立ち、ふさぎこんでしまうでしょう。とはいっても、あなたはとびきり魅力的な理想主義者で、想像力もあり**年をとるたび内面が豊かになっていく**でしょう。

18歳を迎えて太陽がかに座に入ってからの30年間で、あなたの感受性はさらに豊かになり、また安定意識も高くなり、家庭生活と家族が重きをなします。48歳になって太陽がしし座に入ると、自己を表現し主張することが強く求められるようになり、あなたはより社交的に、より冒険的になっていきます。

隠された自己

自分を変革していくために、**立ち向かっていくものを常に求めています**。それにより、障害を乗り越える強さ、芯の強さが培われます。この時、直感して分析するという前向きな資質が助けになります。嫉妬心や見捨てられることを恐れる気持ちは持たないようにしましょう。幸いなことに、あなたにはすばらしいユーモアがあり、人生で困難な状況を和らげてくれるのに役立ちます。本当におもしろいと思う企画やアイディアには、このうえなく一生懸命、献身的に、責任を持って取り組みます。

あなたは**人間の本質を見抜く力がある**ので、人の気持ちがわかり、思いやることができます。自分だけの時間と空間は必要ですが、孤立感が強すぎると秘密主義や不機嫌になってしまうことも。自分への自信を深め、自分の直感を信頼できるようになった時、臨機応変に対処する術を身につけます。それは競争力を強化することとなり、計画を成功へと導きます。

仕事と適性

学習意欲はあるのですがルーティンワークは嫌いという性格なので、あらゆる分野へ乗り出して、**やりがいのある仕事を求めます。**言葉で人を説得する術を心得ているので、情報通信、販売、執筆、出版の世界で一旗あげることができます。人は、斬新なアイディアに取り組むあなたの姿勢を高く評価し、難局にあっても冷静さを失うことなく仕事に励むあなたの能力に敬意を払うでしょう。自立心があり、人の上に立つ手腕にも恵まれたあなたは、商業界、産業界に活躍の場を得ることができます。創造性、芸術性を発揮するなら、舞台でも、音楽でも、ショービジネスの世界でも成功します。

恋愛と人間関係

とても社交的で、知人や友人と一緒にいることを好み、誠実で思いやりがあるのに加えて知性にあふれ、人を楽しませることができます。あなたはこのうえなく温かい心を持ち、愛すべき人なのです。時として、愛と仕事の間で葛藤がありますが、**あなたの高い理想と大志を共有できるパートナー**と出会えれば、乗り越えられます。

あなたには親密な関係の人が必要なのですが、自由を抑えられていたり不安だと感じると、相手を疑い嫉妬を覚え、自分の趣味に専念するようなことになってしまいます。

数秘術によるあなたの運勢

6月3日生まれは、よく気がつき、創造すること、感情を表現することを求めています。遊びが好きで、社会活動や興味を惹かれることに気軽に参加して楽しく過ごします。多方面に才能があり、表現力も豊かなので、刺激に満ちたさまざまなことを体験しないではいられないのですが、飽きっぽいところがあり、それが原因で優柔不断になったり、手を広げすぎてしまいます。

3の日に生まれた人は、芸術的センスがあり、人あたりがよく、ユーモアのセンスを備えています。一方で、自尊心を養う必要があり、くよくよ思い煩い、情緒不安定になりがちなので、注意しましょう。月の**6**からも影響を受け、あなたは理想主義者で、好奇心と先見の明があります。

●**長所**：ユーモアがある、親しみやすい、生産的である、創造力がある、芸術性がある、望む力が強い、自由を愛する、言葉を使う才能がある

■**短所**：飽きやすい、虚栄心が強い、大げさである、愛情がない、高慢である、浪費家である、身勝手である、なまけ者である、偽善的である、無駄遣いが多い

相性占い

♥恋人や友人

1月7、11、20、25、27、29日／**2月**9、18、23、25、27日／**3月**7、16、21、23、25日／**4月**5、14、19、21、23日／**5月**3、12、17、19、21日／**6月**1、10、15、17、19日／**7月**8、13、15、17日／**8月**6、11、13、15日／**9月**4、9、11、13日／**10月**2、7、9、11、17日／**11月**5、7、9日／**12月**3、5、7日

♦力になってくれる人

1月9、26日／**2月**7、24日／**3月**5、22日／**4月**3、20日／**5月**1、18、29日／**6月**16、27日／**7月**14、25、29、30日／**8月**12、23、27、28、31日／**9月**10、21、25、26、29日／**10月**8、19、23、24、27日／**11月**6、17、21、22、25日／**12月**4、15、19、20、23日

♣運命の人

1月16日／**2月**14日／**3月**12日／**4月**10日／**5月**8日／**6月**6日／**7月**4日／**8月**2日／**12月**4、5、6日

♠ライバル

1月8、29、31日／**2月**6、27、29日／**3月**4、25、27、28日／**4月**2、23、25、26日／**5月**21、23、24日／**6月**19、21、22日／**7月**17、19、20日／**8月**15、17、18日／**9月**13、15、16日／**10月**11、13、14、30日／**11月**9、11、12、28日／**12月**7、9、10、26日

★ソウルメイト(魂の伴侶)

5月30日／**6月**28日／**7月**26日／**8月**24日／**9月**22、30日／**10月**20、28日／**11月**18、26日／**12月**16、24日

この日に生まれた 有名人

長澤まさみ（女優）、アラン・レネ（映画監督）、和田勉（演出家）、黒田知永子（モデル）、唐沢寿明（俳優）、長島三奈（スポーツキャスター）、鈴木桂治（柔道家）、川﨑宗則（野球選手）、矢野喬子（元サッカー選手）、柳下大（D☆DATE 俳優・歌手）

太陽：ふたご座
支配星：てんびん座／金星
位置：12°30−14°　ふたご座
状態：柔軟宮
元素：風
星の名前：リゲル

6月4日

GEMINI

多芸多才が高じて中途半端にならないように

6月4日生まれの人は、磨きのかかった社交術を身につけた会話の達人で、誰とでも仲よくなります。**多方面で才能を発揮する**あなたは、人生のさまざまな場面で人の上に立つ能力があります。しかし、多くのことに手を広げすぎて、結局全部、中途半端にならないようにしましょう。

一方あなたには**ものの真価を見抜く力**があり、物心両面でその人の立場に立った優れた助言をすることができます。

ふたご座の2番目の支配星である金星の影響を受けているあなたは、心が温かくて親しみやすく、**美と芸術に関心を持っています**。また、人気者でいたい、異性にもてたいという気持ちが強いのも、金星の影響です。創造性に富んだ精神と強い個性を備えたあなたにとって、人生で満足感が得られるのは、人と違った独創的なことをしなければ、という思いが叶った時です。

しかし短気で身勝手な面があり、これが成功の障害となります。知識を重んじ、学習能力があるあなたは、それを実践的なやり方で商売に利用します。心が広くて自由主義者であることが多く、社会問題や人権に関心を持っています。

17歳になって太陽がかに座に入ると、安らかな環境が重要で、安全で安定した活動の拠点を持ちます。47歳頃太陽がしし座に入るまで、この状態は続きます。さらに自信がついてくると、あなたは公の場で影響力を発揮することができるようになるでしょう。

隠された自己

創造力があり精神的変化を求めるあなたは、知識欲旺盛であらゆることに興味があり、新しいアイディアを試してみるのが大好き。しかし、自分の全力を集中させる方法を学び、能力を発揮して質の高い仕事をするには、企画の数を制限するように。心配したり、優柔不断な態度は、いたずらにあなたのエネルギーを消耗するだけ。自信があるように見受けられますが、人気者でいたいと思うのは、人に認めてほしいという気持ちの裏返しです。

そうは言っても、もし自分を鍛えて**創造的なアイディアを展開することができれば、大成功を手にすることができます**。隠れた心のこまやかさに加えて、哲学などに対する潜在能力があり、それが磨かれると、自分の能力と人生に自信が持てるようになります。達成可能な目標を目指すのには、この自信を活かすことが不可欠。というのも、この日に生まれた人は、自分より才能も能力もない人に使われて働いている場合が多いのです。一定の時間を、1人で沈思黙考して過ごすことは、内面の平静を培うのにきわめて有効。愛の力をみくびってはいけません。

仕事と適性

固い意志と大望を持ち、天性の商才を備えたあなたは、**商業の世界で身を立てることができます**。生まれながらにして人の心を扱う術を心得ており、販売、広告、セラピーの業界でそれを活かすことができます。人と関わる仕事で満足感を得ますが、教師や講師など、自分の持つ知識を人に分け与える仕事には、特にやりがいを覚えます。たいていはチームの一員として、人と協力して仕事をこなしますが、指図されるのは嫌いなので、フリーの仕事の方がよい場合もあります。執筆、ジャーナリズムでの仕事は、あなたの性格の創造的な面を積極的に表現する大変よい手段。

感度が高いので、音楽や芸術、踊りや芝居で発揮するとよいでしょう。

恋愛と人間関係

平和と調和を求める気持ちがあるので、**前向きな考えを持ち、精神的な刺激を与えてくれる理知的な人**に魅力を感じます。知識はあなたにとってとても大事で、新しい情報や技術を学習できるグループ活動を好みます。

あなたは相手に率直さを求め、現状維持を守ろうとします。自己修養に関心があるので、自己研鑽を怠らない覇気ある人とのつき合いが多いでしょう。成功を収める過程で、配偶者や仲間に批判的になったりいばったりすることのないように。

数秘術によるあなたの運勢

6月4日に生まれた人は、理路整然としたものの考え方をします。つまり、安定を求め秩序を確立するのが好きなのです。いつも安定を意識しており、自分自身と家族のためにゆるぎない基盤を築きたいと思っています。活動力、実践的技術を持ち、強い意志があり、一生懸命に仕事をこなします。人生に対する取り組み方が実践的で、商才に長け、実質的で内容のある成功を手にすることができます。

4の日に生まれたあなたは、正直で率直、公正です。一方経済的な不安を抱えたりする時期もあり、それを乗り越えることが課題です。

月の**6**はあなたが人を思いやり、守る人だということを示しています。独創性を忘れず自分独自の発想を生みだし自分で決定をくだすことが大切。強引なやり方や横柄な態度ではなく、言葉を尽くして説得すれば、自分の求める結果が得られることを肝に銘じること。自分の自由を大切にしている以上、人に対しての決めつけや酷評は避けましょう。相手だって、あなたにコントロールされるのは嫌なのです。

●長所：秩序だてて物事を考える、自制力がある、落ち着きがある、仕事熱心である、職人の技能を持つ、手先が器用である、実践的である、信頼できる、几帳面である

■短所：破壊的な行動をとる、無愛想である、抑圧されている、融通がきかない、怠慢である、冷酷である、優柔不断である、ケチである、いばりちらす、優しさを隠す、怒りっぽい

相性占い

♥恋人や友人

1月4、11、12、21、26、28、30日／**2月**2、9、10、19、24、26、28日／**3月**7、8、22、24、26日／**4月**5、6、20、22、24、30日／**5月**3、4、18、20、22、28、31日／**6月**1、2、16、18、20、26、29日／**7月**14、16、18、24、27日／**8月**12、14、16、22、25日／**9月**10、12、14、20、23日／**10月**3、8、10、12、18、21日／**11月**6、8、10、16、19日／**12月**4、6、8、14、17日

◆力になってくれる人

1月3、10、29日／**2月**1、8、27日／**3月**6、25日／**4月**4、23日／**5月**2、21日／**6月**19日／**7月**17、30日／**8月**15、28日／**9月**13、26日／**10月**11、24日／**11月**9、22日／**12月**7、20日

♣運命の人

1月11日／**2月**9日／**3月**7日／**4月**5日／**5月**3日／**6月**1日／**12月**5、6、7、8日

♠ライバル

1月9日／**2月**7日／**3月**5、28日／**4月**3、26日／**5月**1、24日／**6月**22日／**7月**20日／**8月**18日／**9月**16日／**10月**14、30、31日／**11月**12、28、29日／**12月**10、26、27日

★ソウルメイト(魂の伴侶)

1月7日／**2月**5日／**3月**3日／**4月**1日／**5月**29日／**6月**27日／**7月**25日／**8月**23日／**9月**21日／**10月**19日／**11月**17 日／**12月**15日

Ⅱ ふたご座

有名人

アンジェリーナ・ジョリー(女優)、犬養毅(政治家)、中原昌也(作家・ミュージシャン)、和泉元彌(狂言師)、高原直泰(サッカー選手)、半田健人(俳優)、玉井詩織(ももいろクローバーZ　歌手)、ユチョン(JYJ　歌手・俳優)

太陽：ふたご座
支配星：てんびん座／金星
位置：13°30'－15°　ふたご座
状態：柔軟宮
元素：風
星の名前：リゲル

June Fifth

6月5日

GEMINI

創造力を高める洗練された社交家

頑固で鉄の意志を持つあなたは、人に頼らない独立独歩の人です。とても印象的な人柄の半面、**現実主義、実践主義で、楽しみながら仕事をして成功させます**。絶えず粘り強く努力するタイプなので、物質主義に気をとられすぎなければ成功はあなたのものです。

てんびん座の影響を受けて、あなたは**洗練された社交家**で、美しくて豪華なものに目がありません。このことがあなたの創造力を高め、音楽、芸術、演劇への興味をかきたてているのです。それは同時に、どの計画においてもお金が重要であり、それを得るための交渉術に長けているということでもあります。

人と接する時は単刀直入を好みますが、いばりちらしたり、言葉で人を傷つけることがないように。時として、気力と活力がにわかにわき起こり、あなたは状況にすばやく対応しチャンスをつかむことができます。また、すばらしく緻密な頭脳を持ち、専門的、分析的なものの見方をします。自立した精神に促され、独自の姿勢で個人の自由を求めます。しかし、頑固になったり、急に癇癪を起こしたり、悲観して無口になったりしないように。

太陽がかに座に入り、16歳を迎える頃、安定や家庭の問題が人生で重要な意味を持ち始めます。また、家族のことだけでなく、個人的な感情や安心感に関することも注目されてきます。46歳で太陽がしし座に入る頃までこの状態が続くと、自信を深める時期が始まります。

隠された自己

いつもお金に関わる試練が待っています。経済的な安定より重要なことが、他にもあるということに気がつきましょう。落ちこんだり幻滅したりすると、それをみせまいとして、とっぴな行動をとる傾向があります。しかし**本当の満足感は、あなたの寛大で、快活で、公平な性格から生まれるものです**。あなたにとって人への印象は大切です。年を重ねるごとにあなたの印象はよくなり、公の行事の場で、またあなたが重要な役割を担っている会社においても、満足な評価を得られます。落ち着きのない性格を冒険心に変えてあげれば、心配しなくても成功は後からついてきます。

仕事と適性

仕事はきちんとこなしたいと思っているので、**自分の持っている特性を十分に活かし、仕事に誇りを持つことが大切**。経営手腕に加えて主導的役割を担う才能があるので、実業界や広告、販売促進の仕事がおすすめです。また、巧みな話術を活かせば、法曹界や情報伝達業界で成功を収めます。改革を断行する力があるので、労働組合や慈善団体など組織の中で、あるいは自由の戦士として、指導力を発揮する立場に興味を惹かれます。一方、学芸員や美術品の管理者のような、商才と芸術的才能が結びついた仕事も向いています。舞台や音楽の仕事は、創造力と独創的な表現力の発表の場となります。この日に生まれた人は、健康・医療の仕事でも力を発揮します。どんな仕事を選ぶにしても、仕事環境に変化を持たせ、元気と興味が途切れないようにすることが重要。

恋愛と人間関係

親しみやすくて社交的、たくさんの興味と趣味があり、あなたの社会生活は豊かです。**あふれる愛情と、おおらかな気持ちを持っていますが**、恋愛関係で疑いと迷いが生じると、懸念や失望が起こります。時として非常に寛大になり、愛する人のために身を犠牲にもします。人に熱を上げては、飽きたからといって捨てるようなまねはしないこと。

また、自分の感じ方には自信を持つことです。自分の立場を明らかにし、交際相手に上手に自分を表現することで、長く変わらぬ人間関係を築くことができます。人の集まりは楽しいもの。気のきいた話をするあなたは、人を愉快な気持ちにさせます。

数秘術によるあなたの運勢

5日に生まれた人は、本能が強く、冒険的で、絶えず自由への欲求を持っています。何でも調べて試してみようとする意欲のあるあなたに、人生は貴重なものを与えてくれます。旅とチャンスに恵まれ、突然、考え方や信念が変革されます。

5の日に生まれた人は、人生は楽しいものだと信じています。責任ある態度を養い、行きすぎや気まぐれに注意しましょう。世間の風潮に従っていく方法を知りながらも、現実にとらわれず超然としていられるのも、この日に生まれた人の天分です。

月の**6**からも影響を受け、ひらめきがあり理想主義ですから、1つの目的に集中し続けることが必要。直感を信じ人生に対する哲学的態度を養うことを学びましょう。人と考えを共有し、信念を持って率直に、心から話をします。自立と柔軟さが大切。自分勝手な動機で軽はずみな行動に出るのは慎むこと。

●**長所**：融通がきく、順応性がある、進歩的である、本能が強い、人を惹きつける、豪胆である、自由を愛する、機転がきく、好奇心が旺盛である、神秘的である、社交性がある

■**短所**：当てにならない、変わりやすい、優柔不断である、矛盾している、頼りにならない、好色である、自信過剰である、頭が固い

♥恋人や友人

1月13、22、29日／**2月**11、20、27、29日／**3月**9、25、27日／**4月**7、23、25日／**5月**5、21、23、29日／**6月**3、19、21、27、30日／**7月**1、17、19、25、28日／**8月**15、17、23、26日／**9月**13、15、21、24日／**10月**11、13、19、22、29日／**11月**9、11、17、20、27日／**12月**7、9、15、18、25日

◆力になってくれる人

1月11日／**2月**9日／**3月**7、31日／**4月**5、29日／**5月**3、27、31日／**6月**1、25、29日／**7月**23、27、31日／**8月**21、25、29、30日／**9月**19、23、27、28日／**10月**4、17、21、25、26日／**11月**15、19、23、24、30日／**12月**13、17、21、22、28日

♣運命の人

1月12日／**2月**10日／**3月**8日／**4月**6日／**5月**4日／**6月**2日／**12月**5、6、7、8日

♠ライバル

1月10日／**2月**8日／**3月**6、29日／**4月**4、27日／**5月**2、25日／**6月**23日／**7月**21日／**8月**19日／**9月**17日／**10月**15、31日／**11月**13、29、30日／**12月**11、27、28日

★ソウルメイト（魂の伴侶）

1月18、24日／**2月**16、22日／**3月**14、20日／**4月**12、18日／**5月**10、16日／**6月**8、14日／**7月**6、12日／**8月**4、10日／**9月**2、8日／**10月**6日／**11月**4日／**12月**2日

有名人

アダム・スミス（経済学者）、マルタ・アルゲリッチ（ピアニスト）、ガッツ石松（元プロボクサー）、柳本晶一（元全日本女子バレー監督）、檀ふみ（女優）、東ちづる（女優）、中嶋朋子（女優）、長谷川潤（モデル）、高樹千佳子（アナウンサー）

太陽：ふたご座
支配星：てんびん座／金星
位置：14°－15°30′　ふたご座
状態：柔軟宮
元素：風
星の名前：リゲル

June Sixth

6月6日

GEMINI

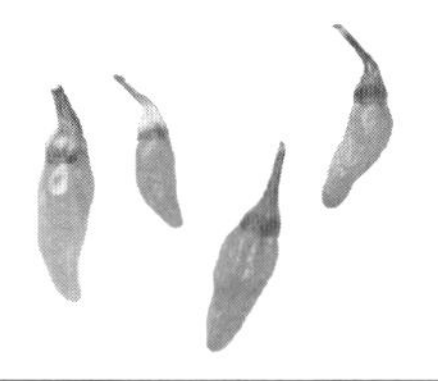

優れた社交性を備えた楽天家

6月6日生まれの人は、カリスマ性があり、心温かくて親しみやすい楽天家。人間関係を大事にし、知恵とアイディアに満ちています。**自然な優雅さが身についている**あなたは表情が豊かで、個性を大事にします。

人によい印象を与えるには誠実さが大切で、率直で正直でありたいと思っています。個人的な魅力があるうえに、てんびん座の影響を受け、人間関係に興味があり、優れた外交手腕を備えています。また、**話術に優れ、平和を求めてやみません**。人を惹きつけて離さない魅力は、自分の都合のいいように利用します。現世を超越したいという強い思いがあるので、同世代人の夢や希望がだいたいわかってしまいます。

さらに、光、色、形、そして音に対する優れた知覚能力を持っています。こういった才能が活躍できる場は、芸術や文学分野、または人のためになる仕事の場です。

ただ、この才能も十分に成熟しないと、エネルギーの持ちぐされで、現実逃避に走りかねません。

幸せな子ども時代を過ごし、15歳を迎えて太陽がかに座に入ると、あなたの感受性はさらに豊かに、また安定志向も高くなります。このことで家族や家庭、恋愛面が大変重要になります。太陽がしし座に入り45歳になる頃、自己を表現し指導的立場に就く必要が高まります。さらに確固たる意志と自信を身につけ、社会的役割をこなします。

隠された自己

頭脳明晰で表現力豊かなあなたですが、選択や決断をするのは難しいようです。多岐にわたって興味をそそられ、さまざまな方向に気が向いてしまうので、しっかりとした目的意識を持つことが重要。

さもないと、理想と経済的充足感の間でうろたえることになってしまいます。お金や贅沢、怠惰な生き方に惹かれることも。反対に、インスピレーションを得たいという願望に駆りたてられて、理想を実現させるために仕事に励むかもしれません。どんな選択をしようと、多くのチャンスが巡ってきます。

また、あなたには**話術に秀で、難局を打破する方法を探り出す才能**があります。若々しくて茶目っ気たっぷりのところは、年配になってもそのままで、人を楽しませ魅了することうけあい。これが責任をとるということであり、自己修養であるということならば、たぐいまれな素質を最大限活用しているのは確かです。

仕事と適性

あなたの魅力とカリスマ性は、どんな時でもあなたの強い味方。優れた交際術を身につけていますから、教育、ジャーナリズム、広告や販売だけでなく、**人と接する仕事**であれば成功を手にします。また、しっかりした価値観は法曹界や政界であなたに有利に働くでしょう。創造的なので、感情表現の手段を舞台や芸術作品に求めることもできます。

恋愛と人間関係

生き生きと情熱にあふれたあなたは、社交的で人づき合いがよく、誰とでも簡単に友達になることができます。それが仕事熱心で頼りになり、安心感を与えてくれる人だとなおさら。

あなたには魅力が備わっているので人は喜んであなたに援助の手を差し伸べてくれます。経済的に安定している時や、仕事と楽しみを兼ねることができる時は、幸せな気持ちも一段と強く、友人や仕事仲間を楽しくさせ、自分も楽しみます。幸福な結婚をし、緊密な協力関係から得ることも多いでしょう。

数秘術によるあなたの運勢

6日に生まれた人は理想主義で同情心が篤く、思いやりあふれる性格。6の数は完全主義者で、愛情あふれ、頼りになり、人の支えとなる人道主義者だということ、さらに家庭的で献身的な親になることを示しています。なかでも感受性の鋭い人は、自己を創造的に表現する場が必要で、芸能や芸術の世界に向かいます。自信を深め、干渉したり不安を持ったりしないように。

月の**6**からも影響を受けていて、友人や隣人には責任ある態度をとるだけでなく、思いやりを持って接しています。反対意見を突きつけられた時は、自信と誇りを持ち、もっと自己主張する姿勢をみせましょう。

あなたは親しみやすくて誰からも好かれ、人からも認められたいのですが、人の言動を気にしないこと。対立することを恐れず、できないことはノーと言えるようになりましょう。

●長所：世知に長けている、親しみ深い、思いやりがある、当てになる、理解がある、同情心がある、理想主義者である、家庭的である、人道主義者である、落ち着きがある、芸術性がある、安定している

■短所：不満が多い、心配性である、内気である、頭が固い、言葉が無遠慮である、完璧主義である、支配的である、責任感に欠ける、利己的である、疑い深い、ひがみっぽい、自己中心的である

♥恋人や友人

1月6、8、14、23、26、28日／**2月**4、10、12、21、24、26日／**3月**2、10、12、19、22、24日／**4月**8、14、17、20、22／**5月**6、15、16、18、20日／**6月**4、13、16、18日／**7月**2、11、14、16、20日／**8月**9、12、14、22日／**9月**7、10、12、24日／**10月**5、8、10、26日／**11月**3、6、8、28日／**12月**1、4、6、30日

◆力になってくれる人

1月9、12日／**2月**7、10日／**3月**5、8日／**4月**3、6日／**5月**1、4日／**6月**2、30日／**7月**28日／**8月**26、30、31日／**9月**24、28、29日／**10月**22、26、27日／**11月**20、24、25日／**12月**18、22、23、29日

♣運命の人

12月6、7、8、9日

♠ライバル

1月11、13、29日／**2月**9、11日／**3月**7、9、30日／**4月**5、7、28日／**5月**3、5、26、31日／**6月**1、3、24、29日／**7月**1、22、27日／**8月**20、25日／**9月**18、23、30日／**10月**16、21、28日／**11月**14、19、26日／**12月**12、17、24日

★ソウルメイト（魂の伴侶）

1月12、29日／**2月**10、27日／**3月**8、25日／**4月**6、23日／**5月**4、21日／**6月**2、19日／**7月**17日／**8月**15日／**9月**13日／**10月**11日／**11月**9日／**12月**7日

この日に生まれた **有名人**

斎藤佑樹（プロ野球選手）、新田次郎（作家）、山田太一（脚本家）、中尾ミエ（歌手）、是枝裕和（映画監督）、SHIHO（モデル）、平山相太（サッカー選手）、葛西紀明（スキージャンプ選手）、小澤征悦（俳優）

太陽：ふたご座
支配星：てんびん座／金星
位置：15°－16°30′　ふたご座
状態：柔軟宮
元素：風
星の名前：リゲル

June Seventh

6月7日

GEMINI

気前がよくて、大きいことが大好き

6月7日生まれの人は、多芸多才で野心に燃え、ふたご座でも出世志向の強い人です。**チャンスに目ざというえ、状況判断が速く、巧みに夢を実現**。大きな仕事は大きな報酬があるとわかっていると、それが刺激となり最大の働きをします。何事も小さいことは嫌なのです。あなたの長所である気前のよさは、ここからきています。カリスマ性を発揮し、あらゆるタイプの人とよい関係を築き、感化する力を持っています。**時代を先取り**して、人より早く社会の変容に気がつき、持ち前の頭のよさで情報を有効に利用します。お金儲けに気をとられることもありますが、必ずしもそれだけで幸せにはなれないことを理解し、成功するには何が大切かがわかるようになります。壮大な計画を遂行できる能力があり、人に仕事を任せる度量の大きな有能なまとめ役です。しかし、むやみに仕事に手を出したり、途中で仕事をほったらかしにしないように。

ふたご座の2番目の守護星である金星の影響を受けているので、**駆け引き上手で創造的**です。天性の洗練されたセンスや美術鑑賞眼が、職場でも趣味でも、あなたの才能を伸ばす力となります。これはまた、贅沢とよい暮らしへの愛着を示すものでもあり、あなたを行動へと駆りたてます。

14歳を迎えて太陽がかに座に入ると、関心の的は恋愛と、それを最も左右する人たち、つまりあなたの家族です。人生の安定と強固な基盤が必要だと気がつきます。44歳頃、太陽がしし座に入ると、キーポイントは自己表現、自己主張に変わり、それで自信を得たあなたは、社会の中でますます重要な存在になります。

隠された自己

あなたは**生まれながらにしての役者**で、人に自信ありげな印象を与えます。頭が切れ、知的で、第六感を働かせて瞬時に人や状況を判断します。このため肉体労働で疲れきってしまうより、主導的役割でいる方が、力を発揮できます。また、あなたには大変まじめなところがあり、物質面で満足するより、学問的知識を得ることを選びます。その方が、結局は自分への見返りが大きいと知っているのです。

気前よいのですが、度が過ぎてしまいがちです。幸い、自分の向上のために自己分析できるような意見には、心を開いて耳を傾けます。頑固ですが、それゆえに説得力があり、人を感化する力があります。あなたの出世は女性の役割が鍵となることが多いでしょう。

仕事と適性

野心に燃え、誰とでも親しくなれますが、自分の道を歩みます。そんなあなたは組織で働くにしても自由業でも、**1人で仕事をするのが好き**なので、教職、講演、執筆業が適職。人の扱いがうまく、優れたコミュニケーション能力があるので、販売業、マーケティング、出版業の世界では強みになります。生来授かった創造力を、芸術、舞台、ミュージカルに向けるのもよいでしょう。あなたには商才がありますから、鋭敏な頭脳によってどの分野でも金銭的に成功します。しかし、何でもうまくこなすので、器用貧乏にならないように注意が必要です。

恋愛と人間関係

精神的充足感と刺激を常に求めてやまないあなたは、情熱と強い意欲の持ち主です。魅力にあふれカリスマ性がありますから、友人の気を惹くのもほめられるのも簡単。あなたは新しい発想とチャンスを吹きこんでくれる、楽天的な人に惹かれます。自由を愛する気持ちが強いので、**あなたを縛りつけない人**とのつき合いを好みます。恋愛には時間をかけることが必要で、焦ったり、はずみや勢いに任せないように。

数秘術によるあなたの運勢

7日に生まれた人は分析好きで思慮深く、批判的で自己陶酔することがよくあります。自分はもっとできるのだと思いたいので、好んで情報を収集し、知的なことに興味を持っています。

あなたは頭は切れますが、無理に筋を通そうとすると、細部で辻つまが合わなくなります。謎めいて秘密主義の傾向があるため、時として自分は理解されていないと感じます。

月の**6**からも影響があり、あなたは秩序と安定を求めています。生活をコントロールし、まずしっかりした基礎を築くこと。行動に責任を持ち、よく考えてから話すこと。間違いから学べば、あなたはさらに理想的な態度が身につきます。身を粉にして働くことをいとわず、今ある技術や知識に磨きをかければ、成功は向こうからやってきます。また、発想をメモしておけば、詳細を忘れないですみますし、実践的、創造的に、また秩序だてて考えることができます。

●長所：教養がある、人を信じる、注意深い、理想主義である、正直である、静かにものを考える、科学的である、理性がある、思慮深い

■短所：隠したがる、不正直である、友好的でない、秘密主義である、疑い深い、混乱しやすい、思いやりがない

♥恋人や友人

1月6、15、29、31日／**2月**4、13、27、29日／**3月**2、11、25、27日／**4月**9、23、25／**5月**7、21、23日／**6月**5、19、21日／**7月**3、17、19、30日／**8月**1、15、17、28日／**9月**13、15、26日／**10月**11、13、24日／**11月**9、11、22日／**12月**7、9、20日

◆力になってくれる人

1月13、15、19日／**2月**11、13、17日／**3月**9、11、15日／**4月**7、9、13日／**5月**5、7、11日／**6月**3、5、9日／**7月**1、3、7、29日／**8月**1、5、27、31日／**9月**3、25、29日／**10月**1、23、27日／**11月**21、25日／**12月**19、23日

♣運命の人

5月30日／**6月**28日／**7月**26日／**8月**24日／**9月**22日／**10月**20日／**11月**18日／**12月**7、8、9、10、16日

♠ライバル

1月12日／**2月**10日／**3月**8日／**4月**6日／**5月**4日／**6月**2日／**8月**31日／**9月**29日／**10月**27、29、30日／**11月**25、27、28日／**12月**23、25、26、30日

★ソウルメイト(魂の伴侶)

1月2、28日／**2月**26日／**3月**24日／**4月**22日／**5月**20日／**6月**18日／**7月**16日／**8月**14日／**9月**12日／**10月**10日／**11月**8日／**12月**6日

有名人

ポール・ゴーギャン(画家)、岸部四郎(タレント)、プリンス(ミュージシャン)、小林武史(音楽プロデューサー)、荒木飛呂彦(マンガ家)、塩谷瞬(俳優)、和田秀樹(医師)、手塚理美(女優)、浅見れいな(タレント)

太陽：ふたご座
支配星：てんびん座／金星
位置：16°－17°30′　ふたご座
状態：柔軟宮
元素：風
星の名前：リゲル

June Eighth

6月8日

GEMINI

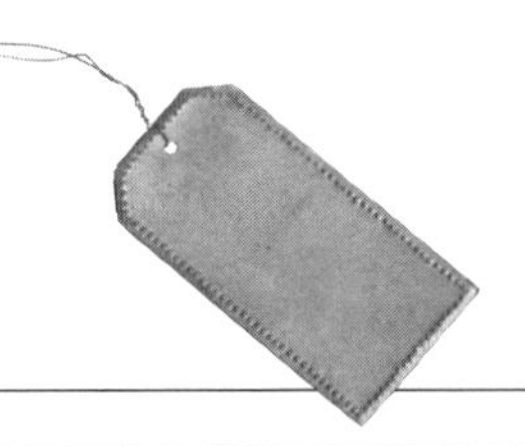

臨機応変さが際立つコミュニケーション能力

6月8日生まれの人には知性と包容力があり、優れたコミュニケーション能力が備わっています。また、**独立心旺盛で臨機応変**、時間をむだなく過ごしたいと思っています。時として、ひどく気持ちが高ぶっているのに不安で仕方ないという状況に陥りますが、なるべく客観的になるように心がけていると、冷静さを取り戻します。もし挫折し失望することがあっても、長く落ちこんでいることはなく、すぐに立ち直り、活動を再開します。

支配星であるてんびん座の影響を受けて、**芸術性と創造力に恵まれ、対人関係ですばらしい魅力を発揮**。快活で元気なあなたは、当意即妙の受け答えで周りの人を楽しい気分にさせます。交渉がうまいのも弁がたつのも、そんなところからきています。**先を見通す力と、物事を分析し独創的に考える頭脳**で、独自の発想をするでしょう。感じやすくて理想的かつ現実的という両極端の性格が、ときどき一緒に現れて、訳がわからなくなることがあります。そのような時には、生まれつきのユーモアのセンスを忘れずに。自分のことに夢中になる傾向があり、前向きに自己を分析すれば、自分を向上させていくことができます。

13歳を迎え太陽がかに座に入ると、家庭と恋愛に関することを第一に考えるようになり、その後30年間は家族問題への関心を深めていきます。太陽がしし座に入り43歳を迎えると、自己表現して自分を主張したくなりますが、それをきっかけにますます冒険的になり、自信を深め、外交的になります。

隠された自己

卓抜した鑑識眼があるあなたは、お金など経済面のことに鼻がききます。情報と第六感の両方を利用して、思わぬ幸運を手にします。経済状態が不安定な時期を迎えた時は、無駄遣いをしなくても充実して暮らしていける方法を見つけましょう。

生まれながらに権威を備えているので、組織の管理能力を発揮できるような責任ある立場に立ちます。それが創造的な仕事なら、なおのこと好都合。半面、支配的になりすぎて、せっかく築きあげた人間関係を台なしにしかねません。じっとしていられない性分で、冒険心を満足させるために変化を求めます。旅は最高の万能薬。大方の問題を解決してくれるでしょう。

仕事と適性

あなたは頭のよい人で、新しい知識を常に探求しています。知力とずば抜けたコミュニケーション力が活きる、科学者、弁護士、教師、作家といった職業が成功をもたらしてくれます。**商才がある**ので、銀行業務、基金運用機関、株式売買や会計業務でもうまくやっていけます。人道主義的な面を活かすのなら、心を癒す仕事や社会福祉事業の方面へ。彫刻や建築の分野では、持ち前のセンスのよさが光ります。この日に生まれた人は、ショービジネスや芸術、音楽で名をあげることも夢ではありません。

恋愛と人間関係

いつもメッセージの発信者でありたいあなたには、一緒にいる仲間が必要で、個人的な触れあいを楽しみます。冷静で感情に流されないように見えますが、内心では人を気遣う思いやりにあふれています。**知的活動で協力しあっている人**と一緒にいる時、このうえない幸せを感じます。ときどき深刻になりすぎるきらいがありますから、客観性を養うことが必要。心の奥に隠れた不安感があり、いつもは人とのつき合いが上手なあなたが、理屈をこね、けんか腰になり、緊張したり動揺したりします。それでも、あなたは誠実で愛情に満ち、友人としてまたパートナーとして、頼もしい存在。

数秘術によるあなたの運勢

8日に生まれた人にはしっかりした価値観と健全な判断力が与えられています。8という数は、あなたが偉大な業績をあげることを熱望し、大きな野心をいだいていることを示しています。また、支配欲や安定、物質的な成功を求める気持ちが強いのも、この日に生まれた人の特徴です。

8の日生まれのあなたには商才があり、組織力と経営手腕に磨きをかければ莫大な利益を得ることができます。ゆるぎない安定を求める気持ちがことのほか強く、長期的な計画を立て投資をします。

月の6からも影響を受けており、軽率に心ない行動に出てしまうことが多いとはいえ、思いやりが深く誠実。いつもあれこれと想像をめぐらしているあなたは、もっと柔軟な考え方を取り入れ、強情ぶりにストップをかけることが必要。ものわかりがよく、太っ腹でお金に執着しません。

進歩的で自分の気持ちを自由に表現したいので、単調な環境は避けること。また、頑固にならないように。人と協調することを通して、安心も安定も得ることができます。

●**長所**：統率力がある、1つのことを貫く、勤勉である、しきたりを重んじる、権威がある、護ってくれる、癒しの力がある、ものを見る目がある

■**短所**：短気である、偏狭である、ケチである、落ち着きがない、働きすぎである、横暴である、落ちこみやすい、計画性がない、虐待的である、支配的である

♥恋人や友人

1月6、16日／**2月**4、14日／**3月**2、12、28、30日／**4月**10、26、28／**5月**8、24、26、30日／**6月**6、22、24、28日／**7月**4、20、22、26、31日／**8月**2、18、20、24、29日／**9月**16、18、22、27日／**10月**14、16、20、25日／**11月**12、14、18、23日／**12月**10、12、16、21日

◆力になってくれる人

1月9、14、16日／**2月**7、12、14日／**3月**5、10、12日／**4月**3、8、10日／**5月**1、6、8日／**6月**4、6日／**7月**2、4日／**8月**2日／**9月**30日／**10月**28日／**11月**26、30日／**12月**24、28、29日

♣運命の人

1月21日／**2月**19日／**3月**17日／**4月**15日／**5月**13日／**6月**11日／**7月**9日／**8月**7日／**9月**5日／**10月**3日／**11月**1日／**12月**8、9、10、11日

♠ライバル

1月4、13、28日／**2月**2、11、26日／**3月**9、24日／**4月**7、22日／**5月**5、20日／**6月**3、18日／**7月**1、16日／**8月**14日／**9月**12日／**10月**10、31日／**11月**8、29日／**12月**6、27日

★ソウルメイト(魂の伴侶)

1月15、22日／**2月**13、20日／**3月**11、18日／**4月**9、16日／**5月**7、14日／**6月**5、12日／**7月**3、10日／**8月**1、8日／**9月**6日／**10月**4日／**11月**2日

有名人

フランク・ロイド・ライト(建築家)、森尾由美(タレント)、三村マサカズ(さまぁ～ずタレント)、TERU(GLAYボーカル)、渡辺康幸(陸上長距離指導者)、城島健司(元プロ野球選手)、ロベルト・シューマン(作曲家)、大谷ノブ彦(ダイノジ タレント)、カニエ・ウェスト(ミュージシャン)、宮野真守(声優)

太陽：ふたご座
支配星：てんびん座／金星
位置：17°－18°30′　ふたご座
状態：柔軟宮
元素：風
星の名前：リゲル、ベラトリックス、カペラ

June Ninth

6月9日

GEMINI

強い意志が、時には頑固さに

6月9日生まれの人には断固とした強い意志があり、約束されたすばらしい可能性を現実のものにしていく能力があります。自分を伸ばしたい、経済的にも社会的にも成功したいと熱望しているあなたは、野心にあふれ、粘り強い人。目標に到達できないならば、問題はあなたの頑固で反抗的な態度です。

権威ある立場が好きですから、時には責任を引き受け、なかなかの指揮官ぶりを発揮しますが、支配的になりすぎないようがまん強さを養う必要があります。支配星であるてんびん座からの影響が加わり、**社交的で愉快**なあなたは、女性の知人から得るものがあるでしょう。また芸術作品に対して優れた鑑賞眼を示し、音楽や踊りを愛します。

金星からは、金銭ばかりでなく人間関係への興味も与えられており、人のためのよりよい環境作りに目を向けることも。自己研鑽を積めば、記録を打ち立てる才能や障害を乗り越える能力など、**内在する最高のものを引き出すことができます**。辛抱強く、いつも自由でいたいという気持ちに突き動かされていますが、自分の限界に逆らったり、権力者ともめごとを起こさないように。

12歳を迎え、太陽がかに座に入ると、安定、家庭、家族の問題がさらに重要に。これが42歳頃まで続き、太陽がしし座に入ると、エネルギーと力がみなぎり、自信あふれる時期を迎えます。

隠された自己

自分の自信を支えるには信念を持つことが肝心。それがないと、落ちこみ、不安を感じ、自信を喪失するような状況に直面します。頭がよくて機転がきき、情報をすばやくキャッチし自分のために利用します。経済的な側面にとらわれることもありますが、知恵と洞察力を駆使して、冷淡で疑い深い見方を克服しましょう。

あなたは敢然とみずからの足で歩き、公正に競争することによって、人にも自分自身にも生きている力を感じさせようとします。何かを実現させようとする時は、自我をコントロールし、がまん強くなり、集中力が高まります。こういう時、**あなたは身を粉にして働くことをいといません**。

あなたは、実力、野心ともに備えた人に惹かれます。人はあなたの才能を認め、喜んで手助けしてくれるでしょう。

仕事と適性

人間に関係していればどんな活動でもやりがいを感じるあなたは、自己表現の場を必要とし、美術や娯楽の世界に縁があります。あなたの人道主義、博愛的なところは、カウンセリングなどで活かされます。組織管理と経営技能が潜在しているので、商業、銀行、工業などで頭角を現します。断固とした強い意志があるので、影響力のある地位に就きます。完全に自立して行動したいあなたにとって、自営業も魅力ある選択肢。あるいは世間の目

を引く法曹界など公職に就いても活躍します。変化に富んだことが好きでコミュニケーション能力があることは、ジャーナリズムや政治の世界で助けになります。

恋愛と人間関係

力と創造性のある人に惹かれることの多いあなたは、自信たっぷりで強そうなうわべに反して、愛され理解されたいと願っています。仕事熱心ですが、友人や家族と遊ぶことも大好き。

わが道を行くタイプですが、誠実で人を思いやることも忘れません。ただ、自分犠牲はほどほどにして、気分屋にならないように。なかでもインスピレーションの強い人は、美術や音楽、詩の世界に自己表現の場を見出します。

数秘術によるあなたの運勢

9日に生まれた人は慈愛に満ちて思慮深く、情にもろい人です。寛大で親切でものを惜しみません。自然を超えた力を感じとる第六感もあります。この日に生まれた人は、感情の起伏が激しくて傷つきやすく、また、やりがいが必要。世界を旅してあらゆる人と交流し多くを得ますが、非現実的な夢や現実逃避は避けましょう。

月の**6**からも影響を受け、頼りがいがあり、公明正大な判断力を持ち、安定と調和を作り出します。人道主義なので、寛大で、協調性と思いやりの心を持っています。ただ秩序を乱したり執念深くならないこと。

人の要求にも耳を傾け、自己中心的、あるいは批判的な態度を慎み、人を思いのままに動かそうとは思わないこと。究極の贈り物は、人への思いやりと愛がもたらしてくれます。

●長所：理想家である、人道主義者である、創造性がある、感受性が豊かである、太っ腹である、人を惹きつける力がある、ロマンティックである、慈悲深い、寛大である、冷静である、人気がある
■短所：いら立ちやすい、神経質である、一貫性がない、自信がない、利己的である、非現実的である、簡単に惑わされる、劣等感が強い、心配性である、気に病む

♥恋人や友人
1月7、17、20日／**2月**5、15、18日／**3月**3、13、16、29、31日／**4月**1、11、14、27、29／**5月**9、12、25、27日／**6月**7、10、23、25日／**7月**5、8、21、23日／**8月**3、6、19、21日／**9月**1、4、17、19日／**10月**2、15、17日／**11月**13、15、30日／**12月**11、13、28日

◆力になってくれる人
1月15、17、28日／**2月**13、15、26日／**3月**11、13、24日／**4月**9、11、22日／**5月**7、9、20日／**6月**5、7、18日／**7月**3、5、16日／**8月**1、3、14日／**9月**1、12日／**10月**10、29日／**11月**8、27日／**12月**6、25日

♣運命の人
1月5日／**2月**3日／**3月**1日／**12月**9、10、11、12日

♠ライバル
1月4、5、14日／**2月**2、3、12日／**3月**1、10日／**4月**8、30日／**5月**6、28日／**6月**4、26日／**7月**2、24日／**8月**22日／**9月**20日／**10月**18日／**11月**16日／**12月**14日

★ソウルメイト(魂の伴侶)
1月2日／**3月**29日／**4月**27日／**5月**25日／**6月**23日／**7月**21日／**8月**19日／**9月**17日／**10月**15日／**11月**13日／**12月**11日

有名人

ジョニー・デップ（俳優）、山田耕筰（作曲家）、柳田邦男（作家）、青木雄二（マンガ家）、マイケル・J・フォックス（俳優）、薬師丸ひろ子(女優)、武田双雲(書家)、内田恭子（アナウンサー）、ナタリー・ポートマン（女優）、大久保嘉人（サッカー選手）、水谷隼(卓球選手)、国仲涼子（女優）、有川浩（作家）

太陽：ふたご座
支配星：てんびん座／金星
位置：18°－19°30′　ふたご座
状態：柔軟宮
元素：風
星の名前：ベラトリックス、カペラ

June Tenth

6月10日

GEMINI

正確さと説得力が成功の秘訣

6月10日生まれの人は、**抜きん出た知性**を持ち、実質的で内容のある成功を手にする大きな可能性を秘めています。細密な正確さで仕事をこなす能力に加え、説得力があり人に対する興味を持っています。自立を望むあなたは、**専門分野を1つに絞って深めていきます**。

ふたご座の第2支配星である金星の影響で、**見るからに説得力のある、カリスマ的人物**。それがプラスに働けば、創造的アイディアがたくさんある話し上手に。社交的で、美的感覚と芸術性を持っています。

また、この日生まれは、豪華なものを好む気持ちと、人と協調して働く技能を与えられています。金星は、人生においてのお金の重要性を強調し、あなたがそれを得るためには身を粉にして働くこともいとわないことを示しています。しっかり確実に仕事をしようという思いと、喜びと愛情を求める気持ちのバランスをとることが、あなたの課題です。計り知れない可能性を磨き、焦りを創造的活動に向ければ、**人生の難局に直面しても最終的には結果を出します**。前向きな姿勢でいること。そして自分がいかに恵まれているか知ることです。そうすることで、感謝の気持ちというのは特別な資質であり、あなたの資質の向上の助けとなり、エネルギーを存分に与えてくれるのだと知るでしょう。

11歳を迎え太陽がかに座に入ると、心の安定、家庭と家族を巡る問題が人生でより重要な意味を持ち始めます。この影響は41歳で太陽がしし座に入るまで続き、その後31年間で、あなたは自信と権威、強さを育み、自己表現力を増します。

隠された自己

あなたの繊細さは外見ではわかりませんが、豊かな感情は無償の愛を強く求めています。献身的な愛を注がれた時、あなたは自分を大事にして生きていけると確信します。見捨てられたり愛されていないと感じると、恐れや不安がわき起こるので、心底から平安な気持ちを求めます。信頼が幸福を左右する鍵。恐れや不満にとらわれないように。

あなたにとって愛情表現はとても重要。時として、一か八かの勝負に出ます。ふだんは寛容で愛情あふれる性格が、一度切れると元に戻りません。人の期待に応えようなどという衝動に負けず、本当の自分のままが一番。心を十分に開き、結果にこだわらず冷静になりましょう。

仕事と適性

あなたに備わった野心と商才、人を主導する能力は、あなたが成功する助けになります。楽しみながら仕事ができ、会話も達者なので、外交官として、あるいは広報活動の仕事で、優れた働きをします。また、販売や通信機関の業界でも才能を発揮。判で押したような仕事は嫌いですぐ飽きてしまいますが、**変化に富んだ仕事では健闘します**。教育、ジャーナリズム、サービス業では特にやりがいを見出します。

恋愛と人間関係

感受性豊かで美と芸術の鑑賞眼があり魅力的なあなたは、豪華なものが大好き。カリスマ的な性格の華やかな人たちに惹かれることが多く、逆に人はあなたの楽天的で寛容なところに惹かれます。

あなたは愛のためなら喜んで身を投げ出しますが、殉教者にならないように。**まじめな人間関係を常に求めています**が、愛に対してもっと寛大になれれば、失望を最小に抑えることができます。人間関係を安定させようとしますが、独創的な自己表現を忘れないように。

数秘術によるあなたの運勢

1の日に生まれた人と同様、あなたは大きな目標を成し遂げるため、常に努力します。それでもそこに到達するまでにはいくつか障害を乗り越えなくてはなりません。エネルギッシュで独創的なあなたは、人と意見が合わなくても、自分の信念を貫きます。開拓者精神と、起業家精神を原動力に、はるか遠くまで旅をしたり、自分の力で新たな道を踏み出します。しかし自分勝手やワンマンにならないように。世界は自分中心に動いてはいないのです。成功を収め達成感を得ることは、10の日に生まれた人にはとても大切。トップの座に就くことも珍しくありません。

月の6からも影響があり、強い信念となって表れています。観察眼が鋭く、情報を集めてはそれを実践に活かします。何かに気をとられてぼんやりしたり、逆にいら立つことがあります。自分の知識に飽き足らず、哲学を研究して多くを得ることもあります。柔軟に適応すれば、人との考え方の相違も乗り越えることができます。

●**長所**：主導性がある、創造的である、進歩的である、力強い、楽天家である、強い信念がある、競争心がある、独立心がある、社交的である

■**短所**：高圧的である、嫉妬深い、自分勝手である、高慢である、敵対心が強い、利己的である、軟弱である、優柔不断である、せっかちである

♥恋人や友人

1月4、8、18、19、23日／**2月**2、6、16、17、21日／**3月**4、14、15、19、28、30日／**4月**2、12、13、17、26、28、30日／**5月**10、11、15、24、26、28日／**6月**8、9、13、22、24、26日／**7月**6、7、11、20、22、24、30日／**8月**4、5、9、18、20、22、28日／**9月**2、3、7、16、18、20、26日／**10月**1、5、14、16、18、24日／**11月**3、12、14、16、22日／**12月**1、10、12、14、20日

◆力になってくれる人

1月5、16、27日／**2月**3、14、25日／**3月**1、12、23日／**4月**10、21日／**5月**8、19日／**6月**6、17日／**7月**4、15日／**8月**2、13日／**9月**11日／**10月**9、30日／**11月**7、28日／**12月**5、26、30日

♣運命の人

1月17日／**2月**15日／**3月**13日／**4月**11日／**5月**9日／**6月**7日／**7月**5日／**8月**3日／**9月**1日／**12月**10、11、12、13日

♠ライバル

1月1、10、15日／**2月**8、13日／**3月**6、11日／**4月**4、9日／**5月**2、7日／**6月**5日／**7月**3、29日／**8月**1、27日／**9月**25日／**10月**23日／**11月**21日／**12月**19、29日

★ソウルメイト(魂の伴侶)

8月30日／**9月**28日／**10月**26日／**11月**24日／**12月**22日

モーリス・センダック(絵本作家)、ジョアン・ジルベルト(ミュージシャン)、ジェームス三木(脚本家)、登坂淳一(アナウンサー)、松たか子(女優)、本橋麻里(カーリング選手)、米長邦雄(棋士)、木之内みどり(女優)、細貝萌(サッカー選手)、寺田心(俳優)、いとうあさこ(タレント)

太陽：ふたご座
支配星：みずがめ座／天王星
位置：19°－21°30′　ふたご座
状態：柔軟宮
元素：風
星の名前：カペラ、ベラトリックス、
　　　　　ファクト、エルナト

好奇心旺盛で、カリスマ性があって社交的

6月11日に生まれた人には、理想を追求する面と実利を重んじる面とが共存しています。**適切な判断力と推理力**を備えており、それが、すばやい行動力と人を気遣う親切な態度となって表れています。また人にはっきり気持ちを伝える正直さがあり、常識もわきまえています。

あなたのデカネートを支配するみずがめ座の影響で、**主体性があり多芸多才**。社交的で親しみやすく人間本位の考え方をしますが、一風変わったところもあります。何にでも興味津々。**抜群の頭脳は時に神がかり的な凄みさえみせるほどです**。先見の明があり、教養があって、瞬時に物事の核心を突くことができます。ただし、すぐに怒りっぽくなる傾向もあり、対人関係も気まずくなりますから気をつけて。

あなたにはカリスマ性があり、あらゆるタイプの人を惹きつけますが、人のごたごたには巻きこまれないように。次々とアイディアがひらめき、一度目標を決めたら迷うことなく、強い目的意識を持って突き進みます。人にも状況にも第六感が働くうえ、天賦の洞察力があり、これがあなたの運命を左右する大きな力になっています。

10歳を迎えて太陽がかに座に入ると、心の安定と家庭や家族のことが大事な意味を持つようになります。40歳になって太陽がしし座に入るまでこの状態が続くと、それからの30年間は、自信を深め、自己表現力を伸ばし、社交性を増す時期。

隠された自己

こまやかな神経と豊かな想像力を持っていて、いろいろな考えが浮かんできますが、物事を悪い方に考えてはいけません。**大切なのは自信を持つこと**。自分を表現する力を養い、自信を深めましょう。執筆、音楽、美術などの分野でみずからのセンスを磨いていくとよいでしょう。家庭はあなたに安らぎを与え、あなたを守ってくれる安息の場所ですが、調和を求めるあまり、自分を譲りすぎないように。周りの人や状況に対するもどかしさから、無意識のうちに不満がわき上がってきた時、それを乗り越えることが内面の課題です。こういった釈然としないことにも正面から取り組むことで、冷静で前向きな自分を保ちます。思い煩うことなく、思う存分創造的精神を発揮し、人生を楽しみましょう。

仕事と適性

聡明にして多芸多才、しかもコミュニケーション能力に優れたあなたは、**どんな職業でもこなします**。ただ、何でもできるからといって、あれこれ手を出しすぎるのは禁物。何でも1つのことに惹かれると一生懸命に取り組む能力を、商売や社会福祉事業、政治の世界に発揮することができます。科学、法律関係の仕事や公務員、聖職者も向いています。コミュニケーション能力は販売業やサービス業で、また、手先の器用さは物作りに活かして。芸術的才能に磨きをかけ、あなたのインスピレーションを表現する映画、絵画、音楽の道に進んでもよいでしょう。

恋愛と人間関係

カリスマ性があり、どんな人でも惹きつけて離さない魅力があります。ただ、そのために、あなたに頼りたい人や、あなたを目的からそらせる意図を持った人も寄ってくるので、ある程度、眼識を働かせることが肝心。

人間関係に多くを期待し、それが満たされないと自分にも他人にもいら立ってきます。評価してほしいので**愛する人のためには喜んで身を投げ出しますが**、それは自分も深く愛されたい、努力を認められたいという気持ちの裏返し。人間関係には恵まれます。

数秘術によるあなたの運勢

11日に生まれた人には、理想主義とひらめき、そして革新的な考え方がことのほか重要です。また、あなたの心には、自分に対する自信とコンプレックスが混在しています。この気持ちのコントロールは経験を通して学習し、自分の感覚を信頼することで、どちらにも偏らない態度が身につきます。気力体力ともに恵まれていますが、心配しすぎたり非現実的になったりしてはいけません。

月の6からも影響を受けていて、鋭い直感力があり、思慮深く人の気持ちがわかるあなたは、人にひらめきを与えることができます。また野心家ですが、夢を実現させるには現実的な展望が必要です。時間をかけて強固な基礎を築きましょう。ころころと気分が変わるのも、すぐに興奮するのもいけません。理想を具体化するよい方法が見つかるまで、多くの試練に耐えましょう。

●**長所**：バランス感覚がよい、集中力がある、目的意識がある、情熱的である、人にやる気を起こさせる、精神的に豊かである、理想を貫く、直感力がある、勤勉である、外交的である、創意に富む、芸術的である、奉仕の精神がある、人を癒す力がある、人道主義者である

■**短所**：優越感がある、不正直である、無計画である、感情の起伏が激しい、傷つきやすい、張りつめている、利己的である、明確さに欠ける、威圧的である

♥恋人や友人

1月5、9、18、19日／**2月**3、7、16、17日／**3月**1、5、14、15、31日／**4月**3、12、13、29日／**5月**1、10、11、27、29日／**6月**8、9、25、27日／**7月**6、7、23、25、31日／**8月**4、5、21、23、29日／**9月**2、3、19、21、27、30日／**10月**1、17、19、25、28日／**12月**13、15、21、24日

◆力になってくれる人

1月1、6、17日／**2月**4、15日／**3月**2、13日／**4月**11日／**5月**9日／**6月**7日／**7月**5日／**8月**3日／**9月**1日／**10月**31日／**11月**29日／**12月**27日

♣運命の人

2月11、12、13、14日

♠ライバル

1月2、16日／**2月**14日／**3月**12日／**4月**10日／**5月**8日／**6月**6日／**7月**4日／**8月**2日／**12月**30日

★ソウルメイト(魂の伴侶)

1月11、31日／**2月**9、29日／**3月**7、27日／**4月**5、25日／**5月**3、23日／**6月**1、21日／**7月**19日／**8月**17日／**9月**15日／**10月**13日／**11月**11日／**12月**9日

この日に生まれた **有名人**

新垣結衣（女優）、豊田喜一郎(トヨタ自動車創業者)、森村泰昌（現代美術家）、ジャン・アレジ(F1ドライバー)、沢口靖子(女優)、チェ・ジウ(女優)、田中理恵(体操選手)、山口もえ(タレント)、佐々木彩夏(ももいろクローバーZ　歌手)、柚希礼音（女優）、渡嘉敷来夢（バスケットボール選手）

太陽：ふたご座
支配星：みずがめ座／天王星
位置：20°−21°30′　ふたご座
状態：柔軟宮
元素：風
星の名前：カペラ、ベラトリックス、ファクト、
ミンタカ、エルナト、アルニラム

June Twelfth

6月12日

GEMINI

未知の世界を求め、鋭い直感力と豊かな創造力を発揮

6月12日生まれは鋭い直感の人。将来を見通す力と、いろいろな方面の才能を備えています。じっとしていられない性格に突き動かされ、興奮を与えてくれる未知の世界を求めて東奔西走するあなた。のみこみが早い分、飽きっぽく、決まりきった仕事は嫌いで、刺激的なものや人に魅力を感じます。

あなたは社交上手で常に世間の目を意識しており、**皆に好かれる人気者**。自分の持つ豊かな創造力を発揮して、前向きな目標を持つこと。そしてすばらしい潜在能力を開花させるために、簡単にはあきらめない粘り強さを養うことが大切です。

あなたのデカネートを支配するみずがめ座の影響で、討論が好きで、奇抜なものに興味を惹かれます。また、**問題が生じると臨機応変に対応できます**が、理想と現実のギャップに葛藤が生じることがあります。この日に生まれた人にとって**旅には大きな意味があり、**将来は海外で仕事をしたり暮らしたりする可能性があります。

9歳になり太陽がかに座に入ると、家庭と家族の問題が人生の焦点になり、愛と理解と心の安定が必要になります。39歳を迎え太陽がしし座に入ってからは、自信がみなぎり自分の将来性を強く認識します。

隠された自己

経済的な不安定が、不要な心配を招きます。あなたはお金がないと逆に衝動買いをしたり浪費してしまうタイプですが、**将来に備えてコツコツ築きあげることが大切**です。贅沢は慎んで。それでも、一度こうと決めたらひたむきに夢の実現に向かって努力する行動派。目的を持ち、それに集中していることが必要です。そうすれば、自信をなくしたり、自分への不安感も取り除かれます。人生に対して前向きな姿勢で臨むことができるため、どんな困難でも乗り越えていきます。他人のために自分を犠牲にすることもありますが、結局それは、思いやりと博愛の精神という、あなたの優れた潜在能力に磨きをかけることとして自分に返ってくるでしょう。

仕事と適性

機転がきき人づき合いも難なくこなす性格は、ジャーナリズム、顧客サービスや販売業向き。勤勉で野心家であり、いろいろと経験したいと思っているので、**目まぐるしく変化する仕事も適しています**。あなたの冒険心には旅行業、観光業がピッタリ。また体を動かすことが好きなので、スポーツやレジャーも活躍の場になります。先を見通し組み立てていく能力を活かせば、ビジネス界で時代の先端を行き、また写真や画像処理、数学の世界でも活躍します。さらに独創的表現力を演劇や音楽で発揮し、こまやかな心遣いで人を癒します。

恋愛と人間関係

理知的でじっとしていられないあなたは、頭のよい個性的な人に惹かれます。友情はあなたにとってとても大切。どんなタイプの人とでもつき合えるということは、心が自由で若いという証拠です。あなたの中には、天性のエンターテイナーである、もう1人のあなたがいて、愛する人といる時に姿を現します。

あなたの運命の人は**学校などの学びの場で出会う、興味を共有できる人**です。楽しく時を過ごすには円満な人間関係が必要です。しかし、大人の態度を忘れないで。

数秘術によるあなたの運勢

12日生まれの人は直感力があり親しみやすい人。天性の感受性を発揮して、人の気持ちを理解し、目的達成のために、そつなく人と協調することができます。

あなたの思いやりの気持ちが人を支える力になった時、充足感を得られます。自立しているのだという気持ちをしっかり持ち、自信を深めること。人の言動で簡単にめげてはいけません。

月の**6**という数字が示しているのは、気持ちを正確にはっきり伝える必要があるということ。開いた心でより大きな計画に目を向ければ、現実にとらわれない前向きな気分になれます。

また、博愛の精神で、本当の思いやりを示すことができます。人の言うことには耳を傾け、余計な心配やためらいは禁物。信念を曲げずに行動しましょう。

●長所：創造力がある、人を惹きつける力がある、指導力がある、厳格である、人や自分の力を伸ばす

■短所：風変わりである、非協力的である、神経過敏である、自己不信である

相性占い

♥恋人や友人

1月6、10、20、29日／**2月**4、8、18、27日／**3月**2、6、16、25、28、30日／**4月**4、14、23、26、28、30日／**5月**2、12、21、24、26、28、30日／**6月**10、19、22、24、26、28日／**7月**8、17、20、22、24、26日／**8月**6、15、18、20、22、24日／**9月**4、13、16、18、20、22日／**10月**2、11、14、16、18、20／**11月**9、12、14、16、18日／**12月**7、10、12、14、16日

◆力になってくれる人：

1月7、13、18、28日／**2月**5、11、16、26日／**3月**3、9、14、24日／**4月**1、7、12、22日／**5月**5、10、20日／**6月**3、8、18日／**7月**1、6、16日／**8月**4、14日／**9月**2、12、30日／**10月**10、28日／**11月**8、26、30日／**12月**6、24、28日

♣運命の人

1月25日／**2月**23日／**3月**21日／**4月**19日／**5月**17日／**6月**15日／**7月**13日／**8月**11日／**9月**9日／**10月**7日／**11月**5日／**12月**3、11、12、13、14日

♠ライバル

1月3、17日／**2月**1、15日／**3月**13日／**4月**11日／**5月**9、30日／**6月**7、28日／**7月**5、26、29日／**8月**3、24、27日／**9月**1、22、25日/**10月**20、23日／**11月**18、21日／**12月**16、19日

★ソウルメイト(魂の伴侶)

1月18日／**2月**16日／**3月**14日／**4月**12日／**5月**10、29日／**6月**8、27日／**7月**6、25日／**8月**4、23日／**9月**2、21日／**10月**19日／**11月**17日／**12月**15日

有名人

松井秀喜(元プロ野球選手)、ジョージ・H・W・ブッシュ(第41代アメリカ大統領)、アンネ・フランク(『アンネの日記』作者)、宮本浩次(エレファントカシマシ　ボーカル)、釈由美子(女優)、茨木のり子(詩人)、立石諒(水泳選手)、神尾真由子(バイオリニスト)

太陽：ふたご座
支配星：みずがめ座／天王星
位置：21°－22°30′ ふたご座
状態：柔軟宮
元素：風
星の名前：ベラトリックス、ファクト、ミンタカ、
エルナト、エウシス、アルニラム

June Thirteenth

6月13日

GEMINI

しっかりとした価値観と実利重視の考え方が導く経済的成功

6月13日に生まれた人は聡明な実利重視型。確固とした価値観と理想を持ち、交際上手です。賢明で、人生のゆるぎない基盤を着々と築いていきます。

あなたの人生で**仕事は重要**。人と協調して力を尽くし、経済的成功を収めて地位を確立します。

あなたのデカネートを支配するみずがめ座の影響は、独創的な知性と、人の性格を見抜く力に表れています。また、みずがめ座の人は**自分の考えをはっきり述べ、優れたコミュニケーション能力を持っています**。しかし自分の意見にこだわりすぎないように気をつけて。一方、仕事を受けたからには、立派にやり遂げ、誇りを持ちたいと思っています。とても忠実なので責任を深刻に受け止めてしまいがちですが、気持ちを切り替え、にこやかにふるまうこともできます。

あなたは理想家で、自分の心遣いが人助けにつながると、役に立てたことを喜びます。この心のこまやかさと事務的能力が結びついて、**「情け深い世話好き屋」**になるわけです。

8歳で太陽がかに座に入ると、家庭生活に力点が置かれ、感受性が高まり安定を強く意識するようになります。38歳で太陽がしし座に入る頃、自分を前面に押し出して自己表現する必要性が強くなり、それに促されて威風堂々、ますます社交的に。

隠された自己

外見からはわかりませんが、**心の内では変化と多様性を求めています**。この冒険的な性格に必要なのは、未知の探究を通して得られる刺激。これを抑えこもうとすると、落ち着きや自信を失い、いらいらしてしまうことになります。気を紛らわそうと買った宝くじが当たらないといって落ちこみ、酒や薬やとうてい実現しそうにない夢物語に逃げこむ羽目になってしまいます。人の心の動きが手に取るようにわかるあなた。理想が高いあなたが熱望している愛は、芸術や精神世界的なこと、あるいは癒しを通して発現できる愛です。この感性豊かな意識を持って日常生活を送るうちに、インスピレーションは前向きな思考から生まれることがわかります。冷静さを保ち、外部からの影響に屈しないで、こまやかな神経を守りましょう。

仕事と適性

現実的で親しみやすい性格のため、たくさんのビジネスチャンスが寄ってきます。人との意思疎通も万全なあなたには法律、教育関係の仕事がうってつけ。秩序を望み、頭も鋭いので、商業や製造業で卓越した経営手腕をふるいます。**周囲からは、仕事熱心で頼りがいがあると評価される**でしょう。また手先が器用ですからもの作りも向いています。一方、人の心を見抜く鋭い洞察力は創造的才能とあいまって、執筆や演劇に発揮されます。

恋愛と人間関係

理想家で喜怒哀楽が激しいあなた。心が広く優しいのに、人間関係では気分に影響されやすく、不機嫌になったり落ち着きをなくしたりします。

魅力的で社交的なので、友達やファンが大勢いますが、人に利用されたり、また逆に、故意に人を惑わしたりしないよう注意が必要です。

壮大な計画と野望をいだいた実力のある人に惹かれ、影響力のある人の力添えで恋愛が成就します。

数秘術によるあなたの運勢

13日に生まれた人は神経がこまやかで情熱的なうえ、インスピレーションのある人です。13という数字から、仕事熱心な野心家で、自己を表現することにより、多くのことを成し遂げることがわかります。

創造力を形にしたいなら、現実的な見通しを立てることが必要。独創的で革新的なので、斬新なアイディアがひらめき、それが人の心を動かす仕事となって実を結びます。

13日に生まれた人はまた、まじめで陽気で感じがよく、奉仕の精神で働きます。

月の数字6が示すのは、野心があり立ち直りが早く臨機応変、推理力があるということ。人との共同作業で成功を収めます。

自信をなくすと人に依存してしまいがちですが、そうでない時は、きっぱりと、自分のやり方で問題を解決します。充足感がないと不満を覚え、いら立ちますが、それがかえって前進する原動力となります。

●長所：野心がある、創造力がある、自由を愛する、自己表現力がある、指導力がある

■短所：衝動的である、優柔不断である、いばりちらす、冷たい、反抗的である、自分勝手である

相性占い

♥恋人や友人

1月7、11、22日／**2月**5、9、20日／**3月**3、7、18、31日／**4月**1、5、16、29日／**5月**3、14、27、29日／**6月**1、12、25、27日／**7月**10、23、25日／**8月**8、21、23、31日／**9月**6、19、21、29日／**10月**4、17、19、27、30日／**11月**2、15、17、25、28日／**12月**13、15、23、26日

◆力になってくれる人

1月8、14、19日／**2月**6、12、17日／**3月**4、10、15日／**4月**2、8、13日／**5月**6、11日／**6月**4、9日／**7月**2、7日／**8月**5日／**9月**3日／**10月**1、29日／**11月**27日／**12月**25、29日

♣運命の人

12月13、14、15日

♠ライバル

1月9、18、20日／**2月**7、16、18日／**3月**5、14、16日／**4月**3、12、14日／**5月**1、10、12日／**6月**8、10日／**7月**6、8、29日／**8月**4、6、27日／**9月**2、4、25日／**10月**2、23日／**11月**21日／**12月**19日

★ソウルメイト(魂の伴侶)

1月9日／**2月**7日／**3月**5日／**4月**3日／**5月**1日／**10月**30日／**11月**28日／**12月**26日

この日に生まれた有名人

本田圭佑(サッカー選手)、梅棹忠夫(文化人類学者)、山田邦子(タレント)、森口博子(タレント)、市川実日子(女優)、伊調馨(レスリング選手)、メアリー＝ケイト・オルセン(女優)、アシュレー・オルセン(女優)、生田竜聖(アナウンサー)

太陽：ふたご座
支配星：みずがめ座／天王星
位置：22°－23°30′　ふたご座
状態：柔軟宮
元素：風
星の名前：カペラ、ファクト、ミンタカ、エルナト、アルニラム、アルヘッカ

June Fourteenth

6月14日

GEMINI

頭の回転が速く、創造力が豊かな社交家

6月14日に生まれた人は**社交的でコミュニケーションをとるのが上手**。独自の生き方を貫きます。快活で親しみやすい一方、トラブル解決には間違いなく役に立つ、非常にまじめな一面もあります。

ふたご座第3デカネートの影響を受けて、客観的で創意に富み、天才のあなたと反逆者のあなたが交互に顔をのぞかせます。社会や世間にいら立つこともありますが、**あなたの考えが時代を先取りしているのは確か**なことなのであまり感情を激さないように。あなたは頭の回転の速さとほとばしる創造力で人を惹きつけます。生きる喜びを抑えつけようとする優柔不断さと心配症には用心すること。

あなたはさまざまなこと、時には少々変わったことにまで興味をそそられてしまいますが、何にでも手を出すのは考えもの。また、ずけずけと意見を言うタイプですが、疑い深く無愛想な態度をとるのはよくありません。ある時点で、より精神的な問題への興味がわき起こります。鋭い批評眼は、威圧して人を傷つけるためではなく、人に手を差し伸べるためのものだと心して。**独創的なひらめきは**、大いに人を元気づけ、実りある功績をもたらします。

7歳頃、太陽がかに座に入ると、安定や家庭の問題が重要な意味を持ち始め、心が必要としているものや安定に影響力を持つ人が重要視されてきます。37歳で太陽がしし座に入る頃まではこの状態で、強さ、自信、才能を育む時期です。

隠された自己

実直で頼りがいのあるあなたは、いつでも人に助言を与え、手を差し伸べます。それが、専門技術の問題であれば、そのノウハウを伝授することもあります。また懸命に働き、親しい人や主義のためには犠牲もいといません。

ただし、重荷に感じて参ってしまうほど背負いこみすぎることのないように。大切なのは、鋭い直感力をさらに高め、最初のひらめきを信じること。

一方、**優れた戦略家**のあなたは、敵に回したら怖い存在です。頭がよくてはっきり考えを述べ、誠意を尽くして考えを伝えます。これは今の能力をさらに向上させる力です。あなたは人生の楽しみ方を心得ており、絶えず新しい目標を作ってはそれを達成して喜んでいます。しかし心を決めかねるようなことがあると、現状で満足し、無理のない道を選ぶこともあります。そのため、心の平安のため、家庭という安定した基盤を持つことがきわめて重要です。

仕事と適性

知性があり、はっきり意見を表明するあなたに必要なのは、**生き生きとした心を保つための変化と多様性**。あなたは独自の思想を持ち、生き方も個性的なので、執筆や情報伝達に携わる仕事に向いています。商業界に身を投じ、優れた商才を活かすもよし、鋭い知性

を学術調査や問題解決に活かすもまたよし。競争心旺盛なのでスポーツにも向いていますし、音楽や舞台でも成功を手にします。販売業など人と関わる仕事、あるいは秩序だった深い思考力を活かせる哲学にも関心をそそられます。

恋愛と人間関係

天衣無縫で愛情あふれるあなたは、愛する人のためには何でも喜んでする半面、どうでもよさそうにふるまってしまう一面もあります。**見かけより傷つきやすい**あなたは、それを悟られないよう精一杯虚勢をはっています。

あなたが期待する理想の愛に応えるのは誰にとっても至難の業。時には妥協することも覚えて。それでもあなたは安定を求めて忠誠心と愛情を注ぎ、選ばれたパートナーに献身的に尽くしてやまない人です。

数秘術によるあなたの運勢

知性的で実践的な考えをし、決断力がある、それが14日に生まれた人の資質です。この日生まれの人は、仕事第一、自分のことも人も仕事で評価します。安定を求める半面、じっとしていられない性格で、次々と新しい課題に挑戦し、目的を達成し、自分の運命を向上させていきます。この現状で満足しない気持ちが原動力となり、何度も方向転換をしますが、職場環境や経済状態に不満がある時はなおさらです。鋭い勘で問題にすばやく対応し、楽しんで問題解決にあたります。

月の6という数字からも影響があり、自分の直感を信じ、人生に対して哲学的な姿勢を培うことが得になります。強情なところは多様な能力と鋭い直感でカバーされますが、不安に陥らないよう人とうまく交わること。あなたの奮闘と貢献は評価されるべきもの。自分がやったのだと胸を張っていいのです。

●**長所**：断固とした行動力がある、仕事熱心である、創造性がある、実際的である、創造力がある、勤勉である

■**短所**：用心深すぎる、衝動的すぎる、情緒不安定である、軽率である、頑固である

相性占い

♥恋人や友人

1月8、22、26日／**2月**6、20、24日／**3月**4、18、22日／**4月**2、16、20、30日／**5月**14、18、28、30日／**6月**12、16、26、28日／**7月**10、14、24、26日／**8月**8、12、22、24日／**9月**6、10、20、22、30日／**10月**4、8、18、20、28日／**11月**2、6、16、18、26日／**12月**4、14、16、24日

◆力になってくれる人

1月9、20日／**2月**7、18日／**3月**5、16、29日／**4月**3、14、27日／**5月**1、12、25日／**6月**10、23日／**7月**8、21日／**8月**6、19日／**9月**4、17日／**10月**2、15、30日／**11月**13、28日／**12月**11、26、30日

♣運命の人

1月27日／**2月**25日／**3月**23日／**4月**21日／**5月**19日／**6月**17日／**7月**15日／**8月**13日／**9月**11日／**10月**9日／**11月**7日／**12月**5、14、15、16日

♠ライバル

1月2、10、19日／**2月**8、17日／**3月**6、15日／**4月**4、13日／**5月**2、11日／**6月**9日／**7月**7、30日／**8月**5、28日／**9月**3、26日/**10月**1、24日／**11月**22日／**12月**20、30日

★ソウルメイト(魂の伴侶)

1月15日／**2月**13日／**3月**11日／**4月**9日／**5月**7日／**6月**5日／**7月**3日／**8月**1日／**10月**29日／**11月**27日／**12月**25日

この日に生まれた 有名人

チェ・ゲバラ(革命家)、川端康成(作家)、椎名誠(作家)、菊地成孔(ジャズミュージシャン)、大塚寧々(女優)、比嘉愛未(女優)、溝端淳平(俳優)、日野啓三(作家)、シュテフィ・グラフ(元テニス選手)、ドナルド・トランプ(実業家)、藤沢秀行(棋士)

太陽：ふたご座
支配星：みずがめ座／天王星
位置：23°−24°30′　ふたご座
状態：柔軟宮
元素：風
星の名前：ミンタカ、エルナト、アルニラム、
　　　　　アルヘッカ

6月15日

独立心のある行動派ですが、発想が独創的

6月15日に生まれた人は親しみやすく行動派。そして、「一を聞いて十を知る」タイプです。独立心が強い一方、社交性があり、人との関わりを通してコミュニケーション術を磨いています。

奇抜な人に心惹かれるもののどんなタイプの人とでもうまくつき合えるでしょう。意志が固く、いったん目標が定まればそれに向けて行動し力を発揮します。

ふたご座の第3支配星である天王星は、あなたの**発想が独創的で人を見る目が確か**なことを保証しています。また、この星の影響で、創造的精神も、美術、音楽、演劇や、論議の多い問題の討論、執筆活動に発揮されます。

あなたは強引に我を通し、威圧的とさえ言える面があるかと思えば、一方では傷つきやすく**情緒豊かで献身的な面**も。どちらの面もあなたですから、バランスをとることが肝心です。あなたは、自分の愛する人には寛大になれますが、十分なお金がないとわけもなく不安でたまりません。しかし本来は、計画性があるので、経済的に不自由することはないでしょう。

6歳で太陽がかに座に入ると、心の交流、特に家族の絆を強く意識しだします。これが太陽がしし座に入る36歳頃まで続くと転機を迎えます。ここで自己表現力と自信の強化に関心が移り、それに奮い立たされるように、自信を持って指導力を発揮するようになります。

隠された自己

経済的な安定と権力、名声を求める強い気持ちと、高い理想とは、うまくバランスがとれています。あなたの野心が叶えられ、平和を求める気持ちが充足され、しかも充実感にあふれていると、心から何でも人に与えたいという気になるのです。また物事をまんべんなく理解しようとする向上心もあります。しかし秩序を乱したくないからと、ことなかれ主義にならないように。

自分の持っている情報は、いつでも喜んで人に教えるので、パートナーとして、あるいはグループの一員としての貢献度は大きいのです。さらに、**他の人にも影響を与える、建設的ですが強固な内なる力があります**。したがって単なる物質的な成功ではなく、真の業績の意味を理解することが大切です。いったん、1つの主義を信じれば、全身全霊でこれを支え、人を納得させます。

仕事と適性

頭の回転が速く人間関係を築く能力があり、**人と関わりのある仕事でうまくやっていきます**。人にうまく対応する才能があり、広報活動や広告代理店業には特に向いています。アイディアであろうと製品であろうと、本当によいと思ったものを情熱的に売りこむ手腕は、販売関係の仕事で発揮しましょう。説得力があり、歯切れのよい話し方は、法律関係

の仕事や講演でも役に立ちます。企業や身の上相談のカウンセラーとして、あるいは演劇、美術、音楽の道で認められる人もいます。いずれにしても、あなたの辛抱強い姿勢で成功は欲しいままにできます。

恋愛と人間関係

社交的であるのに我が強くてずけずけものを言うあなた。おしゃべりや違った考えの人と会うのも好きです。人と会って話すことはあなたの知性にさらに磨きをかけるのでとても大切。あなたは愛情豊かで、忠実で、約束を守ろうと努力します。

一方、**精神力の強い人**にも惹かれます。もともと議論を好みますが、くれぐれもパートナーと口論になったり、精神的駆け引きをしたりすることのないように。とは言っても、あなたは自分の愛する人に対しては寛大で、忠実で、頼りがいのある友人です。

数秘術によるあなたの運勢

15日生まれの人は多芸多才で情熱的、じっとしていられない性分です。最大の長所は強い直感力と、理論と実践力を併せ持つことで得られる、すばやい状況の把握。自分の直感力を活用し、チャンスはすばやくキャッチします。

誕生日の15という数字が示すのは、お金も人の援助も引き寄せる才能があるということ。くよくよせず、絶えず目的を追求するあなたは、不測の事態があっても、それを喜んで受け入れ、一か八か打って出ます。

月の**6**という数字は、自分の要求と、人に対する義務の間でバランスをとる必要があることを示しています。有能で実利を重んじるので、無謀な計画は手をつけません。それでも、自分の才能や努力は認めてほしいと思っており、野望に燃えて仕事に励むのです。

あなたの独創性をもっと自由に表現する方法を見つけて、自分のキャパシティを広げましょう。

●長所：何でも快くやる、気前がよい、信頼できる、親切である、協調性がある、感謝の気持ちを忘れない、独創的な発想をする

■短所：落ち着きがない、無責任である、自己中心である、変化を恐れる、信念がない、心配性である、優柔不断である、物質主義である

♥恋人や友人

1月3、19、23日／**2月**11、21日／**3月**9、19、28、31日／**4月**7、17、26、29日／**5月**5、15、24、27、29、31日／**6月**3、13、22、25、27、29日／**7月**1、11、20、23、25、27、29日／**8月**9、18、21、23、25、27日／**9月**7、16、19、21、23、25日／**10月**1、5、14、17、19、21、23日／**11月**3、12、15、17、19、21日／**12月**1、10、13、15、17、19日

◆力になってくれる人

1月3、4、10、21日／**2月**1、2、8、19日／**3月**6、17、30日／**4月**4、15、28日／**5月**2、13、26日／**6月**11、24日／**7月**9、22日／**8月**7、20日／**9月**5、18日／**10月**3、16、31日／**11月**1、14、29日／**12月**12、27日

♣運命の人

1月22、28日／**2月**20、26日／**3月**18、24日／**4月**16、22日／**5月**14、20日／**6月**12、18日／**7月**10、16日／**8月**8、14日／**9月**6、12日／**10月**4、10日／**11月**2、8日／**12月**6、14、15、16、17日

♠ライバル

1月11、20日／**2月**9、18日／**3月**7、16日／**4月**5、14日／**5月**3、12、30日／**6月**1、10、28日／**7月**8、26、31日／**8月**6、24、29日／**9月**4、22、27日／**10月**2、20、25日／**11月**18、23日／**12月**16、21日

★ソウルメイト(魂の伴侶)

1月26日／**2月**24日／**3月**22、30日／**4月**20、28日／**5月**18、26日／**6月**16、24日／**7月**14、22日／**8月**12、20日／**9月**10、18日／**10月**8、16日／**11月**6、14日／**12月**4、12日

この日に生まれた **有名人**

藤山寛美（俳優）、平山郁夫（日本画家）、伊東四朗（タレント）、細川たかし（歌手）、岩崎良美（歌手）、大林素子（元バレーボール選手）、おかざき真里（マンガ家）、上田桃子（プロゴルファー）、ミムラ（女優）

太陽：ふたご座
支配星：みずがめ座／天王星
位置：24°−25° ふたご座
状態：柔軟宮
元素：風
星の名前：エルナト、アルニラム、アルヘッカ

June Sixteenth

6月16日

GEMINI

鋭い頭脳を持ち、革新的、独創的で自立心旺盛

てきぱきと現実的に物事をこなしていくのが6月16日生まれ。機転がきいて自立心旺盛、強い精神力の人です。**崇高な理想と現実的な欲求という両極端な二面性**を持ち、その間でゆれ動いています。お金をかけて高級マンションでセレブな生活を望むあなたもいれば、理想のために喜んで精進するあなたもいます。

あなたのデカネートを支配するみずがめ座の影響を受けて、独創的で心が広く自由を求めています。**知識を重んじ、鋭い頭脳で斬新な思想を取り入れ、瞬時にして決断をくだします。**

また社会変革にも関心があるので、自分の人生も改革する気持ちで望みます。気をつけなければならないのは、大切な人に非常に寛容で優しい半面、ひどく高飛車に出てしまったり、すぐいら立ってしまうこと。さらに、反対されると、信念からではなく反抗心から、意地になって自分の主義に固執してしまうことです。理想から言えば、持ち前の親分肌な気質を活かし、リーダーとしてみずから先頭に立つのがベスト。また、生まれつき社交的なあなたは、人と気楽につき合い、チャンスを見極める優れた能力があります。みずからの信念を貫けば、**真剣に取り組む姿勢と独創性、直感力で、あなたの成功は折り紙つき**です。

5歳で太陽がかに座に入ってから重要なのは、家族と安定。この間にあなたの心に必要なものがはっきりわかってきます。35歳になり太陽がしし座に入ると、自信と強さを増し、自分を前面に押し出した自己表現ができるようになります。

隠された自己

激しい感情に突き動かされて、**さまざまな仕事や研究の創始者**となります。しかし時として無鉄砲になり、後始末に追われるだけでおしまいというようなことも。自分にどれほどの真価があるか、その状況でどんな利益が得られるか、常に見極めているので、誰よりも駆け引き上手です。さらに、情熱と強い意志、決断力を発揮して、アイディアを実現していく力があります。したがって、自分は何を望んでいるのかをはっきりさせておくことが大切。

あなたの強く思う気持ちが無償の愛や人助けに向けられると、驚くべき力となり善行を成し遂げます。この傑出した力で事に取り組めば、人を威圧することもなく、金銭問題も解決できます。

仕事と適性

人間関係を築く能力と決断力で、あなたは**前向きに人と協調することができます**。生まれながらにして物事を的確に処理する能力を備えており、また、チャンスに鼻がききます。人をその気にさせるツボを心得ており、アイディアや製品、人までも、張り切って売りこみます。経営手腕に恵まれ度胸を据えて打ちこむので、税務顧問など通商関係の仕事が適

しています。コミュニケーション能力を活かして教師や講師にも。また世界情勢への興味を国際的な企業やマスコミに向けてもいいでしょう。芸術家や作家として自己実現し、たぐいがない独創的な世界を築く人もいます。

恋愛と人間関係

知性的でじっとしていられないあなたは、精神的刺激と心ときめく体験を常に求めています。理想的な愛を待ち焦がれていますが、うまくいかなかったからといって、いつまでも同じ人に固執するようなことはありません。

理想家ですぐ恋に落ちますが、現実的な面も持ちあわせているので、夢と現実を分けて考えられるのです。**緊密な間柄でも、自立した自由人**であり、パートナーと対等の関係であることが必要。

数秘術によるあなたの運勢

16日に生まれた人は思慮深くてよく気がつき、親しみやすい人です。分析的に考えるとはいっても、人生や人を判断する基準は自分の気持ちです。自己表現の必要性と人に対する責任感がぶつかりあって、心に葛藤を生じます。

また世界情勢に関心があり国際的な企業やマスコミの仕事に就きます。創造力はものを書く才能となって表れ、突如としてインスピレーションがひらめきます。ただ、自分に対する自信が過剰になったり心もとなくなったりするので、うまくバランスをとるように。

月の数字**6**からの影響で、あなたには安定した家庭生活と寛いだ環境が必要です。プライドが高く、皆に好かれたいと思っていますから、人の考えや行動が気になります。旅に出て世界を広げましょう。視野も広がります。

●**長所**：教養が高い、家庭や家族に責任感がある、精神が気高い、直感力がある、社交的である、協調性がある、洞察力がある

■**短所**：心配性である、満足しない、頼りない、出たがりである、頑固である、疑い深い、神経質である、いら立ちやすい、利己的である、思いやりがない

相性占い

♥恋人や友人

1月3、5、14、24、31日／**2月**12、22、29日／**3月**10、20、27日／**4月**8、18、25日／**5月**6、16、23、30日／**6月**4、14、16、21、28、30日／**7月**2、12、19、26、28、30日／**8月**10、17、24、26、28日／**9月**8、15、22、24、26日／**10月**6、13、20、22、24、30日／**11月**4、11、18、20、22、28日／**12月**2、9、16、18、20、26、29日

◆力になってくれる人

1月5、22、30日／**2月**3、20、28日／**3月**1、18、26日／**4月**16、24日／**5月**14、22日／**6月**12、20日／**7月**10、18、29日／**8月**8、16、27、31日／**9月**6、14、25、29日／**10月**4、12、23、27日／**11月**2、10、21、25日／**12月**9、19、23日

♣運命の人

1月12日／**2月**10日／**3月**8日／**4月**6日／**5月**4日／**6月**2日／**12月**16、17、18日

♠ライバル

1月16、21日／**2月**14、19日／**3月**12、17、30日／**4月**10、15、28日／**5月**8、13、26日／**6月**6、11、24日／**7月**4、9、22日／**8月**2、7、20日／**9月**5、18日/**10月**3、16日／**11月**1、14日／**12月**12日

★ソウルメイト(魂の伴侶)

1月25日／**2月**23日／**3月**21日／**4月**19日／**5月**17日／**6月**15日／**7月**13日／**8月**11日／**9月**9日／**10月**7日／**11月**5日／**12月**3、30日

この日に生まれた有名人

ねじめ正一(作家)、Char(ギタリスト)、池井戸潤(作家)、鮫島彩(サッカー選手)、大橋歩(イラストレーター)、ほんこん(130Rタレント)、高見山大五郎(元大相撲力士)、山本晋也(映画監督)

太陽：ふたご座
支配星：みずがめ座／天王星
位置：25°−26°　ふたご座
状態：柔軟宮
元素：風
星の名前：アルニラム、アルヘッカ、ポラリス

June Seventeenth

6月17日

GEMINI

独立心旺盛で、あふれる知性と行動力

6月17日に生まれた人は知性あふれる行動派。知識は武器であり、それをうまく利用しています。**独立心旺盛で精神力が強く、主導権を握りたがります**。また人や状況をすばやく見抜く磨かれた直感の持ち主でもあります。

あなたのデカネートを支配するみずがめ座からの影響は、人生に対する独自の姿勢と客観的なもののとらえ方に表れています。冷静すぎて冷たく見えることがありますが、周囲をおもんぱかる優しさもあるので、討論などちょっと人と張りあう場面でも険悪になりません。

あなたは**頼りになるまとめ役で、よく人の面倒を見る立場に立ちます**。ただ、この日に生まれた人は男女を問わず、謙虚であることを常に心がける必要があります。持ち前のまっすぐで素直な力は、人の目には天性の自信に見えるのです。秩序と安定を求めるのは、落ち着かない生活から離れ、しっかりした経済基盤に立った家庭を築きたいという願望からくるものです。慎重このうえなく見えたかと思うと、とんでもない型破りにもなります。**じっくりと長期的な投資を考える忍耐力と、戦略をめぐらす才**があり、頑張りと鍛錬で優れた業績を残します。

4歳に太陽がかに座に入ってから目立つのは、安定、家庭、家族に関する心の問題です。太陽がしし座に入る34歳までこの状態が続くと、強さと実力、自信の時期を迎えます。60代半ば、太陽がおとめ座に入ると、転機がもう一度訪れ、人生を分析的にとらえ、完璧を目指して実際的に取り組む姿勢が強くなります。

隠された自己

あなたは**障害を乗り越える力を持った働き者**。自分の知識はどうしても人に伝えたいと思っていて、人と関わる中で自分の力を評価します。それは、人には任せておけない、自分のやり方にとことんこだわるという形となって表れます。自分の実力をどのように活かすかを、公正、公平な姿勢を通して学ぶ必要があります。

あなたは最終的には、知識の深さこそが真の強さであることを知ります。内なる直感力と強い決断力を合わせれば、相当な偉業を成し遂げます。周囲から一目置かれる目立つ人で、1人でも大丈夫そうですが、仲間は不可欠です。外見より本当はずっと神経がこまやかな人なのです。しっかりした意見を持ち、理想家なので、価値があると思うもののために闘いますが、ユーモアのセンスを失わずにいられれば、うまくいくでしょう。

仕事と適性

頭がよく、懸命に働き、指導力のあるあなたは、仕事のチャンスに恵まれています。独立独歩の人とはいえ、人はあなたが仕事熱心で、責任能力があることを評価していますから、あなたは**高い地位まで上りつめます**。一方で自由業にも魅力を感じます。とりわけ、法律、翻訳、教師、研究、執筆などの知的職業があなた向き。物事をまとめていく手腕と

人間関係を作り上げる才能は実業界で武器になります。また、生まれながらの人道主義者ですので、医療の分野でも活躍できます。芸術、舞台、特に音楽の世界で、創造性豊かな個性を表現したいという望みを叶えることもできます。

恋愛と人間関係

誠実でロマンティックなあなたは、忠実で、自分の愛する人はとことん守る、頼りがいのあるパートナーです。固い絆を求めているので、正直で率直な気持ちを持った誠実な人に惹かれます。パートナーに対して横柄にならないためにも、忍耐力を養って人の意見を尊重するように。直感的な理解力と知識、こまやかな気配りで大きな支えとなります。

数秘術によるあなたの運勢

17日に生まれた人は優れた分析力を備え、教養を身につけた、控えめで賢明な人です。専門的技術を磨くために独自のやり方で知識を活用し、経済面で成功を手に入れ、特定分野の専門家として重要な地位に就きます。

1人静かに内省し冷静なあなたは、マイペース。事実と数字に強い興味を示し、時には生まじめに考えこんでいるように映ります。人間関係を築く能力に磨きをかければ、人を通して、自分自身を発見することができます。

月の**6**からも影響を受けていて、自分頼みか、人に頼るか、常にバランスを調整することが必要。人の要望に気づき自分の言動に責任を持つことは、結局は自分のため。実際的で人の支えとなるあなたは、人を元気にします。柔軟な考えや変化を受け入れましょう。

●長所：思慮深い、専門知識や技術がある、計画を立てるのがうまい、商才がある、お金を引き寄せる、独特な考え方をする、勤勉である、精確である、熟達した研究者である、科学的にものを見る
■短所：冷たい、孤独である、頑固である、軽率である、気分屋である、神経質である、心が狭い、人のあらを探す、心配性である

相性占い

♥恋人や友人
1月11、13、15、17、22、25日／**2月**9、11、13、15、23日／**3月**7、9、11、13、21日／**4月**5、7、9、11、19日／**5月**3、5、7、9、17、31日／**6月**1、3、5、7、15、29日／**7月**1、3、5、27、29、31日／**8月**1、3、11、25、27、29日／**9月**1、9、23、25、27日／**10月**4、7、21、23、25日／**11月**5、19、21、23日／**12月**3、17、19、21、30日

◆力になってくれる人
1月1、5、20日／**2月**3、18日／**3月**1、16日／**4月**14日／**5月**12日／**6月**10日／**7月**8日／**8月**6日／**9月**4日／**10月**2日

♣運命の人
12月17、18、19日

♠ライバル
1月6、22、24日／**2月**4、20、22日／**3月**2、18、20日／**4月**16、18日／**5月**14、16日／**6月**12、14日／**7月**10、12日／**8月**8、10、31日／**9月**6、8、29日／**10月**4、6、27日／**11月**2、4、25、30日／**12月**2、23、28日

★ソウルメイト(魂の伴侶)
1月6、12日／**2月**4、10日／**3月**2、8日／**4月**6日／**5月**4日／**6月**2日

この日に生まれた有名人

麻生久美子(女優)、二宮和也(嵐　タレント)、西田幾多郎(哲学者)、イゴール・ストラビンスキー(作曲家)、マウリッツ・エッシャー(画家)、原節子(女優)、城彰二(元サッカー選手)、菊池雄星(プロ野球選手)、辻希美(タレント)、五関晃一(A.B.C-Z　タレント)、相田幸二(こうちゃん・料理研究家)、波瑠(女優)、風間俊介(俳優)、鈴木福(俳優)

太陽：ふたご座
支配星：みずがめ座
位置：26°－27°　ふたご座
状態：柔軟宮
元素：風
星の名前：ベテルギウス、ポラリス

June Eighteenth

6月18日

GEMINI

機知に富み、社交的で包容力がある楽天家

6月18日生まれの人の幸運なところは、とびきり頭がよくて社交的、物怖じしないところ。また**才能豊かで包容力があり楽天家**です。大きな夢も根性さえあれば実現可能です。頭の回転が速く機知に富み、自分に自信があり、率直でいたいと思っています。

あなたのデカネートを支配するみずがめ座の影響で、**気ままで独立志向が強く、時代の先端をいく斬新なアイディアを持っています**。カリスマ性があり情熱的で表情豊かですから、自分を表現したくてうずうずしています。言葉の使い方がうまいので優れた作家になることも。

ずば抜けた頭のよさを持つ、ある意味天才ではありますが、短気で強情で気難しいところがあるので注意すること。あなたは物事を達観するところもあって全体の見通しがきき、人道主義的なことがらに関心を寄せます。

直感力を磨けば磨くほど人生の決断が容易になります。人からの干渉は受けつけませんが、目標と見通しに前向きであれば奇跡を起こすのも夢ではありません。

32歳までは家庭生活に重きがあり、感情面で必要なもの、安定、家庭に関わる問題で頭がいっぱいです。太陽がしし座に入る33歳頃に転機が訪れ、自己表現、自己主張の強い必要性を感じるきっかけとなります。これにうながされて自信が深まり、果敢な冒険心が強くなります。

隠された自己

あなたの内なる創造的な力は、常に他の人を楽しませ、人の生活に幸せをもたらすものを探しだしてきます。ただ心に問題を抱えていたり、物質面での成功にとらわれていたりすると、自分がわからなくなり、人を気遣い奮い立たせる力も失われてしまいます。優秀な頭脳を駆使し、莫大な財を成すことも夢ではありませんが、お金だけが幸せを運んでくるとは限りません。幸福を得るためには、自分が向上できるような仕事が必要だと心して。また、あなたには高い目的意識があり、スケールの大きなところがありますから、**人生の壁にぶつかっても長く落ちこむことはまずありません**。

仕事と適性

直感力と創造力があるので、**自分の知識を広げることのできる仕事**が必要です。頭の回転が速く機転がきき、言葉のセンスがあるので、法律、教育やマスコミ関係で抜きん出た力を発揮します。大企業や行政機関で組織運営に腕をふるい、商売で一旗あげることも。改革に興味を惹かれるなら、政治家など、世の人に代わって声を上げる仕事がうってつけ。人道主義的なところはカウンセリングや社会福祉事業に活かすことができます。創造的な分野を好む人は直感的思考を、科学や工学分野で活かし、優れた開発者となるでしょう。

恋愛と人間関係

頭がよくて機転がきき、親しみやすくて明るいあなた。変化を好むのでさまざまな人と関わり、いろいろな趣味を共有していきますが、裏を返せば落ち着きがなく、飽きやすいということ。旅はあなたの見聞を広め、刺激を与えてくれる人と出会えるきっかけとなるでしょう。あなたのパートナーは**共通の趣味をとことん追求していき、深めていきお互いを高められる人**がよいでしょう。

数秘術によるあなたの運勢

18日生まれの人に言えるのは、決断力があり自己主張が強く野心家だということ。挑戦的で行動力があり、企業の中で忙しく働いています。有能で仕事熱心、信頼に篤いあなたは、権威ある地位に上りつめます。

また恵まれた商才と組織力で、商売の道に進む人もいます。ややワーカホリックな傾向があるので、時には気を抜くことやペースを落とすことを覚えましょう。

18日に生まれた人は人を癒す力を発揮し、助言を与えたり問題を解決してあげたりします。

月の6からも影響を受け、自分のことは二の次、三の次で人を思いやり、優しく面倒を見ることがあなたのためになります。さらに自分の影響力や権威ある地位を利用して、運に恵まれない人を助けることができます。しかしたまには1人で勉強し技術を磨く時間が必要。金銭を人生の他の面に優先させないこと。

●長所：進歩的である、自己主張が強い、直感力がある、度胸がある、意志が固い、人を癒す力がある、手際がよい、助言を与える能力がある

■短所：感情を抑えられない、なまけ者である、秩序がない、利己的である、冷淡である、仕事を最後までやり遂げられない

♥恋人や友人

1月9、12、16、25日／**2月**10、14、23、24日／**3月**5、8、12、22、31日／**4月**3、6、10、20、29日／**5月**4、8、18、27日／**6月**2、6、16、25、30日／**7月**4、14、23、28日／**8月**2、12、21、26、30日／**9月**10、19、24、28日／**10月**8、17、22、26日／**11月**6、15、20、24、30日／**12月**4、13、18、22、28日

◆力になってくれる人

1月2、13、22、24日／**2月**11、17、20、22日／**3月**9、15、18、20、28日／**4月**7、13、16、18、26日／**5月**5、11、16、18、26日／**6月**3、9、12、14、22日／**7月**1、7、10、12、20日／**8月**5、8、10、18日／**9月**3、6、8、16日／**10月**1、4、6、14日／**11月**2、4、12日／**12月**2、10日

♣運命の人

1月25日／**2月**23日／**3月**21日／**4月**19日／**5月**17日／**6月**15日／**7月**13日／**8月**11日／**9月**9日／**10月**7日／**11月**5日／**12月**3、18、19、20日

♠ライバル

1月7、23日／**2月**5、21日／**3月**3、19、29日／**4月**1、17、27日／**5月**15、25日／**6月**13、23日／**7月**11、21、31日／**8月**9、19、29日／**9月**7、17、27、30日／**11月**3、13、23、26日／**12月**1、11、21、24日

★ソウルメイト（魂の伴侶）

1月17日／**2月**15日／**3月**13日／**4月**11日／**5月**9日／**6月**7日／**7月**5日／**8月**3日／**11月**30日／**12月**28日

ポール・マッカートニー（ミュージシャン）、イザベラ・ロッセリーニ（女優）、三沢光晴（プロレスラー）、久保竜彦（元サッカー選手）、KREVA（ミュージシャン）、谷村美月（女優）、細川直美（女優）、横山光輝（マンガ家）、後藤輝基（フットボールアワー　タレント）、西川周作（サッカー選手）

太陽：ふたご座
支配星：みずがめ座／天王星
位置：27°－28°　ふたご座
状態：柔軟宮
元素：風
星の名前：ベテルギウス、ポラリス、メンカリナン

June Nineteenth

6月19日

GEMINI

豊富な知識と的確な判断力が もたらす優れた経営手腕

6月19日生まれの人はおおらかさが魅力の人気者。豊富な知識と、それを人に伝える卓越した能力があります。**話をさせても書かせてもメッセージを伝えるプロ**。活動的なあなたは楽しいことが大好きです。ただ、実力以上のものを引き受けてしまいがち。自由な冒険心で物事を大きく考え、信念のために運動を起こしたり闘ったりすることもあります。たとえトラブルに巻きこまれるとしても本音を語ってしまうような、抑制のきかないところも。もっと、人の話を聞く術を身につけましょう。

あなたのデカネートであるみずがめ座の影響で、**斬新で適切な判断力と推理力**を備えています。焦って早まった決断をくだしてしまう時があるので、修業を積んで技能に磨きをかけることが大切です。

持ち前の説得力と経営手腕は、あなたを成功に導く確かな助けとなります。野心家で、創造的に人生と向きあっていますから、単に物質面で見返りがあるだけでなく、心も精神も満足させる仕事や主義が必要です。あなたはいったん目標が定まれば惜しげなく努力を注ぎこめる、意志の強い人です。

太陽がかに座を通り抜ける31歳まで、心の安定と家庭、家族の問題が人生で重要な意味を持ちます。32歳になり太陽がしし座に入ると、創造的な自己表現に加え、大胆に自己主張する時期を迎えます。

隠された自己

若々しくてお茶目な性格と激しい感情を兼ね備え、思いやりや情熱、ユーモアを通じて人の意気を高めます。とても愉快におもしろおかしく話をするあなたの周りには**いつも人が集まってきます**。博愛精神にうながされて、助言を与えたり問題を解決したり、人の力になります。特に金銭面や物質面で感じる欲求不満に長くとらわれていると悪い結果をもたらすことがあります。経済的な安定を望む気持ちが強いのですが、前に突き進むためには、なんとかなると自分を信じること。

仕事と適性

創造性があり知性あふれるあなたは、**あらゆる分野に才能があり、仕事の選択肢も多彩**です。商売の世界で、販売促進や渉外に説得力を発揮しますし、大企業に入っても、前向きな姿勢とおおらかさで出世街道まっしぐら。一方、芸術的才能を、デザイン・アート、広告業界に向けてもよいでしょう。また、教師や職場での教育係や、執筆業、法曹界、学問や研究の世界や政界に携わる仕事でも手腕をふるいます。さらに、自分の思想をユーモア交えて伝える能力は、お笑いの世界で役立つでしょう。

恋愛と人間関係

若々しくて楽天的なあなたは、**社交的で人気の的**。個人的なつき合いでは勘が働き心遣いもこまやかですが、感情の起伏が激しくて気が強いところがあります。自分をありのままに表現したいと思っていますが、気分次第で冷淡に見えることも。理想的な愛を求めますが、期待が高すぎれば、始終落ちこむことになります。でも魅力的なあなたのこと。本当の愛と出会えば、忠実な友人であり、愛情に満ちたパートナーとなります。

数秘術によるあなたの運勢

太陽のように明るく、大きな望みを持ち、博愛精神にあふれている、それが19日に生まれた人です。広い視野で臨機応変に対応しますが、理想主義的で情け深い、非現実的な面もあります。繊細な神経の持ち主ですが、自分の存在感をアピールする気持ちに突き動かされて激情的な表現力で、周囲の注目を集めます。常に自我の確立を熱望していますが、それにはまず仲間からのプレッシャーを払いのけること。人の目には自信ありげで何でもこなし、立ち直りも早いように見えるのに、内にはストレスを抱えこんでいて感情の起伏が激しいのです。

月の6という数字は、創造力やインスピレーションを通じて、想像性豊かで積極的な考えをコントロールする必要があることを示しています。新しい技能を身につけるため、自信と忍耐力を持つこと。また、誤解を避けるために心を開き、自分の感情に素直になることも大切です。そして、物欲的な世界に気をとられなくてすむよう、人生を哲学的に考える力を育むことです。

●**長所**：精力的である、集中力がある、想像性豊かである、指導力がある、進歩的である、楽天的である、強い自信がある、競争心がある、独立心が強い、社交的である

■**短所**：自己中心的である、ふさぎこみやすい、心配性である、反対されるのが怖い、浮き沈みが激しい、ものにとらわれる、いら立ちやすい

相性占い

♥恋人や友人

1月7、9、10、17、27日／**2月**5、8、15、25日／**3月**3、6、13、23日／**4月**1、4、11、21日／**5月**2、9、19日／**6月**7、17日／**7月**5、15、29、31日／**8月**3、13、27、29、31日／**9月**1、11、25、27、29日／**10月**9、23、25、27日／**11月**7、21、23、25日／**12月**5、19、21、23日

◆力になってくれる人

1月3、5、20、25、27日／**2月**1、3、18、23、25日／**3月**1、16、21、23日／**4月**14、19、21日／**5月**12、17、19日／**6月**10、15、17日／**7月**8、13、15日／**8月**6、11、13日／**9月**4、9、11日／**10月**2、7、9日／**11月**5、7日／**12月**3、5日

♣運命の人

1月13日／**2月**11日／**3月**9日／**4月**7日／**5月**5日／**6月**3日／**7月**1日／**12月**18、19、20、21日

♠ライバル

1月16、24日／**2月**14、22日／**3月**12、20日／**4月**10、18日／**5月**8、16、31日／**6月**6、14、29日／**7月**4、12、27日／**8月**2、10、25日／**9月**8、23日／**10月**6、21日／**11月**4、19日／**12月**2、17日

★ソウルメイト（魂の伴侶）

1月16日／**2月**14日／**3月**12日／**4月**10日／**5月**8日／**6月**6日／**7月**4、31日／**8月**2、29日／**9月**27日／**10月**25日／**11月**23日／**12月**21日

この日に生まれた有名人

太宰治（作家）、張本勲（野球評論家）、アウン・サン・スー・チー（政治家）、温水洋一（俳優）、中澤裕子（タレント）、宮里藍（プロゴルファー）、福原美穂（ミュージシャン）、久保田競（脳科学者）、広瀬すず（女優）

太陽：ふたご座
支配星：みずがめ座／天王星
位置：28°－29°　ふたご座
状態：柔軟宮
元素：風
星の名前：ベテルギウス、ポラリス、メンカリナン

June Twentieth

6月20日

GEMINI

鋭い直感力と速い状況判断

6月20日に生まれた人は、直感が鋭く独自の発想をする人。カリスマ性で人を魅了し、人とうまくつき合うことが成功の鍵となります。優しくて親しみやすく社交的、人を楽しませ自分も楽しむ方法を知っている人気者です。これは**常にトップに立ち、脚光を浴びたい**あなたにとっては好条件。しかし、自分をコントロールせず何にでも手を出していると、思った成果をあげられないので注意すること。

あなたのデカネートを支配するみずがめ座の影響で、**世の中をあっと言わせるアイディアを考案したい**と思っています。鋭敏な頭脳は休みなく働き続け、反応も速いので、すぐに人や状況を見極めることができます。ただ短気や頑固になって、途中で責任を放り出して、約束を果たさないことがないように注意が必要。

一方、野望に燃え、いかに金儲けに成功し、上等な暮らしをするか、常に計画を練っています。**持ち前の情熱はあなたの武器**です。あとは自分を投げうって計画に取り組み成果を出すために、信念を貫き通せるかどうかにかかっています。

30歳になるまで太陽はかに座にいて、心の安定と家庭、家族に関する問題に特に集中します。31歳で太陽がしし座に入ると、より独創性を増し自信を深めます。これが強い自己主張となって表れ、冒険的になり社交術に磨きがかかります。60歳を迎え太陽がおとめ座に入ると、識別力をつけ、秩序を守るようになります。

隠された自己

人が何を考え、何によって動かされるかを理解したいと思っています。調和のとれた関係を築くために、温かい優しさと、さめた冷静さのバランスをとらねばなりません。しかし、あなたには寛容さと正直でありたいという気持ちがあるので、それによって自分の欠点を知れば、あらゆる状況から学ぶことができます。現状打開のための権力の使用は正当だと思っており、その権力があなたの業績においても重大な意味を持ちます。しかし間違った方向に使うと、世間を思い通りに操るための戦法になりかねないので注意しましょう。

仕事に興味を持てば身を粉にして働く意欲があるのに加え、意志が固くひたむきです。**実用主義と組織力、そして人をうまく扱う才能**のおかげで、あなたの計画に皆が手を貸してくれるのです。

仕事と適性

あなたの魅力は**一緒にいる人を疲れさせない**こと。しかも、経営手腕があるので、一般企業か公的機関かに関係なく、大勢の人が関わる仕事で成功を手にします。通信報道機関、あるいは教育、人事、広報活動や政治に携わる仕事が適職。出版、著述、ジャーナリズムや調査研究は明晰な頭脳を発揮できる申し分のない領域です。優れた創造性を表現するなら演劇や作詞作曲など音楽の道に。人はたぐいまれなあなたの才能を認め、表舞台に押し上げてくれます。

恋愛と人間関係

人とつながり、分かちあうことが大切。**権威ある人と一緒にいたいと望む**のは、子どもの頃、あなたのものの見方や信念に足跡を残した父親や年上の男性の、強い影響があることを示しています。独自の生き方をしている人たちへの賞賛が、自制心が必要だと気づかせてくれます。

自立を望みますが、変わった人に出くわすと、ついていきたくなります。生まれながらの威厳のある態度は魅力にあふれ、あなたを信じる人を惹きつけて離しません。

親しい人といる時は、明るく積極的に。深刻になりすぎたりいばったり批判的になったりしないように。知恵を重んじる気持ちがあれば、理想のパートナーに近づけます。

数秘術によるあなたの運勢

20日生まれの人は直感が鋭く、人の気持ちを敏感に理解する力と適応力を備えています。大きな組織で働くのは、人と交流し、経験を共有し、人から学ぶことのできる共同作業を好むからです。

優れたムードメーカーで、人に親切で魅力的なあなたは、交際術に磨きをかけ、どんな分野でも社交の場にやすやすと進出します。ただ、人の行動や批判に簡単に傷つかないよう、自信を強くする必要があります。また人に頼りすぎではいけません。

月の**6**からも影響を受けていて、実用的な技術を身につけること、また、理想と経済的な成功を望む気持ちのバランスをとることが必要。自分や人への批判や、筋の通らない要求はやめましょう。あなたは完璧主義者ですから、失敗してもそれを埋めあわせるだけの業績をあげます。必要なのは行動計画と忍耐力です。

●長所：よいパートナーになれる、優しい、機転がきく、のみこみが早い、直感力がある、思いやりがある、協調性に富む、愛想がよい、友好的である

■短所：疑い深い、自信がない、臆病である、神経過敏である、感情に流される、利己的である、傷つきやすい、ずる賢い

♥恋人や友人

1月1、9、14、28、31日／**2月**7、12、26、29日／**3月**10、24、27日／**4月**8、22、25日／**5月**6、20、23日／**6月**4、18、21日／**7月**2、16、19、30日／**8月**14、17、28、30日／**9月**12、15、26、28、30日／**10月**10、13、24、26、28日／**11月**8、11、22、24、26日／**12月**6、9、20、22、24日

◆力になってくれる人

1月26日／**2月**24日／**3月**22日／**4月**20日／**5月**18日／**6月**16日／**7月**14日／**8月**12日／**9月**10日／**10月**8日／**11月**6日／**12月**4日

♣運命の人

12月19、20、21、22日

♠ライバル

1月3、25日／**2月**1、23日／**3月**21日／**4月**19日／**5月**17日／**6月**15日／**7月**13日／**8月**11日／**9月**9日／**10月**7日／**11月**5日／**12月**3日

★ソウルメイト(魂の伴侶)

1月3、10日／**2月**1、8日／**3月**6日／**4月**4日／**5月**2日

有名人

石坂浩二(俳優)、ブライアン・ウィルソン(ザ・ビーチ・ボーイズ ボーカル)、ライオネル・リッチー(ミュージシャン)、ニコール・キッドマン(女優)、相武紗季(女優)、マリエ(モデル)、鬼龍院翔(ゴールデンボンバー 歌手)、May J.(歌手)

太陽：ふたご座／かに座
支配星：みずがめ座／天王星、かに座／月
位置：28°30′ ふたご座−0° かに座
状態：柔軟宮
元素：風
星の名前：ベテルギウス、ポラリス、メンカリナン

June Twenty-First

6月21日

GEMINI

時代の先端をいく鋭いセンス

6月21日生まれの人は頭の回転が速くて心が広く、つき合いやすい人です。創造的な精神を持ち、知識を愛するので何にでも興味津々。とりわけ国際情勢には関心があります。人からの評価を非常に気にするあなたは、**何でも「一番」が好き**。人に対しては率直で優しいハートの持ち主です。

太陽がふたご座とかに座の境界にあり、この2つのデカネートを支配するみずがめ座とかに座から影響を受けています。特徴は**感受性と鋭い直感力**。想像力と創意工夫の才も与えられています。

あなたは新しい考えや理論を進んで探求して時代の先端をいき、**自由と独立を熱望**します。これと同じくらい必要なのが、**家庭と家族**。ただ、安定した調和を求めるあまり、ありきたりの日常で行きづまることのないように。人に気に入られたくてノーが言えず、仕事を引き受けすぎてしまいます。何にでも手を出してはいけないということ。責任感が強く借りは返そうという意識が強いのですが、驚異的な潜在能力を役立てるためには、さらに自己鍛錬を要します。壮大な計画について議論したり、底の浅い知識をひけらかすよりも、むしろ、自分をコントロールして、自分を高める行動を起こしましょう。

太陽がしし座に入る30歳までは、心の必要とするもの、家庭、家族に関する問題に取り組みます。その後、独立心に加えて自己主張と自信を強くします。60歳を迎えて太陽がおとめ座に入るともう一度転機があり、実際的かつ几帳面に、奉仕精神で人生と向きあう姿勢を強くします。

隠された自己

このうえなく楽天的なあなたですが、自信喪失や不平不満が原因で落ちこむ気の弱さが顔を出す時があります。前向きに考え信念を持てば、強い気持ちで受け止められます。そしてこの強い気持ちから、創造的な発想が生まれるのです。とても優しくて人助けも好きですが、干渉しすぎないように。時には人の話に耳を傾けることも、誤解を避けるためには必要なのです。

あなたには優れた精神を鍛錬することが不可欠で、それゆえ、学校教育でも自己学習でも、「教育」が成功の鍵となります。教育により、潜在能力の活用も可能ですし、不満や失望にこだわらず、目標に照準を合わせることもできるのです。忍耐力を身につけることにより、冷静で自由な人間でいることができ、それがまた助言を与える能力につながるので、人はますますあなたに惹きつけられるのです。

仕事と適性

いかなる仕事に就こうとも、絶対に必要なのは**自分のアイディアや独創的想像力を表現できること**。博愛精神にあふれ、人の気持ちを理解できますから、教育、カウンセリング、社会福祉事業に惹かれます。組織を立ち上げ運営していく手腕は商売に向いています。知

識を重んじるので哲学、法律、宗教や政治の世界に入るもよし、独創的で手先が器用なのでデザイン、特に家庭用品のデザインで才能を発揮するのもよいでしょう。コミュニケーション能力を活かして、文学や執筆、ジャーナリズムの世界で自己表現することもできます。

恋愛と人間関係

社交的な魅力にあふれ、協調的で陽気で創造的。**魂の友を必要とする**ので親しい関係の人はとても大切です。しかし、頼りすぎないこと。安定を、愛と幸福の代用としてはいけませんし、2番目の人でもいいと、すぐあきらめてもいけません。

思いやる優しい気持ちで本心を表現しますが、冷静さを学べば、愛と人間関係についてバランスのとれた見方ができるようになります。機転をきかし、交際術を駆使して人間関係を結んでいきますが、つき合いの最初の段階から自己を強く主張することが肝心。

数秘術によるあなたの運勢

21日に生まれた人に表れてくるのは、仕事に対する精力的な姿勢と社交性に富んだ性格。外交的で興味も交際も多彩、総じて運にも恵まれています。人に対しては親しみやすくて友好的。また直感的で独立心旺盛、斬新な発想をします。

21の数字が示すのは、あなたが陽気で魅力的だということ。一方で引っ込み思案ですが、特に親しい関係の人に対してはもっと自己を主張しましょう。結婚願望がありますが、自分の才能や能力を認められたいといつも思っています。

月の**6**からも影響を受けていて、あなたには鋭い感性と創造性があります。常に人の意見を求めますが、決断は自分でくだすものと肝に銘じましょう。

人を思いやる気持ちは外に表しますが、自分の考えや気持ちも言葉で伝え、自分のことをもっとわかってもらうことが必要です。視野を広げ、より大きな計画に目を向けましょう。

●長所：ひらめきがある、創造性豊かである、結びつきに愛がある、変わらない関係を築くことができる

■短所：依存心が強い、感情を抑えられない、将来の展望がない、変化を恐れる、神経質である

相性占い

♥恋人や友人

1月1、15、24、26、29、30日／**2月**13、24、27、28日／**3月**11、22、25、26日／**4月**9、20、23、24日／**5月**7、18、21、22日／**6月**5、16、19、20日／**7月**3、14、17、18、31日／**8月**1、12、15、16、29、31日／**9月**10、13、14、27、29日／**10月**8、11、12、25、26、27日／**11月**6、9、10、23、25日／**12月**4、7、8、21、23、29日

◆力になってくれる人

1月1、2、10、27日／**2月**8、25日／**3月**6、23日／**4月**4、21日／**5月**2、19、30日／**6月**17、28日／**7月**15、26日／**8月**13、24日／**9月**11、22日／**10月**9、20日／**11月**7、18日／**12月**5、16日

♣運命の人

12月21、22、23日

♠ライバル

1月17、26日／**2月**15、24日／**3月**13、22日／**4月**11、20日／**5月**9、18日／**6月**7、16日／**7月**5、14日／**8月**3、12、30日／**9月**1、10、28日／**10月**8、26、29日／**11月**6、24、27日／**12月**4、22、25日

★ソウルメイト(魂の伴侶)

1月21日／**2月**19日／**3月**17日／**4月**15日／**5月**13日／**6月**11日／**7月**9、29日／**8月**7、27日／**9月**5、25日／**10月**3、23日／**11月**1、21日／**12月**19日

この日に生まれた有名人

ジャン＝ポール・サルトル(作家)、フランソワーズ・サガン(作家)、山崎哲(劇作家)、長谷川初範(俳優)、松本伊代(タレント)、朝原宣治(元陸上選手)、ジュリエット・ルイス(女優)、ウィリアム王子(イギリス王室)、涌井秀章(プロ野球選手)、高城れに(ももいろクローバーZ　歌手)

太陽：かに座／ふたご座
支配星：かに座／月
位置：29°30' ふたご座－1° かに座
状態：活動宮
元素：水
星の名前：ベテルギウス、ポラリス、メンカリナン

June Twenty-Second

6月22日

CANCER

物事の本質や目的を見失わないように

かに座とふたご座のカスプに生まれたあなたは、その両方から影響を受けています。**精神力と直感力にかけては、あなたの右に出るものはいません。**

また、どんな分野に進んでも、持ち前の順応力を活かしてどんどん新しい知識を吸収し、大きな力を発揮できるようになります。

かに座の最初の支配星のもとに生まれたあなたは、月からも影響を受けており、**豊かな想像力と起伏の激しい感情の持ち主**。好奇心旺盛で、才能も多方面にわたるため、常に新しい知識と刺激を求めてやみません。

持ち前の才能と手腕を他の人々のために役立てるのもよいでしょう。賢さと優しさを兼ね備えているあなたは、時には精神的な緊張を強いられることもあります。知性と想像力に恵まれてはいても、物事の本質や目的を見失ってしまうと、怒りっぽくなったり意固地になったり、人との競争で神経をすりへらしたりしてしまいがち。ひいては、精神の安定を欠いたり、自信を失ったりしてしまうことにもつながりかねません。

この誕生日生まれの特質を活かしきることができれば、芸術、特に音楽や演劇の分野での自己表現に才能を発揮することができるでしょう。自分が何を期待されているかを敏感に察知することができ、しかも気さくな性格のあなたは、**社会のどのような分野でも大きな困難に遭遇することなく、才能を開花させることができます。**

30歳を過ぎ、太陽がしし座に入る頃になると、自分を守ろうとする気持ちが薄らぐため、どのような分野においても、自信を持って力を出しきることができるようになります。もし中年を迎えても、本来備わっている力を活かしきれていない場合は、もう一度チャンスが到来。60歳になって太陽がおとめ座に入ると、実生活に目を向けること、また他の人のために骨を折ることが増えてきます。

隠された自己

あなたの確固たる信念も、しばしば、そのときどきにあなたが接する人々によって脅かされてしまうことがあります。外見上は自信にあふれているように見えますが、物事の真実をきちんと把握できているのかと不安になることがあるのです。率直で隠し事を嫌うあなたは、他人にも同じことを求めてしまいます。

しかしながら、その信念の強さも、粘り強さというよりは頑固さとなって表れています。意志の強さと頑固さとの違いを学ぶ必要がありそうです。客観性と合理的なものの考え方を身につけることができれば、感情面の不安定さを克服できるでしょう。

あなたは、**チャンスを手中にするためにはリスクを負うこともいといません**。しかし、高い望みを手に入れたいと思うあまり、憶測で行動してしまいがち。大きな希望を持つことはもちろん有益なことですが、同時に自分の創造力を伸ばし、理想に向かって努力することを忘れてはいけません。現実逃避は、あなたの飛び抜けた創造力やすばらしい可能性を台なしにしてしまうだけです。

仕事と適性

大きな野望を持ったあなたがビジネスの世界に進出すれば、組織の統括や経営にすばらしい才能を発揮。これらの才能は、製造業、銀行業、商業、不動産業などに向いています。また、優れた想像力と創作力を持つあなたは、演劇、美術、写真、音楽、映画製作、インテリアデザインなどの職業もいいでしょう。**人と接することに長けている**あなたは、コミュニケーション、教育、健康関連、社会福祉、法律など社会と広くつながりを持つ仕事にも適しています。深い洞察力と人を思いやる気持ちは、カウンセリングや人を癒す仕事も選択肢の1つで、医療においても活かすことができます。

恋愛と人間関係

感情が豊かで直感力に優れているあなたには、あなたの感性や価値観、考え方を理解してくれるパートナーが必要。愛する人々にとっては、あなたは力の象徴ですが、あなたの気持ちは大きくゆらぎがちです。理性的な見方を身につけ、心配性な面を克服すれば、気持ちも安定します。

興味の対象の多くがあなたと一致している人、あるいは知的な刺激を常に与えてくれる人が、恋愛の対象としても、また社会の中で関わりを持つ人としても、ぴったりな相手。

数秘術によるあなたの運勢

22という日に生まれたあなたは、プライドが高く、実行力に優れ、非常に鋭い直感力を持っています。最高の数とも言える22という日に生まれたあなたと相性のよい数字は、22と4。22日に生まれた人の多くは、正直で努力家であり、優れた統率力を持つため、カリスマ性があり、他の人々の気持ちをよく理解することができます。感情を表面に出すタイプではありませんが、思いやりの深さと他の人を思いやる気持ちは、自ずと相手に伝わります。

22日生まれの人の多くは、兄弟姉妹と深い絆で結ばれ、彼らのよき保護者であり支援者です。生まれ月の**6**という数字から受ける影響により、あなたは用心深く、調和を好みます。頼りがいがあり、責任感の強いあなたは、他の人々の力となり、よき友となります。

●長所：視野が広い、指導力がある、直感力が非常に鋭い、実利的である、実践的である、手先が器用である、技術力がある、建設的である、統率力がある、現実的である、問題解決能力に優れている、物事をやり抜く力を持っている

■短所：手っ取り早く富を得ようとする、神経質である、高飛車である、物質主義である、長期的視野に欠ける、なまけ者である、独善的である、うぬぼれが強い

♥恋人や友人

1月10、13、20、30日／**2月**8、11、18、28日／**3月**6、9、16、26日／**4月**4、7、14、24日／**5月**2、5、12、22日／**6月**3、10、20日／**7月**1、8、18日／**8月**6、16、30日／**9月**4、14、28、30日／**10月**2、12、26、28、30日／**11月**10、24、26、28日／**12月**8、22、24、26日

◆力になってくれる人

1月12、16、17、28日／**2月**10、14、15、26日／**3月**8、12、13、24日／**4月**6、10、11、22日／**5月**4、8、9、20、29日／**6月**2、6、7、18、27日／**7月**4、5、16、25日／**8月**2、3、14、23日／**9月**1、12、21日／**10月**10、19日／**11月**8、17日／**12月**6、15日

♣運命の人

3月31日／**4月**29日／**5月**27日／**6月**25日／**7月**23日／**8月**21日／**9月**19日／**10月**17日／**11月**15日／**12月**17、21、22、23、24日

♠ライバル

1月6、18、22、27日／**2月**4、16、20、25日／**3月**2、14、18、23日／**4月**12、16、21日／**5月**10、14、19日／**6月**8、12、17日／**7月**6、10、15日／**8月**4、8、13日／**9月**2、6、11日／**10月**4、9日／**11月**2、7日／**12月**5日

★ソウルメイト(魂の伴侶)

3月28日／**4月**26日／**5月**24日／**6月**22日／**7月**20日／**8月**18日／**9月**16日／**10月**14日／**11月**12日／**12月**10日

有名人

山本周五郎（作家）、ビリー・ワイルダー（映画監督）、メリル・ストリープ（女優）、シンディ・ローパー（歌手）、阿部寛（俳優）、斉藤和義（ミュージシャン）、柳美里（作家）、板谷由夏（タレント）、川上憲伸（プロ野球選手）、加藤ローサ（女優）、加藤ミリヤ（歌手）、伊野尾慧（Hey! Say! Jump　タレント）、玉袋筋太郎（浅草キッド　タレント）

太陽：かに座
支配星：かに座／月
位置：0°30'－2°　かに座
状態：活動宮
元素：水
星の名前：ベテルギウス、メンカリナン、テジャト

June Twenty-Third

6月23日

CANCER

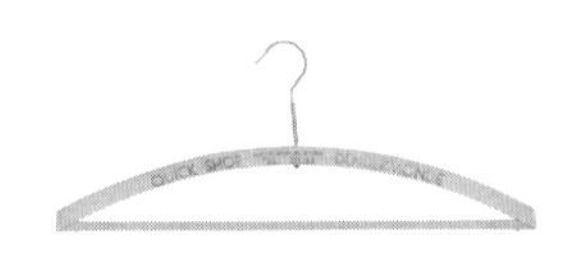

強い精神力と高い目標が導く成功

鋭い直感力と瞬時に物事を理解する能力を持つあなたは、非常に聡明で洞察力に富んでいます。かに座の人は繊細で恥ずかしがり屋ですが、あなたは**強い精神力と高い目標を持ち、そして成功を必ず手に入れます。**

思いやりが深く、優しい性格のあなたは、周りの人の支えとなり、家族をとても大切にします。用心深いあなたは警戒を怠らず、**すべてを把握していたいと望んでいます。**常に自分の目を信じるあなたですが、時に心に迷いが生じることも。自分の内なる声が最高の財産であることを肝に銘じましょう。

支配星でもあるかに座から影響を受けているあなたは、感情的な高まりを成功への原動力に変えることができれば、欲求不満や不安感を克服することができるはず。気持ちが前向きな時は、強い精神力と決断力を発揮し、さまざまな状況に適切に対応することができ、周囲からの理解も得ることができます。しかし、いったん自信を失うと、自分の殻に閉じこもりがちで憂鬱な気分になってしまいます。そうするとあなたのよさが発揮できず、すべての歯車が狂ってしまうのです。

29歳までは、自分の繊細さや家庭、家族のことがいつも頭から離れませんが、29歳を過ぎ、太陽がしし座に入ると、目がもっと社会に向くようになり、そのためにも強さと確固たる自信が必要になります。これは太陽がしし座に入り、人生の大きな転機を迎える59歳まで続きます。59歳を過ぎると実質的な問題がより重要性を増し、仕事や実生活へとより目が向くようになります。

隠された自己

価値を見極める目と財力に恵まれたあなたは、**決断力や物事を成功へ導く力**にも恵まれています。つまり、どのような困難にあおうとも、それらを乗り越えていく力をあなたは持っているのです。しかし、時には立ちふさがる壁の前に足をとめることもあります。そんな時でも、いったんやるべきことをはっきりと見極めれば、その目標に向かって労を惜しむことなく努力をし、必ずや達成することができます。また、あなたには**茶目っ気**という隠された一面も。その茶目っ気が、時に深刻になりがちなあなたによい影響を及ぼし、深刻になりすぎることを防いでくれているのです。しかし、非常に敏感なあなたが心の平安を保つためには、ゆったりとした空間と時間が必要です。

仕事と適性

繊細で優しさにあふれたあなたは、**恵まれない人々や社会のために働くこと、人々に安らぎを与えるような仕事**に魅力を感じます。また、その公正な性格は教育にも向いていますが、文章を書く仕事でも才能を活かすことができます。あなたの論理的な一面は、法律分野がおすすめ。技術者としての才能に恵まれているのであれば、コンピューター関連やエンジニアなどでも力を発揮します。それとは逆に、宗教や形而上学の分野に興味を持つ

人もいます。行政、ケータリング、家庭用品の販売などに関わる仕事についても成功するでしょう。

恋愛と人間関係

繊細で、精神的に不安定で、直感力が非常に強いあなたには、精神的な安らぎが必要ですが、誰かの支えとなり、元気づける役割を担うこともしばしば。また、あなたは野心家で意志が強く、骨身を惜しまずに働きます。そのため、あなたが求める人間は、**知的で独創性があり、自制心のある人**たちです。心を許すまでには時間がかかりますが、ひとたび心を開けば、心変わりすることもなく、相手を裏切ることもありません。

数秘術によるあなたの運勢

23という日に生まれた人は、直感力に優れ、繊細で、創造力に富んでいます。また、多方面で才能を発揮し、情熱的で頭の回転も速く、また発想も創造的です。

また、あなたは、冒険や旅行、人との出会いを好みますが、23日生まれの人に特有の活発さで、さまざまなことに挑戦し、多くの体験をし、それらを上手にこなしていくことができます。人なつこく、楽しいことが大好きなあなたは、常に冒険心と意欲に満ちており、活発な活動を通して、その才能を開花させます。

6月生まれのあなたは、6という数字からも影響を受けていますが、とても繊細で情緒豊かで思いやりがあるとともに、理想主義者という一面も持っています。

安定と安心を求めるあなたは、家庭を大切にし、愛情に満ちたすばらしい親になるでしょう。あなたの課題は、自分に自信を持つこと、そして人に依存しないことの2つです。

●長所：誠実である、責任感が強い、人と接することが得意である、直感力に優れている、創造力に富んでいる、多才である、信頼感がある

■短所：自己中心的である、精神的に不安定、頑固である、協調性がない、人のあら探しをする、頭の回転が遅い、引っ込み思案である、偏見がある

相性占い

♥恋人や友人
1月21、28、31日／**2月**19、26、29日／**3月**17、24、27日／**4月**15、22、25日／**5月**13、20、23日／**6月**11、18、21日／**7月**9、16、19日／**8月**7、14、17、31日／**9月**5、12、15、29日／**10月**3、10、13、27、29、31日／**11月**1、8、11、25、27、29日／**12月**6、9、23、25、27日

◆力になってくれる人
1月9、12、18、24、29日／**2月**7、10、16、22、27日／**3月**5、8、14、20、25日／**4月**3、6、12、18、23日／**5月**1、10、16、21、31日／**6月**2、8、14、19、29日／**7月**6、12、17、27日／**8月**4、10、15、25日／**9月**2、8、13、23日／**10月**6、11、21日／**11月**4、9、19日／**12月**2、7、17日

♣運命の人
1月3日／**2月**1日／**4月**30日／**5月**28日／**6月**26日／**7月**24日／**8月**22日／**9月**20日／**10月**18日／**11月**16日／**12月**14、22、23、24、25日

♠ライバル
1月7、8、19、28日／**2月**5、6、17、26日／**3月**3、4、15、24日／**4月**1、2、13、22日／**5月**11、20日／**6月**9、18日／**7月**7、16日／**8月**5、14日／**9月**3、12日／**10月**1、10日／**11月**8日／**12月**6日

★ソウルメイト（魂の伴侶）
1月3、19日／**2月**1、17日／**3月**15日／**4月**13日／**5月**11日／**6月**9日／**7月**7日／**8月**5日／**9月**3日／**10月**1日

岸田劉生（洋画家）、ボブ・フォッシー（映画監督）、河合隼雄（心理学者）、筑紫哲也（キャスター）、小山薫堂（放送作家）、南野陽子（女優）、松田丈志（水泳選手）、妹尾河童（エッセイスト）、芦田愛菜（女優）

太陽：かに座
支配星：かに座／月
位置：1°30'−3°　かに座
状態：活動宮
元素：水
星の名前：テジャト

June Twenty-Fourth

6月24日

CANCER

控えめでも、強い意志と集中力が持ち味

かに座のあなたは、おおらかで親しみやすい性格である一方、控えめなところもあります。人づき合いに慎重で、**対決よりも駆け引きの方を好む傾向**があります。

月からも影響を受けているあなたは、家庭と家族の問題に多くの時間を注ぎこんでいます。家庭内のことばかりに気をとられていると、自分の本当の可能性を見失ってしまうでしょう。

この日に生まれた人は、**調和と平穏を求めます**が、それは弱さの印ではなく、公正な心の証。はっきりとした展望を持ち、自然で実践的なアプローチの方法を知っているあなたは、優秀な戦略家です。どんなに困難な仕事でもやり遂げようという強い意志と集中力を持ち、努力を惜しみません。

責任感と強い義務感はあなたの持ち味であり、**努力と不屈の精神によって成功を得られる**でしょう。あなたは目先の見返りを期待することなく、長期にわたって意欲を持ち続け働き続けることができる人です。人並はずれた洞察力を持つあなたですが、意欲に満ちている時と無気力な時とのギャップが大きく、これはあなたの持つ大きな能力にとって非常にマイナス。この二面性をうまく調和させれば、心の安定を得ることができます。

28歳になるまでは、家庭、安定、家族の問題が、あなたの中で大きな部分を占めることになります。しかし太陽がしし座に入ると、より大胆で力強くなり、創造力や自信もより大きくなります。太陽がおとめ座に入る58歳になると、物事がいっそう正しく判断できるようになり、世渡りも上手になります。また、自分の健康管理もきちんとできるようになり、他の人への気配りもできるようになります。

隠された自己

家庭と家族をとても大事にする一方、権力欲が強く、**仕事の鬼**という一面も持っています。

あなたは、一匹狼的な仕事は向かないことを自覚すると、人と協力関係を築きながら仕事をしていく道を選びます。自分の殻を破ることをためらう時もありますが、いったん心を決めて、目指すべきゴールをはっきりと自分の目でとらえることができれば、非常に一生懸命働き、才能を大きく開花させることでしょう。

あまり物事を心配しすぎるのはよくありません。特にお金に関する心配は無用。取り越し苦労は、あなたの才能を台なしにしてしまうだけです。いったん不安を感じるようになると、正面からそれに立ち向かおうとせず、逃げ腰になってしまいます。

自分がとるべき行動をきちんと頭の中で組み立て、行動を起こし、自分の真価を発揮することが大切。

仕事と適性

カウンセリングや慈善事業などに従事すると、あなたの思いやりのある面が大いに活かされるでしょう。**人の心理に対して興味を持っている**あなたには、教師、講師、調査業、文筆業などが向いています。また、色やデザインに鋭い感覚を持っているあなたは、演劇、音楽、美術の方面もおすすめ。生まれつき相手の気持ちを理解できるあなたには、セラピストや人事担当者など、人と接する仕事も向いています。またビジネスの世界に進んでも、営業、宣伝、広報などですばらしい成績をあげることができます。

恋愛と人間関係

鋭い直感力と情熱的なあなたは、才気あふれる感性を持っています。あなたは愛情にあふれたパートナーであり、献身的な親であることがわかります。

しかし、あまりに感情的になりすぎたり、ドラマの主人公のような錯覚に陥ったりしないように。とはいえ、家庭と家族を大事にするあなたは、温かく魅力的で気さくな性格。

自分を表現したいという願望を持つので、**創造的な人々や演劇に関わる人々**に魅力を感じ、また慈善事業のための募金活動などに力を発揮します。

数秘術によるあなたの運勢

24日生まれの人に特有の感情の繊細さは、調和と秩序があなたにとって必要であることを示しています。

正直で頼りがいがあり、常に安全を大事に考えるあなたは、よきパートナーの愛情と支えを必要としており、自分と家族のためにしっかりとした基盤を作ることに喜びを見出します。生活を切り盛りするあなたの実質的な手腕は、仕事においても活かされ、物質的な成功を手に入れることができるでしょう。

24日生まれのあなたは、不安定な時期と自分の考えにとらわれがちで頑固な面を克服することが必要。

生まれ月の6という数字からは、良心的であることと責任感の強さを受け継いでいます。仕事人間ではあっても、よき家庭人であり、子どもに愛情を注ぐよき親になるでしょう。

●長所：いつも元気である、理想主義者である、実践的能力に長けている、意志が強い、誠実である、寛大である、家庭を大切にする、活動的である

■短所：物質主義である、感情的である、日常的な仕事を嫌う、怠惰である、横柄である、頑固である、怒りっぽい

相性占い

♥恋人や友人

1月18、22、28日／**2月**16、20、26日／**3月**14、18、28日／**4月**12、16、26日／**5月**10、14、24日／**6月**8、12、22日／**7月**6、10、20、29日／**8月**4、8、18、27、30日／**9月**2、6、16、25、28日／**10月**4、14、23、26、30日／**11月**2、12、21、24、28日／**12月**10、19、22、26、28日

◆力になってくれる人

1月6、10、25、30日／**2月**4、8、23、28日／**3月**2、6、21、26日／**4月**4、19、24日／**5月**2、17、22日／**6月**15、20、30日／**7月**13、18、28日／**8月**11、16、26日／**9月**9、14、24日／**10月**7、12、22日／**11月**5、10、20日／**12月**3、8、18日

♣運命の人

5月29日／**6月**27日／**7月**25日／**8月**23日／**9月**21日／**10月**19日／**11月**17日／**12月**14、23、24、25日

♠ライバル

1月13、29、31日／**2月**11、27、29日／**3月**9、25、27日／**4月**7、23、25日／**5月**5、21、23日／**6月**3、19、21日／**7月**1、17、19日／**8月**15、17日／**9月**13、15日／**10月**11、13日／**11月**9、11日／**12月**7、9日

★ソウルメイト(魂の伴侶)

1月6、25日／**2月**4、23日／**3月**2、21日／**4月**19日／**5月**17日／**6月**15日／**7月**13日／**8月**11日／**9月**9日／**11月**7日／**12月**5日

この日に生まれた有名人

ジェフ・ベック(ギタリスト)、犬童一心(映画監督)、六角精児(俳優)、野々村真(タレント)、中村俊輔(サッカー選手)、リオネル・メッシ(サッカー選手)、八木亜希子(アナウンサー)、井上由美子(脚本家)、チ・ジニ(俳優)

太陽：かに座
支配星：かに座／月
位置：2°30'−4°　かに座
状態：活動宮
元素：水
星の名前：テジャト、ディラ

June Twenty-Fifth

6月25日

CANCER

直感的で繊細な一方、冒険心も

6月25日生まれのあなたには、鋭い直感力があります。また、公正な精神の持ち主であるとともに、変化を求める気持ちを持っています。

かに座にふさわしく、**繊細で、想像力に富み、思いやりがあります**が、冒険を追い求めるような快活さと力強さも持っています。好奇心が強く、頭の回転も速いあなたは、誰もが友達になりたいと思うようなタイプで、他の人を喜ばせることが得意。しかし、知性的なあなたは、**ばかげたことは嫌い**で、いら立ちを感じることもあるでしょう。

月から受ける影響により、**非常に直感的で、繊細**。新しい経験をすることに意欲的であり、そのため外国や外国の人々に大変興味を持っています。しかし残念なことに、これらの影響は、落ち着きのなさとなって表れることが多く、自制心を身につける努力が必要。成功しようと思ったら、まず打ちこめるものを見つけることが先決です。そうすれば、興味を失うことなく、その道のプロになることができます。

しかし、1つのことに対しての意欲を保ち続けることができなければ、エネルギーを浪費し、満足感を得ることもできません。逆に忍耐を身につけ、行動に責任を持ち、自分の責任を果たすことができれば、直感力に加えて思慮深さ、理解力が備わり、科学や研究の分野で能力を発揮することができます。

太陽がしし座に入る27歳を過ぎれば、繊細な性格もあまり気にならなくなります。そうすれば、あらゆる面でもっと大胆になり、そして自信を持つことができるようになります。太陽がおとめ座に入る57歳を過ぎると、より忍耐強くなるとともに適切な行動をとれるようになり、効率的な生活を送ることができるようになります。

隠された自己

実践的で情熱的なあなたは、他の人々に感銘を与えることができます。しかしながら、常に感情的に満たされないものを感じ、飽きっぽい性格のあなたは、変化に富んだ人生を送ることが必要。これは、多くの人と出会い、さまざまなかたちの友情や人間関係を作るということをも意味しています。気さくな性格ですが、時に自分の気持ちを内に秘めておかなければならないような時もあります。

あなたには、あなた独自の人生哲学があり、**困難に遭遇しても前向きに立ち向かっていく**ことができます。生来の良識と真正面から問題に取り組む姿勢により、問題がいたずらに複雑になることもなく、また他の人が見過ごすようなこともきちんと把握し、直感的に問題を解決します。

あなたは気分が楽観的な時は、大きな視野に立って物事をとらえ、少々のリスクを冒すこともいといません。しかし、用心深いあなたには、このリスクも短絡的な行動の結果ではなく、きちんとした計算のうえに成り立っているものなのです。

仕事と適性

頭の回転が速く、精神的な刺激を追い求めるあなたには、人生にも変化が必要。そしてあなたは、その変化に瞬時に対応できる人です。個性や感性に恵まれ、想像力豊かな世界を表現したいという欲求は、作家やジャーナリスト、建築家、音楽家として成功する可能性を示しています。鋭い直感力と旺盛な知識欲は、宗教や精神世界に関わる仕事にも向いています。仕事を選ぶ際には、**退屈しないような仕事**を選ばねばなりません。例えば旅行業、レストランなど、社会の大勢の人々と接する仕事が適職です。

恋愛と人間関係

社交的で魅力的なあなたは、多くの友達に恵まれています。しかし、心の奥底の感情を表面に出すことを嫌うあなたは、冷たい印象を人に与えることもあります。また、非常に理想主義的な面を持っています。

あなたは**プラトニックな関係を好む**ことがあり、精神的な深い絆を求めます。また、2人と同時に恋人同士になることがありますが、どちらか一方を選ぶということができません。

しかし、いったん1人の人に心を決めてしまえば、心変わりするようなこともなく、相手のために精一杯尽くすでしょう。

数秘術によるあなたの運勢

25日生まれのあなたは、直感力に優れ、周囲の変化にも敏感で、細部にも目が行き届きます。また、頭で考えるよりは、実際の行動からいろいろなことを学んでいくタイプです。しかしながら、物事が自分の思い通りに運ばない時などは、もう少し忍耐強くなることが必要。繊細さや芸術的センスは、あなたの隠れた特質の1つです。

また、強い精神力と集中力で、誰よりも早く真実を見抜き、結論を導き出すことができます。

生まれ月の**6**という数字からは、責任感の強さと積極性、また実際的な能力と優れた判断力を与えられています。

自己改革をしたいと望むあなたにとって大切なことは、自己を正しく見つめること。自分の感情を表現する方法、そして恥ずかしがったり不安を感じたりすることなく、人と接する方法を学ぶとよいでしょう。

●長所：直感力に優れている、完璧主義である、創造的である、人づき合いが得意である

■短所：衝動的である、がまん強くない、責任感に乏しい、感情の起伏が激しい、嫉妬深い、隠し事が多い、批判的である、気分が沈みがちである、神経質である

相性占い

♥恋人や友人

1月13、19、23日／**2月**11、17、21日／**3月**9、15、19、28、29、30日／**4月**7、13、17、26、27日／**5月**5、11、15、24、25、26日／**6月**3、9、13、22、23、24日／**7月**1、7、11、20、21、22日／**8月**5、9、18、19、20日／**9月**3、7、16、17、18日／**10月**1、5、14、15、16、29、31日／**11月**3、12、13、14、27、29日／**12月**1、10、11、12、25、27、29日

◆力になってくれる人

1月7、15、20、31日／**2月**5、13、18、29日／**3月**3、11、16、27日／**4月**1、9、14、25日／**5月**7、12、23日／**6月**5、10、21日／**7月**3、8、19日／**8月**1、6、17、30日／**9月**4、15、28日／**10月**2、13、26日／**11月**11、24日／**12月**9、22日

♣運命の人

12月23、24、25、26日

♠ライバル

1月6、14、30日／**2月**4、12、28日／**3月**2、10、26日／**4月**8、24日／**5月**6、22日／**6月**4、20日／**7月**2、18日／**8月**16日／**9月**14日／**10月**12日／**11月**10日／**12月**8日

★ソウルメイト(魂の伴侶)

4月30日／**5月**28日／**6月**26日／**7月**24日／**8月**22日／**9月**20日／**10月**18、30日／**11月**16、28日／**12月**14、26日

有名人

ジョージ・オーウェル(作家)、愛川欽也(タレント)、小渕恵三(政治家)、本宮ひろ志(マンガ家)、沢田研二(歌手)、高田文夫(放送作家)、松浦亜弥(歌手)、塚原直也(体操指導者)、藤ヶ谷太輔(Kis-My-Ft2 タレント)、久保田カヨ子(教育者)、松居一代(女優)

太陽：かに座
支配星：かに座／月
位置：3°30'−5°　かに座
状態：活動宮
元素：水
星の名前：テジャト、ディラ

June Twenty-Sixth

6月26日

CANCER

組織の統括やまとめ役が得意

繊細で思いやりの深いあなたですが、直感力の鋭さや実生活での効率的な手法は、あなたが**人生に対して欲張りなほど多くを期待している**ことの証。

安全があなたの最大関心事ですが、あなたの場合はもう1つの支配星である月の影響によって、一段とそれが顕著なものになっています。いつも前向きで組織を統括する能力に優れたあなたは、建設的なことにその手腕を発揮することを望んでいます。

かに座の人すべてにとって、家族はとても大切なものですが、それに加えてあなたは**よき親となり、責任感あふれる家族の一員となる資質**を持っています。理解力に優れ、常識をわきまえており、あなたの周りの人々のよき助言者。自分の考えや人生哲学を人に伝えたいと思うあなたは、興味を持っていることを話題に人と討論することもよくあります。また、**商取引についての知識も豊富で、交渉も得意**。利益をあげるための駆け引きの方法をよく理解しています。気分が充実している時は、目先の楽しみにエネルギーを費やしたりはせずに、旅行や他の文化とのふれあいを楽しむことができます。

20代半ばまでは、感情の起伏や繊細さや家族のことなどに振り回されがちですが、26歳になって太陽がしし座に入ると、精神的に強くなり、自信を持って自分の才能を積極的に発揮。56歳になって太陽がおとめ座に入ると、実質的な面が前面に出るようになり、効率や競争力、また組織内における能力などが向上します。

隠された自己

表面的には自信に満ち有能な印象を人に与えますが、**内面的には繊細で安心感を求めています**。内面的に不安定なあなたは、常に何かを求めてさまよいますが、自分を落ち着ける術を身につけ、物事をじっくりと見つめられるようになるまでは、望んでいる幸せを手に入れることはできません。この内面的な落ち着きと、変化と活動を愛する気持ちが上手に融和した時、あなたが活動的に行動する姿は、周りの人々に深い感銘を与えることになるでしょう。

仕事と適性

豊かな想像力と頭の回転の速いあなたは、**発想の宝庫**のようであり、それは経済的な利点にもなっています。食べることに対する興味を考慮すると、料理に関する仕事、例えばレストランなどの仕事が向いています。また、企画者、主宰者としても手腕を発揮。販売、宣伝、広告、スポーツ、政治などの分野で成功を収めます。教師や講師をはじめ、政治や経済に関わる仕事なども、公正な性格のあなたには向いています。会社で働く場合は、できるだけ**制約の少ない環境**があなたには望ましく、自営業などの方がおすすめ。どのような事業においても、企画立案から実行にいたるまで、あなたは中心的人物として活躍。

恋愛と人間関係

愛情が豊かで社交的なあなたは、友人も多く、家族とも強い絆で結ばれています。長い人生の中では誰かと特別な関係になることもあるかもしれませんが、えり好みするあなたが恋人を見つけるのは、かなり難しいかもしれません。しかし、いったんあなたの心を射止める人に出会ったら、あなたは非常に忠実で、相手を守り通します。あなたはパートナーに対しては率直で、**パートナーの実践的で現実的な支え**となります。

数秘術によるあなたの運勢

誕生日の**26**という数字の影響を受けているあなたは、用心深い性格で、はっきりとした価値観と適切な判断力を持っています。また、あらゆる面において実践的であり、経営者としても有能で、優れたビジネスセンスがあります。

26という数字の影響は、責任感の強さ、また美的センスのよさとしても表れています。しかしながら、頑固だったり自信が不足している一面があり、それがあきらめの早いことにつながります。

生まれ月の**6**という数字から影響を受けていて、思いやりがあり責任感の強い面がある一方、気難しく心配性な面も。友人や家族、親類の間では、頼りがいのある存在で、求められれば嫌な顔ひとつせず援助の手を差し伸べ、最大限の努力をします。しかし、八方美人的にならないように。

●長所：創造的である、実践的である、思いやりがある、責任感が強い、家族の誇りである、熱心である、勇気がある

■短所：頑固である、反抗的である、不安感が強い、熱心さに欠ける、持続力が乏しい、不安定である

♥恋人や友人

1月3、4、14、20、24日／**2月**2、12、18、22日／**3月**10、16、20、29、30日／**4月**8、14、18、27、28日／**5月**6、12、16、25、26、31日／**6月**4、10、14、23、24、29日／**7月**2、8、12、21、22、27日／**8月**6、10、19、20、25日／**9月**4、8、17、18、23日／**10月**2、6、15、16、21、30日／**11月**4、13、14、19、28、30日／**12月**2、11、12、17、26、28、30日

◆力になってくれる人

1月4、8、21日／**2月**2、6、19日／**3月**4、17、28日／**4月**2、15、16日／**5月**13、24日／**6月**11、22日／**7月**9、20日／**8月**7、18、31日／**9月**5、16、29日／**10月**3、14、27日／**11月**1、12、25日／**12月**10、23日

♣運命の人

1月3日／**2月**1日／**5月**31日／**6月**29日／**7月**27日／**8月**25日／**9月**23日／**10月**21日／**11月**19日／**12月**17、25、26、27、28日

♠ライバル

1月7、10、15、31日／**2月**5、8、13、29日／**3月**3、6、11、27日／**4月**1、4、9、25日／**5月**2、7、23日／**6月**5、21日／**7月**3、19日／**8月**1、17日／**9月**15日／**10月**13日／**11月**11日／**12月**9日

★ソウルメイト（魂の伴侶）

3月31日／**4月**29日／**5月**27日／**6月**25日／**7月**23日／**8月**21日／**9月**19日／**10月**17、29日／**11月**15、27日／**12月**13、25日

有名人

パール・バック（作家）、ドクター・中松（発明家）、具志堅用高（元プロボクサー）、道端カレン（モデル）、鳥谷敬（プロ野球選手）、ジェリー藤尾（歌手）、甲本雅裕（俳優）、太田房江（政治家・実業家）、アリアナ・グランデ（歌手）

太陽：かに座
支配星：かに座／月
位置：4°30'−6°　かに座
状態：活動宮
元素：水
星の名前：ディラ

June Twenty-Seventh

6月27日

CANCER

想像力は豊かですが、もっと注意力をつけて

想像力が豊かで繊細なあなたは、かに座生まれの人にふさわしい**鋭い直感力**を持っています。聡明で社交的で多才なあなたは、創造的な才能を発揮することが多いのですが、時に感情が不安定になる傾向があり、27日という誕生日から与えられた大きな可能性を損なってしまうことがあります。しかし、あなたは**気持ちが優しい**ので、愛する人々には常に思いやりを持って接します。

支配星のかに座の影響が、あなたの**第六感的な力**を倍増させています。ただし、心配しすぎたり、ストレスを感じたり、優柔不断になったりする傾向がありますので、注意が必要。感情が不安定な時のあなたは、他の人の目には、気難しく、口数が多く、気が散りやすいタイプのように映ります。そうでない時は、とても**積極的でユーモアのセンスに満ちた、楽しく愉快な友人**です。

多才で社交的なあなたは、聡明でいろいろなことにチャレンジしますが、時にあまりに多くのことに手を出して混乱の原因となることもあります。多くの才能に恵まれ、さまざまなアイディアを思いつきますが、1つの目的に集中することも大切。いずれの職を選んだとしても、自分の内面や感情を表現する術を学びましょう。

一見、自信に満ちているように見えますが、25歳になって太陽がしし座に入るまでは、自分が求めているような自信を得ることはできません。しかしその自信が身につけば、あなたはより強く、またより創造的になり、社会からも認められるようになります。55歳になって太陽がおとめ座に入ると、あなたはより現実的になりますが、同時に物事を分析的に見るようになり、好き嫌いも激しくなります。

隠された自己

刺激と挑戦を追い求めるあなたの人生では、**旅と変化が大きな意味を持ちます**。チャンスを見逃してはいけません。勇気を持って足を踏み出しましょう。あなたにとってきっとすばらしいチャンスとなるはず。大きな成功をきっと手にするに違いありません。一方、経済状態の変化に対応できるよう、日頃から備えをしておくことが必要。気前がよい面がありますが、過度の浪費は慎むように。

仕事と適性

この誕生日生まれの人は、よき親であり、よき家庭人であるとともに、**どのような職業に就いても創造力を発揮**します。人づき合いの上手なあなたには、教師、カウンセラー、セールスなどの仕事が適職。変化と刺激を求めるあなたには、単調な仕事は向いていません。広告代理店や不動産業など積極的な活動ができる仕事で成功を収めます。また、創造的な才能にも恵まれており、音楽、演劇、執筆業などが向いています。

恋愛と人間関係

魅力的で気さくなあなたは、思いやりのある人柄で、**パートナーとしても親としても愛情豊か**。あなたにとって大切なものは、家族であり、家庭。愛する者のためには犠牲をもいとわないため、皆の保護者のような立場に立つことになります。寛大な心と豊かな創造力の持ち主であるあなたは、その多才さを表現する場を必要としています。さもなければ欲求不満に陥り、気分も沈みがちになるに違いありません。あなたは、簡単に誰とでも友達になれると自分では思っていますが、気分に浮き沈みがあります。それが人間関係に影響を及ぼすことのないよう注意が必要です。

数秘術によるあなたの運勢

あなたは直感的であると同時に分析的です。**27**という数字が示すように、あなたの思考は、忍耐と自制心を養うことによってより深めることができます。また、あなたは、確固たる観察眼で物事の細部にいたるまで見通すことができます。時に理屈っぽく、打ち解けないような印象を人に与えることがありますが、これは心の中の緊張感を隠そうとしているためです。よりよい人間関係を築くためには、自分の心をさらけ出したくないという気持ちを克服することが大切。

誕生月の**6**という数字からは、あなたが常に調和とバランスを大事にしていることがわかります。ときどき、生まれながらの強い直感力と感覚が、あなたの思考や信条と調和せずに軋轢を生じ、そのためにあなたは不安になります。愛情豊かで思慮深いあなたですが、あまりに繊細で近寄りがたい印象を人に与えることがあります。もっと客観的な見方ができるようになれば、他者の意見に耳を傾けられるようになり、批判や提案も理解できるようになるでしょう。

●長所：多才である、想像力が豊かである、創造的である、意志が強い、勇敢である、有能である、独創的である、精神力がある
■短所：気難しい、短気である、怒りっぽい、理屈っぽい、疑い深い、神経質である、緊張感が強い

相性占い

♥恋人や友人
1月21、25日／**2月**19、23日／**3月**17、21、30日／**4月**15、19、28、29日／**5月**13、17、26、27日／**6月**11、15、24、25、30日／**7月**9、13、22、23、28日／**8月**7、11、20、21、26、30日／**9月**5、9、18、19、24、28日／**10月**3、7、16、17、22、26、29日／**11月**1、5、14、15、20、24、27日／**12月**3、12、13、18、22、25、27、29日

◆力になってくれる人
1月5、13、16、22、28日／**2月**3、11、14、20、26日／**3月**1、9、12、18、24、29日／**4月**7、10、16、22、27日／**5月**5、8、14、20、25日／**6月**3、6、12、18、23日／**7月**1、4、10、16、21日／**8月**2、8、14、19日／**9月**6、12、17日／**10月**4、10、15日／**11月**2、8、13日／**12月**6、11日

♣運命の人
6月30日／**7月**28日／**8月**26日／**9月**24日／**10月**22日／**11月**20日／**12月**18、26、27、28、29日

♠ライバル
1月2、23、30日／**2月**21、28日／**3月**19、26、28日／**4月**17、24、26日／**5月**15、22、24日／**6月**13、20、22日／**7月**11、18、20日／**8月**16、18、19日／**9月**7、14、16日／**10月**5、12、14日／**11月**3、10、12日／**12月**1、8、10日

★ソウルメイト（魂の伴侶）
1月14、22日／**2月**12、20日／**3月**10、18日／**4月**8、16日／**5月**6、14日／**6月**4、12日／**7月**2、10日／**8月**8日／**9月**6日／**10月**4日／**11月**2日

この日に生まれた有名人

ヘレン・ケラー（社会福祉活動家）、横尾忠則（グラフィックデザイナー）、イザベル・アジャーニ（女優）、トニー・レオン（俳優）、立川談春（落語家）、吉田敬（ブラックマヨネーズ タレント）、トビー・マグワイア（俳優）、優香（タレント）、福島千里（陸上選手）

太陽：かに座
支配星：かに座／月
位置：5°30'−6°30'　かに座
状態：活動宮
元素：水
星の名前：アルヘナ、ディナ

June Twenty-Eighth

6月28日

CANCER

誇り高い印象の裏には繊細な心が

この日生まれの人は、理想主義者である一方、現実的。また、直感的でありながら洞察力に優れ、鋭い知性の持ち主でありながらユーモアもあります。優れた論理的思考能力と、すばやく物事を理解してそれを適切に表現する能力は、あなたの国語力とコミュニケーション力が優れていることを示しています。かに座生まれらしい**愛情の深さと鋭い感受性**を持っており、家族の絆と家庭の安らぎを何よりも大切に思っています。あなたは、誇り高く自信に満ち、自己主張が強いという印象を人に与えますが、その裏側には**繊細な心**が隠されています。

思いやりが深く、強い母性本能や父性本能の持ち主ですが、月の影響を受けて気分は大きく変化し不安定。退屈しやすいあなたには、常に夢中になれるものが必要です。あなたはいつも社会へ目を向け、いろんな分野の人々と交流し、貴重な人間関係を築いています。しかし、あまり傲慢になり、せっかく築き上げた協力関係を損なってしまうことのないように。協調と独立とのバランスを上手にとれるようになれば、より大きな満足感を得られます。

あなたは、子ども時代から青年時代にいたるまで、かに座の支配星である月の強い影響を受け続けます。この影響は、幼い頃から恥ずかしがり屋で繊細な性格であるにもかかわらず、常に中心的人物でありたいと願う願望となって表れています。

24歳になって太陽がしし座に入ると、あなたが切望していた創造力、強さ、自信を身につけることができるようになるでしょう。54歳になって太陽がおとめ座に入ると、支配欲が弱まり、思慮深く分析的になります。

隠された自己

誇り高く、行動力のあるあなたは、みずから新しい事業を起こしたいという強い願望を持ち、またその能力にも恵まれています。単刀直入であることを好むあなたは、思ったことをすぐに口に出しますが、時には言葉をオブラートで包む技も必要。そうすれば、あなたは**皆のよきアドバイザーとして尊敬される人物**になることができます。物事の奥深くまで理解することを求めるあなたは生まじめで、安全であることを大切に考え、１人物思いにふけるような思慮深いタイプ。しかし、もう一方では、風刺のきいた言葉、自発性、当意即妙の受け答えなどの資質に恵まれ、演劇の分野で才能を開花させることもできます。持ち前の旺盛な知識欲と鋭い洞察力を発揮して、人との討論を楽しむことができますが、理屈っぽくなったり、皮肉屋になったりしないように注意が必要。

仕事と適性

生まれながらに心理学者の素養を持っているあなたは、人とふれあう仕事に魅力を感じます。例えば、カウンセリング、人事、販売促進、広報などの仕事が向いています。また明晰な頭脳は、教師、講師、ジャーナリスト、健康・医療関連分野もおすすめ。自己表現への欲求と演劇への愛着があるので、芸術や芸能の世界へ魅力を感じることでしょう。生活分野のセンスがあるので、インテリアデザインや調理などの仕事でも力を発揮。

恋愛と人間関係

人づき合いがよく、知性にあふれ、魅力的なあなたは、多くの人から好かれます。社交的なあなたは、楽しいことが好きで、自分を認めてもらいたいという気持ちを持っています。しかし、繊細で過去のことを思い悩む性格は、新しい交友関係を作る際には障害となるでしょう。**共通のものから知的好奇心を刺激されるような人**となら、最高の関係を築くことができます。

数秘術によるあなたの運勢

独立心が旺盛で、理想主義者で、型破りで、しかも現実的。意志の固いあなたは、すべてを自分の思い通りにしようとします。また、心の中には誰にも頼らず１人でやっていきたい気持ちと、チームの一員としてやっていきたい気持ちの両方があり、葛藤が生じています。常にトップを走る人にふさわしく、野心的で単刀直入、進取の気性に富んでいます。あなたは多くの才能に恵まれていますが、中でも問題処理能力、判断力、学習能力などが特に優れています。

誕生日の28という数字の影響は、思慮分別と明晰な頭脳になって表れています。あなたは、野心家で成功を追い求める気持ちが強い一方、家庭と家族をとても大切にします。

生まれ月の6という数字からは、あなたがとても魅力的で、しっかりとした信念の持ち主であることがわかります。また、強い意志を持ち、目的意識もはっきりしていますが、本質的には疑心暗鬼に陥りやすいタイプ。夢を叶えるために大切なことは、寛大な気持ちと、仕事と楽しみをうまく融合させることです。あなたの豊かな才能と経営手腕は、あなたを高い地位へと押し上げてくれるでしょう。

●**長所**：思いやりがある、積極的である、大胆である、芸術的である、創造力がある、理想主義者である、野心家である、働き者である、自立心が強い、意志が強い

■**短所**：夢想家である、やる気がない、非現実的である、横柄である、早とちりする、攻撃的である、自信がない、高慢である

相性占い

♥恋人や友人

1月6、16、22、26日／**2月**4、14、20、24日／**3月**2、12、18、22日／**4月**10、16、20、30日／**5月**8、14、18、28日／**6月**6、12、16、26日／**7月**4、10、14、24、31日／**8月**2、8、12、22、29日／**9月**6、10、20、27日／**10月**4、8、18、25日／**11月**2、6、16、23、30日／**12月**4、14、21、28、30日

◆力になってくれる人

1月6、17、23、31日／**2月**4、15、21、29日／**3月**2、13、19、27、30日／**4月**11、17、25、28日／**5月**9、15、23、26日／**6月**7、13、21、24日／**7月**5、11、19、22日／**8月**3、9、17、20日／**9月**1、7、15、18、30日／**10月**5、13、16、28日／**11月**3、11、14、26日／**12月**1、9、12、24日

♣運命の人

12月26、27、28日

♠ライバル

1月24日／**2月**22日／**3月**20、29日／**4月**18、27、29日／**5月**6、16、25、27、30日／**6月**14、22、25、28日／**7月**12、21、23、26日／**8月**10、19、21、24日／**9月**8、17、19、22日／**10月**6、15、17、20日／**11月**4、13、15、18日／**12月**2、11、13、16日

★ソウルメイト(魂の伴侶)

1月13日／**2月**11日／**3月**9日／**4月**7日／**5月**5日／**6月**3、30日／**7月**1、28日／**8月**26日／**9月**24日／**10月**22日／**11月**20日／**12月**18日

この日に生まれた有名人

ジャン＝ジャック・ルソー（思想家）、佐野洋子（絵本作家）、田渕久美子（脚本家）、遠藤憲一（俳優）、中村あゆみ（歌手）、藤原紀香（女優）、水野美紀（女優）、濱田岳（俳優）

太陽：かに座
支配星：かに座／月
位置：6°－7°30′　かに座
状態：活動宮
元素：水
星の名前：アルヘナ

June Twenty-Ninth

6月29日

CANCER

繊細さと大胆さが共存

ひらめき、鋭い感受性、旺盛な知識欲があなたの魅力です。かに座生まれの人らしく、あなたは**繊細で理想を追い求めるタイプ**ですが、一方では**大胆で行動的**。その原動力は、知識欲です。理解力も早く、物事の価値をすぐに見分ける能力を持っています。進歩的で創造力に富んでいるあなたは、社会改革や教育改革に関心を持ち、常に刺激的な発想を追い求めています。その芸術的な才能で多くの人を惹きつけるあなたですが、善良な性格は、**快活で楽天的な一面**となって表れています。しかし、刺激が不足すると、些細な事柄に目が向き、エネルギーを浪費しがち。

あなたは理想主義者ではあるものの、物に対する執着は、あなたがお金を大切に思っていること、経済的な安定を好んでいることを示しています。とはいえ、**有能で知識も豊富**なあなたは、常に安定した収入を得ることができるでしょう。芸術的才能と知識欲のあるあなたは、情報収集力があり、コミュニケーション力を発展させ、文才を開花させます。人あたりがよく、社交的なあなたは、多くの人にとってよき友になりますが、気分が沈みがちになると、冷たく無関心な人と思われてしまうことも。

繊細なあなたは、若い頃は少々控えめなところがありますが、23歳になって太陽がしし座に入ると、突然、力強くなり、創造力と自信がわいてくるでしょう。53歳になって太陽がおとめ座に入ると、威厳に満ちた力を得て、その力を他の人々を保護するために使うようになります。

隠された自己

あなたは、あまり人に打ち解けず、聡明そうな印象を人に与えますが、心の奥底では**愛する人々との絆を何よりも大切に思っています**。理想主義的な観点や愛を求める思いは、完璧な絆を追い求める気持ちとなって表れます。あるいは、芸術、音楽、神秘性へと発展することもあります。バランスのとれた人格となるためには、人に献身的に尽くす術を身につけるとともに、人から尽くされる術をも身につけることが必要。

力強く、人目を引くあなたは、多くの人々の注目を集めますが、その魅力の秘密は、その知性と理解力。あなたは、他の人々のために実際に役立つ助言をしたり、またその人の身になって考えてあげることができるのです。また、時にとても大胆な行動をとりますが、その原動力も愛する人々を守ろうとする強い気持ちなのです。一見、独立心が強いようですが、聡明なあなたは、１人では何もできないこともよく知っています。

仕事と適性

感受性豊かな知性とすばらしい記憶力、指導力とが合わさって、あなたは**さまざまな分野で能力を遺憾なく発揮する**ことができます。人と接する仕事を好むため、教師、訓練士、広報担当者などで活躍。また宣伝活動や思想の普及活動などにも向いています。想像力が豊かで、頭の回転が速いあなたには、科学や医療などの分野の仕事もおすすめ。また、美容・生活産業に就いても成功します。

恋愛と人間関係

知性に富み社交的なあなたは、多くの人から好かれます。また他との比較で物事を見ることが多いようです。気まぐれで嫉妬深い面を持つあなたは、人と関わりを持っていくうえで、もっとバランスを保ち、現実的な見方ができるように改善が必要。いったん理想の恋人に出会ったら、その相手のためであれば喜んで犠牲を払い、相手が望むことであれば何にでも助力を惜しみません。人とのつき合いが上手なあなたは、波風を立てず、穏やかに物事を進める術を知っており、いつも和やかで寛大。あなたの好みのタイプは、**勤勉で成功を必ず手にするような人々**です。

数秘術によるあなたの運勢

29日生まれのあなたは、理想に燃え、大胆で力強く、強い個性とすばらしい可能性を持っています。あなたの成功の鍵は、ひらめきです。これが得られなければ、目標をも見失ってしまいます。あなたは常に夢を持っていますが、極端になりがちで気分にムラがあるため、注意が必要。思いやりがあるかと思うと、冷たくなったり、楽観的かと思うと悲観的になったりしてしまうのです。あなたは、非常に観察力が鋭いのですが、批判的で疑い深い面は、改善が必要であり､周囲の人にもっと思いやりが持てるように努力すべきです。

生まれ月の**6**という数字からは、強い責任感、鋭い直感力と理解力を与えられています｡論理的に考える力に恵まれてはいるものの、状況を判断する時は、ほとんどの場合、感情的に判断してしまいます。正しい価値観を身につけ、１人で考える力を身につければ、人に頼ることもなくなるでしょう。

●**長所**：ひらめきがある、バランスがとれている、心が平和である、寛大である、創造的である、直感力がある、神秘的である、世の中のことに精通している

■**短所**：気が散りやすい、不安定である、神経質である、気分にむらがある、極端に走りがちである、思いやりに欠ける

相性占い

♥恋人や友人

1月1、4、27、29日／**2月**2、25、27日／**3月**23、25日／**4月**21、23日／**5月**19、21、29日／**6月**17、19、27日／**7月**15、17、25日／**8月**13、15、23日／**9月**11、13、21日／**10月**9、11、19日／**11月**7、9、17日／**12月**5、7、15日

◆力になってくれる人

1月3、10、15、18日／**2月**1、8、13、16日／**3月**6、11、14、29、31日／**4月**4、9、12、27、29日／**5月**2、7、10、25、27日／**6月**5、8、23、25日／**7月**3、6、21、23日／**8月**1、4、19、21日／**9月**2、17、19日／**10月**15、17日／**11月**13、15日／**12月**11、13日

♣運命の人

4月30日／**5月**28日／**6月**26日／**7月**24日／**8月**22日／**9月**20日／**10月**18日／**11月**16日／**12月**14、28、29、30、31日

♠ライバル

1月9、14、16、25日／**2月**7、12、14、23日／**3月**5、10、12、21、28、30日／**4月**3、8、10、19、26、28日／**5月**1、6、8、17、24、26日／**6月**4、6、15、22、24日／**7月**2、4、13、20、22日／**8月**2、11、18、20日／**9月**9、16、18日／**10月**7、14、16日／**11月**5、12、14日／**12月**3、10、12日

★ソウルメイト（魂の伴侶）

12月29日

この日に生まれた有名人

井川遥（女優）、柳宗理（工業デザイナー）、野村克也（野球評論家）、倍賞千恵子（女優）、清水アキラ（タレント）、二代目引田天功（イリュージョニスト）、パパイヤ鈴木（ダンサー）、橋下徹（弁護士）、福嶋晃子（プロゴルファー）

太陽：かに座
支配星：かに座／月
位置：7°−8°30′ かに座
状態：活動宮
元素：水
星の名前：アルヘナ

June Thirtieth

6月30日

CANCER

自己犠牲の価値を見直して

この誕生日の人は、強烈な感情を持っており、それが並はずれた強さとなって表れています。この活動的な強さは、ほとんどの場合、**自己表現を望む気持ち**へとつながります。

かに座生まれの人らしく、あなたは想像力が豊かで、直感力に優れ、寛大な心を持っています。愛する人のためなら何でもしようと思っているあなたは、とても献身的な親となり、教師となり、友となるでしょう。しかし、自分を上手にコントロールし、感情に流されたり、気分が大きく変動したり、欲求不満になったりしないように注意が必要。愛されたい、評価されたいという気持ちから、あなたの目は社会へと向けられ、そしてやがて頭角を現すことに。

この誕生日生まれの多くの人々は、**権威ある地位に就く**ことが多いようです。あなたも例外にもれず、誇り高く威厳に満ちています。**度胸があって単刀直入**なあなたは、単純であることを好みます。また、情熱的で繊細なあなたは、信じるもの、あるいは信じる人のためになら、身を粉にして働き、喜んで犠牲になります。しかし、本当に犠牲を払う価値があるのかどうか、しっかりと見極めることを忘れてはなりません。

22歳になって太陽がしし座に入ると、演劇の才能を開花させる機会に恵まれるようになります。仕事やその他、社会のあらゆる面で、落ち着きを得られるようになり、自信も増してきます。太陽がおとめ座に入る50代前半頃から、実生活に目を向けるようになり、物事をはっきりととらえるようになり、秩序だった生活を送るようになります。

隠された自己

大きな夢と野望を持つあなたには、**がまんと忍耐が必要**。どんなに努力をしても進歩がないというような時が、あなたにとって真の試練の時。幸いなことに、強い信念とユーモアのセンスを持つあなたは、どのような困難からも抜け出すことができます。あなたの心はいつも情熱と愛情に満ち、愛する人々を守ろうと心の底から思っています。友達になりたい、心をふれあわせたいと望み、多くの人々を惹きつけるあなたは、何ものにも縛られることなく自分を表現します。しかしながら、激しい感情の起伏に流されたり、自己中心的な考え方にとらわれてしまったりすることのないよう注意が必要です。社交性と客観性を兼ね備えたあなたは、必要とあらば、まるで優秀な心理学者のような深い洞察力を駆使して、他の人のために尽くします。

仕事と適性

強い感情と感性の持ち主であるあなたは、どのような仕事に就いても、またどのような仕事に参加しても、**指導者的立場に立つ人**です。生まれながらに人を惹きつける魅力や指導力に恵まれ、また人と心を通わせる能力に優れているあなたは、教師、講師、作家などの仕事が適職。博愛精神、同情心、直感力に満ちているあなたは、カウンセリングの仕事や、地域福祉や慈善活動に関わる仕事にも向いています。非常に感受性の強いあなたには、心理についての専門知識が役に立ち、またその知識をビジネスや科学や芸能などの活動に役立てることもできます。

恋愛と人間関係

あなたが持っている最大の資質は、**愛の力**。また、ロマンティックで情熱的で寛大な性格とあなたのカリスマ性に、多くの人々は惹きつけられます。あなたは**愛する人のためなら、どのような犠牲をも喜んで払う人**ですが、感情に流されてしまいがちなところは、改善しましょう。見返りを期待することなく行動できるようになれば、同情心や自制心も身につきます。

数秘術によるあなたの運勢

気さくで温かで、人と接することを楽しみ、またカリスマ性があり、誠実な人柄です。誕生日の**30**という数字の影響を受けているあなたは、鋭い感性の持ち主で、創造的なことを通してそれを表現したいという欲求を持っています。あなたにとって何よりも大切なことは、誰かと恋をしていること。

しかし、幸せになろうと度を越したり、焦ったりしてはいけません。誇りと野望を持ち、さらによい機会に恵まれれば、仕事で頂点に立つことができます。センスのよさと美を見分ける目に恵まれたあなたは、美術、デザイン、音楽などの分野で、成功を収めることができるでしょう。

30日生まれの人々の多くは、音楽家や俳優やタレントとして世に知られるようになります。

生まれ月の**6**という数字からは、あなたが理想主義者で繊細であること、またさまざまな判断の基準が感覚であることがわかります。あなたは、新しい考え方を上手に吸収し、自分のものとし、さらにそれを発展させることができます。ときどき落ちこんでしまうことがありますが、断固とした考えを持てるように努力が必要。また自分が成し遂げたことを正しく評価して満足することを覚えましょう。

●長所：素直に楽しむことができる、誠実である、気さくである、言葉を操る才能がある、創造的である、寛大である

■短所：怠惰である、頑固である、気まぐれである、忍耐力がない、不安定である、無感動である、集中力がない

相性占い

♥恋人や友人

1月2、28日／**2月**26日／**3月**24日／**4月**22日／**5月**20、29、30日／**6月**18、27、28日／**7月**16、25、26日／**8月**14、23、24日／**9月**12、21、22日／**10月**10、19、20、29、31日／**11月**8、17、18、27、29日／**12月**6、15、16、25、27日

◆力になってくれる人

1月2、10、13、16日／**2月**8、11、14日／**3月**6、9、12日／**4月**4、7、10日／**5月**2、5、8日／**6月**3、6日／**7月**1、4、30日／**8月**2、28、30日／**9月**26、28日／**10月**24、26日／**11月**22、24日／**12月**20、22、30日

♣運命の人

10月31日／**11月**29日／**12月**27、29、30、31日

♠ライバル

1月3、9、10日／**2月**1、7、8日／**3月**5、6、31日／**4月**3、4、29日／**5月**1、2、27日／**6月**25日／**7月**23日／**8月**2,21、31日／**9月**19、29日／**10月**17、27日／**11月**15、25日／**12月**13、23日

★ソウルメイト（魂の伴侶）

1月5日／**2月**3日／**3月**1日／**5月**30日／**6月**28日／**7月**26日／**8月**24日／**9月**22日／**10月**20日／**11月**18日／**12月**16日

この日に生まれた 有名人

南伸坊（イラストレーター）、石川直樹（探検家・写真家）、夏帆（女優）、荻原浩（作家）、マイク・タイソン（元プロボクサー）、矢部太郎（カラテカ　タレント）、中尾明慶（俳優）、ラファウ・ブレハッチ（ピアニスト）

太陽：かに座
支配星：かに座／月
位置：9°－10°　かに座
状態：活動宮
元素：水
星の名前：アルヘナ

July First

7月1日

CANCER

豊かな感受性と直感力、そして鋭い洞察力を備えた行動派

優しい笑みの背後にあるのは、何事にも屈しない強い精神。決断力、繊細さ、鋭い洞察力がそれを物語っています。あなたは、かに座生まれの人らしい**豊かな感受性と直感力の持ち主**で、しかもとても働き者。思いやりが深く、愛する人を守ろうという気持ちも強く、**献身的な親であり、忠実な友**でもあります。しかし、時に自分の中の2つの感情に翻弄され、不機嫌になったり、威丈高になったりします。むだに苦しい思いをして気分が落ちこんだりしないよう気をつけましょう。

とはいっても、大きな困難に出会った時に頼りになるのは、**持ち前の冷静さと落ち着き**。七転び八起きの精神は、あなたの大きな財産です。

支配星のかに座からの影響は、野心と強い独立心となって表れています。しかし、誰にも邪魔されず静かに過ごす時間は、あなたにとって何よりも大切な時間。そして他人から干渉されることも大嫌い。社交的なあなたにだって人に知られたくないことはあるのです。一方、いつも皆のリーダーとして行動的なあなたは、ぐずぐずと時間をかけることが嫌いです。天性の洞察力にさらに磨きをかければ、経験から得られる知恵の価値が徐々にわかるようになります。もし、誰かから規制されるようなことがあっても、決してそれに屈したりはしません。**理想主義者のあなたは、頼れる存在**なのです。

21歳になって太陽がしし座に入ると、強さと創造力と自己表現を強化する多くの機会に恵まれます。51歳になり太陽がおとめ座に入ると、より現実的なものへの関心が高まりますが、それまでは自信を高めることが大切です。

隠された自己

あなたの幸せのために欠かせないのが、**個人的で親密な人間関係**。あなたは、人と心を通わせることのできる達人です。人を疑ったり嫉妬したりしなければ、たくさんの友を得ることができます。地にしっかり足をつけて立てば、自信も飛躍的に高まり、1人になる恐怖や孤独感を克服することができるでしょう。また、リーダー格のあなたは、とても勤勉。あなたの努力は必ず実を結びます。そして高い理想を持つ完璧主義者のあなたは、とてもロマンティストでもあります。そのあなたが強く求めているのは、愛情です。しかし、自分に対しても、また他人に対しても、掲げる目標はとても高く、その達成には大きな困難が伴います。しかし、はっきりとした目標があれば、人のために一生懸命に働くことができる人です。

仕事と適性

生まれながらに相手の気持ちがわかるあなたには、人と接する仕事が向いています。しかし、あなたは人の下で働くのが大嫌い。そんなあなたには、管理職や企業幹部、あるいは個人経営者がぴったりです。また、思いやりがあり、鋭い直感力の持ち主、必要とあらば独裁者にもなれる、これはまさに政治家向きの資質。他の人々もきっと、あなたのリーダーとしての能力を認め、あなたの斬新な考えを支持してくれるはずです。演劇や映画の世界に入れば、俳優や監督として才能を発揮します。強い個性と想像力には、美術や音楽やダンスの世界もおすすめです。人道主義者のあなたには、福祉や子どもを相手にする仕事も向いています。

恋愛と人間関係

安全と経済的安定への願望が、生涯の伴侶を選ぶ際も大きな意味を持ちます。自分の大切な人に対して、深い思いやりを持って接し、常に救いの手を差し伸べますが、時に采配をふるい、自分の考えを押しつけようとすることがあります。また、多くの友人に囲まれることよりも、少数の人々と親しくなることを好み、人間関係における信頼感と誠実さを大切にします。自由で独立心旺盛な個性は、家庭を大事に思う気持ちや責任感と葛藤してしまうこともあるでしょう。

数秘術によるあなたの運勢

1の日に生まれたあなたは、とても個性的。創造力、勇気、エネルギーがあふれています。さらにもっと自己を確立し、自信をつけ、自己主張できるような努力が必要です。開拓者精神が旺盛で、独力で新しい道へと足を踏み出します。先頭に立って道を切り開く、独創性とエネルギーがあふれているのです。

しかし、1日生まれの人は、自己中心的、独断的にならないよう要注意。世界は自分を中心に回っているのではないということを肝に銘じましょう。勝利には価値があり、そして新しい発想があなたを成功へと導いてくれるのです。

生まれ月の7という数字の影響は、非常な繊細さと強い直感力、そして内に秘めた賢さとなって表れています。自分の直感を信じましょう。そして、もっと自分に自信を持ち、理解力を身につける必要があります。またあなたは、しっかりとした価値観と正しい判断力を持ち、何か大きなことをやり遂げたいと願っています。大きな野心と人を癒す力は、あなたが人類の未来に貢献できる人物であることを示しています。

●**長所**：指導力がある、創造的である、進歩的である、力強い、楽観的である、強い信念がある、競争力がある、独立心がある、社交的である

■**短所**：横柄である、嫉妬深い、自己中心的である、プライドが高い、利己的である、脆弱である、優柔不断である、がまん強さがない

相性占い

♥恋人や友人

1月11、20、25、27、29日／**2月**9、18、23、25、27日／**3月**7、16、21、23、25日／**4月**5、14、19、21、23日／**5月**3、12、17、19、21日／**6月**1、10、15、17、19日／**7月**8、13、15、17日／**8月**6、11、13、15日／**9月**4、9、11、13日／**10月**2、7、9、11日／**11月**5、7、9日／**12月**3、5、7日

◆力になってくれる人

1月9、26日／**2月**7、24日／**3月**5、22日／**4月**3、20日／**5月**1、18、29日／**6月**16、27日／**7月**14、25、29、30日／**8月**12、23、27、28、31日／**9月**10、21、25、26、29日／**10月**8、19、23、24、27日／**11月**6、17、21、22、25日／**12月**4、15、19、20、23日

♣運命の人

1月1、2、16日／**2月**14日／**3月**12日／**4月**10日／**5月**8日／**6月**6日／**7月**4日／**8月**2日／**12月**30、31日

♠ライバル

1月8、29、31日／**2月**6、27、29日／**3月**4、25、27、28日／**4月**2、23、25、26日／**5月**21、23、24日／**6月**19、21、22日／**7月**17、19、20日／**8月**15、17、18日／**9月**13、15、16日／**10月**11、13、14、30日／**11月**9、11、12、28日／**12月**7、9、10、26日

★ソウルメイト（魂の伴侶）

5月30日／**6月**28日／**7月**26日／**8月**24日／**9月**22、30日／**10月**20、28日／**11月**18、26日／**12月**16、24日

この日に生まれた有名人

車谷長吉（作家）、浅井愼平（写真家）、明石家さんま（タレント）、岡田斗司夫（評論家）、香山リカ（精神科医）、ダイアナ妃（元イギリス皇太子妃）、カール・ルイス（元陸上選手）、江頭2:50（タレント）、リヴ・タイラー（女優）、青木定治（パティシエ）

太陽：かに座
支配星：さそり座／冥王星
位置：9°45'－11°　かに座
状態：活動宮
元素：水
星の名前：アルヘナ

July Second

7月2日

CANCER

生まれながらの心理学者

この日に生まれた人は、堂々としていてとても行動的。しかし思いやりが深く、控えめな性格で、理想主義者です。

支配星であるさそり座の影響は、**自己主張の強さと起伏の激しい感情**となって表れています。芸術的な才能に恵まれ、自分を表現し、独創性を発揮する場を必要としています。一見気さくで気取らない性格のように見える一方、**カリスマ性があり、多くの人があなたに惹かれます**。あなたは集まってくるこれらの人々から多くのものを得ることもできるでしょう。

他の人の行動を分析し、その行動の理由を知りたいと思うあなたは、**生まれながらの心理学者**。また、いつも誠実で率直なあなたは、非常におおらかな性格の持ち主です。友達から信頼されるあなたは、穏やかな笑顔が印象的。多くの友達と一緒に過ごす時間を楽しみます。しかしその穏やかな笑顔の背後には、物質に対する強い執着と商才が秘められています。原動力は、よいものを手に入れたいという強い願望。しかし不満感が強く、夢見がちで飽きやすい性格は、大きな可能性を損なうことにもつながります。次から次へと興味の対象を変えたり、他の人の夢をまねたりしてはいけません。お金の力よりも愛の力が勝ることを悟ってはじめて、豊かな心を持つことができるのです。

20歳を過ぎて太陽がしし座に入ると、より活動的で積極的になり、自信も高まります。これはその後30年間続き、権威ある地位に就くことができます。50歳になって太陽がおとめ座に入ると、ものを見る目が確かなものとなり、実践力を身につけたいと願うようになります。

隠された自己

洞察力に富み、頭の回転が速く、機知に富んだあなたは、**人と心を通わせる天才**です。他にも多くの才能に恵まれていますが、持てる才能を遺憾なく発揮するためには、確固たる自信と正しい判断力が必要だと肝に銘じましょう。すばらしい才能をむだにしてはいけません。目移りすることなく、目標を小さく絞りこむことができれば、むやみに不安になったり、優柔不断になったりすることもなくなり、必ずや目標を達成することができるでしょう。また、あらゆるものや人々に対する興味は、順応力や社会性があること、多くの人から好かれていることを示しています。自分の楽しみを人と分ちあいたいと思うあなたは、とても寛大で、ノーと言えない性格。そして持ち前の社交術と魅力で、争い事を避けることを選びます。

仕事と適性

社交術、指導力、価値判断力に恵まれ、**権威ある地位に就く**ことになります。人から指示されることを好まない性格は、管理職、経営者、個人経営者などが向いています。ビジネスの才能もあり、特に不動産、メディア、広告などの分野で才能を発揮します。思いやりが深く、まるで心理学者のようなあなたには、セラピスト、カウンセラー、療法士などもおすすめ。また、組織を統括する力に優れ、大きい集団の中でも気後れしない性格は、どのような仕事でも成功します。鋭い知性と演劇のセンスにも恵まれていますので、執筆、美術、演劇、音楽などの表現活動でも才能を発揮することができるでしょう。

恋愛と人間関係

素朴な生活を好み、知的で励ましあえるような相手とずっと共に過ごすことを好みます。向上心のあるあなたが求めるのは、聡明で自己管理能力に長けた人。また、多くの人間関係を築き、楽しみながら仕事をするのがあなたの夢です。寛大なあなたには、友人たちはいつでも助けてくれるでしょう。

数秘術によるあなたの運勢

2日生まれの人の特徴は、繊細さと集団に対する帰属意識。順応力と理解力に優れており、一致団結して活動することを好み、人との交流を楽しむことができます。のみこみが早く、影響を受けやすく、温かい人柄で、社交的で、人づき合い上手です。しかし、人を楽しませようとするあまり、人に依存しすぎる傾向があるようです。傷つきやすさを克服するには、まず自分に自信を持つことです。

生まれ月の**7**という数字からは、あなたが洞察力と理解力に優れていることがわかります。完璧主義者で、時に批判的になったり、自分の考えだけにとらわれてしまったりすることがあるようです。ただ、あまりに合理的であったり、細かい部分に目を奪われてしまったりすることもあります。自分を信じ、信念を持てるようになれば、他人の批判も気にならなくなるでしょう。

●長所：協調性がある、優しい、機転がきく、吸収力がある、直感力がある、思いやりがある、円満である、つき合いやすい、善意に満ちている

■短所：疑い深い、自信がない、臆病である、過敏である、感情的である、傷つきやすい

♥恋人や友人

1月4、11、12、26、28、30日／**2月**2、9、10、24、26、28日／**3月**7、8、22、24、26日／**4月**5、6、20、22、24、30日／**5月**3、4、18、20、22、28、31日／**6月**1、2、16、18、20、26、29日／**7月**14、16、18、24、27日／**8月**12、14、16、22、25日／**9月**10、12、14、20、23日／**10月**8、10、12、18、21日／**11月**6、8、10、16、19日／**12月**4、6、8、14、17日

◆力になってくれる人

1月3、10、29日／**2月**1、8、27日／**3月**6、25日／**4月**4、23日／**5月**2、21日／**6月**19日／**7月**17、30日／**8月**15、28日／**9月**13、26日／**10月**11、24日／**11月**9、22日／**12月**7、20日

♣運命の人

1月1、2、3、11日／**2月**9日／**3月**7日／**4月**5日／**5月**3日／**6月**1日／**12月**31日

♠ライバル

1月9日／**2月**7日／**3月**5、28日／**4月**3、26日／**5月**1、24日／**6月**22日／**7月**20日／**8月**18日／**9月**16日／**10月**14、30、31日／**11月**12、28、29日／**12月**10、26、27日

★ソウルメイト(魂の伴侶)

1月7日／**2月**5日／**3月**3日／**4月**1日／**5月**29日／**6月**4、27日／**7月**25日／**8月**23日／**9月**21日／**10月**19日／**11月**17日／**12月**15日

有名人

石川達三(作家)、浅丘ルリ子(女優)、西川きよし(タレント)、小柳ルミ子(歌手)、三宅健(V6　タレント)、藤井リナ(モデル)、リンジー・ローハン(女優)、田口壮(元プロ野球選手)、ダレン・シャン(児童文学家)、アシュリー・ティスデイル(女優)

太陽：かに座
支配星：さそり座／冥王星
位置：10°45'−12°　かに座
状態：活動宮
元素：水
星の名前：シリウス

July Third

7月3日

CANCER

美的センスがあり、活動的で気さくな人柄

創造力と実践力に優れ、喜怒哀楽がはっきりしていますが、安定を重んじるところはいかにもかに座生まれ。そして支配星さそり座の影響は、**人道主義的**な側面となって表れています。

しかし、感情に左右されないよう、自分の考えと物事を見る目を身につけるようにしましょう。生来の物に対する執着心のおかげで、あなたは**金銭的には困らない生活**を送ることができます。

また、あなたは、**すばらしい美的センスの持ち主**。しかもその創造的才能や興味をお金儲けに結びつける才覚も持っています。リーダーシップ、直感力、正しい判断力、鑑識眼がビジネス面で役立っているのです。よりよい生活を望むのは大いに結構ですが、浪費や贅沢は避けるようにしましょう。多くの人があなたにいだいているイメージは、寛大でプライドがあり、繊細、そして批判的で知識が豊富。しかしあなたは、感じていることや不安感を隠し、感情を抑圧することもあります。しかし、活動的で気さくで話し上手なあなたは、多くの人の心を魅了します。

19歳になって太陽がしし座に入ると、恥ずかしがり屋の面も消え、安定に対する執着心も小さくなります。しし座の影響を受けて自信もつき、また仕事の能力も向上します。49歳を過ぎて太陽がおとめ座に入ると、実践力と判断力が増し、他の人々の役に立つことをより大切に考えるようになります。

隠された自己

豊かな表現力と創造力に恵まれていても、あまりに多くのことに興味があってエネルギーが分散してしまいがち。しかも不安感、特にお金に関する不安感と優柔不断な性格は、あなたの大きな可能性を損なってしまうおそれがあります。たとえ運が向いているように思える時でも、手っ取り早いお金儲けの話には、要注意です。**成功は、正しい判断と忍耐のうえに成り立つ**ものなのだと心して。しかしあなたは、とても寛大で自分のエネルギーと時間を人のために惜しみなく使います。

仕事と適性

あなたが最高の力を発揮するのは、**権威ある地位に就いた時**。公明正大な性格は、経営者や役人に向いています。本能的にお金や物の価値を見分けるあなたは、ビジネスに向いていますが、中でも創造的な能力を活かすことのできる古物商、シェフ、飲食店業、美術商などの仕事が特に向いています。豊かな個性と創造性を表現したいという願望は、あなたを美術やエンターテインメントの世界へと惹きつけるでしょう。

恋愛と人間関係

好みのタイプは、**話し好きな人**。友人や恋人は、気楽な人が多いようです。あなたには、寛大で誇りが高く、自信たっぷりで賢そうに人から見られたいという願望があります。趣味の広さを反映してつき合う人もさまざまです。しかし経済的な心配と優柔不断な性格が人間関係にも影響します。落ち着きのなさと不安感は、あなたの心が変わりやすいことの表れともいえますが、しかし、いったん気持ちがしっかり決まると、非常に忠実で愛情にあふれた人となるでしょう。

数秘術によるあなたの運勢

愛を求める気持ち、創造力、直感力の強さが、3日生まれの人の特徴。気さくでよき友であるあなたは、友人たちとともにさまざまな活動や趣味を楽しむことができます。多彩な才能と自己表現への願望が、その原動力です。しかしながら、飽きやすい性格で、あまりに多くのことに目を奪われがち。

3日生まれの人は、何事にも一生懸命でユーモアのセンスもよく、魅力にあふれていますが、不安感や感情が激しく起伏するのを防ぐためには、もっと自分に自信を持つようにするとよいでしょう。あなたにとって何よりも大切なのは、恋人やその他の人々との関係で、それなくしては希望を持つことも、ひらめきを得ることもできません。

生まれ月の7という数字は、あなたが分析的かつ直感的でありながら、時に疑い深いことを示しています。あなたは、言葉を巧みに操り、他の人に自分の本心を悟られることなく、鋭い質問をする術を心得ています。

●**長所**：ユーモアがある、幸福感に満ちている、気さくである、生産的である、創造的である、美術的才能がある、前向きである、自由である、言葉を上手に操ることができる

■**短所**：飽きやすい、うぬぼれが強い、夢見がちである、大げさである、愛情表現に乏しい、退屈である、身勝手である、怠惰である、偽善的である

♥恋人や友人

1月13、29日／**2月**11、27、29日／**3月**9、25、27日／**4月**7、23、25日／**5月**5、21、23、29日／**6月**3、19、21、27、30日／**7月**1、17、19、25、28日／**8月**15、17、23、26日／**9月**13、15、21、24日／**10月**11、13、19、22、29日／**11月**9、11、17、20、27日／**12月**7、9、15、18、25日

◆力になってくれる人

1月11日／**2月**9日／**3月**7、31日／**4月**5、29日／**5月**3、27、31日／**6月**1、25、29日／**7月**23、27、31日／**8月**21、25、29、30日／**9月**19、23、27、28日／**10月**17、21、25、26日／**11月**15、19、23、24、30日／**12月**13、17、21、22、28日

♣運命の人

1月1、2、3、4、12日／**2月**10日／**3月**8日／**4月**6日／**5月**4日／**6月**2日／**12月**31日

♠ライバル

1月10日／**2月**8日／**3月**6、29日／**4月**4、27日／**5月**2、25日／**6月**23日／**7月**21日／**8月**19日／**9月**17日／**10月**15、31日／**11月**13、29、30日／**12月**11、27、28日

★ソウルメイト(魂の伴侶)

1月18、24日／**2月**16、22日／**3月**14、20日／**4月**12、18日／**5月**10、16日／**6月**8、14日／**7月**6、12日／**8月**4、10日／**9月**2、8日／**10月**6日／**11月**4日／**12月**2日

有名人

板野友美(元AKB48 タレント)、フランツ・カフカ(作家)、深作欣二(映画監督)、戸田奈津子(翻訳家)、トム・クルーズ(俳優)、橋本真也(プロレスラー)、岡村隆史(ナインティナイン タレント)、西野亮廣(キングコング タレント)、野口みずき(マラソン選手)

太陽：かに座
支配星：冥王星
位置：11°45'−13°　かに座
状態：活動宮
元素：水
星の名前：シリウス、カノプス

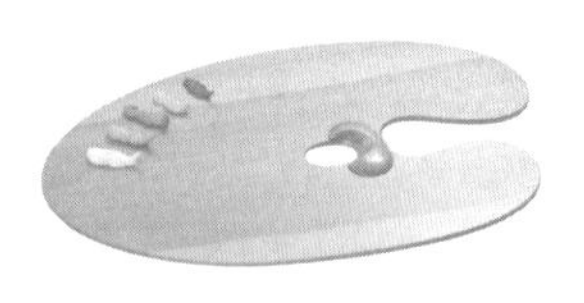

野心に燃え、粘り強く目標を達成

この誕生日の人の多くは、決断力があり、成功を手に入れます。**控えめで繊細**ではありますが、他のかに座生まれの人々同様に、粘り強く、大きな目標を持っています。これは、と思えるものに出会った時、努力を惜しまず、富と名声を手に入れるでしょう。

また、あなたは、**生まれながらのカリスマ**で時折みせる子どものような顔もとても魅力的。いつも陽気でユーモアのセンスがあり、楽しそうです。しかし実は、非常にまじめ。野心に燃え、目標を達成しようと願っています。**物質主義と理想主義の二面性を持つ**あなたは、目標とするものが必要です。その目標がはっきりと見えた時、責任ある行動をとることができる大人へと成長するのです。

生まれつき何ものにも束縛されないあなたの原動力は、自由です。順応性があり社交的で、自分の容貌が気になるあなたは、気分よく過ごすためにも常に身だしなみに気を使っています。衣服や贅沢品には、お金を惜しみません。しかし、楽しいことを求め、変化のある毎日を過ごし、おしゃれにも気を使って、満足のいく生活を送るためには、それ相応の財力が必要です。単独で行動することを好みますが、他の人々と連携し、協力関係を保って仕事をすると成功し、大きな利益を得ることができます。責任ある行動をとるようにすれば、責任ある地位に就くことができます。

18歳までは、家庭、家族、安全が、あなたの中で大きな部分を占めます。しかし18歳を過ぎて太陽がしし座に入ると、社会に出るようになり、強さと確固たる自信が必要になります。48歳になって太陽がおとめ座に入ると、大きな転機を迎えます。現実的な問題がより重要性を増し、より分析的あるいは観察的になり、冷静な目で物事を見るようになります。

隠された自己

興味と収入との板ばさみで、悩むことになります。創造力に優れ、有能であったとしても、強い意志と努力なくしては、その才能も開花することはありません。正しい選択と判断ができるようになることが、最も大切なことです。**直感力と洞察力という天賦の才**があるのですから、自分の内なる声に耳を傾けるようにするとよいでしょう。心の中に葛藤が生じた時、知識と教育の価値を改めて知るでしょう。あなたの興味と行動は多岐にわたるため、物事を見極める目を養い、1つのことに集中する術を学びましょう。

仕事と適性

人と関わる仕事は、大きな達成感を与えてくれます。カリスマ性、指導力、組織の統括力、すべてに恵まれたあなたは、どのような分野に進もうとも頂点に立つ人です。特に、セールス、交渉、宣伝などで才能を発揮します。また、出版、法律、銀行、政治などの分野も向いていますし、家庭、食物、福祉などに関わる仕事も向いています。自己表現への願望を持ち、演劇を愛するあなたにとっては、美術やエンターテインメントの世界もとても魅力的です。また、独立心と野心が旺盛なため、単独でする仕事にも魅力を感じるかもしれません。

恋愛と人間関係

心はいつまでも若々しく、気さくで社交的。さまざまなことに興味を持っています。友人や知りあいも多く、また誰とでもすぐに友達になれますが、あなたが強く惹かれるのは、**進取の気性に富み、成功した人**です。多くの人との出会いからチャンスをつかみます。趣味も多く、旅行もその1つです。結婚によって運が開けますが、経済的なゆとりがあればいっそう、あなたは満ち足りた、幸せな生活を送ることができます。長く続く関係を築くためには、慎重に時間をかけて相手を選びましょう。

数秘術によるあなたの運勢

あなたは、エネルギーにあふれ、仕事の能力にも恵まれた、強い意志の持ち主。身を粉にして働き、成功を手にするでしょう。4という日に生まれた人は、ずば抜けたデザイン感覚を持っています。安定第一のあなたは、自分と家族のためにしっかりとした基盤を築こうと努力します。この現実的な努力の積み重ねからビジネスセンスにもさらに磨きがかかり、物的な成功を手に入れることができます。

4日生まれの人の多くは、正直で率直、公平。欲を言えば、もう少し社交性を身につけ、頑固さと要領の悪さを改善したほうがよいでしょう。

生まれ月の7という数字の影響は、理想主義と直感力に表れています。慎み深さと自信の両方を持っているので、上手にバランスをとる必要があります。また、他人からの批判に対して傷つきやすいので、その弱さを克服する努力も必要です。自分が何を感じ、何を考えているのかをしっかり見つめることが大切です。

●長所：自制心がある、安定している、努力家である、てきぱきとしている、仕事の能力が優れている、手先が器用である、現実的である、信頼できる、的確である

■短所：破壊的な行動をとる、無口である、欲求不満である、融通がきかない、怠惰である、思いやりがない、お金のことばかりを気にする、怒りっぽい、厳格である

相性占い

♥恋人や友人

1月6、8、14、23、26、28日／**2月**4、10、12、21、24、26日／**3月**2、10、12、19、22、24日／**4月**8、14、17、20、22日／**5月**6、15、16、18、20日／**6月**4、13、16、18日／**7月**2、11、14、16、20日／**8月**9、12、14、22日／**9月**7、10、12、24日／**10月**5、8、10、26日／**11月**3、6、8、28日／**12月**1、4、6、30日

◆力になってくれる人

1月9、12日／**2月**7、10日／**3月**5、8日／**4月**3、6日／**5月**1、4日／**6月**2、30日／**7月**28日／**8月**26、30、31日／**9月**24、28、29日／**10月**22、26、27日／**11月**20、24、25日／**12月**18、22、23、29日

♣運命の人

1月1、2、3、4、5日

♠ライバル

1月11、13、29日／**2月**9、11日／**3月**7、9、30日／**4月**5、7、28日／**5月**3、5、26、31日／**6月**1、3、24、29日／**7月**1、22、27日／**8月**20、25日／**9月**18、23、30日／**10月**16、21、28日／**11月**14、19、26日／**12月**12、17、24日

★ソウルメイト(魂の伴侶)

1月12、29日／**2月**10、27日／**3月**8、25日／**4月**6、23日／**5月**4、21日／**6月**2、19日／**7月**17日／**8月**15日／**9月**13日／**10月**11日／**11月**9日／**12月**7日

この日に生まれた有名人

ケンドーコバヤシ(タレント)、GACKT(ミュージシャン)、赤西仁(タレント)、あびる優(タレント)、増田貴久(NEWS タレント)、山田直輝(サッカー選手)、池江璃花子(水泳選手)、ヒャダイン(ミュージシャン・音楽プロデューサー)

太陽：かに座
支配星：かに座／さそり座、月／火星
位置：12°45'−14°　かに座
状態：活動宮
元素：水
星の名前：シリウス、カノプス

July Fifth

7月5日

CANCER

あなたを冒険へと駆りたてる、鋭い洞察力とひらめき

あなたは多彩な才能に恵まれ、冒険心にあふれ、そして楽観的。さらに、かに座の人らしい直感力と目標達成への強い決意があります。想像力と実践力を兼ね備えてもいますが、忍耐力と粘り強さがなければ、すばらしいアイディアも活かせません。商才に長けたあなたは、**大きな事業や投機的な投資に関わった時、投資家として鋭い手腕を発揮**します。

またあなたが、自分の人生を変えようと目論むのも支配星である、かに座の影響なのです。これはまた、適応力を身につける必要があることを示しています。

この誕生日生まれの多くの人々は、お金には力があると信じ、また現実にもその通りであることが多いのですが、物質的な利益だけに目を奪われてしまうと、人生の本当の価値を見過ごしてしまうことにもなりかねません。

しかし一方では、**自己に厳しく仕事熱心**。さらに理想主義者でありながら現実にも目を向け、指導力にも優れ、将来を見通す目と鋭い洞察力にも恵まれています。これらの能力によって、みずからの才能を商品として売りこむことも難しいことではありません。

あなたは**大きな夢を持ち、チャレンジ精神旺盛**です。常に1カ所にとどまることを嫌い、現状に満足できない性格も、大きな夢に向かって進むあなたの原動力なのです。

17歳を過ぎ太陽がしし座に入ると、強さ、創造力、自信が増し、より大胆になります。太陽がおとめ座に入る47歳になると、物事を見極める目が備わり、さまざまな能力が向上します。健康に対する関心が高まり、また人の役に立つことも増えるでしょう。

隠された自己

活発でありながら繊細な面もあるあなたは、**物事の価値を瞬時に判断する知識と直感力を持っています**。単調でやりがいのない仕事を嫌うのも、内に秘めた気高さ、威厳、誇りがあるからこそです。そしてそのすばらしい内面を原動力に、知名度を得、成功を手に入れることができるでしょう。

あなたはいつも自信に満ちています。しかし、自分の持つ可能性に気づくことができたのも、教育を受け、多くのことを学んだ結果です。寛大で優しいあなたは、思いやりが深く、人のために働くことができる人です。また、学問の価値をよく理解し、自分の能力を人道的な仕事で有効に使うことでしょう。組織の中で働く能力と忙しさを好むあなたの人生は、実り多いものになるはずです。

仕事と適性

天性の仕事に対する鋭い洞察力、お金に対する勘、愛想のよさは、経済的な成功をもたらします。あなたに向いているのは、人と関わる仕事。人から指示を受けることが好きではないので、人の上に立つ、権威ある地位に就くことになるでしょう。多くの才能に恵まれているあなたには、セールス、販売促進、レストランなどの仕事もおすすめ。また、起業家、管理運営者、会計士、銀行家なども向いています。また、哲学的な面もあるので、聖職者なども適職。多くの人々を代表する立場に就くのもあなたの得意とするところ。加えて利他的な面もあることから、教師、カウンセリングなど、他の人々のために働く仕事が向いています。作家、俳優、映画製作者、ミュージシャンなどでも創造的な才能が活かせます。

恋愛と人間関係

繊細で直感力に優れたあなたは、とても情熱的。自分の感情を劇的に表現します。そして人なつこく社交的。人の評判が気になりますが、愛する人々に対しては寛大で、誠実です。時に自分に甘く、人生に対しても大きな期待をいだきます。特に感情的に満たされないものがある時はその傾向が強くなりがちです。あなたが友人として選ぶ人は、**カリスマ性と影響力を備えた強い人**がよいでしょう。成功を手に入れた人は、あなたを成功へと導くでしょう。

数秘術によるあなたの運勢

新しいことに対して常に前向きな姿勢を持ち、全力で取り組むあなたの人生は、実り多いものになります。旅行や突然の状況の変化などを重ねるうちに、考え方や信念も変化します。5日生まれの人は、人生に刺激を求めます。しかし、気まぐれな行動を慎み、責任ある行動をとるようにしましょう。

この日生まれの人は、流れに逆らわずに生きる術を心得ており、また常に客観性を失いません。生まれ月の7からは、探究心旺盛で、頭の回転が速く、また現実的であることがわかります。自分の直感を信じ、自分1人で決断をくだします。意志が強く、自信に満ちたあなたは、経済的な安定を求めます。情報を集めることにも熱心で、その情報を上手に利用することができます。

●長所：多才である、順応力がある、進歩的である、直感力が鋭い、人を惹きつける魅力がある、大胆である、自由を尊重する、機転がきく、好奇心が旺盛である、神秘的である、社交的である

■短所：信用できない、気が変わりやすい、気まぐれである、頼りがいがない、自信過剰である、意地っぱりである

相性占い

♥恋人や友人

1月6、15、29、31日／**2月**4、13、27、29日／**3月**2、11、25、27日／**4月**9、23、25日／**5月**7、21、23日／**6月**5、19、21日／**7月**3、17、19、30日／**8月**1、15、17、28日／**9月**13、15、26日／**10月**11、13、24日／**11月**9、11、22日／**12月**7、9、20日

◆力になってくれる人

1月13、15、19日／**2月**11、13、17日／**3月**9、11、15日／**4月**7、9、13日／**5月**5、7、11日／**6月**3、5、9日／**7月**1、3、7、29日／**8月**1、5、27、31日／**9月**3、25、29日／**10月**1、23、27日／**11月**21、25日／**12月**19、23日

♣運命の人

1月2、3、4、5、6日／**5月**30日／**6月**28日／**7月**26日／**8月**24日／**9月**22日／**10月**20日／**11月**18日／**12月**16日

♠ライバル

1月12日／**2月**10日／**3月**8日／**4月**6日／**5月**4日／**6月**2日／**8月**31日／**9月**29日／**10月**27、29、30日／**11月**25、27、28日／**12月**23、25、26、30日

★ソウルメイト(魂の伴侶)

1月2、28日／**2月**26日／**3月**24日／**4月**22日／**5月**20日／**6月**18日／**7月**16日／**8月**14日／**9月**12日／**10月**10日／**11月**8日／**12月**6日

この日に生まれた有名人

山田優(モデル)、ジャン・コクトー(詩人)、ポール・スミス(ファッションデザイナー)、藤圭子(歌手)、小杉竜一(ブラックマヨネーズ タレント)、杉山愛(元プロテニスプレーヤー)、LIZA(モデル)、大谷翔平(プロ野球選手)

太陽：かに座
支配星：かに座／さそり座、月／火星
位置：13°30'－15°30'　かに座
状態：活動宮
元素：水
星の名前：シリウス、カノプス

July Sixth

7月6日

CANCER

鋭い直感力を持つ人道主義者ですが、均衡と調和を保つことが秘訣

この日に生まれた人の特徴は、広い心を持ち、人道主義と博愛精神を貫きます。楽しげで自由闊達で、**多くの人々を魅了し、多くの人々から愛されます**。あなたの与えられた資質をどれだけ上手に活かすことができるかが、成功への鍵です。

かに座生まれのあなたは、繊細さ、鋭い直感力、ユーモア、皮肉のセンスの持ち主。**完璧主義者**の一面もあり、時によっては、真剣になりすぎるあまり、いらいらしたりすることがあります。常に客観的でいられるよう努力が必要です。

支配星のかに座の影響は、**激しさのある性格**となって表れています。欲求不満や不安感を克服するためには、せっかちな性格や浪費癖を克服するようにするとよいでしょう。つまり、生活の中で均衡と調和を心がければ、多くの障害や失望感を避けることができるということなのです。あなたの潜在能力を最大限に活かすためには、常に責任ある行動をとること、そして幸運は、いつも自分の身に起こるとは限らないことをよく認識することが大切です。大きな夢を描き、その夢に夢中になるあまり、たとえ小さくとも物事の細部が非常に重要であることを忘れてしまいがちです。つまり、綿密で系統的なアプローチにより、成功への可能性が高まるのです。

16歳を過ぎ太陽がしし座に入ると、繊細な部分があまり目立たなくなり、すべての面において大胆さと自信が身につきます。46歳になって太陽がおとめ座に入ると、健康に気を配るようになり、またいろいろなことを正しく判断できるようになります。

隠された自己

確かな価値観の持ち主ですが、人生に対し利那的で、欲しいものがあるとがまんできない性格が災いして、情緒不安定に陥ることがあります。思うように出世の機会が得られないようであれば、旅に出るなどして自分の方から機会を求めるとよいでしょう。**気位が高く、自分の容姿を意識する**あなたは、好印象を相手に与える努力をします。お金儲けの才覚に恵まれてはいるものの、気前がよいうえに情が深く、稼ぐ以上にお金を使ってしまいます。これでは、経済状態の不安定が原因で、夢が実現できないというようなことにもなりかねません。しっかりとした金銭感覚、これが成功への第一歩です。あなたは、大義のために闘います。そして**優秀な起業家**です。自ずと道が開けるでしょう。

仕事と適性

あなたは、繊細な感情と知的な洞察力の持ち主。あとは専門知識と強い意志さえあれば、どのような分野に進もうとも成功は間違いありません。また、指導力にも恵まれているため、権威ある地位に就くか、あるいは少なくとも**自分の思い通りに働くことができる仕事に就く**のがよいでしょう。例えば、教師、自営業などが向いています。的確な価値判断ができるため、不動産業、銀行業、株式売買などの仕事も向いています。また、この誕生日の人は、芸能界や美術の道へ進んでも成功します。

恋愛と人間関係

あなたが好む相手は、**刺激を与えてくれる人**。知的活動に従事している人を相手に選ぶことが多いようです。頭の回転も速く、ユーモアのセンスもあるあなたは、一緒にいて楽しい人です。しかし、気さくで社交的ではあっても、お互いの不安が表面化してくると、自分を声高に主張し、けんか腰になってしまいます。特に親密な間柄の人との場合、これは問題です。しかしながら、持ち前の社交術で事態を収めることができるでしょう。

数秘術によるあなたの運勢

6日生まれの人は、愛情にあふれ、思いやり深く、理想主義者で優しい性格。洞察力に優れ人道主義的なあなたは、責任感が強く、人のために力を尽します。

あなたの目は、世界へ、そして仕事へ向けられていますが、6日生まれの人らしく、よき家庭人であり、また愛情深い親です。中でも特に繊細な人は、創造的な表現が向いており、エンターテインメント、美術、デザインなどの分野に進むことも多いでしょう。しかし、もっと自信を持ち、堂々とした態度を身につけた方がよい人もいます。

生まれ月の**7**という数字の影響を受けているあなたは、個性を伸ばし、独立心を養い、自分だけの何かを見つける必要があります。完璧主義者であるがために、批判的になりがちですが、あまり意固地になったり、孤立したりしてはいけません。

●**長所**：世界的視野がある、国境を越えて誰とでも仲よくなれる、気さくである、思いやりがある、頼りがいがある、理解力がある、同情心がある、理想に燃えている、家庭的である、人道主義的である、落ち着きがある、芸術的才能がある、精神的に安定している

■**短所**：不満がある、心配性である、恥ずかしがり屋である、頑固である、思ったままを口にする、協調性がない、責任感がない、疑い深い、ひがみっぽい、自己中心的である

相性占い

♥恋人や友人

1月6、16日／**2月**4、14日／**3月**2、12、28、30日／**4月**10、26、28日／**5月**8、24、26、30日／**6月**6、22、24、28日／**7月**4、20、22、26、31日／**8月**2、18、20、24、29日／**9月**16、18、22、27日／**10月**14、16、20、25日／**11月**12、14、18、23日／**12月**10、12、16、21日

◆力になってくれる人

1月9、14、16日／**2月**7、12日、14日／**3月**5、10、12日／**4月**3、8、10日／**5月**1、6、8日／**6月**4、6日／**7月**2、4日／**8月**2日／**9月**30日／**10月**28日／**11月**26、30日／**12月**24、28、29日

♣運命の人

1月3、4、5、6、7、21日／**2月**19日／**3月**17日／**4月**15日／**5月**13日／**6月**11日／**7月**9日／**8月**7日／**9月**5日／**10月**3日／**11月**1日

♠ライバル

1月4、13、28日／**2月**2、11、26日／**3月**9、24日／**4月**7、22日／**5月**5、20日／**6月**3、18日／**7月**1、16日／**8月**14日／**9月**12日／**10月**10、31日／**11月**8、29日／**12月**6、27日

★ソウルメイト(魂の伴侶)

1月15、22日／**2月**13、20日／**3月**11、18日／**4月**9、16日／**5月**7、14日／**6月**5、12日／**7月**3、10日／**8月**1、8日／**9月**6日／**10月**4日／**11月**2日

ミヤコ蝶々(女優)、ダライ・ラマ14世(宗教家)、長塚京三(俳優)、ジョージ・W・ブッシュ(第43代アメリカ大統領)、瀬川瑛子(歌手)、崔洋一(映画監督)、とよた真帆(女優)、シルヴェスター・スタローン(俳優)、井上芳雄(俳優)

太陽：かに座
支配星：さそり座／冥王星
位置：14°30'−16°30'　かに座
状態：活動宮
元素：水
星の名前：シリウス、カノプス

July Seventh

7月7日

CANCER

直感力と豊かな想像力に決断力が加われば、組織力も百万馬力

この日に生まれた人の特徴は、強い意志の力、決断力、生産力です。また、かに座の人に特徴的な優れた直感力と豊かな想像力の持ち主でもあります。

あなたの価値観と物に対する執着心は、**経済的安定を非常に重要に考えている**ことを示しています。

支配星のさそり座の影響は、権力の座への願望に表れています。支配権をふるうことを楽しみますが、あまりにもワンマンになりすぎないよう要注意。

また、**勤勉で活気に満ち、組織を統括する力を十分備えている**のに加え、ビジネスセンスに優れ、実務を巧みにこなすこともできます。道徳意識も高く、いつも控えめですが、社会的地位と経済的な成功を手に入れたいと望んでいます。一方、個性的な自分を主張し、指示されることを好まず、**自分独自の倫理観と行動規範を持っています**。しかし、あまり独善的になってしまうことのないよう気をつけましょう。他の人々と協力することを覚えれば貴重な経験をするチャンスも増えます。また社交術を身につければ、自分をより上手に主張することができるようになります。

15歳になって太陽がしし座に入ると、あらゆることに自信を持てるようになり、それはその後30年間続きます。45歳になって太陽がおとめ座に入ると、新たな転機が訪れます。物事をより分析的に考えるようになり、また判断力も身につきます。

隠された自己

鋭い観察眼を持つあなたは、理解も早く、物事の細部にまで目が行き届きます。そのため、**自分の才能を活かして利益を得ることが上手で、金儲けも得意**。生まれながらに洞察力に優れ、英知に富み、知識も豊富。しかし、そのすばらしい才能を活かしきるためには、自制心を身につける必要があります。非常に鋭い直感力も疑い深い性格につながることがあり、自信喪失に陥ることもあります。とはいえ、他の人々と機知に富んだ会話を楽しみ、そこからよい刺激を受けています。また、あなたは、プライドが高く強情で、失敗することが大嫌い。時には人の意見に耳を傾けることも必要です。忍耐力を身につけることも覚えましょう。あなたには自発性があり、それが競争心を引き起こし、ひいては創造的な活動での成功へと結びついています。

仕事と適性

直感力に優れ、研ぎ澄まされた感覚を持ち、勤勉なあなたは、**どのような分野でもトップの座にまで上りつめることができる人**です。単刀直入で、てきぱきと仕事をこなし、時間をむだにすることなく、目的へ向かってまっしぐらに進んでいきます。権力と組織と効率を重んじるため、ビジネスの世界で成功しますが、特に主宰者、経営者、監督者として働くと真価を発揮することができるでしょう。出版、宣伝、法律、銀行などの分野でも力を発揮するでしょう。あるいは、自己表現への願望と演劇への愛着のあるあなたは、芸術やエンターテインメントの世界へと足を踏み入れるかもしれません。また、人から指図されることを好まず独立心が旺盛なため、自分がトップの座に就くか、あるいは代表者となることでしょう。

恋愛と人間関係

友好的で社交的である半面、人間関係に関しては優柔不断な面があります。異性から見れば魅力的なあなたは、悪くするとふしだらな印象を与えがち。要注意です。**愛する人にすべてを捧げたくなるタイプ**なので、パートナー選びは、時間をかけて慎重に行うことが大切です。不安になった時は、音楽が心を癒してくれるでしょう。

数秘術によるあなたの運勢

7日生まれのあなたは、思慮が深く、分析的に物事をとらえます。また、自分の頭で考えて判断をくだし、自分の経験から多くを学びます。自己啓発にも熱心で、情報を貪欲に求め、読書、執筆活動、精神世界に大きな興味を持っています。しかし、人からの批判に非常に敏感。ときどき誤解されているのではないかと不安になります。些細なことまで気になって、自分を理解してもらおうとする前に、質問ばかりしてしまいます。そんなあなたは、他人から見れば、不可解で謎めいた人でしょう。

生まれ月の**7**という数字は、あなたが極端に個人主義的で、プライドが高いことを示しています。また、現実的で独立心が強く、勤勉ですが、がまん強さが足りず、飽きやすいような印象を人に与えることがあります。

影響されやすい一方、自分だけの考えに閉じこもりがちで疑い深いという両極端な面を持っています。しかし成功を手に入れ、経済的なゆとりを手にしたいという願望は、新しい知識を吸収する原動力。コミュニケーションの能力をもっと伸ばし、自分の考えをはっきりと正確に伝えられるようにしましょう。

●長所：信頼できる、注意深い、理想家である、正直である、科学的である、合理的である、思慮深い

■短所：隠し事をする、無愛想である、秘密主義である、疑い深い、混乱しやすい、客観的すぎる

♥恋人や友人

1月7、17、20日／**2月**5、15、18日／**3月**3、13、16、29、31日／**4月**1、11、14、27、29日／**5月**9、12、25、27日／**6月**7、10、23、25日／**7月**5、8、21、23日／**8月**3、6、19、21日／**9月**1、4、17、19日／**10月**2、15、17日／**11月**13、15、30日／**12月**11、13、28日

◆力になってくれる人

1月15、17、28日／**2月**13、15、26日／**3月**11、13、24日／**4月**9、11、22日／**5月**7、9、20日／**6月**5、7、18日／**7月**3、5、16日／**8月**1、3、14日／**9月**1、12日／**10月**10、29日／**11月**8、27日／**12月**6、25日

♣運命の人

1月4、5、6、7、8日／**2月**3日／**3月**1日

♠ライバル

1月4、5、14日／**2月**2、3、12日／**3月**1、10日／**4月**8、30日／**5月**6、28日／**6月**4、26日／**7月**2、24日／**8月**22日／**9月**20日／**10月**18日／**11月**16日／**12月**14日

★ソウルメイト(魂の伴侶)

1月2日／**3月**29日／**4月**27日／**5月**25日／**6月**23日／**7月**21日／**8月**19日／**9月**17日／**10月**15日／**11月**13日／**12月**11日

堤真一(俳優)、マルク・シャガール(画家)、グスタフ・マーラー(作曲家)、塩野七生(作家)、リンゴ・スター(ミュージシャン)、研ナオコ(歌手)、横山剣(クレイジーケンバンド ミュージシャン)、Misia(ミュージシャン)

太陽：かに座
支配星：さそり座／冥王星
位置：15°30'−17°　かに座
状態：活動宮
元素：水
星の名前：シリウス、カノプス

July Eighth

7月8日

CANCER

感受性豊かで勤勉なあなたは物質主義的な一面も

理想主義者のあなたは魅力にあふれ、現実的な仕事の能力も優れ、感受性豊かで勤勉。そして、**思いやりのある優しい性格**の陰には、**常に変化を求める野心**が隠れています。かに座生まれの人らしく繊細で愛情豊か、他の人の痛みを自分の痛みと感じることのできる人です。愛する人を守るために力を尽くしますが、しかし自分を犠牲にしてしまうことのないように注意が必要です。

支配星のさそり座の影響は、内面の強さとなって表れ、**幾多の危機に遭遇しても、持ち前の忍耐力でそれを乗り越えることができます**。忍耐力と強い力、組織を統括する力、これらに加えてあなたは、優れたビジネスセンスと仕事の実行力にも優れています。権力を持ち、支配することを好む一方、あなたは、慈愛の精神にみちあふれています。

この日に生まれた人の特徴は、物質主義。経済的な安定が何よりも重要な判断基準となっています。道徳意識も高く、控えめですが、社会的な成功と物質的な成功を望んでいます。とはいえ、あなたの温かい人柄と感情表現への願望は、創造的な才能も開花させてくれるでしょう。

あなたの繊細さと安全への懸念は、太陽がしし座に入る14歳まで続くでしょう。しかし、それを過ぎると強さが備わり、自信を持って才能と能力を発揮することができるようになります。さらに太陽がおとめ座に入る44歳になると、実質的なものへ目が向くようになり、効率、能力、組織力が向上します。

隠された自己

自分に自信を持つためには、まず自分の感性を大切にすること。自分の感性にも他の人の要求に勝るとも劣らない価値があることを認識しましょう。そうすると、周りの人や状況に翻弄され、失望したり欲求不満に陥ったりするようなことがなくなり、客観性を保ち、他の人の考えや期待に振り回されることもなくなります。一方あなたは、社交性と自発性、そして高い理想と倫理観を持っていますが、とかく極端に走りがち。これは、楽天的で寛大で、自発的な状態から、次の瞬間には非常に深刻で真剣な状態へと大きく変動することを示しています。物質的なものと精神的なものとのバランスを上手にとり、他の人の目をあまり気にしないようになれば、自分の心の中にある愛を再発見し、すべての障害を克服することができるでしょう。

仕事と適性

天性、社交的なあなたには、人と関わる仕事が向いています。特に仕事と楽しみを上手に融合させることができるあなたは、きっと大きな成功を手に入れることができるでしょう。演劇のセンスと自己表現への願望があり、美術、演劇、音楽の分野に魅力を感じます。また優れたビジネスセンスには、自分の思い通りに仕事を進めることができる環境が必要です。**仕事熱心なため、自然に権威ある地位に就く**ことになります。また、自営業もおすすめ。思いやりが深く、人道主義的な面は、教師やカウンセラーなどの子どもを相手にする仕事、あるいは社会に貢献する仕事も向いています。

恋愛と人間関係

あなたは、思いやりにあふれ、無私無欲。愛し尊敬するパートナーや友人に献身的に尽くします。安定を求める気持ちが強い一方、愛する人のためであれば、どんな犠牲をもいといません。また、**年齢格差のある人や、まるで違う世界の人**を相手に選ぶことが多いようです。皆から好かれたいと思う気持ちが強いあなたは、友人の数も多く、また家族同士も強い絆で結ばれています。

数秘術によるあなたの運勢

8日生まれのあなたは、とても野心的。また、人を支配することが好きで、目標は安定と経済的な成功です。

この日生まれの人には、天性のビジネスセンスがあります。組織を統括する力と経営者としての手腕を身につければ、大きな利益を生みだすことができるでしょう。また、激務をいとわずに働けば、責任ある地位に就くこともできます。与えられた権限を公正に使う術を学ぶ努力が必要です。

安定と目標を達成するためには、長期的な視野と計画が不可欠です。生まれ月の7という数字からは、頭の回転の速さ、熱心さ、カリスマ性が与えられています。しかし何よりも優れているのは、鋭い直感力と、理論と実践の両面から学ぶことのできる卓越した学習能力です。

野心に燃え、新しいことを求め続け、直感力に優れたあなたは、チャンスを自分のものにすることができます。途中でそれを投げ出したりせず、興味を持ち続けるためには、しっかりとした計画性が必要です。

●**長所**：リーダーとしての資質がある、徹底している、勤勉である、伝統を重んじる、保護者となる、人を癒す力がある、正しい価値判断ができる

■**短所**：がまんができない、浪費癖がある、寛大さがない、仕事中毒である、傲慢である、落胆しやすい、計画性に欠ける、行動がわざとらしい

相性占い

♥恋人や友人

1月4、8、18、19、23日／**2月**2、6、16、17、21日／**3月**4、14、15、19、28、30日／**4月**2、12、13、17、26、28、30日／**5月**10、11、15、24、26、28日／**6月**8、9、13、22、24、26日／**7月**6、7、11、20、22、24、30日／**8月**4、5、9、18、20、22、28日／**9月**2、3、7、16、18、20、26日／**10月**1、5、14、16、18、24日／**11月**3、12、14、16、22日／**12月**1、10、12、14、20日

♦力になってくれる人

1月5、16、27日／**2月**3、14、25日／**3月**1、12、23日／**4月**10、21日／**5月**8、19日／**6月**6、17日／**7月**4、15日／**8月**2、13日／**9月**11日／**10月**9、30日／**11月**7、28日／**12月**5、26、30日

♣運命の人

1月5、6、7、8、9、17日／**2月**15日／**3月**13日／**4月**11日／**5月**9日／**6月**7日／**7月**5日／**8月**3日／**9月**1日

♠ライバル

1月1、10、15日／**2月**8、13日／**3月**6、11日／**4月**4、9日／**5月**2、7日／**6月**5日／**7月**3、29日／**8月**1、27日／**9月**25日／**10月**23日／**11月**21日／**12月**19、29日

★ソウルメイト(魂の伴侶)

8月30日／**9月**28日／**10月**26日／**11月**24日／**12月**22日

この日に生まれた **有名人**

東山魁夷(日本画家)、三枝成彰(作曲家)、三谷幸喜(脚本家)、桜沢エリカ(マンガ家)、SUGIZO(ギタリスト)、谷原章介(俳優)、江島啓一(サカナクションドラム)、ケヴィン・ベーコン(俳優)、元谷芙美子(実業家)

太陽：かに座
支配星：さそり座／冥王星
位置：16°30'－17°30'　かに座
状態：活動宮
元素：水
星の名前：カノプス、アル・ワサト

July Ninth

7月9日

CANCER

繊細な性格で、何より調和を愛する社交的な人

カリスマ性のあるあなたは、とても社交的。**人と関わることが得意**で、誰とでもすぐに友達になります。

しかし一方、この日に生まれた人の多くは、**感情に大きく左右される繊細な人**でもあります。洞察力、本能的な知恵、強い正義感、強い信念を持ち、自分の考えを強く主張します。

また、物事に敏感で、調和を何よりも重んじているあなたは、**波風を立てることを嫌います**。家族や友人たちに嫌な思いをさせないためであれば、自分を犠牲にすらするのです。また、人に対して怒りの感情を持つことのない性格は、結果的にはいつも報われることになります。

しかし、1人黙って苦しむようなことのないように注意が必要です。さもなければ、ある日突然感情が爆発してしまうことにもなりかねません。人間関係に対する感情のバランスをうまくとるようにしましょう。

また、お金儲けにも、しっかりとした土台が必要だと心して、まずは自分の能力を知らなければ話になりません。焦らず、一歩一歩着実に進んでいきましょう。一方、豊かな想像力は、ともすると不安や心配の種を生みだしがち。しかし、建設的なことにその想像力を注ぎこめば大きな利益を得ることができます。落ちこみさえしなければ、**陽気で寛大で社交的、ユーモアのセンスにあふれた人柄**です。

13歳になって太陽がしし座に入ると自信がつき、自己主張をするようになって、内に秘めていた才能と能力が姿を表します。43歳になって太陽がおとめ座に入ると、物事を見極める目が増し、より実質的に、そして物事に完璧を求めるようになります。

隠された自己

目標に向かって進むあなたの足手まといは、疑念と不安。しかし、それを克服できれば、あなたの足取りはより強固なものになるでしょう。周囲の環境に翻弄されることもなくなります。環境を変えるのは、自分自身です。人より一歩前へ出ようと努力すれば、自分でも驚くほどの成果をあげることができるに違いありません。また、**人の身になって考えることのできる感性と想像力は、相手を理解する能力につながります**。それをより確かなものとするためには、自分流の自己表現を身につけること。そうすれば、目標に一歩近づけるでしょう。創造力と直感力が非常に優れているため、さまざまな分野で才能を開花させることができます。

仕事と適性

生まれながらに人と接することが得意で、人を思いやることができるあなたは、**多くの人々と接する仕事**には、理想的な人です。人間、地域社会、社会情勢に対する興味は、医療、社会福祉、カウンセリングなどの仕事が向いています。また、この誕生日の人は、セールスや宣伝などの分野でも成功します。自分の意見を発表する能力は演説者に、そして言葉を操る才能は作家などにも向いています。また豊かな想像力は、ビジネスや芸術的な仕事で発揮することができます。例えば、演劇、美術、デザイン、出版などがおすすめです。また、あなたの創造力は、とりわけ家庭に関わりのある仕事、例えばインテリアデザインなどの仕事で活かされます。

恋愛と人間関係

あなたは、人として、常に誠実で信頼のおける人物。天性の魅力にあふれたあなたは、いつも人気者です。愛する人に惜しみなく多くを与えますが、また自分も愛され、大切にされることを期待します。社会のあらゆる階層の人々を惹きつける魅力に満ちたあなたは、一方で、敵、味方を見分けること、物事をはっきりと見極める目を持つことが必要です。**恋愛や結婚があなたにとってはとても重要**なことですが、物質面での安定も不可欠。パートナー選びにはこれを考慮に入れましょう。

数秘術によるあなたの運勢

博愛精神、思いやり、豊かな感情、これらはすべて誕生日の**9**という数字の影響です。直感の強さは、あらゆることに対する感受性が鋭いことを示しています。これを積極的に発揮すれば、直感を活かした仕事へ進むこともできます。この日に生まれた人は、目の前にレールがしっかりと敷かれていて、自分には選択の余地がないように感じる人が多くいます。人を理解する心、がまんする心を養うことも必要ですが、時には、情に流されないきっぱりとした態度も必要です。自分の才能に疑いをいだくことなく、自分の直感を信じましょう。忍耐と積極性があってはじめて、成功はあなたのものになるのです。

生まれ月の**7**という数字からは、控えめな性格と思慮深さ、繊細な性格、自己実現への強い願望を受け継ぎました。自己主張と他の人への責任感とが相反してしまう時、人道主義者のあなたの心の中に葛藤が生じます。自信過剰、疑念、不安感、これらの感情を上手にコントロールできるようになることが必要です。

●**長所**：理想主義者である、創造力がある、繊細である、寛大である、魅力がある、詩的である、慈悲深い、気前がよい、客観的である、人に好かれる

■**短所**：欲求不満に陥りやすい、神経質である、一貫性がない、気が弱い、自己中心的である、現実性に乏しい、人に左右されやすい、心配性である、打ち解けない

相性占い

♥恋人や友人

1月5、9、18、19日／**2月**3、7、16、17日／**3月**1、5、14、15、31日／**4月**3、12、13、29日／**5月**1、10、11、27、29日／**6月**8、9、25、27日／**7月**6、7、23、25、31日／**8月**4、5、21、23、29日／**9月**2、3、19、21、27、30日／**10月**1、17、19、25、28日／**12月**13、15、21、24日

◆力になってくれる人

1月1、6、17日／**2月**4、15日／**3月**2、13日／**4月**11日／**5月**9日／**6月**7日／**7月**5日／**8月**3日／**9月**1日／**10月**31日／**11月**29日／**12月**27日

♣運命の人

1月6、7、8、9日

♠ライバル

1月2、16日／**2月**14日／**3月**12日／**4月**10日／**5月**8日／**6月**6日／**7月**4日／**8月**2日／**12月**30日

★ソウルメイト（魂の伴侶）

1月11、31日／**2月**9、29日／**3月**7、27日／**4月**5、25日／**5月**3、23日／**6月**1、21日／**7月**19日／**8月**17日／**9月**15日／**10月**13日／**11月**11日／**12月**9日

この日に生まれた有名人

草彅剛（SMAP　タレント）、朝比奈隆（指揮者）、細野晴臣（ミュージシャン）、稲垣潤一（歌手）、トム・ハンクス（俳優）、久本雅美（タレント）、浅野ゆう子（女優）、松下由樹（女優）、吉村崇（平成ノブシコブシ　タレント）、池松壮亮（俳優）

太陽：かに座
支配星：さそり座／冥王星
位置： 17°30′−18°30′ かに座
状態：活動宮
元素：水
星の名前：カノプス、アル・ワサト、
プロプス、カストル

July Tenth

7月10日

CANCER

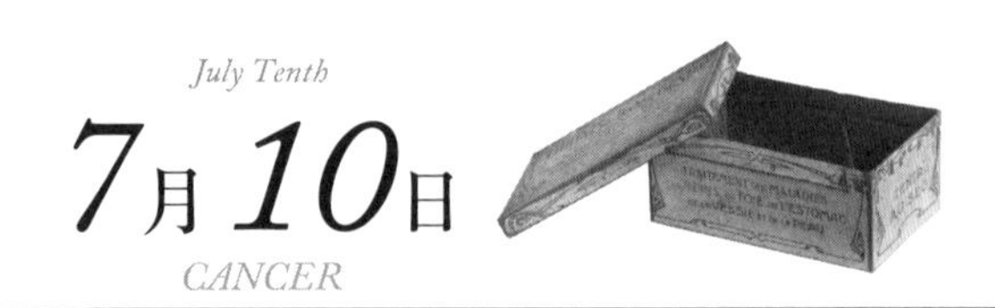

固い決意と意欲に燃え、的中率の高い直感力を持つ

野心に燃え、1カ所にとどまることを嫌い、しかも思慮深く控えめという、まさに、かに座そのものの性格のあなたは、とても活動的。人生は予測不可能。何が待ち受けているかは誰にもわかりません。

1つの道を選ぶ前にたくさんのことを経験したいと望むのは当然です。成功を手に入れるためには、意欲と根気がとても重要です。支配星のさそり座からも影響を受けて、**固い決意と意欲に満ちています**。過去を振り返らず、前だけを見据えていれば、未来への道が開けます。

落ち着きのなさともとれるこの生まれ持った性格は、**単調さを嫌い、そのために次から次に何かを求めて走り続けている**ことを示しています。しかし、安定のためには、長期的な視野に立った計画が必要で、それによってはじめて心の平和を保つことができるのです。一方、個性的で聡明、そして多彩な才能と繊細な心の持ち主、そんなあなたは自分の経験から多くを学びます。また優れた直感力は、不思議なほど的中します。これは新たな可能性を探るうえでとても役に立ちます。自信と自由を愛する気持ちは、多くの場合、旅を愛する気持ちにつながり、外国で仕事をする機会へと発展します。柔軟に物事を考え、悲観的になりさえしなければ、挫折を経験しても、くじけることなく、次の機会に再びチャレンジすることができるでしょう。

12歳になって太陽がしし座に入ると、あなたの強さと創造力は増し、大きな自信が芽生えます。42歳になって太陽がおとめ座に入ると、より現実的で分析的になり、そしてあらゆることに対する判断力が身につきます。

隠された自己

多くの才能と柔軟性に恵まれ、物覚えも早いのですが、時に自信を喪失し、成功には手が届かないのではと不安に陥ります。しかし、**すばらしい創造力に恵まれ、さまざまな視点から物事をとらえることができ、客観性もある**あなたには、これらの懸念はすべて根拠のないものにすぎません。目の前の些細な問題に目を奪われることなく、もっともっと大きな視野で物事を考えましょう。責任ある行動をとることがどのような恩恵をもたらすか、それを知るためには、本当に興味を持つことができる目標や事業を見つける必要があります。経済的な不安が心配やいらいらの種になっているように思えても、実はそれは心の奥底の不安感の表れです。目先の利益に飛びつくことなく、ゆっくりと着実に安定した、不安感のない未来へ近づくようにしましょう。

仕事と適性

人と心を通わせる能力は、あなたの天性の才能。仕事で成功を手に入れる際の最大の武器です。家庭を何よりも愛し、家庭の安らぎを大切にしていますが、あらゆることに対して興味を持つあなたが選ぶ仕事は、決まりきった仕事ではありません。現実的な能力と想像力の両方を活かせるような仕事が理想的です。例えば、俳優、写真家、美術家、音楽家などが向いています。旅をすることができる仕事をあなたは特に好み、経済的に十分な報酬が望めないような仕事は長続きしません。あるいは、カウンセリングや代替医療なども、持ち前の感性を活かして働くことができるのでおすすめです。体を動かすことが好きなあなたには、スポーツに関わる仕事も向いています。

恋愛と人間関係

感受性が強く、気さくで、知的なあなたが欲しているのは、**心を刺激してくれる人**。力強く、自分をはっきりと自覚し、独立心と野心が旺盛な人に惹かれます。相手に対しては、控えめで、洗練された印象を与えたいと望んでいます。観察力に優れ、いろいろなことによく気づくあなたが、人間関係を長続きさせるためには、あまり批判的になったり、分析的になったりしないことです。

数秘術によるあなたの運勢

誕生日の**10**という数字の影響は、自己を確立し、目標を達成したいという強い欲求となって表れています。あなたの目は、常に新しいものに向き、自信と野心に満ちています。精力的で個性的な性格は、たとえ他の人と意見が違っても、自分の信念を貫き通します。家から遠く離れた地まで旅をしたり、たった1人で活動を始めたりするのも、その開拓者精神のなせる業です。10日に生まれた人は、世界が自分を中心に回っているのではないことを知り、自分勝手になったり、尊大な態度をとったりしないように注意が必要です。成功と達成を何よりも重んじ、どのような道に進もうとも、その道のトップの座にまで上りつめることでしょう。大きな仕事することが多いため、関心はあまり家庭内のことには向けられなくなります。

生まれ月の**7**という数字からは、探究心が旺盛で、思慮深いことがわかります。自分の判断を一番に考えるため、干渉されることを嫌います。実際の経験から、成功への鍵は、責任感と成熟した考え方であることが自ずと理解できるようになります。

●長所：リーダーとしての資質に優れている、創造力がある、進歩的である、力強い、楽観的である、強い信念を持っている、競争力に長けている、独立心が旺盛である、社交的である

■短所：横柄である、嫉妬深い、プライドが高い、敵対心が強い、自制心がない、自己中心的である、優柔不断である、忍耐力に乏しい

♥恋人や友人

1月6、10、20、29日／**2月**4、8、18、27日／**3月**2、6、16、25、28、30日／**4月**4、14、23、26、28、30日／**5月**2、12、21、24、26、28、30日／**6月**10、19、22、24、26、28日／**7月**8、17、20、22、24、26日／**8月**6、15、18、20、22、24日／**9月**4、13、16、18、20、22日／**10月**2、11、14、16、18、20日／**11月**9、12、14、16、18日／**12月**7、10、12、14、16日

◆力になってくれる人

1月7、13、18、28日／**2月**5、11、16、26日／**3月**3、9、14、24日／**4月**1、7、12、22日／**5月**5、10、20日／**6月**3、8、18日／**7月**1、6、16日／**8月**4、14日／**9月**2、12、30日／**10月**10、28日／**11月**8、26、30日／**12月**6、24、28日

♣運命の人

1月7、8、9、10、25日／**2月**23日／**3月**21日／**4月**19日／**5月**17日／**6月**15日／**7月**13日／**8月**11日／**9月**9日／**10月**7日／**11月**5日／**12月**3日

♠ライバル

1月3、17日／**2月**1、15日／**3月**13日／**4月**11日／**5月**9、30日／**6月**7、28日／**7月**5、26、29日／**8月**3、24、27日／**9月**1、22、25日／**10月**20、23日／**11月**18、21日／**12月**16、19日

★ソウルメイト（魂の伴侶）

1月18日／**2月**16日／**3月**14日／**4月**12日／**5月**10、29日／**6月**8、27日／**7月**6、25日／**8月**4、23日／**9月**2、21日／**10月**19日／**11月**17日／**12月**15日

前田敦子（元AKB48 タレント）、吉行あぐり（美容師）、松島トモ子（女優）、布施博（俳優）、村山由佳（作家）、チバユウスケ（ミュージシャン）、小泉孝太郎（俳優）、ジェシカ・シンプソン（歌手）、田中圭（俳優）、沢村一樹（俳優）

太陽：かに座
支配星：さそり座／冥王星
位置：18°30'−19°30'　かに座
状態：活動宮
元素：水
星の名前：カストル、アル・ワサト、プロプス

July Eleventh

7月11日

CANCER

鋭い感受性と想像力を備えた完璧主義者

11日に生まれた人は、実践的能力と生産力を備え、安全に対する強い願望が特徴。さらに**強い意志の力と決断力**にも恵まれていますが、かに座生まれの人らしい豊かな想像力の持ち主でもあります。**現実的な力と芸術的才能を見事に融合させることができる**のも、優れた順応性と社会に対する適応力があればこそ。仕事の環境を整える力は抜群で、新しい組織を作ったり、独自の技術を開発します。

支配星のさそり座からも影響を受けています。鋭い感受性と実践的な能力に恵まれてはいますが、それだけでは何にもなりません。もっと自分の力を信じ、自分の直感力や第一印象を大切にする必要があります。あなたは有能で、地道な努力を積み重ねることができるのですが、単刀直入で思ったことをそのまま口にするタイプ。忍耐力に欠けたり、頑固になったりしないよう気をつけましょう。

この誕生日の人の多くは、**経済的環境に恵まれます**。お金が足りないと感じるようなことがあっても、それは長くは続きません。しかし、だからといって仕事をおざなりにしてはいけません。一生懸命仕事に打ちこんでこそ、自分の道が目の前に開けてくるのです。仕事が順調に進めば、それが自信につながります。一方、完璧主義者のあなたは、強い義務感から、時に倹約家で、節約を重んじます。しかし、大事なことは、自分をコントロールすること。義務感に心を占拠されてしまわないよう気をつけましょう。

11歳になって太陽がしし座に入ると、自分をコントロールすることも徐々に上手になり、創造力も増します。41歳になって太陽がおとめ座に入ると、忍耐力が身につき、より分析的になります。この結果、他の人々に対してもより実践的なアドバイスができるようになります。

隠された自己

あなたの目標は、生活の安定。しかし心の奥底では変化を求め、新しい可能性とチャンスを求めています。現状に対して感じる不満感は、心の調和をはかることで解決できます。ただ、あなたには自分の心の声にやや鈍い面があります。もし、現状に何の不満も感じていないとしたら、それは現実逃避の表れかもしれません。

仕事と適性

想像的な力と実践的な力に恵まれたあなたの夢の実現に必要なものは、**計画的な展望**です。最も向いている仕事は、他人のお金を扱う仕事。例えば銀行、法律、外国為替取引など。また、セールスなども向いていますが、特に家庭用品を扱う仕事がおすすめです。人間への興味は、宣伝や広告の仕事に役立ちます。また手先の器用さは、工芸、大工、料理などの仕事向きです。視覚に対する鋭い感覚、豊かな感受性、創造的な才能、これらは、美術、デザイン、音楽、演劇などの仕事で開花するでしょう。

恋愛と人間関係

ロマンティストで繊細なあなたは、愛情にあふれています。でも、そのあふれ出る愛情を注ぐ対象を見つけられない時、気分は大きく浮き沈みします。想像力豊かなあなたの理想は、**献身的なパートナー**です。

いつもは活動的なあなたが不活発になると、とたんに不安になります。感情的な満足感と幸福感を保つためには、常に活動的に行動することが必要です。

数秘術によるあなたの運勢

11という日に生まれた人にとって、特に大切なものは、理想、ひらめき、改革。しかし、直感力に恵まれているにもかかわらず、あなたは何に力を注げばよいのかがわかっていません。一生懸命になれる目標を見つけることが先決です。いつも活気にあふれているようでも、心配性になったり、非現実的になったりすることがあるので要注意。

また、あなたには控えめな性格と自信に満ちた性格とが同居しています。物心両面で上手にバランスをとれるようになることが大きな課題です。

生まれ月の**7**という数字は、慎み深い性格の裏側には、強い決意と大きな野心が宿っていることを示しています。あなたに足りないものは、理解力、忍耐力、感情に流されない客観性。

権力を手に入れ、有名になりたいという願望を持っていますが、そのためには物事を分析できる力が必要です。

●**長所**：精神的に安定している、集中力がある、目的意識がある、情熱的である、ひらめきがある、理想主義的である、知的である、外向的である、独創的である、人道的である

■**短所**：優越感がある、落ち着きがない、傷つきやすい、神経が過敏である、自己中心的である、はっきりしない、支配的である

相性占い

♥恋人や友人

1月7、11、22日／**2月**5、9、20日／**3月**3、7、18、31日／**4月**1、5、16、29日／**5月**3、14、27、29日／**6月**1、12、25、27日／**7月**10、23、25日／**8月**8、21、23、31日／**9月**6、19、21、29日／**10月**4、17、19、27、30日／**11月**2、15、17、25、28日／**12月**13、15、23、26日

◆力になってくれる人

1月8、14、19日／**2月**6、12、17日／**3月**4、10、15日／**4月**2、8、13日／**5月**6、11日／**6月**4、9日／**7月**2、7日／**8月**5日／**9月**3日／**10月**1、29日／**11月**27日／**12月**25、29日

♣運命の人

1月8、9、10、11日

♠ライバル

1月9、18、20日／**2月**7、16、18日／**3月**5、14、16日／**4月**3、12、14日／**5月**1、10、12日／**6月**8、10日／**7月**6、8、29日／**8月**4、6、27日／**9月**2、4、25日／**10月**2、23日／**11月**21日／**12月**19日

★ソウルメイト(魂の伴侶)

1月9日／**2月**7日／**3月**5日／**4月**3日／**5月**1日／**10月**30日／**11月**28日／**12月**26日

この日に生まれた 有名人

ジョルジオ・アルマーニ(ファッションデザイナー)、石井隆(映画監督)、柴田元幸(翻訳家)、藤井フミヤ(歌手)、木の実ナナ(女優)、前田亜季(女優)、加藤シゲアキ(NEWS タレント)、坂口健太郎(俳優)

太陽：かに座
支配星：うお座／海王星
位置：19°30'−20°30'　かに座
状態：活動宮
元素：水
星の名前：カストル、アル・ワサト、プロプス

July Twelfth

7月12日

CANCER

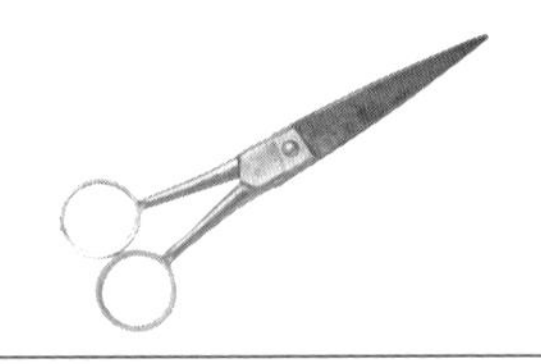

すばらしい集中力を持ち、状況判断も的確

この日に生まれた人の特徴は、創造力、進取の気性、実践力、そして直感力。さらにかに座の人らしい**想像力と天性のビジネスセンス**。独自の観点も、独創的にして客観的。しかし、この客観性を保つためには、決断力の不足や気まぐれな性格に注意が必要です。支配星であるうお座の影響は、**控えめな性格**となって表れています。また、状況把握も的確です。しかし、これは周りの状況に気分が左右されやすいということでもあります。そのためにも穏やかな環境が必要です。多くの場合、不安や心配事は、金銭問題に関わるものです。いくら優れた問題解決能力を持っていても、お金をめぐるトラブルは厄介なもの。でも持ち前のひらめきと先見性で、解決の糸口が見つかるでしょう。

一方、完璧主義者としての一面は、優れた集中力と相まって、瞬時に物事を理解する能力となって表れています。**コミュニケーションの能力にも優れた**あなたは、多くの人に聡明で明るい印象を与えるでしょう。幸せな人生を送るためには、積極的な人生哲学を欠かすことができません。悲観的な考え方にならないよう気をつけましょう。そうすれば、目の前のことに意識を集中でき、むやみに焦ってむだな労力を使うようなこともなくなります。

10歳になって太陽がしし座に入ると、強さ、創造力、自己表現力を強化する機会が増えます。40代を迎え、太陽がおとめ座に入るまで、自信が徐々に育まれていくでしょう。この頃になると、より現実的になり、判断力も身につきます。

隠された自己

目標の中心にあるのは、家庭。真の人道主義者であるあなたが考える家庭とは、地球そのものです。また、物事をきわめて敏感に感じとり、混乱を調和へと導く力を持っています。時には、目標達成は困難であるかのように感じることもありますが、あなたの献身的な努力と力ですばらしい成果をあげることができます。心の内側は、非常に繊細で傷つきやすいのですが、表面上は、有能で自信たっぷり。心の平和を求める気持ちが強く、精神世界に興味を持ちます。あるいは、非常に創造的な面を持ち、自己表現をしたいという感情がわいてくることもあります。**高い道徳観を持つ**あなたは、人のために労力を惜しまず、またみずからの信念のために闘います。

仕事と適性

創造的な才能は、文章や美術を通して開花します。また天性の社交性は、ビジネスの世界で役に立ちます。経済的な洞察力にも優れており、銀行業や不動産業などでも才能を発揮するでしょう。**優れた精神性とコミュニケーション能力は、大きな成功の可能性を示唆する**ものです。ふとした時に心に生じる疑問に振り回されることさえなければ、成功はあなたのもの。哲学的で人道的な面は、聖職者や慈善活動家に向いています。同じ仕事を長く続ける時でも、常によりよい仕事の方法を探ることを忘れないでしょう。

恋愛と人間関係

理想主義者で繊細なあなたは、直感力に優れ、時にズバリと的中します。しかし、**安全と愛情を求める気持ちが強く**、そのためなら自分の直感を無視し、どんな犠牲でも払います。自分にふさわしくない人、自分のすばらしい可能性を理解してくれない人を相手に、自分を犠牲にすることはありません。

自分の思い通りに行動し、誰にも頼らず、自分の能力を大切にしても、愛し愛されることはできることを肝に銘じましょう。

数秘術によるあなたの運勢

12日に生まれの人の願いは、真の自己を発見すること。直感力に優れ、進んで人のために働き、そして優れた論理的思考力を持っています。革新的で理解力に富み、繊細ですが、戦略と協力関係を駆使して目標を達成します。あなたは一見、自信に満ち、積極的で気楽なタイプ。でも実際には自信を喪失したり、疑念が生じたりすることがあります。自己主張をしたい気持ちと他の人の役に立ちたい気持ちが見事に調和した時、満足感や達成感を感じることができます。

生まれ月の**7**という数字からは、知性と創造的な考え方を受け継いでいます。時には判断に迷ったり不安定になりますが、それでも自分で判断することを好みます。情熱と独創的な考えを持っているあなたは、経営者としての能力を身につけ、他の人々の先頭に立って、新たな道へ足を踏み出す勇気が必要です。

●**長所**：創造的である、魅力的である、指導力がある、厳格である、向上心がある

■**短所**：引っ込み思案である、自己中心的である、変わり者である、非協力的である、過敏である、自尊心がない

♥恋人や友人

1月8、22、26日／**2月**6、20、24日／**3月**4、18、22日／**4月**2、16、20、30日／**5月**14、18、28、30日／**6月**12、16、26、28日／**7月**10、14、24、26日／**8月**8、12、22、24日／**9月**6、10、20、22、30日／**10月**4、8、18、20、28日／**11月**2、6、16、18、26日／**12月**4、14、16、24日

◆力になってくれる人

1月9、20日／**2月**7、18日／**3月**5、16、29日／**4月**3、14、27日／**5月**1、12、25日／**6月**10、23日／**7月**8、21日／**8月**6、19日／**9月**4、17日／**10月**2、15、30日／**11月**13、28日／**12月**11、26、30日

♣運命の人

1月9、10、11、12、27日／**2月**25日／**3月**23日／**4月**21日／**5月**19日／**6月**17日／**7月**15日／**8月**13日／**9月**11日／**10月**9日／**11月**7日／**12月**5日

♠ライバル

1月2、10、19日／**2月**8、17日／**3月**6、15日／**4月**4、13日／**5月**2、11日／**6月**9日／**7月**7、30日／**8月**5、28日／**9月**3、26日／**10月**1、24日／**11月**22日／**12月**20、30日

★ソウルメイト（魂の伴侶）

1月15日／**2月**13日／**3月**11日／**4月**9日／**5月**7日／**6月**5日／**7月**3日／**8月**1日／**10月**29日／**11月**27日／**12月**25日

この日に生まれた **有名人**

アメデオ・モディリアーニ（画家）、京唄子（女優）、中村玉緒（女優）、上野千鶴子（社会学者）、森永卓郎（経済評論家）、渡辺美里（歌手）、イ・ビョンホン（俳優）、小林麻耶（アナウンサー）、亀田和毅（プロボクサー）、百田夏菜子（ももいろクローバーZ　歌手）、大村智（化学者）、マララ・ユスフザイ（人権運動家）

太陽：かに座
支配星：うお座／海王星
位置：20°30'−21°30'　かに座
状態：活動宮
元素：水
星の名前：ポルックス、アル・ワサト、
プロプス、カストル

July Thirteenth

7月13日

CANCER

鋭い直感力が研ぎ澄まされて、優れたアイディアへ結実

あなたは、かに座の人らしく、優れた感受性と直感力の持ち主。そして、**ゆるぎない信念、他の人を理解する心、社会に対する強い関心、卓越したアイディアの持ち主**でもあります。感情も豊かで、そのあふれ出る感情を表現せずにはいられません。

支配星であるうお座の影響によって、あなたの感受性はさらに研ぎ澄まされ、その想像力と発想はすばらしいものになっています。また、環境の影響を受けやすく、そのため気分の変動も大きく、心の平衡が乱れがちです。

あなたにとって何よりも大切なことは、**安定を保つこと**なのです。一方、**愛する人々に対してとても気前のよい**あなたは、とかくお金のことで頭を悩まされがち。これは、第三者には自己中心的で物質主義者であるかのような印象を与える原因になっています。心を上手に通わせることができるようになれば、友好的で高い理想を持つあなたの本当の姿を相手に理解してもらうことができます。常に新しい出会いを求め、新しいことに挑戦し続けるあなたは、活発な精神の持ち主。人と接する活動を好むため、セールスで卓越した能力を発揮します。しかし、自分の思い通りにならない時に、理屈っぽくなったり、けんか腰になったりしないように注意が必要です。

9歳を過ぎ太陽がしし座に入ると、より大胆で積極的になり、自分に自信を持てるようになります。そのため、若いうちから社会に関する、さまざまなことを勉強する機会に恵まれます。39歳になって太陽がおとめ座に入ると、あなたはより冷静になり、また物事に対する判断力も増し、人の役に立ちたいという気持ちも強くなります。

隠された自己

心の中の強い力が、新しい仕事に着手し、新たな機会を作り出し、成功を手に入れるようにとあなたに働きかけます。この**成功を求める気持ちと高い目標を求める理想主義的**な気持ちとが見事に調和すれば、人生に対してより明るい展望を持つことができるようになります。これはあなたを指導者的立場に押し上げますが、真の成功は、多くの人々と連携し、共に協力しあうことによってはじめて実現します。調和を求めるあなたにとって、安心できる家庭はことのほか重要。オアシスのようなものです。しかし調和を求める気持ちが転じて、不安感や無気力感を引き起こしてしまうこともあるので要注意です。多くの人々と生き生きと快活に活動するためには、常に積極的な気持ちを保つよう心がけてください。

仕事と適性

つき合い上手なあなたには、人と接する仕事が向いています。例えば、広報活動、セールス、アドバイザー、広告代理店業者などがおすすめです。自分がよいと信じるものやアイディアを売りこむ商才に長けていますので、ビジネスの世界でも成功間違いなし。料理、家庭用品、造園、不動産業などに興味を持つ人もいます。**人の上に立つか、単独で仕事を**

することを好む一方、人と協力することの大切さも理解しています。理想を強く求める気持ちは、教育あるいは社会に貢献する仕事で真価を発揮します。

恋愛と人間関係

確固たる信念と意志の固さは、あなたがしっかりとした判断力を持ち、自分の意見をはっきりと言える人間であることを示しています。しかし、時には人の考えにも耳を傾ける必要があります。**観察力が鋭く、何ものをも見逃すことはありません。**間違ったことに遭遇すると、真正面からそれに立ち向かおうとします。みずからもはっきりとした考えを持つあなたは、尊敬する人もしっかりとした考えを持っている人です。

数秘術によるあなたの運勢

13という数の影響を受けているあなたは、大変に勤勉で、大きな野望の持ち主。創造的な自己表現を通して大きな成果を達成することができます。独創的で斬新な方法で、新しいアイディアを生みだし、多くの人々に感銘を与えます。

また、この日に生まれた人は、ひたむきなロマンティスト。魅力的で、楽しいことが大好きです。幸運にも恵まれます。周りの影響を受けやすいため、単独で行動するよりは、他の人と切磋琢磨できる環境の方が向いています。気さくで協調性に富んでいますが、誠実であることをさらに心がけ、もっと信頼される人間になれるよう努力しましょう。

生まれ月の7という数字は、あなたが理論的で思慮深い一方、人の意見をあまり聞かないタイプであることを示しています。しかし、第三者からの批判に対して過度に敏感になり、誤解されているのではないかと不安に陥ることもあります。直感だけに頼らず、ゆっくり時間をかけて考え、判断することが大切です。あなたの心配事の多くは、安定に関するものです。さまざまな経験を積んでいけば、自ずと安定も得られるものであることを肝に銘じておきましょう。

●**長所**：野心がある、創造的である、自由である、自己表現が得意である、リーダーとしての資質がある

■**短所**：感情的である、優柔不断である、高飛車である、無感情である、反抗的である

♥**恋人や友人**

1月3、23日／**2月**11、21日／**3月**9、19、28、31日／**4月**7、17、26、29日／**5月**5、15、24、27、29、31日／**6月**3、13、22、25、27、29日／**7月**1、11、20、23、25、27、29日／**8月**9、18、21、23、25、27日／**9月**7、16、19、21、23、25日／**10月**5、14、17、19、21、23日／**11月**3、12、15、17、19、21日／**12月**1、10、13、15、17、19日

◆**力になってくれる人**

1月3、4、10、21日／**2月**1、2、8、19日／**3月**6、17、30日／**4月**4、15、28日／**5月**2、13、26日／**6月**11、24日／**7月**9、22日／**8月**7、20日／**9月**5、18日／**10月**3、16、31日／**11月**1、14、29日／**12月**12、27日

♣**運命の人**

1月10、11、12、13、22、28日／**2月**20、26日／**3月**18、24日／**4月**16、22日／**5月**14、20日／**6月**12、18日／**7月**10、16日／**8月**8、14日／**9月**6、12日／**10月**4、10日／**11月**2、8日／**12月**6日

♠**ライバル**

1月11、20日／**2月**9、18日／**3月**7、16日／**4月**5、14日／**5月**3、12、30日／**6月**1、10、28日／**7月**8、26、31日／**8月**6、24、29日／**9月**4、22、27日／**10月**2、20、25日／**11月**18、23日／**12月**16、21日

★**ソウルメイト(魂の伴侶)**

1月26日／**2月**24日／**3月**22、30日／**4月**20、28日／**5月**18、26日／**6月**16、24日／**7月**14、22日／**8月**12、20日／**9月**10、18日／**10月**8、16日／**11月**6、14日／**12月**4、12日

この日に生まれた有名人

堺屋太一(作家)、ハリソン・フォード(俳優)、関口宏(タレント)、青山真治(映画監督)、中森明菜(歌手)、北斗晶(元プロレスラー)、遠藤章造(ココリコ タレント)、井川慶(プロ野球選手)、大地洋輔(ダイノジ タレント)、能年玲奈(女優)、五嶋龍(バイオリニスト)

太陽：かに座
支配星：うお座
位置：21°−22°　かに座
状態：活動宮
元素：水
星の名前：ポルックス、カストル

July Fourteenth

7月14日

CANCER

現実主義と理想主義の二面性がプラスの方向に作用

かに座生まれのあなたは、強い心と優しい心の持ち主。**鋭い知性を持つ人と接するのが上手**なあなたは、リーダーシップを発揮し、いつも自信にあふれているように見えます。しかし、実はとても繊細。現実主義と理想主義との二面性が功を奏し、非凡な才能を発揮します。

豊かな想像力と強い第六感は、支配星のうお座の影響。また、**鋭い金銭感覚と状況をすばやく把握する能力**があり、出世のチャンスを見逃しません。心の安定と充実感を得たいのであれば、物質面での幸せを求めるよりも精神的な幸せを求めることです。

一方、贅沢で立派な家があなたの大きな目標です。払ったお金以上のよい買物をしたいと思っています。**先を見通す目と何事も上手に成し遂げる手腕を持つ**あなたには、その目標を達成するに十分な条件がそろっています。

しかし、これは自分1人だけの力で成し遂げられるものではありません。意固地になって人と対立してしまうところがあるので、注意が必要です。

8歳になって太陽がしし座に入ると、恥ずかしがり屋で安全が気になる性格も徐々に変化します。しし座の影響は30年間続き、その間どんどん自信がついて、それぞれの分野で頭角を現すことができます。太陽がおとめ座に入る38歳を過ぎると、秩序だったやり方が身につくとともに分別も増し、人の役に立ちたいという願望も大きくなります。

隠された自己

あなたは、とても魅力的。でもその心の内側には、**激しい感情と強い願望が隠されています**。でもこれが、常に新しいものを求めて立ち向かっていく原動力です。成功を手に入れるためには、忍耐力を身につけ、自分の直感を信じることです。活力にあふれ、活動的なあなたには、何かを成し遂げる気力と情熱があります。

威圧的に采配をふるうよりも、つき合い上手を活かして良好な協力関係を築くことこそが大切です。**生まれつき交渉上手**なあなたは、楽しみながら仕事ができる人。商才に長け、あらゆるものにビジネスチャンスを見出すことができるのです。

また、他の人の役に立つために、自分の時間、エネルギー、愛情を惜しみなく提供します。積極的で強い意志の力で、必ずや目標を達成するでしょう。

仕事と適性

洗練されたビジネスセンスは、商取引に関わる仕事、例えば、広告代理店業、投資顧問などが適職。あなたは、いったん1つの道を選んだら、**ゆるぎない決断力、強い意志の力、リーダーの資質を発揮して、成功を手に入れます**。特に、支配人、経営者、監督者、起業家などが向いています。理想主義と現実主義という2つの面が見事に融合しているあなたは、大義のために闘う活動家や政治家としての資質を生まれながらに備えています。また、演劇の才能や創造力は、美術やエンターテインメントに関わる仕事、青少年と接する仕事などで発揮されるでしょう。

恋愛と人間関係

あなたが性急に人間関係を作りたがるところは、心変わりしやすい証拠です。でも、あなたは繊細で思いやりが深く、みずから進んで愛する人のために尽くそうとします。活動的な生活を好み、新しい出会いを求め、パートナーを選ぶ前にさまざまな人とつき合います。あなたの理想のパートナーは**愛情にあふれ、行動的で、常に刺激を与えてくれる人**です。

数秘術によるあなたの運勢

14日生まれの人の特徴は、知的能力、実質的な考え方、そして強い決意。あなたは、一生懸命働いて、しっかりとした生活の基礎を築き、成功を手に入れたいと強く望んでいます。事実、14日生まれの人は、何よりも仕事を優先し、また仕事の成果で人を判断します。安定を望む気持ちは強いものの、変化を求める気持ちも強い14日生まれの人は、常に前進し、よりよいものを求めて新しいことに挑戦します。

生まれ月の7という数字からは、あなたが観察眼に富み、創造的な精神を持ち、大きな野心を持っていることがわかります。独立心が強く、自分の考えだけにとらわれがちで、自分の判断だけを信じます。広い心を持ち、人を信頼できるようになると、新しい自分に気づくことができるでしょう。

●**長所**：断固たる行動がとれる、働き者である、創造的である、実践的である、想像力が豊かである、勤勉である

■**短所**：過度に用心深い、衝動的である、不安定である、軽率である、頑固である

相性占い

♥恋人や友人

1月14、24、31日／**2月**12、22、29日／**3月**10、20、27日／**4月**8、18、25日／**5月**6、16、23、30日／**6月**4、14、21、28、30日／**7月**2、12、19、26、28、30日／**8月**10、17、24、26、28日／**9月**8、15、22、24、26日／**10月**6、13、20、22、24、30日／**11月**4、11、18、20、22、28日／**12月**2、9、16、18、20、26、29日

◆力になってくれる人

1月5、22、30日／**2月**3、20、28日／**3月**1、18、26日／**4月**16、24日／**5月**14、22日／**6月**12、20日／**7月**10、18、29日／**8月**8、16、27、31日／**9月**6、14、25、29日／**10月**4、12、23、27日／**11月**2、10、21、25日／**12月**9、19、23日

♣運命の人

1月11、12、13、14日／**2月**10日／**3月**8日／**4月**6日／**5月**4日／**6月**2日

♠ライバル

1月16、21日／**2月**14、19日／**3月**12、17、30日／**4月**10、15、28日／**5月**8、13、26日／**6月**6、11、24日／**7月**4、9、22日／**8月**2、7、20日／**9月**5、18日／**10月**3、16日／**11月**1、14日／**12月**12日

★ソウルメイト(魂の伴侶)

1月25日／**2月**23日／**3月**21日／**4月**19日／**5月**17日／**6月**15日／**7月**13日／**8月**11日／**9月**9日／**10月**7日／**11月**5日／**12月**3、30日

この日に生まれた有名人

森喜朗(政治家)、久米宏(キャスター)、水谷豊(俳優)、椎名桔平(俳優)、桜庭和志(格闘家)、イングマール・ベルイマン(映画監督)、本谷有希子(劇作家)、コウケンテツ(料理研究家)、山本彩(NMB48 タレント)

太陽：かに座
支配星：うお座／海王星
位置：22°－23°　かに座
状態：活動宮
元素：水
星の名前：ポルックス、カストル

July Fifteenth

7月15日

CANCER

知性的で思慮深く、論理的思考能力のある保守的な人

この日に生まれた人の多くは、論理的思考能力、鋭い直感力、堂々とした雰囲気の持ち主。また、かに座生まれの人らしい繊細さと理解力もあり、頭で考えて行動するタイプです。**知性があなたの最大の持ち味**。それを十分活かすためには、知識の真の価値をしっかりと認識しておかねばなりません。

支配星のうお座の影響は、**豊かな想像力**となって表れています。自制心があり目的意識がはっきりしているため、思慮深く、とても勤勉です。保守的で理想主義者、これがこの日に生まれた人特有の特徴。**自信過剰と自信喪失の間を大きくゆれ動いている**ことを示しています。

あなたは、本来とても現実的ですが、時によっては、型破りだったりと相反する性格を持っています。周りからは扱いにくい人と思われているでしょう。しかしながら、忍耐とがまんを心がけて一生懸命働けば、さまざまな試練を乗り越え、成功を手に入れることができます。知識も豊富なあなたは、自分の意志で決断し、采配をふるいます。女性といえども、感情に流されたりすることはありません。周囲からも一目置かれる強さを持ち、権威ある地位に就くことになります。

7歳になって太陽がしし座に入ると自信がつき、自己表現も上手になります。37歳で太陽がおとめ座に入ると転機が訪れます。より現実的な目標を持つようになり、忍耐力やさまざまな能力が強化されます。

隠された自己

成功を手に入れたいという強い願望が、あらゆる面に表れています。やる気を保つためには、何か夢中になるものを持つことです。いったんやる気が出ると、あなたの意志は固く、妥協を許しません。つらい仕事に対しても意欲的に取り組み、成功を手に入れることができます。人のために尽くすことはいといませんが、それを当然と思われることには納得できません。そんな時は、自分を抑えることなく、相手に抗議をするでしょう。

あなたの取り柄は、外交的手腕と交渉術。でも相手を信頼することも大切です。協力しあうことの大切さを理解できれば、自分の知識を共有しあうことも嫌ではなくなります。これは、仕事に関することだけではありませんので肝に銘じておきましょう。

仕事と適性

持ち前の直感的な指導力と責任能力によって、成功は間違いありません。優れた知性は、教師、講師、ジャーナリスト、医療関連などの仕事に向いています。あるいは、演劇の才能にも恵まれたあなたには、美術やエンターテインメントの世界も魅力的です。想像力豊かなあなたのお得意の表現手段は、言葉です。話す、書く、歌う、演技する、いずれかの方法で表現活動を行います。相手を理解し、思いやることができる性格は、カウンセリングや人の世話をするような仕事も向いています。

恋愛と人間関係

直感力があり、相手の気持ちを理解することができるあなたは、自分の心に誠実で、率直です。また、強い個性の持ち主でもあり、家族や愛する人を全力で守ります。**信じる人を助け、励ますためであれば、どのようなことでもします。**さまざまな場面で主導権を握ることが多く、時によっては、傲慢な印象を人に与えかねませんので要注意。人に助言をしたら、決断はその人に任せるのが、賢明なやり方です。

数秘術によるあなたの運勢

15日生まれのあなたは、多才で、寛大で、常に変化を求めています。頭の回転も速く、情熱的で、カリスマ性を持っています。一番の取り柄は、新しい知識を吸収するスピード。理論と実践の両面からさまざまなことを学びとりますが、その際にものを言うのが強い直感力なのです。その直感力は、チャンスを見極める際にも役立ちます。新しいことを学んでいるうちから収入に結びつけることができるのです。

15という数字の影響で、お金が吸い寄せられるように集まったり、多くの人から支援を受けたりします。また冒険心に富んでいますが、自分の活動の拠点ともいえる家庭を必要としています。

生まれ月の**7**という数字からは、あなたが合理的で探究心が旺盛なことがわかります。新しい人や状況に遭遇した時も、すばやく判断する力を持っていますが、ときどき疑い深くなる時もあります。

あなたは自分の判断に疑問を感じることもなく自信に満ちている時があるかと思うと、自信を喪失し、気分が不安定になったりするのです。優れた直感力を持っているのですから、自分の内なる声に自信を持って耳を傾けましょう。

●**長所**：意欲的である、寛大である、責任感が強い、優しい、協調性がある、ものを見る目がある、創造的な発想ができる

■**短所**：落ち着きがない、自己中心的である、自信がない、心配性である、優柔不断である、自分の力を乱用する

相性占い

♥恋人や友人

1月11、13、15、17、25日／**2月**9、11、13、15、23日／**3月**7、9、11、13、21日／**4月**5、7、9、11、19日／**5月**3、5、7、9、17、31日／**6月**1、3、5、7、15、29日／**7月**1、3、5、27、29、31日／**8月**1、3、11、25、27、29日／**9月**1、9、23、25、27日／**10月**7、21、23、25日／**11月**5、19、21、23日／**12月**3、17、19、21、30日

◆力になってくれる人

1月1、5、20日／**2月**3、18日／**3月**1、16日／**4月**14日／**5月**12日／**6月**10日／**7月**8日／**8月**6日／**9月**4日／**10月**2日

♣運命の人

1月12、13、14、15日

♠ライバル

1月6、22、24日／**2月**4、20、22日／**3月**2、18、20日／**4月**16、18日／**5月**14、16日／**6月**12、14日／**7月**10、12日／**8月**8、10、31日／**9月**6、8、29日／**10月**4、6、27日／**11月**2、4、25、30日／**12月**2、23、28日

★ソウルメイト(魂の伴侶)

1月6、12日／**2月**4、10日／**3月**2、8日／**4月**6日／**5月**4日／**6月**2日

有名人

柏木由紀(AKB48　タレント)、レンブラント・ファン・レイン(画家)、小池百合子(政治家)、瀬古利彦(元マラソン選手)、永瀬正敏(俳優)、小泉里子(モデル)、大儀見優季(サッカー選手)、田中順也(サッカー選手)、橋本良亮(A.B.C-Z　タレント)、すみれ(女優)

太陽：かに座
支配星：うお座／海王星
位置：23°−24°　かに座
状態：活動宮
元素：水
星の名前：ポルックス、プロキオン

July Sixteenth

7月16日

CANCER

指導力を発揮するには、自分の能力に自信を持つこと

かに座のあなたは、豊かな感受性と知性を持ち主。良識と優れた直感力を備え持った自信家。**実践力と決断力に加え、新しいことをすぐに把握できる理解力もある**ため、正しい判断をくだすことができます。自分の能力に自信を持てば、指導力を発揮して権威ある地位に就くことができます。また家庭内でも采配をふるい、家族の先頭に立つことになるでしょう。

支配星であるうお座の影響は、強い第六感となって表れています。また、**生まれつき多くの才能に恵まれているあなたは、思い通りの職業に就くことができるでしょう**。気さくで思いやりの深いあなたは、人とつき合うことが大好きです。しかし、温かな性格ではあっても、人から干渉されることが大嫌い。頑固さが顔を出していらいらを抑えられないようなこともあります。

高い目標を掲げるあなたは、常に前進を続け、すべてを掌握する能力を持っています。しかし成功を実現するために欠かせないのが、教育、社会道徳、信心深さ。自己鍛錬ができるようになり、感情の不安定さを克服できれば、不可能なことはなくなります。6歳になって太陽がしし座に入ると、恥ずかしがり屋の部分が影を潜め、自信も芽生えます。しし座の影響は30年間続き、より大きな自信と仕事の能力を与えてくれます。36歳になって太陽がおとめ座に入ると、より現実的になり、判断力も身につき、他の人の役に立つことが大きな意味を持つようになります。

隠された自己

繊細な外面に似合わず、**創造への願望と経済的な成功を切望する強い気持ち**を持っています。鷹揚なあなたの金銭への執着心の裏側には、人にお金を分け与えたい、自分や愛する人たちを守りたいという願望が隠れているのです。また、わけもなく思い悩んでエネルギーを浪費することがあります。問題の原因が身近な人にある場合は、特に注意が必要です。世渡り上手で、他の人の役に立ちたいという願望が強いあなたには、物質的な成功を目指すことが、自分の才能を活かすということを意味しています。常に創造的なことに気持ちが向いていれば、不必要にあれこれ思い悩むこともなくなります。

仕事と適性

指導者としての資質に優れているあなたは、**どのような分野においても第一線で活躍し、才能を最大限に開花させる**ことでしょう。教師、カウンセラー、福祉関係者などになれば、あなたの人を思いやる気持ちが活かされます。他にも、弁護士、あるいは哲学や宗教に関わる職業なども適職です。現実的な面もありますので、商取引や銀行なども向いた仕事であるといえます。創造的な才能や言葉を操る才能は、執筆活動、音楽、演劇などで発揮することができます。

恋愛と人間関係

繊細で、直感力が非常に鋭く、知性的なあなたは、**話がおもしろい聡明な人々**との交流を楽しみます。また、優しく思いやりがあるため、助言と援助を求めて多くの人が集まってきます。社会問題や社会改革に前向きに取り組むあなたは、社会にとって貴重な存在であり、自ずと多くの人を代表する立場に立つことになります。相手に対して安心感、愛情、共通の興味を求める傾向がありますが、これは飽きっぽさや落ち着きのなさが原因かもしれません。

数秘術によるあなたの運勢

誕生日の**16**という数字からは、あなたが野心的な人物である一方、豊かな感情の持ち主で、思いやりがあり気さくな人であることがわかります。自分の感覚で判断することができ、人を見る目も確かです。しかし、自分の主張と他の人への配慮がうまくかみ合わない時、心の内に葛藤が生じます。

文章を書く才能に恵まれているために、不意にひらめきがわいてきます。1人暮らしや1人旅も好きですが、家族同士は固い絆でしっかり結ばれています。

生まれ月の**7**という数字の影響は、合理的な面と頭の回転の速さとなって表れています。人の言動を予測することができる強い直感力を上手に活かしているのです。また楽しみながら、新しい知識を吸収することができます。記憶力にも優れ、才気煥発ですが、時に誤解されているかのように感じたり、自分の感情を上手に表現することができないと感じたりすることがあります。

●**長所**：知性がある、責任感が強い、誠実である、直感力がある、社会性がある、協調性がある、洞察力に優れている

■**短所**：心配性である、常に欲求不満を抱えている、頑固である、疑い深い、自己中心的である、短気である、気難しい

相性占い

♥恋人や友人

1月12、16、25日／**2月**10、14、23、24日／**3月**8、12、22、31日／**4月**6、10、20、29日／**5月**4、8、18、27日／**6月**2、6、16、25、30日／**7月**4、14、23、28日／**8月**2、12、21、26、30日／**9月**10、19、24、28日／**10月**8、17、22、26日／**11月**6、15、20、24、30日／**12月**4、13、18、22、28日

◆力になってくれる人

1月2、13、22、24日／**2月**11、17、20、22日／**3月**9、15、18、20、28日／**4月**7、13、16、18、26日／**5月**5、11、16、18、26日／**6月**3、9、12、14、22日／**7月**1、7、10、12、20日／**8月**5、8、10、18日／**9月**3、6、8、16日／**10月**1、4、6、14日／**11月**2、4、12日／**12月**2、10日

♣運命の人

1月13、14、15、16、25日／**2月**23日／**3月**21日／**4月**19日／**5月**17日／**6月**15日／**7月**13日／**8月**11日／**9月**9日／**10月**7日／**11月**5日／**12月**3日

♠ライバル

1月7、23日／**2月**5、21日／**3月**3、19、29日／**4月**1、17、27日／**5月**15、25日／**6月**13、23日／**7月**11、21、31日／**8月**9、19、29日／**9月**7、17、27、30日／**11月**3、13、23、26日／**12月**1、11、21、24日

★ソウルメイト（魂の伴侶）

1月17日／**2月**15日／**3月**13日／**4月**11日／**5月**9日／**6月**7日／**7月**5日／**8月**3日／**9月**1日／**11月**30日／**12月**28日

福田康夫（政治家）、六代目桂文枝（落語家）、古手川祐子（女優）、中園ミホ（脚本家）、諸見里しのぶ（プロゴルファー）、松本隆（作詞家）、ロアルド・アムンゼン（探検家）、袴田吉彦（俳優）、アナリン・マッコード（女優）、宇野実彩子（AAA　歌手）、八木かなえ（ウエイトリフティング選手）、児嶋一哉（アンジャッシュ　タレント）

太陽：かに座
支配星：うお座／海王星
位置：24°－25°　かに座
状態：活動宮
元素：水
星の名前：ポルックス、プロキオン

何事にも夢中になれる無邪気な人

あなたは、理想主義者で、情熱家で、楽天家。そして快活で、頭脳明晰で、旺盛な知識欲の持ち主です。

また、かに座の人らしく**繊細で、恥ずかしがり屋**ですが、独立心が強く、成功を強く望んでいます。**生まれながらの魅力と何事にも夢中になれる性格**は、いつまでも若々しくいられることを示しています。

支配星のうお座の影響は、強い感受性、豊かな想像力、鋭い直感力として表れています。また、理想主義者で理解力に優れるあなたは、**人の身になって考えることのできる人**です。多くの人々があなたに魅力を感じるのは、広い見識と多才な才能の持ち主であるあなたが、積極的で自信に満ちている時です。

決断の早さは、知性と自信のおかげです。しかし、自信過剰には要注意。人の意見を聞く耳を持たず、衝動的に行動し、無責任な印象を人に与えます。感情が激しやすいのでその点も注意が必要です。うっかりすると個性の強さでは説明がつかないような奇行とも思えるような行動に走りがちです。

進取の気性に富み、人生に変化を求めるあなたの夢を叶えるために必要なのは、忍耐とがまん。大人げない態度を慎み、円熟味を増し、多くの経験を積み、多くを学ぶことが必要です。

5歳になって太陽がしし座に入ってからは、徐々に自信と社会性が身につきます。太陽がおとめ座に入る35歳に転機が訪れ、現実的な問題の重要性が増します。より理路整然とした性格になり、秩序を重んじるようになります。

隠された自己

非常に知的で、はっきりと意見を持っているあなたには、**自分の考えを主張できる機会が特に重要な意味を持ちます**。自分の意見を主張する時、強い目的意識が、あなたの闘志を目覚めさせます。寛大なあなたは、人に対する思いやりにあふれていますが、自分自身の幸福や考え方と上手にバランスをとることが必要です。カリスマ性のあるあなたに、人々は引き寄せられます。また、中性的な要素があるため、繊細さと強い独立心の両方を併せ持っています。

生活の安定を何よりも大切に思うため、物質主義的な一面も持っています。しかし、経済的安定を優先するあまり、自分の理想を犠牲にしてしまってはいけません。

仕事と適性

多くの才能に恵まれたあなたは、**自分独自の方法で自分の考えを主張し、皆を楽しませることができます**。新しい知識を吸収する卓越した能力のおかげで、あなたはとても博識です。法律と経営、どちらの仕事に就いても才能を発揮することができるでしょう。言葉を書くことと話すこと両面の才能は、指導者、教師、文筆家として開花するでしょう。また、セールス、宣伝などの仕事に就いても才能が活かされます。はっきりとした信条と指導力もあり、広報担当者、政治家、運動家などで優れた手腕を発揮するに違いありません。演劇の才能は、美術、音楽、演劇の世界に進んでもプロとして通用するでしょう。

恋愛と人間関係

繊細で思慮深いあなたは、他の人の助けを借りずに、自分1人で考えることを好みます。情熱的で温かい心の持ち主ですが、人を寄せつけないような雰囲気も持っています。愛情に非常に高い理想を思い描いているあなたは、**パートナーに対しても特別な絆を求めます**。親しみやすく社交的ですが、精神的な安定を得るためには、孤独に対する恐怖心を克服する必要があります。ずっとつき合えるパートナーとめぐりあうことができたら、あなたは忠実で、思いやりが深く、全力で愛する人を守ることでしょう。

数秘術によるあなたの運勢

誕生日の**17**という数の影響を受けて、あなたは控えめながらも鋭敏で、分析的に物事をとらえることができます。人前に出ることが嫌いで内省的な性格ですが、独立心は旺盛で、自分の経験をもとに判断をします。正確さを追求し、真剣で思慮深く、気長に物事に取り組みます。長時間にわたって集中力と忍耐力を持続させることができ、自分の経験を通して多くのことを学びます。疑い深い性格を克服することができれば、もっと多くのことを学ぶことができるようになります。

生まれ月の**7**という数字の影響を受けたあなたは、自分の意見を人前で話すことはあまりありませんが、他の人が何を考えているかは気になります。知識を実践に応用し、専門知識を増やせば、成功を手に入れることができます。自分の行動に責任を持つようにすれば、不安や不満を感じることもなくなります。あなたは、自分で考えている以上に繊細で、自分の感情を上手に表現できないこともあります。忠告を受け入れることと、批判や干渉を受けることとは、違うことを知る必要があります。

●長所：思慮深い、専門知識がある、計画を立てるのが上手である、ビジネスセンスがある、自分の考えを持っている、勤勉である、綿密である、研究熱心である、科学的な考え方ができる
■短所：頑固である、思いやりがない、気まぐれである、独断的である、批判的である、心配性である、疑い深い

♥恋人や友人
1月7、10、17、27日／**2月**5、8、15、25日／**3月**3、6、13、23日／**4月**1、4、11、21日／**5月**2、9、19日／**6月**7、17日／**7月**5、15、29、31日／**8月**3、13、27、29、31日／**9月**1、11、25、27、29日／**10月**9、23、25、27日／**11月**7、21、23、25日／**12月**5、19、21、23日

◆力になってくれる人
1月3、5、20、25、27日／**2月**1、3、18、23、25日／**3月**1、16、21、23日／**4月**14、19、21日／**5月**12、17、19日／**6月**10、15、17日／**7月**8、13、15日／**8月**6、11、13日／**9月**4、9、11日／**10月**2、7、9日／**11月**5、7日／**12月**3、5日

♣運命の人
1月14、15、16、17日／**2月**11日／**3月**9日／**4月**7日／**5月**5日／**6月**3日／**7月**1日

♠ライバル
1月16、24日／**2月**14、22日／**3月**12、20日／**4月**10、18日／**5月**8、16、31日／**6月**6、14、29日／**7月**4、12、27日／**8月**2、10、25日／**9月**8、23日／**10月**6、21日／**11月**4、19日／**12月**2、17日

★ソウルメイト（魂の伴侶）
1月16日／**2月**14日／**3月**12日／**4月**10日／**5月**8日／**6月**6日／**7月**4、31日／**8月**2、29日／**9月**27日／**10月**25日／**11月**23日／**12月**21日

有名人

大竹しのぶ（女優）、丹波哲郎（俳優）、青島幸男（タレント）、淡路恵子（女優）、C・W・ニコル（作家）、ウォン・カーウァイ（映画監督）、清宮克幸（ラグビー監督）、北村一輝（俳優）、浅田舞（フィギュアスケーター・タレント）、トシ（タカアンドトシ タレント）、堂珍敦子（モデル）

太陽：かに座
支配星：うお座／海王星
位置：25°−26°　かに座
状態：活動宮
元素：水
星の名前：プロキオン

July Eighteenth

7月18日

CANCER

豊かな想像力がありながら、現実的な判断ができる人物

この誕生日に生まれた人は、知識欲が強く、思慮深く知的。そして野心と固い信念の持ち主でもあり、意欲に満ち、人を惹きつける魅力があります。**自己を主張し、直感力も鋭く、論理的思考能力にも優れています。**

支配星のうお座は、**先を見通す力と夢を実現させる力**を与えてくれます。現実的でありながら想像力に富んだあなたは、知的ゲームが大好き。しかし、議論好きで頑固、怖いもの知らず、という印象を人に与えがちです。

頭の回転が速く、興味の対象も広く、そして多才で情熱的。さらに**大局から物事を見る能力と勤勉さ**は、あなたが自己を確立し、大きな仕事をやり遂げる能力に恵まれていることを示しています。

成功をより確実なものにするためには、教育でしっかりとした土台作りをする必要があります。教育と自己啓発は大切です。しかし、あなたが求める真のひらめきは、満足感から得られるものなのです。

周りの人々を威圧することからは、何も得るものはありません。寛大さ、礼儀正しさ、思いやりがあってはじめて周りの人から愛されるのです。

4歳になって太陽がしし座に入ると、力強さ、創造力、自信が増し、より大胆な行動をとる機会も増えます。34歳になって太陽がおとめ座に入ると、より的確に物事を判断することができるようになり、てきぱきとさまざまな状況に対応できるようになります。

隠された自己

生まれながらに直感が鋭く、人を判断する時も第一印象が大きな意味を持ちます。これは、ずる賢さや器用さになって表れもしますが、自分にとって有利な状況を作り出すためにとても役に立っています。**誰に対しても丁寧で寛大な性質**は、人の役に立とうとする博愛主義の一面となって表れています。あなたは、優れた金銭感覚と健康に恵まれています。意欲を持続することが苦手なあなたにとって、この2つのことが仕事をしていくうえで役に立ちます。経済的に恵まれ、特に問題が生じることはありませんので、精神面に関して生ずる、さまざまな問題を1つずつ解決していくことが、あなたの主な課題です。

仕事と適性

天性の指導力、鋭い知性、すばらしい社交術は、どのような仕事に就いても成功をもたらしてくれます。教育、研究、科学、広告業、哲学、政治などの分野に進めば、持ち前の能力を遺憾なく発揮することができます。人にあれこれ指図を受けることが大嫌いなあなたは、主導権を握ることができるような立場に身を置くことが必須条件です。企業で働く場合には、組織を統括する能力と大局的に物事をとらえる能力が大いに役に立ち、問題解決に手腕をふるうことができます。自分を表現したいという欲求と演劇に対する愛着があり、執筆活動、美術、エンターテインメントの世界もあなたにとって魅力的な分野です。

恋愛と人間関係

家族の強い絆と幼い頃に年長者から受けた影響は、強い独立心となって表れています。パートナーとしてふさわしい人は、**勤勉で賢く、はっとするようなセンスを持った人**です。

あなたの優れた直感力を持っているにもかかわらず懐疑的なところは、改善が必要です。もっと相手を信頼し、尊敬することを学びましょう。さもなければ、知らぬ間に相手に対し威丈高になってしまいます。天性の魅力は多くの人を惹きつけ、社会的な成功ももたらします。

数秘術によるあなたの運勢

誕生日の18という数字の影響は、決断力と自己主張の強さとなって表れています。有能でよく働き、責任感も強いあなたは、権威ある地位に就くことができます。鋭いビジネスセンスと組織を統括する優れた能力は、商業の世界で存分に発揮することができます。

また、18日生まれの人は、他の人を慰め、適切な助言をし、問題解決のために力を尽くします。しかし、力の使い方を間違わないよう、他の人々との交流を通して学んでいく必要があります。

生まれ月の7という数字からは、知性、強い直感力、正しい判断力を与えられています。情熱的でカリスマ性があり、野心に燃えていますが、それは感情の起伏の激しさにもつながっています。しかし、何よりもあなたの一番の強味は、鋭い直感力と独創的なアイディアを実践に移す能力です。

状況を的確に判断し、チャンスを見抜く目を持つあなたは、時機を逃すことなく持てる才能を最大限に発揮するでしょう。

●**長所**：進歩的である、自己主張ができる、直感力がある、勇気がある、意志が固い、人を癒す力がある、有能である、適切な助言をすることができる

■**短所**：感情の抑制がきかない、怠惰である、規律正しくない、自己中心的である、最後までやり通すことができない、不正直である

♥恋人や友人

1月1、14、28、31日／**2月**12、26、29日／**3月**10、24、27日／**4月**8、22、25日／**5月**6、20、23日／**6月**4、18、21日／**7月**2、16、19、30日／**8月**14、17、28、30日／**9月**12、15、26、28、30日／**10月**10、13、24、26、28日／**11月**8、11、22、24、26日／**12月**6、9、20、22、24日

◆力になってくれる人

1月26日／**2月**24日／**3月**22日／**4月**20日／**5月**18日／**6月**16日／**7月**14日／**8月**12日／**9月**10日／**10月**8日／**11月**6日／**12月**4日

♣運命の人

1月15、16、17、18日

♠ライバル

1月3、25日／**2月**1、23日／**3月**21日／**4月**19日／**5月**17日／**6月**15日／**7月**13日／**8月**11日／**9月**9日／**10月**7日／**11月**5日／**12月**3日

★ソウルメイト(魂の伴侶)

1月3、10日／**2月**1、8日／**3月**6日／**4月**4日／**5月**2日

この日に生まれた 有名人

ネルソン・マンデラ(元南アフリカ大統領)、矢作俊彦(作家)、松原のぶえ(歌手)、板尾創路(130R タレント)、大倉孝二(俳優)、広末涼子(女優)、浜田麻里(ミュージシャン)、ザ・グレート・サスケ(プロレスラー)、ANI(スチャダラパー　ミュージシャン)

太陽：かに座
支配星：うお座／海王星
位置：26°－27°　かに座
状態：活動宮
元素：水
星の名前：プロキオン

July Nineteenth

7月19日

CANCER

優れた感受性を活かすために、心の平和を保つように

この日に生まれた人は、理想主義者で寛大であり、相手を理解することができる優しい心の持ち主。また、かに座の人らしい繊細さと直感力も持っています。しかし、心配性な性格が決断力を鈍らせ、せっかくのすばらしい発想を活かしきることができません。**積極的思考と想像的な思考を上手に融合させることが**、心の内面の均衡と平和を保つために大切です。

支配星のうお座の影響は、鋭い直感力と感受性となって表れています。色彩や音に対する感覚も鋭いため、美術や音楽によって心の安らぎを得ることができます。すべてを学習の機会ととらえれば、不満感やいらいら感を解消することができます。寛容さと忍耐力を身につければ、あなたの可能性は無限大に広がります。

魅力的で親しみやすく、冒険好きなあなたは、親密な絆を求める気持ちも強く、活発に活動します。また、教育や自己研鑽を通して、知性に磨きがかかり、すばらしいひらめきが得られます。またこれは、**豊かな感情と創造性を表現する機会が必要**であることを示しています。

太陽がしし座に入る3歳になる前までは、あなたは恥ずかしがり屋でとても繊細。しかし、しし座の強い影響を受ける30年間で、あなたは徐々に強さと自信を身につけます。33歳になって太陽がおとめ座に入ると、忍耐力が増しますが、自分の仕事や才能に対しては完璧さを求めるようになります。

隠された自己

愛情と励ましがあなたには必要です。自分が認められているという実感が、さらなる意欲をかきたてます。正義感と責任感の強いあなたは、借りは必ず返す人。自分で蒔いた種を刈り取るのは自分であることを知っているのです。持てる力に磨きをかける努力を怠らなければ、才能も一段と大きく開花するでしょう。強い感情のはけ口を見つけることができないと、意気消沈し、やる気も失せてしまいます。客観性を失うことなく、またリラックスするコツを身につけ、新しい可能性に挑戦しましょう。

助言者として適切なアドバイスをすることができますが、度を越して干渉になってしまわないよう要注意。誰でも時には失敗から学ぶことも必要なのです。しかし、**誠実で愛情深い性格**は、愛する人をあなたが一生懸命守ろうとすることを示しています。創造力に富むあなたの理想を追い求め、情熱にあふれる様子は、多くの人に感銘を与えます。

仕事と適性

人と接することに喜びを見出し、知識を愛するあなたは、教師、カウンセラー、社会福祉など、人の世話をする仕事が向いています。また**自分の考えを表現したいという願望**は、デザイン、執筆、音楽、美術、詩作、演劇などの仕事で叶えられるでしょう。言葉に対する感性が鋭く、法律家、社会運動家、政治家などの仕事にも魅力を感じます。組織を統括する力や経営者としての才覚もあり、ビジネスの世界でも大成するでしょう。

恋愛と人間関係

あなたにとって何より大事なのは、落ち着いた精神状態。頼れる人と強い絆で結ばれることを求めるのもそのためです。しかし、パートナーに頼りきってしまってはいけません。**社交的で人気者**のあなたは、1人になることが大嫌い。人と一緒にいる方が好きなのです。思いやりが深く寛大なため、愛する人のために自分を犠牲にしてしまいがちなので注意が必要です。

数秘術によるあなたの運勢

19という日に生まれた人は、創造力豊かで明るく快活で大胆ですが、一方では繊細で人間味にあふれています。また、決断力と機知にも富んでおり、物事を深く考える能力を持っていますが、ロマンティストの一面もあり、愛情深く、理想に燃え、繊細です。人々の注目を集めることも多く、話題には事欠きませんが、その根底にあるのは、ひとかどの人間になりたいという思いです。自己を確立したいと強く願っているのです。しかしそのためには、周りの人間から感じる圧迫感を克服しなければなりません。多くの経験を積むことによって、自信を身につけ、指導力を培うことができます。

自信に満ち、いつも元気な印象を人に与えますが、本当はたえず不安で、気分の浮き沈みも激しいところがあります。

生まれ月の**7**という数字は、分析的で思慮深く、直感力に優れていることを示しています。生まれつき優れたビジネスセンスが備わっていますが、リーダーシップと経営能力を強化すれば、より大きな成功を手にすることができます。

●**長所**：大胆である、中心的人物になることができる、創造的である、指導者としての資質がある、進歩的である、楽観的である、強い信念を持っている、負けず嫌いである、独立心が強い、社交的である

■**短所**：自己中心的である、気分が沈みがちである、心配性である、否定されることに対する恐怖心がある、気分が不安定である、物質主義的である、独善的である、がまんができない

相性占い

♥恋人や友人

1月1、15、26、29、30日／**2月**13、24、27、28日／**3月**11、22、25、26日／**4月**9、20、23、24日／**5月**7、18、21、22日／**6月**5、16、19、20日／**7月**3、14、17、18、31日／**8月**1、12、15、16、29、31日／**9月**10、13、14、27、29日／**10月**8、11、12、25、27日／**11月**6、9、10、23、25日／**12月**4、7、8、21、23、29日

◆力になってくれる人

1月1、2、10、27日／**2月**8、25日／**3月**6、23日／**4月**4、21日／**5月**2、19、30日／**6月**17、28日／**7月**15、26日／**8月**13、24日／**9月**11、22日／**10月**9、20日／**11月**7、18日／**12月**5、16日

♣運命の人

1月16、17、18、19日

♠ライバル

1月17、26日／**2月**15、24日／**3月**13、22日／**4月**11、20日／**5月**9、18日／**6月**7、16日／**7月**5、14日／**8月**3、12、30日／**9月**1、10、28日／**10月**8、26、29日／**11月**6、24、27日／**12月**4、22、25日

★ソウルメイト（魂の伴侶）

1月21日／**2月**19日／**3月**17日／**4月**15日／**5月**13日／**6月**11日／**7月**9、29日／**8月**7、27日／**9月**5、25日／**10月**3、23日／**11月**1、21日／**12月**19日

この日に生まれた 有名人

宮藤官九郎（脚本家・俳優）、三波春夫（歌手）、水野晴郎（映画評論家）、黒沢清（映画監督）、近藤真彦（歌手）、杉本彩（タレント）、藤木直人（俳優）、古賀淳也（水泳選手）、垣岩令佳（バドミントン選手）、加藤憲史郎（俳優）

太陽：かに座
支配星：うお座／海王星
位置：27°−28°　かに座
状態：活動宮
元素：水
星の名前：プロキオン

July Twentieth

7月20日

CANCER

鋭い直感力と洞察力が、決断力を後押し

この日に生まれた人は、親しみやすく、魅力的。そして**心の中にはあふれるほどの活気と意欲**を秘めています。また、かに座の人らしい高い理想と鋭い直感力、そして決断力と強い心を持っています。

支配星のうお座の影響は、**想像力と洞察力、そして夢の実現を望む野心**となって表れています。直感力と実践力のあるあなたは、自分の知性を試し、さまざまな挑戦を楽しみますが、その影響が機嫌の悪さや頑固さとなって表れることがあります。あなたの成功への鍵は、力強さと知識。多くを学べば学ぶほど、成功は近づいてきます。心の平静を保ち、堅固な土台を作ることが必要ですが、そのためにはしっかりとした価値観と強い信念を持つことが大切です。自分にとって何が大切かを知ることで心の安定を保てば、目標を達成することも夢ではありません。

しかし調和を望む気持ちは、周りの環境に左右されやすい傾向にもつながりますので、**成功を手に入れるためには積極的な気持ちを保つことが重要**です。逆に、不和が生じるとあなたは大きな打撃を受け、相手の力の前に屈してしまいます。とはいえ、人づき合いの技を磨けば、あなたにとって有利に事態は進展し、説得力と会話術で相手の気持ちを変えることもできるでしょう。

太陽がしし座に入っている2歳から32歳までの間は、社交的で生き生きとした性格が表面に出ています。仕事や社会のあらゆる場面を通して、落ち着きと自信を持つことができるようになります。32歳になって太陽がおとめ座に入ると、変化が訪れます。秩序正しさがより重要になり、現実的なことに目が向くようになり、てきぱきと物事を処理するようになります。

隠された自己

自分を高め、ひらめきを人に伝えたいという願いを実現するためには、大きな努力が必要です。**指導力とチャンスを見極める目を持つ**あなたは、長い目で物事を楽観的にとらえることができる人です。またあなたの夢は、とても創造的。持てる能力を最大限に活かして、夢の実現へ向けて努力をすれば、すばらしい夢を実現できるでしょう。

知識を求め続けるあなたが魅力を感じる人は、刺激を与えてくれる知的な人です。またより高い教育を望むあなたは、神秘的なものに惹かれ、無意識のうちにみずからを啓発する努力をしています。しかし、だからといってビジネスセンスの価値が下がるわけではなく、世俗的な商才があるからこそ、あなたの才能を利益に結びつけることができるのです。

仕事と適性

ずば抜けた知性と直感力があれば、**人と接する仕事で成功する**ことは間違いありません。人と接する仕事には、カウンセリング、教育、法律、社会改革などがあります。決断力、野心、組織の中で働く能力は、ビジネスの世界でも成功を約束してくれます。また、特に子どもと接する仕事や食べ物や家庭用品を扱う仕事に興味を持っています。画像や構造物に対するセンスがありますので、写真撮影や映画製作などの仕事にも向いています。

恋愛と人間関係

愛する人と暮らすこととは、すなわち平和で安全な家庭を持つことであると、あなたは考えています。あなたは、**自分と同じような考えを持つ人**に魅力を感じます。同じレベルで物事を考えられる人々とつき合うことは、賢明なことです。聡明で率直な人に魅力を感じるのも、知的刺激を求め、他の人から多くのことを学ぼうとするからこそなのです。

数秘術によるあなたの運勢

誕生日の20という数の影響は、直感力、繊細さ、順応力となって表れており、集団の中の一員であることを好みます。交流し、経験を共有し、学びあうことができる協同作業を楽しみながら行うことができます。魅力的で上品、社交術に長け、どのような集団にもすぐに溶けこむことができます。しかし、他の人の行為や批判などで傷つきやすいところがありますので、その点を改善し、もっと自信をつける必要があります。人間関係や集団の中で、自分を犠牲にしてしまいがちですので気をつけましょう。

生まれ月の7という数字の影響は、優れた知性と洞察力、そして思慮深さとなって表れています。多彩な才能と豊かな想像力を持って生まれたあなたは、強い直感力の持ち主。さらに創造的でアイディアが次から次にわいてきます。

理想主義者の面もありますが、平衡と調和を何よりも大切にし、多くの人々やさまざまな考えからたえず刺激を受けています。決断力に欠ける時がありますが、そんな時は、1人になってゆっくり考える時間が必要です。

●長所：協調性がある、優しい、気がきく、順応力がある、直感が鋭い、思慮深い、感じがよい、友好的である

■短所：疑い深い、自信がない、臆病である、神経質である、自己中心的である、傷つきやすい、ずる賢い

相性占い

♥恋人や友人

1月10、13、20、30日／**2月**8、11、18、28日／**3月**6、9、16、26日／**4月**4、7、14、24日／**5月**2、5、12、22日／**6月**3、10、20日／**7月**1、8、18日／**8月**6、16、30日／**9月**4、14、28、30日／**10月**2、12、26、28、30日／**11月**10、24、26、28日／**12月**8、22、24、26日

◆力になってくれる人

1月12、16、17、28日／**2月**10、14、15、26日／**3月**8、12、13、24日／**4月**6、10、11、22日／**5月**4、8、9、20、29日／**6月**2、6、7、18、27日／**7月**4、5、16、25日／**8月**2、3、14、23日／**9月**1、12、21日／**10月**10、19日／**11月**8、17日／**12月**6、14日

♣運命の人

1月17、18、19、20日／**3月**31日／**4月**29日／**5月**27日／**6月**25日／**7月**23日／**8月**21日／**9月**19日／**10月**17日／**11月**15日／**12月**17日

♠ライバル

1月6、8、22、27日／**2月**4、16、20、25日／**3月**2、14、18、23日／**4月**12、16、21日／**5月**10、14、19日／**6月**8、12、17日／**7月**6、10、15日／**8月**4、8、13日／**9月**2、6、11日／**10月**4、9日／**11月**2、7日／**12月**5日

★ソウルメイト(魂の伴侶)

3月28日／**4月**26日／**5月**24日／**6月**22日／**7月**20日／**8月**18日／**9月**16日／**10月**14日／**11月**12日／**12月**10日

有名人

緒形拳(俳優)、間寛平(タレント)、松坂慶子(女優)、石橋凌(俳優)、はなわ(タレント)、ジゼル・ブンチェン(モデル)、三都主アレサンドロ(サッカー選手)、横澤夏子(タレント)

太陽：かに座
支配星：うお座／海王星
位置：28°−29°　かに座
状態：活動宮
元素：水
星の名前：プロキオン、アルタルフ

July Twenty-First

7月21日

CANCER

洞察力に優れ、創造力豊かで好奇心旺盛

感受性と直感力が鋭く、機知に富んだあなたは、胸に野心をいだき、創造力豊かで洞察力に優れています。あなたは好奇心旺盛で、他の人々の行動を読みとる能力にも優れていることから、**瞬時に人を見抜き、状況を的確に判断する能力**にも優れています。

また、かに座生まれの人らしい繊細さ、鋭敏さ、知性を秘めています。しかし、ときどき懐疑的になることがあります。**自分の直感をもっと信じましょう**。常に何かに熱中し、好奇心も旺盛なあなたは、さまざまな経験や独学を通して、自分を高め、自信をつけることができます。

支配星のうお座は、より強い想像力を与えてくれます。自分の力で何かをやり遂げたいといつも願っているあなたは、物事を深く考え、分析的な思考能力をさらに高めることができます。しっかりとした責任感と強い意志があれば、運命に翻弄されるようなこともありません。

一方あなたには、**昔からの伝統を重んじる気持ちと新しいものを求める気持ち**の二面性があります。この二面性は、自分を主張し創造力を発揮できる場が、あなたには必要であるということを示しています。精神的な刺激が足りなくなると、神経質になったり、短気になったり、頑固になったりします。

初めての誕生日を迎えると、太陽がしし座に入ります。それは、ごく幼いうちから、強さ、創造力、自己表現を身につける機会に恵まれるということを意味します。自信は年を経るごとに強まり、30歳の誕生日を迎えるまで続きます。30歳になると、もっと現実的で合理的なものへ重点が置かれるようになり、秩序正しい生活を望む気持ちも強くなります。

隠された自己

元気で子どものような部分のあるあなたは、**競争することや何かを作ることが大好き**。知恵比べのような遊びも大好きです。ただ競争は好きでも、責任ある立場に就くことは避けようとする傾向があります。しかし、真に価値を見出した時は、骨身を惜しまず働き、自分の考えに基づいて行動します。人とつき合うことは好きですが、1人になってゆっくり考え、活力を充電する時間が必要です。即決力と物事の価値を瞬時に見極める能力は、財産を築く際の有力な武器になりますが、しかし本当の満足感を得るためには、物事を深く考えることも必要です。

とはいえ、頭であれこれと理屈で考えるよりは、自分の直感力を信じて行動した方が、成功の確率は高くなります。困難に出会った時、持ち前の強い直感力を信じ、内なる声に耳を傾ければ、自ずと道は開けるでしょう。

仕事と適性

豊かな想像力と鋭い知性は、教育、科学、社会事業、福祉などの分野の仕事で発揮することができます。**豊富な知識と独創的なアイディアの持ち主**でもあり、執筆、デザイン、音楽、美術、演劇などの表現活動にも向いています。分析力や技術力なども仕事をしていくうえでは大いに役に立ちます。議論好きな面もあり、政治、販売促進、セールスなどの分野でも、コミュニケーションや討論の才能が活かされるでしょう。組織を統括し、運営する能力は、募金活動、慈善事業などで活かすことができます。

恋愛と人間関係

親しみやすく控えめなあなたが魅力を感じる人は、**創造的で独立心が強く、勤勉で、自分をよく自覚している人**。自分の考えをはっきりと主張することは大切ですが、それは親しい間柄になったからといって例外ではありません。親しい人に対してもきちんと自己主張をする必要があります。また、心配性な性格も改善が必要です。洞察力が鋭く、自立心が強いあなたは、他の人が何を考えて行動しているのかを知りたいと思っています。心を開いて、自分の感情を表現できるようになると、周りの人々との関係もよりすばらしいものになります。男性よりは女性があなたの支えとなり、よい影響を与えてくれます。

数秘術によるあなたの運勢

21日生まれの人の特徴は、気力と社交性です。社会性があるあなたは、さまざまなことに興味を持ち、また多くの人と接触し、そして幸運にも恵まれます。親しみやすい印象を人に与えますが、非常に強い個性と直感力を持ち、独立心が旺盛です。

21という数字から、楽しいことが好きで魅力的、創造的な性格を与えられています。一方、恥ずかしがり屋で遠慮がちなところもあり、自分をもっと主張できるようになる必要があります。

生まれ月の**7**という数字からは、あなたが知性と実践力、そして強い直感力の持ち主であることがわかります。しかし、疑い深いところがありますので、人を信頼することも大切だと肝に銘じておきましょう。また、あなたは積極的で人との交流が好きですが、自分の独自性と独立性を失わないように注意が必要です。とても繊細な面はありますが、勇気を持って新しいことに挑戦する活力にあふれています。

●長所：直感力がある、創造的である、集団を好む、人と長くつき合うことができる、言語能力に優れている

■短所：依存心が強い、神経質である、感情の抑制がきかない、展望に欠ける、落胆しやすい、変化を恐れる

♥恋人や友人

1月21、28、31日／**2月**19、26、29日／**3月**17、24、27日／**4月**15、22、25日／**5月**13、20、23日／**6月**11、18、21日／**7月**9、16、19日／**8月**7、14、17、31日／**9月**5、12、15、29日／**10月**3、10、13、27、29、31日／**11月**1、8、11、25、27、29日／**12月**6、9、23、25、27日

◆力になってくれる人

1月9、12、18、24、29日／**2月**7、10、16、22、27日／**3月**5、8、14、20、25日／**4月**3、6、12、18、23日／**5月**1、10、16、21、31日／**6月**2、8、14、19、29日／**7月**6、12、17、27日／**8月**4、10、15、25日／**9月**2、8、13、23日／**10月**6、11、21日／**11月**4、9、19日／**12月**2、7、17日

♣運命の人

1月3、18、19、20、21日／**2月1日**／**4月30日**／**5月28日**／**6月26日**／**7月24日**／**8月22日**／**9月20日**／**10月18日**／**11月16日**／**12月14日**

♠ライバル

1月7、8、19、28日／**2月**5、6、17、26日／**3月**3、4、15、24日／**4月**1、2、13、22日／**5月**11、20日／**6月**9、18日／**7月**7、16日／**8月**5、14日／**9月**3、12日／**10月**1、10日／**11月8日**／**12月6日**

★ソウルメイト（魂の伴侶）

1月3、19日／**2月**1、17日／**3月**15日／**4月**13日／**5月**11日／**6月**9日／**7月**7日／**8月**5日／**9月3日**／**10月1日**

この日に生まれた有名人

アーネスト・ヘミングウェイ（作家）、ロビン・ウィリアムズ（俳優）、船越英一郎（俳優）、シャルロット・ゲンズブール（女優）、はるな愛（タレント）、ジョシュ・ハートネット（俳優）、藤川球児（プロ野球選手）、小林麻央（タレント）、オコエ瑠偉（プロ野球選手）

太陽：かに座
支配星：うお座
位置：29°　かに座−0°　しし座
状態：活動宮
元素：水
星の名前：アルタルフ

July Twenty-Second

7月22日

CANCER

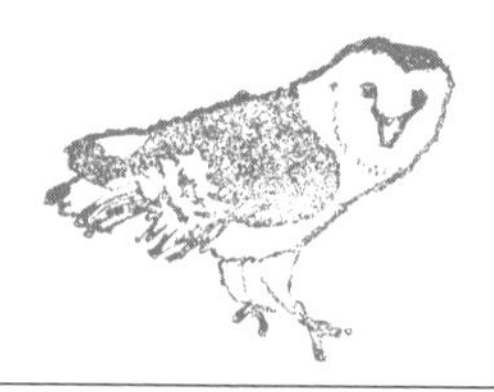

聡明で思慮深く、実践力のある戦略家

かに座としし座の境目に生まれたあなたは、繊細ながらも野心的で自己を主張できる人です。**社交的で親しみやすい個性**は、多くの人を惹きつけ、多くの人に影響を与えます。物静かで率直な人柄ですが、**そこにいるだけで大きな存在感を感じさせる人**です。

聡明で思慮深いため、生まれながらの戦略家でもあり、夢を現実のものとする実践的な力も持っています。興味を感じ、あなたの想像力をかきたてるものに出会ったら、自分の心に正直になりましょう。

心配しすぎたりすると、せっかくの大きな可能性を台なしにしてしまうことにもなりかねません。豊かな想像力と競争力に恵まれ、お金を儲けることにかけては誰にも引けをとりません。また多彩な才能の持ち主で、さまざまなことに興味がありますが、その才能を最大限に活かすためには、あまりに欲張ってあれこれ手を出しすぎないようにすることが大切です。**旺盛な好奇心を発揮して専門知識を深め、持ち前の説得力で信望を勝ち取ること**ができるでしょう。

しかし、目標に向かって邁進するのはいいのですが、あまり真剣になりすぎると、いたずらにストレスを感じることになりますので気をつけましょう。

29歳まで太陽は、しし座にあります。これによって創造力と社交性が強められます。30歳になると太陽がおとめ座に入り、あなたはより分析的に、几帳面になります。この実践的で完璧主義的な傾向は、太陽がてんびん座に入る60歳まで続きます。それを過ぎるとあなたの目は、人間同士の絆や調和の必要性に向けられます。

♋
7月

隠された自己

安定は、目的意識がはっきりしていること、あるいは未来を見据えた計画によって得られます。目標を達成するためには、強い野心と無気力とのバランスを上手にとることです。**ビジネスセンスとお金を稼ぐ才覚とを持ち合わせている**のですから、むやみにお金の心配をする必要はありません。極端に依存心が強い面もありますが、その分、人と力を合わせて働くことの価値を知っています。一方、交渉術と才能を商品として売りこむ才能に恵まれ、経済的な苦境に立たされることはまずありません。固い意志と決断力のあるあなたは、自分の意志の力だけでみずからを律することができます。これは将来にわたって大きな力となってくれるでしょう。あなたは人に認められることを望み、また自分のやったことに対し大きな誇りを持っています。生まれながらの完璧主義者です。またあなたは、目標に向かって骨身を惜しまず努力ができる人です。

仕事と適性

天性のおしゃべり好きのあなたは、セールスマン、外交官、政治家などとして手腕を発揮するに違いありません。また知識欲も旺盛であり、教師など教育に関わる仕事も向いています。あるいは、芸術的才能にも恵まれており、演劇、映画、執筆、服飾、インテリアデザイン、音楽などの分野でもその才能を活かすことができます。創造力と食べ物に対する興味の両方を活かして、フードコーディネーターなどもおすすめです。一方、技術者などの実用的な技術が要求される仕事でも力を発揮できるでしょう。

恋愛と人間関係

友達やパートナーと絆を深めるうえで、持ち前の魅力が威力を発揮します。刺激的な生活を好むあなたの恋愛は、やはり刺激的なものになるはずです。感情の起伏の激しさが、あなたの特徴。もちろん感情を表現することは必要ですが、人間関係を長続きさせるためには、あまりに感情的になったりしてはいけません。いったん安定した関係を築くことができたら、あなたは忠実な伴侶あるいは友人となります。また**恋愛や友情と仕事とのバランスをうまくとること**が必要です。

数秘術によるあなたの運勢

22という日に生まれたあなたは、誇り高く、現実的で、規律正しく、優れた直感力に恵まれています。22は支配数であり、22と4の両方の影響を受けます。正直でよく働き、指導力も持つあなたは、他の人を理解する心もあり、カリスマ性があります。あまり感情を表に出すタイプではありませんが、あなたの優しさと人への思いやりは、誰の目にも明らかです。また、現実的なものに対する考えもしっかりしています。

生まれ月の**7**という数の影響は、繊細さ、知性、知識欲、直感となって表れています。感受性が強く、環境に対する順応性もありますが、もっと創造力を伸ばし、自分の感情を表現することを覚えましょう。おおらかな性格のあなたは、興味の対象も広範囲。さまざまな社会活動を楽しむことができますが、ある特定の分野に集中すると多くの収穫を得られるでしょう。またあなたの性格には、謙虚さと自信が同居しています。そのため、野心、仕事に対する意欲、楽をしたい気持ちのバランスを上手にとり、エネルギーの配分に気を配る必要があります。

●長所：普遍的である、指導力がある、直感力が非常に鋭い、現実的である、実践的である、事業者として優秀である、問題解決能力がある、最後までやり抜く力がある

■短所：手っ取り早くお金を儲けようとする、神経質である、横柄である、物質主義的である、展望がない、怠惰である、自己中心的である

相性占い

♥恋人や友人

1月18、22日／**2月**16、20日／**3月**14、18、28日／**4月**12、16、26日／**5月**10、14、24日／**6月**8、12、22日／**7月**6、10、20、29日／**8月**4、8、18、27、30日／**9月**2、6、16、25、28日／**10月**4、14、23、26、30日／**11月**2、12、21、24、28日／**12月**10、19、22、26、28日

◆力になってくれる人

1月6、10、25、30日／**2月**4、8、23、28日／**3月**2、6、21、26日／**4月**4、19、24日／**5月**2、17、22日／**6月**15、20、30日／**7月**13、18、28日／**8月**11、16、26日／**9月**9、14、24日／**10月**7、12、22日／**11月**5、10、20日／**12月**3、8、18日

♣運命の人

1月19、20、21、22日／**5月**29日／**6月**27日／**7月**25日／**8月**23日／**9月**21日／**10月**19日／**11月**17日／**12月**15日

♠ライバル

1月13、29、31日／**2月**11、27、29日／**3月**9、25、27日／**4月**7、23、25日／**5月**5、21、23日／**6月**3、19、21日／**7月**1、17、19日／**8月**15、17日／**9月**13、15日／**10月**11、13日／**11月**9、11日／**12月**7、9日

★ソウルメイト（魂の伴侶）

1月6、25日／**2月**4、23日／**3月**2、21日／**4月**19日／**5月**17日／**6月**15日／**7月**13日／**8月**11日／**9月**9日／**11月**7日／**12月**5日

この日に生まれた有名人

吉高由里子（女優）、長谷川京子（女優）、家田荘子（作家）、原辰徳（元プロ野球監督）、森公美子（歌手）、内村光良（ウッチャンナンチャン　タレント）、アダム・クーパー（バレエダンサー）

太陽：しし座／かに座
支配星：しし座／太陽
位置：29°30'かに座 −1°しし座
状態：不動宮
元素：火
星：なし

July Twenty-Third

7月23日

LEO

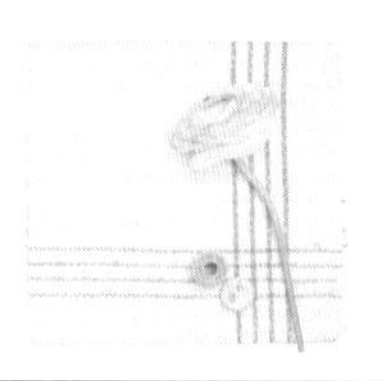

冒険心と鋭い感性により実現する、多くの可能性

知性と繊細さを持ち合わせ、冒険心があるので、いつも何かを始めたくてうずうずしています。しし座とかに座のカスプで生まれたあなたは、太陽と月の影響を受けています。しし座は太陽の影響が他より強く、威厳があり、誇りを持ち、豊かな創造性を備えています。**常に新しいことにチャレンジし、とどまるところを知らないあなたの冒険心**は、周りを引っぱっていくことも多いようです。あなたの**最大の長所は鋭い感性**。さらに感性が導きだす創造力の可能性は無限大です。これにより、新しい能力が身につき、よりよいものを作りだすことができます。何をするにも、あなたの創造力と発明の才能があれば、よい結果に結びつきます。

あなたは**ひとくせあるユーモアセンス**で、気のきいたジョークや笑いをとるなんてこともお手のもの。また、新しい興味の対象を見つけるやいなや、すぐ行動し、持って生まれた多くの才能を総動員して、成功へと導きます。集中力と持久力を高めることができれば、あなたの視野はもっと広がり、考えをより深めることができます。一方、一番の短所は気が短いこと。衝動的な行動をとらないようにするには、忍耐力をつけましょう。あなたの誕生日に秘められた力を最大限に引きだすため、科学的かつ論理的な考え方を身につけると、より勤勉で几帳面に、細かいところまで気がまわるようになります。そうすれば何か問題が起こっても、その核心をとらえて、迅速かつ効率的に解決できるようになります。

30歳を過ぎると、太陽はおとめ座へと移っていきます。次の30年間で、あなたは実用性、差別化、批判的、そして完璧主義などといった特徴に影響を受けます。

隠された自己

理想主義者で楽観的。人生に対して熱い情熱を持ち、**大きな賭けに出ることも**あります。しかし、夢の実現のためには、現実を見据えて、しっかり計画を立て、忍耐力をつけること。たとえ、うまくいったとしても、それは運の強さがなせる見せかけの恩恵にすぎません。

一方、恋愛や友情を大切に考えますが、さまざまな障害が待ち受けています。心の中では傷ついて、感情がわきあがっていたとしても、それが本当の自分の感情かどうか、自信が持てません。このため、忍耐力のなさというあなたの性格が飽きっぽさとなって表れ、1つのことに集中できず、エネルギーを分散してしまいがち。周りの人の力になってあげることで、あなたの真の優しさが伝わります。

仕事と適性

優れた学習能力を持つあなたは、さまざまな仕事に就くことができます。**野心家で、評価されたい**と努力するため、その道では第一人者となります。多才なあなたは、海外出張で飛び回ったり、業務が多岐にわたる、型にはまらない仕事で力を発揮します。常に新しいことに取り組むチャレンジ精神が旺盛。一般社員よりも、経営者タイプです。

恋愛と人間関係

想像力が豊かで社交的で、情熱のある人に惹かれるあなた。**賢く知性的で、あなたに刺激を与え、あなたを励ましてくれるような人**を求めています。あなたは人を見る目があり、細かい性格まで判断できます。

恋人を強い愛情で包み、支えられるのも、7月23日生まれのあなただからできること。機転がきき、誇り高いあなたは、友人の輪の中でも中心的存在として活躍。しかし、プライバシーを大切にするため、友人があなたの私生活へ割りこんでくることを嫌います。

みずからの不満が原動力になり、より新しい、より刺激的な体験を求めようとします。結果として、あまり長続きする関係は築けず、時には人に言えないような関係を結ぶことも。

数秘術によるあなたの運勢

23日生まれは、繊細な感受性と豊かな想像力を兼ね備えています。物事に対する真剣な態度と独創的なアイディアを持ち合わせた多才で頭の回転の速い人です。23という数字は、学習の到達スピード力が速いことを示していますが、理論よりも実践を好みます。旅行や冒険、そして常に新しい出会いを求めているあなたは、さまざまな経験を経て、どんな状況でも適応できる力を身につけます。

7月生まれは、たとえ自分を見失うことがあっても、自分の人生を他人の手にゆだねることはありません。最後まで自分で責任を持ちます。

多才で優秀なあなたは、自己分析をして、もっとよく自分を知ろうとします。そのために、詳細な調査と地道な努力を惜しみません。一見、石橋を叩いて渡るタイプと思われがちですが、実際は想像力が豊かで敏感、問題解決にすばやい対応をすることが特徴的です。

●長所：忠誠心に厚い、責任感がある、頭の回転が速い、想像力が豊かである、多才である、信頼できる

■短所：自己中心的である、臆病である、なまけ者である、頑固である、妥協しない、揚げ足取りである、孤立しがちである、先入観にとらわれやすい

相性占い

♥恋人や友人

1月13、19、23日／**2月**11、17、21日／**3月**9、15、19、28、29、30日／**4月**7、13、17、26、27日／**5月**5、11、15、24、25、26日／**6月**3、9、13、22、23、24日／**7月**1、7、11、20、21、22日／**8月**5、9、18、19、20日／**9月**3、7、16、17、18日／**10月**1、5、14、15、16、29、31日／**11月**3、12、13、14、27、29日／**12月**1、10、11、12、25、27、29日

◆力になってくれる人

1月7、15、20、31日／**2月**5、13、18、29日／**3月**3、11、16、27日／**4月**1、9、14、25日／**5月**7、12、23日／**6月**5、10、21日／**7月**3、8、19日／**8月**1、6、17、30日／**9月**4、15、28日／**10月**2、13、26日／**11月**11、24日／**12月**9、22日

♣運命の人

1月19、20、21、22日

♠ライバル

1月6、14、30日／**2月**4、12、28日／**3月**2、10、26日／**4月**8、24日／**5月**6、22日／**6月**4、20日／**7月**2、18日／**8月**16日／**9月**14日／**10月**12日／**11月**10日／**12月**8日

★ソウルメイト（魂の伴侶）

4月30日／**5月**28日／**6月**26日／**7月**24日／**8月**22日／**9月**20日／**10月**18、30日／**11月**16、28日／**12月**14、26日

有名人

レイモンド・チャンドラー（作家）、磯崎新（建築家）、朝丘雪路（女優）、ミッキー・カーチス（歌手）、松方弘樹（俳優）、三上博史（俳優）、倉田真由美（マンガ家）、ポール・ウェズリー（俳優）、阿部知代（アナウンサー）、池添謙一（騎手）

太陽：しし座
支配星：しし座／太陽
位置：1°−2° しし座
状態：不動宮
元素：火
星：なし

July Twenty-Fourth

7月24日

LEO

よき相談相手で、分別がある人物

野心家で、現実主義で、強い責任感。この3拍子がそろっているのが、7月24日生まれのあなた。**思いやりがあって勇敢な性格**は、典型的なしし座の姿です。そして、**秩序を重んじ、計画性のある楽観主義者**で、知識を上手に活用します。慎重なあなたは、しっかりと基礎固めをしてから進みます。また、一時の快楽に浸るより、積極的に活動したり、働くことを選びます。

賢くておもしろい人に特に惹きつけられるあなたは、共通の興味や学問を通して人間関係を築きます。

あなたは、人生を歩むうえでは教育が大切な要素だと考えています。興味を持ったことには、進んで勉強を始めることも。生まれ持った才能と持ち前の分別を利用すれば、周りの人のよき相談相手となれそう。

想像力豊かで金儲けのアイディアがあふれ出てくるあなたは、流行にも敏感で楽しみながら仕事をすることができるタイプ。ただし成功を望むあまり、頑固になったり、批判的で攻撃的になるのは禁物。何事も持ちつ持たれつ。微妙な駆け引きを学びましょう。

29歳になると、太陽はおとめ座へ移行します。同時に、30年にわたり、仕事、能率性、生産性を重視するようになります。奉仕や仕事の成功に喜びを感じるようになります。さらなる転機は、59歳の時に訪れます。太陽がてんびん座へと移っていくと、より外交的になり、調和のとれた環境を求めるようになります。

隠された自己

多才なあなたは、さまざまなことに興味を持ち、新たなアイディアを考えながら、常に情報を集めています。**世の中がつまらないと感じることはめったにありません**。しかし、理想を追い求めるあなたには、強い信念と運命とのバランスを見極めることが必要です。自分の人生観をはっきり思い描くことで、短所や限界をしっかり認めること。常に前進したいと願っても、じっくりと考えることができないうちは、内面の安らぎを得るのは難しいでしょう。反省を通じて、自分の欠点を知りましょう。哲学や精神論に関わる知識と、賢さから得られる愛や平静を求めています。あなたにとっての家庭とは、精神的に守られた安心できる場所ですが、知恵を得るための旅は一生続くでしょう。

仕事と適性

7月24日生まれの誇りと責任感の強さは、あなたに「**任された仕事を成功させたい**」というやる気を起こさせます。臨機応変の対応ができるので、すばらしい上司、重役、リーダーとして活躍できます。まとめ役として、また戦略家としても優秀なあなたは、商取引で力を発揮します。特に事業提携や協力関係を結んで結果を出す仕事に向いています。また、販売促進や広告関連の仕事でも才能を活かせます。独特な表現力があるので、俳優、作家、政治家などでも成功を収めます。

恋愛と人間関係

鋭い直感力を持ったあなた。**変わり者ながら、大きな影響を与えてくれる人**と関係を深めていきます。家庭と家族を大事にする一方、自由と独立を求めます。心の内にある情緒不安定な部分と欲望を満たそうとする願いが、新たな新天地を探す旅へあなたを送りだします。

あなたは**自分よりも、もっと自分をわかってくれる人**に惹かれがちです。自己表現はやや大げさなところがあり、いつまでも若々しさを失いません。

数秘術によるあなたの運勢

24日生まれのあなたは、型にはまった生活を好みません。努力家で、実務能力と正しい判断力を持っています。過敏に反応することがあり、その時には、心の安定を得られる時間を過ごすとよいでしょう。忠実で公平ですが、時として感情を表に出さないことがあります。さらに、言葉より行動の方が効果的だと信じています。現実的な姿勢がビジネス感覚を養い、障害を乗り越え、成功へと導いてくれます。

24という数字は、頑固さと固定観念から自分を解き放つ必要性があることを示しています。

7月生まれの特徴は、決断をくだす前にじっくり物事を観察すること。

●長所：活力がある、理想主義者である、実用的な技術がある、思いきった判断力がある、素直である、率直である、公平である、寛大である、家庭を大事にする、積極的である、活発である

■短所：実利主義である、ケチである、情緒不安定である、無慈悲である、型にはまった生活を好まない、なまけ者である、誠実でない、頑固である

♥恋人や友人

1月3、4、14、20、24日／**2月**2、12、18、22日／**3月**10、16、20、29、30日／**4月**8、14、18、27、28日／**5月**6、12、16、25、26、31日／**6月**4、10、14、23、24、29日／**7月**2、8、12、21、22、27日／**8月**6、10、19、20、25日／**9月**4、8、17、18、23日／**10月**2、6、15、16、21、30日／**11月**4、13、14、19、28、30日／**12月**2、11、12、17、26、28、30日

◆力になってくれる人

1月4、8、21日／**2月**2、6、19日／**3月**4、17、28日／**4月**2、15、16日／**5月**13、24日／**6月**11、22日／**7月**9、20日／**8月**7、18、31日／**9月**5、16、29日／**10月**3、14、27日／**11月**1、12、25日／**12月**10、23日

♣運命の人

1月3、21、22、23日／**2月**1日／**5月**31日／**6月**29日／**7月**27日／**8月**25日／**9月**23日／**10月**21日／**11月**19日／**12月**17日

♠ライバル

1月7、10、15、31日／**2月**5、8、13、29日／**3月**3、6、11、27日／**4月**1、4、9、25日／**5月**2、7、23日／**6月**5、21日／**7月**3、19日／**8月**1、17日／**9月**15日／**10月**13日／**11月**11日／**12月**9日

★ソウルメイト(魂の伴侶)

3月31日／**4月**29日／**5月**27日／**6月**25日／**7月**23日／**8月**21日／**9月**19日／**10月**17、29日／**11月**15、27日／**12月**13、25日

この日に生まれた有名人

水川あさみ(女優)、谷崎潤一郎(作家)、ガス・ヴァン・サント(映画監督)、久保田利伸(ミュージシャン)、よしもとばなな(作家)、植草克秀(少年隊 タレント)、ジェニファー・ロペス(女優・歌手)、坂本昌行(V6タレント)、中村紀洋(プロ野球選手)、相沢紗世(タレント)、須藤理彩(女優)、中塚翠涛(書家)、右代啓祐(陸上10種競技選手)

太陽：しし座
支配星：しし座／太陽
位置：1°45'−3°　しし座
状態：不動宮
元素：火
星：なし

July Twenty-Fifth

7月25日

LEO

愛想がいい気配り上手

想像力が豊かで、楽しいことに目がない7月25日生まれのあなた。自分の才能をうまくアピールし、豊かな魅力、活力、そして情熱を持った明るい性格のしし座です。内面的な強さとのんびりとしたところが25日生まれの特徴。

支配星である太陽の影響で、**威厳があり、生きることの喜びを十分に表現することができる人**です。そして、気前がよく万能なあなたは、好奇心が旺盛で、多くの趣味や興味を持っています。

社交的で愛想がいいので、時には**気を配りすぎて無理をすること**も。また、器用で芸術的才能を持つので、その道で成功する可能性を秘めています。しかし、自分が本当にしたいことがわからないと、どんなに頭のよいあなたでも不安に駆られ、さまざまな選択肢に翻弄され、決断力が鈍ります。一見不可能だと思われる夢でも、現実となるまでは努力や持久力を失わないように。

積極的で先駆の精神と強力な本能を持ったあなたは、一時的な利益を求めるのではなく、長期にわたって働き、その結果を出そうとする策略家です。自分の本能を信じることで、精神的な不安定から抜けだせます。

28歳になると同時に、太陽はおとめ座へと移っていきます。その後の30年間、分析的能力を身につけ、実用性や能率性といった星座の影響を受けるでしょう。もう1つの転機となるのが、58歳前後の、太陽がてんびん座へと移る時。積極的に周囲の人と協力し、パートナーの存在やグループの調和を大切にするようになります。

隠された自己

自分の能力を信じて、その力を発揮すれば、不信感を抑えることができます。**人や物事を見抜く目はとても冴えています**。この力は、目的達成のため、あるいは知恵や経験を人に伝える時に一役買います。人生には、克服すべき困難が必要だと感じており、それを乗り越えることで力がつくと同時に、意外なところで人助けをすることにもなります。この日生まれは落ち着きがなくて、せっかち。エネルギーを無駄に消費せず、運動や旅行、冒険などに集中することを覚えましょう。大胆な行動を起こすことでたくさんのビジネスチャンスに恵まれるかもしれませんが、お金が入ってくるそばから出て行かないように注意。

仕事と適性

生まれながらに大胆で想像力豊かなあなた。どんな専門的職業に就いても、エンターテインメントの世界に入っても、この能力は発揮されます。一見自信あふれているように見えますが、自分に備わっている能力をもっと信用し、どんな時でも自分に疑問をいだかないように。魅力的で社会意識の強いあなたは、政界をはじめ、**人とのつながりが重要となる職業**に向いています。言葉による表現力が優れているので、作家や講師、また営業でもその才能を活かせます。

恋愛と人間関係

チャーミングで情熱的、想像力豊かで繊細なあなたは、**友人の輪を広げ、周りに影響を与える人**です。常に自信と理想的な考えを持ち、寛大で愛情に満ちています。自分の愛する人のために自分を犠牲にすることを惜しみませんが、時としてわがままで孤立した一面を見せます。

恋人になるまでは、厳しい目を向けますが、理想の相手が見つかれば誠実で思いやりのある愛情深い恋人となるでしょう。

数秘術によるあなたの運勢

頭の回転が速く、エネルギッシュな面もあれば、直感力があり思いやりがあるという特性を持った25という数字。斬新なアイディアで、また、さまざまな経験を通じて、自己表現の機会を持ちましょう。しかし、勤勉で完璧主義のあなたは、不慮の出来事に弱く、すぐ批判的になりますが、こういう時こそ忍耐強く対処すること。

また、25という数字は、強い精神的なエネルギーを持ち、集中すると他の誰よりも早く結論を導きだすことを示しています。成功と幸福は、自分の本能を信じ、忍耐強さと根気強さが身についた時に訪れます。

7月生まれは、本来の自分をみせることを恐れ、秘密主義者になることを暗示しています。その結果として、かえって自分に合った自己表現の方法を求めるようになります。

この誕生日の人は、実際の状況や理論から、抜け目なく技術や知識を得る能力を持っています。

●長所：特に直感的である、完璧主義である、洞察力が鋭い、想像力豊かな心を持っている、人づき合いがうまい

■短所：衝動に駆られる、せっかちである、無責任である、感情的である、嫉妬心が強い、秘密主義である、落ち着きがない、批判的である、気まぐれである

♥恋人や友人

1月21、25日／**2月**19、23日／**3月**17、21、30日／**4月**15、19、28、29日／**5月**13、17、26、27日／**6月**11、15、24、25、30日／**7月**9、13、22、23、28日／**8月**7、11、20、21、26、30日／**9月**5、9、18、19、24、28日／**10月**3、7、16、17、22、26、29日／**11月**1、5、14、15、20、24、27日／**12月**3、12、13、18、22、25、27、29日

◆力になってくれる人

1月5、13、16、22、28日／**2月**3、11、14、20、26日／**3月**1、9、12、18、24、29日／**4月**7、10、16、22、27日／**5月**5、8、14、20、25日／**6月**3、6、12、18、23日／**7月**1、4、10、16、21日／**8月**2、8、14、19日／**9月**6、12、17日／**10月**4、10、15日／**11月**2、8、13日／**12月**6、11日

♣運命の人

1月21、22、23、24、25日／**6月**30日／**7月**28日／**8月**26日／**9月**24日／**10月**22日／**11月**20日／**12月**18日

♠ライバル

1月2、23、30日／**2月**21、28日／**3月**19、26、28日／**4月**17、24、26日／**5月**15、22、24日／**6月**13、20、22日／**7月**11、18、20日／**8月**16、18、19日／**9月**7、14、16日／**10月**5、12、14日／**11月**3、10、12日／**12月**1、8、10日

★ソウルメイト（魂の伴侶）

1月14、22日／**2月**12、20日／**3月**10、18日／**4月**8、16日／**5月**6、14日／**6月**4、12日／**7月**2、10日／**8月**8日／**9月**6日／**10月**4日／**11月**2日

この日に生まれた有名人

フェルディナント・バイエル（作曲家）、中村紘子（ピアニスト）、ジャガー横田（元プロレスラー・タレント）、高島礼子（女優）、西尾由佳理（アナウンサー）、駒野友一（サッカー選手）、alan（歌手）、仲俣汐里（元AKB48 タレント）、坂村健（計算機科学者）

太陽：しし座
支配星：しし座／太陽
位置：2°45'−3°30'　しし座
状態：不動宮
元素：火
星：なし

July Twenty-Sixth

7月26日

LEO

威厳があって名誉を重んじる性格と、陽気で思いやりがある性格が同居

思いやりがあり、陽気で野心的なあなたは、自信を持てば、魅力的で、もっと寛大になれます。しし座のあなたは、威厳があり、名誉を重んじ、鋭敏な知性と洞察力の持ち主。

支配星の太陽と二重の影響で、**プライドの高さ**が暗示されていますが、威厳と傲慢の区別をつけるように。尊敬され、賞賛を与えられることを好むあなたは、他人の批判は受け入れにくい傾向も。

人間関係において、調和とバランスを作りだすことで、自分の考えが伝わりやすくなることを肝に銘じて。元来、柔軟で辛抱強いのですが、厳格で頑固な一面には注意。**常に気持ちを落ち着かせること**を心がけて。そうすれば自分の意見をスムーズに人に伝えることが可能になり、これがリーダーシップの発揮や、アイディアの実現に役立ちます。

鋭い思考力により、明晰で、すばやい結論を出します。**正確さを好みますが**、欲求不満のはけ口として、皮肉な言い方をするのは避けましょう。天性の活力と際立っていたいという欲求により、スポーツに惹かれます。

27歳からは、太陽がおとめ座に移動し、現実的な秩序、分析、効率志向が高まります。57歳で太陽がてんびん座に移行し、転換期が訪れます。この時点から、身近な人間関係に対する関心が高まり、現実志向から精神志向に移行します。

隠された自己

目的を達成するための努力を惜しまず、**皆の先頭に立ちます**。頑固で、思い通りにするために、心の奥の直感を無視することも。また、信じがたいほどの速さで洞察力を働かせ、それがユーモアとして表現されることもありますが、ピエロのような外見の奥には、隠された深い知恵があるのです。常に新しい企画を立ち上げることが好きなあなた。社交性がありますが、いつも緊張していられるように、活発な議論などの刺激を必要としています。他人の問題に温かい関心を示し、親切で思いやりがあり、礼儀正しくふるまいます。しかし、真剣になると頑固で面倒を起こします。

仕事と適性

天性の自信にあふれた態度や熱意が、人に影響を及ぼす強い力とあいまって、**理想的なリーダー**となります。おしゃべりの才能と鋭い知性は、販売促進担当、代理店業、販売員として力を発揮します。同様に、作家、講演者としても才能を活かせます。生まれながらの優れた心理学者なので、カウンセリングや広報などの仕事も適職。ビジネスでは、組織をまとめる力や戦略的な能力が、大きな仕事に向いています。独立心があるあなたですが、人との共同作業から得るものも多いでしょう。

恋愛と人間関係

人間関係において若々しく、茶目っ気のあるあなたは、魅力的ですが、無責任にもなりがちなので注意して。しかし、あなたは**社交的で、人を楽しませ、友人ができやすい人物**。常に周囲には人が集うことでしょう。

愛する人と気持ちを分かちあうことを楽しみ、温かく、魅力的。多くの異性との恋愛を楽しみながらも、最終的には本当の自分を理解してくれる長期的な人間関係を築くことでしょう。

数秘術によるあなたの運勢

26日生まれは、現実主義者で、管理能力やビジネスセンスに長けています。責任感が強く、美を見極める力を持ち、家庭愛の持ち主であるあなたは、しっかりとした基盤を築き、本物の安定を求めています。頼りになると思われているので、困った時に頼ってくる友人、家族、親戚を喜んで助けます。物質主義的傾向や支配欲に注意。

7月生まれの隠れた影響により、自分の欲求と、人への義務とのバランスをとることが重要。完璧主義のあなたは、細部にまで気を配り、美や調和を生みだすことを好みます。理想主義と、26日生まれの特徴である強い意志により、あなたは慎重な性格で、しっかりした価値観と健全な判断力の持ち主であることがわかります。

●**長所**：創造力がある、現実的である、愛情深い、責任感がある、家族を誇りにしている、熱心である、勇気がある

■**短所**：頑固である、反抗的である、人間関係が不安定である、辛抱不足である

♥恋人や友人

1月6、16、22、26日／**2月**4、14、20、24日／**3月**2、12、18、22日／**4月**10、16、20、30日／**5月**8、14、18、28日／**6月**6、12、16、26日／**7月**4、10、14、24、31日／**8月**2、8、12、22、29日／**9月**6、10、20、27日／**10月**4、8、18、25日／**11月**2、6、16、23、30日／**12月**4、14、21、28、30日

◆力になってくれる人

1月6、17、23、31日／**2月**4、15、21、29日／**3月**2、13、19、27、30日／**4月**11、17、25、28日／**5月**9、15、23、26日／**6月**7、13、21、24日／**7月**5、11、19、22日／**8月**3、9、17、20日／**9月**1、7、15、18、30日／**10月**5、13、16、28日／**11月**3、11、14、26日／**12月**1、9、12、24日

♣運命の人

1月22、23、24、25、26日

♠ライバル

1月24日／**2月**22日／**3月**20、29日／**4月**18、27、29日／**5月**6、16、25、27、30日／**6月**14、22、25、28日／**7月**12、21、23、26日／**8月**10、19、21、24日／**9月**8、17、19、22日／**10月**6、15、17、20日／**11月**4、13、15、18日／**12月**2、11、13、16日

★ソウルメイト（魂の伴侶）

1月13日／**2月**11日／**3月**9日／**4月**7日／**5月**5日／**6月**3、30日／**7月**1、28日／**8月**26日／**9月**24日／**10月**22日／**11月**20日／**12月**18日

有名人

スタンリー・キューブリック（映画監督）、萩原健一（俳優）、高泉淳子（女優）、ケヴィン・スペイシー（俳優）、サンドラ・ブロック（女優）、小島奈津子（アナウンサー）、桜庭一樹（作家）、加藤夏希（女優）、テイラー・モムセン（女優）、淡路卓（フェンシング選手）、ミック・ジャガー（ミュージシャン）

太陽：しし座
支配星：しし座／太陽
位置：3°45'−5°　しし座
状態：不動宮
元素：火
星：なし

July Twenty-Seventh

7月27日

LEO

知識欲と探究心が強く、独創的なアイディアの持ち主

愛想がよく、思いやりと第六感を備えたあなたは、強い個性を持つ、感受性の鋭いしし座。知識欲と探究心が強く、**独創的で、想像力と好奇心にあふれています**。意志が強く進歩的な思考を持つあなたは精神的刺激を追求し、常に新しいアイディアにあふれています。

理解力に富み、最新の情報に遅れないために、書籍や雑誌の情報や、日進月歩のコンピューターの技術を収集しています。支配星のしし座の隠れた影響により、魅力にあふれ、外見がよく、生き生きとしたあなた。**誰からも好かれ、人と親密に交流できるでしょう**。生来、両極端の性格を持つあなたです。寛大さと過敏な面、不安定と頑固な面とのバランスをとりましょう。

社交的で気前がよく、強引なあなたは、一般大衆を相手にするのを好み、外交や広報が得意。刺激を受ければ、どんなことでも熱心に始めますが、しばしば準備不足。飽きやすく、関心の対象が多すぎるために、集中することができません。また、アイディアにあふれていますが、それを形にするのは少々苦手。優れた発想を実行するために試行錯誤していくとよいでしょう。

26歳以降は、太陽がおとめ座に移動し、分析、現実、思索に関心を寄せます。責任が増すにつれて、仕事の完璧さや効率のよさを求めるようになります。56歳からは太陽がてんびん座に移動し、人生の重点が変わり、陽気で、適応力が高く、駆け引き上手になります。

隠された自己

強い野心を持っているものの、その野心を人と共有することに最大の喜びを感じます。独立心が強い時と、依存心が強い時があり、親密で深い関係を築くためには、極端な感情のゆれのバランスをとる必要があります。すべての人間関係は、対等なギブアンドテイクのうえに成り立っているということに特に注意しましょう。

あなたは**心温かく、愛情深く、理想主義者**。芸術、音楽、精神性を通じて、すばらしいインスピレーションを得るでしょう。しかし、優れたひらめきに他の人はついていけず、これがあなたの悩みの種にもなります。思った通りに人が動いてくれることを期待せずに、あるがままを受け入れることで、失望せずにすむでしょう。

仕事と適性

頭の回転の速さと、優れた記憶力、リーダーシップを備えたあなたは、**どんな仕事でもうまくこなせます**。人を相手にする仕事に関心を持てば、販売、広告関係、広報などで成功します。また、作家、教師も適職。ビジネスでは、自分が中心となりたがるので、自営または管理職が向いています。専門知識を持てば、弁護士やカウンセラーでも活躍できます。また、色、美、造形、音楽鑑賞を伴う仕事も適職。

恋愛と人間関係

大胆で強引ながら、常に誰かと一緒にいる運命にあります。親しみやすく社交的、陽気な性格で人を惹きつけますが、人数が少なくてもいいので、本当に親密な友人が欲しいのです。

野心があり、向上心の強いあなたは、**自力でのし上がってくる、勤勉な人**に惹かれます。幸福と長続きする関係を求めるならば、強い独占欲と気まぐれに注意。人間関係においては、あなたは人を魅了し、忠誠心に厚く、協力的です。

数秘術によるあなたの運勢

27日生まれは、理想主義で繊細。直感的で分析力があり、創造性に恵まれたあなたは、独創的なアイディアで人に強い印象を与えます。秘密主義、合理的、孤立主義と思われるようですが、内心では緊張感を強めています。優れたコミュニケーション能力を発達させるにあたって、深い感情を表現することを学びましょう。

27日生まれにとって教育は重要。沈思黙考することにより、忍耐と自制心を学びます。

7月の隠れた影響により、カリスマ性と想像力、強い本能が与えられています。積極性を育み、人の話を聞くことにより、疑い深い性格を克服しましょう。人生の知恵に対する理解を深めるためには、人の助言をあてにせず、みずからの経験で学ぶことが必要。

●**長所**：多才である、想像力がある、創造性がある、意志堅固である、大胆である、理解力に優れている、有能である、独創性がある、精神力がある

■**短所**：喧嘩っぱやい、傷つきやすい、理屈っぽい、情緒不安定である、神経質である、疑い深い、感情的である

相性占い

♥恋人や友人

1月1、4、27、29日／**2月**2、25、27日／**3月**23、25日／**4月**21、23日／**5月**19、21、29日／**6月**17、19、27日／**7月**15、17、25日／**8月**13、15、23日／**9月**11、13、21日／**10月**9、11、19日／**11月**7、9、17日／**12月**5、7、15日

◆力になってくれる人

1月3、10、15、18日／**2月**1、8、13、16日／**3月**6、11、14、29、31日／**4月**4、9、12、27、29日／**5月**2、7、10、25、27日／**6月**5、8、23、25日／**7月**3、6、21、23日／**8月**1、4、19、21日／**9月**2、17、19日／**10月**15、17日／**11月**13、15日／**12月**11、13日

♣運命の人

1月23、24、25、26、27日／**4月**30日／**5月**28日／**6月**26日／**7月**24日／**8月**22日／**9月**20日／**10月**18日／**11月**16日／**12月**14日

♠ライバル

1月9、14、16、25日／**2月**7、12、14、23日／**3月**5、10、12、21、28、30日／**4月**3、8、10、19、26、28日／**5月**1、6、8、17、24、26日／**6月**4、6、15、22、24日／**7月**2、4、13、20、22日／**8月**2、11、18、20日／**9月**9、16、18日／**10月**7、14、16日／**11月**5、12、14日／**12月**3、10、12日

★ソウルメイト（魂の伴侶）

12月29日

山本有三（作家）、高島忠夫（俳優）、ピナ・バウシュ（ダンサー・振付師）、かわぐちかいじ（マンガ家）、渡嘉敷勝男（元プロボクサー）、星野真里（女優）、松井玲奈（元SKE48 タレント）、小島慶子（タレント・ラジオパーソナリティー）

太陽：太陽
支配星：しし座／太陽
位置：4°45'−5°30'　しし座
状態：不動宮
元素：火
星：なし

July Twenty-Eighth

7月28日

LEO

勇気と豊かな感性を持った天性のリーダー

7月28日生まれは、強烈な個性を持ち、カリスマ性のある、親切で寛大な天性のリーダーです。**強い野心、勇気、感性、すばやい反応力**を持っているあなたは、並はずれた成功の可能性を与えられています。

支配星のしし座の隠れた影響により、自信に満ちたあなたの姿に人々は惹きつけられるので、あなたは**忙しくても人と交流する時間を優先**します。しかし、すばらしい才能を活かすために自制心を持つことも重要。

教養あるあなたは、**贅沢品に囲まれるのが好き**で、美しいものを好みます。自分を創造的に表現し、演劇、芸術、エンターテインメントの世界で認められたいと願っています。気前がよく陽気で、自分の利益になる時には、駆け引き上手。

プライドが高く、威厳のあるあなたも、時には驚くほど控えめになることがあります。感情を抑えつけて、いらついたり高圧的にならないように。健康に支障が出るかもしれませんので、仕事も遊びもほどほどに。勤勉を心がけ、しっかり計画と戦略を立てれば、成功にいたるでしょう。

あなたは子どもの頃から、社会活動に関心を持ち、物事の中心でリーダーシップを発揮してきました。

25歳以降は、太陽がおとめ座に移動し、物事の価値を見抜く力がつき、現実的で、時間やエネルギーを使う時には慎重になります。仕事環境をはじめとして、効率よく活動する方法を求めるようになります。55歳になると、30年にわたり、太陽がてんびん座に移動します。このため、生活における調和やバランスが高まります。ここから、執筆、芸術、音楽、癒しに対する関心が浮かび上がります。

隠された自己

持って生まれた魅力、機知、創造性を発揮し、人を楽しませる力があるにもかかわらず、時には深刻で利己的になり、自分の努力が評価されていないという気持ちになることがあります。このような時には、理屈っぽく、わがままな面が強く出てしまいます。欲求不満があっても、寛大な気持ちで対応し、客観的に物事を見るようにすれば、思いやりの気持ちが現れます。これによって人望を得て、望んでいた通り人から高い評価を得られるようになります。

直感的で、ユーモアのセンスに優れたあなたは、愛する人から認められたいと願っています。孤独を好まず、平和、家庭、家族のために妥協もするでしょう。ただし性欲も強く、セックスの快楽を求めたばかりに、人生におけるすばらしい可能性を台なしにしてしまうこともあるので注意。

仕事と適性

天性の芝居っ気と統率力で、俳優としても演出家としても演劇で成功するでしょう。自立心があり、リーダーシップを備えたあなたは、権力ある地位に就くか、自営業などで成功するでしょう。**多才であり、才能を商業化する力があり、人間関係にも恵まれる**でしょう。優れた社交能力と魅力を持つあなたは、対人関係に力を発揮します。コミュニケーション能力は、執筆、講師、出版、販売でも活かせます。自信ありげな見た目と、持ち前の負けん気により、自制心を発揮すれば、ビジネスでも成功するでしょう。一方、人道的な性格により、社会改革、医療、慈善活動なども適職。

恋愛と人間関係

ロマンティックな性格で寛大なので、**あなたのカリスマ性に惹かれる人は多い**でしょう。愛する人に対して、高圧的、威嚇的にならないように注意。情熱的なあなたは、ひと目ぼれのこともあります。

目標達成のためには、独立心と、恋愛や仕事における協力関係の必要性のバランスが必要です。

数秘術によるあなたの運勢

独立心が強く、理想主義ながら、決断力があります。しかし、現実的で、自分だけが正しいと思っているふしも。1日生まれの人と同じく、野心があり、決定が速く、冒険心に富んでいます。独立したいという気持ちと、チームの一員でありたいという矛盾を抱えています。いつでも行動や冒険を始めるあなたは、果敢に人生の難問に取り組み、熱意を持って支持を求め、人に刺激を与えます。

28日生まれのあなたは、リーダーシップがあり、常識的、論理的で明晰な考え方をします。責任感がありますが、ときどき、せっかちになり、寛容的ではなくなることがあります。

7月生まれの隠れた影響により、権力や物質至上主義を克服するために内なる感情を信じましょう。不信と不安に駆られているうちに、人と創造力を共有するチャンスを逃します。

●**長所**：思いやりがある、進歩的である、大胆である、芸術的である、創造的である、理想主義者である、野心家である、勤勉である、安定した家庭生活を築く、意志強固である

■**短所**：空想家である、やる気がない、非現実的である、高圧的である、判断力に欠ける、攻撃的である、自信がない、依頼心が強い、プライドが高すぎる

♥恋人や友人

1月2、28日／**2月**26日／**3月**24日／**4月**22日／**5月**20、29、30日／**6月**18、27、28日／**7月**16、25、26日／**8月**14、23、24日／**9月**12、21、22日／**10月**10、19、20、29、31日／**11月**8、17、18、27、29日／**12月**6、15、16、25、27日

◆力になってくれる人

1月2、10、13、16日／**2月**8、11、14日／**3月**6、9、12日／**4月**4、7、10日／**5月**2、5、8日／**6月**3、6日／**7月**1、4、30日／**8月**2、28、30日／**9月**26、28日／**10月**24、26日／**11月**22、24日／**12月**20、22、30日

♣運命の人

1月24、25、26、27、28日／**10月**31日／**11月**29日／**12月**27日

♠ライバル

1月3、9、10日／**2月**1、7、8日／**3月**5、6、31日／**4月**3、4、29日／**5月**1、2、27日／**6月**25日／**7月**23日／**8月**2、21、31日／**9月**19、29日／**10月**17、27日／**11月**15、25日／**12月**13、23日

★ソウルメイト(魂の伴侶)

1月5日／**2月**3日／**3月**1日／**5月**30日／**6月**28日／**7月**26日／**8月**24日／**9月**22日／**10月**20日／**11月**18日／**12月**16日

有名人

ベアトリクス・ポター(作家)、アルベルト・フジモリ(ペルー元大統領)、渡瀬恒彦(俳優)、セルジオ越後(サッカー解説者)、大滝詠一(ミュージシャン)、サエキけんぞう(ミュージシャン)、高橋陽一(マンガ家)、スガシカオ(ミュージシャン)、矢井田瞳(ミュージシャン)

太陽：しし座
支配星：しし座／太陽
位置：5°30'－6°30'　しし座
状態：不動宮
元素：火
星の名前：プレセペ

July Twenty-Ninth

7月29日

LEO

豊かな感受性と想像力を、芸術的な方面で活かすように

感情、感性そして想像力の豊かさが特徴。**大胆で才能にあふれ、チャーミング**。インスピレーションと人からの励ましがあれば高みに上ることのできる、意志強固なしし座です。

支配星のしし座の隠れた影響で、**プライドが高く、人に認められたい**と思っているあなたは、自信にあふれた印象を与えようとします。何事も感情で判断するため、自己表現の方法や芸術的、創造的才能のはけ口を見つける必要があります。感情の幅が広く、思慮深く、温かい性格なので、人から尊敬を受けます。しかし、自分の思う通りにならない時は、支配的になり、感情を爆発させる傾向があります。ただ、この豊かな感受性は、優れたビジネスセンスを損なうものではなく、あなたは**金運には恵まれた一生を送る**ことでしょう。毅然として不屈であり、強い義務感を備えています。興味を惹かれるものがあれば、とりわけ意志が強くなるでしょう。

優れたビジョンと熱意を組み合わせることで、人に感銘を与えます。おごらず、バランスを保つことで、しっかりと地面に足をつけておきましょう。

太陽がおとめ座に移動する24歳以降は、高圧的なところがなくなり、分析的、現実的、内省的になります。義務を果たすことに時間をとられ、より完璧に、より効率よく働くことを目指すようになります。54歳には太陽がてんびん座に移動し、人生の重点が変わり、リラックスし、駆け引きに長け、創造性が発揮され、人間関係が重要性を占めるようになります。

隠された自己

常に成功を目指すあなたは、はっきりとした目的を必要としています。大きな夢を持ち、成功するためには強い自制心と集中力が必要。マイナス思考をしたり、期待を多くいだきすぎることが課題で、欲求不満や失望を感じ、精神的な充足感が得られません。深いうつ状態にも、意気揚々とした博愛主義者にもなれるので、繊細な想像力と創造性をプラス方向に表現する方法を見つけることが重要。**激しい感情を目的意識のある仕事に向ける**ことで、本来の力を認めてもらうことができるでしょう。

仕事と適性

生来の威厳を備えています。人の下につく仕事は好みません。大義や理想のために、無私無欲で働くのがベスト。このため政治、慈善活動、社会改革の道に惹かれます。**独創的な表現方法は、演劇や芸能界向き**。教職や執筆活動を通じて人と知識を共有します。あなたの感性と優れた視覚は、映画監督や写真家としての成功にも役立ちます。また、芸術や美しいものを商品化する才能があります。

恋愛と人間関係

権力や影響力を持つ人に惹かれるあなたは、ロマンティックで大胆な性格。気分にむらがあるので、人間関係が損なわれることも。激情的で、繊細で愛情深く、思いやりがあり、表情豊かなあなた。忠誠心と献身を大事にしますが、支配的、高圧的にならないように注意。責任感が強く、気前がいいので、人から尊敬や賞賛を受けます。

数秘術によるあなたの運勢

29日生まれのあなたは、強い個性と並はずれた可能性を秘めています。直感的で、繊細、感情的なあなた。成功の鍵はインスピレーションです。ひらめきがなければ、目的を失うことになるでしょう。

真の夢想家でありながら、気分のむらには注意。内なる感情を信じて、人に心を開けば、くよくよして心によろいをつける必要はありません。創造力を発揮して、人の役に立つものを作り上げましょう。

7月の隠れた影響は、正直と思いやりがあなたの真の力であることを示しています。この力を使えば、愛と調和を生みだすことができます。

あなたはカリスマ性がありますが、強引なところもあります。高潔で責任ある態度をとり、公平な判断ができるので、人から尊敬されます。

●長所：バランス感覚に優れている、寛容である、創造性がある、直感的である、神秘的である、世慣れている、信念がある

■短所：集中心に欠ける、精神的に不安定である、神経質である、利己的である、うぬぼれ屋である、気分屋である、気難しい、極端な性格である、無神経である、過敏である

相性占い

♥恋人や友人

1月3、22、25、29、30日／**2月**1、20、23、27、28日／**3月**18、21、25、26日／**4月**16、19、23、24、28日／**5月**14、17、21、22、26、31日／**6月**12、15、19、20、24、29日／**7月**10、13、18、22日／**8月**8、11、15、16、20、27、29、30日／**9月**6、9、13、14、18、23、27、28日／**10月**4、7、11、12、16、21、25、26日／**11月**2、5、9、10、14、19、23、24日／**12月**3、7、8、12、17、21、22日

◆力になってくれる人

1月17日／**2月**15日／**3月**13日／**4月**11日／**5月**9、29日／**6月**7、27日／**7月**5、25日／**8月**3、23日／**9月**1、21日／**10月**19、29日／**11月**17、27、30日／**12月**15、25、28日

♣運命の人

1月25、26、27、28、29日／**5月**31日／**6月**29日／**7月**27日／**8月**25、30日／**9月**23、28日／**10月**21、26日／**11月**19、24日／**12月**17、22日

♠ライバル

1月20、23日／**2月**18、21日／**3月**16、19日／**4月**14、17日／**5月**12、15日／**6月**10、13日／**7月**8、11日／**8月**6、9日／**9月**4、7日／**10月**2、5日／**11月**2日／**12月**1日

★ソウルメイト(魂の伴侶)

1月4、31日／**2月**2、29日／**3月**27日／**4月**25日／**5月**23日／**6月**21日／**7月**19日／**8月**17日／**9月**15日／**10月**13日／**11月**11日／**12月**9日

この日に生まれた有名人

ベニート・ムッソリーニ(政治家)、橋本龍太郎(政治家)、せんだみつお(タレント)、秋吉久美子(女優)、小野リサ(歌手)、秋山成勲(格闘家)、フェルナンド・アロンソ(F1ドライバー)、野々村竜太郎(元政治家)

太陽：しし座
支配星：しし座／太陽
位置：6°30'−8°　しし座
状態：不動宮
元素：火
星の名前：ノースアセラス、サウスアセルス、プレセペ

July Thirtieth

7月30日

LEO

誇り高く大胆で王様気分のオレ様

30日生まれの人は、創造性があり野心的で、激しい感情と魅力的な個性の持ち主です。**若々しく社交的**なあなたは、1人でいることよりも、誰かと交流することが好きです。

支配星のしし座の影響により、人を楽しませるのが好きで、壮大なことを好みます。誇り高く大胆なあなたは、自信たっぷりの王様気分。**群集の中でも光って見える**あなたは、心温かく友好的ですが、時折、傲慢で気まぐれになるので注意して。自己表現欲は、執筆、演劇、芸術、音楽などの分野で開花することでしょう。また、**天性のリーダーシップ**を備えているので、喜んで先頭に立ちます。自信にあふれ、勇気のあるあなたは、リスクを恐れません。贅沢を求めるので、羽目をはずした無駄遣いに注意。自信と威厳を持つあなたは友人としては、愉快な存在。

23歳以降は、30年にわたり太陽がおとめ座に移動し、日常生活での秩序が重要視されるようになります。物事を分析し、健全で効率がよくなるように、努力するようになります。これは、太陽がてんびん座に移動する53歳まで続きます。転換期には、人とのつき合いを求める欲求、密接な人間関係、創造性、調和の重要性が高まります。

隠された自己

鋭い感受性を持ち、心が広いので、他人の問題に同情を寄せます。そして話を聞いたり、助言を与えたりします。想像力があり、愉快で、人の気持ちを明るくする才能があります。心が豊かで、天性の優雅さを備え、自由な考え方をします。

しかし興奮すると、極端な性格に走りがち。激しい感情に押しつぶされて、自己憐憫や現実逃避に陥り、せっかくの優れた感受性を台なしにしないように。自分の欲求ばかりにかまけ、うぬぼれ、自己中心的になり、崇高な使命を忘れてしまいます。しかしあなたは、**不安や不運からすぐに立ち直ることができ**、自分の崇拝者たちに愛情や温かさを注ぎます。

仕事と適性

天性の威厳と、対人関係を円滑にする能力があるので、指導的立場または自分なりのやり方が通せる自由業が適性。生来の駆け引き上手が、広報などの職業にも向いています。

また、対人関係を得意とするため、販売促進業で実力を発揮。人をもてなすことが好きなので、レストランなどの飲食系サービス業がとりわけ適職。

ショービジネスや音楽業界にも興味を持つでしょう。また、音楽家、役者、エンターテイナーで名声を得ます。

恋愛と人間関係

心温かく、愉快なあなたは、社交生活も盛ん。愛を求める強い気持ちがあるので、**あらゆるロマンティックな関係に惹かれますが**、中にはトラブルを招くだけのものもあります。理想主義者のあなたは、客観的になる努力が必要。愛する人が期待に応えてくれなくとも、気楽に構え、深刻になりすぎたり失望したりしないように。

あなたは誰にでも愛情を示し、好きだと思う人には非常に寛容です。

数秘術によるあなたの運勢

想像力、愛想のよさ、社交性が**30**日生まれの特徴。創造力を伴った野心を持つあなたは、アイディアを手に入れ、大胆に展開します。豊かな生活を楽しみ、カリスマ性があり、外交的。感情が激しく、いつも恋愛感情や満足感を得ていたいのです。

幸福を求めるにあたっては、怠惰、わがまま、せっかち、嫉妬に注意。これが不安定な感情の引き金となります。

7月の隠れた影響により、自信がありそうに見えながら、内気で秘密主義。自分の意見をはっきりさせません。

独創性があり直感的なあなたは多彩な才能を与えられています。不安や自信のなさに陥らなければ、心の底にある感情を押しだすことができます。不安や疑念があれば、才能を発揮させる機会を失います。

●長所：陽気である、忠誠心がある、愛想がいい、まとめ上手である、言葉の才能がある、創造性がある

■短所：怠慢である、頑固である、気まぐれである、せっかちである、不安定である、無関心である、エネルギーが分散される

相性占い

♥恋人や友人

1月5、10、18、19、26、30日／**2月**3、8、16、17、24、28日／**3月**1、6、14、15、22、26日／**4月**4、12、13、20、24日／**5月**2、10、11、18、22日／**6月**8、9、16、20、30日／**7月**6、7、14、18、28日／**8月**4、5、12、16、26、30日／**9月**2、3、10、14、28日／**10月**1、8、12、22、26日／**11月**6、10、20、24日／**12月**4、8、18、22、30日

◆力になってくれる人

1月13日／**2月**11日／**3月**9日／**4月**7日／**5月**5日／**6月**3、30日／**7月**1、28日／**8月**26日／**9月**24日／**10月**22日／**11月**20日／**12月**18日

♣運命の人

1月26、27、28、29日

♠ライバル

1月14、24日／**2月**12、22日／**3月**10、20日／**4月**8、18日／**5月**6、16日／**6月**4、14日／**7月**2、12日／**8月**10日／**9月**8日／**10月**6日／**11月**4日／**12月**2日

★ソウルメイト(魂の伴侶)

7月30日／**8月**28日／**9月**26日／**10月**24日／**11月**22日／**12月**20日

有名人

新美南吉(作家)、荒井注(タレント)、ポール・アンカ(ミュージシャン)、アーノルド・シュワルツェネッガー(俳優)、ジャン・レノ(俳優)、ヒラリー・スワンク(女優)、上原彩子(ピアニスト)、古閑美保(元プロゴルファー)

太陽：しし座
支配星：しし座／太陽
位置：7°30'－8°30'　しし座
状態：不動宮
元素：火
星の名前：ノースアセラス、サウスアセルス、プレセペ

7月31日

LEO

心温かく寛大で、独立心が強い野心家

心温かく、愛想がいい7月31日生まれの特性は、カリスマ性と生き生きとした個性で、際立って見えます。**独立心が強く野心家で、大きなスケールで物事を考える**あなたは、鋭敏な知性を持ち、目的達成のために懸命の努力を惜しみません。

感受性と第六感が強まって、直感的になる時があります。寛大で度量が大きいので、稼いだお金は入るそばから出ていくことになるでしょう。**社交的で、情にもろいあなたは人気者**。

支配星のしし座の影響が強まり、天性の威厳を通じて人に影響を及ぼします。また、富や贅沢に惹かれるので、**壮大な夢を実現する起業家精神**を持ち合わせています。夢想家であり、企画を立ち上げるのが得意。

誇り高く、大胆で理想主義者のあなたは、現実的でもあります。あなたは愛情深く、思いやりがありながら、闘志も備わっています。ただし、強い自己を持つので、頑固やうぬぼれに注意。

22歳の時、太陽がおとめ座に移動し、30年にわたり秩序、現実的な問題解決、時間やエネルギーの賢明な使い方に焦点が移行します。もう1つの転換期は52歳。太陽がてんびん座に移動し、社交範囲が広がり、人間関係や創造的芸術に対する関心が高まります。

隠された自己

常に知性に刺激を受けていたいので、**知識や洞察力のある人が好み**。探究心旺盛で、知恵を得るのに努力を惜しみません。あなたの世界や交際範囲を広げるには、旅行が一番。正直で素直なあなたは、言葉よりも行動を好みます。情緒不安定な時や焦っている時には、他人の迷惑を顧みず衝動的な行動に出ることも。

繊細で愛を求めるあなたは、崇高な理想に向かって努力します。そして、人道的な行動をしている時に、心に充足を感じます。

あなたは子どものように無邪気とも、未熟ともとれる若々しさを持ち合わせています。人を楽しませ、明るくすることに喜びを感じています。

仕事と適性

どんな仕事でも、対人関係は順調。野心家で、リーダーシップを備えているので、**管理者または自由裁量の多い仕事**を好みます。とりわけ、法律、教育、社会奉仕が適職。大げさな表現力を活かすなら、役者や政治家向き。

天性の博愛主義で、医者や慈善活動などの介護職にも適性があるでしょう。ビジネスでは大企業向き。作家や芸術家もよいでしょう。

恋愛と人間関係

魅力や温かみを発散する才能に恵まれ、人を魅了します。困っている人にはとても親身。社交的なあなたは、パーティではすばらしい接待役となります。**強く、断固とした人**に惹かれがちですが、パートナーとの権力闘争は禁物。

31日生まれの女性は、人間関係の調和を保つのに努力を惜しみませんが、男女共に情緒不安定には悩まされるでしょう。

数秘術によるあなたの運勢

強い意志の力、決断力、自己表現欲が**31**日生まれの特徴。直感と独創的なアイディアを組み合わせ、正しい決断をくだします。独自の考えを持つので、焦らずに現実的な計画に沿って行動すれば、ビジネスでの成功につながります。

運のあるあなたは、趣味を、利益を生む仕事に替え、成功をつかみます。勤勉ですが、恋愛や楽しみは欠かせません。

7月の隠れた影響により、繊細で思慮深いあなた。人間関係はきわめて重要。人とつき合うことを楽しみます。心のバランスを保ち、気分のむらを克服することで、感情的になり、傷つきやすくならないように注意。

●**長所**：創造力がある、独創的である、考えが建設的である、粘り強い、気がきく、話し上手である、頼りがいがある

■**短所**：不安になりやすい、こらえ性がない、疑い深い、落ちこみやすい、やる気に欠ける、わがままである、頑固である

相性占い

♥恋人や友人

1月2、3、6、9、11、21、27、31日／**2月**1、4、7、9、25、29日／**3月**2、5、7、17、23、27日／**4月**3、5、15、21、25日／**5月**1、3、13、19、23、30日／**6月**1、11、17、21、28日／**7月**9、15、19、26、29日／**8月**7、13、17、24、27日／**9月**5、11、15、22、25日／**10月**3、9、13、20、23日／**11月**1、7、11、18、21、30日／**12月**5、9、16、19、28日

◆力になってくれる人

1月11、16、30日／**2月**9、24、28日／**3月**7、22、26日／**4月**5、20、24日／**5月**3、18、22、31日／**6月**1、16、20、29日／**7月**14、18、27日／**8月**12、16、25日／**9月**10、14、23日／**10月**8、12、21、29日／**11月**6、10、19、27日／**12月**4、8、17、25日

♣運命の人

1月26、27、28、29、30日

♠ライバル

1月15日／**2月**13日／**3月**11日／**4月**9日／**5月**7、30日／**6月**5、28日／**7月**3、26日／**8月**1、24日／**9月**22日／**10月**20、30日／**11月**18、28日／**12月**16、26日

★ソウルメイト(魂の伴侶)

1月9、29日／**2月**7、27日／**3月**5、25日／**4月**3、23日／**5月**1、21日／**6月**19日／**7月**17日／**8月**15日／**9月**13日／**10月**11日／**11月**9日／**12月**7日

この日に生まれた有名人

柳田國男(民俗学者)、石立鉄男(俳優)、中村美律子(歌手)、古谷徹(声優)、J・K・ローリング(作家)、中山秀征(タレント)、中島裕之(プロ野球選手)、ウィリアム・スミス・クラーク(教育者)

太陽：しし座
支配星：しし座／太陽
位置：8°30'−9°30'　しし座
状態：不動宮
元素：火
星の名前：サウスアセラス、ノースアセルス、
　　　　　プレセペ

August First

8月1日

LEO

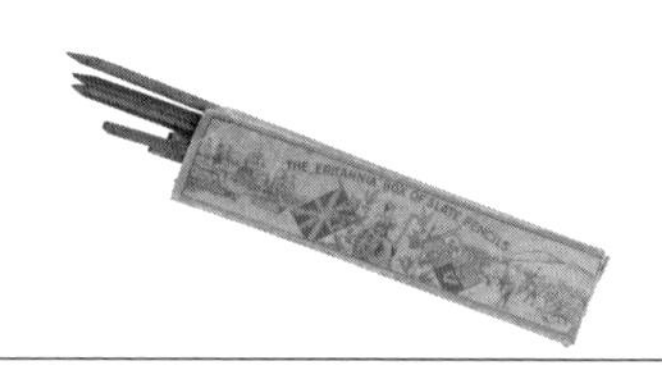

鋭い観察力と感受性が育てる、確かな価値観

リーダーシップ、野心、情熱的な個性が8月1日生まれの特徴。しし座のあなたは**創造性と、強い直感力、強引さ**を備えています。生来の冒険好きな心は、自己表現を求めていますが、実際的なものの考え方や安定を求める心が、金銭主義的な側面を後押ししています。理想や将来の展望が人生において重大な意味を果たしていながらも、経済的不安のおかげでしっかりと地に足をつけ、現実的な生き方をするようになります。**感情の起伏は激しい**のですが、一方、博愛的で、心優しいリーダーでもあります。

支配星しし座の影響で、プライドが高く、威厳があり、天性の管理能力で人に影響を及ぼします。観察力と感受性に優れたあなたは、しっかりとした価値観を持ち、機知に富んでいます。一方、**趣味や創作活動を商品化して成功**します。気前がよく勇敢で、自信家でありながら、厳格で堅苦しいというのが周囲の評。感情が不安定で、自分の心のうちを人に見せたがりません。忠誠心があり、勤勉で頼りがいのあるあなたは、自分の仕事にプライドを持っています。強引な話しっぷりを自分に有利なように利用することもできますが、鋭い舌鋒や高圧的な態度が、その努力をむだにするので注意しましょう。

21歳前後で太陽がおとめ座に移動し、30年間にわたり、秩序、効率、仕事、健康を重視するようになります。現実的な問題解決の意識が高まるでしょう。51歳で再び転機が訪れ、太陽がてんびん座に移動し、人との協力、駆け引きが刺激され、創造性やパートナーシップが重視されるようになります。

隠された自己

エネルギーにあふれたあなたは、欲求不満と爆発が交互に訪れるので注意。必要もないのに、金銭問題において不安に陥り、優柔不断になります。一歩離れて、**客観的に物事を見る能力が身につけば、どんな状況でも対処できます**。勇気があり、独立心が強く、独創的なあなたは、頭の回転が速く、自分のためであろうと、人のためであろうと、優れた自由の戦士です。そして、優秀な頭脳を活かして、すばやい決定をします。一方、冒険好きな側面が、変わったもの、刺激的な経験を求めます。強い個性を持つあなたは、創造的なアイディアを豊富に持ち合わせ、インスピレーションを受け、行動に移します。

仕事と適性

断固として意志強固なあなたは、居心地がよい平和な職場では満足せず、仕事に対して独自の方法で取り組むでしょう。天性の管理能力やリーダーシップを備え、管理職や自由裁量の多い仕事に向いています。優秀な頭脳を持ち、技術、分析を得意とするあなたは、科学の研究や執筆、演劇などのどんなジャンルでも見事にやってのけます。**豊かな創造力**を持っているので、芸術や音楽の世界で活躍します。**改革を推進する力**は、社会福祉団体に適任。

恋愛と人間関係

個性的で大胆なあなたは、さまざまな人との出会いを楽しみます。**自己表現の刺激を与えてくれる人**に対してはとりわけ社交性を発揮します。

忠誠心があり、愛する人を支える気持ちが強いのですが、人間関係における不信や優柔不断には悩まされるでしょう。失望しないためには、気楽に構え、幸福になれるはずと念じましょう。

数秘術によるあなたの運勢

一番になりたい、自立したいという強い欲求が1日生まれの特徴。1という数字は、個性的で革新的、勇気があり、エネルギーにあふれていることを示しています。はっきりとした自己を確立し、自己主張の場を探しましょう。パイオニア精神に富むあなたは、新たな道を踏みだすことをいといません。このような起業力は、管理能力やリーダーシップの育成を刺激します。熱意と独創的なアイディアにあふれ、人々に前進する道を示します。1日生まれのあなたは、自分が世界の中心でないことも学びましょう。自己中心的、支配的な態度は禁物。

8月生まれの隠れた影響により、影響力のある地位を楽しみ、権力や金銭的成功に強い欲求があります。寛大、公正、公平に努めることで、人々の尊敬を得ることができます。目標達成のためには、感性、高潔さ、カリスマ性を活用して、思いやりの心を育てましょう。

●**長所**：リーダーシップがある、創造力がある、進歩的である、楽観的である、強い意志がある、競争力がある、自立心がある、寛大である

■**短所**：高圧的である、嫉妬深い、利己的である、プライドが高すぎる、敵対的である、わがままである、優柔不断である、せっかちである

♥恋人や友人

1月4、13、14、29日／**2月**11、27、29日／**3月**9、15、25、27日／**4月**7、23、25日／**5月**5、21、23、29日／**6月**3、19、21、27、30日／**7月**1、17、19、25、28日／**8月**15、17、23、26日／**9月**13、15、21、24日／**10月**11、13、19、22、29日／**11月**9、11、17、20、27日／**12月**7、9、15、18、25日

◆力になってくれる人

1月11日／**2月**9日／**3月**7、31日／**4月**5、29日／**5月**3、27、31日／**6月**1、25、29日／**7月**23、27、31日／**8月**21、25、29、30日／**9月**19、23、27、28日／**10月**17、21、25、26日／**11月**15、19、23、24、30日／**12月**13、17、21、22、28日

♣運命の人

1月12、30、31日／**2月**1、10日／**3月**8日／**4月**6日／**5月**4日／**6月**2日

♠ライバル

1月10日／**2月**8日／**3月**6、29日／**4月**4、27日／**5月**2、25日／**6月**23日／**7月**21日／**8月**19日／**9月**17日／**10月**15、31日／**11月**13、29、30日／**12月**11、27、28日

★ソウルメイト（魂の伴侶）

1月18、24日／**2月**16、22日／**3月**14、20日／**4月**12、18日／**5月**10、16日／**6月**8、14日／**7月**6、12日／**8月**4、10日／**9月**2、8日／**10月**6日／**11月**4日／**12月**2日

♌ しし座

この日に生まれた 有名人

室生犀星（詩人）、イヴ・サン＝ローラン（ファッションデザイナー）、田村正和（俳優）、つのだ☆ひろ（歌手）、若田光一（宇宙飛行士）、長谷川滋利（元プロ野球選手）、米倉涼子（女優）、五代目尾上菊之助（歌舞伎俳優）、冨永愛（モデル）、NESMITH（EXILE ボーカル）、きんさんぎんさん（タレント）

太陽：しし座
支配星：しし座／太陽
位置：9°－10°30′　しし座
状態：不動宮
元素：火
星：なし

August Second

8月2日

LEO

華やかな外見で人目を惹く、自由奔放な人

本来のあなたの陽気な性格は、成功や利益を求める欲望の陰に隠れてしまいがち。プライドが高くて社交的。意志が強く才能もあるのに、自由奔放すぎる態度が、成功の妨げになっています。支配星しし座の影響が加わって、**人を楽しませることが好き**で、華やかな外見で人目を惹きます。強烈な個性のあなたは一見自信ありげに見えます。

しかし、人からほめられたり尊敬されたいあまり、耳に心地いいことしか言わない友人とつき合うのは要注意。一方、理想主義者でありながら、**野心家で現実的**なあなたには、楽観主義と物質主義とが混在しています。しかし、生来はおおらかで自由を愛するあなた。人との共同作業や協力関係は利益や成功をもたらし、あなたの責任ある態度は、必ずや人々の注目を浴びるでしょう。自分の夢を実現するには、多芸多才で個性あるあなたの人気が重要な役割を果たします。**人あたりがよく、機知に富んでいる**ので、多くの人の心をつかむでしょう。

太陽がおとめ座に移動する20歳から、人生の秩序と分析に対する欲求が高まります。その後の30年間では、健康に対する意識が高まります。50代はじめに太陽がてんびん座に移動し、再び転機が訪れます。この時から、緊密な人間関係を臨む気持ちが高まり、創造性よりも実用性を重んじるようになります。

隠された自己

強い個性と優れた知性、そしてすばらしい学習能力に恵まれています。しかし、ときどき不安な気持ちになったりして現実逃避したくなることもありますが、本来は**陽気で、人に好かれ、裏表のない性格**なので、そんな時期は長くは続かないでしょう。あなたは趣味が多いので、創造性が刺激され、新たなチャンスが生まれるでしょう。

自由奔放にふるまい、また、感情を素直に表現することは、あなたにとってはとても大切です。自分の印象が人の目にどう映るかがよくわかっているので、自分を売りこむためにこのイメージを効果的に利用します。包容力のあるあなたは、気さくで親切で社交性があり、駆け引きの才能があります。

仕事と適性

独創的で、自己表現を発揮させるのであれば、芸術や演劇関係の俳優や脚本家などがよいでしょう。また、天性の魅力は、宣伝、販売、交渉の仕事において、とりわけ役に立つでしょう。優れた社交術とコミュニケーション能力を備えたあなたは、作家や教育者をはじめ、広告関連、出版業などでも成功します。広報、マスコミ、カウンセリングなど、**人間を相手にする職業**はあなたの才能が最も発揮されます。独立心が強く、人から束縛されたくないので、自営業を選ぶこともあります。金融や法律関係の職場でも成功するでしょう。

恋愛と人間関係

陽気で社交的なあなたは、すばらしい友であり、よき恋人です。愛する人に対してはロマンティックで、感情を素直に表します。幸福をつかむには、まず**経済的な安定が必要**。恋人を選ぶ際はこの点を重視するとよいでしょう。あなたの魅力に寄ってくる相手とは、しっかりと愛を育みたい一方、相手に強く自由を求めることもあります。

数秘術によるあなたの運勢

2日生まれの人は、仲間を作ることが大切で、組織に所属していたいと思っています。集団への適応力があるあなたは、人との交流を通して、お互いが理解を深められる共同作業を選びます。人を喜ばせたいという思いが強いので、相手の言いなりになりがちですが、これは自分に自信がないからです。自信を持てば、人の行動や批判によって簡単に傷つかなくなり、しっかり自分を主張できるようになります。

8月の隠れた影響は、野心があり、意志が固く、実務・管理能力を備えていることを示しています。批判的になりすぎたり、完璧を目指すあまり、人を支配したり、権力を求めるようになるので注意して。親切とおせっかいの区別を見極められるようにしましょう。精神が不安定では、個人的な目標達成も難しいでしょう。反対に、芸術的または創造的な表現方法を見つけることができれば、あなたの夢が実現します。

●**長所**：優しい、如才ない、感受性が強い、思いやりがある、調和を好む、人あたりがよい

■**短所**：疑心暗鬼になりやすい、自信がない、卑屈である、過敏である、感情的である、利己的である、傷つきやすい、不正直である

相性占い

♥恋人や友人

1月6、8、10、14、23、26、28日／**2月**4、10、12、21、24、26日／**3月**2、10、12、19、22、24日／**4月**8、14、17、20、22日／**5月**6、15、16、18、20日／**6月**4、13、16、18日／**7月**2、11、14、16、20日／**8月**9、12、14、22日／**9月**7、10、12、24日／**10月**5、8、10、26日／**11月**3、6、8、28日／**12月**1、4、6、30日

◆力になってくれる人

1月9、12日／**2月**7、10日／**3月**5、8日／**4月**3、6日／**5月**1、4日／**6月**2、30日／**7月**28日／**8月**26、30、31日／**9月**24、28、29日／**10月**22、26、27日／**11月**20、24、25日／**12月**18、22、23、29日

♣運命の人

1月28、29、30、31日／**2月**1、2日

♠ライバル

1月11、13、29日／**2月**9、11日／**3月**7、9、30日／**4月**5、7、28日／**5月**3、5、26、31日／**6月**1、3、24、29日／**7月**1、22、27日／**8月**20、25日／**9月**18、23、30日／**10月**16、21、28日／**11月**14、19、26日／**12月**12、17、24日

★ソウルメイト(魂の伴侶)

1月11、12、29日／**2月**9、10、27日／**3月**7、8、25日／**4月**5、6、23日／**5月**3、4、21日／**6月**1、2、19日／**7月**17日／**8月**15日／**9月**13日／**10月**11日／**11月**9日／**12月**7日

有名人

中内㓛(ダイエー創業者)、中上健次(作家)、鴻上尚史(劇作家)、紡木たく(マンガ家)、渡辺久信(元プロ野球監督)、柳家花緑(落語家)、播戸竜二(サッカー選手)、千田健太(フェンシング選手)、友近(タレント)

太陽：しし座
支配星：いて座／木星
位置：10°－11°30′　しし座
状態：不動宮
元素：火
星：なし

August Third

8月3日

LEO

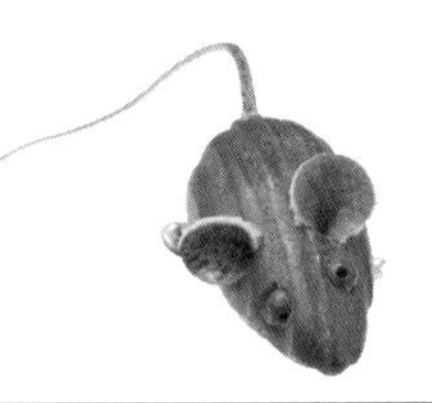

野心的で冒険好きな強運の持ち主

成功を第一に考え、野心的で冒険好き、勇気のあるあなたは、**ずばぬけた強運の持ち主**。優れたビジネスセンスと、壮大な将来の展望を持っています。ただし、アイディアや夢を実現するには、ひらめきと忍耐力が必要。

あなたは**投資家として成功する**可能性を秘めてはいますが、過剰な楽観主義的側面があるので気をつけましょう。経済的安定により、すべての問題が解決すると考えがち。物質面ばかり重視していると、人生で本当に重要なものを見失いかねません。また、考えつく計画が大きくなりすぎるのは、心の中の落ち着きのなさを表しています。

富を得るためには（あなたが男性であっても女性であっても）、**女性の存在が成功へのキーポイント**となるでしょう。また、あなたは勤勉ではあるものの、贅沢を好む傾向があります。幸せになるためには物質面も必要ですが、自制心を働かせることも心がけて。

19歳以降は、太陽がおとめ座に移動し、高圧的なところが減り、分析的、実際的、内省的になります。仕事に時間をとられ、より完璧かつ効率よく働く必要があります。49歳からは、太陽がてんびん座に移動し、人間関係が深まり、また広がります。また、潜在的な芸術や文学の才能が花開くでしょう。

隠された自己

優れた知性と独創的な考えを持っているので、**時代の先端を行っている**あなた。指導的立場に置かれると、さらにその才能が光ります。

判断力に優れ、人や状況をすばやく正しく評価し、リーダーシップがあります。洞察力や説得力では、その内容で人をうならせ、最後には自分の意見になびかせます。人助けのためには時間やお金は惜しみません。さらに生来の反骨精神が、自由を求める心をあおります。機知と知性を持っていますが、努力もせずに安易な道を選びがちなので注意すること。　あなた本来の力を発揮するためには、真価が問われる難問に挑むとよいでしょう。

仕事と適性

野心と生まれ持った魅力があるので、**どんな仕事でもその道の第一人者**になります。金融だろうと、芸術関係だろうと、人に従うのを嫌う性格が、管理職まで昇進させるのです。俳優、演出家、脚本家として、演劇界ではとりわけ大成功します。

また、販売、宣伝、交渉などを得意とするあなたは、人を相手にするビジネスも適職。人に仕事を任せることが上手なので、管理者または自営業が向いています。

恋愛と人間関係

情熱的で欲望の強いあなたにとって、恋愛は人生における大きなテーマ。寛大な友人や恋人であるあなたは人気がありますが、ときどき高圧的になるのはやめましょう。**激情的な性格**なので、多くの出会いやロマンスのチャンスがあります。**人に尽くすタイプ**ですが、愛情を求める心と金銭的安定のバランスに悩むことも。また、自由を求めるあなたは、あまり干渉されるのを嫌がります。

数秘術によるあなたの運勢

3日生まれの人は、繊細で、創造性や感情を表現する場を必要としています。陽気で楽しいパートナーであるあなたは、社交性があります。趣味も多く、さまざまな刺激的経験をしたいと望んでいますが、飽きっぽい性格なので、何事も中途半端になりがち。3という数字は、芸術性豊かで、ユーモアのセンスを備えています。自信をつけることで、情緒不安定にならないようにしましょう。

8月の影響により、優れた創造性や想像力が実務に活かされます。多才ですが、生来の日和見主義なところがあります。落ち着きがなく、同時にいろいろなことに手を出します。興味の対象を絞りこみ、力を集中させ、自制心を学べば、成功も目の前です。

●**長所**：ユーモアがある、気さくである、生産的である、想像力がある、芸術的である、希望にあふれている、自由を愛する、文才がある

■**短所**：飽きっぽい、虚栄心が強い、妄想癖がある、大げさである、自慢する、浪費家である、わがままである、怠慢である、偽善的である、無駄遣いをする

相性占い

♥恋人や友人

1月6、10、15、29、31日／**2月**4、8、13、27、29日／**3月**2、11、25、27日／**4月**4、9、23、25日／**5月**7、21、23日／**6月**5、19、21日／**7月**3、17、19、30日／**8月**1、15、17、28日／**9月**13、15、26日／**10月**11、13、24日／**11月**9、11、22日／**12月**7、9、20日

◆力になってくれる人

1月13、15、19日／**2月**11、13、17日／**3月**9、11、15日／**4月**7、9、13日／**5月**5、7、11日／**6月**3、5、9日／**7月**1、3、7、29日／**8月**1、5、27、31日／**9月**3、25、29日／**10月**1、23、27日／**11月**21、25日／**12月**19、23日

♣運命の人

1月31日／**2月**1、2日／**5月**30日／**6月**28日／**7月**26日／**8月**24日／**9月**22日／**10月**20日／**11月**18日／**12月**16日

♠ライバル

1月12日／**2月**10日／**3月**8日／**4月**6日／**5月**4日／**6月**2日／**8月**31日／**9月**29日／**10月**27、29、30日／**11月**25、27、28日／**12月**23、25、26、30日

★ソウルメイト(魂の伴侶)

1月2、28日／**2月**26日／**3月**24日／**4月**22日／**5月**20日／**6月**18日／**7月**16日／**8月**14日／**9月**12日／**10月**10日／**11月**8日／**12月**6日

有名人

西川善文(経営者)、黒鉄ヒロシ(マンガ家)、田中耕一(化学者)、行定勲(映画監督)、稲葉篤紀(元プロ野球選手)、安住紳一郎(アナウンサー)、伊藤英明(俳優)、藤田朋子(女優)、川中香緒里(アーチェリー選手)、田知本遥(柔道選手)、なすび(タレント)

太陽：しし座
支配星：いて座／木星
位置：11°－12°30′　しし座
状態：不動宮
元素：火
星の名前：コカブ

August Fourth

8月4日

LEO

創造性のある、楽観的なリーダー

気前がよく心の広いあなたは、常識的な考えの持ち主。しかし金銭的なことばかり気にしていると、せっかく人助けをしたいと思っていても、その気持ちを制限してしまうことになるので注意しましょう。しし座のあなたは、創造性があり、実務に優れ、成功を呼び寄せる力を備えています。**人を惹きつけ、愛想がよく、陽気な人気者**です。リーダーシップがあり、人の下につきたがりません。

支配星いて座の隠れた影響で、**将来を楽観的にとらえ、大胆な行動をとります**。しかし、未知のことに対して恐怖を感じると、いて座の影響力は逆に働き、本来の成果をあげることはできないでしょう。短気で高圧的になりがちなので、広い心を持つようにしましょう。公平でバランスのとれた態度をとることで、欲求不満や、幻滅する気持ちから逃れることができます。**責任を負うことで、真の力を発揮**し、あなたはその道の第一人者となれるのです。大きな舞台で活躍したいと思うあまり、細部に目が行き届かないことも。緻密さと物事の秩序を大事にすれば、成功のチャンスは広がります。

子どもの頃から、社会的活動に関心があり、いつも中心人物。太陽がおとめ座に移動する18歳以降は、30年にわたり良心的かつ思索的で控えめ。物事の善悪がわかるようになり、仕事環境の効率化に関心を持つでしょう。48歳で太陽がてんびん座に移動すると、転換期。ここから、社会的関係やパートナーシップに重点が移動します。創造力が高まり、隠れていた音楽、芸術、文学的関心を発揮するでしょう。

隠された自己

若さを保ち、いつも楽しそうで、のんびり屋のあなたは、本来のユーモアのセンスにあふれています。**聡明でちょっと皮肉まじりの口調**は、あなたの天性の才能と、人に対するすばやい判断力の産物。一方、なんとしても金銭的安定を得たいという気持ちが、理想と現実の間に亀裂を生むでしょう。

冒険や変化を求めたり旅行をすることで、内なる不安を、目標達成への意欲と置き替えましょう。また、予算を作って、それを実行する努力をすることで、気前のいい時期と、資金不足で不安定な時期とが交互に訪れるのを避けられます。この予算生活は、金銭的不安に対する恐怖を克服するのにも役立ちます。

仕事と適性

独立心が強く、命令を受けるよりも与える方が好きなあなたは、集団で働く場合には権力のある地位に就くか、または自営業を選ぶ方が合っています。**状況判断が的確**なので、不動産、金融、株式関連の仕事も適性があります。また、社会福祉など奉仕の仕事にも向いているでしょう。

恋愛と人間関係

心の奥底では温かく愛情深いのに、感情にブレーキがかかり、外見はクールで孤独に見えます。必ずしも感情を表現しなくとも、協調することは常に重要です。時には素直になりましょう。

あなたは**精神的刺激を与えてくれる人**や、**知的な活動を共有できる人**に惹かれます。

あなたはパートナーとしては優秀ですが、少々頑固。しかし、思いやりがあるために、よき友、よき親となり、いさかいがあったとしても長くは続かないでしょう。

数秘術によるあなたの運勢

4という数字には、規律正しい、整然という意味があり、安定し、あなたが秩序を好むことを示しています。エネルギー、実務力、強い意志を持つあなたは、努力を通じて成功を収めます。

安定を好むので、自分や家族のための強固な基礎を築きます。人生に現実的に取り組み、優れたビジネスセンスを持ち、金銭的な成功を収めます。

4の数字がつくあなたは、正直で、素直で公平。また、金銭的不安が伴います。

8月生まれは、金銭の運用方法によって、大きな違いが生じることを示唆しています。節約家を目指しましょう。独創性豊かで、人に刺激を与えるあなたは、論理力に優れた優秀なプランナー、デザイナーです。

●**長所**：自制心がある、勤勉である、まじめである、手先が器用である、実利的である、人を疑わない、几帳面である

■**短所**：人見知りである、頑固である、怠惰なところがある、鈍感である、優柔不断である、高圧的である、愛情表現が下手である、うらみがましい、厳格すぎる

♥恋人や友人

1月6、7、16日／**2月**4、5、14日／**3月**2、12、28、30日／**4月**10、26、28日／**5月**8、24、26、30日／**6月**6、22、24、28日／**7月**4、20、22、26、31日／**8月**2、18、20、24、29日／**9月**16、18、22、27日／**10月**14、16、20、25日／**11月**12、14、18、23日／**12月**10、12、16、21日

◆力になってくれる人

1月9、14、16日／**2月**7、12、14日／**3月**5、10、12日／**4月**3、8、10日／**5月**1、6、8日／**6月**4、6日／**7月**2、4日／**8月**2日／**9月**30日／**10月**28日／**11月**26、30日／**12月**24、28、29日

♣運命の人

1月21日／**2月**19日／**3月**17日／**4月**15日／**5月**13日／**6月**11日／**7月**9日／**8月**7日／**9月**5日／**10月**3日／**11月**1日

♠ライバル

1月4、13、28日／**2月**2、11、26日／**3月**9、24日／**4月**7、22日／**5月**5、20日／**6月**3、18日／**7月**1、16日／**8月**14日／**9月**12日／**10月**10、31日／**11月**8、29日／**12月**6、27日

★ソウルメイト(魂の伴侶)

1月15、22日／**2月**13、20日／**3月**11、18日／**4月**9、16日／**5月**7、14日／**6月**5、12日／**7月**3、10日／**8月**1、8日／**9月**6日／**10月**4日／**11月**2日

この日に生まれた 有名人

バラク・オバマ(第44代アメリカ大統領)、ルイ・ヴィトン(スーツケース職人)、江川紹子(ジャーナリスト)、布川敏和(タレント)、檀れい(女優)、内川聖一(プロ野球選手)、福田麻由子(女優)、加藤清史郎(俳優)、チャン・グンソク(俳優)

太陽：しし座
支配星：いて座／木星
位置：12°－13°30′　しし座
状態：不動宮
元素：火
星の名前：コカブ、アクベンス

August Fifth

8月5日

LEO

強い意志と決断力が備わった組織のまとめ役

多芸多才で、優れた創造力と強い意志を持ち、決断力のあるあなた。大胆で野心に燃え、威厳をたたえています。あなたの**高いプライドと物質主義**は、金銭的安定を重視している表れです。

支配星いて座の隠れた影響により、創作活動を楽しみ、強い道徳観を持ち合わせています。焦りや頑固は禁物。勤勉で、**現実的なビジネスセンスと優れた組織を統括する能力**を備えています。しかし組織をまとめる時の強引さが、高圧的と受け取られないように。保守的で、経済的な安定、社会的地位の向上を望みながらも、個性の発揮を重視します。また、人から命令されるのが嫌いです。自分自身の倫理と行動規範を持っているのですが、あまりそれに固執して頑固にならないようにしましょう。

女性はあなたにとって幸運のしるし。人との協力関係が、あなたの人生を充実感のあるものにします。

17歳で、太陽がおとめ座に移動し、日常生活での秩序が必要だと感じるようになります。人生を現実に即して見つめ直し、新たな進むべき道を見つけます。太陽がてんびん座に移動する47歳までこれが続き、この時期が転換期となります。人間関係や、創造性と調和の重要性が増してきます。

隠された自己

現実に即した決断力、知識欲、かみそりのように鋭い頭脳を持つあなたは、どのような状況でも乗り切ることができます。**疑心暗鬼は成功への障害**。自分や自分の能力に自信が持てなくなると、冷酷さや孤立感が浮き彫りになるでしょう。大胆かつ、のびのびとすることで、よりおおらかで力強くなれるでしょう。

あなたは時折、金銭的な問題ばかりに関心を抱くことがありますが、人生の苦難を乗り越える時に必要なのは、内なる知恵や洞察力なのです。あなたは優れた能力を持っていますが、思いを遂げるために権力を悪用してはなりません。直感を信じ、自信を持てば、夢を実現できるでしょう。

仕事と適性

野心、そして優れたビジネスセンスと指導力が成功への助けになります。権力や制度、効率などを重視しますが、**細やかな配慮や気遣いができる人**です。この組み合わせが資産運用から、創作活動にいたるすべての面で効果を発揮します。常にイメージを意識し、演劇やエンターテインメントの世界に惹かれます。人に従うのを嫌い、自由または権力のある立場を好みます。強い意志を備えたあなたは、販売などのビジネスまたは弁護士が適職。

恋愛と人間関係

旅や人との出会いを楽しみます。心温かく社交的なのに、親しい相手に対しては、なぜか優柔不断で気もそぞろな態度をとってしまうことも。忙しく創造力を発揮し、くよくよ悩んでいる時間をなくすことで、こうした一面を克服しましょう。

音楽や創造の才能が、特に気分を高揚させるでしょう。**持ち前の楽観主義や気前のよさで人を魅了する力**がありますが、愛する人には高圧的にならないように。

数秘術によるあなたの運勢

鋭い直感力と、冒険や自由を好む心が特徴。新しいものを試してみたいという心と熱意があいまって、人生からは多くのものを得るでしょう。旅行や時に予期せぬ変化のチャンスが、信念をがらっと変えてしまうことも。

5日生まれのあなたは、人生の刺激を求めています。また、責任感を発揮し、気まぐれ、行きすぎ、情緒不安定などに陥らないように。憶測に基づく焦った行動は避け、忍耐を学習し、成功を手に入れましょう。

5日生まれの天性の才能は、流れに乗る方法を知り、客観性を失わないことです。

8月の隠れた影響は、野心と、鋭くて活発な頭脳。成功と夢の実現を重視し、勤勉なあなたは、優れた管理能力を持ち、権力と影響力を持つ立場に就くでしょう。

●長所：多芸多才である、適応能力がある、進歩的である、自由を愛する、機知に富んでいる、好奇心が強い、神秘的である、社交的である

■短所：気持ちが不安定で変わりやすい、優柔不断である、一貫性がない、自信過剰である、頑固である

相性占い

♥恋人や友人

1月1、7、17、18、20日／**2月**5、15、18日／**3月**3、13、16、29、31日／**4月**1、11、14、27、29日／**5月**9、12、25、27日／**6月**7、10、23、25日／**7月**5、8、21、23日／**8月**3、6、19、21日／**9月**1、4、17、19日／**10月**2、15、17日／**11月**13、15、30日／**12月**11、13、28日

◆力になってくれる人

1月15、17、28日／**2月**13、15、26日／**3月**11、13、24日／**4月**9、11、22日／**5月**7、9、20日／**6月**5、7、18日／**7月**3、5、16日／**8月**1、3、14日／**9月**1、12日／**10月**10、29日／**11月**8、27日／**12月**6、25日

♣運命の人

1月5日／**2月**1、2、3、4日／**3月**1日

♠ライバル

1月4、5、14日／**2月**2、3、12日／**3月**1、10日／**4月**8、30日／**5月**6、28日／**6月**4、26日／**7月**2、24日／**8月**22日／**9月**20日／**10月**18日／**11月**16日／**12月**14日

★ソウルメイト(魂の伴侶)

1月2日／**3月**29日／**4月**27日／**5月**25日／**6月**23日／**7月**21日／**8月**19日／**9月**17日／**10月**15日／**11月**13日／**12月**11日

この日に生まれた 有名人

柴咲コウ（女優）、壺井栄（作家）、ニール・アームストロング（宇宙飛行士）、森口瑤子（女優）、浜野謙太（SAKEROCK ミュージシャン）、大後寿々花（女優）、ギー・ド・モーパッサン（作家）、藤吉久美子（女優）、穴井隆将（柔道選手）、藤井瑞希（バドミントン選手）、米満達弘（レスリング選手）

太陽：しし座
支配星：いて座／木星
位置：13°－14°30′ しし座
状態：不動宮
元素：火
星の名前：コカブ、アクベンス

August Sixth

8月6日

LEO

理想主義者の仮面の下に実利主義が

チャーミングでロマンティック、のびのびとして創造的、色や形の鑑識眼があります。**社交的で理想主義者**の仮面の下には、自分の才能を活かしてビジネスで成功したいという実利主義が潜んでいます。**愛情豊かで、思いやり深い**のですが、お金にうるさい面もあります。支配星である木星の隠れた影響で、野心とエネルギーにあふれ、決断が速く、歯に衣着せません。批判的になりがちなので注意しましょう。厳しすぎても、くよくよししすぎてもいけません。

あなたにとっては、**ひらめきが成功の原動力**。その気になれば、必要な努力は惜しみません。しかし、意固地になって独りよがりで衝動的な行動をとらないように。さもないと拒絶感を味わい、自信喪失し、努力が報われないという結果に陥ってしまいます。

魅力的な個性を発揮し、人生に対する強い熱意を持ち、積極的に行動すれば、大きな成功を収めるでしょう。強運の持ち主であるあなたは大きなツキを呼ぶことも。ただし、幸運に慣れきってしまい、何事も運任せにしないように。

16歳頃、太陽がおとめ座に移動し、30年間にわたり、秩序、現実的な問題解決、時間とエネルギーの浪費に重点が置かれます。46歳で、太陽がてんびん座に移動し再び転換期が訪れ、社交範囲を広げ、人間関係に重点を置き、音楽、芸術、文学の才能を伸ばしたくなるでしょう。

隠された自己

一見、タフなように見えますが、本当は繊細で、両極端の特性が備わっています。マイナス思考で内省的な時には、強い感情が失望や孤独として表現される一方、プラス思考の時は、誰にでも愛情を感じます。あなたは**多くの見返りを期待せずに奉仕する、無私の心の持ち主**。厳しい要求をすることと、調和のために妥協することとのバランスをとることを覚えましょう。その結果は、あなた自身の評価や人からの扱われ方となって表れます。

愛し、愛されたいという強い欲求から、人の反応に敏感。美や贅沢を愛し、分かちあうことを楽しみます。

仕事と適性

あなたの魅力と価値観を活かし、ビジネスと楽しみを組み合わせるのが得意。責任感と勤勉さが評価されます。**人的ネットワーク作りが得意で、人づき合いが上手**。大企業、商品企画、メーカー、金融関係や自営業が向いているでしょう。才能あるあなたは、演劇や芸能界に惹かれます。思いやりのある面を活かせば、保育、カウンセリング、ヒーリング、社会福祉も適職です。また、美や自然、形に対する鑑賞眼は芸術家やデザイナーなどの仕事で発揮できるでしょう。

恋愛と人間関係

愛情深く陽気なあなたは、頼りがいがあり親切。時には子どものように無邪気で、常に若々しさを失いません。天性の魅力と社交性で、友人や崇拝者を惹きつけます。恋愛関係では、**ロマンティックで理想主義、忠誠心がありますが**、自分を犠牲にするか、支配的になるかのどちらか。温かく愛情深い時には、献身的なパートナーとなります。

数秘術によるあなたの運勢

6日生まれの人の特性は、愛情深く理想主義者。この数字は完璧主義または普遍的な友人を示しています。また、責任感が強く、愛情に富み、協力的。家庭志向が強く、親業に熱心。繊細な人は、創造的な表現方法を見出し、エンターテインメントや芸術、デザインの世界に惹かれます。自信をつけて、他人への干渉を避け、不安、見当違いの同情に陥らないように。

8月生まれたの隠れた影響により、変化を読み取り、慎重に価値判断をくだすことが得意。現実的で、節約上手な一方、理想主義で能天気。自分の直感を信じ、自分について知ることで、人とのつき合いを楽しむことができます。

●長所：世慣れている、兄弟を大事にする、気さくである、思いやりがある、信頼できる、ものわかりがよい、情け深い、理想主義者である、家庭を大事にする、社会福祉に熱心である、落ち着きがある、鑑賞眼がある、バランスがとれている

■短所：不満を口にする、心配性である、内気である、非合理的なところがある、頑固である、人の和を乱す、高圧的である、利己的である、疑い深い、皮肉屋である

相性占い

♥恋人や友人

1月4、8、9、18、19、23日／**2月**2、6、7、16、17、21日／**3月**4、14、15、19、28、30日／**4月**2、12、13、17、26、28、30日／**5月**10、11、15、24、26、28日／**6月**8、9、13、22、24、26日／**7月**6、7、11、20、22、24、30日／**8月**4、5、9、18、20、22、28日／**9月**2、3、7、16、18、20、26日／**10月**1、5、14、16、18、24日／**11月**3、12、14、16、22日／**12月**1、10、12、14、20日

◆力になってくれる人

1月5、16、27日／**2月**3、14、25日／**3月**1、12、23日／**4月**10、21日／**5月**8、19日／**6月**6、17日／**7月**4、15日／**8月**2、13日／**9月**11日／**10月**9、30日／**11月**7、28日／**12月**5、26、30日

♣運命の人

1月17日／**2月**2、3、4、5、15日／**3月**13日／**4月**11日／**5月**9日／**6月**7日／**7月**5日／**8月**3日／**9月**1日

♠ライバル

1月1、10、15日／**2月**8、13日／**3月**6、11日／**4月**4、9日／**5月**2、7日／**6月**5日／**7月**3、29日／**8月**1、27日／**9月**25日／**10月**23日／**11月**21日／**12月**19、29日

★ソウルメイト(魂の伴侶)

8月30日／**9月**28日／**10月**26日／**11月**24日／**12月**22日

この日に生まれた 有名人

串田和美(劇作家)、堺正章(タレント)、古田敦也(プロ野球解説者)、さかなクン(魚類学者・タレント)、奥菜恵(女優)、夏目三久(アナウンサー)、辰巳琢郎(俳優)、ミシェル・ヨー(女優)、柄谷行人(評論家)、二階堂高嗣(Kis-My-Ft2タレント)、窪田正孝(俳優)

太陽：しし座
支配星：いて座／木星
位置：14°　−15°30′　しし座
状態：不動宮
元素：火
星：コカブ、アクベンス

August Seventh

8月7日

LEO

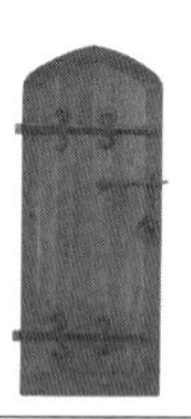

楽観主義と壮大な夢がアイディアの原動力

理想主義者で勤勉かつ魅力的なあなたは、控えめながらカリスマ性がある常識人。芸術的センスもあります。**心優しく、義務感が強い**でしょう。

支配星いて座の隠れた影響で、素直で正直、恵まれない人を支援します。しかし、人間関係においては自分の正しさばかり主張する傲慢な姿勢があるので注意しましょう。**生来の楽観主義とスケールの大きな夢をいだく面**が原動力となり、前向きで、世の中をあっと言わせるアイディアに結びつきます。

しかし、あなたはもっと現実的な考え方を身につけ、楽観的に考えすぎるところや自己破壊的な考えをいだくところを直しましょう。

あなたは無気力になったり、活発になったりしながらもバランスをうまくとっています。けれども人から助けてもらえないと、すぐに希望を捨ててしまうか、新たな刺激を受けるまで目的を失って流されてしまい、成功が遠のきます。

忍耐力をつけ、プラス思考で事にあたれば、目的を達成し、夢を叶えることができるでしょう。

15歳以降は太陽がおとめ座に移動し、日常生活では現実性を重視します。物事を分析し、人生をやり直したいという気持ちが強くなります。この気持ちは太陽がてんびん座に移動する45歳まで続きます。転換期を迎え、人間関係、創造性、調和を重んじるようになります。

隠された自己

自信と思いやりを備えているので、人に頼られがち。アドバイスは得意ですが、実践は苦手。創造性と直感力を備えたあなたは、**強い自己表現欲**があります。自己表現は自信を持つきっかけ、人に対する欲求不満や失望のはけ口ともなるでしょう。

あなたは気前がよく、心温かい性格で、人に気を使い、目標を決めれば、やり抜く強い意志の持ち主。無気力や先入観に注意しましょう。のうのうとしているのは楽ですが、真価を発揮することはできません。

仕事と適性

魅力的で率直なあなたは、販売や宣伝など、人に関わる仕事が適職。**優れた頭脳と組織力**で、大規模なビジネスで成功を得るでしょう。

天性の演技力を最大限に活かす演劇、エンターテインメントも適性があります。また、真実を求めるあなたは、法曹界も適職です。

恋愛と人間関係

直感的で内省的、愛情と温かい人柄を発揮するあなたは人気者。天性の包容力を持つあなたのエネルギーをあてにする人たちが、周りに集まってきます。このため、対人関係では相手をよく見る必要があります。

理想が高く、奉仕の精神が旺盛なあなた。人も自分と同じように寛容でなければ、幻滅を味わうでしょう。

数秘術によるあなたの運勢

7日生まれは分析的な一方、批判的で自己中心的になりがち。自己認識を磨くことを常に心がけるあなたは、情報収集を楽しみ、読書、執筆、宗教に関心があります。あなたは聡明にもかかわらず、省略しすぎたり、細部にこだわりすぎて混乱することもあるでしょう。

8月生まれの隠れた影響により、野心と優れたビジネスセンスを持っています。借金することはないにしても、少々お金にルーズなので、金銭管理を習得する必要があります。刺激を求め、楽しい生活を謳歌したいと思っています。刺激を得られないと、周りに流されたり、逆に立ち往生することも。成功に向けて一生懸命努力することでチャンスを引き寄せます。外国旅行も吉。

●**長所**：学識がある、几帳面である、理想主義者である、正直である、科学的に物事をとらえる、合理的である、思慮深い

■**短所**：秘密主義者である、うそをつくことがある、無愛想である、疑い深い、細かいことが苦手である、口やかましい、人を寄せつけない、鈍感である、人の批判を気にしすぎる

♥恋人や友人

1月5、9、10、18、19日／**2月**3、7、8、16、17日／**3月**1、5、6、14、15、31日／**4月**3、12、13、29日／**5月**1、10、11、27、29日／**6月**8、9、25、27日／**7月**6、7、23、25、31日／**8月**4、5、21、23、29日／**9月**2、3、19、21、27、30日／**10月**1、17、19、25、28日／**12月**13、15、21、24日

◆力になってくれる人

1月1、6、17日／**2月**4、15日／**3月**2、13日／**4月**11日／**5月**9日／**6月**7日／**7月**5日／**8月**3日／**9月**1日／**10月**31日／**11月**29日／**12月**27日

♣運命の人

2月2、3、4、5、6日

♠ライバル

1月2、16日／**2月**14日／**3月**12日／**4月**10日／**5月**8日／**6月**6日／**7月**4日／**8月**2日／**12月**30日

★ソウルメイト(魂の伴侶)

1月11、31日／**2月**9、29日／**3月**7、27日／**4月**5、25日／**5月**3、23日／**6月**1、21日／**7月**19日／**8月**17日／**9月**15日／**10月**13日／**11月**11日／**12月**9日

有名人

司馬遼太郎(作家)、桑名正博(歌手)、松浦理英子(作家)、内田春菊(マンガ家)、梶原雄太(キングコング タレント)、アベベ・ビキラ(元マラソン選手)、尾花高夫(元プロ野球監督)、巻誠一郎(サッカー選手)、シャーリーズ・セロン(女優)、マタ・ハリ(特殊工作員)

太陽：しし座
支配星：いて座／木星
位置：15°－16° しし座
状態：不動宮
元素：火
星の名前：ドゥベ、アクベンス

8月8日

気まぐれな性格も人生の原動力

あなたは、あふれんばかりのパワーを持つ半面、情緒不安定なところがあります。この相反する2つのことは、あなたの人生には多くのことが待ち構えていることを示しています。**創造性があり、野心に燃え、成功志向で、名声を得たい**と思っています。支配星いて座の隠れた影響で、楽観主義者で熱血漢。たゆみない努力は、あなたの環境やライフスタイルに大きな変化をもたらします。あなたは勤勉で、直感的に物事をとらえることができ、**頭の回転が速い現実主義者**。

8日生まれの人は生産的ですが、行きすぎた熱意や、過剰ないら立ちには注意しましょう。あなたにとって、**変化は人生のスパイス**。退屈な生活は似合いません。新たな出会い、知らない土地への旅行は、あなたの原動力であり、気まぐれな性格も人生の冒険において役に立つでしょう。人生の後半になると落ち着きたい、定着したいという気持ちがわき起こります。責任のとり方を学び、長期的な投資をすることで、安心できるでしょう。不安定な状況と飽きっぽい性格を克服し、理想主義と物質主義との葛藤に終止符を打ちましょう。ストレスを受けるとすぐにあきらめる癖は、事前に念入りな計画を練ることで克服できます。

14歳の時に、太陽がおとめ座に移動し、30年間にわたり秩序、現実的問題の解決、時間とエネルギーの使い方に重点が置かれます。44歳の時に新たな転換期を迎え、太陽がてんびん座に移動します。これによってバランスと調和を求める気持ちが強まり、人との協力関係に対する意識が高まります。

隠された自己

迅速に、しかも確実に前進していく時と、無気力な時とが交互に訪れます。これは、欲求不満が起こり、自尊心を失うことが原因です。前進できず、堂々巡りのくり返しを克服するためには、客観的になり、いつまでもくよくよしないこと。このような停滞期は一時的なものだと気づくことにより、長期的に物事を考え、深刻にならずにすみます。**豊かな創造力により、独創性が発揮されます**。このように創造力を育むことで、人生を楽しみ、不安や優柔不断を防止することができるようになります。

仕事と適性

“変化”があなたにとっての絶対条件。そういう意味では演劇やエンターテインメントが適職ですが、金銭的報酬が十分に得られなければ続かないでしょう。**人に従うことを嫌う**ので、自営業や管理職が向いています。想像力と優れた鑑賞眼を持つあなたは、イメージ作りを伴う仕事で成功します。旅を伴う仕事は、冒険好きのあなたには格好の仕事です。

恋愛と人間関係

強い個性に惹かれるあなたは、**自信にあふれた指導力のある人**に惹かれます。楽しいだけでなく、刺激を与えてくれる人とのつき合いを求めるため、友情は重要。

愛する人の前では、天性のタレントの才能が発揮されます。人間関係では調和を求めますが、感情が不安定になってしまうと、喧嘩腰。忍耐を学ぶことで困難な状況を乗り越えることができます。

数秘術によるあなたの運勢

8という数字が示すのは、優れた価値観と判断力を持つ人柄です。8という数字は、成功を求める野心があることを示しています。支配欲、安定欲、物欲が8日生まれの特徴。

天性のビジネスセンスがあり、組織、管理能力に恵まれています。安定し、落ち着きたいという欲求が、長期的な計画や投資を促します。

8月の隠れた影響により、この傾向が強まります。鋭敏な感受性を持つあなたは、人の評価や状況判断が得意。効率よく仕事を進め、責任を負って、一生懸命働きます。しかし、いずれ公正公平な方法で、権力を行使したり委譲する術を学ばなければならないでしょう。盛者必衰、自信過剰は禁物です。

●**長所**：リーダーシップがある、几帳面である、勤勉である、威厳がある、人を癒す力がある、判断力がある

■**短所**：せっかちである、無駄遣いをする、心が狭い、働きすぎてしまうところがある、支配的である、くじけやすい、計画性がない

♥恋人や友人

1月6、10、20、21、29日／**2月**4、8、18、19、27日／**3月**2、6、16、25、28、30日／**4月**4、14、23、26、28、30日／**5月**2、12、21、24、26、28、30日／**6月**10、19、22、24、26、28日／**7月**8、17、20、22、24、26日／**8月**6、15、18、20、22、24日／**9月**4、13、16、18、20、22日／**10月**2、11、14、16、18、20日／**11月**9、12、14、16、18日／**12月**7、10、12、14、16日

◆力になってくれる人

1月7、13、18、28日／**2月**5、11、16、26日／**3月**3、9、14、24日／**4月**1、7、12、22日／**5月**5、10、20日／**6月**3、8、18日／**7月**1、6、16日／**8月**4、14日／**9月**2、12、30日／**10月**10、28日／**11月**8、26、30日／**12月**6、24、28日

♣運命の人

1月25日／**2月**4、5、6、23日／**3月**21日／**4月**19日／**5月**17日／**6月**15日／**7月**13日／**8月**11日／**9月**9日／**10月**7日／**11月**5日／**12月**3日

♠ライバル

1月3、17日／**2月**1、15日／**3月**13日／**4月**11日／**5月**9、30日／**6月**7、28日／**7月**5、26、29日／**8月**3、24、27日／**9月**1、22、25日／**10月**20、23日／**11月**18、21日／**12月**16、19日

★ソウルメイト（魂の伴侶）

1月18日／**2月**16日／**3月**14日／**4月**12日／**5月**10、29日／**6月**8、27日／**7月**6、25日／**8月**4、23日／**9月**2、21日／**10月**19日／**11月**17日／**12月**15日

有名人

天海祐希（女優）、植草甚一（随筆家）、ダスティン・ホフマン（俳優）、押井守（アニメプロデューサー）、隈研吾（建築家）、東野幸治（タレント）、猫ひろし（タレント）、白石美帆（女優）、ロジャー・フェデラー（テニス選手）、前田美波里（女優）

太陽：しし座
支配星：いて座／木星
位置：16°−17°　しし座
状態：不動宮
元素：火
星の名前：ドゥベ

August Ninth

8月 9日

LEO

ずば抜けた金運を持ち、友人に恵まれる

8月9日生まれの人は、直感力と想像力に優れ、実利主義が特徴。自信があり、魅力的で、気前がいいと同時に、繊細さも持ち合わせています。

支配星いて座の隠れた影響で、ひらめきを大切にし、熱意と勤勉さを組み合わせることにより、チャンスを活かして、お金を貯蓄できます。このため、**金銭問題で苦労することはないでしょう**。しかし、本来の才能を活かすには、価値観を重視し、責任感を育てる必要があります。

社交性があり、気さくで気前がよく、人の幸福を心から望むあなたは、支え励ましてくれる友人がたくさんいます。中には積極的に、時間とエネルギーをすばらしい大義や慈善団体に振り向ける、**偉大な人道主義者**になる人もいます。

目の前の仕事に力を注ぐと同時に、多くのことに興味を持ち創造力を発揮します。8月9日生まれは、仕事に対するプライドが高く、完璧主義なところがあります。

子ども時代から社会活動に興味を持ち、中心人物となり、リーダーシップを発揮しています。13歳以降は、太陽が30年にわたり、おとめ座に移動し、勤勉で判断力に富み、労働環境の効率化を重視するようになります。43歳で、転換期が訪れ、太陽がてんびん座に移動します。これにより、社会的関係や協調性に重点が置かれます。創造性が高まり、音楽、芸術、文学的関心を発揮することに関心を寄せるでしょう。

隠された自己

第一印象を信じれば、人の意図を理解する力があります。繊細さと洞察力を持つあなたは、**内なる声に従えば道を誤まることはありません**。経済的な安定を望む一方で、刺激を求めたり、新たな経験を積めなくなると、落ち着きがなくなり、いら立ちを覚えるでしょう。この不満は現実逃避となり、問題を複雑にするだけです。これを避けるためには、教訓を活かし、精神的刺激を常に模索し続けましょう。

充実した生活のためには、仕事が重要な役割を果たします。

仕事と適性

野心家で、現実的、社交性のあるあなたは、仕事のチャンスに恵まれます。**何を選んでも、うまくやりこなします**。駆け引き上手で、十分な見返りを手にします。ビジネスでは、商品企画、製造関連が向いています。

また、エンターテインメントの世界で、想像力を発揮し、大成功を収めるかもしれません。人道主義的または宗教的側面を隠し持つあなたは、公共精神に富む仕事も適職。

恋愛と人間関係

持ち前の社交性、カリスマ的個性で多くの友人を惹きつけます。激しい感情を表に出すことで、強い愛や恋愛感情を表現します。感情を抑圧すると、気難しくなり、駆け引きを弄するようになるでしょう。

人間関係においては平和を保つ努力に励み、辛抱強さを持っています。

数秘術によるあなたの運勢

9日生まれの人は、善意、思慮深さ、繊細さが特徴。寛容で親切なあなたは、気前がよくて鷹揚な性格。直感の鋭さは幅広い感受性を示しています。

また、難題を克服したいという欲求があり、過敏で、感情の起伏が大きいのです。世界旅行やさまざまな人とのつき合いから得るものが多いでしょう。現実離れした夢や現実逃避には注意。

8月生まれの隠れた影響により、意志が強く、権力や影響力を手に入れようとします。あなたは富と成功を手に入れたいという欲求に駆られ、一生懸命働き、多くの幸運に出会うでしょう。しかし、いささか拝金主義にすぎる傾向は要注意。

●**長所**：理想主義者である、社会福祉に熱心である、創造性がある、感受性が豊かである、気前がいい、人望がある、詩的な雰囲気がある、慈悲深い、寛大である、客観的である、人受けがよい

■**短所**：欲求不満をいだく、感情の起伏が激しい、自分に自信が持てない、利己的である、世事に疎い、心配性である

♥恋人や友人

1月7、11、21、22日／**2月**5、9、19、20日／**3月**3、7、18、31日／**4月**1、5、16、29日／**5月**3、14、27、29日／**6月**1、12、25、27日／**7月**10、23、25日／**8月**8、21、23、31日／**9月**6、19、21、29日／**10月**4、17、19、27、30日／**11月**2、15、17、25、28日／**12月**13、15、23、26日

◆力になってくれる人

1月8、14、19日／**2月**6、12、17日／**3月**4、10、15日／**4月**2、8、13日／**5月**6、11日／**6月**4、9日／**7月**2、7日／**8月**5日／**9月**3日／**10月**1、29日／**11月**27日／**12月**25、29日

♣運命の人

2月5、6、7、8日

♠ライバル

1月9、18、20日／**2月**7、16、18日／**3月**5、14、16日／**4月**3、12、14日／**5月**1、10、12日／**6月**8、10日／**7月**6、8、29日／**8月**4、6、27日／**9月**2、4、25日／**10月**2、23日／**11月**21日／**12月**19日

★ソウルメイト（魂の伴侶）

1月9日／**2月**7日／**3月**5日／**4月**3日／**5月**1日／**10月**30日／**11月**28日／**12月**26日

有名人

トーベ・ヤンソン（絵本作家）、黒柳徹子（タレント）、吉行和子（女優）、池上彰（ジャーナリスト）、ホイットニー・ヒューストン（歌手）、オドレイ・トトゥ（女優）、木南晴夏（女優）、ハイヒールリンゴ（タレント）、藤田菜七子（騎手）

太陽：しし座
支配星：いて座／木星
位置：17°－18°　しし座
状態：不動宮
元素：火
星の名前：ドゥベ、メラク

August Tenth

8月10日

LEO

目標達成のためには、もっと力を集中させましょう

8月10日生まれの人は、直感力と創造力を備え、独創的で野心と大きな可能性を秘めています。リーダーシップがあり、強い自己表現欲を持っています。

支配星いて座の隠れた影響で、あなたは**旅に出てさまざまな経験を積む運命**にあるでしょう。多趣味多才ですが、これが仇になってエネルギーが分散されがちです。時間を無駄にせず、力を集中させれば、目標を達成することができます。**自己演出に長けている**あなたは、大きな成果を実現する能力や精神力を秘めています。アイディアがひらめいたり、客観的に考える姿勢を持つと、失望から立ち直り、優柔不断や不安を克服できます。人生の難問に立ち向かいたいという熱意は十分あるのですが、初心に帰れば過去の問題はすべて解決できるという思いこみや、無謀なリスクを冒さないように。

あなたは自分の常識を信頼していますが、あらゆる角度から物事を見ることができるその能力は、時に不信と混乱のもとになることも。**洞察力と強い直感力を備えた生まれながらの戦略家**であるあなたは、問題に直面すると、迅速に独創的な解決策を導きだします。

12歳の頃、太陽がおとめ座に移動し、30年間にわたって秩序、仕事、効率が重要になってきます。42歳の時に太陽がてんびん座に移動します。これが転換期となり、人との協力、駆け引きを覚え、人間関係を重視するようになります。

隠された自己

創造性を活かして、経済的安定を手に入れることができれば、世俗的な意味での成功を収めることになるでしょう。しかし、あなたは経済的な安定を手に入れると、これによって得た安定を失う不安から、守りの姿勢になってしまい、その後、安全すぎる道を選びがち。しかし、リスクとチャンスは表裏一体です。この2つをバランスよく統制した行動をとれば、安定を失う不安というものを克服することができるでしょう。

あなたの平和と調和を求める心は、芸術を通じて表現され、また、家庭生活に反映されます。**責任感が強く、自己表現欲が旺盛**。理想主義者のあなたは、自分が納得のいく目標については、客観的になることができます。芸術、演劇、音楽などを通じて愛情を育てることができるでしょう。

仕事と適性

創造性、鋭い知性、勤勉さを備えているので、**どんな仕事に就こうともトップに上りつめます**。天性の演技力は、演劇、執筆、政治に活かすことができます。ビジネスセンスを持つあなたは、商品企画や製造業にも適性があります。自営業が最も向いていますが、どんな仕事を選ぼうとも、常に向上心を失いません。思索的または博愛的精神は、聖職、慈善活動、社会奉仕などで満たされるでしょう。

恋愛と人間関係

多くの手柄を立てる人に惹かれます。理想の愛を求めるあまり、それを満たす人にはなかなかめぐり合えません。あなたは愛情深くのびのびとして、心温かい時と冷淡で引っ込み思案に見える時とが交互に訪れますので、自分の感性のバランスをとる心の余裕が必要です。生まれながらに愛想がいいので、友達は多くできるでしょう。

数秘術によるあなたの運勢

1のつく日に生まれた人は、偉業を成し遂げるために努力を惜しみません。しかし、目標達成にはいくつかの障害を乗り越える必要があります。エネルギッシュで独創性があり、人と意見を異にしている時にも、自分の信念に従います。開拓者精神を備えたあなたは、遠くへの旅や新たな活動に踏みだします。

しかし、世界は自分を中心に回っているのではないことを知り、わがままや尊大な態度をとらないように注意。

10日生まれの人の多くは、成功を手に入れます。トップに上りつめることもしばしば。

8月生まれの隠れた影響として、強い個性と決断力、独立心が現れています。革新的で、野心を持つ自信家ですが、多才なあまり、多くを成功させようとして、かえってエネルギーを分散させてしまう結果に。

●**長所**：リーダーシップがある、創造性がある、進歩的である、気力が充実している、楽観的である、信念を持っている、革新的である、独立心が強い、気前がいい

■**短所**：高圧的である、嫉妬深い、利己的である、プライドが高すぎる、敵対心が強い、自制心に欠ける、自分勝手である、優柔不断である、せっかちである

相性占い

♥恋人や友人

1月8、22、23、26日／**2月**6、20、24日／**3月**4、18、22日／**4月**2、16、17、20、30日／**5月**14、18、28、30日／**6月**12、16、26、28日／**7月**10、14、24、26日／**8月**8、12、22、24日／**9月**6、10、20、22、30日／**10月**4、8、18、20、28日／**11月**2、6、16、18、26日／**12月**4、14、16、24日

◆力になってくれる人

1月9、20日／**2月**7、18日／**3月**5、16、29日／**4月**3、14、27日／**5月**1、12、25日／**6月**10、23日／**7月**8、21日／**8月**6、19日／**9月**4、17日／**10月**2、15、30日／**11月**13、28日／**12月**11、26、30日

♣運命の人

1月27日／**2月**7、8、9、25日／**3月**23日／**4月**21日／**5月**19日／**6月**17日／**7月**15日／**8月**13日／**9月**11日／**10月**9日／**11月**7日／**12月**5日

♠ライバル

1月2、10、19日／**2月**8、17日／**3月**6、15日／**4月**4、13日／**5月**2、11日／**6月**9日／**7月**7、30日／**8月**5、28日／**9月**3、26日／**10月**1、24日／**11月**22日／**12月**20、30日

★ソウルメイト(魂の伴侶)

1月15日／**2月**13日／**3月**11日／**4月**9日／**5月**7日／**6月**5日／**7月**3日／**8月**1日／**10月**29日／**11月**27日／**12月**25日

有名人

角野卓造(俳優)、三國清三(料理人)、朝倉かすみ(作家)、アントニオ・バンデラス(俳優)、寛利夫(俳優)、安倍なつみ(歌手)、速水もこみち(俳優)、中島裕翔(Hey! Say! JUMP　タレント)、門脇麦(女優)

太陽：しし座
支配星：いて座／木星
位置：18°－19°　しし座
状態：不動宮
元素：火
星の名前：メラク

August Eleventh

8月11日

LEO

開拓者精神を持つあなたは、理想主義と現実主義が同居

11日生まれの人の特徴は、優れた行動力、ひらめき、創造性です。開拓者精神を持つあなたは、**高い理想を持ち、富や名誉を得たい**と強く望んでいます。魅力と活力にあふれ、友好的で気前がよく、楽観的に見えます。

支配星いて座の隠れた影響で、一見、理想主義者のようですが、現実的な側面も持ち合わせています。**しっかりと地に足がついた姿勢**が、夢を実現するうえでの障害や逆境の克服に大きな役割を果たしているのです。

木星の影響により、経済的利益に結びつく、非常に優れたアイディアの持ち主です。この日に生まれた人は、**協調性を重視**。頑固な性格ですが、人から助けてもらうためには、妥協も必要だということを悟らなければなりません。

愛想がよく、冒険心に富むあなたは、一方で物欲が強く、自分に利益をもたらすつき合いを重視します。資金不足が将来を不安にさせるので、過度な物質主義に傾倒しないように注意して。

太陽がおとめ座に移動する11歳からの30年間は、人生に対する現実的な取り組み方に重きが置かれます。次第に、効率のよいエネルギーや時間の使い方を選ぶようになるでしょう。41歳で転換期が訪れ、太陽がてんびん座に移動します。この時点から、さらに密接な人間関係を望み、現実一辺倒から、芸術的なものに関心を移していくでしょう。

隠された自己

人に認められたいという強い欲求があるので、**あらゆる面で目立ちたがり**なあなた。人のために何かをしたいという欲求を満たすことに、最も満足を感じます。心の平和が得られれば人生は穏やかであると悟り、家庭を世間からの避難所となる安心できる場所にしたいと願っています。この心の調和は、開花を待っていた音楽や芸術、創造の才能を刺激します。

人を楽しませ、社交的なあなたは、くつろいで楽しい時を過ごす方法を知っています。平和を維持するために妥協は禁物です。また時に不安になって楽しみを脅かされないように。内なる第六感を働かせることが、優れた才能を引きだす鍵となるでしょう。

仕事と適性

愛想がよく気前がいいあなたは、**人との協力を伴う仕事**に惹かれる理想主義的な側面を備えています。博愛主義者のあなたは、社会奉仕の才能があります。

ビジネスにおいては、販売や広報・宣伝のセンスがあり、契約交渉や商談が得意。また、成功に向けて多くのエネルギーを注ぎます。

恋愛と人間関係

独創的な考えを伝える才能を持つあなたは、芸術的な人に惹かれます。温かく、気さくで社交的なあなた。人間関係においては、**力と知性を持つ人**に魅力を感じますが、愛する人と口論しがちなので注意しましょう。寛大なあなたは、友人や恋人としても、忠誠心の厚い人です。努力を惜しまず、関係を持続させようとしますが、自由を必要とするでしょう。

数秘術によるあなたの運勢

マスターナンバーの11は、理想主義、インスピレーション、経営革新があなたにとって重要であることを示しています。しかし、卑屈さと自信過剰が混在し、精神的にも物質的にも自制心を身につけるのを邪魔しています。経験を通じて、卑屈さにも自信過剰にも対処する方法を学びましょう。自分の直感を信じ、極端な行動に出ないように注意。元気で、活力いっぱいのあなた。過度な不安に陥り、非現実的にならないように。

8月の隠れた影響により、意志が固く野心家、先を見る力と実行力を伴っています。創造性、独自性が発揮されると、楽観的、勤勉で熱心。始めたことは必ず終わらせ、中途半端にしないように注意。

金銭や権力に対して不安を感じることが多いので、傲慢や計算高さは禁物。真価を発揮するには、独自性を活かしましょう。

●**長所**：集中力がある、客観的である、熱心である、人にひらめきを与える能力がある、高潔な人柄である、直感力がある、知的である、人あたりがよい、独創的である、美を見分ける目がある、世間のために奉仕する、人を癒す力がある、社会福祉に熱心である

■**短所**：優越感をいだきがちである、目的意識がない、感情的である、傷つきやすい、神経質である、利己的である、明確さに欠ける

相性占い

♥恋人や友人

1月3、5、23日／**2月**3、11、21日／**3月**9、19、28、31日／**4月**7、17、26、29日／**5月**5、15、24、27、29、31日／**6月**3、13、22、25、27、29日／**7月**1、11、20、23、25、27、29日／**8月**9、18、21、23、25、27日／**9月**7、16、19、21、23、25日／**10月**5、14、17、19、21、23日／**11月**3、12、15、17、19、21日／**12月**1、10、13、15、17、19日

◆力になってくれる人

1月3、4、10、21日／**2月**1、2、8、19日／**3月**6、17、30日／**4月**4、15、28日／**5月**2、13、26日／**6月**11、24日／**7月**9、22日／**8月**7、20日／**9月**5、18日／**10月**3、16、31日／**11月**1、14、29日／**12月**12、27日

♣運命の人

1月22、28日／**2月**8、9、10、20、26日／**3月**18、24日／**4月**16、22日／**5月**14、20日／**6月**12、18日／**7月**10、16日／**8月**8、14日／**9月**6、12日／**10月**4、10日／**11月**2、8日／**12月**6日

♠ライバル

1月11、20日／**2月**9、18日／**3月**7、16日／**4月**5、14日／**5月**3、12、30日／**6月**1、10、28日／**7月**8、26、31日／**8月**6、24、29日／**9月**4、22、27日／**10月**2、20、25日／**11月**18、23日／**12月**16、21日

★ソウルメイト（魂の伴侶）

1月26日／**2月**24日／**3月**22、30日／**4月**20、28日／**5月**18、26日／**6月**16、24日／**7月**14、22日／**8月**12、20日／**9月**10、18日／**10月**8、16日／**11月**6、14日／**12月**4、12日

有名人

吉川英治（作家）、岸恵子（女優）、小林亜星（作曲家）、中尾彬（俳優）、孫正義（ソフトバンク創業者）、吉田戦車（マンガ家）、松村邦洋（タレント）、小林綾子（女優）、福田充徳（チュートリアル　タレント）、清水邦弘（バレーボール選手）

太陽：しし座
支配星：いて座／木星
位置：19°－20°　しし座
状態：不動宮
元素：火
星の名前：メラク、アル・ゲヌビ

August Twelfth

8月12日

LEO

自己主張が強く、わが道を行く

野心に燃え、優れた創造力と直感力を備え、陽気で活力にあふれています。**意志が強く、はっきりと自己主張**をし、強引なところもありますが、わが道を行くタイプです。単刀直入で、抜け目のない応対は、**人や状況の判断がすばやい**ことを示しています。成功や安定性を求めるあなたは、人に認められることを望み、愛想よく寛大にふるまいます。

若い頃には、人を惹きつける力が挫折を乗り越える助けとなり、直感力がそれを補ってくれるでしょう。

支配星である木星の影響で、勇敢かつ大胆なあなたは、人に認められたいと願う活動的な人。**繊細でありながら頑固**。前進と安定を望むという相反する気持ちが共存するので、これらのバランスをとりましょう。思いやりと理解力があるにもかかわらず、高圧的、支配的になることもあるので気をつけて。

プライドが高く、威厳のあるあなたは、人の批判に敏感なところも。理性的な考え方を身につけ、周りの評価を気にしすぎないようにしましょう。あなたは**生まじめな性格で、駆け引きの才能がある**ので、人との共同作業を好みます。金銭よりもやりたいことを重視して仕事に就くと、本領を発揮できるでしょう。

子どもの頃から、社交的で愛想がよいあなた。10歳の時から太陽が30年間にわたり、おとめ座に移動します。このため次第に現実的になり、判断力がつくと同時に、効率が向上します。40歳になると、太陽がてんびん座に移動し、人間関係や美や調和、バランスを求める欲求が強まります。このため、執筆や芸術、音楽、医療などに惹かれるでしょう。

隠された自己

実行力に恵まれたあなたの強い意志の力は、目を見張るものがあります。あなたが願えば望みは必ず実現します。不安を感じる必要はありません。あなたは人々を明るくする、すばらしいエネルギーを発することになるでしょう。

直感にしたがって動いている時が最高の仕事をします。思いこみが激しく、間違っているとわかった時点でも、自分の意見を譲りません。客観的になるには、駆け引きや妥協を学ぶ必要があるでしょう。

仕事と適性

野心家で意志強固なあなたは、天性のリーダーシップの持ち主。金銭的利益に関するアイディアを売りこむ時にはとりわけ説得力があります。

人を惹きつける魅力があり、親切なあなたは、**対人関係が得意で、チャンスをつかむのが上手**。教育、ビジネス、エンターテインメント業界でも、自由裁量の多い職場を望みます。命令されるのを嫌うあなたは管理職や自営業が向いています。交渉の有利な展開や、自分の才能の商品化が得意です。

恋愛と人間関係

人を楽しませ、新たな出会いを楽しむため、社交生活は順調でしょう。プライベートな人間関係においては、**理想主義と現実主義が交互に訪れます**。心の底ではロマンティックなあなたは、愛されるよりも愛することを望みます。しかし、いったん関係を持つと、心変わりしがちな面も。独立心が強く、必要な自由を与えてくれるパートナーを選びましょう。家族を誇りにしているあなたは、家族の利益を守るためならどんな努力も惜しみません。

数秘術によるあなたの運勢

人助けが好きで、愛想のいい12日生まれのあなたは、論理的な能力も優れています。真の個性を確立したいと思っているので、創造力旺盛。生まれながらにして思いやりがあり、繊細でありながら、目的を達成するための駆け引きや協力作業も得意。自己表現欲と他人への奉仕のバランスがとれれば、精神的な充足と個人的な満足感の双方を手に入れるでしょう。あなたは独立独歩で自信家なので、人に抑圧されることはめったにありません。

8月生まれの隠れた影響により、野心と意志の強さを持つあなたは、直感力に優れています。現実的な対応と管理能力を備えており、積極性と、外交的な性質を秘めています。人生においては、前進のチャンスが多々あり、富や名声を求めています。

●**長所**：創造性がある、魅力的である、指導力がある、人や自分の売りこみが得意である

■**短所**：引っ込み思案である、エキセントリックである、非協力的である、過敏である、自信喪失している

相性占い

♥恋人や友人

1月14、15、22、24、26、31日／**2月**12、22、29日／**3月**10、20、27日／**4月**8、18、25日／**5月**6、16、23、30日／**6月**4、14、21、28、30日／**7月**2、12、19、26、28、30日／**8月**10、17、24、26、28日／**9月**8、15、22、24、26日／**10月**6、13、20、22、24、30日／**11月**4、11、18、20、22、28日／**12月**2、9、16、18、20、26、29日

◆力になってくれる人

1月5、22、30日／**2月**3、20、28日／**3月**1、18、26日／**4月**16、24日／**5月**14、22日／**6月**12、20日／**7月**10、18、29日／**8月**8、16、27、31日／**9月**6、14、25、29日／**10月**4、12、23、27日／**11月**2、10、21、25日／**12月**9、19、23日

♣運命の人

1月12日／**2月**9、10、11日／**3月**8日／**4月**6日／**5月**4日／**6月**2日

♠ライバル

1月16、21日／**2月**14、19日／**3月**12、17、30日／**4月**10、15、28日／**5月**8、13、26日／**6月**6、11、24日／**7月**4、9、22日／**8月**2、7、20日／**9月**5、18日／**10月**3、16日／**11月**1、14日／**12月**12日

★ソウルメイト(魂の伴侶)

1月25日／**2月**23日／**3月**21日／**4月**19日／**5月**17日／**6月**15日／**7月**13日／**8月**11日／**9月**9日／**10月**7日／**11月**5日／**12月**3、30日

有名人

淡谷のり子(歌手)、姜尚中(政治学者)、吉田秋生(マンガ家)、陣内孝則(俳優)、武田久美子(タレント)、東幹久(俳優)、吉岡秀隆(俳優)、貴乃花光司(第65代大相撲横綱)、パク・ヨンハ(俳優)、大渕愛子(弁護士)

太陽：しし座
支配星：いて座／木星
位置：20°−21°　しし座
状態：不動宮
元素：火
星の名前：メラク、アル・ゲヌビ

August Thirteenth

8月13日

LEO

独立心が強く勇敢で、人からは一目置かれる存在

8月13日生まれの人は、独立心が強く、創造力に優れていて、人の上に立って指導する能力があります。しし座生まれのあなたは、勇敢で物事に動じず、**人からは一目置かれる存在**。合理的な考え方の持ち主で、やや自己主張は強いものの、常識があり、常に自制心を忘れないよう心がけています。精神力を養い、自分の好きな分野で力を発揮すれば、成功を収めることができます。

人とは違った観点で問題を見つめる目を持っているので、アドバイスを与えたり解決策を提案したりすることができます。しかしこの日に生まれた女性は、高圧的な考え方をして場を仕切る傾向があるので注意して。

支配星であるいて座の影響は、人を指揮する性格とさらに自己を高めたいという気持ちとなって表れています。この星からは、頑固で批判的な性格も与えられています。保守的な面と反体制的な面を併せ持っているあなたは、周りからすれば不可解な存在かもしれませんが、決して変人ではなく**情報通で雄弁**。ただし、話題が得意分野になると、あなたの独壇場になりやすいので、挑戦的な態度になったり、むきになりすぎたりしないよう注意が必要。そういう態度は決してよい結果には結びつかないからです。

9歳で太陽がおとめ座に入り、30年周期が始まります。現実的な秩序と生活の安定を求める気持ちが高まる時期なのです。39歳を迎え太陽がてんびん座に入ると、転機が訪れます。人間関係を築くことがより重要になる転換期です。また、これを機に、人により親切で協力を惜しまない気質が強まります。

隠された自己

あなたは強い責任感を持ち、最後まできちんとやり抜く人。時間をむだにするようなことはしません。デリケートで傷つきやすいのに、他人にはそんな素振りをみせません。あれこれ干渉されたくないのです。外面的には尊大で皮肉屋と思われがちですが、本当は**自己犠牲を惜しまない、正義感の強い人**です。何があっても成し遂げるという意思の強さは周囲から賞賛されるでしょう。しかし、他人を思い通りに動かそうとする我の強さは、直した方がベター。最良の結果を得るためには、人と心を通わせて協力して働かなければなりません。

リーダーシップがあり、仕事があなたに集中しすぎたとしても、他の人の協力を得て仕事をこなす術を心得ています。仲間意識が強いのですが、ごく親しい人たちと軽い冗談を交わす時に、自分が優位に立ちたがる点は注意して。ただし、こんな時でも、あなたは遊び心を忘れません。

仕事と適性

頭が切れて、忍耐力があり、管理者としての才能を発揮するでしょう。勤勉なあなたは、どのような職業を選んでも、必ず権威ある地位に就くでしょう。あなたの**優れたコミュニ**

ケーション能力は、ビジネス界で成功する財産となり、また特に、法律家、科学者、教育者などの知的職業でも成功を収めます。自己表現欲が強いあなたは、執筆や娯楽ビジネスの分野でその才能を発揮。出版業や広告業にも向いています。

恋愛と人間関係

しっかりした自分の意見を持っていてパワフルなあなたは、**洗練された知性につりあう人**に惹かれます。賢明なあなたは人を魅了し、友達作りが上手で、パートナーにも恵まれます。オープンで率直なあなたですが、合理的になりすぎて、いつもの積極的な考え方や態度を引っこめないように心がけましょう。周りの人に対してとても思いやりがあるあなたは、愛する人のために身を捧げることを惜しみません。

数秘術によるあなたの運勢

13の日に生まれた人は、感受性が豊かで情熱的、直感力に優れています。数字の影響を受けて、常に野心的で身を粉にして働くことをいといません。独創的な自己表現力を通して多くを成し遂げることができます。あなたのすばらしい創造的な才能を活かすためには、まずは実利的な面をしっかりと見据えて次に進む能力を磨く必要があります。独創的で革新的な考え方をするあなたは、新しくて画期的なアイディアを思いつき、その仕事や作品はしばしば人に感銘を与えます。13の日に生まれた人は、まじめでロマンティスト、人を惹きつける魅力があり、陽気な人柄。労を惜しまず働けば、財をなすことができます。

生まれ月の8という数字から影響を受け、きっぱりと決断できる能力を持っていて、主導権を持ちたがります。1つの目的を貫き通すことを学ぶと、仕事の分野でトップに上りつめる機会も多いでしょう。また、考え方を変えてみると、実践的な経営者・管理者としての手腕があり、権威ある地位に就くこともできます。和をもって協力して人と働けば、あなたの並はずれた才能を他の人と共有する機会に恵まれます。

●**長所**：意欲的である、創造力に優れている、自由を愛する心が強い、自己表現力に優れている、指導力がある
■**短所**：衝動的である、優柔不断である、高圧的である、感情表現に乏しい、反抗的である

♥恋人や友人
1月11、13、15、17、25、26日／**2月**9、11、13、15、23日／**3月**7、9、11、13、21日／**4月**5、7、9、11、19日／**5月**3、5、7、9、17、31日／**6月**1、3、5、7、15、17、29日／**7月**1、3、5、27、29、31日／**8月**1、3、11、25、27、29日／**9月**1、9、23、25、27日／**10月**7、21、23、25日／**11月**5、19、21、23日／**12月**3、17、19、21、30日

◆力になってくれる人
1月1、5、20日／**2月**3、18日／**3月**1、16日／**4月**14日／**5月**12日／**6月**10日／**7月**8日／**8月**6日／**9月**4日／**10月**2日

♣運命の人
2月9、10、11、12日

♠ライバル
1月6、22、24日／**2月**4、20、22日／**3月**2、18、20日／**4月**16、18日／**5月**14、16日／**6月**12、14日／**7月**10、12日／**8月**8、10、31日／**9月**6、8、29日／**10月**4、6、27日／**11月**2、4、25、30日／**12月**2、23、28日

★ソウルメイト(魂の伴侶)
1月6、12日／**2月**4、10日／**3月**2、8日／**4月**6日／**5月**4日／**6月**2日

♌ しし座

有名人

篠原涼子(女優)、アルフレッド・ヒッチコック(映画監督)、フィデル・カストロ(政治家)、林家パー子(タレント)、近藤芳止(俳優)、伊藤みどり(元フィギュアスケート選手)、杉村太蔵(タレント)、高橋ジョージ(THE虎舞竜　歌手)

太陽：しし座
支配星：おひつじ座／火星
位置：21°−22°　しし座
状態：不動宮
元素：火
星の名前：メラク、アル・ゲヌビ

August Fourteenth

8月14日

LEO

豊かな創造力に後押しされ、決断力があって活動的

8月14日に生まれた人は、実利的な働き者で、優れた判断力と豊かな創造力を駆使して成功を手にし、財をなすでしょう。しし座生まれのあなたは、社交的で人を惹きつける、とても魅力的な人。幅広い知識と優れた直感力を持ち、自分の生活環境を素直に受け入れます。そして、**何か活動的なことや生産的なことをしている時に最高の幸せを感じます**。

支配星である火星の影響で、あなたのバイタリティは年をとるごとに高まり、成功を収めることができます。しかし、自分の可能性に挑戦しようとする時、感情的に不安定になり、神経過敏になりやすいので注意が必要。勤勉で正直、率直な人というのがあなたに対する一般的な評価です。寛大で思いやりがありますが、無知な人や愚かな言動には我慢ができず、いら立ちを抑えることができません。また、独自の考え方を持っていて、他人の干渉を好みません。そういうところに、あなたの頑固さが表れているといえるでしょう。優れた洞察力を持ち、理論派であるあなたは、権威ある地位に就きます。人間関係に関して言えば、あなたには**説得力があり人を感動させるというすばらしい才能**があります。人に少しでも勝とうとするならば、信頼を育み、あなたの内なる声を受け入れて、人を大切にすること。決断力や即決力があり、**思ったことを即行動に移します**。また、生まれつき好奇心が旺盛なあなたは、新しい分野に挑戦したいという強い気持ちを持っています。

8歳頃に太陽がおとめ座に入り、30年周期が始まります。実用性と秩序の必要性が強調される時期であり、また時間とエネルギーをうまく使い分ける能力を育む時期と言えます。次の転機は、太陽がてんびん座に入る38歳に訪れます。音楽、芸術、文学の隠れた才能が開花し、人間関係の重要性を再認識する転換期なのです。

隠された自己

自分に高い目標を課しているあなたは、大きな成功を手にすることを望んでいます。ただし、あくどい方法で儲けたお金や、濡れ手に粟で成功した事業は、あなたに本当の意味での幸福をもたらさないことを忘れないで。あなたは**人の話に耳を傾けて、持ち前のプラス思考や前向きな行動で落ちこんでいる人たちを元気づける才能**があります。劇的なことを非常に好む一面があり、人をもてなすのはもとより、人に情報を提供するのが好きです。組織や集団における橋渡し的な役割には適任でしょう。また、あなたは1つの挑戦に成功したとしても、成功へのプロセスが自信をより高めると知っているので、絶えず自分自身に挑戦し続けるでしょう。そうすることによって、時折心の平和を脅かしそうになる疑惑や不信の念に打ち勝つことができるのです。しかし、目的を達成したいという強い意志を持っているあなたは、一度物事が動きだせば、目的を達成するまでどんな障害があろうともやり通します。

仕事と適性

生まれながらの才能と鋭い知性に恵まれているあなたは、自己修養に努めるならば、仕事の分野で頂点に立つことができます。能力を十分に発揮する時に、精神的な不安定さは影響を与えないこともあるのです。いろいろとやってみたいので、仕事に変化がなくて単調すぎると退屈する傾向があります。**生まれつき商才があり、組織を統率する才能**があるので、貿易、金融、法律関係などの職業に向いています。人を思いやり、尊重する気持ちを持ち合わせていて、教師、カウンセラー、福祉関係者などや、政治家のような職業に就くと、あなたはすばらしい能力を発揮するでしょう。

恋愛と人間関係

創造力が豊かで、知性あふれるあなたは、仕事とプライベートを上手に両立させることができます。とても社交的なので、恋人を見つける出会いの場には事欠きません。あなたは活発で、**精神的によい刺激を与えてくれる人**に魅力を感じるでしょう。あなたの持ち前のユーモアのセンスを理解してくれる人が吉です。人の気持ちが理解できる思いやりのあるあなたは、周りから支援やアドバイスを求められるでしょう。

数秘術によるあなたの運勢

14の日に生まれた人は、知的な潜在能力と決断力がある現実主義者です。実際に14日生まれの人は、仕事第一主義で、仕事ができるかどうかで自分自身を含めて人を判断します。あなたには安定が必要なのですが、14という数字の影響を受けて、じっとしていられない気質を持っています。この気質のため、常に運命を切り開こうとして、前に向かって突き進み、新しいことに挑戦し続けます。あなたが現状に満足していない時、この生まれながらのせっかちさが、仕事や金銭的なことなどの改革をする原動力となります。あなたは洞察力に優れていて、問題が起きるとすぐ反応し、積極的に問題を解決しようとします。生まれ月の8という数字から影響を受けているあなたは、労をいとわず働き、その勤勉さを通して、自分の能力と野心を実現することでしょう。また、成功欲が強い傾向があります。問題が起きた時、その取り組み方はとても独創的で、人が驚くような斬新な解決方法を示すことが多々あります。

●長所：行動が断固としている、勤勉である、創造的である、実利的である、想像力に富んでいる、何事にも熱心に取り組む

■短所：慎重すぎる、感情的になりすぎる、軽率である、頑固である

♥恋人や友人

1月9、12、16、25日／**2月**7、10、14、23、24日／**3月**8、12、22、31日／**4月**3、6、10、20、21、29日／**5月**4、8、18、27日／**6月**2、6、16、25、30日／**7月**4、14、23、28日／**8月**2、12、21、26、30日／**9月**10、19、24、28日／**10月**8、17、22、26日／**11月**6、15、20、24、30日／**12月**4、5、13、18、22、28日

◆力になってくれる人

1月2、13、22、24日／**2月**11、17、20、22日／**3月**9、15、18、20、28日／**4月**7、13、16、18、26日／**5月**5、11、16、18、26日／**6月**3、9、12、14、22日／**7月**1、7、10、12、20日／**8月**5、8、10、18日／**9月**3、6、8、16日／**10月**1、4、6、14日／**11月**2、4、12日／**12月**2、10日

♣運命の人

1月25日／**2月**11、12、13、23日／**3月**21日／**4月**19日／**5月**17日／**6月**15日／**7月**13日／**8月**11日／**9月**9日／**10月**7日／**11月**5日／**12月**3日

♠ライバル

1月7、23日／**2月**5、21日／**3月**3、19、29日／**4月**1、17、27日／**5月**15、25日／**6月**13、23日／**7月**11、21、31日／**8月**9、19、29日／**9月**7、17、27、30日／**11月**3、13、23、26日／**12月**1、11、21、24日

★ソウルメイト（魂の伴侶）

1月17日／**2月**15日／**3月**13日／**4月**11日／**5月**9日／**6月**7日／**7月**5日／**8月**3日／**9月**1日／**11月**30日／**12月**28日

杉良太郎（俳優）、ヴィム・ヴェンダース（映画監督）、サラ・ブライトマン（歌手）、エマニュエル・ベアール（女優）、岡村靖幸（ミュージシャン）、ハル・ベリー（女優）、鈴木保奈美（女優）、ミラ・クニス（女優）、桂歌丸（落語家）

太陽：しし座
支配星：おひつじ座／火星
位置：21°45'−23°　しし座
状態：不動宮
元素：火
星の名前：アル・ゲヌビ

August Fifteenth

8月15日

LEO

知識を蓄え、話術と文才に優れる

8月15日生まれは、ひたむきで知的、のみこみが早い人です。知識を蓄えると、さらに自信がつき、自己主張に磨きがかかるでしょう。しし座生まれのあなたは、おおらかで愉快な性格で、若々しい性質を備えたアイディアにあふれた人。**持ち前のバイタリティとじっとしていられない気性**を、何か創造的なものを追求する方向に向かわせるとよいでしょう。理想主義者で誇り高く、確固たる信念を持っているあなたは、生まれつき話術と文才に優れています。理論より実践を好み、この2つがうまく合致すれば、あなたの目的は達成されたも同然と言えるでしょう。支配星であるおひつじ座の影響を受けているあなたは、野心家で活力と意欲に満ちています。いったん技術を習得すると、いかに自分に才能があり、賢明であるかを自慢しがちです。責任感を持ってはいますが、もっと思慮深い態度に徹するならば、さらなる成功を収めることができます。**古い習慣にとらわれない進歩主義**的な傾向があり、一風変わったものに興味を示し、人とは違う趣味を持つことが多いでしょう。**演劇に関して、ずばぬけた才能**があります。社交的で親しみのある性格ですが、干渉されることを好まず、人とは違う人間でありたいと思っています。仲間の圧力にめったに屈することはありません。

7歳になった時に太陽はおとめ座に入り、30年周期が始まります。日常生活、特に職場において、秩序と効率が求められる時期。これは、太陽がてんびん座に入る37歳まで続き、音楽、芸術、文学の隠れた才能が開花する転機となります。また、人間関係を築くことの重要性が高まる転換期なのです。

隠された自己

カリスマ性のあるあなたは、愛情を惜しみなく与え、いつも積極的にふるまうことを忘れません。また、自分を表現する手段の重要性をよく認識しています。強い信念と人の役に立ちたいという気持ちを持っているあなたは、**グループや組織のリーダーとして才能を発揮**します。物質的な保障を手に入れるために、理想をあきらめて妥協しすぎないよう心がけましょう。金銭的な問題について心配事があったとしても、多くは取るに足らないことなので気苦労は不要。あなたは男性的な性格と女性的な性格を併せ持っていて、独立心が旺盛で決断力に優れている一方、愛情がこまやかで、とても繊細です。このような気質のバランスをうまく保つことが重要です。意志力や決断力があり、個性的なあなたは、精神力が強く、目的を達成する行動力を持つ、並はずれた潜在能力の持ち主。

仕事と適性

人を惹きつける魅力とビジネスセンスを兼ね備えているので、特にセールス、マーケティング、広報・宣伝の分野で成功します。演技に関する、ずば抜けたセンスを持ち、知識欲にあふれているので、舞台劇などのパフォーマンスで才能を発揮するでしょう。問題解決に優れた才能を示すあなたは、弁護士などの職業に向いています。人を思いやる気持ちの強いあなたは、カウンセラーや福祉関係にも向いています。どのような職業に就いたとしても、**人の影響を受けることなく、あくまでも独自のやり方を好む**ので、結果的に自営業を選ぶことが多いでしょう。

恋愛と人間関係

社交的で心の温かいあなたは、人に対してとても献身的ですが、束縛されることを好みません。思いやりのある優しい気持ちから、きわめて強い情熱にいたるまで、あなたは幅広い感情表現の持ち主。理想を追い求める傾向があるあなたには、**勇気づけてくれ、興味を共有することができる相手**がふさわしいでしょう。他人に対して責任や義務を負うことは、人との絆を強めることになります。いずれにしても、カリスマ性を持つあなたの周りにはたくさんの友達が集まり、恋愛関係になるチャンスも多く、皆から愛されることでしょう。

数秘術によるあなたの運勢

15の日に生まれた人は、多才で情熱的ですが、せっかちです。強烈なカリスマ性を持ち、頭の回転が速い人が多いでしょう。鋭い直感力と、理論と実践の両方を通して、すばやく理解する才能があなたの最大の財産と言えるでしょう。新しい技術を学びながら収入を得ることもあります。優れた直感力で、チャンスを逃しません。15という数字からは、金運がよく、人からの援助や支援を受けることができます。屈託がなく意志が固いあなたは、思いがけない出来事にも慌てず、いちかばちかやってみようとします。生まれつき冒険心があって大胆な性格ですが、安らぎの場、すなわち家庭を必要とします。

生まれ月の8という数字から影響を受けて、野心家で断固とした、活力に満ちた性格の持ち主。洞察力に優れ、組織を統率する力があり、商才があるあなたは、長期にわたる投資を好み、莫大な利益を手にするでしょう。

●長所：積極的である、寛容である、責任感が強い、協調性に富んでいる、人に感謝する気持ちを持っている、アイディアが独創的である

■短所：秩序を乱しやすい、自己中心的である。変化を恐れる、信頼性に乏しい、優柔不断である、ものへの執着心が強い

相性占い

♥恋人や友人

1月2、7、10、15、17、27日／**2月**5、8、15、25日／**3月**3、6、13、23日／**4月**1、4、11、21日／**5月**2、9、19日／**6月**7、17日／**7月**5、15、29、31日／**8月**3、13、27、29、31日／**9月**1、11、25、27、29日／**10月**9、23、25、27日／**11月**7、21、23、25日／**12月**5、19、21、23日

◆力になってくれる人

1月3、5、20、25、27日／**2月**1、3、18、23、25日／**3月**1、16、21、23日／**4月**14、19、21日／**5月**12、17、19日／**6月**10、15、17日／**7月**8、13、15日／**8月**6、11、13日／**9月**4、9、11、28日／**10月**2、7、9、26日／**11月**5、7、24日／**12月**3、5日

♣運命の人

1月13日／**2月**11、12、13日／**3月**9日／**4月**7日／**5月**5日／**6月**3日／**7月**1日

♠ライバル

1月16、24日／**2月**14、22日／**3月**12、20日／**4月**10、18日／**5月**8、16、31日／**6月**6、14、29日／**7月**4、12、27日／**8月**2、10、25日／**9月**8、23日／**10月**6、21日／**11月**4、19日／**12月**2、17日

★ソウルメイト（魂の伴侶）

1月16日／**2月**14日／**3月**12日／**4月**10日／**5月**8日／**6月**6日／**7月**4、31日／**8月**2、29日／**9月**27日／**10月**25日／**11月**23日／**12月**21日

有名人

ナポレオン1世（フランス皇帝）、サンプラザ中野くん（ミュージシャン）、宇梶剛士（俳優）、麻生祐未（女優）、ベン・アフレック（俳優）、川口能活（サッカー選手）、人橋未歩（アナウンサー）、ナオト・インティライミ（ミュージシャン）、萩野公介（水泳選手）、岡田将生（俳優）

太陽：しし座
支配星：おひつじ座／火星
位置：22°45'−24°　しし座
状態：不動宮
元素：火
星：なし

August Sixteenth

8月16日

LEO

優れた直感力とあふれるバイタリティ

魅力的で親しみやすく、知性的で優れた直感力を持っているあなたですが、なかなか自分の考えを口に出そうとしません。落ち着いて見られがちですが、本当は**デリケートな神経の持ち主で理想家タイプ**なのです。しし座生まれのあなたは決断力があり、優れた洞察力を持っています。物事を、機敏かつ正確に把握する能力があります。**実利的で単刀直入な言動**をするあなたは、自主性のある意見を持ち、説得力ある演説の才能があります。支配星である火星の影響は、バイタリティと、精神的潜在能力の高まりとなって表れます。この星には、あなたの冒険心をより高め、大胆にする力、また内向的な性格を変える力があります。さらに、落ち着きのない性格と興奮しやすい気質という影響も受けています。不安に駆られないよう、衝動的にならないよう注意が必要。いったん何かを始めたら、すぐに飽きてしまわないように、自制心を持って最後までやり通すよう心がけましょう。人から認められ、目立ちたいという気持ちが強いあなたは、**人前に出て脚光を浴びることを好みます**。真に興味を惹くものを見つけた時、我を忘れて熱中することが多いでしょう。自分の鋭い直感を信じたとしても、傲慢になりすぎないよう、他人に要求しすぎないよう心がけましょう。

6歳で太陽がおとめ座に入り、30年周期が始まります。浮き足だつことなく現実を見据え、特に職場環境で秩序正しく効率的な体制を構築することに専念すべき時期なのです。36歳になって太陽がてんびん座に入ると、転機を迎えます。人間関係を築くことがより重要になる一方、芸術、演劇、文学の分野で隠れた才能が開花する転換期。

隠された自己

どうすれば人を奮起させることができるか興味があるあなたにとって、人を上手に扱う能力が成功の秘訣なのです。そのためには、人間関係の調和を最も大切にして、包みこむ温かさとクールに超然とした態度のバランスをうまくとる必要があります。少しでも他人に失望しすぎてしまうと、意気消沈してしまう傾向があるので注意しましょう。しかし、前向きな時は、あなたは**とても寛大で、よく働き、並はずれた業績を達成する可能性**を秘めています。

生まれつき実用主義的な考えの持ち主なので、人によく助言や忠告をしてあげます。謙遜や思いやりの情を示している時は、あなたにとってベストな状態なのです。経済的には恵まれていて、金銭問題に煩わされることはありません。積極的な態度と強い直感力があれば、不可能なことはないでしょう。

仕事と適性

対人関係に優れた能力とすばらしい知性を持ち合わせているので、人生のいろいろなステージで潜在能力を発揮することが多いでしょう。熱心さがあなたの成功の原動力。大企業やマスコミ関係では大活躍するでしょう。**組織を統率する能力や管理者としての才能**に優れていて、重要な地位に就きます。生まれつき演劇に関する才能があり、強い意志を持って挑戦すれば、ショービジネスの世界で成功します。どのような職業に就くにしても、命令されるのを嫌う性格なので、従属的な立場に就くのは避けましょう。

恋愛と人間関係

意欲的で賢明な人、すなわち、**頼れる人**があなたのパートナーとしてふさわしいでしょう。行動力と想像力に優れ、出世した人に惹かれるあなたは、華々しい社交界にあこがれる傾向があります。知識があることを誇りに思い、その知識を誰かと共有したいと願っているあなたにとって、自分の考えていることを相手に伝えることはとても大切なこと。会話のツボが合うパートナーが最適でしょう。しかし、恋人に対して高圧的にならないよう注意が必要です。

数秘術によるあなたの運勢

16の日に生まれた人は、思慮深く繊細で社交的。分析癖があるので、人生や人を自分の感覚で判断しがちです。16という数字の影響を受けているあなたは、自己表現を通したい気持ちと他人への責任感を大事に思う気持ちがぶつかりあって、精神的な緊張感からストレスを溜めてしまいがちです。一方、世界情勢に興味があり、国際企業やマスコミの世界で才能を発揮します。想像力に優れているあなたですが、中でも書く才能は抜群で、ひらめきにはすばらしいものがあります。16の日に生まれた人は、極端に自信を持ちすぎる一方、自信がない一面もあるので、そのバランスをうまくとるように心がける必要があります。生まれ月の8という数字の影響を受けて、たまに態度がよそよそしい時がありますが、現実的で、バランスのとれた価値観を持っています。影響力と権威がある地位に就いた場合は、公平な態度を忘れずに、正しく身を処するよう心がけましょう。世知に長けて誇りを持っているあなたは、決断力と強い信念で大きな成功を手にします。

●**長所**：博識である、家族思いである、誠実である、直感力に優れている、社交的である、協調の精神に富んでいる、洞察力に優れている

■**短所**：心配性である、いつも不満を抱えている、自己宣伝が多い、独善的である、疑い深い、気難しい、怒りっぽい、情が薄い

♥恋人や友人

1月1、8、14、28、31日／**2月**6、12、26、29日／**3月**10、24、27日／**4月**2、8、22、25日／**5月**6、20、23日／**6月**4、18、21日／**7月**2、16、19、30日／**8月**14、17、28、30日／**9月**12、15、26、28、30日／**10月**10、13、24、26、28日／**11月**8、11、22、24、26日／**12月**6、9、20、22、24日

◆力になってくれる人

1月26日／**2月**24日／**3月**22日／**4月**20日／**5月**18日／**6月**16日／**7月**14日／**8月**12日／**9月**10日／**10月**8日／**11月**6日／**12月**4日

♣運命の人

2月10、11、12、13、14日

♠ライバル

1月3、25日／**2月**1、23日／**3月**21日／**4月**19日／**5月**17日／**6月**15日／**7月**13日／**8月**11日／**9月**9日／**10月**7日／**11月**5日／**12月**3日

★ソウルメイト（魂の伴侶）

1月3、10日／**2月**1、8日／**3月**6日／**4月**4日／**5月**2日

この日に生まれた有名人

ダルビッシュ有（プロ野球選手）、ジェームズ・キャメロン（映画監督）、マドンナ（歌手）、前田耕陽（タレント）、西田ひかる（タレント）、大沢あかね（タレント）、菅原文太（俳優）、ビル・エヴァンズ（ジャズピアニスト）、井村雅代（シンクロナイズドスイミング指導者）、ざわちん（タレント）

太陽：しし座
支配星：おひつじ座／火星
位置：23°45'−25°　しし座
状態：不動宮
元素：火
星：なし

August Seventeenth

8月17日

LEO

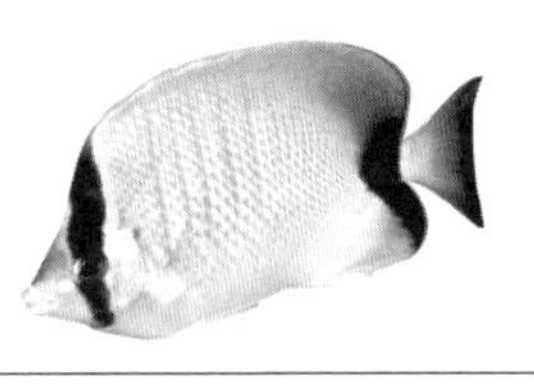

豊かな想像力とすばやい判断力

社交的で親しみのあるあなたは、しし座生まれの豊かな想像力を持っていて、**洞察力や直感力にも優れています**。迅速な判断力に優れ、状況を自分に有利なように展開する才能に長けています。進歩的で寛大な思想を持った人道主義者で、確固とした価値観を持っています。自分を鍛錬、修養すれば得るものが多いはずのあなたには、**教養を身につけ、自己啓発できるものを見つけることが大切**。あふれるアイディアを表現したい気持ちが強いのは、支配星であるおひつじ座の影響。この星からは、精神的に積極的な性格と建設的な気質を与えられているのです。また、落ち着きのない性格も与えられていて、積極的でプラス思考の一面と心配性で悲観的な一面の間をゆれ動く傾向となって表れています。批判的になりすぎないよう、自分に厳しすぎ、他人にも批判的すぎる傾向は改めましょう。また、いったん始めたことは最後までやり通すことを身につけ、忍耐力を習得して、衝動的な言動に陥らないよう注意が必要。忠誠心や思いやりがあるあなたですが、物事を決めつけたり、性急に事を構えたりしないようにしましょう。人から賞賛を得たいと望むならば、不平不満をこぼすのではなく、愛情に満ちた態度で接しましょう。**寛大で自発性に富んでいる**あなたですが、あまりにも感情を抑えすぎると、あなたの積極的な面が失われてしまいます。自分自身を思いきって表現できる場として、刺激的で精神的に充実感を得ることができるような活動に関わるのがよいでしょう。

5歳で太陽がおとめ座に入り、30年周期が始まります。実務上の問題に集中し、効率的な労働環境を徐々に確立したいという気持ちが高まる時期といえます。35歳を迎えて太陽がてんびん座に入ると転機が訪れます。人間関係や協調性の重要性が高まる転換期といえます。創造的才能が大きな刺激を受けて、音楽、芸術、文学に興味を持ち始める時期なのです。

隠された自己

態度が尊大になりがちなあなたですが、内に秘めた繊細さに人は気づきません。博愛主義的な面と刺激的なことを好む面を持っているあなたは、**自分のアイディアや独創性を表現したい気持ちが強い**でしょう。人間に関心を持っているので、助言者としての素質を身につけています。また、人にアドバイスすることで、自分自身の不平不満を解消することができるのだと肝に銘じて。家庭や家族に安定を求め、それらに対して強い責任感を持っています。客観的でプラス思考の考え方をしていると、物事は奇跡的によい方向に向かい、スランプや欲求不満から防いでくれます。ぬるま湯に浸かったような心地よい生活から脱却するには、常に新しいことにチャレンジする努力が必要。知識を重んじているあなたは、自分の能力を伸ばし、周囲の環境をよくする方法を常に考えています。

仕事と適性

生まれつき演劇の才能があり、野心家でもあるあなたは、演劇やエンターテインメントの世界で成功への階段を上るでしょう。また、ビジネスや政治の世界でも成功を収めます。心理学に関する知識が豊富なので、人と関わりを持つ職業に向いていて、カウンセラーや弁護士として才能を発揮します。組織の統率力や管理能力にも優れていて、**リーダーとして人の上に立つ**でしょう。対人関係に優れた能力を発揮し、知識力が旺盛なあなたは、執筆、法律、教育関係の職業に向いています。

恋愛と人間関係

人を愛し、思いやる気持ちの強いあなたは、**献身的なパートナー**になります。社交的で、友達や知りあいがたくさんいます。人間関係があなたの人生では重要な役割を果たし、あなたは相手が何を必要としているかに、よく気がつく人です。パートナーに対して誠実で頼りになる存在ですが、依存心が強すぎないよう、また支配的になりすぎないよう感情のバランスを上手にコントロールするよう心がけましょう。

数秘術によるあなたの運勢

17の日に生まれたあなたは、洞察力があり、内気な性質で、分析力に優れています。独自の考えを持っているので、教養を高めるための努力はとても大切。専門知識を深めると、専門家や研究者のような重要な地位に就き、経済的な成功を収めることができるでしょう。引っ込み思案で、内向的で、客観的な性格のあなたは、現実と数字に興味があり、しばしば深刻で思慮深い態度を示すことがありますが、行動はとてもマイペースです。対人関係に優れた才能があるので、他人を知ることで自分自身のことを多く知ることになるでしょう。生まれ月の8という数字の影響を受けて、決然とした性格で、優れた価値観を持っていますが、ときどき完璧主義にこだわる性格と柔軟性を欠く考え方のためにスランプに陥ることがあります。心配しすぎたり、疑い深くなったりしないよう注意が必要。人の上に立って経済的に成功を収めたい気持ちが強いあなたは、労を惜しまず働き、健全な判断力を養い、精神的なエネルギーを前向きに使うよう心がけましょう。

●**長所**：思慮深い、専門的知識がある、計画を立てるのがうまい、商才がある、考え方が個性的である、労を惜しまず働く、仕事が正確である、有能な研究者の才能がある、科学的な知識が豊富である

■**短所**：主観的な意見を持たない、社交性に乏しい、頑固である、気分屋である、傷つきやすい、心が狭い、批判的である

♥恋人や友人

1月1、9、15、26、29、30日／**2月**7、13、24、27、28日／**3月**11、22、25、26日／**4月**3、9、20、23、24日／**5月**7、18、21、22日／**6月**5、16、19、20日／**7月**3、14、17、18、31日／**8月**1、12、15、16、29、31日／**9月**10、13、14、27、29日／**10月**8、11、12、25、27日／**11月**6、9、10、23、25日／**12月**4、7、8、21、23、29日

◆力になってくれる人

1月1、2、10、27日／**2月**8、25日／**3月**6、23日／**4月**4、21日／**5月**2、19、30日／**6月**17、28日／**7月**15、26日／**8月**13、24日／**9月**11、22日／**10月**9、20日／**11月**7、18日／**12月**5、16日

♣運命の人

2月11、12、13、14、15日

♠ライバル

1月17、26日／**2月**15、24日／**3月**13、22日／**4月**11、20日／**5月**9、18日／**6月**7、16日／**7月**5、14日／**8月**3、12、30日／**9月**1、10、28日／**10月**8、26、29日／**11月**6、24、27日／**12月**4、22、25日

★ソウルメイト(魂の伴侶)

1月21日／**2月**19日／**3月**17日／**4月**15日／**5月**13日／**6月**11日／**7月**9、29日／**8月**7、27日／**9月**5、25日／**10月**3、23日／**11月**1、21日／**12月**19日

有名人

蒼井優(女優)、戸田恵梨香(女優)、ショーン・ペン(俳優)、ベンガル(俳優)、ロバート・デ・ニーロ(俳優)、ネルソン・ピケ(元F1ドライバー)、赤井英和(俳優)、堂林翔太(プロ野球選手)、華原朋美(歌手)

太陽：しし座
支配星：おひつじ座／火星
位置：24°45'-26°　しし座
状態：不動宮
元素：火
星：なし

August Eighteenth

8月18日

LEO

頭の回転が速くて、知識欲旺盛な冒険家

直感力と想像力に優れ、知識欲が旺盛な行動派で、大きな潜在能力を秘めた、しし座生まれ。**成功を望む気持ちが強く、誇り高く堂々としています**が、目的を達成するためには確固たる動機と固い決意が必要になります。人と違ったことに挑戦し、冒険心に富んでいて、あふれんばかりのアイディアの持ち主です。支配星であるおひつじ座からは勇気を与えられています。**進取の気性**に富んでいますが、この星の影響は、また、行動の落ち着きのなさとして表れています。人に従うことには満足しないので、人から命令されることを好まず、何事も自分で決めたがります。主導権を握り、1人で行動することが好きなのですが、一方、組織をまとめるセンスもあり、仕事を計画、実行する才能も備えています。**頭の回転が速く、知識欲が旺盛、さらに自己表現欲がとても強い**のです。生まれつき人の考えていることがわかり、うそや偽善を見抜くことができます。一方、周りの環境にとても敏感な面があるので、いつも積極的でいられるような状況に自分を置きましょう。

4歳で太陽はおとめ座に入り、30年周期が始まります。実用的に物事を考えることや生活秩序の大切さが強調される時期。34歳になって太陽がてんびん座に入ると、人間関係を築くことの重要性が高まり、音楽、文学、芸術など隠れた才能が花開く転換期を迎えます。

隠された自己

精神的な潜在能力を高めるためには、空想や現実逃避に陥らないよう注意が必要。豊かな感受性と優れた想像力を持っていますが、時には安易な方向に流れることもあります。知識と理解力を兼ね備えていて、精神的あるいは哲学的なものの考え方に惹かれます。**生まれつき親しみやすくて話し好きな人柄**。議論を好み、改革や革新運動に関わっているグループなどとうまく渡りあうことができます。力、特に知識力に惹かれ、自分より情報通で見識のある人を尊敬します。しかし、精神的な駆け引きに陥らないようにしましょう。また、自尊心にこだわって状況から抜け出せない場合、人を操るような小賢しい態度をとらないこと。いずれにせよ、あなたには理想主義、決断力、洞察力で人を奮起させる才能があります。

仕事と適性

脚光を浴びたいという願望が強く、俳優、ダンサー、演出家など、演劇関係の道に進むと成功間違いなしです。野心家でもあり、政治、法律、ビジネスの世界で才能を発揮し、人の上に立つ地位に就きます。**人から命令されるのを好まないので、自営業がおすすめ**。実践的な才能および組織を統括する能力に優れているので、製造業、販売業、銀行などの分野で成功します。また、対人関係に優れた才能を発揮し、特に教育や社会福祉関係など人に関わる職業に向いています。一方、感受性が豊かで、心理学に造詣が深く、生まれつき人を癒す能力があるので、医療や健康に関連する職業にも向いています。

恋愛と人間関係

誇り高く、才気にあふれ、人を惹きつけるカリスマ性があります。よい人間関係を保つためには、正直で率直であることが大切。あなたは神経がこまやかで、とても愛情豊かです。しかし、わがままを言ったり、都合の悪いことを避けたりして、現実逃避をしないよう注意が必要。思いやりがあるあなたは、信頼のおける忠告者として、人を惹きつけるでしょう。恋人には**精神的な刺激を与えてくれ、興味や価値観を共有できる人物**がよいでしょう。

数秘術によるあなたの運勢

18日生まれに特徴的な性格は、決断力がある、自己主張が強い、野心的など。行動力があり、チャレンジ精神が旺盛で、いつも忙しく動き回って何かの活動に関わっています。勤勉で、責任感が強く、才能に恵まれているので、権威ある地位に就きます。

また、商才に長けていて、組織を統率する才能があり、ビジネスの世界に向いています。働きすぎの傾向があるので、リラックスし、たまには仕事のペースを落とすように心がけましょう。

18日生まれのあなたには、人を癒す能力が備わっていて、人が困っている時にアドバイスや問題解決の糸口を与えることができます。

生まれ月の8という数字からも影響を受けて、頭の回転が速く、人や状況を直感的に把握する能力に長けています。落ち着きがないけれど、仕事には有能で、断固として計画を実行する才能があります。認められたいという願望が強く、理想主義的な信条と物質的な性向との葛藤に悩むことがあります。

●**長所**：進歩的である、自分の意見をはっきり言う、直感力がある、勇気がある、意志が固い、人を癒す力がある、能率的である、有能な助言者である

■**短所**：感情のコントロールが苦手である、怠惰である、整理整頓が下手である、利己的である、無神経である、欺瞞的である

♥恋人や友人

1月10、13、20、25、30日／**2月**8、11、18、28日／**3月**6、9、16、26、30日／**4月**4、7、14、24、30日／**5月**2、5、12、22日／**6月**3、10、20日／**7月**1、8、18日／**8月**6、16、20、30日／**9月**4、14、28、30日／**10月**2、12、26、28、30日／**11月**10、24、26、28日／**12月**8、22、24、26日

◆力になってくれる人

1月12、16、17、28日／**2月**10、14、15、26日／**3月**8、12、13、24日／**4月**6、10、11、22日／**5月**4、8、9、20、29日／**6月**2、6、7、18、27日／**7月**4、5、16、25日／**8月**2、3、14、23日／**9月**1、12、21日／**10月**10、19日／**11月**8、17日／**12月**6、15日

♣運命の人

2月14、15、16日／**3月**31日／**4月**29日／**5月**27日／**6月**25日／**7月**23日／**8月**21日／**9月**19日／**10月**17日／**11月**15日／**12月**17日

♠ライバル

1月6、18、22、27日／**2月**4、16、20、25日／**3月**2、14、18、23日／**4月**12、16、21日／**5月**10、14、19日／**6月**8、12、17日／**7月**6、10、15日／**8月**4、8、13日／**9月**2、6、11日／**10月**4、9日／**11月**2、7日／**12月**5日

★ソウルメイト（魂の伴侶）

3月28日／**4月**26日／**5月**24日／**6月**22日／**7月**20日／**8月**18日／**9月**16日／**10月**14日／**11月**12日／**12月**10日

この日に生まれた有名人

成海璃子（女優）、ロマン・ポランスキー（映画監督）、ロバート・レッドフォード（俳優）、名取裕子（女優）、水道橋博士（浅草キッド　タレント）、高城剛（映像作家・DJ）、吉川晃司（歌手）、清原和博（元プロ野球選手）、中居正広（SMAPタレント）、G-DRAGON（BIGBANG　歌手）

太陽：しし座
支配星：おひつじ座／火星
位置：25°45'−27°　しし座
状態：不動宮
元素：火
星の名前：アルファルド

August Nineteenth

8月19日

LEO

賢くて誇り高く、自信に満ちた行動派

あなたは大胆で、頭脳明晰、社交好きでいつも輝いて注目を浴びていたい性質。しし座生まれの人は、誇り高く、自信に満ちていて、想像力に優れ、自己表現欲が強い性格の持ち主。支配星であるおひつじ座の影響を受けて、**エネルギッシュで、行動は自信に満ちています**。どんな場合でも**中心的な役割**を求め、しばしば主導権を握ります。火星の影響は、進取の気性に富み、自発的な性格として表れています。やまっけが強い傾向もあるので、一獲千金を狙ったりするのは禁物。物事を自分の思い通りにしたい傾向が強いので、支配的で利己的にならないようにしましょう。**状況判断能力に長けている**けれど、過剰反応をしないよう、フラストレーションを溜めないよう、またお金の心配をしすぎないよう注意が必要。賢明で洞察力に優れ、いつも忙しく何かに没頭し、情報に敏感です。皮肉な面と無邪気な面の両方を持ち合わせていて、繊細さと直感力をしっかりと養う必要があります。特に**年をとるにつれて仕事を重視する傾向**が強くなりますが、気持ちはいつまでも青年のまま。あなたはどんな困難な状況に直面しようとも、逆境に打ち勝つ力が自分にはあることを自覚しています。

3歳で太陽がおとめ座に入り、30年周期が始まります。人のために尽力し、物事を見極めることの大切さが強調される時期です。33歳になって太陽がてんびん座に入ると、人生の転機を迎えます。人間関係を築くことの重要性がより高まり、新しい外交的手段、社交術、創造的な才能を育てる転換期と言えます。

隠された自己

知識と英知で、常に積極的な姿勢を持ち、忍耐と寛容の精神を養いましょう。そうすれば、活動的でじっとしていられない気性が刺激され、前向きになります。**頭の回転が速く、自分の意見をはっきり述べるタイプ**で、新しい考えを提起し、人に影響を与えます。物事を評価する才能に長けているので、自分が信じている仕事を実現するためには労をいとわず働きます。強い意志と決断力を持っていて、経済的な面で成功します。しかし、それ以外の面で成功するためには、意志や決断力と直感的な洞察力のバランスをうまくとる必要があります。内なる声に冷静に耳を傾けながら物事を判断するよう心がけましょう。繊細な気性、勇気、独創性が備わってこそ、優れたひらめきは与えられるのです。

仕事と適性

野心家で人に対して親切、態度は自信にあふれています。**議論で相手を打ち負かす精神的な強さ**を持っています。このようなタフな精神は、法律や政治の分野で成功するのに役立ちます。また、営業職や広告代理店業もおすすめ。分析力に優れている一方、技術的な才能にも恵まれていて、その分野で才能を発揮します。**感性が鋭い**ので、演劇やエンターテインメントの世界で活躍し、監督やプロデューサーなど責任ある地位に就きます。また、非常に確固たる信念を持ち、ビジネスライクな面があるので、自分で何か事業をすると成功します。

恋愛と人間関係

あなたは自信家で、人の気持ちを理解できる、よく気がきく人。社交性に富んでいて、人を惹きつける魅力があるので、いつもたくさんの友人やとりまきに囲まれています。労をいとわず働き、知的な刺激を人に与えます。非常に優れた直感力を持っていて、**他人が考えていることや感じていることを察することができますが**、信頼に基づいた長く続く人間関係を築き上げる時間を大切にするよう心がけましょう。あなたは最初はとっつきにくいもののいったん心を許すと、寛大で優しいパートナーになります。

数秘術によるあなたの運勢

19日生まれの人は、明るくて野心的、人道主義者であると見られています。決断力があり、機知に富んでいて、洞察力に優れています。一方、夢見がちな一面もあるので、思いやりがあり、理想主義で、創造力にあふれています。

神経質な性格ですが、ビッグになりたいという強い気持ちが、積極的に行動させ舞台の中心に立たせる原動力となります。主体性を確立したい強い願望を持っています。それにはまず、仲間グループからの影響に左右されないよう注意が必要。外面的には、自信家で快活、機知に富んでいると見られますが、内面的には常に緊張感を抱え、感情の起伏が激しい人です。

芸術的才能に恵まれ、カリスマ性があり、世界は自分のためにあると思っています。

生まれ月の8という数字からも影響を受けて、活力にあふれています。洞察力があり、決然としていて、影響力を与える権威ある地位に就きます。また商才があり、経営者としての能力に優れているので、ビジネスの世界で才能を発揮します。

●**長所**：活動的である、中心人物になる素質がある、創造的である、リーダーになる能力に優れている、進歩的である、楽観的である、強い信念を持っている、競争心がある、自主性がある、社交的である

■**短所**：自己中心的である、プレッシャーに弱い、心配性である、拒否されることを極端に恐れる、感情の起伏が激しい、物質的欲望が強い、自分勝手である、我慢することが苦手である

♥恋人や友人

1月11、21、28、31日／**2月**9、19、26、29日／**3月**17、24、27日／**4月**5、15、22、25日／**5月**13、20、23日／**6月**1、11、18、21日／**7月**9、16、19日／**8月**7、14、17、31日／**9月**5、12、15、29日／**10月**3、10、13、27、29、31日／**11月**1、8、11、25、27、29日／**12月**6、9、23、25、27日

◆力になってくれる人

1月9、12、18、24、29日／**2月**7、10、16、22、27日／**3月**5、8、14、20、25日／**4月**3、6、12、18、23日／**5月**1、10、16、21、31日／**6月**2、8、14、19、29日／**7月**6、12、17、27日／**8月**4、10、15、25日／**9月**2、8、13、23日／**10月**6、11、21日／**11月**4、9、19日／**12月**2、7、17日

♣運命の人

1月3日／**2月**1、15、16、17日／**4月**30日／**5月**28日／**6月**26日／**7月**24日／**8月**22日／**9月**20日／**10月**18日／**11月**16日／**12月**14日

♠ライバル

1月7、8、19、28日／**2月**5、6、17、26日／**3月**3、4、15、24日／**4月**1、2、13、22日／**5月**11、20日／**6月**9、18日／**7月**7、16日／**8月**5、14日／**9月**3、12日／**10月**1、10日／**11月**8日／**12月**6日

★ソウルメイト(魂の伴侶)

1月3、19日／**2月**1、17日／**3月**15日／**4月**13日／**5月**11日／**6月**9日／**7月**7日／**8月**5日／**9月**3日／**10月**1日

♌ しし座

この日に生まれた有名人

九代目松本幸四郎(歌舞伎役者)、ビル・クリントン(第42代アメリカ大統領)、鈴木敏夫(アニメプロデューサー)、乃南アサ(作家)、風間トオル(俳優)、ふかわりょう(タレント)、木村沙織(バレーボール選手)、ニコ・ヒュルケンベルグ(F1ドライバー)、オーヴィル・ライト(航空技術者)、ディーン・フジオカ(俳優)

太陽：しし座
支配星：おひつじ座／火星
位置：26°45'−28°　しし座
状態：不動宮
元素：火
星の名前：アルファルド、アダフェラ、
　　　　　アルジャバハー

August Twentieth

8月20日

LEO

旺盛な知識欲の源は、鋭い感性と洞察力

親しみやすく、野心的で誇り高いしし座生まれ。**人や社会問題に対する問題意識が高く、調和と平和を築き上げる才能**があります。直感力に優れ、しかも実利的、野心と鋭い洞察力もバランスよく持ち合わせています。しかし、手っ取り早く物質的な快適さを求める傾向があるので、本当にあなたの人生を豊かにするものは何かを見極める必要があるでしょう。支配星であるおひつじ座からは、特に名声や金銭的成功など、しっかりとした目的意識を持つと、大きな活力を与えられます。また、この星の影響は、**成功を収めるためには労を惜しまず働く**あなたの姿勢に表れています。洞察力に優れて、責任感が強いにもかかわらず、時にはプレッシャーに押しつぶされそうになるきらいがあるので、自分の努力を褒めてあげましょう。しかし、仕事の厳しさと楽しさをうまく調和させ、人を安心させる術を心得ています。あなたはものの価値を知っていて、**決断力と忍耐力で障害を乗り越えることができます**。旺盛な知識欲を持ち、知識の力をよく認識していて、自分のアイディアや情報を人と共有したいと思っています。生まれつき感性が鋭いので、ユニークな洞察力で人に影響を与えることができます。ときどき理想と欲望の葛藤に悩むことも。こんな時は、自分の哲学を持つよう心がけて、安易な選択をしないようにしましょう。

31歳までは太陽はおとめ座に入っていて、日常生活での実用性と秩序の重要性が強調される時期といえます。この時期は、物事をよくするためにどうすればよいか絶えず分析をしているのです。32歳になって太陽がてんびん座に入ると、転機が訪れます。人間関係、創造力、バランス感覚の重要性が高まる転換期なのです。

隠された自己

決断力に優れ、主導権を握りたいという強い願望を持っています。手に入れた権力をプラスの方向に使えば、めざましい成功を収めます。しかし、非情になりすぎないよう、また策を弄さないよう注意が必要。**生まれつき商才があり勤勉**なので、商売の分野で才能を発揮します。独立心が強い半面、人と協力して働くことの大切さもよく心得ています。

意志が強く、勤勉で、几帳面な一方、目的意識や体力の不足を感じているので、仕事と遊びのバランスを上手にとるよう心がけましょう。ときどき不安に駆られることがありますが、金銭的なことに関する懸念は結局、心配するに足らない場合が多いのです。幸いにも、忍耐力と自然治癒力が備わっているので、たとえ状況が難しい局面に陥ったとしても、自力で困難を乗り越えることができます。

仕事と適性

賢明で決断力があるので、精神的潜在能力を最大限に活用できるような職業で才能を発揮します。**感動的なことにあこがれる傾向があり、自己表現欲が強い**ので、執筆業やエンターテインメントの世界に向いています。同じ理由で、教育関係、マスコミ、出版業なども理想的な職業といえます。ビジネスに関していえば、主導権を握りたい気持ちが強く、非常に自立心が旺盛なので、自営業で成功します。生まれつき外交手腕に長けているので、政治家や広報活動に関わる職業もおすすめ。8月20日生まれの人は、芸術や音楽の才能に恵まれていることが多く、また、博愛主義的な性向があります。

恋愛と人間関係

知性と思慮深さを持ち合わせ、相手を思いやり励ますタイプ。**刺激的な恋愛関係に陥りやすい**のですが、争うことなく、安らぐ関係を作りたいと強く願っています。恋愛中は譲歩することも、また損な役割を演じることも必要です。見方を変えれば、支配的になりすぎるきらいがあるので、力のバランス感覚を養うことが大切。いずれにしても、愛情を惜しみなく与えます。そして、すばらしい社交術で人を惹きつけ、虜にするのです

数秘術によるあなたの運勢

20日に生まれた人は、直感力に優れ、繊細で順応性があり、グループでいるのが大好き。共同作業に向いていて、経験を共有し、人から学ぶ姿勢を持っています。人を惹きつける魅力があり社交的なので、どんな場でも、そつなく人とつき合うことができます。しかし、自分に自信を持つよう、他人の行動や批判でたやすく傷つけられないよう、また過度に人に依存しないよう心がけましょう。

打ち解けてなごやかな雰囲気作りの達人。生まれ月の8という数字の影響を受けて、実利的で決断力があります。ただし、リーダーとして主導権を握りたい気持ちと、チームの一員でいたいという気持ちの間であなたの心はゆれ動きます。野心家で率直、進取の気性に富んだ性格の持ち主でもあります。行動的で、エネルギッシュで、勇敢な人生の挑戦者。他にも、確固たる信念を持っている、機知に富んでいる、判断力に優れているという性格が挙げられます。

●**長所**：協調的である、優しい、機転がきく、包容力がある、洞察力がある、思いやりがある、人と仲よくつき合うことができる、愛想がいい、友好的である

■**短所**：疑い深い、自信が持てない、卑屈である、臆病である、敏感すぎる、利己的である、狡猾である

♥恋人や友人

1月8、12、18、22日／**2月**16、20日／**3月**14、18、28日／**4月**6、12、16、26日／**5月**10、14、24日／**6月**2、8、12、22日／**7月**6、10、20、29日／**8月**4、8、18、27、30日／**9月**2、6、16、25、28日／**10月**4、14、23、26、30日／**11月**2、12、21、24、28日／**12月**10、19、22、26、28日

◆力になってくれる人

1月6、10、25、30日／**2月**4、8、23、28日／**3月**2、6、21、26日／**4月**4、19、24日／**5月**2、17、22日／**6月**15、20、30日／**7月**13、18、28日／**8月**11、16、26日／**9月**9、14、24日／**10月**7、12、22日／**11月**5、10、20日／**12月**3、8、18日

♣運命の人

2月16、17、18日／**5月**29日／**6月**27日／**7月**25日／**8月**23日／**9月**21日／**10月**19日／**11月**17日／**12月**15日

♠ライバル

1月13、29、31日／**2月**11、27、29日／**3月**9、25、27日／**4月**7、23、25日／**5月**5、21、23日／**6月**3、19、21日／**7月**1、17、19日／**8月**15、17日／**9月**13、15日／**10月**11、13日／**11月**9、11日／**12月**7、9日

★ソウルメイト(魂の伴侶)

1月6、25日／**2月**4、23日／**3月**2、21日／**4月**19日／**5月**17日／**6月**15日／**7月**13日／**8月**11日／**9月**9日／**10月**7日／**11月**5日／**12月**3日

この日に生まれた 有名人

成瀬巳喜男（映画監督）、司葉子（女優）、ピーター・バラカン（ブロードキャスター）、アグネス・チャン（タレント）、桐島かれん（タレント）、梅宮アンナ（タレント）、森山未來（俳優）、勝地涼（俳優）、佐津川愛美（女優）

太陽：しし座
支配星：おひつじ座／火星
位置：27°30'−28°30'　しし座
状態：不動宮
元素：火
星の名前：レグルス、アルファルド、
　　　　　アダフェラ、アルジャバハ

August Twenty-First

8月21日

LEO

好奇心が旺盛で、独立独歩の精神

成功を望む気持ちが強く、行動派で、大胆かつ多芸多才なしし座。**野心的な性格と鋭い直感力**を持っています。誇り高くて、頭の回転が速く、好奇心が旺盛、我が道を行くという強い意志を持っています。**楽天的な考え方と進取の気性に富んだ精神**で、充実した人生を過ごします。また、この充実感により、あなたの個性は創造的な方法で発揮されます。

支配星であるおひつじ座からは、個性の源である活力を与えられていますが一方、軽率な行動や飽きっぽい性格としても影響を受けています。衝動的にならないよう、前もって十分に計画をして事業を開始するよう注意が必要。この日生まれの人には**優れた潜在能力が備わっています**が、物事に満足できない傾向があります。プラス思考で物事を考えるよう心がけましょう。絶えず精神的に刺激を受けていたくて、すばやい機転や当意即妙な会話で人を楽しませる才能があります。説得力のある演説や鋭い感性で、人を魅了します。一方、愚かな人たちには容赦なし。しかし、時には無遠慮にものを言いすぎ、自分勝手で、傲慢になることがあるので改めましょう。あなたは多才で、多方面で活躍したいのですが、**1つの特殊な才能を伸ばすことも時には必要です**。また、勉学に励めば、人生で得るものは大きいでしょう。

生まれた年に太陽がおとめ座に入ります。それ以後30年にわたって、この星座の影響を受け、実用的、批判的、完璧主義な性格が形成されます。より効率的な職場環境に次第に興味を持つようになります。31歳で太陽がてんびん座に入ると、転機が訪れます。人間関係の重要性に対する認識が高まる転換期。あなたの創造力が高まり、音楽、芸術、文学の隠れた才能が開花する時期です。

隠された自己

繊細な神経ゆえに直感力が優れていますが、ときどき両極端な性格が現れます。**スリルがあって新しいものを求める一方、安全と安定を求めます**。きちんとした方向性を持たないと、あなたは落ち着きのない、現実逃避癖のある人間になります。常に精神を高めるものを積極的に求めていきましょう。そうすれば、批判的になることも反抗的になることもありません。理想や真実を求める気持ちは大切です。あなたを寛大で、思いやりのある人間にします。率直で正直なあなたは、相手も同じく率直で正直であることを期待します。

あなたは愛情がこまやかで、思いやりがあります。ただし、嫌味に思われないよう注意が必要。旅行や専門教育で、冒険心のある性格が養われるはず。人を惹きつける魅力と自発性に富んだ性格を与えられているので、芸術や創造の分野で隠れた才能が発掘されます。

仕事と適性

分野を問わず知識の吸収が優れて早いので、常にさまざまなことに挑戦し続けましょう。知性派のあなたは、教育、執筆、出版などの分野で成功します。最も理想的なのは、**人を扱うことに長けた才能を活かせる職場**で働くことです。外資系企業とか、海外で働ければ、なおよいでしょう。また、自己表現欲が強いので、芸術、音楽、エンターテインメントなどの世界で活躍できます。行動派の人にとってはスポーツの世界も才能を発揮する最良の場です。

恋愛と人間関係

機知に富んでいて、人を楽しませるのが上手、とても快活な人柄です。親しみやすく、社交家で、人と賑やかにつき合うタイプ。人をもてなすのが上手で、相手を退屈させません。**自立して成功を収めている人**に魅力を感じますが、恋愛関係になると、あなたは束縛されたくないと思います。あなたは愛し方がとても強烈で一途な面がある一方、秘めた愛を求める一面があります。家族や愛する人を守りたい気持ちは人一倍強く持っています。

数秘術によるあなたの運勢

21の日に生まれた人は、あふれんばかりの活力に満ち、外向的。さまざまなことに興味を示し、関わっていくでしょう。他の人に対して人あたりがよく、友好的な印象を与えます。独創性と直感力に優れ、独立心が旺盛です。

21日生まれの人は、陽気で人を惹きつける魅力にあふれ、創造力に富み、社交的です。また、恥ずかしがり屋で遠慮がち、特に親しい関係になればなるほど自己主張に欠ける一面が強くなります。多くの機会に恵まれて、他の人と協力して成功することができます。協力的な関係や結婚を望む気持ちがある一方、才能と能力を認められたいという願望を常に持っています。

生まれ月の**8**という数字からも影響を受けていて、じっと落ち着いていられない性格ですが、鋭い直感と強い意志を持っています。常にエネルギーを蓄えていて、活力にあふれています。ただし、心配しすぎないよう、非現実的にならないよう注意が必要。頭の回転が速くて、新しい状況にすぐに適応できる一方、融通のきかない強情な一面もあります。

●長所：直感が鋭い、創造力に優れている、愛情が豊かである、安定した人間関係を築くことができる
■短所：依存心がある、神経質である、先見性に乏しい、落胆しやすい、心配性である

相性占い

♥恋人や友人
1月4、13、19、23日／**2月**2、11、17、21日／**3月**9、15、19、28、29、30日／**4月**7、13、17、26、27日／**5月**5、11、15、24、25、26日／**6月**3、9、13、22、23、24日／**7月**1、7、11、20、21、22日／**8月**5、9、18、19、20日／**9月**3、7、16、17、18日／**10月**1、5、14、15、16、29、31日／**11月**3、12、13、14、27、29日／**12月**1、10、11、12、25、27、29日

◆力になってくれる人
1月7、15、20、31日／**2月**5、13、18、29日／**3月**3、11、16、27日／**4月**1、9、14、25日／**5月**7、12、23日／**6月**5、10、21日／**7月**3、8、19日／**8月**1、6、17、30日／**9月**4、15、28日／**10月**2、13、26日／**11月**11、24日／**12月**9、22日

♣運命の人
2月16、17、18、19日

♠ライバル
1月6、9、14、30日／**2月**4、7、12、28日／**3月**2、5、10、26日／**4月**3、8、24日／**5月**1、6、22日／**6月**4、20日／**7月**2、18日／**8月**16日／**9月**14日／**10月**12日／**11月**10日／**12月**8日

★ソウルメイト（魂の伴侶）
4月30日／**5月**28／**6月**26日／**7月**24日／**8月**22日／**9月**20日／**10月**18、30日／**11月**16、28日／**12月**14、26日

この日に生まれた有名人

稲川淳二（タレント）、関根勤（タレント）、キム・キャトラル（女優）、萩原聖人（俳優）、野口健（登山家）、ウサイン・ボルト（陸上選手）、円広志（歌手）、西村和彦（俳優）、眞鍋政義（女子バレーボール日本代表監督）、星奈津美（水泳選手）、イ・ボミ（プロゴルファー）

太陽：しし座／おとめ座
支配星：おひつじ座／火星、水星
位置：28°30'−29°30' しし座
状態：不動宮
元素：火
星の名前：レグルス、アルファルド、アダフェラ、アルジャバハー、フェクダ

August Twenty-Second

8月22日

LEO

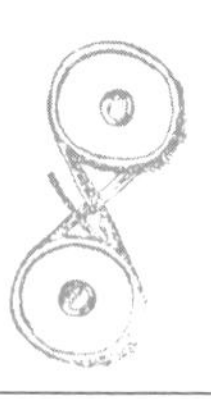

優れた創造力と決断力のある野心家

しし座とおとめ座の変わり目に生まれた人は、創造力に優れ、物事の取り組み方が実利的。非常に優れた決断力を持ち、起業家精神があります。**野心家で誇り高く、名声にこだわります**。仕事に対して、持ち前の集中力で、断固としたすばやい行動をとることができます。つまり、有能な仕事のまとめ役と言えるのです。

支配星であるおひつじ座の影響は、**人生を積極的に楽しむ性格**として表れています。大胆な性格のため、しばしば急進的で自己主張が強いと見られます。アイディアには事欠くことがなく、自分の考えや計画を実現することに熱心。たいてい事業には成功し、保守的な人だと思われていますが、せっかちで我慢ができない性格なので注意が必要。また、頑固なので、特に権威に関わるような場合、自立や自由を望む気持ちと反抗心のバランスをうまく保つよう心がけましょう。

遊びにエネルギーを使うより、仕事をする方が幸せだと感じるタイプなので、退屈しないように何か精神的に熱中するものが必要。知識欲が旺盛なので、進んで教育の機会を利用しましょう。専門教育や独学により成功を収めることができます。

物欲が強い一方、理想主義の一面も持ち合わせていて、社会正義のために一生懸命になる人道主義者でもあります。

生まれた年に太陽がおとめ座に入ります。それ以後30年にわたって、この星座の影響を受け、秩序と体制を重んずる性格が形成されます。31歳で太陽がてんびん座に入ると、転機が訪れます。人間関係の重要性に対する認識が高まる転換期。創造力にあふれ、音楽、芸術、文学の隠れた才能が開花する時期です。

隠された自己

チャレンジ精神が旺盛です。しかし、時には自己犠牲、無私無欲な心、謙虚さが必要。自分の責任をよくわきまえていて、また、周りの人たちとの協調によって心の平穏は満たされることを知っています。

家庭では家族をよく守り、他人にとっては保護者あるいはよき助言者となります。ただ、あなたは批判的、支配的、干渉的になりすぎるきらいがあるので、**他人の過ちに対して寛大な気持ちを忘れないようにしましょう**。そうすることできっと、さまざまな困難を乗り越えることができます。また、落ち着きのない一面もあるので、精神統一を図り、平静を保つよう努力しましょう。不平不満がある場合は、そのエネルギーを学問や旅行に向けてやることです。

あなたは現実的ですが、繊細さを内に秘めています。その繊細さが高い理想の実現に役に立つことでしょう。

仕事と適性

人の上に立って指揮する才能に恵まれていて、計画力や統率力が抜群。ビジネスの場では、独立して働くのに向いています。アイディアにあふれ、人間関係に優れた能力を持っているので、特に営業、販売促進、広告などのビジネスの世界で才能を発揮します。教育、執筆、法律関係などの知的な職業にも向いています。天賦の才能に恵まれ、鋭い感性の持ち主なので、エンターテインメントや音楽の世界で成功します。

恋愛と人間関係

親しみがあってカリスマ性があり、多くの人が集まってきます。親しい間柄になればなるほど愛情を表現するのが苦手で、**一風変わった人**に惹かれます。強くて自立心があり、大切な人を守ってあげたくなるタイプです。**謙虚で、気持ちを若々しく陽気にしてくれるような知性派の人**が理想的な相手です。

数秘術によるあなたの運勢

22の日に生まれた人は、誇り高く、現実的で、直感力に優れています。22はマスターナンバー、22と4の数字の影響力を持ちます。正直で勤勉、生まれつき人の上に立つ才能があり、カリスマ性と人を理解し動かす能力が備わっています。感情を表に出さないけれども、人の幸福に対しては思いやりある関心を示します。なおかつ、実利的で現実的な立場に立って判断することは忘れません。教養があって世知に長けていて、多くの友人や崇拝者がいます。人の支援や励ましが、成功や富の礎であることを忘れないように。22日生まれの多くは、兄弟姉妹との絆が強く、彼らの庇護者となります。

生まれ月の**8**という数字の影響も受けているので、頼りになる有能な、常識の持ち主。洞察力と想像力に富んでいて、問題を解決する能力に優れ、ときどき難問を簡単に解決して人を驚かせます。

●**長所**：万能である、人を指導する能力に優れている、洞察力が鋭い、実利的である、機敏である、手際がよい、創作力に優れている、リーダーシップがある、問題解決の才能がある

■**短所**：やまっけがある、神経質である、支配的である、物質主義である、先見性に乏しい、怠惰である、自己表現欲が強い

相性占い

♥恋人や友人

1月3、4、14、20、24、25日／**2月**2、12、14、15、16、18、22日／**3月**10、16、20、29、30日／**4月**8、14、18、27、28日／**5月**6、12、16、25、26、31日／**6月**4、10、14、23、24、29日／**7月**2、8、12、21、22、27日／**8月**6、10、19、20、25日／**9月**4、8、17、18、23日／**10月**2、6、15、16、21、30日／**11月**4、13、14、19、28、30日／**12月**2、11、12、17、26、28、30日

◆力になってくれる人

1月4、8、21日／**2月**2、6、19日／**3月**4、17、28日／**4月**2、15、16日／**5月**13、24日／**6月**11、22日／**7月**9、20日／**8月**7、18、31日／**9月**5、16、29日／**10月**3、14、27日／**11月**1、12、25日／**12月**10、23日

♣運命の人

1月3日／**2月**1日／**5月**31日／**6月**29日／**7月**27日／**8月**25日／**9月**23日／**10月**21日／**11月**19日／**12月**17日

♠ライバル

1月7、10、15、31日／**2月**5、8、13、29日／**3月**3、6、11、27日／**4月**1、4、9、25日／**5月**2、7、23日／**6月**5、21日／**7月**3、19日／**8月**1、17日／**9月**15日／**10月**13日／**11月**11日／**12月**9日

★ソウルメイト(魂の伴侶)

3月31日／**4月**29日／**5月**27日／**6月**25日／**7月**23日／**8月**21日／**9月**19日／**10月**17、29日／**11月**15、27日／**12月**13、25日

この日に生まれた有名人

菅野美穂(女優)、北川景子(女優)、クロード・ドビュッシー(作曲家)、レイ・ブラッドベリ(作家)、みのもんた(タレント)、タモリ(タレント)、羽野晶紀(女優)、斎藤工(俳優)

太陽：おとめ座／しし座
支配星：おとめ座／水星
位置：29°30′ しし座－0°30′ おとめ座
状態：柔軟宮
元素：地
星の名前：レグルス、フェクダ

August Twenty-Third

8月23日

VIRGO

人を惹きつけるのはあなたの思いやり

星座の変わり目に生まれたあなたは、**しし座の愛嬌と温かさ、社交性、おとめ座の鋭い知性の双方の長所を兼ね備えています**。積極的で勤勉なあなたは、一見、困難な目標の方にやる気を出す性格。いったん、こうと決めたら、それを変えることはありません。鋭い観察力があり、自分をうまく表現することができるので、人望を得るでしょう。しかし、短気で優柔不断なところもあり、これが成功への大きな障害となるかもしれません。

支配星であるおとめ座の影響を受け、聡明で実利的、そして知識欲があります。明断で緻密なあなたは、何事も決めるまで熟考します。しかし、重箱の隅をつつき、自分や他人に対して批判的になるのは避ける必要があります。

欲求不満やいら立ちを避けるためには、自分を律し、始めたことは完成することが重要です。また生まれながらの落ち着きのなさで、エネルギーを分散しすぎることにも注意。**心温かく、人の扱いがうまく、思いやりのある、楽しい個性の持ち主**です。

30歳を過ぎ、太陽がてんびん座の位置に入ると、相手や人間関係に対する欲求がいっそう強くなります。調和とバランス感覚が高まり、芸術的または創造的なはけ口を追求することになるかも。この傾向は、太陽がさそり座に到達する60代初めまで続きます。転換期には、感受性を豊かにし、自分の深層心理と向かいあう重要性が高まるでしょう。

隠された自己

内なる気高さと誇りを秘めたあなたは、失敗を見られることを嫌います。忍耐力がないため、退屈した時は、刺激的で、やりがいのあることを見つけるのが吉。焦って行動し、計画を投げだすよりは、慎重に決断する方がよいでしょう。人物評価を迅速に、的確に行えるあなたの眼力によれば、周囲に意見が尊重され、心理学者として権威ある地位に就ける可能性もあります。

あなたの不安定さは主に、お金が大きな要因。裕福な時でもそれは変わりません。大きな成功を収める時もあるでしょうが、財政状態が不安定なため、節約に励み、計画性を持つことが賢明。旅行は吉。自分を信じ、自信を持つようにしましょう。**本能的なビジネスセンスが常にあなたを守ってくれます**。

仕事と適性

多彩な才能の持ち主であるあなたは、**多くの職業での成功が保証されていますが、単調な仕事を避けること**が重要。あなたほどのコミュニケーション能力と接客力があれば、教職、営業、執筆、出版またはエンターテインメント業界などで活躍できます。または、正確さに優れているため、エンジニアリング、科学者または緻密な芸術作品を生みだす仕事にも向いています。利益を追求する考え方もできるあなたは、銀行、不動産または人のお金を動かす仕事でもいいでしょう。

恋愛と人間関係

ユーモアにあふれ多趣味なあなたは、さまざまな人との交流を好みます。しかし、落ち着きがなく神経質で、人間関係に対して優柔不断な面もあります。恋愛中は、理想を追い、犠牲を払うことをためらいません。しかし最初は情熱的ながら、そのうち計算高く、冷たく、興味がなくなったように見えることも。**思いやりがあり、あなたの能力に信頼を寄せてくれるパートナー**に恵まれます。

数秘術によるあなたの運勢

23日生まれは、一般的には、多芸多才で情熱的、頭の回転が速く、プロフェッショナルな意識を持ち、創造的なアイディアが豊富です。23という数字の影響により、新しい課題も容易にクリアしますが、理論よりも実践を重んじます。旅行、冒険、新しい人との出会いを好みます。23という数字が示す不安定さにより、常にさまざまな経験を積みたいという欲求に駆られます。しかし、いかなる状況下でもあなたの持ち味を最大限に活かすことができるでしょう。

愛想がよく、楽しいことが好きで、勇気と実行力に恵まれたあなた。真の能力を発揮するためには活動的な生活を送りましょう。

8月という隠れた影響は、野心的な強い性格の持ち主であることを示しています。平凡な生活には向かない性格です。

●長所：忠誠心がある、思いやりがある、責任感がある、直感を大事にする、創造的である、多芸多才である、信頼できる

■短所：自己中心的である、気まぐれである、頑固である、かたくなである、批判的である、引っ込み思案である、人を差別しがちである

相性占い

♥恋人や友人

1月11、21、25日／**2月**9、19、23日／**3月**17、21、30日／**4月**5、15、19、28、29日／**5月**13、17、26、27日／**6月**11、15、24、25、30日／**7月**9、13、22、23、28日／**8月**7、11、20、21、26、30日／**9月**5、9、18、19、24、28日／**10月**3、7、16、17、22、26、29日／**11月**1、5、14、15、20、24、27日／**12月**3、12、13、18、22、25、27、29日

◆力になってくれる人

1月5、13、16、22、28日／**2月**3、11、14、20、26日／**3月**1、9、12、18、24、29日／**4月**7、10、16、22、27日／**5月**5、8、14、20、25日／**6月**3、6、12、18、23日／**7月**1、4、10、16、21日／**8月**2、8、14、19日／**9月**6、12、17日／**10月**4、10、15日／**11月**2、8、13日／**12月**6、11日

♣運命の人

2月19、20、21日／**6月**30日／**7月**28日／**8月**26日／**9月**24日／**10月**22日／**11月**20日／**12月**18日

♠ライバル

1月2、23、30日／**2月**21、28日／**3月**19、26、28日／**4月**17、24、26日／**5月**15、22、24日／**6月**13、20、22日／**7月**11、18、20日／**8月**16、18、19日／**9月**7、14、16日／**10月**5、12、14日／**11月**3、10、12日／**12月**1、8、10日

★ソウルメイト（魂の伴侶）

1月14、22日／**2月**12、20日／**3月**10、18日／**4月**8、16日／**5月**6、14日／**6月**4、12日／**7月**2、10日／**8月**8日／**9月**6日／**10月**4日／**11月**2日

この日に生まれた 有名人

三好達治（詩人）、ジーン・ケリー（俳優）、ディック・ブルーナ（児童文学者）、岡江久美子（女優）、リヴァー・フェニックス（俳優）、佐田真由美（モデル）、山咲トオル（マンガ家・タレント）、佐藤しのぶ（声楽家）、AKIRA（EXILE　パフォーマー）

太陽：おとめ座
支配星：おとめ座／水星
位置：0°30'−1°30'　おとめ座
状態：柔軟宮
元素：地
星の名前：レグルス、フェクダ

August Twenty-Fourth

8月24日

VIRGO

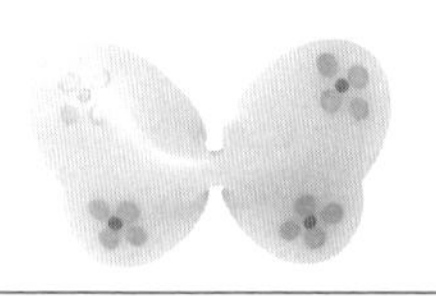

論理的な分析能力の持ち主

頭脳明晰で、落ち着きのあるあなた。外からは見えない力を秘めています。**簡潔で速い決断力**を持つ一方で、**論理的で新しいアイディアを生みだす力**があり、説得力も備わっています。理性と勤勉さで、困難な状況もうまく乗り切ることができます。粘り強さとしっかりした意志の力により、人から尊敬や称賛を得ることも多いでしょう。

支配星であるおとめ座の影響を受け、洞察力にも優れています。この影響により優秀さや勤勉さが強調され、**得意分野における専門家になれる**でしょう。人生を冷静に分析する傾向があるあなたは、細かい性格。ただし、過剰に潔癖や批判的になったりして、無用な取り越し苦労で時間を無駄遣いしないように。**独創的でオリジナリティにあふれる**あなたは、目新しい、刺激的な経験が人生を豊かにするでしょう。

社会通念にとらわれないあなたは、自由に行動し、進歩的改革に着手します。勇気と競争心が強く、危機的状況の打開のために困難な闘いに挑みながらも、勝利を収めるでしょう。しかし、時に傷つき、いら立ちやすく、挑発的になりやすいので、そうならないように心がけましょう。精神面の過剰な緊張のバランスをとるために、運動は格好のストレス解消です。

37歳になる時には、太陽がてんびん座の位置に入り、公私にわたるパートナーとの関係に力を注ぐ30年間が始まります。もう1つの転換期は59歳。太陽がさそり座に入り、人生の深い意味を求め、変化を生みだすよう行動しましょう。

隠された自己

内に秘めた激しい力により、不安定になることもあれば、人とは違う才能を示すこともあります。**前向きに考え、直感的なインスピレーションを信じ**、不安や疑いを避けましょう。
屈折したユーモア感覚により、人の意見を真剣に受け止めないため、感情的な緊張は軽減されます。高い理想、芝居っけ、リーダーシップを秘めたあなたは、生来の才能を活用する力があります。

繊細で、とりわけ人間関係を重視するあなた。強すぎる依存心と独立心とのバランスを心がけましょう。バランスを失えば、楽観論と悲観論の間を右往左往することも。常に人とのコミュニケーションが重要です。

仕事と適性

知識を共有したいという欲求は、教職や講師など学問的な職を通じて満足することができるかもしれません。また、リーダーシップや組織力に優れ、戦略的に計画することができるあなたは、ビジネスにも惹かれるでしょう。細部と綿密さにこだわり、研究者、科学者、ファイナンシャルアナリスト、会計士としても成功するでしょう。**勤勉で実利的な理**

想家であるあなたは、地域の行政や福祉または高齢者介護の仕事に適性があります。カウンセリング、医療などの職業も、あなたの人間への関心を満たしてくれるでしょう。天性の心理学者であるあなたは、人との関わりを伴う職業に惹かれます。中でも、不動産とは相性がよいでしょう。

恋愛と人間関係

若さを保ち、常に新しい人や場所に関心を持ち続けます。愛情や友情はあなたにとって非常に大切ですが、気分にむらがあるため、人間関係には困難が伴うでしょう。**楽しみを求めるため、社交上手。**親しみやすさから人間関係はうまくいくでしょう。創造性を刺激してくれる人や、ユーモアセンスを共有できる相手が◎。

数秘術によるあなたの運勢

24日生まれの特性である繊細さを備えたあなたは、バランスと調和を求めます。誠実で公平なあなたは、行動は言葉よりも雄弁であるという信条から感情をあまり表に出しません。24日生まれの最大の課題は、あらゆる分野の人とつき合い、懐疑的になりがちな性質を克服し、安定した家庭を築くことです。

8月生まれの隠れた影響として、頭の回転が速く、誠実で、責任感があります。頑固と思われかねない破壊的な行為には注意しましょう。明るく自分の意見を表現することにより、深刻にならずにすみます。人生に対して実際的なあなたは、優れたビジネスセンスを持ち、金銭面での成功を収めることができます。

●**長所**：エネルギッシュである、理想主義者である、経営能力がある、意志が強い、正直である、素直である、公平である、寛容である、家庭愛を大切にする、積極的である

■**短所**：物質主義者である、ケチである、冷酷である、平凡を嫌う、怠惰である、不実である、不安定である、支配的である、頑固である

♥恋人や友人

1月6、16、22、26、27日／**2月**4、14、20、24日／**3月**2、12、18、22、23日／**4月**10、16、20、30日／**5月**8、14、18、28日／**6月**6、12、16、26日／**7月**4、10、14、24、31日／**8月**2、8、12、22、29日／**9月**6、10、20、27日／**10月**4、8、18、25日／**11月**2、6、16、23、24、30日／**12月**4、14、21、22、28、30日

◆力になってくれる人

1月6、17、23、31日／**2月**4、15、21、29日／**3月**2、13、19、27、30日／**4月**11、17、25、28日／**5月**9、15、23、26日／**6月**7、13、21、24日／**7月**5、11、19、22日／**8月**3、9、17、20日／**9月**1、7、15、18、30日／**10月**5、13、16、28日／**11月**3、11、14、26日／**12月**1、9、12、24日

♣運命の人

2月18、19、20、21日

♠ライバル

1月24日／**2月**22日／**3月**20、29日／**4月**18、27、29日／**5月**6、16、25、27、30日／**6月**14、22、25、28日／**7月**12、21、23、26日／**8月**10、19、21、24日／**9月**8、17、19、22日／**10月**6、15、17、20日／**11月**4、13、15、18日／**12月**2、11、13、16日

★ソウルメイト（魂の伴侶）

1月13日／**2月**11日／**3月**9日／**4月**7日／**5月**5日／**6月**3、30日／**7月**1、28日／**8月**26日／**9月**24日／**10月**22日／**11月**20日／**12月**18日

有名人

吉田麻也（サッカー選手）、瀧廉太郎（作曲家）、若山牧水（歌人）、羽田孜（政治家）、三池崇史（映画監督）、高嶋ちさ子（バイオリニスト）、三浦大知（歌手）、土井杏南（陸上短距離選手）、早川漣（アーチェリー選手）、白井健三（体操選手）

太陽：おとめ座／しし座
支配星：おとめ座／水星
位置：29°30'−1°30'　おとめ座
状態：柔軟宮
元素：地
星の名前：レグルス、フェクダ

August Twenty-Fifth

8月25日

VIRGO

現状を変えようとする新しいアイディアの持ち主

25日の誕生日のあなたは、頭の回転が速く、発想力が豊か。意志が強く、実利的でありながら創造性があり、繊細なあなたは**理想を実現する力**があります。

支配星であるおとめ座の影響を受け、知識が豊富でポジティブ思考、完璧主義者。目が肥え、性格はマメです。**自分の考えを正確に、はっきりと伝える傾向が強い**のは、水星の影響が顕著に表れているから。言葉を大切にするため執筆の才能があり、この分野における専門家となるのに役立ちます。

些細なことに批判的になり、くよくよするのはやめましょう。精神的エネルギーはあるものの、目標に対する強い信念がある時には、完成まで全力を尽くすでしょう。しかし、生来の情熱が強い欲望を起こさせます。他人に自分の意思を強要しないように気をつけましょう。**あなたには人望があり生来の外交力が備わっています**。この日に生まれた女性は独立心が強く、新たな企画の立ち上げを好みます。この日生まれの人は、男性、女性問わず、忙しいことを好みます。子ども時代から、状況を理解、改善するために実用的な分析を行っています。

28歳の時に太陽がてんびん座に入り、その後30年間は、社会的な人間関係やパートナーシップの重要性に次第に気づいていくでしょう。想像力が高まり、本来持っている音楽、芸術、文学への興味を育てていくこともできます。58歳で太陽がさそり座の位置に入り、新たな人生の転換期に到達。人間的魅力をアップさせるように心がけて。

隠された自己

聡明で知的でありながら、内面では高い理想や鋭い感受性を備えています。このため、**人間関係において非常に傷つきやすい面**も。自立への欲求と人とのつながりを求める心のバランスをとることが重要。愛する人には心温かく、寛大なあなたはすばらしい友となりますが、相手があなたの期待に沿わない場合には落胆を感じるかも。失望すると、気難しく逃避的になることで困難に対処しがちなので注意。不和な環境は凶。円満な環境に身を置く必要があります。

仕事と適性

飽くなき知識欲により、研究職や指導者、教職に惹かれることも。専門知識を活用するために、弁護士やカウンセラーになり、社会正義のために働くこともあるでしょう。生来、**綿密な性格**のあなたは、研究者、科学者、技術者にも向いています。数学やエンジニアリング、手仕事も得意です。勤勉で、金銭に関心があるため、自分なりに働けるビジネス界にも適性があります。**生来の如才なさ**により、宣伝・広報・マネジメント職にも向いているでしょう。

恋愛と人間関係

自信家で、現実主義のあなたは、人を惹きつける魅力があります。おっとりとして、小さなことにこだわらないムードメーカー。野心があるため、**勤勉な人**を尊敬します。パートナーシップを好み、協力を誓った人に忠誠を尽くします。献身的で寛容でありながら、時に批判的になるのに注意。**天性のカリスマ性で人々を惹きつける**でしょう。

数秘術によるあなたの運勢

直感的で思索的でありながら、頭の回転が速くエネルギッシュなあなたは、さまざまな経験を通じて自分を表現する運命にあります。25日生まれのあなたは、完璧を求め、勤勉で生産的な高い能力を持っています。ふだんは本能的で警戒心が強く、単なる理論よりも実践を通じた方が多くの知識を得ることができます。優れた判断力と細部への気配りで、確実に成功を収めることができます。

しかし、気まぐれでもあるので、衝動的に物事を決めないように心がけ、懐疑的な姿勢を改善するようにしましょう。集中するとすべての事実に目を配り、誰よりも早く結論に到達することのできる強い精神力を備えています。

8月の隠れた影響は、大胆で革新的であるという特徴を示しています。概して実利的なあなたは、天性のビジネスセンスがあり、組織や経営力を伸ばすことで富を得られます。

●長所：直感力に優れる、完璧主義である、創造性がある、対人関係が巧み

■短所：衝動的である、短気である、無責任である、感情的になりやすい、嫉妬深い、秘密主義である、批判的である、気まぐれである、神経質である

♥恋人や友人

1月1、4、27、28、29日／**2月**2、25、27日／**3月**23、25日／**4月**21、23日／**5月**19、20、21、29日／**6月**17、19、27日／**7月**15、17、25日／**8月**13、15、23日／**9月**11、13、21日／**10月**9、11、19日／**11月**7、9、17日／**12月**5、7、15日

◆力になってくれる人

1月3、10、15、18日／**2月**1、8、13、16日／**3月**6、11、14、29、31日／**4月**4、9、12、27、29日／**5月**2、7、10、25、27日／**6月**5、8、23、25日／**7月**3、6、21、23日／**8月**1、4、19、21日／**9月**2、17、19日／**10月**15、17日／**11月**13、15日／**12月**11、13日

♣運命の人

2月20、21、22、23日／**4月**30日／**5月**28日／**6月**26日／**7月**24日／**8月**22日／**9月**20日／**10月**18日／**11月**16日／**12月**14日

♠ライバル

1月9、14、16、25日／**2月**7、12、14、23日／**3月**5、10、12、21、28、30日／**4月**3、8、10、19、26、28日／**5月**1、6、8、17、24、26日／**6月**4、6、15、22、24日／**7月**2、4、13、20、22日／**8月**2、11、18、20日／**9月**9、16、18日／**10月**7、14、16日／**11月**5、12、14日／**12月**3、10、12日

★ソウルメイト（魂の伴侶）

12月29日

有名人

ショーン・コネリー（俳優）、山村美紗（作家）、コシノジュンコ（ファッションデザイナー）、きたろう（俳優）、岡田武史（サッカー元日本代表監督）、ティム・バートン（映画監督）、クラウディア・シファー（モデル）、ICONIQ（歌手）、レナード・バーンスタイン（指揮者）、フレデリック・フォーサイス（作家）

太陽：おとめ座
支配星：おとめ座／水星
位置：2°30'−3°30'　おとめ座
状態：柔軟宮
元素：地
星の名前：レグルス

August Twenty-Sixth

8月26日

VIRGO

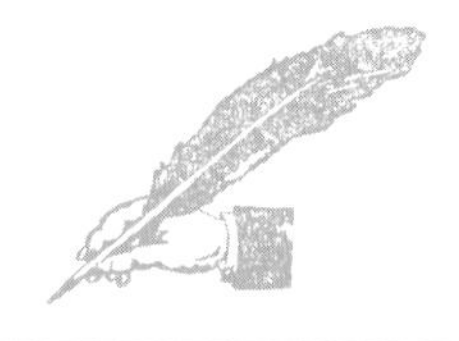

友人を選ばないオープンで寛容な性格

この日に生まれた人は、天性のリーダー、自信にあふれた外見、寛容さを備えています。心温かく、親切で社交的。**強い正義感に裏づけられた同情心**は、弱者を擁護し、主義主張をかけて激しく闘うこともあるでしょう。しかし、自分を律することが本当に必要になった時にそれができず、成功にいたらないこともあるでしょう。

支配星であるおとめ座の影響を受けているあなたは、ものの考え方が実利的で、知的な人に惹かれます。**石橋をたたいて渡る慎重派**です。同じことをくよくよ考え、不安になりがちです。まとめ役にうってつけのため、人生が何もかも効率よく進んでいると幸せを感じるかもしれません。人望のあるあなたは、人に興味を持ち、理解を示し、寛容です。一方でプライドが高く、繊細な面も。

オープンで素直なアプローチで、**年齢やバックグラウンドを問わず友人ができます**。贅沢で美しい環境を好みます。金運も◎。若い頃は、父親や祖父などの親族の男性に強い影響を受けます。

27歳の時には、太陽がてんびん座に移動し、30年間にわたり、バランス感覚と調和が高まり、芸術や創造面の才能を育てることになります。もう1つの転機は、57歳。太陽がさそり座へ進み、あなたの感性を刺激します。この時、人生に大きな変化が起こります。

隠された自己

プライドが高く、一見自信にあふれているため、繊細で直感的な側面は他の人には気づかれにくいでしょう。深刻、わがまま、利己的になりすぎたり、努力がむくわれていないと感じることもあるでしょう。心温かく、寛大なあなたは愛する人に尽くしがちです。感情面のバランスをとることも覚えましょう。**心の底の人間的な愛情深い性質**を表現すれば、人気を得て、必要な賞賛を得ることも。

すばやい洞察力で人に貢献しながらユーモアを活かすこともでき、距離を置くと、突然よい知恵が思い浮かぶこともあります。

仕事と適性

まとめ役の才能と、天性のビジネスセンスにより、どんな仕事でも成功にいたるでしょうが、とりわけビジネスや行政職が適職。同様にコミュニケーションや社交能力に長けたあなたは、教職、執筆業、法曹界でも成功するでしょう。また、人に対する愛情や言葉に長けているため、販売や演技の世界にも縁が。直感と合理的思考を併せ持つので、人を癒す仕事に役立つでしょう。

恋愛と人間関係

寛大で親切なあなたに人々は惹きつけられます。愛されたい、認められたいという強い欲求に駆られ、理想主義になることもありますが、支配的または威圧的にならないように気をつける必要があります。**情熱的なあなたは、恋多き人**。しかし、目標を達成するためには、自律への欲求と、愛や仕事における協力のバランスをとらなければなりません。

数秘術によるあなたの運勢

26日生まれのあなたに備わった力や権力は、強い価値観と健全な判断力を備えた慎重な人柄であることを示しています。家庭を大切にし、父性・母性本能が強い傾向。人に頼られがちなあなたは、困った時に頼ってくる親戚や、友人、家族を喜んで支援します。その一方で、物質主義や人を支配したいという欲求があるので気をつけましょう。

8月の隠れた影響としては、あなたの成功したいという欲求が叶えられることを示しています。努力し、責任を負うことをためらいませんが、分担以外のものを引き受けるのはやめるようにしましょう。天性のビジネスセンスと実利能力を持ち、金銭面で人にアドバイスすることもできます。

●長所：創造性がある、経営能力がある、愛情深い、注意深い、理想主義である、正直である、責任感がある、家族を大切にする、情熱的である、勇気がある
■短所：頑固である、反抗的である、うそつきである、無愛想である、無気力である、飽きっぽい、不安定である

♥恋人や友人
1月2、28日／**2月**26日／**3月**24日／**4月**22日／**5月**20、29、30日／**6月**18、27、28日／**7月**16、25、26日／**8月**14、23、24日／**9月**12、21、22日／**10月**10、19、20、29、31日／**11月**8、17、18、27、29日／**12月**6、15、16、25、27日

◆力になってくれる人
1月2、10、13、16日／**2月**8、11、14日／**3月**6、9、12日／**4月**4、7、10日／**5月**2、5、8日／**6月**3、6日／**7月**1、4、30日／**8月**2、28、30日／**9月**26、28日／**10月**24、26日／**11月**22、24日／**12月**20、22、30日

♣運命の人
2月23、24、25、26日／**10月**31日／**11月**29日／**12月**27日

♠ライバル
1月3、9、10日／**2月**1、7、8日／**3月**5、6、31日／**4月**3、4、29日／**5月**1、2、27日／**6月**25日／**7月**23日／**8月**2､21、31日／**9月**19、29日／**10月**17、27日／**11月**15、25日／**12月**13、23日

★ソウルメイト（魂の伴侶）
1月5日／**2月**3日／**3月**1日／**5月**30日／**6月**28日／**7月**26日／**8月**24日／**9月**22日／**10月**20日／**11月**18日／**12月**16日

有名人

マザー・テレサ（社会活動家）、いがらしゆみこ（マンガ家）、曽我部恵一（サニーデイ・サービス　ミュージシャン）、中島知子（タレント）、マコーレー・カルキン（俳優）、今江敏晃（プロ野球選手）、宮川俊二（アナウンサー）

太陽：おとめ座
支配星：おとめ座／水星
位置：4°30'−5°30'　おとめ座
状態：柔軟宮
元素：地
星：なし

August Twenty-Seventh

8月27日

VIRGO

高い理想と鋭い洞察力

愛嬌があり、意志の強いあなたは、**生まれながらのリーダー**。実利的で、聡明な洞察力の持ち主。自制心を備え勤勉なあなたは、いったん目標を決めれば、最後まで頑張りぬくでしょう。さまざまな感情の表現にも長けています。思いやりと感受性をみせる一方で、力強く支配的になることも。

支配星であるおとめ座の影響により、強い精神力と確かな判断力を持ち、状況をすばやく把握、誤りを察知し、複雑な問題を理解することができます。高い理想を持ち、形式を重んじるので、時には批判的になりすぎるきらいも。**感情豊かなあなたは、情熱的に意見を述べ、特別なカリスマ性を発揮し、人望を得やすいでしょう。**

相手が鈍いからといっていら立ちをみせ、仲間に対する不満をあらわにするのは避けて。この日生まれの男性の多くは、女性的な面も備えています。

25歳に太陽がおとめ座にたどり着くまでは、集中力と独自性が重要なポイント。太陽がてんびん座に入る36歳が恋愛の転機。バランス、調和、美的センスが向上し、文学、芸術、創造的な面で力が発揮されるかもしれません。これは、太陽がさそり座に進む56歳まで続きます。ここがあなたにとっての転換期です。この時期は、精神的な再生が必要となります。また、共同出資に関しても考える時期になるでしょう。

隠された自己

野心的で勤勉なあなたは、成功を求め、常に自分を向上させようとしています。**不安や欲求不満を進んで解消し、みずからの夢のために努力します**。しかし時に、自分自身の目的意識よりも世の中の傾向に流されることもあるので注意。心の中に思いをためず、誠実に行動しましょう。あなたが人に与えた寛大さと親切は、何倍にもなってかえってくるでしょう。

仕事と適性

理想のために無私無欲で働いている時が最高のあなた。政治、慈善事業、人を癒す職業に適性があります。人と知識を分かちあうことを楽しんでいるので、優れた教師や作家になるでしょう。色彩に対する鑑賞眼に優れ音感もあるので、芸術や音楽方面にも才能があります。芸術やアンティーク、工芸品、デザインなどのディーラーとしても成功するでしょう。構造やシステムを理解する力も、数学や建築などの職業で役に立ちます。

効率第一・完全主義ですが、広告や出版などのビジネスにはあなたの**クリエイティブな感性**が役に立ちます。また、おしゃべりの才能は、販売や娯楽の世界にも向いているでしょう。人に対する思いやりと組み合わせると、医療、カウンセリング、公共サービスなどの分野で、人助けができるでしょう。

恋愛と人間関係

激しい感情を秘め、大胆である一方、繊細でもあるあなたは、**言葉やアイディアで自分を表現する方法を知っている創造的な人**に惹かれがち。ロマンティックで情熱的なあなたは、反道徳的な関係に引きずりこまれないように注意。

あなたは権力のある立場を手に入れようとして、誠実でありながら要求の多いパートナーとなり、自分や人に対する強い愛の表現を求めるでしょう。

数秘術によるあなたの運勢

27日生まれのあなたは、直感的でありながら、知りたがり屋で、忍耐や自立を養うことにより考えを発展させることができます。強引で意志強固、観察力があるので細部にまで気を配ります。想像力に富んでいるあなたは理想主義で繊細、独創的な考えやアイディアで人に感銘を与えることができます。

27日生まれの人にとって、教育はとりわけ重要。執筆や研究、大組織での作業を通じて、適切な資格を得ることにより、成功にいたるでしょう。

8月の隠れた影響として、精神的に活発で、しかも洞察力があります。強い感情を表したいという欲求に駆られるため、強烈な個性を発揮することがあります。

●**長所**：リーダーシップをとる、完璧主義である、勤勉である、威信がある、弱者を擁護する、癒しの力がある、価値判断に優れる

■**短所**：寛容でない、落ち着きがない、くじけやすい、計画力がない、支配的な行動をとる

♥恋人や友人

1月3、16、22、25、29、30日／**2月**1、14、20、23、27、28日／**3月**18、21、25、26日／**4月**16、19、23、24、28日／**5月**8、14、17、21、22、26、31日／**6月**12、15、19、20、24、29日／**7月**10、13、18、22日／**8月**8、11、15、16、20、27、29、30日／**9月**6、9、13、14、18、23、27、28日／**10月**4、7、11、12、16、21、25、26日／**11月**2、5、9、10、14、19、23、24日／**12月**3、7、8、12、17、21、22日

◆力になってくれる人

1月17日／**2月**15日／**3月**13日／**4月**11日／**5月**9、29日／**6月**7、27日／**7月**5、25日／**8月**3、23日／**9月**1、21日／**10月**19、29日／**11月**17、27、30日／**12月**15、25、28日

♣運命の人

2月23、24、25日／**5月**31日／**6月**29日／**7月**27日／**8月**25、30日／**9月**23、28日／**10月**21、26日／**11月**19、24日／**12月**17、22日

♠ライバル

1月20、23日／**2月**18、21日／**3月**16、19日／**4月**14、17日／**5月**12、15日／**6月**10、13日／**7月**8、11日／**8月**6、9日／**9月**4、7日／**10月**2、5日／**11月**2日／**12月**1日

★ソウルメイト（魂の伴侶）

1月4、31日／**2月**2、29日／**3月**27日／**4月**25日／**5月**23日／**6月**21日／**7月**19日／**8月**17日／**9月**15日／**10月**13日／**11月**11日／**12月**9日

この日に生まれた **有名人**

マン・レイ（写真家）、宮沢賢治（詩人・作家）、丸谷才一（作家）、池沢早人師（マンガ家）、白石一文（作家）、津田寛治（俳優）、剛力彩芽（女優）、藤竜也（俳優）、ゲオルク・ヘーゲル（哲学者）、杉本美香（柔道選手）、山下穂尊（いきものがかりギター）、小泉武夫（農学者・発酵学者）

太陽：おとめ座
支配星：おとめ座／水星
位置：3°30'−4°30'　おとめ座
状態：柔軟宮
元素：地
星：なし

August Twenty-Eighth

8月28日

VIRGO

いつまでも気持ちの若いロマンティスト

社交的で心温かく、愛想のいいあなたは、気持ちの若い人です。**自我が強く、目立ちたがり屋**。人に認められたがっています。愛する人には尽くしますが、強い自意識でその魅力を失わないように！

支配星であるおとめ座の影響を受けているあなたは、聡明で実利的、天性のビジネスセンスがあります。状況を慎重に分析するものの、懐疑的になりがちなので注意。陽気でロマンティックなあなたは、理想主義と実利主義がうまく交じりあっています。

ぐずぐずすることはあっても、**いったん決心すれば、目標達成のためには喜んで犠牲をはらう**でしょう。よりよい暮らしに惹かれるため、活発な社交生活を求めます。人に協力的で親切なあなたは、精神面でも人を支えます。

25歳になると太陽がてんびん座に入り、公私を問わず、パートナーシップを重んじる30年間に入ります。この時期は美的センスが増し、創造性を伸ばしたいと考えるようになるでしょう。もう1つの転換期は、55歳の時。太陽がさそり座に移動。あなたは人生の深い意味を求め始め、大きな変化が起きます。

♍
8月

隠された自己

心温かく、愛情深いあなたは、和をもって尊しとします。内なる高潔さと強い意志を持ち、常により高い目標に挑戦しています。しかし、衝動的な傾向と、手っ取り早く満足感を得たいという欲望が障害になるでしょう。楽しいことが好きなので、安易な選択に逃げる可能性も。目的意識や方向性を失うことになるかもしれないので気をつけて。

繊細で、感情豊かなあなたは、傷つきやすい性格。自己憐憫に陥りやすい自分を克服するために、第三者的な見方を養う必要があります。常に気持ちの切り替えをするよう心がけて。内なる声に従って行動することにより、創造的に自分を表現し、精神力を活かすことができるようになるでしょう。

仕事と適性

天性のビジネスセンスでどんな仕事にも成功しますが、特に**人と接する仕事に適性**があります。コミュニケーション力に優れ、執筆、教育、販売に向いているでしょう。人を楽しませることができるため、ショービジネスや音楽業界にも関心を持つでしょう。人と接する能力がPR業や出版業で役立つでしょう。天与のセンスにより、芸術家やデザイナーなどにも適性があります。

恋愛と人間関係

自立や個人的成功を求めて努力する一方で愛を求め、ロマンティックなつき合いに惹かれていきます。慈悲と愛情を豊かに備えながら、**人間関係においては完璧主義**のあなたを満足させる人はいないかもしれません。

魅力的で愛想のいいあなたは、友人やパートナーを見つけやすいのですが、一時的な関係で終わってしまうものもあるかもしれません。

数秘術によるあなたの運勢

28日生まれは1日生まれと同じく、野心があり、直接的で積極的。常に新たな活動や冒険を好むあなたは、人生の難問にも果敢に挑みます。その熱意で協力者を得ることも容易でしょう。成功を目指し、意志強固にもかかわらず、家族や家庭生活をとても大事にしています。しかし安定を求めながら、近親者、最愛の人の面倒を見るのは大変なこともあるでしょう。

8月生まれのあなたは、直感力に優れ、積極的な考え方の持ち主です。責任のあるポジションに就く時には、効率性を好むので、せっかちになり、心が狭いと思われてしまうことも。感情の波が激しいので、気持ちをリラックスさせることを意識して。

状況をすばやく把握する力を備え、問題解決力に優れます。熱狂的であり、適切な計画もなしに事を始めるのは避けましょう。

●長所：進歩的な考えを持っている、大胆である、芸術的である、同情心にあふれている、理想主義である、野心的である、安定した家庭生活を好む、意志が強い

■短所：空想家である、やる気がない、冷酷になることがある、非現実的である、押しつけがましい、判断力がない、攻撃的である、自信に欠ける、依存心が強い、プライドが高い

相性占い

♥恋人や友人

1月4、5、10、18、19、26、30日／**2月**2、3、8、16、17、24、28日／**3月**1、6、14、15、22、26日／**4月**4、12、13、20、24日／**5月**2、10、11、18、22日／**6月**8、9、16、20、30日／**7月**6、7、14、18、28日／**8月**4、5、12、16、26、30日／**9月**2、3、10、14、28日／**10月**1、8、12、22、26日／**11月**6、10、20、24日／**12月**4、8、18、22、30日

◆力になってくれる人

1月13日／**2月**11日／**3月**9日／**4月**7日／**5月**5日／**6月**3、30日／**7月**1、28日／**8月**26日／**9月**24日／**10月**22日／**11月**20日／**12月**18日

♣運命の人

2月23、24、25、26日

♠ライバル

1月14、24日／**2月**12、22日／**3月**10、20日／**4月**8、18日／**5月**6、16日／**6月**4、14日／**7月**2、12日／**8月**10日／**9月**8日／**10月**6日／**11月**4日／**12月**2日

★ソウルメイト（魂の伴侶）

7月30日／**8月**28日／**9月**26日／**10月**24日／**11月**22日／**12月**20日

有名人

ヨハン・ゲーテ（詩人）、宮川花子（漫才師）、城戸真亜子（タレント）、香西かおり（歌手）、桃華絵里（モデル）、デビッド・フィンチャー（映画監督）、伊野波雅彦（サッカー選手）、ターシャ・テューダー（園芸家・絵本作家）

太陽：おとめ座
支配星：おとめ座／水星
位置：5°30'−6°30'　おとめ座
状態：柔軟宮
元素：地
星の名前：アリオト

August Twenty-Ninth

8月29日

VIRGO

積極的な性格で冒険が大好き

8月29日生まれは、カリスマ性があり、温かく、野心的で、鋭い知性を持ち、積極的です。**独立心が強く成功志向**のあなたは、活動的で、物事を長期的に広い視野でとらえる能力があります。感情に流され、極端な行動に出るのは注意。

支配星であるおとめ座の影響を受けているため、実利的な鋭い頭脳を持ち、完璧主義者でもあります。細部に気を配り、仕上げにはこだわります。くよくよ考えても、不安が募るだけ。社交的で、寛容なあなたは優れた対人関係が築けます。**旅行はよい結果を生み、新たな知りあいを増やしてくれる**でしょう。

組織をまとめる力があり、お金を稼ぐ能力があります。大胆さが魅力のあなたは、一方で不安定になり、うちに引きこもってしまうことも。子どもの頃から、実利的なあなたは、状況を理解、改善するために分析を怠りませんでした。

24歳以降は、太陽がてんびん座に移動しパートナーシップや関係作りを求める30年間となります。想像力が高まり、本来持っていた音楽、芸術、文学への関心が高まる可能性があります。54歳頃、再び人生の転機が訪れ、太陽がさそり座に到達します。その後は、より自分らしさを活かした人生を歩むことになります。

隠された自己

知識が豊富なあなたは、書き言葉、話し言葉の才能に長け、自分の思いつきで人に刺激を与え、楽しませることができます。知的刺激を受けるものの、精神的に不安定。退屈を避けるために多くのことに手を出すことになるでしょう。**繊細で、想像力豊かなあなたは、自由を求める欲求が強いでしょう**が、壮大な計画を実現できない身勝手な夢想家にならないように。関心を持てば、とても熱心になるので、興味のあるものを見つけたら、じっくりと腰をすえて取り組むことが重要。

焦ると、注意散漫になりがち。行きあたりばったりの行動になる危険性も。本領が発揮できれば、熱心で楽観的になり、壮大な計画を達成することができます。

仕事と適性

リーダーシップを備えた野心家のあなたは、管理職または自営業向き。**自分のやり方をある程度通せる自由な環境で持ち味を発揮します**。単調さを避けるためには、いかなる仕事に就こうとも変化が必要です。どんな仕事でも対人関係を得意とするため、人の気持ちに対する理解力と生来の知恵で、介護職や人を助ける仕事がよいでしょう。知性を活かして、教育、法律、科学、執筆業、政治に携わるのもよいでしょう。想像力、創造力に富んでいるため、機会があれば、音楽や娯楽の世界で成功する人もいます。

恋愛と人間関係

一度見たら忘れられないほど人を惹きつける力のあるあなたは、情熱的な個性の持ち主。パートナーとの権力闘争は避けましょう。29日生まれの女性は、家庭や人間関係を平穏に保つために喜んで努力します。男女とも社交家で、自然と周囲に人が集まります。複数の人を同時に惹きつけることが多いのですが、人を傷つけることを好みません。このため人間関係において優柔不断な面も。

数秘術によるあなたの運勢

29日生まれのあなたは、直感力があり、繊細で感情豊かです。思いやりと理解力に優れ、人の希望や夢の実現を手助けすることができます。真の夢想家ですが、時折気まぐれになるので注意しましょう。29日生まれは、人に認められたがり、周りの評価を気にします。

8月生まれは強い意志力と野心を持ち合わせていることを示しています。野心的で大胆な面もありながら、思いやりと繊細さを併せ持つ理想主義者でもあります。しかし、目立ちたがり屋で、人から注目されたいという願望があります。非常に我が強く、周囲に自分を認めさせたいという気持ちもすべて"成功への欲求"からくるもの。行きすぎないよう注意！

●**長所**：発想力がある、バランスがとれている、成功する、神秘的である、創造性がある、直感力がある、夢に説得力がある、細部に気を配る、誠実である

■**短所**：集中力がない、気まぐれである、気難しい、極端な考え方をする、思いやりに欠ける、孤立している、過敏である

♥恋人や友人

1月2、3、6、9、10、11、21、27、31日／**2月**1、4、7、8、9、25、29日／**3月**2、5、6、7、17、23、27日／**4月**3、4、5、15、21、25日／**5月**1、3、13、19、23、30日／**6月**1、11、17、21、28日／**7月**9、15、19、26、29日／**8月**7、13、17、24、27日／**9月**5、11、15、22、25日／**10月**3、9、13、20、23日／**11月**1、7、11、18、21、30日／**12月**5、9、16、19、28日

◆力になってくれる人

1月11、16、30日／**2月**9、24、28日／**3月**7、22、26日／**4月**5、20、24日／**5月**3、18、22、31日／**6月**1、16、20、29日／**7月**14、18、27日／**8月**12、16、25日／**9月**10、14、23日／**10月**8、12、21、29日／**11月**6、10、19、27日／**12月**4、8、17、25日

♣運命の人

2月24、25、26、27日

♠ライバル

1月15日／**2月**13日／**3月**11日／**4月**9日／**5月**7、30日／**6月**5、28日／**7月**3、26日／**8月**1、24日／**9月**22日／**10月**20、30日／**11月**18、28日／**12月**16、26日

★ソウルメイト（魂の伴侶）

1月9、29日／**2月**7、27日／**3月**5、25日／**4月**3、23日／**5月**1、21日／**6月**19日／**7月**17日／**8月**15日／**9月**13日／**10月**11日／**11月**9日／**12月**7日

有名人

マイケル・ジャクソン（歌手）、イングリッド・バーグマン（女優）、八代目市川雷蔵（俳優）、八代亜紀（歌手）、YOU（タレント）、ペ・ヨンジュン（俳優）、辛酸なめ子（コラムニスト）、川上未映子（作家）、山下敦弘（映画監督）

太陽：おとめ座
支配星：おとめ座／水星
位置：6°−7°30′　おとめ座
状態：柔軟宮
元素：地
星の名前：アリオト

August Thirtieth

8月30日

VIRGO

愛情深さと厳格さを兼備

表情豊かで勤勉、愛情深く、人に対する関心の深いあなたは、**説得力と独創性を備えています**。優しく愛情深くも、厳格で規律正しくもなれるので、人に対して対照的な接し方ができます。

支配星おとめ座の影響を受け、鋭敏で分析的な思考回路のあなたは、どんな些細なことも見逃しません。

実利的で集中力があり、仕事は完璧主義で勤勉ですが、完璧性を求めるあまり、自分や人に批判的にならないように。社交的で魅力のあるあなたは、人を幸せにするのが好きです。

人生に対して積極的ですが、同時に現実的な側面もあります。深刻になりすぎ、引きこもりがちになり、不安や消極的になることも。責任感と欲望との間で葛藤することもあるでしょう。客観性や普遍的な愛、思いやりの表現方法を学ぶことにより、もっと陽気さを手に入れるでしょう。

若い頃から、状況を改善、理解するために分析することに関心をいだいています。

23歳の時に太陽がてんびん座に移動し、公私を問わず、パートナーシップの重要な30年間が始まります。この時期に、美的センスや調和性が向上し、創造性が発展します。もう1つの転機は53歳で、太陽がさそり座に移行。大きな変化が生じます。

隠された自己

家族愛に縁がない傾向が強いので、愛情表現が苦手です。疑心暗鬼になりやすいので、**誠実さを学び、信頼できる人を決めましょう**。自信を持つことにより、自分の欲求にうまく対処できるようになります。自分や他人をどのように評価し、相手にどのような評価をさせるかが重要です。

金銭に対する努力は惜しみません。組織に縛られるよりも、直感でアイディアや仕事のきっかけを感じ取り、自発的に動ける職を選んで。感受性が豊かなあなたは、自分自身と向きあうために定期的に1人の時間を過ごすとよいでしょう。

仕事と適性

元来、分析能力に優れ、理系頭脳のあなたは、研究、科学、医療、医学向き。鋭敏な知性とコミュニケーション能力は、教育や執筆業にも役立ちます。知識と実利的思考を追求するあなたは、選んだ分野の専門家やビジネス界参入も。また、**天性の創造性と美に対する際だった感性を持ち合わせているの**で、ミュージシャン、俳優、タレントなどにも向いているでしょう。自然を好むあなたは、園芸家などにも適性があります。

恋愛と人間関係

愛情豊かで情熱的、ロマンティックでありながら、変化や冒険を求めるために、せっかちで落ち着きを失いがち。寛容で親切でありながら、時に冷たく引っ込み思案になることも。

人間関係においては、休憩や小旅行などで日常生活から逃れることが重要でしょう。

人の気持ちに敏感なあなたは、パートナーの要求に応えて多くの変化を経験します。このため、**自立し、情熱を維持することが大切**です。

数秘術によるあなたの運勢

30日生まれの人は、芸術的で創造性があり、愛想がよく社交的。よい生活を楽しみ、人づき合いを好み、カリスマ性と忠誠心を発揮します。

感情豊かで、恋愛や難題への取り組みが常に重要です。幸福を追求するにあたって、怠惰や身勝手は慎みましょう。

30日生まれの多くは、音楽家、俳優、タレントなど、人に認められ、有名になります。

8月生まれの影響は、勤勉で理想家、強い意志力があり、野心的です。

誠実で自発的な熱意と積極性があるため、アイディアを自分なりに大きく発展させていくことができます。

●長所：陽気である、忠誠心がある、愛想がいい、会話がうまい、創造的である

■短所：怠惰である、頑固である、気まぐれである、せっかちである、不安定である、無関心である、不注意である

♥恋人や友人

1月2、9、11、12、22、25日／**2月**7、10、20、23、26日／**3月**5、7、8、18、21日／**4月**3、5、6、16、19日／**5月**1、4、14、17、20、24、29日／**6月**2、12、15、27日／**7月**10、13、16、20、25、30日／**8月**9、15、24、26日／**9月**7、13、22、24日／**10月**4、7、10、14、19、24、28、29日／**11月**2、5、8、12、17、22、26、27日／**12月**3、6、10、15、20、24、25日

◆力になってくれる人

1月12、23、29日／**2月**10、21、27日／**3月**22、26日／**4月**6、17、23日／**5月**4、15、21日／**6月**2、13、19、28、30日／**7月**11、17、26、28日／**8月**9、15、24、26日／**9月**7、13、22、24日／**10月**5、11、20、22日／**11月**3、9、18、20、30日／**12月**1、7、16、18、28日

♣運命の人

2月25、26、27、28日／**7月**29日／**8月**27日／**9月**25日／**10月**23日／**11月**21日／**12月**19日

♠ライバル

1月1、4、26、30日／**2月**2、24、28日／**3月**22、26日／**4月**20、24日／**5月**18、22、31日／**6月**16、20、29日／**7月**14、18、27日／**8月**12、16、25、30日／**9月**10、14、23、28日／**10月**8、12、21、26日／**11月**6、10、19、24日／**12月**4、8、17、22日

★ソウルメイト(魂の伴侶)

1月20日／**2月**18日／**3月**16日／**4月**14日／**5月**12日／**6月**10日／**7月**8日／**8月**6日／**9月**4日／**10月**2日

有名人

井上陽水(ミュージシャン)、羽海野チカ(マンガ家)、キャメロン・ディアス(女優)、内藤大助(元プロボクサー)、吉沢悠(俳優)、松本潤(嵐 タレント)、小谷実可子(元シンクロナイズドスイミング選手)、NAOTO(EXILE パフォーマー)、歌広場淳(ゴールデンボンバー　歌手)

太陽：おとめ座
支配星：おとめ座／水星
位置：7°30'−8°30'　おとめ座
状態：柔軟宮
元素：地
星の名前：アリオト

August Thirty-First

8月31日

VIRGO

豊かな想像力と明快な分析力の持ち主

この日に生まれた人は、分析能力、豊かな想像力、強い感情を持つ勤勉な理想家です。人望があるあなたには、コミュニケーション能力、意志の強さが組み合わさって、楽しんで仕事をする創造性が備わっています。

水星の影響も受けているため、ビジョンが明快で、細部まで分析し、理解することができます。**明晰で控えめでありながら、秩序だった推論で結論を導きます。**研鑽を積み、頭角を現すでしょう。完全を求める心が、ネガティブな批判や自己正当化につながらないように注意。

美と贅沢を愛し、美しい声の持ち主です。大胆な愛情、力、熱意、寛容さを通じて、人を惹きつけ、感銘を与えることができるでしょう。頑固で引っ込み思案、気まぐれなこともあり、周りには、その多彩な側面を理解してもらえないこともあるでしょう。

天性のビジネスセンスを持ち、金銭問題に関心を示します。日常生活を超えたいという欲望が、難解で神秘的、宗教的テーマへの関心として表れます。関心を持つ仕事に全力でぶつかっていくので、働きすぎないように気をつけましょう。

22歳の時に太陽が30年間、てんびん座の位置に入ります。この時から、次第に人間関係やパートナーシップの重要性を理解するようになります。想像力や調和力が高まり、本来持っている音楽、芸術、文学への関心が育まれます。太陽がさそり座に進み、42歳で新たな転換期に到達します。ここでは、精神面の変化が訪れ、独立独歩、自立が促進されます。

隠された自己

あなたは天性の正直さを持った理想主義者。このことが多くの人によい刺激と影響を与えます。さらに、この資質を発揮することは、人生の苦難の克服に結びつくのです。動揺すると、冷たく、信頼を失うことも。しかし、いったん軌道に乗れば、すばらしい思いやりと素直さを発揮します。31日生まれは感情が激しいため、失望を味わった時など、権力闘争などに感情を向けないように。理想と現実との間には矛盾があるでしょう。**成功への鍵は、人や状況への思いやり。**人への思いやりにあなたの熱意と社交性が加われば、あなた自身と周囲の人の調和と幸福を作りだすことができるでしょう。

仕事と適性

対人関係の巧みさと、流行に対する深い理解を活かし、マーケティング業やメディア分野において**ビジョンを伝えることに長けています。**分析的な思考は、科学研究、編集、教育などに適していますが、創造的表現は、執筆、音楽、芸術またはエンターテインメントなどで発揮されることもあるでしょう。8月31日生まれの人の多くは、器用です。実利的で几帳面なあなたは会計士、不動産関係、エンジニアリングなどにも向いているでしょう。

恋愛と人間関係

社交的で魅力的な個性を持つあなたは、人の気持ちをつかむのが得意。外出や人づき合いを楽しむものの、理想のパートナーを見つけると、誠実で長続きする関係を築くためにあらゆる努力を惜しみません。

結婚には精神的共感を求め、安心や支えを与えてくれるパートナーを望みます。外国人との出会いはとりわけ親密な友情に結びつくことも。

不安や神経質を克服することにより、よりよいバランスと調和を生みだすことができます。

数秘術によるあなたの運勢

31日生まれは、意志が強く、自己表現を大切にします。ふだんは、疲れを知らず、断固として、大きな進歩を遂げようとしています。しかし、人生の限界を知り、しっかりとした基礎を築く必要があるでしょう。幸運と好機が、趣味を実益の伴うビジネスに変えてしまうことも示唆しています。一生懸命努力しながら、楽しむこともあなたにとっては欠かせません。利己的または過剰に楽観的になる傾向には注意して。

8月生まれの隠れた影響として、野心があり、実利的で知的、まとめ役の才能があり、成功志向が強いでしょう。精神的満足を求めているため、物質的欲望に屈するよりも、自分を主張する方法を見つけるのが吉。自分のアイディアや感情をはっきりとオープンに表現する方法も学ぶ必要があります。

●長所：創造的である、独創的である、起業家に向いている、建設的な考えを持っている、忍耐強い、実利的である、会話が巧み、責任感が強い

■短所：不安定である、せっかちである、疑い深い、くじけやすい、野心がない、利己的である、頑固である

♥恋人や友人

1月8、11、23、29日／**2月**6、9、27日／**3月**4、7、19、25、29日／**4月**2、5、23、27日／**5月**3、21、25日／**6月**1、19、23日／**7月**17、21日／**8月**15、19、29日／**9月**13、17、27日／**10月**11、15、25、29、30日／**11月**9、13、23、27、28日／**12月**7、11、21、25、26日

◆力になってくれる人

1月13、30日／**2月**11、28日／**3月**9、26日／**4月**7、24、30日／**5月**5、22、28日／**6月**3、20、26日／**7月**1、18、24、29日／**8月**16、22、25日／**9月**14、20、25日／**10月**12、18、23日／**11月**10、16、21日／**12月**8、14、19日

♣運命の人

2月27、28、29日／**10月**30日／**11月**28日／**12月**26日

♠ライバル

1月5、19日／**2月**3、17日／**3月**1、15日／**4月**13日／**5月**11日／**6月**9、30日／**7月**7、28、30日／**8月**5、26、28日／**9月**3、24、26日／**10月**1、22、24日／**11月**20、22日／**12月**18、20日

★ソウルメイト（魂の伴侶）

1月7日／**2月**5日／**3月**3日／**4月**4日／**9月**30日／**10月**28日／**11月**26日／**12月**24日

この日に生まれた有名人

アニマル浜口（格闘家）、大島弓子（マンガ家）、リチャード・ギア（俳優）、小林よしのり（マンガ家）、古里（歌手）、別所哲也（俳優）、野茂英雄（元プロ野球選手）、青木功（プロゴルファー）、水森かおり（歌手）

太陽：おとめ座
支配星：おとめ座／水星
位置：8°－9°25′　おとめ座
状態：柔軟宮
元素：地
星の名前：アリオト

September First

9月1日

VIRGO

野心的で高い理想が導くビジネスチャンス

自立心が強く、成功を望むあなたは、**画期的なアイディアをなんとしても成功させたいという強い欲求**があります。野心的で高い理想を目指し、人や状況の評価がすばやく、創造性や先駆性があり、迅速にチャンスをつかみます。外見を気にし、成功者らしいスマートな印象を与えたがります。

惑星でも支配星でもあるおとめ座の二重の影響により、**鋭敏な知性と知識欲**が強まります。しかし、このことで、やや神経質な面も出てきます。定期的に休みをとり、冷静さを維持することが必要でしょう。会話または文章でのコミュニケーションが得意で、正確さを好むたちなので、理屈っぽくなりがち。仕事に対する高い意識と完全主義により、自分や人に対して批判的になりすぎないようにしましょう。

経済的に成功する確率が高いので、自制心を発揮し、結果を出すためのすばやい決断力が重要。実利的でありながら、十分な見返りを望み、勝算があればリスクを冒す傾向があります。

太陽がてんびん座に進む21歳を過ぎると、パートナーシップや人とのつながりを求めるようになります。調和、バランス感覚、品位が高まり、文学、芸術、創造への関心が高まるでしょう。これは、太陽がさそり座に入る51歳まで続きます。この転換期には、深い心のひだに触れ、自分自身の力を評価してもらいたい気持ちが強くなります。

隠された自己

内に秘めた高潔さが、あなたのプライドの高さと、ひそかなドラマ性を示唆しています。実利的な理想主義者であるため、人に尽くす半面、金銭・物質に執着するでしょう。思いがけず控えめになるかと思えば、自信を持ち、柔軟な考えができなくなることも。**独創的な考えで、時代を先取りしているため、自由に自分を表現したいと思うでしょう。**さまざまなグループの人を結びあわせる天性の能力があります。自分自身の人生哲学にのっとり、楽観的で陽気です。自分を成長させたいという欲求があり、物事を広くとらえる能力に長けています。リーダーシップ、予見力、直感的知恵を備えています。

仕事と適性

組織力と、大きな冒険を好む性質、人に委ねることができる能力を備えたあなたは、ビジネス界の取締役、マネージャーまたは自営業が向いているでしょう。この力は、プロデューサーや政治家にも向いています。人とのつき合いに長けているため、教育、執筆、販売、コミュニケーション業にも適性があります。**競争心があり、完全主義で、仕事はきちんと仕上げたいという性格**から、研究者も適職でしょう。天性の直感と創造性、これらの技能を発展、向上させることにより、成功は保証されています。しかし、できるかぎり自立を保つことが重要です。

恋愛と人間関係

強い欲望と感情によるトラブルを避けるため、人との意思の疎通が必要です。**魅力とカリスマ性を備えている**ので、友人やとりまきを作りやすいでしょう。しかし、新しい考えやチャンスを与えてくれる楽観的な人に惹かれがち。

自由を大切にするのは、自立を感じられるような関係を好むためです。愛情については、じっくりと構えるのが望ましいので、すぐに深入りしないようにしましょう。

数秘術によるあなたの運勢

1日生まれのあなたは、１番になり、自立したいという強い欲求があります。希望通りに１番になったあなたは、個性的、画期的、勇気とエネルギーが豊かです。開拓者精神により、みずから決定をくだし、独立独歩で進んでいくこともあります。情熱と独創的アイディアにあふれ、人に道を示すこともしばしば。ただ、世界があなたを中心に回っていないことを学んで！

9月生まれの隠れた影響は、直感的で繊細であることを示しています。環境に左右され、受動的なあなた。心が広く博愛主義でありながら、公平や正義を求めます。

人から見れば、自信があり立ち直りが早いように見えながら、心の中は不安定で緊張しています。決断力があり機知に富みながら、夢想家にして理想家です。

●長所：リーダーシップがある、想像力がある、進歩的である、力強い、楽観的である、意志が強い、競争力がある、自立心がある、社交的である

■短所：威圧的である、嫉妬深い、利己的である、敵対しやすい、抑制に欠ける、不安定である、せっかちである

相性占い

♥恋人や友人

1月6、10、15、29、31日／**2月**4、13、27、29日／**3月**2、11、25、27日／**4月**9、23、25、30日／**5月**7、21、23、28日／**6月**5、19、21日／**7月**3、17、19、30日／**8月**1、15、17、28日／**9月**13、15、26日／**10月**11、13、24日／**11月**9、11、22日／**12月**7、9、20日

◆力になってくれる人

1月13、15、19日／**2月**11、13、17日／**3月**9、11、15日／**4月**7、9、13日／**5月**5、7、11日／**6月**3、5、9日／**7月**1、3、7、29日／**8月**1、5、27、31日／**9月**3、25、29日／**10月**1、23、27日／**11月**21、25日／**12月**19、23日

♣運命の人

2月28、29日／**3月**1日／**5月**30日／**6月**28日／**7月**26日／**8月**24日／**9月**22日／**10月**20日／**11月**18日／**12月**16日

♠ライバル

1月12日／**2月**10日／**3月**8日／**4月**6日／**5月**4日／**6月**2日／**8月**31日／**9月**29日／**10月**27、29、30日／**11月**25、27、28日／**12月**23、25、26、30日

★ソウルメイト（魂の伴侶）

1月2、28日／**2月**26日／**3月**24日／**4月**22日／**5月**20日／**6月**18日／**7月**16日／**8月**14日／**9月**12日／**10月**10日／**11月**8日／**12月**6日

この日に生まれた 有名人

幸田文（随筆家）、石井ふく子（テレビプロデューサー）、小澤征爾（指揮者）、土田晃之（タレント）、渡部陽一（戦場カメラマン）、平岡祐太（俳優）、宮下遥（バレーボール選手）、新垣隆（作曲家）

太陽：おとめ座／しし座
支配星：おとめ座／水星
位置：9°−10°　おとめ座
状態：柔軟宮
元素：地
星の名前：アリオト

September Second

9月2日

VIRGO

几帳面で知識欲が旺盛な情報通

実利的でありながら、繊細で聡明で愛想がよく、思いやりのあるあなた。**情熱的で自立心旺盛**。自分のアイディアで人に刺激を与えます。しかし、すぐに欲求不満になったり失望を感じるので、これが夢の実現の足かせになることも。

支配星おとめ座の隠れた影響で、緻密で熱心、几帳面、勤勉な性格。**鋭敏な知性を持ち、知識欲が旺盛で、情報通**でもあります。慎重に状況を分析するものの、懐疑的になり、同じことをくよくよ考え、不安になることも。

生来、気前がよく天性の心理学者ですが、広い心の博愛主義者かと思うと、一方で神経質で強迫観念に駆られるような、極端な性格の持ち主でもあります。

しかし機知に富み、豊かな発想と何事にもすばやい反応を示し、チームの一員として、またはパートナーと組んでの活動が得意です。**人と一緒にいることが好きで、心が温かく愛嬌があります**。ユーモアのセンスは、困難なことから抜けだす際に一役買うでしょう。外見にこだわり、よい印象を与えたいと考えています。

20歳になると太陽がてんびん座に進み、パートナーシップや人間関係作りに重点が置かれる30年間が始まります。この時期は、バランスや調和のセンスも磨かれ、内に秘めた創造性を発揮させたくなります。次の転換期は50歳の時。太陽がさそり座に移動し、人生の深い意味を追求したくなります。

隠された自己

理想主義と物質主義の矛盾を経験することがあります。**金銭面での勘が鋭いので、時にはリスクのある投資でひと儲けする**こともあるでしょう。

刺激を好む浪費家。金銭面で安定しないので、長期的な資産管理の計画を立てましょう。自信や自尊心が高まれば高まるほど、人生から得るものが多くなります。旅行、スポーツ、運動はとりわけおすすめ。じっとしていられない性格が、冒険心を刺激します。

仕事と適性

いろいろな経験ができる仕事を選びましょう。人との共同作業を得意とするので、カウンセリング、福祉、広報などの仕事が適職。実利的な側面があるため、株式投資に興味があり、銀行などに勤めるのもよいでしょう。分析力や技能にも優れ、教育、執筆、研究にも向いています。決断力と思いやり、奉仕精神が組み合わさると、人を癒す仕事や人助けでも役立ちます。音楽などのショービジネスやスポーツなどでも成功するでしょう。

恋愛と人間関係

愛想のいいあなたは、**議論や知的な会話を楽しむ仲間**が必要。孤立しているように見えることもありますが､実は心の温かい人です。不安定さが表面に出ると､いつものように如才ないあなたではなく、自己主張が強い面が押し出され、周囲に緊張や不安を生むことも。いずれにしろ友人やパートナーには忠誠心が強く、愛情深くて協力的です。

数秘術によるあなたの運勢

2日生まれの人は、集団に属していたいという強い欲求があります。適応力が高く、思いやりがあり、共同作業を楽しみます。繊細で、調和を大切にし、人づき合いを好むので、家族問題の仲介役になることも。人を喜ばせたいという気持ちから、依存心が強くなりすぎるきらいがあります。

9月の隠れた影響は、洞察力や想像力、思いやり。自立心が強く、心が広い自由主義者でありながら、一方で固定観念にとらわれる面も。

公平と正義を求め、洞察力と進歩的な見解を持つ博愛主義者のあなたは、精神世界を重んじながらも、実利的な面も持っています。焦って感情が高ぶり、極端な行動をとらないこと。自分の考えや感情をオープンに伝える方法を学ぶことが必要。

●**長所**：思いやりがある、よきパートナーである、優しい、受容的である、直感的である、円満である

■**短所**：疑い深い、自信を喪失しがち、卑屈である、過敏である、利己的である、傷つきやすい、うそつきである

♥恋人や友人

1月2、6、16、19日／**2月**4、14日／**3月**2、12、28、30日／**4月**10、26、28日／**5月**8、11、24、26、30日／**6月**6、22、24、28日／**7月**4、20、22、26、31日／**8月**2、18、20、24、29日／**9月**16、18、22、27日／**10月**14、16、20、25日／**11月**12、14、18、23日／**12月**10、12、16、21日

◆力になってくれる人

1月9、14、16日／**2月**7、12、14日／**3月**5、10、12日／**4月**3、8、10日／**5月**1、6、8日／**6月**4、6日／**7月**2、4日／**8月**2日／**9月**30日／**10月**28日／**11月**26、30日／**12月**24、28、29日

♣運命の人

1月21日／**2月**19、29日／**3月**1、2、17日／**4月**15日／**5月**13日／**6月**11日／**7月**9日／**8月**7日／**9月**5日／**10月**3日／**11月**1日

♠ライバル

1月4、13、28日／**2月**2、11、26日／**3月**9、24日／**4月**7、22日／**5月**5、20日／**6月**3、18日／**7月**1、16日／**8月**14日／**9月**12日／**10月**10、31日／**11月**8、29日／**12月**6、27日

★ソウルメイト(魂の伴侶)

1月15、22日／**2月**13、20日／**3月**11、18日／**4月**9、16日／**5月**7、14日／**6月**5、12日／**7月**3、10日／**8月**1、8日／**9月**6日／**10月**4日／**11月**2日

有名人

なかにし礼(作家)、中原誠(棋士)、いしいひさいち(マンガ家)、中島哲也(映画監督)、キアヌ・リーヴス(俳優)、横山めぐみ(女優)、国分太一(TOKIO　タレント)、細川ふみえ(タレント)、増田惠子(ピンク・レディー　歌手)、林修(タレント・予備校講師)、今市隆二(三代目J Soul Brothers 歌手)

太陽：おとめ座
支配星：やぎ座／土星
位置：10°－11°　おとめ座
状態：柔軟宮
元素：地
星の名前：アリオト、ゾスマ

September Third

9月3日

VIRGO

まじめで几帳面、そして優れた分析力

3日生まれのあなたは、現実的で愛想がよく、鋭敏で意志の強い人です。人あたりのよいあなたは、社交性があり、よい友達となります。**絶えず自分を高め、成長したいと思っている**ので、成功を達成するための目標をはっきりと持ちましょう。

9月3日生まれは、創造性だけでなく、**障害を乗り越え、記録的な業績をあげる力**があることを示しています。支配星やぎ座の影響を受け、集中力があり、情報を収集して識別する力があります。現実的で勤勉なあなたは、几帳面で整理整頓が得意。天性のビジネスセンスがあり、まじめに仕事をこなし、優れたコミュニケーション能力を備えています。頼りがいがありますが、几帳面すぎるところもあり、重箱の隅をつつくようなあら探しをする面には注意。

忍耐力がありながら、ルーティンワークには不向きです。野心的で積極的、生産的なあなたは、被害妄想を感じることはありません。プライドが高く、人にへりくだるのを嫌がります。しかし、緊張すると、いらいらして欲求不満になりがち。**頭の回転が速いので、パーティでは中心人物**。芸術、音楽、文学などで、自分を表現します。

子どもの頃から、状況を理解、改善するための分析に関心があります。19歳以降は、太陽が30年間にわたり、てんびん座に位置し、次第に社会的関係やパートナーシップの重要性を認識します。創造力が高まり、本来持っている音楽、芸術、文学への関心に惹かれます。49歳で太陽がさそり座に移動し、新たな人生の転換期にめぐりあいます。この時期には、危険、変化、個人的な力の必要性が高まります。

隠された自己

攻撃的で自信に満ちた外見が、内面の繊細さを隠しています。金銭問題については不安に駆られることもありますが、自分の直感を信じれば、不安は一掃されます。そのためにも**定期的に休養をとりましょう**。他人を非難しすぎて、孤立しないように。落ちこんでいる時には、周囲の状況をコントロールしようとして、冷酷、頑固、支配的になりがちです。一方、やる気に満ちている時には、行動は大胆ですばやく、競争力があり、創造的で鋭い洞察力を持っています。持って生まれた知恵が、威厳のある風格をもたらし、さらに生まれ持っての鋭い頭脳と知識欲があるので、どのような状況でも対処することができます。**強い個性と自制力は、夢を達成するのに役立ちます**。

仕事と適性

権力や組織、そして効率を愛し、特にビジネス分野では役員や管理職として活躍します。言葉の才能に長けているので、法律、教育、政治の分野や執筆活動にも向いているでしょう。綿密で勤勉なので、研究や技術職向き。独立心が強く、指図されることを好まないため、自営業を好みます。まっすぐで素直な態度は、時間をむだにせず、目標へ向かってまっしぐらに進むことを示しています。

恋愛と人間関係

多くの友人や知人に恵まれます。勤勉でありながら、楽しむことや人づき合いも好きなあなた。人の支えとなり、一見自信にあふれていますが、愛を求める本心を隠すことも。

影響力や創造力のある人に惹かれがちなので、自分を犠牲にしないように。独立心が強いため、愛に対して曖昧な態度をとりますが、いったん決心すれば、誠実で愛情深い相手となります。

数秘術によるあなたの運勢

3日生まれは、愛や創造力に飢えています。陽気で楽しいあなたは、和やかな人づき合いを楽しみます。自己表現欲が強く、元気な時には人生の喜びを満喫しています。しかし、飽きやすく、決断力を欠き、手を広げすぎることも。芸術的感覚にあふれ、言葉の才能は、会話や執筆、歌などにも表れますが、特にユーモアのセンスに長けています。一方、感情的不安定などに陥らないように、自尊心を育てましょう。

9月生まれの隠れた影響により、優れた理性を持ちながらも、直感力に優れています。あなたほどの洞察力があれば、理想主義者となることもできますが、もっと自分の感情をオープンに伝える方法を学びましょう。

●**長所**：ユーモアがある、友好的である、生産的である、創造性がある、芸術的である、会話が上手、自由を愛する
■**短所**：飽きやすい、うぬぼれが強い、大げさである、自慢しすぎる、贅沢が好き、自分勝手である、なまけ者である、偽善的である

相性占い

♥恋人や友人

1月1、7、17、20、21日／**2月**5、15、18日／**3月**3、13、16、29、31日／**4月**1、11、14、27、29日／**5月**9、12、13、25、27日／**6月**7、10、23、25日／**7月**5、8、21、23日／**8月**3、6、19、21日／**9月**1、4、17、19日／**10月**2、15、17、23日／**11月**13、15、30日／**12月**11、13、19、28日

♦力になってくれる人

1月15、17、28日／**2月**13、15、26日／**3月**11、13、24日／**4月**9、11、22日／**5月**7、9、20日／**6月**5、7、18日／**7月**3、5、16日／**8月**1、3、14日／**9月**1、12日／**10月**10、29日／**11月**8、27日／**12月**6、25日

♣運命の人

1月5日／**2月**3日／**3月**1、2、3日

♠ライバル

1月4、5、14日／**2月**2、3、12日／**3月**1、10日／**4月**8、30日／**5月**6、28日／**6月**4、26日／**7月**2、24日／**8月**22日／**9月**20日／**10月**18日／**11月**16日／**12月**14日

★ソウルメイト(魂の伴侶)

1月2日／**3月**29日／**4月**27日／**5月**25日／**6月**23日／**7月**21日／**8月**19日／**9月**17日／**10月**15日／**11月**13日／**12月**11日

有名人

楳図かずお(マンガ家)、ジャン＝ピエール・ジュネ(映画監督)、野田聖子(政治家)、チャーリー・シーン(俳優)、染谷将太(俳優)、吉田秀彦(柔道家)、小宮浩信(三四郎　タレント)

太陽：おとめ座
支配星：やぎ座／土星
位置：11°－12°　おとめ座
状態：柔軟宮
元素：地
星の名前：ゾスマ

September Fourth

9月4日

VIRGO

愛情深さと厳格さが同居

非常に現実的な考え方をする半面、理想主義でもあるあなたは、勤勉で説得力があります。一方、人に関心のある現実主義者でもあるあなたは、**忠誠心があつく誠実な友人**。

支配星やぎ座の影響を受け、仕事には几帳面さを発揮します。優れた頭脳で、細かい分析と研究が得意ですが、ときどき不安になり、自分や人に批判的にもなりがちなので注意。**信頼される綿密な性格**なので、仕事もきちんとこなしますが、義務と愛情の板ばさみで矛盾を感じることも。

調和を求める心が強く、美や贅沢に対する好みが、文学や芸術に発展する可能性もあります。長期的な計画を立て、懸命に働いて稼ぎます。

家族を守り、安定を好み、人に認められたいと願っています。魅力的な性格ですが、責任感が強いので感情を抑制しがち。これらが、愛情深く人間的な側面として現れる時と、まじめで厳格な性格として現れる時があります。

18歳で太陽がてんびん座に移動し、30年間、人間関係を充実させる時期に入ります。調和と美に対するセンスが高まり、文学、芸術、創造的な方面にストレスを発散することも。これは、太陽がさそり座に移動する48歳まで続きます。これが転換期となり、感情や精神の再生だけでなく、共同財産や企業ビジネス活動に対する重要性が増します。

隠された自己

冷酷、引っ込み思案と思われた時には、冷静になることが一番。これで、主導権を握らずに自発的に行動することができるようになります。内面はとても繊細なため、愛情表現があなたにとってきわめて重要。人の期待に沿わなければならなかった若い頃には、抑制された愛情を経験したこともあるでしょう。しかし、自分自身や自分の感情を大事にすることを学ぶうちに、自信を持ち、人に認められるために自分に妥協しなくなります。また、前向きな時には寛大で愛情深いのですが、落ちこんでいる時には、強い感情が落胆、欲求不満、過去に対する執着などとして表れます。**隠れていた素直さが、思いやりや繊細さと結びつくと、人に尽くしたいという気持ちが高まります**。

仕事と適性

ビジネスと娯楽とを組み合わせることを得意とするあなたは、すばらしい外交官となります。思いやりがあるので、カウンセリングや教職などの仕事にも向いています。同様に、販売、商業、情報伝達の分野でも、鋭い知性と対人能力を発揮。ビジネスセンスに優れているので、その才能を活かして、かなりの財を成すことができます。技術または実利的技能があれば、製造、研究、不動産投機にも向いています。**決まりきった仕事を好まず、退屈しやすいので、変化のある仕事に就きましょう**。

恋愛と人間関係

繊細で愛想のいいあなたは、人を惹きつける力があり、愛情深くてロマンティック。個人的な関係を真剣に受け止め、献身的です。十分に理解されていないのに自分を与えすぎるのはほどほどに。力や自立のバランスが崩れると、人間関係もよい面ばかりとはいえません。温かく広い心で接するかと思うと、厳格で柔軟性に欠けることも。

自分を表現したいという強い欲求があるので、創造力を駆使すれば、喜びや満足を得られます。**愛する人には非常に寛大になり、彼らの欲求を深刻に受け止めます。**

数秘術によるあなたの運勢

4日生まれの特徴である意志の固さと、理路整然としていることを好む性格は、安定と秩序を重んずることを示しています。さらに保身的なので、自分自身や家族のためにしっかりとした基礎を築きたがります。

また、人生に対する実利的な姿勢は、優れたビジネスセンスと経済的な成功を達成する能力を与えています。

誠実でありながら、内気なあなたは、心が広く人道的で、公平さと正義を好みます。しかし、もっと感情の表現方法を学ぶことが必要。4日生まれの人の課題は、不安定期を乗り越えることです。

9月の隠れた影響は、理性があることを示しています。周囲の環境に敏感なあなたは、時にはすべてから逃げだして、自分自身を取り戻す時間が必要です。

●**長所**：整然としている、自制心がある、安定している、勤勉である、手先が器用、実利的である、信じやすい、正確である

■**短所**：無口である、抑制されている、かたくなである、なまけ者である、鈍感である、優柔不断である、ケチである、すぐにいばる、怒りっぽい、厳格である

♥恋人や友人

1月4、8、9、13、18、19、23日／**2月**2、6、16、17、21日／**3月**4、9、14、15、19、28、30日／**4月**2、12、13、17、26、28、30日／**5月**1、5、10、11、15、24、26、28日／**6月**8、9、12、22、24、26日／**7月**6、7、11、20、22、24、30日／**8月**4、5、9、18、20、22、28日／**9月**2、3、7、16、18、20、26日／**10月**1、5、14、16、18、24日／**11月**3、12、14、16、22日／**12月**1、10、12、14、20日

◆力になってくれる人

1月5、16、27日／**2月**3、14、25日／**3月**1、12、23日／**4月**10、21日／**5月**8、19日／**6月**6、17日／**7月**4、15日／**8月**2、13日／**9月**11日／**10月**9、30日／**11月**7、28日／**12月**5、26、30日

♣運命の人

1月17日／**2月**15日／**3月**1、2、3、4、13日／**4月**11日／**5月**9日／**6月**7日／**7月**5日／**8月**3日／**9月**1日

♠ライバル

1月1、10、15日／**2月**8、13日／**3月**6、11日／**4月**4、9日／**5月**2、7日／**6月**5日／**7月**3、29日／**8月**1、27日／**9月**25日／**10月**23日／**11月**21日／**12月**19、29日

★ソウルメイト(魂の伴侶)

8月30日／**9月**28日／**10月**26日／**11月**24日／**12月**22日

♍ おとめ座

有名人

藤岡琢也(俳優)、梶原一騎(マンガ原作者)、小林薫(俳優)、荻野目慶子(女優)、小倉弘子(アナウンサー)、島谷ひとみ(歌手)、ビヨンセ(歌手)、中丸雄一(KAT-TUN　タレント)、桝太一(アナウンサー)

太陽：おとめ座
支配星：やぎ座／土星
位置：12°−13°25′　おとめ座
状態：柔軟宮
元素：地
星の名前：ゾスマ

September Fifth

9月5日

VIRGO

独立心が旺盛な一方、安定も必要

思慮分別がありながら、愛想のいいあなたは、**素直でオープンな性格**。親しみやすく人づき合いのいい、親切で健全な常識の持ち主です。礼儀正しく控えめでありながら、大きな計画を立てて実行に移すことも。常に学び、自己改善したいと思っています。些細な不満で、楽観主義がくじけないように注意。

支配星やぎ座の影響を受け、**現実的で勤勉、優れた洞察力を備えています**。独立心が強く、能力があるあなたは、分析的で生産的。完全性を求めるあまりに、小さなことに不安になり、批判過剰にならないように。このいら立ちが、大切にしている周囲との調和を壊すことになりかねません。

9月5日生まれの人は、**健康や経済的安定が保証されています**。自由、変化、旅行に惹かれますが、一方しっかりとした家庭を本拠とする安定性も必要としています。落ち着きのなさが、壮大な計画の実現を不可能にしたり、目的意識を弱めることになります。他人の問題に首を突っこみすぎるので注意。さまざまなテーマに対する関心は、注意力散漫になるわけではなく、かえってプラスの影響となります。忍耐と粘り強さが、成功の秘訣。若い頃から、状況を改善するために、実利的で、状況分析を好みます。

17歳以降は、太陽がてんびん座の位置に進み、社交性が高まり、人望や評価されたいという気持ちが向上。人間関係が人生における重要性を増していきます。47歳以降は太陽がさそり座に移動し、力が強まり、独立独歩で指導権を握ります。

隠された自己

とにかく自信を持つこと。この自信は、人生のあらゆる状況において、さらに強まります。あなたは創造力があり、直感的でありながら、いざ事を始めると欲求不満や困難を感じてしまう性格。さらに、人々はあなたに助言を求めて寄ってきますが、あなたが困っている時には手を差し伸べてくれない宿命にあります。人の手助けをする際は見返りを期待せず、そこから何かを自分のために得るのだと考えるように。高ぶった気分の時には、気持ちが大きく、人生に対して万能の気持ちで臨み、社交的で、人に温かい関心を持っています。このような時には集中力があり、客観的に決断をくだすことができます。

仕事と適性

天性のビジネスセンスを持ち合わせています。**退屈するのが嫌いなので、決まりきった仕事は不向き**。技術力もあるため、科学、工学、コンピューターの分野で活躍します。コミュニケーションの才能は、法律や執筆業、批評家にも向いています。同様に、優れた人間関係を築くので、販売促進や営業にも適性があります。造園や建築、不動産投機など、土地に関する仕事も成功します。本来、哲学的思考のあなたには、聖職や教育も魅力的。またタレント、作曲家、作詞家としても強い影響力を持ちます。

恋愛と人間関係

人づき合いが得意で、誰とでも友人になります。寛容で愛情深く、人望のあるあなたは、積極的な時には強い愛情を示し、恋愛でも社交でも成功を勝ち取ります。家族を守り、忠誠心のあつい友となります。

数秘術によるあなたの運勢

強い本能、冒険好き、自由への欲求はいずれも、5日生まれを指しています。時に予想外の旅行や変化が、考えや信念を大きく変えます。5日生まれの人は、積極的ですが、忍耐や細部への気配りを学ぶことが必要。焦って憶測に基づく行動をしないことが成功への道。5日生まれの人の天性の才能は、流れに乗りながらも客観性を失わないこと。

9月生まれの隠れた影響により、理性的でありながら繊細であることを示しています。

人道的なあなたは、公正さや正義を求めます。先見の明があり、強い精神面と実用的な両方を備えています。優れたビジネスセンスを持っていますが、一生懸命働かないと成功はお預け。焦って力に訴えるのは避けましょう。

●**長所**：多芸多才である、適応力が高い、進歩的である、人を惹きつける力がある、大胆である、自由を愛する、頭の回転が速い、機知に富む、好奇心が強い、神秘的である、社交的である

■**短所**：不安定である、移り気である、のろまである、一貫性がない、信頼性がない、自信過剰である、頑固である

♥恋人や友人

1月3、5、9、10、18、19日／**2月**3、7、16、17日／**3月**1、5、6、14、15、31日／**4月**3、12、13、29日／**5月**1、10、11、27、29日／**6月**8、9、25、27日／**7月**6、7、23、25、31日／**8月**4、5、21、23、29日／**9月**2、3、19、21、27、30日／**10月**1、17、19、25、28日／**12月**13、15、21、24日

◆力になってくれる人

1月1、6、17日／**2月**4、15日／**3月**2、13日／**4月**11日／**5月**9日／**6月**7日／**7月**5日／**8月**3日／**9月**1日／**10月**31日／**11月**29日／**12月**27日

♣運命の人

3月3、4、5、6日

♠ライバル

1月2、16日／**2月**14日／**3月**12日／**4月**10日／**5月**8日／**6月**6日／**7月**4日／**8月**2日／**12月**30日

★ソウルメイト（魂の伴侶）

1月11、31日／**2月**9、29日／**3月**7、27日／**4月**5、25日／**5月**3、23日／**6月**1、21日／**7月**19日／**8月**17日／**9月**15日／**10月**13日／**11月**11日／**12月**9日

有名人

浜田幸一（政治家）、利根川進（分子生物学者）、フレディ・マーキュリー（歌手）、小松みどり（歌手）、草刈正雄（俳優）、仲村トオル（俳優）、キム・ヨナ（元フィギュアスケート選手）、棟方志功（版画家）、伊達みきお（サンドウィッチマン　タレント）

太陽：おとめ座
支配星：やぎ座／土星
位置：13°－14°　おとめ座
状態：柔軟宮
元素：地
星：なし

September Sixth

9月6日

VIRGO

勤勉さと忍耐も時には必要

6日生まれのあなたは、退屈を避けるために刺激や変化を求める実利的な理想主義者。**旅や冒険が好きな一方、家庭の安定や快適さも必要**としています。また、知識が豊富で、奉仕の精神を身につけているので、地域社会に貢献します。

支配星やぎ座の隠れた影響により、何かを決意するにいたるまでには、勤勉さと忍耐が必要。**仕事が人生でも重要な意味を持ちます。**

落ち着きがなかったり、いらいらしても、不満を持たないように。金銭的に不安定な時期が多いので、節約と長期的な投資を考えましょう。多芸多才で適応力があるので、はっきりとした目標を決めると、優れた集中力を発揮します。きわめて実利的な面と先見性を身につけることが、大きな計画の実現に役立ちます。

16歳以降、太陽がてんびん座に移動し、パートナーシップや１対１で人と接したいという欲求が強くなります。洗練と美を見極める力が高まり、文学、芸術、創造的関心を追求するようになります。太陽がさそり座に入る46歳までこの状態が続きます。変化や自分自身の力の評価の重要性が浮き彫りになります。

隠された自己

じっとしていられない性格ですが、関心の持てるものを見つけて責任を引き受ければ、長期にわたって取り組み、満足を得られます。正しい決定だという自信が持てずに、自己不信や不安に悩むことも。そのような時は客観的になって、大局的に見れば解決されると信じることにより、人生に対してより明るく、前向きに対処することができます。生まれながらの人道主義なので、人に対する関心をいつも持ち続け、バランスのとれた見方をします。**創造性もあり社交的でもあるあなたは、自分を表現している時が一番の幸せ**。たいていは直感が正しく、それが人をすばやく判断するのに役立ちます。鋭いユーモアで人を楽しませ、驚かせるのを好みます。自由への愛は、旅行や外国での仕事の機会と結びつきます。

仕事と適性

勤勉ですが、型にはまった仕事は苦手。分析力に優れ、労を惜しまないので、科学や心理学の研究で充実感を感じます。視覚的センスに優れ、イメージ作りの上手なあなたは、広告、グラフィック、写真などビジュアルに関連した仕事にも適性が。ビジネスにおいては、スペシャリストになるよりジェネラリストになる方が向いているのですが、すぐに金銭的な見返りは得られません。旅行、スポーツ、レジャーを伴う仕事も、あなたのエネルギーや活力の格好のはけ口となるでしょう。

恋愛と人間関係

親しみやすく社交的なあなたは、知的でおもしろい人に惹かれます。自分を成長させたい、内なる若さを保ちたいという気持ちは生涯ついて回り、それが社会的成功につながります。人を楽しませますが、責任を全うするには努力が必要。しかし同時に、人間関係の調和を保つためにも力を尽くしましょう。**恋人との短い休暇が奇跡を起こし、情熱と冒険心が復活。**

数秘術によるあなたの運勢

6日生まれは、思いやりがあり、理想主義者で、愛情深い性質。家庭志向が強いので、家族を大事にし献身的な親となります。

普遍的な調和を求める一方、激しい感情も持っているので、信念の実現に向けて一生懸命努力します。

また、創造力を発揮できるエンターテインメントや芸術、デザインの世界に惹かれます。

6日生まれにとっては、友人や隣人に対して思いやりだけでなく、責任感を持つことも必要。

9月生まれの隠れた影響により、直感的で、繊細。思いやりと理解力があり、愛情にあふれていますが、極端な夢想家や人道主義になりがちなので注意しましょう。

●**長所**：世慣れている、普遍的兄弟愛を持つ、愛想がいい、思いやりがある、信頼性がある、ものわかりがよい、理想主義である、落ち着きがある、芸術的である、バランスがとれている

■**短所**：不機嫌である、不安げである、内気である、非合理的である、頑固である、遠慮がない、支配的である、責任感に欠ける、利己的である、疑い深い

♥恋人や友人

1月6、10、20、21、26、29日／**2月**4、8、18、27日／**3月**2、6、16、25、28、30日／**4月**4、14、23、26、28、30日／**5月**2、12、13、18、21、24、26、28、30日／**6月**10、19、22、24、26、28日／**7月**8、17、20、22、24、26日／**8月**6、15、18、20、22、24日／**9月**4、13、16、18、20、22日／**10月**2、11、14、16、18、20日／**11月**9、12、14、16、18日／**12月**7、10、12、14、16日

◆力になってくれる人

1月7、13、18、28日／**2月**5、11、16、26日／**3月**3、9、14、24日／**4月**1、7、12、22日／**5月**5、10、20日／**6月**3、8、18日／**7月**1、6、16日／**8月**4、14日／**9月**2、12、30日／**10月**10、28日／**11月**8、26、30日／**12月**6、24、28日

♣運命の人

1月25日／**2月**23日／**3月**3、4、5、6、21日／**4月**19日／**5月**17日／**6月**15日／**7月**13日／**8月**11日／**9月**9日／**10月**7日／**11月**5日／**12月**3日

♠ライバル

1月3、17日／**2月**1、15日／**3月**13日／**4月**11日／**5月**9、30日／**6月**7、28日／**7月**5、26、29日／**8月**3、24、27日／**9月**1、22、25日／**10月**20、23日／**11月**18、21日／**12月**16、19日

★ソウルメイト（魂の伴侶）

1月18日／**2月**16日／**3月**14日／**4月**12日／**5月**10、29日／**6月**8、27日／**7月**6、25日／**8月**4、23日／**9月**2、21日／**10月**19日／**11月**17日／**12月**5日

有名人

澤穂希（元サッカー選手）、星新一（作家）、西村京太郎（作家）、岩城宏之（指揮者）、永井豪（マンガ家）、市毛良枝（女優）、パンツェッタ・ジローラモ（タレント）、谷亮子（柔道家・政治家）、氷川きよし（歌手）、阿部勇樹（サッカー選手）

太陽：おとめ座
支配星：やぎ座／土星
位置：14°−15°　おとめ座
状態：柔軟宮
元素：地
星の名前：ミザール

September Seventh

9月 7日

VIRGO

義務感と感情のコントロールが必要

7日生まれのあなたは、繊細で実利的で賢く、世の中では秩序というものがとても重要だと感じています。想像力が豊かで優れた価値観を持っているので、集中的に努力すれば、理想を現実に変えられる力があります。あなたは、**経済的利益を与えてくれるきわめて幸運な仕事を得られる運命**にあります。実利的技能、強い直感、集中力は、あなたの才能の一部なのです。

支配星やぎ座の影響が強いので、几帳面で勤勉、常識を備えています。**完璧主義で仕事に対して強いプライドを持っています**。義務感と感情を上手にコントロールすれば、強い責任感が生まれるようになりますが、逆に感情の抑制が厳しすぎると、かえって頑固になることも。

あなたは理想主義で繊細。人に尽くしたいと思う一方、非常にビジネスライクにもなれます。この両面をうまく組み合わせると、思いやりのある現実主義者になれるでしょう。ときどき精神的ストレスが起こりますが、その時は反省と休憩、もしくは瞑想の時間が必要。

15歳になる頃、太陽がてんびん座の位置に進み、30年間にわたる人間関係を大切にする時期が始まります。この間、バランス感覚と調和に対する意識だけでなく、秘めている創造力を発展させたいという欲求が強まります。45歳で太陽がさそり座に移動し、再び転換期が訪れ、人生の深い意味を追求して、変化する力を重要視するようになります。

隠された自己

頼りがいがあって、生産的な能力もあり、じっとしていられないタイプ。新たな経験を求めて冒険心がくすぐられます。抑制されると不満を持ち、時には現実逃避することも。しかし、多くの困難な状況からはじきに解放され、生まれながらの人を惹きつける才能を発揮するでしょう。安定や安心を求める一方、縛られたり退屈になるのを恐れています。**居心地がよくなり、周りが円滑に動き始めたら、マンネリに陥らないように**。あなたのチャンスは、日常的な仕事や家庭生活では見つからないからです。忍耐力を鍛え、心の調和を見出す課題に挑戦することが必要。

仕事と適性

実利的で洞察力のあるあなたは、科学者、研究者、ビジネスマンから、**創造性が要求されるどんな職業でも成功します**。独自の手法で、几帳面さを武器に、壮大な理想を実現化する計画を立てましょう。秩序を重んじ鋭い知性を発揮し、組織力を駆使すれば成功も手中に。上司はあなたの勤勉さや信頼性、責任感を評価しています。コミュニケーション能力に優れているので、教職や執筆業にも関心があります。創造的な側面は、芸術、演劇、音楽などに発揮されます。

恋愛と人間関係

実用的で事務的な態度は、あなたの繊細さを隠してしまいます。人の気持ちを汲み取ることのできる力は、どんな人間関係においても役に立ちます。自分の強い感情を抑制すると、気分にむらが生じたり、孤立することも。**愛する人の欲求や関心事に対する知識を活かして、愛情関係を築きましょう**。

天性の魅力にあふれた社交的なあなたは、相手への愛情を尽くすことで表します。

数秘術によるあなたの運勢

分析的で思慮深い**7**日生まれは、批判的で完全主義者。みずから決断することを好み、直接的な体験から最も多くを学びます。学習意欲が強く、学者の世界や、自己の技能を伸ばすことに関心があります。

人の批判に過剰に敏感になり、誤解されていると感じることもあります。

9月生まれの隠れた影響により、洞察力があり、鋭敏で、判断力に優れています。環境に影響されるので、人の気分の変化を瞬時に感じとることができます。

心が広く、博愛主義者のあなたが求めるのは、公平と正義。しかし、優れた洞察力がある一方、夢想家にもなりがちです。事実と幻想を混同しないようにしましょう。

●**長所**：教育程度が高い、お人よしである、几帳面である、理想主義者である、正直である、理性的である、内省的である

■**短所**：隠し事をする、うそつきである、秘密主義である、懐疑的である、支離滅裂である、孤立しすぎ、冷酷である

相性占い

♥恋人や友人

1月7、11、12、22日／**2月**5、9、20日／**3月**3、7、8、18、31日／**4月**1、5、16、29日／**5月**3、4、14、27、29日／**6月**1、12、25、27日／**7月**10、23、25日／**8月**8、21、23、31日／**9月**6、19、21、29日／**10月**4、17、19、27、30日／**11月**2、15、17、25、28日／**12月**13、15、23、26日

◆力になってくれる人

1月8、14、19日／**2月**6、12、17日／**3月**4、10、15日／**4月**2、8、13日／**5月**6、11日／**6月**4、9日／**7月**2、7日／**8月**5日／**9月**3日／**10月**1、29日／**11月**27日／**12月**25、29日

♣運命の人

3月5、6、7、8日

♠ライバル

1月9、18、20日／**2月**7、16、18日／**3月**5、14、16日／**4月**3、12、14日／**5月**1、10、12日／**6月**8、10日／**7月**6、8、29日／**8月**4、6、27日／**9月**2、4、25日／**10月**2、23日／**11月**21日／**12月**19日

★ソウルメイト（魂の伴侶）

1月9日／**2月**7日／**3月**5日／**4月**3日／**5月**1日／**10月**30日／**11月**28日／**12月**26日

この日に生まれた 有名人

ソニー・ロリンズ（ジャズサックス奏者）、長渕剛（歌手）、アンディ・フグ（格闘家）、岡崎朋美（元スピードスケート選手）、苫米地英人（認知科学者・心理学者）、山﨑賢人（俳優）

太陽：おとめ座
支配星：やぎ座／土星
位置：15°−16°　おとめ座
状態：柔軟宮
元素：地
星：なし

September Eighth

9月8日

VIRGO

掘り出しものを見つけるのが得意な倹約家

8日生まれは、創造力に長け、実際的で陽気な性格。野心があり、積極的なあなたは、**天性のビジネスセンスと、独創的な見解を示す能力**を備えています。ふだんは愛想よく陽気なあなたですが、まじめな一面も備えています。

人生を客観視する時には、金銭問題のこじれや優柔不断な態度は邪魔になります。また、**自己表現への欲求が強く、執筆や芸術活動で発揮されます**。支配星やぎ座の影響を受けているので、状況を綿密に分析し、勤勉で責任感があります。正確さを大切にするため、きちんと仕事をこなし、仕事にプライドを持っています。問題解決にはその鋭敏な頭脳が役立ちますが、批判的になりすぎるので要注意。

あなたは倹約家なので、**掘り出しものを見つけるのが得意**な一面も。直感的な洞察力に優れているので意思決定に大きな役割を果たしますが、深刻になりすぎたり、気分屋にならないように。また一方で、人生を深く掘り下げたいという欲望が、心理学的な能力やブラックユーモアとして表れます。

小さい時から、状況を理解、改善するために絶えず分析しています。しかし、14歳以降は、太陽が30年にわたりてんびん座の位置に移動し、次第に社会的関係やパートナーシップの重要性に気づき始めます。創造的才能が高まり、音楽、芸術、文学的方面に関心が。44歳で太陽がさそり座に移動し、新たな人生の転機にぶつかります。このため、権力や変化に対する欲求が強まります。

隠された自己

聡明で明晰なあなたは、熱心に誠意によって自分の考えを伝えます。優れた価値観は、いつも一貫性がありますが、金銭的安定に対する強い欲望と自己表現欲求との間で矛盾を感じることも。**知性と責任感にあふれる、優れた戦略家**です。不調和や不快に対して敏感なため、周囲との調和がとれていると幸福に感じます。しかし、そのバランスを失うと、きつい口調や干渉的になることも。愛情や調和に対する深い欲望を、芸術や音楽、人への奉仕の方面へ向けることをおすすめします。

仕事と適性

鋭いビジネスセンスを商売で発揮したり、鋭い頭脳を科学や研究に向け、専門家となります。独創的なアイディアと豊富な人生経験から、執筆やコミュニケーションを伴う仕事に惹かれます。知性があり、歯切れのよいあなたは、教育現場でも充実感を得ます。自己表現の手段として、エンターテインメントや政治にも惹かれます。いろいろなことをやってみたいので、よく転職します。また、**同じ仕事でも新しい考えを思いついたり、やり方を変えてみたりと工夫します**。

恋愛と人間関係

聡明で独創性、社交性のあるあなたは、友人や崇拝者に事欠きません。のびのびとはしているものの、人への愛情深いこまやかさと、孤立して他を顧みない性格とが交互に折り重なっています。

パートナーとの特別または精神的なつながりを求めるので、相手が自分の高い理想を満たさない時には批判的になりがち。**人間関係における決断には安定志向が深く影響を及ぼします。**

数秘術によるあなたの運勢

8という数字が示す強さ、影響力は、しっかりした価値観と健全な判断力を持つことを示しています。8という数字は、大きな成功を求め、野心を持つことを示唆します。9月8日生まれは、支配、安定、経済的成功ももたらします。

8の数字の影響で、天性のビジネスセンスがあり、組織や統括能力を伸ばすことで大きなメリットを得ます。公平かつ公正に、みずからの権限をふるうこと。安心感、安定感に対する強い欲求があるので、長期的な計画や投資がおすすめ。

9月生まれの隠れた影響により、実利的、洞察的で、鋭い直感に恵まれています。創造的で明快な知識を活用することを好むあなた。想像力を活かして、独創的な生産に携わります。

●**長所**：リーダーシップがある、綿密である、勤勉である、威厳がある、癒す力がある、価値判断に優れている

■**短所**：短気である、無駄遣いが多い、度量が狭い、ケチである、落ち着きがない、支配的である、くじけやすい、計画性がない

♥恋人や友人

1月4、8、22、23、26日／**2月**6、20、24日／**3月**4、18、22日／**4月**2、16、20、30日／**5月**14、15、18、28、30日／**6月**12、16、26、28日／**7月**10、14、24、26日／**8月**8、12、22、24日／**9月**6、10、20、22、30日／**10月**4、8、18、20、28日／**11月**2、6、16、18、26日／**12月**4、14、16、24日

◆力になってくれる人

1月9、20日／**2月**7、18日／**3月**5、16、29日／**4月**3、14、27日／**5月**1、12、25日／**6月**10、23日／**7月**8、21日／**8月**6、19日／**9月**4、17日／**10月**2、15、30日／**11月**13、28日／**12月**11、26、30日

♣運命の人

1月27日／**2月**25日／**3月**6、7、8、9、23日／**4月**21日／**5月**19日／**6月**17日／**7月**15日／**8月**13日／**9月**11日／**10月**9日／**11月**7日／**12月**5日

♠ライバル

1月2、10、19日／**2月**8、17日／**3月**6、15日／**4月**4、13日／**5月**2、11日／**6月**9日／**7月**7、30日／**8月**5、28日／**9月**3、26日／**10月**1、24日／**11月**22日／**12月**20、30日

★ソウルメイト（魂の伴侶）

1月15日／**2月**13日／**3月**11日／**4月**9日／**5月**7日／**6月**5日／**7月**3日／**8月**1日／**10月**29日／**11月**27日／**12月**25日

有名人

堀江謙一（海洋冒険家）、福井謙二（アナウンサー）、紺野美沙子（女優）、鈴木亜久里（元F1レーサー）、松本人志（ダウンタウン タレント）、本仮屋ユイカ（女優）、山口一郎（サカナクション　ボーカル）、金藤理絵（水泳選手）

太陽：おとめ座
支配星：やぎ座／土星
位置：16°−17°　おとめ座
状態：柔軟宮
元素：地
星：なし

September Ninth

9月9日

VIRGO

現実的で分析力のある戦略家

親切で実利的、聡明さを持ち合わせた積極的な理想主義者。生き生きとしているあなたは、ひたむきで集中力のある優れた戦略家です。**社交的で親切、人好きで、感情が豊か**。さらに意志が強く、活発で勤勉なため、壮大な計画を実現することができます。支配星やぎ座の隠れた影響を受け、現実的で正確、明晰でもあります。また、知識欲が旺盛で分析力に富み、緻密なあなたは、優れた研究者または調査員となります。

一方、自制心が強く、コミュニケーション能力にも優れています。タフで頑固、厳しい注文をつけることがある一面と、繊細で、特に愛する人に対しては気前がよくなる一面とがあります。この両面のバランスをとることが必要です。

活発で優れた創造力を持ち、**理想主義**で真実を追求するので、抽象的または宗教的なことにも惹かれがち。**現実的な楽天主義者**でありながら、順調な時でも、根拠のない金銭的な不安を感じています。

13歳以降は、太陽がてんびん座に移動し、社交、パートナーシップなどに対する欲求が高まります。調和とバランス感覚が強まり、文学や芸術に、創造的なはけ口を求めるようになります。これは太陽がさそり座まで移動する34歳まで続きます。ビジネス活動に対しての興味が重要視される転換期です。

隠された自己

金銭的安定と権力に対する欲望が、高い理想主義と奇妙に交ざりあっています。**認められたいという気持ちが強い動機となり、大きな成功を収めます**。偉業を成し遂げたいというエネルギーと意志力を持つ一方で、人助けをしたいという熱意を満たすことにより充足感を見出すことも。意志の力、熱意、誠意に駆りたてられている時には、奇跡が起きます。活発な前進の時期と、弱気な時期とが、交互に訪れます。心の本当の欲求をよく知り、快楽を求める気持ちと人生の意義を求める気持ちとのバランスがとれるように。常に若々しく陽気な部分があるので、崇高な目標も到達します。

仕事と適性

ネットワーク作りの手腕と専門知識は、人を相手にするどんな仕事でも役に立ちます。その仕事や関わっている人またはアイディアが正しいと信じれば、強い信念と熱意で、その製品を売りこみ、宣伝します。これは、広報や代理店業務、そして交渉の場ではとりわけ役に立ちます。エネルギーと意欲を備えたあなたは、他の人に協力はしますが、どちらかというと自営を好みます。優れた分析力とコミュニケーション能力は、研究や執筆向き。また、優れた助言者にもなります。理想的には、**権力を握る立場に立つとよいでしょう**。活発な創造力は、芸術、演劇、音楽界において大きな財産となります。

恋愛と人間関係

コミュニケーションを重要視しているので、さまざまな集団との交流を楽しみます。社交好きでありながら自己主張の強いあなたは、知的な人に惹かれます。新たに得た友人を、ビジネス上で利用するというすばらしい才能も備えています。**精神的に強い人**に惹かれるものの、パートナーとの心理戦は避けましょう。愛する人に対しては気前がよく協力的で、忠誠心のあつい友を得ます。面倒見のよいパートナーとなりますが、自主性を保つことが重要。

数秘術によるあなたの運勢

9日生まれのあなたは、慈悲、思いやり、繊細さを備えています。知的で直感力もあります。人生は綿密に計画され、画策する余地はほとんどないと感じています。人生の限界を受け入れ、人生は公平でも完全でもないことを理解しましょう。

世界旅行や、さまざまな分野の人とのつき合いから多くのことを得るでしょう。人によそよそしくふるまうのではなく、寛容と忍耐を学ぶことも必要。非現実的な夢や逃避傾向は避けましょう。

9月の隠れた影響により、直感力や感受性が高まります。周りのことに敏感なため、人の幸福に関心を持ちます。

●**長所**：理想主義である、人道主義である、感受性が豊か、気前がいい、魅力がある、詩的である、情け深い、思いやりがある、客観的である、人望がある

■**短所**：欲求不満になりがちである、神経質である、自信がない、利己的である、非現実的である、流されやすい、劣等感を持ちやすい、恐怖や不安を感じる、孤立している

♥恋人や友人

1月3、23、24日／**2月**11、21日／**3月**9、19、28、31日／**4月**7、17、26、29日／**5月**5、15、16、24、27、29、31日／**6月**3、13、22、25、27、29日／**7月**1、11、20、23、25、27、29日／**8月**9、18、21、23、25、27日／**9月**7、16、19、21、23、25日／**10月**5、14、17、19、21、23日／**11月**3、12、15、17、19、21日／**12月**1、10、13、15、17、19日

◆力になってくれる人

1月3、4、10、21日／**2月**1、2、8、19日／**3月**6、17、30日／**4月**4、15、28日／**5月**2、13、26日／**6月**11、24日／**7月**9、22日／**8月**7、20日／**9月**5、18日／**10月**3、16、31日／**11月**1、14、29日／**12月**12、27日

♣運命の人

1月22、28日／**2月**20、26日／**3月**6、7、8、9、18、24日／**4月**16、22日／**5月**14、20日／**6月**12、18日／**7月**10、16日／**8月**8、14日／**9月**6、12日／**10月**4、10日／**11月**2、8日／**12月**6日

♠ライバル

1月11、20日／**2月**9、18日／**3月**7、16日／**4月**5、14日／**5月**3、12、30日／**6月**1、10、28日／**7月**8、26、31日／**8月**6、24、29日／**9月**4、22、27日／**10月**2、20、25日／**11月**18、23日／**12月**16、21日

★ソウルメイト（魂の伴侶）

1月26日／**2月**24日／**3月**22、30日／**4月**20、28日／**5月**18、26日／**6月**16、24日／**7月**14、22日／**8月**12、20日／**9月**10、18日／**10月**8、16日／**11月**6、14日／**12月**4、12日

カーネル・サンダース（ケンタッキー　フライドチキン創業者）、弘兼憲史（マンガ家）、ヒュー・グラント（俳優）、有賀さつき（アナウンサー）、石井一久（元プロ野球選手）、堤下敦（インパルス　タレント）、酒井若菜（女優）、加藤凌平（体操選手）、ユージ（タレント）

太陽：おとめ座
支配星：やぎ座／土星
位置：17°−18°　おとめ座
状態：柔軟宮
元素：地
星：なし

September Tenth

9月10日

VIRGO

社交性とリーダーシップを持った野心家

意志が強く野心家のあなたは、生まじめで思いこんだら、とことんやりぬくタイプ。**知的で、天性の外交官**であるあなたは、すばやくチャンスをつかみます。高い理想と親しみやすい個性で、どのようなことにでも優秀な成果を収めます。

支配星やぎ座の隠れた影響を受けて、実際的で勤勉。**洞察力に優れ現実的**なので、人生に対してまじめに取り組みます。仕事に身を捧げたあなたは、すべてを差しだすでしょう。自主性に富み、生産的なあなたは、天性の威厳を持ち、管理能力に長けています。また、そのものの価値を認め、自分なりの評価をくだします。金銭や名声欲しさに行動を起こしがちですが、浪費に陥らないように。

愛する人に対しては寛大なふるまいができるのですが、払ったものに対してはきっちりと対価を得ようとする現実的な面も。自分は自由になりたがるのに、人に対しては支配的になり、反対されると頑固な面が現れます。**勇気もあり、大局的に考えることができるので、リーダーとして活躍できます**。人に対する関心が強く、人を深く理解し思いやりがあります。

太陽がてんびん座に移動する12歳以降は、社交性が強まり、人望を得たい、評価されたいという欲求が強まります。如才がなく、調和を保ち、創造力を働かせることができるようになります。42歳以降、太陽がさそり座に移動し、自立心や支配力が強まり、権力欲が高まります。

隠された自己】

心の内には、強い要求や感情を持ち、それが原因で、後に問題となる状況に陥ることもあります。これらの強い感情は、一生続く無私無欲の愛になる可能性も。人の欲望を理解する才能に恵まれ、人の希望を叶えてあげるかわりに、自分の欲望を通そうとします。強い意志と優れた能力により、希望を実現することができるので、常に自分の動機を確認し、慎重に行動すること。

あなたには**人とのネットワーク作りの才能**があるため、積極的にそれを利用すれば、生活や状況を改善することもできます。

仕事と適性】

理想主義と現実主義を組み合わせることで、管理職や起業家をはじめとする天性のリーダーシップを発揮できます。**分析能力**があるので、優れた研究者や技術者にも向いています。説得力とあふれる熱意で、思想や製品、そして人を売りこむことも。**実行力があり、献身的**なあなたは、弁護士や投資顧問としても、ビジネス界でも、成功するでしょう。持ち前のコミュニケーション能力や想像力は、教育、芸術、演劇、音楽方面でも役立ちます。意欲と熱意を発揮するにはスポーツがぴったり。

恋愛と人間関係

理想主義と現実主義の奇妙な組み合わせが、あなたの人間関係に影響を与えています。愛情深くなることもあれば、強い感情が作用して気分屋になることも。

刺激や冒険を好むので、**常に興味をわかせてくれる、勤勉な人**を必要としています。パートナーに協力的ですが、自立する自由も必要です。

数秘術によるあなたの運勢

1のつく日に生まれたあなたは、野心的で強い自立心を持っています。目標達成のためには障害を克服しなければなりませんが、意志の力で目標を達成させます。パイオニア精神のおかげで、1人で遠くへ旅に出かけることも。しかし世界はあなたを中心に回ってはいないことに気づいてください。他人に対して支配的にならないように注意しましょう。

9月の隠れた影響により、創造性と直感力、感受性に優れています。先見性があり受容性が高いため、流行に遅れることはありません。

独創的で意欲あふれる個性を持ち、達成感への強い欲求があり、プライドの高いあなた。人から見れば、自信にあふれ、快活で、機知に富んでいるように見えますが、内に秘めた緊張により対人関係に感情的な摩擦が生じることがあります。

●**長所**：リーダーシップがある、創造性に富む、進歩的である、力強い、競争力がある、自立心が強い、社交的である

■**短所**：尊大である、嫉妬深い、プライドが高すぎる、自己中心的である、不安定になりがちである、短気である

相性占い

♥恋人や友人

1月3、6、14、24、31日／**2月**1、12、22、29日／**3月**2、10、20、27日／**4月**8、18、25日／**5月**6、16、23、30日／**6月**4、14、21、28、30日／**7月**2、12、19、26、28、30日／**8月**10、17、24、26、28日／**9月**8、15、22、24、26日／**10月**6、13、20、22、24、30日／**11月**4、11、18、20、22、28日／**12月**2、9、16、18、20、26、29日

◆力になってくれる人

1月5、22、30日／**2月**3、20、28日／**3月**1、18、26日／**4月**16、24日／**5月**14、22日／**6月**12、20日／**7月**10、18、29日／**8月**8、16、27、31日／**9月**6、14、25、29日／**10月**4、12、23、27日／**11月**2、10、21、25日／**12月**9、19、23日

♣運命の人

1月12日／**2月**10日／**3月**8、9、10日／**4月**6日／**5月**4日／**6月**2日

♠ライバル

1月16、21日／**2月**14、19日／**3月**12、17、30日／**4月**10、15、28日／**5月**8、13、26日／**6月**6、11、24日／**7月**4、9、22日／**8月**2、7、20日／**9月**5、18日／**10月**3、16日／**11月**1、14日／**12月**12日

★ソウルメイト(魂の伴侶)

1月25日／**2月**23日／**3月**21日／**4月**19日／**5月**17日／**6月**15日／**7月**13日／**8月**11日／**9月**9日／**10月**7日／**11月**5日／**12月**3、30日

有名人

ジョルジュ・バタイユ(作家)、山田康雄(声優)、カール・ラガーフェルド(ファッションデザイナー)、内舘牧子(脚本家)、欧陽菲菲(歌手)、綾戸智絵(歌手)、コリン・ファース(俳優)、斉藤由貴(女優)、松田翔太(俳優)、内博貴(タレント)

太陽：おとめ座
支配星：やぎ座／土星
位置：17°45'−19°　おとめ座
状態：柔軟宮
元素：地
星：なし

September Eleventh

9月11日

VIRGO

深い思考力に裏打ちされた分析力と集中力

繊細さと強い精神性が、9月11日生まれの人の特徴。はきはきとして勤勉なあなたは、自主性を好み主導権を握りたがります。知識を自分に役立つように活用します。あなたには**多くの才能があります**が、それをすべて活かそうとすると、何事も中途半端で終わってしまうので注意しましょう。

慎重でありながらも、型破りなところがあるので、人からは自信にあふれているように見られがち。

支配星やぎ座の隠れた影響を受け、**深い思考力と気配り**を備えています。分析力と集中力があり、心理学者や作家として成功します。**目標第一主義**なので、現在の自分に対して批判的になることも。

11日生まれは、**天性のリーダーシップの持ち主**。洞察力と、人の欲求を理解する力を持つため、集団において、すばらしい統率力を発揮します。自分の直感を信じることで、独創的なビジネスの展開ができるようになりますが、威圧的または短気にならないように。

11歳以降は太陽がてんびん座に移動し、社交性が高まり、個人的に人と関わりたいという欲求が強まります。教養と美意識が強く、文学、芸術、創造的関心を追求します。41歳からは太陽がさそり座に移動し、自立心が芽生え、主導権を握り、力が強まります。

♍
9
月

隠された自己

刺激を受けると、目的を達成するために驚くほどの意志力を示しますが、チームの重要性も理解しています。内なる力や粘り強さが過小評価されがちです。あなたの演技は巧みで、本当の内面は感受性が強く、未知に対する恐怖を隠していることに気づく人はほとんどいません。**駆け引きがうまく自己主張の強いあなたは、自分を信じて可能性を追求しましょう**。うまく知識を活用すれば、周りの人にあなたの機知に富んだ、愉快なところを印象づけることができます。ただし、何事もやりすぎてひどく深刻になったり、1つの問題に執着しがち。バランスのとれた仕事量を保つことで、身体に負担をかけないように。

あなたは感激しやすいタイプで、不正義と闘い、人を助けたいという熱意を持つ内なる理想主義者です。

仕事と適性

人から命令されるのが嫌いなので、権力のある地位や自営業が向いています。**鋭い知性と組織をまとめる力**で、優れた管理者や法律家になります。現実的な分析能力は、アナリスト、投資顧問、統計学者などに適性が。同じく、経済学者、研究者、科学者、技術者などにも向いています。また教師、作家もおすすめ。責任を負って一生懸命働けば、あなたのサポートや能力は評価されます。また、**人を惹きつける能力**のあるあなたは、世間の注目を集める役者や政治家などにも縁があります。

恋愛と人間関係

知的で、観察力に優れるあなたは、忠実で信頼のおけるパートナー。誠実で愛情深いので、安定した正直な関係を保ちたいと思っています。しかし、人との関わりにおいて、状況を改善するために周囲の人に手を差し伸べることと、支配的で批判的になることとでは、まったく違うということを理解すべきです。けれども、たいていは**持ち前の交渉力で切り抜けることができる**でしょう。

数秘術によるあなたの運勢

11日生まれは、理想主義、ひらめき、革新主義があなたにとってきわめて重要なキーワードです。直感力があるのにエネルギーが分散しがちなので、力を注ぐことのできる目標を見つけましょう。

熱意にあふれ、活力を楽しむあなたは、不安になりすぎたり非現実的にならないように。

9月生まれの隠れた影響は、直感力や感受性に優れていることを示しています。博愛主義者で、人の幸福に関心を示します。客観性を失わず、駆け引きの才能を使って、人と強い絆を築くことも。

あなたは人を助けることはできますが、批判的になるのは避けましょう。

●**長所**：バランスがとれている、集中力がある、客観的である、熱心である、ひらめきがある、理想主義である、直感力がある、博愛主義者である

■**短所**：優越感を持つ、正直でない、計画性がない、感情的である、傷つきやすい、神経質である、明晰さに欠ける、支配的である、意地悪である

相性占い

♥恋人や友人

1月11、13、15、17、25日／**2月**9、11、13、15、23日／**3月**7、9、11、13、21日／**4月**5、7、9、11、19日／**5月**3、5、7、9、17、31日／**6月**1、3、5、7、15、29日／**7月**1、3、5、27、29、31日／**8月**1、3、11、25、27、29日／**9月**1、9、23、25、27日／**10月**7、21、23、25日／**11月**5、19、21、23日／**12月**3、17、19、21、30日

◆力になってくれる人

1月1、5、20日／**2月**3、18日／**3月**1、16日／**4月**14日／**5月**12日／**6月**10日／**7月**8日／**8月**6日／**9月**4日／**10月**2日

♣運命の人

3月8、9、10、11、12日

♠ライバル

1月6、22、24日／**2月**4、20、22日／**3月**2、18、20日／**4月**16、18日／**5月**14、16日／**6月**12、14日／**7月**10、12日／**8月**8、10、31日／**9月**6、8、29日／**10月**4、6、27日／**11月**2、4、25、30日／**12月**2、23、28日

★ソウルメイト（魂の伴侶）

1月6、12日／**2月**4、10日／**3月**2、8日／**4月**6日／**5月**4日／**6月**2日

ブライアン・デ・パルマ（映画監督）、泉ピン子（女優）、涼風真世（女優）、蛇川美穂子（北陽　タレント）、今岡誠（野球解説者）、安田章大（関ジャニ∞　タレント）、倉田てつを（俳優）、松本薫（柔道選手）、小籔千豊（タレント）

太陽：おとめ座
支配星：やぎ座／土星
位置：18° 45'−20° おとめ座
状態：柔軟宮
元素：地
星の名前：デネボラ

September Twelfth

9月12日

VIRGO

頭の回転が速く、緻密な頭脳の持ち主

知性と社交性を備えた自信家のあなた。頭の回転が速く機知に富み、**人を分析する能力にも優れ、議論好き**でもあります。相手の反応をうかがって自分の気持ちを抑えてしまうことなく、**素直に思いを表現することができます**。また、さまざまな才能に恵まれていながら、人を思いやる心も忘れることはありません。

支配星やぎ座の影響により、高い集中力と緻密な頭脳の持ち主です。**気位が高く、責任感も強い努力家**で、金銭感覚に優れています。感覚が鋭く、話し上手、さらに常識もわきまえているあなた。

ただし、神経質なところが前面に出ると、辛口になりすぎることがあるので気をつけてください。**光り輝く力に恵まれているので、人を率いる立場になることも多い**はず。理性的で、物事の全体像を把握する能力に優れているうえに、すべての人に対して平等にふるまうことができる、まさにリーダーにうってつけの人物です。自分の目標に向かって積極的に突き進めば、成功はほぼ間違いなし。

10歳を過ぎ太陽がてんびん座に移動すると、人望を得たい、評価されたいというだけでなく、人との密接な関係を通じて、自分について知りたいという欲求が強まります。40代初めに太陽がさそり座に移動すると、転換期が訪れます。自分を取り囲む状況を見つめ直し、大きな変化を遂げることになるかもしれません。

隠された自己

人前では強い態度をとってしまいがちですが、実は**繊細で、創造的な心の持ち主**です。野心的で、目標が高いあなたは、金銭的成功を強く求めすぎる傾向があります。また親しい人の前では、必要以上に心配性になったり、優柔不断になることも。エネルギーの使い方をよく考えましょう。もとより**精神的なことに関心の高い**あなたは、内なる声に耳を傾けると多くのことが得られるでしょう。大きな計画が失敗に終わって落ちこむこともありますが、成功への強い執念があるため、すぐに立ち直ります。いつでも、自分の可能性を広げてくれる新たな刺激を求めているのが、この日生まれの人なのです。

仕事と適性

分析力に優れたあなたは、科学や心理学の研究に向いています。**あふれる知性と言葉に対する優れた才能**は、作家、教育、マスコミにも適性があることを示しています。法律関係や出版でも成功するでしょう。また、現実的な部分を活かして、金融関係の職業、例えば銀行家、経済学者、株式仲買人としても活躍しそうです。投資顧問、会計士、販売業者にも向いています。

恋愛と人間関係

友好的で、知的なあなたは、陽気で機知にあふれています。しかし、飽きやすい一面があるので、精神的な刺激を与えてくれる人があなたには必要。恋愛面では、尊敬を受け、特別な人だと大事にされると、相手に対する忠誠心が強くなります。

好奇心旺盛なので、新しい活動に参加したり未知の場所に行くと、運命の人とめぐりあえるきっかけを得るかもしれません。

数秘術によるあなたの運勢

直感力に優れ、友好的で論理的。真の個性を確立したいという欲求が**12**日という誕生日に表れています。革新的でありながら他人の心のよくわかるあなたは、人を上手に操って、目的を達成します。常に自信満々だと思われがちですが、不安や疑念にさいなまれて本来の陽気さを失ってしまうこともよくあります。自分を確立したいという欲求と、人を助けたいという気持ちのバランスがとれれば、精神的な満足や充実感を感じるでしょう。

9という生まれ月の影響により、鋭い洞察力を持ち、機知に富み繊細です。知性があり、創造力に富むあなたは、自分を自由に表現したいと思っています。焦って、エネルギーの無駄遣いをしないように。もっと上手に自分の考えを伝えることができれば、誤解されにくくなります。

予知力と先見性を備えたあなたは、現実的でありながら、精神的な豊かさも備えています。

●**長所**：創造性がある、魅力的である、指導的立場に就く、厳格である、自己主張が強い、自信家である

■**短所**：風変わりである、非協力的である、神経過敏である

相性占い

♥恋人や友人

1月12、16、25、29日／**2月**10、14、23、24日／**3月**8、12、22、25、31日／**4月**6、10、20、23、29日／**5月**4、8、18、27日／**6月**2、6、16、25、30日／**7月**4、14、23、28日／**8月**2、12、21、26、30日／**9月**10、19、24、28日／**10月**8、17、22、26日／**11月**6、15、20、24、30日／**12月**4、13、18、22、28日

◆力になってくれる人

1月2、13、22、24日／**2月**11、17、20、22日／**3月**9、15、18、20、28日／**4月**7、13、16、18、26日／**5月**5、11、16、18、26日／**6月**3、9、12、14、22日／**7月**1、7、10、12、20日／**8月**5、8、10、18日／**9月**3、6、8、16日／**10月**1、4、6、14日／**11月**2、4、12日／**12月**2、10日

♣運命の人

1月25日／**2月**23日／**3月**9、10、11、12、21日／**4月**19日／**5月**17日／**6月**15日／**7月**13日／**8月**11日／**9月**9日／**10月**7日／**11月**5日／**12月**3日

♠ライバル

1月7、23日／**2月**5、21日／**3月**3、19、29日／**4月**1、17、27日／**5月**15、25日／**6月**13、23日／**7月**11、21、31日／**8月**9、19、29日／**9月**7、17、27、30日／**11月**3、13、23、26日／**12月**1、11、21、24日

★ソウルメイト（魂の伴侶）

1月17日／**2月**15日／**3月**13日／**4月**11、22日／**5月**9日／**6月**7日／**7月**5日／**8月**3日／**11月**30日／**12月**28日

この日に生まれた有名人

長友佑都（サッカー選手）、あがた森魚（歌手）、レスリー・チャン（俳優）、戸田恵子（女優）、岡本夏生（タレント）、丸山茂樹（プロゴルファー）、八塩圭子（アナウンサー）、浜島直子（モデル）、ジェニファー・ハドソン（女優）、藤原新（マラソン選手）

太陽：おとめ座
支配星：おうし座／土星
位置：19°45'−20°45'　おとめ座
状態：柔軟宮
元素：地
星の名前：デネボラ

September Thirteenth

9月13日

VIRGO

中性的な個性を持つ若々しい人物

独立心が強く、知性にあふれ、個性的なあなた。**社交的で、常識があるので、どんな人とも仲よくなれます**。神経質で興奮しやすいこともありますが、素直で正直でありたいと思っています。

冒険心が強いのですが、感情を抑えようとしたり、1人ですべてを背負いこもうとしてストレスを感じてしまうこともあるので、気をつけてください。支配星おうし座の影響を受け、魅力的で説得上手です。

創造的な思索家のあなた。**ユーモアのセンスにあふれ、聞きほれるようなすばらしい声の持ち主**で、穏やかな話し方をします。美を見極める力を持っているので、趣味がよく、贅沢や快適さを好みます。教育や知識の追求を通じて、会話や執筆など言葉に関心を持ち、天性のビジネスセンスもさらに磨かれるでしょう。効率的に、しかも熱心に事を進めますが、熱くなりすぎて短気にならないように注意！

もとから誠実でまじめなあなたですから、自制心を身につければ、すばらしい潜在能力を存分に発揮することができます。関心がある仕事には非常に熱心になりますが、成功したいという気持ちがはやり、支配的にならないように心がけましょう。

また、この日生まれの人は、**一生を通じて若々しく、中性的な個性を持ち続ける**ことが多いようです。

何をするにも現実が第一の幼少時代を過ぎ、9歳になる頃に太陽がてんびん座に移動すると、30年にわたる人間関係重視の時期が訪れます。バランス感覚や調和に対する意識が高まり、創造的な才能を伸ばすことに熱心になります。30代の後半、再び転機が訪れます。太陽がさそり座に移動し、人生に対して深い意味を求めるようになり、変化の力を重視するようになるのです。

隠された自己

愛情深いあなたの心からは、誰にも負けないような温かさがあふれだしています。そのために、人助けや自己表現をする中で、奇跡と思えるような出来事を起こすことができます。何か思いつくと、人々を楽しませながら、自分のアイディアを伝えることができます。**困難に直面しても、理想を失わず楽観的でいられます**が、時には疑い深くなってしまうことも。あなたは、金銭面が大きな問題となりがちなので、経済面では手堅く計画を立てましょう。

仕事と適性

説得上手で組織力に優れたあなたは、販売促進、広報、政治活動などの職に向いています。鋭い知性と知識欲を持っているので、執筆業、教育や法律関連にも適性があります。高い理想のもと、**持ち前の強いバイタリティで、正義のために闘う**こともあります。天性のビジネスセンスを活かせば、商業、不動産、会計、株式市場でも成功します。

恋愛と人間関係

社交的で、人あたりのよいあなたですが、個人的なつき合いにおいては、冷静と情熱の間をふらふらと漂うことが多いようです。基本的には率直なのですが、秘密を守ろうとして孤立してしまうことも。

恋愛では、理想を追い求めるあまり、相手に期待をいだきすぎて、結局はがっかりしてしまうという傾向があります。

人には言えない関係を持つ可能性も高いのですが、誠実で愛すべきパートナーにもなることができるのがあなたです。**聡明で冗談好きなおもしろい人**に惹かれるようです。

数秘術によるあなたの運勢

13日生まれの人は、繊細さとひらめきが特徴。13という数字は、勤勉さを表します。さらに、才能に恵まれ意志も強いので、多くのことを達成できそうです。しかし頭に浮かんだアイディアを実際に形あるものとして表現するためには、もう少し現実的な考え方を身につける必要がありそうです。どんなことでも、熱心に取り組めば、成功を収めることも夢ではないでしょう。

誕生日に13という数字を持つ人は、陽気で社交性に富み、魅力的です。新しい環境に移り、生活を改善したいと考えることもあります。

生まれ月の9という数字の影響で、洞察力に優れ、同情心を持っています。周りの影響を受けやすいので、しっかりと意志を持って生きていく必要があります。また、短気になったり、自己不信に陥りがちだったり、落ち着きがないところは克服しましょう。

しかしあなたは心が広く、誰にでも優しいうえに、論理を大切にするので、公正で現実的な解決策を求めます。

●**長所**：野心的である、創造力がある、自由を愛する、自己表現力がある、指導力がある

■**短所**： 衝動的である、優柔不断である、支配的である、感情表現にとぼしい、反抗的である

♥恋人や友人

1月2、7、10、17、27日／**2月**5、8、15、25日／**3月**3、6、13、23日／**4月**1、4、11、21日／**5月**2、9、19日／**6月**7、17日／**7月**5、15、29、31日／**8月**3、13、27、29、31日／**9月**1、11、25、27、29日／**10月**9、23、25、27、30日／**11月**7、21、23、25、28日／**12月**5、19、21、23、26日

◆力になってくれる人

1月3、5、20、25、27日／**2月**1、3、18、23、25日／**3月**1、16、21、23日／**4月**14、19、21日／**5月**12、17、19日／**6月**10、15、17日／**7月**8、13、15日／**8月**6、11、13日／**9月**4、9、11日／**10月**2、7、9日／**11月**5、7日／**12月**3、5日

♣運命の人

1月13日／**2月**11日／**3月**9、10、11、12、13日／**4月**7日／**5月**5日／**6月**3日／**7月**1日

♠ライバル

1月16、24日／**2月**14、22日／**3月**12、20日／**4月**10、18日／**5月**8、16、31日／**6月**6、14、29日／**7月**4、12、27日／**8月**2、10、25日／**9月**8、23日／**10月**6、21日／**11月**4、19日／**12月**2、17日

★ソウルメイト(魂の伴侶)

1月16日／**2月**14日／**3月**12日／**4月**10日／**5月**8日／**6月**6日／**7月**4、31日／**8月**2、29日／**9月**27日／**10月**25日／**11月**23日／**12月**21日

有名人

松坂大輔(プロ野球選手)、アルノルト・シェーンベルク(作曲家)、山田洋次(映画監督)、安藤忠雄(建築家)、玉置浩二(歌手)、三原じゅん子(政治家)、ケリー・チャン(女優)、鈴木えみ(モデル)、小林可夢偉(F1ドライバー)

太陽：おとめ座
支配星：おうし座／土星
位置：20°45'−21°45'　おとめ座
状態：柔軟宮
元素：地
星の名前：デネボラ

September Fourteenth

9月14日

VIRGO

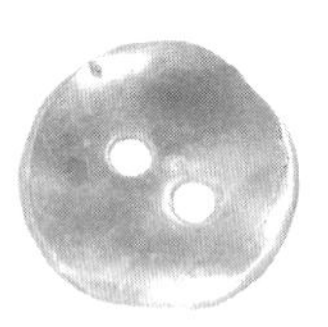

野心と意志の固さが傲慢にすりかわらないように

この日に生まれた人は、知的で野心にあふれ、強い信念を持っています。**自立心の強い、知識の探求者**でもあります。信じられるものに出会った時には驚くほどの熱意を発揮し、必ずや成功にいたります。

支配星おうし座の影響により、コミュニケーション能力に優れ、賢明で、魅力にあふれています。細かいことにもよく気づくので、優れた批評家になることができるでしょう。ただ、人と接する際に、いら立ったり高圧的になってしまうことがあるので気をつけましょう。

金星の影響で、**天性のビジネスセンスに磨きがかかり、大きな成功を収めることもできそう**です。独立心が強く、意欲に満ちたあなたは、常に何かに挑戦し、自分の能力を最大限に発揮したいと思っています。気分が変わりやすいので、横柄で強情な面をみせたかと思うと、突然自信を失って落ちこんだりもします。しかし、**本来的に人なつこく社交的**なので、すぐにいつもの楽観的なあなたに戻ることができるでしょう。

活動的で、さまざまな能力に恵まれているため、旅行や教育を通して、人生を切り開くことになりそうです。人を説得するのがうまいので、自制心を身につけさえすれば、大きなチャンスをものにできることでしょう。

8歳を過ぎると、太陽がてんびん座に移動し、社交性が強まり、人望を得たい、評価されたいという気持ちが高まります。それから30年かけて、社交術を身につけるのです。38歳になり太陽がさそり座に入る頃には、力がつき、自分に自信を持っているはず。

隠された自己

とことん優しく寛大になる時もあれば、強引な頑固者になってしまう時も。この極端な2つの側面の間でバランスをとるには、心の奥底の内なる声に従って、理性と直感をうまく結びつけることが必要です。ただし、**人間関係を構築する際には、生まれ持った第六感が働いてくれるので、心配は無用**でしょう。知識の価値をよく理解していて、博識な人を尊敬します。社交術と、組織力を備えているので、人の協力のもとで成功します。何事にも正直であることを望むあなた。自分の短所もまっすぐに見つめてみましょう。さらに深くあなた自身のことを知ることができるはず。そうすれば、どんな困難な状況にもめげずに立ち向かうことができるでしょう。

仕事と適性

管理能力、問題解決能力に優れています。天性の物書きの才能は、商売、芸術など、さまざまな分野で役立つはずです。**変化を伴う仕事**というのも、職業選択の際の重要な条件です。その意味では**旅行関係の職が最適**。高い分析能力を持っているので、科学や心理学の研究や教育関係の仕事に惹かれます。

恋愛と人間関係

ユニークな個性の持ち主に惹かれます。パートナーとしては、**まじめなしっかり者**を求めているようです。あなたの天性の魅力と押しの強さを発揮できれば、人を惹きつけ､信頼を得ることができるでしょう。身近な人には、優しく接しましょう。高圧的、批判的な態度は直すこと。知識を探求する中で、理想の人との出会いがあるかもしれません。独立心が強く､人間関係においてもある程度の自由が必要のようです。

数秘術によるあなたの運勢

誕生日に**14**という数字を持つ人は、知性にあふれ、しっかりと現実に根づいた視点を持ち、意志が非常に堅固です。何事もまずは基礎をきちんと築くことを好み、成功のためには骨身を惜しまず努力します。

14日生まれの人の多くが､選んだ道でトップに上りつめます。鋭敏な頭脳を持っているため、問題にはすばやく反応し、解決に力を尽くすことができます。一か八かの賭けに出るのが好きで、一攫千金で利益を得ることも多いでしょう。

生まれ月の**9**という数字は、控えめで繊細なことを示唆しています。直感を信じて、焦ったり、がめつくなったりせずに、着実に前へ進みましょう。自由と冒険を好み、常に新しい何かを求めています。情熱を忘れなければ、どこにでもチャンスは転がっています。ふとした機会に、信念や考え方が180度変わってしまうこともあるかもしれません。

●**長所**：行動力がある、勤勉である、創造性に富む、実利的である、想像力がある、熱心である

■**短所**：優柔不断である、衝動的に行動してしまうことがある､感情が不安定、思慮が足りない、頑固である

♥恋人や友人

1月1、13、14、28、31日／**2月**12、26、29日／**3月**10、24、27日／**4月**8、22、25日／**5月**5、6、20、23日／**6月**4、18、21日／**7月**2、16、19、30日／**8月**14、17、28、30日／**9月**12、15、26、28、30日／**10月**10、13、24、26、28日／**11月**8、11、22、24、26日／**12月**6、9、20、22、24日

◆力になってくれる人

1月26日／**2月**24日／**3月**22日／**4月**20日／**5月**18日／**6月**16日／**7月**14日／**8月**12日／**9月**10日／**10月**8日／**11月**6日／**12月**4日

♣運命の人

3月12、13、14、15日

♠ライバル

1月3、25日／**2月**1、23日／**3月**21日／**4月**19日／**5月**17日／**6月**15日／**7月**13日／**8月**11日／**9月**9日／**10月**7日／**11月**5日／**12月**3日

★ソウルメイト(魂の伴侶)

1月3、10日／**2月**1、8日／**3月**6日／**4月**4日／**5月**2日

この日に生まれた 有名人

上戸彩（女優）、赤塚不二夫（マンガ家）、矢沢永吉（歌手）、あさのあつこ（作家）、福澤朗（アナウンサー）、吉田修一（作家）、二代目中村獅童（歌舞伎俳優）、成宮寛貴（俳優）、エイミー・ワインハウス（ミュージシャン）、宮田俊哉（Kis-My-Ft2　タレント）

太陽：おとめ座
支配星：おうし座／土星
位置：21°45'−22°45'　おとめ座
状態：柔軟宮
元素：地
星の名前：デネボラ

September Fifteenth

9月15日

VIRGO

頭脳明晰で、細かい分析が得意

知性と社交性を備え、壮大な計画を胸にいだいた頼りがいのある人、それがあなたです。知識欲が旺盛で幅広い分野に興味関心を持っているのですが、中でも**特に興味があるのは世界情勢**です。

また、あなたはイメージを大切にするため、自分が最高のものを好むという印象を人に与えたがります。多くの場合は、**賢く優しく楽観的**なのですが、たまにマイナス思考に陥ってしまうことがあるので気をつけましょう。

支配星おうし座の影響で、しっかり者でありながら、愛情を強く求めています。**美しいものを見分ける目を持ち、芸術や自然を好みます**。頭脳明晰で、細かい分析が得意。コミュニケーション能力にも長けています。ただ、批判的で、せっかちになりがちなので注意。無駄遣いをせず、節約上手なあなたですが､好きな相手には気前のいいところもみせます。いつもしっかりとした自分の意見を持っているのですが､内気で人見知りしやすいところがあり、思いを表現できない時もあります。考えすぎたり、1人ですべてを背負いこまないように！

また、ときどき理想主義の一面が顔をのぞかせ、人に奉仕したいという気持ちが募り周囲を手助けしたりすることも。

7歳を過ぎると太陽がてんびん座に移動し、緊密な人間関係を求めるようになり、社会で認められたいという気持ちが強まります。同時に、美や調和を重んじるようになり、創造力を発揮する場面が必要になってくるでしょう。この傾向は、太陽がさそり座に移動する37歳まで続きます。それ以降は、共同出資やビジネス活動に興味が生まれ、精神的な変化も経験するかもしれません。

隠された自己

他人と親しくつき合うことは少ないのですが､前向きな態度を忘れることはありません。繊細な心の持ち主なので、精神的な平和と静けさを求め、穏やかな家庭や、調和のとれた環境を必要としています。また**責任感が強く、借りは作りたくないタイプ**。常に新しい挑戦をしていないと気がすみません。人助けをするのが好きなのですが、おせっかいになりすぎることもあるので気をつけること。間違いを犯す前に手を貸してしまうのも、時には考えものです。人間にとっては、過ちから学ぶ経験も大切なのです。

仕事と適性

鋭い知性と分析能力に恵まれているので、科学や医学の道に惹かれます。また、教育、法曹界､政治にも適性があります。創造的なコミュニケーション能力があるので、執筆業でも大成するかもしれません。**バランス感覚に優れた**あなたは、建築、デザイナー、芸術家または数学者にも向いています。天性のアドバイザーであるあなたは、カウンセリングの仕事もよいでしょう。

恋愛と人間関係

人とつながっていたいという思いが強いので、パートナーに依存しすぎないように注意しましょう。創造的で魅力に富み、人助けが大好きな理想家のあなた。孤独を嫌い、腹心の友を探し求めています。しかし、ただ安心が欲しいがために、愛情や幸福を犠牲にしてしまわないよう気をつけてください。寛大で愛情深いのはあなたの長所です。けれども、**人に頼らず1人でいることも覚えましょう**。恋人と自分の気持ちをお互いによく話しあうようにすれば、関係を前進させることができます。

数秘術によるあなたの運勢

頭の回転が速く情熱的で、カリスマ性を持っています。最大の財産は、理論と現実とをうまく結びつけることのできる、優れた直感力です。本業で稼ぎながら、新しい技能を身につける機会が多いでしょう。洞察力が鋭く、チャンスを見逃しません。

15日生まれの人は金運があり、さらに人からの支援や支持を得る才能にも恵まれています。きちんと集中して頭に浮かんだアイディアを現実の形にすることができれば、成功は目の前です。

生まれ月の**9**という数字の影響で、慎重で繊細な面もあります。思いやりの心を持つこと、そして現実をしっかりと見据えることが大切です。

●**長所**：意欲的である、寛大である、責任感がある、親切である、協力的である、鑑賞眼がある、創造的アイディアに富む

■**短所**：秩序を乱す、落ち着きがない、利己的である、変化を恐れる、信頼を失う、不安になりやすい、優柔不断である

♥恋人や友人

1月1、5、15、26、29、30日／**2月**3、13、24、27、28日／**3月**11、22、25、26日／**4月**9、20、23、24日／**5月**7、18、21、22日／**6月**5、16、19、20日／**7月**3、14、17、18、31日／**8月**1、12、15、16、29、31日／**9月**10、13、14、27、29日／**10月**8、11、12、25、27日／**11月**6、9、10、23、25日／**12月**4、7、8、21、23、29日

◆力になってくれる人

1月1、2、10、27日／**2月**8、25日／**3月**6、23日／**4月**4、21日／**5月**2、19、30日／**6月**17、28日／**7月**15、26日／**8月**13、24日／**9月**11、22日／**10月**9、20日／**11月**7、18日／**12月**5、16日

♣運命の人

3月13、14、15、16日

♠ライバル

1月17、26日／**2月**15、24日／**3月**13、22日／**4月**11、20日／**5月**9、18日／**6月**7、16日／**7月**5、14日／**8月**3、12、30日／**9月**1、10、28日／**10月**8、26、29日／**11月**6、24、27日／**12月**4、22、25日

★ソウルメイト（魂の伴侶）

1月21日／**2月**19日／**3月**17日／**4月**15日／**5月**13日／**6月**11日／**7月**9、29日／**8月**7、27日／**9月**5、25日／**10月**3、23日／**11月**1、21日／**12月**19日

この日に生まれた 有名人

今村昌平（映画監督）、トミー・リー・ジョーンズ（俳優）、オリバー・ストーン（映画監督）、竹下景子（女優）、彦摩呂（タレント）、円城塔（作家）、アンジェラ・アキ（ミュージシャン）、清川あさみ（芸術家）、深沢邦之（Take2　タレント）

太陽：おとめ座
支配星：おうし座／土星
位置：22°45'−23°45'　おとめ座
状態：柔軟宮
元素：地
星の名前：デネボラ、コプラ

September Sixteenth

9月16日

VIRGO

荒っぽいことは苦手、調和を好む理想家

この日生まれの人は、聡明で独立心が強く、同時に、繊細で友好的。洞察力が鋭く、人や状況を的確に見極めることができます。**誰にも負けない、すばらしい頭脳を持っていますが**、夢を実現するためには、自制心を磨く必要がありそうです。

支配星おうし座の影響を受けているあなたは魅力的で、人生を謳歌しています。あなたにとって**愛情がとりわけ重要**です。コミュニケーション能力が高く、快い声と明晰な語り口で人の心をとらえます。

金星の影響は、ビジネスのセンスとして表れます。投資に成功して、富を得るかもしれません。細部にまで気を配る能力は、理論でも実践でも役に立ちます。**生涯、知識欲は衰えることはありません。**

そのため、特別な教育や訓練を受けると、すばらしい知力を発揮します。感受性豊かで先見の明のあるあなたは、意欲と想像力とを兼ね備えています。この2つが結びつき、あなたを理想の実現へと導いてくれるはずです。荒っぽいことは苦手で、周囲から影響を受けやすいので、穏やかな環境に身を置くことを好みます。頭に浮かんだ空想の産物を、現実の世界に表現するための創造的な手段を見つけることが大切です。夢の世界に夢中になって、現実から目をそらしてしまわないよう、気をつけましょう。

6歳になる頃、太陽がてんびん座に移動します。それから30年間は、人望を得たい、人から評価されたいと強く願う、人間関係重視の時期が続きます。36歳になると太陽がさそり座に移動し、自分に自信を持てるようになります。

隠された自己

自分の能力を高めたい、力をつけたいという強い思いをいだいています。生来の直感力や感受性に磨きをかければ、人間関係が円滑に進むようになるでしょう。あなたにとっての**お手本となってくれるような、知的な人物に魅力を感じる**傾向が強いです。興味を持ったことには、持っている能力を総動員して熱心に取り組みます。あなたにとって、自分の知識を人に披露する時が、一番幸せな瞬間です。

仕事と適性

社交的で、組織をまとめる能力に優れているので、ビジネスで成功を収められそうです。**分析能力**にも秀でているため、科学、数学、コンピューターの分野にも適性があります。

熱意にあふれ、**独創的なアイディアの持ち主**なので、演劇や執筆業に携わるかもしれません。

恋愛と人間関係

理想主義で愛情深いあなたは、忠誠心があつく、責任感の強いパートナーとなります。同じ考えや感情を共有することのできる相手を見つけることが重要。**精神的な刺激を与え、自信を感じさせてくれるような人**と相性がよいようです。好奇心が旺盛で、人を動かしている原動力に興味があります。恋人には、温かく親切にふるまうことができるでしょう。

数秘術によるあなたの運勢

16日生まれは、野心的でありながら、非常に繊細です。人あたりがよく社交的で、思慮深いあなた。感情を基準に物事を判断します。鋭い洞察力と、深い愛情の持ち主でもあります。

誕生日に16という数字を持つ人は、世界情勢に関心があり、国際的な企業に就職する可能性を持っています。突然のひらめきを文章で表す才能に恵まれた人も多いようです。ただし、精神的に不安定な部分があるので、うまくバランスをとるように心がけましょう。

生まれ月の**9**は、観察眼に優れ、慎重であることを示します。人の感情に敏感で、影響を受けやすいようです。

冒険好きで、さまざまな経験を通して多くのことを学びたいと思っています。

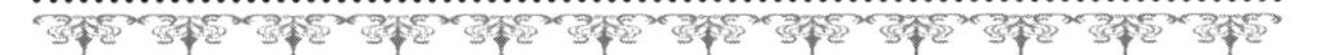

●**長所**：合理的である、高潔である、直感的である、協力的である、洞察力がある

■**短所**：不安が生じる、満足しない、無責任である、自画自賛する、頑固である、懐疑的である、おせっかいである、短気である、利己的である、愛想がない

相性占い

♥恋人や友人

1月3、10、13、20、21、30日／**2月**1、8、11、18、28日／**3月**6、9、16、26日／**4月**4、7、14、24日／**5月**2、5、12、22日／**6月**3、10、20日／**7月**1、8、18日／**8月**6、16、30日／**9月**4、14、28、30日／**10月**2、12、26、28、30日／**11月**10、24、26、28日／**12月**8、22、24、26日

◆力になってくれる人

1月12、16、17、28日／**2月**10、14、15、26日／**3月**8、12、13、24日／**4月**6、10、11、22日／**5月**4、8、9、20、29日／**6月**2、6、7、18、27日／**7月**4、5、16、25日／**8月**2、3、14、23日／**9月**1、12、21日／**10月**10、19日／**11月**8、17日／**12月**6、15日

♣運命の人

3月12、13、14、15、31日／**4月**29日／**5月**27日／**6月**25日／**7月**23日／**8月**21日／**9月**19日／**10月**17日／**11月**15日／**12月**17日

♠ライバル

1月6、18、22、27日／**2月**4、16、20、25日／**3月**2、14、18、23日／**4月**12、16、21日／**5月**10、14、19日／**6月**8、12、17日／**7月**6、10、15日／**8月**4、8、13日／**9月**2、6、11日／**10月**4、9日／**11月**2、7日／**12月**5日

★ソウルメイト（魂の伴侶）

3月28日／**4月**26日／**5月**24日／**6月**22日／**7月**20日／**8月**18日／**9月**16日／**10月**14日／**11月**12日／**12月**10日

有名人

竹久夢二（画家）、緒方貞子（国際政治学者）、東国原英夫（タレント・政治家）、内野聖陽（俳優）、宮川大輔（タレント）、多岐川華子（女優）、ミッキー・ローク（俳優）、落合陽一（メディアアーティスト）

太陽：おとめ座
支配星：おうし座／金星
位置：23°45'−25°45'　おとめ座
状態：柔軟宮
元素：地
星の名前：ラブラム、コプラ

9月17日

VIRGO

チャンスをつかむひらめきを大切に

この日生まれの人は、聡明で鋭敏、さらに優れたコミュニケーション能力を備えています。独立心が強く活発で、貪欲に知識を吸収します。**ピンと感じるものがあると、ためらうことなく前に進み、しっかりとチャンスをつかみます**。ただ、疑い深いところがあり、それが強い不安の原因となってしまうことがあります。

支配星のおうし座の影響が加わるので、**言葉についての才能を持っています**。社交的で愛情深く、美を愛し、色、デザインに対するセンスにも恵まれています。目標達成への過程では、女性に助けられることが多いようです。

几帳面で、細部まで気を配ることができるので、選んだ分野におけるスペシャリストとなることもできるでしょう。新たな事実を発見、分析し、工夫をこらすことが好きです。のみこみの早さを誇るあなたですが、長期間にわたる困難な作業にも、忍耐強く取り組むことができます。**常に刺激と変化を求めている**ので、旅行や教育を通して人生を模索することになりそうです。しかし、こういった生き方は経済的、精神的な不安定の原因ともなるので、気前のよさと質素倹約の精神が交互に顔を出すことになりそうです。新しいものと古いものの間でうまくバランスをとるように心がければ、飽きることなくいつも新鮮な気持ちを保ち続けることができるでしょう。

5歳になると太陽がてんびん座に移動し、30年間にわたる社会生活や1対1の関係重視の時期が訪れます。太陽がさそり座に移動する35歳になると、人生に深い意味を求め、変化を重視するようになります。

隠された自己

生まれつき価値観がしっかりしているので、経済的な成功を収められそうです。しかし、成長とともに洞察力に磨きがかかるにつれて、お金だけでは満足できないこともわかってくるはず。反省したり、エネルギーを充電するために、1人で過ごす場所と時間も必要です。自分が世の中の役に立っていることを実感したいと思っているので、**年を重ねるにつれ、人生における仕事の重要度は増してきます**。このため、仕事にやりがいを持つことが不可欠です。あなたには頑固なところがあり、それが口論の原因になることもあります。かえって議論を楽しむくらいの余裕を持つように心がけましょう。

仕事と適性

几帳面で、細かいことにも気がつくので、研究や科学の分野に向いています。**現実を見据える力があり、分析能力にも優れているため**、経済学者、資産運用の専門家、会計士にも適しています。**コミュニケーション能力**を活かせば、作家、批評家やマスコミ関係でも活躍できるでしょう。コンピューター関係の仕事でも才能を発揮できそうです。

恋愛と人間関係

直感的で、知性に優れながら、控えめなあなたは、自分の考えや感情をあらわにしたがりません。物事に対して敏感すぎて、神経質なところがあるため、関係を発展させるには時間がかかります。あなたには、**野心と意志力を備えたまじめな人**と相性がいいようです。恋人とは信頼に基づく愛情深い関係を築き、じっくりと長くつき合える関係を求めています。

数秘術によるあなたの運勢

17日生まれのあなたは、聡明で控えめですが、論理的に決断をきっぱりとくだすこともできます。専門知識を深め、その道の専門家や研究者として成功し、名声を得るでしょう。

引っ込み思案で内省的、1人でいることを好み、事実や数値に強い関心を持っています。何事にもじっくりと時間をかけて、真剣に取り組みます。忍耐力があり、集中力も長続きするので、経験を通じて多くを学ぶことができるでしょう。しかし、疑い深い性格を乗り越えることができれば、もっと早く学習できるはず。

生まれ月の9という数字は、現実的で、感受性が豊かなことを表します。経済的安定が重要なのは確かですが、欲張りにならないように気をつけてください。

●長所：思慮深い、計画性に優れている、ビジネスセンスがある、努力を惜しまない、正確である

■短所：頑固である、注意力が散漫である、気分屋である、批判的である、すぐにくよくよする、疑い深い

相性占い

♥恋人や友人

1月21、22、28、31日／**2月**19、26、29日／**3月**17、24、27日／**4月**15、16、22、25日／**5月**13、20、23日／**6月**11、18、21日／**7月**9、16、19日／**8月**7、14、17、31日／**9月**5、12、15、29日／**10月**3、10、13、27、29、31日／**11月**1、8、11、25、27、29日／**12月**6、9、23、25、27日

◆力になってくれる人

1月9、12、18、24、29日／**2月**7、10、16、22、27日／**3月**5、8、14、20、25日／**4月**3、6、12、18、23日／**5月**1、10、16、21、31日／**6月**2、8、14、19、29日／**7月**6、12、17、27日／**8月**4、10、15、25日／**9月**2、8、13、23日／**10月**6、11、21日／**11月**4、9、19日／**12月**2、7、17日

♣運命の人

1月3日／**2月**1日／**3月**13、14、15、16日

♠ライバル

1月7、8、19、28日／**2月**5、6、17、26日／**3月**3、4、15、24日／**4月**1、2、13、22日／**5月**11、20日／**6月**9、18日／**7月**7、16日／**8月**5、14日／**9月**3、12日／**10月**1、10日／**11月**8日／**12月**6日

★ソウルメイト（魂の伴侶）

1月3、19日／**2月**1、17日／**3月**15日／**4月**13日／**5月**11日／**6月**9日／**7月**7日／**8月**5日／**9月**3日／**10月**1日

有名人

エリザベス1世（イギリス女王）、石川遼（プロゴルファー）、東野英治郎（俳優）、金丸信（政治家）、曽野綾子（作家）、橋爪功（俳優）、ちあきなおみ（歌手）、蝶野正洋（格闘家）、北山宏光（Kis-My-Ft2　タレント）、江上敬子（ニッチェ　タレント）

太陽：おとめ座
支配星：おうし座／金星
位置：24°45'−25°45'　おとめ座
状態：柔軟宮
元素：地
星の名前：ラブラム、コプラ、ザビジャバ、
　　　　　アル・カイド

September Eighteenth

9月18日

VIRGO

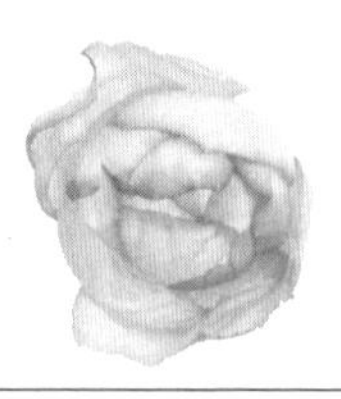

強い直感力を持つ優れた戦略家

18日生まれのあなたは、合理的で分析力に優れ、想像力、感受性に富んでいます。興味のある企画に関わっている時は､強い目的意識を持って熱心に取り組むことができますが、そうでない時は、何もする気が起きません。

支配星であるおうし座の影響で、**愛情を大切に考えています**。円満で平和な環境を望み、快適な人生を送りたいと思っているので、家庭が非常に重要になるでしょう。細部にも注意を払うことができるのはあなたのよいところですが、しつこく同じ問題をくり返して扱い、批判的になりすぎることがあるので気をつけて。

知識を愛し、人に情報を与えることを楽しみます。神経質ではありますが、**はっきりとしたビジョンを描く力を持ち、現実に即した方法をとることができるので、優れた戦略家になることができます**。この能力を強い直感と結びつけることができれば、すばらしい結果を導きだすことができるでしょう。物事に関わり始める前にしっかりと状況を把握することが大切ですが、一度口を挟んだことには責任感を持って取り組むのがあなたです。

4歳になると、太陽がてんびん座に移動します。このために、幼い頃から社交的なのです。それからの30年間は、人間関係を大切にしながら、駆け引きの能力に磨きをかける時期です。34歳で太陽がさそり座に移動し、転換期を迎えます。変化を求め、個人的能力を高めたいという欲求に力点が置かれるようになります。

隠された自己

完璧主義者なので、少し自分に厳しすぎるようです。人の期待に沿えていないのではないかと不安になることもしばしば。しかしあなたは、内に秘めた強い意志をつらぬき、あらゆる困難を乗り越えて、思い通りの名声を獲得できるはずです。ただし権力を手に入れた時には、公平を心がけて。ごまかしをしてはいけません。**はっきりとした目標が見えている時には、前向きに働くことができます**。また、周囲の協力がなければ物事を果たせないことを十分に知っていて、人とのつながりを築くことに力を注ぎます。協力関係から得るものは大きいでしょう。ただ、将来お金に困るのでは、という根拠のない不安に陥りがちで、これを克服することが必要です。

仕事と適性

几帳面で、完璧主義者のあなたは、研究者、統計学者、経済学者、会計士として成功します。**出世のためには、共同作業で成功を収めることが必要です**。チームでの活動に従事する機会が多いでしょう。組織を把握する力に優れたあなたは、経営者、管理職や、法律に関する仕事に向いているようです。心理学の専門家や、教師、執筆業など、鋭い分析力を必要とする仕事も適職です。出版、広告、マスコミ業界でも活躍します。また、ヒーリングの才能もあります。

恋愛と人間関係

チャーミングで友好的なあなたは､人とのつき合いを楽しみます。人から愛されたいと強く望んでいるのですが、恋人には、愛情よりも安心を求めているようです。**知的で、精神的な刺激を与えてくれる人**に惹かれ、自分と似たような考え方の人と意見を交換したいと考えています。思いやりがあり、ロマンティックで繊細ですが、感情の波に振り回されてわがままにならないように注意。

数秘術によるあなたの運勢

18日生まれの人は、意志の強い野心家です。大胆で活動的なあなたは、権力欲が強く、常に何かに挑戦をしていないと気がすみません。人に対して批判的になったり、気難しくなったり、論争に巻きこまれることもしばしば。

18という数字は、人助けにエネルギーを注ぐことを示します。適切なアドバイスをしたり､問題解決を手伝うことができるのです。また、人を組織する力に優れ、ビジネスセンスもあるので、商業の世界にも惹かれるようです。

生まれ月の**9**は、あなたが戦略家として優れていることを表しています。さらに自立心が旺盛で、創造力にもあふれています。論理的に未来を描きだす能力にも長けています｡生まれ持った慈愛の心、同情心、繊細さを通じて、理解力、忍耐力を伸ばすのが、今後の課題です。

●**長所**：先進的である、直感的である、勇気がある、意志が固い、効率的である、人にアドバイスを与えることができる

■**短所**：感情の制御がきかない、怠惰である、利己的である、誤解されやすい行動をとりがち

♥恋人や友人

1月8、18、22日／**2月**6、16、20日／**3月**14、18、28日／**4月**12、16、26日／**5月**10、14、24日／**6月**8、12、22日／**7月**6、10、20、29日／**8月**4、8、18、27、30日／**9月**2、6、16、25、28日／**10月**4、14、23、26、30日／**11月**2、12、21、24、28日／**12月**10、19、22、26、28日

◆力になってくれる人

1月6、10、25、30日／**2月**4、8、23、28日／**3月**2、6、21、26日／**4月**4、19、24日／**5月**2、17、22日／**6月**15、20、30日／**7月**13、18、28日／**8月**11、16、26日／**9月**9、14、24日／**10月**7、12、22日／**11月**5、10、20日／**12月**3、8、18日

♣運命の人

3月13、14、15、16、17日／**5月**29日／**6月**27日／**7月**25日／**8月**23日／**9月**21日／**10月**19日／**11月**17日／**12月**15日

♠ライバル

1月13、29、31日／**2月**11、27、29日／**3月**9、25、27日／**4月**7、23、25日／**5月**5、21、23日／**6月**3、19、21日／**7月**1、17、19日／**8月**15、17日／**9月**13、15日／**10月**11、13日／**11月**9、11日／**12月**7、9日

★ソウルメイト（魂の伴侶）

1月6、25日／**2月**4、23日／**3月**2、21日／**4月**19日／**5月**17日／**6月**15日／**7月**13日／**8月**11日／**9月**9日／**11月**7日／**12月**5日

この日に生まれた有名人

森本毅郎（キャスター）、神谷明（声優）、稲本潤一（サッカー選手）、中井貴一（俳優）、石橋保（俳優）、井原正巳（元サッカー選手）、大貫亜美（PUFFY　歌手）、グレタ・ガルボ（女優）、栗原勇蔵（サッカー選手）

太陽：おとめ座
支配星：おうし座／金星
位置：25°45'−26°30'　おとめ座
状態：柔軟宮
元素：地
星の名前：アル・カイド、ラブラム、
　　　　　ザヴィアヴァ、マルケブ

September Nineteenth

9月19日

VIRGO

好奇心が強く、変化や冒険を求める楽観主義者

この日に生まれた人は、頭の回転が速く鋭敏で、直感的。そのうえ、さまざまな才能に恵まれています。**いつでも変化や冒険を求め、新たな課題に取り組み続けます。**好奇心が強いので多くの機会に恵まれるのですが、焦ってしまい、せっかくのチャンスを逃してしまうことも。

支配星であるおうし座からは、創造力と魅力を与えられています。さらに、**商売、芸術、両方のセンスを持っています。**もとより状況を分析する能力に優れているので、思考力と集中力が身につけば、すばらしい問題解決手腕の持ち主にもなれるでしょう。

聡明なあなたは、情報を即座に理解し、要点を押さえてわかりやすく説明することができます。時には皮肉っぽくなったり、頑固になってしまうこともありますが、生来の冒険心を常に忘れないようにすれば、愉快で陽気なあなたに戻れるはずです。

幼い頃から32歳になるまで、太陽がてんびん座にとどまります。この時期には、円滑な人間関係を築くこと、人望を得ること、評価を受けることを目指して進みます。33歳になって太陽がさそり座に移動すると、自分に自信がついてきます。また、変化を重視するようになり、共同出資にも関わり始めるかもしれません。

隠された自己

自分が思っている以上に、実は繊細なあなた。心の奥の強い感情を発散させる方法を見つけることが必要です。さもないと、とりわけ金銭面での不安や優柔不断に陥りがち。絶え間ない変化や旅行などを求める気持ちがある一方で、心や物質面での安定、ひいては金銭的安定も望みます。効率よく新たな仕事に取りかかるためには、この両極端の感情の間でバランスをとることが大切です。

創造的で、成功を収めることを重要視しているあなたですが、現実逃避癖があるので気をつけましょう。**他人のために尽くすという理想**に向けて情熱を燃やすことができれば、この癖も克服できるはずです。

仕事と適性

仕事の選択にあたっては、退屈しそうにないということを条件にしましょう。いろいろな人と関わったり、旅行するなど、常に人や状況が変わる仕事に向いているようです。知性と分析能力のおかげで、すばやく情報を自分のものにします。このため、執筆、法律、教育、科学の分野で活躍するかもしれません。活動的なあなたは、転職をくり返し、１つの仕事や会社にずっととどまることはないかもしれません。

恋愛と人間関係

頭の回転が速く、繊細で感受性が強いあなた。**安定と安心を求める気持ち**は、人間関係の中で重要な要因となります。あなたは忍耐強く時間をかけ、愛する人や信頼する人を選びます。このため、急いで関係を築こうとすると、精神的な緊張や不安、疑念が生じることも。

パートナーとは過去を水に流し、新たな環境の中で一からやり直したいという思いを持つことで絆を深めていくことでしょう。

数秘術によるあなたの運勢

19日生まれの人には、陽気で野心的、大胆でありながら、繊細。堅固な意志と、豊かな感受性を併せ持っているのです。一方、名声欲が強く、舞台の中央に上がることも多いようです。

周囲からは、いつも元気で自信にあふれていると思われがちですが、内面ではさまざまな感情が複雑に渦巻いていることも多いのです。プライドが高く、世界は自分を中心に回っているかのようにふるまってしまうことがあるので、気をつけましょう。

9という生まれ月の影響は、鋭い洞察力として表れています。誰にでも分け隔てなく接し、人の幸福のために尽くすこともあります。自分に対して基準を高く設定しすぎると、自分だけではなく他人に対しても批判的になってしまいます。大きな野心を持っているのですが、自己不信や不安感に悩まされ、意欲を削がれることもあります。

●**長所**：大胆である、中心的存在である、創造力豊か、リーダーシップがある、進歩的である、楽観的である、強い信念を持つ、競争力がある、独立心が強い、気前がいい

■**短所**：自己中心的である、不安になりやすい、物質主義的である、利己的である、せっかちである

♥恋人や友人

1月4、13、19、23、24日／**2月**2、11、17、21、22日／**3月**9、15、19、28、29、30日／**4月**7、13、17、26、27日／**5月**5、11、15、24、25、26日／**6月**3、9、13、22、23、24日／**7月**1、7、11、20、21、22日／**8月**5、9、18、19、20日／**9月**3、7、16、17、18日／**10月**1、5、14、15、16、29、31日／**11月**3、12、13、14、27、29日／**12月**1、10、11、12、25、27、29日

◆力になってくれる人

1月7、15、20、31日／**2月**5、13、18、29日／**3月**3、11、16、27日／**4月**1、9、14、25日／**5月**7、12、23日／**6月**5、10、21日／**7月**3、8、19日／**8月**1、6、17、30日／**9月**4、15、28日／**10月**2、13、26日／**11月**11、24日／**12月**9、22日

♣運命の人

3月15、16、17、18日

♠ライバル

1月6、14、30日／**2月**4、12、28日／**3月**2、10、26日／**4月**8、24日／**5月**6、22日／**6月**4、20日／**7月**2、18日／**8月**16日／**9月**14日／**10月**12日／**11月**10日／**12月**8日

★ソウルメイト（魂の伴侶）

4月30日／**5月**28日／**6月**26日／**7月**24日／**8月**22日／**9月**20日／**10月**18、30日／**11月**16、28日／**12月**14、26日

有名人

小柴昌俊（物理学者）、一条ゆかり（マンガ家）、細田守（アニメ監督）、西川貴教（T.M.Revolution 歌手）、夏川純（タレント）、IMALU（タレント）、福田沙紀（女優）、野村謙二郎（野球解説者）、朝日健太郎（元ビーチバレー選手・政治家）

太陽：おとめ座
支配星：おうし座／金星
位置：26°45'−27°30'　おとめ座
状態：柔軟宮
元素：地
星の名前：ラブラム、コプラ、ザビジャバ、アル・カイド

September Twentieth

9月20日

VIRGO

美意識を育む繊細さを持つ

9月20日生まれの人は抜け目がなく、実際を重んじます。**機を見るに敏で、学習意欲が旺盛**。聡明でよく気が回り、積極的に物事に取り組むことができます。楽観的な正直者でもありますが、多少、忍耐力に欠けるようです。

支配星であるおうし座からは、優れたセンスと知性、魅力を与えられています。細部まで注意が行き届き、細かいことにこだわりを持っています。デザインセンスにも恵まれています。**話し上手の聞き上手**で、相手を説得するのが得意です。ものを書くことなど、コミュニケーションの才能が、成功するうえで大きな役割を果たすでしょう。

生来、ビジネスセンスがあり、知覚が発達していますが、批判的にならないよう注意しましょう。基本的には現実的な考え方をするのですが、直感に頼ったりする時もあります。しかしあなたは**大きな視野で物事をとらえ、最適な対処法をとることができる人**です。あなたが惹かれるのは、頭のよい人や人に頼らず成功している人です。こうした人たちからは、多くのことを吸収できるはずです。また、旅に出ることからも学ぶことは多いようです。

幼児期の初めから31歳になるまで、太陽はてんびん座にとどまります。この時期には、人に好かれ、評価されることを求めます。人間関係が特に重要な意味を持つでしょう。32歳で太陽がさそり座に入ると、転機を迎えます。その後30年間で、自分の力をより意識するようになり、自信が深まってくるのです。また、自分の感受性の豊かさにも気づくことになりそうです。

隠された自己

安らぎを求めながら同時に精神的刺激を求めています。心を集中させる、よく考える、黙想するといったことを身につければ、いつも落ち着いた態度で過ごし、心のざわめきを抑えることができます。とても繊細で傷つきやすいのですが、周りからは、自信にあふれ有能と映ります。感受性が強いので、外界から遮断され安心して過ごせる場所を得ることが大切。この役割を果たしてくれるのが家庭です。**家庭という基盤があってこそ、新しい何かを築いていける**のです。自分の果たすべき責任をよく心得てはいますが、無私無欲の大切さを知り、犠牲も時には必要だということを学びましょう。この意識が、人道的な闘争においても、周囲の平和を築く際にも、必要なのです。

仕事と適性

人とのコミュニケーションを必要とする仕事から、満足感を得られそうです。**お金儲けにつながるアイディアをたくさん持っている**ので、企画担当や起業家として優れています。セールス、渉外、販売促進、宣伝の分野で成功を収めるでしょう。情報を分析してまとめるのが得意なので、統計、調査、教育関係の仕事に就くのもよさそうです。

恋愛と人間関係

知的で思慮深く、何事にも合理的なあなたは、人間関係においても自分が何を求めているのかよくわかっています。それなのに、普通とはいえない関係に陥ったり、一風変わった人と関わったりすることがあります。

生まれながらの実用主義者で、すぐに恋に陥ることはなく、将来に希望が持てないような関係からは身を引きます。頭の回転が速いあなたは、**退屈させず、心の緊張を保たせてくれる相手**を恋人に選ぶと吉です。

数秘術によるあなたの運勢

20の日に生まれた人は直感が鋭く、順応性が高く、思いやりがあります。人と関わり経験を共有する中から多くを学びとることのできる共同作業が大好きです。人あたりがよく魅力的で、どんな集団にもすっと溶けこみます。しかし、人のちょっとした行動や批判にすぐに傷ついてしまいます。人間関係においては、自分を犠牲にしたり、人に騙されたり、人に頼りすぎたりという傾向があるので、注意が必要です。

9月の**9**という数字からも影響を受けるあなたは、理想主義的で、洞察力があり大胆で力強い性格です。とても繊細で、人に対して受容的。和やかな雰囲気を作りだすのが得意です。心の奥底にある気持ちを信じれば、心配性を克服できるでしょう。

誰も考えつかないような何か特別なことをやり遂げて、人を元気づけたり助けたりすることもできます。

●長所：協調性がある、穏和である、如才ない、受容力がある、直感が鋭い、思いやりがある、協調的である、人あたりがよい、友好的である

■短所：疑い深い、自信が持てない、追従する、神経質である、情に動かされやすい、利己的である、傷つきやすい

♥恋人や友人
1月3、4、14、20、24、25日／**2月**1、2、12、18、22日／**3月**10、16、20、29、30日／**4月**8、14、18、27、28日／**5月**6、12、16、25、26、31日／**6月**4、10、14、23、24、29日／**7月**2、8、12、21、22、27日／**8月**6、10、19、20、25日／**9月**4、8、17、18、23日／**10月**2、6、15、16、21、30日／**11月**4、13、14、19、28、30日／**12月**2、11、12、17、26、28、30日

◆力になってくれる人
1月4、8、21日／**2月**1、2、6、19日／**3月**4、17、28日／**4月**2、15、16日／**5月**13、24日／**6月**11、22日／**7月**9、20日／**8月**7、18、31日／**9月**5、16、29日／**10月**3、14、27日／**11月**1、12、25日／**12月**10、23日

♣運命の人
1月3日／**2月**1日／**3月**16、17、18、19日／**5月**31日／**6月**29日／**7月**27日／**8月**25日／**9月**23日／**10月**21日／**11月**19日／**12月**11、17日

♠ライバル
1月7、10、15、31日／**2月**5、8、13、29日／**3月**3、6、11、27日／**4月**1、4、9、25日／**5月**2、7、23日／**6月**5、21日／**7月**3、19日／8月1、17日／**9月**15日／**10月**13日／**11月**11日／**12月**9日

★ソウルメイト（魂の伴侶）
3月31日／**4月**29日／**5月**27日／**6月**25日／**7月**23日／**8月**21日／**9月**19日／**10月**17、29日／**11月**15、27日／**12月**13、25日

この日に生まれた 有名人

安室奈美恵（歌手）、ソフィア・ローレン（女優）、麻生太郎（政治家）、小田和正（ミュージシャン）、石川ひとみ（歌手）、鈴木砂羽（女優）、一青窈（歌手）、若林正恭（オードリー　タレント）、大本彩乃（Perfume　歌手）、南里美希（モデル）

太陽：おとめ座
支配星：おうし座／金星
位置：27°45'−28°45'　おとめ座
状態：柔軟宮
元素：地
星の名前：ラブラム、コプラ、ザビジャバ、
アル・カイド

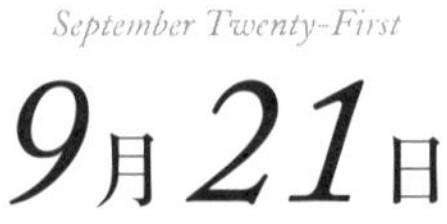

VIRGO

親しみやすく楽天的な言葉の魔術師

9月21日生まれの人は独立心を持ちながら、親しみやすく、社交的。**すばらしい創造力を秘めています**。自己表現の手段として、言葉を巧みに操ります。多くのことに手を出してエネルギーをまき散らさないよう注意が必要。あれこれ心配したり迷ったりしてエネルギーを浪費する傾向もあるようです。

支配星であるおうし座の影響を受けているので、**愛情をとても大切に考えています**。実際を重んじ、知識欲旺盛で、自己表現能力に長けるあなたは、とても魅力的です。**美しいものを見分ける目と、形に対するセンスに恵まれている**ため趣味がよく、芸術や自然など、あらゆるすばらしいものを楽しみ味わうことができます。

コミュニケーション能力が高く、細部に注意が行き届きますが、小さなことにいつまでもこだわって批判的になったり心配したりするのはやめましょう。おうし座の影響は生来のビジネスセンスというかたちでも表れ、トップを目指すあなたに有利に働きます。とても温かくて楽観的。そうかと思うと、冷淡でいらいらしていることもあり、この傾向は具体的な目標がない時に特に強く表れるようです。直感が鋭いのですが、精神的なことに対する懐疑的態度は改めましょう。

幼児期の早いうちに太陽がてんびん座へと進み、人から評価されたいという気持ちが強くなります。人間関係が生活の中で特に重要な役割を果たします。31歳になると太陽がさそり座に入り、その影響で力が増し、強い決意で事にあたり、安定感が出てきます。

隠された自己

しっかりとした価値観を持っています。しかし、自分に疑問をいだいて自信を失うことのないように。直感を働かせることを身につければ、固い信念を持ち、内に秘めた能力を活かせるようになります。体面を重んじプライドが高いので、失敗を受け入れられません。しかし、冒険を恐れていては、潜在能力を十分に発揮することはできません。すぐに退屈するので、何かやりがいのある刺激的なことを見つけることが必要。**不屈の精神で粘り強くやり通せば目標を達成**できます。

一方、あなたは**出世運に恵まれています**が、衝動的で、無駄遣いをしてしまう傾向があります。これを自覚していれば、金銭感覚が身につきます。

変化を求め、自分を縛りつける状況から逃れたいという気持ちから、いろいろな道を探って心を満たそうとします。視野を広め、新しいチャンスを与えてくれる旅行や仕事から充足感を得る人もいます。

仕事と適性

仕事があなたの人生の重要な位置を占めるため、すばらしい潜在能力を遺憾なく発揮することが大切。言葉を巧みに使うので、作家やセールスマンに向いています。代理店業、弁護士、俳優、政治家、出版業でもうまくいきます。また、音楽界もおすすめ。

恋愛と人間関係

生来、機知に富み、愉快で、一緒にいると楽しい人です。気だてがよく、寛大で社交的なので、すぐに友達を作って人の心をとらえます。

繊細で、理想主義的。魅力的で、夢見がちな心の持ち主。しかし神経質なので、人間関係においても批判的になったり態度を決めかねたり、あるいは相手への気持ちがころころと変わったりということが生じます。

愛する人のために犠牲になることができますが、よそよそしくなったり気にかけなくなったりもします。**繊細で思いやりがあり、自分の能力を信じてくれるパートナー**を求めています。

数秘術によるあなたの運勢

21の日に生まれた人は気力に満ち、外向的です。親しみやすくて社交的、顔が広く、多くの友人がいます。楽しいことが好きで、魅力があり、創造的。しかし一方で、内気で控えめな人もいます。特に親しい人々に対して自分をもっと主張できるようになるとよいでしょう。協力的な関係や結婚を望む気持ちになる時も、あなたがいつも欲しているのは自分の才能と能力が認められることです。

9という数字の影響で、機知に富み、分別があり、情熱的で、感受性豊かです。合理的ですが創造的でもあるため、自由に自己表現する方法を見つけることが必要。優柔不断になるのはやめ、人の意見をあまり気にしないようにしましょう。

心の広い博愛主義者で、公平さと正義を求めます。せっかちになって、エネルギーをあちこちにばらまかないように注意が必要。洞察力を備え、先見の明があります。

●長所：ひらめきがある、創造的である、フレンドリーである、長期にわたる人間関係を築く

■短所：依存心が強い、神経質である、気難しい、展望がない、失望しやすい、変化を恐れる

♥恋人や友人

1月11、21、25日／**2月**9、19、23日／**3月**17、21、30日／**4月**15、19、28、29日／**5月**3、13、17、26、27日／**6月**11、15、24、25、30日／**7月**9、13、22、23、28日／**8月**7、11、20、21、26、30日／**9月**5、9、18、19、24、28日／**10月**3、7、16、17、22、26、29日／**11月**1、5、14、15、20、24、27日／**12月**3、12、13、18、22、25、27、29日

◆力になってくれる人

1月5、13、16、22、28日／**2月**3、11、14、20、26日／**3月**1、9、12、18、24、29日／**4月**7、10、16、22、27日／**5月**5、8、14、20、25日／**6月**3、6、12、18、23日／**7月**1、4、10、16、21日／**8月**2、8、14、19日／**9月**6、12、17日／**10月**4、10、15日／**11月**2、8、13日／**12月**6、11日

♣運命の人

3月17、18、19、20日／**6月**30日／**7月**28日／**8月**26日／**9月**24日／**10月**22日／**11月**20日／**12月**18日

♠ライバル

1月2、23、30日／**2月**21、28日／**3月**19、26、28日／**4月**17、24、26日／**5月**15、22、24日／**6月**13、20、22日／**7月**11、18、20日／**8月**16、18、19日／**9月**7、14、16日／**10月**5、12、14日／**11月**3、10、12日／**12月**1、8、10日

★ソウルメイト(魂の伴侶)

1月14、22日／**2月**12、20日／**3月**10、18日／**4月**8、16日／**5月**6、14日／**6月**4、12日／**7月**2、10日／**8月**8日／**9月**6日／**10月**4日／**11月**2日

有名人

スティーブン・キング(作家)、松田優作(俳優)、二代目桂ざこば(落語家)、ビル・マーレイ(俳優)、安倍晋三(政治家)、二階堂ふみ(女優)、ELLY(三代目J Soul Brothers パフォーマー)

太陽：おとめ座／てんびん座
支配星：おうし座／金星
位置：28°45'－29°45'　おとめ座
状態：柔軟宮
元素：地
星の名前：ラブラム、コプラ、ザビジャバ、
アル・カイド

September Twenty-Second

9月22日

VIRGO

ビジネスに役立つ優れた知性と知識欲

おとめ座とてんびん座のカスプ上にいるあなたは幸運な人で、おとめ座の優れた知性とてんびん座の社交性を併せ持っています。**現実的で辛抱強く、細かなところまで気配りができて、几帳面**。しかし、負けず嫌いなところもあります。考え方が独創的で、討論や議論が好きですが、自分の意見を押し通そうとしたり皮肉を言ったりしないこと。

支配星おうし座の影響で、**しっかりと自分の考えを伝えることができ、抜け目がなく、ビジネスセンスがあります**。すばらしい声の持ち主で、魅力があり、本当の美と贅沢を知っています。鋭い感覚の持ち主なので周りが見えすぎてしまうのでしょうが、あまり批判的にならないよう注意が必要。

知識欲が旺盛で、何でもやってみたいタイプ。仲間内ではよく軽口をたたき、風変わりなユーモア感覚を披露します。また、人からどう見られているのかを気にして、よい印象を与えようとします。しかし**最も心が満たされるのは、自分の理想が形になった時、あるいは人の役に立つ時**です。直感がとても鋭いので、みずからの本能を信じましょう。

生まれた年に太陽がてんびん座へ進み、幼少から聡明で社交性があります。調和のとれた環境を必要とします。30歳まで人間関係が生活の中で大きな役割を果たすでしょう。30歳を過ぎると太陽がさそり座に入り、転換期を迎えます。感情面で自立し、自制がきくようになり、あまり恐れを感じなくなります。

♍
9
月

隠された自己

他人の愛情にうまく応えます。心が温かく寛大で、一緒にいると楽しい人。しかし自尊心が強く、能力を試されるとかたくなな態度を示し、不機嫌になったり、いらいらしたり、神経質な面をみせたりもします。いつもは非常に繊細な心を優れた頭脳で守っていますが、**いったん何かを決めてしまえば意志は固く、決然たる態度で事にあたります**。この粘りがものをいい、大きな成功を収めるでしょう。

物事を突きつめて考え、目に見えないものについて興味を示します。確信をとらえる力は仕事で役立ち、あなたは周囲の人々に影響を及ぼす存在となります。

仕事と適性

分析力があり、批評眼を備えているので、出版関係が最適。優れた編集者、作家になります。また、対人関係にすばらしい能力を発揮するので、代理店業、セールスマン、販売促進や渉外関係の仕事も向いています。また構造や造形に関する感覚が優れているので、建築家や設計者でも力を発揮します。

恋愛と人間関係

はっきりとしたものの見方、考え方をしますが、人と一緒に歩むことを望んでいます。あなたにとっては恋愛や人づき合いがとても重要なので、良好な関係を保つために譲歩し、そつなくふるまいます。外向的で自尊心が強く威圧的ですが、なぜか人の心をとらえて離さない魅力もあります。

いつも理想のパートナーを求め、永続的な関係が可能と信じています。**自分の選んだパートナーに対して誠実です**。関心や愛情を向けてもらえないことがあっても、不安や嫉妬を覚えないことが大切。

数秘術によるあなたの運勢

22の日に生まれた人は現実的で、規律正しく、直感力があります。22はマスターナンバーなので、22と4の両方の波動を持っています。正直でよく働き、生来、統率力を備え、カリスマ的性格の持ち主で、人間を深く理解しています。感情を表に出さないタイプですが、人の幸せに対して気遣いといたわりをみせます。しかし、実用主義、現実主義を忘れるわけではありません。

9という数字の影響は、野心、良識、慎重というかたちで表れます。人の気持ちにも敏感なので、思いやりがあって親切です。活力と情熱を与えられたあなたは、強い決意で懸命に働いて成功を収めます。洞察力と直感を働かせて将来を見通し、創造的に自己表現することで大きなことを成し遂げられます。しかし、実際的な見通しを立て、経済観念を身につけることが必要です。

●長所：リーダーシップがある、直感が鋭い、実用主義的である、実際を重んじる、器用である、巧みに物事をまとめあげる、現実主義者である、粘り強い

■短所：一攫千金を夢見る、神経質である、いばりちらす、物質主義的である、ビジョンがない、怠惰である、自己中心的である、貪欲である、私利私欲を図る

♥恋人や友人

1月6、16、22、26日／**2月**4、14、20、24日／**3月**2、12、18、22日／**4月**10、16、20、30日／**5月**8、14、18、28日／**6月**6、12、16、26日／**7月**4、10、14、24、31日／**8月**2、8、12、22、29日／**9月**6、10、20、27日／**10月**4、8、18、25日／**11月**2、6、16、23、30日／**12月**4、14、21、28、30日

◆力になってくれる人

1月6、17、23、31日／**2月**4、15、21、29日／**3月**2、13、19、27、30日／**4月**11、17、25、28日／**5月**9、15、23、26日／**6月**7、13、21、24日／**7月**5、11、19、22日／**8月**3、9、17、20日／**9月**1、7、15、18、30日／**10月**5、13、16、28日／**11月**3、11、14、26日／**12月**1、9、12、24日

♣運命の人

3月18、19、20、21日

♠ライバル

1月24日／**2月**22日／**3月**20、29日／**4月**18、27、29日／**5月**6、16、25、27、30日／**6月**14、22、25、28日／**7月**12、21、23、26日／**8月**10、19、21、24日／**9月**8、17、19、22日／**10月**6、15、17、20日／**11月**4、13、15、18日／**12月**2、11、13、16日

★ソウルメイト（魂の伴侶）

1月13日／**2月**11日／**3月**9日／**4月**7日／**5月**5日／**6月**3、30日／**7月**1、28日／**8月**26日／**9月**24日／**10月**22日／**11月**20日／**12月**18日

有名人

岡田眞澄（俳優）、アンナ・カリーナ（女優）、鈴木雅之（歌手）、石井竜也（歌手）、緒形直人（俳優）、北島康介（元水泳選手）、渋谷すばる（関ジャニ∞　タレント）、田部井淳子（登山家）、今井絵理子（SPEED　歌手・政治家）

太陽：てんびん座／おとめ座
支配星：てんびん座／金星
位置：29°30′ おとめ座－0°30′ てんびん座
状態：活動宮
元素：風
星：なし

September Twenty-Third

9月23日

LIBRA

気楽そうな理想主義者の隠れた一面は、強い信念と実行力

9月23日生まれの人は、知的でありながら繊細、魅力的でありながら率直な人です。おとめ座とてんびん座のカスプ上で生まれたので、両方からプラスの影響を受け、**優れた知性と、芸術的な才能を与えられている**のです。残念ながら両者の影響は、勝手気ままな完全主義者というかたちでも表れています。しかし、探究心、統率力、繊細さを併せ持つおかげで、**自分で選んだ道の頂点まで上りつめることも夢ではありません。**

支配星であるおとめ座の影響を受け、好感の持てる態度と耳に心地よい声で、人を惹きつけます。進取の気性に富み、知識欲旺盛で、精神的刺激を与えてくれる仕事に喜んで取り組みます。野望をいだいた気ままな人物として気楽そうに見えるのですが、**強い信念を持ち、目的を達成するまでやり通します。**人づき合いが上手で、創造的で理想主義のあなたは、自己鍛錬と固い決意で夢を実現します。独創的な考えを持ち、すぐに何でも理解し、コミュニケーション能力が優れています。理想主義的とはいっても、金銭には関心があり、美しいものや贅沢を好みます。浪費しすぎたり、虚栄を張らないように。成功するには知性を働かせましょう。そのため、興味を失わずにいられる仕事や活動に携わることです。

29歳までは、金銭、創造性、円満な人間関係作りに関心があります。30歳を迎えると太陽がさそり座へ移り、心の奥底の感情に変化が生じてきます。また、共同でお金の管理をしたり、人のお金の処理に関わったりするようになります。60歳で太陽がいて座に入り、再び転機を迎えます。冒険を求め、自由を愛する気持ちが強くなり、もっと高度な教育を受けたい、あるいは旅行したいと思うようになるでしょう。

隠された自己

独立独歩のように見えますが、恋人や友人などの人間関係に対してとても敏感です。情愛が深く、外向的。**親しみやすくて、一緒にいるとたくさんの刺激を受けます。**

しかし、気持ちが不安定だと不機嫌で冷淡になり、関心を示さなくなります。お互いに依存しない関係があなたにとって非常に重要。パートナーは対等な関係を保てる人を選んで。

仕事と適性

柔軟で生来コミュニケーション能力が高いので、人と関わる仕事に向いています。宣伝や渉外関係の仕事で力を発揮します。魅力的で説得力があるので、広報担当者でも活躍します。情報に敏感で、教育、ジャーナリズム、執筆関係の仕事に携わる人もいます。特定の人物や活動内容に興味があると、代理店業務や広報担当者として優れた働きをします。音楽が好きなので、エンターテインメントの世界に進むのも選択肢の1つです。

恋愛と人間関係

人を魅了する力があり、簡単に友人やパートナーの心を惹きつけます。すぐに心を許すことはしませんが、**いったん親しくなると、長い間、よい関係を築いていきます。**ロマンティックで心の安定を求めるので、パートナーに対して誠実。たとえ相手に幻滅しても、特に女性の場合は、なんとか心地よい関係を保とうとします。男性はそれほどがまん強くはないでしょうが、それでも理想的な関係という幻想を捨て切れません。

数秘術によるあなたの運勢

23の日に生まれた人は、繊細で、何でもこなし、情熱的で、頭の回転が速いアイディアマン。新しいことをすぐに習得しますが、理論より実践を好みます。

旅行や冒険、新しい出会いが好きで、23の数字は、じっとしていられない様子を意味するので、さまざまな経験へ駆りたてられます。どんな状況にあっても、その中で最高の結果を出します。親しみやすく、楽しいことが好きで、勇気と気力を備えたあなたは、潜在能力を発揮するために活動的に暮らしたいと思っています。

9月の**9**という数字の影響で、直感が鋭く、独創的。多才な実務家ですが、規律と忍耐力を身につける必要があります。というのは、飽きっぽいので、途中で進路を変更しないように。1つの仕事を終わらせてから次の新しいことに取りかかるようにしましょう。

●**長所**：誠実である、責任感がある、コミュニケーション能力が高い、直感が鋭い、創造的である、多才である、信頼できる、名声を得る

■**短所**：利己的である、自信が持てない、頑固である、妥協できない、あら探しをする、偏った見方をする

相性占い

♥恋人や友人

1月1、4、27、28、29日／**2月**2、25、27日／**3月**23、25日／**4月**21、23日／**5月**19、21、29日／**6月**17、19、27日／**7月**15、17、25日／**8月**13、15、23日／**9月**11、13、21日／**10月**9、11、19日／**11月**7、9、17日／**12月**5、7、15日

◆力になってくれる人

1月3、5、10、15、18日／**2月**1、8、13、16日／**3月**6、11、14、29、31日／**4月**4、9、12、27、29日／**5月**2、7、10、25、27日／**6月**5、8、23、25日／**7月**3、6、21、23日／**8月**1、4、19、21日／**9月**2、17、19日／**10月**15、17日／**11月**13、15日／**12月**11、13日

♣運命の人

3月19、20、21、22日／**4月**30日／**5月**28日／**6月**26日／**7月**24日／**8月**22日／**9月**20日／**10月**18日／**11月**16日／**12月**14日

♠ライバル

1月9、14、16、25日／**2月**7、12、14、23日／**3月**5、10、12、21、28、30日／**4月**3、8、10、19、26、28日／**5月**1、6、8、17、24、26日／**6月**4、6、15、22、24日／**7月**2、4、13、20、22日／**8月**2、11、18、20日／**9月**9、16、18日／**10月**7、14、16日／**11月**5、12、14日／**12月**3、10、12日

★ソウルメイト(魂の伴侶)

12月29日

この日に生まれた有名人

吉田秀和(評論家)、レイ・チャールズ(ミュージシャン)、川平慈英(俳優)、稲葉浩志(B'z　ボーカル)、中山雅史(サッカー選手)、阿部和重(作家)、渡部建(アンジャッシュ　タレント)、三浦しをん(作家)、川澄奈穂美(サッカー選手)

太陽：てんびん座
支配星：てんびん座／金星
位置：0°30'－1°30'　てんびん座
状態：活動宮
元素：風
星：なし

September Twenty-Fourth

9月24日

LIBRA

もてなし上手な社交家

9月24日生まれの人は親しみやすく、思いやりがあって、親切。**公正さと正義感を身につけた社交的な人**です。家庭や家族が大きな関心事で、厄介な状況が生じても、うまく事を収めます。寛大でロマンティック。**カリスマ性と統率力**を備え、自分の影響力を社会でどのように利用すればよいか心得ていて、あらゆる分野の人と親しくつき合うことができます。

あなたの支配星であるてんびん座の影響で、贅沢や美しいものに囲まれていることが大好き。**豊かな発想が、生来の芸術的・創造的才能を伸ばすのに役立ちます**。しかし、すばらしい潜在能力を開花させるには、それ相応の忍耐と規律が必要なのです。年を重ね、他人に頼ることが少なくなるにつれ、人生が開けてきます。たとえ対立を生むことになっても、自分の信ずるところを主張することが必要。あなたはまとめ役としても優れ、とても社交的なので、人を楽しませ、もてなすことが上手です。楽しく気楽に生きるのが好きなので、毎日決まった仕事を無理なくこなしていくのは実にたやすいこと。しかし反骨精神のある人道主義者のような一面もあり、凡庸さを打ち破る行動に出たいという思いを持っています。

28歳までは、人との関係や、自分のために心地よく贅沢な環境を作ることに関心があります。しかし29歳になり太陽がさそり座に入ると、気持ちに変化が生じ、人生により深い意味を求めるようになります。55歳で太陽がいて座へ進み、再び転機を迎えます。冒険を求め、人生を精神的、物質的にもっとよく知ろうとします。教育や外国旅行を通じてこれを実現し、また文化の異なる人々に出会って視野を広めます。

隠された自己

気持ちが前向きな時は、客観的になって、気楽にユーモアを交えながら、人生を楽しく見つめることができます。ところが気分が落ちこむと、不満や失望感から人間関係にひずみが生じます。あなたは人を意のままに動かそうとしますが、人はあなたについていけません。こんな時には、自分のことをあえて考えないようにすれば、激しい感情も次第に静まってきます。温かくて寛大で親切なあなたを取り戻すのに、それほど時間はかかりません。**強大な力を得る可能性**のあるあなたは、特に芸術家、政治家、タレントとして、人を動かすことができます。心の緊張を保たせてくれる人、自分と同じくらい弁の立つ人を尊敬します。観察力が鋭く人を見る目があるので、人間の本質をよりよく理解することができ、力になってくれそうな人と知りあいになれます。

仕事と適性

創造的、理想主義的で、大義のために働き、人を正しい行動に導きます。寛大で、実務的な能力に恵まれ、カリスマ性を備え、人を注目させずにおかないあなたは、大きなイベントや社交的な集まりの計画にリーダーとして関わるとよいでしょう。そつがなく魅力的なので人々を惹きつけ、人望を集めます。人道主義的立場からネットワークをはりめぐらし、慈善を目的とした資金集めをする人もいます。責任感が強く、勤勉で、法律や改革に興味を持つ人もいます。内面の強烈な感情を表現したいのであれば、執筆、デザイン、演劇、音楽、美術の分野に進むとよいでしょう。

恋愛と人間関係

魅力があって社交的なので、すぐに友人やパートナーができます。安心して過ごせる温かい家庭を強く求めているあなたには、愛情と安定した人間関係が特に重要。平和と調和を保つためなら、犠牲になることもいといません。しかし頑固なところがあって、何かを信じると、融通がきかなくなります。**温かくて広い心を持った忠実な友として、他の人々を楽しませるのが好き**です。一緒に人生を歩むことに大きな価値を見出しているので、パートナーに対しては大きな支えとなります。

数秘術によるあなたの運勢

24日生まれの人は、毎日決まった仕事をするのは好きではありません。しかし勤勉で、実務的な能力を発揮し、適切な判断をくだします。繊細なので、安定と秩序が必要です。誠実、公正で、あまり感情を表に出さないあなたは、行動は言葉より雄弁だと考えるのでしょう。このような実用主義的態度で人生に臨み、ビジネスセンスを磨いて、障害を乗り越える力を身につけ、成功へと至ります。ただし頑固で、自分の考えにとらわれる傾向があるので、改めましょう。

9月の**9**という数字の影響は、想像力、寛容さとなって表れます。理想主義的でロマンティック。友人、恋人として相手に尽くします。家庭や家族が人生で大きな役割を果たし、愛する人のためなら喜んで犠牲になります。創造的な自己表現が心の安らぎを得るうえで欠かせません。表現しなければ、情緒不安定になり欲求不満になってしまうでしょう。

●長所：理想主義的である、実務的な才能に恵まれている、意志が固い、正直である、率直である、公正である、心が広い、家庭を愛する、活力があふれている

■短所：物質主義的である、情緒が不安定である、こらえ性がない、怠惰である、不実である、傲慢な態度をとる、頑固である

♥恋人や友人
1月2、5、28日／**2月**3、26日／**3月**1、24日／**4月**22日／**5月**20、29、30日／**6月**18、27、28日／**7月**16、25、26日／**8月**14、23、24日／**9月**12、21、22日／**10月**10、19、20、29、31日／**11月**8、17、18、27、29日／**12月**6、15、16、25、27日

◆力になってくれる人
1月2、10、13、16日／**2月**8、11、14日／**3月**6、9、12日／**4月**4、7、10日／**5月**2、5、8日／**6月**3、6日／**7月**1、4、30日／**8月**2、28、30日／**9月**26、28日／**10月**24、26日／**11月**22、24日／**12月**20、22、30日

♣運命の人
3月21、22、23日／**10月**31日／**11月**29日／**12月**27日

♠ライバル
1月3、9、10日／**2月**1、7、8日／**3月**5、6、31日／**4月**3、4、29日／**5月**1、2、27日／**6月**25日／**7月**23日／**8月**2､21、31日／**9月**19、29日／**10月**17、27日／**11月**15、25日／**12月**13、23日

★ソウルメイト(魂の伴侶)
1月5日／**2月**3日／**3月**1日／**5月**30日／**6月**28日／**7月**26日／**8月**24日／**9月**22日／**10月**20日／**11月**18日／**12月**16日

筒井康隆(作家)、山岸凉子(マンガ家)、真行寺君枝(女優)、長新太(絵本作家)、KAN(歌手)、羽田美智子(女優)、HIROMIX(写真家)、リア・ディゾン(タレント)、早乙女太一(俳優)、田淵幸一(野球解説者)

太陽：てんびん座
支配星：てんびん座／金星
位置：1°30'−2°30' てんびん座
状態：活動宮
元素：風
星：なし

September Twenty-Fifth

9月25日

LIBRA

直感が鋭く、すばらしいひらめきを持つ

9月25日生まれの人は魅力があって、繊細で明敏。心の温かい人です。**理想主義的で、心が広く、社交的な性格**ですが、とても**規律正しく、強い義務感を持っています**。感情の幅が広く、強靭な精神力の持ち主でありながら、公正で、また人への配慮が行き届き、思いやりがあります。

あなたの支配星であるてんびん座の影響で、愛情が特に重要な意味を持ちます。人づき合いが上手なので、人と関わる仕事に就けば必ずうまくいきます。特にカリスマ性を発揮するとよいでしょう。多くの人をまとめるのが上手で、人をくつろがせます。**頭の回転が速く、機知をきかせて人を楽しませます**。自己表現をし、創造性を発揮したければ、美術や音楽、演劇に取り組むとよいでしょう。それによって、少なくとも、優れた鑑賞眼を身につけることはできます。

金銭的なことにも関心がありますので、生来のビジネスセンスを活かし、さまざまな才能をうまくお金儲けに結びつけることができます。理想主義者のあなたには、**意義があると信じて打ちこめる仕事を持つことが重要**。直感が鋭く、明敏なので、すばらしいひらめきを求め、人のために尽くします。しかし完全主義でもあり、時に自分や他人に厳しく、いばりちらしたり、疑い深くなったりします。

27歳までは社交性を磨き、創造的才能を伸ばし、金銭的成功のチャンスをつかむことに関心があります。28歳になり太陽がさそり座に入ると、気持ちに変化が生じ、あなた自身が変わっていきます。太陽がいて座へ移る58歳の時、再び転機が訪れ、大胆で率直になり、視野を広げたい、精神的刺激や自由が欲しいという気持ちが高まります。

隠された自己

9月25日生まれの人は限りない可能性を秘めています。それを現実のものに変えるには、**粘り強さと働く意欲を身につけて自己鍛錬を積むことが必要**。成功することを意識して、状況改善を図りたいと考えています。しかし繊細で、楽しいことが好きなので、わがままにふるまったり現実逃避しないようにしましょう。楽観的で親しみやすく、すばらしい想像力と豊かな感情を持ち、大勢の中で1人輝いています。しかし、さめた気持ちになることや、挫折感や失望を覚えることもあり、満足できず、気難しくなることさえあります。広い視野に立って物事をとらえれば、問題をさほど深刻に考えることはなく、あるいは許すことができるでしょう。持って生まれた心的能力を信じれば、もっとうまく人の相手ができるようになり、自信が増すでしょう。

仕事と適性

創造力が豊かで芸術的な素質があるあなたは、**自己表現をしたり、人と協力して働くことを好みます**。社交的なので、実力者とのつき合いを好み、政治に関わったり、広告、出版の世界で働くとよいでしょう。芸術的才能に恵まれ、センスがよく、一流のものを見分けることができます。創造的で才能豊かなあなたは、美術に関する仕事、例えば美術館、アンティーク品店、画廊などがよいでしょう。また、情緒豊かなので、治療、看護、世話といった仕事も向いています。知的で思慮深く、知識を人と共有するのも好むので、文学、演劇、美術、音楽などといった教科の教師や講師もおすすめ。

恋愛と人間関係

あなたの愛情と魅力があれば、間違いなく人を惹きつけます。ロマンティックで感情表現が豊かですが、わがままで優柔不断な面を持ち、通常ではない関係に陥ることがあります。しかしきちんと人を見れば、頭のよさ、温かみ、情愛の深さであなたに引けをとらない人と親しくなれるでしょう。

強い意志を持ちパワーあふれる人に特に惹かれます。いったん親しくなると、忠実で誠実な友人、パートナーとしてやっていきます。

数秘術によるあなたの運勢

頭の回転が速くて、エネルギッシュ。しかし、直感が鋭く思慮深い。そんな**25**日生まれの人は、いろいろな経験を通じて自己表現をしようとします。わくわくするような新しいアイディアや人、場所を求めるのも、その表れです。

完璧を目指すので、懸命に働き、生産的であろうとします。しかし計画通りにいかないからといって、いらいらし、批判的にならないように。精神的エネルギーが大きく、集中すると誰よりも早くすべての事実を把握して結論に達します。本能を信じ、粘り強さと忍耐力を身につければ、成功と幸せが訪れます。

9月の**9**という数字の影響を受け、繊細で想像力が豊かです。人を見る目があります。懐疑的になったり自己不信に陥ったりせず、心の奥底の気持ちや直感を信じることを身につけましょう。魅力的で社交性を備えていますが、時に過剰反応し、感情を出しすぎ、衝動的な行動をとります。

●**長所**：直感が鋭い、完全主義者である、洞察力がある、創造的である、上手に人の相手をする

■**短所**：衝動的行動に出る、短気である、嫉妬深い、隠しだてをする、職・住居などをたびたび変える、批判的である、気難しい、神経質である

♥恋人や友人

1月3、8、22、25、29、30日／**2月**1、6、20、23、27、28日／**3月**18、21、25、26日／**4月**2、16、19、23、24、28日／**5月**14、17、21、22、26、31日／**6月**12、15、19、20、24、29日／**7月**10、13、18、22日／**8月**8、11、15、16、20、27、29、30日／**9月**6、9、13、14、18、23、27、28日／**10月**4、7、11、12、16、21、25、26日／**11月**2、5、9、10、14、19、23、24日／**12月**3、7、8、12、17、21、22日

◆力になってくれる人

1月17日／**2月**15日／**3月**13日／**4月**11日／**5月**9、29日／**6月**7、27日／**7月**5、25日／**8月**3、23日／**9月**1、21日／**10月**19、29日／**11月**17、27、30日／**12月**15、25、28日

♣運命の人

3月21、22、23、24日／**5月**31日／**6月**29日／**7月**27日／**8月**25、30日／**9月**23、28日／**10月**21、26日／**11月**19、24日／**12月**17、22日

♠ライバル

1月20、23日／**2月**18、21日／**3月**16、19日／**4月**14、17日／**5月**12、15日／**6月**10、13日／**7月**8、11日／**8月**6、9日／**9月**4、7日／**10月**2、5日／**11月**2日／**12月**1日

★ソウルメイト(魂の伴侶)

1月4、31日／**2月**2、29日／**3月**27日／**4月**25日／**5月**23日／**6月**21日／**7月**19日／**8月**17日／9月15日／**10月**13日／**11月**11日／**12月**9日

この日に生まれた 有名人

浅田真央(フィギュアスケート選手)、魯迅(作家)、ドミトリー・ショスタコーヴィチ(作曲家)、グレン・グールド(ピアニスト)、北村総一朗(俳優)、マイケル・ダグラス(俳優)、菊地秀行(作家)、キャサリン・ゼタ=ジョーンズ(女優)、小保方晴子(生物学者)

太陽：てんびん座
支配星：てんびん座／金星
位置：2°30'–3°30'　てんびん座
状態：活動宮
元素：風
星の名前：ザニア

September Twenty-Sixth

9月26日

LIBRA

小粋なロマンティスト

魅力的で、人の心をとらえ、親しみを持てる温かな人柄がにじみ出ています。**社交的で、親切で気品があり**、一方で**明敏な頭脳と強い意志を持っています**。感受性の強いロマンティストでもあり、感情の激しさがすばらしいアイディアの源となります。しかし残念なことに、あなたの高い理想に他の人たちが応えられないと、不満を生むことにもなりかねません。

支配星であるてんびん座の影響を受けて、**色彩に関する感覚が鋭く、美しいものに囲まれているととても幸せ**です。芸術的で、イメージを大切にし、ちょっと人目を引いてみたいあなたは、いつも粋な印象を与えます。礼儀正しく、洗練され、そつがなく、人をリラックスさせます。社交家であり、好感の持てる態度は皆を惹きつけますが、きっぱりとした態度を身につける必要があります。愉快に人を楽しませるのが上手です。生まれながらの創造力を持ち、忍耐力と粘り強さを養えば、執筆、美術、演劇、音楽の分野でその力を発揮できます。しかし、このすばらしい潜在能力が、わがままや安易な選択という方向に向かないよう注意しましょう。

人間に関心があり、人を気持ちの面で支えてあげるので、**個人的なつき合いでも、グループの中にいても、他によい影響をもたらす存在**となるでしょう。残念ながら、本当に必要な時に自分を律することができず、これが成功を妨げる要因の1つになることも。

26歳までは、金銭面や創造性、人との良好な関係作りに関心があります。27歳になって太陽がさそり座に入ると、変化の時を迎え、心を集中させ、気持ちのありようを変えることが求められます。きっぱりとした態度をとり、物事に真剣に取り組むようになるでしょう。57歳で太陽がいて座へ移り、自由と冒険を愛するようになります。新しいことに興味を覚え、新たに学習を始める人、海外旅行をする人、文化の異なる人々と交わる人もいます。

隠された自己

感情表現が豊かで、自尊心が高く、気品のあるあなたは、いつも感受性の強さや傷つきやすさをあらわにするわけではありません。つまり、優れた直感をとぎすまし、客観性を身につければ、状況判断がきちんとできて感情的にならないですむということ。思いやりがあるので、ときどき、人に忠告や助言を与えたりしています。寛大で同情心が厚いのはよいのですが、他人の問題を抱えこまないよう、少し距離をおくことも大切。

心が温かく、人生の喜びにあふれているので、いつまでも若さを保って生き生きとしています。親切で度量が大きなあなたは、いつも仲間を求めて良好な関係を保とうとします。本当に楽しめることを見つけると、夢中になって取り組みます。**他人に喜びをもたらすことに、大きなやりがいを感じます**。

仕事と適性

ビジネスの才能がありますが、理想主義的であり、自己を表現したいと思っているので、**創造力を活かして人と共同で進める仕事**の方が向いています。社交的で、親しみやすく、魅力的で、おおらかな性格から、顧客サービスの仕事で才能を活かせます。セールスをするなら、自分の扱っている製品を本当によいものだと信じましょう。そうでなければ、客をうまく説得できません。社交性とビジネスを結びつけ、レストランやクラブ、バーで働くのもよいでしょう。教師、特に映画や演劇、文学、音楽について教えるのも選択肢の1つです。

恋愛と人間関係

親しみやすくて魅力があり、社交的なので、友人が多くたくさんの人に慕われます。**集団にうまく溶けこみ、人々の輪の中心的存在**。独立心がありますが、理想主義的で、愛を強く求めるので、ふさわしいとはいえない人と恋愛関係になることも。相手選びには慎重さが必要。惜しげもなく愛を注ぐので、少し距離をおきましょう。真剣さのあまり献身的になりすぎないように。利他主義的、博愛主義的態度を身につけると、みずからの恋愛を客観的にとらえることができます。

数秘術によるあなたの運勢

26の日に生まれた人は実用主義者で、経営の才能があり、ビジネスセンスに優れています。また、責任感が強く、ものを見分ける力が備わっています。家庭を愛するあなたは、しっかりとした基盤を築き、あるいは本当の安定を見つけましょう。あなたは頼りになる存在で、困ると助けを求めてくる友人や家族を喜んで支えます。物質主義的にならないよう注意が必要。また、自分の思い通りに事を運び、人を動かしてみたいなどと考えないこと。

9月の**9**という数字の影響は、豊かな創造性、鋭い直感、強い本能というかたちで表れています。意欲と野心がある時は、知識を独創的に働かせます。気楽で苦労のない生活を好みますが、理想主義的な面があるので、何かに触発されると、献身的になり大きな犠牲を払います。思いやりがあるので、人に対する親切はいつか報われ、壊れた愛も回復するでしょう。

●**長所**：創造力がある、実務的である、親身になる、責任感が強い、家族を誇りに思う、情熱的である、勇気がある

■**短所**：頑固である、従順でない、人間関係が不安定である、粘り強さに欠ける、移り気である

相性占い

♥恋人や友人

1月5、9、10、18、19、26、30日／**2月**3、8、16、17、24、28日／**3月**1、6、14、15、22、26日／**4月**4、12、13、20、24日／**5月**1、2、10、11、18、22日／**6月**8、9、16、20、30日／**7月**6、7、14、18、28日／**8月**4、5、12、16、26、30日／**9月**2、3、10、14、28日／**10月**1、8、12、22、26日／**11月**6、10、20、24日／**12月**4、8、18、22、30日

◆力になってくれる人

1月13日／**2月**11日／**3月**9日／**4月**7日／**5月**5日／**6月**3、30日／**7月**1、28日／**8月**26日／**9月**24日／**10月**22日／**11月**20日／**12月**18日

♣運命の人

3月22、23、24、25日

♠ライバル

1月14、24日／**2月**12、22日／**3月**10、20日／**4月**8、18日／**5月**6、16日／**6月**4、14日／**7月**2、12日／**8月**10日／**9月**8日／**10月**6日／**11月**4日／**12月**2日

★ソウルメイト（魂の伴侶）

7月30日／**8月**28日／**9月**26日／**10月**24日／**11月**22日／**12月**20日

この日に生まれた **有名人**

ジョージ・ガーシュイン（作曲家）、牧伸二（タレント）、オリヴィア・ニュートン＝ジョン（歌手）、天童よしみ（歌手）、光石研（俳優）、池谷幸雄（元体操選手）、リンダ・ハミルトン（女優）、T・S・エリオット（詩人）

太陽：てんびん座
支配星：てんびん座／金星
位置：3°30'－4°30'　てんびん座
状態：活動宮
元素：風
星の名前：ザニア

September Twenty-Seventh

9月27日

LIBRA

組織をまとめる能力に優れ、金儲けが上手

9月27日生まれの人は温かい心の持ち主で、魅力があって、進取の気性に富んでいます。**正直で率直な人柄で、人と一緒にいることを好むので、仲間として最高**でしょう。野望をいだいてチャンスを求めます。大きな計画を立て、いつも忙しく動いています。感情が激しいので、衝動的に極端な行動をとらないよう注意が必要。

あなたの支配星であるてんびん座の影響で、贅沢や美しいものを好み、色、かたち、音に対する感覚が優れています。よいメージ作りを心がけているので、**いつも魅力的で、自分が人の目にどう映るかを気にかけています**。礼儀正しくて、親しみやすく、人と交わるのが上手なあなたは、生来、如才なさを身につけ、人をゆったりとした気持ちにさせます。知的で、組織をまとめる能力に優れ、冒険心があり、**金儲けが上手**。理想主義的、精神主義的なので、収入がみずからの哲学や社会改革と結びつくものであれば、なおのことよいでしょう。しかし自己鍛錬ができていなかったり、優柔不断だったりすると、すばらしい潜在能力を発揮できないこともあります。楽観的ですが、頑固な面もあり、時に大切な人たちと疎遠になることがあります。創造性や社交性をよいかたちで発揮できれば、熱意と闘志がわいてきます。

25歳までは社交性や創造性を伸ばし、金儲けのチャンスをつかむことに関心があります。26歳になって太陽がさそり座に入ると、気持ちに変化が生じます。56歳で太陽がいて座に移ると再び転機を迎え、楽観的で快活になります。また、人との出会いや、宗教、教育、旅行を通じて精神的な刺激を得ようとします。

隠された自己

若者のような純粋な心を持ち、さまざまな才能を使って人を楽しませます。この子どものような性質が、時として未熟さを示します。自分の果たすべき責任をしっかり認識することが大切。あなたは行動派で変化を求める気持ちが強く、それが落ち着きのなさや性急さとなって表れます。しかし何かに触発されると、新しい、わくわくするようなことにじっくりと取り組みます。

視野を広げ、自由を求める気持ちを満たすには、旅行も大きな役割を果たします。あなたは知性を高く評価し、知恵や洞察力のある人を尊敬します。繊細で、想像力があり、理想主義に共鳴しますが、才能を十分活かすには粘り強さが必要。退屈しないためには、いつも新しい知識や技術を取り入れ、やりがいのある大きなチャンスをものにするとよいでしょう。

仕事と適性

きっぱりとした決断力を持ち堂々としているので、経営者や管理者の立場にいるのがふさわしい人です。自由に自己表現をしたいので、独立するか、フリーで働くとよいでしょう。創造性を活かせば、エンターテインメントの世界で大きな成功を収められます。知的で説得力があるので、人道主義的立場から改革を進めるか、あるいは教育、法律、科学、執筆、政治の分野で働くのも向いています。単調になるのを避けるため、**何の職に就くにせよ、多様性と変化が必要**です。思いやりがあって、人の気を引き立てるのが上手なので、看護の仕事や人を助ける仕事もいいでしょう。

恋愛と人間関係

カリスマ性のあるあなたは、強烈な印象をいつまでも残します。温かくてのんきそうに見えるので、人をくつろいだ気分にさせます。人と一緒にいることを好み、たくさんの友人がいます。

感情を表に出し、たくさんの愛が欲しいタイプで、**自分の愛と優しさに報いてくれる恋人**を求めます。実力があって決意の固い人に惹かれますが、パートナーに頼りすぎないように。

数秘術によるあなたの運勢

27の日に生まれた人は理想主義的で繊細。鋭い直感と、分析力、豊かな創造性を備え、独創的な考え方で人々を感心させます。無口で無関心のように見えることがありますが、本当は心のうちの緊張を隠しているだけかも。コミュニケーション能力に磨きをかけていけば、心の奥底にある気持ちを進んで表現できるようになるでしょう。27日生まれの人には教育がきわめて重要。視野を広げることで、忍耐と自制が身につきます。

9月の**9**という数字の影響も受けているあなたは、魅力的でカリスマ性があり、洞察力を備え、人道主義的な一面があります。心が広く、思いやりがありますが、不満を募らせ、気分が不安定になったり現実逃避や自己憐憫に陥ったりもします。理解力と忍耐力をつけ、客観的になることを覚えれば、あなたにとって大きなプラスとなります。気分が不安定だと、かたくなな態度を示し、自己主張が強くなるので、注意が必要。

●**長所**：多才である、想像力がある、創造性が豊か、意志が固い、勇敢である、理解力がある、頭がよい、精神主義である、発明の才がある、精神的に強い

■**短所**：無愛想である、すぐに機嫌を損ねる、主張が強い、落ち着きがない、神経質である、人を信用しない、気を張りつめている、緊張する

相性占い

♥恋人や友人

1月2、3、6、9、10、11、21、27、31日／**2月**1、4、7、8、9、25、29日／**3月**2、5、7、17、23、27日／**4月**3、5、15、21、25日／**5月**1、2、3、13、19、23、30日／**6月**1、11、17、21、28日／**7月**9、15、19、26、29日／**8月**7、13、17、24、27日／**9月**5、11、15、22、25日／**10月**3、9、13、20、23日／**11月**1、7、11、18、21、30日／**12月**5、9、16、19、28日

◆力になってくれる人

1月11、16、30日／**2月**9、24、28日／**3月**7、22、26日／**4月**5、20、24日／**5月**3、18、22、31日／**6月**1、16、20、29日／**7月**14、18、27日／**8月**12、16、25日／**9月**10、14、23日／**10月**8、12、21、29日／**11月**6、10、19、27日／**12月**4、8、17、25日

♣運命の人

3月23、24、25、26、27日

♠ライバル

1月15日／**2月**13日／**3月**11日／**4月**9日／**5月**7、30日／**6月**5、28日／**7月**3、26日／**8月**1、24日／**9月**22日／**10月**20、30日／**11月**18、28日／**12月**16、26日

★ソウルメイト（魂の伴侶）

1月9、29日／**2月**7、27日／**3月**5、25日／**4月**3、23日／**5月**1、21日／**6月**19日／**7月**17日／**8月**15日／**9月**13日／**10月**11日／**11月**9日／**12月**7日

有名人

宇野重吉（俳優）、辺見庸（作家）、大杉漣（俳優）、岸谷五朗（俳優）、羽生善治（棋士）、八嶋智人（俳優）、小野伸二（サッカー選手）、朝青龍明徳（第68代大相撲横綱）、中田敦彦（オリエンタルラジオ　タレント）、アヴリル・ラヴィーン（歌手）

太陽：てんびん座
支配星：てんびん座／金星
位置：4°30'−5°30'　てんびん座
状態：活動宮
元素：風
星の名前：ザニア

September Twenty-Eighth

9月28日

LIBRA

親しみやすい魅力の人道主義者

魅力的で、親しみやすく、知的。勤勉で洞察力があります。同情心が厚く、面倒見もよく、感情に深みがありますが、一方で、抜け目がなく、実際的、現実的な面も見られます。**説得上手で、油断なく気を配り、明敏**。人間への関心が、人道主義というかたちで表れます。また、高い理想を掲げて闘うこともあります。

支配星であるてんびん座の影響を受け、**愛情表現を表に出すことがきわめて重要**。魅力的で、洗練された社交性を身につけているので、人々をゆったりした気分にさせ、**人間関係は間違いなくうまくいきます**。美や芸術に対する感覚の鋭さが、美しく、粋で、贅沢なものに囲まれていたいという気持ちを育み、音楽、絵画、演劇を通して表現されます。金銭的なことも大きな関心事の1つ。生来ビジネスセンスがあり、身を粉にして働くことをいとわないので、自分のさまざまな才能を金儲けに活かすことができます。しかし忘れてならないのは、人生が深刻になりすぎて重荷と感じたりしないよう、仕事と遊びのバランスを上手にとること。この企画を進めるのは今だ、と**直感的に悟り自然に行動を起こす方が、きっちりと系統だてて やっていくより、うまくいくことが多い**でしょう。

24歳までは、金銭面、創造性、協調的な人間関係作りに関心があります。25歳になって太陽がさそり座に入ると、気持ちに変化が生じます。あなた自身も変わり、きっぱりとした態度をとり、物事に熱心に取り組むようになります。太陽がいて座へ進む55歳の時、再び転機を迎えます。自由や冒険を愛し、哲学的になります。知識を吸収し、外国の人や土地と関わることで、精神的な刺激を得ようとします。

♎
9
月

隠された自己

自分の大切な人たちに広い心で接するあなたは、すべての人に対して強い愛情と思いやりをいだくことができるでしょう。とても繊細なので、定期的に1人になって考え事をし、心の奥底の声に耳を傾けることが必要です。**決まりきった日常から、しばらく離れることも大切**。ときどき、他人の問題に首を突っこんで責任を負う羽目になります。義務感と自分の本当の気持ちとの板ばさみになることもあるでしょう。これがもとで疑い深くなったり、自分の殻に閉じこもったりします。こだわりを持たず人生をあるがままに受け入れると、もっと客観的になって、人生はどうにかなるものだと考えられるようになります。他の人と同じように、あなたも人から愛され認められることを求めています。しかし今までは、期待に応えてはくれないと、人に対して求める気持ちを抑えていました。これからは、自分や自分の気持ちをもっと大切にすると、進んで愛を求めるようになり、自信もついてきます。

仕事と適性

創造性豊かで、大志をいだくあなたは、壮大な計画と独創的なアイディアを持っています。**織細で、理想主義的でありながら、堂々とした魅力的な人柄。**人道主義者として献身的に働きます。正義感が強く、日の当たらない人たちのために喜んで闘います。説得力があり優れたアイディアを持っているので、広告、出版関係の仕事に向いています。

芸術を志し、情熱家であるなら、自分の気持ちを、特に音楽や演劇などの創造的手段で表現するとよいでしょう。

恋愛と人間関係

魅力のある親しみやすい人柄で人を惹きつけます。情愛が深く、面倒見もよく、スキンシップを求めるあなたは、自分の大切な人々に対してとても寛大。しかし気分が変わりやすく、突然行動を起こすことがあります。人の気持ちに敏感なので、パートナーの言う通りに自分を変えていかなくてはならないと思っています。もっと自主性を持ちましょう。

退屈で満足できなくなったり、型にはまったりしないよう、人間関係にも変化と刺激は必要です。そういう時は、息抜きや旅行、遊びのための時間をとって。**同じような理想をいだいている人をパートナーに選ぶとうまくいきます。**

数秘術によるあなたの運勢

独立心があって、理想を追求し、きっぱりとした態度をとり、実用主義的なあなたは、たいてい自分の思い通りに行動します。数字の1に支配される人と同じように、野心があり、率直で、進取の気性に富んでいます。独立したいという思いがあり、一方でチームの一員でいたいと思うため、心に葛藤が生じます。いつでも新しい冒険に乗りだす準備ができていて、果敢に人生の難題に挑んでいきます。あなたの情熱に人々は心を動かされ、冒険に加わらないまでも、助けてくれます。

28日生まれの人は、統率力があります。常識的で、理路整然と物事を考えます。責任感がありますが、熱中しすぎたり、いらいらしたり、狭量になったりしないよう注意が必要。

9月の**9**という数字の影響を受け、創造的で、直感が鋭く、予感が冴えています。創造性を伸ばし、自由に自己表現できる仕事に就くと、うまくいきます。愛情を求め、グループの一員でいたいと考えますが、人によく思われようとするのは避けましょう。

●長所：思いやりがある、進歩的である、思い切りがよい、芸術的である、理想主義者である、大志をいだいている、勤勉である、家庭生活が安定している、意志が強い

■短所：空想にふける、同情心に欠ける、非現実的である、いばりちらす、判断力がない、攻撃的である、自信を持てない、他人に依存しすぎる、高慢である

♥恋人や友人

1月2、9、11、12、22、25日／**2月**7、10、20、23、26日／**3月**5、8、18、21日／**4月**3、6、16、19日／**5月**1、3、4、14、17、20、24、29日／**6月**1、2、12、15、27日／**7月**10、13、16、20、25、30日／**8月**9、15、24、26日／**9月**7、13、22、24日／**10月**4、7、10、14、19、24、28、29日／**11月**2、5、8、12、17、22、26、27日／**12月**3、6、10、15、20、24、25日

◆力になってくれる人

1月12、23、29日／**2月**10、21、27日／**3月**22、26日／**4月**6、17、23日／**5月**4、15、21日／**6月**2、13、19、28、30日／**7月**11、17、26、28日／**8月**9、15、24、26日／**9月**7、13、22、24日／**10月**5、11、20、22日／**11月**3、9、18、20、30日／**12月**1、7、16、18、28日

♣運命の人

3月24、25、26、27日／**7月**29日／**8月**27日／**9月**25日／**10月**23日／**11月**21日／**12月**19日

♠ライバル

1月1、4、26、30日／**2月**2、24、28日／**3月**22、26日／**4月**20、24日／**5月**18、22、31日／**6月**16、20、29日／**7月**14、18、27日／**8月**12、16、25、30日／**9月**10、14、23、28日／**10月**8、12、21、26日／**11月**6、10、19、24日／**12月**4、8、17、22日

★ソウルメイト(魂の伴侶)

1月20日／**2月**18日／**3月**16日／**4月**14日／**5月**12日／**6月**10日／**7月**8日／**8月**6日／**9月**4日／**10月**2日

マルチェロ・マストロヤンニ(俳優)、ブリジット・バルドー(女優)、大塚範一(アナウンサー)、クルム伊達公子(テニス選手)、グウィネス・パルトロウ(女優)、吹石一恵(女優)、KENCHI(EXILE パフォーマー)、オカリナ(おかずクラブ タレント)

太陽：てんびん座
支配星：てんびん座／金星
位置：5°30'−6°30'　てんびん座
状態：活動宮
元素：風
星の名前：ザニア

September Twenty-Ninth

9月29日

LIBRA

寛大で人づき合いが上手

9月29日生まれの人は想像力があってロマンティック。しかし、気持ちのうえで強いものを持っているので、きっぱりとした態度をとります。生き生きとした魅力と生まれながらのビジネスセンスを活かせば、仕事と楽しみをうまく結びつけることができます。**人を楽しませるのがとても上手で、温かさと寛大さが印象的。**

支配星であるてんびん座の影響で、贅沢な環境を好みます。美、色、音に対する感覚が鋭く、芸術的、創造的才能があります。歌、音楽、演劇を通じてこの才能が花開くでしょう。ちょっと人目を引いてみたいあなたはいつも魅力的で、よいイメージを与えていることを自分でも意識しています。**優しい態度で人に接し、親しみやすく、人づき合いが上手で、人との交渉役としての素質は申し分ありません。**金儲けの才能がありますが、わがままな面があるので、このすばらしい才能を伸ばすのは難しいでしょう。良好な人間関係を求めているので、愛情表現は特に重要。しかし、てんびん座のあなたの天秤が傾くこともあり、感情が豊かでいつもは元気なのに、ときどき、ふさぎこみ、意固地になることもあります。理想と現実のギャップに失望する、あるいは、感情的になり力ずくで物事を解決しようとする時に、特にこの傾向が強くなります。

23歳までは、社交性に磨きをかけ、金儲けに関心があり、人間関係を重視します。24歳になって太陽がさそり座に入ると、気持ちに変化が生じて、あなた自身も変わっていきます。再び転機を迎えるのが54歳の時。太陽がいて座に進むと、冒険を求めるようになり、進んで大きなリスクを負います。また、学習や外国旅行を通じて視野を広めます。

隠された自己

理想主義的傾向が非常に強く、人の意気を高揚させる存在となっている時は、光り輝いています。あなたのすばらしい自発性、情熱、闘志をうまく引き出すには、創造性と社交性を発揮する場を見つけることが大切。

楽観的ですが、気分にむらがあり、大切な人たちが遠ざかってしまうことがあります。そうなると、自分の殻に閉じこもったり、冷淡になったりします。**人生は必要なものすべてを与えてくれると信じ、激しい感情をうまく表現する手段を見つけることが必要。**活力に満ちていますが、繊細なので、癒しや精神的なものを追い求めることも。同情心が厚く、周りの人たちがよりよい人生を送れるよう手助けします。

仕事と適性

理想主義的で、大胆なところのあるあなたは、**カリスマ性を備え、強烈な個性を持っています。**社交的で、親しみやすく、ビジネスを何か楽しいことと結びつけることができます。精神的に満たされたいという思いがあり、誰かに使われるのではなく、天職を求めます。大義や理想のために働くのが一番向いています。公共施設や政界で、あるいは社会改革のために働くのも選択肢の1つです。創造力を活かしたければ、映画の世界に入るとよいでしょう。演劇のセンスがあり、俳優として成功します。エンターテインメントの世界でもうまくいき、教育や執筆活動によって、人々と知識を共有できます。

恋愛と人間関係

親しみやすくて心の温かいあなたは、人が集う場に行くと、生き生きと輝いています。情熱的な性格でロマンティックな言葉や詩を好みます。しかし長期的な人間関係においては、**安定と安心を与えてくれるパートナーが必要**。相手に幻滅することもあるので、恋人選びは慎重に行い、駆け引きをしたり不機嫌になったりすることのないように。

カリスマ性と魅力を備えたあなたを慕う人は多く、友人もたくさんいます。豊かな愛情と心の広さで、人々に多くのものを与えることができます。

数秘術によるあなたの運勢

29の日に生まれたあなたは強烈な個性を持ち、すばらしい可能性を秘めています。直感がとても鋭く、繊細で、感情に動かされます。何かに触発されるかどうかが、成功の鍵をにぎっています。あなたを突き動かすものがなければ、目的が持てません。いつも夢を追い求めていますが、性格に二面性があり、気分がころころ変わらないよう注意しましょう。

胸のうちに秘めた気持ちを信じて心を開けば、これまでのようにくよくよ心配し、知性で武装することはなくなります。

創造的に思考を働かせば、人を助け、意欲をかきたてるような、何か独創的なことをやり遂げられます。

9月の**9**という数字の影響を受け、他人の幸せを気にかけます。寛大で親切なのですが、自分にも人にも厳しい基準を設け、その期待の高さが、失望や欲求不満の原因となります。心に折りあいをつけ、不完全なものでも受け入れることを身につければ、自分の運命に満足できるようになります。

●長所：人に生気を与える、バランスがとれている、心が平和である、度量が広い、好結果を出す、創造的である、直感が鋭い、神秘的である、すばらしい夢を持つ、世慣れている、信念を持っている

■短所：散漫である、自信が持てない、神経質である、気分にむらがある、気難しい、極端に走る、思いやりがない、孤立する、繊細すぎる

相性占い

♥恋人や友人

1月8、11、12、29日／**2月**6、9、27日／**3月**4、7、25、29日／**4月**2、5、23、27日／**5月**3、4、21、25日／**6月**1、2、19、23日／**7月**17、21日／**8月**15、19、29日／**9月**13、17、27日／**10月**11、15、25、29、30日／**11月**9、13、23、27、28日／**12月**7、11、21、25、26日

◆力になってくれる人

1月13、30日／**2月**11、28日／**3月**9、26日／**4月**7、24、30日／**5月**5、22、28日／**6月**3、20、26日／**7月**1、18、24、29日／**8月**16、22、25日／**9月**14、20、25日／**10月**12、18、23日／**11月**10、16、21日／**12月**8、14、19日

♣運命の人

3月25、26、27、28日／**10月**30日／**11月**28日／**12月**26日

♠ライバル

1月5、19日／**2月**3、17日／**3月**1、15日／**4月**13日／**5月**11日／**6月**9、30日／**7月**7、28、30日／**8月**5、26、28日／**9月**3、24、26日／**10月**1、22、24日／**11月**20、22日／**12月**18、20日

★ソウルメイト(魂の伴侶)

9月30日／**10月**28日／**11月**26日／**12月**24日

♎ てんびん座

有名人

鈴木三重吉(作家)、ミケランジェロ・アントニオーニ(映画監督)、ウォンビン(俳優)、ビビる大木(タレント)、二代目林家木久蔵(落語家)、シルヴィオ・ベルルスコーニ(元イタリア首相)、りゅうちぇる(タレント)

太陽：てんびん座
支配星：てんびん座／金星
位置：6°30'−7°30'　てんびん座
状態：活動宮
元素：風
星：なし

September Thirtieth

9月30日

LIBRA

人生におけるキーワードは繊細さ

想像的でありながら分析的であり繊細。人とはまったく異なる姿勢で人生と向きあい、理想主義と懐疑主義を併せ持っています。あなたの抱える問題の多くは、精神的に傷つきやすく、人があなたの期待に応えられないことから生じているケースが多いようです。しかし、**あなたは魅力的な人ですし、とても独創的な考え方ができます。**

支配星であるてんびん座の影響を受け、愛があなたには特に重要。美術、執筆、音楽、演劇を通じて自己表現をし、創造性を発揮するとよいでしょう。あるいは、少なくとも、これらを本当の意味で鑑賞する力をつけることはできます。洗練され、声も魅力的で優しいので、好感を持たれることが多いでしょう。**進歩的な考えを持ち、知識欲があり、精神的刺激を与えてくれる仕事に喜んで取り組みます。**批評や分析に長け、技術も身につけています。一方で疑い深い、あるいは心配性といった面も見られ、いつもの快活さが損なわれることがあります。繊細さが原因で、人生の前半は後半に比べ厳しいものとなります。しかし、繊細さが直感や神秘的な面を刺激し、のちの人生にプラスとなります。

22歳までは良好な人間関係を築き、創造性、社交性を伸ばし、金銭的な成功の機会を狙うことに関心があります。23歳になると太陽がさそり座に入り、気持ちに変化が生じ、あなた自身も変わっていきます。太陽がいて座に入る53歳で、2度目の転機を迎えます。視野を広げたいと思うようになり、人との出会いや宗教、教育、旅行を通じて刺激を得ようとします。

隠された自己

内に秘めた激しい感情を上手に表現しましょう。それができなければ不機嫌になります。しかし、あなたには、**愛の力を形に変え、それを他の人に与える、すばらしい能力**があります。そんな時のあなたはカリスマ的で、断固たる態度を示し、みずからの自発性、温かさ、寛大さで人々に影響を及ぼします。気持ちを落ち着かせ、粘り強く能率的に行えば、心の奥底にある望みの多くを叶えることができます。

高度な知識を求める気持ちが、魂の成長につながるような仕事や人へとあなたを導くでしょう。何か深い意味のあることをやり遂げるために、常に自分を奮起させる必要があります。そうすることで深刻になりすぎたり、物思いにふけったりすることがなくなります。

あなたは孤独であるとか、人に相手にされないといった問題を抱えることがあるかもしれません。しかし、矛盾しているようですが、あなたには1人になってよく考え、自己分析する期間が必要なのです。

仕事と適性

社交的で親しみやすいあなたには、創造的な考えを活かし、人を相手にする仕事が向いています。理想主義的で誠実なことから、誰かと組むか、集団の中で協力してやっていくとよいでしょう。**たくさんの優れた才能があるので、遊びや楽しみの時間を持てるような**

職場が適しています。成功を望むなら、トップの座に就くために身を粉にして働きます。生来の如才なさを活かせる、サービス業が向いています。対人関係に優れた能力を発揮するので、販売促進や出版関係の仕事でもうまくいきます。人を楽しませるという点では、仕事と社交性の両方を満足させるクラブやレストランで働くのもよいですし、芸能や音楽の世界も魅力的といえます。

恋愛と人間関係

繊細で理想主義的ですが、退屈しないために冒険を求めます。人を愛するということには、たくさんの変化が伴います。ですから、変化が必要になった時に、思いとどまるのではなく、適応することを身につけましょう。ときどき、他人の問題を抱えこむことがありますが、胸を痛めなくてもよいように、パートナーは慎重に選びましょう。**愛情を表現すること**があなたには特に重要。人と接する時は、どんな場合にも心を開いていることが必要です。退屈しないよう、恋愛関係にもちょっとした刺激をプラスしたらよいでしょう。

数秘術によるあなたの運勢

30という数字の影響は、創造性、親しみやすさ、社交性などのかたちで表れます。大望をいだき創造力のあるあなたは、独自の人々をあっといわせるようなやり方でアイディアをふくらませます。

30日生まれの人はよい人生を送り、並はずれたカリスマ性と社交性を備えています。感情が激しいので、誰かを愛しているか、心が満たされているか、必ずどちらかの状態でいることが必要。幸福を求めるのなら、怠惰やわがままを排し、短気や嫉妬心を起こすのもやめましょう。感情が不安定になる原因だからです。多くの人が業績を認められ、名声を得ます。特にミュージシャン、俳優、タレントとして成功します。

9月の**9**という数字は、豊かな想像力と鋭い直感を与えてくれます。理想主義的なあなたは、もっと現実的になれば、夢を達成できます。途中であきらめず、懸命に働き、勇気を持って自分の信じるところに従えば,責任を果たすことに喜びを覚えるようになります。現実逃避はやめましょう。目標や希望が果たされない夢のままで終わってしまいます。

●**長所**：おもしろいことが好きである、誠実である、親しみやすい、全体をまとめるのがうまい、言葉を巧みに操る、創造的である
■**短所**：怠惰である、頑固である、とっぴな行動をとる、短気である、気難しい、自信がない、冷淡である、エネルギーをまき散らす

♥恋人や友人
1月9、13、30日／**2月**7、11、28日／**3月**5、26、30日／**4月**3、24、28日／**5月**1、22、26日／**6月**3、20、24日／**7月**18、22、31日／**8月**16、20、29、30日／**9月**14、18、27、28日／**10月**12、16、25、26、31日／**11月**10、14、23、24、29日／**12月**8、12、21、22、27日

◆力になってくれる人
1月15、22、31日／**2月**13、20、29日／**3月**11、18、27日／**4月**9、16、25日／**5月**7、14、23、30日／**6月**5、12、21、28日／**7月**3、10、19、26、30日／**8月**1、8、17、24、28日／**9月**6、15、22、26日／**10月**4、13、20、24日／**11月**2、11、18、22日／**12月**9、16、20日

♣運命の人
1月11日／**2月**9日／**3月**7､26、27、28、29日／**4月**5日／**5月**3日／**6月**1日／**10月**31日／**11月**29日／**12月**27日

♠ライバル
1月5、8、16、21日／**2月**3、6、14、19日／**3月**1、4、12、17日／**4月**2、10、15日／**5月**8、13日／**6月**6、11日／**7月**4、9、29日／**8月**2、7、27日／**9月**5、25日／**10月**3、23日／**11月**1、21日／**12月**19日

★ソウルメイト(魂の伴侶)
1月13日／**2月**11日／**3月**9日／**4月**7日／**5月**5日／**6月**3日／**7月**1日／**8月**31日／**9月**29日／**10月**27日／**11月**25日／**12月**23日

トルーマン・カポーティ(作家)、石原慎太郎(作家・政治家)、五木寛之(作家)、内田樹(思想家)、モニカ・ベルッチ(女優)、東山紀之(少年隊　タレント)、マリオン・コティヤール(女優)、潮田玲子(バドミントン選手)、西島隆弘(AAA　歌手)、チュウォン(俳優)

太陽：てんびん座
支配星：てんびん座／金星
位置：7°30'−8°30'　てんびん座
状態：活動宮
元素：風
星の名前：ヴァンデミアトリクス

October First

10月1日

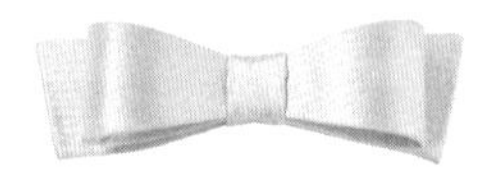

LIBRA

野心的で強い信念に裏打ちされた成功への道

独立心が旺盛で、意志が強く、精力的。魅力があって、そつがない。そんなあなたは**野心的で、いつもさらに高いところを目指しています**。感じがよく、人に好かれますが、内には強い信念を秘めています。ビジネスセンスがあり、組織をうまくまとめる能力を持ち、粘り強く、自己鍛錬も積んでいるので、成功は間違いありません。

支配星であるてんびん座の影響で、愛情を示すことがあなたには特に重要です。**洗練された社交性**を身につけているので、人をゆったりとした気分にさせ、人間関係は必ずうまくいきます。芸術的才能が、音楽、絵画、演劇を通じて発揮されます。**美しく、おしゃれ**で、贅沢なものに囲まれていたいという気持ちを生みます。安定と権力を求める気持ち、あるいは、経済的成功と高い評価を望む気持ちが、あなたの原動力になっています。**大きなスケールで物事を考えられるので、権限のある立場に就くことも**。しかし、プライドが高く、横柄で自己中心的になりがち。批判をきちんと受けとめず、痛い目にあうことがあるので注意しましょう。有能で、頭の回転が速く、いつも生産的に活動しています。とても知的なあなたですが、短気を起こしたり、意固地になったりしないようにすることが肝要です。

21歳までは人間関係や、社会面、金銭面での発達が重要。22歳になって太陽がさそり座に入ると、能力や気持ちなどさまざまな面で変化が生じます。52歳で太陽がいて座に移ると、冒険心がめばえ、学習や旅行を通じて視野を広げようとします。外国の人や土地とのつながりも深めるでしょう。

隠された自己

みずからの洞察力を信じれば、経験によって得た知恵を発揮できます。自制心を身につけることで本来の統率力が表れてきます。いつも人に使われている人は、自分の本当の能力を十分活かしてはいないかもしれません。

創造的で、人々に強い印象を与えるあなたの強みは、**何かの目的や目標に向かって頑張る、そのひたむきさ**にあります。大きなスケールで物事を考え、トップの座を目指すとよいでしょう。懐疑的になったり、あれこれ心配したりして神経をすりへらしますが、これが成功の妨げになる可能性があります。また、孤立する原因にもなりかねません。自分の能力を信じ、独創的なアイディアを最大限に活用することが大切。競争心があり、大胆で、機知に富み、みずから行動を起こすあなたは、すばらしい才能を発揮して人々を触発します。あなたの性格にはさらに隠された部分があり、それが孤独を求める気持ちとなって表れています。

仕事と適性

直感が鋭く、独創的で、人づき合いがうまく、楽しんで仕事をすることができます。協力して仕事を進めるのが好きですが、人の後についていくよりは先頭に立ちたいと考えます。**如才なさと、采配をふるう能力**を活かして、大企業での管理職に就きます。一方で、自営業を選ぶ人もいます。人が何を必要としているかをきちんと理解できるので、投資顧問や弁護士といった仕事も向いています。美や芸術を理解する力があるので、画廊経営なども選択肢の1つ。専門知識の習得を目指す人は、神学や哲学、占星学を選ぶとよいでしょう。

恋愛と人間関係

親しみやすくて魅力的なあなたは、たくさんの友人、知人に好かれたいと思っています。自分の愛する人たちに忠実で、犠牲になることをいといません。しかし、人を操ろうとしたり、利己的になったりする点は改めるように。

あなたにとって愛はとても重要なものですが、ときどき、交際について態度を決めかね、悩むことがあります。美術を愛し、美しいものや音楽を理解するあなたは、**自分の気持ちをきちんと表現する手段を必要とし、創造力あふれる人**たちとの交わりを喜びとします。

数秘術によるあなたの運勢

1の日に生まれた人は個性的で、創意工夫に富み、勇気があって、活力に満ちています。しかし、自己を確立し、自分の考えをはっきりと主張することが必要。パイオニア精神があり、1人で行動を起こします。自発性を持つことで、リーダーシップが身につくでしょう。たくさんの斬新なアイディアを持ち、あふれるような情熱で、人を引っぱっていきます。あなたにもう1つ必要なのは、世界があなたを中心に回っているわけではないことを知ること。利己的、独断的になりがちなので、改めましょう。

10月の10という数字の影響で直感がとても鋭く、すばらしい考えや独創的なアイディアを通して自己表現をします。大胆で決断力がありますが、心の奥底に秘めた気持ちを表現するのは難しいようです。野心的なあなたは、1人でも強烈な印象を残しますが、人と協力することを身につけた時、成功はやってきます。

●**長所**：統率力がある、創造的である、進歩的である、力がみなぎっている、楽観的である、強い信念を持っている、競争心が旺盛である、独立心がある、社交的である
■**短所**：横柄である、嫉妬深い、自己中心的である、高慢である、対立しやすい、抑制がきかない、気弱である、短気である

♥恋人や友人

1月1、7、17、20、30日／**2月**5、15、18、28日／**3月**3、13、16、29、31日／**4月**1、11、14、27、29日／**5月**9、12、22、25、27日／**6月**7、10、23、25日／**7月**5、8、21、23日／**8月**3、6、19、21日／**9月**1、4、17、19日／**10月**2、15、17日／**11月**13、15、30日／**12月**11、13、28日

◆力になってくれる人

1月15、17、28日／**2月**13、15、26日／**3月**11、13、24日／**4月**9、11、22日／**5月**7、9、20日／**6月**5、7、18日／**7月**3、5、16日／**8月**1、3、14日／**9月**1、12日／**10月**10、29日／**11月**8、27日／**12月**6、25日

♣運命の人

1月5日／**2月**3日／**3月**1、27、28、29、30日

♠ライバル

1月4、5、14日／**2月**2、3、12日／**3月**1、10日／**4月**8、30日／**5月**6、28日／**6月**4、26日／**7月**2、24日／**8月**22日／**9月**20日／**10月**18日／**11月**16日／**12月**14日

★ソウルメイト(魂の伴侶)

1月2日／**3月**29日／**4月**27日／**5月**25日／**6月**23日／**7月**21日／**8月**19日／**9月**17日／**10月**15日／**11月**13日／**12月**11日

ジュリー・アンドリュース(女優)、うつみ宮土里(タレント)、阪本順治(映画監督)、中村 正人(DREAMS COME TRUE ベーシスト)、河口恭吾(歌手)、滝川クリステル(アナウンサー)、神田沙也加(女優)、ブリー・ラーソン(女優)

太陽：てんびん座
支配星：てんびん座／金星
位置：8°30'−9°30'　てんびん座
状態：活動宮
元素：風
星の名前：ヴァンデミアトリクス、カフィル

October Second
10月2日
LIBRA

美的センスがよく如才のない博愛主義者

社交的で魅力があり、勤勉で説得力があります。博愛家で、芸術に対するセンスがあります。理想主義的ですが、抜け目がなく、実際を重んじ、**すばらしい夢を現実のものに変える能力**があります。あなたの支配星であるてんびん座の影響を受け、人々をくつろいだ気持ちにさせることができます。礼儀正しく洗練された態度に人々は惹かれ、集団の中で協力的に働く様子にも感心します。**誠実な友人であり、すばらしい親**でもあるあなたは、家族をしっかり守ります。美しいものを見分ける力があり、趣味がよく、自分のイメージを意識して、いつもよい印象を与えようとします。色と音に対する感覚が特に優れ、生まれ持った芸術的、創造的才能が歌や音楽、演劇の分野で花開きます。環境に対して敏感なので、あなたの家庭はきっと温かく魅力的でしょう。理想主義的なことから、深い意味を見出せるものに惹かれ、時間、あるいはお金を惜しみなく提供します。**目標が定まると決意は固く、結果を出すために懸命に働きます**。しかし、仕事に対する責任感と、愛や娯楽を求める気持ちとのバランスをうまくとれるかどうかが問題です。

20歳までは、仕事や人間関係などの社会的な面が問題とされます。21歳になって太陽がさそり座に入ると転機を迎え、気持ちの面で変化が生じます。きっぱりとした態度を身につけ、強い気持ちで物事に取り組みます。51歳で再び転機が訪れます。太陽がいて座に入り、より大胆に冒険を求めるようになるのです。旅行をしたい、あるいは、哲学を学んで刺激を得たいと思う人もいるでしょう。

♎
10月

隠された自己

見かけからは、なかなかわからないでしょうが、あなたは**繊細な人**です。同情心が厚く、感情が激しいことから、他人の問題を自分の問題として受けとめ、**深い情けと万人への愛**を示します。親しみやすくて面倒見がよいのですが、両極端な人でもあります。気持ちが高揚している時は、愉快で情愛深く、無邪気にふざけます。そして人生をあるがままに受け入れ、その瞬間を大切にします。ところが、気持ちが前向きでない時は、行きすぎた自己犠牲、あるいは、自己憐憫やわがままに陥ったりします。物質面と精神面のバランスを上手にとれば、内に秘めたあふれるような愛の力で障害を克服し、願いを叶えることができます。

仕事と適性

創造的で野心があり、鋭い直感を持ち、人を惹きつけます。**共同で働くのが好きで、人を相手にする仕事に就くと、うまくいきます**。マスコミの仕事、あるいは社会福祉関連の職が向いています。知的で理想家なので、教師や心理学者、カウンセラーなどもよいでしょう。芸術的で独自のアイディアを持ち、アーティストやデザイナーを目指す人もいます。いろいろな人たちとうまくやっていけるので、セールスや販売促進の仕事も向いていますし、弁護士、政治家などでも活躍します。

恋愛と人間関係

社交的で親しみやすいあなたは、すぐに友達ができ、人に慕われます。ロマンティックなので愛情表現は、個人的な愛であれ博愛であれ、とても重要です。愛のためなら大きな犠牲もいといません。しかし、義務感だけで物事を行うのはやめましょう。感謝されていないと感じることもあるからです。

信頼できるパートナーが心の安定剤になってくれることを望むなら、長い将来を共にする人は、慎重なうえにも慎重に選びましょう。あなたは特に、**知的で創造力豊かな人**に魅力を感じます。

数秘術によるあなたの運勢

2の日に生まれた人は繊細で、集団の一員となることを求めます。順応性があり、同情心が厚いあなたは、人と協力し、影響を及ぼしあいながら、楽しんで活動をします。

しかし、自分の好きな人の意に沿うようにと思い、相手に左右されすぎるきらいがあります。自信を持てば、人のちょっとしたふるまいや批判にすぐに傷つくことはなくなります。

10月の**10**という数字の影響は、理想主義、独創性、強い信念、カリスマ性となって表れています。何かすばらしい着想を得、大切な目標を見つけると、人々を感化して活動に引きこみます。しかし自信がないと、自分の求めているもの、望んでいるものに確信が持てず、方向が定まらなくなります。

受容的ですぐに周囲の状況にふりまわされるあなたは、何か創造的なことで自分を表現する必要があります。自分の目標を達成するために、人の力を借りているケースも多いようです。

●長所：すばらしい協力関係を築く、優しい、如才ない、受容力がある、直感が鋭い、機敏である、思いやりがある、協調的である、感じがよい

■短所：疑い深い、自信が持てない、追従する、神経過敏である、感情に左右される、利己的である、すぐに傷つく

相性占い

♥恋人や友人

1月4、8、9、17、18、19、23日／**2月**2、6、16、17、21日／**3月**4、14、15、19、28、30日／**4月**2、12、13、17、26、28、30日／**5月**1、10、11、15、24、26、28日／**6月**7、8、9、13、22、24、26日／**7月**6、7、11、20、22、24、30日／**8月**4、5、9、18、20、22、28日／**9月**2、3、7、16、18、20、26日／**10月**1、5、14、16、18、24日／**11月**3、12、14、16、22日／**12月**1、10、12、14、20日

◆力になってくれる人

1月5、16、27日／**2月**3、14、25日／**3月**1、12、23日／**4月**10、21日／**5月**8、19日／**6月**6、17日／**7月**4、15日／**8月**2、13日／**9月**11日／**10月**9、30日／**11月**7、28日／**12月**5、26、30日

♣運命の人

1月17日／**2月**15日／**3月**13、28、29、30、31日／**4月**11日／**5月**9日／**6月**7日／**7月**5日／**8月**3日／**9月**1日

♠ライバル

1月1、10、15日／**2月**8、13日／**3月**6、11日／**4月**4、9日／**5月**2、7日／**6月**5日／**7月**3、29日／**8月**1、27日／**9月**25日／**10月**23日／**11月**21日／**12月**19、29日

★ソウルメイト（魂の伴侶）

8月30日／**9月**28日／**10月**26日／**11月**24日／**12月**22日

有名人

浜崎あゆみ（歌手）、マハトマ・ガンディー（政治家）、円地文子（作家）、スティング（ミュージシャン）、いくえみ綾（マンガ家）、福元美穂（サッカー選手）、山瀬まみ（タレント）、七代目尾上菊五郎（歌舞伎俳優）

太陽：てんびん座
支配星：てんびん座／金星
位置：9°30'−10°30'　てんびん座
状態：活動宮
元素：風
星の名前：ヴァンデミアトリクス、カフィル

October Third

10月3日

LIBRA

弱者に尽くす強い正義感の持ち主

10月3日生まれの人は、創造力があって、親切で、カリスマ的存在。物事を楽観的にとらえる、想像性豊かな、頭の回転の速い人です。**組織をまとめる力、大きなスケールで物事を考える能力、自己表現を求める気持ち**。これらがうまく組みあわさって、望みを実現できます。

支配星であるてんびん座の影響を受け、贅沢と、調和のとれた環境を愛します。魅力があって、洗練された社交性を身につけているので、**人間関係は間違いなくうまくいきます**。社交家で、とても上手に人をもてなします。ちょっと人目を引いてみたいあなたは、いつも魅力的で、よいイメージ作りを心がけています。**美しいものや色、音に対して敏感**で、歌、音楽、美術、演劇を通じて生来の芸術的、創造的才能が花開きます。ただ、すばらしい潜在能力を活かす際の不安材料は、意欲が低く、なまけがちな面があること。あなたは楽な方に流されがちで、その居心地のよさから抜け出せないのです。しかし、人生のすばらしさを経験したいという思いが強いので、努力が期待できます。自分のために何かを懸命に追い求めるということはありませんが、弱い立場の人たちを支えるためには力を尽くして闘います。たくさんのアイディアに刺激を受け、いったん目標を定めて目的意識を持つと、固い決意で事にあたります。すぐにいら立ったり意固地になったりしますが、気分がよい時は、愛想がよく、寛大で、ユーモアのセンスを発揮します。

19歳までは人間関係や社会面、金銭面が重要。20歳になると太陽がさそり座に入り、能力や気持ちの面に変化が生じます。再び転機が訪れるのは50歳の時。太陽がいて座に進み、冒険を求める気持ち、学習や旅行を通じて視野を広めたいという気持ちが強くなります。外国の人や土地との関わりも深まるでしょう。

隠された自己

創造的で想像力があり、直感がとても鋭いのですが、自己表現によって能力の強化を図る必要があります。心配性、自己不信、優柔不断などが原因で、豊かな才能を十分発揮していない場合があります。他の人やその場の状況に流されて自分を失わないよう、**みずからの目的や目標をしっかり意識することが大切**です。広い心で、全体を視野に入れながら人生を歩んでいけば、あなたの前進を阻むような状況は気にかけずにいられます。社交的で、人の立場に立って物事をとらえられるあなたは、心から人を思う気持ちを持っています。周囲の人たちに失望させられることもあるでしょうが、そんな時はかっかせず、客観的でいることが重要です。いつも前向きな気持ちでいると、金銭面での心配もなく、健康で幸せな状態が約束されます。

仕事と適性

活力にあふれ多才なあなたは、魅力的な人柄で、アイディアを現実に変える能力を持っ

ています。**頑張れば頑張るほど結果はよく、見返りも大きくなります**。商業の世界では、セールスマンとして成功するでしょう。創造的で、優れた才能を持ち、鋭い直感を活かせば、人々が何を求めているかを読むことができます。

公正で、正義感があるので、日の当たらない人々のために闘い、擁護しようと、法や政治の世界に入る人もいます。知識の習得に意欲を燃やす人は、教師や研究者が向いています。社交性があり、親しみやすいので、仕事と楽しみを兼ねてレストランやおしゃれなカフェ、クラブなどで働くのも選択肢の1つです。

恋愛と人間関係

社交的で親しみやすいあなたは、パーティーの花形です。正義感が強いので、愛する人々を守り、温かい言葉で友人を支えます。これまでに世話になった人たちのことを忘れません。愛情が深く寛大なので、人に頼られすぎないように。友人、パートナーとして、忠実で信頼できる人です。**生来の魅力で、多くの人に好かれます。**

数秘術によるあなたの運勢

3の日に生まれた人は繊細で、創造性を発揮し感情を表現することを必要としています。愉快なことを好み、一緒にいると楽しいあなたは、友人と和やかな時を過ごすのが大好き。いろいろなことに興味があり、多才で、表現力が豊か。たくさんの刺激的な経験をしたいと考えています。飽きっぽいので、煮え切らない態度をとったり、あれこれ手を広げすぎたりします。

芸術的で、魅力があり、ユーモアのセンスを備えていますが、自尊心を育て、くよくよ悩んで精神的に不安定にならないよう注意が必要。

10月の**10**という数字の影響は、鋭い直感や独立心というかたちで表れています。多才で、独創的ですが、すぐに楽な方に流れ、不安を覚えやすいので、自己鍛錬を積んで規律を身につけることが必要です。

困っている人に手を差し伸べるなど、人道主義的な一面もあります。魅力的な人柄で、知恵のあるあなたは、心の奥底にある気持ちを信じ、忍耐力を身につけるとよいでしょう。

●長所：ユーモアがある、心が満たされている、親しみやすい、生産的である、創造的である、芸術的である、強い気持ちで望む、自由を愛する、言葉を巧みに使う

■短所：飽きっぽい、虚栄心が強い、空想にふける、大げさである、情愛に欠ける、自慢する、贅沢である、わがままである、怠惰である、偽善的である、浪費家である

相性占い

♥恋人や友人

1月5、9、10、18、19日／**2月**3、7、8、16、17日／**3月**1、5、14、15、31日／**4月**3、4、12、13、29日／**5月**1、10、11、27、29日／**6月**8、9、25、27日／**7月**6、7、23、25、31日／**8月**4、5、21、23、29日／**9月**2、3、19、21、27、30日／**10月**1、17、19、25、28日／**12月**13、15、21、24日

◆力になってくれる人

1月1、6、17日／**2月**4、15日／**3月**2、13日／**4月**11日／**5月**9日／**6月**7日／**7月**5日／**8月**3日／**9月**1日／**10月**31日／**11月**29日／**12月**27日

♣運命の人

3月28、30、31日／**4月**1、2日

♠ライバル

1月2、16日／**2月**14日／**3月**12日／**4月**10日／**5月**8日／**6月**6日／**7月**4日／**8月**2日／**12月**30日

★ソウルメイト（魂の伴侶）

1月11、31日／**2月**9、29日／**3月**7、27日／**4月**5、25日／**5月**3、23日／**6月**1、21日／**7月**19日／**8月**17日／**9月**15日／**10月**13日／**11月**11日／**12月**9日

この日に生まれた 有名人

宮川大助（漫才師）、白竜（俳優・歌手）、槇村さとる（マンガ家）、大澤誉志幸（ミュージシャン）、石田ゆり子（女優）、ケンタロウ（料理研究家）、真木蔵人（俳優）、蛯原友里（モデル）、MEG（歌手）、近藤直也（サッカー選手）、SHOKICHI（EXILE　ボーカル）、アシュリー・シンプソン（歌手）

太陽：てんびん座
支配星：みずがめ座／天王星
位置：10°30'−11°30' てんびん座
状態：活動宮
元素：風
星の名前：ヴァンデミアトリクス、カフィル

October Fourth

10月4日

LIBRA

冒険心があり考え方が独創的

10月4日生まれの人は、想像力があって、繊細で、創造性豊か。冒険心を持ち、正直で、率直です。そつがなく、人間関係を強く意識します。親しみやすい社交家で、魅力があり、自分がどんなイメージを人に与えているかを気にかけます。**多方面に才能を発揮し、新しい刺激的な経験を求めています**。いらついたり、落ち着きをなくしたりしないよう注意が必要。支配星であるみずがめ座の影響を受け、考え方が独創的です。人と人とが関わる時の意識のあり方に関心があります。**偏りのない心を持ち、議論が好き**です。美や贅沢に価値を認め、執筆、音楽、美術、演劇の分野で創造的才能を発揮します。何か1つの目標に注意を集中することができるので、**いったん心を決めると、断固たる態度で事にあたります**。旅行が生活の大きな部分を占めますが、家庭から得られる安心感や安らぎはとても大切。理想主義と物質主義の板ばさみになっているあなたにとって最大の問題は、優柔不断ということです。

19歳の時、太陽がさそり座に入り、転機を迎えたあなたは感情面での変化を経験します。49歳で太陽がいて座に移ると、冒険心を増して、より哲学的になります。知識を吸収して視野を広げる人、外国の人や土地に大きな関心をいだく人もいるでしょう。

隠された自己

繊細で、創造的なアイディアをいくつも持ち、鋭い洞察力を備えたあなたは、着想がすばらしく独創的です。金銭面での心配や、正しい決定をくだせるかといった不安を解消するのに、これらの考えが役立ちます。もっとも、あなたは自己表現を求め、自由を愛する人なので、たとえ悲観的になることがあっても、長くは落ちこみません。

あなたは頭がよく、物事をすぐに理解しますが、客観性を身につけ、不満を覚えたり失望したりしないよう注意が必要。とはいえ、人道主義的な面があり、その点においては、個人的な問題にとどまらず、全体像をとらえることができると言えます。浪費家の傾向がありますが、**大きな金銭的見返りを伴うチャンスをうまくとらえるので、順調に人生を歩んでいくでしょう**。

仕事と適性

野心があり、有能で、多才なあなたは、たくさんのことに関心を持ち、最終的に職に就くまでに、さまざまな挑戦をするでしょう。**単調さを嫌うので、向上や変化のためのチャンスを与えてくれる、ルーティンワークとは無縁の仕事を選ぶことが必要**。目に映るものに敏感で、イメージ作りがうまいので、編集、グラフィックデザイン、写真などの分野が向いています。勤勉で、人づき合いがうまく、創造的、芸術的な仕事に楽しんで取り組みます。外国の土地と関係のある仕事を選んでもうまくいきます。物事を深く考えることができるので、調査、哲学、教育関係の仕事で優れた知性を活かすのもよいでしょう。

恋愛と人間関係

カリスマ的で、人を楽しませることが上手なあなたは、大勢の人に慕われます。てんびん座の影響で社交性があり、愛と友情はあなたにとって特に大切。人を鋭く観察し、どんな人物かをすぐに理解します。

生まれながらにユーモアのセンスがあるあなたは、一緒にいるととても楽しい気分にさせてくれます。誰か、**知的で同じ趣味を持つ人**がそばにいてくれると理想的。ときどき遠慮がちになり、本当の気持ちを隠そうとします。

数秘術によるあなたの運勢

数字の4は堅固さと乱れのないパワーを表しています。つまり、4の日に生まれた人は、安定を求め、秩序の確立を望んでいるのです。活力にあふれ、実用的な能力と強い決意を備えたあなたは、懸命に働くことで成功します。安心ということを頭において、自分と家族のためにしっかりとした基盤を築きます。実用主義の立場をとると、これが優れたビジネスセンスにつながり、経済的成功を収めることができます。

4日生まれの人は、正直、率直、公正です。問題は、生活が不安定で、金銭的に不安な時期が長きにわたって続くかもしれないということ。

10月の10の数字の影響は、野心、独立心、鋭い本能、探究心というかたちで表れています。進歩的で順応性があり、自由にさまざまな経験をしたいと願います。たとえば出張や私的な旅行もその1つです。

機知に富み、情熱的で、新しいことに進んで取り組みますが、何をするかわからないところがあり、言行が一致しなかったり、無責任な行動をとったりします。

●**長所**：几帳面である、自制がきく、堅実である、勤勉である、職人の技を持っている、器用である、実際を重んじる、人を疑わない、正確に物事を行う

■**短所**：人と打ち解けない、心理的に抑圧されている、柔軟性に欠ける、冷たい、すべきことを先延ばしにする、横柄である、愛情表現をしない、怒りっぽい、厳格である

♥恋人や友人

1月2、6、10、20、25、29日／**2月**4、8、18、27日／**3月**2、6、16、25、28、30日／**4月**4、14、23、26、28、30日／**5月**2、12、21、24、26、28、30日／**6月**10、15、19、22、24、26、28日／**7月**8、17、20、22、24、26日／**8月**6、15、18、20、22、24日／**9月**4、13、16、18、20、22日／**10月**2、11、14、16、18、20日／**11月**9、12、14、16、18日／**12月**7、10、12、14、16日

◆力になってくれる人

1月7、13、18、28日／**2月**5、11、16、26日／**3月**3、9、14、24日／**4月**1、7、12、22日／**5月**5、10、20日／**6月**3、8、18日／**7月**1、6、16日／**8月**4、14日／**9月**2、12、30日／**10月**10、28日／**11月**8、26、30日／**12月**6、24、28日

♣運命の人

1月25日／**2月**23日／**3月**21、30、31日／**4月**1、2、19日／**5月**17日／**6月**15日／**7月**13日／**8月**11日／**9月**9日／**10月**7日／**11月**5日／**12月**3日

♠ライバル

1月3、17日／**2月**1、15日／**3月**13日／**4月**11日／**5月**9、30日／**6月**7、28日／**7月**5、26、29日／**8月**3、24、27日／**9月**1、22、25日／**10月**20、23日／**11月**18、21日／**12月**16、19日

★ソウルメイト(魂の伴侶)

1月18日／**2月**16日／**3月**14日／**4月**12日／**5月**10、29日／**6月**8、27日／**7月**6、25日／**8月**4、23日／**9月**2、21日／**10月**19日／**11月**17日／**12月**15日

この日に生まれた 有名人

ジャン＝フランソワ・ミレー(画家)、福井謙一(化学者)、北島三郎(歌手)、辻仁成(作家)、前田愛(タレント)、上田竜也(KAT-TUN　タレント)、スーザン・サランドン(女優)、日野原重明(医師)

太陽：てんびん座
支配星：みずがめ座／天王星
位置：11°30'−12°45'　てんびん座
状態：活動宮
元素：風
星の名前：アルゴラブ

October Fifth

10月5日

LIBRA

機転がきき、交渉上手

感情的に物事をとらえ、一方で実利に明るいという、興味深い両面性を持っています。**魅力的で、人に対するのが得意**です。自己発見のために、常に新しい経験を求めています。カリスマ的な温かさを備えすべての人に愛されます。人間関係はあなたの人生で大きな意味を持っていますが、おもしろいと感じられ、心を満たしてくれる仕事や活動に携わっていない限り、満足はできません。

支配星であるみずがめ座の影響を受けるあなたは、**創意に富んだ生産的なアイディアを思いつき、人と論じるのが好き**です。広い心で物事に取り組み、人間や自由に関する問題に興味を持ちます。生まれながらにして如才なく、人とうまく協力していくことができます。芸術に関心があり、音楽、絵画、演劇の分野で才能が発揮されます。美しく、粋で、贅沢なものに囲まれていたいという気持ちを持つのも、芸術への関心からです。

機を見るに敏で、お金儲けの才能があり、**どう交渉すれば有利になるかを知っています**。多方面に才能を発揮し、仕事に楽しみをうまく取り入れます。自分の仕事にプライドを持ち、どうせやるなら、立派な結果を出そうとします。数々の才能があるので、何か大きなことをやり遂げるのに必要なのは、勤勉さ、価値観、責任感です。

17歳までは、人間関係が重要で、社会に目が向いています。18歳になって太陽がさそり座に入ると、気持ちに変化が生じ、あなた自身が変わっていきます。48歳で太陽がいて座に移るため、転機を迎えたあなたは冒険を求め、学習や旅行などを通じて視野を広げたいと思うようになります。78歳以降は太陽がやぎ座に位置し、安定、安心を重視するようになります。

隠された自己

実利主義ですが、内面は繊細で高い理想に惹かれ、先頭に立って人道的、宗教的活動を推し進めていきます。直感が鋭く、頭で考える前に、本能的に相手やその場の状況を理解してしまいます。磨きをかけた直感を信じれば、洞察力がさらにつき、問題解決に役立ちます。**新しい仕事や計画に関わると、情熱を燃やします**。退屈や決まりきった日常を避けるために、物理的、精神的な刺激を求めているのです。

あなたの成功のチャンスを広げるうえで、旅行が時に大きな役割を果たすことがあります。刺激的な新しい経験が十分にできなければ満足できず、いらいらして現実逃避するか、何か別の楽しいことでうめあわせをするでしょう。

仕事と適性

知的で創造的なあなたは多様性を求めているので、**変化や刺激を伴う仕事に就くとよい**でしょう。人づき合いが上手でルーティンワークが嫌いなら、人を相手にする仕事が向いています。天分に恵まれた理想主義者なら、芸能界か音楽の世界がおすすめです。倫理、あるいは社会正義の観点から行動を起こしたいという人は、社会改革に取り組んだり、人道的活動を行う団体に加わるとよいでしょう。仕事が順調にいく時期もありますが、その反対も考えられます。安心と安定を得るために、長期の貯蓄計画を立てておく必要があります。

恋愛と人間関係

人はあなたの持って生まれた魅力に惹かれます。社交的で誰かと一緒にいるのが好きなので、すぐに友人や恋人ができます。強く深い気持ちで人を愛します。人間関係においては他人に幻滅することもありえます。だからといって精神的な駆け引きに陥ったり不機嫌になったりしないよう気をつけましょう。

野心的で将来に向け大きな計画を持っている実力者に惹かれます。大きな影響力を持つ人々があなたの力になってくれます。

数秘術によるあなたの運勢

5の日に生まれた人は、直感が鋭く冒険を愛し、自由を求めます。冒険や新しいことに進んで取り組もうとする姿勢と情熱を持っています。人生は間違いなくあなたにたくさんのものをもたらしてくれるでしょう。旅行をはじめとする経験は、時に予期しなかったような変化を生み、ものの考え方や信念までがすっかり変わってしまうということさえあります。人生は心躍るものだと感じていたいでしょうが、一方で責任ある態度を身につけることも必要で、とっぴな行動や行きすぎた行動をとったり、落ち着きをなくしたりするのは要注意。

10月の10という数字の影響で、野心があり、いったんこうと決めると後へは引きません。カリスマ性があり社交的で、チャンスを引き寄せることのできるあなたは、たくさんの友人、知人に囲まれています。

創造的で多才、状況を自分に有利な方に転じることができますが、批判的になったり、無理な要求をしたりしないようにしましょう。

●**長所**：多才である、順応性がある、進歩的である、直感が鋭い、魅力がある、大胆である、自由を愛する、頭の回転が速く機知に富んでいる、好奇心がある、社交的である

■**短所**：あてにならない、移り気である、すべきことを先延ばしにする、言行が一致しない、自信過剰である、強情である

相性占い

♥恋人や友人

1月7、11、12、22日／**2月**5、9、10、20日／**3月**3、7、18、31日／**4月**1、5、16、29日／**5月**3、14、27、29日／**6月**1、、2、12、25、27日／**7月**10、23、25日／**8月**8、21、23、31日／**9月**6、19、21、29日／**10月**4、17、19、27、30日／**11月**2、15、17、25、28日／**12月**13、15、23、26日

◆力になってくれる人

1月8、14、19日／**2月**6、12、17日／**3月**4、10、15日／**4月**2、8、13日／**5月**6、11日／**6月**4、9日／**7月**2、7日／**8月**5日／**9月**3日／**10月**1、29日／**11月**27日／**12月**25、29日

♣運命の人

4月1、2、3、4、5日

♠ライバル

1月9、18、20日／**2月**7、16、18日／**3月**5、14、16日／**4月**3、12、14日／**5月**1、10、12日／**6月**8、10日／**7月**6、8、29日／**8月**4、6、27日／**9月**2、4、25日／**10月**2、23日／**11月**21日／**12月**19日

★ソウルメイト（魂の伴侶）

1月9日／**2月**7日／**3月**5日／**4月**3日／**5月**1日／**10月**30日／**11月**28日／**12月**26日

この日に生まれた有名人

やしきたかじん（歌手）、山口祐一郎（俳優）、黒木瞳（女優）、橋本聖子（元スピードスケート選手・政治家）、ケイト・ウィンスレット（女優）、吉田沙保里（レスリング選手）、ニッキー・ヒルトン（タレント）、渡邉美樹（ワタミ創業者）、岡崎英美（サカナクション　キーボード）

太陽：てんびん座
支配星：みずがめ座／天王星
位置：12°30'－13°30' てんびん座
状態：活動宮
元素：風
星の名前：アルゴラブ

October Sixth

10月6日

LIBRA

時代の先端をいく

10月6日生まれの人は、快活で親しみやすく、にこやかです。頭が切れ、創造力豊かで、独創的なアイディアを持っています。如才ないのですが、率直にものを言います。**人間に興味があり、社交的で有能**です。金銭面にかけては抜け目がなく、安心を重んじ、贅沢のよさを知っています。

支配星であるみずがめ座の影響を受け、優れた知性を持ち、斬新なものに興味があります。穏やかな魅力と気品を備えていますが、独立心が旺盛で、自由を求めます。ときどき批判的になりますが、いつもはゆったりと構え、**人とすぐに近づきになれるすばらしい才能**を持っています。あなたの安定を脅かすものがあるとすれば、それは心配性だということ。特に金銭面で気に病むことが多いでしょう。

自己表現を必要とし、美、色、音に対して鋭い感覚を持っているあなたは、執筆、音楽、美術、あるいは演劇を通じて創造的才能を発揮しようとします。何をしても趣味がよく、目新しいもの、時代の先端をいくものに惹かれます。ときどき煮え切らない態度をとりますが、いったん方針を決めると、目標に向かって断固たる態度で進みます。

17歳の時、太陽がさそり座に入って転機を迎え、感情をはじめ、さまざまな面で変化が生じます。47歳で太陽はいて座に移るため、自由を愛する気持ちが強くなり、冒険心が強くなります。また、外国の人や土地との関わりを深め、知識の習得などを通じて視野を広げるでしょう。77歳以降、太陽はやぎ座に位置し、安心や規律、実際的な問題を重視するようになります。

隠された自己

あなたは頼りになる実直な人で、責任をしっかりと自覚し、家庭や家族を大切にします。物事をすぐに理解し、問題解決能力もあり、人の相談に乗ることも多いでしょう。人助けをするのはよいのですが、干渉しすぎたりむやみに気をもんだりしないよう注意が必要。愛する人たちのために大きな犠牲を払う一方で、感情に流されることはめったにありません。

定期的に休息をとり元気を回復する必要がありますが、調和と心の平和を求める気持ちが、こうしたかたちで表れているのでしょう。

事態を見極めるのが早く、いつも自然にリーダーの座に就いています。ビジネスセンスがありますが、安全ばかりを気にかけたり、金銭的な結果のみにとらわれたりするのはやめた方がよいでしょう。

仕事と適性

創造力に富み、多才で知的なあなたは、優れた商才があり、独自のアイディアを商売に結びつけることができます。自営業が一番向いています。**どんな職に就くにせよ、いつも職場環境の改善を求めています**。直感が鋭く、親しみやすいあなたは、和やかで協調的な環境を作ることができます。書くことが得意で、公共の事柄や改革に関心があるので、美術、演劇、執筆、音楽の道に進んでもよいでしょう。ビジネスセンスがあり、販売促進や制作の仕事もうまくこなします。哲学的、あるいは人道主義的な面を、教師や政治家として活かすのもよいでしょう。

恋愛と人間関係

親しみやすくて魅力的なあなたは、どんな場にもすっと溶けこみます。愛情深いパートナーであり、献身的な親となるでしょう。**自主性を持ち、忠実で寛大**。しかし自分のことに気をとられ、人に対して冷淡、無関心になることがあります。あまり高い目標を掲げると、誰もあなたの期待に沿えなくなるでしょう。

社交的で人を温かくもてなすので友人が多く、もてなし上手。想像力があり、創造性豊かなので、機知に富み、上手に人を楽しませます。

数秘術によるあなたの運勢

6の日に生まれた人は、同情心が厚く理想主義的で、人の面倒をよく見ます。6は完全主義者、万人の友人を意味する数字で、つまり、あなたが責任感が強く、愛情深く、困っている人には手を差し伸べる人道主義者だということを示しています。

家庭を大切にし、子どもに愛情を注ぎます。特に繊細な人は、創造的な表現手段を求め、エンターテインメントや美術、デザインの世界に惹かれます。自分にもっと自信を持つことが大切で、人に干渉したり、むやみやたらと心配するなど、見当違いの同情をする癖は改めましょう。

10月の**10**という数字の影響は、鋭い直感、個性、完全主義者というかたちで表れています。心の平和と調和を求めていながら懐疑的なのは、自分に自信がなく不安をいだいている ため、誰を献身的な愛情の対象とすればよいのかわからないからです。自分や他人を信じることができなければ、心はいつも満たされません。

●長所：世知に長けている、兄弟愛を持っている、親しみやすい、思いやりがある、頼りになる、理解力がある、同情心が厚い、理想主義者である、家庭的である、人道主義的である、芸術的才能がある

■短所：不満をいだいている、心配性である、内気である、理不尽である、協調的でない、傲慢である、責任感がない、利己的である、疑い深い、皮肉屋である、自己中心的である

相性占い

♥恋人や友人

1月4、8、13、22、26日／**2月**2、6、20、24日／**3月**4、18、22日／**4月**2、16、20、30日／**5月**14、18、28、30日／**6月**3、12、16、26、28日／**7月**10、14、24、26日／**8月**8、12、22、24日／**9月**6、10、20、22、30日／**10月**4、8、18、20、28日／**11月**2、6、16、18、26日／**12月**4、14、16、24日

◆力になってくれる人

1月9、20日／**2月**7、18日／**3月**5、16、29日／**4月**3、14、27日／**5月**1、12、25日／**6月**10、23日／**7月**8、21日／**8月**6、19日／**9月**4、17日／**10月**2、15、30日／**11月**13、28日／**12月**11、26、30日

♣運命の人

1月27日／**2月**25日／**3月**23日／**4月**2、3、4、5、21日／**5月**19日／**6月**17日／**7月**15日／**8月**13日／**9月**11日／**10月**9日／**11月**7日／**12月**5日

♠ライバル

1月2、10、19日／**2月**8、17日／**3月**6、15日／**4月**4、13日／**5月**2、11日／**6月**9日／**7月**7、30日／**8月**5、28日／**9月**3、26日／**10月**1、24日／**11月**22日／**12月**20、30日

★ソウルメイト（魂の伴侶）

1月15日／**2月**13日／**3月**11日／**4月**9日／**5月**7日／**6月**5日／**7月**3日／**8月**1日／**10月**29日／**11月**27日／**12月**25日

有名人

堀北真希（女優）、ル・コルビュジエ（建築家）、海老名香葉子（エッセイスト）、松田美由紀（女優）、リュ・シウォン（歌手）、菅野結以（モデル）、西川ヘレン（タレント）、GAKU-MC（ミュージシャン）、伊調千春（元レスリング選手）

太陽：てんびん座
支配星：みずがめ座／天王星
位置：13°30'−14°30'　てんびん座
状態：活動宮
元素：風
星の名前：アルゴラブ

October Seventh

10月7日

LIBRA

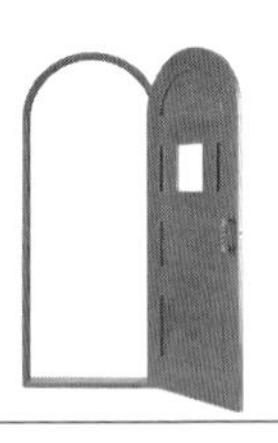

優れた集中力で目標を目指す

10月7日生まれの人は、頭が切れ、親しみやすく、正直で対人関係に優れた能力を発揮します。**行動的に過ごすのが好きで、いつも計画や戦略を練っています**。いったん目標を定めると決意は固く、すばらしい集中力をみせます。進取の気性に富み、物質的な快適さを求めるあなたは、利益や高い地位をもたらしてくれそうな人と知りあいになるこつを心得ています。

支配星であるみずがめ座の影響を受け、考え方が独創的で、人間というものをよく理解しています。創造的で、何かを作り上げることに興味を示し、喜んで取り組みます。特に関心があるのが美術、音楽、そして宗教に関することです。開かれた心を持つあなたは、自分の信念や正義を重んじます。人間関係や提携関係を重視し、実際、**誰かと協力する方が仕事はうまくいきます**。ときどき金銭面で困らないかと、理由もなく心配してしまう傾向も。しかし戦略的に事を進め、**アイディアを売る商才**があるので、経済面で不安をいだく必要はまったくありません。何かをすると決めたら、強い決意で情熱的、精力的に取り組みます。家族や友人を助けようとする姿勢、あるいは人助けのための活動を支えようとする姿勢の中に理想を追う、繊細なあなたの人道主義的な一面がうかがえます。

15歳までは、社会に目を向けています。16歳になると太陽がさそり座に入り、感情をはじめ、さまざまな面で変化が生じます。さらにその30年後、太陽がいて座に移ると、理想主義的、楽観的になり、冒険をしたい、学習や旅行を通じてもっと自己表現をしたいという気持ちが強くなります。

Ω
10月

隠された自己

人に認められ高い地位を得たいという強い思いが、あなたの原動力になっています。これがあなたの理想主義と結びつくと、成功のための新しい道が開け、社会の中でずっと力を保ち続けることができます。そうなると、なまけ心を起こし、するべきことをずるずると先延ばしにすることもなくなるでしょう。**今の努力が将来きっと報われることを知っているので、いったん動き出してしまえば、あとは大丈夫**。自分の愛している人、慕っている人に対してとても寛大です。ときどき物質偏重のように思われることがありますが、それは金銭的な不安からきています。

あなたにはすばらしい仕事をやり遂げるだけの活力と強い意志があります。しかし、最も大きな満足を得られるのは、人助けです。野心も気力も十分で、人間関係や協力ということを意識するようにすれば、成功は間違いありません。

仕事と適性

直感が鋭く理想主義者のあなたは、共同で何かをするのが好きです。ただ、**決定はみずからくだしたい**と思っています。独立する、あるいはセールスマン、広報・宣伝担当者として人の役に立つという選択もあります。文才もずば抜けています。教育はあなたの天職で、大きなやりがいを感じるでしょう。商品の企画・開発にも抜群の力を発揮します。ビジネスの才能に恵まれ、系統だててまとめることが得意なので、財政顧問、カウンセラーとしても成功が約束されています。

恋愛と人間関係

頭のよい実力者に惹かれます。親交を結ぶ、人間関係を築くということがあなたにはとても大切ですが、これがそう簡単にはいきません。愛する人たちに温かく寛大な態度で接しますが、引きこもり、自分本位になってしまう時もあるのです。

あなたはとても魅力的なので、すぐに人を惹きつけることができます。しかし、誰かを愛するということは、互いの意志の衝突を避けなければならないということ。頭のよいあなたは、自分と同じような人たちから刺激を受けるのが好きです。よき友人、よきパートナーとなります。

数秘術によるあなたの運勢

7の日に生まれた人は分析的で思慮深く眼力があり、何かに関心を持つと夢中になります。よりよく自分を知りたいといつも思い、情報収集が好きで、読み書きに関心を持ちます。抜け目がないのですが、あまりに合理的であったり細部にとらわれすぎたりします。謎めいたところがあり人と打ち解けにくいので、自分でも誤解されていると感じることがあります。

10月の**10**という数字の影響は、野心、独立心、物事をやり遂げる力となって表れています。現実的な望みを持った完全主義者のあなたには、さまざまな能力に加え正確さがあります。博識で、上手に人を楽しませ、人を理解する力を持っています。つまり、直感が鋭く、人の気持ちがよくわかるということです。アイディアいっぱいのあなたは、いつも活動的に過ごし、みずからの能力を試してみたいと思っています。

人道主義的な面で理想を叶えたいと思うのなら、癒しの力を使って人々を元気づけるとよいでしょう。

●長所：教養がある、人を信用する、細部にまで注意が行き届く、理想主義者である、正直である、科学的である、合理的である、思慮深い

■短所：隠しだてをする、人と打ち解けない、よそよそしい、率直でない、懐疑的である、混乱しやすい、冷たい

♥恋人や友人

1月3、5、23日／**2月**1、11、21日／**3月**9、19、28、31日／**4月**7、17、26、29、30日／**5月**5、15、24、27、28、29、31日／**6月**3、13、22、25、27、29日／**7月**1、11、20、23、25、27、29日／**8月**9、18、21、23、25、27日／**9月**7、16、19、21、23、25日／**10月**5、14、17、19、21、23日／**11月**3、12、15、17、19、21日／**12月**1、10、13、15、17、19日

◆力になってくれる人

1月3、4、10、21日／**2月**1、2、8、19日／**3月**6、17、30日／**4月**4、15、28日／**5月**2、13、26日／**6月**11、24日／**7月**9、22日／**8月**7、20日／**9月**5、18日／**10月**3、16、31日／**11月**1、14、29日／**12月**12、27日

♣運命の人

1月22、28日／**2月**20、26日／**3月**18、24日／**4月**2、3、4、5、6、16、22日／**5月**14、20日／**6月**12、18日／**7月**10、16日／**8月**8、14日／**9月**6、12日／**10月**4、10日／**11月**2、8日／**12月**6日

♠ライバル

1月11、20日／**2月**9、18日／**3月**7、16日／**4月**5、14日／**5月**3、12、30日／**6月**1、10、28日／**7月**8、26、31日／**8月**6、24、29日／**9月**4、22、27日／**10月**2、20、25日／**11月**18、23日／**12月**16、21日

★ソウルメイト(魂の伴侶)

1月26日／**2月**24日／**3月**22、30日／**4月**20、28日／**5月**18、26日／**6月**16、24日／**7月**14、22日／**8月**12、20日／**9月**10、18日／**10月**8、16日／**11月**6、14日／**12月**4、12日

この日に生まれた 有名人

ウラジーミル・プーチン(ロシア大統領)、桐野夏生(作家)、ヨーヨー・マ(チェリスト)、青田典子(タレント)、生田斗真(俳優)、NICOLE(元KARA　歌手)、トム・ヨーク(Radiohead ミュージシャン)、氷室京介(ミュージシャン)

太陽：てんびん座
支配星：みずがめ座／天王星
位置：14°30'−15°30'　てんびん座
状態：活動宮
元素：風
星の名前：アルゴラブ

状況判断が早く、直感で統率力を発揮

魅力的で親しみやすく、それでいて意志が固く野心的。いつも**忙しく動き回り、何かを成し遂げたいという強い気持ち**を持っています。カリスマ性を備え、こうと決めたら後へは引きません。直感的に統率力を発揮し、楽しみながら仕事をすることができます。状況判断が早く正直で率直。また進取の気性に富み、成功志向。**すばらしいアイディアを思いつき、それを人と共有**します。そして、これがあなたの成功の鍵となります。

支配星であるみずがめ座の影響は、**発明の才、高い生産性、よき心理学者**というかたちで表れています。心が広く、人づき合いがとても上手で、自由を重んじます。独立心が旺盛ですが、そつのなさを発揮して、チームの一員として協力しあいながら仕事を進めるのが好きです。しかし、特にあなたが期待するほど成果をあげられない人たちに対して、横柄さ、尊大さをみせることがあります。豊かな想像力と芸術に対する鋭い感覚が、執筆、音楽、絵画、演劇の分野で発揮され、また、美しく、粋で、贅沢なものに囲まれていたいという気持ちにつながります。しかし、そのような豊かな生活を愛するあまり、節度をなくしたり、経済的な成功のみを追い求めたりしないよう注意が必要。

15歳の時、太陽がさそり座に入り、転機を迎えます。気持ちの面で変化が生じ、あなた自身が変わっていきます。この状態が30年間続いた後に、次の転機がきます。太陽がいて座に進み、自由を求める気持ちが強くなり、視野を広げ、冒険と思われるようなことにも挑んでみたいと思うようになります。外国の人や土地とのつながりも深まるでしょう。

♎
10月

隠された自己

実際的な考え方をします。みずからの鋭い直感を信じ、何かに触発されて行動を起こした時、最もよい結果を出します。退屈しないよう、**いつも冒険と変化を必要としています**。旅行が好きで、新しい流行や考え方を真っ先に取り入れます。お金、権力、地位を求める気持ちはとても強いのですが、理想主義者で、繊細な博愛家でもあります。つまり、思いやりのある自分と、策略をめぐらす自分、あるいは利己的な自分とのバランスをうまくとる必要があります。度量が大きく、親切で寛大なあなたは、真摯な態度と激しい感情をうまく組みあわせることで、人助けに大いに貢献します。大きなスケールで物事を考え、あっというような計画を立てて1人で実行しようとします。これにはリスクが伴い、一か八かといったところがありますが、上手に機をとらえるので、投資に見合う見返りを得ます。豊かな想像力、説得力、優れた交渉能力があるので、すばらしい結果を出します。

仕事と適性

勤勉で活力にあふれ、何か大きなことをしたいと思っているので、想像力と進取性を活かした企業家に向いています。商業の世界でも成功できますが、創造性があるので、芸術の道に進むという選択肢もあります。公的機関や政治の世界で職を得、高い理想を掲げて社会改革に情熱を燃やすのもよいでしょう。すばらしい交渉能力があるので、大企業の管理職も向いています。正義と公正を愛する気持ちから、弁護士あるいは裁判所職員として働く人も向いています。ある特定の理念や人物に傾倒すると、広報担当者として働くことも。

恋愛と人間関係

親しみやすく、魅力的で人づき合いが好き。しかし率直で、自分の意見ははっきりと言う。そんなあなたは、とても社交的です。安心感を求めて、愛以外の理由で結婚を考えるかもしれません。野心があり強い意志を持つあなたには、**自分の力で物事をやり遂げるパートナー**が最もふさわしいでしょう。

あなたは人間関係にすぐに飽きてしまい、心変わりすることがあります。忍耐力を身につけ、すぐに退屈しないように。時間をとって、旅行、あるいは新しい刺激的な経験をするのもよいでしょう。

数秘術によるあなたの運勢

8の日に生まれた人は、しっかりとした価値観と判断力を持っています。大きなことをやり遂げたいという強い思いを持ち、野心的。権力、安心、物質的成功も求めています。もともとビジネスセンスがあるので、物事を系統だててまとめ、采配をふるう能力を伸ばせば、大きなプラスとなります。安心感、安定感を求める気持ちが強いので、長期的な計画を立て、投資をします。

10月の**10**という数字の影響は、鋭い直感、あふれる活力となって表れています。みずからの能力と内なる知恵を信じれば、創造性が経済的な成功につながり、人々に強い印象を与えます。熱い思いを原動力とし、人づき合いのうまさを活かせば、独自のアイディアを商品化して利益を得ることができます。新しい仕事を開始して改革の最前線で働く人、あるいは既存の体制を新しいものに変えていく人もいます。

●長所：統率力がある、細かい点まで行き届く、勤勉である、伝統を重んじる、権威がある、保護を与える、癒しの力がある、しっかりとした価値観を持っている

■短所：短気である、浪費家である、狭量である、落ち着きがない、働きすぎる、権力に飢えている、傲慢である、すぐにくじける

♥恋人や友人

1月6、14、24、31日／**2月**4、12、22、29日／**3月**2、10、20、27日／**4月**8、18、25日／**5月**6、16、23、30日／**6月**4、14、21、28、30日／**7月**2、12、19、26、28、30日／**8月**10、17、24、26、28日／**9月**8、15、22、24、26日／**10月**6、13、20、22、24、30日／**11月**4、11、18、20、22、28日／**12月**2、9、16、18、20、26、29日

◆力になってくれる人

1月5、22、30日／**2月**3、20、28日／**3月**1、18、26日／**4月**16、24日／**5月**14、22日／**6月**12、20日／**7月**10、18、29日／**8月**8、16、27、31日／**9月**6、14、25、29日／**10月**4、12、23、27日／**11月**2、10、21、25日／**12月**9、19、23日

♣運命の人

1月12日／**2月**10日／**3月**8日／**4月**4、5、6、7日／**5月**4日／**6月**2日

♠ライバル

1月16、21日／**2月**14、19日／**3月**12、17、30日／**4月**10、15、28日／**5月**8、13、26日／**6月**6、11、24日／**7月**4、9、22日／**8月**2、7、20日／**9月**5、18日／**10月**3、16日／**11月**1、14日／**12月**12日

★ソウルメイト(魂の伴侶)

1月25日／**2月**23日／**3月**21日／**4月**19日／**5月**17日／**6月**15日／**7月**13日／**8月**11日／**9月**9日／**10月**7日／**11月**5日／**12月**3、30日

この日に生まれた有名人

武満徹(作曲家)、三田佳子(女優)、シガニー・ウィーヴァー(女優)、軽部真一(アナウンサー)、吉井和哉(ミュージシャン)、室伏広治(元ハンマー投げ選手)、ウエンツ瑛士(タレント)、平野綾(声優)、髙梨沙羅(スキージャンプ選手)、マット・デイモン(俳優)

太陽：てんびん座
支配星：みずがめ座／天王星
位置：15°30'−16°30' てんびん座
状態：活動宮
元素：風
星の名前：セジヌス

October Ninth

10月9日

LIBRA

時に世間の常識を超えてしまうことも

あなたは独立心が旺盛で、激しい性格です。**正直で、はっきりとものを言い、生まれながらの自信家**。また、統率力があり、頭も切れます。創造的で観察力があり、知識がどれほど力を持つのか、きちんと認識しています。しかし気持ちが張りつめてしまう傾向があり、それが不満や自信喪失につながることがあります。

支配星であるみずがめ座の影響で、独創的な考えを持ち、人間というものをよく理解しています。この日に生まれた女性は、その場のまとめ役になることが多いようです。とても**進歩的な運動の先導者**となる可能性があり、**新しく過激なものを好みます**。社会通念にとらわれない自由な心を持ち、自分の信念や、正義、公平さを重んじます。しかしそれとは裏腹に、愚かな人にはがまんがならず、横柄で傲慢な態度をとることがあります。

洞察力があり、自己表現を求めていることから、特に、執筆、美術、音楽、あるいは哲学的なことに関心があります。もともと現実的な性格ですが、時に過激で、世間の常識を超えてしまうことがあります。人をてこずらせるだけのために、ひねくれた態度をとるのはやめた方が賢明。もっと思いやりを持ち、他人の欠点に対して寛容になれば、人とのつき合いがうまくいきます。

14歳の時太陽がさそり座に入って転機を迎え、気持ちの面で変化が生じます。44歳になると太陽がいて座に進み、広い観点から物事をとらえるようになり、視野を広げ、学習や旅行など刺激的な体験を通して自分の可能性を探ろうとします。

隠された自己

物事に対してすばやい反応をするあなたは、自分をきちんと主張できる人です。ちょっと張りあうのが好きで、議論に興じることがあります。**自分の直感を信じるようになれば、独自の芸術的才能あるいは商才を伸ばすといった挑戦が可能**に。いつもは自制がきいていますが、ときどきとっぴな行動をとったり、かんしゃくを起こす、あるいは自信にあふれているかと思えば自己不信に陥る、といったこともあります。しかし、内に強さを秘めており、逆境に立っても盛り返します。粘り強く自分の計画を推し進め、みずからよく働きます。特に長期的な目標を達成しようとしている時、ゆるぎない決意で事にあたります。それでもなお、すばらしい潜在能力を引き出すためには、自己鍛錬を積むことが必要。

あなたは基本的には人道主義者です。内なる能力を発揮し、人と上手につき合えば、夢の実現に向けて前進することができます。

仕事と適性

知的で直感が鋭く、想像力豊かなあなたには、たくさんの道が開かれています。社会改革に関心を持っているので、法律、教育、科学的調査、執筆などの分野で知的職業に就くとよいでしょう。回転の速い頭脳、統率力、高い戦略性、管理者としての能力。ビジネスの世界に入ると、これらが強みとなります。創造力とコミュニケーション能力を活かして、特に音楽の世界で個性を発揮します。人道主義的な面もあり、医療関係の仕事を選ぶ人もいます。

恋愛と人間関係

あなたの友人たちは、あなたのカリスマ性と優れた知性に魅力を感じています。率直で、人とつき合う時はいつも正直。誠意があり、ロマンティックで、忠実なパートナーですが、ときどき横柄な態度やいら立ちをみせ、愛する人を遠ざけることがあります。とはいえ、とても協力的な面もあり、実際に手を差し伸べたり、アドバイスを与えたりします。

あなたの理想のパートナーは、**あなたと同じくらい正直、率直で、いつも精神的な刺激を与えてくれる人**。あなたには、あふれる自信と自己不信の間でゆれるあなたを理解してくれるパートナーが必要です。

数秘術によるあなたの運勢

9の日に生まれた人は優しくて思慮深く、多感です。寛容で親切。偏りのない心を持っています。鋭い直感は、すべてを理解する力を持つことを示し、これらをうまく活かせば、精神世界に足を踏み入れることになるかもしれません。

9という数字は、困難を克服しなければならず、また、繊細すぎて感情の起伏が激しいことを示しています。世界旅行や、さまざまな分野の人との交流で、大きなものを得ることができます。しかし、非現実的な夢をいだいたり、現実逃避するのはやめましょう。

10月の**10**という数字は、自律性と博愛を意味し、あなたの前向きな考え方と姿勢に人々が触発されることを示しています。非凡な能力があるのなら、障害があろうとも粘り強く頑張って、あなたにしかできないことを達成しましょう。人の支援やアドバイスが欲しければ、片意地を張ったり、横柄な態度をとったりしないこと。

●**長所**：理想主義者である、創造力がある、繊細である、度量が大きい、魅力的である、詩的感性に恵まれている、慈悲深い、客観的である、人気がある

■**短所**：欲求不満に陥りやすい、神経質である、自信がない、利己的である、実際的でない、辛辣である、非倫理的である、すぐに人の意見に左右される、心配性である

相性占い

♥恋人や友人

1月7、11、13、15、16、17、25日／**2月**9、11、13、14、15、23日／**3月**7、9、11、12、13、21日／**4月**5、7、9、11、19日／**5月**3、5、7、9、17、31日／**6月**1、3、5、6、7、15、29日／**7月**1、3、5、27、29、31日／**8月**1、3、11、25、27、29日／**9月**1、9、23、25、27日／**10月**7、21、23、25日／**11月**5、19、21、23日／**12月**3、17、19、21、30日

◆力になってくれる人

1月1、5、20日／**2月**3、18日／**3月**1、16日／**4月**14日／**5月**12日／**6月**10日／**7月**8日／**8月**6日／**9月**4日／**10月**2日

♣運命の人

4月5、6、7、8日

♠ライバル

1月6、22、24日／**2月**4、20、22日／**3月**2、18、20日／**4月**16、18日／**5月**14、16日／**6月**12、14日／**7月**10、12日／**8月**8、10、31日／**9月**6、8、29日／**10月**4、6、27日／**11月**2、4、25、30日／**12月**2、23、28日

★ソウルメイト(魂の伴侶)

1月6、12日／**2月**4、10日／**3月**2、8日／**4月**6日／**5月**4日／**6月**2日

有名人

ジョン・レノン(ミュージシャン)、水前寺清子(歌手)、仲井戸麗市(ミュージシャン)、なだぎ武(タレント)、長野博(V6　タレント)、夏川りみ(歌手)、前田遼一(サッカー選手)、高橋真麻(アナウンサー)

太陽：てんびん座
支配星：みずがめ座／天王星
位置：16°30'－17°30' てんびん座
状態：活動宮
元素：風
星の名前：セジヌス

October Tenth

10月10日

LIBRA

自由と変化を求め、独立心旺盛

優れた知性、鋭い観察力、理想主義、野心。これらすべてがあなたの中でうまく混ざりあっています。また、**とても魅力的で社交性があり、どんなタイプの人ともうまくやっていけます**。心が広く親切で、人に何かをしてあげるのが好きです。しかし、なんでも自分の思い通りにしようとしないよう注意が必要。

支配星であるみずがめ座の影響を受け、新しい流行や考え方を真っ先に取り入れ、個人主義を貫きます。優しい魅力と上品さがありますが、自分の意志を押し通し、独立心が旺盛。競争心が強く、ときどき批判的になりますが、ふだんはおおらかです。

カリスマ的な魅力に助けられて、友人を増やしていきます。あなたの安定を脅かすものがあるとすれば、それは、人の忠告に耳を貸さないあなたの頑固さです。

親しみやすく楽しい人柄で、人とつき合い、もてなすのが好きです。**自由と変化を求めている**ので、旅行も欠かしません。短気なところがあるので、持って生まれた才能を十分に伸ばすことができないこともあります。幸いなことに、人生を楽観的にとらえているので、失望や挫折を味わうことがあってもすぐに立ち直ります。

13歳の時、太陽がさそり座に入り、気持ちや能力の面で変化が生じます。43歳になって太陽がいて座に移ると、視野を広げ、知性、身体、精神の面でもっと冒険をしたいと思うようになります。

隠された自己

知識欲があり、大きなスケールで物事を考え、お金儲けにつながるようなアイディアをたくさん持っています。しかし、物質至上主義を改めれば、お金では買えない大切なものがたくさんあることがわかるはず。いつも自分や自身の直感を信用するようにすれば、大きな成功を収めることができます。

創造的で繊細なあなたは、**何らかのかたちで自己表現をして、自分の考えや心の奥底にある気持ちを伝える**ことが必要。機会をとらえて自分の持っている知識をすべて活かすというのも、1つのやり方です。演出感覚に優れ、人を楽しませるのが好きです。疑いをいだいたり、優柔不断になったりするあなたにとって、これはとてもよいことです。

仕事と適性

有能で多才なあなたは、博愛の精神を持った理想主義者であり、高みを目指す成功者でもあります。責任を持って人々を率いていく能力があるということは、**指図されるより指図する方が気楽**だということ。

組織をうまくまとめる能力があり、何かを達成したいという強い気持ちを持っているあなたには、難しいけれどやりがいのある仕事が必要です。そして、その仕事を通じてさらに知識を吸収します。鋭敏で言葉を巧みに操り、センスあふれるあなたは、執筆、法律、教育の分野で抜群の力を発揮します。大企業で管理職に就くなど、ビジネスの世界に入っても成功します。魅力的で社交性があることから、組合の指導者や政治家として公共のために働くのもよいでしょう。後援者として、地域のためになるような仕事を進めていくこともできます。芸術性を表現するために、芸術やエンターテインメントの世界に入り、音楽や演劇を志す人もいます。

恋愛と人間関係

親しみやすく頭が切れ魅力的なあなたは、すぐに友人や恋人を得ます。しかし、どこか満足できないのは、飽きっぽい、あるいは、相手に対する自分の気持ちがよくわからないから。これを解消するには、**いつも精神的な刺激を与えてくれる知的で行動的なパートナー**を見つけること。

新しい活動に取り組む、新しい土地を訪れる、新しく学び始めるなどしてあなたのような頭のよい人たちに出会えると楽しいでしょう。上手にネットワーク作りをするあなたは、社交の場でいろいろなタイプの人と交わるのが好きです。

数秘術によるあなたの運勢

1の日に生まれた人と同じように、何かをなし遂げるために大変な努力をします。しかし目標達成までにいくつかの障害を克服しなければなりません。活力にあふれ独創的なあなたは、人の意見に惑わされることなく信念を貫きます。みずからの意志で行動できるので、遠い土地を旅行したり、ひとり立ちしたりします。10の日に生まれた人には成功と達成感が大きな意味を持ち、多くの人がトップの座まで上りつめます。

10月の10という数字の影響は、進取の気性と勤勉というかたちで表れています。あなたは自分の知性を頼りにし、そのときどきの状況や人物についてすばやい判断をくだします。しかし、鋭い直感も備え、それがあなたの考えに大きな影響を及ぼし、感情に従うよう促します。

あなたはいつも親しみやすく、説得力と如才なさを活かして人々を自分の考えに近づけます。しかし、世界が自分を中心に回っているのではないことを認識すること。また、利己的、感情的にならないよう注意が必要です。

●**長所**：統率力がある、創造的である、進歩的である、力がみなぎっている、楽観的である、強い信念を持っている、競争心がある、独立心がある、社交的である

■**短所**：高圧的である、嫉妬深い、自己中心的である、高慢である、対立しやすい、抑制がきかない、心がぐらつきやすい、短気である

♥恋人や友人

1月4、9、12、16、25日／**2月**2、10、14、23、24日／**3月**8、12、22、31日／**4月**6、10、20、29日／**5月**4、8、18、27日／**6月**2、6、16、25、30日／**7月**4、14、23、28日／**8月**2、12、21、26、30日／**9月**10、19、24、28日／**10月**8、17、22、26日／**11月**6、15、20、24、30日／**12月**4、13、18、22、28日

◆力になってくれる人

1月2、13、22、24日／2月11、17、20、22日／**3月**9、15、18、20、28日／**4月**7、13、16、18、26日／**5月**5、11、16、18、26日／**6月**3、9、12、14、22日／**7月**1、7、10、12、20日／**8月**5、8、10、18日／**9月**3、6、8、16日／**10月**1、4、6、14日／**11月**2、4、12日／**12月**2、10日

♣運命の人

1月25日／**2月**23日／**3月**21日／**4月**5、6、7、8、9、19日／**5月**17日／**6月**15日／**7月**13日／**8月**11日／**9月**9日／**10月**7日／**11月**5日／**12月**3日

♠ライバル

1月7、23日／**2月**5、21日／**3月**3、19、29日／**4月**1、7、27日／**5月**15、25日／**6月**13、23日／**7月**11、21、31日／**8月**9、19、29日／**9月**7、17、27、30日／**11月**3、13、23、26日／**12月**1、11、21、24日

★ソウルメイト（魂の伴侶）

1月17日／**2月**15日／**3月**13日／**4月**11日／**5月**9日／**6月**7日／**7月**5日／**8月**3日／**9月**1日／**11月**30日／**12月**28日

有名人

栗山千明（女優）、ジュゼッペ・ヴェルディ（作曲家）、野坂昭如（作家）、倉橋由美子（作家）、森山大道（写真家）、菅直人（政治家）、高橋留美子（マンガ家）、風見しんご（タレント）、宮里美香（プロゴルファー）

太陽：てんびん座
支配星：みずがめ座／天王星
位置：17°30'−18°30' てんびん座
状態：活動宮
元素：風
星の名前：セジヌス

October Eleventh

10月11日

LIBRA

知的で自由を求める理想主義者

とても知的で、自分の考えをうまく伝える才能があり、情熱、温かさ、人間的魅力がにじみ出ています。理想主義者ですが、自分の信じるところを行動で示すことも忘れません。**生来楽観的で、若者のような特質**を備えています。責任感を持ち、それ相応の自制を働かせれば、すばらしい潜在能力を発揮することができます。

あなたの支配星であるみずがめ座の影響を受け、独自の考えを持っています。進取の気性と自由を求める気持ちを併せ持ち、スケールの大きな考え方をします。自分の信念を人々に訴え、あるいは信念のために闘うことも。

魅力的で、人の心をうまく読むことができるので、どんな分野の人とも上手につき合えます。説得力や組織をまとめる能力があることも、成功を目指すあなたにとっては大きな強み。

てんびん座の影響が色濃く表れているあなたは、美、自然、芸術を愛し、自己表現を強く求めています。10月11日生まれの人は、**独立心があり、しかも繊細**という、二面性を持っています。感覚が洗練されているので趣味がよく、贅沢と快適さを好みます。知識が増えると自己主張が強くなり、自分を過信します。潜在的な統率力と生来のそつのなさで、チームの一員として協力的に仕事を進めることができます。

しかし、仕事を抱えすぎたり、人ときちんと向きあわないで操ろうとしたりして、ストレスをためないよう注意が必要。

12歳の時、太陽がさそり座に入ります。真剣な態度を身につけ、感情や能力の面で変化が生じます。42歳になって太陽がいて座に移ると、視野を広げ、自由を得、学習や人との出会い、旅行などを通じて刺激を受けたいと考えるようになります。

隠された自己

あなたは、あふれるような愛と豊かな感情を持ち、人の心をとらえて離さない魅力的な人。夢中になって人助けをし、高い理想を掲げて闘う姿もみせてくれます。しかし、成功を求めるあまり、横柄な態度をとったり極端に走ったりしてはいけません。**あなたは金銭感覚に優れ、自分や他の人のために資産を築きます。**

頼りにできる何か堅固で安定したものを必要としているため、人生計画の中で経済的な安心は大きな意味を持っています。しかし、いつも安全第一ばかり考えて、挑戦することを忘れることのないようにしましょう。不安かもしれませんが、忍耐力と粘り強さを養えば、長期的には収支は大きなプラスとなります。

仕事と適性

知的で直感が鋭く、多才で理想主義者のあなたには、多くの道が開かれています。商業の世界で説得力を活かし、セールスや広報・宣伝の仕事をするのもよいでしょう。自分の考えを楽しく伝えることができるので、教育や職業訓練の分野も向いています。執筆、法律、公共サービス、政治という選択肢もあります。美術、デザイン、広告の世界もおすすめです。

恋愛と人間関係

ロマンティックで理想主義者のあなたは、**人とのつながりを求める一方で、自由と独立を強く望んでいます**。カリスマ性と知性を備えているので、あなたを慕う人は多く、友人もすぐにできるでしょう。しかし、あなたの中に情熱的な恋をする自分と、自由と独立を求める自分とがせめぎあっているので、パートナーを得るのは難しいようです。自分に合わない人を選ばないよう、しっかり人物判断をすることが重要。いったん心を決めると、あなたはよい関係を保つために進んで努力します。

数秘術によるあなたの運勢

11の特別な波動は、理想主義、革新があなたには特に重要であることを示しています。謙虚さと自信を併せ持つことから、経済面でも精神面でも自制心を身につけることが必要。経験によってこの二面性をどう扱えばよいのかを学び、また自分の気持ちを信じることであまり極端に走らないようになります。いつもしっかり充電された状態で活力にあふれていますが、心配のしすぎや、非現実的になるのは避けましょう。

10月の**10**という数字の影響で、頭がよく多才です。知的で親しみやすいあなたは、個性を発揮して仲間の間で人気を得たいと考えています。あなたは儲かるかどうか不確かな仕事の場合には、短気を起こして別の新しいことを始めることもあります。多才で理想を追い、いろいろなことに関心があるので、退屈な人と思われることはめったにありません。しかし、成功するためには、自分の目標や目的に心を集中させることが必要。天分に恵まれ、自由を愛することから、創造的才能を活かすことを考えるとよいでしょう。

●**長所**：集中できる、熱意がある、発想が豊かである、理想主義者である、知的である、外向的である、発明の才がある、芸術的である、人道主義的である
■**短所**：優越感をいだきやすい、目的を持たない、すぐに傷つく、気が張りつめている、利己的である、明瞭さを欠く、横柄である

♥恋人や友人
1月2、7、17、19、27日／**2月**5、8、15、25日／**3月**3、6、13、23日／**4月**1、4、11、21日／**5月**2、9、19日／**6月**7、17日／**7月**5、15、29、31日／**8月**3、13、27、29、31日／**9月**1、11、25、27、29日／**10月**9、23、25、27日／**11月**7、21、23、25日／**12月**5、19、21、23日

◆力になってくれる人
1月3、5、20、25、27日／**2月**1、3、18、23、25日／**3月**1、16、21、23日／**4月**14、19、21日／**5月**12、17、19日／**6月**10、15、17日／**7月**8、13、15日／**8月**6、11、13日／**9月**4、9、11日／**10月**2、7、9日／**11月**5、7日／**12月**3、5日

♣運命の人
1月13日／**2月**11日／**3月**9日／**4月**6、7、8、9日／**5月**5日／**6月**3日／**7月**1日

♠ライバル
1月16、24日／**2月**14、22日／**3月**12、20日／**4月**10、18日／**5月**8、16、31日／**6月**6、14、29日／**7月**4、12、27日／**8月**2、10、25日／**9月**8、23日／**10月**6、21日／**11月**4、19日／**12月**2、17日

★ソウルメイト（魂の伴侶）
1月16日／**2月**14日／**3月**12日／**4月**10日／**5月**8日／**6月**6日／**7月**4、31日／**8月**2、29日／**9月**27日／**10月**25日／**11月**23日／**12月**21日

有名人

川久保玲（ファッションデザイナー）、高畑淳子（女優）、麻丘めぐみ（歌手）、秋川雅史（声楽家）、金城武（俳優）、ケイン・コスギ（俳優）、高垣麗子（モデル）、ペ・ドゥナ（女優）、秦基博（ミュージシャン）、ミシェル・ウィー（プロゴルファー）、泉里香（モデル）

太陽：てんびん座
支配星：みずがめ座／天王星
位置：18°30'−19°30' てんびん座
状態：活動宮
元素：風
星の名前：セジヌス

October Twelfth

10月12日

LIBRA

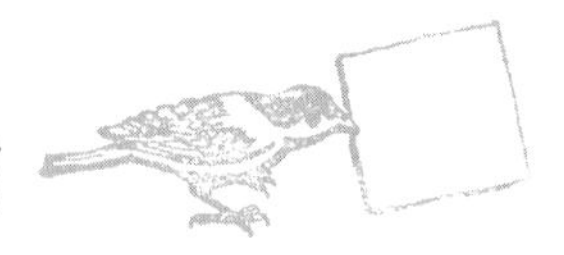

斬新な発想は金銭的な見返りも

明敏さ、親しみやすさ、社交性。10月12日生まれの人にはこんな特性が見られます。また、熱心に物事に取り組み、勤勉で、**本当に関心のある仕事や目標に対しては、生来のリーダーシップを発揮**します。1対1で人と上手に関わりますが、この才能が成功の鍵をにぎっています。知識を得ることを喜びとしていますが、自制心を身につけてはじめて真の充足感を得ることができます。あなたの支配星であるみずがめ座の影響で、**とても独創的なアイディアを持っています**。こうしたアイディアは実のあるもので、金銭的な見返りがもたらされます。新しい動向や考え方に敏感で、自分の考えを述べるのが好きです。独立心が旺盛ですが、生来如才なく、チームの一員として協力的に仕事をするのは得意です。優しい魅力が感じられ、おおらか。しかし、ときどき威圧的、批判的、あるいはかたくなになることがあります。とても知的で、自由を重んじ、心の温かいあなたは、たくさんのものを人に与えることができます。**絶えず働いている冴えた頭脳**は、すばやい決定を可能にし、状況判断にも役立ちます。自分に満足し、強い信念を持っているのに、時に不安を覚えたり、なぜか自信をなくしたりすることがあります。しかし、困難があってもやり遂げようという強い気持ちを持っているので、いつもうまく切り抜けられるでしょう。

11歳の時、太陽がさそり座に入り、感情面、能力面に変化が生じてきます。41歳になると太陽がいて座に移り、視野を広げたいという気持ちがめばえます。外国の人や土地との関わりを深め、新しいことに関心を持つようになるでしょう。

隠された自己

あなたの最もすばらしい資質の1つは**直感的洞察力**。しかし、時には心のささやきに耳を傾け、それを信じるということを学ぶ必要があります。知恵を働かせると、どんな状況に対しても、哲学的あるいはユーモアのある対処法を見つけることができます。独創的なアイディアを実際の場で活かし、大きな計画の実現に必要な土台作りにいつでも取りかかれるよう備えておくこと。成功できるかどうかは、これにかかっています。

あなたは他人に寛大で、自分も楽しむ術を知っていますが、好き放題をしないように。何かに触発されると、非常に意欲が高まり、他の人を刺激します。

仕事と適性

実用主義でとても直感の鋭いあなたは、**独創的なアイディアを実際に試しては、たぐいまれな才能を人々に示すのが好き**です。多くの道が開かれていますが、特に適しているのは、心理学者、カウンセラー、外交官、弁護士です。おおらかな魅力と物事を系統だててまとめる能力があるので、ビジネスの世界か公的機関で人と関わる仕事についても成功します。社交的で、考えをしっかりと伝えられるので、ジャーナリズムや執筆、学問、出版の世界も向いています。俳優、ミュージシャン、作詞家の道を歩む人は、人々に天賦の才を認められ脚光を浴びるでしょう。

恋愛と人間関係

頭のよいあなたは、**自分の考えをきちんと理解し打ち解けられるパートナー**を求めています。親しい人といる時は、快活さと前向きな態度を失わず、短気、横柄、批判的にならないように。

勤勉で実力のある人に魅力を感じます。独立したいという思いと、親しい関係を求める気持ちの間でゆれるでしょう。自分自身をよく知りたいという思いに駆られるのは、規律正しく、独自のスタイルで人生と向かいあっている人たちを尊敬しているからです。

数秘術によるあなたの運勢

12の日に生まれた人は、親しみやすく直感力があります。本当の個性を確立したいあなたは、論理的に考える力と新しいものを作り出す力を備えています。本来思いやりがあって繊細ですが、自分の目的や目標を達成するためには如才なくふるまい、人と協力しなければならないことも知っています。自己表現を求める気持ちと、人を助けたいという本来の思いがうまくバランスを保った時、心が満たされ充実感を得られます。そうは言っても、あなたにはひとり立ちする勇気を持つ、自信をつける、人に何か言われてもすぐにくじけない、といった課題がまだ残っています。

10月の**10**という数字の影響は、みなぎる力、優れた知性、安定と秩序を求める気持ちとなって表れています。固い意志を持ち、エネルギッシュで、独立性を保てる限りは人と共同で働くのが好きです。

実用主義で、ビジネスセンスを備えていますが、気持ちがゆれ動き、その場の状況や人に対して過剰反応することがあります。自分の気持ちを外に出し、そつなくこなせば、波立つ心が静まって、頑固さや無愛想なところも克服できます。

●**長所**：創造力がある、魅力的である、進取の気性に富んでいる、規律を重んじる、自分や人を高める

■**短所**：利己的である、とっぴな行動をとる、非協力的である、神経過敏である、自尊心がない

相性占い

♥恋人や友人
1月1、14、28、31日／**2月**12、26、29日／**3月**10、24、27日／**4月**8、22、25日／**5月**6、20、23日／**6月**4、18、21日／**7月**2、16、19、30日／**8月**14、17、28、30日／**9月**12、15、26、28、30日／**10月**10、13、24、26、28日／**11月**8、11、22、24、26日／**12月**6、9、20、22、24日

◆力になってくれる人
1月26日／**2月**24日／**3月**22日／**4月**20日／**5月**18日／**6月**16日／**7月**14日／**8月**12日／**9月**10日／**10月**8日／**11月**6日／**12月**4日

♣運命の人
4月7、8、9、10、11日

♠ライバル
1月3、25日／**2月**1、23日／**3月**21日／**4月**19日／**5月**17日／**6月**15日／**7月**13日／**8月**11日／**9月**9日／**10月**7日／**11月**5日／**12月**3日

★ソウルメイト(魂の伴侶)
1月3、10日／**2月**1、8日／**3月**6日／**4月**4日／**5月**2日

この日に生まれた有名人

ルチアーノ・パヴァロッティ(声楽家)、鹿賀丈史(俳優)、東儀秀樹(雅楽演奏家)、真田広之(俳優)、ともさかりえ(女優)、秋山仁(数学者)、土屋伸之(ナイツ　タレント)

太陽：てんびん座
支配星：みずがめ座／天王星
位置：19°30'−20°30' てんびん座
状態：活動宮
元素：風
星の名前：なし

October Thirteenth

10月13日

LIBRA

才覚があり、状況判断が適切

実際家でありながら、魅力的。勤勉で、アイディアが次々とわいてきます。物事の全体像をすばやくとらえ、その場の状況を自分に都合よく利用します。**野心的で才覚があり**、議論をしたり知識を吸収したりするのが好きです。責任感がありますが、**あなたのすばらしい可能性をすべて引き出すには自己鍛錬が必要**。

支配星であるみずがめ座の影響で、頭が切れ、独自の考えを持っています。大きなスケールで物事を考え、多くのことに関心がありますが、特に興味があるのは世界の出来事です。

進取の気性に富み、自由を求めるあなたは、**自分の信念を人々に訴える**か、あるいは**信念のために闘います**。生まれながらの外交官で、人と関わるのがうまく、よきパートナー、よきチームの一員となります。しかし威圧的になりがちなので注意が必要。

しっかりとした価値観を持ち、**物事を系統だててまとめる力**があります。説得力のあるスピーチをする才能にも恵まれ、これが成功を目指すあなたにとってプラスとなります。可能性を最大限に活かせるかどうか、その鍵は教育と前向きな人生哲学がにぎっています。これらを身につけていると、短気や、欲求不満、いら立ちが避けられ、精神的な活力と生産性が保たれるのです。

10歳の時に太陽がさそり座に入り、感情や能力の面で変化が生じます。40歳で太陽がいて座に移ると、視野を広げ、物事を楽観的にとらえ、自由を愛するようになります。例えば、学習、旅行、新しい関心事を通じて知識を吸収するのです。

隠された自己

はっきりとした意見を持ち、目立つことを意識しているので、誰も気づいてくれないと満足できず、先頭に立ちたいと考えます。すばらしい創造性やアイディアを表現する手段が見つからないと、ふさぎこむか横柄な態度をとるかのどちらかです。

あなたには見かけだけではわからない**繊細さと想像力**があり、これがよいかたちで表れると、**並はずれた洞察力**を得ることができます。

あなたはつましい倹約家で、値段交渉をするのが好きですが、自分の大切な人たちに対してはとても太っ腹です。正直、率直で、恩義はきちんと返そうとします。野心的でありたいと考えるのですが、調和を求める気持ちや家庭の居心地のよさにそれを阻まれます。バランスを保ち心の安定を得ると、すばらしい結果がついてきます。

仕事と適性

創造的で知的なあなたは、機知に富み、頭を絶えず働かせ、自由に思う存分、自己表現することを求めています。**社交的なので共同で働くことを好み**、公的機関の仕事に就くことも。学問あるいは教育の世界に進むのもよいでしょう。芸術の才能を活かすなら、執筆という選択肢があります。弁護士としても成功します。面倒見がよく、思いやりがあるので、福祉関係者、カウンセラー、心理学者も向いています。

恋愛と人間関係

人間関係はあなたの人生で大きな比重を占めています。しかし、自律性を保ち、**誰にも頼らないこと**がとても重要。ロマンティストですが、自分の本当の気持ちを伝えるのを抑えてしまうことがあります。愛情を示すことで人間関係は大いに改善します。いったんパートナーを決めると、忠実で協力的です。

数秘術によるあなたの運勢

13の日に生まれた人は繊細で、熱心に物事に取り組み、すばらしいひらめきを得ます。13は野心と勤勉を意味する数字で、創造的に自己表現をすれば大きなことをやり遂げられます。みずからの創造的才能をかたちのあるものに変えたいのなら、実際的なものの見方を身につけることが必要。あなたの独創的なスタイルはとてもおもしろい斬新なアイディアを生み、人をあっと言わせるような仕事を成し遂げられます。

10月の**10**という数字の影響は、立ち直りの早さ、実際的、多才というかたちで表れています。独立心があって自分を頼みとしますが、これは統率力があり、自由を求めているということです。人から見れば自信にあふれているようですが、気持ちが張りつめて不安を覚え、不必要に迷ったり心配したりすることがあります。忍耐と落ち着きが身につけば、エネルギーを無駄にまき散らすことはなくなるでしょう。

●**長所**：野心的である、創造力がある、自由を愛する、上手に自己表現をする、率先して事を行う

■**短所**：衝動的である、優柔不断である、横柄である、感情が欠けている、反抗的である

♥恋人や友人

1月1、15、26、29、30日／**2月**13、24、27、28日／**3月**11、22、25、26日／**4月**9、20、23、24日／**5月**7、18、21、22日／**6月**5、16、19、20日／**7月**3、14、17、18、31日／**8月**1、12、15、16、29、31日／**9月**10、13、14、27、29日／**10月**8、11、12、25、27日／**11月**6、9、10、23、25日／**12月**4、7、8、21、23、29日

◆力になってくれる人

1月1、2、10、27日／**2月**8、25日／**3月**6、23日／**4月**4、21日／**5月**2、19、30日／**6月**17、28日／**7月**15、26日／**8月**13、24日／**9月**11、22日／**10月**9、20日／**11月**7、18日／**12月**5、16日

♣運命の人

4月9、10、11、12日

♠ライバル

1月17、26日／**2月**15、24日／**3月**13、22日／**4月**11、20日／**5月**9、18日／**6月**7、16日／**7月**5、14日／**8月**3、12、30日／**9月**1、10、28日／**10月**8、26、29日／**11月**6、24、27日／**12月**4、22、25日

★ソウルメイト(魂の伴侶)

1月21日／**2月**19日／**3月**17日／**4月**15日／**5月**13日／**6月**11日／**7月**9、29日／**8月**7、27日／**9月**5、25日／**10月**3、23日／**11月**1、21日／**12月**19日

有名人

松嶋菜々子(女優)、イヴ・モンタン(俳優)、マーガレット・サッチャー(元イギリス首相)、大和田獏(俳優)、森昌子(歌手)、生瀬勝久(俳優)、イアン・ソープ(水泳選手)、misono(歌手・タレント)、益若つばさ(モデル)、Fukase(SEKAI NO OWARI 歌手)

太陽：てんびん座
支配星：ふたご座／水星
位置：20°30'−21°30' てんびん座
状態：活動宮
元素：風
星の名前：スピカ、フォラメン

知力と体力が旺盛で、周りの状況に敏感

魅力的で親しみやすく、繊細で知力に優れ、愛と友情を強く求めています。同時に**体力を誇り**、生活にさまざまな変化や娯楽を取り入れ、**活動的な生活**を送ります。仲たがいやとげとげしさを嫌いますが、これはあなたが周囲の状況に敏感なことの表れで、美しく、調和のとれた環境を望んでいます。

支配星であるふたご座の影響を受け、表現力が豊かで好奇心があり、順応性に富み多才です。はっきりと自分の意見を言いますが、声がよく話も上手で、説得力があります。しかしお世辞も言い、人間関係における厄介な状況では、相手の耳に心地よい言葉を並べてその場を切り抜けようとすることがあります。

社交的で、おおらかで、人間関係に関心があり、巧みに人脈を築きます。**贅沢なよい暮らしをしたい**と考えていますが、過剰な人づき合いや勝手気ままなところには注意が必要。色や音に対する感覚が優れ、生まれながらに芸術的才能があります。音楽、美術、演劇の分野で才能を伸ばすとよいでしょう。

一方、優れたビジネスセンスも持ち、特に投資で成功します。頭の回転が速く、いつも新しい構想を練り、気のきいた言葉や知性を試しています。優柔不断ですが、いったん心を決めると決意は固く、すばらしい能力を発揮します。

9歳の時に太陽がさそり座に入り、主に能力面で変化が生じてきます。39歳で太陽がいて座に移ると、新しい経験、哲学、宗教の研究、外国の人との出会い、外国旅行などによって視野を広めたいと考えるようになります。

隠された自己

非常に繊細で想像力がたくましいことから、予知能力のある人や、空想の世界に逃避する人がいます。直感が鋭く、神秘的な物事に関心をいだくことも。鋭い直感は人づき合いに際して大きな強みとなります。繊細さを、あざむいたり人を操るなど、誤った目的で利用しないように。

あなたは運がよく、いつも何とかうまくやっていきます。精神的な能力を鍛えれば、すばらしい結果を出せるでしょう。

統率力があり、どんな状況にあっても必ずチャンスをとらえるあなたは、大きなスケールで物事を考え、賭けに出るのが好きです。しかし最も心が満たされるのは、自分の知識やすばらしいアイディア、洞察力を活かして人を助ける時です。

仕事と適性

受容力があって魅力的で、洞察力の鋭いあなたは、**新しい発想を創りだす**ことができるので、それをスタイルやイメージ作り、あるいは美術、デザイン関連の仕事で活かすことができます。レポーター、ジャーナリスト、写真家、俳優、映画製作者なども、好奇心が旺盛で社会問題に関心があるあなたに合っています。優れたコミュニケーション能力と社会意識の高さは、教育という選択肢も与えてくれます。直感が鋭く、繊細で、精神性が高く、人々が何を求めているかきちんと理解できる持ち味を活かして、聖職者、あるいは医療やヒーリング関係の仕事もおすすめ。うまく人の中に溶けこめるので、役所の仕事や人と関わる仕事に就いてもうまくいくでしょう。

恋愛と人間関係

親しみやすいあなたは、どんな集団の中でもうまくやっていくことができます。頭がよく率直な人に魅力を感じますが、あなたに必要なのは**いつも精神的な刺激を与えてくれる人**。繊細でちょっとした感情の変化にも気がつき、パートナーに対してとても愛情深いでしょう。しかし、落ち着きのないせいで、相手に飽きてしまったり、精神的な駆け引きに陥ったりするおそれがあります。いったん身を落ち着けると、とても温かく思いやりがあって忠実です。

数秘術によるあなたの運勢

潜在的知力、実用主義、固い決意。**14**の日に生まれた人にはこんな特質が見られます。仕事最優先で、仕事ができるかできないかで自分や他人を判断します。本当は安定を求めているのに、運気を向上させようと前へ前へと進み、やりがいのある新しい仕事にたえず挑戦します。この落ち着きのなさと、いつも感じている満たされない思いから、あなたは人生で何度も方向転換をします。特に職場環境や金銭面で満足できない時、この傾向が強いようです。

10月の**10**という数字の影響は、鋭い直感、理想主義、親しみやすさというかたちで現れます。

進んで譲歩し、状況に適応しようとするあなたは、調和と平和を作り出すことができます。しかし頑固な一面もあり、対立や精神的緊張を生みます。

仕事第一でない人は、時間とエネルギーを家庭や家族に投じるでしょう。

●長所：断固たる態度で行動をとる、身を粉にして働く、創造性が豊かである、実際的である、想像力がある、勤勉である
■短所：慎重すぎる、または、衝動的すぎる、思慮が足りない、頑固である

♥恋人や友人
1月3、10、13、20、30日／**2月**1、8、11、18、28日／**3月**6、9、16、26日／**4月**4、7、14、24日／**5月**2、5、12、22日／**6月**3、10、20日／**7月**1、8、18日／**8月**6、16、30日／**9月**4、14、28、30日／**10月**2、12、26、28、30日／**11月**10、24、26、28日／**12月**8、22、24、26日

◆力になってくれる人
1月12、16、17、28日／**2月**10、14、15、26日／**3月**8、12、13、24日／**4月**6、10、11、22日／**5月**4、8、9、20、29日／**6月**2、6、7、18、27日／**7月**4、5、16、25日／**8月**2、3、14、23日／**9月**1、12、21日／**10月**10、19日／**11月**8、17日／**12月**6、15日

♣運命の人
3月31日／**4月**9、10、11、12、29日／**5月**27日／**6月**25日／**7月**23日／**8月**21日／**9月**19日／**10月**17日／**11月**15日／**12月**17日

♠ライバル
1月6、18、22、27日／**2月**4、16、20、25日／**3月**2、14、18、23日／**4月**12、16、21日／**5月**10、14、19日／**6月**8、12、17日／**7月**6、10、15日／**8月**4、8、13日／**9月**2、6、11日／**10月**4、9日／**11月**2、7日／**12月**5日

★ソウルメイト（魂の伴侶）
3月28日／**4月**26日／**5月**24日／**6月**22日／**7月**20日／**8月**18日／**9月**16日／**10月**14日／**11月**12日／**12月**10日

この日に生まれた有名人

ドワイト・アイゼンハワー（第34代アメリカ大統領）、ラルフ・ローレン（ファッションデザイナー）、渡辺香津美（ミュージシャン）、永作博美（女優）、堺雅人（俳優）、不動裕理（プロゴルファー）、岩清水梓（サッカー選手）、岩沢厚治（ゆず　歌手）

太陽：てんびん座
支配星：ふたご座／水星
位置：21°30'−22°30' てんびん座
状態：活動宮
元素：風
星の名前：スピカ、フォラメン

October Fifteenth

10月15日

LIBRA

状況判断が速く、知的好奇心が旺盛

魅力的で、状況判断が速く、いつもすばらしい考えがひらめきます。**社交的で、人づき合いがうまく、そつがありません**。美、色、音に対する感覚が鋭く、芸術的な自己表現を通して創造的才能を伸ばそうとします。頭がよくて抜け目がなく潜在的知力は十分で、いつも活動的に過ごし、知識の吸収に努めます。**疑い深い**ですが、子どものような無邪気さがあり、**自分の直感に耳を傾けるとよい**ことが少しずつわかってきます。直感を信じれば自然に行動でき、一瞬のチャンスを逃しません。しかし、人生が与えてくれる最高のものを得ようとして、贅沢に走ったり過剰な人づき合いをしたりして本来の道からそれないよう注意が必要。

支配星であるふたご座の影響で、はっきりと自分の意見を述べ、知的好奇心が旺盛です。創造的なコミュニケーションや教育、執筆に興味を持ちます。機転がきき、声の感じがよく、公の場で人を楽しませることができます。また、スピーチも上手です。多才で順応性があり、誰とでもどんな話題であれ話ができます。潜在的知力を最大限に活かすため、**いつも知的刺激を受け知性を磨くことが必要**です。

おおらかで協調性を保ちながら生きていくことを望んでいますが、短気を起こしたり意固地になったり、精神的緊張状態に陥ったりしないよう注意が必要な時もあります。ヨガや武道、スポーツはあなたを不安から解放し、働きすぎの心を安定させてくれます。

8歳の時に太陽がさそり座に入り、その後30年間は感情の変化、能力の変化が見られます。38歳になって太陽がいて座に移ると、冒険を求める気持ちが強くなり、旅や外国旅行など新しいことに興味を持ち、視野を広げます。

隠された自己

人を見事に分析するあなたは優れた心理学者で、上手に人脈を築きます。人間の本質をしっかり理解し、加えて洞察力もあり、そこから**人を助けたいという純粋な気持ち**、あるいは**知恵を求める気持ち**が生まれてきます。ときどき、とても快活になって陽気に人をもてなします。しかし、まじめで内省的なあなたもいて、1人で考え事をしリラックスする時間が欲しくなります。多くの才能に恵まれているので、信じるということを身につけ、判断力を養いさえすれば、大きなことをやり遂げられます。内にパワーを秘め気力も十分なので、いったんやると決めれば決意は固く、自分のプランや理想をかたちで示すために身を粉にして働きます。

あなたはきちんと価値判断ができ、富や地位をうまく手に入れます。しかし、満足感を得るためには、強い目的意識を持つことが必要。みずからの競争心を建設的に利用すれば、とても有力な仕事関係の人物に引き立ててもらえます。

仕事と適性

知的で親しみやすいあなたは、**やりがいのある仕事**を好み、いつも忙しく頭を働かせています。やる気があってコミュニケーション能力も高いので、広報・宣伝、出版、教育関係の仕事に就くとうまくいきます。芸術を愛する気持ちは創造性と繊細さの表れであり、文才や音楽の才能があります。きっぱりとした態度をとり説得上手なので、弁護士、セールスマン、代理店業は、そうしたコミュニケーション能力も最大限に活かせます。

恋愛と人間関係

勤勉で野心に満ち、独力で成功した人に魅力を感じますが、パートナーには、**あなたのあふれるような精神的エネルギーに見合うものを持っている人**が必要。生まれながらに、魅力的で、あなたを慕う人はたくさんいます。しかし、懐疑的なので、長い将来を共にする人をじっくり時間をかけて選びます。男性は実力があって独立心旺盛な女性に惹かれます。あなたは身を固めてしまうと、とても忠実で協力的なパートナーとなります。

数秘術によるあなたの運勢

15の日に生まれた人は、多才で意欲に満ち、じっとしていることがありません。最大の強みは鋭い直感と、理論と実際を結びつけてすばやく理解する能力。直感を働かせ、チャンスが到来するといち早く気づきます。

金運があり、人から助けや支援を得るのが上手。楽天的で大胆不敵。予想外の展開を歓迎し、賭けに出るのが好きです。

10月の**10**という数字の影響も受けているあなたは、直感がとても鋭く、理想主義者。あまりに合理的な考え方をして懐疑的になるのではなく、自分自身の気持ちを信じるように。何かを読んだり聞いたりして刺激を受け、頭の中は知識でいっぱいです。知力を教育、文学、精神的なものに向けるとよい結果が得られます。みずからのひらめきや観察力を信じて筆を執れば、創造的な自己表現ができます。

●長所：進んで物事に取り組む、寛大である、責任感がある、親切である、協力的である、ものの真価がよくわかる、独創的な考えを持っている

■短所：破壊的である、落ち着きがない、無責任である、役に立たない、自己中心的である、信じるという気持ちがない、心配性である、優柔不断である、能力の使い方を誤る

相性占い

♥恋人や友人

1月11、21、28、31日／**2月**9、19、26、29日／**3月**17、24、27、31日／**4月**15、22、25日／**5月**13、20、23、27日／**6月**1、11、18、21日／**7月**9、16、19日／**8月**7、14、17、31日／**9月**5、12、15、29日／**10月**3、10、13、17、27、29、31日／**11月**1、8、11、25、27、29日／**12月**6、9、23、25、27日

♦力になってくれる人

1月9、12、18、24、29日／**2月**7、10、16、22、27日／**3月**5、8、14、20、25日／**4月**3、6、12、18、23日／**5月**1、10、16、21、31日／**6月**2、8、14、19、29日／**7月**6、12、17、27日／**8月**4、10、15、25日／**9月**2、8、13、23日／**10月**6、11、21日／**11月**4、9、19日／**12月**2、7、17日

♣運命の人

1月3日／**2月**1日／**4月**10、11、12、13、30日／**5月**28日／**6月**26日／**7月**24日／**8月**22日／**9月**20日／**10月**18日／**11月**16日／**12月**14日

♠ライバル

1月7、8、19、28日／**2月**5、6、17、26日／**3月**3、4、15、24日／**4月**1、2、13、22日／**5月**11、20日／**6月**9、18日／**7月**7、16日／**8月**5、14日／**9月**3、12日／**10月**1、10日／**11月**8日／**12月**6日

★ソウルメイト(魂の伴侶)

1月3、19日／**2月**1、17日／**3月**15日／**4月**13日／**5月**11日／**6月**9日／**7月**7日／**8月**5日／**9月**3日／**10月**1日

この日に生まれた有名人

水原希子(モデル・女優)、真木よう子(女優)、オスカー・ワイルド(作家)、蜷川幸雄(演出家・映画監督)、江波杏子(女優)、清水国明(タレント)、東村アキコ(マンガ家)、中井貴裕(柔道選手)、阪口夢穂(サッカー選手)、リチャード・カーペンター(カーペンターズミュージシャン)、キムラ緑子(女優)

太陽：てんびん座
支配星：ふたご座／水星
位置：22°30'－23°30'　てんびん座
状態：活動宮
元素：風
星の名前：アークトゥルス、スピカ

October Sixteenth

10月16日

LIBRA

創造的なアイディアがわいたら、目標を定めて

10月16日生まれの人は、魅力があって繊細でよく働き、**こうと決めたら後へは引きません**。直感が鋭いのですが商才もあり、仕事に関心があるとか目標が定まっているといった場合には、断固たる態度で行動します。ところがそれ以外の時には、優柔不断、やる気がない、するべきことを先送りするなどの傾向が見られ、本来のすばらしい能力が埋もれたままになりかねません。

支配星であるふたご座の影響は、**探究心、明敏さ、上手なスピーチ**となって表れています。人間関係に関心があり、そつがなく、人脈の築き方を心得ています。贅沢なよい暮らしを求めていますが、過度なつき合いや気ままさには注意が必要。

創造的でいつもアイディアがわき計画をたて、いったん方針が固まると理想の実現に向けて粘り強く頑張ります。

社交的で人に好かれますが、**目立つことが好きで、とても感情的**。愛と充足感を求める気持ちが強く、美術、音楽、演劇を通してその気持ちを表現するとよいかもしれません。あるいは、高い理想を掲げて闘うことも。

先見の明があり実際を重んじるので、戦略家としても優れています。しかし一方で、いやなことは避けようとしたり罪の意識を持ったり、自分のことで頭がいっぱいになったりすることがあります。この２つの面をうまく結びつければ、調和と安定を得ることができます。

7歳になり太陽がさそり座に入ると、感情や能力の面に変化が生じてきます。37歳で太陽がいて座に移ると、旅行や学習、冒険をしたいという気持ちがめばえ、広い視野で人生をとらえるようになります。

隠された自己

あなたは生来そつがなく、1対1の人づき合いがとても上手な人。協力と提携が人生で大きな役割を果たすでしょう。人脈や自分の才能をお金儲けに利用するのがとても上手ですが、ときどき経済状態が気になって、余計な心配をします。

仕事ばかりでなく、家庭や家族のことも顧みた方がよいでしょう。あなたは、行動を起こす時は、**動機が常に公正、正当であるよう心がけましょう**。

あなたは慎重に検討してから最終決定をくだします。行動計画が決まっていると粘り強くなり、目的意識を持って行動します。

この日に生まれた人は、どんな障害や困難があろうともやり遂げようとする強い意志を持っています。

仕事と適性

理想主義的で洞察力のあるあなたは、平和を目指す博愛主義者であり人道主義者でもあり、人々を調和へと導きます。譲歩することを知り、よく働くあなたは**忠実で献身的な人**。人間の本質を理解し知識欲があるので、学問の世界に進んだり優れた教師になります。作家、あるいはエンターテインメントの世界で劇作家としてやっていくのもおすすめ。広告、テレビ、出版関係の仕事も向いています。

恋愛と人間関係

創造的で表現が大げさなあなたは、愛情を求める気持ちが非常に強く、また愛する人たちには多くの愛を注ぎます。感情の幅が広く、繊細で思いやりがあるあなたもいれば、横柄で威圧的なあなたもいます。

自分と同じような人に惹かれますが、こうした人たちは、あなたの熱情や愛を求める気持ちをきちんと理解してくれます。知識欲があることから、**自分より意識の高い人や知的な人**に魅力を感じます。

数秘術によるあなたの運勢

16の日に生まれた人は、思慮深く繊細で親切。分析するのが得意ですが、感情で人生や人を判断しがちです。自己表現をしたいという欲求と、人に対する責任との板ばさみになって心に緊張が生じることがありますが、これも16日生まれの特徴といえます。世界の出来事に関心があり、国際的な団体やメディアの世界に入ることも考えられます。自信にあふれているかと思えば、疑い深く不安な時もあり、このバランスをとることが大切です。

10月の**10**という数字の影響は、野心と統率力となって表れています。安心と安定を求めているので、現状を維持するためには譲歩してもよいと考えます。感情的で創造力豊かですが、つまりこれは、あなたのすばらしい考えを表現する方法を見つけ、個性を確立しなければならないということ。あなたは誠実で面倒見がよく、周囲の人々を忠実に支えます。

●**長所**：富を築く、政府で地位を得る、自尊心と威厳を備えている、宗教界で名をあげる、知識を重んじる、忠実である
■**短所**：俗人である、軽率である、たまにうそをつく

相性占い

♥恋人や友人
1月8、18、22日／**2月**16、20日／**3月**14、18、28、31日／**4月**2、12、16、26日／**5月**10、14、24日／**6月**8、12、22日／**7月**6、10、20、29日／**8月**4、8、18、27、30日／**9月**2、6、16、25、28日／**10月**4、14、23、26、30日／**11月**2、12、21、24、28日／**12月**10、19、22、26、28日

◆力になってくれる人
1月6、10、25、30日／**2月**4、8、23、28日／**3月**2、6、21、26日／**4月**4、19、24日／**5月**2、17、22日／**6月**15、20、30日／**7月**13、18、28日／**8月**11、16、26日／**9月**9、14、24日／**10月**7、12、22日／**11月**5、10、20日／**12月**3、8、18日

♣運命の人
4月11、12、13、14日／**5月**29日／**6月**27日／**7月**25日／**8月**23日／**9月**21日／**10月**19日／**11月**17日／**12月**15日

♠ライバル
1月13、29、31日／**2月**11、27、29日／**3月**9、25、27日／**4月**7、23、25日／**5月**5、21、23日／**6月**3、19、21日／**7月**1、17、19日／**8月**15、17日／**9月**13、15日／**10月**11、13日／**11月**9、11日／**12月**7、9日

★ソウルメイト(魂の伴侶)
1月6、25日／**2月**4、23日／**3月**2、21日／**4月**19日／**5月**17日／**6月**15日／**7月**13日／**8月**11日／**9月**9日／**10月**7日／**11月**5日／**12月**3日

有名人

大山のぶ代(声優)、石川亜沙美(モデル)、徳澤直子(モデル)、阿川泰子(歌手)、ユージン・オニール(劇作家)、風間八宏(サッカー監督)、鎧塚俊彦(パティシエ)、瀧本美織(女優)

太陽：てんびん座
支配星：ふたご座／水星
位置：23°30'−24°30' てんびん座
状態：活動宮
元素：風
星の名前：アークトゥルス、スピカ

October Seventeenth

10月17日

LIBRA

多才で論理的なので、上手に問題を解決

多才で、社交的なあなたには人を惹きつける魅力があり、生活に変化と刺激がもたらされます。**頭の回転が速く、鋭敏**で、知識の範囲を広げようといつも**探究心を働かせています**。魅力的な人柄と才気で、人をとても上手に楽しませます。しかし、気まぐれで短気な面があり、目的意識を損なうおそれがあります。

支配星であるふたご座の影響を受け、論理的で、自分の考えをはっきりと述べ、**上手に問題を解決します**。如才なく、しかも率直なあなたには、優れたコミュニケーション能力が備わっています。しかし頑固さや計算高さ、秘密主義などで魅力を台なしにしないように。

芸術的才能が音楽、絵画、演劇を通して発揮され、また、**美しく粋で贅沢なものに囲まれていたいという気持ち**を生みます。あなたは表現力が豊かで順応性がありますが、集中力と周到さを発揮して精神面の潜在的可能性を引き出すことが必要。直感がとても鋭く、進取の気性に富んでいるので、悲観的になったり態度を決めかねたりしているよりは、大きなスケールで物事を考え直感で行動する方がよい結果が出ます。行動的でいたい、幸運に恵まれたいという思いが、**旅に出て外国で職を得る**というかたちに発展することも。贅沢なよい暮らしを好みますが、現実逃避や行きすぎには注意。

6歳の時に太陽がさそり座に入ります。その後30年間は、主に感情面での変化が見られます。36歳になって太陽がいて座に移ると、冒険や自由を求める気持ちが強くなり、視野を広げたいという思いを持ちます。

隠された自己

あなたの中には、衝動的で心がいつもざわめいている自分と、慎重で、長期的な安心を得るための基盤を築きたいと考えている自分がいます。また、高級志向で、欲しいものを手に入れるためにいつも仕事に励んでいなければならないでしょう。前向きな気持ちを保ち忍耐力をつけると、洞察力に粘り強さが加わって成功を収めることができます。繊細で直感の鋭いあなたは、知識や知恵のある人を尊敬します。真実と全一性を求める気持ちから、自分自身の人生哲学を打ち立てます。**自分に正直で駆け引きをしないので尊敬を得られます**。理想主義者で、愛を求め自己表現を必要としているあなたは、感情エネルギーを人のために使うでしょう。

仕事と適性

単調を嫌い精神的刺激を求めているので、変化や進歩をもたらしてくれる仕事に就いた方がうまくいきます。海外で事業を行っている企業に就職するとよいでしょう。知的ではっきりとした意見を持つあなたは、途中で興味を失い方針を変えない限り、**これと思った仕事ならなんでもやり遂げられます**。物覚えが速いので、すぐに飽きてしまわないよう注意が必要。コミュニケーション能力に優れており、報道メディアの仕事が向いています。

また、調査や研究、教職、職業訓練という選択肢もあります。社交的な性格から、役所や社会サービス関係の仕事にも向いています。地域社会のために働くのもよいでしょう。

恋愛と人間関係

単調を嫌い変化を求める気持ちが、人間関係においてもはっきり表れます。**進取の気性に富み洞察力のあるしっかりした人**に惹かれますが、人と知りあうチャンスは多そうです。

パートナーに隠し事をするかもしれません。後で問題にならないよう、できる限り正直でいる方がよいでしょう。

あなたは感情に左右されやすく、安定と安心を求めているのに、一方で、すぐに気が変わって退屈し、刺激的な心ときめく経験を求めます。

数秘術によるあなたの運勢

17の日に生まれた人は、抜け目がなく控えめで分析力があります。独自の考えを持ち、高い教育を受けていること、あるいは優れた技術を身につけていることが強みです。知識を特定の方法で利用して専門技術を身につけ、スペシャリストとして成功し高い地位を得られます。

1人でいることを好み、内省的、客観的。事実や数字に強い興味を示し、見るからにまじめで思慮深く、じっくり物事に取り組みます。コミュニケーション能力を磨けば、人を通じて自分という人間をよりよく知ることができます。

10月の**10**という数字の影響は、野心、理想主義、カリスマ性というかたちで表れています。知的で直感が鋭く、観察力があり、自分の直面している問題を本能的に理解します。

常識的で、自分の判断に自信を持っていますが、短気を起こしたり夢中になりすぎたりする傾向があるので、時間をかけてあわてず行動することが必要です。

●長所：思慮深い、専門知識がある、上手に計画を立てる、ビジネスセンスがある、金儲けがうまい、自分の考えを持っている、正確である、調査力がある、科学的である

■短所：特定のことにしか関心が持てない、頑固である、不注意である、気が変わりやすい、傷つきやすい、狭量である、批判的である、心配性である

♥恋人や友人

1月4、13、19、23、24日／**2月**11、17、21日／**3月**9、15、19、28、29、30日／**4月**7、13、17、26、27日／**5月**5、11、15、24、25、26、27日／**6月**3、9、13、22、23、24日／**7月**1、7、11、20、21、22日／**8月**5、9、18、19、20日／**9月**3、7、16、17、18日／**10月**1、5、14、15、16、29、31日／**11月**3、12、13、14、27、29日／**12月**1、10、11、12、25、27、29日

◆力になってくれる人

1月7、15、20、31日／**2月**5、13、18、29日／**3月**3、11、16、27日／**4月**1、9、14、25日／**5月**7、12、23日／**6月**5、10、21日／**7月**3、8、19日／**8月**1、6、17、30日／**9月**4、15、28日／**10月**2、13、26日／**11月**11、24日／**12月**9、22日

♣運命の人

4月13、14、15、16日

♠ライバル

1月6、14、30日／**2月**4、12、28日／**3月**2、10、26日／**4月**8、24日／**5月**6、22日／**6月**4、20日／**7月**2、18日／**8月**16日／**9月**14日／**10月**12日／**11月**10日／**12月**8日

★ソウルメイト（魂の伴侶）

4月30日／**5月**28日／**6月**26日／**7月**24日／**8月**22日／**9月**20日／**10月**18、30日／**11月**16、28日／**12月**14、26日

大島優子（元AKB48　タレント）、岸田森（俳優）、もたいまさこ（女優）、賀来千香子（女優）、エミネム（ミュージシャン）、今井翼（タッキー&翼　タレント）、臼田あさ美（女優）、熊谷紗希（サッカー選手）、柄本時生（俳優）、黒沢かずこ（森三中　タレント）、JIRO（GLAY　ベーシスト）、松坂桃李（俳優）

太陽：てんびん座
支配星：ふたご座／水星
位置：24°30'−25°30'　てんびん座
状態：活動宮
元素：風
星の名前：アークトゥルス、スピカ

October Eighteenth

10月18日

LIBRA

意欲と集中力で、アイディアを形に

行動的、建設的で、創造力があり、斬新なアイディアを持っています。関心のある仕事には真剣に取り組みますが、精神的な刺激がないとすぐに退屈してしまいます。実際家で、計画を立てるのがうまく、知識を増やして有効利用するのが好きです。

支配星であるふたご座の影響で、順応性があり、多才で、**言語による表現に優れています**。人に対して率直かつ正直でありたいと思っていますが、そつがなく、上手に人脈を築きます。**問題解決能力があり**、人が何を必要としているかを敏感に察することができるので、優れたアドバイザーになります。自分のアイディアや人生哲学をうまく伝えることができ、何か関心のあるテーマで人と議論します。生来の芸術的、創造的才能が音楽、絵画、執筆、演劇を通じて発揮されます。

知力が優れ直感が鋭いので頭がよく、人を楽しませるのが上手で、ビジネスセンスもあります。説得力があり、機知に富んでいます。実際的な考え方ができるので、意欲的に取り組んで注意を集中させると、**単にアイディアでしかなかったものが形を伴う現実のものに変わります**。批判的、反抗的、気短になって、自分の持つすばらしい可能性を損なわないよう注意が必要。

5歳の時に太陽がさそり座に入り、感情面や能力面で変化が生じてきます。35歳になって太陽がいて座に移ると、冒険心と自由を愛する気持ちが強くなります。視野を広げたいという思いも強まり、独学というかたちもあれば、高等教育を受けるというかたちもありますが、いずれにせよ、教育がその手段となりそうです。

隠された自己

色と音に対する感覚が鋭く、美しく、粋で、贅沢なものに囲まれているのが好きです。しかし気ままさには注意が必要。落ち着きのなさを改め、集中力を養い、見聞を広めて、実のある経験を積んでいけば、これまで通り熱い思いは失わずにいられます。心の平和を求める気持ちと知識や新しい経験を求める気持ちを併せ持っているので、いろいろな方向に引っぱられ、最後にようやくペースを落とせばよいことを悟ります。ペースを落とすというのは、例えば、**生活を簡素にし、自分の直感に耳を傾ける**ということ。

とても繊細なあなたは、人に対する責任、特に家族や家庭に対して何を果たさなければならないかをちゃんと心得ています。親切で思いやりがあるので、優れたアドバイザーになれます。ときどき、あなたの善意が人に干渉と受け取られることがあるかもしれません。その場の状況を見極められるようになれば、距離をおきつつも、人の力になることができます。

仕事と適性

直感がとても鋭く、想像力のあふれるあなたは、**お金儲けにつながるようなアイディア**をたくさん持っています。系統だてて物事をまとめるのが得意で、決断力もあり、スケールの大きな計画を立てます。主導権をにぎるか、あるいは1人で仕事をするのが好きです。親しみやすく社交的で、カリスマ性があります。何かがよいと信じると、セールスマン、広報・宣伝担当者として説得力を発揮し、売りこみに成功します。才能に恵まれ野心もあるあなたは、自分を創造的に表現し、1人の人間として輝きたいと思っています。知的で常識があり、実用的な能力を備えていて、社会改革や教育にも関心を持ちます。

恋愛と人間関係

人間関係はあなたにとって、とても重要。自分の気持ちや愛情を、もっと上手に表現しましょう。また、大切な人たちをきちんと守ろうとします。**勤勉な人、一風変わった人、外国の人**に惹かれ、精神的刺激や知的交流を求めます。

あなたは親しみやすく、人づき合いが好きで、機知に富み、人を楽しませるのが得意です。身を固めると、忠実で協力的なパートナーとなります。

数秘術によるあなたの運勢

決断力、自己主張、野心。18の日に生まれた人には、こんな特質が見られます。また、行動的で、やりがいのある仕事を求めているあなたは、忙しく過ごすのが好きで、たいてい何か大きな仕事に関わっています。

有能でよく働き、責任感があり、大きな権限のある立場に就きます。優れたビジネスセンスと物事を系統だててまとめる力があることから、ビジネスの世界で活躍します。働きすぎの場合には、ときどき息抜きをし、ペースを落とす方がよいでしょう。

18日生まれの人は、人を癒す、よいアドバイスを与える、人の悩みを解決するといった力も備えています。

10月の10という数字の影響は、何かをやり遂げたいという気持ちとなって表れています。親しみやすく社交的ですが、自分の信念を貫く勇気を持っています。頭の回転が速く、力がみなぎり、説得力のある話と魅力的な態度で人々に影響を与えます。しかし、利己的、威圧的にならないように注意しましょう。

●長所：進歩的である、自己主張ができる、直感が鋭い、勇気がある、きっぱりとした態度をとる、癒しの力がある、有能である、上手に忠告する

■短所：感情の抑制がきかない、怠惰である、規律が乱れている、利己的である、無神経である、仕事やプロジェクトを最後までやり通せない、たまにうそをつく

相性占い

♥恋人や友人
1月4、14、20、24、25日／**2月**2、12、15、18、22、23日／**3月**10、16、20、29、30日／**4月**8、14、18、27、28日／**5月**6、12、16、25、26、31日／**6月**4、7、10、14、23、24、29日／**7月**2、8、12、21、22、27日／**8月**6、10、19、20、25日／**9月**4、8、17、18、23日／**10月**2、6、15、16、21、30日／**11月**4、13、14、19、28、30日／**12月**2、11、12、17、26、28、30日

◆力になってくれる人
1月4、8、21日／**2月**2、6、19日／**3月**4、17、28日／**4月**2、15、16日／**5月**13、24日／**6月**11、22日／**7月**9、20日／**8月**7、18、31日／**9月**5、16、29日／**10月**3、14、27日／**11月**1、12、25日／**12月**10、23日

♣運命の人
1月3日／**2月**1日／**4月**13、14、15、16日／**5月**31日／**6月**29日／**7月**27日／**8月**25日／**9月**23日／**10月**21日／**11月**19日／**12月**17日

♠ライバル
1月7、10、15、31日／**2月**5、8、13、29日／**3月**3、6、11、27日／**4月**1、4、9、25日／**5月**2、7、23日／**6月**5、21日／**7月**3、19日／**8月**1、17日／**9月**15日／**10月**13日／**11月**11日／**12月**9日

★ソウルメイト（魂の伴侶）
3月31日／**4月**29日／**5月**27日／**6月**25日／**7月**23日／**8月**21日／**9月**19日／**10月**17、29日／**11月**15、27日／**12月**13、25日

有名人

仲里依紗（女優）、鄉ひろみ（タレント）、石井めぐみ（女優）、ジャン=クロード・ヴァン・ダム（俳優）、蜷川実花（写真家・映画監督）、金子昇（俳優）、京野ことみ（女優）、森泉（モデル）、広岡浅子（実業家・教育者）

太陽：てんびん座
支配星：ふたご座／水星
位置：25°30'−26°30' てんびん座
状態：活動宮
元素：風
星の名前：アークトゥルス

October Nineteenth

10月19日

LIBRA

思いやりがあって話し上手

10月19日生まれの人は、創造性に富み、楽観的で頭が切れます。**親しみやすくて、社交的、想像力も豊か**。魅力的に自分を主張する術を知っていて、人気を得たいと思っています。順応性があって多才ですが、いろいろなことに関心があるので、エネルギーをむだにまき散らさないよう、また、優柔不断にならないよう注意が必要。

支配星であるふたご座の影響を受け、**表現力豊かで話が上手**です。説得力のある話と大胆な魅力で巧みに人脈を作り、人々に影響力を及ぼします。おおらかで人間関係に関心を持ち、人づき合いが上手。しかし疑い深い一面があり、あれこれ心配したり繊細な自分が傷つかないように本当の気持ちを隠したりします。芸術に魅力を感じ、自己表現することを求めているあなたは、**美しいものに囲まれているのが好き**で、生来の芸術的、文学的才能を伸ばすことになるかもしれません。粋で贅沢なものや、よい暮らしを好みますが、過度なつき合いや気ままさには注意が必要。

あなたには**思いやりという美徳**があり、相手の気持ちになることができます。この美徳を伸ばしていくと、人の役に立ちたいという人道主義的、愛他的な気持ちが生まれます。しかし、心が温かくカリスマ的なところもあるので、社会生活に忙しく、本来の自分の仕事が果たせないということにならないように。

4歳以降、太陽はさそり座に位置し、感情面、能力面で変化が生じます。34歳で太陽がいて座に移ると、冒険を求め自由を愛するようになります。旅行に出たい、高度な教育を受けたいという気持ちも出てきます。

Ω
10
月

隠された自己

プライドが高く、目立つことの好きなあなたは、リーダーの立場に就くことを好みます。しっかりとした価値観を持ち、すばやく状況判断や人物評価をくだします。このビジネスセンスに進取の気性が加わって、あなたは成功に至ります。しかし、もし信念を失えば、自信が持てず気難しくなり、権力や地位を偏重するようになるでしょう。その一方で落ち着きがなく、とても飽きっぽいところがあります。刺激的でやりがいのある活動を見つけ、最後までやり遂げることが必要。

ときどき理想と現実のギャップに悩むことがありますが、状況が変わるとまたやる気を起こします。また、旅行があなたの人生で大きな役割を果たします。**束縛されているように感じた時は、明るい見通しが立つなら、思い切って遠くに旅に出るとよいでしょう。**

仕事と適性

多才なあなたは単調を嫌い、刺激を求めています。**新しい環境への適応能力は、物覚えがよいことを意味しています**。弁や筆が立ち、魅力的で、人々を機知に富んだ会話や文章で楽しませます。このことで、セールスマンや広報・宣伝担当者として成功します。大衆が求めているものを敏感に感じ取ることができるので、ファッション業界もよいでしょう。

広告、政治の世界も向いています。人づき合いが上手なので、大企業でうまくいきます。洗練され、細部にまで注意が行き届くので、正確さを要する細かい芸術品の制作、例えば貴金属や宝石を扱うような仕事に就いてもよいでしょう。カウンセラーという選択もあり、あなたなら優しい言葉で人々を元気づけられます。

恋愛と人間関係

親しみやすいあなたはすぐに友人ができ、人々を魅了します。魅惑的で、異性のファンもたくさんいます。しかし感情のままに動いていると、成就した恋と同じ数だけの失恋を経験します。

愛する人たちに対して思いやりがあり、いつも心にかけ、犠牲をいといません。社交の場では度量の広いところをみせます。**人を強く惹きつける個性を持っていますが**、金遣いが荒いところや嫉妬深いところは改めなければなりません。

数秘術によるあなたの運勢

野心と人道主義。**19**の日に生まれた人にはこんな2つの面が見られます。また、きっぱりとした態度をとり、才覚もあります。深い洞察力を備え、その一方で思いやりがあり、理想主義者で、創造的な面もあります。繊細ですが名をなしたいという思いがあり、その思いからあなたはどこか芝居がかった行動をとり、注目を集めようとします。自己の確立も強く望んでいます。そのためには、まず周囲からプレッシャーを受けないようにしなければなりません。

人の目には、あなたは自信に満ち、快活で、才覚のある人物に見えますが、実は心は常に緊張状態にあり、感情が安定していません。

10月の**10**という数字の影響は、独立独歩、独創的、カリスマ性というかたちで表れています。また、自分の気持ちやすばらしい考えを明確に伝えることができます。調和と均衡を求めていますが、気分が変わりやすく、自信満々かと思えば自己不信に陥ったりします。

●長所：大胆である、集中力がある、創造性に富んでいる、進歩的である、楽観的である、強い信念を持っている、競争心がある、独立心旺盛である、社交的である

■短所：自己中心的である、気分が落ちこみやすい、心配性である、拒否されることを恐れる、感情が不安定である、精神的価値を軽視する、独善的である、気が短い

♥恋人や友人

1月21、25日／**2月**19、23日／**3月**17、21、30日／**4月**15、19、28、29日／**5月**13、17、26、27日／**6月**11、15、24、25、30日／**7月**9、13、22、23、28日／**8月**7、11、20、21、26、30日／**9月**5、9、18、19、24、28日／**10月**3、7、16、17、22、26、29日／**11月**1、5、14、15、20、24、27日／**12月**3、12、13、18、22、25、27、29日

◆力になってくれる人

1月5、13、16、22、28日／**2月**3、11、14、20、26日／**3月**1、9、12、18、24、29日／**4月**7、10、16、22、27日／**5月**5、8、14、20、25日／**6月**3、6、12、18、23日／**7月**1、4、10、16、21日／**8月**2、8、14、19日／**9月**6、12、17日／**10月**4、10、15日／**11月**2、8、13日／**12月**6、11日

♣運命の人

4月14、15、16、17、18日／**6月**30日／**7月**28日／**8月**26日／**9月**24日／**10月**22日／**11月**20日／**12月**18日

♠ライバル

1月2、23、30日／**2月**21、28日／**3月**19、26、28日／**4月**17、24、26日／**5月**15、22、24日／**6月**13、20、22日／**7月**11、18、20日／**8月**16、18、19日／**9月**7、14、16日／**10月**5、12、14日／**11月**3、10、12日／**12月**1、8、10日

★ソウルメイト(魂の伴侶)

1月14、22日／**2月**12、20日／**3月**10、18日／**4月**8、16日／**5月**6、14日／**6月**4、12日／**7月**2、10日／**8月**8日／**9月**6日／**10月**4日／**11月**2日

有名人

ラサール石井(タレント)、金子賢(俳優)、今田竜二(プロゴルファー)、須賀貴匡(俳優)、須賀健太(タレント)、野沢秀行(パーカッショニスト)、野村真美(女優)、林家木久扇(落語家)、羽田圭介(作家)

太陽：てんびん座
支配星：ふたご座／水星
位置：26°30'－27°30'　てんびん座
状態：活動宮
元素：風
星の名前：アークトゥルス

October Twentieth

10月20日

LIBRA

表現力が豊かで鋭い観察眼の持ち主

頭が切れて、説得力があります。人を惹きつける力を備え、**対人関係に優れた能力**を発揮します。人と同じでは満足できないあなたは、きっと見るからに魅力的な人。表現力が豊かで、人の行動を鋭く観察し、**社交の場では輝いています**。

美術、音楽、創造性を理解する力があり、美しく、粋で、贅沢なものに囲まれているのが好きです。

支配星であるふたご座の影響で、頭の回転が速く、言葉を巧みに操り、その**言語能力の高さ**を、会話、あるいは執筆で人々に印象づけます。話が上手で議論を楽しむのは、率直で、しかもそつがないという特性から。ユーモアを交えながらも鋭い機転をきかせた話が、皮肉と受け取られないよう注意が必要。人と共同で仕事をすると多くのものを得られますが、**一番ありがたいのは個人的なつて**です。しかしあなたは挑発的になったり人を操ろうとしたりするので、調和と均衡を作り出していけば得られるはずの多くのことを、逃してしまう傾向があります。

目標が定まると断固たる態度で事にあたり、非常に独創的な仕事をなし遂げます。神経質なので、かんしゃくを起こす、ストレスを受ける、といったことのないように。

まだ幼い頃に太陽がさそり座に入り、感情面、能力面で変化を経験していきます。33歳になって太陽がいて座に移ると、視野を広げたい、旅行をしたいという気持ちが出てくるでしょう。さらに教育をと思うなら、哲学、心理学、法律を修めると役に立ちます。外国の人や土地との関わりも深まるでしょう。

隠された自己

内に大きな力を秘めているので、身を粉にしてひたむきに働けば、まず、どんなことでもやり遂げられるでしょう。多くの人々と活発に交流することは、生き生きとした楽しい生活につながりますが、すばらしい能力を開花させるうえでの妨げとなる場合もあります——もちろん、両方が当てはまることもあります。

社交の場でも仕事の場でも、あなたは温かく親身になって人を思いやり、この気持ちがやがて人道主義的な活動に発展することも考えられます。**第六感が優れ、非常に鋭く直感を働かせます**。しかし真剣になりすぎると、意固地になったり気まぐれになったりします。人に左右されず、いつも新しい仕事を抱えていることで、目的意識を強く持ち、決断力に磨きをかけます。

目立つことが好きで、潜在的な統率力を備えているので、自分のすばらしい能力を効果的に活かすことができます。

仕事と適性

受容力があって、直感が鋭く、コミュニケーションを図ることが好きで、言葉を巧みに操って文章を書きます。また、代理店業やセールスマンも向いていますし、渉外や広報関係の仕事に就いてもうまくいきます。創造的才能を伸ばすなら、教育の世界で教師や講師に、出版の世界で作家やジャーナリストになるとよいでしょう。そつがなく、おおらかで、1対1のつき合いがうまく、**生まれながらの心理学者**というあなたは、カウンセリングやセラピー、医療関係の仕事でも成功します。統率力があって、系統だてて物事をまとめる力を持ち、戦略をたてるのが上手なので、商業の世界に入って共同で事業を進めたり、大きな仕事に関わったりするのもよいでしょう。

恋愛と人間関係

仲間を求め、長時間1人でいるのは嫌いなあなた。しかし魅力的で、そつがなく、すばらしい説得力を持っているので、友人や恋人を見つけるのは難しいことではないでしょう。心から調和を望んでいるのに、ときどき心が激して扱いにくくなります。**愛想がよく社交的で人を楽しませるのがうまく**、大変なもてなし上手です。

数秘術によるあなたの運勢

20日生まれの人は、直感が鋭く順応性があり、理解力を備え、自分自身を大きなグループの一員と考えています。集団の中で活動して、人と関わり、経験を共有し、影響を及ぼしあうのが好きです。魅力的で社交性があり、如才なく、どんな人の輪の中にもすっと溶けこみます。しかし、もっと自信を持ち、人のちょっとした行動や批判にすぐに傷つかない、人に頼りすぎない、などのことが求められます。

10月の**10**という数字の影響も受けているあなたは、自分に満足し、ひとり立ちしていけますが、それでも愛や親密な関係を求めています。それは、自分の考えやアイディアを誰かに伝えたいという気持ちの表れなのです。楽しいことが好きで広い心を持っていますが、自分の愛する人たちから好意的に見られ、愛情を得たいと願ってもいます。逆境に立っても、優れた決断力を発揮し前向きな態度でいれば、創造性とカリスマ性を発揮して人々に影響を及ぼし、よい方向に前進することができるでしょう。

●長所：人とよい関係を築く、優しい、機転がきく、受容力がある、直感が鋭い、思慮深い、協調的である、感じがよい、友好的である
■短所：疑い深い、自信がない、へつらう、臆病である、神経質である、利己的である、すぐに傷つく

♥恋人や友人
1月6、16、22、26日／**2月**4、14、20、24日／**3月**2、12、18、22日／**4月**10、16、20、30日／**5月**8、14、18、28日／**6月**6、12、16、26日／**7月**4、10、14、24、31日／**8月**2、8、12、22、29日／**9月**6、10、20、27日／**10月**4、8、18、25日／**11月**2、6、16、23、30日／**12月**4、14、21、28、30日

◆力になってくれる人
1月6、17、23、31日／**2月**4、15、21、29日／**3月**2、13、19、27、30日／**4月**11、17、25、28日／**5月**9、15、23、26日／**6月**7、13、21、24日／**7月**5、11、19、22日／**8月**3、9、17、20日／**9月**1、7、15、18、30日／**10月**5、13、16、28日／**11月**3、11、14、26日／**12月**1、9、12、24日

♣運命の人
4月14、15、16、17、18、19日

♠ライバル
1月24日／**2月**22日／**3月**20、29日／**4月**18、27、29日／**5月**6、16、25、27、30日／**6月**14、22、25、28日／**7月**12、21、23、26日／**8月**10、19、21、24日／**9月**8、17、19、22日／**10月**6、15、17、20日／**11月**4、13、15、18日／**12月**2、11、13、16日

★ソウルメイト(魂の伴侶)
1月13日／**2月**11日／**3月**9日／**4月**7日／**5月**5日／**6月**3、30日／**7月**1、28日／**8月**26日／**9月**24日／**10月**22日／**11月**20日／**12月**18日

有名人

坂口安吾(作家)、中島常幸(プロゴルファー)、茂木健一郎(脳科学者)、山口智子(女優)、前田典子(モデル)、山田孝之(俳優)、アルテュール・ランボー(詩人)、ダニー・ボイル(映画監督)、河合郁人(A.B.C-Zタレント)

太陽：てんびん座
支配星：ふたご座／水星
位置：27°30'−28°30'　てんびん座
状態：活動宮
元素：風
星の名前：なし

October Twenty-First

10月21日

LIBRA

♎
10月

理想主義者にして実用主義の一面も

10月21日生まれの人は、聡明で物腰が魅力的。進歩的な考えを持ち直感が鋭く、精神的刺激を与えてくれる仕事を立ち上げるのが好きです。**実際的な理想主義者で**、実用主義と直感の両方の価値を認めています。社交的、魅力的で、**人あしらいのうまさ**があなたの主な特質の1つと言えるでしょう。

支配星であるふたご座からは、高い順応性、何でもこなす力、すばらしいコミュニケーション能力を与えられています。しかし、**神経質で繊細な面**もあり、神経系統を傷つけないよう注意すること。はっきりと自分の意見を述べ、そつがなく、交渉や人脈作りが得意。いつも最新情報を求め、知識を与えて人の興味を引き出すあなたは、**生まれながらの教育者**です。実際、あなたのすばらしい潜在能力を最大限に活かすには、教育の仕事に就くのが一番。

あなたは洗練されていて、それが快活さに表れています。しかし、非常に頑固な一面をみせることもあります。何か関心のあるテーマで議論をしたり、問題解決能力を発揮したりすることで、優れた知性をいつも創造的に働かせています。精神的な刺激がないと、つまらない、何の意味もないような活動にエネルギーを浪費します。野心に満ち、強い願望をだき、統率力を備えていますが、横柄な態度をとらないようにしましょう。

まだ幼い頃に太陽がさそり座に入り、その後30年間は主に能力面で変化が生じます。32歳になって太陽がいて座に移ると、冒険を求める気持ちが強くなり、学習や旅行に関心を持ちます。また、外国の人や土地との関わりも深めます。

隠された自己

率直で、しかも人が何を求めているのか直感的に理解するあなたは、優れたアドバイザーになれます。自立的に見えますが、パートナーや仲間にすぐに影響されます。1人でいるのを恐れることがありますが、**人に頼りすぎたり自信をなくしたりしないよう注意が必要**。バランスと公平さを意識するようになれば、人に愛情をたっぷり注いで心遣いをし、しかもある程度の距離を保つことができます。

繊細で想像力あふれるあなたは、美術や音楽の道を志す、人を癒す、理想を追求するなどのかたちで、このすばらしい2つの資質を活かすとよいでしょう。友達として最高で、親身になって仲間の面倒を見ます。しかし愛が報われないと、現実逃避に陥ったり不機嫌になったりします。

人と協力して働くことは、提携するのであれ集団の中であれ、あなたの魂の成長にとってとても重要。

仕事と適性

野心があって、大胆で、知識を愛するあなたは、優れた教師になります。親しみやすく魅力があり、おおらかで、**人と一緒に働くことを好み**、渉外や広報関係の仕事でも成功するでしょう。音楽と美術の才能があり、演劇やスピーチも得意なので、演劇や映画の役者になるとよいでしょう。執筆にも才能があり、特にフィクション、ユーモア小説、劇の台本などが向いています。

恋愛と人間関係

魅力的で親しみやすいので、すぐに友人ができ、多くの人に慕われます。**勤勉で社会的地位の高い人**に魅力を感じます。人間関係においては、人に頼らず、それでも人に対してはできる限りのことをし、公平につとめることが大切。人とつき合う時は嫉妬心を捨てましょう。面倒見がよく、情愛深い人柄が損なわれるからです。完璧なパートナーを求めているあなたは、互いに助けあい尊重しあう関係を目指しています。身を固めると忠実なパートナーとなります。

数秘術によるあなたの運勢

21の日に生まれた人は、あふれるような活力と外向性を備えています。社交的で、さまざまなことに関心を持ち、知りあいが多く、幸運に恵まれます。人に対して親切で寛大。直感が鋭く、独立心旺盛で、独創性に富んでいます。楽しいことが好きで、人を惹きつけ、魅力的。しかし、内気で控えめな人は、特に親しい人に自分の考えをはっきりと言えるようになりましょう。協力的な関係や結婚を望む気持ちがある一方、才能と能力を認められたいという思いを常に持っています。

10月の**10**という数字の影響は、野心、率直さというかたちで表れています。また、探究心があり多才で直感を鋭く働かせます。才能を活かしてお金を儲けるためには、勤勉さと自制心が必要。実用的な才能と創造的なアイディアを持っているので、大きな計画を任せられるでしょう。

●**長所**：創造的である、愛情が豊かである、長期的な人間関係を築く

■**短所**：依存心がある、神経質である、気難しい、先見性に乏しい、落ちこみやすい、変化を恐れる

♥恋人や友人

1月1、4、27、29日／**2月**2、25、27日／**3月**23、25日／**4月**21、23日／**5月**19、21、29日／**6月**17、19、27日／**7月**15、17、25日／**8月**13、15、23日／**9月**11、13、21日／**10月**9、11、19日／**11月**7、9、17日／**12月**5、7、15日

◆力になってくれる人

1月3、10、15、18日／**2月**1、8、13、16日／**3月**6、11、14、29、31日／**4月**4、9、12、27、29日／**5月**2、7、10、25、27日／**6月**5、8、23、25日／**7月**3、6、21、23日／**8月**1、4、19、21日／**9月**2、17、19日／**10月**15、17日／**11月**13、15日／**12月**11、13日

♣運命の人

4月16、17、18、19、20、30日／**5月**28日／**6月**26日／**7月**24日／**8月**22日／**9月**20日／**10月**18日／**11月**16日／**12月**14日

♠ライバル

1月9、14、16、25日／**2月**7、12、14、23日／**3月**5、10、12、21、28、30日／**4月**3、8、10、19、26、28日／**5月**1、6、8、17、24、26日／**6月**4、6、15、22、24日／**7月**2、4、13、20、22日／**8月**2、11、18、20日／**9月**9、16、18日／**10月**7、14、16日／**11月**5、12、14日／**12月**3、10、12日

★ソウルメイト(魂の伴侶)

12月29日

有名人

江戸川乱歩(作家)、五月みどり(歌手)、蛭子能収(マンガ家)、永島敏行(俳優)、渡辺謙(俳優)、千住明(作曲家)、大江麻理子(アナウンサー)、道端ジェシカ(モデル)、伊藤美誠(卓球選手)

太陽：てんびん座
支配星：ふたご座／水星
位置：28°30′−29°30′ てんびん座
状態：活動宮
元素：風
星の名前：なし

October Twenty-Second

10月22日

LIBRA

人間関係で、豊かな表現力と説得力を発揮

人を強く惹きつける魅力と統率力。これが10月22日生まれの人の主な特性です。そつがなく、どうすれば目をかけてもらえるかを知っていて、**人の威光をうまく利用します**。正義感が強く、頭が切れ、どんな状況にあっても何らかの結果を出します。しかし、行動方針を決めかねたり、快楽を追い求めたりして、高い理想はそっちのけということにならないよう注意が必要。

支配星であるふたご座の影響で、豊かな表現力と高いコミュニケーション能力を持っています。**説得力があって、人間の本質を鋭く理解**しています。人づき合いがよく、おおらか。強い個性を持ち、社交の場では愛想がよく、人を楽しませます。自制を働かせさえすれば、すばらしい潜在能力を最大限に活かすことができます。

あなたは家庭や家族に大いに関心を持ち、安楽を愛し、質のよい贅沢なものに囲まれているのが好きです。芸術に興味があり、自己表現を必要としていることから、執筆、絵画、音楽の道に進むことが考えられます。またビジネスセンスもあり、出世の助けとなります。人間関係において**ムードメーカー**の役割を果たします。しかしときどき、横柄な態度をとったりけちな考えを起こしたりして、いつものおおらかさを失ってしまうので注意を。

人生が始まったばかりの頃に太陽がさそり座に入ります。その後30年間は、能力面に変化が生じる時期です。31歳になって太陽がいて座に移ると、楽観的になり、冒険心がめばえて、学習や旅行へ気持ちが向かいます。外国の人や土地との関わりも深まるでしょう。

♎
10
月

隠された自己

寛大で親切なあなたは、広い心で物事をとらえ、人類全体に愛を感じます。しかし、ときどき挫折感や失望感を胸の内に抱え、それが深刻さ、主張の強さとなって表れます。気ままな面が出ることがありますが、すぐに自分で気づいてユーモアでその場を取り繕い、気まずい空気を和ませます。

あなたは**自信に満ちた人物**で通り、心の中の不安を表に出すことはプライドが許しません。困難を克服していくうえで助けとなり、知恵の源ともなるような、何か価値のあるものを人生に求めていることも。

あなたの激しい感情と繊細さは直感とつながっています。**直感を信じるとよい結果**が得られます。

前向きな気持ちでいると、内にパワーが生まれ、それが癒しの力、あるいは創造力となります。

仕事と適性

カリスマ性と創造力を備えているあなたは、政治の分野、あるいは人道支援を行う組織や国際的な企業で力を発揮できます。多才で目立つことを好むので、美術、インテリアデザイン、執筆、音楽、演劇など、どれを選んでもよいでしょう。魅力的で、心が広く、如才ないので、外交官も適職。正直で理想主義的な点を考えると、弁護士、裁判所職員、裁判官など、法律関係の仕事が向いています。

恋愛と人間関係

ロマンティックで魅力があり、親切な人柄で人を惹きつけます。感情が激しく、誰かの虜になることも。しかし1人でいるのが嫌いなので、心の平和、家庭、家族を求めて妥協します。理想主義者ですが、官能に溺れて理想を追求することを忘れてはなりません。**心が温かく人を楽しませるのが上手**なので、友人をもてなすのが得意。

数秘術によるあなたの運勢

22はマスターナンバーで、22と4の波動を持っています。正直で勤勉。生来統率力があり、カリスマ性を備え、人と人の心というものを深く理解しています。でしゃばったことはしませんが、人の幸せを親身になって考えます。とはいえ実際的、現実的な姿勢は崩しません。

教養があって如才なく、多くの人に慕われ、友人も多数います。特に競争心の強い人は、人から援助や励ましを得て成功し富を築きます。この日生まれの人の多くが、兄弟、姉妹と強い絆で結ばれ、保護や援助を与えます。

10月の**10**という数字の影響は、野心と理想主義となって表れています。鋭敏で直感が鋭く、本能を信じることを身につけるとよいでしょう。感情の深さと自己表現を求める気持ちは、あなたが活力にあふれ、何かに触発されると意欲十分になることを表しています。忍耐力があって粘り強いので、ストレスを受けたり難しい立場に立たされたりすると、本当の性格が明らかになります。寛大で、物事に熱心に取り組みますが、利己的あるいは横柄な一面もあります。

●**長所**：博識である、統率力がある、実用主義である、実際家である、手先が器用である、計画を上手にまとめあげる、優れたオーガナイザーである、現実的である、問題を上手に解決する、目的を達成する

■**短所**：一攫千金を夢見る、神経質である、横柄である、精神的価値を認めない、先見性に欠ける、怠惰である、貪欲である

♥恋人や友人
1月2、28日／**2月**12、26日／**3月**24日／**4月**22日／**5月**20、29、30日／**6月**4、18、27、28日／**7月**16、25、26日／**8月**14、23、24日／**9月**12、21、22日／**10月**10、19、20、29、31日／**11月**8、17、18、27、29日／**12月**6、15、16、25、27日

◆力になってくれる人
1月2、10、13、16日／**2月**8、11、14日／**3月**6、9、12日／**4月**4、7、10日／**5月**2、5、8日／**6月**3、6日／**7月**1、4、30日／**8月**2、28、30日／**9月**26、28日／**10月**24、26日／**11月**22、24日／**12月**20、22、30日

♣運命の人
4月18、19、20、21日／**10月**31日／**11月**29日／**12月**27日

♠ライバル
1月3、9、10日／**2月**1、7、8日／**3月**5、6、31日／**4月**3、4、29日／**5月**1、2、27日／**6月**25日／**7月**23日／**8月**2、21、31日／**9月**19、29日／**10月**17、27日／**11月**15、25日／**12月**13、23日

★ソウルメイト(魂の伴侶)
1月5日／**2月**3日／**3月**1日／**5月**30日／**6月**28日／**7月**26日／**8月**24日／**9月**22日／**10月**20日／**11月**18日／**12月**16日

有名人

イチロー(プロ野球選手)、フランツ・リスト(作曲家)、ロバート・キャパ(写真家)、松金よね子(女優)、三田村邦彦(俳優)、室井滋(女優)、石橋貴明(とんねるずタレント)、スパイク・ジョーンズ(映画監督)、松本莉緒(女優)、関根麻里(タレント)

太陽：さそり座／てんびん座
支配星：さそり座／冥王星
位置：29°30'−0°30'　さそり座
状態：不動宮
元素：水
星：なし

October Twenty-Third

10月23日

SCORPIO

感受性が強い一方、自制心があり粘り強いところも

てんびん座とさそり座のカスプ上で生まれたあなたは、**強い意志と自制心**を持ち、きっぱりと決断できる能力を備えている意識の高い人です。率先して行動し、いろいろな考えを受け入れる広い心を持っています。しかし、同時に**感受性も強く、独断で物事のよしあしを決める**きらいがあります。

一方、優れた第六感を備え、魅力的でカリスマ性もあります。人とのネットワークを作るのが得意で、いつも人々と交流する方法を模索しています。**物事に熱中しやすいタイプ**ですが、現実的なので節度を失うことはありません。

支配星であるさそり座の影響を受け、内に大きな力を秘めています。理想主義で思いやりがあり、鋭い知覚を持っています。また、**怖いもの知らずで、粘り強い**ところもあります。例えば挑戦を受けると大胆不敵なところを敵にみせ、脅威や不安を感じると不屈の精神が目覚める、逆境に強いタイプ。何かに関心を持つと、それにとことんこだわります。衝動的で落ち着きのないところがありますが、心が優しく親切で寛大。教養が豊かで、知性を高めることを好み、知識欲旺盛で、自己表現力も強いのです。

29歳までは感情面、能力面が問題とされる時期です。30歳になって太陽がいて座に入ると、自由を求め、旅行、教育、人生哲学などを通して視野を広げたいという気持ちが強くなります。60歳で太陽がやぎ座に進むと、考え方がより実際的になり規律が生まれ、安全に対する意識が高まります。

隠された自己

驚くべき想像力と起伏の激しい感情を持っています。ときどき挫折感や失望感を覚え、いら立ったり、欲求不満になったりします。そのような時は前向きな考え方をすれば、余計なことは忘れ、すばらしい潜在能力を活かすのに必要な自制心を働かせることができます。**繊細**ですが**親しみやすく、広い心を持って人に接します**が、さまざまな経験を積んでいくことで、寛大さや思いやりにさらに磨きがかかることでしょう。

向上心があるので、大きなチャンスをものにすることができます。野心的で、競争心があり、頭の回転も速く、目的を達成するためには激務もいといません。

仕事と適性

人と関わる仕事で大成功する力を持っています。ずっと夢見ていた仕事に就いて統率力を発揮すれば、特に法律、教育、ビジネスの分野で、第一人者になれます。目立つことが好きで表現力が豊かなあなたには、創造性を発揮できる芸術やエンターテインメントの世界も適しています。責任感が強く、繊細で面倒見がよいことから、例えば公共サービス、医療、ヒーリングなど、人を助ける仕事もよいでしょう。一方、映画や広告関係の仕事を選ぶと、豊かな想像力と優れた映像感覚を活かせます。

恋愛と人間関係

繊細で感情的なあなたは、自由奔放でロマンティックな夢想家。**力のみなぎる人**に魅力を感じ、激しく愛を表現します。しかし、気分が変わりやすく、物質面を偏重するきらいがあり、そのせいで人間関係にひびが生じることも。

思いやりがあり、愛情表現が上手なので、親身になって人の世話をします。献身的で忠実であることがあなたにはとても重要ですが、それが威圧的、強制的にならないように注意しましょう。

数秘術によるあなたの運勢

23の日に生まれた人は繊細で、創造力があります。多才で頭の回転が速く、独創的なアイディアが次々とわいてきます。新しいことをすぐに覚えますが、理論より実践を好みます。旅行、冒険、新しい人との出会いが大好き。

23という数字の影響でじっとしていることのできないあなたは、実にさまざまなことを経験し、どんな状況にあってもその中で最高の結果を出すことでしょう。

生まれ月の**10**という数字の影響は、内なる力、深み、忠実さというかたちで表れます。これらの資質のおかげで、困難に打ち勝つことができます。独立独歩で目的意識を持ち、感情や行動をきちんとコントロールします。

気持ちを表に出しませんが、理想主義で誠実なことから、意見を言うべき時は歯に衣着せません。ときどき大胆不敵になりますが、鋭い批判で人の気持ちを害さないよう注意が必要。

●**長所**：忠実である、責任感がある、話し好きである、直感が鋭い、名声を得る、創造性に富む、多才である、信頼できる

■**短所**：利己的である、不安感をいだいている、頑固である、あら探しをする、偏見がある

♥恋人や友人

1月3、19、22、25、29、30日／**2月**1、17、20、23、27、28日／**3月**18、21、25、26日／**4月**16、19、23、24、28日／**5月**14、17、21、22、26、31日／**6月**9、12、15、19、20、24、29日／**7月**10、13、18、22日／**8月**8、11、15、16、20、27、29、30日／**9月**6、9、13、14、18、23、27、28日／**10月**4、7、11、12、16、21、25、26日／**11月**2、5、9、10、14、19、23、24日／**12月**3、7、8、12、17、21、22日

◆力になってくれる人

1月17日／**2月**15日／**3月**13日／**4月**11日／**5月**9、29日／**6月**7、27日／**7月**5、25日／**8月**3、23日／**9月**1、21日／**10月**19、29日／**11月**17、27、30日／**12月**15、25、28日

♣運命の人

4月19、20、21、22日／**5月**31日／**6月**29日／**7月**27日／**8月**25、30日／**9月**23、28日／**10月**21、26日／**11月**19、24日／**12月**17、22日

♠ライバル

1月20、23日／**2月**18、21日／**3月**16、19日／**4月**14、17日／**5月**12、15日／**6月**10、13日／**7月**8、11日／**8月**6、9日／**9月**4、7日／**10月**2、5日／**11月**2日／**12月**1日

★ソウルメイト（魂の伴侶）

1月4、31日／**2月**2、29日／**3月**27日／**4月**25日／**5月**23日／**6月**21日／**7月**19日／**8月**17日／**9月**15日／**10月**13日／**11月**11日／**12月**9日

♏ さそり座

この日に生まれた有名人

ペレ（元サッカー選手）、アン・リー（映画監督）、坂口良子（女優）、サム・ライミ（映画監督）、矢部浩之（ナインティナイン　タレント）、はしのえみ（タレント）、小原正子（クワバタオハラ　タレント）、松井稼頭央（プロ野球選手）、渡辺直美（タレント）

太陽：さそり座
支配星：さそり座／冥王星
位置：0°30'－1°30'　さそり座
状態：不動宮
元素：水
星：なし

October Twenty-Fourth

10月24日

SCORPIO

大胆不敵で不屈の精神を持つ半面、鋭い感受性も

若々しく、想像力にあふれ、高潔な人物。華やかな生活にあこがれますが、何かすばらしいアイディアが浮かんだり、やりがいのあることを見つけたりすると、身を粉にして働くこともいといません。

支配星であるさそり座の影響を受け、**大胆不敵で不屈の精神**を持っています。ときどき激しく、率直なところをみせますが、それは恐れを知らず粘り強いということ。他方、人の気持ちをよく理解し、同情心や思いやりもあります。創造的で温かい心を持ち、人づき合いが上手。

魅力的で気品があり、人に好かれる術を知っています。**鋭い感受性**を持ち、人の気分の変化を敏感に感じ取ります。度量の大きなところをみせ、評価されることを求めます。真の友人、仲間になれる人です。**集団の中では協力的で役に立ちます**が、積極的になれず、精神的な支えがないと感じると、怒ったり自分を哀れに思ったりします。自制心を身につけることにより、責任感と忍耐力がどれほど重要で、どれほど大きな見返りをもたらすかがわかるでしょう。

28歳までは、繊細さと折りあいをつけつつ変化していく時期。29歳になって太陽がいて座に入ると、自由と広い視野を求める気持ちが強くなり、冒険好きな気質となり、さまざまな学習や旅行などを通して、広い観点から物事をとらえるようになります。太陽がやぎ座に位置する59歳以降は、実際を重んじ、思慮深く、規律正しく生活します。

隠された自己

生まれながらの役者でもあるあなたは、自分の本当の姿はみせずに、人の気持ちや心の秘密を探るのがとても上手。そのおかげで非常に繊細なあなたは傷つかず、感情をきちんとコントロールできます。寛大で愛情深く、協調的な人間関係を求めています。人はあなたの思いやりに感謝し、あなたも人にアドバイスを与える役割を担うでしょう。しかし、同情するあまり人に尽くしすぎて自分を犠牲にしないよう、客観的になって距離を置くことが必要です。

自尊心が強く知的なあなたは、いつも自分を奮起させて前進し続けています。しかしすぐに満足のいく結果を求めたり、頑張りすぎて現実逃避したりしていては、あなたのすばらしい潜在能力を開花させるために必要な自制心がなかなか育ちません。しかし、鋭い直感を働かせれば、どこまでこの調子でいけるか、あるいはどこでやめたら傷つかないかを知ることができます。

仕事と適性

魅力あふれ、**生来のビジネスセンスと如才なさを備えている**あなたには、渉外、セールス、出版関係の仕事が向いています。特に適職なのは、人と関わる仕事、例えば広報宣伝や代理店業の仕事です。創造的で、人を楽しませるのが好きなので、芸術、芸能、音楽業界の仕事もよいでしょう。人が抱える問題をきちんと理解できることから、カウンセラーや介護、医療という選択肢もあります。優れたビジネスセンスのおかげでどんな職業に就いても成功します。しかしどちらかというと、自分のやり方で自由に仕事ができる方がよいでしょう。

恋愛と人間関係

非常に繊細で強い感情を持ち、愛を求めずにはいられません。このため、さまざまな恋愛を経験します。感じがよくて人を上手に楽しませるので、つき合いも多くなります。**寛大で理想主義者**ですが、恋の虜になって、本気でのめりこむことも。むだに心を痛めないよう、感情に理性を支配させないことが大切。責任感と順応性の高さで人々を敬服させます。

数秘術によるあなたの運勢

24の日に生まれた人は、型にはまった仕事が嫌いです。しかし勤勉で、実際的な能力があり、適切な判断をくだします。ときどき感情を抑えて出さないこともありますが、誠実で公正なあなたは、言葉より行動の方が雄弁だと考えています。そして、この実用主義の立場で、ビジネスセンスに磨きをかけ、障害を克服する力をつけ、成功に至ります。

生まれ月の**10**という数字の影響は、理想主義、独立心というかたちで表れ、また激しい感情も与えられています。粘り強く非常に忠実で、困っている人には手を差し伸べます。独立独歩で勇気があり、自分で物事を決める方が好きです。横暴で自己中心的にならないよう注意が必要。

とらえどころがない性格で、隠しだてをすることもありますが、自分の気持ちを伝える時には率直なタイプ。時に批判的になることも。

●**長所**：活力にあふれている、理想主義である、実際的な能力を持っている、決断力がある、正直である、率直である、公正である、心が広い、家庭を愛する、行動的である、精力的である

■**短所**：精神的価値を認めない、つつましすぎる、不安定である、同情心がない、型にはまった仕事を嫌う、怠惰である、誠実でない、尊大で頑固である、執念深い、嫉妬深い

相性占い

♥恋人や友人

1月5、9、10、18、19、26、30、31日／**2月**3、8、16、17、24、28日／**3月**1、5、6、14、15、22、26日／**4月**3、4、12、13、20、24日／**5月**2、10、11、18、22日／**6月**8、9、16、20、30日／**7月**6、7、14、18、28日／**8月**4、5、12、16、26、30日／**9月**2、3、10、14、28日／**10月**1、8、12、22、26日／**11月**6、10、20、24日／**12月**4、8、18、22、30日

◆力になってくれる人

1月13日／**2月**11日／**3月**9日／**4月**7日／**5月**5日／**6月**3、30日／**7月**1、28日／**8月**26日／**9月**24日／**10月**22日／**11月**20日／**12月**18日

♣運命の人

4月20、21、22、23日

♠ライバル

1月14、24日／**2月**12、22日／**3月**10、20日／**4月**8、18日／**5月**6、16日／**6月**4、14日／**7月**2、12日／**8月**10日／**9月**8日／**10月**6日／**11月**4日／**12月**2日

★ソウルメイト(魂の伴侶)

7月30日／**8月**28日／**9月**26日／**10月**24日／**11月**22日／**12月**20日

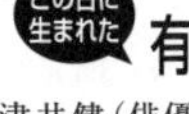

有名人

宇津井健(俳優)、渡辺淳一(作家)、及川光博(歌手・俳優)、木村カエラ(歌手)、ウェイン・ルーニー(サッカー選手)、夏樹陽子(女優)、ビル・ワイマン(ミュージシャン)、遊川和彦(脚本家)、小林カツ代(料理家)

太陽：さそり座
支配星：さそり座／冥王星
位置：1°30'−2°30'　さそり座
状態：不動宮
元素：水
星：なし

October Twenty-Fifth

10月25日

SCORPIO

想像力が豊かで野心家のあなたに備わる 鋭い直感と分析力

カリスマ的で大胆。感情が激しく野心的で、こうと決めたら後へは引かず、人生に多くのものを求めています。意欲的で進取の気性に富み、想像力が豊かでスケールの大きなことを考えるのが得意。**鋭い直感と分析力**を備え、さまざまなことに関心を持ち、いつも何かの事業に関わっています。ただし衝動的なところがあるので、**成功するためには自制心と集中力が必要**と肝に銘じて。

支配星であるさそり座の影響で、**何かを成し遂げたいという思い**が常にあり、その思いからあなたはさまざまなかたちで自己表現をします。セックスに溺れやすく、権力を好み、人より優れたいと願う一面も。活力を内に秘め、どん底に落ちても一からやり直せるパワーの持ち主。ときどき鋭い眼識と批判の言葉で他の人を圧倒しますが、同情心や思いやりもあるので、場の雰囲気を壊しません。

繊細なあなたは、芸術的な自己表現を求めています。魅力的で品があり、人に好かれる術を知り、**対人関係に優れた能力を発揮**します。

27歳までは、心の奥底の感情や能力面のことが重要になります。28歳になって太陽がいて座に進むと、楽観的になり、自由を求める気持ちが強くなります。人生哲学や教育、旅行を通じて視野を広げたいという思いを持ちます。太陽がやぎ座に位置する58歳以降は、より現実的になり、分別を身につけて、安全面に気を配るようになります。

隠された自己

個性や独立を強く意識するあなたは、野心を原動力にして率先して行動を起こし、大きな計画を成功させます。**知的で人を惹きつける力**があり、説得上手でどんな分野の人ともうまくつき合います。理解力に優れ、いつも新しい知識を求め、自分のアイディアを人に伝え納得させるのが得意。落ち着きのない心を何か創造的なことに向けないと、いら立ちを覚え、不満を募らせることも。

興味を持てる仕事に関わることで退屈せず、理想や冒険心を持ち続けることができます。旅行は視野を広げるうえで重要な役割。

仕事と適性

鋭い知性と大きなスケールで物事を考える力を持つあなたは、いったん考えを集中し心を決めると、どんな分野でもすばらしい成果を収めることができます。カリスマ性があり人の心を強くとらえる力を持つので、人と関わる仕事で力を発揮。優れた知性のおかげで、科学や教育の分野でも成功します。創造力を活かして美術、演劇、音楽の道に進むのも1つの方法。野心家で、**系統的に物事をまとめる力と統率力**を備えていることから、法律、ビジネスの世界でもうまくいきます。

恋愛と人間関係

自分自身が活動的で大胆なことから、個人的な人間関係においても、やりがいのある仕事を好み、高い地位の知的でよく働く人に惹かれます。魅力的で繊細なあなたは、人に安心感を与えもっと自分を大切にしよう思わせます。

社交的で勤勉で、人を楽しませ、仕事に楽しみをうまく取り入れます。気持ちに余裕のある時は、本当に親切。責任感があって**実際的で秩序を好む**ので、将来に備えてきちんと計画を立てます。

数秘術によるあなたの運勢

頭の回転が速く、エネルギッシュ。それでいて直感が鋭く、思慮深い。そんなあなたは、新しい刺激的なアイディアを得る、あるいは新しい人や土地を知るなど、いろいろな経験を通して自己表現をすることが必要。完璧を求めて懸命に働き、よい結果を生みます。計画通りにいかないことがあっても、いら立ったり批判的にならないように。

精神的エネルギーが非常に大きく、集中すると、誰よりも速く状況を把握して結論を出します。自分の直感を信じ、粘り強さと忍耐力を身につけた時、成功と幸せがやってきます。

生まれ月の10という数字の影響も受けるあなたは、独立心が旺盛でカリスマ性がありますが、内なる力を大切にし、感情と行動をきちんとコントロールすることが必要。

鋭い洞察力を備え、野心に満ち、難問や障害に突きあたっても、それを乗り越える方法を見つけ出します。頑固で粘り強く、決して途中であきらめることはありません。

●**長所**：直感が鋭い、完全主義である、知覚が鋭い、創造的である、人づき合いが上手である

■**短所**：衝動的である、短気である、無責任である、あまりに感情的である、嫉妬深い、隠しだてをする、境遇が変わりやすい、批判的である、気まぐれである

相性占い

♥恋人や友人

1月2、3、6、9、10、11、17、21、27、31日／**2月**1、4、7、9、25、29日／**3月**2、5、7、13、17、23、27日／**4月**3、5、15、21、25日／**5月**1、3、13、19、23、30日／**6月**1、11、17、21、28日／**7月**5、9、15、19、26、29日／**8月**7、13、17、24、27日／**9月**5、11、15、22、25日／**10月**3、9、13、20、23日／**11月**1、7、11、18、21、30日／**12月**5、9、16、19、28日

◆力になってくれる人

1月11、16、30日／**2月**9、24、28日／**3月**7、22、26日／**4月**5、20、24日／**5月**3、18、22、31日／**6月**1、16、20、29日／**7月**14、18、27日／**8月**12、16、25日／**9月**10、14、23日／**10月**8、12、21、29日／**11月**6、10、19、27日／**12月**4、8、17、25日

♣運命の人

4月22、23、24、25日

♠ライバル

1月15日／**2月**13日／**3月**11日／**4月**9日／**5月**7、30日／**6月**5、28日／**7月**3、26日／**8月**1、24日／**9月**22日／**10月**20、30日／**11月**18、28日／**12月**16、26日

★ソウルメイト(魂の伴侶)

1月9、29日／**2月**7、27日／**3月**5、25日／**4月**3、23日／**5月**1、21日／**6月**19日／**7月**17日／**8月**15日／**9月**13日／**10月**11日／**11月**9日／**12月**7日

有名人

パブロ・ピカソ(画家)、土門拳(写真家)、野沢雅子(声優)、大仁田厚(格闘家)、恩田陸(作家)、五嶋みどり(バイオリニスト)、小笠原道大(プロ野球選手)、ケイティ・ペリー(歌手)

太陽：さそり座
支配星：さそり座／冥王星
位置：2°30'－3°30'　さそり座
状態：不動宮
元素：水
星の名前：プリンセプス

October Twenty-Sixth

10月26日

SCORPIO

野心と闘志は内なる強い意志の表れ

あなたは野心があり、繊細。一方で、**感情が激しく理想主義者**。博愛主義で、とても思いやりがあり、喜んで人助けをします。衝動的にとっぴな行動をとることがありますが、一方で実際的な面もあり、抜け目がなく、慎重で安全を重視します。

支配星である冥王星の影響を受けているあなたは繊細ながら、**頑固で勇敢で、闘志にあふれているタイプ**。内面の強さは強烈な意志の力があることを示し、これによって障害を克服することを可能にします。広い心を持っていますが、控えめで思慮深い性格。激しい感情をいだくことがあっても、表面上は冷静で取り乱したりしません。柔軟性を失うとマイナスに作用するので、注意が必要。金銭的なこともあなたの大きな関心事です。

生来ビジネスセンスがあり、進んでよく働き、**多くの才能を金儲けに活かすことができます**。しかし、仕事と遊びのバランスをとって、人生を大きな負担と感じないように。アイディアや企画を実行に移す時期を直感で悟り、組織に縛られるのではなく、自発的に行動を起こすとよい結果が出ます。

26歳までは感情や能力に関することが重要な問題となります。27歳になって太陽がいて座に入ると、冒険や真実、インスピレーション、自由を求めるようになります。楽観的になり、学習あるいは外国の人や土地を知ることで視野を広げようとします。太陽がやぎ座に位置する57歳以降は目標を達成するために、決然たる姿勢と規律正しさ、実際的なものの見方を身につけます。

隠された自己

度量が大きく、しかも実際家であるあなたは、高い理想と現実の間でバランスを保とうとしています。贅沢が好きで高級品志向ですが、**万人に対する強い愛と思いやりを持つこと**ではじめて挫折感や失望感から解放されると肝に銘じて。大切な人たちに広い心で接し義理堅いあなたですが、頑固な面もあります。才能を最大限に引き出すためには規律と自制が必要。しかし、あまり自分自身に厳しくしすぎないこと。信じる気持ちと自発性を身につければ、頑固、引っ込み思案、疑い深い傾向を改めることができます。

繊細なあなたは、定期的に１人になってじっくり考え事をし、直感的な洞察力をうまく発揮できるようにするとよいでしょう。

仕事と適性

鋭い知性を持ち、コミュニケーション能力の高いあなたは、どんな職業に就いても成功します。特に向いているのは、法律、政治関係の仕事です。管理者としての能力を生まれながらに備え、勤勉さや責任感の強さは、人が敬服するほど。知識欲があり、実際的な考え方をするので、その分野の第一人者になるでしょう。分析力や専門的な能力を持っていることから、科学、健康、医療分野への道も開かれています。豊かな創造力と美的感覚を発揮して、音楽家、俳優、タレントでも活躍します。人間的な温かみがあるので、介護の仕事に関わるのも1つの方法です。

恋愛と人間関係

あなたは繊細ですが**愛に貪欲**です。退屈な愛情生活を嫌い、変化を求め、刺激を与えてくれる人を必要としています。日常から離れ、友人やパートナーと旅行を楽しめば、深刻になりすぎることも、働きすぎることもなくなります。しかし、新しい環境や思いがけない出来事は、時として不安を引き起こします。

つき合い始めて間もない頃にあまり真剣になりすぎると、後でがっかりしたり興味を失ったりすることがあります。じっくりと物事に取り組む姿勢を身につけ、**時間をかけて人間関係を築いていく**方がよいでしょう。

数秘術によるあなたの運勢

26の日に生まれた人は実際を重んじ、管理者としての能力と優れたビジネスセンスを持っています。強い責任感を持ち、家庭を愛し、堅固な基盤を築きたい、真の安定を見つけたいという思いがあります。

頼れる存在であるあなたは、友人、家族、親戚に必要とされると、進んで援助の手を差し伸べます。物質主義に陥らないよう、また自分の思惑通りに強引に事を運ばないようにそれぞれ注意が必要です。

生まれ月の**10**という数字の影響も受けるあなたは、一途な人です。礼儀正しく、勇敢で強い感情を持っています。新しいアイディアをもとに何かを始めればたいてい成功します。

心が広く親切で、人の気持ちを高揚させる力があります。完璧を求める理想主義のあなたは、生来の感受性の強さから自信を失ったり、孤立したりしないよう気をつけましょう。

●**長所**：創造的である、実際的である、面倒見がよい、責任感がある、家族を誇りに思う、意欲的である、勇気がある

■**短所**：頑固である、反抗的である、熱心さに欠ける、粘り強さがない

♥恋人や友人

1月2、9、12、22、25日／**2月**7、10、20、23、26日／**3月**5、8、18、21日／**4月**3、6、16、19日／**5月**1、4、14、17、20、24、29日／**6月**2、12、15、27日／**7月**10、13、16、20、25、30日／**8月**9、15、24、26日／**9月**7、13、22、24日／**10月**4、7、10、14、19、24、28、29日／**11月**2、5、8、12、17、22、26、27日／**12月**3、6、10、15、20、24、25日

◆力になってくれる人

1月12、23、29日／**2月**10、21、27日／**3月**22、26日／**4月**6、17、23日／**5月**4、15、21日／**6月**2、13、19、28、30日／**7月**11、17、26、28日／**8月**9、15、24、26日／**9月**7、13、22、24日／**10月**5、11、20、22日／**11月**3、9、18、20、30日／**12月**1、7、16、18、28日

♣運命の人

4月22、23、24、25日／**7月**29日／**8月**27日／**9月**25日／**10月**23日／**11月**21日／**12月**19日

♠ライバル

1月1、4、26、30日／**2月**2、24、28日／**3月**22、26日／**4月**20、24日／**5月**18、22、31日／**6月**16、20、29日／**7月**14、18、27日／**8月**12、16、25、30日／**9月**10、14、23、28日／**10月**8、12、21、26日／**11月**6、10、19、24日／**12月**4、8、17、22日

★ソウルメイト(魂の伴侶)

1月20日／**2月**18日／**3月**16日／**4月**14日／**5月**12日／**6月**10日／**7月**8日／**8月**6日／**9月**4日／**10月**2日

この日に生まれた有名人

織田作之助(作家)、櫻井よしこ(ジャーナリスト)、チャック・ウィルソン(タレント)、北方謙三(作家)、ヒラリー・クリントン(政治家)、小倉久寛(俳優)、井森美幸(タレント)、千秋(タレント)、マツコ・デラックス(コラムニスト)、関塚隆(サッカー元U-23日本代表監督)、鹿島田真希(作家)

太陽：さそり座
支配星：さそり座／冥王星
位置：3°30'−4°30'　さそり座
状態：不動宮
元素：水
星の名前：プリンセプス

October Twenty-Seventh

10月27日

SCORPIO

表面上は飄々(ひょうひょう)としていても、内面にあふれる勇気と闘志

10月27日生まれの人は想像力があって、理想主義で直感が鋭く、激しい感情を持っています。**きっぱりと決断できる能力**、人間としての魅力そして鋭い洞察力を併せ持ち、楽しみながら仕事ができます。ときどき感情が不安定になるので、みずからの感情がどれほどのパワーを持っているのかを自覚し、前向きに行動するようにしましょう。創造的に自分を表現できると、感情的になることも少なくなります。

支配星である冥王星の影響を受けるあなたは魅力的で、勇気と闘志をみなぎらせています。このような内なる力は強い意志があることを示し、**何かあっても立ち直り障害を乗り越えていく**ことができます。

親しみやすく、しかも控えめ。動揺することがあっても、表面上は落ち着いていて取り乱しません。柔軟性を失うとマイナスに働くので注意が必要。あなたは**大胆さ、活力**、そして**寛大さ**を活かすことで人を惹きつけ、強い印象を与えます。

しかし、飄々(ひょうひょう)として何も話さないかと思えば、思いやりがあって親切なところをみせるなどして、周囲にはよくわからない人物だと思われます。

25歳までは自分の能力を認識し、激しい感情をいかに扱うかを学んでいく時期です。26歳になって太陽がいて座に移ると、物事を楽観し、冒険やチャンスを求めるようになります。思いきった賭けに出ることもありますし、旅行に行ったり学習を始めたりもします。太陽がやぎ座に位置する56歳以降はより現実的になり、体系的に物事をとらえ、潜在能力を発揮するために規律正しさを身につけようとします。

隠された自己

社交的で親しみやすく、人を元気づけたり楽しませたりしている時は、熱が入り、生き生きと輝いています。いったん激しい感情がわき上がると、あなたは誰もが一目置くような建設的な力を発揮しますが、この激しい感情がせき止められると、気まぐれになったり、引きこもったりします。生まれながら持っている思いやりを活かし、人を気遣うことに愛の力を使えば、自分と周囲の人のために調和と幸せを作り出せます。あなたは生来、理想主義で、人生のさまざまな問題に敏感に反応します。

この日に生まれた人は大胆さを与えられており、特に他人に失望した時など、これを策略的に使わないよう注意が必要です。**能力を高めるためには、直感を信じることが大切**。直感を信じれば、自分の進むべき方向がわかり、夢を叶えることができます。

仕事と適性

対人関係に優れた能力を発揮し、**そのときどきの動向を敏感に感じ取ることができる**ので、広報、販売、マスコミ関係の仕事で成功します。人々が何を求めているかを知っているだけでなく、管理者としての能力も備えていることから、ビジネスの世界でも成功します。しっかりとした金銭感覚があるので、起業家や慈善家に向いています。音楽、美術、芸能の世界で創造的に自己表現するのも1つの方法。人を癒す力があることから、介護や医療の仕事に就くのもよいでしょう。

恋愛と人間関係

理想主義で誠実ですが、親しい人に対しては独占欲が強く、嫉妬深いところをみせます。不安な時に特にこの傾向が強いようです。責任感の強いあなたは**献身的で忠実な、よく働く人**を尊敬します。繊細で親切な友人として人を支え、幸せを願いますが、他人の問題を背負いこむのはやめましょう。人と距離を保ち、落ち着いた気持ちでいるようにすれば、必要以上に心を痛めることもありません。

数秘術によるあなたの運勢

27の日に生まれた人は理想主義で繊細です。直感が鋭く、分析的で創意に富み、独創的な考えで人々を感心させます。ときどき秘密主義で、合理的で無関心のように見えることがありますが、これは心の緊張を隠しているだけなのです。コミュニケーション能力を高めていくと、自分の本当の気持ちを表に出すことができるようになるでしょう。

27日生まれの人には教育が不可欠です。物事を深く考えるようになると、忍耐力がつき、自制心が働くようになります。

生まれ月の**10**という数字の影響も受けるあなたは自己流を貫くので、とても印象的。自尊心、決断力、強い倫理観は、あなたが約束を守る人だということを示しています。とても忠実で人を癒し、困難な状況から助け出す力があります。

●長所：多才である、想像力がある、大胆不敵である、勇敢である、理解力がある、発明の才がある、精神力が強い

■短所：とっつきにくい、喧嘩っぱやい、すぐに気分を害する、落ち着きがない、神経質である、疑い深い、感情的すぎる、緊張しやすい

♥恋人や友人

1月8、11、12、29日／**2月**6、9、27日／**3月**4、7、25、29日／**4月**2、5、23、27日／**5月**3、21、25、30日／**6月**1、19、23日／**7月**17、21日／**8月**15、19、29日／**9月**13、17、27日／**10月**11、15、20、25、29、30日／**11月**9、13、23、27、28日／**12月**7、11、21、25、26日

◆力になってくれる人

1月13、30日／**2月**11、28日／**3月**9、26日／**4月**7、24、30日／**5月**5、22、28日／**6月**3、20、26日／**7月**1、18、24、29日／**8月**16、22、25日／**9月**14、20、25日／**10月**12、18、23日／**11月**10、16、21日／**12月**8、14、19日

♣運命の人

4月23、24、25、26日／**10月**30日／**11月**28日／**12月**26日

♠ライバル

1月5、19日／**2月**3、17日／**3月**1、15日／**4月**13日／**5月**11日／**6月**9、30日／**7月**7、28、30日／**8月**5、26、28日／**9月**3、24、26日／**10月**1、22、24日／**11月**20、22日／**12月**18、20日

★ソウルメイト(魂の伴侶)

1月7日／**2月**5日／**3月**3日／**4月**1日／**9月**30日／**10月**28日／**11月**26日／**12月**24日

有名人

セオドア・ルーズベルト(第26代アメリカ大統領)、大屋政子(タレント)、山村紅葉(女優)、谷川真理(元マラソン選手)、高嶋政伸(俳優)、MAKIDAI(EXILE元パフォーマー)、小西真奈美(女優)、塚本高史(俳優)、矢野沙織(ミュージシャン)、青山テルマ(歌手)

太陽：さそり座
支配星：さそり座／冥王星
位置：4°30'−5°30'　さそり座
状態：不動宮
元素：水
星の名前：プリンセプス

October Twenty-Eighth

10月28日

SCORPIO

障害を乗り越える粘り強さと強いパワー

崇高な理想の実現を目指す、こまやかな感情を持ったパワーあふれる人です。自立していて、大胆。**自分の能力を強く信じ、勇気を失わなければ、多くのことを成功させることができる**でしょう。創造力が豊かで想像的で、自分の夢を周囲に語ることが得意です。決然とした態度で粘り強く臨めば、目新しいことを成し遂げます。

支配星であるさそり座の影響を受け、障害を乗り越えて新たな気持ちでスタートする力を持っています。時折もろそうに見えることがありますが、**粘り強さと強いパワーを備えていて**、感情を乱さない限り、物事を正しく見ることができるでしょう。

1人でたくさんのことを成し遂げられますが、人と関わり、協力することで多くのものが得られます。人道主義で強い倫理観や大志を持っていますが、自分の信念を人に押しつけないよう注意が必要。愛する人のためなら犠牲になることもいといませんが、人によく思われようと“いい人”を演じる傾向があるので注意して。思いやりの心は忘れずに、ある程度の距離を保つことを身につけることが必要です。

24歳までは、こまやかな感情とうまく折りあいをつけ、さまざまな面で変化していく時期。25歳になって太陽がいて座に入ると、自由を求める気持ちが強くなり、旅行や教育、みずからの人生哲学を通して視野を広げようとします。太陽がやぎ座に位置する55歳以降は、目標を達成するために、現実的、実際的になります。

隠された自己

強烈な感情を持っていますが、それがいつも表に出るわけではありません。この感情を原動力にあなたはいつも新しい仕事に取り組んでいます。生産的な方向に気持ちが向かうと、いつまでも不機嫌でいたり、否定的な感情を持つというようなことはなくなります。人の心の中や物事の裏側に強い関心があり、より深い意味を知ろうと思索にふける傾向があります。愛はあなたの人間関係において大きな役割を果たします。愛がどれほどのパワーを持つかは、徐々にわかるようになるでしょう。また、**カリスマ的な情熱で人を奮い立たせます**。生来、人を惹きつける力があり、あなたの成功はこの魅力に負うところが大きいのです。金銭面に強い関心がありますが、愛を表現し、大きな夢を叶えることの方があなたには重要です。

仕事と適性

分析的に物事を考え、同時に直感も働かせることから、創造的な思考が必要な職業に就くとよいでしょう。例えば哲学、科学、心理学などの分野の研究です。また、コンピューターやエンジニアリングの仕事に向いています。鋭い知性と高いコミュニケーション能力を備えているので、作家、講師、教師としても成功します。統率力がありますが、協力者を得てチームワークの大切さを実感しながら仕事を進めた方がうまくいくでしょう。人道主義的立場から、地域のために働くという選択肢もあります。

恋愛と人間関係

行動的で変化を好むあなたは、さまざまなことに興味があります。**理想主義で愛に関して確固たる考えを持っていますが**、心が不安定でせっかちなことから、ときどき親しい関係に緊張が生じます。しかし義理堅く、献身的で、愛する人たちのために大きな犠牲を払うことができます。

普通とはいえない関係に陥ると、環境が急に変わるので、うまく対応しなければならなくなります。

数秘術によるあなたの運勢

独立心が旺盛で、実用主義。こうと決めたら後へは引かず、たいてい自分の思う通りに行動します。28日生まれは1の日に生まれた人と同じように、野心があり、率直で、進取の気性に富んでいます。また、独立したいという気持ちと、仲間の一員でいたいという気持ちの間でゆれるのも同じ。いつでも行動を開始して冒険に乗り出す用意ができており、人生の難題に果敢に挑戦します。そのあなたの真剣な態度に人は刺激を受けて、一緒に加わらないまでも、支援をしてくれます。

統率力があり、常識、筋道の立った論理、明確な思考が大きな強みとなります。しかし責任ある立場に就いた時に、夢中になりすぎたり、短気を起こしたり、異なる意見を排除したりすることがあるので注意。

生まれ月の10という数字の影響も受けるあなたは、非常に理想主義で繊細で、第六感を鋭く働かせます。意志が固く、断固たる態度で事にあたりますが、協力者を得た方が大きな利益をあげられます。頑固で強い信念を持ち、独立独歩。上手に人づき合いをして、時には譲ることも学べば、大きなことをやり遂げられます。

●**長所**：思いやりがある、進歩的である、大胆である、芸術的である、創造性に富んでいる、野心がある、勤勉である、家庭生活が安定している、意志が固い

■**短所**：空想にふける、やる気がない、非現実的である、横柄である、判断力がない、攻撃的である、自信が持てない、依存心が強い、プライドが高い

♥恋人や友人

1月9、20、30日／**2月**7、18、28日／**3月**5、16、26、30日／**4月**3、24、28日／**5月**1、22、26日／**6月**20、24日／**7月**8、18、22、31日／**8月**16、20、29、30日／**9月**14、18、27、28日／**10月**12、16、25、26、31日／**11月**10、14、23、24、29日／**12月**8、12、21、22、27日

◆力になってくれる人

1月15、22、31日／**2月**13、20、29日／**3月**11、18、27日／**4月**9、16、25日／**5月**7、14、23、30日／**6月**5、12、21、28日／**7月**3、10、19、26、30日／**8月**1、8、17、24、28日／**9月**6、15、22、26日／**10月**4、13、20、24日／**11月**2、11、18、22日／**12月**9、16、20日

♣運命の人

1月11日／**2月**9日／**3月**7日／**4月**5、24、25、26、27日／**5月**3日／**6月**1日／**10月**31日／**11月**29日／**12月**27日

♠ライバル

1月5、8、16、21日／**2月**3、6、14、19日／**3月**1、4、12、17日／**4月**2、10、15日／**5月**8、13日／**6月**6、11日／**7月**4、9、29日／**8月**2、7、27日／**9月**5、25日／**10月**3、23日／**11月**1、21日／**12月**19日

★ソウルメイト（魂の伴侶）

1月13日／**2月**11日／**3月**9日／**4月**7日／**5月**5日／**6月**3日／**7月**1日／**8月**31日／**9月**29日／**10月**27日／**11月**25日／**12月**23日

有名人

ビル・ゲイツ（マイクロソフト創業者）、吉田都（バレリーナ）、ジュリア・ロバーツ（女優）、倉木麻衣（歌手）、スザンヌ（タレント）、小池真理子（作家）、立花ハジメ（ミュージシャン）、蟹江敬三（俳優）、菜々緒（モデル）

太陽：さそり座
支配星：さそり座／冥王星
位置：5°30'−6°30'　さそり座
状態：不動宮
元素：水
星の名前：プリンセプス

October Twenty-Ninth

10月29日

SCORPIO

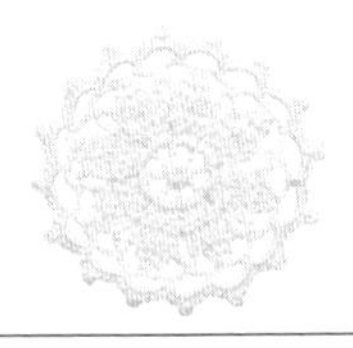

独創性と鋭い直感を持ち、冒険好き

理想主義で独創性に富み、心が温かく、第六感が冴えています。心が広く、社交的。おおらかなので人に好かれ、たくさんの友人を得ます。多才で創造力があり、人を感心させるような**ユニークな感性**を持っています。

支配星であるさそり座の影響で、洞察力と強力な知覚を備え、油断がなく、明敏ですが、分析に熱心になりすぎることがあります。**鋭い直感と内面的な強さ**を持ち、困難な状況を経験することで自分自身を変える力を持っています。

人道的で親切で、思いやりがありますが、気まぐれなところや落ち着きのなさも見られます。愛と思いやりがどれほどの力を持つかを悟った時、調和と心の平和や安定を得ることができるでしょう。

あなたは愛と慰めを求めていますが、生まれつき**冒険好きでじっとしていられません**。視野を広げ自由になりたいという思いと同時に安心感も求めているので、誰かと一緒に行動する方がうまくいきます。

人を助けようとして実際は干渉しているということがよくあるので注意して。とはいえ、あなたは忠実に家族を支え、家庭を誇りに思い、よき親となるでしょう。

23歳までは自分の能力を認識し、激しい感情をどのように扱うかを学んでいく時期。24歳になって太陽がいて座に入ると楽観的になり、冒険を求める気持ちが強まります。思いきったことをしてみたり、旅行に行ったり、学習を始めます。54歳の時、太陽がやぎ座に移り、目標を達成するために、現実的なものの見方を身につけ、几帳面になります。

隠された自己

真実、知識、権力を求める気持ちが強く、その気持ちが創造的な思考能力と問題解決能力を高めます。それは哲学への関心にもつながります。物事を前向きに考え、計画や戦略を進めるために**忙しい方がよい仕事をします**。抜け目がなく、身につけた知識を実際に活かすのが得意。しかし、エネルギーをむだに消費しないように。

創意に富んで天才的なひらめきをみせるあなたには、自己を表現したいという強い思いがあり、社交性あるいは創造性というかたちでそれが表れます。残念なことに、心配性で優柔不断なところがあり、特に物質面でこの傾向が強いようです。**あまり深刻に考えすぎないようにすることが大切**。機知に富むあなたに魅力を感じる人も多いでしょうが、いたずらに人を批判しすぎないようにしましょう。

仕事と適性

生まれながらの探求者。人であれ、その場の状況であれ、表面的にはわからない隠れた本質を探ることに関心があるので、哲学、科学に強い興味を持ちます。調和を求めるあなたには、音楽や癒し関係の仕事が向いています。何もしないでいたいという気持ちがある一方で、強い責任感を持つ機会も多く、その**責任感が行動へとつながり、成功へと導く**のだと肝に銘じて。

協力者を得て仕事をすると、大きな利益が得られるでしょう。面倒見がよく、人間的な温かみがあるので、慈善事業やカウンセラーの仕事も向いています。

恋愛と人間関係

愛情深く、自分を犠牲にできる人ですが、大切な人たちの人生に口をはさみすぎることがあります。魅力があって理想主義で、心優しくて情にもろく、自分ほど幸福でない人を見るとつい助けたくなります。**面倒見がよい**のですが、金銭面での安定を望み、金持ちや有力者とのつき合いを好みます。心のバランスを保ち、おおらかな気持ちでいると、周囲とわかりあえているような安心感と愛されているという実感を得ます。

数秘術によるあなたの運勢

29の日に生まれた人は強烈な個性と大きな潜在能力を持っています。直感が鋭く、繊細で感情的です。インスピレーションが成功の鍵で、これがなければ目的意識が持てません。真の夢想家ですが、両極端な性格が見られるので、気分がころころ変わらないよう注意が必要。心の奥底にある気持ちを信じて心を開けば、極度の心配も理論武装もする必要はなくなります。創造的な考えを活かして何か特別なことをやり遂げ、人を刺激したり助けたりできれば最高。

生まれ月の**10**という数字の影響も受けるあなたは、一番になりたい、独立したいという思いがあります。しかし、人と協力して働く方が利益を得られます。野心的ですばらしいアイディアを持っていますが、固い決意をし、現実的に物事をとらえ、きっぱりとした態度をとることが必要。気持ちが前向きで意欲に満ちている時は、順応性が高く、創意工夫に富み、勇敢でエネルギーがみなぎっています。

●**長所**：やる気がある、バランスがとれている、心が平和である、寛大である、創造的である、直感が鋭い、神秘的である、大きな夢をいだいている、世知に長けている、誠実である

■**短所**：散漫である、自信がない、神経質である、利己的である、うぬぼれが強い、移り気である、気難しい、極端である、孤立している

相性占い

♥恋人や友人

1月10、12、15、25、28日／**2月**10、13、23、26日／**3月**8、10、11、21、24、31日／**4月**6、9、19、22、29日／**5月**4、7、17、20、27日／**6月**2、5、15、18、25日／**7月**2、3、13、16、23日／**8月**1、11、14、21、31日／**9月**9、12、19、29日／**10月**7、10、17、27日／**11月**5、8、15、25日／**12月**3、6、13、23日

◆力になってくれる人

1月12、23、26日／**2月**10、21、24日／**3月**8、19、22、28日／**4月**6、17、20、26日／**5月**4、15、18、24日／**6月**2、13、16、22日／**7月**11、14、20、31日／**8月**9、12、18、29日／**9月**7、10、16、27日／**10月**5、8、14、25日／**11月**3、6、12、23日／**12月**1、4、10、21日

♣運命の人

4月25、26、27、28日／**11月**30日／**12月**28日

♠ライバル

1月17、18、21日／**2月**15、16、19日／**3月**13、14、17、29日／**4月**11、12、15、27日／**5月**9、10、13、25日／**6月**7、8、11、23日／**7月**5、6、9、21、30日／**8月**3、4、7、19、28日／**9月**1、2、5、17、26日／**10月**3、15、24日／**11月**1、13、22日／**12月**11、20日

★ソウルメイト（魂の伴侶）

1月24日／**2月**22日／**3月**20日／**4月**18、30日／**5月**16、28日／**6月**14、26日／**7月**12、24日／**8月**10、22日／**9月**8、20日／**10月**6、18日／**11月**4、16日／**12月**2、14日

有名人

志穂美悦子（女優）、高嶋政宏（俳優）、つんく♂（音楽プロデューサー）、ウィノナ・ライダー（女優）、堀江貴文（経営者）、前園真聖（元サッカー選手）、菅広文（ロザン　タレント）、ヨンア（モデル）、高畑勲（映画監督）、周防正行（映画監督）

太陽：さそり座
支配星：さそり座／冥王星
位置：6°30'−7°30'　さそり座
状態：不動宮
元素：水
星の名前：カンバリア

October Thirtieth

10月30日

SCORPIO

自由を求めますが、仕事との折りあいを

魅力的で親しみやすく、心がいつも忙しく働いています。繊細で何でもこなし、順応性があります。**変化に富む、充実した人生を望み**、さまざまな経験や新しい冒険をしたいという強い思いをいだいています。創造的で生き生きとした描写が得意で、自分のアイディアを目に浮かぶように話して伝えます。

支配星であるさそり座が、あなたの内面的な強さをさらに強化します。**理想主義で繊細**。情愛が深いのですが、隠し事をする傾向があります。率直な態度と鋭い発言は、あなたが優れた風刺家であることを示しています。しかし、あなたの批評はおもしろい一方、人を傷つけるおそれがあるので気をつけましょう。人に挑まれると大胆不敵なところをみせ、**脅威や不安を覚えた時に本来の粘り強さが発揮されます**。

人からは皆を刺激し、励ましてくれる仲間と見られます。しかし、縛られることを嫌い、制約となるものは無視したいと思っており、心の充足を求めています。ただし、自由を求めても真の満足感を得ることはないでしょう。なぜなら、自由とはあなたが考えるようなものではなく、仕事を行うことで初めて手に入れられるものなのです。あなたは自由を求める気持ちと仕事との折りあいをつけるためにも、**旅に出てリフレッシュすることが必要**です。

22歳までは、繊細な心と折りあいをつけつつ変化していく時期です。23歳になって太陽がいて座に入ると、さらなる成長と楽観性が求められるようになります。精神的な発達と教育、旅行などを通してこれは実現されるでしょう。太陽がやぎ座に位置する53歳以降は、粘り強さ、専念、現実主義など、実際的な面が重視されるようになります。

隠された自己

高い理想をいだいているあなたは、人の力になるには繊細さも必要だと感じています。また一方で非常にドライな面もあり、この二面性から、あなたが**思いやりのある現実主義者**であることがうかがえます。しかし人に失望したり不満が募っていらいらしたりすると、問題に立ち向かうのではなく、また創造的に自己表現もせず、繊細さを現実逃避というかたちで処理してしまいます。進取の気性に富み、熱心に物事に取り組み、楽観的で冒険を好み、大胆な方法で物質的欲求を満たそうとします。

精神的、創造的な力を書くことで表現したい、あるいはすばらしいアイディアをかたちに変えたいという思いがあります。直感が鋭く、物事を深く考える能力があり、すぐに正しい人物評価をくだします。頭の回転が速く、好奇心があって、ユーモア感覚を備えているあなたはよき仲間であり、一緒にいるととても楽しい人です。

仕事と適性

どんな職業に就いても、退屈しないように変化が必要。**出張を伴う仕事が向いています**。人を惹きつける力があり、人と関わる仕事は大きな強みとなります。事業が大きければ大きいほど、やる気が出ます。言葉を巧みに操り、考えをうまく伝える能力があるので、執筆業やメディア、政治関係の仕事も適職です。演劇や映画の分野で成功する才能も与えられています。

恋愛と人間関係

親しみやすいのですが隠し事をし、感情を抑えようとする傾向があります。**創造的で心を集中して懸命に働く人**を高く評価します。自分がその人をどのように感じているのか、すぐにはわからないこともあるので、時間をかけて人間関係を築いていきます。

あなたにとっては自由が一番大事。人間関係がマンネリ化したり、束縛されているように感じた場合には逃げ出してしまうことも。環境が変わると心も変わります。気持ちが不安定で、理想のパートナーを見つけるまでにたくさんの短命な恋をするでしょう。心が温かいので、人とうまくつき合えます。

数秘術によるあなたの運勢

30の日に生まれた人は、創造性、親しみやすさ、社交性などを与えられています。野心的で創造力があり、常に新しいアイディアを取り入れて独自のやり方で進めることができます。経済的に恵まれた生活を送り、強いカリスマ性があって外向的。感情が激しく、いつも誰かを愛しているか、心が満たされているか、どちらかでなければ落ち着きません。幸せを求めるなら、怠惰、わがまま、短気、嫉妬には気をつけましょう。

30日生まれの人の多くが、特にミュージシャン、俳優、タレントとして人に認められ、名声を得ます。

生まれ月の**10**という数字の影響で、活動的に過ごし刺激を受けることを求めています。しかし、人に頼らず、強い決意で事にあたれば、よい結果がついてくるでしょう。自立して、自由に自分の関心事を追求したいと考えています。目的意識をしっかりと持ち心を集中させれば、とっぴな夢も現実のものとなるでしょう。

●**長所**：おもしろいことが好きである、忠実である、親しみやすい、人々をうまくまとめることができる、言葉を巧みに使える、創造的である

■**短所**：怠惰である、頑固である、とっぴな行動をとる、短気である、自信がない、無関心である、エネルギーを浪費する

♥恋人や友人

1月6、11、14、15日／**2月**4、9、12日／**3月**2、7、10、11、28日／**4月**5、8、26、30日／**5月**3、6、24、28日／**6月**1、4、22、26日／**7月**2、3、20、24日／**8月**18、22日／**9月**16、20、30日／**10月**14、18、28日／**11月**12、16、26日／**12月**10、14、24日

◆力になってくれる人

1月20、24日／**2月**18、22日／**3月**16、20、29日／**4月**14、18、27日／**5月**12、16、25日／**6月**10、14、23、29日／**7月**8、12、21、27日／**8月**6、10、19、25、30日／**9月**4、8、17、23、28日／**10月**2、6、15、21、26日／**11月**4、13、19、24日／**12月**2、11、17、22日

♣運命の人

4月26、27、28、29日／**8月**31日／**9月**29日／**10月**27日／**11月**25日／**12月**23日

♠ライバル

1月22、23、27日／**2月**20、21、25日／**3月**18、19、23日／**4月**16、17、21日／**5月**14、15、19日／**6月**12、13、17日／**7月**10、11、15、31日／**8月**8、9、13、29日／**9月**6、7、11、27日／**10月**4、5、9、25日／**11月**2、3、7、23日／**12月**1、5、21日

★ソウルメイト(魂の伴侶)

1月23日／**2月**21日／**3月**19日／**4月**17、29日／**5月**15、27日／**6月**13、25日／**7月**11、23日／**8月**9、21日／**9月**7、19日／**10月**5、17日／**11月**3、15日／**12月**1、13日

有名人

ルイ・マル(映画監督)、ディエゴ・マラドーナ(元サッカー選手)、杉本凌士(俳優)、仲間由紀恵(女優)、鬼束ちひろ(歌手)、杉内俊哉(プロ野球選手)、福田衣里子(元政治家)、チョン・ジヒョン(女優)、佐藤勝利(Sexy Zone タレント)

太陽：さそり座
支配星：さそり座／冥王星
位置：7°30'−8°30'　さそり座
状態：不動宮
元素：水
星の名前：カンバリア

October Thirty-First

10月31日

SCORPIO

頑固な一面もあるが、理想主義者で楽観的

断固たる姿勢で仕事に取り組み、生産的です。現実主義で、自分の意見を簡単には曲げず、目的意識を持っています。**感情が激しいのですが楽観的**で、魅力を備え、自分の思い通りに行動します。安全面に気を配り、野心家で責任感もありますが、無理をしすぎないよう注意が必要。

支配星であるさそり座が、あなたの内面的な強さをさらに強化します。率直で常識がありますが、このことはあなたが**自分の考えをうまく伝えることのできる優れた戦略家**であることを示しています。創造力があって、理想主義で優れた知性を持っており、自己表現をすることはあなたにとって非常に重要。しかし、自己実現に夢中になると、不安感があなたの潜在能力を阻み、やる気が起きず何もしなくなるおそれがあります。堅固な基礎を築こうとするあなたは、他の人にとって本当に貴重な人物。特に高い理想やすばらしいアイディアに触発された場合、献身的で進んで人を助けようとする傾向が見られます。先見性があって、繊細で非常に強い正義感を持っています。誠実でもあり、これは**あなたが自分の感情に正直**だということ。しかし、脅威を感じたり裏切られたと思ったりすると、温かい心が石のように冷たくなってしまいます。怖気づいたり、不安を覚えた場合に、あなた本来の粘り強さが発揮されます。

21歳までは、感情面での変化が生じる時期です。22歳になって太陽がいて座に入ると、自由を求める気持ちが強くなります。また、教育、みずからの人生哲学、外国の人や土地との関わりを通じて視野を広げようとします。太陽がやぎ座に入る52歳で再び転機を迎え、安全面を意識しつつ、真剣に規律正しく人生を歩むようになります。

隠された自己

見かけはおおらかそうですが、野心家でよく働きます。何か目標や目的があると、固い決意でそれを達成しようとします。実際的で安全を求め、将来の目標に対する計画がすでに明確になっていると、よい仕事ができます。特に**物質的なことに関する第六感**が冴え、鋭い価値判断をし、人を即座に理解します。機を見るに敏で、やる気になれば組織をまとめ、優れた力を発揮するでしょう。しかし、あまりに高望みをすると、才能の無駄遣いになることを覚えておきましょう。

あなたは率直で正直者です。頭の回転が速く、的確な判断をくだし、自制をきかせればどんな障害も乗り越える力を持っています。**仕事では成功**しますが、あなたが求めているのは金銭的なものではありません。自分に課された責任を回避すると、永遠の価値を持つ何かを作り上げたいという強い願いを果たすことができないでしょう。

仕事と適性

有能でよく働くあなたには、**温かい心と実際的な面を活かせる仕事**が向いています。社会を改革したいという思いを持ち、教育やカウンセリングなどの方面で真価を発揮します。医療分野の職も向いています。建設業に携われば、実際的な面を活かし、価値のあるものを作りたいという願いを果たせます。よき親、有能な経営者として、生産的に働きます。自分を表現できる執筆活動や音楽、演劇関係の仕事もよいでしょう。

恋愛と人間関係

魅力的で親しみやすく、人を温かくもてなすのが好きです。孤独を嫌い、仲間を求めます。愛を人に分けることができるようになると、協力者を得て仕事をすることがどれほど利点が多いかがわかるでしょう。

眼識があり、直感が鋭いので、人の潜在能力にいちはやく気づくことができます。人に頼りすぎることのない独立した人物です。

数秘術によるあなたの運勢

31の日に生まれた人は、強い意志を持ち、断固たる態度で事にあたり、自己表現を大切にします。独創的なアイディアを持っているので、時間をかけて現実的な行動計画に従っていけば、ビジネスの世界で成功する力を持っています。働きすぎの一面があるので、たまには愛や娯楽のために時間をさくことが不可欠。

生まれ月の**10**という数字の影響も受けるあなたは、自分を頼みとし、変化と活動的な生活を求めてじっとしていることがありません。隣の芝生は青いと考える傾向があり、そのせいで優柔不断な態度になることがあります。目標を見つけて、絶えず努力しましょう。新しいチャンスや思いがけない幸運に恵まれることがあります。趣味を事業に発展させて利益を得ることができます。

●**長所**：創造的である、独創的である、物事をうまくまとめあげる、建設的である、不屈の精神を持っている、実際的である、話が上手である、責任感がある

■**短所**：自信がない、短気である、疑い深い、すぐにやる気をなくす、覇気がない、利己的である、頑固である

相性占い

♥恋人や友人

1月7、12、15、16、23日／**2月**5、10、13日／**3月**3、8、11、12、19、29日／**4月**1、6、9、27日／**5月**4、7、25、29日／**6月**2、5、23、27日／**7月**3、11、21、25日／**8月**1、19、23日／**9月**17、21日／**10月**15、19、29日／**11月**13、17、27日／**12月**11、15、18、25日

◆力になってくれる人

1月21、25日／**2月**19、23日／**3月**17、21、30日／**4月**15、19、28日／**5月**13、17、26日／**6月**11、15、24、30日／**7月**9、13、22、28日／**8月**7、11、20、26、31日／**9月**5、9、18、24、29日／**10月**3、7、16、22、29日／**11月**1、5、14、20、25日／**12月**3、12、18、23日

♣運命の人

4月27、28、29、30日

♠ライバル

1月5、8、28日／**2月**3、6、26日／**3月**1、4、24日／**4月**2、22日／**5月**20日／**6月**18日／**7月**16日／**8月**14、30日／**9月**12、28、30日／**10月**10、26、28日／**11月**8、24、26日／**12月**6、22、24日

★ソウルメイト(魂の伴侶)

1月4、10日／**2月**2、8日／**3月**6日／**4月**4日／**5月**2日

この日に生まれた有名人

蔣介石(中華民國初代総統)、灰谷健次郎(作家)、浜木綿子(女優)、飯島愛(タレント)、山本耕史(俳優)、中村憲剛(サッカー選手)、ヨハネス・フェルメール(画家)、ザハ・ハディッド(建築家)、齋藤孝(教育学者)

太陽：さそり座
支配星：さそり座／冥王星
位置：8°30'−9°30'　さそり座
状態：不動宮
元素：水
星の名前：カンバリア

November First

11月1日

SCORPIO

探究心が旺盛で大胆不敵

独立心が旺盛で自由を求め、想像力に富んでいます。人あしらいがうまく、すぐに友人ができます。社交的ですが、**感受性が強いぶん激情的**でもあるので、人のことも考え、自己中心的にならないよう気をつけましょう。

一方、洞察力があって、頭の回転が速く、強い正義感と信念を持っています。感情と行動をきちんとコントロールしますが、人の権利を擁護するために闘っている時は理想に燃え、熱い思いと本来の優しい性格が表に出ます。

支配星であるさそり座の影響が、持久力と決断力となって表れています。また、自分に圧力をかけ脅威を与える者に対しては、本来の粘り強さと大胆不敵なところをみせます。**探究心があって正直者**で、人に聞かせたくないような話でも事実をそのまま伝えてしまいます。

あなたは、恵まれた生活を送りたいという気持ちを原動力に、何かを達成しようとします。高い理想や大きな目標がある時は、人の先頭に立って行動しますが、恨みをいだかず、責任感と優しさを身につけると、人は力を貸してくれるでしょう。

怖いもの知らずで、**何があってもすぐ立ち直る人**ですが、思いやりがあって、情愛の深い一面もあります。

21歳になって太陽がいて座に入ると、楽観的になり、冒険心が芽生えます。思いきった行動をとることが増え、旅行や学習を通して視野を広げようとします。太陽がやぎ座に進む51歳以降は、現実的になり、規律正しさを身につけ、目標に向かって努力します。

隠された自己

同情心に厚く、利他的なあなたは、人に助言を与え、社会的に弱い人を支えます。時に顔をのぞかせる挫折感や失望感に悩まされますが、忍耐力と粘り強さを身につけて、いつも前向きな気持ちでいれば、立派に自分の力で成功します。

鋭敏で理解力がとても優れています。自分に自信を持つには、教育を受け知識を得るとよいでしょう。一方、創造的で直感が冴えています。芸術的才能があり、自分を表現したいという気持ちを常に持っています。

また、魅力的でカリスマ性があり、聡明で説得力があり、一目置かれる存在となります。哲学や宗教に関心を持ち、これらを研究することで、否定的に考える傾向が改められます。

現実的でしかも理想主義者のあなたは、目的意識を持ち、なまけ心を捨て、すばらしい潜在能力を最大限に引き出すために、**常に新しい分野で自分を鍛えていかなければなりません**。

仕事と適性

アイディアをかたちに変える力と、系統だてて物事をまとめる力を持つあなたは、ビジネス、科学、法律の分野で成功します。ビジネス分野では、特にセールス、販売促進、金融業、不動産業がおすすめ。**先頭に立ちたいという強い気持ち**は、スポーツの世界に向いています。探究心が強いことから、海外での勤務も向いているでしょう。豊かな創造性と想像力を発揮できる執筆、演劇、音楽、美術の世界でも活躍します。人との関わり方がうまいので、教育や社会事業など人を助ける仕事もいいでしょう。カウンセリングや医療の仕事に就くと、洞察力と思いやりの気持ちを活かせます。

恋愛と人間関係

人を惹きつける魅力とカリスマ性を備えているので、すぐに友人ができます。異性からも人気がありますが、パートナー選びは難しいでしょう。人間関係に多くのものを期待し、**自分の利益を守ってくれる人**を求めています。しかし、嫉妬深く、独占欲が強い点をまず改めることが大切。神経がとてもこまやかなので、人の気持ちを傷つけるようなことはしません。

数秘術によるあなたの運勢

1の日に生まれた人は、一番が大好きで独立心が旺盛。新しいものを進んで取り入れ、勇気があり、活力にあふれています。しかし、自我を確立し、きちんと自分を主張できるようになることが必要。開拓者精神があり、自立しています。そして、このみずから行動を起こそうとする自発性によって、管理者としての能力や統率力が磨かれていきます。意欲に満ち、独自の考えを持つあなたは、人々の先頭に立って進むことができる人です。しかし、世界が自分を中心に回っているわけではないことを頭に入れておきましょう。自己中心的で、横暴にならないよう気をつけて。

生まれ月の**11**という数字の影響も受けるあなたは、理想主義で、アイディアが次々とわき出てきます。独りよがりと見られることはあっても、決して退屈な人とはいわれません。人を楽しませるのが上手で、さまざまなことに関心があります。創造性と進取性を発揮して何かをやり遂げた時、大きな満足感が得られます。目標に心を集中し、余計なことにエネルギーを使わないよう注意が必要。

●**長所**：統率力がある、創造力に富む、進歩的である、力がみなぎっている、楽観的である、強い信念を持っている、競争心がある、独立心がある、社交的である

■**短所**：高圧的である、嫉妬深い、高慢である、対立しやすい、抑制がきかない、利己的である、気持ちが不安定である、短気である

相性占い

♥恋人や友人

1月3、5、9、10、18、19日／**2月**1、3、7、16、17日／**3月**1、5、6、14、15、31日／**4月**3、12、13、29日／**5月**1、10、11、27、29日／**6月**8、9、25、27日／**7月**6、7、23、25、31日／**8月**4、5、21、23、29日／**9月**2、3、19、21、27、30日／**10月**1、17、19、25、28日／**12月**13、15、21、24日

◆力になってくれる人

1月1、6、17日／**2月**4、15日／**3月**2、13日／**4月**11日／**5月**9日／**6月**7日／**7月**5日／**8月**3日／**9月**1日／**10月**31日／**11月**29日／**12月**27日

♣運命の人

1月6、7、8日／**4月**29、30日／**5月**1日

♠ライバル

1月2、16日／**2月**14日／**3月**12日／**4月**10日／**5月**8日／**6月**6日／**7月**4日／**8月**2日／**12月**30日

★ソウルメイト（魂の伴侶）

1月11、31日／**2月**9、29日／**3月**7、27日／**4月**5、25日／**5月**3、23日／**6月**1、21日／**7月**19日／**8月**17日／**9月**15日／**10月**13日／**11月**11日／**12月**9日

有名人

田中将大（プロ野球選手）、福原愛（卓球選手）、萩原朔太郎（詩人）、いかりや長介（タレント）、大村崑（俳優）、亀井静香（政治家）、阿川佐和子（エッセイスト）、ジョン・カビラ（ラジオパーソナリティ）、西原理恵子（マンガ家）、古内東子（歌手）、小倉優子（タレント）

太陽：さそり座
支配星：さそり座／冥王星
位置：9°30'－10°30'　さそり座
状態：不動宮
元素：水
星の名前：アクルックス

未来のためには過去を捨てて

感受性が強く、落ち着きがない大胆な性格で、**いつも変化を求めています**。単調な生活をしているとすぐに退屈し、何か変わったことがあると心を躍らせます。人生では実にさまざまな出来事に遭遇し、ようやく落ち着くまでに数々の変化を経験します。

金銭面で不満があると、あなたはもっと収入のよい道を求めて一からスタート。このように、将来のために過去を捨てなければならないことが、人生で何度かあります。これに備えるために**長期計画を立て、投資しておくこと**をおすすめします。

支配星であるさそり座の影響で、粘り強く、力にあふれ、決断力と活力を備えています。しかし一方で、親しみやすくて社交的で、優しくてもろいところがあります。この二面性があまり極端になると、人間関係に影響が及んでくるでしょう。理想主義なのに、ときどき気まぐれで皮肉屋の面が表に出て、善意や努力を台なしにしてしまいます。

しかし、包容力があって頭がよく、なんでもすぐに理解し、直感的に人の性格を見抜くこともできます。**一度失敗しても、あなたならいつでもやり直せるのです**。

20歳になって太陽がいて座に入ると楽観的になり、学習や旅行を通して視野を広げようとします。また、真実を求める気持ちや哲学への関心が芽生えます。50歳で太陽がやぎ座に進むと、目標を達成するために秩序と安定を求めるようになり、現実的なものの見方を身につけます。

隠された自己

心が広く、知的で才覚があり、**忙しく過ごすのが好き**です。浪費傾向が見られ、あなたの行動の原動力はお金への欲求です。しかし生来、人道主義的なことから人にも強い関心があり、そのおかげでものの見方が偏らず、バランス感覚に優れています。できるだけ物事を客観的に見るようにすると、不満や失望を味わうこともなくなるでしょう。

社交的で、創造的なアイディアを持つあなたは、**自己表現をしている時に大きな幸せを感じます**。直感が鋭く、すばやく人の性格を見抜きます。しかし、自分の判断が正しいかどうかわからず、自己不信に陥ることも。人づき合いが上手で、才知と鋭い観察を活かして人を楽しませます。

仕事と適性

仕事熱心で野心家ですが、常に変化を求めているので**型にはまった仕事は向いていません**。優れた知性と鋭いビジネスセンスを備えていることから、金融、セールス、法律の分野で成功します。メディア、渉外、調停関係の仕事でも、そつのなさを発揮してうまくいきます。繊細さや想像力、先見性を活かすなら、音楽、演劇、写真の世界がよいでしょう。理想主義で、人の気持ちがよくわかることからセラピスト、あるいは大儀のために闘うという選択もあります。スポーツやレジャー関係の仕事は、あふれるようなエネルギーと活力を注ぎこむのにぴったり。

恋愛と人間関係

想像力が豊かで頭がよく、精神的刺激を与えてくれる人たちに囲まれていたいと考えています。ときどきとても遠慮がちになって自分の本当の気持ちを表に出さないことがあります。

しかし、**社交的で上手に人を楽しませる**ため、多くの友人がいます。親しい人たちをとても大切に思い、良好な関係を保てるよう努力します。

数秘術によるあなたの運勢

2の日に生まれた人は繊細で、集団の中にいたいという気持ちを持っています。順応性が高く、思いやりがあって、人と関わりあいながら共同で活動することを好みます。けれども、好きな人を喜ばせようとして、相手の言いなりになってしまうことがあります。もっと自分に自信を持つことが大切。そうすれば、人の態度や批判にすぐ傷つくこともなくなるでしょう。

生まれ月の**11**という数字の影響で、自分をうまく表現することができ、高い理想を掲げて人々に希望を与えます。

進んで新しいものを取り入れ、社会改革に関心があるあなたは、社会事業を行うさまざまな組織の先頭に立てる人です。実際を重んじ粘り強くやっていけば、目標や目的を達成できます。しかし、あまりにたくさんの責任を背負いこんだり、人に尽くしすぎたりしないよう気をつけて。

●**長所**：人とよい関係を結ぶ、優しい、機転がきく、包容力がある、思いやりがある、協調的である、感じがいい、善意に満ちている

■**短所**：疑い深い、自信がない、卑屈である、神経過敏である、利己的である、傷つきやすい、気が変わりやすい

相性占い

♥恋人や友人

1月2、6、10、20、26、29日／**2月**4、8、18、24、27日／**3月**2、6、16、25、28、30日／**4月**4、14、23、26、28、30日／**5月**2、12、21、24、26、28、30日／**6月**10、19、22、24、26、28日／**7月**8、14、17、20、22、24、26日／**8月**6、15、18、20、22、24日／**9月**4、13、16、18、20、22日／**10月**2、11、14、16、18、20日／**11月**9、12、14、16、18日／**12月**7、10、12、14、16日

◆力になってくれる人

1月7、13、18、28日／**2月**5、11、16、26日／**3月**3、9、14、24日／**4月**1、7、12、22日／**5月**5、10、20日／**6月**3、8、18日／**7月**1、6、16日／**8月**4、14日／**9月**2、12、30日／**10月**10、28日／**11月**8、26、30日／**12月**6、24、28日

♣運命の人

1月25日／**2月**23日／**3月**21日／**4月**19、30日／**5月**12、17日／**6月**15日／**7月**13日／**8月**11日／**9月**9日／**10月**7日／**11月**5日／**12月**3日

♠ライバル

1月3、17日／**2月**1、15日／**3月**13日／**4月**11日／**5月**9、30日／**6月**7、28日／**7月**5、26、29日／**8月**3、24、27日／**9月**1、22、25日／**10月**20、23日／**11月**18、21日／**12月**16、19日

★ソウルメイト(魂の伴侶)

1月18日／**2月**16日／**3月**14日／**4月**12日／**5月**10、29日／**6月**8、27日／**7月**6、25日／**8月**4、23日／**9月**2、21日／**10月**19日／**11月**17日／**12月**15日

この日に生まれた 有名人

マリー・アントワネット(フランス王妃)、岸田國士(劇作家)、ルキノ・ヴィスコンティ(映画監督)、三橋達也(俳優)、藤本ひとみ(作家)、平田満(俳優)、美木良介(俳優)、深田恭子(女優)、滝藤賢一(俳優)

♏ さそり座

太陽：さそり座
支配星：うお座／海王星
位置：10°30'－11°30'　さそり座
状態：不動宮
元素：水
星の名前：アクルックス

November Third

11月3日

SCORPIO

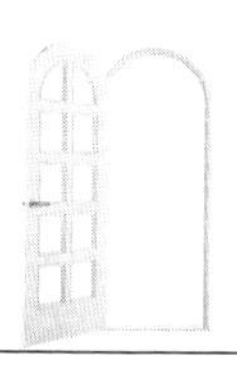

創造的な才能と優れた判断力を持つ理想主義者

現実的ですが繊細で、想像力が豊かです。強い信念を持ち、**実用的な能力と創造的な才能**を活かして仕事に取り組みます。親しみやすくて社交的で、とても上手に人を楽しませます。

支配星であるうお座の影響を受け、優れた判断力を持っていますが、疑い深く、優柔不断なところもあります。まずは、**自分の本能や第一印象を信じること**。

また、海王星の影響ですばらしい心眼、包容力を備えています。忠実で愛情深いのですが、頑固な一面があるので要注意。理想主義で才能に恵まれ、いつも完璧を求めます。自分の仕事にプライドを持ち、何をするにもさりげなく自分らしさを出します。あれこれ心配したり、情緒不安定になったりすることがよくありますが、満足のいくかたちで義務を果たすためには、それが障害になります。

自分の考えを人に受け入れてほしい時は、嫌みを言うのではなく、**持ち前の魅力と才知を活かす**こと。一方、経済的には恵まれています。たとえ暮らし向きが苦しいことがあっても、問題は一時的なもの。仕事熱心で、粘り強く努力を重ねていけば、めぐってきたチャンスを逃さず、ものにすることができます。

19歳になって太陽がいて座に入ると、楽観的なものの見方を身につけ、真実の探求や旅行、学習を通して視野を広げていきます。太陽がやぎ座に位置する49歳以降は、目標を達成するために、現実的で几帳面になります。

隠された自己

強烈な印象を人に与えますが、心は不安定です。感情が激しく、それが抑えつけられると不満を覚え、その代償として空想の世界に逃げこんだり勝手気ままになったりすることがあります。忍耐力をつけて、いつも落ち着いた気持ちでいることが必要です。現実的に物事に取り組みますが、一方で冒険や変化を求める気持ちがあり、新しい世界に目を向けるようになります。

心が温かく、思いやりがあって、人の気持ちがよくわかります。理想が高く、愛情を強く求め、その気持ちを芸術を通して創造的に表現します。しかし、**何にも束縛されず自由にやりたい**という思いもあり、そのときどきで気分や態度が変わります。あなたには**人を惹きつける魅力と鋭い直感**があり、そのおかげでたくさんの人に目をかけてもらい、大きな成功を収めます。

仕事と適性

11月3日生まれの人は、必要な努力を怠りさえしなければ、すばらしい事業を起こして大きな利益を得る機会に恵まれます。野心家で交渉に長け、儲け話を見つけるのが得意で、お金の使い方を知っています。**生まれながらの現実主義**で、仕事の処理方法や手順について型を整えていくのが好きです。頭の中で描いている将来像についても、何か計画を立てておかないと気がすみません。創造的で言葉を巧みに使う才能があり、文才を伸ばしていくとよいでしょう。ビジネスの分野では、大きな仕事や人のお金を運用する仕事に関わると力を遺憾なく発揮できます。繊細さと創造性を癒しの世界で活かすのも1つの方法です。

恋愛と人間関係

足がしっかりと地についているように見えますが、**理想主義でロマンティック**。激しい、しかしこまやかな感情の持ち主。人間関係を安定させるために進んで努力し、必要とあれば生来の如才なさを発揮します。しかし激しい感情の流れをせき止められると、気分屋になったりパートナーに頼ったりします。愛する人に対してとても献身的ですが、一方で頑固な面もみせます。人と一緒にいるのが好きで、とても社交的です。

数秘術によるあなたの運勢

3の日に生まれた人は、繊細で創造性を発揮し、感情を表に出したいと思っています。陽気で社交性があり、たくさんのことに関心があります。多才で感情表現が豊かです。しかし、何か刺激的なことがないとすぐに退屈する傾向があり、ついあれこれ手を広げすぎてしまいます。芸術的な才能に恵まれ、魅力的でユーモアのセンスがありますが、自尊心を持ち、やみくもに心配しすぎたり情緒不安に陥ったりしないよう注意が必要。

生まれ月の11という数字の影響を受け、情熱的で発想が豊かです。非常に繊細で想像力に富み、包容力を備えています。現実的なのに、情緒面で不安定なところがあるので、1つのことだけに集中し、すばらしいアイディアを何か人の役に立つことや創造的なことに活かすとよいでしょう。迷いが生じた時や不安な時には、勝手気ままにふるまったり、あるいはいろいろなことに関心を持ってエネルギーをむだにまき散らす傾向が見られます。

●**長所**：ユーモアのセンスがある、親しみやすい、生産的である、創造力がある、芸術的である、自由を愛する、言葉を巧みに使う
■**短所**：飽きっぽい、虚栄心が強い、空想にふける、大げさである、自慢をする、浪費家である、わがままである、怠惰である、偽善的である

相性占い

♥恋人や友人
1月7、11、12、22日／**2月**5、9、20日／**3月**3、7、8、18、31日／**4月**1、5、16、29日／**5月**3、4、14、27、29日／**6月**1、12、25、27日／**7月**10、23、25日／**8月**8、21、23、31日／**9月**6、19、21、29日／**10月**4、17、19、27、30日／**11月**2、15、17、25、28日／**12月**13、15、23、26日

◆力になってくれる人
1月8、14、19日／**2月**6、12、17日／**3月**4、10、15日／**4月**2、8、13日／**5月**6、11日／**6月**4、9日／**7月**2、7日／**8月**5日／**9月**3日／**10月**1、29日／**11月**27日／**12月**25、29日

♣運命の人
5月1、2、3、4日

♠ライバル
1月9、18、20日／**2月**7、16、18日／**3月**5、14、16日／**4月**3、12、14日／**5月**1、10、12日／**6月**8、10日／**7月**6、8、29日／**8月**4、6、27日／**9月**2、4、25日／**10月**2、23日／**11月**21日／**12月**19日

★ソウルメイト（魂の伴侶）
1月28日／**2月**7日／**3月**5日／**4月**3日／**5月**1日／**10月**30日／**11月**28日／**12月**26日

有名人

外山滋比古（英文学者）、山崎豊子（作家）、手塚治虫（マンガ家）、さいとう・たかを（マンガ家）、小林旭（俳優）、柄本明（俳優）、堤幸彦（映画監督）、錦戸亮（関ジャニ∞　タレント）、武幸四郎（騎手）

太陽：さそり座
支配星：うお座／海王星
位置：11°30'－12°30'　さそり座
状態：不動宮
元素：水
星の名前：アクルックス、アルフェッカ

November Fourth

11月4日

SCORPIO

独創的な発想のひらめきがある完全主義者

発想が豊かで理想主義。創造力があって、進取の気性に富んでいます。一方、**現実的で足が地についている**一面も。洞察力と強い信念を持ち、多才で、特に商才は天性のもの。直感に優れ、問題をいかに解決するか、すぐに答えを出します。明敏で知覚が鋭く、独自のアイディアを持っており、斬新な考え方は現実的で、的を射ています。

支配星であるうお座の影響を受けて、**包容力があり、周りの状況をよく理解する**ことができます。また、想像力も豊かです。しかし、優柔不断で誤解しやすいところも見られます。そんなあなたに必要なのは前向きな気持ち。悲観的に考えるのをやめれば、当面の問題に集中でき、あれこれ気をもんでエネルギーをむだに使うこともありません。やや心配性なので、せっかくの問題解決能力を十分に発揮できないこともままあります。しかし独創性にかけては、発想が豊かで、誰にも引けをとりません。**完全主義**で綿密さと集中力を発揮して、すぐにいいアイディアや方法を考えつきます。

18歳になって太陽がいて座に進むと楽観的になり、自由を求める気持ちが強まります。また、真実の探求や学習、旅行を通して視野を広げようとします。次に転機を迎えるのが48歳の時。太陽がやぎ座に入ると、粘り強さ、ひたむきさ、現実主義などが重要性を増してきます。

隠された自己

繊細で調和や安心感、愛情を強く求めています。つまり、家庭や家族があなたにはとても大切。ところが世話を焼きすぎて、家族を支配し、横から口を出しては自分の思い通りに動かしてしまいます。しかし、愛の力であなたは人を許し、どんな困難も乗り越えていきます。完全主義で何か大きな目標や理想があると、その実現に向けて強い気持ちでひたむきに努力します。才気にあふれ、しっかりとした価値観を持ち、**集団の中でもひときわ目立つ存在**です。

物質面を偏重したり、リスクを避けて無難な策ばかりをとったりしない限り、生来のビジネスセンスを活かしてどんな状況も自分に有利に持ちこむことができます。魅力的で洗練され、統率力と鋭い直感を備えているあなたは、後は自制をきかせるだけで実りある人生を送ることができます。

仕事と適性

独自のアイディアと手法を持つあなたは、通信やIT関連の仕事に就くとよいでしょう。鋭いビジネスセンスは販売などで、鋭敏な頭脳は研究や科学、医学分野で活かせます。また、優れた理解力は哲学、宗教の分野に向いています。**直感的に人を理解できる**ことから、心理学関係の仕事もぴったり。目立つことが好きなので、政治やエンターテインメントの世界も適しています。どんな職業に就いても、いつも創造的なアイディアを生みだし、仕事のやり方の改善に努めるでしょう。

恋愛と人間関係

理想主義で正直なあなたは、慎重にパートナーを選びましょう。慎重さを欠くと、後で相手に失望することになります。本当の気持ちをうまく表現できず、冷たい、無関心といった印象を与えることがあります。誠実さを失わず自信を持っていれば、感情を上手に表現できるようになり、愛情に満ちた人間関係を築いていくことができます。

創造的に物事に取り組むので、**人づき合いは間違いなくうまくいき**、どんな分野の人たちの中にもすっと溶けこめます。

数秘術によるあなたの運勢

数字の**4**は堅固な構造と乱れのないパワーを表します。つまり4の日に生まれた人は安定と秩序の確立を求めているのです。活力にあふれ、現実的な能力と固い信念を持っているあなたは、熱心に働くことで成功します。不安のない生活を送るために、自分と家族のためにしっかりとした基盤を築きます。物事に現実的に取り組めば、ビジネスセンスに磨きがかかり、経済的な成功を収める力が高まります。また、正直で率直、公正です。忠実で、人と協同して働く方がよい結果が出ます。

しかし、4日生まれの人にとって一番の問題は、経済的に不安定な時期が長く続くおそれがあることです。

生まれ月の**11**という数字の影響も受けるあなたは直感が鋭く、創造的ですが自制をきかせることが必要。理想主義でおおらかで、調和と安定を求めています。ただし、不満を抱え気持ちが不安定だと反抗的になり、すばらしいアイディアを生みだすかわりに、できもしないようなことばかり考えつきます。自分の責任を真剣に果たせば、長期的な安定を得られます。

●長所：几帳面である、堅実である、よく働く、職人の技を持っている、手先が器用である、現実的である、人を信頼する、綿密である

■短所：不安定である、破壊的な行動をとる、打ち解けない、抑圧されている、柔軟性がない、怠惰である、冷淡である、するべきことを先延ばしにする、あまりにつつましい、横暴である、愛情を表現しない、怒りっぽい、厳しい

相性占い

♥恋人や友人

1月4、8、13、22、26日／**2月**6、20、24日／**3月**4、13、18、22日／**4月**2、16、20、30日／**5月**14、18、28、30日／**6月**12、16、26、28日／**7月**5、10、14、24、26日／**8月**8、12、22、24日／**9月**6、10、20、22、30日／**10月**4、8、18、20、28日／**11月**2、6、16、18、26日／**12月**4、14、16、24日

◆力になってくれる人

1月9、20日／**2月**7、18日／**3月**5、16、29日／**4月**3、14、27日／**5月**1、12、25日／**6月**10、23日／**7月**8、21日／**8月**6、19日／**9月**4、17日／**10月**2、15、30日／**11月**13、28日／**12月**11、26、30日

♣運命の人

1月27日／**2月**25日／**3月**23日／**4月**21日／**5月**1、2、3、4、5、19日／**6月**17日／**7月**15日／**8月**13日／**9月**11日／**10月**9日／**11月**7日／**12月**5日

♠ライバル

1月2、10、19日／**2月**8、17日／**3月**6、15日／**4月**4、13日／**5月**2、11日／**6月**9日／**7月**7、30日／**8月**5、28日／**9月**3、26日／**10月**1、24日／**11月**22日／**12月**20、30日

★ソウルメイト（魂の伴侶）

1月15日／**2月**13日／**3月**11日／**4月**9日／**5月**7日／**6月**5日／**7月**3日／**8月**1日／**10月**29日／**11月**27日／**12月**25日

有名人

泉鏡花（作家）、森瑶子（作家）、西田敏行（俳優）、NOKKO（歌手）、リリー・フランキー（作家）、名倉潤（ネプチューン　タレント）、山本未來（女優）、尾野真千子（女優）、T.O.P（BIGBANG　歌手）

太陽：さそり座
支配星：うお座／海王星
位置：12°30'−13°30'　さそり座
状態：不動宮
元素：水
星の名前：アクルックス、アルフェッカ

November Fifth

11月5日

SCORPIO

強い信念を持った探究心あふれる性格

知的で包容力があり、深い感情と強いパワーを内に秘めています。探究心が旺盛で、眼力があり、**知は力なり**が信念。見た目は穏やかで落ち着いていますが、気持ちが高ぶることがあり、時に残酷なまでに率直に鋭い批判をします。強い信念を持ち、粘り強く物事に取り組み、決してひるみませんが、それが頑固と受け取られることもあります。

支配星であるうお座の影響で、とても感受性が強く、本能的に物事を理解する力があります。心を集中させることができるので、**専門分野の研究をするのに向いています**。想像力に富み、感覚が研ぎ澄まされているので、周囲のものすべてを理解することができます。このため、感情が不安定になったりすることがありますが、バランスのとれた協調的な雰囲気を作り出すことで、心の安定を図れます。一方、人とのネットワークをどんどん広げていくあなたは、**人と関わることが得意**で、新しいチャンスや知人に恵まれて成功します。**頭の回転が速く**、頭脳を使う難しい仕事が好きです。主張が強いので、思い通りにならないと口論を始めることも。投資事業に関わって成功したいという望みを持ち、協力者を得て大きな利益をあげます。

17歳になって太陽がいて座に入ると、楽観的になってきます。視野を広げ、少々危険な挑戦もします。また心の自由を求め、真実、哲学、人生の意味に関心を持つようになります。47歳で太陽がやぎ座に移ると、現実的なものの見方を身につけ、勤勉で几帳面になります。また、自分の人生の目標や夢が何であるかをはっきりと理解するようになります。

隠された自己

高い理想と深い思考力を持ち、一方では、お金、名声、贅沢を手に入れたいという現実的な望みをいだくあなたは、これらの両極の間でゆれ動いています。しかし、何か目標がある時は、非常に意志が固く、すばらしい能力のあるところを示して人々を感心させます。優れた戦略家で、**大きなことをやり遂げるだけの活力と強い気持ちを持っています**。しかし、人を助けるために自分の力を使う方が大きな満足感が得られます。

すばらしい洞察力を持っていますが、野心的かと思えばやる気が出ないむら気なところもあって、優れた能力を十分発揮できないおそれがあります。しかし、集中力があり、認められたいという気持ちを持ち、難しい仕事だとかえって意欲を燃やし、やるべき時は一心に仕事に励みます。調和を求める強い気持ちが、美術や音楽を通して表現されます。

仕事と適性

如才なく、巧みにネットワークを作るあなたは、例えば経営相談などですばらしい力を発揮します。また、アイディアや商品の販売促進もお手のもの。いったん仕事を始めると**決してあきらめず、鋭いビジネスセンスと系統だてて物事をまとめる力を備えている**ので、どんな職業に就いても成功します。自営業を好みますが、共同で仕事をすればどのようなメリットがあるかわかっています。認められたいという気持ちを原動力に成功します。

恋愛と人間関係

感受性が強く、激しい感情を持ち、好奇心旺盛。強い信念と信条を持っています。実力のある独立心旺盛な人に惹かれますが、パートナーには、**あなたの強烈な個性を恐れずきちんと向きあうことのできる強い人**が必要です。

親しみやすくて社交的な性格ですが、自立して新しいことに挑戦していきます。知力を鍛えたいと思っているので、知的な人とのつき合いを好みます。

数秘術によるあなたの運勢

5の日に生まれた人は直感が鋭く、冒険好きで自由を求める気持ちを持っています。新しいことに進んで挑戦するあなたに、人生は多くのものを与えてくれるでしょう。

新しい体験や思いがけない経験を積んでいくと、考え方や信念がすっかり変わってしまうこともあります。人生に刺激を求めていますが責任ある態度を身につけ、衝動的な行動や行きすぎた行動を控え、落ち着きのなさを改めることが必要。早まった行動をとるのをやめ、忍耐力を身につけると、物事がうまく運びます。

5日生まれの人は客観的なものの見方と、流れに乗って進むことを自然に身につけています。

生まれ月の**11**という数字の影響は、鋭い直感と強い本能となって表れています。知的で率直なことから、自分の考えを実に明確に伝えられます。包容力があって人の気持ちに敏感ですが、ユーモラスなものの見方が、時に疑い深さと一緒になって、皮肉を言うこともあります。

●長所：多才である、順応性がある、進歩的である、人を惹きつける力がある、大胆である、自由を愛する、頭の回転が速い、好奇心がある、神秘的である、社交的である

■短所：あてにならない、気まぐれである、するべきことを先延ばしにする、言行が一致しない、頼りにならない、自信過剰である、頑固である

相性占い

♥恋人や友人

1月2、3、23日／**2月**11、21日／**3月**9、19、28、31日／**4月**7、17、26、29日／**5月**5、15、24、27、28、29、31日／**6月**3、13、22、25、26、27、29日／**7月**1、11、20、23、25、27、29日／**8月**9、18、21、23、25、27日／**9月**7、16、19、21、23、25日／**10月**5、14、17、19、21、23日／**11月**3、12、15、17、19、21日／**12月**1、10、13、15、17、19日

◆力になってくれる人

1月3、4、10、21日／**2月**1、2、8、19日／**3月**6、17、30日／**4月**4、15、28日／**5月**2、13、26日／**6月**11、24日／**7月**9、22日／**8月**7、20日／**9月**5、18日／**10月**3、16、31日／**11月**1、14、29日／**12月**12、27日

♣運命の人

1月22、28日／**2月**20、26日／**3月**18、24日／**4月**16、22日／**5月**3、4、5、6、14、20日／**6月**12、18日／**7月**10、16日／**8月**8、14日／**9月**6、12日／**10月**4、10日／**11月**2、8日／**12月**6日

♠ライバル

1月11、20日／**2月**9、18日／**3月**7、16日／**4月**5、14日／**5月**3、12、30日／**6月**1、10、28日／**7月**8、26、31日／**8月**6、24、29日／**9月**4、22、27日／**10月**2、20、25日／**11月**18、23日／**12月**16、21日

★ソウルメイト（魂の伴侶）

1月26日／**2月**24日／**3月**22、30日／**4月**20、28日／**5月**18、26日／**6月**16、24日／**7月**14、22日／**8月**12、20日／**9月**10、18日／**10月**8、16日／**11月**6、14日／**12月**4、12日

この日に生まれた 有名人

ヴィヴィアン・リー（女優）、佐藤愛子（作家）、富野由悠季（アニメ監督）、天地真理（タレント）、宮本慎也（元プロ野球選手）、ハン・ジミン（女優）、把瑠都凱斗（元大相撲力士・タレント）、BoA（歌手）、アレクサ・チャン（モデル）

太陽：さそり座
支配星：うお座／海王星
位置：13°30'−14°30'　さそり座
状態：不動宮
元素：水
星の名前：アクルックス、アルフェッカ、
　　　　　アル・ゲヌビ

November Sixth

11月6日

SCORPIO

運のよさで苦境を脱出

魅力があって社交的。しかも、意欲に満ちた野心家です。理想主義で先見性を持ち、進取の気性に富んでいます。充足感を得たいという気持ちといつも行動していたいという思いが、あなたの原動力です。**快活で感じがいい**のですがときどき混乱し、不安を覚え、優柔不断になることがあります。そうなるのは苦しい立場に立たされた時で、みずから墓穴を掘ってそういう状況を招いている場合も多いのですが、そのたびに**運のよさで苦境をうまく脱します**。

支配星であるうお座の影響で、繊細さに直感的な洞察力が加わって、本能的に周囲の状況を理解することができます。想像力と鋭い感覚を備え、気分が高揚すると創造的になり、自分の将来をよりよくするにはどうすればいいか思いをめぐらします。**新しいアイディアをもとに何かを始めることに大きな幸せを感じ、真っ先に時流に乗ります**。創造力と現実的な能力を持っていることが強みの1つで、独創的な考え方、斬新なもののとらえ方ができる人です。

16歳になって太陽がいて座に入ると、物事を広い観点から前向きにとらえるようになり、教育や旅行、冒険への欲求が高まります。また、哲学や宗教、あるいは真理の探求を通して、自分の心について知ろうとします。46歳になると太陽がやぎ座に移り、現実的、そして几帳面になり、秩序や安定を求める気持ちが強まります。

隠された自己

あなたの考え出すアイディアは幸運につながり、人間関係においても、利益や発展をもたらしてくれるようなつき合いを持てるようになるでしょう。いつもパワフルですが、人から何かを得るには、歩み寄るということも学ばなければなりません。**状況を即座に理解し、直感的に将来を見通す力を持ち、めぐってきたチャンスは必ずものにします**。正直で愛する人たちに対してとても寛大。しかし横暴な態度や自滅的な行動をとって人間関係を損なうことがあります。強い願望や激しい感情を持っていますが、柔軟性を身につけて批判を素直に受け入れると、心の奥底にある無償の愛も表現できるようになるでしょう。

仕事と適性

生来、如才なく、地に足がついているあなたは、**人と共同で仕事を進めるのが好き**です。また、趣味と実益を兼ねて事業を起こすとか、金儲けのアイディアを考えるといったことになると、まさに本領発揮です。独立心が旺盛で統率力を備えているため、命令されるのは苦手。管理職か自営業がいいでしょう。行動を起こしたいという気持ちが強く、問題解決能力が高いことから、新規事業で真価を発揮します。男気にあふれ、しかも説得力のあるあなたは、いったん進む道を決めると、情熱的にそれに打ちこみます。音楽や執筆業もあなたにぴったりです。

恋愛と人間関係

強い個性を持ち、温かく、魅力的で人の心を強くとらえます。野心家ですが、思いやりがあって、人を勇気づけ、**愛する人のためなら何でもします**。人間関係においては相手にがまんできなくなっても、すぐに決着をつけないこと。急いで結論を出すと、後できっと後悔します。安心感を重視するので、パートナー選びでは、金銭面が大きな意味を持ちます。

数秘術によるあなたの運勢

6の日に生まれた人は理想主義で、思いやりがあり、人の面倒をよく見ます。6は完全主義、万人の友を意味する数字。つまり、あなたは責任感があって、情愛深く、困っている人を助ける人道主義者なのです。家庭を大切にし、よき親となります。特に繊細な人は、創造的に自分を表現することを求め、エンターテインメント、芸術、デザインの世界に入ります。自分に自信を持つことが大切で、人に干渉する、あれこれ心配する、誤った同情をするなどの点を改める必要があります。

生まれ月の**11**という数字の影響で、激しい感情と強い個性を持っています。高い理想をいだいていますが、それを達成するためには、忍耐力と粘り強さを身につけ、強い気持ちで物事に取り組むことが大切です。豊かな想像力を持ち、進んで新しいことを取り入れていくあなたは、将来に対して不安のないよう、きちんと計画を立てています。何か不満があると、批判的になったり横暴な態度をとったりするので気をつけましょう。

●長所：世知に長けている、兄弟愛を持っている、親しみやすい、思いやりがある、頼りになる、理想主義である、家庭を大切にする、人道的である、落ち着いている、芸術的である、バランスがとれている

■短所：満足できない、心配性である、内気である、衝動のままに動く、頑固である、遠慮会釈もない、不協和音を起こす、完全主義である、横暴である、責任感がない、利己的である、疑い深い、皮肉屋である

♥恋人や友人

1月14、15、24、31日／**2月**12、22、29日／**3月**10、11、20、27日／**4月**8、18、25日／**5月**6、16、23、30日／**6月**4、14、21、28、30日／**7月**2、3、12、19、26、28、30日／**8月**10、17、24、26、28日／**9月**8、15、22、24、26日／**10月**6、13、20、22、24、30日／**11月**4、11、18、20、22、28日／**12月**2、9、16、18、20、26、29日

◆力になってくれる人

1月5、22、30日／**2月**3、20、28日／**3月**1、18、26日／**4月**16、24日／**5月**14、22日／**6月**12、20日／**7月**10、18、29日／**8月**8、16、27、31日／**9月**6、14、25、29日／**10月**4、12、23、27日／**11月**2、10、21、25日／**12月**9、19、23日

♣運命の人

1月12日／**2月**10日／**3月**8日／**4月**6日／**5月**3、4、5、6日／**6月**2日

♠ライバル

1月16、21日／**2月**14、19日／**3月**12、17、30日／**4月**10、15、28日／**5月**8、13、26日／**6月**6、11、24日／**7月**4、9、22日／**8月**2、7、20日／**9月**5、18日／**10月**3、16日／**11月**1、14日／**12月**12日

★ソウルメイト（魂の伴侶）

1月25日／**2月**23日／**3月**21日／**4月**19日／**5月**17日／**6月**15日／**7月**13日／**8月**11日／**9月**9日／**10月**7日／**11月**5日／**12月**3、30日

有名人

伊原剛志（俳優）、松岡修造（元テニス選手・スポーツキャスター）、イーサン・ホーク（俳優）、三代目桂米朝（落語家）、エドワード・ヤン（映画監督）、宍戸留美（歌手）、小田茜（女優）、エマ・ストーン（女優）

太陽：さそり座
支配星：うお座／海王星
位置：14°30'－15°30'　さそり座
状態：不動宮
元素：水
星の名前：アクルックス、アルフェッカ、
　　　　　アル・ゲヌビ

自分の知力を試すのが好きな議論派

独立心にあふれ、知的で鋭い直感を持っています。また、膨大な量の情報を分析、蓄積する能力も備えています。才覚があり、頭が切れ、洞察力と眼力を持ち、**人と議論や討論をしては自分の知力を試すのが好き**です。感情や行動をきちんとコントロールするので、人の目には堂々とした威厳に満ちた人と映ります。

支配星であるうお座の影響で、想像力があり、専門分野を深く掘り下げる力を持っています。気分が高揚すると雄弁になり、創造力を発揮します。先見性と直感的な洞察力を備え、自分の周りの状況をすぐに把握することができます。一方、**慎重さと情熱が同居**し、自信過剰になるかと思えば自己不信に陥ることも。

本来は現実主義ですが、ときどき型破りな発想をします。また、人をてこずらせるために、わざとひねくれた行動をとる傾向が見られます。しかし、**優れた能力をすぐに評価されるので、高い地位を手に入れることができる**でしょう。大きな問題が生じても、忍耐力と粘り強さを発揮して乗り越えます。

15歳になって太陽がさそり座に入ると、物事を楽観的にとらえ始め、正直な性格と理想主義が顕著になってきます。また、学習や旅行を通して視野を広げていきます。45歳で太陽はやぎ座に移り、人生の目標を達成するために、現実的そして几帳面になっていきます。秩序と安定を求める気持ちが強まります。

隠された自己

頑固でこうと決めたら後へは引かず、それでいて人を惹きつける魅力を備えたあなたには、二面性が見られます。鋭い知性を持っている一方で、人道的でもあります。**責任感が強く仕事熱心**ですが、心の中では大きな理想を掲げて正義のために闘います。しかし、そうかと思えば、権力、お金、名声への執着が強く、それを原動力に成功を目指して仕事に励みます。

独立心が旺盛ですが、人と協力して最高の成果を得ることがどれほど価値のあることかもきちんと理解しています。人に頼らずやっていくなら、自分のアイディアを大切にし、一方で人の意見には耳を傾ける、このバランスをうまくとることが必要。ユーモアのセンスをなくさないよう気をつけて。

仕事と適性

鋭い知性と統率力を持つあなたにはたくさんの道が開けていて、どの道を進んでも成功します。熱心な仕事ぶりと責任感の強さが評価されて、高い地位に就きます。頭の回転が速く、コミュニケーション能力が高く、知識欲があることから、作家や教育、研究関係の仕事が向いています。内省的ですが演劇や政治の世界でも力を発揮します。**命令されるのが嫌い**なので、管理職か自営業がよいでしょう。

恋愛と人間関係

あなたは、**自分を自由にさせてくれるパートナー**を必要としています。思慮深くて、直感が鋭く、人に対して正直であろうとします。

才覚があり、力にあふれ、人の注目を集めます。恋愛中は恋人を支え励まします。面倒見がいいのですが、支配的傾向があり、ときどき高圧的になります。

いったんパートナーを選ぶと責任ある行動をとり、深く愛します。

数秘術によるあなたの運勢

7の日に生まれた人は、分析的で思慮深く、批評眼があります。自分のことに没頭するのは、より深く己を知りたいという思いから。また、情報収集が好きで、読書や文章を書くこと、精神的なことに関心を持ちます。抜け目がありませんが、合理的になりすぎたり、細かいことにとらわれすぎたりすることもあります。

自分を表に出さないので、ときどき誤解されます。探究心があり、物事の裏側に何があるかを知ろうとします。

生まれ月の11という数字の影響で、鋭い直感と眼力を備えています。知的で思慮深さが備わっていますが、みずからの本能と判断力に従う時、最高の成果を収めることができます。

誠実で強い信念を持つあなたは、改革に取り組んでも立派にやり遂げます。何かを信じる気持ちと大きな思いやりの心を自由に解き放つためには、自分の能力を自分や人を傷つけたり、人に反発したりすることに使わないことが大切です。

●長所：人を信用する、几帳面である、理想主義である、正直である、科学的である、合理的である、思慮深い
■短所：隠しだてをする、よそよそしい、懐疑的である、混乱しやすい、口やかましい、無関心である、冷淡である

相性占い

♥恋人や友人
1月11、13、15、17、25日／**2月**9、11、13、15、23日／**3月**7、9、11、13、21、29日／**4月**5、7、9、11、19日／**5月**3、5、7、9、17、31日／**6月**1、3、5、7、15、23、29日／**7月**1、3、5、21、27、29、31日／**8月**1、3、11、25、27、29日／**9月**1、9、23、25、27日／**10月**7、21、23、25日／**11月**5、19、21、23日／**12月**3、17、19、21、30日

◆力になってくれる人
1月1、5、20日／**2月**3、18日／**3月**1、16日／**4月**14日／**5月**12日／**6月**10日／**7月**8日／**8月**6日／**9月**4日／**10月**2日

♣運命の人
5月5、6、7、8日

♠ライバル
1月6、22、24日／**2月**4、20、22日／**3月**2、18、20日／**4月**16、18日／**5月**14、16日／**6月**12、14日／**7月**10、12日／**8月**8、10、31日／**9月**6、8、29日／**10月**4、6、27日／**11月**2、4、25、30日／**12月**2、23、28日

★ソウルメイト（魂の伴侶）
1月6、12日／**2月**4、10日／**3月**2、8日／**4月**6日／**5月**4日／**6月**2日

有名人

アルベール・カミュ（作家）、寺田農（俳優）、笑福亭笑瓶（タレント）、松村雄基（俳優）、伊集院光（タレント）、長瀬智也（TOKIO タレント）、内山理名（女優）、片瀬那奈（女優）、村上佳菜子（フィギュアスケート選手）、戸次重幸（俳優）

太陽：さそり座
支配星：うお座／海王星
位置：15°30'−16°30'　さそり座
状態：不動宮
元素：水
星の名前：アル・ゲヌビ

November Eighth

11月8日

SCORPIO

鋭い観察力を備え、知識欲が旺盛

個性豊かで感受性が強く、知的です。野心があり、力にあふれ、果敢で理想主義。**愛する人に対しては優しく寛大**です。鋭い観察力を持ち、直感に優れ、知識欲が旺盛。すぐに状況判断をくだすことができ、それに基づいておもしろいアイディアを生みだします。また、**管理職としての能力を備え**、先見性があり、流行に敏感で真っ先に新しい考え方を取り入れます。

支配星であるうお座の影響で想像力に富み、**有能で第六感が冴えています**。天分に恵まれ、**希望通りの職業に就くことができます**。一方、集中力があって、強い気持ちで物事に取り組みますが気分にむらがあり、空想にふけり現実逃避に陥りやすいので要注意。大きなスケールで物事を考えることができ向上心にあふれています。自信に満ち、探究心があり、干渉されることは好みません。頑固な面が出てくると、いらいらした様子でせっかちに行動します。忍耐力、寛容さ、自制心を身につけて心の安定を図れば、何でもやり遂げることができます。

太陽がいて座に位置する14歳から43歳までは自由を求め、理想を追い、視野を広げる時期です。探究心が非常に強くなり、宗教、哲学あるいは人生の意味に関心を持ちます。44歳になって太陽がやぎ座に移ると、現実的になり、規律正しさを身につけ、人生の目標の達成を目指します。

隠された自己

不安を覚えやすく、優柔不断になりがちです。しかし、持ち前のすばやい頭の働きや、社交性を十分活かすためには、これらの点を改めなければなりません。言葉を巧みに使う才能と豊かな創造性を発揮すれば、充実した人生を送ることができます。**成功志向**で、いつもきちんと計画を立てています。

独立心が旺盛で、人的ネットワークを張りめぐらしているあなたは、いろいろな仕事の責任者に選ばれます。抜け目がなく、すばやく人の性格を見抜き、状況判断をくだします。**大きな仕事が好き**で、いつもチャンスを狙っています。温かく広い心を持ち、楽観的なところが人に愛され、幸運をよび、出世にもつながります。

仕事と適性

人の上に立つことを好みます。**系統だてて物事をまとめる力**があるので、ビジネス界での成功は間違いなく、人の上に立てる人です。探究心があることから、科学や心理学の分野もおすすめです。人道的なところや言葉の才能を活かすなら、教師、カウンセラー、弁護士がぴったり。目立つことが好きなので、エンターテインメントの世界に入るのも1つの方法です。哲学、宗教に関係のある職業も向いています。

恋愛と人間関係

知的で優れた直感を持ち、精神的刺激を与えてくれる人とのつき合いを好みます。親しみやすくて思いやりがあるので、人から忠告や支援を求められます。

理想主義で野心があり、自分や人のために責任を果たします。傍目には強くて力にあふれているように見えますが、感受性が強く、気持ちが不安定になることがあります。如才がないのでたくさんの人に慕われ、友人も多数います。

数秘術によるあなたの運勢

8の日に生まれた人は、しっかりとした価値観と優れた判断力を備えています。野心家で、大きなことを成し遂げたいという思いを持っています。また、支配欲も見られます。

生来ビジネスセンスを備えているので、系統だてて物事をまとめる力と管理者としての能力を身につければ大きなプラスとなります。安心感、安定感を求める気持ちが強く、長期計画を立てて投資をします。

生まれ月の11という数字の影響も受けるあなたは、知的でみずからのすばらしいアイディアをかたちに変える力を持っています。進んで大きな責任を果たし、目標を達成するために努力します。強い影響力を及ぼす地位に就きますが、頑固で傲慢な態度をとらないよう注意が必要。

本来の能力を発揮するためには、自分らしさを失わず、みずからの能力を信じることが大切です。しかし、あまり頑張りすぎない方が賢明です。

●**長所**：統率力がある、綿密である、仕事熱心である、威厳がある、人を守る、癒しの力がある、しっかりとした価値観を持つ

■**短所**：短気である、偏狭である、働きすぎる、威圧的である、すぐにやる気をなくす、思い通りにしようとする

♥恋人や友人

1月4、12、16、25日／**2月**10、14、23、24日／**3月**8、12、22、31日／**4月**6、10、20、29日／**5月**4、8、18、27日／**6月**2、6、16、25、29、30日／**7月**4、14、23、28日／**8月**2、12、21、26、30日／**9月**10、19、24、28日／**10月**8、17、22、26日／**11月**6、15、20、24、30日／**12月**4、13、18、22、28日

◆力になってくれる人

1月2、13、22、24日／**2月**11、17、20、22日／**3月**9、15、18、20、28日／**4月**7、13、16、18、26日／**5月**5、11、16、18、26日／**6月**3、9、12、14、22日／**7月**1、7、10、12、20日／**8月**5、8、10、18日／**9月**3、6、8、16日／**10月**1、4、6、14日／**11月**2、4、12日／**12月**2、10日

♣運命の人

1月25日／**2月**23日／**3月**21日／**4月**19日／**5月**5、6、7、8、17日／**6月**15日／**7月**13日／**8月**11日／**9月**9日／**10月**7日／**11月**5日／**12月**3日

♠ライバル

1月7、23日／**2月**5、21日／**3月**3、19、29日／**4月**1、17、27日／**5月**15、25日／**6月**13、23日／**7月**11、21、31日／**8月**9、19、29日／**9月**7、17、27、30日／**11月**3、13、23、26日／**12月**1、11、21、24日

★ソウルメイト(魂の伴侶)

1月17日／**2月**15日／**3月**13日／**4月**11日／**5月**9日／**6月**7日／**7月**5日／**8月**3日／**9月**1日／**11月**30日／**12月**28日

この日に生まれた 有名人

マーガレット・ミッチェル(作家)、若尾文子(女優)、アラン・ドロン(俳優)、平田オリザ(劇作家)、坂口憲二(俳優)、高橋メアリージュン(モデル)、カズオ・イシグロ(作家)、渚ゆう子(歌手)

太陽：さそり座
支配星：うお座／海王星
位置：16°30'−17°30'　さそり座
状態：不動宮
元素：水
星の名前：アル・ゲヌビ

November Ninth

11月9日

SCORPIO

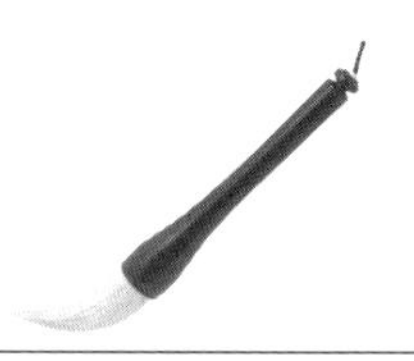

意志が強く知識欲旺盛で行動的

感受性が強く、表現力が豊かで自分の考えを明確に伝えます。知力に優れ、知識欲があり、**鋭い直感を持ち、時代を先取りします**。若々しく、生気がみなぎり行動的。しかし、ときどき大人げないことをしてしまうので注意が必要。

支配星であるうお座の影響で、想像力に富み、勘が冴えています。また、理想主義で包容力があり、説得上手で強い信念を持っています。**誰かと一緒にいるのが好き**で、人の集まりでは場を盛り上げます。しかし、正体のよくわからない人とつき合って時間をむだにしないよう気をつけなければなりません。**意志が強く決断力がある**ので、大きなスケールの事業計画を立て、実行することができます。しかし、自信過剰、わがまま、衝動的など感情が過度に表れることがあります。興奮しすぎると個性ではなく、とっぴさばかりが目立ちます。落ち着きのない心を制御することができれば、壮大な計画を実行でき夢を叶えられます。

13歳から42歳までは太陽がいて座に位置します。この時期、あなたは楽観的に物事をとらえるようになり、視野を広げ、チャンスをものにしようとします。また、哲学に関心を持ちます。43歳になって太陽がやぎ座に進むと、勤勉で現実的になり、粘り強さを増し、秩序と安定を求めます。

隠された自己

魅力的で生気にあふれ、温かい心を持っています。野心家ですが茶目っ気があり、人の心を惹きつけます。この無邪気さは一生あなたに備わり、大きな魅力となることでしょう。親しみやすくて、上手に人を楽しませ、如才のなさが出世の助けとなります。独立心が旺盛で上昇志向。**行動的で物事を大きなスケールで考えます**。しかし、感情に流されたり、極端に走ったりしないよう注意が必要。また、感受性が強いので、気分を不安定にするようなものは何であれ避けなければなりません。

仕事と適性

リーダーとしての資質が備わっているので、人を率いる立場に立って大きな成功を収めます。知識の吸収力がとても優れていることから、学者や法律、心理学、医学関係の仕事に向いています。言葉を巧みに操る能力を活かすなら、教育、講演、執筆業がよいでしょう。生来ビジネスセンスがあるので、セールス、販売促進、交渉に説得力が役立ちます。主義主張がはっきりしているので、政治家、広報担当者としても成功します。**生まれながらの役者**で、ショービジネスの世界もおすすめ。

恋愛と人間関係

知的で感受性が強く、思いやりがあって理想主義です。気分がよい時は情熱的ですが、懐疑的になるとよそよそしい態度をとります。

あなたは愛についての理想がとても高く、**本当に信頼できるパートナーと固い絆を結ぶことが必要**です。親しみやすくて社交的ですが、1人でいることを恐れます。その気持ちに打ち勝つことが大切。

人間の本質を理解する力を生まれながらに備えています。何か問題が生じても、この力のおかげでうまく切り抜けていきます。

数秘術によるあなたの運勢

9の日に生まれた人は優しく、思いやりがあり親切です。寛容で開かれた心を持ち、優れた直感と、包容力を備えています。しかし、非常に繊細で気持ちがとても不安定。また、大きな問題に突きあたり、それを乗り越えなければなりません。

世界を旅し、いろいろな分野の人とつき合えば、多くのものが得られます。しかし、非現実的な夢をいだいたり、現実逃避するのは禁物。

生まれ月の**11**という数字の影響は、鋭い知性と優れた直感となって表れています。また、想像力が豊かで、人の気持ちに敏感です。理想主義で寛大ですが、自分を表に出さず、心の奥底にある気持ちを隠します。するとそれが憤りに変わります。感情が激しすぎる人は物事を客観的、楽観的にとらえることが必要。誤解が生じた時は、如才なくまるく収め、恨まないことです。

●長所：理想主義である、人道主義である、創造力がある、繊細である、心が広い、人を惹きつける力がある、ロマンティックである、情け深い、人望が厚い

■短所：欲求不満である、神経質である、利己的である、実際面に疎い、敵意をいだきやすい、人の意見に左右されやすい、劣等感を持っている、心配性である、孤立しやすい

相性占い

♥恋人や友人

1月7、10、17、27日／**2月**5、8、15、25日／**3月**3、6、13、23日／**4月**1、4、11、21日／**5月**2、9、19日／**6月**7、17日／**7月**5、15、29、31日／**8月**3、13、27、29、31日／**9月**1、11、25、27、29日／**10月**9、23、25、27日／**11月**7、21、23、25日／**12月**5、19、21、23日

◆力になってくれる人

1月3、5、20、25、27日／**2月**1、3、18、23、25日／**3月**1、16、21、23日／**4月**14、19、21日／**5月**12、17、19日／**6月**10、15、17日／**7月**8、13、15日／**8月**6、11、13日／**9月**4、9、11日／**10月**2、7、9／**11月**5、7日／**12月**3、5日

♣運命の人

1月13日／**2月**11日／**3月**9日／**4月**7日／**5月**5、6、7、8、9日／**6月**3日／**7月**1日

♠ライバル

1月16、24日／**2月**14、22日／**3月**12、20日／**4月**10、18日／**5月**8、16、31日／**6月**6、14、29日／**7月**4、12、27日／**8月**2、10、25日／**9月**8、23日／**10月**6、21日／**11月**4、19日／**12月**2、17日

★ソウルメイト（魂の伴侶）

1月16日／**2月**14日／**3月**12日／**4月**10日／**5月**8日／**6月**6日／**7月**4、31日／**8月**2、29日／**9月**27日／**10月**25日／**11月**23日／**12月**21日

有名人

イワン・ツルゲーネフ（作家）、野口英世（医学者）、梅沢富美男（俳優）、石田えり（女優）、えなりかずき（俳優）、白石一郎（作家）、上川大樹（柔道選手）、加瀬亮（俳優）

太陽：さそり座
支配星：うお座／海王星
位置：17°30'−18°30'　さそり座
状態：不動宮
元素：水
星：なし

November Tenth

11月10日

SCORPIO

豊かな想像力を備え、好奇心でいっぱい

創造力があって直感が鋭く、人を惹きつける力を持っています。**独立心が旺盛**で、意見をはっきりと主張し、説得力があります。意志の力と独創性をプラスの方向で活かすと、成功を手中に収めることができます。また、**勇敢で豊かな発想**を持ち、野望もいだいていますが、これを叶えるためには身を粉にして働かなければなりません。

支配星であるうお座の影響が豊かな想像力、受容性、強い信念、優れた先見性というかたちで表れています。**頭を使う難しい仕事が好き**ですが、自分の才覚と知性を試そうとして、挑発的になったり言い争ったりしないよう気をつけましょう。成功しようと思えば、まずしっかりと教育を受けて堅固な基盤を築くことが基本。

もともと、あなたは頭の回転が速く、さまざまなことに関心を持ち、多才で情熱的なので、**旅行や学習から実に多くのものを得ることができます**。

思慮深く、知的で知識欲があり、独自のものの見方と論理的な思考能力を身につけます。一方、自制がきき、学問を愛していますが、気持ちの面ではどこか満たされないものがあります。意志の力で人をコントロールしても、うまくいきません。寛容さ、気立てのよさ、思いやりを身につけて、初めてあなたの求めている愛を勝ち得るのです。

12歳から41歳までは太陽がいて座にあります。この時期あなたは開かれた心を持つようになり、前向きで楽観的なものの見方を身につけます。知識欲が冒険や自由、旅行、教育を求める気持ちとなって表れます。42歳になって太陽がやぎ座に進むと、現実的になり、規律正しさを身につけ、人生の目標の実現に力を入れるようになります。

隠された自己

傍目には強い人に見えますが、実は**心の奥底に繊細さと激しい感情を持ち**、ときどき自己不信に陥ります。寛大さと思いやりを表に出すことを身につければ、人の感情を操るようなことはしなくなります。自分の直感と洞察力を信じる気持ちが強いほど、成功の可能性も大きくなります。しかし、まずあれこれ心配する癖や度の過ぎた人づき合いを改めることが必要。

あなたは大胆で創造性に富み、頭の回転が速く、逆境に立ち向かう活力と勇気を備えています。野心家でこうと決めたら後へは引かず、人の先頭に立って力をふるいたいと考えています。ただし、あまり率直で横柄な態度をとると、人が離れていくことを忘れないで。粘り強さと責任感を身につけると、すばらしい潜在能力を最大限に活かして何でもやり遂げられるでしょう。

仕事と適性

深い知識と活力、如才のなさを備えているあなたは、さまざまな分野で力を発揮できます。強い探究心は調査、研究、心理学に向いています。教育関連や哲学の分野もよいでしょう。ビジネスの世界では、**大きな事業に関わり手腕を発揮**します。命令を受けるのが嫌いなので、自分のやり方で自由に働ける職場が必要。系統だてて物事をまとめる力と管理職としての能力を備えているので、高い地位に就きます。また、医師も適職。**海外で働いても成功する**でしょう。

恋愛と人間関係

強くて力にあふれるあなたは、**独立心が旺盛で博識な人**を尊敬します。人を楽しませるのが上手で、すぐに友人ができます。パートナーには、意志が強くて頭のいい人、高く評価できる特質を備えている人を求めます。自信に満ちているように見えますが、心の中では自分自身の気持ちに疑問をいだき、ときどき優柔不断あるいは疑い深くなります。

人間関係においては、人に多くを求めすぎないよう、また頑固にならないよう注意が必要。

数秘術によるあなたの運勢

懸命に努力するタイプです。しかし、目標に到達するまでにたくさんの障害を乗り越えなければなりません。活力にあふれ、独創性に富み、信念を貫きます。自立心に富み開拓者精神を備えているので、ひとり立ちして遠くへ旅に出たりします。しかし、世界が自分を中心に回っているわけではないことを頭に入れておきましょう。そして、利己的、独裁的にならないよう気をつけて。

10の日に生まれた人にとって成功することはとても重要で、多くの人がそれぞれの分野でトップの座に就きます。

生まれ月の**11**という数字の影響を受け、多才で独創的です。強い信念を持ち、自制心を身につけたいと考えています。人を楽しませるのが上手で、機知に富んでいます。しかし、率直で自分の意見にこだわりがあることから、ときどき言いすぎてしまいます。野心家ですが、自分の能力を過信しないよう注意が必要。

●長所：統率力がある、創造性に富んでいる、進歩的である、力にあふれている、楽観的である、強い信念を持っている、競争心がある、独立心がある、社交的である

■短所：高圧的である、嫉妬深い、利己的である、高慢である、人と対立しやすい、抑制がきかない、弱い、不安定である、短気である

♥恋人や友人

1月1、14、19、28、31日／**2月**12、26、29日／**3月**10、15、24、27日／**4月**8、22、25日／**5月**6、20、23日／**6月**4、18、21日／**7月**2、7、16、19、30日／**8月**14、17、28、30日／**9月**12、15、26、28、30日／**10月**10、13、24、26、28日／**11月**8、11、22、24、26日／**12月**6、9、20、22、24日

◆力になってくれる人

1月26日／**2月**24日／**3月**22日／**4月**20日／**5月**18日／**6月**16日／**7月**14日／**8月**12日／**9月**10日／**10月**8日／**11月**6日／**12月**4日

♣運命の人

5月8、9、10、11日

♠ライバル

1月3、25日／**2月**1、23日／**3月**21日／**4月**19日／**5月**17日／**6月**15日／**7月**13日／**8月**11日／**9月**9日／**10月**7日／**11月**5日／**12月**3日

★ソウルメイト（魂の伴侶）

1月3、10日／**2月**1、8日／**3月**6日／**4月**4日／**5月**2日

エンニオ・モリコーネ（作曲家）、三橋美智也（歌手）、山城新伍（俳優）、糸井重里（コピーライター）、原日出子（女優）、川島なお美（女優）、デーモン小暮（タレント）、岩瀬仁紀（プロ野球選手）、髙瀬愛実（サッカー選手）、小林直己（EXILE パフォーマー）、浦田直也（AAA　歌手）、浅野拓磨（サッカー選手）

太陽：さそり座
支配星：うお座／海王星
位置：18°30'−19°30'　さそり座
状態：不動宮
元素：水
星の名前：アル・シェマリ

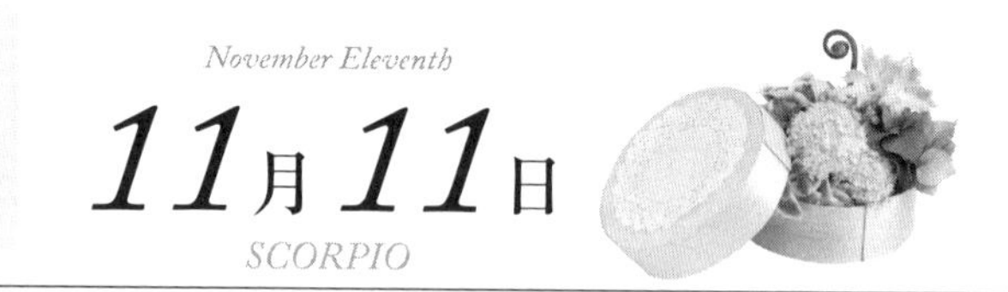

November Eleventh

11月11日

SCORPIO

落ち着きと粘り強さが成功への鍵

感受性が強く、活力にあふれた理想主義者です。目標を見定めて、それに向けて心を集中させると、すばらしい知力を発揮します。多才で想像力に富み、自分を表現する機会を探しています。あなたにとっては、**落ち着きと粘り強さが成功の鍵**。自分の得意分野を極めて、その道では第一人者となるでしょう。

支配星であるうお座の影響を受け、包容力があり、第六感が冴えています。しかし、心配性のために信念や自尊心がすぐにぐらつくので、せっかくすばらしいアイディアが次々とわいてきても、それをかたちにできません。**ゆったりとした気持ちでいると、自分が無限の可能性を持っていることに気づきます。**

あなたは冒険好きで束縛が嫌い。何でも自分1人で自由にやりたいのですが、人と協力する方が多くの成果を得られる場合もあるのです。また、経験はすべて学習なのだという気持ちで、内なる声に耳を傾けると理性も直感も、あなたにとってはとても大切だということがわかるでしょう。

11歳になって太陽がいて座に入ると、物事を楽観的にとらえるようになり、学習や旅行、真実の探求によって視野を広げます。41歳で太陽がやぎ座に進むと、粘り強さを増し、実際的、現実的になります。

隠された自己

あなたは感情の起伏が激しく、頑固になったり、横暴になったかと思えば、繊細で親切、思いやりにあふれるというように豹変します。心が温かく、寛大で理想主義ですが、一方で強い義務感や鋭い直感力と洞察力も備えています。

美術、音楽、演劇を通して自己表現をします。責任感が強く、義理堅い性格です。しかし、この責任感の強さから、ときどき自分や人に対してとても厳しくなります。それにより気分が落ちこみ、不満を感じるようになります。いつも前向きな気持ちを保つためには、**明るい人生哲学、何か大きな目的や理想を持つ**とよいでしょう。また、気持ちが前向きだと、自分のすばらしい才能も見えてきます。

仕事と適性

人の立場に立って考えることができるので、心理学者やアドバイザーが向いています。ビジネスセンスと、系統だてて物事をまとめる力を備え、どんな職業に就いてもこれが大きな強みとなります。知識を愛し、コミュニケーション能力が高いことから、教育、科学の分野や執筆活動で優れた力を発揮します。

自己を高める努力をすると、潜在能力を最大限に活かすことができます。変化を求める気持ちを満たすには、**人と関わる仕事や外国と関係のある仕事**に就くといいでしょう。

恋愛と人間関係

理想主義で精神的な安心を強く求めています。したがって、**親しい人との関係が幸福を大きく左右**します。誠実で情愛深く、相手に愛情をはっきり表現します。

しかし、あまり真剣になりすぎて、相手の言動に一喜一憂するほど気持ちが不安定にならないように気をつけて。

社交的で誰かと一緒にいるのが好きです。人を助け、愛する人のためなら喜んで犠牲になります。あなたは如才なくチャーミングなので人に愛され、出世もします。

数秘術によるあなたの運勢

謙虚な心と自信を併せ持ち、物質面でも精神面でも自制心を働かせることが求められます。この二面性にどう対応するかをあなたは経験によって学び、自分の気持ちを信じることで極端に走らないようになります。

いつも活力にあふれていますが、あまり大きな望みをいだいたり、非現実的になったりしないよう注意が必要です。

生まれ月の11という数字の影響を受け、気持ちがこまやかです。落ち着いた気持ちで心を集中すると、人を見抜くことができます。

一方、仕事は1人で自由にやりたいと考えていますが、人と協力して想像力を働かせ、独創性と現実的な方法を活かせば、すばらしい成果をあげることができます。

●**長所**：集中力がある、客観的である、情熱的である、直感が鋭い、知的である、外向的である、創意に富む、芸術的である、奉仕精神がある、癒しの力がある、人道主義である

■**短所**：複雑である、不誠実である、目的がない、感情的である、すぐに傷つく、ひどく神経質である、利己的である、明快さに欠ける、ケチである

♥恋人や友人

1月1、5、15、26、29、30日／**2月**13、24、27、28日／**3月**5、11、22、25、26日／**4月**9、20、23、24日／**5月**7、18、21、22日／**6月**5、16、19、20日／**7月**3、14、17、18、31日／**8月**1、12、15、16、29、31日／**9月**10、13、14、27、29日／**10月**8、11、12、25、27日／**11月**6、9、10、23、25日／**12月**4、7、8、21、23、29日

◆力になってくれる人

1月1、2、10、27日／**2月**8、25日／**3月**6、23日／**4月**4、21日／**5月**2、19、30日／**6月**17、28日／**7月**15、26日／**8月**13、24日／**9月**11、22日／**10月**9、20日／**11月**7、18日／**12月**5、16日

♣運命の人

5月9、10、11、12日

♠ライバル

1月17、26日／**2月**15、24日／**3月**13、22日／**4月**11、20日／**5月**9、18日／**6月**7、16日／**7月**5、14日／**8月**3、12、30日／**9月**1、10、28日／**10月**8、26、29日／**11月**6、24、27日／**12月**4、22、25日

★ソウルメイト（魂の伴侶）

1月21日／**2月**19日／**3月**17日／**4月**15日／**5月**13日／**6月**11日／**7月**9、29日／**8月**7、27日／**9月**5、25日／**10月**3、23日／**11月**1、21日／**12月**19日

有名人

沢村貞子（女優）、カート・ヴォネガット（作家）、養老孟司（解剖学者）、吉幾三（歌手）、田中美佐子（女優）、デミ・ムーア（女優）、中西圭三（歌手）、首藤康之（バレエダンサー）、レオナルド・ディカプリオ（俳優）、東原亜希（タレント）、手越祐也（NEWS　タレント）

太陽：さそり座
支配星：うお座／海王星
位置：19°30'−20°30'　さそり座
状態：不動宮
元素：水
星の名前：アル・シェマリ

November Twelfth

11月12日

SCORPIO

感受性が豊かな交際上手

親しみやすくて、話し好き。多才で人あしらいが上手です。ときどき冷たい印象を与えることがありますが、本当は**感受性が豊かで激しい感情を持っています**。理想主義で真実を求め、物事の裏側に隠れている事実を知ろうとします。あなたの生来の活力と知力は、見た目の魅力に圧倒されて、他人にはなかなかわかりにくいので、独創的な考えを通して、その知性をアピールしましょう。

支配星であるうお座の影響で想像力に富み、激しい感情を持っています。頭を使う複雑な仕事が好きで、人と知性を競いあって仕事を楽しんでいますが、ふだんのおおらかなイメージとは程遠い姿です。**自分の知識には自信があり、しっかりと物事をやり遂げて成功**します。しかし、もっと知識を増やせば、自分が何をすべきかはっきりとわかるようになり、それに集中して取り組むことができます。本来は人と協調することを心がけているので自分の立場を明確にし、確固たる信念を持つことで心が平和になり、温かい雰囲気を醸し出しています。

しかし、意見の対立があると駆け引きをしたり、挑発的態度をとって議論を闘わせます。そのような時こそ、**人を説得する力を高め、物事をうまく収める術**を身につけましょう。

10歳から39歳までは太陽はいて座にあるので、この時期は冒険と自由が大きな意味を持ち、学習、旅行、真実の探求などを通して広い観点から物事をとらえようとします。40歳になって太陽がやぎ座に入ると、強い気持ちで物事に取り組むようになり、規律正しさと現実的なものの見方を身につけます。また秩序と安定が生じてきます。

隠された自己

直感力がとても鋭く、先見性に優れています。驚くほど豊かな知的潜在能力を活かすには、自制心と集中力が必要です。**何でも手際よくこなす力**がありますが、このすばらしい能力を引き出すには十分とはいえません。知は力なりということを理解しているので、学習意欲が衰えることはありません。同じく、子どものような無邪気さも失わずに、あなたの中にずっと残っています。人の秘密やなぜ人がそのような行動をとったのか、その真意に興味を持っており、知性あふれる人に惹かれます。一方、あなたは自分が生まれながらに知恵を持っているのを知っているのに、その知恵を働かせて行動する忍耐力がありません。また、とても繊細なので心が傷つきやすく、空想の世界やアルコールなどに逃避しないよう特に気をつけましょう。

仕事と適性

とても前向きで魅力的な人物として自分を印象づけ、わき上がったアイディアも人を楽しませるようなやり方で伝えます。優れた戦略家で如才なく、セールスマンとしての才能が生まれながらに備わっています。**優れた知性とコミュニケーション能力**を活かすなら、執筆業や法律、教育、医療関係の仕事がおすすめ。

恋愛と人間関係

実力があって主張が強く、自分の人生は自分で決めたいと考えています。**理想主義で実際家**ですが頑固なところがあり、自分の考え方は絶対に曲げず、自分なりのモラルにこだわります。親しい人との関係においては相手をコントロールし、無理な要求をするのではなく、譲歩することが大切だと心して。

繊細なので、穏やかで調和のとれた環境を求めています。その方が精神的刺激を得られるのです。パートナーに対して情熱的で、しかも思いやりがあり、とても誠実です。

数秘術によるあなたの運勢

12の日に生まれた人は直感が鋭く、論理的な思考能力を持ち、親しみやすくて人の役に立ちます。個性を十分に発揮したいという気持ちがあるので、いつも独創的です。思いやりがあって繊細ですが、一方で、自分の目標を達成するために如才なくふるまい、人の協力を得ることも知っています。自己表現を求める気持ちと、人を助けようとする気持ちがうまくバランスがとれた時、心が満たされ充足感を得ることができます。しかし、まず勇気を出してひとり立ちし、自分に自信を持つことが必要です。人に何か言われてもすぐにくじけないこと。

生まれ月の**11**という数字の影響で、自己表現に長けていますが、ときどき独善的になり、率直にものを言いすぎることがあるので注意しましょう。あなたは多才で、いろいろなことに関心を持っています。しかし、忍耐力と信念がなければ、あれこれ手を広げてエネルギーを浪費しているだけになります。

●**長所**：創造性に富む、魅力的である、指導力がある、規律正しい、向上心がある
■**短所**：奇抜である、協力的でない、神経過敏である、自尊心が欠如している

♥恋人や友人
1月10、13、20、21、30日／**2月**8、11、18、28日／**3月**6、9、16、17、26日／**4月**4、7、14、24日／**5月**2、5、12、22日／**6月**3、10、20日／**7月**1、8、9、18日／**8月**6、16、30日／**9月**4、14、28、30日／**10月**2、12、26、28、30日／**11月**10、24、26、28日／**12月**8、22、24、26日

◆力になってくれる人
1月12、16、17、28日／**2月**10、14、15、26日／**3月**8、12、13、24日／**4月**6、10、11、22日／**5月**4、8、9、20、29日／**6月**2、6、7、18、27日／**7月**4、5、16、25日／**8月**2、3、14、23日／**9月**1、12、21日／**10月**10、19日／**11月**8、17日／**12月**6、15日

♣運命の人
3月31日／**4月**29日／**5月**9、10、11、12、27日／**6月**25日／**7月**23日／**8月**21日／**9月**19日／**10月**17日／**11月**15日／**12月**17日

♠ライバル
1月6、18、22、27日／**2月**4、16、20、25日／**3月**2、14、18、23日／**4月**12、16、21日／**5月**10、14、19日／**6月**8、12、17日／**7月**6、10、15日／**8月**4、8、13日／**9月**2、6、11日／**10月**4、9日／**11月**2、7日／**12月**5日

★ソウルメイト(魂の伴侶)
3月28日／**4月**26日／**5月**24日／**6月**22日／**7月**20日／**8月**18日／**9月**16日／**10月**14日／**11月**12日／**12月**10日

オーギュスト・ロダン(彫刻家)、グレース・ケリー(女優・モナコ王妃)、由美かおる(女優)、岩崎宏美(歌手)、麻木久仁子(タレント)、アン・ハサウェイ(女優)、寺川綾(元水泳選手)、高良健吾(俳優)、清武弘嗣(サッカー選手)

太陽：さそり座
支配星：かに座／月
位置：20°30'−21°30'　さそり座
状態：不動宮
元素：水
星の名前：ウーナク・アル・ヘイ

November Thirteenth

11月13日

SCORPIO

物事をじっくり考えるタイプ

13日生まれのあなたは独創的で、明敏な頭脳と鋭い直感力を持ち、**現実的で有能な人**です。また、発想が豊かで包容力があります。好奇心が旺盛で優れた観察眼を持ち、人の行動の裏に隠された真意を探るのが好きです。すばやく人の性格を見抜き、状況判断も迅速にくだします。

独立心が旺盛で粘り強く、物事をじっくり考えるタイプです。**直感力と分析力は、磨けばさらに伸びる**でしょう。

支配星であるかに座の影響を受け、想像力が豊かです。インスピレーションを受けると持ち前の順応性を発揮し、どんな状況にも対処することができます。抜け目がありませんが、ときどき疑い深くなったり優柔不断になったりします。そんな時は、自分の最初の直感を信じることが大切です。また、あなたには**古風な面と前衛的な面**があります。これは精神的刺激を受けて、個性と創造性を発揮したいという潜在的な願望があるからです。しかし何もしないで退屈するといらいらして神経質になり、喧嘩っ早く、挑発的な一面が顔を出します。

野心的で目標を達成するためには身を粉にして働き、どんな努力も惜しみません。ひねくれた態度を改め、プラス思考になれば、成功に至る道はずっと平坦になるはず。

9歳になって太陽がいて座に入ると、楽観的なものの見方を身につけ、思い切った行動をとるようになります。仕事や学習、旅行を通して視野を広げ、真実を探究して自分の内面をよく知ろうとします。39歳で太陽がやぎ座に移ると、強い気持ちで物事に取り組むようになり、規律正しさを身につけ、現実的になります。

隠された自己

野心的でこうと決めたら後へは引かず、**権力と物質的な成功**を求めています。金銭感覚があり、生きることに貪欲なので富を蓄え、周囲の人々をうまく利用します。目標が決まると、ただひたすらそれに向かい、時間をむだにしません。生まれながらにお金儲けの才能が備わっていますが、自制心を育てると同時に、人を操ったり非道なやり方をしたり、物質面ばかりを偏重して、精神性をないがしろにするといった点を改めること。一方、意欲も能力も十分に備わっているので**必ず目的を果たし、しかも実に手際よくやります。**

あなたは頭の回転が速く、独自の考えを持ち、特に難問に突きあたった時は独創性を発揮しますが、そこで安易な道を選ばないこと。それでは本来の能力を活かせません。いつまでも若々しく茶目っ気がありますが、大きなことを成し遂げるには、責任ある態度をとり、精神的に自分を鍛えていく必要があります。疑い深くなった時は、あまり深く考えこまず、大胆に行動するとよいでしょう。

仕事と適性

物事の価値をきちんと判断する力があり、どんな職業に就いてもこれが役立ちます。特にビジネスの世界では有利です。**ある仕事に価値を認めると身を粉にして働き、目的を果たします**。この日に生まれた人の中には、文才のある人や有能な教師が多数います。知的エネルギーがとても大きく、討論の場や法律分野で力を発揮します。分析力を活かして哲学や研究の道を進むのもいいでしょう。理系方面の人には、エンジニアやコンピューター関係の仕事がおすすめ。

恋愛と人間関係

愛する人々に対して献身的に愛を注ぎますが、秘密主義で自分の本当の気持ちを表に出さず、孤独感を味わうことがあります。恋愛中はパートナーに対して少しずつ信頼感を増していきます。信念のある仕事熱心な人や野心的な人に惹かれます。心配性で疑い深いところがあるので、人に恨みをいだかないように。

あなたの気持ちを引き立ててくれる人をパートナーに選ぶと、誠実に尽くすことができ、関係も長続きするでしょう。

数秘術によるあなたの運勢

13の日に生まれた人は感情がこまやかで情熱があり、発想が豊かです。また、野心家で熱心に仕事に取り組み、創造的に自分を表現することで多くのことを成し遂げられます。独創的な考え方が斬新なアイディアを生みだし、それが人々をあっと言わせるような仕事へと結びつきます。陽気でロマンティックで魅力的で、何をするにも全力投球。懸命に働けば財産を築けます。

生まれ月の11という数字の影響を受け、直感が冴えています。しかし、すばらしい考えが次々とわいてくるのに、自己不信から自信が持てず、決断力も鈍りがち。正しい方向に進むための先見性が必要でしょう。人間的な温かい面を出していけば、自分の理想に合った生き方ができます。

●**長所**：野心がある、創造的である、自由を愛する、上手に自己表現をする、進取の気性に富んでいる

■**短所**：衝動的である、優柔不断である、横暴である、感情が欠けている、反抗的である

相性占い

♥恋人や友人

1月21、22、28、31日／**2月**19、20、26、29日／**3月**17、24、27日／**4月**15、22、25日／**5月**13、20、23日／**6月**11、18、21日／**7月**9、10、16、19日／**8月**7、14、17、31日／**9月**5、12、15、29日／**10月**3、10、13、27、29、31日／**11月**1、8、11、25、27、29日／**12月**6、9、23、25、27日

◆力になってくれる人

1月9、12、18、24、29日／**2月**7、10、16、22、27日／**3月**5、8、14、20、25日／**4月**3、6、12、18、23日／**5月**1、10、16、21、31日／**6月**2、8、14、19、29日／**7月**6、12、17、27日／**8月**4、10、15、25日／**9月**2、8、13、23日／**10月**6、11、21日／**11月**4、9、19日／**12月**2、7、17日

♣運命の人

5月11、12、13、14日

♠ライバル

1月7、8、19、28日／**2月**5、6、17、26日／**3月**3、4、15、24日／**4月**1、2、13、22日／**5月**11、20日／**6月**9、18日／**7月**7、16日／**8月**5、14日／**9月**3、12日／**10月**1、10日／**11月**8日／**12月**6日

★ソウルメイト（魂の伴侶）

1月3、19日／**2月**1、17日／**3月**15日／**4月**13日／**5月**11日／**6月**9日／**7月**7日／**8月**5日／**9月**3日／**10月**1日

有名人

岸信介（政治家）、ジーン・セバーグ（女優）、大原麗子（女優）、由紀さおり（歌手）、ウーピー・ゴールドバーグ（女優）、山本文緒（作家）、見栄晴（タレント）、木村拓哉（SMAP　タレント）、倖田來未（歌手）、戸塚祥太（A.B.C-Z　タレント）

太陽：さそり座
支配星：かに座／月
位置：21°30'-22°30'　さそり座
状態：不動宮
元素：水
星の名前：アジーナ、ウーナク・アル・ヘイ

November Fourteenth

11月14日

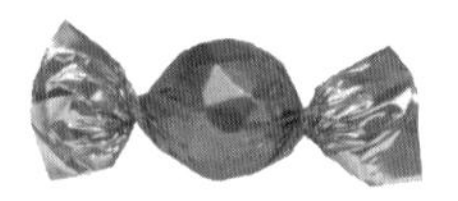

SCORPIO

豊かな感受性と独創的なアイディアを備えた戦略家

冷静で力強く、率直で粘り強さをエネルギーにして前進します。落ち着きがあって、**人あたりがよく、社交的**です。人の心を強くとらえ、チャーミングで友人も多く、彼らに大きな影響力を与えます。

支配星であるかに座の影響を受け、心の奥に激しい感情を秘めているあなたには、**包容力と物事の本質を見抜く能力**が備わっています。自分の内面的な力を知るために、友人と知恵や知性の応酬をしては楽しんでいますが、あなたがとても気さくなので、それが知恵試しだと気づく人は誰もいません。感受性が強く、思いやりがありますが生まれながらの戦略家という一面もあり、現実的な才能を備えています。また、**天性のひらめきのよさ**を持っています。あなたの独自のアイディアとすばらしい洞察力は賞賛に値します。しかし、好奇心が旺盛すぎて、たくさんのことに手を出し、本来の目標からそれないよう気をつけましょう。一方、集中力がないために、心の中には野心と無気力が同居しています。というのは、頭がよくて手際もいいのですが、何か想像力を刺激するおもしろいことを見つけても、目標まで行き着かないうちに集中力が切れてしまうのです。また、心配や不安にさいなまれて、すばらしい潜在能力を損なわないよう注意が必要。知識欲があり、自分の好きな分野に関しては驚くほど博識です。多才で競争心もあり、**アイディアをうまく活かせばお金儲けができます**。でも野望を遂げようとして、あまり真剣になりすぎないこと。余計なストレスが生じます。

8歳になって太陽がいて座に入ると徐々に楽観的になり、前向きな態度を身につけ、視野を広げ、理想の実現に向けて努力します。冒険心が強くなり、学習を始めたり、外国の人や土地と関わったりします。38歳になって太陽がやぎ座に進むと、現実的なものの見方と粘り強さを身につけ、安定と秩序を求めるようになります。

隠された自己

威厳を感じさせ人に強い印象を与え、自分は必ず成功するのだという強い意志と決意で、トップの座まで上りつめます。あなたはいったん心を決めると、決してひるまず粘り強い行動をとれるので、まず初めに**明確な目標や方向性を持つこと**が重要です。粘り強さが度を越して、単なる頑固にならないように。ただし、仕事に関しては生来、鋭いビジネスセンスを備え、万全の体制で臨むので人の意見にも耳を傾け、強引に自分の主張を貫くようなことはしません。

一方、**生まれながらに統率力**がありますが、人と協力することの利点もきちんと理解しています。そして、上手につてを得て、自分の才能を巧みにお金儲けに利用する手段を見つけます。しかし、ときどき仕事と人間関係の板ばさみになることがあります。人の気持ちをくみとれるよう、バランスを保つことが大切です。

仕事と適性

生来の系統だてて物事をまとめる力が､ビジネスで活きてきます。**頭の回転が速く、知的な活動が好き**なので、執筆業や教育、研究、情報工学の分野がおすすめです。人間の本質を理解する力があり、セラピスト、心理学者も適性があります。形や色に対する鋭い感性や演技のセンスがあるので、演劇、音楽、美術の世界もよいでしょう。人と協力した方がよい結果が得られます。

恋愛と人間関係

繊細で思いやりがあり、幅広い強烈な感情を持っています。社交的で人を楽しませるのが好きです。愛情を求めてはいますが、あなたの人間関係でまず必要なのは安定と安心です。

創造性をうまく発揮させてくれる知的で刺激的な人に惹かれます。パートナーを得たら、どこまで自分のスタイルを貫き、どこまで譲歩するか、このバランスをうまく保つことが重要です。

数秘術によるあなたの運勢

14の日に生まれた人は知的潜在能力が大きく、実用主義で強い信念を持っています。仕事第一で、人物評価をする時も仕事ができるかどうかを判断材料にします。安定を求めていますが、14は落ち着きのなさを示す数字。このため、どんどん前へ突き進み、運を開こうとして難しい仕事に挑戦していきます。じっとしていられない性格で、いつも心が満たされないことから、人生を何度もやり直そうとします。特に労働条件や金銭面で満足がいかない時、この傾向が強くなります。理解力があり、問題にすぐに対応して解決します。

生まれ月の11という数字の影響を受け、知性が優れ、理想主義で、鋭い直感を持っています。強い本能と実際的な能力、そして想像力を活かすと、創造性に富んだ独自のアイディアを生みだすことができます。懐疑的で頑固なところを改め、もっと人を信頼して柔軟になりましょう。開かれた心を持つと、実に多くのものを得ることができます。

●**長所**：断固たる行動をとる、仕事熱心である、創造性が豊かである、実用主義である、想像力がある、勤勉である

■**短所**：慎重すぎる、あるいは衝動的すぎる、不安定である、思いやりに欠ける、頑固である

♥恋人や友人

1月8、12、18、22日／**2月**16、20日／**3月**8、14、18、28日／**4月**12、16、26日／**5月**10、14、24日／**6月**8、12、22日／**7月**6、10、20、29日／**8月**4、8、18、27、30日／**9月**2、6、16、25、28日／**10月**4、14、23、26、27、30日／**11月**2、12、21、24、28日／**12月**10、19、22、26、28日

◆力になってくれる人

1月6、10、25、30日／**2月**4、8、23、28日／**3月**2、6、21、26日／**4月**4、19、24日／**5月**2、17、22日／**6月**15、20、30日／**7月**13、18、28日／**8月**11、16、26日／**9月**9、14、24日／**10月**7、12、22、31日／**11月**5、10、20日／**12月**3、8、18日

♣運命の人

5月12、13、14、15、29日／**6月**27日／**7月**25日／**8月**23日／**9月**21日／**10月**19日／**11月**17日／**12月**15日

♠ライバル

1月13、29、31日／**2月**11、27、29日／**3月**9、25、27日／**4月**7、23、25日／**5月**5、21、23日／**6月**3、19、21日／**7月**1、17、19日／**8月**15、17日／**9月**13、15日／**10月**11、13日／**11月**9、11日／**12月**7、9日

★ソウルメイト（魂の伴侶）

1月6、25日／**2月**4、23日／**3月**2、21日／**4月**19日／**5月**17日／**6月**15日／**7月**13日／**8月**11日／**9月**9日／**11月**7日／**12月**5日

有名人

クロード・モネ（画家）、阿藤快（俳優）、チャールズ皇太子（イギリス王室）、あめくみちこ（女優）、鈴木サチ（モデル）、力道山（プロレスラー）、雫井脩介（作家）、野村周平（俳優）

太陽：さそり座
支配星：かに座／月
位置：22°30'−23°30'　さそり座
状態：不動宮
元素：水
星の名前：アジーナ、ウーナク・アル・ヘイ

November Fifteenth

11月15日

SCORPIO

知的で機知に富み、頭脳明晰な行動派

野心に燃え、優れた知性を持ち、進取の気性に富んでいます。活動的でじっとしていられないタイプです。**最高の財産は、鋭く回転の速い頭脳**。しかし、さまざまなことに手を広げすぎてエネルギーをまき散らし、1つのことに興味を持ってずっとやり続けていくということができません。ただし、創造的な知性を備えているので、それを活かして新しい知識を習得し、古い知識を最新の知識と入れ替えていきます。何をするにせよ、工夫を凝らして独創的に取り組めば、とてもよい結果が得られます。

支配星であるかに座の影響を受け、多才で想像力に富み、強い本能と激しい感情を備えています。一風変わったユーモアのセンスを持ち、機知に富み、上手に人を楽しませます。**頭脳的な難問に取り組むのが好き**で、人と知性を競いあって楽しんではいますが、本来の人あたりのよい性格からはちょっと想像しにくい面も持っています。あなたには**要点をはずさず、問題を迅速に効率よく解決する能力**があります。しかし、せっかちなところがあるので、もっと忍耐強くなることが必要。忍耐力があれば、綿密な仕事をする時も、しっかりと順序だてて作業を進められます。

7歳になって太陽がいて座に入ると、楽観的に物事をとらえるようになります。リスクを伴うことにも挑戦し、旅行や学習に対する意欲が高まります。37歳で太陽がやぎ座に進むと、規律正しさを身につけ、現実的になり、強い気持ちで物事に取り組みます。自分の目標をはっきりと認識し、秩序を求める気持ちが強くなります。

隠された自己

内面がとても繊細ですぐに傷つきますが、それを表に出さないようにしています。そのせいか、ときどき自分の気持ちがよくわからなくなったり、人生になんとなく不満を持ったりすることがあります。いつも冒険心と探究心を持つようにすれば解決できるでしょう。退屈せず、新しいわくわくするような経験が待っています。**優れた本能のおかげで直感が実に冴えています**。第一印象を信じて仕事をすると、一番よい結果が出せます。直感に導かれて人生を歩んでいくと、深い洞察力と知恵を身につけることができます。大きな計画を進めるために、思い切った賭けに出ることがありますが、運はたいていあなたの味方です。

仕事と適性

どんな職業に就いてもすぐに仕事を覚えてしまいます。**いつも頭を働かせていなければならないような、難しい仕事が向いています**。有力なコネを作る能力と、誰とでもうまく話を合わせる才能があり、どんな職に就いてもこれが大いに効果をもたらします。単調を嫌うことから、出張を伴う仕事や型にはまらない仕事が向いています。野心的で認められたいという気持ちが強く、これを原動力にトップの座まで上りつめます。優れた知性を活かすなら、ビジネスや法律、政治関係の仕事がいいでしょう。効果的な表現をする才能が

あるので、演劇や執筆活動にも向いています。じっとしていられない性分なので、自分にぴったりの仕事が見つかるまで、転職をくり返します。自営業を選ぶ人が多いようです。

恋愛と人間関係

直感が鋭く、感受性が豊かです。しかし、疑い深く、態度があいまいで、考えは胸のうちにしまっておきます。精神的刺激や変化がなければ、すぐに退屈してしまいます。**人間関係において重要なのは安心と安定です**。じっくりと人を見れば、誰を愛し信じるべきかがわかってきます。自己破壊的になったり仕返しを考えたりして、人間関係にひびを入れないように注意しましょう。気分が前向きな時は、愛する人々に対してとても寛大です。

数秘術によるあなたの運勢

15の日に生まれた人は多才で情熱にあふれ、じっとしていることがありません。カリスマ性を備え、機敏に行動します。最大の資産は強い本能と、理論と実践を結びつけてすばやく物事を習得する能力。多くの場合、お金儲けをし、同時に何か新しい技術を身につけています。直感を鋭く働かせ、チャンスを逃すことはありません。巧みにお金を引き寄せ、人から援助を得る才能があります。冒険好きですが、安心して過ごせる自分の安住の地と呼べる場所を見つけることが大切です。

生まれ月の11という数字の影響を受け、しっかりとした性格で、固い信念を持ち、頑固です。強い意志を働かせ、柔軟性のある考え方をすれば、思いがけない事態が生じてもそれを喜んで受け入れ、自分に有利に展開させることができます。

●長所：進んで物事に取り組む、寛大である、親切である、協力的である、物事の真価を理解する力がある、創造的なアイディアを持っている

■短所：破壊的である、自己中心的である、疑い深い、優柔不断である、物質面を偏重する

♥恋人や友人

1月13、19、23、24日／**2月**22、26日／**3月**9、15、19、28、29、30日／**4月**7、13、17、26、27日／**5月**5、11、15、24、25、26日／**6月**3、9、13、22、23、24日／**7月**1、7、11、20、21、22日／**8月**5、9、18、19、20日／**9月**3、7、16、17、18日／**10月**1、5、14、15、16、29、31日／**11月**3、12、13、14、27、29日／**12月**1、10、11、12、25、27、29日

◆力になってくれる人

1月7、15、20、31日／**2月**5、13、18、29日／**3月**3、11、16、27日／**4月**1、9、14、25日／**5月**7、12、23日／**6月**5、10、21日／**7月**3、8、19日／**8月**1、6、17、30日／**9月**4、15、28日／**10月**2、13、26日／**11月**11、24日／**12月**9、22日

♣運命の人

5月13、14、15、16日

♠ライバル

1月6、14、30日／**2月**4、12、28日／**3月**2、10、26日／**4月**8、24日／**5月**6、22日／**6月**4、20日／**7月**2、18日／**8月**16日／**9月**14日／**10月**12日／**11月**10日／**12月**8日

★ソウルメイト(魂の伴侶)

4月30日／**5月**28日／**6月**26日／**7月**24日／**8月**22日／**9月**20日／**10月**18、30日／**11月**16、28、30日／**12月**14、26、28日

有名人

J・G・バラード(作家)、内田康夫(作家)、遠藤ミチロウ(ミュージシャン)、三宅正治(アナウンサー)、平井理央(アナウンサー)、峯岸みなみ(AKB48 タレント)、渡部香生子(水泳選手)、福井晴敏(作家)

太陽：さそり座
支配星：かに座／月
位置：23°30'−24°30'　さそり座
状態：不動宮
元素：水
星の名前：アジーナ、ウーナク・アル・ヘイ

November Sixteenth

11月16日

SCORPIO

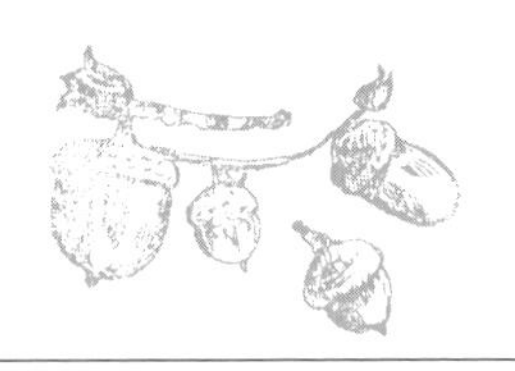

タフで、時代を先取るセンスの持ち主

現実的で思慮深く、鋭い直感を備えています。系統だてて物事をまとめ、計画を立てるのが得意です。考え方が合理的で、探究心によって得た幅広い知識を大いに利用します。**完璧主義で、問題があればすぐに解決する素質を持っている**ので、研究や学問の分野で成功します。

支配星であるかに座からは、想像力を与えられています。また、深い感情と無意識のうちに自分を強烈に表現する能力も備わっています。理想主義でタフなあなたは、**時代の波をとらえ、生来の創造性を発揮して、楽しみながらお金儲けをします**。ただし、批判的になったり、自分の考えに固執するとうまくいかないので注意しましょう。あなたが人生を歩んでいくうえでとても大切なのが、前向きな考え方と学習です。とかく疑い深くなりがちですが、哲学的あるいは神秘主義的な考え方について学び、それによってしっかりとした判断力を身につけましょう。**頭の切れる人やおもしろい人に惹かれる**ので、友人の多くはあなたと同じようなことに興味を持った人々でしょう。

6歳から35歳までは太陽がいて座に位置します。冒険と発展の時期で、楽観的なものの見方を身につけ、旅行や学習を通して視野を広げようとします。36歳になって太陽がやぎ座に入ると、実際的、現実的になり、規律正しさを身につけていきます。

隠された自己

人の目には自信に満ち、才気あふれる強い人に映りますが、内面はとても繊細で傷つきやすいのです。成功するためには責任感と勤勉さが必要なことを、少しずつ理解するようになります。**目標の実現のためには犠牲を払うこともいといません**。同時に、調和と質素を求める気持ちが強く、音楽や美術を通してそれを表現します。また、家庭や家族をとても大切にします。心の平和と安定を求めると同時に活動的で、新しい知的領域を開拓していきたいという思いも持っています。最終的には知識や知恵を求めて、学問、旅行、冒険に意欲を燃やします。しかし、せわしなく動いていたかと思うと、退屈しているということがあるので、バランスのとれた生活をし、熟考する時間を持ち、**いつも落ち着いた気持ちでいること**が大切です。

仕事と適性

現実的で抜け目がなく、生まれながらにビジネスセンスを持っています。系統だてて物事をまとめる力と強い責任感を持ち、管理職に就くとこれらの力が大いに役立ちます。しかし、**独立心が旺盛で、自分のやり方で自由に仕事をしたいと考えている**ので、自営業の方が向いています。人と協力して働くとどんな利点があるかを知っているので、協力者を得て事業を起こすのもよいでしょう。鋭い頭脳を活かすなら、研究、教育、法律関係の仕事がぴったりです。セールス、広告代理店、販売促進に関わると、大きな利益が得られます。

恋愛と人間関係

現実的で優れた知性を持っていますが、一方、理想主義で個性が強いことから、従来の型にはまらない関係を持ったり外国人に惹かれたりします。

精神的刺激を与えてくれる人が好きで、パートナーには深い愛情を示し、誠実で協力的です。自分の理想や信念を人に押しつけないように注意しましょう。横暴だと反感を持たれます。

あなたは若々しく、お茶目なところをいつまでも残していて、物事に対してあまり深刻になりません。

数秘術によるあなたの運勢

16の日に生まれた人は思いやりがあり、親しみやすく、繊細です。分析的ですが、自分の感じ方によって人生や人物を評価します。自分を表現したいという気持ちと人に対する責任感との板ばさみになって、悩むことがあります。

世界の出来事に関心を持ち、国際的な企業に就職したりメディアの世界に入ったりする場合もあります。文才があり、突然ひらめきが働きます。自信過剰な面とすぐに不安や疑いをいだく面があり、このバランスをとることを学ばなければなりません。

生まれ月の**11**という数字の影響で、受容力と想像力に富み、激しい感情を持っています。しかし、秘密主義で、平静や無関心を装って本当の気持ちを隠します。感情を合理的に処理しようとしますが、その反動で長期間、感情が不安定になります。自分の気持ちをきちんと満たすためには、理想や大きな目的を持つとよいでしょう。

人に多くのことを期待しますが、思いやりをなくし、批判的になりすぎるとみずからの長期計画に狂いが生じるおそれがあります。

●長所：博識である、家庭や家族に対する責任感が強い、高潔である、直感が鋭い、社交的である、協力的である、洞察力がある

■短所：心配性である、理想が高すぎる、私利を図る、独善的である、懐疑的である、小うるさい、怒りっぽい

相性占い

♥恋人や友人

1月3、4、14、17、20、24、25日／**2月**1、2、12、18、22日／**3月**10、13、16、20、29、30、31日／**4月**8、14、18、27、28日／**5月**6、12、16、25、26、31日／**6月**4、10、14、23、24、29日／**7月**2、8、12、21、22、27日／**8月**6、10、19、20、25日／**9月**4、8、17、18、23日／**10月**2、6、15、16、21、30日／**11月**4、13、14、19、28、30日／**12月**2、11、12、17、26、28、30日

◆力になってくれる人

1月4、8、21日／**2月**1、2、6、19日／**3月**4、17、28日／**4月**2、15、16日／**5月**13、24日／**6月**11、22日／**7月**9、20日／**8月**7、18、31日／**9月**5、16、29日／**10月**3、14、27日／**11月**1、12、25日／**12月**10、23日

♣運命の人

1月3日／**5月**12、13、14、15、31日／**6月**29日／**7月**27日／**8月**25日／**9月**23日／**10月**21日／**11月**19日／**12月**11、17日

♠ライバル

1月7、10、15、31日／**2月**5、8、13、29日／**3月**3、6、11、27日／**4月**1、4、9、25日／**5月**2、7、23日／**6月**5、21日／**7月**3、19日／**8月**1、17日／**9月**15日／**10月**13日／**11月**11日／**12月**9日

★ソウルメイト(魂の伴侶)

3月31日／**4月**29日／**5月**27日／**6月**25日／**7月**23日／**8月**21日／**9月**19日／**10月**17、29日／**11月**15、27日／**12月**13、25日

この日に生まれた有名人

まど・みちお（詩人）、オール巨人（漫才師）、國村隼（俳優）、内田有紀（女優）、小島よしお（タレント）、西山茉希（モデル）、紗栄子（タレント）、来生たかお（作曲家）

太陽：さそり座
支配星：かに座／月
位置：24°30'−25°30'　さそり座
状態：不動宮
元素：水
星の名前：アジーナ、ウーナク・アル・ヘイ

November Seventeenth

11月17日

SCORPIO

生きるための強い本能を持つ

繊細で、しかも現実的で自分の才能をうまく利用してお金儲けをします。**機知に富み、順応性がありますが**、それ以上に内省的なので、謙虚あるいは秘密主義という印象を与えることもあります。

支配星であるかに座の影響は豊かな想像力、包容力、探究心となって表れています。優れた知性も併せ持っていますが、自分の才能が何に向いているのかを、すぐに決めてしまうのではなく、いろいろな選択肢を探ります。**多才で知的好奇心が旺盛**ですが、たくさんのことに手を広げすぎてエネルギーをむだにしないよう注意が必要。

自制心があり、明確な目標を持ち、忍耐力と粘り強さを発揮して、実現不可能と思われる夢を現実のものとします。すぐには結果が出ない長期事業にも取り組むと、優れた才能と忍耐強さが光ります。人の性格を鋭く見抜き、細部にまで注意が行き届く優れた戦略家です。また、完全主義で、物事を周到に行うことができます。しかし、人にも完璧を求めて批判をしないよう要注意。進取の気性に富み、新しい道を切り開いていくあなたは、**生きるための強い本能を持っています**。自分の本能を信じるようになれば、不安や疑いをいだいたりしなくなるでしょう。

5歳から34歳まで太陽はいて座に位置します。自由を求め、楽観的になり、冒険心が強まります。35歳になって太陽がやぎ座に入ると、規律正しさと断固たる態度を身につけ始め、目的の達成に真剣に取り組みます。

隠された自己

自尊心があり、生まれながらにビジネスセンスを備え、自分を表現したいという強い気持ちを持っています。創作力と強い個性を発揮して、何か独創的なことをしたいという思いを達成した時に、大きな満足感が得られます。鋭い観察眼を持ち、本質を探りあてる力があり、人を導くことができます。もしあなたの成功を阻むものがあるとすれば、それは心配性や優柔不断といった面。しかし、**いったん行動を起こすと、強い気持ちで一心に目標に向かって進むことができます**。

変化を求める気持ちが強くじっとしていられないタイプなので、退屈しないよう、すぐに何か刺激的で関心の持てることを見つけて、それを続けていくことが大切です。野心家ですが金銭面で不安定なので、長期計画を立てる際にはこれを考慮に入れる必要があります。浪費や衝動買いにも要注意。

仕事と適性

とても魅力的で如才がなく、人と関わる仕事で成功します。何をするにも創造的に取り組み、言葉の才能をうまく活かすことから、執筆業、講演あるいはメディア、セールス関係の仕事が向いています。**目立つことが好き**なので、ショービジネスや政治の世界もよいでしょう。人がどういう理由で、ある行動をとったのか知りたいと思うあなたには、心理

学の世界もぴったり。カウンセラー職に就くとよいでしょう。

恋愛と人間関係

ロマンティックなあなたは、人を魅了します。しかし、すぐに不満や不安を覚え、批判的になったり自分の気持ちがよくわからなくなったりします。

誠実で献身的。愛する人のためなら犠牲を払えます。冷淡になったり、真剣になりすぎたりもします。

パートナーには**大きな心を持ち、自分の自由にさせてくれる人**を選ぶとよいでしょう。

数秘術によるあなたの運勢

17の日に生まれた人は抜け目がなく、控えめで優れた分析力があります。独自の考えを持ち、高い教養や技術を身につけていることが強みです。知識を活かして専門知識を深め、スペシャリスト、研究者として高い地位に就きます。

1人を好み、内省的、客観的で事実や数字に強い興味を示します。考え事をしていることが多く、じっくりと物事に取り組むのが好きです。コミュニケーション能力を高めると、人を通じて自分自身をもっとよく知ることができるでしょう。

生まれ月の11という数字の影響は鋭い直感というかたちで表れています。探究心があり、物事の裏側に何が隠されているかを知ろうとします。

多才で野心的なことから、人に強い印象を与え、心を惹きつけます。独創的で発想が豊かですが、才能を十分活かすには、固い決意と集中力が必要です。

●**長所**：思慮深い、専門知識を持っている、上手に計画を立てる、ビジネスセンスがある、独自の考えを持っている、労を惜しまない、正確である、科学的である

■**短所**：無関心である、頑固である、不注意である、気分が変わりやすい、心が狭い、批判的である、心配性である、疑い深い

相性占い

♥恋人や友人

1月11、18、21、25日／**2月**19、23日／**3月**7、14、17、21、30日／**4月**15、19、28、29日／**5月**13、17、26、27日／**6月**11、15、24、25、30日／**7月**9、13、22、23、28日／**8月**7、11、20、21、26、30日／**9月**5、9、18、19、24、28日／**10月**3、7、16、17、22、26、29日／**11月**1、5、14、15、20、24、27日／**12月**3、12、13、18、22、25、27、29日

◆力になってくれる人

1月5、13、16、22、28日／**2月**3、11、14、20、26日／**3月**1、9、12、18、24、29日／**4月**7、10、16、22、27日／**5月**5、8、14、20、25日／**6月**3、6、12、18、23日／**7月**1、4、10、16、21日／**8月**2、8、14、19日／**9月**6、12、17日／**10月**4、10、15日／**11月**2、8、13日／**12月**6、11日

♣運命の人

5月13、14、15、16日／**6月**30日／**7月**28日／**8月**26日／**9月**24日／**10月**22日／**11月**20日／**12月**18日

♠ライバル

1月2、23、30日／**2月**21、28日／**3月**19、26、28日／**4月**17、24、26日／**5月**15、22、24日／**6月**13、20、22日／**7月**11、18、20日／**8月**16、18、19日／**9月**7、14、16日／**10月**5、12、14日／**11月**3、10、12日／**12月**1、8、10日

★ソウルメイト（魂の伴侶）

1月14、22日／**2月**12、20日／**3月**10、18日／**4月**8、16日／**5月**6、14日／**6月**4、12日／**7月**2、10日／**8月**8日／**9月**6日／**10月**4日／**11月**2日

有名人

イサム・ノグチ（彫刻家）、本田宗一郎（本田技研創設者）、井上ひさし（劇作家）、内田裕也（ミュージシャン）、ソフィー・マルソー（女優）、城島茂（TOKIO　タレント）、ユンソナ（タレント）、堂珍嘉邦（CHEMISTRY歌手）、亀田興毅（元プロボクサー）

太陽：さそり座
支配星：かに座／月
位置：25°30'−26°30'　さそり座
状態：不動宮
元素：水
星の名前：アジーナ、ウーナク・アル・ヘイ

November Eighteenth

11月18日

SCORPIO

チャーミングで寛大

野心的で力がみなぎっています。チャーミングで寛大で、自信にあふれています。失敗をしたからといって自信がゆらぐことはなく、めったに敗北を認めません。**鋭い知性を持ち、如才なく、人の気持ちをよく理解できます**。人的ネットワークを張りめぐらし、たくさんの知人がいます。1人1人に心を配り、自分は大切な存在なのだという気持ちを、彼らに持たせるのが上手です。

支配星であるかに座の影響で直感が鋭く、想像力に富み、感情面で強い本能を持っています。機知に富み、人を楽しませるのが上手ですが、**一風変わったユーモアのセンス**を持っているので、話すことが皮肉に聞こえたり人をひどく傷つけたりすることがあります。挑発的で頭脳を使う難しい仕事に意欲を燃やし、自分の知性や知恵を人と比べては楽しんでいます。目的意識をしっかりと持ち、果敢で困難な局面を切り抜け、耐え忍ぶ力があります。

人の先頭に立つのが好きで、自分のアイディアを建設的に使います。信念が強く、現実的で頭の回転が速く、はっきりと意見を述べます。気持ちがゆったりしている時は、自分の描く未来像を明確に示し、自分と同じ観点から物事をとらえるように人々に働きかけます。しかし、いらいらしていると皮肉屋になり、人のあら探しを始めるので注意が必要。

4歳から33歳まで太陽はいて座に位置します。自由、冒険、発展の時期で、学習や旅行、真実の探求を通して視野を広げようとします。34歳になって太陽がやぎ座に移ると、責任感を強め、几帳面さと勤勉さを身につけ、安定、秩序を求めます。

隠された自己

性格に二面性が見られます。温かくて、親しみやすく、人によく尽くしてあげる一方で、時々邪悪な心に取りつかれることがあります。自分の星座であるさそりの針を使って面倒を起こし、後悔することのないように。つまり、自分の優れた才能の使い方については、諸刃の剣とならないよう、きちんと知っておくことが必要です。目立つことの好きなあなたは、いつも人と一緒にいたいと思い、活発に人づき合いをします。**自尊心がプラスに働いて、大きな成功を収めることがあります**。しかし一方、自尊心が横柄さや頑固さを生む場合もあります。これを避けるには、いつも新しい仕事や活動に取り組み、大きな内なるパワーをそちらに向けること。そのうえで熱心に働けば、何でもやり遂げられるでしょう。

仕事と適性

いったん仕事を引き受けると、強い気持ちで粘り強く、熱心に働くあなたは、どんな職業分野でも成功します。**必要とあれば如才なくふるまい、人の性格を即座に見抜くことができる**ので、人と関わる仕事が特に向いています。統率力、系統だてて物事をまとめる力、戦略を立てる能力。これらの力がビジネス分野で真価を発揮し、大きなやりがいのある仕事を受け持つことになるでしょう。独立心が旺盛なので、自分のやり方で自由に仕事ので

きる職場が必要です。あるいは自営業という選択もあります。鋭い知性は、教育、講演、政治向きです。自分を表現したいという思いがあり、演劇が好きなので、芸術やエンターテインメントの世界もおすすめです。

恋愛と人間関係

気持ちが若く、陽気で上手に人を楽しませます。寛大ですが、ときどき不機嫌になり、無責任、利己的といった傾向も見られるので注意しましょう。

あなたには愛や仲間づき合いがとても重要なので、良好な関係を保つために如才なくふるまいます。外向的で自尊心があり、力にあふれており、**人の心を惹きつける魅力**も備えています。恋愛には不自由しないでしょう。

数秘術によるあなたの運勢

18の日に生まれた人は果敢で、主張が強く、野心家です。活動的でやりがいのある仕事を求め、いつも大きな事業に関わっています。有能で仕事熱心、責任感が強いので高い地位に就きます。また、優れたビジネスセンスと系統だてて物事をまとめる力を持つことから、商売の世界で成功します。働きすぎるので、ときどき息抜きをしてペースを落とすことが大切。あなたには人の心を癒す力や、適切な忠告を与える力も備わっています。

生まれ月の11という数字の影響は、強い意志と決然とした態度となって表れています。また、自信にあふれ、自分の意見は曲げようとしません。魅力的で人に対して大きな影響力を持ちます。ただし、利己的にならないよう自戒が必要です。

●**長所**：進歩的である、意見をはっきり主張できる、直感が鋭い、勇気がある、決意が固い、癒しの力を持っている、有能である、適切な忠告を与える

■**短所**：感情の抑制がきかない、怠惰である、無秩序である、利己的である、冷淡である

♥恋人や友人

1月6、16、18、22、26日／**2月**4、14、20、24、25日／**3月**2、12、14、18、22日／**4月**10、16、20、30日／**5月**8、14、18、28日／**6月**6、12、16、26日／**7月**4、10、14、24、31日／**8月**2、8、12、22、29日／**9月**6、10、20、27日／**10月**4、8、18、25日／**11月**2、6、16、23、30日／**12月**4、14、21、28、30日

◆力になってくれる人

1月6、17、23、31日／**2月**4、15、21、29日／**3月**2、13、19、27、30日／**4月**11、17、25、28日／**5月**9、15、23、26日／**6月**7、13、21、24日／**7月**5、11、19、22日／**8月**3、9、17、20日／**9月**1、7、15、18、30日／**10月**5、13、16、28日／**11月**3、11、14、26日／**12月**1、9、12、24日

♣運命の人

5月13、14、15、16日

♠ライバル

1月24日／**2月**22日／**3月**20、29日／**4月**18、27、29日／**5月**6、16、25、27、30日／**6月**14、22、25、28日／**7月**12、21、23、26日／**8月**10、19、21、24日／**9月**8、17、19、22日／**10月**6、15、17、20日／**11月**4、13、15、18日／**12月**2、11、13、16日

★ソウルメイト(魂の伴侶)

1月13日／**2月**11日／**3月**9日／**4月**7日／**5月**5日／**6月**3、30日／**7月**1、28日／**8月**26日／**9月**24日／**10月**22日／**11月**20日／**12月**18日

古賀政夫(作曲家)、森進一(歌手)、斉木しげる(タレント)、城みちる(歌手)、渡辺満里奈(タレント)、クロエ・セヴィニー(女優)、東尾理子(プロゴルファー)、岡田准一(V6　タレント)、千葉涼平(w-inds.歌手)、三宅宏実(ウエイトリフティング選手)

太陽：さそり座
支配星：かに座／月
位置：26°30'－27°30'　さそり座
状態：不動宮
元素：水
星：なし

November Nineteenth

11月19日

SCORPIO

♏
11
月

人の気持ちを分析するのが得意

豊かな創造性とこまやかな感情が大きな魅力です。理想主義でタフで、探究心があります。知識を愛し、進歩的な考えを持ち、**社会改革や教育改革に関心があります**。個性的で創意工夫に富み、いつも斬新なアイディアを求めています。

支配星であるかに座の影響は豊かな想像力、好奇心、包容力となって表れています。**多才で優れた知性も併せ持っていますが**、自分の才能が何に向いているのかを、すぐに決めてしまうのではなく、いろいろな選択肢を探ります。精神的な刺激がないとすぐに退屈し、つまらないことに手を広げてエネルギーを浪費します。

コミュニケーション能力を備え、知識欲が旺盛で、いつも貪欲に知識を集めています。**人の気持ちを分析するのが得意**です。自分の周りの1人1人に心を配り、自分は特別な存在なのだという気持ちにさせます。感じがよくて、如才なく、親しみやすいのですが、不機嫌になると冷淡に見えます。

3歳から32歳まで太陽はいて座に位置します。理想を追い、学習や旅行を通して視野を広げ、チャンスを求めます。33歳になって太陽がやぎ座に入ると、規律正しさを身につけ、安定を得て、現実的になります。太陽がみずがめ座に移る63歳以降は、人道主義的な理想や独立、友情を重視するようになります。

隠された自己

心の奥底に愛と平和を望む強い気持ちがあり、それが純粋な愛を求め、高い理想を追うというかたちで表れています。一見すると独立心が旺盛ですが、1人では行動できないことをきちんと知っていて、いつも人と協力して仕事を進めます。人間関係において、あまり譲歩ばかりしていると気分がひどく落ちこむので気をつけて。感情がとても激しいので、心のバランスをうまくとる必要があります。**力強く、強烈な印象**を与えますが、人はあなたの知性に魅力を感じています。頭の回転が速いだけでなく、温かい心を持ち、情愛が深く、思いやりもあるのでよき指導者となります。

仕事と適性

統率力、そつのなさ、鋭い知性と三拍子そろい、どんな職業に就いても成功します。勤勉でお金に関心があるので、ビジネスの世界が向いています。**大きな仕事に関わり、自由裁量が大きい職場を希望します**。出張があるか、ルーティンワークでないかといった点も職を選ぶうえで重要です。何か大きな目的を持って働きたいなら、社会改革に取り組むとよいでしょう。販売促進や広報の仕事も合っています。メディアや政治、法律の世界なら、説得力と言葉を巧みに操る才能を活かせます。教師、カウンセラーといった仕事にも適性があるでしょう。

恋愛と人間関係

現実的でカリスマ性があり、人の心をとらえます。親しみやすくて、如才なく、和やかな雰囲気を作り出すのが上手。

自分の努力で成功した、活動的で意識の高い人が好きです。感情が激しいので、言いすぎや独占欲に注意しましょう。すばらしい人間関係を築くために進んで努力します。パートナーや友人に対して誠実です。

数秘術によるあなたの運勢

19の日に生まれた人は、力強く、野心に満ち、人間的な温かみがあります。いつもきっぱりとした態度をとり、才覚があり、深い洞察力を持っています。同情心があって、理想主義で創造力にあふれ、芸術的才能に恵まれています。

感情がこまやかですが、有名になりたいという強い思いがあり、そのために言動が大げさになって人の注目を集めます。

自己を確立したいという強い願望を持っていますが、そのためにはまず、プレッシャーを受けないことが必要です。人の目には、自信にあふれ、立ち直りが早く、頭の回転の速い人物と映りますが、精神的圧迫を受けやすく、感情が不安定になりがちです。

生まれ月の**11**という数字の影響は鋭い直感、激しい感情となって表れています。あなたは優れた洞察力を持ち、予知能力さえあるように見えます。また、多才で論理的な思考能力も備えています。しかし、自分の考えや気持ちをはっきり伝えることを身につける必要があります。短気で心配性なところも改めた方がよいでしょう。

難しい問題をいろいろ抱えますが、それを乗り越えると安らぎが得られます。

●長所：集中力がある、創造力に富んでいる、統率力がある、進歩的である、楽観的である、強い信念を持っている、競争心がある、独立心がある、社交的である

■短所：自己中心的である、気分が落ちこみやすい、心配性である、拒否されることを恐れる、気持ちが不安定である、物質面を偏重する、短気である

相性占い

♥恋人や友人

1月1、4、20、27、29日／**2月**2、25、27日／**3月**23、25日／**4月**21、23日／**5月**19、21、29日／**6月**17、19、27日／**7月**15、17、25日／**8月**13、15、23日／**9月**11、13、21日／**10月**9、11、19日／**11月**7、9、17日／**12月**5、7、15日

◆力になってくれる人

1月3、10、15、28日／**2月**1、8、13、16日／**3月**6、11、14、29、31日／**4月**4、9、12、27、29日／**5月**2、7、10、25、27日／**6月**5、8、23、25日／**7月**3、6、21、23日／**8月**1、4、19、21日／**9月**2、17、19日／**10月**15、17日／**11月**13、15日／**12月**11、13日

♣運命の人

4月30日／**5月**14、15、16、17、28日／**6月**26日／**7月**24日／**8月**22日／**9月**20日／**10月**18日／**11月**16日／**12月**14日

♠ライバル

1月9、14、16、25日／**2月**7、12、14、23日／**3月**5、10、12、21、28、30日／**4月**3、8、10、19、26、28日／**5月**1、6、8、17、24、26日／**6月**4、6、15、22、24日／**7月**2、4、13、20、22日／**8月**2、11、18、20日／**9月**9、16、18日／**10月**7、14、16日／**11月**5、12、14日／**12月**3、10、12日

★ソウルメイト（魂の伴侶）

1月30日／**2月**28日／**7月**18日／**12月**29日

有名人

カルバン・クライン（ファッションデザイナー）、松崎しげる（歌手）、松任谷正隆（音楽プロデューサー）、安藤優子（キャスター）、メグ・ライアン（女優）、ジョディ・フォスター（女優）、寺本明日香（体操選手）、古井由吉（作家）、紫吹淳（女優）

太陽：さそり座
支配星：かに座／月
位置：27°30'−28°30'　さそり座
状態：不動宮
元素：水
星の名前：ブングラ

November Twentieth

11月20日

SCORPIO

魅力的な笑顔の、広い心の持ち主

カリスマ的で、直感が優れています。親しみやすく、笑顔がとても魅力的。**大胆な性格でタフで、親切な広い心**を持っていますが、ときどき驚くほど遠慮がちになります。もっと柔軟性を持ち、激しい感情を自由に解き放つことが必要です。野心家で感受性が強く、何に対してもすばやい反応をみせるあなたは、**何か創造的なことを成し遂げる力**を備えています。

支配星であるかに座の影響を受け、想像力が豊かで、上品なものや贅沢なものに囲まれているのが好きです。社交的で陽気で必要となれば、如才のなさを発揮します。繊細で感情に左右されますが、現実的で仕事熱心なので、あとは自己鍛錬を積むだけで、豊かな才能を最大限に活かすことができます。何かに触発されると、創造的に自分を表現したいという思いが強くなり、演劇、美術、音楽、エンターテインメントの世界で評価を得ようとします。**成功に必要なのは強い気持ちと努力**。しかしまず、短気で傲慢なところや人を操ろうとする癖を改め、戦略や計画を練る力をつけなければなりません。人と協力しながら、地域や社会にとても大きな貢献をします。

31歳まで、太陽はいて座に位置します。楽観的に物事をとらえるようになり、チャンスを追い求めます。冒険心を増し、教育に関心を持ち、外国の人や土地に惹かれます。32歳になって太陽がやぎ座に進むと野心を持ち、現実的、実際的になり、秩序と安定を求めます。太陽がみずがめ座に移る62歳以降は観察力に磨きがかかり、経験的になり、独立心を増します。

隠された自己

激しい感情を持っていますが、自己分析とユーモアによって心の安定を保ちます。寛大でありながら利己的、仕事熱心でありながら放縦、頑固でありながら繊細。性格には対照的な要素が入り交じっています。社交的で1対1のつき合いもとても上手。チャーミングで人の性格を見抜く力があり、どんな場合にもこれが役立ちます。1人でいるのが嫌いなので、仲間づき合いはとても重要。争い事を起こさないためには妥協することも心得ています。しかし、やや性的な快楽に身を持ちくずしがちな傾向には注意しましょう。

鋭い直感が人生のいろいろな場面で大きな助けとなります。人間的な温かみのある心を育てていくうえでも有効です。気持ちを前向きに持てば自信がわき、客観的に物事をとらえることができ、不満や失望感とは無縁になります。

仕事と適性

統率力と繊細さを併せ持ち、いつのまにか高い地位に就いています。魅力的で如才ないので、人と関わる仕事で成功します。コミュニケーション能力を活かすなら、教師、作家、セールスマンがよいでしょう。**いつも巧みに人的ネットワークを作り**、これがビジネスの世界でものをいいます。大げさな言動で注目を集めるところは、政治家やタレント向き。

恋愛と人間関係

社交性に富み、寛大で優しい心を持ち、長い間つき合える友情を築きます。しかし、不安を覚えると所有欲が強くなり、利己的なふるまいをします。

立ち直りが早く、頑固で責任感が強いことから、人間関係においてもすぐにはあきらめず、**自分の方から立ち去ることはめったにありません**。深く激しい感情を持っていますが、自分の気持ちを外に出すことはしません。

あなたは愛情深く、情熱的で、強い意志を持っているのでパートナーには恵まれるでしょう。

数秘術によるあなたの運勢

20の日に生まれた人は直感が鋭く、繊細で順応性が高く、思いやりがあります。自分を大きなグループの一員ととらえ、人と関わって何かを学び、経験を共有できる共同作業を好みます。

魅力的で優しく、如才なく、社会のどんなグループの中にもすっと溶けこめます。しかし、もっと自信を持つことが大切。人のちょっとした行動や批判ですぐに傷ついてしまうからです。依頼心の強いところも改める必要があります。温かく和やかな雰囲気を作り出すのがとても上手です。

生まれ月の**11**という数字の影響で、自信家で実際家に見えますが、内には深い感情と鋭い直感を持っています。優しく、寛大で忠実ですが、頑固で疑い深い一面もあります。心のバランスをうまく保てば、安定と秩序が得られます。

●**長所**：優しい、機転がきく、受容力がある、直感が鋭い、思いやりがある、協調的である、人あたりがよい、好意的である、善意に満ちている

■**短所**：疑い深い、自信がない、神経過敏である、感情的である、利己的である、傷つきやすい

♥恋人や友人

1月2、5、14、28日／**2月**26日／**3月**1、10、24日／**4月**22日／**5月**20、29、30日／**6月**18、27、28日／**7月**16、25、26日／**8月**14、23、24日／**9月**12、21、22日／**10月**10、19、20、29、31日／**11月**8、17、18、27、29日／**12月**6、15、16、25、27日

◆力になってくれる人

1月2、10、13、16日／**2月**8、11、14日／**3月**6、9、12日／**4月**4、7、10日／**5月**2、5、8日／**6月**3、6日／**7月**1、4、30日／**8月**2、28、30日／**9月**26、28日／**10月**24、26日／**11月**22、24日／**12月**20、22、30日

♣運命の人

5月16、17、18、19日／**10月**31日／**11月**29日／**12月**27日

♠ライバル

1月3、9、10日／**2月**1、7、8日／**3月**5、6、31日／**4月**3、4、29日／**5月**1、2、27日／**6月**25日／**7月**23日／**8月**2、21、31日／**9月**19、29日／**10月**17、27日／**11月**15、25日／**12月**13、23日

★ソウルメイト（魂の伴侶）

1月5日／**2月**3日／**3月**1日／**5月**30日／**6月**28日／**7月**26日／**8月**24日／**9月**22日／**10月**20日／**11月**18日／**12月**16日

有名人

エミリオ・プッチ（ファッションデザイナー）、市川崑（映画監督）、萬屋錦之介（俳優）、浜美枝（女優）、猪瀬直樹（作家）、YOSHIKI（X JAPAN　ミュージシャン）、小池栄子（タレント）、セルゲイ・ポルーニン（バレエダンサー）、マイヤ・プリセツカヤ（バレリーナ）

太陽：さそり座／いて座
支配星：かに座／月
位置：28°30'−29°30'　さそり座
状態：不動宮
元素：水
星の名前：ブングラ

November Twenty-First

11月21日

SCORPIO

強い責任感を備えた情熱家

さそり座といて座のカスプ上で生まれ、両方の影響を受けています。気品があって、**社交的で進取の気性に富み**、自信に満ちています。豊かな感情と繊細さ、想像力を備え、落ち着きがあって、強い信念を持っています。

支配星であるかに座の影響を受け、あなたには**鋭い直感力と洞察力**が備わっています。状況判断や物事の評価は、自分がどう感じているかという感情を基準にくだします。豊かな創造性や思いやりも備えているので、人から愛されます。しかし、自分の思い通りにならないと、とても感情的になり、機嫌を損ねることがあります。野心があり、情熱的で優れた先見性を備え、一心に仕事に励みます。何かに触発されると、自分を表現したいという思いが募り、率先して行動を起こします。

人から命令を受けるより、人の上に立つ方が向いています。**理想主義で忠実で強い責任感**を持ち、自分の欲求より義務を優先させます。しかし一方、優れたビジネスセンスを持ち、物質面を重視する一面もあります。

30歳まで太陽がいて座に位置し、理想を追い、学習や旅行を通して視野を広げ、チャンスを求めます。31歳になって太陽がやぎ座に進むと、規律正しさを身につけ、強い信念を持ち、現実的になります。太陽がみずがめ座に入る61歳以降は、自由や自己表現を求めるようになり、人道主義的な理想、友情、グループ意識も大切にします。

隠された自己

競争心があって、成功志向。いつも自分を磨き、生活をよくすることを考えています。激しい感情をすべて仕事に注ぎこむと、自分の内なる力をより深く知ることができます。大きな夢を叶え、いつまでも価値を失わない何かを築きたいという気持ちを満たすためには、強い集中力と自制心が必要です。生来、人道主義的なところがありますが、それをさらに育てると、人に対して不満や失望感をいだくことがなくなります。何かを達成できるかどうかは、知識をどこまで広げ、この世界をどれほど理解できるかにかかっています。客観的な見方をすると、困難な状況を脱し、すばらしい考えがわいて問題を解決できます。魅力的で社交性に富み、慰めや励ましの言葉で人の気持ちを高揚させます。

仕事と適性

仕事熱心で頼りがいがあり、生まれながらに威厳を備え、**間違いなく高い地位に就きます**。魅力的で温かみがあり、人と上手に関わることができます。手際がよく、細かい点まで行き届いていますが、ビジネス分野に進むなら、洞察力を創造的に活かすことのできる、広告、出版、メディア関係の仕事が最適です。理想主義なので社会運動に力を尽くす、あるいは大義のために無私無欲で働くのも向いています。政治、慈善事業、医療という選択もあります。言葉を巧みに使い、自分の知識を人に伝えるのが好きなので、教師や作家としても成功します。

恋愛と人間関係

理想主義で真剣に物事に取り組み、激しい感情と強い願望を持っています。感情表現が豊かで愛する人を優しく支え、友人に対しては誠実で寛大です。安心感を大切にし、自分の力を必要としている人がいないか心を配ります。

しかし、あなたは**一風変わった人に好かれる**傾向があり、怪しげな関係に陥らないよう注意が必要。

パートナーと良好な関係を築くには、否定的に考えるのをやめ、横暴な態度をとらないことが重要です。

数秘術によるあなたの運勢

21の日に生まれた人は精力的で、社交性に富んでいます。たくさんのことに興味を持ち、知人も多く、運のよい人です。人には親しみやすくて社交的な面をみせます。

直感が鋭く、独立心が旺盛で独創性が豊か。陽気で人を惹きつける力を持っています。しかし、恥ずかしがり屋で遠慮がちで、特に親しい人には自己主張できないという面も見られます。

人生では多才なところや、優れた統率力を示す機会に何度も恵まれます。協力的な関係を望む気持ちがある一方で、才能と能力を認められたいという思いを常に持っています。

生まれ月の**11**という数字の影響を受け、発想が豊かで包容力があります。状況をすばやく見極める能力は、強い本能と鋭い知性を示しています。疑いをいだいて自信を喪失しないように注意しましょう。

忍耐力を身につければ、創造性をうまく発揮できるようになり、衝動的な行動をとらなくなります。

●長所：発想が豊かである、創造力に富んでいる、愛情が豊かである、長期的な人間関係を築くことができる

■短所：依存心が強い、神経質である、感情の抑制がきかない、先見性に乏しい、変化を恐れる

♥恋人や友人

1月3、22、25、29、30日／**2月**1、20、23、27、28日／**3月**18、21、25、26日／**4月**16、19、23、24、28日／**5月**14、17、21、22、24、26、31日／**6月**12、15、19、20、24、29日／**7月**10、13、18、22日／**8月**8、11、15、16、20、27、29、30日／**9月**6、9、13、14、18、23、27、28日／**10月**4、7、11、12、16、21、25、26日／**11月**2、5、9、10、14、19、23、24日／**12月**3、7、8、12、17、21、22日

◆力になってくれる人

1月17日／**2月**15日／**3月**13日／**4月**11日／**5月**9、29日／**6月**7、27日／**7月**5、25日／**8月**3、23日／**9月**1、21日／**10月**19、29日／**11月**17、27、30日／**12月**15、25、28日

♣運命の人

5月18、19、20、21、31日／**6月**29日／**7月**27日／**8月**25、30日／**9月**23、28日／**10月**21、26日／**11月**19、24日／**12月**17、22日

♠ライバル

1月20、23日／**2月**18、21日／**3月**16、19日／**4月**14、17日／**5月**12、15日／**6月**10、13日／**7月**8、11日／**8月**6、9日／**9月**4、7日／**10月**2、5日／**11月**2日／**12月**1日

★ソウルメイト（魂の伴侶）

1月4、31日／**2月**2、29日／**3月**27日／**4月**25日／**5月**23日／**6月**21日／**7月**19日／**8月**17日／**9月**15日／**10月**13日／**11月**11日／**12月**9日

有名人

指原莉乃（HKT48　タレント）、佐野周二（俳優）、平幹二朗（俳優）、ヒクソン・グレイシー（格闘家）、ビョーク（ミュージシャン）、古賀稔彦（柔道家）、池脇千鶴（女優）、高木和道（サッカー選手）

太陽：さそり座／いて座
支配星：いて座／木星
位置：29°30' さそり座−0°30' いて座
状態：柔軟宮
元素：火
星の名前：ブングラ

November Twenty-Second

11月22日

SAGITTARIUS

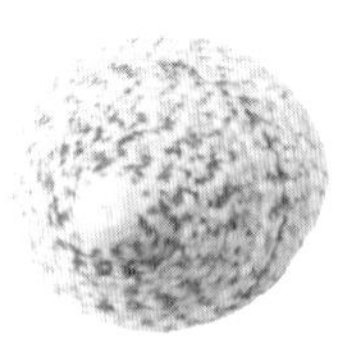

気さくで人を楽しませるタイプ

いて座とさそり座のカスプに生まれたあなたは、その両方の影響を受けています。さそり座の影響から、**粘り強くて感受性が強く、直感力に優れます**。懐の大きさや情熱、生活を楽しめる姿勢は陽気で思いやりのある性格からきており、いて座の影響を受けて理想主義な面も備え、広い心の持ち主でもあります。

支配星であるいて座の影響を受けて、**旅行や自然、高い目標を好みます**。社交的で気さくな人柄は誰からも好かれます。新しいものや考えに興味を示しますが、日常に飽きることもありません。しかし、友好的で協力的な面が行きすぎて馴れ馴れしく、押しつけがましい態度になることがあります。少し控えめにするとよいでしょう。**精神的にも金銭的にも恵まれますが**、贅沢で派手な生活にふけることがあります。大人になりたくなくて現実逃避に走りがちな人の場合は、責任感を身につけ分別のあるものの見方ができるようになりましょう。ただ、没頭できるものが見つかれば、がむしゃらに働き目的を叶えることができる人です。

29歳までは、起業、勉学、あるいは旅行を通じて、視野を広げチャンスをつかもうとする気持ちが強く出ます。進行する太陽がやぎ座に入る30歳になると、目的意識を持って現実的に達成しようという姿勢に変わります。進行する太陽がみずがめ座に入る60歳にも転機を迎えます。自由や新たな目的を求め、自分の個性を表現する気持ちが高まってくる時期です。

隠された自己

かなり頑固なところはありますが、感受性が強く刺激を求めます。**人の役に立っている時に一番の喜びを感じる**でしょう。面倒見はよくても、傷ついたりがっかりしないように一歩距離を置いた客観性を持ちましょう。造形感覚や美術、音楽に対する鑑賞力に特に優れているので、癒しの力を磨きそれを活かすようにするとよいでしょう。何をするにしても、大きな潜在能力を最大限に引き出すために常に磨きをかけるように心がけましょう。独創性に富み人を惹きつけるとともに、聞き上手なあなたは仲間づき合いを大切にし、1人だけでいると寂しくなります。気高い心と温かみがあり、おもしろい人柄に人気が集まり、皆を楽しませようと努めます。社交性はありますが、放埓な気質が出てきたり贅沢三昧な生活を送ると高い理想の実現は遠ざかります。

仕事と適性

対人能力とビジネス感覚に優れ、理想主義な面を持つので、**人と関わる職業ならほとんどの仕事に適しています**。感じのよい印象を与えコミュニケーション能力に優れ、天性の折衝能力があるので、営業、販促、広報の仕事に向いています。また、マスコミや出版、政治の世界でも活躍できます。他人が抱える問題を自然と理解できるので、カウンセラーや福祉またはヒーリングの仕事も適職。遊び好きで競争心の強い面を活かして、スポーツの世界で実績をあげ一財産築く道を選んでもよいでしょう。

恋愛と人間関係

親しみやすく楽しい人柄ですが、感受性が強く感情の激しい面も併せ持っているあなたは、**愛情豊かなため数多くの恋愛に恵まれます**。若々しく理想主義であることから相手と強く結びつきますが、手痛い失恋を避けるためにも熱しすぎないようにしましょう。広い心を持っていますので、愛する人に寛大になれ、思いやることができます。

数秘術によるあなたの運勢

22日に生まれたあなたは、自尊心が高く、現実的で、直感力に優れます。22はマスターナンバーで、数字4にも同じことが当てはまります。

あなたは正直で勤勉なうえに、指導力とカリスマ性があるので、他人を深く理解するとともに人を動かす術も心得ています。控えめではあっても困っている人を放ってはおけません。ただ、現実的な姿勢を崩すことはありません。教養があり世事に長ける人も多く、友人や賛同者に恵まれます。

この日生まれの人の多くは兄弟姉妹と強い絆を持ち、彼らを助けることもあるでしょう。

生まれ月の11という数字にも影響を受け、決断力と直感に優れ、感情豊かで高い理想を掲げます。

感受性が強いのですが、壁を張りめぐらして感情がなく冷たい人に思われることもあります。目指す基準が高すぎると、満足感が得られず、批判的になったり思いやりがなくなるので気をつけましょう。

●長所：博識である、指導力に優れる、直感力が鋭い、実務的である、器用である、建設的である、組織力に優れる、現実的である、問題解決能力がある、最後までやり遂げる

■短所：一攫千金を狙う、神経質である、劣等感を持つ、高圧的な態度をとる、物質主義である、ビジョンがない、自己中心的である、自慢する

恋人や友人

1月5、9、10、18、19、26、30日／**2月**3、8、16、17、24、28日／**3月**1、6、14、15、22、26、31日／**4月**4、11、12、13、20、24日／**5月**2、10、11、18、22日／**6月**8、9、16、20、30日／**7月**6、7、14、18、28日／**8月**3、4、5、12、16、26、30日／**9月**2、3、10、14、28日／**10月**1、8、12、22、26日／**11月**6、10、20、24日／**12月**4、8、18、22、30日

◆力になってくれる人

1月13日／**2月**11日／**3月**9日／**4月**7日／**5月**5日／**6月**3、30日／**7月**1、28日／**8月**26日／**9月**24日／**10月**22日／**11月**20日／**12月**18日

♣運命の人

5月20、21、22、23日

♠ライバル

1月14、24日／**2月**12、22日／**3月**10、20日／**4月**8、18日／**5月**6、16日／**6月**4、14日／**7月**2、12日／**8月**10日／**9月**8日／**10月**6日／**11月**4日／**12月**2日

★ソウルメイト（魂の伴侶）

1月13日／**2月**11日／**4月**7日／**7月**30日／**8月**28日／**9月**26日／**10月**24日／**11月**22日／**12月**20日

この日に生まれた有名人

aiko（ミュージシャン）、岸朝子（料理記者）、尾藤イサオ（歌手）、倍賞美津子（女優）、絲山秋子（作家）、芦名星（女優）、スカーレット・ヨハンソン（女優）、有村智恵（プロゴルファー）、DaiGo（メンタリスト）

太陽：いて座
支配星：いて座／木星
位置：0°30'－1°30'　いて座
状態：柔軟宮
元素：火
星の名前：ブングラ

November Twenty-Third

11月23日

SAGITTARIUS

好奇心あふれる新しもの好き

社交的で情熱的なあなたは、活力にあふれた積極的な性格です。生まれながらの魅力を備え正直なので、**友人に恵まれ人の目を惹く**ところがあります。新しいものが好きで活動的な生活を好むので、多忙な日々を送る人が多いでしょう。

支配星のいて座の影響から、**じっとしていられない性格**に活力が加わり、好機をとらえながら視野を広げていきます。思慮深く理想主義なので、新しい考えを模索したり、情報を広めたりするのを好みます。ただし飽きっぽいので、内省することを覚え信頼されるようになって、まめな姿勢を培いましょう。あれこれ首を突っこんで目標を見失わないことです。

あなたはひらめくと衝動的に行動し、事前に計画せず全く違う道に乗り出すことがあります。すばらしい目的の支えとなる規律を身につけるとよいでしょう。**独創性に富み、競争心もあって闘志を持つ**ので、精神的にも経済的にも大規模に事を起こします。

頭の回転が速く管理能力に優れているので、何をやっても才能を発揮します。思うままにふるまい、率直な物言いがストレートで辛辣になり、人からは思いやりや細やかな配慮がないように思われます。しかし不用意な言葉とは裏腹に、同情心があり温かい心の持ち主です。

28歳までは、旅行、教育あるいは自分の人生哲学から、自由を求め視野を広めることに関心が向いています。進行する太陽がやぎ座に入る29歳の時に転機がきます。大きな目標の達成に重きを置くようになり、現実的で規律正しい生活になっていきます。進行する太陽がみずがめ座に入る59歳の時にもう一度、転機を迎えます。独立心が高まり、進歩的な考え方に惹かれ、自分の独自性を表現したいという気持ちが強くなります。

隠された自己

知性があり情熱的なあなたは学ぶことが好きで、理解力にも優れています。知識が持つ力を信じているので、情報収集に努めて学問や知識を蓄積し、自信を深めます。理想主義でプライドが高いところから、天性の文才や話術を通して人々に伝えたいという強い信念を持ちます。

この日に生まれた人は変化を好み、**刺激や冒険のある人生を送る**ことになります。じっとしていられなくて急き立てられるように常に前向きに自己改善に励む人もいるかもしれません。活動的なだけでなく、感情豊かで感受性が強いという長所もあり人間性に幅があるため、スケールの大きなことを成し遂げられる度量があります。

仕事と適性

カリスマ的な魅力と折衝能力のあるあなたは、知らず知らずにリーダーの役割を担うことになります。できるだけ自由のきく仕事を望むので、自営業が向いているでしょう。また、教育、法律、科学、執筆、政治の分野でも成功を収めます。感情がこまやかで、もともと思いやりがあるので、福祉の仕事など人の役に立つ職業もよいでしょう。想像力、独創性、人を魅了する天賦の才能で、エンターテインメントの世界、特に音楽の世界で成功する可能性もあります。

恋愛と人間関係

人を惹きつける魅力で周囲を温かくできるあなたは、さまざまなバックグラウンドの人に惹かれます。安心感と安定を望むので将来に対する計画を立てようとします。親しい間柄では、**目的意識を持って決断力のある、特に意思のはっきりした人**に惹かれるでしょう。非常に社交的ですので、人を和ませ、他人の悩みに親身になることができます。

数秘術によるあなたの運勢

感受性の強さと独創性が23日生まれの2つの特徴です。器用で頭の回転が速く、しかも仕事ではプロ意識を持ち進歩的な考え方をします。23という数字の影響を受ける人は新しいことでもすぐに習得できますが、理論より実践を重視します。旅行や冒険、新たな人々との出会いを好みます。23という数字から暗示される活動的な性格からさまざまな数多くの経験に挑み、どのような状況でもそれをうまく活かしていくでしょう。

生まれ月の11という数字から受ける影響は、几帳面で、自分の常識に従います。誠実で人を惹きつけるところがありますから、熱血派のあなたは、慈善の精神で周囲の人を元気づけることができます。ひらめくと熱中するところは創造力が豊かだということでしょう。

●**長所**：誠実である、責任感が強い、コミュニケーション能力がある、直感力がある、独創性がある、器用である、信頼を受ける、評判がよい

■**短所**：利己的である、落ち着きがない、頑固である、妥協できない、あら探しをする、怠惰である、内向的である、偏見を持つ

相性占い

♥恋人や友人

1月2、3、6、9、10、11、21、25、27、31日／**2月**1、4、7、8、9、25、29日／**3月**2、5、7、17、23、27日／**4月**3、4、5、15、21、25日／**5月**1、3、13、19、23、30日／**6月**1、11、17、21、28日／**7月**9、15、19、26、29日／**8月**7、13、17、24、27日／**9月**5、11、15、22、25日／**10月**3、9、13、20、23日／**11月**1、7、11、18、21、30日／**12月**5、9、16、19、28日

◆力になってくれる人

1月11、16、30日／**2月**9、24、28日／**3月**7、22、26日／**4月**5、20、24日／**5月**3、18、22、31日／**6月**1、16、20、29日／**7月**14、18、27日／**8月**12、16、25日／**9月**10、14、23日／**10月**8、12、21、29日／**11月**6、10、19、27日／**12月**4、8、17、25日

♣運命の人

5月22、23、24、25日

♠ライバル

1月15日／**2月**13日／**3月**11日／**4月**9日／**5月**7、30日／**6月**5、28日／**7月**3、26日／**8月**1、24日／**9月**22日／**10月**20、30日／**11月**18、28日／**12月**16、26日

★ソウルメイト(魂の伴侶)

1月9、29日／**2月**7、27日／**3月**5、25日／**4月**3、23日／**5月**1、21日／**6月**19日／**7月**17日／**8月**15日／**9月**13日／**10月**11日／**11月**9日／**12月**7日

この日に生まれた有名人

久米正雄（作家）、田中邦衛(俳優)、十朱幸代(女優)、岩崎ひろみ（女優）、小室等（歌手）、畑野ひろ子（モデル）、田中みな実（アナウンサー）、マイリー・サイラス(歌手)、三瓶(タレント)

太陽：いて座
支配星：いて座／木星
位置：1°30'－2°30'　いて座
状態：柔軟宮
元素：火
星の名前：ブングラ、イシディス、グラフィアス、
　　　　　イェドプリオル

November Twenty-Fourth

11月24日

SAGITTARIUS

まじめで感受性が強い半面、楽観的で熱中しやすい性格

感情豊かで表現力に富むあなたは繊細な心を持ち、すばらしい創造力を秘めたロマンティストのいて座です。知性的で人に対する直感が鋭いのですが、**感受性が強く傷つきやすい**ので友達選びは慎重にした方がよさそうです。しかし生まじめな性格は、現実的な視点と責任感の強さを持ち、勤勉で実務に適した人といえるでしょう。**忠誠心があり誠実**なのはよいのですが、深刻に考えすぎるきらいがあります。

支配星のいて座の影響から、楽観的で熱中しやすい面が表れます。時に驚くほど率直になり、考える前に口に出してしまうこともあります。何かに影響を受けると、知識の面でも創造の面でも大きなものが得られる可能性があります。常にアンテナをはって、旅行や冒険から満足感を得ようとします。**心の成長や精神的な向上を望む**ことから、精神世界や哲学に価値や充足感を見出せるでしょう。このことは洞察力を養うのに役立ち、何事も白か黒かで判断するのではなく、グレーの部分を含めて全体として物事をとらえられるようになります。

高潔で真摯なあなたは人に興味を持ちます。理想主義な面があり、自分の主張を通すためには議論もいとわず、人をうまく説き伏せることができます。

27歳までは、起業、勉学あるいは旅行を通して視野を広げ、さまざまなチャンスを得たいと考えます。進行する太陽がやぎ座に入る28歳になると、物事への取り組み方が目的を持って現実的になってきます。進行する太陽がみずがめ座に入る58歳にも転機を迎えます。この影響から自由や新しい考えを求め、自分の個性を表現したい気持ちが高まっていきます。

隠された自己

あなたの性格は二面性を持ちます。同情心があり世話好きな博愛主義な面と、強情でまじめすぎる面です。仕事と私生活の葛藤も、バランスをとるよう心がけましょう。いつも自制しようとせずに気持ちのおもむくままにふるまうようになると、自分の力に自信が持てるようになり度胸もついてきます。

あなたにとって**愛情表現は特に重要**。人に気を使って自分を押し殺して譲歩してばかりいると、自分の殻に閉じこもるようになり、人からは冷たく見えるかもしれません。自分の気持ちと相手の気持ちを同じ重さで考えることを学ぶと、人を気遣いながらも一歩距離を置けるようになります。

仕事と適性

野心があり勤勉で、想像力豊かなあなたは、自分の考えと大きな目標を持つ現実的な理想主義者。鋭い知性と優れたコミュニケーション能力は、どのような仕事にも必ず役に立ちます。博愛主義な面が強い人は福祉の仕事や社会改革で活躍できるかもしれませんし、人に興味があるので優秀なカウンセラーにもなれます。元来、哲学的なところがあるので、**教育や執筆を通して自分の思考を表現する**のが吉。持って生まれた創造力からミュージシャンや俳優、タレントにも縁があります。将来的には海外で生活することになるかもしれません。

恋愛と人間関係

感受性が豊かで活動的なため、**マンネリにならず変化の絶えない関係**を望みます。浮気してみたりパートナーと少しの間距離を置くことは、あなたにとってはよいことでしょう。気持ちが変わりやすいので、関係を築くのに時間をかけるように。寛大で理想主義なので、情熱に駆られて不倫に走ることも多いですが、後で興味をなくしてしまいます。資金が底をついて会えなくなれば関係が解消され、多くの変化が訪れます。

数秘術によるあなたの運勢

24の日に生まれた人は決まりきったことが苦手。しかし勤勉で、実務的な能力と分別のある判断力を持ちます。24という数字が影響する感受性の強さは、安定と秩序を確立する必要があることを意味します。感情が表に出ないこともありますが、誠実で公正であるがゆえに、行いは言葉よりも雄弁だと信じる傾向があります。このような現実的な行動で、優れたビジネス感覚を伸ばすと成功します。24という数字の影響を受ける人は、頑固で自分の考えに固執しがちな点には注意しましょう。

生まれ月の数11の影響も受け、理想主義で楽観的です。自己表現に対する強い欲求から精神的にも金銭的にも多くの結果を出すでしょう。野心家で経済的な安定を意識して物欲に走り、豊かな生活を望みます。パートナーのやり方に感情をむき出しにしないよう心がければ、家庭の和やかな安定感に満たされます。

●**長所**：精力的である、理想主義である、実務能力がある、強い決断力がある、正直である、率直である、公正である、寛大である、家族愛に恵まれる、活動的である、エネルギッシュである

■**短所**：物質主義である、不安定である、冷たい、だらしない、忠誠心に欠ける、傲慢なところがある、頑固である、執念深い

♥恋人や友人

1月2、9、11、12、22、25日／**2月**7、10、20、23、26日／**3月**5、8、18、21日／**4月**3、5、6、16、19日／**5月**1、4、14、17、20、24、29日／**6月**2、12、15、27日／**7月**10、13、16、20、23、25、30日／**8月**9、15、24、26日／**9月**7、13、22、24日／**10月**4、7、10、14、19、24、28、29日／**11月**2、5、8、12、17、22、26、27日／**12月**3、6、10、11、15、20、24、25日

◆力になってくれる人

1月12、23、29日／**2月**10、21、27日／**3月**22、26日／**4月**6、17、23日／**5月**4、15、21日／**6月**2、13、19、28、30日／**7月**11、17、26、28日／**8月**9、15、24、26日／**9月**7、13、22、24日／**10月**5、11、20、22日／**11月**3、9、18、20、30日／**12月**1、7、16、18、28日

♣運命の人

5月21、22、23、24日／**7月**29日／**8月**27日／**9月**25日／**10月**23日／**11月**21日／**12月**19日

♠ライバル

1月1、4、26、30日／**2月**2、24、28日／**3月**22、26日／**4月**20、24日／**5月**18、22、31日／**6月**16、20、29日／**7月**14、18、27日／**8月**12、16、25、30日／**9月**10、14、23、28日／**10月**8、12、21、26日／**11月**6、10、19、24日／**12月**4、8、17、22日

★ソウルメイト(魂の伴侶)

1月20日／**2月**18日／**3月**16日／**4月**14日／**5月**12日／**6月**10日／**7月**8日／**8月**6日／**9月**4日／**10月**2日

有名人

アンリ・ド・トゥルーズ=ロートレック(画家)、エミール・クストリッツァ(映画監督)、山本太郎(政治家)、池内博之(俳優)、菊地直哉(サッカー選手)、加藤治子(女優)、清川虹子(女優)、ジェラルディン・フィッツジェラルド(女優)

太陽：いて座
支配星：いて座／木星
位置：2°30'−3°30'　いて座
状態：柔軟宮
元素：火
星の名前：イシディス、グラフィアス、
　　　　　イェドプリオル

November Twenty-Fifth

11月25日

SAGITTARIUS

高い理想を目指し向上心にあふれる

直感力があり理想主義で、大胆なことを好むあなたは、**感情が激しく、バイタリティにあふれ前向きな気質**のいて座です。一般に現実主義ですが、楽観的な面と懐疑的な面の両面を持つため、熱中しすぎる部分と過度に批判的な態度とのバランスをとる必要があるでしょう。

支配星である木星から、旅行や変化を通じて視野を広げていくことが暗示されます。**活発で楽観主義**なあなたはまず正直であろうとします。ただそれが行きすぎて軽率な発言をしたり単刀直入すぎることもあります。

あなたは社交的で寛大で、献身的でいつも感謝の気持ちを持っています。魅力を惜しみなく表に出せば、カリスマ的な存在になれます。ただし、飽きっぽく気分も変わりやすいので、特に人が自分の高い期待に応えてくれない時には、すぐに傷つく面もあります。進歩的な考え方をするあなたは知識欲が強く、精神的な刺激を受け続けられる目標を掲げます。正直で率直にものを言うので、**批判能力や分析能力に優れます**。腹を割って話すのを好みますが、時に単刀直入になりすぎることがあるので注意。とはいえ、根は優しく人のことを理解するので、あなたが気にかけている人にはよいアドバイスが与えられ、どこまでも誠実に対応します。

26歳までは、冒険、教育、あるいは旅行を通して、自由を求め視野を広めることに専念します。進行する太陽がやぎ座に入る27歳に転機が訪れます。この時期から現実的で規律正しい生活になっていくでしょう。進行する太陽がみずがめ座に入る57歳も大きな転換期となります。独立心、友情、独創的な考えや進歩的な考えの重要性が増してきます。自由に対する欲求や集団活動への関心が高まっていきます。

隠された自己

感受性が強く直感的に物事を判断する性質。情熱的で勇敢な部分もありますが、自分も人も信用しない疑い深い性格は直していくべきでしょう。周囲との関係が次第に勢力争いになっていくことがあります。自分の殻に閉じこもったり孤立感をいだかないようにするには、**ポジティブな考えに集中**して、自分の目指す高い理想を実現できると信じることです。クリエイティブな発想をし、人生に目的意識を持ちたいと願うので、あなたにとって仕事や社会活動は特に重要なものです。しかし、理想と現実のギャップに葛藤することになりがち。それでも急がば回れの精神で臨めば、夢は叶います。

仕事と適性

カリスマ性があり活発な性格から、**どのような職業でも指導的な立場に就けます**。社交的で気さくなあなたは仕事と遊びをうまく両立することができ、特に営業、販促、あるいはマスコミなどの分野に適しています。世の中の流れを把握し経営能力も兼ね備えているため、ビジネスの世界では大成功を収めることが約束されています。大事業に関心がある一方で、自己表現への欲求から執筆活動や音楽など芸術の世界に足を踏み入れることになるかもしれません。

恋愛と人間関係

気さくで社交的で人に尽くすことのできる人ですが、理想の恋人を見つけるまでに何回か失恋の痛手を味わうでしょう。心配性なので経済的な安定は欠かせません。**誠実で何かに専念し、ひたむきな人**を尊敬します。責任感が強く、たとえプレッシャーのある時でも、自分のパートナーとうまくやっていくことができます。理想主義のあなたは、自分が信じる人に対しては義理堅く協力を惜しみません。家族の結びつきは強いのですが、故郷から遠く離れた場所に行きたいという気持ちを常に根底に持つ人です。

数秘術によるあなたの運勢

頭の回転が速くエネルギッシュな面と、直感力があり思慮深い面を備える**25**日生まれのあなたは、さまざまな体験を通して自己を表現したいという気持ちを持ちます。完璧を求めるので精力的に働き、実りある成果が得られます。25の数字の影響を受ける人は強い精神力を持ち、集中力を発揮するとあらゆる事実を見極め、誰よりも早く結論にたどり着くことができます。自分の勘を信じて、粘り強さと忍耐力を身につければ成功と幸福を手に入れられます。

生まれ月の**11**という数字の影響が理想主義となって表れ、視野を広げたり国際的に活躍したいという気持ちにつながります。目標や理想を掲げると、強い信念を持って突き進むことができます。カリスマ性を持ち率直なあなたは、集団の一部となって多くの人に囲まれて働くとよいでしょう。

●長所：直感力に優れている、完璧主義である、洞察力が鋭い、創造力が豊かである、交渉力に長けている

■短所：衝動的である、短気である、無責任である、感情的になりやすい、嫉妬深い、自分の本心を明かさない、状況が変わりやすい、批判的である、気分屋である

♥恋人や友人

1月8、11、12、29日／**2月**6、9、27日／**3月**4、7、25、29日／**4月**2、5、6、23、27日／**5月**3、21、25日／**6月**1、19、23日／**7月**17、21日／**8月**15、19、29日／**9月**13、17、27日／**10月**11、15、25、29、30日／**11月**9、13、23、27、28日／**12月**7、11、21、25、26日

◆力になってくれる人

1月13、30日／**2月**11、28日／**3月**9、26日／**4月**7、24、30日／**5月**5、22、28日／**6月**3、20、26日／**7月**1、18、24、29日／**8月**16、22、25日／**9月**14、20、25日／**10月**12、18、23日／**11月**10、16、21日／**12月**8、14、19日

♣運命の人

5月23、24、25、26日／**10月**30日／**11月**28日／**12月**26日

♠ライバル

1月5、19日／**2月**3、17日／**3月**1、15日／**4月**13日／**5月**11日／**6月**9、30日／**7月**7、28、30日／**8月**5、26、28日／**9月**3、24、26日／**10月**1、22、24日／**11月**20、22日／**12月**18、20日

★ソウルメイト(魂の伴侶)

1月7日／**2月**5日／**3月**3日／**4月**1日／**9月**30日／**10月**28日／**11月**26日／**12月**24日

この日に生まれた 有名人

椎名林檎（歌手）、吉本隆明（評論家）、大地康雄（俳優）、岡田彰布（野球評論家）、寺門ジモン（ダチョウ倶楽部　タレント）、高津臣吾（元プロ野球選手）、塚地武雅（ドランクドラゴン　タレント）、伊藤淳史(俳優)、太田雄貴（フェンシング選手）

太陽：いて座
支配星：いて座／木星
位置：3°30'−4°30'　いて座
状態：柔軟宮
元素：火
星の名前：イシディス、グラフィアス、
イェドプリオル

November Twenty-Sixth

11月26日

SAGITTARIUS

完璧主義で博愛主義

感情が激しく、直感力に優れ感受性の強いあなたは、強い信念を持つ理想主義者。支配星である木星の影響から、**楽観的な面と高潔な面**を持ちます。情熱的なところもありますが、何でも疑ってかかるのが欠点。疑い深く、自分自身も他人も信じていないところがあります。二面性を持ち、完璧主義なところから歯に衣着せず意見を言います。博愛主義の面からは偏見のない態度で、**面倒見がよく親切な人**も多いでしょう。前向きな時は理想主義で誠実な部分が出ますが、落ちこんでいる時には逆に冷淡で無感情な部分が表れます。**じっとしていられなくて、飽きっぽい性格**。知的好奇心が広がるような目標を見つけるとよいでしょう。豊かな創造力や感情のエネルギーを表現すると、芸術的な才能を持つので難なく人を感動させることができます。

あなたは想像力と分析力の両面を持つので理念を掲げて、自分の支えとし、ユニークで独立した生き方を確立するのに役立てましょう。

25歳までは起業、勉学、あるいは旅行を通して、新たなことに挑戦し可能性を探れる自由を求めます。進行する太陽がやぎ座に入る26歳になると、目的を持った現実的な方策で目標の達成に邁進します。進行する太陽がみずがめ座に入る56歳にも転機を迎えます。この時期は、独立心、集団意識、個性の表現を重視するようになってきます。

隠された自己

あなたは、人に感動や影響を与える運命にあります。内なる感情が強い影響を持ち、前向きな夢を持ち続けることの重要性に気づくようになります。前向きでない姿勢に安住していると、ふさぎこんだり孤独を感じたりしがち。逆に愛する人や好きな仕事に夢中になると、情熱や優しい気持ちが出てきます。金銭面に強い関心を持ちますが、愛情表現や自分の壮大な夢の実現があなたにとっては何よりも重要でしょう。特に**新しい事業を立ち上げることに喜びを感じる**ので、常に精力的に働き、クリエイティブな仕事に就くことが不可欠。これがあまり深刻にならずにいられる秘訣です。感受性が強く勘が鋭いあなたは、とことん追求したがり、それが自己分析と自己実現を刺激します。

仕事と適性

細かい分析力と豊かな想像力を持つあなたは独創的な発想の持ち主。問題解決能力を教育、哲学、執筆などの分野に活かすとよいでしょう。技術方面に進むなら、コンピューターやエンジニアリングを扱うような職業が向いています。ゲーム業界など、**技術にクリエイティブな発想が必要な仕事**だと力が発揮できます。独立心旺盛なので自営業を望むかもしれませんが、実務的な面と直感的な面の両面があるので、経営能力もあります。また、生まれながらに色彩や造形に対する感覚が鋭いので、芸術の道に進むことも考えられます。

恋愛と人間関係

社交的で気さくなあなたは人を楽しませるのが得意。しかし内面の感情は表現の場が得られないと、不機嫌になったり退屈してしまいます。じっとしていられず意欲的な性格から、冒険心を満足させてくれる転機に恵まれます。状況が目まぐるしく変わることもあり、しかも特に予告なく変化が訪れる場合には、あなた自身もパートナーも気持ちが不安定に。

あなたは確固たる理想を持つと頑固になりますが、恋をしている時には**素直でひたむきに愛情を注げられる一途な人**です。

数秘術によるあなたの運勢

26日生まれのあなたは、現実的な生き方を選び、経営管理能力と優れたビジネス感覚を持ちます。責任感が強く、天性の美的感覚と家族愛を持つので、自分にとって調和した環境を作り出すか、あるいは心からの安定を見つけるようにしましょう。頼りにされることが多く、またあなた自身も困った時に頼ってくる友人や家族に快く手を差し伸べます。ただし、物質主義的な面と状況や他人を支配したいという気持ちには注意。

生まれ月の**11**という数字の影響から、楽観的で直感的な面が表れます。進取の気性に富んだ野心家で、チャンスを責任の伴う無二のものにします。決断したら迷わず自分の内なる声だけに従って。

理想主義で冒険心を持つので、夢がふくらみスケールの大きいことを成し遂げられることもあるでしょう。向上心と探究心から、多くのことを成し遂げたいという思いに駆られます。

集中力と粘り強さを持ちますが、満足できる動機がなければ身が入らず、すぐにあきらめてしまう点は改善したほうがよいでしょう。

●**長所**：想像力がある、現実的である、世話好きである、責任感が強い、家族への愛着が深い、情熱的である、勇敢である

■**短所**：頑固である、従順でない、安定した関係が築けない、がまん強さがない

相性占い

♥恋人や友人

1月9、13、30日／**2月**7、9、28日／**3月**5、26、30日／**4月**3、5、24、28日／**5月**1、22、26日／**6月**20、24日／**7月**18、22、31日／**8月**16、20、29、30日／**9月**14、18、27、28日／**10月**12、16、25、26、31日／**11月**10、14、23、24、29日／**12月**8、12、21、22、27日

◆力になってくれる人

1月15、22、31日／**2月**13、20、29日／**3月**11、18、27日／**4月**9、16、25日／**5月**7、14、23、30日／**6月**5、12、21、28日／**7月**3、10、19、26、30日／**8月**1、8、17、24、28日／**9月**6、15、22、26日／**10月**4、13、20、24日／**11月**2、11、18、22日／**12月**9、16、20日

♣運命の人

1月11日／**2月**9日／**3月**7日／**4月**5日／**5月**3、24、25、26、27日／**6月**1日／**10月**31日／**11月**29日／**12月**27日

♠ライバル

1月5、8、16、21日／**2月**3、6、14、19日／**3月**1、4、12、17日／**4月**2、10、15日／**5月**8、13日／**6月**6、11日／**7月**4、9、29日／**8月**2、7、27日／**9月**5、25日／**10月**3、23日／**11月**1、21日／**12月**19日

★ソウルメイト(魂の伴侶)

1月13日／**2月**11日／**3月**9日／**4月**7日／**5月**5日／**6月**3日／**7月**1日／**8月**31日／**9月**29日／**10月**27日／**11月**25日／**12月**23日

この日に生まれた有名人

チャールズ・シュルツ(『ピーナッツ』作者)、鈴木則文(映画監督)、カルーセル麻紀(タレント)、下條アトム(俳優)、大野智(嵐 タレント)、ティナ・ターナー(歌手)、市川右近(歌舞伎俳優)、四代目市川猿之助(歌舞伎俳優)、丸山隆平(関ジャニ∞　タレント)、與真司郎(AAA　歌手)

太陽：いて座
支配星：いて座／木星
位置：4°30'－5°30'　いて座
状態：柔軟宮
元素：火
星の名前：グラフィアス

November Twenty-Seventh

11月27日

SAGITTARIUS

シャイで夢見がち

理想主義で心優しいあなたは、カリスマ性を持ち人を惹きつける人柄で、クリエイティブないて座です。誠実で正直ですが、シャイで繊細な面もあり、**知的好奇心旺盛で多才**。自分の感覚で人生を判断しますが、想像力豊かでコミュニケーション能力にも長けています。情熱的で楽観的な人柄に多くの友人が集まってきますし、また**自分の計画や活動に人を巻きこみたがります**。しかし、精神的な成長と自己認識を高めるには、精神を鍛えて理性的に物事を判断できるよう1人になる時間も必要です。

支配星である木星の影響は、誠実を旨とし、そうあろうと努力する姿勢に表れます。心が広く、旅行や冒険を通して視野を広げようとします。時に単刀直入にものを言うところがあるので気をつけて。常識的な感覚や実務能力に恵まれていますが、**夢見がちな性格**から田舎でのユートピア的な生活を望んだりと、少々浮き世ばなれした一面も。

常に何かを追い求めるあなたは**冒険を好みます**が、安心感が必要なので1人でいるのはやめた方が賢明。情熱的で楽観的なあなたは壮大な計画を思い描きたがります。技術を完全にマスターしたら、より多くのことを成し遂げ、多くの見識が得られます。

24歳までは楽観的で、危険を冒したり、チャンスをつかもうとします。そのため賭けに出たり、旅行や勉強に励みます。進行する太陽がやぎ座に入る25歳になると、人生の野望を実現するためにより規律正しい現実的な方策をとるようになります。進行する太陽がみずがめ座に入る55歳の時にも転機が。この時期は独立心が旺盛になり、集団意識が高まり、進歩的な考えに関心が移っていきます。

隠された自己

理想主義で頭の切れるあなたは、結果を出し知識を広げている時に最も喜びを感じます。周りに対して率直であろうとし、現実的な面と直感的な面をうまく折りあいをつけようとします。**建設的なアイディアが豊富なので、起業家向き**。ただし、特にあなたほど知識がない人を相手にする時には、じっと忍耐で応対するように。

この日に生まれた人は創造力が豊かな人物が多いことから、音楽、美術、演劇、あるいは著作物を通して表される自己表現を強く望みます。客観的で創作的な心は、天才的なひらめきと慣習にとらわれない衝動の間を行き来し、その発想は時代の先をいっていることも多いのです。

機知に富み人を楽しませることが得意ですが、特に金銭問題では不安を感じたり優柔不断になりがちなので注意が必要です。

仕事と適性

親しみやすく魅力的に見られますが、回転の速い頭は常に仕事に応用できる独創的な新しい考えをひねり出しています。楽観的な面と進取の気性からどのような職業を選んでもスケールの大きい構想を描くでしょう。執筆、思想、哲学に興味を持つ人もいます。あるいは、音色、色彩、造形に強く惹かれる人は音楽や芸術の道に進んでもよいでしょう。あなたの中には物事をやりっ放しにする怠惰な部分もありますが、元来の責任感の強さで**チームやパートナーを組み、人と協力して仕事をする**とよい成果が得られるはずです。

恋愛と人間関係

愛情が深く理想主義ですが、恋に落ちたりひと目ぼれしたりすることはめったにありません。寛大でおおらかなあなたはすぐに友人ができますが、経済的な安定を望むことから、パートナーを選ぶ時には金銭的な面も意識します。**活発で、クリエイティブで勤勉な人**との交際を望み、友人からの援助を受けることも多いでしょう。共同作業に向いているので、1人で引きこもるよりも、人と協力して仕事をやる方が吉。

数秘術によるあなたの運勢

生まれた日の**27**という数字から、理想主義で感受性の強さが表れます。直感的で分析力があり、豊かな創造力を備えているので、独創的な発想で人に感銘を与えることができます。無口で理性的で、あるいは近寄りがたいように見えることもありますが、本当は心の中の緊張を隠しているのです。コミュニケーション能力を磨くと、心の奥の感情を出すのに抵抗がなくなるでしょう。

生まれ月の**11**という数字は直感力、インスピレーションや思想哲学の才能を授けます。理想主義で感受性が強く、ビジョンを描き想像力が働くので、執筆や教育を通して内面を表現する方法を見つけるとよいでしょう。偏見なく物事を見られる博愛主義者である人も多いですが、信念や理念を見失うと不信感をいだいたり、躁鬱的な傾向が出てきます。

1人で過ごす時間も必要ですが、周りから孤立しないようにして。周囲に調和を生みだすことによって、平穏が得られるでしょう。

●長所：器用である、想像力が豊かである、クリエイティブである、意志が強い、勇敢である、理解力に優れている、知性がある、世俗的でない、進取の気性に富む、精神的に強い

■短所：とっつきにくい、喧嘩っぱやい、かっとしやすい、理屈っぽい、落ち着きがない、神経質である、疑い深い、感情が激しい、堅苦しく見える

♥恋人や友人

1月12、14、15、25、28日／**2月**10、12、13、23、26日／**3月**8、11、21、24、31日／**4月**6、9、19、22、29日／**5月**4、7、17、20、27、28日／**6月**2、4、5、15、18、25日／**7月**3、13、16、23、24日／**8月**1、11、14、21、31日／**9月**9、12、19、29日／**10月**7、10、17、27日／**11月**5、8、15、25日／**12月**3、6、13、23日

力になってくれる人

1月12、23、26日／**2月**10、21、24日／**3月**8、19、22、28日／**4月**6、17、20、26日／**5月**4、15、18、24日／**6月**2、13、16、22日／**7月**11、14、20、31日／**8月**9、12、18、29日／**9月**7、10、16、27日／**10月**5、8、14、25日／**11月**3、6、12、23日／**12月**1、4、10、21日

♣運命の人

5月25、26、27、28日／**11月**30日／**12月**28日

♠ライバル

1月17、18、21日／**2月**15、16、19日／**3月**13、14、17、29日／**4月**11、12、15、27日／**5月**9、10、13、25日／**6月**7、8、11、23日／**7月**5、6、9、21、30日／**8月**3、4、7、19、28日／**9月**1、2、5、17、26日／**10月**3、15、24日／**11月**1、13、22日／**12月**11、20日

★ソウルメイト(魂の伴侶)

1月24日／**2月**22日／**3月**20日／**4月**18、30日／**5月**16、28日／**6月**14、26日／**7月**12、24日／**8月**10、22日／**9月**8、20日／**10月**6、18日／**11月**4、16日／**12月**2、14日

有名人

藤田嗣治(画家)、ジミ・ヘンドリックス(ミュージシャン)、村田兆治(元プロ野球選手)、小室哲哉(ミュージシャン)、杉田かおる(女優)、セイン・カミュ(タレント)、浅野忠信(俳優)、片桐仁(ラーメンズ　タレント)、松島聡(Sexy Zoneタレント)、ブルース・リー(俳優)

太陽：いて座
支配星：いて座／木星
位置：5°30'−6°30'　いて座
状態：柔軟宮
元素：火
星：なし

November Twenty-Eighth

11月28日

SAGITTARIUS

波乱万丈の人生を送る

多くのことに興味を持ち、絶えず空想にふけるあなたは、希望、野望、魅力に満ちた冒険心の持ち主。**変化に富んだ波乱万丈の人生になる運命**にあるともいえるでしょう。支配星である木星の影響を受けて、機知に富み楽しい性格です。情熱的で楽観的な人が多く、率直ではっきりものを言うタイプ。理想主義で強い信念を持つあなたは、何にも増して**誠実さを大切にします**。この影響から、宗教上や精神的な向上心を追求していくこともあるでしょう。

あなたは洞察力がありますが、大ざっぱな一面も。忍耐力をつけ、飽きてきたりすぐに興味を失わないようにしましょう。興味の対象をころころ変えるのではなく、本来持っている潜在能力を引き出すには、**1つの目標に専念するよう心がけて**。

23歳までは、冒険、人生哲学、教育、あるいは旅行を通して、自由と視野を広げることに関心を持ちます。進行する太陽がやぎ座に入る24歳の時に転機を迎えます。この時期から、現実的で規律正しい生活になっていきます。自分の責任をはっきりと意識し、目標を達成するのに必要な仕事に気づく人もいるはずです。進行する太陽がみずがめ座に入る54歳にもう一度転機が訪れます。この時期は友情、集団意識、独立に関心が高まります。

隠された自己

理想主義で想像力豊かな面を持ち、それを創作活動に活かしたり他人の役に立てられます。現実的な面と秩序を好む面もあるため、この両面が強く結びつくと現実的な空想家になります。

あなたは人生において仕事に重きを置き、**着実に努力をすると安定した経済基盤を築く**ことができます。活動的な精神を刺激し続けてくれる目新しい対象を常に求める傾向があります。ただ、絶えず変化を求める気持ちから、満足感が得られなかったり、現実逃避に陥ることがあります。したがって、前向きな目標に積極的に意識を集中させ続けることが重要です。

仕事と適性

変化を求めて常に新しい分野に挑戦する運命にありますが、隣の芝生は青いと思う気持ちも次第になくなり、やがて1つの仕事に専念するようになるでしょう。野心家のため**目標を高く掲げ、リーダーシップをとる**能力もあります。さまざまな人間関係から恩恵を受ける性質で、旅行好きな面を仕事に活かすのがベストです。天性の文才や音楽の才能を伸ばしてもよいでしょう。どのような職業を選ぶにしても、アクティブな魅力と対人能力が活かせるよう心がけて。

恋愛と人間関係

変化と活動好きなことから、あなたは美的センスのある活動的な人です。しかし人間的な温かみに欠け、気持ちが定まらないこともあります。環境が変化しても冒険心があり楽観的ですので、長続きする関係に身を置くのは難しいといえるでしょう。変化のない関係を嫌いますので、理想のパートナーを見つけるまでに短期間で終わる交際を数多く経験します。**勤勉ではっきりした目標を持つクリエイティブな人**が好相性。

数秘術によるあなたの運勢

独立心が強く理想主義で、決断力があり、現実主義者。数字の1を誕生日に持つ人と同じように、この日に生まれた人も野心があり、ストレートで、進取の気性に富んでいます。人に頼りたくないという気持ちと集団の一員でありたいという気持ちとの間で、葛藤するでしょう。常に行動の準備ができており、新たな挑戦への心構えがあるので、人生の課題に果敢に挑み、情熱で人に難なく影響を与え、直接協力してくれなくても、何らかのかたちで支援してくれます。

28の数字がつく日に生まれた人は、統率力があり、自分の常識、論理、明確な思考にこだわります。責任感のある人も多いですが、熱しすぎたり、忍耐力がなく、偏狭な部分もあります。

生まれ月11の数字の影響は、刺激的な変化を好み、精神的な満足を求める姿勢に表れます。成功や安定を望みつつも、冒険心があり熱しやすいことから人生からより多くのものを得るために進んで賭けに出ることもあります。

●**長所**：思いやりがある、進歩的な考え方をする、大胆にふるまえる、芸術的な才能がある、創造力がある、理想主義である、志が高い、勤勉である、安定した家庭生活を送れる、意志が固い

■**短所**：空想にふける、やる気がない、思いやりがない、非現実的である、高圧的である、判断力が欠如している、攻撃的である、自信がない、人に頼りすぎる、プライドが高い

♥恋人や友人

1月6、7、10、11、14日／**2月**4、9、12日／**3月**2、7、10、28日／**4月**1、4、5、8、26、30日／**5月**3、6、24、28日／**6月**1、4、22、26日／**7月**2、20、24日／**8月**18、22日／**9月**16、20、30日／**10月**14、18、28日／**11月**12、16、26日／**12月**10、14、24日

◆力になってくれる人

1月20、24日／**2月**18、22日／**3月**16、20、29日／**4月**14、18、27日／**5月**12、16、25日／**6月**10、14、23、29日／**7月**8、12、21、27日／**8月**6、10、19、25、30日／**9月**4、8、17、23、28日／**10月**2、6、15、21、26日／**11月**4、13、19、24日／**12月**2、11、17、22日

♣運命の人

5月25、26、27、28日／**8月**31日／**9月**29日／**10月**27日／**11月**25日／**12月**23日

♠ライバル

1月22、23、27日／**2月**20、21、25日／**3月**18、19、23日／**4月**16、17、21日／**5月**14、15、19日／**6月**12、13、17日／**7月**10、11、15、31日／**8月**8、9、13、29日／**9月**6、7、11、27日／**10月**4、5、9、25日／**11月**2、3、7、23日／**12月**1、5、21日

★ソウルメイト（魂の伴侶）

1月23日／**2月**21日／**3月**19日／**4月**17、29日／**5月**15、27日／**6月**13、25日／**7月**11、23日／**8月**9、21日／**9月**7、19日／**10月**5、17日／**11月**3、15日／**12月**1、13日

この日に生まれた有名人

松雪泰子（女優）、寺田寅彦（物理学者）、向田邦子（脚本家）、里見浩太朗（俳優）、松平健（俳優）、松木安太郎（サッカー解説者）、安田成美（女優）、原田知世（女優）、蓮舫（政治家）、堀内健（ネプチューン　タレント）、バカリズム（タレント）、樽美酒研二（ゴールデンボンバー　歌手）

太陽：いて座
支配星：いて座／木星
位置：6°30'－7°30'　いて座
状態：柔軟宮
元素：火
星：なし

November Twenty-Ninth

11月29日

SAGITTARIUS

強い信念を持つ、誠実で正直者

活力と気力にあふれ、理解力があり臨機応変なあなたは、精神的な安定を望む思いやりのある人物。**直感力が鋭い**ので、人の話の真意を理解できますが、相手と一定の距離を保つべき。本来理想主義ですが、野心と優れた実務感覚を持っているので、地に足をつけて慎重に行動するとよいでしょう。

支配星の木星の影響は、何よりも**誠実さを大切にするまじめで理想主義な面**に表れます。情熱的で楽観的、視野が広く探究心があるため、真実や悟りを求めてはるか遠くに旅することもあるでしょう。しかし世の中を普通に生きていくには、柔軟性がなさすぎる点が足かせとなります。

強い信念や意見を持ち誠実で率直な性格であるため、思っていることをずばりと口にします。誠実で正直ですので、**約束はきちんと守る人**です。精力的に働き一生懸命になれるので、周りから信頼を受けます。気前がよすぎる点に注意。十分な見返りと慈善的なふるまいのバランスをとるように心がけましょう。

22歳までは楽観的で、起業、勉学あるいは旅行を通して可能性を広げたいと考えます。進行する太陽がやぎ座に入る23歳になると、目的を持って現実的な方策で目標達成を進めます。このことは人生に秩序や規律を望む気持ちが強くなってくることに関係します。53歳でも転機を迎えますが、この時期に進行する太陽がみずがめ座に入ります。自由や新しい考え、それから個性の表現に関心が高まっていきます。

隠された自己

現実的で決断力がありながら、創造力豊かで機知に富み、人を楽しませることができる人です。感性が豊かで、美的センスにあふれています。

ふだんは気さくで親切ですが、時に独善的になったり横柄な態度をとることがあり、人から反感をいだかれるおそれも。しかし、**チャンスをかぎ分ける特別な能力と抜け目のない実利主義な面**を持ちあわせているため、お金に困ることはありません。常により高くより大きい目標を追求し成果主義で動くため、仕事に適しています。

頭の回転が速く、切れるあなたは、目標達成を心から望めば十分なやる気を出します。壮大な計画を好みますが、細かなことを見落とさないようにしましょう。

仕事と適性

真実と公正を強く望み、博愛主義的性格から、法律、政治、社会改革の道に進むとよいでしょう。このような才能を想像力や感受性と合わせて作家などの執筆業や、福祉の仕事にも向いています。もともと**博愛主義で面倒見がよい**ため、地域に密着した公務員なども適職です。

恋愛と人間関係

温かく魅力あるあなたの周りには人が集まります。人間好きなので、常に人に合わせる努力をします。**少々さみしがり屋**の面も。しかし、パートナーや友人を操縦しようとしたり、依存しすぎることのないよう気をつけましょう。

あなたにとって家族は特に大切な存在で、あなたは将来的によき父、よき母になるでしょう。

数秘術によるあなたの運勢

29の数字に影響を受ける人は強烈な個性と無限の潜在能力があります。直感が鋭く、感受性が強くて感情的。インスピレーションがあなたの成功の鍵となり、それなくしては目的を失ってしまいます。まさしく夢追い人ですが、性格は二面性を持ちあわせるので、気分がころころ変わらないように注意して。心に秘めた感情に従い他人に心を開けば、心配性な面が抑えられ、理性を働かすことができます。独創的な思考を活かせば、人々の心を動かすようなことを成し遂げられます。

生まれ月の11という数字の影響から、博愛主義で理想主義で、精神的な充足感や満足感を求めます。新しいアイディアに敏感で、好奇心旺盛な冒険好きです。楽観的ですが、新たな事業に着手する時には確固たる信念を持って、常識を働かせ現実的な面を残しておかなければなりません。

●**長所**：ひらめきがある、バランス感覚がよい、心が平穏である、寛大である、独創的である、直感力がある、壮大な夢を持つ、世事に長ける、信念がある

■**短所**：集中力に欠ける、心配性である、神経質である、利己的である、うぬぼれが強い、気分屋である、気難しい、極端に走りやすい、気がきかない、孤立する、繊細すぎる

相性占い

♥恋人や友人

1月1、7、12、15、19日／**2月**5、10、13日／**3月**3、8、11、29日／**4月**1、6、9、27日／**5月**4、7、25、29日／**6月**2、5、23、27日／**7月**3、21、25日／**8月**1、5、19、23日／**9月**17、21日／**10月**15、19、29日／**11月**13、17、27日／**12月**11、15、18、25日

◆力になってくれる人

1月21、25日／**2月**19、23日／**3月**17、21、30日／**4月**15、19、28日／**5月**13、17、26日／**6月**11、15、24、30日／**7月**9、13、22、28日／**8月**7、11、20、26、31日／**9月**5、9、18、24、29日／**10月**3、7、16、22、29日／**11月**1、5、14、20、25日／**12月**3、12、18、23日

♣運命の人

5月28、29、30、31日

♠ライバル

1月5、8、28日／**2月**3、6、26日／**3月**1、4、24日／**4月**2、22日／**5月**20日／**6月**18日／**7月**16日／**8月**14、30日／**9月**12、28、30日／**10月**10、26、28日／**11月**8、24、26日／**12月**6、22、24日

★ソウルメイト(魂の伴侶)

1月4、10日／**2月**2、8日／**3月**6日／**4月**4、7日／**5月**2日

この日に生まれた **有名人**

田中絹代(女優)、勝新太郎(俳優)、林家ペー(タレント)、沢木耕太郎(作家)、尾崎豊(ミュージシャン)、田中慎弥(作家)、リン・チーリン(モデル)、田中佑典(体操選手)、舛添要一(国際政治学者)

太陽：いて座
支配星：いて座／木星
位置：7°30'−8°30'　いて座
状態：柔軟宮
元素：火
星の名前：アンタレス

November Thirtieth

11月30日

SAGITTARIUS

好奇心旺盛な博愛主義者

クリエイティブで多才、加えてコミュニケーション能力に優れ、想像力を持ち活発な性格。順応力があって多才であると同時に、**情熱的で好奇心に満ちあふれています**。交友関係で信頼できるとわかれば、気持ちと矛盾がなくなります。切り返しがすばやく自分の考えを明確に述べるのは、**自己表現能力に長けている**証。ふだんは説得力を持ちながらも楽しく話をしますが、時に理屈っぽくなったり言いすぎたりもし、毒舌になることも。あなたは**冒険心があるロマンティスト**で、感情の起伏が激しくなることもあります。支配星である木星の影響から、楽観的で理想主義、博愛的な性格も持ちあわせます。落ち着きがなく飽きっぽいため、多くの課題に挑み、さまざまな刺激を体験をするとよいでしょう。進取の気性に富んで冒険心があるとはいえ、自分の感情に正直になってみると、疑問が生じたり不安定な気分になることがあります。**直感力が優れている**ので自分の勘を頼りにしますが、辛抱強さを身につければ衝動的な行為を省みることができます。

21歳までは、対象が何であれ自由と視野を広げることに関心があります。例えばその対象は旅行、教育、あるいは人生哲学です。進行する太陽がやぎ座に入る22歳の時に転機を迎えます。現実的で、規律正しい生活になっていく時期と言えます。52歳の時にもう一度大きな転換期を経験します。この時期には進行する太陽がみずがめ座に入り、友情、集団意識、独立に関する問題に注目します。

隠された自己

深い感情を持ちますが、愛情や自己表現を強く望んでいることが表には出てこないことがあります。感受性は芸術方面に活かす時や人の手助けをする時には役立ちますが、感情的になりすぎたり思索にふけりすぎないよう注意。また**理性的に考えるより、直感に従う方がよい**でしょう。それでも強い意志と躍動感、説得力のある話術によって、大きな成功を収めるのも夢ではありません。鋭い直感に優れた判断力、さらに強い精神力は、この日に生まれた人の特徴です。知恵と論理を兼ね備えているので、権威ある立場に就くことも多いでしょう。また、あなたは人を指導したり教えさとすのはうまいのですが、横から口出しされると意地っぱりになることがあるので気をつけて。

仕事と適性

野心をいだき社交的で頭の回転が速く、さらに優れたコミュニケーション能力を持ちます。これがあなたの大きな財産です。作家になってこの長所を活かしてもよいですし、営業や政治、あるいはエンターテインメントの分野に進んでもよいでしょう。迷うことがあるかもしれませんが、**一度進むべき道を決めると、どのような職業を選んだとしても持ち前の独特の発想を仕事に活かそうとします**。あなたは活発で親しみやすく雄弁なので、どんな仕事でも多くの人から支持を集めることができるでしょう。

恋愛と人間関係

楽観的で、人望があります。カリスマ性がありますが、考えすぎるきらいがあり、また空想癖のある人も多く、変化や精神的な刺激を求める性質なので、長期間の決まった関係には落ち着かなくなったり、逃げ腰になるでしょう。関係に疑問を持ったらがまんしないこと。相性のよくない人に自分の時間やエネルギーを使うのは無駄です。

親しみやすい人か、あるいは**知識が豊富で教養がある人**に惹かれることが多いようです。男性にしても女性にしてもこの日に生まれた人にとって、そのような女の人は特に貴重な存在。きっと力になってくれることでしょう。

数秘術によるあなたの運勢

創造力、親しみやすさ、社交性は**30**日生まれの特徴のほんの一部です。クリエイティブな能力に加えて意欲的で、さまざまなアイディアを思いつき、それを大胆なやり方でふくらますことができる人です。

生まれた日30の数字の影響を受ける人は、豊かな生活を楽しみ、一般にカリスマ性があり社交的。幸せを追い求めていても、誠実でいることを心がけ、怠惰にならないように注意。せっかちになったり嫉妬深くなると、精神的に不安定になります。

30日に生まれた人の多くは、世間から評価を受けたり名声を得たりします。特にミュージシャン、俳優に向いています。

生まれ月**11**の数字の影響から、感受性が強く、高い希望や期待をいだきます。心から欲しいものを獲得する力を備えていますが、目標に達すると実際に欲しいものが全く別のものであったということも。

あなたは常に何かをしていないとだめで、飽きっぽい性格が持久力や判断力を低下させる原因に。ただ一度火がつくと、創造性をいかんなく発揮し、本来備わっている才能とひたむきさが出てきます。

●長所：遊び上手である、誠実である、親しみやすい、物事を統合するのが得意である、言葉の才能がある、創造力がある

■短所：だらしがない、意固地である、気まぐれである、短気である、臆病である、無関心である、力を分散させてしまう

♥恋人や友人

1月2、8、19、28日／**2月**6、26日／**3月**4、24、30日／**4月**2、22、28日／**5月**20、26、30日／**6月**18、24、28日／**7月**16、22、26日／**8月**5、14、20、24日／**9月**12、18、22日／**10月**1、10、16、20、30日／**11月**8、14、18、28日／**12月**6、12、16、26日

◆力になってくれる人

1月18、21、22日／**2月**16、19、20日／**3月**14、17、18、31日／**4月**12、15、16、29日／**5月**10、13、14、27日／**6月**8、11、12、25日／**7月**6、9、10、23日／**8月**4、7、8、21、30日／**9月**2、5、6、19、28、30日／**10月**3、4、17、26、28日／**11月**1、2、15、24、26日／**12月**13、22、24日

♣運命の人

5月27、28、29、30日／**10月**29日／**11月**27日／**12月**25日

♠ライバル

1月29日／**2月**27日／**3月**25日／**4月**23日／**5月**21日／**6月**19日／**7月**17日／**8月**15、30日／**9月**13､28日／**10月**11、26日／**11月**9、24日／**12月**7、22日

★ソウルメイト（魂の伴侶）

1月24、27、28日／**2月**22、25、26日／**3月**20、23、24日／**4月**18、21、22日／**5月**16、19、20日／**6月**14、17、18、30日／**7月**12、15、16、28日／**8月**10、13、14、26日／**9月**8、11、12、24日／**10月**6、9、10、22日／**11月**4、7、8、20日／**12月**2、5、6、18、30日

有名人

宮﨑あおい（女優）、満島ひかり（女優）、土井たか子（政治家）、リドリー・スコット（映画監督）、田口トモロヲ（俳優）、相島一之（俳優）、知念侑李（Hey! Say! JUMP・NYC タレント）、マーク・トウェイン（作家）

太陽：いて座
支配星：いて座／木星
位置：8°30'－9°30' いて座
状態：柔軟宮
元素：火
星の名前：アンタレス

December First

12月1日

SAGITTARIUS

♐
12
月

独立心旺盛で情熱的

独立心旺盛で野心があり、決断力のある人物。**自分の好きなものにこだわる性質**ながら、社交的で魅力ある人です。情熱的で楽観的なこの日生まれの人は、チャンスや冒険に乗じるため最終的な決断を先のばしにしたがりますが、**目的意識を持ち続けることで成功します**。支配星である木星の影響を受けて、**計画を立て、組織をまとめる力**があります。日常的な問題に煩わされるかもしれませんが、精神的な見識を求める気持ちから実践哲学を追究し、それが自信や安心感へとつながります。この日に生まれた人が示す躍動的なエネルギーや活動力から、あなたの人生にはたくさんのことが待ち受けていることを暗示しています。熱中しすぎたり、性急に事を進めないように注意する必要があります。理想主義な面と物質主義な面との葛藤からエネルギーを分散させたり、みずからの動機を失うということが見受けられますが、これこそ最大の課題です。ストレスを受けるとすぐにあきらめがちなので、周到に計画を練り目的を見失わないように。あなたは確固たる意見を持って断言し、やまっ気のある性格です。

20歳までは楽観的で冒険心があり、自分の可能性を広げたいと強く望みます。進行する太陽がやぎ座に入る21歳になる時に転機を迎えます。この時期から現実的で規律正しい生活になります。現実に目標を達成するにはどうしたらよいかという意識が強くなっていくのです。51歳でもう一度転機を迎え、この時期進行する太陽がみずがめ座に入ります。この時期は進歩的な考えを他の人に話すと吉です。

隠された自己

ころころ変わる感情と感受性を持ち、状況を本能的に判断できます。**直感力に優れるため、相手に対する第一印象はおおむね当たっています**。感情の幅が広く、思いやりがあって優しい面から、意志が強く勇敢な面まで持ちあわせています。落ち着きがなく、がまんがきかない性格ですが、一度腹をくくってしまえば粘り強くやり通すことができます。

魅力、実務的な組織力、豊富な創造力を兼ね備え、あなたにとっては仕事がエネルギーと才能を向けるはけ口として重要となります。優れたビジョンを持ち、マネジメント能力があるので人の上に立つ地位に就くでしょう。金運もあります。

仕事と適性

独立心が旺盛で意志の固いあなたは人を統率する天性の能力を持ち、**必要な自己鍛錬さえ嫌がらなければ、活躍する分野の第一線で確実に成功を収めることができます**。現実的で正直なアプローチをとるので、周りの人から、わかりやすい性格だと思われます。組織を統制する腕は管理能力の才能の表れですが、独創的な発想で自らの企画を立ち上げたり、既存のシステムの改善で評価されるでしょう。

恋愛と人間関係

理想主義で社交的なあなたは、精神的な安定と安心を求めます。カリスマ性のある人で、**多くの友人や共感者を惹きつける**ことも多いでしょう。交際中は努めて仲良くやっていこうとしますので、自分から愛するパートナーをふることはめったにありません。愛情表現はしますが、気持ちを抑えるようになると、気がきかなくなったり身勝手になることがあります。

数秘術によるあなたの運勢

一番になりたいという強い気持ちがこの誕生日からの影響です。1という数字を持つ人は、エネルギーに満ち、革新的で勇敢な気質を持ちます。確固たる自己を確立し自己主張を展開したいという欲求を持つことが多いでしょう。ここで示されるパイオニア精神があなたを1人で果敢に行動させるのです。自発的に行動する力から管理能力や統率力が伸びるでしょう。情熱的で独創的な発想で、人を導くことのできる人です。

誕生日に1の数字を持つ人は、世界が自分中心に回っているのではないことも自覚してください。自己中心的になったり、独断に陥らないように注意。

生まれ月12の影響から、親しみやすく、寛大な人柄が表れます。理想主義ですが大胆で楽観的な傾向があるので、地にしっかり足をつけて慎重に行動し、常識を働かすように心がけて。

あなたは人を説得したり共感を得たりする能力はありますが、優位に立つべき時と変化や妥協を受け入れるべき時を心得るようにしましょう。

●長所：指導力がある、創造力がある、進歩的である、説得力がある、楽観的である、強い信念を持つ、競争心がある、独立心が旺盛である、社交的である

■短所：横柄である、嫉妬深い、独善的である、自尊心が強すぎる、対抗意識が強い、遠慮がない、利己的である、不安定である、短気である

相性占い

♥恋人や友人

1月1、7、11、12、22、27日／**2月**5、9、20日／**3月**3、7、18、26、31日／**4月**1、5、16、29日／**5月**3、14、27、29日／**6月**1、12、25、27日／**7月**10、23、25日／**8月**8、16、21、23、31日／**9月**6、19、21、29日／**10月**4、17、19、27、30日／**11月**2、15、17、25、28日／**12月**13、15、23、26日

◆力になってくれる人

1月8、14、19日／**2月**6、12、17日／**3月**4、10、15日／**4月**2、8、13日／**5月**6、11日／**6月**4、9日／**7月**2、7日／**8月**5日／**9月**3日／**10月**1、29日／**11月**27日／**12月**25、29日

♣運命の人

5月30、31日／**6月**1、2日

♠ライバル

1月9、18、20日／**2月**7、16、18日／**3月**5、14、16日／**4月**3、12、14日／**5月**1、10、12日／**6月**8、10日／**7月**6、8、29日／**8月**4、6、27日／**9月**2、4、25日／**10月**2、23日／**11月**21日／**12月**19日

★ソウルメイト(魂の伴侶)

1月9日／**2月**7日／**3月**5日／**4月**3日／**5月**1日／**10月**30日／**11月**28日／**12月**26日

この日に生まれた有名人

藤子・F・不二雄(マンガ家)、ウッディ・アレン(映画監督)、梨元勝(芸能レポーター)、富司純子(女優)、根津甚八(俳優)、九代目林家正蔵(落語家)、長谷川理恵(タレント)、和田唱(トライセラトップス ボーカル)、新島八重(教育者)

太陽：いて座
支配星：いて座／木星
位置：9°30'−10°30' いて座
状態：柔軟宮
元素：火
星の名前：アンタレス、ハーン

December Second

12月2日

SAGITTARIUS

勇敢な性格ですが、無謀な賭けには要注意

何事もそつなくこなせて社交性があり、進取の気性に富むあなたは**直感力の優れた人物**です。理想主義で感受性も強く、何にでも興味を示し、じっとしていられない性質。刺激やチャンスが得られるなら危険なことにも飛びこむ才覚あふれた勇敢な性格です。支配星であるいて座の影響から、**細かいことは苦手で、長期的な視野の持ち主**です。楽観的で博愛主義の人が多く、自分に自信がありそれが競争心や冒険心になって表れます。それでも人と協力して物事を進めると、付加的な利益がもたらされることもあります。文学や文章には天性の才能があり、知識や感情を表現する道に進むとよいでしょう。ただし、果敢に人生の賭けに打って出る時には、新たに始めることが過去をすべて洗い流してくれるなどと考えて無謀な賭けに出ないように。

この日に生まれた人は**独創的な思想と優れた経営能力を持つ天性の戦略家**で、問題を現実的に解決し、物事をてきぱきこなせます。自分の常識というものにこだわりますが、誰にも頼らず人とは違ったやり方をとるあなたは、あらゆる状況でさまざまな側面を見通す力があります。不安や不信に無駄なエネルギーを浪費しがちなので忍耐強くなることも覚えて。

19歳までは自分の可能性を広げたり、チャンスをとらえようという気持ちが強いでしょう。その対象は起業、学問や旅行などです。20歳になると進行する太陽がやぎ座に入り、成果を出すため目標を見据えて以前より実際的で現実的な方法をとり始めます。このために生活に秩序や規律が今まで以上に必要です。進行する太陽がみずがめ座に入る50歳の時にも転機を迎えます。博愛主義と集団意識が強くなり、生活に新しいことを取り入れてみたくなります。

隠された自己

内面の感受性は表の自信に満ちた態度からはわかりません。**人生の真実を探る求道者**であるあなたは、他人の苦境に対する答えが直感的にわかることが多いのです。愛情を強く求め責任感もあるので、人のために犠牲を払うことになっても、調和を図るためにはどんなことでもしようとします。ただおせっかいを焼きすぎるので、親切のつもりでも押しつけがましくなったり、口うるさくなりすぎるきらいがあります。

あなたは大胆で、誇り高く意思の強いところがあるので、人に追随する立場になるのは好みません。真価を見極めることができ生まれながらにビジネス感覚に優れ、物質欲に溺れない限りはどのような状況も福に転じられる力を持ちます。魅力的ではありますが、時に言葉がきつくなって人を傷つける場合があるので注意しましょう。とはいえ、内面の強さとカリスマ性を備えているので、必要な自己鍛錬さえすれば人生においてすばらしい成功を収めることができるでしょう。

仕事と適性

鋭い知性に優れたコミュニケーション能力を持つので、**できないことはない**と言ってもよいでしょう。ただ、感情を強く出しすぎないように。また自己不信に陥りやすい面も克服すべきです。主義を主張する反抗者として、社会改革や教育改革の先駆者になることも考えられます。常に考えを変えていくので、転職を決意するか、そこまでいかなくても働き方を見直すことになります。生来の社交性と商才を兼ね備えている人は、この両面が活かせる職業、例えば出版などのマスコミ業界が向いています。非常にクリエイティブな生き方を文筆業や芸術に活かしてもよいでしょう。哲学や博愛主義の教えを活かすには慈善活動や宗教などの活動に従事するか、慈善家になる道もあります。旅行業あるいは共同事業から得るものも大きいでしょう。

恋愛と人間関係

理想主義で正直なあなたはパートナーを慎重に選びましょう。誰もがあなたの高い期待に応えられるわけではありません。もともと親しみやすい性格で数多くの友人に恵まれますが、二面性を持つ性格ゆえに楽観的で優しく積極的にふるまっていたかと思えば、投げやりな態度をとったり引っ込み思案になったりします。このように気分がころころ変わるあなたに周りは当惑することがあります。**精神的なつながりというものを求める**ことが多く、好きな人には惜しみなく手を差し伸べられる人です。

数秘術によるあなたの運勢

感受性が強く人の輪を大切にするところは、生まれ日の2の数字の影響です。人と触れあえる協同作業を好みます。好きな人を喜ばせようとして、依存心が強くなるおそれがあります。それでも自信をつけることによって、他人の行動や批判で傷つきやすい面を抑えることができます。生まれ月の12という数字の影響から、クリエイティブで多才、加えて勘の鋭いところがあります。直感力に優れ頭脳明晰ですが、親しみやすく順応性にも優れます。精神的な刺激を求め落ち着きのない性格は、自己鍛錬と一貫した姿勢を身につけることで改めて。外交術を磨いて、ぶっきらぼうな態度やストレートすぎる発言は慎むべきです。自己鍛錬を積んで忍耐強くなってくると、自分の直感を信じることができるようになります。

●長所：よいパートナーシップを築ける、優しい、才気にあふれる、のみこみが早い、直感力が優れる、思いやりがある、協調性がある、愛想がいい、外交能力がある

■短所：疑い深い、自信がない、人の言いなりになりやすい、神経質である、人を騙す、利己的である、気分屋である、傷つきやすい

♥恋人や友人

1月4、8、13、22、26日／**2月**6、20、24日／**3月**4、18、22日／**4月**2、7、16、20、30日／**5月**14、18、28、30日／**6月**12、16、26、28日／**7月**10、14、23、24、26日／**8月**8、12、22、24日／**9月**6、10、20、22、30日／**10月**4、8、18、20、28日／**11月**2、6、16、18、26日／**12月**4、14、16、24日

◆力になってくれる人

1月9、20日／**2月**7、18日／**3月**5、16、29日／**4月**3、14、27日／**5月**1、12、25日／**6月**10、23日／**7月**8、21日／**8月**6、19日／**9月**4、17日／**10月**2、15、30日／**11月**13、28日／**12月**11、26、30日

♣運命の人

1月27日／**2月**25日／**3月**23日／**4月**21日／**5月**19、30、31日／**6月**1、2、17日／**7月**15日／**8月**13日／**9月**11日／**10月**9日／**11月**7日／**12月**5日

♠ライバル

1月2、10、19日／**2月**8、17日／**3月**6、15日／**4月**4、13日／**5月**2、11日／**6月**9日／**7月**7、30日／**8月**5、28日／**9月**3、26日／**10月**1、24日／**11月**22日／**12月**20、30日

★ソウルメイト(魂の伴侶)

1月15日／**2月**13日／**3月**11日／**4月**9日／**5月**7日／**6月**5日／**7月**3日／**8月**1日／**10月**29日／**11月**27日／**12月**25日

有名人

高峰三枝子(女優)、マリア・カラス(歌手)、山崎努(俳優)、太地喜和子(女優)、ジャンニ・ヴェルサーチ(ファッションデザイナー)、ルーシー・リュー(女優)、松嶋尚美(タレント)、ブリトニー・スピアーズ(歌手)、八乙女光(Hey! Say! JUMP　タレント)、HISASHI(GLAY　ギタリスト)

太陽：いて座
支配星：おひつじ座／火星
位置：10°30'－11°30'　いて座
状態：柔軟宮
元素：火
星の名前：アンタレス、ハーン

December Third

12月3日

SAGITTARIUS

快活でバイタリティあふれる性格

創造力があって多才、加えて人好きのあなたは実用を重んじながら親しみやすく魅力的。妥協することも協力することもいとわないので、共同経営のベンチャー業を成功させて莫大な利益が得られます。幸運に恵まれることが多くても、エネルギーを余計なことに浪費しがちなので、活力を最も重要な問題だけに注ぐようにすることが必要。

支配星であるおひつじ座の影響から、**快活な態度と楽観的な性格にさらにバイタリティが加わります**。エネルギッシュで決断力があるので障害を乗り越える力があります。このような積極性は冒険心があり、視野を広げたいという気持ちにも表れます。

あなたは優れた経営能力を持ちますが、幸運と刺激を期待して危険を顧みない点は注意が必要。**闘争心と独創的な発想を持ちあわせている**ので表現の自由を求め、てきぱきと事を運ぶのを好みます。知的で直感力に優れたあなたは知的な活動に関心を持つ博愛主義者。**財を成すすばらしいアイディアをたくさん持っていますが**、理想と現実との葛藤が生じるので現実的な目標を据えるとよいでしょう。現実をおろそかにすると、十分なお金がないことに不安を覚えることになります。

18歳までは楽観的で冒険心にあふれ、可能性を広げたいという強い欲求が表れます。対象は起業、学問、あるいは旅行など。19歳で転機を迎えますが、この時期進行する太陽がやぎ座に入ります。この影響から以前より実利に則した規律正しい生き方になってきます。目標を達成する方法に現実感が伴ってくるのです。進行する太陽がみずがめ座に入る49歳の時も大きな転機。この時期は友情、集団意識、独立に関わる問題が重要になってきます。

隠された自己

認められたいという気持ちが強く非常に活発に見られますが、心の中では平穏な落ち着きを望んでもいます。このことから、あなたは芸術的でクリエイティブな活動にのめりこむか、あるいは世俗からの避難所として家庭の重要性が大きくなります。野心的な願望と安定した生活を望む気持ちとのバランスがうまくとれるようになると、極端に走ることなく、また自分の世界に浸りすぎる事態を避けられます。

物質的な成功を強く望むことから、本物の成功だと思える事業を立ち上げることが多いのもこの日生まれの人の特徴です。**決断力に優れている**ので、目標に向かっている時はすばらしい力を発揮できます。富、権力、名誉を求める強い欲求が高い理想とうまく結びつく人は、その気になって直感に従えば大いに力を発揮することになります。

仕事と適性

リーダーシップがあり独立独歩ですが、**人と協力することの大切さもわかっている人**です。そのため、共同経営やチームワークを必要とする仕事に向いています。熱意とバイタリティがあるので特にアイディアや製品の販売や宣伝を得意とします。交際術と人脈作りの能力は、広報担当者など、人と接する職業にまさにうってつけです。頭がよく独創的なところから、音楽、文学、芸術、または演劇方面の仕事も選択肢の1つ。理想主義な面と現実的な面の両面があるので、人の役に立つ仕事では特に喜びを感じられます。

恋愛と人間関係

友好的で理想主義のあなたは、強い信念を持ち知的でたくましい人に惹かれます。優しく愛情も深いので友人の輪も広く非常に社交性があります。楽観的で好きな人に対しては寛大になれますが、個人的な欲望が強く野心にあふれているので、時に打算的に見えてしまうことがあります。関係をうまく保つためには喜んで犠牲を払いますが、ある程度の自由は残しておくこと。**友人が仕事で助けになってくれる**こともあります。

数秘術によるあなたの運勢

3日に生まれたあなたは感受性が強く、創造力と感情を表現したいという欲求があります。自分が楽しむのも人を楽しませるのも得意で、打ち解けた交際を楽しみ、多くのことに興味を持ちます。多才で表現力も豊かですが、いろいろと刺激的な体験をしたい性格で飽きっぽく、優柔不断で多くのことに関心を持ちすぎる面があります。数字3の影響を受ける人は芸術的な才能に恵まれて、魅力もユーモアのセンスもありますが、心配性や不安感などの気質が表れないよう自尊心を持つように。

生まれ月の12の影響から、自由を愛し、理想主義で、率直な面が表れ、人を信じやすく楽観的な態度をとります。この日に生まれた人は、多くの人脈を持ち人からも好かれます。活発で前向きでありたいあなたは、社会や大家族の一員であることに喜びを感じます。活動的に新しいことを始めたい欲求があることから変化も求めます。変化がなければ退屈して、いてもたってもいられなくなってしまうのです。

●**長所**：ユーモアのセンスがある、楽しい人である、親しみやすい、成果を出す、創造力がある、芸術的なセンスがある、自由を愛する、文才がある

■**短所**：飽きっぽい、虚栄心が強い、空想癖がある、話が大きい、自慢したがる、浪費家である、勝手きままである、怠惰である、言行が一致しない

相性占い

♥恋人や友人

1月3、6、23日／**2月**11、21日／**3月**9、19、28、31日／**4月**7、11、17、26、29日／**5月**5、15、24、27、29、31日／**6月**3、13、22、25、27、29日／**7月**1、11、20、23、25、27、29日／**8月**3、9、18、21、23、25、27日／**9月**7、16、19、21、23、25日／**10月**5、14、17、19、21、23日／**11月**3、12、15、17、19、21日／**12月**1、10、13、15、17、19日

◆力になってくれる人

1月3、4、10、21日／**2月**1、2、8、19日／**3月**6、17、30日／**4月**4、15、28日／**5月**2、13、26日／**6月**11、24日／**7月**9、22日／**8月**7、20日／**9月**5、18日／**10月**3、16、31日／**11月**1、14、29日／**12月**12、27日

♣運命の人

1月22、28日／**2月**20、26日／**3月**18、24日／**4月**16、22日／**5月**14、20、30日／**6月**1、2、3、12、18日／**7月**10、16日／**8月**8、14日／**9月**6、12日／**10月**4、10日／**11月**2、8日／**12月**6日

♠ライバル

1月11、20日／**2月**9、18日／**3月**7、16日／**4月**5、14日／**5月**3、12、30日／**6月**1、10、28日／**7月**8、26、31日／**8月**6、24、29日／**9月**4、22、27日／**10月**2、20、25日／**11月**18、23日／**12月**16、21日

★ソウルメイト(魂の伴侶)

1月26日／**2月**24日／**3月**22、30日／**4月**20、28日／**5月**18、26日／**6月**16、24日／**7月**14、22日／**8月**12、20日／**9月**10、18日／**10月**8、16日／**11月**6、14日／**12月**4、12日

この日に生まれた 有名人

永井荷風(作家)、種田山頭火(俳人)、池田勇人(政治家)、ニーノ・ロータ(作曲家)、ジャン=リュック・ゴダール(映画監督)、篠山紀信(写真家)、イルカ(歌手)、長州力(格闘家)、古田新太(俳優)、高岡早紀(女優)、アマンダ・サイフリッド(女優)

太陽：いて座
支配星：おひつじ座／火星
位置：11°30'－12°30'　いて座
状態：柔軟宮
元素：火
星の名前：アンタレス、ラスタバン

December Fourth

12月4日

SAGITTARIUS

実利的で優れたビジネス感覚

楽観的で野心があり、実利的で、決断力があって精力的。金銭欲と名誉欲が強くそれを何よりも求めるので、**ひるむことなく努力して目標や自分の理想とするものを手に入れます**。自由を求めながら、押しが強くて個人主義的な傾向が強く、視野を広げてくれる新しいことやチャンスを経験しながら成長していくタイプです。

支配星であるおひつじ座の影響が持ち前の自己主張の強さに加わり、冒険心や独立心が強く表れます。進取の気性に加えて競争心を持つので、活動的で機敏に対処し、勇敢でありたいと思っています。**優れた経営能力**があり、障害を伴うリスクをものともせず障害にも機敏に対処します。**理想主義でビジネス感覚に優れる**あなたは、幸運をもたらしてくれるアイディアを持つと同時にそれを実現する能力もあります。先見の明を持つので新しい流行や状況を見極めることも多いでしょう。事業を立ち上げたり自分が先頭に立って仕事することを好みます。才覚も勇気もありますが、強情な気質から自分の主義に固執しがちな面があるので、傲慢な態度をとるのではなく妥協する術も身につけることが必要です。

17歳までは自由、冒険、チャンスに主に目が向きます。進行する太陽がやぎ座に入る18歳になると、成果を出すために目標を据えて現実的な姿勢になります。この影響から生活が以前より秩序と規律が必要に。進行する太陽がみずがめ座に入る48歳の時にも転機を迎えます。集団活動や友情の重要性を感じ始めるでしょう。

隠された自己

独立独歩の人ですが、交渉能力と人脈作りに天性の才能があります。人間関係はあなたにとって特に重要で、チームの一員となったりパートナーと手を組んで仕事をするメリットもわかっている人です。理想主義で鋭いビジネス感覚を持つので、アイディアや主義を売りこむことに長けた実務向きの理想家といえます。時に根拠もなく金銭問題に不安を覚えることがありますが、**持ち前の説得力と優れた交渉術**で大成功を収めることも夢ではありません。意志が強くて度量が大きく、愛情と自己表現を強く求めます。この欲求が生来の博愛主義の面に結びついて、目的意識を持てば人の役に立つ原動力になれます。情熱家で壮大な計画を描きますが、自分の思い通りに事を進めたがります。理想と野心、愛情と金銭、同情と権力のバランスをとれば、すばらしいリーダーになれるでしょう。

仕事と適性

進取の気性に野心があり、勤勉なあなたは意志が強く成功を手に入れるためのチャンスを見極める目を持っています。交際術と決断力を兼ね備えるので、積極的なかたちで周囲と協力ができます。大きなスケールで考え交渉術にも長けているため、起業家になるか、または大企業で出世するか経営者となるのに適しています。**人を説得する手腕のある**ことから、広告代理店、金融アドバイザーなどの仕事に就くのもおすすめ。情熱的なのでアイディアや製品、人を売りこむ仕事に就くこともあります。

恋愛と人間関係

活動的で思いやりのあるあなたは、個人の自由と積極的な社会生活を望みます。気分が変わりやすいので、人と長年の関係を約束するのに最後の最後まで煮えきらないところがあります。親しい間柄になると、素朴で楽天的な感情と非常に現実的な感情との間で気持ちがゆれ動くことがあります。

自立を望むあなたは、**自由にさせてくれる相手**を選ぶことが幸せになる鍵です。

数秘術によるあなたの運勢

誕生日の4の数字から授かる、統率がとれる力は、安定を望み、秩序を確立したいという面に表れます。生まれつき活力、実務能力、確固とした決断力を備え、精力的に働くことで成功を得ることができます。

安心感を重視するので自分と家族のための確固たる基盤を築くのを好みます。実利を大事にする生き方は、優れたビジネス感覚と物質的な成功を手に入れる力を与えてくれます。

4という数字に影響を受ける人はたいてい正直で、率直、そして公正です。ただ数字の4に影響を受ける人の課題は、精神的な不安定、あるいは金銭的な不安を乗り越えなければならない時期があることです。

生まれ月の12という数字の影響から、親しみやすく社交的であるものの、ストレートにものを言いすぎる面があります。探究心が強く疑い深い性格で、自分の能力や力量や知力を一か八か試してみたがります。自由な発想の持ち主ですので、一度こうと決めたら信念を曲げず一途になれる人です。気力にあふれていますが、有益なことや意味のある目的にそのエネルギーを注ぐには安定と忍耐が必要。

●**長所**：自己鍛錬ができる、落ち着きがある、勤勉である、きちんとしている、職人気質である、手先が器用である、実利に聡い、人を信用する、几帳面である

■**短所**：気が変わりやすい、破壊的な態度をする、人と打ち解けにくい、抑圧されている、柔軟性がない、怠惰である、冷たい、決断力がない、感情が激しやすい、偉そうな態度をとる、感情を表に出さない、怒りっぽい、厳格である

相性占い

♥恋人や友人

1月6、14、21、24、31日／**2月**4、12、19、22、29日／**3月**10、20、27日／**4月**8、18、25日／**5月**6、16、23、30日／**6月**4、14、21、28、30日／**7月**2、12、19、26、28、30日／**8月**10、17、24、26、28日／**9月**8、15、22、24、26日／**10月**6、13、20、22、24、30日／**11月**4、11、18、20、22、28日／**12月**2、9、16、18、20、26、29日

◆力になってくれる人

1月5、22、30日／**2月**3、20、28日／**3月**1、18、26日／**4月**16、24日／**5月**14、22日／**6月**12、20日／**7月**10、18、29日／**8月**8、16、27、31日／**9月**6、14、25、29日／**10月**4、12、23、27日／**11月**2、10、21、25日／**12月**9、19、23日

♣運命の人

1月12日／**2月**10日／**3月**8日／**4月**6日／**5月**4日／**6月**1、2、3、4、5日

♠ライバル

1月16、21日／**2月**14、19日／**3月**12、17、30日／**4月**10、15、28日／**5月**8、13、26日／**6月**6、11、24日／**7月**4、9、22日／**8月**2、7、20日／**9月**5、18日／**10月**3、16日／**11月**1、14日／**12月**12日

★ソウルメイト(魂の伴侶)

1月25日／**2月**23日／**3月**21日／**4月**19日／**5月**17日／**6月**15日／**7月**13日／**8月**11日／**9月**9日／**10月**7日／**11月**5日／**12月**3、30日

この日に生まれた有名人

セルゲイ・ブブカ(元棒高跳び選手)、井口奈己(映画監督)、浅香唯(女優)、宮村優子(声優)、田村淳(ロンドンブーツ1号2号　タレント)、井口資仁(プロ野球選手)、森貴美子(モデル)、ギャル曽根(タレント)、木下優樹菜(タレント)、蟹江美貴(アーチェリー選手)、湯元健一・進一(レスリング選手)、中川剛(中川家タレント)

太陽：いて座
支配星：おひつじ座／火星
位置：12°30−13°30′　いて座
状態：柔軟宮
元素：火
星の名前：アンタレス、ラスタバン

December Fifth

12月5日

SAGITTARIUS

可能性を広げる冒険心と独立心

知性と決断力があるあなたは多才で行動的。知識や成熟、**鋭い眼識で成功を約束された人**です。楽観的な性格に加えて活動的な生活を望むことから、感情や知識を表現する自由が必要です。

支配星であるおひつじ座の影響が持ち前の自己主張の強さに加わり、冒険心と独立心が強く表れます。自信があるようにふるまい、優れた経営能力を示す力はあるのに、自己不信や不安感から目的意識を見失ったり、本当に手に入れたいものが何かわからなくなってしまうことがあります。自分の計画を粘り強く追い求めることで、最終目標を叶えるのに必要な根気と忍耐力が身につきます。改革案や独自の考えを持ってストレートにはっきりとものを言うので、周りからは**知識が豊富な人**だと一目置かれます。この日に生まれた女性は明確に物事を判断し、責任感が強いという傾向があります。保守的な面と反抗的な面をうまく調和させて如才のないあなたは、ストレートにはっきりとものを言うことはあっても、**人を退屈させたり飽きさせることはありません**。ただし、周りに耳を貸さず意固地になりすぎて後で後悔することになりかねないので注意。

16歳までは楽観的で冒険心に富み、自分の可能性を広げたいと強く望みます。冒険、学問、あるいは旅行がその対象となるでしょう。進行する太陽がやぎ座に入る17歳の時に転機を迎えます。この影響から生き方がより現実的に。目標を達成する方法に現実感を伴うようになり、安定を意識するようになります。信仰する太陽がみずがめ座に入る47歳の時にもう一度大きな転換期を迎えます。この時期は独立の欲求が高まり、自由を望む気持ちが強くなると同時に、集団意識や博愛主義的な理想の理解も深まります。

隠された自己

強い個性を持つあなたは、目標達成の意欲に満ちて野心があり、強い義務感を持ち、粘り強い性格です。責任感が強く権力をふるって、管理の行き届いた状態を好みます。**頭の回転が速く自分の主張を押し通すことができます**が、友好的な対立や議論も多少は受け入れられる人です。目的に向かって根気強く一生懸命に働いている時は、あくまで妥協のない決意をみせます。独立心が旺盛でリーダーとしての素質を持ちますが、チームワークや共同作業の大切さもわかっている人です。人間関係や仕事上のパートナーシップがあなたの人生において重要な役割を果たすので、自分の欲求と周囲の欲求とのバランスをとることが大切です。感情的な対立や横柄な態度にならないようにするには、天性の外交術を発揮するとうまくいきます。それでも自尊心が高いため、自分の感受性の強さや理想主義な面、内面の強さを隠すために表面を取り繕うこともよくあります。

仕事と適性

勤勉さと責任感の強さから、**自然と権威ある立場に納まります**。鋭い知性と独特の発想の持ち主ですので、特に教育、哲学、あるいは科学的な研究などの仕事に適しています。

寛大で親切で交渉術に長け、チャンスを見極める目も持っています。指図されるのは嫌いで、自分のやり方で自由に仕事するのを好むので、経営者になるか独立するのがよいでしょう。博愛主義で精神的な志があるなら、社会改革や宗教の道に進むことも考えられます。激情的なところがあるので、エンターテインメントの世界に飛びこむのもおすすめ。

恋愛と人間関係

知的で聡明なあなたの威厳ある態度に多くの人が惹きつけられます。責任感があり思慮深く、正直で率直な面もあります。誰かを信頼すると援助を惜しまず安心感を与えます。世話好きはよいのですが、責任感の強さから時に押しつけがましくなったり傲慢になったりする点には注意。

感情のバランスがとれ、満たされて幸せな人に惹かれます。安定した人生の基盤を望むことから、結婚生活を大切にし、また独身の場合には地元を大切にします。

数秘術によるあなたの運勢

勘が鋭く、冒険心があり、自由を求めるところはすべて、誕生日の**5**という数字の影響です。新しいことなら何でもチャレンジし情熱を持って取り組むあなたはやるべきことの多い人生となります。予測していないことも含めて旅行を経験し数多くの岐路に立たされる中で考え方や信念が全く変わることもあります。5日生まれの人は人生に刺激を求めますが、責任感のある態度を身につけ、人をはらはらさせたり、落ち着きのない性格が出ないよう気をつけなければなりません。早とちりや思惑が先走る行動を避けて、辛抱強くなれば成功できます。

数字5に影響を受ける人の天性の才能は、流れに身を任せながらも客観的な立場を保つ方法がわかっていることです。

生まれ月の**12**の影響から直感力と創造力に優れ、実務能力と説得力を備えます。知的で広い心の持ち主ですが、特に物事がすぐに進まないと、時に短気になってぴりぴりしたりすることもあります。個人的な自由を求める正義感の強い人です。

●**長所**：多才である、順応力がある、進歩的である、勘が鋭い、人を惹きつける魅力がある、勇敢である、自由を愛する、頭の回転が速くウィットに富む、好奇心が強い、神秘的である、社交性がある
■**短所**：信用できない、気が変わりやすい、決断力がない、一貫性がない、頼りにならない、自信過剰である、頑固である

♥恋人や友人
1月7、11、13、15、17、25日／**2月**5、9、11、13、15、23日／**3月**7、9、11、13、21日／**4月**1、5、7、9、11、19日／**5月**3、5、7、9、17、31日／**6月**1、3、5、7、15、29日／**7月**1、3、5、27、29、31日／**8月**1、3、11、25、27、29日／**9月**1、9、23、25、27日／**10月**7、21、23、25日／**11月**5、19、21、23日／**12月**3、17、19、21、30日

◆力になってくれる人
1月1、5、20日／**2月**3、18日／**3月**1、16日／**4月**14日／**5月**12日／**6月**10日／**7月**8日／**8月**6日／**9月**4日／**10月**2日

♣運命の人
6月2、3、4、5日

♠ライバル
1月6、22、24日／**2月**4、20、22日／**3月**2、18、20日／**4月**16、18日／**5月**14、16日／**6月**12、14日／**7月**10、12日／**8月**8、10、31日／**9月**6、8、29日／**10月**4、6、27日／**11月**2、4、25、30日／**12月**2、23、28日

★ソウルメイト(魂の伴侶)
1月6、12日／**2月**4、10日／**3月**2、8日／**4月**6日／**5月**4日／**6月**2日

有名人

ウォルト・ディズニー(映画監督)、木下惠介(映画監督)、小林幸子(歌手)、群ようこ(作家)、奈良美智(画家)、岩井志麻子(作家)、観月ありさ(女優)、道端アンジェリカ(モデル)、宇津木瑠美(サッカー選手)、由規(プロ野球選手)、フジコ・ヘミング(ピアニスト)

太陽：いて座
支配星：おひつじ座／火星
位置：13°30'−14°30'　いて座
状態：柔軟宮
元素：火
星の名前：ラスタバン

December Sixth

12月6日

SAGITTARIUS

自分の勘を信じて高い理想に向かって

知性があって判断力に優れているあなたは、**強い感情と高い理想を持つ知覚力の強い人**です。勘や直感力を働かせて前向きに考えるようにすると、不安な感情を抑えられます。支配星であるおひつじ座の影響が持ち前のバイタリティに加わり、冒険心や独立心に強く表れます。しかし大きな世界で目的を達成するには、強い意志と楽観的な気持ちを持つように。

あなたは**多才で情熱があり、自分の独創性や個性を表現したい**のはわかりますが、細部に気を配りやりたいことに専念した方がよさそうです。独自の考えを持っているため、人の意見には耳を貸さず柔軟性に欠けるところが出ることがあります。しかし人生で成し遂げたいものが何であっても、真実や知識を探求したり、精神世界を追求するのは得るものも大きいでしょう。経営能力に優れたあなたは、**大事業を手がけると脇目もふらずに熱心に働きます**。親しみやすく社交性もあり、同情心や博愛主義の面も持ちあわせているので、友人の輪も広く外交的な性格。寛大で思いやりがあるのですが、無知な人を許せなくなることもあります。そのような時は堪忍袋の緒が切れて、ばかなふるまいにがまんできなくなります。

進行する太陽がやぎ座を通過している16歳から45歳までは、現実的な問題に重きを置き、生活の秩序と規律の必要性を重視します。進行する太陽がみずがめ座に入る46歳の時が転機。独立、集団意識、進歩的な考えに目を向けるようになってきます。新たなことを経験したいと強く感じるようになります。進行する太陽がうお座に入る76歳にもう一度転換期を迎えます。この時期は感受性や深層意識を重要視するようになります。

隠された自己

あなたの持つ自己表現の能力は不安定な感情を解放し神経質になりすぎないようにするのに有益です。この自己表現は人生の喜びを高め、満足感と創造力を与えてくれます。創作力があって機知に富み、**イマジネーションが豊富**なあなたは、社会生活を通して、あるいは芸術、音楽、演劇、文学のどの分野でも才能を発揮します。そのためにはインスピレーションが成功の重要な要素となります。心配性や優柔不断な面があるのが玉にきずのあなた。持って生まれた才能を開花させるためにも、これを克服しましょう。成果主義で野心に満ちて勇気にあふれ、ビジネス感覚に優れ、壮大な計画を持つ楽観的な人です。ただしお金ですべてが解決できると考える傾向も見受けられ、人生にとって本当に価値のあるものを見失ってしまいがち。人へ奉仕することではじめて幸福感や充足感が得られることを肝に銘じましょう。

仕事と適性

鋭い知性と進取の気性を持つあなたはチャレンジ精神に富み、常に知識を吸収しようとします。壮大な計画を好み、人に劣るのをよしとしないので、ある程度、**監督権や権限を**

持てる仕事が理想的です。真実や理想の追求心から、特に他人の権利を弁護する立場にあるなら、法律、カウンセリング、あるいは社会改革に進むのもおすすめ。同様に直感的な思考力は教育界、科学的研究、思弁哲学、あるいは哲学の分野でも充足感を得られます。ただ現実的な性格の面からすると、組織化する力、説得力のある話術や多くの才能が大いに発揮できるビジネスの分野も向いています。深く調和を求め音楽やアートの道に進むことも考えられます。

恋愛と人間関係

親しみやすく人のことをよく理解するあなたは、**話がおもしろく精神的な刺激を与えてくれる知的で強引な人**を好みます。友好的で思いやりのある性格に、周りの人からは指導や援助が欲しい時に頼りにされます。理想主義で意欲的なあなたは自分の責任も人の責任もとることのできる人です。強くて強引に見られますが、感受性の強い面からじっとしていられなくなったり、飽きてきたりすることもあります。外国人や外国に興味を持つこともありますが、それでも家庭の安心感が必要です。

数秘術によるあなたの運勢

理想主義、創造力、思いやりのある性格は、誕生日の6という数字が持つ影響です。**6**は完璧主義者、あるいは万人の友を表す数字で、この日生まれの人は責任感があり、愛情豊かで人に手を差し伸べる博愛主義の人が多いようです。6日生まれの人はおおむね家庭的で子煩悩です。内に秘めた感受性の強い部分はクリエイティブな表現方法を見つける必要があり、エンターテインメント、アートやデザインの世界に惹かれます。ただもっと自信をつけて、干渉、心配性、見当違いの同情などの気質を抑えられるようにならなければいけません。

生まれ月の**12**という数字の影響から、想像力と慈善の精神が与えられます。楽観的に物事を考え知性のある理想家ですが、自分の直感に従うようにしましょう。広い心を持ち独創的な考えをする人はより高度な学習の道に進むこともあり、思想や哲学を学ぶと大いにためになります。人の欲求を考慮し自分の責任を引き受ければ、心の平穏が訪れ不安感も解消されます。

●長所：世事に長ける、人類愛がある、思いやりがある、頼りがいがある、理解力がある、同情心がある、理想主義である、家庭的である、博愛主義である、落ち着きがある、芸術的な才能がある

■短所：なかなか満足しない、心配性である、恥ずかしがり屋である、理性的ではない、頑固である、ずけずけものを言う、完璧主義者である、傲慢である、責任感が欠如している、疑い深い、自己中心的である

♥恋人や友人

1月4、9、12、16、25、30日／**2月**10、14、23、24日／**3月**8、12、22、31日／**4月**3、6、10、20、29日／**5月**4、8、18、27日／**6月**2、6、16、25、30日／**7月**4、14、23、28日／**8月**2、12、16、21、26、30日／**9月**10、19、24、28日／**10月**8、17、22、26日／**11月**6、15、20、24、30日／**12月**4、13、18、22、28日

◆力になってくれる人

1月2、13、22、24日／**2月**11、17、20、22日／**3月**9、15、18、20、28日／**4月**7、13、16、18、26日／**5月**5、11、16、18、26日／**6月**3、9、12、14、22日／**7月**1、7、10、12、20日／**8月**5、8、10、18日／**9月**3、6、8、16日／**10月**1、4、6、14日／**11月**2、4、12日／**12月**2、10日

♣運命の人

1月25日／**2月**23日／**3月**21日／**4月**19日／**5月**17日／**6月**2、3、4、5、6、15日／**7月**13日／**8月**11日／**9月**9日／**10月**7日／**11月**5日／**12月**3日

♠ライバル

1月7、23日／**2月**5、21日／**3月**3、19、29日／**4月**1、17、27日／**5月**15、25日／**6月**13、23日／**7月**11、21、31日／**8月**9、19、29日／**9月**7、17、27、30日／**11月**3、13、23、26日／**12月**1、11、21、24日

★ソウルメイト（魂の伴侶）

1月17日／**2月**15日／**3月**13日／**4月**11日／**5月**9日／**6月**7日／**7月**5日／**8月**3日／**9月**1日／**11月**30日／**12月**28日

有名人

キダ・タロー（作曲家）、宍戸錠（俳優）、車だん吉（タレント）、久石譲（作曲家）、十一代目市川海老蔵（歌舞伎俳優）、長野久義（プロ野球選手）、林遣都（俳優）、保田圭（タレント）、林家たい平（落語家）

太陽：いて座
支配星：おひつじ座／火星
位置：14°30'－15°30'　いて座
状態：柔軟宮
元素：火
星：なし

December Seventh

12月7日

SAGITTARIUS

独創的なのでクリエイティブな自己表現を

決断力と直感力があり、理性も兼ね備えるあなたは、**知識やより優れた自己認識を探求**します。普段は知的で情熱にあふれるとともに、情報をすぐに理解する力もあり、独創的な考えを持つのでクリエイティブな創作活動を通してそれを表現するとよいでしょう。

支配星であるおひつじ座の影響を受けて、**野心と活力に満ち行動的な性格**です。探究心があって冒険好きのあなたは、刺激や新たなチャンスをもたらしてくれる危険をはらんだことを好みます。独創的な考えの持ち主で情報収集に励み、知識を蓄積して自信につながることが多いようです。**才能があって賢く**、会話にしろ文章にしろ言葉の才能に恵まれたこの日生まれの人は、若々しく魅力的な個性を持ち、のびのびとした性格。自分の考えを伝える能力を持ちあわせているので、周りから誤解を受けることもありません。また、社交的ではあっても、自主的に考えるのを好み、**周囲の圧力に流されることはめったにありません**。これはあなたの個性や自己表現欲にもつながっています。正義感が強いですが、あなたの持つ進歩的な考えが慣習と相容れない場合には、反抗的と見なされることも。

進行する太陽がやぎ座を通過している15歳から44歳までは、人生の目標を達成するのに現実的な方法が必要だと考えます。進行する太陽がみずがめ座に入る45歳の時が転機。この時期は独立心が旺盛になり、自分の個性を発揮したいと思うようになります。自由、集団意識、あるいは博愛主義的理想といった問題に関わるようになります。進行する太陽がうお座に入る75歳の時にもう一度転機を迎えます。この影響から内面の精神世界に関心が向かいます。

隠された自己

カリスマ性があって野心的なあなたは、魅力と温かい心の持ち主です。社交性があって寛大なので、**特に人と関わる仕事に向いています**。独立心があり上昇志向が強いので活動的に動き、大きく物事を考えたがります。強い信念と奉仕の精神を持ちあわせ、理想を支持したり、実際に人の役に立つ運動を主導することも。深い思いやりは示しますが、内に秘めた激しい感情が強く出すぎたり、衝動的な行動をとらないよう注意しなければいけません。正直で率直なあなたは人との交流を楽しみ、また一緒にいて楽しい相手でもあります。理想主義的な面とは裏腹に、物質主義的な傾向から生活の安定を重視します。お金のために自分の魂を汚さないように。それでも若々しい情熱に強い個性、鋭い知性の持ち主であるあなたは、情報という財産で人に感銘を与えたり楽しませる恵まれた境遇にあります。

仕事と適性

鋭い知性に優れた分析力とコミュニケーション能力を持つので、特に作家、スポークスマン、あるいは教育分野の仕事が最適です。また、**自分の考えを伝える能力**もあるので、法律、学術研究、政治にも向いています。前向きな姿勢で壮大な計画を描き、カリスマ性があるので、**大企業で出世して責任ある立場に昇進する**こともできます。商業の世界に進んで、営業、販促、あるいは交渉に話術を活かすのもよいでしょう。自己表現欲のある人は、クリエイティブな才能を音楽、美術、演劇の世界で表現するのもおすすめ。

恋愛と人間関係

理想主義で神秘的なところのあるあなたは本当に意味のある関係だけを求めます。性格に二面性があり、思いついたままぱっと行動するかと思えば、思慮深い面から1人でいる空間や時間を必要とし、よそよそしくなって無関心に見えることもあります。気分が落ちこんだら、自分の感情を正直にさらけ出して関係を修復しましょう。そうしないと、懐疑心や不信を招く問題が生じて友人関係や恋愛関係が壊れることになりかねません。また、不倫をしたり、後で負担となる不似合いなパートナーとつき合ったりしないように。**頭の回転が速く、知識を求めてやまないあなたに相応しい知的なパートナー**を見つけてください。

数秘術によるあなたの運勢

分析力と思慮深さのある7日生まれの人は、人には批判的な一方、自己陶酔に浸ることがよくあります。常に自己啓発を怠らず情報収集に精を出し、読書や執筆、精神世界に興味を示すこともあります。抜け目がない割に、合理化しすぎたり細部を見落としたりします。人に打ち解けにくくわかりにくい性格から、時に誤解されていると感じることがあります。知識を求めるので、学問、特に思想や哲学、法律の研究から多くのものが得られます。

生まれ月の12の数字の影響を受けて、直感力と想像力があります。独立心があって有能なので、壮大な計画を描いたり独自の考えを持ちます。楽天的で自分で決断をくだしたがります。よく考えず思いついたままを口にして、わざとではなくても無神経な言葉を発する時がある傾向には注意。とはいえ生来の無邪気さのおかげで、率直な態度や子どもっぽい不躾なことも許してもらえるのも事実です。協力することと外交術を身につけて、独断的になりがちなところや、疑い深く挑発的に見られる部分を抑えましょう。

●長所：教養がある、人を信じる、細部に気を配れる、理想主義である、正直である、人の心が読める、科学的な考え方をする、合理的である、思慮深い

■短所：胸の内を明かさない、人からわかりにくい、親しみにくい、打ち解けにくい、懐疑的である、敵意がある、冷たい、無常である

♥恋人や友人
1月2、7、10、17、27、31日／**2月**5、8、15、25日／**3月**3、6、13、23日／**4月**1、4、11、21、27日／**5月**2、9、19日／**6月**7、17日／**7月**5、15、29、31日／**8月**3、13、27、29、31日／**9月**1、11、25、27、29日／**10月**9、23、25、27日／**11月**7、21、23、25日／**12月**5、19、21、23日

◆力になってくれる人
1月3、5、20、25、27日／**2月**1、3、18、23、25日／**3月**1、16、21、23日／**4月**14、19、21日／**5月**12、17、19日／**6月**10、15、17日／**7月**8、13、15日／**8月**6、11、13日／**9月**4、9、11日／**10月**2、7、9日／**11月**5、7日／**12月**3、5日

♣運命の人
1月13日／**2月**11日／**3月**9日／**4月**7日／**5月**5日／**6月**3、4、5、6、7日／**7月**1日

♠ライバル
1月16、24日／**2月**14、22日／**3月**12、20日／**4月**10、18日／**5月**8、16、31日／**6月**6、14、29日／**7月**4、12、27日／**8月**2、10、25日／**9月**8、23日／**10月**6、21日／**11月**4、19日／**12月**2、17日

★ソウルメイト（魂の伴侶）
1月16日／**2月**14日／**3月**12日／**4月**10日／**5月**8日／**6月**6日／**7月**4、31日／**8月**2、29日／**9月**27日／**10月**25日／**11月**23日／**12月**21日

与謝野晶子（歌人）、森下洋子（バレリーナ）、古舘伊知郎（キャスター）、尾美としのり（俳優）、香川照之（俳優）、鈴木拓（ドランクドラゴン　タレント）、宮本笑里（バイオリニスト）、羽生結弦（フィギュアスケート選手）

太陽：いて座
支配星：おひつじ座／火星
位置：15°30'－16°30'　いて座
状態：柔軟宮
元素：火
星の名前：サビク

December Eighth

12月8日

SAGITTARIUS

強い野心に流されて、感情に支配されないように

知的で直感的、精力的な性格のあなたは**強い心と野心に燃える性質**を持っています。何事もそつなくこなし度胸があるように見られますが、感受性の強さと感情の激しさから時に自己不信や不安定な感情に陥ることがあります。寛容さと思いやりを養い、感情に支配されたり、左右されたりしないように。支配星であるおひつじ座の影響が持ち前のバイタリティ、決断力、自己主張の強さに加わり、物事を1人で判断します。ふだんは慎重なのですが、**冒険好き**なところから変化や刺激をもたらしてくれる危険をはらんだことを好みます。経営能力に優れ、責任を引き受けたがります。**進取の気性と自由に自己表現をしたい欲求**から束縛を嫌います。持ち前の知性と直感力が強く結びついて、あなたに建設的で経済的な成功をもたらしてくれます。理想主義で自分の意見を曲げないところもあり、時に落ち着きがなくなったり飽きっぽくなることもあります。あまり指図を受けたがらず、論争的な態度に出て妥協しなくなることも。しかし、自己鍛錬ができ、楽観的で情熱もあり知識好きのあなたは、感化されて新たな考えを提唱しながら変革を起こしたり、次々とアイディアを出すことも多いでしょう。

進行する太陽がやぎ座を通過している14歳から43歳までは、実務的な問題や生活の秩序や規律の必要性を重視します。進行する太陽がみずがめ座に入る44歳の時に転機を迎えます。この時期は独立心、集団意識、進歩的な考えに対する欲求が強くなってきます。自由を望み、新たな経験をしてみたいと考えるようになるでしょう。進行する太陽がうお座に入る74歳にもう一度転機を迎えます。この影響から感受性が強くなり、同情心や想像力が大きくなるでしょう。

隠された自己

独自の考えを持つと同時に人の欲求もすばやく理解します。**直感力に優れ第六感が働く**ようなところがあります。自分の心の声に従って行動するとよいでしょう。逆境にいる時にはよい考えが浮かびますが、安易な方向に流されないよう注意。反対に粘り強さと責任ある態度を身につければ、大きな成果が期待できます。生来の実行力と天性のビジネス感覚で、金銭問題はすぐに解決します。満足感の得られる仕事の機会にも恵まれます。特に熱意が本物であれば成功を手に入れられますが、生半可な気持ちではいけません。率直で正直でありたいという気持ちと積極的な闘志、ゆるぎない決断力がうまく結びつけば、人生において大きな成果が得られます。

仕事と適性

問題解決能力と優れた組織力や経営能力を持つので、ビジネスの世界では自然と大企業に入るでしょう。人から指図を受けるのを好まないので、権力を持つ立場になるか、独立するとなおよいようです。自己表現欲のある人は独創的なセンスを活かせば、音楽、文筆業、芸術、エンターテインメント業界での成功は間違いありません。この日に生まれた人の多くは論理的な思考や自己啓発に惹かれます。**持ち前の闘争心は、仕事で直面する障害**

に立ち向かう時に発揮されます。

恋愛と人間関係

知的な刺激を与えてくれる人に惹かれるあなたは、ユニークで独立心のある人を求めることが多いようです。よいアドバイスをたくさん与えてくれる実用的な知識や知恵が豊富な人や、親切で力を貸してくれる人を好きになります。

あなたは一見自信家ですが、楽観的になったり悲観的になったりをくり返し、自分の気持ちに迷いがあるのです。不安定な時は人を支配しようとします。キャリア志向で熱心に働く人は、パートナーや恋人、友人との時間をおろそかにしないように。

数秘術によるあなたの運勢

誕生日8の数字から与えられる力は、確固とした価値観と健全な判断力を備える性格に表れます。

8という数字の影響は、偉業を成し遂げたいという気持ちや、野心的な性格にも出ています。権力欲、金銭欲、物質的な成功欲もこの数字の影響です。

8日生まれの人は天性のビジネス感覚を持ち、組織力と経営能力を高めると大いに利益が得られます。安心感や安定感がないとだめなので、長期的な計画や投資が不可欠。

生まれ月の12という数字の影響を受けて、楽観的でカリスマ性があります。バイタリティと意志力に満ちて押しが強いので、自分の意見が尊重されることがあなたにとっては重要です。心にいだくと自分の意見をはっきり表現するうえに、非常に説得力もあります。物質欲が強いのですが、哲学に惹かれたり知的好奇心も旺盛です。人に好かれたいという気持ちが強く、決断力があって前向きな時には周りと調和や団結の図れる人です。

●長所：リーダーシップがある、勤勉である、人を癒す力がある、ものの価値を正しく評価できる、威厳がある

■短所：荒っぽい、落ち着きがない、狭量である、すぐに気落ちする、計画性がない、よそよそしい、浪費家である

♥恋人や友人

1月1、13、14、22、28、29、31日／**2月**12、26、29日／**3月**10、24、27日／**4月**8、16、22、25日／**5月**6、20、23日／**6月**4、18、21日／**7月**2、16、19、30日／**8月**14、17、28、30日／**9月**12、15、26、28、30日／**10月**10、13、24、26、28日／**11月**8、11、22、24、26日／**12月**6、9、20、22、24日

◆力になってくれる人

1月26日／**2月**24日／**3月**22日／**4月**20日／**5月**18日／**6月**16日／**7月**14日／**8月**12日／**9月**10日／**10月**8日／**11月**6日／**12月**4日

♣運命の人

6月5、6、7、8日

♠ライバル

1月3、25日／**2月**1、23日／**3月**21日／**4月**19日／**5月**17日／**6月**15日／**7月**13日／**8月**11日／**9月**9日／**10月**7日／**11月**5日／**12月**3日

★ソウルメイト(魂の伴侶)

1月3、10日／**2月**1、8日／**3月**6日／**4月**4日／**5月**2日／**8月**31日

有名人

藤村俊二(俳優)、キム・ベイシンガー(女優)、大竹一樹(さまぁ～ず　タレント)、和久井映見(女優)、稲垣吾郎(SMAP　タレント)、横山由依(AKB48　タレント)、安田顕(TEAM NACS　俳優)、TAKAHIRO(EXILE　ボーカル)

太陽：いて座
支配星：おひつじ座／火星
位置：16°30'−17°30'　いて座
状態：柔軟宮
元素：火
星の名前：サビク

December Ninth

12月9日

SAGITTARIUS

直感力で不利な状況も有利に

知的な創造力、感受性、前向きな気持ちが達成と成功の鍵。**社交性があり気さく**なあなたは生命力に満ちています。しかし幸運なチャンスと苦難が入り交じるので、情熱と欲求不満とのバランスをとることが必要。人生を冷静に切り抜けることによって、粘り強さ、忍耐、決断力で困難な状況を切り抜ける術を覚えます。

支配星であるおひつじ座の影響が持ち前の自己主張の強さに加わり、創造力と冒険心に強く表れます。あなたは機敏で直感力があり、考えを瞬時に把握する能力で、**不利な状況も有利に転じることができます**。進歩的で偏見のないものの考え方をする博愛主義者であるあなたは強い信念の持ち主。活発で建設的な精神の持ち主ですので、あなた自身が**想像力のある発想の宝庫**といえるでしょう。自分の精神や感情を表現できる刺激的で充足感のある活動に携わることを心がけましょう。それでも落ち着きのない性質で、前向きでクリエイティブな面と心配性で悲観的になる面とが交互に表れる傾向があります。始めたことは最後までやり遂げ、冷静でいるようにし、あまり衝動的にならないように。

優れた経営能力を持ちますが、人を批判するようなところがあるので、自分にも他人にも負担となる要求をすることがあります。不満を示すのではなく、ふだんの寛大で愛情豊かな面をみせるようにすることが賢明です。

進行する太陽がやぎ座を通過している13歳から42歳までは、人生の目標を達成するのに現実的な方法をとることを考えます。進行する太陽がみずがめ座に入る43歳の時が転機。この影響から、独立心が高まり、自分の個性を表現したい欲求が強くなります。自由や集団意識、あるいは博愛主義的な理想といった問題に関心を持つようになります。

隠された自己

自信に満ちた表の顔の下に内面の感受性が隠されています。激しい感情と鋭い感覚が建設的なものに向かうと、特に特別な魅力を示せば人望が得られます。**想像力があって確固たる意見を持つ**ので、自分の考えることやアイディアを表現したい気持ちがあります。この欲求が満たされないと、特に周囲が自分の期待に応えてくれないと、ひどく欲求不満になったり失望したりします。しかし心を鍛えて絶えず知識を吸収することで自信が得られ、自分の可能性を最大限に活かせるようになります。義務感は、責任感が強くやっかいなことも放置しないところに表れています。安心感や自分に適した環境を望むことから、全体の生活設計の中で特に家庭を重要視します。あるいは調和を求める気持ちは芸術、演劇、文学、あるいは音楽への理解やその才能に表れます。

仕事と適性

知識欲と自己表現欲があるので、文筆業、科学、あるいは教育などの仕事に向いています。また、この日に生まれた人は議論好きなので、闘争心やコミュニケーション能力を、弁護士あるいは政治家などの職業で発揮してもよいでしょう。**管理者として優れた能力と**

鋭い金銭感覚があるので、ビジネスの世界で頭角を現すか、自分の選んだ分野でリーダーとなることもできます。生来の博愛主義な面から、社会福祉の仕事ややりがいのある運動に進むのもよいでしょう。内面の斬新な感覚を活かして、エンターテインメントの世界で自己表現するのもよいでしょう。

恋愛と人間関係

社交性があって思いやりのあるあなたは人とのつき合いを楽しみ、1人でいるのを好みません。感受性が強く理想主義で、何より安心感を得たいので、一途で優しいパートナーとの親密な交際を望みます。

あなたは誠実で愛情があり、寛大になれますが、旅行したりさまざまな経験をしたりする自由も求めます。縛られるのが嫌いなので、**重い負担であなたをがんじがらめにしないパートナー**を見つけましょう。親切で情け深い人ですので、愛する人のためには犠牲になることもいといませんが、人に頼りすぎないように。

数秘術によるあなたの運勢

慈悲、思いやり、情のもろさはすべて、9日生まれの特徴です。寛容で親切なこの日生まれの人は、お金の面でも考え方の面でも寛大な人が多いのです。直感が鋭く人の心を読める能力はあらゆる方面の感受力に表れ、さらに積極的に進んで、精神修行の道を求めることもあります。この日生まれの人は挑戦したがり、神経質なところがあって感情の起伏が激しいのも特徴です。世界旅行やあらゆる分野の人との交流は多大なメリットをもたらしてくれますが、非現実的な夢をいだいたり、現実逃避に走らないように注意。

生まれ月の12という数字の影響を受けて、理想主義で楽観的な考え方をする博愛主義者です。変化を求め才能に恵まれるあなたは、自由を欲し、さまざまな出来事に乗り出して経験することを望みます。そのため、独自のものの見方を養い、生まれ持った多くの才能を表現する方法を見つけてください。独創的で魅力はありますが、怒りっぽい一面もあります。精神的に活気に満ちたあなたは、忍耐と粘り強さを身につけて寛大になれるとすばらしい人になります。

●**長所**：理想主義である、博愛主義である、創造力がある、感受性が強い、気前がいい、魅力がある、詩才がある、慈悲深い、愛情深い、世俗にまみれない、人気がある

■**短所**：欲求不満になる、神経質である、散漫である、態度がはっきりしない、利己主義である、現実的でない、倫理観がない、人に左右されやすい、劣等感がある、心配性である、孤立する

♥恋人や友人

1月1、5、9、15、26、29、30日／**2月**13、24、27、28日／**3月**11、22、25、26日／**4月**3、9、19、20、23、24日／**5月**7、18、21、22日／**6月**5、16、19、20日／**7月**3、14、17、18、31日／**8月**1、12、15、16、29、31日／**9月**10、13、14、27、29日／**10月**8、11、12、25、27日／**11月**6、9、10、23、25日／**12月**4、7、8、21、23、29日

◆力になってくれる人

1月1、2、10、12、27日／**2月**8、10、25日／**3月**6、23日／**4月**4、8、21日／**5月**2、6、19、30日／**6月**4、17、28日／**7月**2、15、26日／**8月**13、24日／**9月**11、22日／**10月**9、20日／**11月**7、18日／**12月**5、16日

♣運命の人

6月8、9、10、11日

♠ライバル

1月17、26日／**2月**15、24日／**3月**13、22日／**4月**11、20日／**5月**9、18日／**6月**7、16日／**7月**5、14日／**8月**3、12、30日／**9月**1、10、28日／**10月**8、26、29日／**11月**6、24、27日／**12月**4、22、25日

★ソウルメイト(魂の伴侶)

1月21日／**2月**19日／**3月**17日／**4月**15日／**5月**13日／**6月**11日／**7月**9、29日／**8月**7、27日／**9月**5、25日／**10月**3、23日／**11月**1、21日／**12月**19日

有名人

佐田啓二(俳優)、白石加代子(女優)、綾小路きみまろ(漫談家)、落合博満(元プロ野球監督)、福永祐一(騎手)、上村愛子(元フリースタイルスキーモーグル選手)、岡本綾(女優)、春風亭昇太(落語家)

太陽：いて座
支配星：おひつじ座／火星
位置：17°30'−18°30' いて座
状態：柔軟宮
元素：火
星の名前：サビク

December Tenth

12月10日

SAGITTARIUS

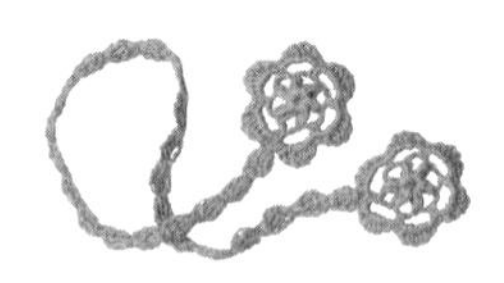

好奇心旺盛でたくましいチャレンジ精神

野心があって独立心あふれるあなたは、想像力から得たすばらしい発想を持つ知的な人です。好奇心旺盛なところから、**独創的なやり方で成功を手に入れます**。大胆で冒険好きではありますが、自由を求めるのに明確で実利的な方法をとり、精神力や感情を自制します。ビジネス感覚に優れているので、その気になれば起業して成功することも夢ではありません。

支配星であるおひつじ座の影響から、持ち前の進取の気性に**精神的な強さとチャレンジ精神**が加わります。さまざまな経験を求め危険なこともためらわないので、多くの計画やアイディアをいだく傾向があります。

この星の影響は、競争心も行動力もあり、リスクをはらんだことを楽しめるところに表れます。先頭に立つのを好み、人に追随した立場になったり、人から指図を受けるのを嫌います。独立心があり経営能力に優れ、壮大な事業を立ち上げて取り仕切るのに向いています。**頭が切れるあなたは学習意欲が旺盛で、情報や知識を蓄えます**。哲学や心理学、あるいは宗教思想に関心を示すことも多いでしょう。直感力が優れ人の心を読める才能があるので人のことをすばやく理解し、嘘偽りを感じ取ります。タフな割には、リラックスでき和やかな雰囲気の心地よい環境にいることを望みます。

進行する太陽がやぎ座を通過している12歳から41歳までは、現実的な問題と生活の秩序や規律の必要性を重視します。進行する太陽がみずがめ座に入る42歳の時が転機。この影響から独立、集団意識、進歩的な考えに目が向くようになります。自由を望むか、新たな経験をしたいと思うようになります。

隠された自己

勘が鋭く神経質なあなたは、きわめて感受性が強く他人の感情や興味を感じ取ります。たぐいまれな非現実的な感覚と個性を持ち、生まれ持ったインスピレーション、芸術的才能やクリエイティブな能力を発揮したいと考えます。**知能があなたの最大の資質**ですが、人をごまかしたり人との駆け引きでその才能を無駄に使わないように。頭が切れて賭けに出るのを好み、生まれ持った幸運に左右されることが多いでしょう。このため、すばらしい潜在能力を発揮するのに必要な努力をするよりも、安易な道に流されがちです。人受けがよいので活発な社交生活を送りますが、現実逃避癖を直さないと目標達成は遠のきます。知識の力を信じ、自分や他人にとって刺激となるものを求め、すばらしい才能を目標に向けて注げばうまく事が運びます。

仕事と適性

積極的で魅力にあふれ、鋭いビジネス感覚を持ちあわせているあなたは、元来の人間好きから、**人と関わる仕事で成功を収められます**。鋭い知性と言葉の能力から、作家、教師、弁護士、プロモーター、営業などの職業が特に適しています。感受性が強く人の心理のよくわかる人は、セラピストやその他医療など、個人的な触れあいのある職業にやりがいを感じます。ただし指図を受けるのを嫌うので、管理する役職か、あるいは自営業に向いています。持ち前の想像力を活かして芸術、映画、演劇、建築の分野に進むのもおすすめ。

恋愛と人間関係

魅力にあふれ、親しみやすく社交的なあなたは友人や仲間には困りません。優しいので気配りのできる親身な恋人になれますが、長期的な関係においては**精神的な刺激やひらめきを与え続けてくれるパートナー**がよいでしょう。この日に生まれた人は理想主義者が多く、道徳観が固まっているので、頑固に見られることもあります。恋人には直接的なアプローチで正直であることを旨としますが、時には機転をきかせた気配りも必要です。

数秘術によるあなたの運勢

1日生まれの人と同じく、大いなる野望に向かって一生懸命努力する人です。しかし目標を達成するまでにはたくさんの障害も乗り越えねばなりません。活力に満ち独創的なあなたは、たとえそれが他人と違っていても自分の信念を固持します。パイオニア精神を持ち自発的な性格で、遠方への旅行を好み自立精神も旺盛。ただ世界が自分を中心に回っているのではないことも覚えておきましょう。自分本位に独断的にならないよう注意しなければいけません。

10日生まれの人にとって成功と達成は重要な要素で、多くの人がその道のトップに上りつめる方法を見つけます。

生まれ月の12という数字の影響を受けて、楽観的で、進取の気性があり、多くの才能に恵まれます。友好的で、理想主義で博愛主義ですが、自分の権威や意見に口出しされるのを好みません。

●長所：リーダーシップがある、創造力が豊かである、進歩的である、積極性がある、楽観的である、強い信念を持つ、競争心がある、自立している、社交的である

■短所：高圧的である、嫉妬深い、自己中心的である、自尊心が強すぎる、敵対心がある、利己主義である、決断力がない、優柔不断である、忍耐力がない

相性占い

♥恋人や友人

1月8、10、13、20、30日／**2月**1、8、11、18、28日／**3月**6、9、16、26日／**4月**4、7、14、24日／**5月**2、5、12、22日／**6月**3、10、20日／**7月**1、8、18日／**8月**6、16、30日／**9月**4、14、28、30日／**10月**2、12、26、28、30日／**11月**10、24、26、28日／**12月**8、22、24、26日

◆力になってくれる人

1月12、16、17、28日／**2月**10、14、15、26日／**3月**8、12、13、24日／**4月**6、10、11、22日／**5月**4、8、9、20、29日／**6月**2、6、7、18、27日／**7月**4、5、16、25日／**8月**2、3、14、23日／**9月**1、12、21日／**10月**10、19日／**11月**8、17日／**12月**6、15日

♣運命の人

3月31日／**4月**29日／**5月**27日／**6月**7、8、9、10、11、25日／**7月**23日／**8月**21日／**9月**19日／**10月**17日／**11月**15日／**12月**17日

♠ライバル

1月6、18、22、27日／**2月**4、16、20、25日／**3月**2、14、18、23、28日／**4月**12、16、21日／**5月**6、10、14、19日／**6月**4、8、12、17日／**7月**6、10、15日／**8月**4、8、13日／**9月**2、6、11日／**10月**4、9日／**11月**2、7日／**12月**5日

★ソウルメイト(魂の伴侶)

3月28日／**4月**26日／**5月**24日／**6月**22日／**7月**20日／**8月**18日／**9月**16日／**10月**14日／**11月**12日／**12月**10日

有名人

坂本九(歌手)、桂文珍(落語家)、寺山修司(劇作家)、我修院達也(タレント)、福本伸行(マンガ家)、荻野目洋子(歌手)、野村忠宏(柔道家)、佐藤浩市(俳優)、塚田僚一(A.B.C-Z　タレント)

太陽：いて座
支配星：おひつじ座／火星
位置：18°30'－19°30' いて座
状態：柔軟宮
元素：火
星の名前：サビク

December Eleventh

12月11日

SAGITTARIUS

優れた直感と逆境に立ち向かう冒険心

情熱的で冒険心があり、おおらかな性格のあなたは、**楽観的な考え方**をするそつのない人物です。活動的で聡明、社交性のある性格。くよくよ悩んだり自己不信に陥らなければ、たいていは自分に有利な状況になります。直感と認識力に優れているので、**自分が抱く予感に持ち前の理性を働かせて、自分の感情を信じるように。**

支配星であるおひつじ座の影響は持って生まれた活動的な性格をさらに助長し、衝動的な面と冒険心に表れます。人生でどんな困難な状況に直面しても、逆境を乗り越えられる力を持っていることが自分でもわかっています。

火星の影響から、危険な冒険をするため状況をすばやく判断できるようになります。ただし一攫千金を狙うのはやめましょう。

理想主義で感受性が強いのですが、物質的に恵まれることが安心感につながるため、精力的に働いて財を成せる機会を探します。**チャンスをすぐに察知します**が、過剰に反応する癖を直さないと、欲求不満に陥るか、お金の不安がつきまとうようになります。皮肉な部分と純粋な部分とが入り交じった性格ですから、優れた知性と内なる信念を活かすも殺すもあなた次第です。

進行する太陽がやぎ座を通過している11歳から40歳までは、人生の目標を達成するのに現実的な方法をとる必要があると考えます。進行する太陽がみずがめ座に入る41歳の時が転機。この影響から、独立心が旺盛になり個性を表現したい気持ちが高まります。

隠された自己

活発な性格の大きな原動力となっているのは、金銭欲と権力欲、あるいは出世欲や認められたいという気持ちです。ものの価値を見極める目が備わっていると同時に非常に生産性の高い仕事をしますが、自制心を養ってずるがしこい面や情け容赦ないところを抑えないと物欲に偏りすぎます。しかし本当によいと考える仕事があったり、その気になった時には、**目的を果たすために精力的に働きすばらしい成果を出せる力**のある人です。

あなたは若々しく元気はよいのですが、仕事を通しての業績が徐々に人生において大きな部分を占めるようになります。その気になると理想を現実にするためにはどんな苦労もいといません。考えをまとめて活力を取り戻すために定期的に1人になる時期をもうけ、天性の直感による洞察力を働かせて、懐疑的になったり内向的にならないように。

仕事と適性

活動的な精神力と情熱を持ち、大きなスケールで物事を考えられる能力から、実業、弁論、法律、または研究の分野での仕事が最適です。よいと考える仕事があったり、その気になれば目的を果たすために実に熱心に働きます。**優れた知性に恵まれたあなたは、教師が天職**。コミュニケーション能力を活かして文筆業に進んでもよいでしょう。技術方面に進みたいなら、コンピューターやエンジニアリングに関わる仕事が向いています。また、科学の世界では知性を磨いて満足感が得られます。どの職業を選んでも、天性の経営能力が備わっているので管理する立場や権力のある立場に就くことになります。ものの価値を見極める目を持ち、知識を分かちあいたいと思い、非常に生産性の高い仕事をします。

恋愛と人間関係

直感力と感受性が強い面と社交的でおおらかな面の両面を持ちますが、人に打ち解けにくく誰にも心の内を明かそうとしません。恋愛中もパートナーに歩み寄って、受け入れられるようになるまでに時間がかかります。心配性や懐疑的な性格の場合は、ストレスを受けやすく不安にさいなまれます。**野心があり勤勉で、自分の信念に沿って生きられる独立心と自信があり、現実を見据えられる人**に惹かれます。

数秘術によるあなたの運勢

マスターナンバーである11の数字の特別な影響を受けて、この日に生まれた人にとって理想主義、インスピレーション、革新は特に重要となります。謙遜と自信の入り交じった性格は物質的にも精神的にも自制を強いられることになります。経験を重ねるうちに、この性格の両面に対処する方法を覚え、自分の気持ちに素直になって極端な態度が少なくなります。感情が激しくバイタリティがありますが、心配しすぎたり非現実的にならないよう注意。

生まれ月の12という数字の影響を受けて、活力に満ち、直感力に優れ、冒険好きで、自由を愛します。魅力的な個性を備えて、親しみやすくおおらかですが、野心と決断力があり何でも引き受けたがります。不安な時は、懐疑的になったり、落ち着きなく神経質になります。情熱的で勇敢なあなたは何より束縛を嫌い、自分の状況を改善するためにはあえて賭けに打って出ることも多いはずです。

●**長所**：集中力がある、客観的である、情熱的である、インスピレーションがある、直感力がある、知的である、外交的である、発明の才がある、芸術家肌である、奉仕する、癒やしの力を持つ、博愛主義である、人の心が読める

■**短所**：優越感がある、心配性である、目的意識がない、感情の起伏が激しい、傷つきやすい、神経質である、利己主義である、自分を見失いやすい、気難しい

相性占い

♥恋人や友人

1月11、21、25、28、31日／**2月**9、19、26、29日／**3月**17、21、24、27日／**4月**5、15、22、25日／**5月**13、20、23日／**6月**11、18、21日／**7月**9、16、19日／**8月**7、11、14、17、31日／**9月**5、12、15、29日／**10月**3、10、13、27、29、31日／**11月**1、8、11、25、27、29日／**12月**6、9、23、25、27日

◆力になってくれる人

1月9、12、18、24、29日／**2月**7、10、16、22、27日／**3月**5、8、14、20、25日／**4月**3、6、12、18、23日／**5月**1、10、16、21、31日／**6月**2、8、14、19、29日／**7月**6、12、17、27日／**8月**4、10、15、25日／**9月**2、8、13、23日／**10月**6、11、21日／**11月**4、9、19日／**12月**2、7、17日

♣運命の人

5月28日／**6月**6、7、8、9、10、11、12、26日／**7月**24日／**9月**20日

♠ライバル

1月7、8、19、28日／**2月**5、6、17、26日／**3月**3、4、15、24日／**4月**1、2、13、22日／**5月**11、20日／**6月**9、18日／**7月**7、16日／**8月**5、14日／**9月**3、12日／**10月**1、10日／**11月**8日／**12月**6日

★ソウルメイト（魂の伴侶）

1月3、19日／**2月**1、17日／**3月**15日／**4月**13日／**5月**11日／**6月**9日／**7月**7日／**8月**5日／**9月**3日／**10月**1日

この日に生まれた 有名人

山本富士子（女優）、加賀まりこ（女優）、谷村新司（歌手）、原由子（ミュージシャン）、宮崎美子（女優）、保阪尚希（俳優）、二代目林家三平（落語家）、黒谷友香（女優）、末吉秀太（AAA　歌手）、石川祐希（バレーボール選手）

December Twelfth

12月12日

SAGITTARIUS

責任感が強く、バイタリティあふれる性格

理想を追い求めるあなたは、人あたりがよく気のいい性格で、**豊富な知識と鋭い直感の持ち主**。責任感が強く、物事の動向を明確に見極め、職場では要領よく仕事をこなしていきます。野心家ではありますが、一度不安になるとなかなか抜け出せない性格が、あなたの楽天的な印象を台なしにしてしまいます。進んで物事に取り組むかと思えば無気力になってしまう。そんなあなたは、**自分の意欲を奮い立たせ、人と分かちあえるような、ユニークな夢**をいだくとよいでしょう。

支配星おひつじ座の影響を受け、バイタリティあふれる勇敢な人という印象を与えます。人道主義的なところがあり、理想と現実のはざまでの悩みが尽きません。物事の真相を見極めるためには見識を磨くことが必要。あなたは**楽しみながら仕事ができ、人の心を和ませる術を心得ています**。職場でかなりの業績を収め、権限ある地位に就くでしょう。創造力と知識が豊かなあなたは、快楽を求めるよりも、鋭い知性を前面に出すべきです。

10歳から39歳までの間は、太陽がやぎ座の中を移動します。目に見える成果や、生活の秩序と内容が重要になります。40歳になって太陽がみずがめ座に入ると転機が訪れます。さらなる自立と前向きな思考が必要になります。この時期には、自由に試行錯誤する時間を持つことが大切。

隠された自己

精神力と優れた決断力を内に秘めるあなたは、一度心を決めたら、目標に向かって邁進します。野心があり、生産性の高い人間でありたいと願い、仕事人生を歩むでしょう。その才能と能力を仕事で存分に活かすには、確かなゴールを設定し、行動プランを立てることが重要。

あなたは人と接するのがうまく、交渉を得意としますが、**人間関係において、決して従属する立場に立たないこと**。さもないとあなたが優勢になりすぎて、トラブルが起こりかねません。依存するところと自立するところのバランスを保ってこそ、才能を発揮できるのです。金銭問題は、あったとしてもすぐに解決され、心配には及びません。人と協力しながら努力すると、一層幸運に恵まれる運勢です。

仕事と適性

あなたは知的な能力を活かせる教職や作家、あるいは政治家などの職業で成功を収めます。発する言葉に力があり、聡明なあなたは、広告、メディア、出版などの業界でも実力を発揮します。野心に燃え、狙いを高く定めて決然と目標達成に向けて突き進みます。持って生まれた創造力と感性を活かし、演劇界や芸術の世界へ入ってもよいでしょう。人の心をよく理解できるあなたには、**一対一で人と接する職業**、または**助言を与える仕事**にも向いています。

恋愛と人間関係

人あたりがよく寛大なあなたは激しい恋愛に憧れ、独創的で、やる気にあふれ、情熱を持った人物に魅力を感じます。あなたは**心が敏感で、情熱的な性格と強い欲望の持ち主**。忠実で大胆な性格ですが、真剣になりすぎたり高飛車な態度をとるのは禁物。陽気に人を楽しませることもできるのですから、思い通りにならなくても、感情的な問題について悩むのはほどほどに。

数秘術によるあなたの運勢

直感力があり、協力的で親しみやすいあなたは、すばらしい推察力の持ち主。真の個性を開拓したいと考えるので、革新的な行動をとることも少なくありません。生来思いやりにあふれ、繊細で、自分の目標を達成するために機転をきかせて人と協力する術も心得ています。自己表現を欲する気持ちと人の役に立ちたい気持ちのバランスをうまく保つことで、満足感を得ることができます。しかし、自分の足で立つ勇気を持ち、他人にふり回されないよう用心しましょう。

生まれた月の12という数の影響で、あなたには理想と野心が備わっています。ふだんから自分の意見をはっきり伝え、優れた受容力で人間性と状況を正しく見極めます。競合相手がいる時は、成功するために自分の目標を信じることです。公平に決断をくだす能力は、調和をもたらし、人々に結束と安心感を与えます。しかし腑に落ちないことがあると、飽きたり気に病んだりして、緊張関係や不仲の原因を作ることがあるので注意が必要です。

●長所：創造力がある、魅力的である、指導力がある、厳格である、自分と他人を成長させる
■短所：孤立する、変わり者である、非協力的である、ひがむ、自尊心が欠如している

相性占い

♥恋人や友人
1月11、12、18、22日／**2月**16、20日／**3月**14、18、28日／**4月**5、6、12、16、26日／**5月**10、14、24日／**6月**8、12、22日／**7月**6、10、20、29日／**8月**4、8、18、27、30日／**9月**2、6、16、25、28日／**10月**4、14、23、26、30日／**11月**2、12、21、24、28日／**12月**10、19、22、26、28日

◆力になってくれる人
1月6、10、25、30日／**2月**4、8、23、28日／**3月**2、6、21、26日／**4月**4、19、24日／**5月**2、17、22日／**6月**15、20、30日／**7月**13、18、28日／**8月**11、16、26日／**9月**9、14、24日／**10月**7、12、22日／**11月**5、10、20日／**12月**3、8、18日

♣運命の人
5月29日／**6月**10、11、12、13、27日／**7月**25日／**8月**23日／**9月**21日／**10月**19日／**11月**17日／**12月**15日

♠ライバル
1月13、29、31日／**2月**11、27、29日／**3月**9、25、27日／**4月**7、23、25日／**5月**5、21、23日／**6月**3、19、21日／**7月**1、17、19日／**8月**15、17日／**9月**13、15日／**10月**11、13日／**11月**9、11日／**12月**7、9日

★ソウルメイト(魂の伴侶)
1月6、25日／**2月**4、23日／**3月**2、21日／**4月**19日／**5月**17日／**6月**15日／**7月**13日／**8月**11日／**9月**9日／**10月**7日／**11月**5日／**12月**3日

この日に生まれた 有名人

小津安二郎（映画監督）、フランク・シナトラ（歌手）、舟木一夫（歌手）、二代目中村梅雀（歌舞伎俳優）、西村雅彦（俳優）、瀬戸朝香（女優）、加藤あい（女優）、平愛梨（女優）、貫地谷しほり（女優）、日高光啓（AAA　歌手）、V.I（BIG-BANG　歌手）

太陽：いて座
支配星：しし座／太陽
位置：20°30－21°30′ いて座
状態：柔軟宮
元素：火
星の名前：ラスアルハゲ

December Thirteenth

12月13日

SAGITTARIUS

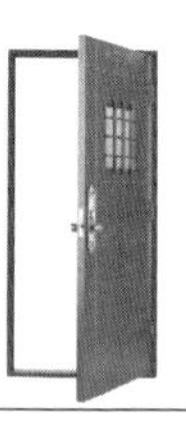

ひとくせあるユーモアセンス

熱意にあふれ、創造力に富むあなたは多くの才能に恵まれ、明晰な頭脳と楽天的な性格の持ち主。危険な冒険や思い切った海外旅行を計画することもあります。野心に燃えるあなたは、**目標に向かって粘り強く最後まで努力することで願いを叶えます**。

あなたは愉快なことが大好きで自由奔放、落ち着かない性格ですが、心の中では安定を求めているので、地に足のついた考え方を養う必要があります。

支配星しし座の影響で、あなたの自信が高まります。進取の気性と希望を持つことで、多くの幸運な機会に恵まれます。独りよがりになって、強情で自分本位にならないように気をつけましょう。あなたは**理想を追いかける人道主義者**として、自分の限界を広げていける高潔で気高い理念を持っています。頭の回転が速く用心深く、人生の展望を見極め、自分を成長させる知力と強い本能の持ち主なのです。**物事を深く考察し、粘り強い性格**のあなたは、緻密な取り組みと合理性によって問題を解決する達人です。変化を求め常に行動し、精神的な刺激を求め、動き続けずにはいられません。さもないと、退屈や不満を感じるでしょう。ひと味違ったユーモアのセンスが、周りの人々を楽しませ、気のきいた冗談が得意。理不尽なことを黙って見過ごせないあなたは率直に意見し、時には真っ正直すぎることもあります。

9歳から38歳までの間、太陽がやぎ座の中を移動する時に、あなたは自分の目標を達成するためには、実利的なことをしなければと感じます。39歳を迎え、太陽がみずがめ座に入ると転機が訪れます。この時あなたは、独立心が強まり、自分の個性を表に出したいと強く思います。自由、そして人道主義の理想にまつわる課題に関わることになるでしょう。

隠された自己

常に変化を求める一方で、具体性と安全を求めるという、相反する理想があなたの強い感情をゆらします。どんな目標を達成するにもまず土台を築かなければならないと理解すること、そして**退屈や焦りに駆られてもがまんして簡単にあきらめないことによって、すばらしい成功を手にします**。狙いや目標は多く掲げるよりも、関心ある分野に絞るべき。あなたは繊細さと同様に、物事をまとめる手腕と創造的な知性を持っています。思いやりがあり、もともと人と接するのが上手。

あなたは魅力があるのにもかかわらず、時に情緒不安が、大胆な愛情を表現しようとする本来の強い性質にブレーキをかけてしまいます。あなたが理想に向かって夢中で取り組むことで、人々の注目を集めます。そのことが周囲の人々を触発し、壮大な計画を実現するでしょう。

仕事と適性

情報をつかむのが実に早いあなたは、変化に富み、頭を使う職業を選びます。旅行に関連する仕事は特に吉。知性を刺激される職なら何でもよいのですが、**どんな人とも話が通じ、役立つコネを作る才能**が、目標に向かって突き進むあなたを後押しします。何かせずにはいられないので、自分の性格に適した仕事を見つけるためにさまざまな職種を試すのもよいでしょう。

恋愛と人間関係

革新的なことを好むあなたには、**危険を顧みず理想を追い求め、進取の気性で周りの人に刺激を与える仲間**が必要。そうでなければ、退屈でしょう。あなたの性格の打ち解けない一面は、考えていることを心の内にとどめ、本心を口に出したがらないことが一因です。がまん強く、細かく気を配ることによって、愛情に満ちた関係を築くことができます。またプライベートな関係と仕事を混同しないようにしましょう。もしあなたが不信感や疑いを持っていると、その気持ちが見透かされ、関係が悪化します。他人の計画や考えに乗せられそうになったら、話をうまくそらしましょう。

数秘術によるあなたの運勢

豊かな感受性、情熱、インスピレーション、これらが13日に生まれた人の特性です。**13**という数が示すには、あなたは野心家で働き者、これまでにないやり方で自己を表現することで多くのことを成し遂げます。たぐいまれなる才能をかたちにするためには、実利的な見解を養うことが必要。独自の革新的な取り組みが、斬新でおもしろい発想を生み、他の人々を感動させる仕事に結実します。

13という数字を誕生日に持つあなたは、まじめで、ロマンティスト、魅力あふれる陽気な性格です。自己犠牲と忍耐強さで成功を手に入れます。

また誕生月の**12**という数は、目標を決めるのが困難であることを示唆しています。好機を取り逃がす不安に駆られ、頑張りすぎてエネルギーを浪費しないようにしましょう。あなたは親しみやすく、楽観的で、協調関係を重視しますが、単独で思考し行動する自立と自由が必要。知識が豊富で行動派のあなたは、確固たる理念を養うことや、自分の見識を活用することで財を成すでしょう。

●**長所**：野心がある、創造力がある、自由を愛する、自己表現をする、進取の気性に富む

■**短所**：衝動的である、決断力がない、いばりちらす、情が欠けている、反抗的である

♥恋人や友人

1月13、19、23、28日／**2月**11、17、21日／**3月**9、15、19、24、28、29、30日／**4月**7、13、17、26、27日／**5月**5、11、15、24、25、26日／**6月**3、9、13、22、23、24日／**7月**1、7、11、20、21、22日／**8月**5、9、14、18、19、20日／**9月**3、7、16、17、18日／**10月**1、5、14、15、16、29、31日／**11月**3、12、13、14、27、29日／**12月**1、10、11、12、25、27、29日

◆力になってくれる人

1月7、15、20、31日／**2月**5、13、18、29日／**3月**3、11、16、27日／**4月**1、9、14、25日／**5月**7、12、23日／**6月**5、10、21日／**7月**3、8、19日／**8月**1、6、17、30日／**9月**4、15、28日／**10月**2、13、26日／**11月**11、24日／**12月**9、22日

♣運命の人

6月10、11、12、13日

♠ライバル

1月6、14、30日／**2月**4、12、28日／**3月**2、10、26日／**4月**8、24日／**5月**6、22日／**6月**4、20日／**7月**2、18日／**8月**16日／**9月**14日／**10月**12日／**11月**10日／**12月**8日

★ソウルメイト（魂の伴侶）

4月30日／**5月**28日／**6月**26日／**7月**24日／**8月**22日／**9月**20日／**10月**18、30日／**11月**16、28日／**12月**14、26日

有名人

瑛太（俳優）、仲代達矢（俳優）、浅田次郎（作家）、井筒和幸（映画監督）、樋口可南子（女優）、岡崎京子（マンガ家）、織田裕二（俳優）、妻夫木聡（俳優）、横峯さくら（プロゴルファー）、hide（ミュージシャン）、テイラー・スウィフト（歌手）、綾部祐二（ピース　タレント）

太陽：いて座
支配星：しし座／太陽
位置：21°30'−22°30' いて座
状態：柔軟宮
元素：火
星の名前：ラスアルハゲ

December Fourteenth

12月14日

SAGITTARIUS

壮大な計画も、しっかりした基礎固めから

理想を追い求めるために、何かせずにはいられないあなたは、冒険や旅行が大好きで、刺激的なものを強く望みます。しかしあなたの良識が、抜け目のなさと優れた分析力を周りの人々に印象づけます。そうは言っても、多様性と変化を求める気質なので、**トップに立たない限り満足することはありません**。

支配星しし座の影響で、自分に対する自信が高まり、楽観主義の精神と熱意で、スケールの大きな案を次々と発表します。常に強い信念や意見を率直に訴えます。**優れた整理能力を持つ活動家**で、些細な仕事にエネルギーを浪費するよりも、研究や計画を手がける方が性に合っているのです。しっかりと土台から築き上げていこうとする方法で、実現可能な理想や長期にわたる目的に取り組めば、利益が得られます。

あなたは知識が豊富で、直感が鋭く、**どんな情報も思い通りに活用します**。知的好奇心が強く、自己啓発に取り組むことも好みます。精神性を高めていくよう心がけているとよいことがあるでしょう。どんな方法でも、知識の追求はあなたをきっと成長させてくれることでしょう。

8歳から37歳まで、あなたの太陽がやぎ座を通る間は、日常生活における秩序と生活レベルが非常に重要になり、徐々に目標が明確になり、責任が増します。38歳を迎え、太陽がみずがめ座に入ると転機が訪れます。自分で行動を起こす前向きな思考が必要になり、自分の個性を表現したいという願望が高まります。

隠された自己

自信に満ちた印象を周りの人に与えますが、斬新で刺激ある経験を求める一方で、心の平安を求めるという、相反する2つの性質が見え隠れします。じっとしていられない性格は成功へ向かわせもしますが、それが現実逃避へ走らせたり、逆に1つのことに固執する原因になることも。そのため安定した生活を築くことが重要です。自己を省み、心を落ち着ける術を身につけ、がまん強さと平静さを養いましょう。**鋭い直感と繊細さで、人の気持ちを理解します**。これらの能力を養えば、洞察力を利用して他人の心に訴え、奮起させる力となります。相手のためだといっても、批判のしすぎや、押しつけがましい態度は禁物です。理想家で、世界を改善したいと願うあなたは、無私無欲の慈善行為や人助けにやりがいを感じます。

仕事と適性

進取的な精神と優れた整理能力を持つあなたの考えは実に壮大です。鋭敏な頭脳は、**財産を築くアイディアを次々と生みだします**。特にセールス、代理業、宣伝業などのビジネス分野で成功します。自主性が強く、自分のやり方で仕事をする自由が必要ですが、他人と協力する利点についても十分心得ています。得られるものが大きいパートナーシップを結んだり、チームを組んで働くこともあります。磨き上げた見識と人生哲学を活かして助言を与える職業に就いたり、心理学、精神世界の分野の仕事もよいでしょう。自分のアイディアを明確に伝える力があり、知識と知恵が豊富なことから、執筆、広告、出版業も適しています。この日に生まれた人でスポーツ業界に入る人も少なくありません。

恋愛と人間関係

探究心旺盛で頭の回転が速いあなたは、自分をやる気にさせてくれる進取の気性にあふれる積極的な人たちと好んでつき合います。理想をいだくロマンティックな性格ですが、私的な感情を表現するのはそれほどうまくありません。それでも長くつき合おうと決めた相手に対しては、忠実に愛情を表現します。常に安定と安心感を求めるあなたは、**人間関係においてもお金と経済の保証が必要**。知的で一風変わった個性と自尊心を持った相手に魅力を感じるでしょう。愛する相手を気にかけるあまり、押しつけがましくなりすぎないように注意してください。

数秘術によるあなたの運勢

知的能力がある、実用主義である、決断力がある、これらは14日に生まれた人の特徴です。この日に生まれたあなたは何よりも仕事が優先で、まさに何を成し遂げたかによって人を値踏みします。安定を求めていても、生まれた日の14という数が示す落ち着きのなさが、現状改善のために新しい挑戦へとあなたを導きます。何かをせずにはいられず、現状に満足しない生来の性格が、あなたを奮起させ、生活を大きく変えさせます。職場の環境や経済力に不満な時は、特にその傾向が強くなります。あなたは頭が切れ、どんな問題にもすばやく対応し、難なく解決します。

生まれ月の12という数が示すのは、あなたの理想と野心、そして冒険好きな性格。分別と良識がありながら、刺激を求め、あえて危険を冒し、自分の才覚を試すことがあります。しかし、多額の借金を負うことになりかねない危険な賭けは避けましょう。知識は力です。これを理解することで、あなたはどんなに大きな夢であろうと実現することができるのです。

●**長所**：断行する、仕事熱心である、創造力がある、実用主義である、想像力にあふれる、勤勉である

■**短所**：慎重すぎる、または衝動的すぎる、不安定である、軽率である、かたくなである

相性占い

♥恋人や友人

1月3、4、14、17、20、24日／**2月**1、2、12、18、22日／**3月**10、16、20、29、30日／**4月**8、11、14、18、27、28日／**5月**6、12、16、25、26、31日／**6月**4、10、14、23、24、29日／**7月**2、8、12、21、22、27日／**8月**3、6、10、19、20、25日／**9月**4、8、17、18、23日／**10月**2、6、15、16、21、30日／**11月**4、13、14、19、28、30日／**12月**2、11、12、17、26、28、30日

◆力になってくれる人

1月4、8、21日／**2月**1、2、6、19日／**3月**4、17、28日／**4月**2、15、16日／**5月**13、24日／**6月**11、22日／**7月**9、20日／**8月**7、18、31日／**9月**5、16、29日／**10月**3、14、27日／**11月**1、12、25日／**12月**10、23日

♣運命の人

5月31日／**6月**11、12、13、14、15、29日／**7月**27日／**8月**25日／**9月**23日／**10月**21日／**11月**19日／**12月**11、17日

♠ライバル

1月7、10、15、31日／**2月**5、8、13、29日／**3月**3、6、11、27日／**4月**1、4、9、25日／**5月**2、7、23日／**6月**5、21日／**7月**3、19日／**8月**1、17日／**9月**15日／**10月**13日／**11月**11日／**12月**9日

★ソウルメイト(魂の伴侶)

3月31日／**4月**29日／**5月**27日／**6月**25日／**7月**23日／**8月**21日／**9月**19日／**10月**17、29日／**11月**15、27日／**12月**13、25日

有名人

錦野旦(タレント)、世良公則(ミュージシャン)、勝間和代(経済評論家)、中野美奈子(アナウンサー)、坂本勇人(プロ野球選手)、宮市亮(サッカー選手)、高畑充希(女優)

太陽：いて座
支配星：しし座／太陽
位置：22°30−23°30′ いて座
状態：柔軟宮
元素：火
星の名前：ラスアルハゲ、レサト

December Fifteenth

12月15日

SAGITTARIUS

独創性と想像力が豊かで、好奇心旺盛

独創性と想像力が豊かなあなたは、多くの才能に恵まれています。精力的でたくさんのことに興味を持っています。**気転がきき、優れた社交性の持ち主**であるあなたは、楽天的な考え方で周りの人々を魅了し、親しみやすい印象を与えます。多くの才能ときっぱりとした態度、そして実直な性格が、あなたの成功のチャンスを増やします。

支配星しし座の影響を受けて、あなたの楽観性と自信が強まり、**自尊心の高さと進取の気性**が表れます。聡明なので多くの問題点を見つけますが、課題が多すぎれば混乱を招きます。当面の努力目標については、不満の原因を解消することに絞るとよいでしょう。ただ、財源の不足といった金銭問題は一筋縄ではいかず、あなたをひがみっぽくしたり、深刻に悩ませるでしょう。優柔不断になることもありますが、いったん行動方針を決めたら、達成に向けてまっすぐに突き進むことができます。

あなたは**頭の回転が速く機知に富み、人の気持ちを正確に読み取る洞察力の持ち主**で、ものに対しても人に対しても好奇心が旺盛。人と協力関係を上手に結びますが、あなたの突拍子のない行為が、相手に不安や誤解を与えることがあります。幸運にも、ふだんのあなたは敏感で直感が働き、緊張状態を察知して状況に応じて如才なくふるまいます。

太陽がやぎ座を通る7歳から37歳までの間は、自分の人生において果たすべき目標と大望への意識が高まります。地に足をつけた取り組みが必要な時です。37歳を迎え、太陽がみずがめ座に入ると転機が訪れます。この時は自主性、前向きな思考、個性を表現することがとても重要になります。

隠された自己

磨きのかかった社交術を持ち、気のきいた会話が得意なあなたは、人間性を知り尽くし、どんな人とでもつき合います。**持って生まれたビジネスセンスと物事の真価を見抜く生まれながらの才能**によって、人の先頭に立つ人物となるでしょう。発明の精神と際立った個性を持つあなたの場合、生来の人道主義を行動で示したり、強い独創性を表現することで、このうえない満足感を得るでしょう。

生まれた日によって示される機転の速さと直感の鋭さは、明確なビジョンを持ち、融通がきくあなたの性質に影響を与えます。あなたの仲間には、知識人が多く集まってくるでしょう。変化を求め、落ち着かない性格を抑えようとしますが、この弱点を克服するには、決断力を養い、集中力を身につけることが必要。

また、あなたの不安材料はお金にまつわること。景気の変動を念頭に入れ、贅沢のしすぎには要注意です。

仕事と適性

あなたは、飽きっぽい性格で、決まりきった仕事が苦手。型にはまらず、変化に富んだいつも忙しい職業が向いています。**チャンスがあれば迷わず飛びこみましょう**。魅力にあふれ社交的なあなたには、人と関わる職業が適しています。説得力ある話し方と豊富な語彙によって作家や教員、またはセールスマンとして成功するでしょう。仕事では独創的なやり方で、大規模な計画を手がけます。あるいは、あなたの優れた感性を、演劇や音楽の世界で活かし、独自の表現活動をするのもおすすめ。

恋愛と人間関係

社交的で、魅力あふれるあなたは、友達作りや人とコミュニケーションを図ることはお手のもの。一緒にいる人の心を和ませるのも得意。心配や不安が金銭の問題に集中することがたびたびあり、それが安定した人間関係を圧迫する原因になるので、プラス思考を養い自信を持ちましょう。

あなたは**人を惹きつける魅力**があり、簡単にパートナーが見つかります。人を好きになると、相手を優しく思いやり、自分のことは二の次に。しかし、気分が変わりやすく、ふだんは心温かく優しくても、不安な時には冷たい態度をとりがちなので気をつけましょう。

数秘術によるあなたの運勢

生まれた日の**15**という数が示すのは、社交性と情熱、そしてじっとしていられない性格。頭が切れ、カリスマ性があります。あなたの最大の強みは鋭い直感。そして理論と実践を結びつけて物事をすばやく習得する能力。うまく収入を得ながら、新しい技能を習得することも多いはず。直感力を利用し、絶好のチャンスをすばやく見極めます。おおらかで大胆不敵なあなたは、思いがけないことでも素直に受け入れ、リスクを恐れません。生来の冒険好きではありますが、自分の城と呼べる場所や家庭を必要としています。

月の数である**12**の影響を受けるあなたは、理想家であり楽天家、そして強い精神力の持ち主。人の考えに影響されやすいのですが、すぐに関心が薄れて飽きてしまいます。さまざまなことに興味を持ち、多才なあなたには、研究や旅で知識を増やし、成長したいという願望があります。

経済状況は不安定なものの、あなたは金運に恵まれ、人から支えられ、助けられる天分の持ち主です。

●**長所**：快く請け負う、寛大である、責任感がある、親切である、協調性に富む、物事を察知する、創造的なアイディアを持つ
■**短所**：破壊的である、無責任である、自己中心的である、変化を恐れる、優柔不断である、実利主義である

相性占い

♥恋人や友人
1月11、21、25日／**2月**19、23日／**3月**17、21、30日／**4月**5、15、19、28、29日／**5月**13、17、26、27日／**6月**11、15、24、25、30日／**7月**9、13、22、23、28日／**8月**7、11、20、21、26、30日／**9月**5、9、18、19、24、28日／**10月**3、7、16、17、22、26、29日／**11月**1、5、14、15、20、24、27日／**12月**3、12、13、18、22、25、27、29日

◆力になってくれる人
1月5、13、16、22、28日／**2月**3、11、14、20、26日／**3月**1、9、12、18、24、29日／**4月**7、10、16、22、27日／**5月**5、8、14、20、25日／**6月**3、6、12、18、23日／**7月**1、4、10、16、21日／**8月**2、8、14、19日／**9月**6、12、17日／**10月**4、10、15日／**11月**2、8、13日／**12月**6、11日

♣運命の人
6月13、14、15、16、30日／**7月**28日／**8月**26日／**9月**24日／**10月**22日／**11月**20日／**12月**18日

♠ライバル
1月2、23、30日／**2月**21、28日／**3月**19、26、28日／**4月**17、24、26日／**5月**15、22、24日／**6月**13、20、22日／**7月**11、18、20日／**8月**16、18、19日／**9月**7、14、16日／**10月**5、12、14日／**11月**3、10、12日／**12月**1、8、10日

★ソウルメイト(魂の伴侶)
1月14、22日／**2月**12、20日／**3月**10、18日／**4月**8、16日／**5月**6、14日／**6月**4、12日／**7月**2、10日／**8月**8日／**9月**6日／**10月**4日／**11月**2日

有名人

いわさきちひろ(絵本作家)、谷川俊太郎(詩人)、篠井英介(俳優)、松尾スズキ(劇作家)、高橋克典(俳優)、柏木陽介(サッカー選手)、桐生祥秀(陸上選手)、ジュンス(JYJ　歌手)

太陽：いて座
支配星：しし座／太陽
位置：23°30'−24°30'　いて座
状態：柔軟宮
元素：火
星の名前：ラスアルハゲ、レサト

December Sixteenth

12月16日

SAGITTARIUS

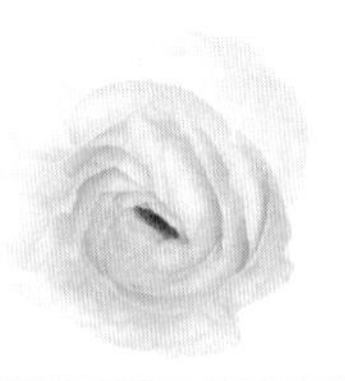

人を惹きつけるのはあなたの人柄のよさ

理想を胸にいだく社交家として、心に壮大な目標を持ち、人々との新しい出会いを望んでいます。**自尊心とカリスマ性**を備えたあなたはその魅力と人柄のよさで定評があります。あなたの激しい感情は愛情や優しさとして表れることもあれば高慢さとして表れることもあります。

支配星しし座の影響を受けて、自己に対する自信が高まり、**あふれる希望と楽観主義**によって崇高な考えがわき起こります。実におおらかで親しみやすい印象を与えるあなたですが、果たすべき義務と自由を求める思いの間で感情的な葛藤があり、時にどちらの思いに忠実であるべきか迷ってしまいます。感情的に満たされないと、人に感銘を与えようとして度が過ぎることがあるので気をつけましょう。そうは言っても、**あなたの繊細さは、思いやりがある性格の表れ**なのです。より冷静なものの見方を養うことで、こういった過激な性格を落ち着かせることが可能です。理解力に優れる知的なあなたは、コミュニケーションの達人で、研究、討論、話しあいを楽しみます。

あなたはユーモアのセンスがあり、気のきいた冗談で人々の関心を引き、楽しませるコツを知っています。しかし、自信過剰からくる気まぐれな批判や、緊張や論争を招くようなとげとげしいものの言い方は慎むべきです。

太陽がやぎ座を通過する6歳から35歳までの間は、人生の目標を達成するために地道な行動をとることが大切です。36歳になると太陽がみずがめ座に入り、転機が訪れます。責任から解放されたい、自主性を持ちたい、個性を表現したいという強い欲求がわき起こります。精神的、または人道主義の理想にまつわる問題に関わることもあるでしょう。

隠された自己

意志が固く社交的で、楽しいことが好きなあなたは、自分の関心事を人々に伝え広めます。この特性が生来の豊かな表現力とあいまって、あなたは人々を惹きつけずにはおきません。鋭い感性は、あなたに強い個性をもたらし、**持って生まれたリーダーの素質**を開花させ、カリスマ性のある寛大な人へと導いてくれます。演劇、芸術、音楽、執筆の世界で人々に認識されるよう努めるのもよいでしょう。元来働き者のあなたにとっては、忙しい社会生活も重要です。かといって才能を存分に発揮させるためとはいえ、過剰すぎる自己鍛錬はやめましょう。冴え渡る頭脳と物事の核心を見極める才能によって問題を解決し、新しい計画を次々に考案します。感受性を養えば、自分自身と人生を深く理解でき、欲求不満や憂鬱にならずにすむでしょう。人生の矛盾やばからしい面を知ることが、あなたにユーモアを与え、心のバランスを保ちます。あなたの可能性を最大限に活かして偉業を達成するためには、多忙な状態を維持し、創造力を働かせておくことがとても重要です。

仕事と適性

鋭敏な頭脳は、何よりも貴重なあなたの財産。作家、教師、政治家といった職業では、とりわけ役立ちます。進取の気性と決断力に富み、**仕事を任されれば意欲的に取り組みます**。これらの性質は、どんな分野においても成功を成し遂げる力になるのです。あなたのリーダーの資質と調整力、戦略を練る才能はビジネスにおいても理想的な能力。あなたは大きな計画に次々と挑むことにやりがいを感じます。自由であることに喜びを感じるあなたは、独自のやり方を職場で認めてもらうか、みずから起業するとよいでしょう。あるいは、表現の場を求め、情動的なものを好むことから音楽、芸術、芝居の世界にもチャンスがあるでしょう。

恋愛と人間関係

あらゆる人の気持ちを理解できるあなたは、どんな仲間ともうまくいきます。人あたりがよく気ままな性格で、ユーモアセンスと社交性に富み、楽しいことが大好き。心は若く情熱にあふれ、いろいろな人と交際したいと考えているので、若いうちに身を落ち着けることはまずありません。あなたが魅了される相手は、**センスのよい人や仕事において創造力を発揮する人**です。自意識が高く、頭がよいという印象を周りの人に与えようとしますが、あなたの優しさはちょっとした動作によく表れています。もてなし上手のあなたは、友人を家に招くことも多く、人を喜ばせるのが得意です。

数秘術によるあなたの運勢

生まれた日の**16**という数が示すのは、あなたの思慮深さ、繊細さ、親しみやすさです。物事を分析するのが好きで、自分の感じ方で人生や人を独断する一面も。16日に生まれた人の特徴として、自己主張と協調との間で葛藤する傾向があります。世界情勢に興味があるのなら、国際連盟やマスコミ業界が向いています。創造性が豊かなことから、わき起こるインスピレーションを文章にする仕事でも活躍。しかし自信過剰な時と、不安な時のバランス感覚を養いましょう。

月の数字である**12**の影響で、あなたは向上心にあふれ、楽観的で大胆な人です。直感が働き、分析力のあるあなたは、人々の心を察してはげます優秀な精神学者。的を射た激励を人々に与え、仕事に楽しさを取り入れて、ちょっとした演出を楽しみます。あなたは親切で親しみやすい人ですが、傲慢な態度や利己主義、過度に自分を売りこむ行動には要注意！

●**長所**：知識が豊富である、家族や家庭に対して責任感がある、誠実である、直感力がある、人づき合いがよい、洞察力がある
■**短所**：心配性である、決して満足しない、気難しい、疑い深い、せわしない、怒りっぽい、思いやりがない

相性占い

♥恋人や友人
1月6、16、18、22、26日／**2月**4、14、20、24日／**3月**2、12、18、22日／**4月**10、12、16、20、30日／**5月**8、14、18、28日／**6月**6、12、16、26日／**7月**4、10、14、24、26、31日／**8月**2、4、8、12、22、29日／**9月**6、10、20、27日／**10月**4、8、18、25日／**11月**2、6、16、23、30日／**12月**4、14、21、28、30日

◆力になってくれる人
1月6、17、23、31日／**2月**4、15、21、29日／**3月**2、13、19、27、30日／**4月**11、17、25、28日／**5月**9、15、23、26日／**6月**7、13、21、24日／**7月**5、11、19、22日／**8月**3、9、17、20日／**9月**1、7、15、18、30日／**10月**5、13、16、28日／**11月**3、11、14、26日／**12月**1、9、12、24日

♣運命の人
6月14、15、16、17日

♠ライバル
1月24日／**2月**22日／**3月**20、29日／**4月**18、27、29日／**5月**6、16、25、27、30日／**6月**14、22、25、28日／**7月**12、21、23、26日／**8月**10、19、21、24日／**9月**8、17、19、22日／**10月**6、15、17、20日／**11月**4、13、15、18日／**12月**2、11、13、16日

★ソウルメイト(魂の伴侶)
1月13日／**2月**11日／**3月**9日／**4月**7日／**5月**5日／**6月**3、30日／**7月**1、28日／**8月**26日／**9月**24日／**10月**22日／**11月**20日／**12月**18日

この日に生まれた有名人
桐谷美玲（女優）、服部幸應（料理研究家）、山下真司(俳優)、松山千春(歌手)、ガダルカナル・タカ（タレント）、細川茂樹（俳優）、辺見えみり(タレント)、橘慶太(w-inds. 歌手)、柄本佑(俳優)

太陽：いて座
支配星：しし座／太陽
位置：24°30'−25°30'　いて座
状態：柔軟宮
元素：火
星の名前：レサト、アキューリアス

December Seventeenth

12月17日

SAGITTARIUS

革新的で野心家で、次々に夢を実現

探究心と野心あふれるあなたは、大胆で知識欲が旺盛。楽観的で独自性があり、**すばらしい想像力**を持っています。チャンスがくれば喜んでつかみ、物事を革新していきます。欲張りな野心家ですが、横暴な態度と、自分の希望を人に押しつけてしまう傾向に注意しましょう。すばやい理解力と独創性を持ち、常にみずからを知識で刺激し、斬新で興奮するようなアイディアを生みだします。

支配星しし座の影響を受け、あなたの自立した姿勢に活力と自信が加わります。**固い意志と進取の気性を持つ**あなたは、すばらしい実務能力によって優れた発想を次々と実現させていきます。表舞台であろうと裏方であろうと、あなたが関わることによって、成果に大きな差を生むのです。

あなたは**几帳面な人で、石橋をたたいて渡るタイプ**。通常のやり方を改良させる術に長けていますが、些細な問題について非難しすぎたり心配しすぎたりしないように。専門的な学問へも興味を持ち、哲学や精神性を学ぶ機会にも恵まれるでしょう。言葉と言語をこよなく愛するあなたは、文才もあります。

5歳から34歳までの間、太陽がやぎ座を移動します。目の前にある問題や、生活環境を重要視すべき時期です。35歳を迎え、太陽がみずがめ座に入ると転機が訪れます。さらなる自主性、前向きな思考が大切な時期。独立を思い立つなど、さまざまなことを試してみるとよいでしょう。

隠された自己

魅力あふれるあなたは、人あたりがよく、周囲の人々に刺激を与える存在。**人への接し方にかけては天性の才能を持っています**。優れたコミュニケーション能力とそつがない身のこなしで、洗練されたふるまいができます。

自己のイメージを把握し、他人の目に魅力的に映る術を知っていますが、高慢で思い上がった態度には注意しましょう。愛情深く、周りを気遣い、1人ではいられない性質ですが、対個人の関係においては自立した立場を保つことがきわめて重要。対等な関係を維持することで、隠れた不安や憂鬱を回避できます。高い理想とすばらしい想像力、実用性の高い明確なビジョンの持ち主であるあなた。何かを効率よくするためにこれらの能力を利用したり、あなたの生来の創造力と精神力の発展に注ぐのもよいでしょう。

優れた金銭感覚を持っていますが、アイディアや計画を実行する能力もあり、自己の目的を達成するためには身を粉にして働くことができます。

仕事と適性

のみこみの早さとリーダーシップ、そして豊富な知識を持つあなたは、学校の教師が適職。同様に、あなたの鋭い思考力が執筆、研究、調査でもよい成果を収めるでしょう。人とのつき合い方が実にうまく、販売、宣伝・広報などのビジネスでも成功は確実。独立心が強いのですが、人の協力を得た方がよい場合があります。あなたの性質の極めて芸術的な面を活かし、音楽分野の職もおすすめ。

恋愛と人間関係

探究心があり、何かをせずにはいられないあなたの周りには、**クリエイティブで時代の先端をいく知識人**、いわゆる**自分の創意と努力の結果として成功した仲間**がいます。自分は彼らの一員で魅力ある人間なのだと自信を持てば、友達やパートナーを見つけるのは簡単。精神的に自立してはいるものの、パートナーから安心できる言葉が聞けないと感情的に不安定になる弱い部分があります。あなたは永遠の愛を信じ、心から信頼できて、共に寄りそって生きていける相手を探しています。

数秘術によるあなたの運勢

誕生日に17という数を持つあなたは、鋭い洞察力の持ち主で、自制心が強くすばらしい分析能力を持っています。独自の考えを持ち、十分な教養、実用的な能力によって利益を得ます。自分の専門性を高めていくと、経済的に豊かになり、その道で成功します。目立たず、自分を省み、客観的な目を持つあなたは、正確な事実への関心が高く、まじめで思慮深い印象を周囲の人たちに与え、自分のペースを守ります。人とのコミュニケーション能力を養えば、自分についての認識がさらに深まるでしょう。

月の数である12の影響を受けて、あなたの直感は冴え、多方面にわたって才能を発揮。率直に、歯に衣着せず自分の意見を言いますが、短気で落ち着きがなくなることもあるので注意しましょう。もし優柔不断になったり不安になった時には、感情面も経済面も不安定になりますので、粘り強さ、外向性を養い、他人の扱い方に自信を持つことによって、パートナーからは、もっと協力が得られます。

●長所：思慮深い、専門性が高い、優れた企画者である、ビジネスセンスがある、お金を引き寄せる、単独で考える、労を惜しまない性格である、熟練した研究家である、科学的である

■短所：孤立している、頑固である、気分にむらがある、敏感である、心が狭い、批判的である、心配性である、疑い深い

♥恋人や友人

1月1、4、20、27、29日／**2月**2、25、27日／**3月**23、25日／**4月**4、21、23日／**5月**19、21、29日／**6月**17、19、27日／**7月**15、17、25日／**8月**6、13、15、23日／**9月**11、13、21日／**10月**9、11、19日／**11月**7、9、17日／**12月**5、7、15日

◆力になってくれる人

1月3、10、15、18日／**2月**1、8、13、16日／**3月**6、11、14、29、31日／**4月**4、9、12、27、29日／**5月**2、7、10、25、27日／**6月**5、8、23、25日／**7月**3、6、21、23日／**8月**1、4、19、21日／**9月**2、17、19日／**10月**15、17日／**11月**13、15日／**12月**11、13日

♣運命の人

4月30日／**5月**28日／**6月**15、16、17、18、26日／**7月**24日／**8月**22日／**9月**20日／**10月**18日／**11月**16日／**12月**14日

♠ライバル

1月9、14、16、25日／**2月**7、12、14、23日／**3月**5、10、12、21、28、30日／**4月**3、8、10、19、26、28日／**5月**1、6、8、17、24、26日／**6月**4、6、15、22、24日／**7月**2、4、13、20、22日／**8月**2、11、18、20日／**9月**9、16、18日／**10月**7、14、16日／**11月**5、12、14日／**12月**3、10、12日

★ソウルメイト(魂の伴侶)

12月29日

有名人

夏目雅子(女優)、假屋崎省吾(華道家)、有森裕子(元マラソン選手)、西村知美(タレント)、牧瀬里穂(女優)、ミラ・ジョヴォヴィッチ(女優)、緒方龍一(w-inds. 歌手)、水野良樹(いきものがかり ギター)、宇野昌磨(フィギュアスケート選手)

太陽：いて座
支配星：しし座／太陽
位置：25°30'−26°30'　いて座
状態：柔軟宮
元素：火
星の名前：レサト、アキューリアス

December Eighteenth

12月18日

SAGITTARIUS

寛大な心を持つ野心家で社交上手

魅力あふれる野心家で、激しい感情を持つあなたは、高潔な心ときっぱりとした性格を兼ね備えた人です。社交上手ですが、世間の評価を気にしすぎたり、精神的な満足感を強く求める傾向も。**持ち前の外交術を活用し、他人と協力する術を身につければ、共同事業によって多額の富を得るでしょう**。

支配星しし座の影響を受けて、前向きで創造的な性格が、あなたに自信をつけさせます。楽天家のあなたは旅行をしたり新しいきっかけをつかむことによって、自分の限界を広げていきます。

頑固でプライドが高く、独自の判断基準とモラルを持っていますが、**度量が大きく親切にふるまえる、寛大で温かい心の持ち主**でもあります。あなたは冷静で優れた理解力の持ち主ですが、自分のやり方にこだわりすぎると周囲に対して厳しく、批判的になるので気をつけましょう。高級なものに囲まれた贅沢な生活を求め、高い生活水準を維持するための労を惜しみません。1つのことにこだわりすぎることやわがままを戒めて、あなたの偉大な潜在能力を開花させるための自己鍛錬を怠らないように。

4歳から33歳までの間、太陽がやぎ座を通る時が、実利的で現実的なやり方で人生の目標を目指して行動を起こすべき時。34歳を迎え、太陽がみずがめ座に入ると転機が訪れます。この時、自立願望が強まり、個性を表に出したいと強く思うようになります。自由、そして人道的な理想にまつわる課題に関わることになるでしょう。

隠された自己

カリスマ性があり、社交的。人と個人的なつながりを大切にするあなたは、魅力にあふれ、人の意欲を見定めます。これらの性質はどんな状況でもあなたの力になります。鋭い知性と心理を読み取る能力が組み合わさり、あなたのユーモアは本質を突き、非常におもしろいのですが、かえって人の感情を傷つけることがあります。時に挑発的になるあなたは、難題に挑戦することも好み、自分の知恵と知識を試すことも。とはいえ、あなたにとって協力関係はきわめて重要なので、平和のために譲ることが多いでしょう。

目指すものや目的意識を持つと、実に熱心に一生懸命取り組みます。**つまずいても、へこたれない驚異的な粘り強さを発揮し、どんな犠牲もいといません**。しかし性格に極端な面があるので、バランスをとる必要があります。というのも、あなたは浮き沈みの落差が激しく、人道主義者で、思いやりにあふれ、公平な性格かと思えば、欲求不満で元気がなく、まじめすぎる性格が表れるのです。自分の深い洞察力を信じれば、優れた才能を最大限に活かすことができるでしょう。

仕事と適性

野心家でカリスマ性があり、独立心の強いあなたは、**持って生まれたリーダーシップを発揮できる地位に自ずと昇進します**。愛想がよく、すばらしい社交術を身につけており、人と関わる活動において、成功を収めます。一生懸命に働けば、あなたの起業家精神、自信に満ちた態度、そして競争心の激しい性格がビジネスで成功する助けとなります。また、生まれながらの才能であるコミュニケーション能力は執筆、セールス、出版、教職などの職業でも存分に発揮されます。変化に富んだ感性によって、芸能界や政治の世界でも活躍します。

恋愛と人間関係

大胆で感情に支配されがちなあなたは、**権力ある人々**に惹かれます。気前がよくて心優しく、自信に満ちているので、人によい印象を与えます。忠実で世話好きですが、相手に幻滅したり傷つけられたりすると、心を閉ざしてしまう傾向も。人との関係において平和と協調を求める一方で変化を嫌い、横暴な態度に出たり、かたくなになりすぎるところがあるので要注意。人との関係を保つためならがまんや犠牲もいとわない性格ですが、うまくいかない時に潔くあきらめることも大切です。

数秘術によるあなたの運勢

断固たる決断力、主張性そして野心は、18という数を生まれた日に持つ人の特徴です。行動力があり、手ごたえを求め、いつも多忙で何らかの事業に携わっています。有能で働き者、そして責任感が強いあなたは、権限ある立場に抜擢されます。豊かなビジネスセンスは、商業の世界でも十分に通用します。働きすぎる傾向にありますが、時にはリラックスして気持ちを落ち着けることも大切。18という数が示す性質として、他人を癒すことに力を注ぎ、堅実な忠告を与えたり、人々の悩みを解決します。

12という月の数は、あなたが正直者であり、強い理想を持っていることを示しています。感情面の充足感を求めて成長することが必要。あなたは何事においても器用な人ですが、自己表現の場がなければ落ち着かず不安になります。度量が大きく親しみやすい人ですが、傲慢で偉ぶった印象を人に与えることもありますので注意が必要。周りの人への要求を抑え、あなたの希望を他人に押しつけないようにしましょう。

●長所：進取の気性に富む、積極的である、直感力がある、勇敢である、意志が固い、癒す力がある、手際がよい、助言がうまい
■短所：繊細すぎる、感情を制御している、怠惰である、乱雑である、自己中心的である

♥恋人や友人
1月2、28日／**2月**26日／**3月**24日／**4月**22日／**5月**20、29、30日／**6月**18、27、28日／**7月**16、25、26日／**8月**14、23、24日／**9月**12、21、22日／**10月**10、19、20、29、31日／**11月**8、17、18、27、29日／**12月**6、15、16、25、27日

◆力になってくれる人
1月2、10、13、16日／**2月**8、11、14日／**3月**6、9、12日／**4月**4、7、10日／**5月**2、5、8日／**6月**3、6日／**7月**1、4、30日／**8月**2、28、30日／**9月**26、28日／**10月**24、26日／**11月**22、24日／**12月**20、22、30日

♣運命の人
10月31日／**11月**29日／**12月**27日

♠ライバル
1月3、9、10日／**2月**1、7、8日／**3月**5、6、31日／**4月**3、4、29日／**5月**1、2、27日／**6月**25日／**7月**23日／**8月**2、21、31日／**9月**19、29日／**10月**17、27日／**11月**15、25日／**12月**13、23日

★ソウルメイト(魂の伴侶)
1月5日／**2月**3日／**4月**1日／**5月**30日／**6月**28日／**7月**26日／**8月**24日／**9月**22日／**10月**20日／**11月**18日／**12月**16日

有名人

絢香(歌手)、安藤美姫(プロフィギュアスケーター)、池田理代子(マンガ家)、ブラッド・ピット(俳優)、武田真治(俳優)、小雪(女優)、ケイティ・ホームズ(女優)、クリスティーナ・アギレラ(歌手)、スティーヴン・スピルバーグ(映画監督)、ファンキー加藤(歌手)

太陽：いて座
支配星：しし座／太陽
位置：26°30'−27°30'　いて座
状態：柔軟宮
元素：火
星の名前：エタミン、アキューリアス

December Nineteenth

12月19日

SAGITTARIUS

感受性と創造力が豊かですが、感情のコントロールを

社交的で多くの才能に恵まれているあなたは、繊細なところもあり、感受性と創造力が豊かです。多方面にわたって才能を発揮し、さまざまなかたちで自己表現をしますが、**実用性を重んじ、物事を筋道だてて考える思考力**に優れています。創作的なことに感情を発散させると、確実な成果が表れますが、ひどく時間がかかったり、計画通りにならないからといって欲求不満や短気を起こさないように。多くの成果を求めるあなたは、**懸命に地道に働くことこそ、成功を手にする唯一の手段**であることを理解しましょう。

支配星しし座の影響を受けて自己に対する自信が強まり、前向きな姿勢と楽観主義で自分の限界を広げていきます。自尊心が高く、意志の固い頑固な性格なので、従属するより先導する立場の方が適しています。分別をわきまえ知識は豊富ですが、感情が支配する部分が大きいので、あなたがどう感じるかということが物事を判断する時の土台になります。いったん物や人に関心を持つと、どっぷりのめりこむか、すぐに飽きてどうでもよくなります。あなたは義務感が強く、忠実で誠実な人で、労を惜しまず献身し、犠牲を払うこともいといません。時にこの義務感があなたの気持ちを抑圧し、欲求不満や挙動不審になったり、感情的に落ち着きがなくなるので注意が必要。

3歳から32歳までの間は、太陽がやぎ座を通ります。あなたの目の前にある問題や、生活環境に注意を向けるべき時期と言えます。33歳を迎え、太陽がみずがめ座に入る時に転機が訪れます。さらなる自主性、前向きな思考が必要になります。独立を思い立つか、さまざまなことを試したい気持ちに駆られることも。

隠された自己

親しみやすく知識が豊富で、自分の考えを人に伝え、知っている情報を他人と分かちあおうとします。物事を広い視野でとらえることができるあなたは、**博愛主義者で、心が広く公平で、自分なりのやり方で率直に正直でいることを好む性格**。愛する人に対して心が優しく寛大なのにもかかわらず、物事をマイナスに考えてしまう癖と、批判的になったり意固地になるのは改めた方がよいでしょう。プラス思考で事に当たれば、障害を克服して成功するために必要な精神修養になります。成功へ一直線のあなたは野心家で仕事熱心です。物事を達成するには、究極の目的と方針が必要。あなたが成し遂げたいもののビジョンを心に描き、やる気をあおることで、仕事もはかどります。心に描く目標に照準を合わせ続けることで、欲求不満になるのを防いでくれます。

仕事と適性

あなたの楽観的な姿勢と抜け目のない指導力は、**人と関わる活動における成功**を確かなものにしてくれます。知識が豊かで思慮深いあなたは、教えたり書いたりすることを通して自分の知識を人と分かちあいたいという願いがあります。創造力と才能に恵まれ、音楽や芸術を追求すれば脚光を浴びるでしょう。興行事業（イベント）を行う才能もあります。

同様に、あなたの優れた音楽のセンスは俳優業や芸能界にも適しています。主導権を握っていたいあなたは、従属する地位を好みません。大きな目的のため、または理想を追い求めて無私無欲で働くのが一番あなたらしいといえます。また先見の明があるので、メディア界、広告、出版業界も適しています。

恋愛と人間関係

力強く愛情を表現するあなたは、**激しく、感性の鋭い個性を持つ人物**に魅力を感じます。ロマンティストで繊細なあなたですが、安定や安全への要求が強いので、慎重なパートナー選びが必要。潜在能力を養うことで、感情が満たされるようになり、心配、マイナス思考、疑念、妬みなどに陥らないようになります。あなたは献身的に友人やパートナーを支え、守ろうとします。忍耐強さと寛大さが備われば、計画通りに物事が進まない時に欲求不満になるという癖を克服できます。

数秘術によるあなたの運勢

野心がある博愛主義者、というのが誕生日に19という数を持つ人の特徴です。決断力があり臨機応変なあなたは広い視野の持ち主ですが、夢を追う姿勢が、心優しく理想家で創造性豊かだという印象を人々に与えます。繊細でありながら、大物になりたいという欲求が、みずからを大胆にし、注目の的になるようあおるのです。自分の独自性を確立したいという強い欲望が表れますが、まず仲間から受けるプレッシャーに打ち勝つことが必要。自信に満ち、快活で要領のよい人だという印象を人々に与えるあなたですが、内に潜む緊張が感情の起伏の原因になるのです。

ものを見極める目とカリスマ性を持つあなた。12という月の数の影響を受け、あなたは明確なビジョンを持つ高潔な人で、強い感情の持ち主。実行力に優れ、人に威圧感を与える人柄はリーダーとしてふるまうことを好み、自己を表現するために自由を求めます。プラス思考を維持し、冷静なものの見方を養えば、苦境を乗り越え、予定通りに事が進まなくても欲求不満に陥らずにすむでしょう。

●長所：大胆である、集中力がある、創造力がある、リーダーの素質がある、進歩的である、楽観的である、強い信念がある、競争力がある、自主性がある、寛大である

■短所：自己中心的である、くよくよする、拒絶されることを恐れる、浮き沈みがある、実利主義である

♥恋人や友人

1月3、8、22、25、29、30日／**2月**1、6、20、23、27、28日／**3月**18、21、25、26、30日／**4月**16、19、23、24、28日／**5月**14、17、21、22、26、31日／**6月**12、15、19、20、24、29日／**7月**10、13、18、22日／**8月**8、11、15、16、20、27、29、30日／**9月**6、9、13、14、18、23、27、28日／**10月**4、7、11、12、16、21、25、26日／**11月**2、5、9、10、14、19、23、24日／**12月**3、7、8、12、17、21、22日

◆力になってくれる人

1月17日／**2月**15日／**3月**13日／**4月**11日／**5月**9、29日／**6月**7、27日／**7月**5、25日／**8月**3、23日／**9月**1、21日／**10月**19、29日／**11月**17、27、30日／**12月**15、25、28日

♣運命の人

5月31日／**6月**17、18、19、20、29日／**7月**27日／**8月**25、30日／**9月**23、28日／**10月**21、26日／**11月**19、24日／**12月**17、22日

♠ライバル

1月20、23日／**2月**18、21日／**3月**16、19日／**4月**14、17日／**5月**12、15日／**6月**10、13日／**7月**8、11日／**8月**6、9日／**9月**4、7日／**10月**2、5日／**11月**2日／**12月**1日

★ソウルメイト(魂の伴侶)

1月4、31日／**2月**2、29日／**3月**27日／**4月**25日／**5月**23日／**6月**21日／**7月**19日／**8月**17日／**9月**15日／**10月**13日／**11月**11日／**12月**9日

埴谷雄高(評論家)、エディット・ピアフ(歌手)、反町隆史(俳優)、岩尾望(ノットボールアワー　タレント)、ジェイク・ギレンホール(俳優)、佐藤江梨子(女優)、朝吹真理子(作家)、李忠成(サッカー選手)、三浦皇成(騎手)、石井慧(柔道家)

太陽：いて座
支配星：しし座／太陽
位置：27°30'−28°30' いて座
状態：柔軟宮
元素：火
星の名前：エタミン、アキューリアス

December Twentieth

12月20日

SAGITTARIUS

12月

協調性のある博愛主義の夢想家

柔軟に物事を受け入れ、人好きのするあなたは、礼儀正しく魅力にあふれ、人を惹きつけます。協調性があり人に親切なので、**仲間の中では友を支え励ます存在**。博愛主義の夢想家で、創造性に富み、高潔で壮大な計画の持ち主ですが、傲慢な態度、無節制には要注意です。

あなたの支配星しし座の影響で、自分に対する自信が強くなり、前向きな姿勢と楽観主義で自分の可能性を広げていきます。**頭の回転が速く、しっかり者**なので、忍耐強さと冷静な考え方を養えば、あなたの個性を知的にも精神的にも強めます。

感動しやすくロマンティストなあなたの内側には、ひらめきの源となる深い感情が隠れています。自分自身の大きな期待に応えられない時には、この感情が欲求不満の原因になります。責任の重い仕事よりも楽な仕事を好むあなたは、その場限りの満足や感情に駆られた行動に身を任せないよう、自制心を養うことが必要。心優しく情け深く、さまざまな人々と交流し、協調関係を重んじます。心を奮い立たせる目的を見つけると、一生懸命努力します。

31歳を迎えるまでの間は、太陽がやぎ座を通ります。この時、あなたは人生の目標を達成するため実利を重んじ、地道な活動を行うことが大切です。32歳になり、太陽がみずがめ座に入ると転機が訪れます。あなたの独立心は高まり、自分の個性を表現したいという思いが強まります。自由、そして人道主義の理想にまつわる課題に関わることになります。

隠された自己

たぐいまれなる社交家で、いつも誰かと一緒にいるあなたは、気さくで親しみやすく、寛大な心の持ち主。気心が合って共に喜んだり悲しんだりする関係を求めるため、友人やパートナーからは信頼されます。

自尊心が強い面があり、主導権を握るためには繊細な一面を表に出そうとしません。あなたにとって、傷ついた時に自分をあわれむのはもってのほかです。しかしこの**繊細さこそ、あなたの洞察力に磨きをかけるもの**なのです。いつまでも若々しく、楽しいことを愛でる子どもの心を持ち続けます。この遊び心が芸術や音楽、執筆や演劇で表現されたり、人に楽しみと慰めを与えるでしょう。あなたの想像力と生まれ持っての優しさは、人々の精神を高揚させ、人生を楽しむ助けとなるのです。

仕事と適性

あなたの温かな人格と多大な魅力が、人々と関わる仕事での成功を約束します。特にセールスまたは代理店業が適しています。生まれつき他人に感情移入する性格はカウンセリング、癒し、またはボランティアにも向いています。**抜け目のないビジネスセンスが、どんな職業を選ぼうとあなたを成功へと後押ししてくれますが**、なるべくなら独自のやり方で働く自由がある方がよいようです。創造性が豊かなことから、執筆、音楽、美術、あるいは芸能界にも向いています。持ち前の遊び心は、スポーツ業界でも遺憾なく発揮されます。

恋愛と人間関係

精神的な刺激への欲求は、あなたの激しい感情の表れです。落ち着きがなく、とても繊細なあなたは、理想主義者で、そのためさまざまな人とくっついては離れ、のくり返しになる運命なのです。大切な人のためなら犠牲をいとわない、あなたにぴったりの相手を見つけるのには、十分に時間をかけることが必要。**若々しく情熱的で、気ままな性格**なのに、相手に惹かれれば惹かれるほど真剣になりすぎてしまう傾向もあります。

数秘術によるあなたの運勢

20の日に生まれた人は、直感力が鋭く敏感で、順応性が高く、理解力に優れ、よく集団行動をとります。お互いに影響しあい、経験を分かちあい、他人から学ぶことができる共同作業にやりがいを感じます。人あたりがよく、おおらかなあなたは、人との交際術に磨きをかけて、どんな仲間にでも容易に溶けこみます。自分に自信を持って、他人の言動にふり回されたり、自分をなくさないように注意しましょう。

月の数である**12**は、鋭敏さと受容力、そしてじっとしていられない性格を示します。人を見る目があり、相手の真意を読み取るすばらしい観察力を持っていますので、自分の鋭い勘を信じれば、よい結果が得られます。野心家でしっかり者ですが、あなたの理想主義が、個人的な前進を求めるべきか、皆の利益のために尽くすべきかで悩ませるのです。

●**長所**：よい協調関係を築く、穏やかである、機転がきく、受容力がある、洞察力がある、思慮深い、調和している、人づき合いがよい、平和的である

■**短所**：疑い深い、自信が欠如している、敏感すぎる、利己的である

相性占い

♥恋人や友人

1月5、10、18、19、20、26、30日／**2月**3、8、16、17、24、28日／**3月**1、6、14、15、22、26日／**4月**4、12、13、20、24、30日／**5月**2、10、11、12、18、22日／**6月**8、9、16、20、30日／**7月**6、7、14、18、28日／**8月**4、5、12、16、26、30日／**9月**2、3、10、14、28日／**10月**1、8、12、22、26日／**11月**6、10、20、24日／**12月**4、8、18、22、30日

◆力になってくれる人

1月13日／**2月**11日／**3月**9日／**4月**7日／**5月**5日／**6月**3、30日／**7月**1、28日／**8月**26日／**9月**24日／**10月**22日／**11月**20日／**12月**18日

♣運命の人

6月16、17、18、19、20日

♠ライバル

1月14、24日／**2月**12、22日／**3月**10、20日／**4月**8、18日／**5月**6、16日／**6月**4、14日／**7月**2、12日／**8月**10日／**9月**8日／**10月**6日／**11月**4日／**12月**2日

★ソウルメイト(魂の伴侶)

7月30日／**8月**28日／**9月**26日／**10月**24日／**11月**22、23日／**12月**20、21日

有名人

野口悠紀雄(経済学者)、ユリ・ゲラー(超能力者)、野田秀樹(劇作家)、荻原健司(元ノルディックスキー選手)、五味康祐(作家)、中山竹通(元マラソン選手)、安田理大(サッカー選手)、横山智佐(声優)

太陽：いて座／やぎ座
支配星：しし座／太陽
位置：28°30'−29°30'　いて座
状態：柔軟宮
元素：火
星の名前：エタミン、アキューミン、
　　　　　シニストラ、スピクルム

December Twenty-First

12月21日

SAGITTARIUS

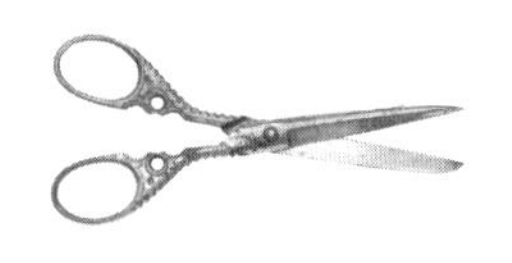

人の心を和ませるムードメーカー

いて座とやぎ座のカスプで生を受けたあなたは、木星から楽観的な気質を、土星から現実的な気質を授けられています。**カリスマ性と多くの才能**に恵まれているので、活力に満ち、大きな成功への欲望があります。**激しい感情はあなたのやる気の原動力**。行動力と意欲に満ちていますが、欲望の強さゆえに感情が高ぶり、無計画なまま新しい仕事に突入すると、絶好のチャンスを取り逃がすことになりかねません。短気を制し、目標を絞って集中すれば、さらに信用を得られ、多額の富に結びつくでしょう。

しし座と土星の影響を受けて、自信と決断力が強まります。創造性が豊かで、斬新なアイディアが次々と浮かびます。人に対して友好的で、心の優しいあなたは、いきいきと感情を表現し、率直にものを言い、正直で親しみやすい人でもあります。**礼儀正しく人あたりがよく、どんな人とでもうまくつき合えます**。人の心を和ませるムードメーカー。博愛心と向上心によって多くのことをみずからの力で成し遂げます。しかし、あなたの多大な潜在能力が、その真価を発揮するのは、自分のみならず他の人々も利益を得る共同事業に従事する時です。

30歳に達するまで、太陽がやぎ座を通過します。あなたは目の前の課題に目を向けるべき時期で、生活の秩序と内容を見直す必要があります。あなたが31歳を迎え、太陽がみずがめ座に入る時に転機が訪れます。この時、独立願望が強まり、独自の進歩的な考え方が必要になります。

隠された自己

際限なく知識を追い求めるあなたは、命が続く限り何かを学び続けることでしょう。生来の魅力とやる気は、若々しい性格と同様に、あなたの持つ美点です。広い見識と多くの才能に恵まれ、前向きで、自信がある時は実に説得力があります。熱心に知識を蓄え、アイディアや情報をいち早く実生活に取り入れます。しかし、うぬぼれやおごり高ぶりに気をつけて。有頂天になった後には落胆が待ち構えているということを肝に銘じてください。**多様性を愛し、人々を惹きつける魅力的なあなたは、周囲への影響力があり、他人のやる気を引き起こす力があります**。

何かをしたい、変えたいという欲望が、時に落ち着きのなさや短気として表れますが、あなたが奮起した時には、これが成功への原動力となるのです。

仕事と適性

野心とシャープな知性、そして物事を広くとらえる能力によって、あなたが本当に集中して決意を固めれば、どんな業界であろうと並はずれた成功を収めます。**生まれつきのリーダーの素質を活かして、自分のやり方で働ける自由が必要**。

あなたの場合、役職に就くか自分の会社で働いた方が、うまく事が運びます。カリスマ性と人を虜にする天賦の才によって一般大衆と関わる職業や、芸能界または政治家が適しています。あなたの調整能力と実用主義、そして冒険心がビジネスでも存分に発揮されます。しかし野心と人道的な理想との間で葛藤を経験することもあるでしょう。

恋愛と人間関係

どんな人とでも仲良くなれる能力を持っています。カリスマ性があり、大胆で責任感が強いあなたは、秩序を守り計画的に行動しようとします。長く続くゆるぎない安定した関係を求めます。

あなたが魅力を感じる相手は、**よく働く野心家で、ある程度の地位と権力を持ち、変化を楽しむ人**。物わかりがよく、慈愛にあふれるあなたですが、2番目によいと思う相手で妥協してはいけません。

数秘術によるあなたの運勢

気力にあふれ外交性に富んだ性格が**21**日に生まれた人の特徴です。社会生活全般に関心を持ち、幸運な人生を歩みます。周りの人には親しみやすく社交的な性格だという印象を与えます。直感力があり、独立精神によって並はずれた発想力と独創性を発揮。

21という数からの影響を受けて、あなたは楽しいことが大好きで、人を惹きつけ、魅力に富んでいます。人と協力して仕事をすると成功するチャンスが訪れるでしょう。協力的な関係や結婚を望む気持ちはありますが、自分の才能を認めてもらいたいという気持ちを常に持っています。

月の数**12**によってあなたが楽観的で想像力がたくましく、高い理想の持ち主であることが示されています。完璧主義なので、絶望感を味わわないためにも、現実志向になるようにしましょう。あなたは打ち解けた雰囲気を作る達人で説得力もあり、そのカリスマ性で人々に影響を与えるでしょう。

●長所：活気を与える、創造性がある、関係が長く続く
■短所：依存状態である、神経質である、気まぐれである、洞察力が欠如している、落胆する、変化を恐れる

相性占い

♥恋人や友人
1月2、3、6、9、10、11、21、27、29、31日／**2月**1、4、7、9、25、29日／**3月**2、5、7、17、23、25、27日／**4月**3、4、5、15、21、25日／**5月**1、3、13、19、23、30日／**6月**1、11、17、21、28日／**7月**9、15、19、26、29日／**8月**7、13、17、24、27日／**9月**5、11、15、22、25日／**10月**3、9、13、20、23日／**11月**1、7、11、18、21、30日／**12月**5、9、16、19、28日

◆力になってくれる人
1月11、16、30日／**2月**9、24、28日／**3月**7、22、26日／**4月**5、20、24日／**5月**3、18、22、31日／**6月**1、16、20、29日／**7月**14、18、27日／**8月**12、16、25日／**9月**10、14、23日／**10月**8、12、21、29日／**11月**6、10、19、27日／**12月**4、8、17、25日

♣運命の人
6月19、20、21、22日

♠ライバル
1月15日／**2月**13日／**3月**11日／**4月**9日／**5月**7、30日／**6月**5、28日／**7月**3、26日／**8月**1、24日／**9月**22日／**10月**20、30日／**11月**18、28日／**12月**16、26日

★ソウルメイト（魂の伴侶）
1月9、29日／**2月**7、27日／**3月**5、25日／**4月**3、23日／**5月**1、21日／**6月**19日／**7月**17日／**8月**15日／**9月**13日／**10月**11日／**11月**9日／**12月**7日

有名人

松本清張（作家）、夏樹静子（作家）、ジェーン・フォンダ（女優）、神田正輝（俳優）、恵俊彰（タレント）、本木雅弘（俳優）、草野マサムネ（スピッツ　ボーカル）、吉川ひなの（タレント）、片岡鶴太郎（俳優・画家）

太陽：やぎ座／いて座
支配星：やぎ座／土星
位置：29°30'–0°30' やぎ座
状態：活動宮
元素：地
星の名前：シニストラ

December Twenty-Second

12月22日

CAPRICORN

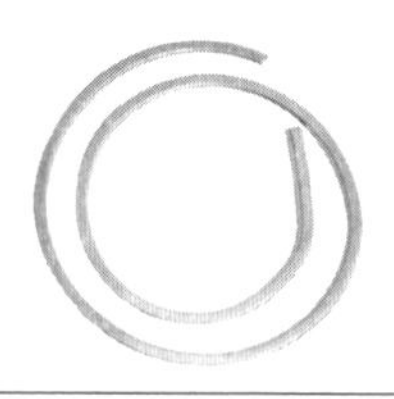

実利的な考えでチャンスをつかみましょう

あなたは魅力的で愛嬌があり、そのうえ働き者。あなたには偉業を成し遂げる優れた素質があります。やぎ座といて座のカスプに生まれたあなたは、やぎ座の**現実的で実利的な考え方**と、いて座の**チャンスを見出す能力**という、両方の星座の長所を兼ね備えています。この2つの能力を組み合わせることで、あなたは人を指導するような地位に就きます。洗練された社交術と、温かく細やかな気配りとで、うまく人づき合いができます。

支配星であるやぎ座の影響も受けているあなたは、野心と強い責任感を持っています。少し完璧主義的な傾向があり、引き受けた仕事はきちんとやらなければ気がすみません。リーダーシップをとる力のあるあなたは、生来の商才を発揮し、**多彩な才能を武器に利益を生みだす手腕**があります。ただし、実利や名声にばかり気をとられて、高い理想を見失わないように注意。仕事と遊びの適正なバランスを図り、人生が辛く重苦しいものにならないようにすることこそ、あなたが取り組むべき課題の1つなのです。

優しく思いやりがあるあなたは、人に安らぎを与えます。人道主義者で気さくで、天性の説得力を持つあなたは、話し方も洗練されており、人づき合いが上手。

29歳までのあなたは、何よりも目標の達成を優先し、そのために現実的な取り組みをすることでしょう。30歳になり、太陽がみずがめ座に移動すると転機が訪れます。次の転機は、太陽がうお座に入る60歳の時に訪れ、これを契機に感受性、想像力がますます際立ってくるでしょう。

隠された自己

寛大で、温かく、のびのびとしたところがある半面、妥協を許さず、忠実に義務を遂行する力も備えています。このため、時折、自分の感情と仕事との間で矛盾が生じてしまうことも。非常に敏感で、感受性が強いため、過去にとらわれすぎてしまうと、失望や挫折のためにひどく苦しむことになるかもしれません。**プラス思考**を心がけ、人生をありのままに受け止めるようにしましょう。

成長の過程であなたは、十分な愛情を受けられなかったかもしれません。自分の能力に自信を持てば、敵・味方の区別が瞬時にでき、他人に対して思いやりあふれる心遣いができるようになります。

仕事と適性

豊かな感受性と創造力を持ちながらも、生まれつき現実的な気質を備えているあなたは、有能な経済学者、解説者、株式仲買人などが適職。また、アドバイザーや会計士にも向いています。**組織をまとめる力**が優れているので、政治家、経営者、行政官になる人も。また、研究や科学など社会のためになる仕事も縁があります。

恋愛と人間関係

直感と理解力があるため、すぐに人と親しくなれます。ふだんは寛容で親切なのですが、ときどき過剰に神経質になったり、内向的になったりすることがあります。そうなると周りから冷たい人だと思われてしまうので、自分自身で心のバランスを取り戻すことが必要です。旅行や運動などで気分転換を図り、いつもの元気を取り戻しましょう。

ロマンティックで繊細で、**博愛の精神と普遍的な考え**を持つあなたは、人と経験を分かちあうことに喜びを見出し、誠実で協力的なパートナーや友人になれるでしょう。

数秘術によるあなたの運勢

22日生まれの人は現実的で規律正しく、鋭い直感を持っています。22はマスターナンバーであり、22と4の両方の影響力を持っています。誠実で仕事熱心なあなたは、天性の指導力を持つカリスマ的な存在であり、人に対する深い思いやりがあります。あまり感情を表に出すことはありませんが、人のために温かな配慮や心遣いを示します。だからといって、現実的な姿勢を崩すことはないのが特徴。

生まれ月の**12**という数字からも影響を受けているあなたは、野心的で理想主義的な性質を持っています。楽天的でありながら疑い深く、気分によって大きく左右されます。前向きな気持ちの時にはいいアイディアが浮かび大きな利益をあげますが、鬱や精神的な不安には注意が必要。

●長所：博識である、独創的である、非常に直感が鋭い、実利を重んじる、実行力がある、手先が器用である、手際がよい、創作好きである、統率力に優れる、現実的である、問題解決能力が高い

■短所：楽をして儲けようとする、策略をめぐらせる、劣等感がある、高圧的な態度をとる、物欲にとらわれやすい、不精である、利己的である

♥恋人や友人

1月2、7、9、11、12、22、25日／**2月**7、10、20、23、26日／**3月**5、8、18、21日／**4月**3、6、16、19日／**5月**1、3、4、14、17、20、24、29日／**6月**2、12、15、27日／**7月**10、13、16、20、25、30日／**8月**9、15、24、26日／**9月**7、13、22、24日／**10月**4、7、10、14、19、24、28、29、30日／**11月**2、5、8、12、17、22、26、27、28日／**12月**3、6、10、15、20、24、25日

◆力になってくれる人

1月12、23、29日／**2月**10、21、27日／**3月**22、26日／**4月**6、17、23日／**5月**4、15、21日／**6月**2、13、19、28、30日／**7月**11、17、26、28日／**8月**9、15、24、26日／**9月**7、13、22、24日／**10月**5、11、20、22日／**11月**3、9、18、20、30日／**12月**1、7、16、18、28日

♣運命の人

6月20、21、22、23日／**7月**29日／**8月**27日／**9月**25日／**10月**23日／**11月**21日／**12月**19日

♠ライバル

1月1、4、26、30日／**2月**2、24、28日／**3月**22、26日／**4月**20、24日／**5月**18、22、31日／**6月**16、20、29日／**7月**14、18、27日／**8月**12、16、25、30日／**9月**10、14、23、28日／**10月**8、12、21、26日／**11月**6、10、19、24日／**12月**4、8、17、22日

★ソウルメイト（魂の伴侶）

1月20日／**2月**18日／**3月**16日／**4月**14日／**5月**12日／**6月**10日／**7月**8日／**8月**6日／**9月**4日／**10月**2日

有名人

ジャコモ・プッチーニ（作曲家）、江原啓之（スピリチュアルカウンセラー）、国生さゆり（女優）、ヴァネッサ・パラディ（女優）、浦田聖子（ビーチバレー選手）、安めぐみ（タレント）、池田勇太（プロゴルファー）、忽那汐里（女優）

太陽：やぎ座
支配星：やぎ座／土星
位置：0°30'−1°30' やぎ座
状態：活動宮
元素：地
星の名前：ポリス

December Twenty-Third

12月23日

CAPRICORN

大きな夢へ駆りたてる豊かな感性と直感力

この日に生まれた人は現実的でありながら、豊かな想像力を持ち、精力的に活動するたくましい人です。人生に繁栄をもたらそうとする意欲も決意も十分ですが、本当の満足が得られるのは、**人々に影響を与えるような感情の力を発揮した時**です。

支配星であるやぎ座からも影響を受けるあなたは、熱意と野心を持って根気強く仕事に取り組み、**一度決めた目標は必ず達成する力**があります。ふだんは礼儀正しく気さくなあなたですが、感情の強さを抑えようとするあまり、周りからは冷たく内向的な性格に見られてしまうことがあります。とはいえ、あなたの生き生きとした魅力や、**人を楽しませる才能**を前面に出せば、温かく寛大な人柄であることがわかってもらえるでしょう。趣味と仕事を結びつける才能があり、物質的な利益や地位を得ることに意欲を燃やします。また、感情が豊かで、大きな夢を持っています。

28歳までのあなたは、主に仕事などの現実的な問題に関心があります。29歳になり、太陽がみずがめ座に移動すると転機が訪れ、自立心が旺盛になり、自分のユニークな考えを表現したいという欲求が高まります。次の転機は、太陽がうお座に入る59歳の時に訪れ、これを契機に感受性が豊かになり、創作意欲がわいてきます。

隠された自己

プライドが高く、独立心が旺盛なので、**有り余る情熱を積極的に表現する**ことが必要です。非常に現実的でありながら、あなたはその理想や天真爛漫さで、人をやる気にさせるパワーを持っているのです。人を見る目があり、他人のために尽くす博愛主義的な気質を備えているため、人を相手にする仕事で優れた能力を発揮できます。

あなたの多面的な性格は、時に周囲を混乱させることがあります。ふだんはとても社交的でたくましいのですが、自分から孤立しがちな面も。引きこもってしまうと頑固になり、人間関係の悪化を招くかもしれません。いつもの自分の殻から脱けだすよう常に心がけて。そうすれば孤立しがちな性格を克服し、あなたの寛大さ、ものの考え方、生来の思いやりを周囲の人にわかってもらえるようになるでしょう。

仕事と適性

機知に富み、個性の強いあなたは、生まれながらの商才があり、人と関わる仕事なら何でも成功することができます。責任感が強く献身的に仕事に取り組み、**優れた経営管理能力**を持っているので、大企業に勤めた場合は経営者または管理者として重役に就く可能性が大。魅力と説得力があり、コミュニケーション能力に長けているので、販売、宣伝、交渉などの仕事で成功します。

恋愛と人間関係

活動的で絶えず変化を求めながらも、心の平穏を望んでいます。調和や秩序を願うあなたの人生において、人との協調関係や家庭は非常に重要なもの。しかし、あなたの情熱は前向きな自己表現の場を求めています。感情を抑えたままにしておくと、後になって大問題に発展するかもしれません。とはいえ、あなたにははつらつとした魅力があり、いとも簡単に人の心をとらえ、あなたの虜にしてしまいます。

情熱的な愛を捧げようとしますが、長く続く関係においては、**金銭的な安定を与えてくれるパートナー**を必要としています。

数秘術によるあなたの運勢

23日生まれの人は、鋭い直感力、豊かな感受性、創造性などの特性を備えています。多くの才能を持つ情熱家で、頭の回転が速く、プロ意識があります。23という数字の影響で、新しいことを容易に習得できますが、理論よりも実践を重んじる傾向があります。また、旅や冒険を好み、新たな出会いを求めます。23という数字の影響により常に変化を求めているあなたは、できるだけ多くのことを経験し、その1つ1つからできるだけ多くのものを得ようとするのです。親しみやすく陽気で、勇気と活力に満ちたあなたが、潜在能力を本当に発揮するためには、活動的なライフスタイルが必要です。

生まれ月の**12**という数字からも影響を受けているあなたは、自分の気持ちを明確に表現し、たとえ最初のうちは困難を感じたとしても、意志を貫くことが大切です。情緒不安に陥らないためには、自らを律し、たとえ思い通りにならない時でも、感情を爆発させないようにすることが肝要。また、譲りあいの精神を養い、客観性を身につけると吉。

●**長所**：誠実である、思いやりがある、責任感が強い、話し好きである、直感が鋭い、創造力に優れる、多才である、信頼できる
■**短所**：自己中心的である、自信がない、頑固である、妥協しない、他の人のあら探しをする

相性占い

♥恋人や友人
1月8、11、12、29日／**2月**6、9、27日／**3月**4、7、25、29日／**4月**2、5、23、27日／**5月**3、4、21、25日／**6月**1、19、23日／**7月**17、21日／**8月**15、19、29日／**9月**13、17、27日／**10月**11、15、25、29、30日／**11月**9、13、23、27、28日／**12月**7、11、21、25、26日

◆力になってくれる人
1月13、30日／**2月**11、28日／**3月**9、26日／**4月**7、24、30日／**5月**5、22、28日／**6月**3、20、26日／**7月**1、18、24、29日／**8月**16、22、25日／**9月**14、20、25日／**10月**12、18、23日／**11月**10、16、21日／**12月**8、14、19日

♣運命の人
6月21、22、23日／**10月**30日／**11月**28日／**12月**26日

♠ライバル
1月5、19日／**2月**3、17日／**3月**1、15日／**4月**13日／**5月**11日／**6月**9、30日／**7月**7、28、30日／**8月**5、26、28日／**9月**3、24、26日／**10月**1、22、24日／**11月**20、22日／**12月**18、20日

★ソウルメイト（魂の伴侶）
1月7日／**2月**5日／**3月**3日／**4月**1日／**9月**30日／**10月**28日／**11月**26日／**12月**24日

この日に生まれた 有名人

笑福亭鶴瓶（落語家）、庄野真代（歌手）、原田悠里（歌手）、宮部みゆき（作家）、カーラ・ブルーニ（モデル・元フランス大統領夫人）、倉科カナ（タレント）、樫野有香（Perfume　歌手）、山崎まさよし（ミュージシャン）、村上幸史（陸上やり投げ選手）、おちまさと（TVプロデューサー）、小島瑠璃子（タレント）

太陽：やぎ座
支配星：やぎ座／土星
位置：1°30'−2°30' やぎ座
状態：活動宮
元素：地
星の名前：ポリス

December Twenty-Fourth

12月24日

CAPRICORN

現実を見据え、理想に向かって着実に

あなたは知性が鋭く実利的で、しかも洗練されています。直感力に優れ、**論理的な思考力**もあり、その批判力を仕事や自己分析に活かすことができます。ただし、疑い深いところがあるので、心を閉ざして自分のさまざまな可能性やチャンスを潰してしまわないように気をつけましょう。

支配星であるやぎ座からも影響を受けるあなたは、野心的で自分の責任をよく自覚しており、一歩一歩根気強く目標に近づいて、**困難に打ち勝つ力**を持っています。現実的な姿勢で人生に取り組み、人を惹きつける魅力や才能もあります。

創造的な思考力は執筆、講演などの表現活動を通して発揮されるでしょう。駆け引きがうまく、声が魅力的で感じのよい性格なので友達も多く、**人に影響を与える力**を持っています。自信のない時は、孤独になることへの不安を感じるかもしれませんが、ときどき1人になって静かに内省する時間を持つことは必要です。人間関係のバランスをうまくとるようにしましょう。

27歳までのあなたは秩序ある生活を望み、現実的な考え方を重視します。28歳になり太陽がみずがめ座に移動すると転機が訪れ、自立心が旺盛になります。ますます社交的になり、集団意識や自分の個性を表現したいという欲求が高まってきます。次の転機は太陽がうお座に入る58歳の時に訪れ、これを契機に感受性、想像力、精神性または霊感が際立ってきます。

隠された自己

激しい情熱を内に秘めたあなたは人を魅了し、奮い立たせる力を持っています。たくましい想像力と抜け目ない実行力を兼ね備えているので、現実を踏まえて先を見通すことができます。

ただし、せっかくの想像力を無益な空想や現実逃避の手段にしてしまわないように注意しましょう。前向きに意識を集中すれば、思いきって情熱的な愛の告白ができ、恋を成就させることができます。**人を惹きつける魅力と指導力**があるのでトップの座に上りつめることはできますが、時として完璧を求めすぎるあまり、周囲があなたの高い理想についていけなくなることもありそうです。こうした状況は誤解を招き、あなたの考えが伝わりにくくなる原因となります。

あなたが豊かな才能を最大限に発揮するためには、常に忙しくしていること。そうすることで直感的な感受性はさらに成長して、自分自身をよりよく理解できるようになり、深刻になりすぎたり落ちこんだりしないようになります。

仕事と適性

決断力と自立心を持ち、聡明で直感力が鋭いあなたは、**エネルギッシュな野心家**。優れた知性を持ち商才があるので、起業にも向いています。

卓越した組織力、管理能力のみならず、問題解決能力にも恵まれています。文才もあります。教育、政治などの公職や演劇などの芸能活動に興味を持ち、その方面の仕事に関わる可能性もあります。自営業を選ぶのもよいでしょう。

恋愛と人間関係

真実や愛を大切にするあなたは正直で率直な人です。恋愛では理想を追いかけ、**スリルに富んだ刺激的な友人やパートナー**を探し求めます。生まれながらの魅力があるので、人に慕われ人気者になれます。

人間関係においてはいろいろと気持ちの変化がありそうなので、頑固にならず柔軟に対応して。デリケートなあなたにとって愛情を表現することは特に重要で、伝えることによって精神的な不安を克服できます。家庭運にも恵まれています。

数秘術によるあなたの運勢

24日生まれの人は感受性が鋭く、バランスと調和を求めます。組織というものをよく理解しており、複雑かつ有効な組織を苦労せずに作り上げることができます。理想を持ち誠実で公平なあなたですが、不言実行を信条とするため引っ込み思案になりがち。24という数字の影響を受けるあなたにとっての重要な課題は、さまざまな分野の人と交流を持ち、疑い深い性格を克服し、しっかりとした家庭を築くことです。

生まれ月の**12**という数字から受ける影響は、鋭い洞察力と大胆な野心に表れています。気さくで社交的ですが物事を真剣に考えすぎて、すぐにいらいらしたり傷ついたりする傾向があります。ある時は自信に満ちて自主的に行動するかと思うと、またある時は自信をなくして傷つきやすくなっています。

これはあなたがすべての人間関係において、バランスと調和を必要としていることの表れです。偏見にとらわれず心を広く持つことで、視野を広げることができるでしょう。

●**長所**：活力に満ちている、理想を追い求める、実用的な技術を持っている、意志が強い、寛大である、率直である、公平である、気前がいい、家庭を大切にする、活動的である

■**短所**：実利的である、嫉妬深い、冷酷である、月並みを嫌う、怠惰である、心が移ろいやすい、頑固である

♥恋人や友人

1月9、13、30日／**2月**7、28日／**3月**5、26、30日／**4月**3、24、28日／**5月**1、5、22、26日／**6月**3、20、24日／**7月**18、22、31日／**8月**16、20、29、30日／**9月**14、18、27、28日／**10月**12、16、25、26、31日／**11月**10、14、23、24、29日／**12月**8、12、21、22、27日

◆力になってくれる人

1月15、22、31日／**2月**13、20、29日／**3月**11、18、27日／**4月**9、16、25日／**5月**7、14、23、30日／**6月**5、12、21、28日／**7月**3、10、19、26、30日／**8月**1、8、17、24、28日／**9月**6、15、22、26日／**10月**4、13、20、24日／**11月**2、11、18、22日／**12月**9、16、20日

♣運命の人

1月11日／**2月**9日／**3月**7日／**4月**5日／**5月**3日／**6月**1、22、23、24、25日／**10月**31日／**11月**29日／**12月**27日

♠ライバル

1月5、8、16、21日／**2月**3、6、14、19日／**3月**1、4、12、17日／**4月**2、10、15日／**5月**8、13日／**6月**6、11日／**7月**4、9、29日／**8月**2、7、27日／**9月**5、25日／**10月**3、23日／**11月**1、21日／**12月**19日

★ソウルメイト(魂の伴侶)

1月13日／**2月**11日／**3月**9日／**4月**7日／**5月**5日／**6月**3日／**7月**1日／**8月**31日／**9月**29日／**10月**27日／**11月**25日／**12月**23日

♑ やぎ座

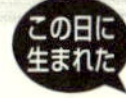

有名人

石原さとみ(女優)、阿川弘之(作家)、生島ヒロシ(キャスター)、福島瑞穂(政治家)、トミーズ雅(トミーズタレント)、北川悦吏子(脚本家)、リッキー・マーティン(歌手)、相葉雅紀(嵐タレント)、木下ココ(モデル)、久保裕也(サッカー選手)、ノストラダムス(予言者)、三宅諒(フェンシング選手)

太陽：やぎ座
支配星：やぎ座／土星
位置：2°30'−3°30' やぎ座
状態：活動宮
元素：地
星の名前：ポリス

December Twenty-Fifth

12月25日

CAPRICORN

博愛主義で慈悲深い理想主義者

この日生まれの人は現実的で愛情深く、調和を強く願っています。あなたの魅力は生まれ持ったすばらしい資質の1つであり、**人づき合いのうまさがあなたを成功に導きます。**人あたりがよく独創的で、創意に富んだアイディアを持ち、常に時代の先端をいっています。抜け目なく他人を頼らないあなたですが、理想主義者であり援助を必要とする人に対して心からの思いやりと配慮を示します。

支配星であるやぎ座からも影響を受けるあなたは、**責任感が強く頼もしい人**です。しっかりした家庭を築くことはあなたにとって重要なことであり、愛する家族を守るために一生懸命働きます。いったん引き受けた仕事はきちんとやらなければ気がすまず、犠牲を払ってでも目的を達成します。

あなたは組織をまとめる力に優れ、目標を達成するための計画を軌道に乗せ、生来の商才を発揮することができます。**人の役に立ちたい**と願うあなたは、困っている人に対し頻繁に助言したり、手を貸したりします。しかし行きすぎてしまうと、肩代わりをしたり、批判的になりすぎたり、支配的になったりして、いらぬおせっかいを焼いてしまうおそれがあります。

26歳までのあなたは、目標の達成に向けて現実的で実践的な取り組みをします。27歳になり太陽がみずがめ座に移動すると転機が訪れ、もっと自由に自己表現したいという欲求が高まってきます。違った考え方に触れたり新しい人間関係を築いたり、グループ活動に参加したりするとよいでしょう。次の転機は太陽がうお座に入る57歳の時に訪れ、これを契機に感受性や感情が豊かになってきます。人に対して思いやりを持つようになります。この頃には芸術や神秘的なものが吉です。

隠された自己

知性が鋭く理想主義者で生まれながらにして哲学的な視点を持つあなたは、知識を広げている時に最も幸福を感じます。教育は正規の学校教育であろうと自主学習であろうと、あなたが成功し出世するための重要な鍵。

いつも正直で率直なあなたは、場の雰囲気や人の気持ちを直感的に読み取る能力に長けています。戦略に優れ大局的にものを見ることができるので、楽観主義やインスピレーションに後押しされて大胆な冒険に乗り出すこともあります。**のみこみが早く創造的に人生に取り組み自己表現の場を求める**あなたは、さまざまな社会活動に携わり多くの人と交流するのが吉。

多様なことに興味を持ちますが、注意散漫や優柔不断になったり不安に陥ったりしないよう焦点を定めることが大切です。謙虚な気持ちで困っている人たちに心を配ることで、あなたに幸運が訪れます。

仕事と適性

進取の気性に富み高い理想を持つあなたは、**慈悲深く博愛の精神**に満ちています。魅力的で豊かな感受性を持ち、人と接するのが得意なので公職に向いています。政治や医療に携わる仕事、公的機関などで立派な成果を収めることができるでしょう。知識欲があるので歴史、哲学、占星術を教えることもおすすめ。また、技術的な才能を持っているので、科学、天文学、化学、生物などの研究にも適性があります。

恋愛と人間関係

愛情を強く求めるあなたは、理想的なロマンスを追い求めます。気さくな性格のため人と関わることが好きですが、デリケートなので人づき合いの度がすぎないようにするのが賢明。あなたの魅力は皆を虜にしてしまいますが、ふさわしくない相手に感情移入して不幸な結果を招かないよう、パートナーは慎重に選ぶことが大切です。相手との間に**対等な協調関係**を保つようにしましょう。調和や内面の平和を強く求めるあなたにとって、「しっかりとした家庭を築く」ということが決断をくだす際に重要な要素となるでしょう。

数秘術によるあなたの運勢

25日生まれの人は鋭い直感力と思慮深さを持ち、機敏で力強く、さまざまな経験を通じて自己表現することを望んでいます。完璧さを求める気持ちから熱心に働き、成果をあげます。直感力に優れ用心深く、理論よりも実践を通して多くを学ぶタイプです。判断力に優れ細部まで目配りができるので、確実によい結果を出すことができます。ただし、衝動的に判断をくだす悪い癖を克服し、疑い深い態度を改める必要があります。25という数字の影響を受けるあなたは強い精神力と集中力を持っています。

生まれ月の12という数字からも影響を受けるあなたは、親切で、気さくで、魅力的な人柄です。あなたの強い信念や自分の頭で考えようとする姿勢は、知性と実務スキルの高さを表しています。ふだんは誠実で頼りになるあなたですが、批判的になったり、いらぬおせっかいを焼いたりする癖があるので、心を広く持ち謙虚であるように心がけましょう。

●**長所**：非常に直感が鋭い、完璧主義者である、洞察力が鋭い、創造力がある、人と接するのが得意である

■**短所**：衝動的である、せっかちである、無責任である、感情的になりやすい、嫉妬深い、秘密主義である、気分屋である、神経質である

♥恋人や友人

1月9、14、15、25、28日／**2月**10、13、23、26日／**3月**8、11、21、24、31日／**4月**6、9、19、22、29日／**5月**4、6、7、17、20、27日／**6月**2、5、15、18、25日／**7月**3、13、16、23日／**8月**1、11、14、21、31日／**9月**9、12、19、29日／**10月**7、10、17、27日／**11月**5、8、15、25日／**12月**3、6、13、23日

◆力になってくれる人

1月12、23、26日／**2月**10、21、24日／**3月**8、19、22、28日／**4月**6、17、20、26日／**5月**4、15、18、24日／**6月**2、13、16、22日／**7月**11、14、20、31日／**8月**9、12、18、29日／**9月**7、10、16、27日／**10月**5、8、14、25日／**11月**3、6、12、23日／**12月**1、4、10、21日

♣運命の人

6月23、24、25、26日／**11月**30日／**12月**28日

♠ライバル

1月17、18、21日／**2月**15、16、19日／**3月**13、14、17、29日／**4月**11、12、15、27日／**5月**9、10、13、25日／**6月**7、8、11、23日／**7月**5、6、9、21、30日／**8月**3、4、7、19、28日／**9月**1、2、5、17、26日／**10月**3、15、24日／**11月**1、13、22日／**12月**11、20日

★ソウルメイト(魂の伴侶)

1月24日／**2月**22日／**3月**20日／**4月**18、30日／**5月**16、28日／**6月**14、26日／**7月**12、24日／**8月**10、22日／**9月**8、20日／**10月**6、18日／**11月**4、16日／**12月**2、14日

有名人

武井咲(女優)、ハンフリー・ボガート(俳優)、夏八木勲(俳優)、桐島ノエル(モデル)、岡島秀樹(プロ野球選手)、橋本麗香(女優)、角川博(歌手)、ジャスティン・トルドー(第29代カナダ首相)

太陽：やぎ座
支配星：やぎ座／土星
位置：3°30'−4°30' やぎ座
状態：活動宮
元素：地
星の名前：ポリス

December Twenty-Sixth

12月26日

CAPRICORN

実行力があり冒険好き

生き生きとした感情、直感力、温かい心を持つあなたは、**人と接することに天賦の才**があります。やぎ座生まれの人には生来の実行力があり、理想に向かって精力的な取り組みをします。また魅力的であると同時に、組織をまとめる能力や創造的な思考力にも恵まれています。ただし、精神的に不安定な面があり、自分の中に秘められたユニークな才能を見逃してしまうおそれがあるので気をつけましょう。

支配星であるやぎ座からも影響を受けるあなたは頼もしく誠実で責任感があり、**人の役に立ちたいという熱い思い**を持っています。興味のあることに対してはすばらしい集中力を発揮できますが、飽きっぽい部分もあるので注意。大きな夢をたくさん持ち、バイタリティにあふれ、自由と冒険を求めるあなたは、**変化に富んだ波乱万丈な人生**を送ることでしょう。ただし、金運は今いち。自己を分析し合理的に考え過去を水に流すことで、運気を安定させることができます。

25歳までのあなたは現実的な考え方を重視します。26歳になり太陽がみずがめ座に移動すると転機が訪れ、世俗的なことから解放されて自由になりたいという欲求が高まってきます。自己表現を望むと同時に人づき合いが活発になり、集団への帰属意識も強くなってきます。次の転機は太陽がうお座に入る56歳の時に訪れ、これを契機に感受性、想像力が際立ってきます。

隠された自己

現実的でありながら極めて繊細。高い理想と愛を求めるあなたは、人道的な活動や芸術的な自己表現に没頭したり、あるいは霊的な体験の中に真実を見出そうとしたりするでしょう。

進取の気性に富むあなたはバイタリティがあり冒険を求めますが、この気持ちを抑圧してしまうと無節操になり、しきりに変化を求めていたかと思うと急に無気力になってしまうことがあります。現実逃避や無益な空想に陥らないためには、**創造的でわくわくするような物事や活動**に精神を集中させることが肝要です。

自信を持って何かに没頭している時のあなたは周りの人に刺激を与え、大きなことを成し遂げることができます。

仕事と適性

知的ではっきりとした目的意識と行動力を持ち、大企業でバリバリ働くことを望みます。自助の精神を持つあなたは人に頼らず、自分自身の努力によって成功を勝ち取ります。**ビジネスで大きな成功**を収めますが、出版、広告、宣伝といったクリエイティブな仕事に従事するのもよいでしょう。言語に関する才能があり自分の考えをうまく伝えることができるので、作家として偉業を成し遂げるか、マスコミや演劇または映画関係の仕事をする可能性もあります。

恋愛と人間関係

愛嬌があり、たちまち人を魅了してしまいます。非常に社交的で**自分の創造力や勤勉さに刺激を与えてくれる、創造的で仕事熱心な人**たちに魅力を感じます。しかし、愛を求める気持ちが強いため、客観的な目が養われるまでは恋愛のパートナー選びに苦労するでしょう。

創造的で型にはまったことを嫌うあなたは、理想のパートナーを見つけるまでは多くの人と一時的な関係を持ちますが、本当に愛する人が見つかれば忠実な愛を貫きます。

数秘術によるあなたの運勢

誕生日の**26**という数字の影響を受けるあなたは用心深く確固とした価値観を持ち、適切な判断をくだすことができます。母性本能や家庭を愛する気持ちはしっかりした基盤を築き、本当の安定を手に入れたいという欲求の表れです。人から頼りにされることが多く、あなたに助けを求めてきた友人や家族に快く援助の手を差し伸べます。しかし、金銭に執着しがちで、人をコントロールしすぎてしまう傾向があるので注意。

生まれ月の**12**という数字からも影響を受けているあなたは社交的で親しみやすく、起業家精神に富んでいます。直感が鋭く聡明で経営管理能力のあるあなたは、すばらしいアイディアにあふれ、それを具体的な製品に替えてお金を得る手腕を持っています。

●長所：創造力がある、実行力がある、思いやりがある、理想を追い求める、正直である、責任感が強い、家族を誇りに思っている、熱心である、勇気がある

■短所：頑固である、反抗的である、よそよそしい、忍耐力に欠ける、情緒不安定である

相性占い

♥恋人や友人

1月6、11、14、26日／**2月**4、9、12日／**3月**2、7、10、28日／**4月**5、8、20、26、30日／**5月**3、6、24、28日／**6月**1、4、22、26日／**7月**2、20、24日／**8月**18、22日／**9月**10、16、20、30日／**10月**14、18、28日／**11月**12、16、26日／**12月**10、14、24日

◆力になってくれる人

1月20、24日／**2月**18、22日／**3月**16、20、29日／**4月**14、18、27日／**5月**12、16、25日／**6月**10、14、23、29日／**7月**8、12、21、27日／**8月**6、10、19、25、30日／**9月**4、8、17、23、28日／**10月**2、6、15、21、26日／**11月**4、13、19、24日／**12月**2、11、17、22日

♣運命の人

1月24、25、26、27日／**8月**31日／**9月**29日／**10月**27日／**11月**25日／**12月**23日

♠ライバル

1月22、23、27日／**2月**20、21、25日／**3月**18、19、23日／**4月**16、17、21日／**5月**14、15、19日／**6月**12、13、17日／**7月**10、11、15、31日／**8月**8、9、13、29日／**9月**6、7、11、27日／**10月**4、5、9、25日／**11月**2、3、7、23日／**12月**1、5、21日

★ソウルメイト（魂の伴侶）

1月23日／**2月**21日／**3月**19日／**4月**17、29日／**5月**15、27日／**6月**13、25日／**7月**11、23日／**8月**9、21日／**9月**7、19日／**10月**5、17日／**11月**3、15日／**12月**1、13日

有名人

小栗旬（俳優）、菊池寛（作家）、ヘンリー・ミラー（作家）、藤沢周平（作家）、音無美紀子（女優）、原田美枝子（女優）、石野卓球（電気グルーヴ　DJ）、田畑智子（女優）、藤澤恵麻（女優）、城田優（俳優）、毛沢東（政治家・思想家）

太陽：やぎ座
支配星：やぎ座／土星
位置：4°30'–5°30' やぎ座
状態：活動宮
元素：地
星の名前：カウス・ボレアリス

December Twenty-Seventh

12月27日

CAPRICORN

鋭い知性と直感力、そして激しい気性

気性が激しいあなた。現実的な性格なので人との関係や世の中における自分の位置を知りたがります。やぎ座生まれのあなたにはその誠実さに見合った確固たる人生の基盤が必要です。本来は理想主義者でありながら野心を持つあなたは起業家精神にあふれ、仕事熱心な一面を持っています。あなたにとって人との関わりはとても重要。**魅力的で駆け引き上手なあなたは、人と関わる仕事なら何でも成功できるでしょう。**

支配星であるやぎ座からも影響を受けるあなたは忍耐強く鋭い知性と識別力を持ち、正しい判断力と良識があります。建設的で戦略の立案に卓越した能力を発揮しますが、自信過剰になったり自分の願望を達成することばかりに気をとられたりしがちなので注意が必要です。

直感が鋭く、**たいていの場合に勘が当たる**ので、自分を信じて行動するのがよいでしょう。人を楽しませる才能があり、プライベートな人間関係をうまく仕事に活かす術を心得ています。しかし、気の向くままに感情を爆発させがちなので気をつけましょう。

24歳までのあなたは人生の目標をしっかりと持ち、目標達成のために現実的な取り組みをします。25歳になり太陽がみずがめ座に移動すると転機が訪れ、自分の率直な気持ちや独立心を表現したいという欲求が高まります。さまざまなアイディアを試してみたり新しい友人を作ったり、人道的な活動やグループ活動に参加するのもよいでしょう。次の転機は太陽がうお座に入る55歳の時に訪れ、これを契機に感受性や感情が豊かになります。人の気持ちを理解できるようになり、思いやりが深くなるでしょう。芸術や神秘的なことに没頭するようになります。

隠された自己

一見のんきそうに見えますが実は精力的で**成功のためには手段を選ばない一面**があり、特に具体的な計画がある時にはその傾向が強くなります。心が広く旅行や哲学の研究、宗教の問題などに興味があります。とはいえ抜け目なくちゃっかりした性格には変わりなく、目ざとくチャンスを見つけ、払ったお金に見合ったものをちゃんと手に入れることができます。

頭の回転が速く切れ味のよい発言をするあなたは、機知に富み人を楽しませる才能があります。ただし自分の意見に自信があるからといって、調子に乗って傲慢にならないよう気をつけましょう。特に世俗的なことに関しては第六感が働くので、お金に困ることはありません。

仕事と適性

野心を持ち仕事熱心で人の扱いがうまいあなたは、**生来の癒しの力**を持っています。そんなあなたにぴったりなのは、気さくな人柄と実務能力を活かすことのできる仕事です。落ち着きと思いやりがあり人の話をよく聞くことができるので、助言者として人の相談に乗る仕事が向いています。特に教育や研究の分野でうまくやっていけるでしょう。組織作りの才能もあり価値あるものを作り上げたいと思っているので、慈善事業に従事する可能性もあります。

恋愛と人間関係

人恋しいあなたにとって、恋愛や人間関係はきわめて重要なものです。温かい人柄なので友達も多く、**グループやパートナーと協力することで成果をあげる**ことができます。家族への愛情が強く家庭というしっかりした基盤を築くことは、人生の非常に重要な要素であると考えています。ただし1人でいることを嫌うので、恋愛関係において依存的にならないように注意が必要。激しく献身的な愛情を注ぎ忠実で思いやりがありますが、ときどき傲慢な態度をとることがあるので気をつけましょう。

数秘術によるあなたの運勢

鋭い直感力と探究心を持ち誕生日の27という数字に影響を受けるあなたは、忍耐力と自制心を養うことで思考力をぐっと深めることができます。強い信念と鋭い観察眼を持ち、細かいことまでよく気がつきます。

繊細な理想主義者で創造力が豊かなあなたは、独創的な思想やアイディアで人々に感銘を与えます。コミュニケーション能力を高めれば、本音を語ることへの抵抗感を克服できるでしょう。教育は27日生まれの人にすばらしい効果をもたらします。教育により適切な能力を身につければ執筆活動や研究で成功を収めたり、大きな組織で働いたりすることができます。

生まれ月の12という数字からの影響は、野心と才能にあふれ出ています。安全志向なので現実的な考え方を好みますが、大局的にものを考えることができます。

●**長所**：指導力がある、几帳面である、仕事熱心である、伝統を重んじる、信頼できる、弱い者を守ろうとする、癒しの力がある、正しい価値判断ができる

■**短所**：心が狭い、愚痴っぽい、落ち着きがない、働きすぎる、傲慢である、気落ちしやすい、計画性がない

相性占い

♥恋人や友人

1月7、12、15、27日／**2月**5、10、13日／**3月**3、8、11、29日／**4月**1、6、9、19、27日／**5月**4、7、25、29日／**6月**2、5、23、27日／**7月**3、21、25日／**8月**1、19、23日／**9月**11、17、21日／**10月**15、19、29日／**11月**13、17、27日／**12月**11、15、18、25日

◆力になってくれる人

1月21、25日／**2月**19、23日／**3月**17、21、30日／**4月**15、19、28日／**5月**13、17、26日／**6月**11、15、24、30日／**7月**9、13、22、28日／**8月**7、11、20、26、31日／**9月**5、9、18、24、29日／**10月**3、7、16、22、29日／**11月**1、5、14、20、25日／**12月**3、12、18、23日

♣運命の人

6月26、27、28日

♠ライバル

1月5、8、28日／**2月**3、6、26日／**3月**1、4、24日／**4月**2、22日／**5月**20日／**6月**18日／**7月**16日／**8月**14、30日／**9月**12、28、30日／**10月**10、26、28日／**11月**8、24、26日／**12月**6、22、24日

★ソウルメイト（魂の伴侶）

1月4、10日／**2月**2、8日／**3月**6日／**4月**4日／**5月**2日

この日に生まれた有名人

マレーネ・ディートリッヒ（女優）、加藤登紀子（歌手）、テリー伊藤（演出家）、幅田正博（元サッカー選手）、濱田マリ（女優）、奈美悦子（女優）、マシ・オカ（俳優）、山崎直子（宇宙飛行士）、池田信太郎（バドミントン選手）、石川セリ（歌手）

太陽：やぎ座
支配星：やぎ座／土星
位置：5°30'−6°30' やぎ座
状態：活動宮
元素：地
星の名前：カウス・ボレアリス

December Twenty-Eighth

12月28日

CAPRICORN

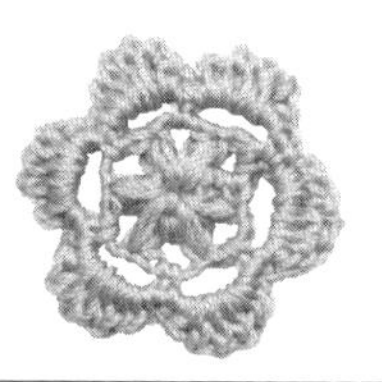

野心と実行力で障害を克服して

この日生まれの人は知的な魅力があり、感受性が豊かで人あたりがよく、しかも仕事熱心です。**博識で新しいことに対し情熱を燃やすタイプ**です。機敏で機知に富み社交的で頭脳明晰なあなたですが、優柔不断で心配性なのが玉にきずです。

支配星であるやぎ座からも影響を受けるあなたは生まじめで引っ込み思案になりがちですが、自己表現の欲求を満たすためには、こうした点を克服する必要があります。

理想主義者であるあなたは**優れた指導力と経営管理能力**を発揮し、人々のためによりよい環境を作ろうと努力します。特に利害が一致している場合にはよい組織を作ることの重要性を認識させることで、人々をやる気にさせ団結させることができます。

頭の回転が速く退屈を嫌うあなたは、暇を持て余さないように、次々と新しい奇抜なことに興味を持ちます。ただし、それが不安や不満の原因にならないよう注意。野心と実行力があるので、根気強く困難な状況にも耐えることができますが、一度懲りてしまうとかたくなに拒絶します。また、**直感や霊感**を持っていることが多く、年とともに知恵が増していきます。

24歳を過ぎると太陽がみずがめ座に移動するため外見に左右されなくなり、自立心が高まって自信が持てるようになります。珍しいものやグループ活動、人道的な問題などに対する興味が高まるでしょう。次の転機は太陽がうお座に入る54歳の時に訪れ、これを契機に感受性や想像力が豊かになり精神的な欲求や理想を重視するようになります。

隠された自己

情にもろく、繊細で心の中で愛を求めていますが、人には気づいてもらえないかもしれません。理性を頼りに行動すると合理主義に陥ったり計算高くなったりしがちなので、常に感情に従って行動するのがよいでしょう。**控えめながらも激しさを内に秘めている**あなたは、その情熱を音楽などの芸術活動に向け、憂鬱になったり自己中心的になったりしないよう心がけて。

非常に知性が高く人望があり自意識の強いあなたは、進取の気性に富み野心を実現するパワーを持っています。ただし、反抗的で頑固な性格は、あなたが潜在能力を最大限に発揮するために必要な自己鍛錬を妨げるので、注意が必要です。幸いあなたには**直感力という優れた情報源**があり、人の役に立つことで充足感を得ることができるでしょう。

仕事と適性

説得力があり魅力的で組織をまとめる力のあるあなたは、**多才な野心家**です。知識欲がありコミュニケーション能力に優れるため、教育、出版、市場調査、マスコミ、文筆業などの仕事に向いています。冒険心のあるあなたは、人材と変化を求めて、少なくとも一度は仕事を変えるでしょう。大きなスケールで物事を考えることができ自立心の強いあなたは、フリーランサーとして働くか自営業を選択するのもよいでしょう。

恋愛と人間関係

生まれながらの魅力があり、感じのよい人柄なので友人に恵まれます。引っ込み思案と過敏性を克服してしまえば機知に富んだ一緒にいてとても楽しい人になれるでしょう。

プライベートな人間関係においては、**創造的で知的な個性の強い人たち**と、心を通わせたいと思っています。しかし、たとえわずかでも疑念や不安があると決断が鈍り、人間関係に悪影響を及ぼすかもしれません。常に前向きで創造的なことを考えるようにすれば、気持ちが明るくなり、不安にならずにすみます。

数秘術によるあなたの運勢

28日に生まれた人は1日生まれの人と同様に、野心があり率直で冒険心が旺盛。いつでも新事業を起こす覚悟と行動力があり、人生の課題に勇敢に立ち向かいます。あなたの情熱があれば、必ず人を動かすことができます。たとえあなたのチームに入らないとしても、少なくとも今やっていることを支援してくれるでしょう。

意志が強く成功を第一に考えるあなたですが、家庭をとても大切にします。しかし、安定した生活や大切な家族を守ることが、あなたにとって難しい時もあるかもしれません。

生まれ月の12という数字からの影響は、理想主義者で才能にあふれ、自己表現の強い欲求というかたちに表れています。何かを信じると頑固になり、なかなか自分の考えを曲げようとしないあなたは、変化を嫌いますが将来を見越して早めに安全策を講じるタイプです。感受性と直感が鋭くアイディアをかたちにすることを好み、大きなスケールで物事を考えられるので想像力を自由に働かせれば、独創的なアイディアが次々とわいてくるでしょう。

●長所：進歩的である、勇気がある、芸術的なセンスがある、創造力がある、思いやりがある、理想主義者である、野心がある、仕事熱心である、しっかりした家庭を築く、意志が強い

■短所：空想にふけりがちである、やる気がない、非現実的である、いばりちらす、判断力がない、自信がない、依存心が強い、プライドが高い

相性占い

♥恋人や友人

1月1、2、8、19、28日／**2月**6、26日／3月4、24、30日／**4月**2、22、28日／**5月**11、20、26、30日／**6月**18、24、28日／**7月**16、22、26日／**8月**14、20、24日／**9月**3、12、18、22日／**10月**10、16、20、30日／**11月**8、14、18、28日／**12月**6、12、16、26日

◆力になってくれる人

1月18、21、22日／**2月**16、19、20日／**3月**14、17、18、31日／**4月**12、15、16、29日／**5月**10、13、14、27日／**6月**8、11、12、25日／**7月**6、9、10、23日／**8月**4、7、8、21、30日／**9月**2、5、6、19、28、30日／**10月**3、4、17、26、28日／**11月**1、2、15、24、26日／**12月**13、22、24日

♣運命の人

6月26、27、28、29日／**10月**29日／**11月**27日／**12月**25日

♠ライバル

1月29日／**2月**27日／**3月**25日／**4月**23日／**5月**21日／**6月**19日／**7月**17日／**8月**15、30日／**9月**13､28日／**10月**11、26日／**11月**9、24日／**12月**7、22日

★ソウルメイト(魂の伴侶)

1月24、27、28日／**2月**22、25、26日／**3月**20、23、24日／**4月**18、21、22日／**5月**16、19、20日／**6月**14、17、18、30日／**7月**12、15、16、28日／**8月**10、13、14、26日／**9月**8、11、12、24日／**10月**6、9、10、22日／**11月**4、7、8、20日／**12月**2、5、6、18、30日

この日に生まれた 有名人

堀辰雄(作家)、石原裕次郎(俳優)、渡哲也(俳優)、デンゼル・ワシントン(俳優)、藤山直美(女優)、雨宮塔子(アナウンサー)、寺島しのぶ(女優)、シエナ・ミラー(女優)、トータス松本(ウルフルズ　ボーカル)

太陽：やぎ座
支配星：やぎ座／土星
位置：6°30'−7°30' やぎ座
状態：活動宮
元素：地
星の名前：カウス・ボレアリス

December Twenty-Ninth

12月29日

CAPRICORN

駆け引き上手で現実主義者

コミュニケーション能力が高く上品で好感の持てる物腰で、**丁重でありながら駆け引き上手**です。高い理想をいだいていますが現実的な面もあり、目標を達成するためにはどんな努力も惜しみません。

支配星であるやぎ座からも影響を受けるあなたは、自分が価値を認める目標や計画に対しては献身的な情熱を注ぎます。戦略家のあなたはアイディアや製品を売りこんで利益をあげる方法を鋭く察知し、積極的な取り組みをします。ときどきわけもなく資金不足への不安が頭をもたげますが、誠実で社交術に優れたあなたは**お金に不自由することはありません**。豊かな想像力と独創的なアイディアを持ち勤勉で先見の明があるあなたは、その能力をビジネスに活かすか、あるいは芸術などの精神的な活動で才能を発揮するかもしれません。美しい声を持ち自分のイメージを意識しているので、人に魅力的な印象を与えることができます。ただし、贅沢好きで虚栄心が強いため、浪費癖には注意して。

23歳を過ぎると太陽がみずがめ座に移動するため、慣習や伝統に縛られずに行動できるようになります。過去から解放されることで、あなたはもっと自由になり、自分の信念に従って生きていけるようになります。グループ活動、人道的な問題、自己表現などに対する興味が高まるでしょう。次の転機は太陽がうお座に入る53歳の時に訪れ、これを契機に精神面をさらに重視するようになります。それは未来への展望、夢、人間関係を直感的に理解する力となって表れてきます。

隠された自己

あなたにとって愛は特に重要なものですが、**知識を追求したり理解を深めたりすること**もまた、精神的な充足のために必要なこと。教育は自主学習であろうと学校教育であろうと、あなたの知識欲に刺激を与える鍵となるものです。あなたは自分自身をより深く理解し、仕事の成果を人と分かちあうことで心が満たされます。自制心と知性が備われば、人に助言する立場になり自分の中に指導者としての資質を発見できます。生来の理想主義や思いやりの気持ちをもっと大きな枠組みで考えることにより、悲観的になるのを防ぐことができます。

仕事と適性

カリスマ的な魅力と思慮深さを持つあなたは販売や宣伝など、人を相手にする仕事で才能を発揮し、大きな成果をあげることができるでしょう。知識欲があるので教師や講師などの教職に就いたり、また技術的な才能もあるので技術者やIT関連の職業に向いています。また、学んだことを自分のものとして利用する能力に長けているので、多くの言語を身につけ通訳として国際機関で働く可能性もあります。

恋愛と人間関係

人との交流を強く求めるあなたにとって、プライベートな人間関係は非常に重要。常に理想の相手を探していますが社会的に成功している人や創造力のある人に刺激を受けるので、**財産や地位のある人または芸術的な才能を持った人**との交際が吉。

あなたは一度築いた人間関係を守るためにはどんな努力も惜しまず、犠牲を払うことさえいといません。創造的で知的なことへの興味を語りあうことで、喜びを分かちあえる友人を得ることができます。

数秘術によるあなたの運勢

29日生まれの人は直感力が非常に鋭く、繊細で情にもろい傾向があります。人の気持ちを思いやることのできるあなたは誰に対しても愛情を持ち、皆が希望や目標を実現できるように励まします。ただ、気分にむらのあることが多いので注意しましょう。誕生日の29という数字に影響を受け、あなたは誰からも好かれたいと思い、人の視線を気にします。

また、生まれ月の**12**という数字からも影響を受けているあなたは、社交的で親しみやすい性格ですが周りからは内気でよそよそしいと思われているかもしれません。実利を重んじ物質的な成功のためにはどんな努力もいとわないあなたは、安全志向でありながら常にお金に関する不安を抱えています。

ひとり立ちして自由になることを好みますが、人を信頼し、共に生きる知恵を身につければ、親しい人との関係において、またパートナーやグループの人たちと協力する際にとてもよい効果をもたらすでしょう。

●**長所**：人に刺激を与える、落ち着きがある、創造力がある、直感が鋭い、大きな夢をいだいている、細かいことに気がつく、誠実である

■**短所**：移り気である、気まぐれである、気難しい、極端な行動に出る、他人への配慮に欠ける、神経が過敏である

相性占い

♥恋人や友人

1月5、6、14、16、31日／**2月**12、14日／**3月**1、2、10、12、31日／**4月**8、10、25、29日／**5月**6、8、27日／**6月**4、6、25日／**7月**2、4、23、29日／**8月**2、21、27日／**9月**15、19、25日／**10月**17、23、31日／**11月**15、21、29日／**12月**13、19、27日

◆力になってくれる人

1月19、22、30日／**2月**17、20、28日／**3月**15、18、26日／**4月**13、16、24、30日／**5月**11、14、22、28日／**6月**9、12、20、26日／**7月**7、10、18、24日／**8月**5、8、16、22日／**9月**3、6、14、20日／**10月**1、4、12、18、29日／**11月**2、10、16、27日／**12月**8、14、25日

♣運命の人

6月27、28、29、30日

♠ライバル

1月11、25、26日／**2月**9、23、24日／**3月**7、21、22日／**4月**5、19、20日／**5月**3、17、18、29日／**6月**1、15、16、27日／**7月**13、14、25日／**8月**11、12、23日／**9月**9、10、21、30日／**10月**7、8、19、28日／**11月**5、6、17、26日／**12月**3、4、15、24日

★ソウルメイト(魂の伴侶)

5月31日／**6月**29日／**7月**27日／**8月**25日／**9月**23日／**10月**21日／**11月**19日／**12月**17日

この日に生まれた 有名人

荒川静香(プロフィギュアスケーター)、錦織圭(テニス選手)、見城徹(幻冬舎創業者)、浜田省吾(歌手)、桜金造(タレント)、岸本加世子(女優)、浅井健一(ミュージシャン)、ジュード・ロウ(俳優)、押切もえ(モデル)、森崎友紀(料理研究家)、鶴見辰吾(俳優)

太陽：やぎ座
支配星：やぎ座／土星
位置：7°30'-8°30' やぎ座
状態：活動宮
元素：地
星の名前：フェイシーズ

December Thirtieth

12月30日

CAPRICORN

大胆で意志が強い半面、心配性で優柔不断な面も

コミュニケーション能力に優れ独特な人生観を持つあなたは、**現実的で頭の切れる人**です。創造的に生きるあなたは気さくで人づき合いがよく、愛情や自己表現に対する強い欲求があります。ただ、心配性で優柔不断な面があるので、すばらしい可能性を潰してしまわないように気をつけましょう。

支配星であるやぎ座からも影響を受けるあなたは、努力なくしては得るものもないということを常に意識しています。意志が強く、**やりがいのある仕事に対しては献身的な情熱を注ぎます**。興味の幅が広いためさまざまなことを経験しますが、あまり多くのことに手をつけすぎるとパワーが分散してしまうので注意。

聡明で機敏なあなたは人との関わりを強く求め、**知識を伝達する役目**を果たすことが多いようです。周りの影響を受けやすいあなたは、円満な人間関係の中に身を置く必要があります。そうすることにより生まれつき持っている知力と落ち着きのある態度を養うことができ、周りに失望することもなくなります。

21歳までのあなたは何事にも慎重で現実的な態度で臨みます。22歳を過ぎ太陽がみずがめ座に移動すると、あまり他人の意見に左右されず自分で判断をくだせるようになり、自己表現を望むようになります。友人、グループ活動、人道的な問題といったことが、あなたの生活の重要な要素になってくるでしょう。次の転機は太陽がうお座に入る52歳の時に訪れ、これを契機に感受性や想像力が豊かになり芸術方面のセンスを磨くようになるでしょう。

隠された自己

優しく愛情細やかでありながら、物理的な成功を求める強い気持ちに突き動かされて行動することがあります。時としてお金や地位への欲求と人を思いやる理想との間で、葛藤することがあります。

生まれながらにして指導力を備えていますが、人に対する過度な要求は控えたほうが無難。知的で博識なあなたは退屈を嫌い、夢中になれるような新鮮で奇抜なものを絶えず求めます。心の底に不安な気持ちや現状への不満を抱えていると、次第に積極性が失われていくので、常に豊かな才能を表現する手段を得ることが重要。

年とともにあなたは知恵を磨くことの大切さを知るようになり、生来の直感的な才能を用いることができるようになります。

仕事と適性

あなたは創造力と活力に満ち、物事に地道に取り組みます。駆け引きの才能があるので、人と協力して行う仕事に向いており、趣味と実益を兼ねた仕事で本領を発揮するでしょう。自分が価値を認める学業や仕事に対しては、熱心に取り組みます。生まれながらのリーダーで自立心が強く指示されて動くよりも指示するほうが性に合っているので、管理職を目指すか自営業を営むのがよいでしょう。
意欲的に行動し人をやる気にさせる才能があるあなたは、新たな事業を始めるなど刺激的なことに挑戦しながら成長していくタイプです。

恋愛と人間関係

機知に富み大胆でカリスマ的な魅力を持っています。気さくで社交的なあなたは、欲しいままに愛を手に入れることができます。特に女性はあなたの力となり、人生に幸運をもたらしてくれるでしょう。**情熱的で創造的な人**たちとの交流は特に楽しいものとなり、あなたはもっと社交的になれるでしょう。しかし、時として疑念や優柔不断のために親密な関係にひびが入ることもあり、そうなると危険な目にあうかもしれません。

数秘術によるあなたの運勢

この日に生まれた人は芸術的で親しみやすく社交的という印象を人に与えます。豊かな暮らしを楽しみ人づき合いが大好きで並はずれたカリスマ性を持ち、誠実で気さくな人柄です。社交的でセンスがよく様式やスタイルの識別力があるので、美術、デザイン、音楽などに関係のある仕事に就いても成功できます。同様に自己表現の欲求があり、言葉を操る才能があるので執筆活動、演説、歌などを職業にするのも◎。

豊かな感情を持つあなたには恋をしたり、満ち足りた気持ちになったりすることがどうしても必要です。しかし楽しさを追い求めるあまり、怠惰になったり快楽に溺れたりしないように気をつけましょう。

30日生まれの人は世間から認められ有名になる人が多く、特に音楽家、俳優、タレントなどで成功します。

生まれ月の12という数字からも影響を受けているあなたは、理想主義者で人を魅了する力を持っています。センスがあり几帳面なので細部にこだわりますが、潔癖すぎるところがあるので、他人のあら探しはしない方がよいかもしれません。アイディアを組み合わせたりふくらませたりする能力があるので、新規ビジネスの方面に適性があります。

●**長所**：楽しいことが好きである、誠実である、親しみやすい、話がうまい、創造力に優れる
■**短所**：怠惰である、頑固である、気まぐれである、忍耐力がない、気難しい、嫉妬深い、頼りない、冷淡である

♥恋人や友人
1月5、6、7、15、17日／**2月**3、5、13、15日／**3月**1、2、3、11、13日／**4月**1、9、11、27、30日／**5月**7、9、28日／**6月**5、7、26日／**7月**3、5、24、30日／**8月**1、3、22、28日／**9月**1、17、20、26日／**10月**18、24日／**11月**16、22、30日／**12月**14、20、28日

◆力になってくれる人
1月8、20、31日／**2月**6、18、29日／**3月**4、16、27日／**4月**2、14、25日／**5月**12、23、29日／**6月**10、21、27日／**7月**8、19、25日／**8月**6、17、23日／**9月**4、15、21日／**10月**2、3、13、19、30日／**11月**11、17、28日／**12月**9、15、26日

♣運命の人
6月28、29、30日／**7月**1日

♠ライバル
1月11、12、27日／**2月**9、10、25日／**3月**7、8、23日／**4月**5、6、21日／**5月**3、4、19、30日／**6月**1、2、17、28日／**7月**15、26日／**8月**13、24日／**9月**11、22日／**10月**9、20、29日／**11月**7、18、27日／**12月**5、16、25日

★ソウルメイト（魂の伴侶）
1月26日／**2月**24日／**3月**22日／**4月**20日／**5月**18日／**6月**16日／**7月**14日／**8月**12日／**9月**10日／**10月**8日／**11月**6、30日／**12月**4、28日

この日に生まれた有名人
東條英機（政治家）、開高健（作家）、パティ・スミス（ミュージシャン）、ベン・ジョンソン（元陸上選手）、元木大介（元プロ野球選手）、タイガー・ウッズ（プロゴルファー）、ディーン元気（陸上やり投げ選手）、小川菜摘（タレント）、ユージン・スミス（写真家）

太陽：やぎ座
支配星：やぎ座／土星
位置：8°30'–9°30' やぎ座
状態：活動宮
元素：地
星の名前：フェイシーズ

December Thirty-First

12月31日

CAPRICORN

強い個性と存在感が導くカリスマ性

まじめでカリスマ性のあるあなたは、**強い存在感と個性を持ち特別な存在**として際立っています。豪胆な魅力があり人々の注目の的になることを好み、目的を達成するためには大変な粘り強さをみせます。ときどき憂鬱になったり悲観的になったりしますが**常に自分をよくわかっていて**、どのような状況でも最大限の収穫を得られるように、現実的な考え方に基づいた人生設計をします。

支配星であるやぎ座からも影響を受けるあなたは、好機を待ち組織を作ることを望んでいます。そのため状況が変化する時期には、かなり不安を感じるかもしれません。

また、絶対的な信頼を勝ち得たいという欲求があり、采配をふるい主導権を握ることを望んでいます。しかし、実利や物質的なものを重んじる気持ちが強く、深い洞察力を持てる時もあれば、欲に目がくらんでしまう時もあります。ゆるぎない信念を強く人に訴えるパワーを持つあなたは、自己表現の手段を見つけることで望み通り人々の尊敬を勝ち取ることができるでしょう。鋭い直感力と、**困難な状況を克服し自己再生する能力**にも恵まれています。

20歳までのあなたは現実的な秩序のある生活を望む傾向があります。21歳を過ぎ太陽がみずがめ座に移動すると、伝統にとらわれず自由な判断がくだせるようになってきます。独自の考えを表現する機会を新たに持つことで、グループ活動や人道的な問題に関心を持つようになるでしょう。次の転機は太陽がうお座に入る51歳の時に訪れ、これを契機に感受性、想像力、精神面を養うことに重点を置くようになります。それは未来への展望、夢、熱い理想となって表れてくるでしょう。

隠された自己

あなたは子どものような純真な心の持ち主。**無垢で天真爛漫な性格**です。ふだんは前向きで楽天的なあなたですが、ときどき取り越し苦労をしたり不安な気持ちに負けてしまったりすることがあるようです。ベストな状態の時のあなたは、驚くほど強い精神力を持ち、誰にも負けないくらい謙虚です。自分を犠牲にすることをいとわず、深い思いやりの心を持って人の役に立とうとします。

あなたが底知れない潜在能力を発揮するのに障害となるのは、自己中心的な態度や大げさで神経質すぎる性格です。どんな些細な失敗でも、大惨事であるかのように考えてしまう癖は直したほうが賢明。若い頃に苦い経験をして懲りているのかもしれませんが、年を重ねて知恵が増すにつれ、そうした経験から多くのものを得られるようになるものです。

仕事と適性

進取の気性に富み多才なあなたは、幅広い選択肢の中から自由に職業を選ぶことができます。野心的で目標の達成を第一に考え、優れた商才を持っています。**仕事で誰にも負けたくない**あなたは、単なる仕事ではなく天職を選ぶことで、トップに立つことができるでしょう。自立心が強く現実的な取り組みをし、経営管理能力に優れているので、大きなイベントの企画に向いています。人を惹きつける声を持ち話がうまいので、優秀な演説家、教師、講師にもなれるでしょう。

恋愛と人間関係

カリスマ的な魅力があり生まれながらにして情熱的な感性を持っているあなたは、**すぐに多くの友人やファンができます**。愛する人や家族をしっかり守ろうとしますが、同時に口うるさくなりがち。温かい人柄で人を手厚く上手にもてなすことができ、また親身になって人の心配をします。たまに落ちこむこともありますが、あなたは優しくて頼りになる愛情に満ちた恋人や親友になるでしょう。

数秘術によるあなたの運勢

31日生まれの人は意志が強く、自己表現を重視しています。疲れを知らないあなたは、物質的な進歩を求め決然と努力を続けます。しかし、人生には限界があることを知り、しっかりした基盤を作ることを忘れてはいけません。幸運やチャンスに恵まれているあなたは、余暇活動をベンチャー事業に替えて利益をあげることに成功します。とても仕事熱心ですが楽しむことも大切だと肝に銘じて。また、自己中心的になったり楽観的になりすぎたりする傾向があるので注意しましょう。

生まれ月の12という数字からも影響を受けているあなたは創造力に優れ、多才です。社交的で親しみやすい人柄ですが独自の考えを持ち、慣習にとらわれず自分流に行動します。人生を真の意味で豊かにしたいと思うなら、金銭的な利益しかもたらさない仕事と縁を切ること！

●**長所**：創造力がある、独創性に優れる、創作好きである、前向きである、忍耐強い、実行力がある、話がうまい、責任感がある

■**短所**：頼りない、せっかちである、疑い深い、気落ちしやすい、野心に欠ける、自己中心的である、頑固である

♥恋人や友人

1月2、4、5、6、10、15、18、19日／**2月**7、25、28、29日／**3月**1、2、4、6、11、13日／**4月**21、24、25日／**5月**2、7、9、19、22日／**6月**21、27、28、29日／**7月**3、5、18、19日／**8月**23、24、25日／**9月**1、11、14、15、21、22、23日／**10月**31日／**11月**7、10、11、17、18、19日／**12月**8、16、17、27、28、29日

◆力になってくれる人

1月20、31日／**2月**6、18、29日／**3月**4、16、27日／**4月**2、14、25日／**5月**12、23、29日／**6月**10、21、27日／**7月**8、19、25日／**8月**6、17、23日／**9月**4、15、21日／**10月**2、3、13、19、30日／**11月**11、17、28日／**12月**9、15、26日

♣運命の人

7月1、2、3、4日

♠ライバル

1月12、25、27日／**2月**9、10、23、25日／**3月**7、8、23日／**4月**5、6、21日／**5月**3、4、19、30日／**6月**1、2、17、28日／**7月**15、26日／**8月**13、24日／**9月**11、22日／**10月**9、20、29日／**11月**7、18、27日／**12月**5、16、25日

★ソウルメイト(魂の伴侶)

1月25、26日／**2月**23、24日／**3月**22日／**4月**20日／**5月**18日／**6月**16日／**7月**14日／**8月**12日／**9月**10日／**10月**8日／**11月**5、6、30日／**12月**4、28、30日

有名人

林芙美子(作家)、ドリ・リマー(歌手)、俵万智(歌人)、コン・リー(女優)、江口洋介(俳優)、東貴博(Take2タレント)、中越典子(女優)、村主章枝(元フィギュアスケート選手)、大黒摩季(歌手)

太陽：やぎ座
支配星：おうし座／金星
位置：9°−11° やぎ座
状態：活動宮
元素：地
星の名前：ペラグス

January First

1月1日

CAPRICORN

目標を決めたら、実行力と忍耐力で達成

この日生まれの人は現実的な野心家で、権力のある地位を望みます。あなたが成功し幸福になるためには、**自制心と強い目的意識が不可欠**。これがないと不安や不満を感じやすくなります。あなたは優れた指導者としての計り知れない可能性を持っています。

支配星であるおうし座からも影響を受け、いったんある行動計画を立てたら、たとえ長い時間がかかるとしても**必ず目標を達成するパワー**を秘めています。実行力と忍耐力があり、興味のある仕事や活動には非常に熱心に取り組みます。

誠実でひたむきなので、どんな犠牲を払ってでも欲しいものを手に入れようとします。また、**音楽や演劇のセンスや才能**があり、趣味として楽しむことができます。しかし、横柄で自己中心的な面があるので、せっかくのよい運勢を台なしにしてしまわないように。多才で変化を求めるあなたは、さまざまなことに興味を持ちます。また、頭がよく知識欲があるので、知的な人たちに惹かれます。若い頃に培った自助の精神を生涯貫くあなたは、人から助言を受けようとしないため、ときどき頑固になりがち。あなたが取り組むべき課題の1つは、ちっぽけで感傷的な思いやりを超えて、人に奉仕することで究極の愛を示すこと。

19歳までのあなたは、とても真剣な態度で人生に取り組みます。20歳を過ぎ太陽がみずがめ座に移動すると転機が訪れ、人の意見に左右されにくくなり自立心が旺盛になって、自分の個性を表現したいと思うようになります。友人、グループ活動、人道的な問題などがあなたの生活にとって重要な要素。いらいらや欲求不満に陥らないためには、40歳ぐらいまでに明確な目標を定めるべきです。次の転機は太陽がうお座に入る50歳の時に訪れ、これを契機に、感受性や感情の豊かさを重視するようになります。人の気持ちがわかるようになり想像力が豊かになって、創造的な才能を伸ばしたいという欲求がわいてきます。

隠された自己

内なる英知、気高さ、誇りを持っていますが心の奥深いところにはあまりよくない感情が潜んでいて、これに駆りたてられて行動することが多いようです。また、自分に自信が持てない時は、周りの人間や状況を支配しようとする傾向があるので注意。多少きまり悪いかもしれませんが、人から好かれたい受け入れてもらいたいという気持ちを素直に認めたほうがよいでしょう。とはいえ、あなたは**闘いを重ねるたびに自信を増していくタイプ**。自分の才能や限界を現実的に評価し、潜在能力を知ることで強くなることができるのです。若い時には完璧に守りを固めていたあなたも、年齢を重ねるにつれ肩の力が抜け楽天的になるでしょう。苦い経験から多くの教訓を得ているので自立心と強い意志を持ち、誰よりも自分自身を一番信頼しています。

仕事と適性

自立心が旺盛で頼りになり管理能力のあるあなたは、指導的な地位に就くことを望みます。また、直感力と洞察力があり、人をやる気にさせる術を心得ています。商才と起業家精神があるので自営業を営むか、または作家、政治家、プロデューサーなどの仕事が適職。人に雇われるとしても経営幹部、部長、監督などになる人が多いでしょう。**どんな創造的活動や事業においても活躍できる**素質を持つあなたは、特に大企業など指導力を発揮できる場所で働くことを望みます。純粋な営利目的の仕事ではなく、特定の分野を専攻し、正式な知的専門職に就く人が多いようです。仕事熱心で献身的ですが、人々の要望を考慮できるようになることが必要でしょう。

恋愛と人間関係

知的でのみこみが早く飽きっぽいため、**多様で冒険に満ちた社会生活**が必要。才能のある人たちに魅力を感じるあなたは、忠実な友人またはパートナーになれます。個性が強くふだんはばかげたことを許しませんが、必要となれば愛嬌をふりまくこともできます。知識、秩序、安全を求めるあなたは、すばらしいパートナーになれますが、愛する人に対して横柄な態度をとらないように。あふれんばかりの愛情を惜しみなく与えることであなた自身も救われるのです。

数秘術によるあなたの運勢

この日に生まれた人は自立心が旺盛で、常に一番であろうとします。1日生まれの人は個人主義的、革新的、勇敢などの特徴があり、またエネルギーにあふれています。1は開拓者精神を象徴する数字で、あなたは自分の意志を自分で決定し、独自の道を進みます。情熱や独創的なアイディアにあふれ、人々に進むべき道を示しますが、地球は自分中心に回っているのではないことを肝に銘じること。

生まれ月の1という数字からも影響を受け、創造力、鋭い直感力、洞察力、理想主義的な性質も備えています。傑出した才能、強い意志、力強さを持つあなたは人から命令されるよりも、命令するほうが性に合っています。自分の優れた直感を信じ、否定的な考えを持たないように。また、頑固にならないよう心がけ、折り合いをつける術を身につけることも必要です。

●**長所**：指導力がある、創造力がある、進歩的である、力強い、楽観的である、強い信念を持っている、負けず嫌いである、自立している、社交的である
■**短所**：嫉妬深い、利己的である、敵対心が強い、自制心に欠ける、せっかちである

♥恋人や友人
1月9、30日／**2月**7、28日／**3月**5、26日／**4月**3、24日／**5月**1、22、30、31日／**6月**20、28、29日／**7月**18、26、27日／**8月**16、24、25日／**9月**14、22、23日／**10月**12、20、21日／**11月**10、18、19日／**12月**8、16、17、29日

◆力になってくれる人
1月4、6、8、21日／**2月**2、4、19日／**3月**2、17日／**4月**15日／**5月**13日／**6月**11日／**7月**9日／**8月**7日／**9月**5日／**10月**3日／**11月**1日

♣運命の人
7月1、2、3、4、5日

♠ライバル
1月25日／**2月**23日／**3月**21、31日／**4月**19、29日／**5月**17、27日／**6月**15、25日／**7月**13、23日／**8月**11、21日／**9月**9、19日／**10月**7、17日／**11月**5、15日／**12月**3、13日

★ソウルメイト(魂の伴侶)
1月2、13日／**2月**11日／**3月**9日／**4月**17日／**5月**5日／**11月**21日

この日に生まれた有名人

J・D・サリンジャー(作家)、モーリス・ベジャール(振付師)、倉本聰(脚本家)、夢枕獏(作家)、大友康平(ハウンドドッグ　ボーカル)、役所広司(俳優)、尾田栄一郎(マンガ家)、庄司智春(品川庄司　タレント)、堂本光一(KinKi Kids　タレント)、箕輪はるか(ハリセンボン　タレント)、増田明美(スポーツジャーナリスト)、杉原千畝(外交官)

太陽：やぎ座
支配星：おうし座／金星
位置：10°−12° やぎ座
状態：活動宮
元素：地
星の名前：ペラグス

January Second

1月2日

CAPRICORN

忍耐力があり、実直な性格

この日生まれの人は野心家で根気強く、まじめで仕事熱心。堅実で高い知能を持ったあなたは優れた学習能力の持ち主。また、教育はあなたの隠れた能力を最大限に引き出す非常に有効な手段。ただし、あなたが一番身につけなければならないのは、**お金や人間関係に対する積極的な姿勢**です。

支配星であるおうし座からも影響を受け、**愛情と協力的な職場環境**を強く望みます。美や芸術を愛するあなたは創造力がありながらも、それを実用的な目的に用いようとします。あなたは生来、ものの価値を見抜く目を持っており実利的なので、さまざまな状況を最大限に利用することができますが、豪華なものを好むため予算を考えずに高い買い物をしてしまうので注意しましょう。

独創的なアイディアと人間性を見抜く鋭い目は、**成功する可能性がきわめて高い**ことを示していますが、目標達成のためにはある程度の努力や自己鍛錬が必要。幸いあなたには生まれつき忍耐力が備わっており、人間関係で緊張しなければ野心を遂げることができます。あなたにとって大きな課題の1つは、自分の能力を認め信じること。それができなければ、自分の能力よりもずっと低い地位に甘んじることになります。

18歳までのあなたは、現実的な秩序のある生活を強く望みます。19歳を過ぎ太陽がみずがめ座に移動すると転機が訪れ、もっと主体的で自由になりたいと思うようになり、友情があなたの生活にとって重要になってきます。変わったものに興味を持ったり、自分独自の考えを表現したくなる場合も。次の転機は太陽がうお座に入る49歳の時に訪れ、これを契機に感受性の豊かさや精神面の強さを重視するようになります。

隠された自己

何でもビジネスに替えてしまう才能がありますが、これを成功と勘違いしてはいけません。成功は自分にとって、真に価値のあることを成し遂げた時に得られるものです。卓越したお金儲けの才能がありますが、お金を得るためだけに仕事をしていると表面上は成功していても、精神的な満足が得られるとは限りません。したがって、お金儲けの才能を価値のある仕事に向けることが大切。そうすれば自然と幸福感を得られるようになります。確固たる意志を持って常にトップを目指すあなたは才能に恵まれていますが、あえて特定の目標に専念することで力を発揮できます。このコントロールがうまくできないと、不安になったり頑固になったり感情の起伏が極端になり、熱中していたかと思うと急に無関心になったりします。いずれにしても感受性の豊かさが直感的な洞察力を守り、自分自身や他の人たちを人生のさまざまなピンチから救ってくれます。

仕事と適性

野心的で想像力があり成功への意欲を胸に秘めたあなたは、人と協力して仕事をすることが多いようです。ふだんのあなたは非常に鋭い直感と高い知的潜在能力を持っており、これらの能力とともに感受性の豊かさが発揮されれば、治療、教育、科学的研究などで成果をあげることができます。また、仕事熱心で頼りになるあなたは、マスコミや広報関係の仕事が向いています。**人の心理をよく理解できる**ので作家としての才能もあり、この才能が晩年になって開花するかも。あるいは美術、写真、音楽、演劇などを通して、自分の創造性を探ろうとします。自己表現をしながら知恵を増していくあなたにとって、営利のみを目的とする仕事は長い目で見ると物足りません。一番向いているのはソーシャル・ワーカーや教師など、社会や教育のために奉仕する仕事です。

恋愛と人間関係

官能的で強い魅力があり愛情を求めています。親密な交際を望むあなたは、**恋愛関係においても友情を築くことが重要**。日常の些細なことにこだわっていらいらするのは、人間関係に不満を持つ原因となるのでやめましょう。ふだんのあなたは忠実で、協力的なパートナー。愛する人々に対しては寛大になれますが、人間関係や夫婦関係でお金をめぐってもめごとが。晩年になると、皆があなたのところに相談に来るでしょう。

数秘術によるあなたの運勢

2日生まれの人は感性が豊かで、人との関わりを強く求めます。順応性があり人の気持ちを理解できるあなたは、共同作業を好みます。調和を愛し人との関わりを望むあなたは、仲裁者としての役割を果たすでしょう。しかし、人に気に入られようとすると、過剰に依存的になるおそれがあります。

生まれ月の**1**という数字からも影響を受けるあなたは、鋭い直感と創造力に恵まれています。1という数字は開拓者精神を象徴し、あなたは自分の意志を自分で決定し独自の道を進もうとします。また、自立心が旺盛で新しいことを積極的に取り入れようとし、勇敢でエネルギーにあふれています。ふだんは心が広く偏見を持たないのですが、時として固定観念にとらわれてしまうことがあるので注意。深い思いやりと博愛の精神を持つあなたは、知恵と正義を探し求めます。しかし、早まった決断をくだしたり、感情的になりすぎたり、物事に対し極端な反応をするのはやめましょう。社会に奉仕し世の中を改善したり人々を啓蒙したりすることで、あなたは最高の幸せを得られるのです。

●長所：思いやりがある、よきパートナーである、穏やかである、機転がきく、包容力がある、直感が鋭い、協調的である、愛想がよい

■短所：疑い深い、自信がない、臆病である、神経質である、わがままである、傷つきやすい、不正直である

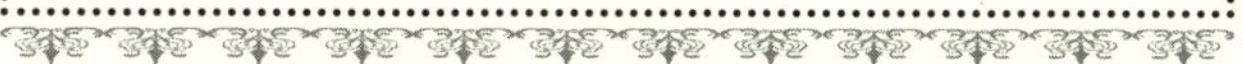

♥恋人や友人

1月4、8、21、31日／**2月**2、16、19、29日／**3月**14、17、27日／**4月**12、15、25、27日／**5月**10、13、23、25日／**6月**8、11、21日／**7月**6、9、19、31日／**8月**4、7、17、29日／**9月**2、15、17、27、30日／**10月**3、13、25、28日／**11月**1、11、13、23日／**12月**9、21、24、30日

◆力になってくれる人

1月6日／**2月**4日／**3月**2日／**5月**30日／**6月**28日／**7月**26日／**8月**24日／**9月**22、30日／**10月**20、28日／**11月**18、26日／**12月**16、24日

♣運命の人

6月30日／**7月**3、4、5、6、28日／**8月**26日／**9月**24日／**10月**22日／**11月**20日／**12月**18日

♠ライバル

1月27日／**2月**25日／**3月**23日／**4月**21日／**5月**19日／**6月**17日／**7月**15日／**8月**13日／**9月**11日／**10月**9日／**11月**7日／**12月**5日

★ソウルメイト(魂の伴侶)

1月17、19日／**2月**15、17日／**3月**13、15日／**4月**11、13日／**5月**9、11日／**6月**7、9日／**7月**5、7日／**8月**3、5日／**9月**1、3日／**10月**1日

有名人

五代目柳家小さん（落語家）、アイザック・アシモフ（作家）、森村誠一（作家）、五代目立川談志（落語家）、古谷一行（俳優）、浦沢直樹（マンガ家）、竹野内豊（俳優）、ケイト・ボスワース（女優）、村上知子（森三中タレント）、津川雅彦(俳優)、さとう珠緒（タレント）

太陽：やぎ座
支配星：おうし座／金星
位置：11°−13° やぎ座
状態：活動宮
元素：地
星の名前：ペラグス

January Third

1月3日

CAPRICORN

♑
1月

困難な状況で発揮される意欲と創造力

この日生まれの人は活力と創造力に満ち、頭の回転が速く、興味のある仕事やアイディアには意欲的に取り組みます。独自の考え方を持ち、特に困難な状況において創造力を発揮します。ただし、自分の実力に見合わない、安易な道を選ばないように。**いつも若々しい**あなたですが忍耐力や責任ある態度を身につけてこそ、どんなことでも成し遂げられるようになることを肝に銘じて。

支配星であるおうし座からも影響を受けるあなたは、特に自分の利益になる場合には、とても愛想がよくなります。また、外見を重視し、**流行や美に対する鋭い眼力**があります。この日生まれの人は、音楽や演劇に対するセンスや才能があります。お金儲けに役立つノウハウとたくましい生存本能を持つあなたは、富を蓄え周囲の状況を自分の有利になるように、うまく利用することができます。

あなたが成功し目標を達成するために必要なのは、**教育と計画とひたむきな取り組み**。望みを叶えるには生来の自制心を働かせるか、またはごまかすかそのどちらかです。前向きでない考え方やくよくよするのはやめましょう。自信にあふれている時のあなたは強い使命感からくる威厳があり、控えめながら最高の仕事をしたいという気持ちを持ち続けています。疑い深い傾向はありますが、いずれ自立した自由な考え方を身につけられるようになるでしょう。

17歳までのあなたは、何事にも慎重に取り組みます。18歳を過ぎ太陽がみずがめ座に移動すると、主体的になり伝統や人の意見に影響されにくくなります。自己表現を強く望むようになり、友情、グループ活動、人道的な問題といったことが、あなたの生活にとって重要な要素に。次の転機は太陽がうお座に入る48歳の時に訪れ、これを契機に感受性や感情の豊かさを重視するようになります。想像力が豊かになって人の気持ちを思いやれるようになり、精神的なものへの興味が高まります。

隠された自己

成功はみせかけではなく本当に情熱を燃やした時に得られます。元気な時のあなたは成功のために最大限の情熱を傾け、自分は成功して驚くべき偉業を成し遂げるのだと強く信じることができます。**成功を追い求めるためには、常に自分自身の精神を奮い立たせることが必要です**。迷いがあると疑い深く、皮肉な態度をとりがちです。逆に自信があれば大胆にのびのびと行動でき、仲間同士で切磋琢磨すればさらに仕事が楽しくなります。刺激的な新しい計画や活動を好むあなたは、新しい事業を嬉々として立ち上げ大胆に人を動かします。人道的な問題のために闘ったり、改革を推し進めたりする能力があり、人をやる気にさせることができます。「知識は力なり」ということを常に意識しているあなたは、目標達成のための構想を頭の中で組み立てる優れた才能があり、すばらしい成功を収める可能性があります。晩年になって愛の大切さがわかるようになった時、あなたは人生の真実を深く悟ることでしょう。

仕事と適性

進取の気性に富み理想家で経営管理能力に優れるあなたは、常に率先して行動を起こし高い問題解決能力を持っています。**直感が鋭く頭の回転が速い**ので意欲的に活動することを望み、物事をはっきりさせたがります。また、気さくで親切な人柄で仕事と楽しみを結びつける能力も。仕事で成功するためには、信念と展望を持たなければなりません。一匹狼のあなたは起業家精神に富み、独創的ですが正統な方法を用いたほうがよいでしょう。勇敢で理想を追い求めるあなたは、社会の不公正と闘う道を選ぶことも。

恋愛と人間関係

独立心は強いのですが、家庭というしっかりとした基盤が必要。この日生まれの女性は**大胆な危険を冒し、人に先駆けて新しいことに挑戦するタイプの男性**に惹かれます。

あなたは活動的で遊び好きですが結婚して家庭を持ち責任感が出てくると、とても忠実で信頼できる友人やパートナーに。しかし時折、人間関係において精神的な隔たりを感じることもあるでしょう。とはいえ、あなたはとても社交的で愛嬌があるので、人を惹きつけ、楽しませるのがとても上手です。

数秘術によるあなたの運勢

3日生まれの人の特徴は創造性を求めていることです。陽気で一緒にいると楽しく、気さくに人と交流するあなたは、自己表現の欲求が強く、前向きな時には人生の喜びにあふれています。ただし、飽きっぽいため優柔不断になり、いろいろなことに手を広げすぎる面があるので注意。あなたは芸術的で愛嬌があり、ユーモアのセンスに優れています。言葉に関する才能は、講演、執筆、歌などを通して発揮されます。

生まれ月の1という数字からも影響を受け、自主的で自立心が強く情熱と独創的なアイディアに満ち、人々に進むべき道を示します。まじめで仕事熱心なあなたは、想像力を実用に活かすことを好みます。また、革新的で勇敢で率直でありながら愛嬌のある言い方で本音を語ることができます。

1という数字は開拓者精神を象徴するため、あなたは自分で意思決定し、独自の道を進もうとします。

●**長所**：ユーモアがある、気さくである、生産的である、創造力がある、芸術的である、話がうまい、自由を愛する

■**短所**：飽きっぽい、虚栄心が強い、自慢する、浪費癖がある、自分に甘い、怠惰である、疑い深い

♥恋人や友人

1月4、5、6、11、21、24日／**2月**2、3、4、9、19、22日／**3月**7、17、20日／**4月**5、15、18、30日／**5月**1、13、16、28日／**6月**11、14、26日／**7月**9、12、24日／**8月**7、10、22日／**9月**5、8、20日／**10月**3、6、18日／**11月**1、4、16日／**12月**2、14日

◆力になってくれる人

1月23、27日／**2月**21、25日／**3月**19、23日／**4月**17、21日／**5月**15、19日／**6月**13、17日／**7月**11、15、31日／**8月**9、13、29日／**9月**5、7、11、27日／**10月**9、25日／**11月**3、7、23日／**12月**1、5、21日

♣運命の人

7月3、4、5、6日

♠ライバル

1月17日／**2月**15日／**3月**13日／**4月**11日／**5月**9日／**6月**7日／**7月**5日／**8月**3日／**9月**1日

★ソウルメイト（魂の伴侶）

1月30日／**2月**28日／**3月**26、29日／**4月**24、27日／**5月**22、25日／**6月**20、23日／**7月**18、21日／**8月**16、19日／**9月**14、17日／**10月**12、15日／**11月**10、13日／**12月**8、11日

有名人

岩下志麻（女優）、鳥居ユキ（ファッションデザイナー）、メル・ギブソン（俳優）、小堺一機（タレント）、ダンカン（タレント）、岩村麻由美（女優）、吉田栄作（俳優）、内村航平（体操選手）、尾木直樹（教育評論家）、柳葉敏郎（俳優）、ミハエル・シューマッハ（元F1ドライバー）

太陽：やぎ座
支配星：おうし座／金星
位置：12°－14° やぎ座
状態：活動宮
元素：地
星の名前：ベガ

January Fourth

1月4日

CAPRICORN

野心的で的確な判断力が成功をバックアップ

率直で誠実で目標の達成や成功を何よりも優先し、そのためにはどんな努力も惜しみません。野心的で負けず嫌いなあなたは、機敏で頭の回転が速く判断力に優れ、**自己鍛錬を怠らなければ、どんな障害でも乗り越えることができます**。ただし、大きな使命を果たすために求められる責任から逃げていては、永続的な価値のあるものを築くという強い望みを叶えることはできません。

支配星であるおうし座からも影響を受け、芸術などの創造的な才能を仕事や趣味で発揮。また、金星の影響を受けるため社交的で愛嬌があり、**ユーモアや人を楽しませる才能**に恵まれています。広い視野を持ち変化を好むので、旅行や哲学または宗教の研究に興味を持ちます。とはいえ、金額に見合ったものを手に入れ、どんなことでも最大限に利用する抜け目のなさがなくなることはありません。自分の意見に自信があり物事に機敏に対応しますが、人を相手にする時に傲慢になったりせっかちになったりしないように。何事にも実利的な姿勢で取り組むあなたは、富を蓄える優れた手腕を持っていますが、もっと深い人間性を大切にすることでより大きな満足が得られます。

17歳を過ぎ太陽がみずがめ座に移動すると、グループ活動を優先し自由を好み伝統や習慣にあまり縛られなくなります。40歳を過ぎるとそれまで一生懸命努力してきた人は、その成果が得られます。新たな方向を探るのであれば、退屈から逃れるために急激な変化を求め、浅はかな結論に陥ることのないよう慎重に事を運びましょう。47歳を過ぎると太陽がうお座に入るため、感受性が豊かになり精神的にたくましくなります。

隠された自己

強気で自信に満ちた態度の裏に、強い感情と感受性が隠されています。たくましい想像力と理解力を持つあなたは、現実を踏まえて先を見通すことができ、グループ全員の信頼を得ています。思いやりを持てば、自分には人の役に立てる才能があることに気づくでしょう。あなたには**感性が鋭く誇り高い一面**があり、そうした性格を仕事や創造的な表現手段に活かすことが成功への重要な鍵。逆に、感受性を積極的に表現しなかったり、生活における仕事の重要性を認識していなかったりすると、現実逃避に陥ったり明瞭さがなくなったり気分にむらが生じたりします。

ふだんは人あたりがよく、教育、哲学、法律、宗教、旅行、政治をはじめとするさまざまなことに興味を持っています。絶好調の時のあなたはすばらしい考えが次々と浮かび、得意分野の話題を熱っぽく話して人に感動を与えることができます。

仕事と適性

社交的で気さくで優れたコミュニケーション能力を持つあなたは、人を相手にする仕事に向いています。この日生まれの人は**仕事に変化と多様性を求める**ので、いろいろな仕事をどんどんやることが必要。企業保険の仕事で成功する可能性が高く、優れた経営者やプランナーになれます。また、行政事務、警察、地方自治体などの政府機関に勤める可能性も。知識欲があるので、教師や指導者もおすすめ。想像力が豊かで人を楽しませる才能とユーモアがあるので、仕事と社会活動を結びつけることができ、また芸能界に入ることもあるでしょう。

恋愛と人間関係

ダイナミックで機知に富み、とても愛嬌があります。社交的で親切な時には、大勢の友人たちと積極的に交流します。快活さと創造力に恵まれているあなたは、こうした性質をパートナーや他の人たちと共有した時に最高の幸せを感じます。ただし、はっきりと約束しなければならない時に、煮えきらない態度をとってしまうことがあるようです。また、お金の問題が人間関係に悪影響を及ぼさないように、用心した方がよいでしょう。

あなたはときどき冷淡な印象を与えてしまう外見とは裏腹に、根は**繊細で思いやりにあふれたロマンティックなハート**を持っています。

数秘術によるあなたの運勢

4という数字はしっかりとした構造や整然とした体制を象徴しており、4日生まれの人は安定や秩序の確立を望み、形や構造に敏感です。安全を重視するので、自分や家族のために、しっかりとした基盤を作ろうとします。また、実利的な人生観を持ちビジネス感覚に優れ、物質的な成功を成し遂げる手腕にも恵まれています。控えめながら誠実なあなたは、いつも率直で公平。ただし、自分の感情を表現する術を身につけたほうがよいでしょう。4日生まれの人が取り組むべき課題の1つは、不安定な時期をいかにして乗り越えるかということです。

生まれ月の**1**という数字からも影響を受け、野心的で進取の気性に富み自立心を持っています。革新的で探究心が旺盛で活力にあふれるあなたは、いつもまじめに仕事に取り組み、大きなことを成し遂げようという情熱を持っています。また、知性と直感が鋭く自分で意思決定し、独自の道を進もうとします。威厳があり人から命令されるよりも、命令するほうが性に合っており、独創的なアイディアがわいてくると、人々に行動の指針を示すことが多くなります。

●長所：頭脳明晰である、自分に厳しい、堅実である、仕事熱心である、手先が器用である、実利的である、人を信じる、几帳面である

■短所：無口である、欲求不満である、怠惰である、ぐずぐずしている、けちけちしすぎる、いばりちらす、怒りっぽい

相性占い

♥恋人や友人

1月3、14、24、28日／**2月**1、12、22、26日／**3月**10、20日／**4月**8、18日／**5月**6、16、20、31日／**6月**4、14、29日／**7月**2、12、27日／**8月**10、25、31日／**9月**8、12、23、29日／**10月**6、21、27日／**11月**4、19、25日／**12月**2、17、23日

◆力になってくれる人

1月1、11日／**2月**9日／**3月**7、28日／**4月**5、26、30日／**5月**3、24、28日／**6月**1、22、26日／**7月**20、24日／**8月**18、22日／**9月**16、20、30日／**10月**14、18、28日／**11月**12、16、26日／**12月**10、14、24日

♣運命の人

7月4、5、6、7日

♠ライバル

1月17、20日／**2月**15、18日／**3月**13、16日／**4月**11、14日／**5月**9、12日／**6月**7、10日／**7月**5、8日／**8月**3、6日／**9月**1、4日／**10月**2日

★ソウルメイト（魂の伴侶）

7月29日／**8月**27日／**9月**25日／**10月**23、31日／**11月**21、29日／**12月**19、27日

この日に生まれた 有名人

松尾潔（音楽プロデューサー）、竹内力（俳優）、宮本亜門（演出家）、三田紀房（マンガ家）、了門真人（歌手）、世志凡太（タレント）、山田風太郎（作家）、ヤーコプ・グリム（グリム兄弟の兄　作家）、小原日登美（レスリング選手）、近藤くみこ（ニッチェ　タレント）

太陽：やぎ座
支配星：おうし座／金星
位置：13°−15° やぎ座
状態：活動宮
元素：地
星の名前：ベガ

January Fifth

1月5日

CAPRICORN

♑ 1月

実行力と創造力でどんな障害も克服

この日生まれの人はカリスマ性があり誠実で価値のある目標や目的意識を持った時には、とりわけ熱心に仕事に取り組みます。地道で実行力のあるあなたは、困難に直面した時には、**大きな犠牲を払ってでもそれを乗り越えるすばらしい忍耐力**を発揮。並はずれた潜在能力を持っていますが両極端な面もあり、とても博識で公平な半面、まじめすぎて落ちこみやすいところもあります。

支配星であるおうし座からも影響を受け、**愛嬌があり創造力に優れています**。人づき合いがとても上手なので、周りの人とすぐに親しくなることができます。人生のよい面を楽しもうとするあなたは、贅沢な環境の中に身を置くことが好き。型にはまるのが嫌いで外見を意識しているので、身だしなみに気を使い独自の着こなしをします。組織をまとめる能力に優れ、プラス思考の時や具体的な行動計画がある時は、さらによい仕事をします。一攫千金を狙った怪しげな計画には関わらないこと。冒険や旅行が大好きなあなたは、**生まれた国を離れ外国に定住する**かもしれません。

16歳を過ぎ太陽がみずがめ座に移動すると、主体的になって伝統に縛られにくくなり自己表現の欲求が高まってきます。友情、グループ活動、人道的な問題といったことが、あなたの生活にとって重要な要素になってくるでしょう。次の転機は太陽がうお座に入る46歳の時に訪れ、これを契機に感受性の高まりをさらに重視するようになります。想像力が豊かになって、人の気持ちを思いやれるようになります。

隠された自己

あなたの中にある**途方もなく大きな感情のパワーと強い方向感覚**を結びつけることができれば、美術、娯楽、政治、宗教などの分野で第一人者になることができます。頑固な性格も前向きな方向に集中させることができれば、驚くべき偉業を成し遂げ、非常に深い思いやりを持つことができます。しかし、否定的なことばかり考えていると独裁的で冷酷になりフラストレーションがたまって、落胆することが多くなります。冷淡になるのではなく、本当の意味で何ものにもとらわれない知恵を身につけた時――それはずっと先のことになるかもしれませんが――あなたは計り知れないほど大きな精神の自由を手に入れ、もっと深遠な知識を求めるようになります。

調和を愛するあなたは、平和を求めるようになります。鋭い感受性と日常の枠を超えたいという願望を持っているので、光、色、形に関する研ぎ澄まされた感覚を持っており、これを美術、音楽、宗教などの活動で発揮することができます。人に対する責任感がとても強いあなたは、本当の知恵や理想の世界を追い求めるでしょう。

仕事と適性

気さくで寛大でありながら、野心的で仕事熱心なので、**協力的で働きやすい職場の人間関係**を望んでいます。人を相手にするのが得意なので、仲介者、管理者、代理人などの仕事で優れた能力を発揮。あなたは人々の夢を理解し、望んでいるものを感じとることができます。ビジネスでの成功を求めていますが、あなたの本当の才能は教育や宗教を通じて人に奉仕するような仕事で発揮されます。執筆、演劇、音楽の才能にも恵まれているので、力強い感性を表現する場を必要としています。

恋愛と人間関係

あなたには人を惹きつける魅力があるので、誰とでも友達になれます。また、激しく情熱的に愛を表現します。自由を求め、時には風変わりな人間関係に巻きこまれるあなたは、友情やもっと広い博愛主義的なつき合いを大切にします。この日生まれの男性は強い女性に惹かれます。

人との交流はあなたにとって重要ですが、パートナーやその他に人に依存しすぎないように。愛情ある人間関係を必要としていますが、それとは別に**知的な人**にも魅力を感じます。いったん完璧な恋人が見つかれば、忠実な愛を注ぎます。

数秘術によるあなたの運勢

5日生まれの人は強い本能、冒険心、自由を求める心を持っています。旅行や気分転換の機会を多く持つうちに、思いがけず考え方や信念を大きく変えることも。5日生まれの人の多くは活動的な生活を送り、忍耐力や細かい配慮に欠ける面があります。たいていの場合、早まった危険な行動を避けることで、成功を手に入れることができます。また、時代の流れにうまく乗りながら、超然とした態度を持ち続けることができるのも、5日生まれの人が生来持っている能力の1つです。

生まれ月の**1**という数字からも影響を受けるあなたは、プライドが高く野心家で独立心が旺盛です。感受性が豊かで直感が鋭く思いやりと寛大な心を持っています。意志の強いあなたは、自分のことを自分で決め、独自の道を歩むことが必要。時には非常に熱心に物事に打ちこむこともありますが、忍耐力の不足からいらいらしがちです。また時折、せっかちになり、慌てて行動してしまうことがあるようです。

●**長所**：多才である、融通がきく、進歩的である、人を惹きつける魅力がある、大胆である、自由を愛する、機敏で機転がきく、好奇心が強い、謎めいている、社交的である

■**短所**：当てにならない、ぐずぐずしている、一貫性がない、自信過剰である、変化を好まない

♥恋人や友人

1月5、17、19日／**2月**3、15、17日／**3月**13、15日／**4月**11、13日／**5月**9、11日／**6月**7、9、30日／**7月**5、7、28、30日／**8月**3、5、26、28日／**9月**1、3、24、26日／**10月**1、22、24日／**11月**20、22日／**12月**18、20、30日

◆力になってくれる人

1月20、29日／**2月**18、27日／**3月**16、25日／**4月**14、23日／**5月**12、21日／**6月**10、19日／**7月**8、17日／**8月**6、15日／**9月**4、13日／**10月**2、11、29日／**11月**9、27日／**12月**7、25日

♣運命の人

3月29日／**4月**27日／**5月**25日／**6月**23日／**7月**5、6、7、8、21日／**8月**19日／**9月**17日／**10月**15日／**11月**13日／**12月**11日

♠ライバル

1月14、27日／**2月**12、25日／**3月**10、23日／**4月**8、21日／**5月**6、19日／**6月**4、17日／**7月**2、15日／**8月**13日／**9月**11日／**10月**9日／**11月**7日／**12月**5日

★ソウルメイト（魂の伴侶）

6月30日／**7月**28日／**8月**26日／**9月**24日／**10月**22、29日／**11月**20、27日／**12月**18、25日

この日に生まれた **有名人**

宮崎駿（映画監督）、ダイアン・キートン（女優）、渡辺えり（女優）、榎木孝明（俳優）、髙田万由子（タレント）、元ちとせ（歌手）、青木宣親（プロ野球選手）、小池徹平（タレント）

太陽：やぎ座
支配星：おうし座／金星
位置：14°−16° やぎ座
状態：活動宮
元素：地
星の名前：ベガ

January Sixth

1月6日

CAPRICORN

理想を求めて努力を惜しまない博愛主義者

タフで強い意志を持ちながらも愛嬌があり、人を惹きつける魅力にあふれるあなたは、正反対の性質を併せ持った特異な存在です。この日生まれの人は**現実的に先を見通す力**があり、理想を実現するための努力を惜しみません。あなたには途方もないエネルギーがあり、この強みを活かせば人生の成功を勝ちとることができます。**権力、お金、名声への欲望があなたの成功の原動力**。鋭い感性と知性に加え博愛精神を持つあなたは、即座に人を見抜き、高い地位に上りつめることができます。

支配星であるおうし座からも影響を受けるあなたは、富を築く才能とともに**芸術や美への愛着**を持ち続けます。非常に優れた創造力を持っていますが、才能を実用的に利用することを好み、目的を達成するためにはどんな犠牲もいといません。しかし、人生をあまり深刻に考えすぎると感情面で欲求不満がたまり、失望しがちなので気をつけましょう。ふだんのあなたは非常に思いやりがあり公平で、普遍的な愛に満ちています。意志の強いあなたは常に目標を意識し、意欲的で粘り強く、強い責任感を持っています。前向きに受け止め人生を達観できる性質です。

15歳を過ぎ太陽がみずがめ座に移動すると、主体的になって伝統に縛られにくくなり、自分独自の考え方に自信を持つようになります。また、グループ活動や人道的な問題への関心が高まります。次の転機は太陽がうお座に入る45歳の時に訪れ、これを契機に感受性を豊かにすることや生き生きとした生活を送るようになるでしょう。

隠された自己

知識の探求があなたの成功にとって重要な鍵。なんらかの教育を受けることで、あなたのすばらしい可能性を確実に高めることができます。心の奥にプライドを秘めるあなたは、疑念や優柔不断な面をみせようとせず、また人に従属するよりも、指導的な地位に就くことを望みます。人生に独創性を求めるあなたは、**人とはちょっと違うことを発言します**。強情な性格で、ときどき不安になることがありますが、もっと忍耐力を養い戦略を持ってこそ、長期的な成果が得られるのです。権力闘争は前向きなエネルギーを枯渇させるので、巻きこまれないように注意が必要。

認められたいという欲求の強いあなたにとって、軽く見られることは特に耐えがたいことです。強い責任感を持っていますが、義務と理想の間に適度なバランスを保つように。直感力が非常に優れているので何か約束をする前に、まず状況の感触をつかむようにするとうまくいきます。

仕事と適性

力強く断固たる決意を持ち勇敢そうに見えるあなたは、実は疑念や不安を抱えていますが、人を相手にする時にはいつもその外見が役に立っています。**人を癒す仕事**に適性があり、医師としてまたは医療関係の仕事で優れた才能を発揮。商才や人助けの才能もあるので、カウンセラー、心理学者、販売業者としても、権威ある存在になれるでしょう。また、空想家なので、映画業界に入ったり広告代理店に勤めたりすることも。個人的な充足感は仕事や生産活動を通して得られますが、仕事中毒にならないように気をつけましょう。

恋愛と人間関係

大胆で実行力のあるあなたは愛する者を守るために一生懸命働きますが、ときどき支配的になったりいばりちらしたりする傾向があるので注意が必要。あなたの友情や恋愛の願望は仕事や野心と結びついており、**ゆるぎない地位や人脈を持つ有力者**に惹かれるでしょう。誠実で責任感はありますが、優柔不断やむら気のために幸せをつかみそこねないように気をつけましょう。

数秘術によるあなたの運勢

6日生まれの人は思いやりがあり、理想主義者で面倒見がよいといった特徴があり、専業主婦や子どものために尽くす家庭的な人が多いようです。情熱的で世界平和を強く望むあなたは、自分の信念を貫くために一生懸命努力します。感受性が豊かな人ほど、創造力を表現する場を求め、芸能界、美術、デザインなどに魅力を感じます。6日生まれの人が取り組むべき課題は責任感を身につけるとともに、もっと謙虚になり友人や隣人に対して思いやりを示すことです。

生まれ月の1という数字からも影響を受けるあなたは、野心家でプライドが高く強烈な個性を持っています。優れたビジネスセンスと経営管理能力に恵まれていますが、実利主義に陥らないように気をつけましょう。あなたは、非常に直感が鋭くしっかりとした価値観を持っています。偏見のない広い心を持つことで、批判的で高圧的になりがちな態度を改めることができます。

●**長所**：世俗的な欲望が強い、普遍的な人類愛を持っている、気さくである、深い思いやりがある、頼りになる、人の気持ちを理解できる、理想主義者である、落ち着いている、芸術を好む、情緒が安定している

■**短所**：内気である、理性に欠ける、頑固である、遠慮がない、傲慢である、自己中心的である、ひねくれている、身勝手である

♥恋人や友人

1月9、16、18、26、31日／**2月**7、14、16、24、29日／**3月**5、12、14、22、27日／**4月**3、10、12、20、25日／**5月**1、8、10、18、23日／**6月**6、8、16、21日／**7月**4、6、14、19、31日／**8月**2、4、12、17、29日／**9月**2、10、15、27日／**10月**8、13、25日／**11月**6、11、23日／**12月**4、9、21、30日

◆力になってくれる人

1月1、21日／**2月**19日／**3月**17日／**4月**15日／**5月**13日／**6月**11日／**7月**9日／**8月**7日／**9月**5日／**10月**3、30日／**11月**1、28日／**12月**26日

♣運命の人

7月6、7、8、9、10日

♠ライバル

3月29日／**4月**27日／**5月**25日／**6月**23日／**7月**21日／**8月**19日／**9月**17日／**10月**15日／**11月**13日／**12月**11日

★ソウルメイト（魂の伴侶）

1月27日／**2月**25日／**3月**23、30日／**4月**21、28日／**5月**19、26日／**6月**17、24日／**7月**15、22日／**8月**13、20日／**9月**11、18日／**10月**9、16日／**11月**7、14日／**12月**5、12日

この日に生まれた 有名人

杉村春子（女優）、八千草薫（女優）、松原智恵子（女優）、中畑清（プロ野球監督）、ローワン・アトキンソン（俳優）、大場久美子（タレント）、森見登美彦（作家）、菊地凛子（女優）、亀田大毅（プロボクサー）、CHAGE（ミュージシャン）、エディ・レッドメイン（俳優）

太陽：やぎ座
支配星：おうし座／金星
位置：15°−17° やぎ座
状態：活動宮
元素：地
星の名前：ベガ

January Seventh

1月7日

CAPRICORN

持ち前の優れた直感力と創造力

頭がよく直感力に優れ仕事熱心なあなたが成功するために重要なのは、**感覚的な思考力**です。現実的で地道な性格ですが、あなたの理想や天真爛漫さは、人をやる気にさせるパワーを持っています。人を見る目があり、利他的で博愛主義的な一面を持つあなたは、**人を相手にする仕事で優れた才能**を発揮します。

支配星であるおうし座からも影響を受け、ひたむきな心を持つあなたは美術、音楽、文学、その他の創造的な活動における成功を特に重視します。仕事と社会生活を結びつける能力に優れ、大きな野心をいだき頂点を目指します。しかし、頑固であまのじゃくな面や人に合わせようとしない気難しい面があるので、注意しましょう。社交的な面もありますが、孤立することもあるでしょう。あなたの人格の中に存在する多様な側面――特に物質的な野心、理想、霊感など――の間にバランスを保つことが必要。**旅行は吉**。突然何かを悟ったり、思いがけず幸運な変化があったり予想もしなかったものを手に入れたり、といったことがありそうです。

太陽がみずがめ座を通過する14歳から43歳まではグループ活動を優先し、あまり伝統に縛られず少し肩の力を抜いて自由を楽しむことができます。風変わりなものに興味を持ったり、自己表現に強い欲求を感じたりするかも。44歳を過ぎると太陽がうお座に入り、感受性が豊かになって有意義な精神生活を送るようになります。それは未来への展望、夢、理想となって表れます。

隠された自己

あなたにとっての大きな課題は、自分の中にある力を信じ自分の能力にふさわしくない低い地位を拒絶することです。自分ほど意識が高くない人のもとで働くことがある場合には、自分自身のすばらしい可能性や才能を信じることがとても重要。新しい考えを受け入れ自由や改革に関心を持っているあなたは、創作力があり進歩的で自分独自の考えを表現したいという気持ちを持っています。独自の思考は時としてあなたを対決姿勢へと導くことがありますが、議論好きな性格をコミュニケーション能力に活かすことができれば、あなたは本当に人よりも優秀な人となります。あなたは自分を前面に押し出したりはしませんが、**本来はなんらかの指導的な地位に就くべき人**なのです。繊細なあなたはときどき憂鬱になり、引きこもって冷たい印象を与えてしまいがちですが、それを意識することで人や状況に関する直感や第六感を高めることができます。自分のすばらしい思考力や鋭い洞察力を完全に信じた時、自発性や知恵の源と結びつくことができ、優しさや力強い愛をふりまき、人々を惹きつけ魅了することができます。

仕事と適性

鋭いビジネスセンスを持っていますが、執筆、演劇、芸術など指導力と優れた想像力や創造的才能を結びつけるような仕事により興味を惹かれます。組織をまとめる能力に優れ、理想主義者で博愛の精神に満ちたあなたは、大きな組織や公共団体に勤めることも。キャリアの点では知性や創造力を重視しており、教師、ソーシャル・ワーカーなどの仕事もおすすめ。縁の下の力持ちとして働くことをいとわないので、プロデューサーや広報・宣伝・PR業にも向いています。**くれぐれも自分の優れた能力にふさわしくない仕事に甘んじないように**。博愛の精神に満ちたあなたは社会改革のために、一生を捧げる道を選ぶこともあります。

恋愛と人間関係

人を惹きつける魅力を持つあなたは、いとも簡単に友人やファンを魅了することができます。知的な人に魅力を感じるので、**自分と同じくらいに広い視野を持ったパートナー**を選ぶのが吉。ただし、親しい間柄であっても、あまり横柄な態度をとるのはやめた方が賢明です。忍耐力があるので一度決まった相手ができれば、とても忠実なパートナーになれます。あなたが強い精神力や一風変わった興味を持っているのは、友人とのつき合いが、仕事や知的な刺激を与えてくれる社会活動と結びついていることの表れです。

数秘術によるあなたの運勢

分析力と思慮深さを持つ7日生まれの人には、完璧主義者で批判的で自己完結的な人が多いようです。自分自身で意思決定することを好むあなたは、実体験を通して多くのことを学びます。向学心があるので、学問の世界に入るかまたは専門技術を身につけます。ときどき他人からの批判に過剰に反応し、誤解されていると感じることも。好奇心が強く謎めいたところがあり、自分の真意を誰にも知られないようにうまく質問をする技術を持っています。

生まれ月の1という数字からも影響を受けるあなたは、洞察力が鋭く明敏で物事を識別する能力があります。また、この日生まれの人は自立心が旺盛で、トップでありたいという強い欲求を持っています。疑い深い面もあり優れた直感を持ちながら、自分の判断に自信が持てず不安になりがちです。実行力もあるので自分のアイディアを商品化し、特定の分野で専門家になる人も多いでしょう。几帳面で仕事熱心なので、学問的な仕事を選ぶ人が多く、また研究、執筆、管理などの仕事で優れた才能を発揮します。

●長所：教養がある、人を信じる、几帳面である、理想主義者である、正直である、科学的である、分別がある、思慮深い
■短所：隠し事をする、混乱している、しつこい、意地悪である、孤立している

♥恋人や友人
1月21、28、31日／**2月**19、26、29日／**3月**17、24、27日／**4月**15、22、25日／**5月**13、20、23日／**6月**11、18、21日／**7月**9、16、19日／**8月**7、14、17、31日／**9月**5、12、15、29日／**10月**3、10、13、27、29、31日／**11月**1、8、11、25、27、29日／**12月**6、9、23、25、27日

◆力になってくれる人
1月9、12、18、24、29日／**2月**7、10、16、22、27日／**3月**5、8、14、20、25日／**4月**3、6、12、18、23日／**5月**1、4、10、16、21、31日／**6月**2、8、14、19、29日／**7月**6、12、17、27日／**8月**4、10、15、25日／**9月**2、8、13、23日／**10月**6、11、21日／**11月**4、9、19日／**12月**2、7、17日

♣運命の人
1月3日／**2月**1日／**7月**7、8、9、10、11日

♠ライバル
1月7、8、19、28日／**2月**5、6、17、26日／**3月**3、4、15、24日／**4月**1、2、13、22日／**5月**11、20日／**6月**9、18日／**7月**7、16日／**8月**5、14日／**9月**3、12日／**10月**1、10日／**11月**8日／**12月**6日

★ソウルメイト（魂の伴侶）
1月3、19日／**2月**1、17日／**3月**15日／**4月**13日／**5月**11日／**6月**9日／**7月**7日／**8月**5日／**9月**3日／**10月**1日

♑ やぎ座

有名人

森茉莉（作家）、白洲正子（作家）、柳生博（俳優）、吉田日出子（女優）、ニコラス・ケイジ（俳優）、青木裕子（アナウンサー）、千住博（画家）、今宿麻美（モデル）、高橋由美子（女優）

太陽：やぎ座
支配星：おうし座／金星
位置：16°−18° やぎ座
状態：活動宮
元素：地
星の名前：ベガ

January Eighth

1月8日

CAPRICORN

強烈なファッションセンスで目立つ人物

この日生まれの人は力強くひたむきな性格で、野心を持ちながらも繊細で慎み深く洗練されています。強い意志と競争心を持ち、仕事熱心でありながら**想像力**、**感受性**、**カリスマ的な魅力**をも備えています。現実的で世知に長けていますが、生まれながらにして授かっている、直感的な洞察力や先見の明を失わないことが大切。

支配星であるおうし座からも影響を受け、音楽や芸術の素質、お金を扱う才能などを活かして成功し、充足感を得ることができます。人と接する時には、あなたの優れた社交術が功を奏するでしょう。美しいもの、魅力的なもの、豊かな暮らしのよさを理解しているあなたは、贅沢な生活を好みます。あなたには**人を魅了する力**がありますが、勇敢に見える外見とは裏腹に、内面はときどき混乱や疑念が生じることもあるということを、人には理解されないかもしれません。崇高な夢や理想に関してはなまけがちですが、物質的な成功を求める気持ちは強く、それが行動の原動力になることが多いようです。意志が強く頭脳明晰なあなたは、興味があればどんどん知識を吸収し、自分のものにすることができます。自分が愛着を感じている仕事に注ぐ情熱たるや大変なもので、これが神経質や不満を克服し、ともするとアルコールなどの有害な気晴らしに走りそうになるのを防いでいます。しかし、**強烈なファッションセンスと劇的なことを引き起こす素質**が組み合わさると、あなたは集団の中でひときわ目立つこと請けあいです。若い頃のあなたはパワフルな女性に影響を受けます。

太陽がみずがめ座を通過する13歳から42歳までは、あまり伝統に縛られず肩の力を抜いて自由を楽しむことができ、グループ活動を優先します。型破りなものに興味を持ったり、自己表現の強い欲求を感じたりします。43歳を過ぎると太陽がうお座に入り、感受性や直感が鋭くなります。

隠された自己

直感力や自立心を養うことによって、あなたは自分に計り知れない可能性があることに気づきます。**あなたの人生における教訓の多くは仕事に関わること**。幸いあなたは人とチームを組み、協力して働くことのよさを理解できるので、共同経営はあなたにとって有益なものとなるでしょう。しかし、頼ってばかりいると恐れをいだいたり、深刻になりすぎたりすることがあるので、あまり依存しすぎないことが大切。真の自立をする必要がありますが、これは人生の晩年になって初めて理解できること。その必要性を理解できた時、あなたは精神的な自由を得て、もっと人道的で深遠なものを求めるようになります。非常に直感力の鋭いあなたは日常の枠を超えることで刺激を得て、独創的なものを創作したり外国との関わりを持ちたいと強く願っています。

仕事と適性

野心と実行力を持ち社交術に優れるあなたは、人と交流したり人と共同で仕事したりすることが必要。仕事熱心で細部に気を配ることができるので、科学者、講師、教育者として、優れた能力を発揮できます。商売をするとしたら、**社会の改善に役立つような仕事**をすると成功します。個性的でカリスマ性があり、魅力的な声と自己表現の欲求を持つので、財界や芸能界に魅力を感じるかもしれません。また、政治、宗教、哲学などの分野においても人々を教え導き、影響を与えることができます。あるいは感受性やバランス感覚があるので、芸術や音楽に興味を惹かれるかもしれません。

恋愛と人間関係

あなたの持つカリスマは、人の中で確実に異彩を放ちます。しかし、あなたの人生における教訓の多くは、親しい人間関係に関わるものです。**成功していて知的な刺激を与えてくれる人**たちに惹かれ、相手に夢中になっている時には何でも与えます。情熱的で思いやりのある恋人になれますが、不機嫌になりがち。あなたにとって家庭は、世間から逃れることのできる場所として非常に重要なものになるでしょう。

数秘術によるあなたの運勢

8という数字は強さや力を表し、8日生まれの人は強い価値観と正しい判断力を備え、大きなことを成し遂げようという野心を持っています。また、権威、安全、物質的成功を追い求めます。生来のビジネスセンスに恵まれているので、組織をまとめる力や経営管理能力を養うと非常によい効果が得られます。特に自分の権限を人に与えたり委任したりする際に、公正に行えるようになることが必要。しっかりとした安定感を強く求めるあなたは、長期的な計画を立てて投資をします。

生まれ月の1という数字からも影響を受けるため、進取の気性に富み洞察力が鋭く有能です。創造力が旺盛で自分の考えを述べ、自分自身で判断をくだし、独自の道をいこうとします。想像力があり独創的で現実的な考えを持つので、秩序を好み自分の知識を効果的に役立てたいと思っています。意志が強く意欲にあふれていますが、忍耐力を身につけ支配的にならないようにすることが必要。

●**長所**：指導力がある、細部まで配慮が行き届いている、仕事熱心である、信頼できる、いたわりの心がある、癒しの力がある、正しい価値判断ができる

■**短所**：せっかちである、無駄遣いが多い、狭量である、支配的である、くじけやすい、計画性がない

相性占い

♥恋人や友人

1月6、20、22、24、30日／**2月**4、18、20、22、28日／**3月**2、16、18、20、26、29日／**4月**14、16、18、24、27日／**5月**12、14、16、22、25日／**6月**10、12、14、20、23日／**7月**8、10、12、18、21日／**8月**6、8、10、16、19日／**9月**4、6、8、14、17日／**10月**2、4、6、12、15日／**11月**2、4、10、13日／**12月**2、8、11日

◆力になってくれる人

1月1、3、4、14日／**2月**1、2、12日／**3月**10、28日／**4月**8、26、30日／**5月**6、24、28日／**6月**4、22、26日／**7月**2、20、24日／**8月**18、22日／**9月**16、20日／**10月**14、18日／**11月**12、16日／**12月**10、14日

♣運命の人

1月11日／**2月**9日／**3月**7日／**4月**5日／**5月**3日／**6月**1日／**7月**8、9、10、11、12日

♠ライバル

1月3、5日／**2月**1、3日／**3月**1日／**7月**31日／**8月**29日／**9月**27、30日／**10月**25、28日／**11月**23、26、30日／**12月**21、24、28日

★ソウルメイト(魂の伴侶)

1月5、12日／**2月**3、10日／**3月**1、8日／**4月**6日／**5月**4日／**6月**2日

有名人

森英恵(ファッションデザイナー)、エルヴィス・プレスリー(歌手)、小泉純一郎(政治家)、デヴィッド・ボウイ(ミュージシャン)、蛍原徹(雨上がり決死隊　タレント)、田村亮(ロンドンブーツ1号2号　タレント)、七代目市川染五郎(歌舞伎俳優)、スティーヴン・ホーキング(理論物理学者)

太陽：やぎ座
支配星：おうし座／金星
位置：17°−19° やぎ座
状態：活動宮
元素：地
星の名前：デネブ

January Ninth

1月9日

CAPRICORN

障害や挫折には冷静さで対処

この日生まれの人は実行力があり、仕事熱心で忍耐力があります。安全を重視するあなたは長年にわたる実績をもとに行動し、いったん何らかの仕事に肩入れすると、忠実にその責任を果たします。あなたの普遍的な考え方は、**人々に対する人道的な関心**となって表れてきます。ただし、否定的な考え方はいら立ちや焦燥感を募らせ、理想や願望の実現を妨げるので避けた方が賢明。

支配星であるおうし座からも影響を受けるあなたは、**生まれながらにして創造的な才能**に恵まれています。そうした才能は想像力や感受性を表現する手段として芸術を通して発揮するのもよいですし、人との関わりの中で活かすのもおすすめ。愛情を強く求める気持ちは認められたいという欲求の表れであり、あなたの人生にとって人間関係がいかに重要であるかを示しています。あなたには不和を嫌うあまり現実を直視せず、必要な対決から逃げてしまう面も。時には障害や挫折に立ち向かわなければなりませんが、悲観的な気持ちや物質主義に負けてはいけません。頑固になるのではなく、冷静でいることが問題解決の手がかりとなるはず。幸いあなたには、**一途な決意を貫く忍耐力と知性**があります。

太陽がみずがめ座を通過する12歳から41歳まで友情を大切にするとともに、徐々に自立心が高まっていきます。風変わりなものや人道的な問題に興味を持ったり、自己表現の強い欲求を感じたりします。42歳を過ぎると太陽がうお座に入り、感受性が豊かになって有意義な精神生活を送るようになります。

隠された自己

あなたはダイナミックな感情を積極的に表現することが必要で、それをしないと他人の騒動に巻きこまれる可能性があります。**生まれつき持っている人助けの能力**により、充足感を得、友人を増やすことができます。自信のある時のあなたは愛の力を訴えて、カリスマ的な魅力で人々を魅了します。現実的でありながら想像力が豊かなあなたは秩序を愛し、先を見通す優れた感覚を持っています。計画やしっかりとした目的意識が必要で、それがないと生来の落ち着きのなさから好き放題にふるまうなど、現実逃避に向かう可能性もあります。向上心が旺盛で人生において仕事を特に重視しているあなたが、本当の能力を活かすためには精神を集中し、たゆまぬ努力を続けなければなりません。しかし、一生懸命に働けば、必要な時にお金に困ることはないでしょう。

仕事と適性

進取の気性に富み想像力豊かなあなたは、自分の思い通りに行動する自由を欲し、自立することを望むでしょう。多様性や変化を求めるため、**趣味と仕事を結びつける可能性**があります。常に行動し進歩していたいという気持ちが強く、さまざまな職業を経験するかもしれません。どんな職業であろうと進歩も刺激も期待できないような、型にはまった平凡な仕事は避けた方がよいでしょう。頭の回転が速く愛嬌があるので、旅行とビジネスを結びつけて、添乗員、旅行代理店、販売員などになるのもよいでしょう。マーケティング、販売促進などの職種も向いています。

恋愛と人間関係

完璧な理想の相手を追い求めるあなたは、自分の高い理想に合う人が見つからなかった場合、プラトニックな関係を選びます。失望や不満を避けるためには**博愛の精神を持ったパートナー**を探すと、うまくいく可能性が高まります。この日生まれの人の中には理想と信じて崇拝する人か、または助けてあげたい人をパートナーに選ぶ人がいますが、恋人やパートナーを選ぶ際にはきちんとした識別力を持つことが重要。しかし、いったん決まった相手ができれば、あなたは忠実なパートナーになります。

数秘術によるあなたの運勢

9日生まれの人の特徴は、博愛精神があり思いやり深く感受性が豊か。あなたは万能な理解力を示し、知的で直感力があるように見られることが多いようです。あなたは人生が自分のために入念に計画されたものであり、これ以上動かしようがないと考えていますが私情を交えないようにするとともに、理解力、寛大さ、忍耐力を養うことが必要。世界旅行をし、さまざまな分野の人と交流すると多くのものを得ることができるでしょう。また、非現実的な夢をいだいたり、現実逃避に走ったりしないことが大切。

生まれ月の1という数字からも影響を受け、直感や理解力が高まります。野心と強い意志を持つあなたは毅然とした威厳に満ちており、また洞察力と第六感があり先を見通すことができます。想像力が豊かで理想主義者のあなたは、自分の直感を信じることが必要です。一番でありたい、独立したいという強い欲求を持っていますが、人生には限界があり決して公平でも完全でもないことを受け入れるように。時には自分の計画をあきらめざるをえないこともあり、その時あなたは世界が自分中心に回っていないことを知るでしょう。

●長所：理想主義者である、博愛精神に満ちている、創造力に優れる、感受性が豊かである、寛大である、人を惹きつける、詩人の心を持っている、慈悲深い、面倒見がよい、客観的である、人気がある

■短所：欲求不満である、神経質である、自己中心的である、実践力がない、誘惑に陥りやすい、心配性である

♥恋人や友人

1月1、7、21、23、31日／**2月**5、19、21、29日／**3月**3、17、19、27日／**4月**1、15、17、25日／**5月**13、15、23日／**6月**11、13、21日／**7月**9、11、19日／**8月**7、9、17日／**9月**5、7、15日／**10月**3、5、13日／**11月**1、3、11日／**12月**1、9日

◆力になってくれる人

1月5、16、18日／**2月**3、14、16日／**3月**1、12、14、29日／**4月**10、12、27日／**5月**8、10、25、29日／**6月**6、8、23、27日／**7月**4、6、21、25日／**8月**2、4、19、23日／**9月**2、17、21日／**10月**15、19日／**11月**13、17日／**12月**11、15、29日

♣運命の人

1月6、30日／**2月**4、28日／**3月**2、26日／**4月**24日／**5月**22日／**6月**20日／**7月**9、10、11、12、13、18日／**8月**16日／**9月**14日／**10月**12日／**11月**10日／**12月**8日

♠ライバル

1月4日／**2月**2日／**5月**29、31日／**6月**27、29日、30日／**7月**25、27、28日／**8月**23、25、26、30日／**9月**21、23、24、28日／**10月**19、21、22、26日／**11月**17、19、20、24日／**12月**15、17、22、28日

★ソウルメイト（魂の伴侶）

1月23日／**2月**21日／**3月**19日／**4月**17日／**5月**15日／**6月**13日／**7月**11､31日／**8月**9、29日／**9月**7、27日／**10月**5、25日／**11月**3、23日／**12月**1、21日

有名人

井上真央（女優）、大林宣彦（映画監督）、ジミー・ペイジ（ギタリスト）、岸部一徳（俳優）、宗茂・猛（元マラソン選手）、一路真輝（女優）、リチャード・ニクソン（第37代アメリカ大統領）、キャサリン妃（イギリス王室）

太陽：やぎ座
支配星：おうし座／金星
位置：18°−20° やぎ座
状態：活動宮
元素：地
星の名前：デネブ

January Tenth

1月10日

CAPRICORN

直感とひたむきさが成功の秘訣

この日生まれの人は実行力があり気さくで確固たる意志を持ち、物事に真正面から取り組みます。特に物質的なことに関して第六感が働き、**鋭い価値観とすばやく人を見抜く目**を持っています。あなたの直感と目標に対するひたむきさがあれば、必ず目標を達成することができるでしょう。野心的で率先して行動する意欲に満ちたあなたは、必要な自制心さえ身につければめざましい成功を収めることができます。

支配星であるおうし座からも影響を受けるあなたは､愛嬌をふりまくことができるので、ますます社交的になり成功の可能性も高くなります。**美しく上品で豪華なものに囲まれて暮らすことを望む**ので、物質的保証、地位、名声は重要かもしれませんが、あなたが結果を出そうと懸命に努力するのは何かに興味を持った時。しかし、豊かな生活を好み楽しみ方を知っているので、快楽にふけるなど物質主義にとらわれすぎることのないように注意しましょう。温かい人柄で人を惹きつける魅力があるので、人間関係にはいつも恵まれています。調和のとれた人間関係を求め、周囲の状況に気を配ります。安全志向で何をするにしても、まずしっかりとした土台を築こうとします。**仕事熱心でプラス思考**のあなたには山をも動かす勢いがあり、その姿勢は人に感銘を与えます。

太陽がみずがめ座を通過する11歳から40歳までのあなたは友情やグループに対する関心が高まると同時に、自立したいという欲求も強くなってきます。また、自分独自の考えを表現し、いろいろなことを試してみたいと思うようになります。太陽がうお座に入る41歳を過ぎると感受性に磨きがかかり、先を見通す力が高まってきます。これによりあなたは理想主義的になり、崇高な目標を追い求めるようになります。

隠された自己

成功を何よりも優先する独自の考えを持つあなたは、知識や専門技術の重要性を理解しています。また、実行力とともに、鋭い知性を持ち問題解決能力に優れています。感覚的で直感的な思考力を持つので、ひらめきのある優れたアイディアを生みだすことができ、執筆、芸術、哲学、宗教などに興味を持ちます。あなたのもう1つの側面は、**生き生きとした情熱によって人に影響を与える力**を持っていることです。この力によりあなたは必然的に指導的な地位に就きますが、あまり頑固にならないよう注意が必要。寛大で親切なあなたは、時には非常によく人の面倒を見ます。お金に困ることはめったになく、むしろ感情的なこと、特に人に失望したりすることが問題となる可能性が高いようです。幸いなことにあなたには好機を見出す能力があるため、幸運に恵まれ状況を好転させることができます。

仕事と適性

仕事熱心な野心家で自分の頭で考え実際的な取り組みをするあなたは、起業家、プロデューサー、プロモーターなどに向いています。**手先が器用で確かな手応えのあるものを作**

りたいという欲求があるので、建築や工学技術に興味を持ち、建設業者や修理技術者として働くのもおすすめです。芸術に興味がありながら金銭的な報酬を得たい時は、宣伝広告などの仕事で成功する可能性も高そうです。好奇心が強く発明の才があるあなたは、未知の世界を探求することを好み、一匹狼の一面を持っています。

恋愛と人間関係

優雅で上品なセンスを持つあなたは、魅力的な家庭に恵まれ友人や知りあいをもてなします。**野心家で知的な人や成功している人**との交際を望むため、成功していない人とはあまりつき合おうとしません。情熱的でありながら、やはり現実的なものの見方を変えることはないようです。ふだんは愛する者に対して寛大で太っ腹ですが、ときどき驚くほど倹約家になることがあります。プライドが高く人を惹きつける魅力があるので、パートナー探しに苦労することはありませんが、親しい関係において物質的なことをあまり重視しすぎないように気をつけましょう。

数秘術によるあなたの運勢

10日生まれの人は1日生まれの人と同様に、進取の気性に富み自立心が旺盛です。目標を達成するまでにさまざまな困難を乗り越えなければなりませんが、たいていの場合、強い意志を持って目的を遂げることができます。開拓者精神が旺盛で、故郷を離れて遠くの地に行ったり、独立したりする人も多いでしょう。10日生まれの人は忍耐強いため、大きなことを成し遂げることができますが、自己中心的になったり支配的になったりしないように注意。

生まれ月の**1**という数字からも影響を受けるため、活力に満ち崇高な志を持っています。創造力が豊かで革新的で堂々たる存在感があり、経営管理能力にも恵まれています。高い知性を持つあなたは、人に命令されるよりも人の上に立つことを望みます。また、チャレンジ精神が旺盛で、自分の知性や才覚を試してみたいと思っています。時には自信をつけるためにひとり立ちすることが必要。ふだんはバランスのとれたものの見方を心がけ安定を求めますが、ときどき精神的な不満を抱き、自分の感情を表すことができないようです。成功したいのであれば、外交的手腕を磨き、妥協する術を身につけましょう。

●**長所**：指導力がある、創造力に優れる、進歩的である、力強い、楽天的である、強い信念を持っている、競争心がある、自立心が旺盛である、社交的である

■**短所**：高圧的である、嫉妬深い、利己的である、敵意を持っている、自己中心的である、優柔不断である、せっかちである

♥恋人や友人

1月8、12、17、20、22、24日／**2月**6、15、18、20、22日／**3月**4、13、16、18、20、28日／**4月**2、11、14、16、18、26日／**5月**9、12、14、16日／**6月**7、10、12、14日／**7月**5、8、10、12、30日／**8月**3、6、8、10、28日／**9月**1、4、6、8、16、26日／**10月**2、4、6、24日／**11月**2、4、22日／**12月**2、20日

◆力になってくれる人

1月6、23日／**2月**4、21日／**3月**2、19、30日／**4月**17、28日／**5月**15、26、30日／**6月**13、24、28日／**7月**11、22、26日／**8月**9、20、24日／**9月**7、18、22日／**10月**5、16、20日／**11月**3、14、18日／**12月**1、12、16、30日

♣運命の人

1月7日／**2月**5日／**3月**3日／**4月**1日／**7月**10、11、12、13、14日

♠ライバル

1月5、26、29日／**2月**3、24、27日／**3月**1、22、25日／**4月**20、23日／**5月**18、21日／**6月**16、19、30日／**7月**14、17、28日／**8月**12、15、26、31日／**9月**10、13、24、29日／**10月**8、11、22、27日／**11月**6、9、20、25日／**12月**4、7、18、23日

★ソウルメイト(魂の伴侶)

1月30日／**2月**28日／**3月**26日／**4月**24日／**5月**22日／**6月**20日／**7月**18日／**8月**16日／**9月**14日／**10月**12、31日／**11月**10、29日／**12月**8、27日

有名人

長門裕之(俳優)、あおい輝彦(俳優)、財前直見(俳優)、田中裕二(爆笑問題 タレント)、山口達也(TOKIO タレント)、ロッド・スチュワート(歌手)、Akko(My Little Lover ボーカル)、小松政夫(タレント)、伊藤千晃(AAA 歌手)

太陽：やぎ座
支配星：おとめ座／水星
位置：19°−21° やぎ座
状態：活動宮
元素：地
星の名前：デネブ

January Eleventh

1月11日

CAPRICORN

興味の幅が広い行動派

この日生まれの人は仕事熱心で、強い理想主義と創造力を備えています。**まじめな野心家でありながら、とても愛嬌があり社交上手**。個性的で外見に気を配り、独自のファッションセンスがあります。確固たる意志を持っていますが、ときどき信頼と疑念の間でゆれ動くことがあり、それが不安や決断力のなさにつながることも。

支配星であるおとめ座からは、用心深さや優れた集中力を授かっています。また、洞察力と強い意志を持ち、問題解決能力に優れ、物事を最後までやり遂げようとします。実践的で戦略に長け、自分の豊かな才能を実用的に活かそうとし、**いったん計画を決めたら目標を達成することができます**。しかし、人生をあまり深刻に考えすぎるのは、欲求不満や失望のもと。思いやりを持っていれば、そうした強い感情を、前向きに利用することができるはずです。興味の幅が広く行動派のあなたは、旅行や冒険を楽しむとよいでしょう。あなたには**富を蓄える潜在能力**があり、豊かな生活を送ることができるでしょう。女性は、あなたの人生に幸運をもたらしてくれる存在です。

太陽がみずがめ座を通過する10歳から39歳までのあなたは、自由や自立を強く求めます。友情やグループに対する関心が高まり、個性を表現したいと思うようになるでしょう。太陽がうお座に入る40歳を過ぎると、感受性や先を見通す力が高まり、理想主義者で崇高な目標を追い求めます。中年になる頃には、仕事に移動や変化を伴う可能性が高く、そのことがあなたの人生によい影響をもたらします。

隠された自己

殊勝なあなたは、その理想や想像力で人に影響を与える力を持っています。したがって、些細なことに感情のエネルギーを費やして、明確で現実的な目標から注意をそらすことのないように。**創造的なエネルギーに意識を集中**させれば、すばらしい成果をあげることができます。食事や健康に気を配り、ときどきリラックスするなど、自分のための時間をとりましょう。

あなたには人を惹きつける魅力がありますが、大胆そうな外見とは裏腹に、時折内面の混乱に苦しんでいることを、人は気づいていないかもしれません。長期的な計画に精力を注ぎ、衝動的なことをしたり一攫千金を狙った策略にだまされたりしないよう注意しましょう。

仕事と適性

職業の選択は、**自己表現の自由や精神的な刺激があるかどうか**を基準に決めるべきです。人に命令されることを嫌うので、自営業を選ぶとよいでしょう。慣習にとらわれず自分の思い通りに行動することができ、大胆で積極的になれます。また、思いやりの心と自立した考え方を持っているので、教育、カウンセリング、心理学関係の仕事にも向いています。また、占術家の才能もあります。多くの場合、あなたの出世のために女性が大きな役割を果たすでしょう。言葉を操る技術、想像力、コミュニケーション能力があるので、執筆、音楽、芸術の分野で才能を発揮することもできます。また、理想主義者のあなたは聖職者、政治家、公務員などの仕事に就き、改革のために力を尽くすのもよいでしょう。

恋愛と人間関係

愛嬌があり人を惹きつける魅力を持つあなたは、精神的な刺激や創造的なインスピレーションを与えてくれる人に惹かれることが多いようです。**同じ趣味や目的を共有できる人**とは、非常によい関係を築けるでしょう。繊細で感情の起伏が激しいので、定期的に１人の時間を持ち、心や気持ちを落ち着かせることが大切。それによって、人との関係の中で自分にとって正しいことを直感的に感じとることができ、自立と依存のバランスを保つことができるようになります。自信を持ち、パートナーとの間にちょっとした競争心と緊張感を保つようにするとうまくいきます。

数秘術によるあなたの運勢

この日生まれの人は11というマスターナンバーの特別な影響力により、理想主義、改革を特に重視します。また、謙虚さと自信を併せ持ち､物質的にも精神的にも自制心を保つように努めています。生命力にあふれていますが不安を感じすぎたり、非現実的な考え方に陥らないように注意。

生まれ月の1という数字からも影響を受けるため、自立心、開拓者精神が旺盛で、創造的な自己表現の場を求めています。気さくで社交的な性格ですが拘束されることを嫌い、自らの意志で自由に行動することを好みます。しかし、人とうまくつき合う方法や歩み寄る術を身につければ、妥協点を見出し、利己的な性格を改善することができるでしょう。革新的でエネルギーにあふれるあなたは、興味の幅が広く、多才。ときどき無遠慮にものを言いますが愉快な人柄で、決して人を退屈させません。直感力や決断力はあるものの、エネルギーを多方面に分散させるのではなく、1つに集中させるような目標が必要です。

●**長所**：精神が安定している、集中力がある、客観的である、熱心である、気高い心を持っている、理想主義者である、直感が鋭い、癒しの力がある、博愛の精神がある

■**短所**：優越感がある、感情的になりやすい、傷つきやすい、自己中心的である、明瞭さに欠ける、支配的である

相性占い

♥恋人や友人

1月9、13、23、25、27日／**2月**7、21、23、25日／**3月**5、19、21、23、29日／**4月**3、17、19、21、27、30日／**5月**1、5、15、17、19、25、28日／**6月**13、15、17、23、26日／**7月**11、13、15、21、24日／**8月**9、11、13、19、22日／**9月**7、9、11、17、20日／**10月**5、7、9、15、18日／**11月**3、5、7、13、16日／**12月**1、3、5、11、14日

◆力になってくれる人

1月2、4、7日／**2月**2、5日／**3月**3日／**4月**1日／**5月**31日／**6月**29日／**7月**27、31日／**8月**25、29日／**9月**23、27日／**10月**21、25日／**11月**19、23日／**12月**17、21日

♣運命の人

1月8、14日／**2月**6、12日／**3月**4、10日／**4月**2、8日／**5月**6日／**6月**4日／**7月**2、11、12、13、14、15日

♠ライバル

1月6、19、29日／**2月**4、17、27日／**3月**2、15、25日／**4月**13、23日／**5月**11、21日／**6月**9、19日／**7月**7、17日／**8月**5、15日／**9月**3、13、30日／**10月**1、11、28日／**11月**9、26日／**12月**7、24、29日

★ソウルメイト(魂の伴侶)

1月16、21日／**2月**14、19日／**3月**12、17日／**4月**10、15日／**5月**8、13日／**6月**6、11日／**7月**4、9日／**8月**2、7日／**9月**5日／**10月**3日／**11月**1日

有名人

岡田茉莉子(女優)、江利チエミ(女優)、ちばてつや(マンガ家)、水上洌子(作家)、深津絵里(女優)、松岡昌宏(TOKIO　タレント)、浜口京子(レスリング選手)、清木場俊介(ミュージシャン)、太田莉菜(モデル)

太陽：やぎ座
支配星：おとめ座／水星
位置：20°−22° やぎ座
状態：活動宮
元素：地
星の名前：デネブ

January Twelfth

1月12日

CAPRICORN

強い責任感と実行力で目標を達成

この日生まれの人は気さくで仕事熱心で実行力があり、**圧倒的な魅力で人を夢中にさせます**。生まれつき社交的で自立心を持ちながらも、うまく人と協力できます。物事に対する姿勢は現実的ですが非常に豊かな想像力と、先見の明を持っています。

支配星であるおとめ座からは責任感、明確な目標、鋭い知覚を与えられています。また、几帳面で仕事に誇りを持ち**いったん計画を決めたら、どんなに時間がかかろうとも必ず目標を達成**します。この日生まれの人にとって仕事は特に重要なもの。ただし、自分のことのみに夢中になり、身近な人たちをおろそかにする癖は直したほうがよいでしょう。ビジネスセンスと繊細な感情を併せ持つあなたは、バランス感覚を身につければ得体の知れない恐怖や緊張を取り除くことができ、現実逃避することもありません。また、感受性、発明力、洞察力を兼ね備え、人を見る目があります。積極的に活動することが好きなので、助言者や専門家として地域社会に貢献するのもよいでしょう。

太陽がみずがめ座を通過する9歳から38歳までのあなたは伝統的な考え方の影響を受けにくくなり、自立心が強くなって、自分の考えに自信を持つようになります。また、グループ活動や人道的な問題に対する関心が高まり、友情を強く求めます。次の転機は太陽がうお座に入る39歳の時に訪れ、これを契機に感情や精神面を重視するようになり、それは未来への展望、夢、熱い理想となって表れてきます。これをきっかけにあなたは、理想主義者として崇高な目標を追い求めるようになるでしょう。

隠された自己

あなたが取り組むべき大きな課題の1つは、**すばらしいアイディアや壮大な夢を行動に移す**こと。頭の回転が速く気高い精神を持つため、いつの間にか指導者の地位に上りつめていますが、優れた才能に恵まれながらも自信喪失や劣等感に悩む時期があります。自分の知力を認識し持って生まれた直感力を高めることで、自信を持って主導権を握り理想を現実に替えることができます。家でのんびりくつろいでいたいという気持ちはあるものの、生来の責任感があなたを行動に駆りたてます。調和を願い、音楽、美術、のどかな環境を好みます。不安になることもありますが本領を発揮すれば、思いやりと精神力で人々を魅了することができるでしょう。

仕事と適性

気さくで人の扱いがうまく、人と協力してやるどんな仕事にも向いています。**話術に優れ、文才にも恵まれています**。強い競争心と野心を持っているので、演劇やスポーツの世界にも向いています。自営業を営むとしたら、貿易業者か広告代理店として優れた才能を発揮できます。また、広報やカウンセリングの仕事もおすすめ。公務員として働くならば、外交官がぴったりです。あるいは写真やデザインなどの視覚芸術への興味が、創作意欲を刺激するかも。発想が豊かなあなたは、情報技術やそれに関連した産業も吉。

恋愛と人間関係

一見社交的に見えますが、実はとても控えめな性格。結婚や安定した人間関係は**特に家庭を大切にする**あなたにとって、非常に重要です。誠実で人間関係の調和を守るためなら、犠牲を払うこともいといません。しかし、マンネリになったり、コミュニケーション不足のために孤立し、結果的に無関心であるような印象を与えてしまうことも。

あなたにとって人間関係はとても重要ですが、自立することと積極的に人と関わることとの間に、うまくバランスを保つようにしましょう。

数秘術によるあなたの運勢

12日生まれの人は直感が鋭く、気さくで、優れた推理力を持ち、本当の個性を確立したいと望んでいる人が多いようです。革新的で豊かな感受性を持ち、人と協力して目標を達成する術を心得ています。自信満々に見られがちですが、実は不安や疑念が明るい性格に影を落としています。自分の価値を見極めたいという気持ちと、人の支えになりたいという気持ちの間にバランスが保てた時、充足感を得ることができるでしょう。

生まれ月の**1**という数字の影響も受けるため、野心家で仕事熱心で実務能力に長けています。知的で勇敢で自立心が強く進取の気概に富み、経営管理能力にも恵まれています。常に一番で独自の道を進みたいという欲求がありますが、人と協力することで多くのものを得ることができます。

いずれにしても情熱的で独創的なあなたは、人に従うよりも人を引っぱっていくほうが性に合っています。

●長所：創造力に優れる、魅力的である、指導力がある、自己主張が強い、自信がある

■短所：孤立している、変わり者である、非協力的である、神経が過敏である、自尊心に欠ける

♥恋人や友人

1月10、14、26、27、28日／**2月**8、12、24、26日／**3月**6、22、24、30日／**4月**4、20、22、28日／**5月**2、6、18、19、20、26、29日／**6月**16、18、24、27日／**7月**14、16、22、25日／**8月**12、14、20、23、30日／**9月**10、11、12、18、21、28日／**10月**8、10、16、19、26日／**11月**6、8、14、17、24日／**12月**4、6、12、15、22日

◆力になってくれる人

1月8日／**2月**6日／**3月**4、28日／**4月**2、26日／**5月**24日／**6月**22、30日／**7月**20、28、29日／**8月**18、26、27、30日／**9月**16、24、25、28日／**10月**14、22、23、26、29日／**11月**12、20、21、24、27日／**12月**10、18、19、22、25日

♣運命の人

1月15日／**2月**13日／**3月**11日／**4月**9日／**5月**7日／**6月**5日／**7月**3、12、13、14、15、16日／**8月**1日

♠ライバル

1月7、9、30日／**2月**5、7、28日／**3月**3、5、26日／**4月**1、3、24日／**5月**1、22日／**6月**20日／**7月**18日／**8月**16日／**9月**14日／**10月**12、29日／**11月**10、27日／**12月**8、25、30日

★ソウルメイト（魂の伴侶）

1月8、27日／**2月**6、25日／**3月**4、23日／**4月**2、21日／**5月**19日／**6月**17日／**7月**15日／**8月**13日／**9月**11日／**10月**9日／**11月**7日／**12月**5日

有名人

村上春樹（作家）、内海桂子（漫才師）、ムッシュかまやつ（歌手）、楠田枝里子（タレント）、井上雄彦（マンガ家）、中谷美紀（女優）、田中美保（モデル）、村田諒太（ボクシング選手）、イモトアヤコ（タレント）、橋本愛（女優）

太陽：やぎ座
支配星：おとめ座／水星
位置：21°−23° やぎ座
状態：活動宮
元素：地
星：なし

January Thirteenth

1月13日

CAPRICORN

鋭い知性が、優れた想像力と論理的な思考の助けに

この日生まれの人の特徴は、強固な意志と鋭い知性。あなたの豊かな才能を最大限に活かすためには、**仕事や創造的な活動などで常に忙しくしていること**です。直感力を高めることで、自分自身や人生について深く理解できるようになり、欲求不満を防止できます。人を惹きつける魅力や指導力があるので、頂点に上りつめることも夢ではありません。

支配星であるおとめ座からは、**鋭い知性、警戒心、優れた集中力**を与えられています。論理的な思考力と健全な良識を持つあなたは、物事の本質を的確にとらえ、特に新しい事業を始めたりするのが得意です。几帳面な性格なので一度目標を決めたら堅実に努力しますが、リラックスする時間をとるようにして、いつものユーモアあふれるあなたを見失わないようにしましょう。**繊細で優れた想像力と思考力**に恵まれ、実利的でありながら理想主義者としての一面を持つあなたにとって、思い入れの深い仕事や目標に向けて一生懸命努力している時こそが至福の時。ただし、頑固な性格は、せっかく授かった計り知れない能力を発揮する際に、大きな障害となるので注意。

太陽がみずがめ座を通過する8歳から37歳までは、自由や自立への欲求が強くなります。また、友情やグループ活動に対する関心が高まり、個性を表現する場を求めます。太陽がうお座に入る38歳になると、感受性や先を見通す力が高まり、理想主義者として崇高な目標を追い求めるようになるでしょう。

隠された自己

鋭い直感や知恵を持つあなたは、自分の本能を信じて行動しましょう。そうすることで自分の精神力や潜在意識を知ることができ、また自分の高い理想を必ずしも人と共有できないことに気づきます。高い理想を持つためには、孤立しなければならないこともあるのです。あなたは**美的感覚が鋭く洞察力や創造的思考力がある**ので、執筆業に従事するか、または神秘的なことを追求します。完璧主義者で批判力や分析力があり、謙虚になって献身的に仕事に取り組みます。鋭い知性、心理学的な才能、自己分析能力があります。また、人と関わることが好きで、人をよい気分にさせます。卓越したユーモアのセンスを持ち、知的なことに挑戦したり、知性を人と競うことを好みます。

仕事と適性

仕事熱心で創造力に優れ、指導力にも恵まれています。**あなたの責任感や視野の広さは高く評価されます**。自己鍛錬を積んでいるので、危機的な状況においても冷静そのもの。直感が鋭く問題解決能力が高いので、助言者や専門家としての適性があります。歴史、哲学への興味や教育に対する関心から、優れた教師になれます。あるいは、弁護士や管財人になるのもよいでしょう。

恋愛と人間関係

元気な時のあなたは、開放的で愛嬌たっぷり。すぐに友人やファンができます。しかし、引っ込み思案なところがあり、愛情を求めているのに、うまく心が通いあわないことも。愛と仕事の板ばさみになり、この状況はなかなか改善されません。

一度決まった恋人ができれば、きわめて誠実な愛情を示し安定を強く求めます。できれば、**興味、希望、目標を共有できるパートナー**が理想的。

数秘術によるあなたの運勢

13日生まれの人は、強い感受性とインスピレーションを持っています。13という数字が表すのは勤勉さ。確固たる意志を持ち、創造的に自己表現することで大きなことを成し遂げられます。

ただし、自分の能力や芸術的な才能から具体的な成果を得たいのであれば、現実的な見通しを立てましょう。献身的に努力すれば、人から認められるようになります。

愛嬌があり陽気で社交的なあなたは、旅行から多くのものを得、またよりよい生活を求めて、新たな環境に移り住むことを望みます。

生まれ月の1という数字から与えられているのは、知性、鋭い直感力、自然さ、そして優れた思考力。あなたは知的なものに魅了され、物質主義に背を向けて精神的な豊かさを求めます。自立的で進取の気性に富み、勇気とエネルギーに満ちています。

1という数字が象徴する開拓者精神により、新たな目的、分野、考え方を探求し、自分で自分のことを決め、独自の道を進もうとするのです。情熱と独創的なアイディアにあふれたあなたは、人々に進むべき道を示します。

●**長所**：野心がある、独創的である、創造力に優れる、自由を愛する、自己表現がうまい、指導力がある

■**短所**：衝動的である、優柔不断である、高圧的である、感情を表に出さない、反抗的である

♥恋人や友人

1月11、20、24、25、27、29日／**2月**9、18、23、25、27日／**3月**7、16、21、23、25日／**4月**5、14、19、21、23日／**5月**3、12、16、17、19、21日／**6月**1、10、15、17、19日／**7月**8、13、15、17日／**8月**6、11、13、15日／**9月**4、8、9、11、13日／**10月**2、7、9、11日／**11月**5、7、9日／**12月**3、5、7日

◆力になってくれる人

1月9、26日／**2月**7、24日／**3月**5、22日／**4月**3、20日／**5月**1、18、29日／**6月**16、27日／**7月**14、25、29、30日／**8月**12、23、27、28、31日／**9月**10、21、25、26、29日／**10月**8、19、23、24、27日／**11月**6、17、21、22、25日／**12月**4、15、19、20、23日

♣運命の人

1月16日／**2月**14日／**3月**12日／**4月**10日／**5月**8日／**6月**6日／**7月**4、13、14、15、16、17日／**8月**2日

♠ライバル

1月8、29、31日／**2月**6、27、29日／**3月**4、25、27、28日／**4月**2、23、25、26日／**5月**21、23、24日／**6月**19、21、22日／**7月**17、19、20日／**8月**15、17、18日／**9月**13、15、16日／**10月**11、13、14、30日／**11月**9、11、12、28日／**12月**7、9、10、26日

★ソウルメイト（魂の伴侶）

5月30日／**6月**28日／**7月**26日／**8月**24日／**9月**22、30日／**10月**20、28日／**11月**18、26日／**12月**16、24日

この日に生まれた有名人

阿刀田高（作家）、野沢那智（声優）、相米慎二（映画監督）、いがらしみきお（マンガ家）、伊藤蘭（女優）、CHARA（歌手）、長山洋子（歌手）、三浦りさ子（モデル）、大島美幸（森三中 タレント）、中山優馬（タレント）、ハラ（元KARA　歌手）、太川陽介（俳優・タレント）

太陽：やぎ座
支配星：おとめ座／水星
位置：22°−24° やぎ座
状態：活動宮
元素：地
星：なし

January Fourteenth

1月14日

CAPRICORN

物事の核心をズバリと突く

この日生まれの人は、気さくで実行力があり、仕事熱心。直感力、想像力とともに、健全な良識も備わっています。**人を惹きつける魅力**は、**持ち前の指導力**とあいまって、あなたの対人能力を高めています。論理的な思考力と創造力を持ち、知識を重んじるあなたは、賢く独立心の強い野心家で人生に大きな成功をもたらす、すばらしい才能を持っています。ただしマイナス思考は運気をダウンさせる原因に。

支配星であるおとめ座からも影響を受けるため、几帳面で細部にこだわった丁寧な仕事をします。基本的に内気で控えめな性格ですが、コミュニケーション能力に優れ、**物事の核心をズバリと突く**ことができます。少し完璧主義なところがあり、用心しすぎたり深刻になりすぎたりしないように。新しい考えを取り入れた発明の才があり、自分の独創性を人に伝えたいと思っています。自由主義で束縛を嫌うため、ときどき頑固になったりあまのじゃくになったりすることも。行動的で頭の回転が速く退屈を嫌うため、新しいことをいろいろと経験したがりますが、落ち着きのない衝動的な行動は控えた方が無難。

太陽がみずがめ座を通過する7歳から36歳までは自立への欲求が強くなり、また友情やグループ活動に対する関心が高まります。独自の考えを表現し、いろいろなことに挑戦してみたくなるでしょう。太陽がうお座に入る37歳になると、感受性や感情的な欲求に対する意識が高まります。先を見通すセンスのあるあなたは、理想主義者として崇高な目標を追い求めるようになるでしょう。

1月

隠された自己

自信満々に見られますが、実は心配性で優柔不断。内面は見かけよりもずっと複雑です。自己表現の欲求は音楽、美術、演劇などの創造的な才能を通して発揮されますが、自己鍛錬により考えを発展させることができれば、大成功を収めることができます。**人気者になりたいという欲求**は人に認められたいという気持ちの表れですが、もし自分のためになるのなら、あなたはその願望を隠します。また、理想のためには、真に洞察力を持った博愛主義者となります。

どんなことにもどんな人にも関心を持ち、あまりにも多くのことを手がけようとしますが、１人で瞑想する時間をとり、内面の平静を保つように心がけましょう。好きなことをしている時のあなたは、最高にパワフルな気分になれ、最高の結果を出すことができます。強い目的意識を持ち、自分自身や人生が与えてくれるものを信頼することで、奇跡を起こすことができます。

仕事と適性

創造的で実践に強く、物事の価値や人を見極める鋭い目を持っています。多才で、**時間と労力さえかければ、大きなことを成し遂げられるでしょう**。手先が器用なので画家や料理家としても成功します。また、管理能力に優れているので、指導者や管理職としての適性もバッチリ。気さくでコミュニケーション能力が高いので、教育、マスコミ、広報、宣伝、販売促進などの仕事にも向いています。

恋愛と人間関係

寛大で気さくでとても社交上手。自分を改善しようと努力している賢い人たちに惹かれることが多いようです。知識欲があるので、**新しい情報や技術を得られるグループ活動**に参加するとよいでしょう。

誠実で率直な人柄ですが、人との関係において、ときどき感情表現がうまくできなかったり、支配的になったりすることも。同じような興味を持つ人たちと事業を始めたりすると、特によい結果が期待できます。

数秘術によるあなたの運勢

知的潜在能力、実践的な態度、強固な意志などが、14日生まれの特徴。しっかりとした土台を築き、努力によって成功を勝ち取ろうとする強い情熱を持っています。この日生まれの人の多くが、自分の仕事で頂点を極めるでしょう。鋭い洞察力で問題にすばやく対応し、解決することを楽しんでさえいるよう。14という数字の影響でリスクを負うことを好み、ギャンブルなどで棚ぼた式に儲ける運の強さがあります。

生まれ月の1という数字の影響も受けているあなたは独創的な理想主義者ですが、詮索好きで頑固で自分のやり方に固執することも。人に頼ることなく、常にトップでありたいという強い野心があるので、創造力を伸ばすことにより、仕事で傑出した地位に上りつめることができます。

1という数字が示す革新的な性格は自分自身で決断し、独自の道を進むことを好みます。創造力と情熱にあふれている時のあなたは、改革や独創的なアイディアを導入することで人々に進むべき道を示します。

●**長所**：断固たる行動をとる、仕事熱心である、創造力に優れる、実利的である、想像力に富む、勤勉である

■**短所**：用心深すぎる、衝動的である、情緒不安定である、思慮が足りない、頑固である

相性占い

♥恋人や友人

1月4、10、11、12、26、28、30、31日／**2月**2、9、10、24、26、28日／**3月**7、8、22、24、26日／**4月**5、6、20、22、24、30日／**5月**3、4、18、20、22、28、31日／**6月**1、2、16、18、20、26、29日／**7月**14、16、18、24、27日／**8月**12、14、16、22、25日／**9月**10、12、14、20、23日／**10月**8、10、12、18、21日／**11月**6、8、10、16、19日／**12月**4、6、8、14、17日

◆力になってくれる人

1月3、10、29日／**2月**1、8、27日／**3月**6、25日／**4月**4、23、25日／**5月**2、21、23日／**6月**19日／**7月**17、30日／**8月**15、28日／**9月**13、15、26日／**10月**11、24日／**11月**9、22日／**12月**7、20日

♣運命の人

1月11日／**2月**9日／**3月**7日／**4月**5日／**5月**3日／**6月**1日／**7月**14、15、16、17、18日

♠ライバル

1月9日／**2月**7日／**3月**5、28日／**4月**3、26日／**5月**1、24日／**6月**22日／**7月**20日／**8月**18日／**9月**16日／**10月**14、30、31日／**11月**12、28、29日／**12月**10、26、27日

★ソウルメイト(魂の伴侶)

1月7日／**2月**5日／**3月**3日／**4月**1日／**5月**29日／**6月**27日／**7月**25日／**8月**23日／**9月**21日／**10月**19日／**11月**17日／**12月**15日

この日に生まれた 有名人

福田赳夫(政治家)、三島由紀夫(作家)、田中眞紀子(政治家)、石田純一(タレント)、柴田理恵(タレント)、松居直美(タレント)、北川悠仁(ゆず　歌手)、玉木宏(俳優)、上原多香子(SPEED 歌手)、吉田鋼太郎(俳優)、古市憲寿(社会学者)、前野朋哉(俳優)

太陽：やぎ座
支配星：おとめ座／水星
位置：23°−25° やぎ座
状態：活動宮
元素：地
星の名前：テレベラム

January Fifteenth

1月15日

CAPRICORN

起業家精神の持ち主

この日生まれの人は、野心家で意志が強く優れた価値判断能力があります。**内なる情熱と持ち前の指導力**で目標に向かって粘り強く献身的に取り組み、高い地位に上りつめることができるでしょう。

現実的ではっきりとものを言いますが、生まれつき人づき合いの才能があるので、社会的にはうまくやっていけます。ただし、物質主義にとらわれすぎるのが玉にきず。あなたのすばらしい可能性を実現する妨げとなるので注意しましょう。

支配星であるおとめ座からも影響を受けるため、コミュニケーション能力に優れ、細やかな配慮をすることができます。また、論理的で几帳面で、**集中力と深い思考力**を持っています。ただし、生来、批判的なので、意見を述べる時には、あまり辛辣になりすぎないように注意。

何でもはっきりさせようとする性格は、問題解決やビジネスセンスを高めるためには好都合です。強烈な個性を持ち創造力と起業家精神を兼ね備えたあなたは、優れた判断力を持ち、いつの間にか人のため人権のために闘ったりしていることでしょう。勝ち気で頑固で活動的で、組織をまとめたり人を触発したりする力を持っています。

太陽がみずがめ座を通過する6歳から35歳までのあなたは、グループ活動を重視し、肩の力が抜けて自由を愛するようになります。また、風変わりなことに興味を持ち、個性を表現する場を強く求めます。太陽がうお座に入る36歳を過ぎると、感受性や精神面が強化され、これは未来への展望、夢、理想となって表れてくるでしょう。

隠された自己

博愛の精神に満ち、人のためにお金や時間を惜しみなく使います。目標に向けて一生懸命取り組んでいるあなたの姿は人の心を動かし、行動へと駆りたてる力を持っています。ただし、過去のことをくよくよ考えるのは、欲求不満や失望のもと。また、安全面を気にしすぎたり浪費しすぎたりする傾向があり、金銭感覚を身につけることが必要です。

内なる創造力に触発され気持ちが最高に盛り上がり、目に見えるかたちで自己表現している時のあなたは、陽気で社交的で人生の喜びを満喫しています。しかし、あまり多くのことに手を広げすぎると、自分の選択に迷いが生じることも。

いつも時代の先端をいくあなたは、**たぐいまれなる独創的なアイディア**を持ち、頭の回転の速さとさりげないユーモアのセンスで人を楽しませるのがとても上手です。

仕事と適性

高い理想と確固たる信念を持ち、お金儲けの才能にも恵まれているあなたは、大きな事業を起こすことに成功するでしょう。**創造力や前衛的なひらめき**があるので、美術商、学芸員、美術品の管理者などもおすすめ。また、表現力が豊かで、人を感動させることができるので、演劇、オペラ、音楽の分野にも向いています。

恋愛と人間関係

社交的で自己表現の場を強く求めるあなたは、活動的な社会生活を送ること間違いなし。この日生まれの女性は、**スリルに満ちた生活を好む豪快な男性**に惹かれる傾向があります。また、知性を刺激してくれる頭のよい人に魅力を感じます。しかし、親しい間柄で疑念が生じると不安や失望の原因となるので、常に明るく信頼される態度を心がけましょう。

数秘術によるあなたの運勢

機敏で情熱的でカリスマ性を持ったあなたの最大の長所は、強い本能と理論と実践の両方から学ぶ力。多くの場合、仕事を通して新しい技術を学び、また好機をとらえる直感力を持っています。15日生まれの人は、資金集めや援助を取りつけるのが得意。独創的なアイディアと実用的な技術を組み合わせ、落ち着きのなさや不満を克服できれば、引き受けた仕事をもっとうまく完成させることができます。

生まれ月の1という数字からも影響を受けているため、進取の気性に富み忍耐強く活力に満ち、アイディアやビジネスチャンスに触発されて危険な賭けに出ることも。洞察力があり自立心が強いので、主導権を握ることを望み、人々に進むべき道を示します。

●**長所**：自発的である、気前がいい、信頼できる、優しい、協調性がある、真価を見極めることができる、独創的なアイディアを持っている

■**短所**：秩序を乱す、落ち着きがない、無責任である、自己中心的である、自信を失いやすい、心配性である

相性占い

♥恋人や友人

1月13、26、29日／**2月**11、27、29日／**3月**9、25、27日／**4月**7、23、25日／**5月**5、18、21、23、29日／**6月**3、19、21、27、30日／**7月**1、17、19、25、28日／**8月**15、17、23、26日／**9月**10、13、15、21、24日／**10月**11、13、19、22、29日／**11月**9、11、17、20、27日／**12月**4、7、9、15、18、25日

♦力になってくれる人

1月11日／**2月**9日／**3月**7、31日／**4月**5、29日／**5月**3、27、31日／**6月**1、25、29日／**7月**23、27、31日／**8月**21、25、29、30日／**9月**19、23、27、28日／**10月**17、21、25、26日／**11月**15、19、23、24、30日／**12月**13、17、21、22、28日

♣運命の人

1月12日／**2月**10日／**3月**8日／**4月**6日／**5月**4日／**6月**2日／**7月**15、16、17、18、19日

♠ライバル

1月10日／**2月**8日／**3月**6、29日／**4月**4、27日／**5月**2、25日／**6月**23日／**7月**21日／**8月**19日／**9月**17日／**10月**15、31日／**11月**13、29、30日／**12月**11、27、28日

★ソウルメイト(魂の伴侶)

1月18、24日／**2月**16、22日／**3月**14、20日／**4月**12、18日／**5月**10、16日／**6月**8、14日／**7月**6、12日／**8月**4、10日／**9月**2、8日／**10月**6日／**11月**4日／**12月**2日

有名人

マーティン・ルーサー・キング(黒人解放運動指導者)、河野洋平(政治家)、コシノヒロコ(ファッションデザイナー)、樹木希林(女優)、落合恵子(作家)、石原良純(タレント)、BOSE(スチャダラパー ミュージシャン)、高橋成美(フィギュアスケートペア選手)

太陽：やぎ座
支配星：おとめ座／水星
位置：24°−26° やぎ座
状態：活動宮
元素：地
星の名前：テレベラム

January Sixteenth

1月16日

CAPRICORN

優れた批判力のある社交家

この日生まれの人は社交的で愛嬌があり、**現実的ではっきりした価値観**を持っています。あなたの持つ人間的な魅力や人や状況を即座に判断する能力は、立身出世の役に立つでしょう。個性が強く、外見を非常に意識しています。また、安全志向なので前から計画を立て、自分が決めた目標を必ず達成しようとします。

支配星であるおとめ座からも影響を受けるあなたはきちんと予定を立て、入念な下準備を行い**計画的に物事を行おうとする**タイプ。

知性が鋭く明瞭な言語で、優れた批判力を持ち、率直にものを言います。少し引っ込み思案なところもありますが、**コミュニケーション能力は高く社交好き**。認められたいという気持ちがあり、野心と強い意志を持っていますが、ときどき迷いが生じ、なかなか前に進めないことも。それでも生来のビジネスセンスがあるので、一度約束した仕事には責任を持って、誠実に取り組みます。

あらゆる階層の人と友達になれる能力は、人々に対する人道的な関心となって表れてきます。タフな実利主義者でありながら、情熱的な理想主義者でもあるのです。美しいものや豊かな生活を好むあなたは、調和のとれた贅沢で魅力的なものに囲まれて暮らすことを望んでいます。

5歳から34歳までは、太陽がみずがめ座にあり、個性、自由を求める気持ち、グループに対する関心などが高まります。太陽がうお座に移る35歳を過ぎると転機が訪れ、感受性や先を見通す力が鋭くなります。

隠された自己

威厳と創造力があり表現力豊かなあなたは、さまざまな利益やチャンスをものにすることができます。**人を惹きつける魅力や変化を求める性格**は、人生に常に新しい経験をもたらし、海外とのつながりもできそうです。

しかし、いろいろなことに興味が移って、優柔不断になり、意思決定を困難にする可能性もあります。不安やマイナス思考は理想の実現を妨げるので、避けましょう。自信を持つことで自分の優れた能力を、もっとうまく使えるようになるでしょう。

鋭い知性を持ち、のみこみが早く、知識を重視します。また、世間の流行をすばやくキャッチする力があり、常に時代の先端をいきます。まじめな時もありますが、いつもは陽気な性格で人を魅了します。ただ、ときどき自己中心的な面が表れてしまい、人間関係を台なしにしてしまうことも。とはいえ、あなたには自分の考えを人に伝える優れた能力があるので、人を虜にし感動を与えることができます。

仕事と適性

あなたの個性やコミュニケーション能力は、販売、教育、芸能などあらゆる分野で確かな力を発揮します。実行力があり、野心家で仕事熱心なあなたは、自己アピールも得意。また、**明確な価値観と組織をまとめる力**があるので、行政や法律関係の仕事にも向いています。あるいは、生来の創造力を活かし、音楽、執筆、芸術などを通じて感情を表現するのもよいでしょう。どんな仕事であれ、人との関わりが成功の鍵です。

恋愛と人間関係

社交的なので、すぐに友達ができます。また友情を大切にし、家族や恋人に対しては誠実な態度を示します。経済的な安定を望むため、**恋愛関係においても現実的な考え方**が先に立つようです。愛情を切望するあなたにとって、人との関係はとても重要ですが、ときどきよそよそしい印象を与えて誤解されてしまうことも。親密になりたいという気持ちと、自由でいたいという気持ちのバランスが重要です。

数秘術によるあなたの運勢

16日生まれの人は、野心家でありながら繊細です。ふだんは社交的で思慮深く分析力がありますが、物事を感覚的に判断することも多いようです。直感が鋭く、優れた洞察力と思いやりの心を持っています。また、16日生まれの人の中には、世界情勢に関心を持ち、国際企業に勤める人や、突然ひらめきを感じて文才を発揮する人がいます。ただし、自信過剰と自信のなさとの間でバランスをとることが必要。

生まれ月の1という数字からも影響を受けるあなたは、自立的で臨機応変の才があります。また、起業心に富み、率先して新しい事業を起こします。洞察力や創造力があるので、新しい独自のアイディアを編みだすことができるでしょう。安定を求める気持ちは、あなたが有能で現実的で長期的な展望を持っていることの表れです。

●**長所**：家族に対する責任を担っている、高潔である、直感が鋭い、人づき合いがよい、協調性がある、洞察力に富む

■**短所**：心配性である、不満を持っている、無責任である、頑固である、疑い深い、思いやりがない

相性占い

♥恋人や友人

1月2、6、8、14、23、26、27、28日／**2月**4、10、12、21、24、26日／**3月**2、10、12、19、22、24日／**4月**8、14、17、20、22日／**5月**6、15、16、18、19、20、30日／**6月**4、13、16、18日／**7月**2、11、14、16、20日／**8月**9、12、14、22日／**9月**7、10、11、12、24日／**10月**5、8、10、26日／**11月**3、6、8、28日／**12月**1、4、6、30日

◆力になってくれる人

1月9、12、18日／**2月**7、10日／**3月**5、8日／**4月**3、6日／**5月**1、4、10日／**6月**2、30日／**7月**28日／**8月**26、30、31日／**9月**24、28、29日／**10月**22、26、27日／**11月**20、24、25日／**12月**18、22、23、29日

♣運命の人

7月16、17、18、19日

♠ライバル

1月11、13、29日／**2月**9、11日／**3月**7、9、30日／**4月**5、7、28日／**5月**3、5、26、31日／**6月**1、3、24、29日／**7月**1、22、27日／**8月**20、25日／**9月**18、23、30日／**10月**16、21、28日／**11月**14、19、26日／**12月**12、17、24日

★ソウルメイト（魂の伴侶）

1月12、29日／**2月**10、27日／**3月**8、25日／**4月**6、23日／**5月**4、21日／**6月**2、19日／**7月**17日／**8月**15日／**9月**13日／**10月**11日／**11月**9日／**12月**7日

この日に生まれた **有名人**

池上季実子（女優）、ケイト・モス（モデル）、賀集利樹（俳優）、藤田敏八（映画監督）、ジョン・カーペンター（映画監督）、須田哲夫（アナウンサー）、堀内恒夫（元プロ野球監督）、ダンディ坂野（タレント）、SHEILA（モデル）、木下隆行（TKOタレント）

太陽：やぎ座
支配星：おとめ座／水星
位置：25°−27° やぎ座
状態：活動宮
元素：地
星の名前：テレベラム

January Seventeenth

1月17日

CAPRICORN

竹を割ったような性格の自信家

意志が強く、実利的で、大胆な性格のあなたは、まさに**竹を割ったような性格**。自立心が強く、成功を第一優先に考え、常に変化や冒険を求めます。自信たっぷりのあなたは、大きな仕事のことを前向きに考えている時に一番力を発揮し、行動の意欲がわいてきます。そしていったん目標に集中すると、壮大な計画の実現に向けて熱心に取り組みます。
支配星であるおとめ座からも影響を受けるため頭の回転が速く、すばやく状況を判断し機敏に対応することができます。優れた集中力と良識を持ち、**几帳面で深くものを考えるタイプ**です。

あなたは**理想が高く、仕事に対する姿勢は大変立派**ですが、自分や人に対して、あまりにも厳しすぎる要求をしないように。あなたの寛大さや自信は人を魅了し、全体的な運気を高めます。ときどき気分がふさぎ、神経質になることがあるので、バランスのとれた健康的な生活を心がけましょう。

太陽がみずがめ座を通過する4歳から33歳までは、自由や自立への意識が高まります。グループ活動を重視したり、風変わりなものに惹かれたり、個性を表現する場を強く求めたりするでしょう。太陽がうお座に移る34歳を過ぎると、感受性が高まり精神面が強くなります。これは、夢や理想というかたちで表れてきます。

隠された自己

社交的でプライドが高く、激情的。主導権を握ろうとします。また、生来の好奇心と独創的な思考力で常に時代の先端をいき、改革や社会の常識を変えることに関心を持っています。**自己を律して努力すれば財を成す**ことができますが、博愛主義的な活動の中心になることで、もっと大きな充足感が得られることに気づくでしょう。たいていの場合、第六感を働かせることで、多くのものを得ることができます。向上心にあふれ探究心があるので、常に新しい分野に興味を持ちます。自分の才能を信じれば、実力よりももっと上の地位に上りつめることができるでしょう。そういう野心を成就させる忍耐力を、あなたは生まれつき持っているのです。しかし、人の忠言には耳を傾け、頑固にならないように気をつけましょう。とはいえ、直感力、コミュニケーション能力、自己表現欲のあるあなたは、成功する可能性大です。

仕事と適性

行動的で直感が鋭く、自分の実力で成功を勝ちとろうとする野心と決意があります。知的で実行力があり、大規模な計画を立てるのが好きです。また、管理能力があり、部下の指導に優れた手腕を発揮します。この日生まれの人の多くは、法律、政治、公務員の仕事に魅力を感じます。金融や保険業界での勤務、もしくはレストランやホテル関係の仕事がおすすめ。教師、作家、カウンセラーなども向いています。ただし、お金や世俗的な権力ばかり求めていると、財産目当ての結婚や一攫千金を狙って失敗する傾向があります。

恋愛と人間関係

家族や恋人に対しては誠実で寛大です。親しみやすく社交的で、人から尊敬されたいと強く願っています。感情の起伏が激しいため、時として激情に駆られることもありますが、現実を見失うことはありません。

あなたは愛情を求めながらも自由を望み、１人を楽しめるぐらいの距離をおいた関係を好みます。また、**力強く楽天的な人や新しいアイディアやチャンスを与えてくれる影響力の大きい人**に魅力を感じます。

数秘術によるあなたの運勢

17日生まれの人の特徴は、洞察力と優れた推理力。知識や技能を発展させ、専門家や研究者として傑出した存在になれます。内向的で超然としたところがあり、マイペース。また、正確な情報に強い関心を持ち、まじめで良識ある態度を示します。長期にわたって集中力や忍耐力を持ち続けることができ、経験を通して多くを学ぶタイプです。疑い深い性格を改善できれば、学習効果もアップ。

生まれ月の**1**という数字の影響で、鋭い直感と野心を持ち、また、進取の気性に富み、分析や計画が得意で、自立心が旺盛です。勇敢で活力と冒険心にあふれるあなたは、大きなスケールでものを考え、独自の道を進みます。情熱的で独創的なアイディアが次々とわき、人々を導き進むべき道を示します。

●**長所**：思慮深い、専門技能を持っている、計画を立てるのがうまい、商才がある、資金集めの才能がある、労を惜しまない、間違いを犯さない、科学的である

■**短所**：孤独である、頑固である、注意力がない、気分が変わりやすい、心が狭い、批判的である、心配性である、疑い深い

♥恋人や友人

1月5、6、10、11、15、29、31日／**2月**4、13、27、29日／**3月**2、6、11、25、27日／**4月**9、23、25日／**5月**2、3、7、21、23日／**6月**5、19、21日／**7月**3、17、19、30日／**8月**1、15、17、28日／**9月**13、15、26日／**10月**11、13、24日／**11月**9、11、22日／**12月**7、9、20日

◆力になってくれる人

1月13、15、19日／**2月**11、13、17日／**3月**9、11、15日／**4月**7、9、13、24日／**5月**5、7、11日／**6月**3、5、9日／**7月**1、3、7、29日／**8月**1、5、27、31日／**9月**3、16、25、29日／**10月**1、23、27日／**11月**21、25日／**12月**19、23日

♣運命の人

5月30日／**6月**28日／**7月**17、18、19、20、26日／**8月**24日／**9月**22日／**10月**20日／**11月**18日／**12月**16日

♠ライバル

1月12日／**2月**10日／**3月**8日／**4月**6日／**5月**4日／**6月**2日／**8月**31日／**9月**29日／**10月**27、29、30日／**11月**25、27、28日／**12月**23、25、26、30日

★ソウルメイト（魂の伴侶）

1月2、28日／**2月**26日／**3月**24日／**4月**22日／**5月**20日／**6月**18日／**7月**16日／**8月**14日／**9月**12日／**10月**10日／**11月**8日／**12月**6日

ヴィダル・サスーン（ヘアデザイナー）、モハメド・アリ（元ボクサー）、坂本龍一（作曲家）、横山秀夫（作家）、山口百恵（元歌手）、ジム・キャリー（俳優）、工藤夕貴（女優）、平井堅（歌手）、りょう（女優）、山室光史（体操選手）、アル・カポネ（ギャングスター）

太陽：やぎ座
支配星：おとめ座／水星
位置：26°-28° やぎ座
状態：活動宮
元素：地
星：なし

January Eighteenth

1月18日

CAPRICORN

鋭い知性とビジネスセンスを持った野心家

この日生まれの人は抜け目なく魅力的な人柄で、**人生を成功させる能力において人に先んじています**。野心家で人間が大きく強い指導力を持っているので、人の上に立つことを好みます。ただし、高圧的な態度をとる傾向があります。あなたには博愛主義的な一面があり、部下の性格を考慮しながら指導にあたることができます。

支配星であるおとめ座からは、鋭い知性とコミュニケーション能力を与えられています。**卓越した組織感覚とビジネスセンス**を持ち、成功のためならどんな努力も惜しみません。実務能力と鋭い観察眼に恵まれていますが、他人のあら探しをする癖は直したほうがよいでしょう。良識と優れた集中力があり、深くものを考え、すばらしい成果をあげることができます。社交的で親しみやすくリラックスしている時には、独特のユーモアや風刺のセンスをみせます。ただし、気落ちしやすい性格で、自信を失いがち。冷静さを保ち、視野を広げることが肝要です。そうすれば人に優しくなれ、温かく寛大な人柄を理解してもらえるでしょう。独創的なアイディアにあふれ、情熱と壮大な計画で、**人を触発する力**を持っています。

3歳から32歳までは太陽がみずがめ座にあり、個性、友情、自由への欲求、グループ意識などが高まります。33歳になると太陽がうお座に移り、転機が訪れます。これを契機に感受性、想像力を重視するようになるでしょう。

隠された自己

商才やお金儲けの才能があり、優れた判断力と公平な態度で人や状況を適切に見極めることができます。影響力があり人々に知識を伝えることを責務と考え、正義や理想のために立派に闘います。ただし、物欲にとらわれて崇高な目標を見失わないように注意。**冒険心が旺盛**なので、退屈しないように生活にも変化が必要です。組織や責任にあまりに縛られてしまうと落ち着きがなくなり、いらいらします。うまくバランスをとることで、欲求不満を解消するための衝動買いや極端な行動を防げるでしょう。生き生きとした感受性を表現する手段が見つかれば、あなたはその不思議な魅力と機敏な対応で人々を魅了し、楽しませることができます。

仕事と適性

有能で創造力にあふれ、才能を実践に活かそうとします。**イメージ作りの優れた才能**があり、広告、ファッション、マスコミ方面の仕事がぴったり。感性が鋭いので作家になったり、俳優、制作者として映画や演劇の世界を志すのもよいでしょう。ビジネスでは、直感や第六感の強さを活かし、銀行、投資、株取引などで成功できるでしょう。思いやりのある性格は医療に関わる仕事に向いています。また、科学技術の分野で研究者になるのもおすすめ。

恋愛と人間関係

人間関係においては、バランス感覚を保つことが大切。あなたはその時その時によって、冷たくなったり優しくなったりするようです。重要なのは、**常に知性を刺激してくれる友人やパートナー**を持つこと。そうしないと、何らかの強迫観念に取りつかれたり、理屈っぽくなったりするでしょう。

働きすぎてパートナーのために十分な時間を割かないと、問題に発展するおそれあり。したがって、依存心が強くないタイプの人を選ぶのがよいでしょう。いずれにしてもあなたは誠実で、愛情深い協力的な友人やパートナーになれます。

数秘術によるあなたの運勢

強固な意志、押しの強さ、野心などが18日生まれの人の特徴。力強く活動的で権力を求め、常に何かに挑戦し続けます。しかし、気難しい面があり、難癖をつけたり物議を醸すような発言をすることも。

18という数字の影響を受け、人に適切な助言を与え、問題解決のために力を貸します。しっかりとしたビジネスセンスや組織をまとめる力もあるので、ビジネス界で活躍するでしょう。

生まれ月の1という数字の影響も受け、独創的で多才。アイディアにあふれ、創造的で自由な自己表現の手段を求めます。また、戦略家ですばらしい発想をかたちにでき、実行していくことができます。常に一番であろうとし、自分自身で意思決定をし、独自の道をいくあなたは自信と活力にあふれ、魅力と情熱で人々をやる気にさせます。幸運に恵まれていますが、いつも自分の思い通りにいくわけではないことをわきまえましょう。

●長所：前向きである、自己主張が強い、勇敢である、意志が固い、有能である、適切な助言を与えることができる

■短所：感情を抑えられない、怠惰である、秩序がない、自己中心的である、仕事を完成させない、誤解されやすい

♥恋人や友人

1月2、6、7、11、16日／**2月**4、14日／**3月**2、12、28、30日／**4月**10、26、28日／**5月**3、8、24、26、30日／**6月**6、22、24、28日／**7月**4、20、22、26、31日／**8月**2、18、20、24、29日／**9月**16、18、22、27日／**10月**14、16、20、25日／**11月**12、14、18、23日／**12月**10、12、16、21日

◆力になってくれる人

1月9、14、16日／**2月**7、12、14日／**3月**5、10、12日／**4月**3、8、10日／**5月**1、6、8日／**6月**4、6日／**7月**2、4日／**8月**2日／**9月**30日／**10月**28日／**11月**26、30日／**12月**24、28、29日

♣運命の人

1月21日／**2月**19日／**3月**17日／**4月**15日／**5月**13日／**6月**11日／**7月**9、18、19、20、21、22日／**8月**7日／**9月**5日／**10月**3日／**11月**1日

♠ライバル

1月4、13、28日／**2月**2、11、26日／**3月**9、24日／**4月**7、22日／**5月**5、20日／**6月**3、18日／**7月**1、16日／**8月**14日／**9月**12日／**10月**10、31日／**11月**8、29日／**12月**6、27日

★ソウルメイト（魂の伴侶）

1月15、22日／**2月**13、20日／**3月**11、18日／**4月**9、16日／**5月**7、14日／**6月**5、12日／**7月**3、10日／**8月**1、8日／**9月**6日／**10月**4日／**11月**2日

有名人

長谷部誠（サッカー選手）、モンテスキュー（哲学者）、小椋佳（歌手）、おすぎ（映画評論家）、ピーコ（ファッション評論家）、北野武（映画監督・タレント）、ケヴィン・コスナー（俳優）、秋野暢子（女優）、森山良子（歌手）、片桐はいり（女優）、ジヨン（元KARA　女優・歌手）、新井浩文（俳優）、山崎育三郎（俳優）

太陽：やぎ座
支配星：おとめ座／水星
位置：27°－29° やぎ座
状態：活動宮
元素：地
星：なし

January Nineteenth

1月19日

CAPRICORN

鋭い知性と実行力を伴う意志の強さ

この日生まれの人の特徴は意志の強さ。鋭い知性と実行力、人から認められたいという欲求があり、軽く見られることを嫌います。生来のビジネスセンスと指導者の素質があり、積極的で有能で**自分のことは自分で決めたいタイプ**。努力を惜しまなければ、必ずめざましい成功を収めることができます。

支配星であるおとめ座からは、秩序、要領のよさ、コミュニケーション能力を与えられています。**優れた文才や話術**を持っているので、これを仕事に活かすとよいでしょう。また、大きな野心と権力を持ち、安定や物質的な成功を強く求めます。ただし、傲慢で利己的な態度をとりがちで、批判にうまく対応できないことがあり、そのことが人間関係に悪影響を及ぼします。外交的な手腕を磨き、協調性を身につけることで、影響力を高めることができるでしょう。**頭の回転が速く組織をまとめる力に優れていますが**、いらいらいや頑固になりすぎるのはいけません。しかし、この頑固さが意志の強さとなり、困難を乗り越え、優れた業績をあげることへと導きます。

太陽がみずがめ座を通過する2歳から31歳までは、友情やグループへの関心とともに、自立への欲求が高まります。独自の考えを表現し、いろいろなことに挑戦したくなるでしょう。太陽がうお座に移る32歳を過ぎると感受性が磨かれ、先を見通す力が強くなって、理想主義者として崇高な目標を追い求めるようになります。

隠された自己

プライドが高く機敏で単なる理論よりも、実践や努力によって得られた知恵を重視します。あなたに必要なのは自制心。これがあれば、経済的な利益以上に、充足感が得られます。**自分の直感的な洞察力を信じ自制心を養うこと**で、経験から多くのものを得られるようになります。しかし、あなたは極端にひがみっぽい面があり、冷淡で疑い深い性格は、成功の妨げになります。自信を持つことで、もっと大胆にのびのびと行動できるようになるでしょう。競争心や情熱は前向きに利用すれば、富を蓄え知識を得るための原動力になります。

仕事と適性

野心家で競争心が強く、影響力を行使できる権力の座を狙います。細部にまで気を配ることができ責任感があるので、ビジネスでは組織の長になれるでしょう。また、世話役や監督者として優れた能力を持ち、人に指図されるのが嫌いなので、自営業を営むか専門家として助言をする仕事が向いています。法律関係、公務員、大きな組織での仕事などがおすすめ。また、**個性が強く独創的**なので、執筆、絵画、音楽、演劇などを通して、自分の創作力を探るのもよいでしょう。活動的でスポーツ好きなので、運動選手としても成功できます。

恋愛と人間関係

社交的で感情表現の強い欲求があり、人とのつき合いを楽しみます。誠実な人柄ですが、恋愛に関して不安になったり優柔不断になったりすることも。

理想の恋人を求めて、選択に迷うことも多いようです。自分の性格の深刻でまじめな部分と、軽いロマンティックな部分のバランスをうまくとることが肝要。とはいえ、あなたは**とても魅力的で、人々を楽しませるのが上手**です。

数秘術によるあなたの運勢

19日生まれの人は明るく野心的で、大胆でありながら理想主義者で繊細。断固たる決断力、臨機応変の才、深い洞察力を備えていますが、深い思いやりがあり、感受性の強い夢想家の一面もあります。大物になりたいという欲求が強く、人々の注目を集めようとします。自信に満ち、はつらつとして見えますが、精神の緊張が感情の浮き沈みを引き起こすことも。プライドが高く、自己中心的に物事を考える傾向があるので注意。

生まれ月の**1**という数字の影響も受け、非常に鋭敏で野心的。ただし、バランス感覚に問題があり、常に公正であるように注意する必要があります。私情を交えないようにし、過剰な反応は慎みましょう。

自立心が強く個性的で勇敢です。また、開拓者精神が旺盛で、自分のことは自分で決定し、独自の道をいくタイプ。指導者として、人々に進むべき道を示します。

●長所：精力的である、創造力に優れる、指導力がある、進歩的である、楽観的である、強い信念を持つ、競争心が強い、自立している、社交的である

■短所：自己中心的である、心配性である、拒否されることを恐れる、物質主義である、利己的である、せっかちである

相性占い

♥恋人や友人

1月1、7、12、17、20、21日／**2月**5、15、18日／**3月**3、13、16、29、31日／**4月**1、11、14、27、29日／**5月**9、12、13、25、27日／**6月**7、10、23、25日／**7月**5、8、21、23日／**8月**3、6、19、21日／**9月**1、4、5、17、19日／**10月**2、15、17日／**11月**13、15、30日／**12月**11、13、28日

◆力になってくれる人

1月15、17、28日／**2月**13、15、26日／**3月**11、13、24日／**4月**9、11、22、28日／**5月**7、9、20日／**6月**5、7、18日／**7月**3、5、16日／**8月**1、3、14日／**9月**1、12、18日／**10月**10、29日／**11月**8、27日／**12月**6、25日

♣運命の人

1月5日／**2月**3日／**3月**1日／**7月**19、20、21、22、23日

♠ライバル

1月4、5、14日／**2月**2、3、12日／**3月**1、10日／**4月**8、30日／**5月**6、28日／**6月**4、26日／**7月**2、24日／**8月**22日／**9月**20日／**10月**18日／**11月**16日／**12月**14日

★ソウルメイト（魂の伴侶）

1月2日／**3月**29日／**4月**27日／**5月**25日／**6月**23日／**7月**21日／**8月**19日／**9月**17日／**10月**15日／**11月**13日／**12月**11日

この日に生まれた 有名人

松任谷由実（歌手）、柴門ふみ（マンガ家）、松重豊（俳優）、川井郁子（バイオリニスト）、ウド鈴木（キャイ～ン　タレント）、宇多田ヒカル（歌手）、山本裕典（俳優）、エドガー・アラン・ポー（作家）、ポール・セザンヌ（画家）、中川礼二（中川家　タレント）

太陽：やぎ座／みずがめ座
支配星：おとめ座／水星
位置：28°やぎ座－0° みずがめ座
状態：活動宮
元素：地
星の名前：アルタイル

January Twentieth

1月20日

CAPRICORN

几帳面な完璧主義者

この日生まれの人は説得力、魅力、実行力があり仕事熱心ですが、繊細な一面も持っています。やぎ座とみずがめ座のカスプに生まれたため、みずがめ座の性質である人への関心や人間関係を鋭く理解する能力なども併せ持っています。**人とうまく協力することができれば、成功の可能性は高まる**でしょう。実利主義者で忠誠心が強く忍耐力がありますが、義務を果たそうとする気持ちと自由や楽しみを求める気持ちのバランスをとることが肝要です。

支配星であるおとめ座からは几帳面さを与えられており、**細部にこだわった丁寧な仕事**をします。少し内気なところもありますが、優れたコミュニケーション能力を持ち、物事の核心をズバリと突くことができます。

あなたは完璧主義で批判的な面があり、仕事はきちんとやりたいタイプ。また、特筆すべきは**発言が常に的確**なこと。責任感や自制心があって頼りになりますが、感情を厳しく抑制しすぎると、深刻になったり頑固になったりするので注意。

美的センスがあり、美術、音楽、執筆を通して創造力を発揮することを望みます。また、あなたは理想の家庭生活を獲得して、長期的な安心を得るために、懸命に働きます。

太陽がみずがめ座にある30歳までは、個性、自由への欲求、グループ意識などが強くなっていきます。自立心を表現することを望み、友情を特に大切にするでしょう。31歳になると太陽がうお座に移り、転機が訪れます。これを契機に先を見通す力が高まり、感受性を重視するようになります。

隠された自己

強そうな外見とは裏腹に、内面は非常に繊細です。**愛情や人間関係を特に大切にし、常に人を幸せにしたいと願っています**。この気持ちは、人道的な思いやりとなって表れてくるでしょう。しかし時にはリラックスできなかったり、何かをあきらめきれなかったりして、いらいらしたり失望したりすることも。

幼い頃に十分な愛情を得られないまま、誰かの期待に応えなければならなかった人もいることでしょう。それゆえ恋愛においては、自分の本当の気持ちになるべく正直になることが大切です。身を引いて憂鬱になったり、自分を納得させるために冷淡になったりしないように。

平和や調和を求めるあなたは、行く手を阻む障害があれば、敢然とそれに立ち向かいます。そうすることで、自己評価や自分の感性を信じることの重要性に気づくようになります。

仕事と適性

社交的で仕事と楽しみを上手に組み合わせることができ、人と協力することでよりよい成果をあげます。また、人の扱いがうまく、巧みな説得力で自分の考えを人に受け入れさせてしまいます。想像力、独創性、人を楽しませる才能があり、ユーモアのセンスや魅力を仕事に活かそうとします。洞察力と思いやりのあるあなたは、医療に関わる仕事か教師、カウンセラーなどに向いています。また、**創造力を発揮する場を求めている**ので、執筆、作曲、映画制作などの道に進むのもよいでしょう。

恋愛と人間関係

生まれつき愛嬌があり、社交的で寛大なため、非常に広い範囲の人と交友があります。理想家でロマンティックなあなたにとって、愛情表現はとても大切。禁欲的な気持ちが強く誠実でどんな犠牲を払ってでも、家族や恋人を守ろうとします。ただし、損な役割を演じないように注意。また、この日生まれの人は、**違う年齢層の人たち**とも親しくつき合うことができます。

数秘術によるあなたの運勢

20日生まれの人の特徴は、直感力、柔軟性、理解力。人と経験を共有できる共同作業から多くのものを得ます。愛嬌があり寛大で社交的なため、別の社会集団とも気楽につき合うことができます。ただし、人の行動や批判によってすぐに傷ついてしまう弱さを克服しましょう。決して自分を責めたり、自信を失ったり、利己主義に走ったりしてはいけません。

生まれ月の**1**という数字からも影響を受けるため、野心的で意志が強く強烈な個性を持っています。進取の気性に富み、創造的で、インスピレーションを受けた時には、勇気と活力にあふれています。

気さくで、魅力的ですが、何でも自分の思い通りにいくわけではないことをわきまえましょう。人間関係においては、自分と人の希望の間でうまくバランスをとることが必要。いずれにしても自分の感性や能力に自信を持てば、芸術的な才能をビジネスに活かして、成功することができます。

●長所：良好な協調関係を築ける、優しい、そつがない、包容力がある、直感が鋭い、思いやりがある、調和がとれている、感じがいい、親しみやすい、友好的である

■短所：疑い深い、自信がない、気が小さい、神経過敏である、利己的である

相性占い

♥恋人や友人

1月4、8、9、13、18、19、23日／**2月**2、6、16、17、21日／**3月**4、14、15、19、28、30日／**4月**2、12、13、17、26、28、30日／**5月**1、5、10、11、15、24、26、28日／**6月**8、9、13、22、24、26日／**7月**6、7、11、20、22、24、30日／**8月**4、5、9、18、20、22、28日／**9月**2、3、7、16、18、20、26日／**10月**1、5、14、16、18、24日／**11月**3、12、14、16、22日／**12月**1、10、12、14、20日

◆力になってくれる人

1月5、16、27日／**2月**3、14、25日／**3月**1、12、23日／**4月**10、21、29日／**5月**8、19日／**6月**6、17日／**7月**4、15日／**8月**2、13日／**9月**11、19日／**10月**9、30日／**11月**7、28日／**12月**5、26、30日

♣運命の人

1月17日／**2月**15日／**3月**13日／**4月**11日／**5月**9日／**6月**7日／**7月**5、20、21、22、23、24日／**8月**3日／**9月**1日

♠ライバル

1月1、10、15日／**2月**8、13日／**3月**6、11日／**4月**4、9日／**5月**2、7日／**6月**5日／**7月**3、29日／**8月**1、27日／**9月**25日／**10月**23日／**11月**21日／**12月**19、29日

★ソウルメイト（魂の伴侶）

8月30日／**9月**28日／**10月**26日／**11月**24日／**12月**22日

この日に生まれた 有名人

岩野泡鳴（作家）、尾崎放哉（俳人）、フェデリコ・フェリーニ（映画監督）、三國連太郎（俳優）、有吉佐和子（作家）、デヴィッド・リンチ（映画監督）、太田裕美（歌手）、上島竜兵（ダチョウ倶楽部 タレント）、IKKO（美容家）、矢口真里（タレント）、桜井賢（THE ALFEE ギタリスト）、南果歩（女優）

太陽：みずがめ座／やぎ座
支配星：みずがめ座／天王星
位置：29°30′ やぎ座－1°30′ みずがめ座
状態：不動宮
元素：風
星の名前：アルタイル、アルビレオ

January Twenty-First

1月21日

AQUARIUS

♒ 1月

優れた直感力と集中力

やぎ座とみずがめ座のカスプに生まれたあなたは、親しみやすいと同時にカリスマ的、しかも抜け目がありません。**強い信念とシャープな頭脳**に恵まれ、あけっぴろげで本音を語ります。おおらかな性格の中にせっかちなところもあり、それがもとで周りから浮くことがあるので気をつけましょう。

支配星にある太陽のおかげで、対人関係についての観察は正しく、**直感でものを考えます**。集中力があり、仕事には本気で取り組みます。問題解決はうまいのですが、完璧主義なところがあるので、あまり口うるさくならないように。

あなたは博愛精神の持ち主で、不正をただし他人の権利を守るために進んで闘います。考え方はユニークですが、あけすけに言いすぎて相手を怒らせないように十分注意を。平和と静けさを好む一方、理想や目標に目覚めると、それまでの倍も働きます。自信にあふれ、思いやりがあるので、**頼りにされたりアドバイスを求められたりする**ことも。

29歳に達する頃までに太陽がみずがめ座を通過するので、自由や独立が重要です。太陽がうお座に入る30歳を過ぎると感受性が強くなり、心の問題に目覚めます。太陽がおひつじ座に入る60代になると新たな転機が訪れ、いっそう自信にあふれ、新しいことを始めるチャンスです。

隠された自己

ひらめきを伸ばし、芸術や音楽、小説や演劇などを通して自信をつけます。そして優しさや社交性をフルに発揮します。強い目的意識を持ち、いったん決めたら守り通すことが大切。群れたがらず、誰とでもうまくいく人柄ですが、相手に失望すると怒ったりふてくされたりします。

過去のことはあっさり水に流し、精神的なエネルギーを前向きに持っていきましょう。**直感力に恵まれている**ことは大変有利です。

仕事と適性

カスプに生まれたあなたは、名声を求めるやぎ座のビジネスセンスと、性格を見抜くみずがめ座の力を両方持っています。そのため**仕事とプライバシーをうまく共存**させます。パワフルで多芸多才、魅力的な個性に恵まれ、自分のアイディアを売りこむ力があり、特に販売や広告関係でそれが役に立ちます。

対人関係のスキルを活かせる商売や銀行、あるいは正義感が強いので、司法関係で弱者を守る仕事に惹かれるかも。知識追求型なので教育や哲学、科学の分野の仕事に就く場合もあります。

センスがよいのでデザインやアート、演劇や音楽関係の仕事もおすすめです。

恋愛と人間関係

カリスマ的で理想主義者、そして**生まれつき人づき合いがうまい**ので、皆と仲よしに。近寄りがたい時もありますが、愛する人々を守ろうとする博愛主義者です。

自分が決めた目標に向かって邁進しますが、人のよさにつけこまれないように気をつけましょう。温かさにあふれたあなたの強い個性はとても魅力的。

数秘術によるあなたの運勢

21の日に生まれた人は、力強さと社交性を持っています。人づき合いが好きで友人は多く、誰が見ても気さくで親しみやすい性格です。自立していて直感力があり、新しいことに意欲的です。楽しいことが大好きで、洗練されていて人を惹きつけます。しかし恥ずかしがり屋で遠慮がち。特に親しい関係になればなるほど自己主張に欠ける面が強くなります。結婚願望がある一方で、才能や能力を認められたいという気持ちをいつも持っています。

生まれ月の**1**という数字の影響で、積極性があり、独創性もあります。観察眼が鋭く、革新的で好奇心とエネルギーいっぱいの野心家ですが、世間で認められ成功するために一生懸命に働きます。時には人の話を聞かず、独断でさっさと始めてしまいますが、あなたのひらめきは独創的でとてもユニークです。

●**長所**：直感力がある、創造的である、人づき合いが好きである、安定した人間関係を築くことができる

■**短所**：依存心がある、神経質である、先見性に乏しい、変化を恐れる

♥恋人や友人

1月5、9、18、19、23日／**2月**3、7、16、17日／**3月**1、5、14、15、31日／**4月**3、12、13、29日／**5月**1、10、11、15、27、29日／**6月**8、9、25、27日／**7月**6、7、23、25、31日／**8月**4、5、21、23、29日／**9月**2、3、7、19、21、27、30日／**10月**1、17、19、25、28日／**12月**13、15、21、24日

◆力になってくれる人

1月1、6、17日／**2月**4、15日／**3月**2、13日／**4月**11、30日／**5月**9、28日／**6月**7日／**7月**5日／**8月**3、22日／**9月**1日／**10月**31日／**11月**29日／**12月**27日

♣運命の人

7月22、23、24、25日

♠ライバル

1月2、16日／**2月**14日／**3月**12日／**4月**10日／**5月**8日／**6月**6日／**7月**4日／**8月**2日／**12月**30日

★ソウルメイト（魂の伴侶）

1月11、31日／**2月**9、29日／**3月**7、27日／**4月**5、25日／**5月**3、23日／**6月**1、21日／**7月**19日／**8月**17日／**9月**15日／**10月**13日／**11月**11日／**12月**9日

有名人

クリスチャン・ディオール（ファッションデザイナー）、竜雷太（俳優）、高田純次（タレント）、京本政樹（俳優）、宮崎吾朗（映画監督）、水樹奈々（声優・歌手）、ジーナ・デイヴィス（女優）、伊藤野枝（社会運動家）、KEIJI（EXILE　パフォーマー）、ジャック・ニクラス（プロゴルファー）

太陽：みずがめ座
支配星：みずがめ座／天王星
位置：1°−2° みずがめ座
状態：不動宮
元素：風
星の名前：アルタイル、アルビレオ

January Twenty-Second

1月22日

AQUARIUS

変化に敏感で逞しい商魂

頭の回転が速く勘のいいあなたは、活発でありながら繊細で、変化を求めます。ルーティンワークを嫌い、**変化と移動が人生の大きな部分を占め**、外国で働いたり暮らしたりすることも。

あなたは正直で抜け目ない商才と先見性の持ち主です。人に与える印象に敏感で、よい印象を与えなければと気を使いますが、心の安定を保つ訓練も必要。

みずがめ座の支配星にある太陽の影響も受け、気さくで社交的。少々奇抜ですが、**アイディアいっぱい、天才肌**でひと目で相手の性格を見抜く才能があります。

ただし先走りすぎて、へそ曲がりで人の話を聞かず傲慢な人物にならないように注意。現実的理想主義者で、夢に現実味を与えようと必死で働きます。将来のための地味な積み重ねより目先の利益にとびつく誘惑に駆られることも。自分の経済的な心配を克服するには、貯蓄と長期投資もおすすめ。

28歳になるまで太陽がみずがめ座にあり、自由や友情、個性に関心があります。29歳で太陽がうお座に移ると、心の問題に敏感になり、視野が広がり内省的になります。59歳で太陽がおひつじ座に入ると転機がやってきます。それまでよりさらに自信に満ち、野心家になり、新しい冒険や活動を始めます。

隠された自己

何事ものみこみが早く、自分をはっきり表現し、決めたことを守り通せば、心配や疑念は消えます。柔軟で適応力があり、目標に向かってすばらしい集中力を発揮します。

現実をしっかり見つめるとともに感覚的な洞察力もあり、それが夢の実現に向けて役立ちます。おだやかで心が広く、誰にでも受け入れられる考え方をします。

気さくで友人を惹きつけ、**リーダーとしても人気者**です。ビジネスセンスがあり、ものへの強い執着心があっても、博愛主義者にもなれる可能性があります。

仕事と適性

仕事熱心で意欲的ですが､変化を好むのでルーティンワークでない仕事に向いています。旅行に関係する仕事があなたの冒険精神にはぴったり。**実利的であると同時にあなたの理想主義をも満足させてくれる**、そんな仕事がおすすめです。

ビジネスの世界では、先見性を活かし、アイディアの売りこみも得意。あるいは想像力と感受性を俳優やミュージシャンなどの芸術の世界や、ヒーリングの分野で発揮するのもおすすめ。

恋愛と人間関係

社交上手で友達がたくさんいます。素直に人の話を聞き、親しみやすく、精神的刺激を知的な仲間に求める傾向があります。自分から進んで譲歩し、犠牲になることも。

楽しく過ごしてくれるような人と一緒にいたいので、友情をとても大切にします。

愛する仲間を楽しませる時に本領を発揮します。

数秘術によるあなたの運勢

22はマスターナンバーであり、22でも4でもOK。正直で働き者、リーダーとしての素質を持つあなたは、カリスマ的な存在。控えめですが、他人の幸福のため行き届いた気遣いをします。ただし、自分の現実的立場を見失うことは決してありません。教養があるのに気さくなので友達に不自由しません。周囲からの支援でより大きな成功と富を得ます。

1という数字の影響も受け、野心家で積極的で独創的。敏感で直感力があり、1人で決断し行動し始めることが多いようです。

あなたは足が地についた博愛精神の持ち主で、誰かが困っていると大きな力になります。

●**長所**：誰とでもうまくいく、人の上に立てる、直感的である、実際家である、現実的である、手先が器用である、熟練工のようなところがある、何かを作ることができる、問題解決の達人である、何事もやりとげる

■**短所**：神経質である、ひがみ根性がある、いばる、見通しを欠く、怠慢である、自己中心的である

♥恋人や友人

1月6、10、20、24、29日／**2月**4、8、18、27日／**3月**2、6、16、25、28、30日／**4月**4、14、23、26、27、28、30日／**5月**2、12、21、24、26、28、30日／**6月**10、19、22、24、26、28日／**7月**8、17、20、22、24、26日／**8月**6、15、18、20、22、24、30日／**9月**4、13、16、17、18、20、22日／**10月**2、11、14、16、18、20日／**11月**9、12、14、16、18日／**12月**7、10、12、14、16日

◆力になってくれる人

1月7、13、18、28日／**2月**5、11、16、26日／**3月**3、9、14、24日／**4月**1、7、12、22日／**5月**5、10、20日／**6月**3、8、18日／**7月**1、6、16日／**8月**4、14日／**9月**2、12、30日／**10月**10、28日／**11月**8、26、30日／**12月**6、24、28日

♣運命の人

1月25日／**2月**23日／**3月**21日／**4月**19日／**5月**17日／**6月**15日／**7月**13、22、23、24、25、26日／**8月**11日／**9月**9日／**10月**7日／**11月**5日／**12月**3日

♠ライバル

1月3、17日／**2月**1、15日／**3月**13日／**4月**11日／**5月**9、30日／**6月**7、28日／**7月**5、26、29日／**8月**3、24、27日／**9月**1、22、25日／**10月**20、23日／**11月**18、21日／**12月**16、19日

★ソウルメイト（魂の伴侶）

1月18日／**2月**16日／**3月**14日／**4月**12日／**5月**10、29日／**6月**8、27日／**7月**6、25日／**8月**4、23日／**9月**2、21日／**10月**19日／**11月**17日／**12月**15日

中田英寿（元サッカー選手）、田山花袋（作家）、千葉真一（俳優）、湯川れい子（音楽評論家）、鳳蘭（女優）、星野仙一（プロ野球監督）、高橋恵子（女優）、石川雅規（プロ野球選手）、フランシス・ベーコン（哲学者）、高須克弥（医師）

太陽：みずがめ座
支配星：みずがめ座／天王星
位置：2°−3° みずがめ座
状態：不動宮
元素：風
星の名前：アルタイル、アルビレオ、ギエディ

January Twenty-Third

1月23日

AQUARIUS

人を集めるのは鋭い勘と気さくな性格

直感的かつ実践的、仕事熱心なみずがめ座のあなたは、**人間に対する深い洞察力**に恵まれています。物事をきっちり進めたいので、基礎からしっかり作ります。考え方は実用本位ですが、想像力豊かで感性もこまやか。

支配星にある太陽の影響で、トラブルが起こると工夫をこらして解決します。気さくで親しみやすく、いつも仲間を求め、人によい印象を与えようとします。**相手の性格や真意をぴたりと見抜く勘**があり、困っている人がいると手を差し伸べる博愛精神の持ち主。すばらしいひらめきの瞬間がありますが、こだわりすぎて人の話を聞かない点は注意。

正直で率直、人を惹きつける魅力があり、トラブルも難なく解決するので、ますます周囲に人が集まってきます。**社交的ですがどこか控えめ**なのは、感情を抑える傾向があるため。節約家で仕事を非常に重視します。

27歳になる頃まで太陽がみずがめ座にいるので、個人の自由、友情、自己表現に関して特に関心があります。28歳の時に太陽がうお座に入り、敏感で感じやすくなり、周囲に与える心的影響力は強まります。太陽がおひつじ座に入る58歳になると転機が訪れます。前より自信を持つようになり、新しい行動を起こします。

隠された自己

仕事熱心で責任感もありますが、**あなたには変化が大切**。変化がないと落ち着きがなくなってしまいます。秩序と安定を望みながらも、自由を求め束縛を嫌います。こうした二面性があるあなたは、ときどき日常生活から飛び出して少し冒険をしてみては。刺激を受けて、より積極的に生きることができます。

理想と夢があり感性が豊かなので、愛情や自己表現に対する強い執着もあります。邪魔が入ると機嫌が悪くなり、現実逃避に走ったりします。我慢も大切です。

先見性があるので、予測の正確さや深い理解力などを周りの人にわかってもらいましょう。

仕事と適性

常に刺激を受けていないと気がすまず、人あしらいがうまいので、**人と関わる仕事に向いています**。実践的なところはビジネス向きですが、困っている人を見過ごせないのでカウンセリングにも向いています。

几帳面な一方、退屈な仕事は大嫌い。手先が器用なのでそれを活かせる仕事がよいでしょう。

持って生まれた創造的才能を伸ばし、独自のユニークな自己表現を求めることも。

恋愛と人間関係

親しみやすく誰とでもつき合えるあなたは、人間をよく知っている博愛精神の持ち主。変化へのあこがれがあるので、**いつも新しいアイディアで刺激してくれる友達**から多くを吸収します。あふれるような愛情の持ち主ですから、あなたのこまやかな気づかいを喜んでくれる相手からも得るものがあるはず。創造性にあふれ、感情の浮き沈みがありません。つき合っている相手に対しては誠実ですが、束縛は苦手です。

数秘術によるあなたの運勢

直感、感受性、創造性などが特徴です。多芸多才で情熱的、頭の回転が速く、創造的なアイディアでいっぱい。

23という数字の影響で新しい課題を難なくこなしますが、理論より実践の方が肌に合います。旅行や冒険、新しい人に会うことを好み、23という数字のおかげで新しい経験にトライするように駆りたてられ、またどんな状況でもそれを最大限に利用します。親しみやすく楽しいことが好きで、勇気も根性もありますから、活動的な生活を送りましょう。

1という数字のつく月の影響で自主独立の精神に富み、情熱的で独創的。独立した先鋭的な見方をしますが、他の人と協力することで多くの利益も得ます。和んだ雰囲気を作ることで、リラックスして心の平和を保てるでしょう。ただし、感情的になると、意地を張って融通がきかないところもありますから要注意。

●**長所**：律儀である、責任感が強い、話し好きである、直感力がある、創造性にあふれている、柔軟である、信頼できる、名声を得られる

■**短所**：自己中心的である、不安定である、頑固である、人のあら探しが好きである、引っ込み思案である、偏見を持っている

♥恋人や友人

1月7、11、12、22、25日／**2月**5、9、20日／**3月**3、7、18、31日／**4月**1、5、16、29日／**5月**3、4、14、17、27、29日／**6月**1、12、25、27日／**7月**10、23、25日／**8月**8、21、23、31日／**9月**6、9、19、21、29日／**10月**4、17、19、27、30日／**11月**2、15、17、25、28日／**12月**13、15、23、26日

◆力になってくれる人

1月8、14、19、30日／**2月**6、12、17日／**3月**4、10、15日／**4月**2、8、13、24日／**5月**6、11日／**6月**4、9日／**7月**2、7日／**8月**5日／**9月**3日／**10月**1、29日／**11月**27日／**12月**25、29日

♣運命の人

7月24、25、26、27日

♠ライバル

1月9、18、20日／**2月**7、16、18日／**3月**5、14、16日／**4月**3、12、14日／**5月**1、10、12日／**6月**8、10日／**7月**6、8、29日／**8月**4、6、27日／**9月**2、4、25日／**10月**2、23日／**11月**21日／**12月**19日

★ソウルメイト（魂の伴侶）

1月9日／**2月**7日／**3月**5日／**4月**3日／**5月**1日／**10月**30日／**11月**28日／**12月**26日

みずがめ座

有名人

スタンダール（作家）、エドアール・マネ（画家）、湯川秀樹（物理学者）、ジャンヌ・モロー（女優）、ジャイアント馬場（プロレスラー）、小日向文世（俳優）、十代目坂東三津五郎（歌舞伎俳優）、葉加瀬太郎（バイオリニスト）、トリンドル玲奈（モデル）、大野忍（サッカー選手）、西郷隆盛（政治家）

太陽：みずがめ座
支配星：みずがめ座／天王星
位置：3°−4° みずがめ座
状態：不動宮
元素：風
星の名前：アルタイル、ダビー、ギエディ、オクルス

January Twenty-Fourth

1月24日

AQUARIUS

気楽に誰とでも仲良くなれて社交的

親しみやすく創造性に恵まれ、おおらかさが特徴です。野心家で機知に富み、**天性のビジネスセンス**も持っています。人間への関心と生まれつきの博愛精神により、あなたはどんな仲間にも簡単に溶けこめます。関心事が多いために、逆になかなか決心がつきません。直感的アイディアや客観的な考え方が、特に金銭的な悩みを克服するのに役立ちます。みずがめ座の支配星にある太陽の影響で、**いつも愛想がよく社交的で人と交わることが大好き**。気楽で感じもよいのですが、哲学や問題解決に惹かれるといった生まじめなところもあります。独自の発想で時代の先端を突き進み、機知に富んでいます。独立心が旺盛で自由にこだわりますが、我を通したりいじけたりしないように。

仕事熱心で思慮深く実際家です。掘り出しものを手に入れるのが大好き。論理が明快で、ずばり核心をつく能力があり、昇進では**抜群のコミュニケーション・スキル**がものを言います。

26歳頃までに太陽がみずがめ座を通過するので、自由や友情、独立などがキーワードになります。27歳を過ぎると太陽がうお座に入り、感受性が強くなります。太陽がおひつじ座に入る57歳頃、新たな転機を迎えます。新しい人生の始まる節目になり、より自信にあふれ、大胆になります。

隠された自己

愛情と協調性が、創造的追求や家族への強い愛情というかたちをとって現れます。周りの人に対して保護者的な態度をとりがちで、そのために口やかましく、あるいは人の悩みを自分のことのように悩んだりするようになります。たとえ善意でも、相手の人生をまるごと抱えこまず、本人に問題解決をさせる方があなたのためにもなります。善意と博愛精神によって人を助け、あるいは理想主義的活動をサポートする決心をします。

多芸多才で、時に周囲をはっとさせるような天才的ひらめきを持っています。金銭と安全へのこだわりから、あぶない橋は渡らないという現実主義者です。生まれつきリーダーになれる資質と闘争本能があるので、納得のいかないポジションにいつまでもとどまっていたくありません。

仕事と適性

あなたの独創的なアイディア、冴えた頭脳、人に甘えることなく人生に向き合う姿勢があれば、どんな仕事でも順調です。仕事中はいつも自分のやり方をもっと向上させようと努力します。抜け目がないので、ビジネスでも成功します。リサーチや問題解決にその鋭い頭脳を使ってもよいのでは。**自分を表現したいという強い願い**があるので、執筆や音楽、エンターテインメントの世界でも成功します。人と関わる仕事に惹かれますが、深い思考能力があり、哲学・宗教・法律にも興味を持ちます。自分の知識を深め、人に伝えたいという気持ちが強く、社会や教育の改革に関心を寄せることもありそうです。

恋愛と人間関係

個人主義で神経質なあなたは、**1人になる時間と空間が必要**です。理想主義者なので、時には大きすぎる期待をいだくことがあります。

愛情は深く心からわきあがるのに、冷たく背を向けたり、一見まったく関心がないようにみせたりすることが得意。

優しく気前もいいので、後で後悔するような自己犠牲をしすぎないように。

数秘術によるあなたの運勢

24日生まれのあなたは、ルーティンワークを嫌う一方、仕事熱心で実践的な能力があり健全な判断をくだします。感情的に敏感なので、安定と秩序をしっかり築くことが必要。誠実で裏表がなく、感情をあまり表に出さず、言葉より行動で示すことの方がずっと大事だと考える傾向があります。中身を重視し、優れたビジネスセンスと、障害を乗り越えて成功する力を養います。

ただし、自分のアイディアにこりかたまってしまいがちなので、それを克服する必要も。

1の月生まれなので、自立心旺盛で理想に燃えています。まじめなので自分の理想を実践しようとします。先端的なものの考え方をし、社会生活や社会改革、特に教育や政治に惹かれます。革新的で大胆、本音でものを言いますが、それでも好感を持たれます。

独創的な考え方を実践したり、独断で決断し行動したりします。

●長所：エネルギッシュである、理想家肌である、器用である、一度決めたらあきらめない、正直である、フランクである、公平である、寛大である、家庭を愛する、活発で元気である

■短所：ものに対する執着が強い、ケチである、ルーティンワークが嫌いである、なまけ者である、不誠実である、いばりちらす、頑固である

相性占い

♥恋人や友人

1月4、8、13、22、26日／**2月**2、6、20、24日／**3月**4、18、22日／**4月**2、16、20、30日／**5月**5、14、18、28、30日／**6月**3、12、16、26、28日／**7月**10、14、24、26日／**8月**8、12、22、24日／**9月**6、10、20、22、30日／**10月**4、8、18、20、28日／**11月**2、6、16、18、26日／**12月**4、14、16、24日

◆力になってくれる人

1月9、20日／**2月**7、18日／**3月**5、16、29日／**4月**3、14、27日／**5月**1、12、25、31日／**6月**10、23日／**7月**8、21日／**8月**6、19、25日／**9月**4、17、23日／**10月**2、15、30日／**11月**13、28日／**12月**11、26、30日

♣運命の人

1月27日／**2月**25日／**3月**23日／**4月**21日／**5月**19日／**6月**17日／**7月**15、24、25、26、27、28日／**8月**13日／**9月**11日／**10月**9日／**11月**7日／**12月**5日

♠ライバル

1月2、10、19日／**2月**8、17日／**3月**6、15日／**4月**4、13日／**5月**2、11日／**6月**9日／**7月**7、30日／**8月**5、28日／**9月**3、26日／**10月**1、24日／**11月**22日／**12月**20、30日

★ソウルメイト(魂の伴侶)

1月15日／**2月**13日／**3月**11日／**4月**9日／**5月**7日／**6月**5日／**7月**3日／**8月**1日／**10月**29日／**11月**27日／**12月**25日

この日に生まれた有名人

市原悦子(女優)、野際陽子(女優)、尾崎将司(プロゴルファー)、里中満智子(マンガ家)、ジュディ・オング(歌手)、渡辺正行(タレント)、岩井俊二(映画監督)、川村結花(ミュージシャン)、久保純子(アナウンサー)、ミーシャ・バートン(女優)、入江陵介(水泳選手)

太陽：みずがめ座
支配星：みずがめ座／天王星
位置：4°－5° みずがめ座
状態：不動宮
元素：風
星の名前：ダビー、ギエディ、オクルス、ボス

January Twenty-Fifth

1月25日

AQUARIUS

寛大でおおらかな博愛主義者

親しみやすくおおらかなあなたは、活発で知的、成功への意欲にあふれています。**頭の回転が速く、抜け目なく、仕事熱心で手を抜きません**。しっかりした戦略を持ち、決意にあふれた個性派のあなたは、目標達成に向けてエネルギーと意欲のすべてを注ぎこみます。持ち前のビジネスセンスがあなたの才能を引き出しますが、理想主義者なので他人を助ける福祉的活動に関わるのもよいでしょう。

みずがめ座の支配星にある太陽の影響で、あなたは相手の真意をまっすぐに見抜き、**人の性格を抜け目なく判断する**ことができます。

寛大で博愛精神の持ち主で、なにものにもとらわれない考え方をし、新しいアイディアにあふれています。友情を特に大切にし、愛想がよく社交的で新しい知りあいを作るのが得意。**頭の回転が速く個性が強い**ので、退屈な人物と思われることはまずありませんが、せっかちになりがちなところは気をつけましょう。

しかしあなたは、一方で容赦ないほど決意が固く、ビジネスライクかと思うと、もう一方で愛情にあふれ繊細で夢見がち、という正反対の性質を併せ持ちます。うまくバランスをとれば、あなたの夢や理想を実現できます。超然としているところがあって冷たいとか無関心だとか誤解されることもありますが、周りの人と協力しながら働く手腕は、大きな財産になるでしょう。

25歳になるまで太陽がみずがめ座にいるので、自由、友情、自己表現といったことが問題になります。26歳になると太陽がうお座に入り、人生における心の問題の重要性が増し、より感受性が強くなります。太陽がおひつじ座に入る56歳になると転機が訪れます。リーダーシップを強める太陽の影響を受け、ますます自信にあふれます。

隠された自己

功名へと駆りたてられ、不屈の意志を持つ野心家であることは明らかです。**忍耐力とサバイバル本能**があり、決して途中で投げ出しませんが、頑固になったり短気になったりしないように。時にものへの執着が強く、必要以上に金銭にこだわるところも見られます。しかし人を幸福にするアイディアを思いつき、それを皆で分かちあうことができる能力が、あなたの成功の大きな部分を占めます。理想主義と活発なイマジネーションは芸術や音楽への関心を通じて発揮されます。壮大な夢と意欲と決意がありながら、ものぐさな一面も。

仕事と適性

創意にあふれ、相手の性格を敏感につかむことができる点はどんな仕事でも役に立ちますが、とりわけ作家活動やカウンセリングが適職。親しみやすく、人といっしょに仕事ができるタイプで、人生計画においてプラスになる相手とごく自然に親しくなります。**直感的で理想主義**。自立心旺盛ですが、他の人との共同作業も楽しめる性格。企画職が特におすすめ。同様に、商売の勘や組織的手腕、人を扱う能力などはファイナンシャル・アドバ

イザーや交渉担当などの仕事でかならず成功します。神経のこまかい完璧主義者ですから、専門家レベルまで音楽や執筆、または芸術などのスキルを伸ばします。

恋愛と人間関係

集団でいるのが好きで、人との出会いや人間関係を築くことを楽しみます。活発で、仕事に楽しみを結びつけることができます。人とのつながりはあなたにとってとても大切で、すべての友人と連絡をとり続ける努力をします。

知的でパワフルな人々との交流を好む傾向があります。しかしパートナーに対してはあまり思い通りにあやつろうと思わないように。

金銭面で心配があっても、愛する人々に対しては大変気前がいいです。

数秘術によるあなたの運勢

機敏でエネルギッシュ、直感的であると同時に思慮深いあなたは、経験を通じて自分を表現します。新しい、わくわくするようなアイディアを追求し、新しい人と出会い、新しい場所に行くことが好きです。

25という数の日に生まれたあなたは、完璧を求め必死で働き、結果を出そうと頑張ります。しかし計画通りに物事が進まないと、いらいらしたり不平ばかり言うようになります。しかし強い精神力が、誰よりも速く結論に達するのを助けてくれるので、本能を信頼し忍耐力を身につければ、成功と幸福を得られます。

1の月の影響で直感的かつ野心的な人も。自信がある時は、他の人と協力するために熱意と情熱をみせます。しかし、自信がない時は疑い深く非協力的。安心していたいという思いがあるので、心のバランスとリラックスのために安定した生活が必要不可欠。

●長所：直感が鋭い、完璧主義である、洞察力がある、創造的である、人づき合いがうまい

■短所：せっかちである、感情的になりやすい、嫉妬深い、秘密主義である、頻繁に環境を変えたがる、批判的である、気まぐれである

♥恋人や友人

1月3、6、23、28日／**2月**11、21日／**3月**9、19、28、31日／**4月**7、17、26、29日／**5月**5、15、24、27、29、31日／**6月**3、13、18、22、25、27、29日／**7月**1、11、20、23、25、27、29日／**8月**9、18、21、23、25、27日／**9月**7、16、19、21、23、25日／**10月**5、10、14、17、19、21、23日／**11月**3、12、15、17、19、21日／**12月**1、10、13、15、17、19日

◆力になってくれる人

1月3、4、10、21日／**2月**1、2、8、19日／**3月**6、17、30日／**4月**4、15、28日／**5月**2、13、26日／**6月**11、24日／**7月**9、22日／**8月**7、20日／**9月**5、18、22日／**10月**3、16、31日／**11月**1、14、29日／**12月**12、27日

♣運命の人

1月22、28日／**2月**20、26日／**3月**18、24日／**4月**16、22日／**5月**14、20日／**6月**12、18日／**7月**10、16、26、27、28、29日／**8月**8、14日／**9月**6、12日／**10月**4、10日／**11月**2、8日／**12月**6日

♠ライバル

1月11、20日／**2月**9、18日／**3月**7、16日／**4月**5、14日／**5月**3、12、30日／**6月**1、10、28日／**7月**8、26、31日／**8月**6、24、29日／**9月**4、22、27日／**10月**2、20、25日／**11月**18、23日／**12月**16、21日

★ソウルメイト（魂の伴侶）

1月26日／**2月**24日／**3月**22、30日／**4月**20、28日／**5月**18、26日／**6月**16、24日／**7月**14、22日／**8月**12、20日／**9月**10、18日／**10月**8、16日／**11月**6、14日／**12月**4、12日

この日に生まれた有名人

櫻井翔（嵐 タレント）、多部未華子（女優）、サマセット・モーム（作家）、バージニア・ウルフ（作家）、北原白秋（詩人）、池波正太郎（作家）、石ノ森章太郎（マンガ家）、松本零士（マンガ家）、森田芳光（映画監督）、千原せいじ（千原兄弟 タレント）、関口メンディー（EXILE パフォーマー）

♒ みずがめ座

太陽：みずがめ座
支配星：みずがめ座／天王星
位置：5°−6° みずがめ座
状態：不動宮
元素：風
星の名前：ダビー、オクルス、ボス

January Twenty-Sixth

1月26日

AQUARIUS

1月

反抗的だが憎めない性格

意志の強い個人主義者で、流行の最先端にいることを好みます。**カリスマ的で、直感的なリーダーシップがあり**、楽しみながら仕事をすることができます。功名心に駆りたてられ、成功志向。状況判断が速く、正直かつ率直でありたいと願っています。意欲があるので、スケールの大きな夢を手の届く現実に替える潜在能力を持っています。

支配星にある太陽の影響で、あなたは博愛精神の持ち主ですが、どこか反抗的。プラスの方向にコントロールできれば、この反骨精神はあなたが**新しい冒険のパイオニア**になるのに手を貸してくれます。自由を制限されるのは嫌いなのに自分流のやり方を通そうとしていばりちらすことがあります。

本来率直で価値判断が確かなので、歯に衣きせない物言いをしますが、憎めない人柄でもあります。**対人関係のスキルは抜群**ですが、がまんは不得意。いらいらと落ち着かないところもあれば、度量の広いところをみせたりすることもあったり、と態度にムラがあるのは、このがまんのなさが原因かも。

しかしなんと言っても最大の強みは他人の真意を理解する能力です。この能力と、楽天的な考え方や理想主義、地道な取り組みとがうまくかみあえば、成功と繁栄を達成できます。

24歳になるまでは太陽がみずがめ座を通るので、自由や独立がキーワード。友達や仲間を強く意識し、個性を表現する必要も。25歳を過ぎると、太陽がうお座に入り、感受性が強くなって心の問題に向きあう必要が出てきます。それとともに視野が広がり、精神世界に近づきます。太陽がおひつじ座に入る55歳になると新たな転機が。自信と勇気に満ち、新しい企画や活動を始めることもあります。

隠された自己

他人の目には淡々として見えますが、あなたは強い感情と希望を胸に秘めています。このような強い思いを前向きな方向、特に無私の愛と人を助ける方向に導けば、あなたの個性と高い理想が大変大きな力となります。

人と知りあいになるセンスがあり、生まれつき商売の才能に恵まれています。自分の価値と、その状況がどれだけ自分に有利になるかを常に値踏みしながら、取引をしたり企画を起こしたりすることを好みます。

順調な時でも、お金が足りない恐怖感から離れられません。ただし強い精神力があれば、ありあまるほどの金運に恵まれます。

仕事と適性

理想主義と現実主義のおかげで、あなたは生まれつきリーダーとしての素質を持っています。ビジネスでは金銭面での見通しを持っていますが、権力闘争や人に対して批判的にならないように要注意。**チャレンジすることで人生が開花します**。熱意があり、説得力があるので、アイディアを売りこんだり、製品を販売促進する仕事が適職。勇気と責任感と管理職の能力をそなえた人物として、渉外職や代理店業務またはファイナンシャル・アドバイザーなどでのキャリアを追求します。または、クリエイティブな世界に生きがいを見つけるかもしれません。

恋愛と人間関係

心の問題に関しては気まぐれで、変化を求めます。衝動的な行動をして後で後悔しないように、物事の展開を見守る忍耐力を養いましょう。人との出会いや経験によって、人生を楽しみます。理想のパートナーは、**あなたを飽きさせず、しかも愛情と理解がある人**です。独立心旺盛なあなたは、愛しあっていても自分の思うままに行動する自由が必要です。

数秘術によるあなたの運勢

26という誕生日に生まれたあなたは、人生に対する現実的な取り組み、管理職になる能力、優れたビジネスセンスを持っています。一般的に責任感が強く、天性の美的感覚を備え、家庭を愛するためにゆるぎない安定した関係を見つけましょう。人への思いやりにあふれ、困って助けを求めにきた友人や家族に惜しみなく援助します。ただし、ものに執着する傾向や、仕切りたがりのところがあるので十分注意を。

1の月の影響で、あなたは直感的かつ独立心にあふれています。自由を求め、好機が訪れた時にすかさずそれを利用する余裕も必要。流行を先取りすることができ、情熱と独自のアイディアにあふれ、周囲に前向きの姿勢をみせます。まじめで熱心で着実に進歩し、思いついたことを実践に移すことができます。自分ひとりの努力でも大きな結果を得られますが、真の成功のためには他の人と協力することが必要です。

●長所：創造的である、実際的である、思いやりがある、責任感がある、家族を誇りに思っている、勇気がある

■短所：頑固である、反抗的である、人間関係が不安定である、一貫性がない

♥恋人や友人

1月6、14、22、24、31日／**2月**4、12、22、29日／**3月**10、20、27日／**4月**8、18、25日／**5月**6、16、23、25、30日／**6月**4、14、21、28、30日／**7月**2、12、19、26、28、30日／**8月**10、17、24、26、28日／**9月**8、15、22、24、26日／**10月**4、6、13、15、20、22、24、30日／**11月**4、11、18、20、22、28日／**12月**2、9、16、18、20、26、29日

◆力になってくれる人

1月5、22、30日／**2月**3、20、28日／**3月**1、18、26日／**4月**16、24日／**5月**14、22日／**6月**12、20日／**7月**10、18、29日／**8月**8、16、27、31日／**9月**6、14、25、27、29日／**10月**4、12、23、27日／**11月**2、10、21、23、25日／**12月**9、19、23日

♣運命の人

1月12日／**2月**10日／**3月**8日／**4月**6日／**5月**4日／**6月**2日／**7月**28、29、30、31日

♠ライバル

1月16、21日／**2月**14、19日／**3月**12、17、30日／**4月**10、15、28日／**5月**8、13、26日／**6月**6、11、24日／**7月**4、9、22日／**8月**2、7、20日／**9月**5、18日／**10月**3、16日／**11月**1、14日／**12月**12日

★ソウルメイト(魂の伴侶)

1月25日／**2月**23日／**3月**21日／**4月**19日／**5月**17日／**6月**15日／**7月**13日／**8月**11日／**9月**9日／**10月**7日／**11月**5日／**12月**3、30日

有名人

盛田昭夫(ソニー創業者)、所ジョージ(タレント)、山下久美子(歌手)、長嶋一茂(元プロ野球選手)、hitomi(歌手)、村上信五(関ジャニ∞　タレント)、ダグラス・マッカーサー(GHQ最高司令官)、綾野剛(俳優)、ジェジュン(JYJ　歌手)

太陽：みずがめ座
支配星：みずがめ座／天王星
位置：6°−7° みずがめ座
状態：不動宮
元素：風
星：なし

January Twenty-Seventh

1月27日

AQUARIUS

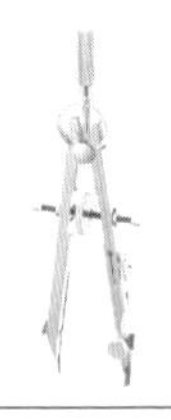

勘が鋭い個人主義者

才気にあふれ、勘が鋭く、徹底した個人主義のあなたは、独立心が強く、人を率いる能力があり、**上司に従うより自分で指揮をとりたがります**。決断力があり、目標達成のために進んで一生懸命に働きます。冴えた頭脳と鋭い勘に恵まれているので、さらに自己鍛錬を。

支配星にある太陽のおかげで、親しみやすく社交的です。問題が起きると独自の方法で、実用的アドバイスや解決策を他の人に提示します。**個性的な思考で時代の先端を行きます**が、人の話に耳を貸そうとせず気難しくなる場合も。計画実現に向けて粘り強く努力することで、長期目標の達成に必要な忍耐を学びます。考え方が客観的で創意に富み、天才肌で人に対するあなたの第六感はおおむね正解。

あなたは性格判断の名手で、率直にものを言います。この日に生まれた女性は考え方がはっきりしていて、受け身の観察者でいるよりも中心に立って仕切ることが多くなります。

23歳になるまで太陽がみずがめ座にあり、個人の自由や友情、個性の表現などがキーワード。24歳で太陽がうお座に入ると、感受性が強くなり、視野が広がります。54歳になり太陽がおひつじ座に入ると転機が訪れます。この影響であなたはますます自信にあふれ、野心的になって新たな活動を始めます。

隠された自己

はっきりした目標があると、達成するのにわき目もふらず死にものぐるい。この意志の強さによって人生の障害を乗り越え、大きな成果を残します。権力志向で仕切り屋ですが、駆け引きや心理戦に関わるのは避けた方が無難。義務感と物質的な成功への意欲が強いので、仕事や任務に対しては真剣です。**自立心は人一倍**ですが、集団の中での、あるいはパートナーとの仕事もそつなくこなします。チームプレーの達人として、仕事相手との妥協を心得ています。

天性の社交術を駆使した時の方が理屈で押し切るよりうまくいくことが多いものです。1対1で人と関わる時、自分は特別だと相手に思わせる手腕があります。

仕事と適性

鋭い知性があなたの仕事に最も大きく影響します。**あなたを精神的に刺激し続ける仕事を求め**、聡明で責任感があり仕事熱心。機会が与えられれば、管理職の地位まで上りつめます。生まれつき博愛精神の持ち主なので、社会や教育改革に惹かれますが、政界や急進的な人権運動の世界で頭角を現します。ビジネスや法曹界に進むなら、あなたの組織的手腕や天性のコミュニケーション能力は財産。自立心が強く、自営業やフリーランスを好みます。人間性に対するあなたの洞察の深さは心理学や医学の世界で働く時にも役立つかも。創造性や個性を表現したいという強い願望があるので、芸術や演劇、とりわけ音楽方面に進むこともあります。

恋愛と人間関係

博愛精神の持ち主で進歩的、人と一緒にいることを好むので、愛情や人間関係はあなたにとって大変重要です。**安定と落ち着いた環境が必要**で、家庭を持ち強い絆を築くことが人生設計において非常に大切。

気持ちがこまやかで献身的、思いやりがありますが、時に押しつけがましくなることもあるので注意して。

数秘術によるあなたの運勢

27という数字は、理想主義で感性が鋭いことを意味します。直感的かつ分析的で、豊かな心を持つあなたは、独創的なアイディアで周りの人に強い印象を与えます。一見あまり話したがらず、理性的で超然と構えているようにも見えますが、心の中の緊張を隠しているだけ。思っていることを素直に言えるようにしましょう。

27日生まれのあなたには教育が不可欠です。思考を深めることでもっとがまん強く、自分で自分を律することができるようになります。

1の月の影響で、あなたは本能的な勘や精神力に恵まれ想像力が豊かです。しっかりと自分の考えを持ち、広い視野に立ってみずから考え、判断します。情熱と独創的アイディアにあふれています。理想主義者ですが、勤勉な性格なのでアイディアを実践に移そうとします。

発明の才があり勇気もあるので、いろいろなことにチャレンジするのが好き。

●**長所**：多芸多才である、想像力がある、勇気がある、理解が早い、精神力がある、発明の才がある、根性がある

■**短所**：傷つきやすい、喧嘩っぱやい、落ち着きがない、疑い深い、感情的すぎる、いつも緊張している

相性占い

♥恋人や友人

1月7、8、11、13、15、17、25日／**2月**5、7、9、11、13、15、23日／**3月**7、9、11、13、21日／**4月**2、5、7、9、11、19日／**5月**3、5、7、9、17、31日／**6月**1、3、5、7、15、29日／**7月**1、3、5、27、29、31日／**8月**1、3、11、25、27、29日／**9月**1、9、23、25、27日／**10月**7、21、23、25日／**11月**5、19、21、23日／**12月**3、17、19、21、30日

◆力になってくれる人

1月1、5、20、29日／**2月**3、18日／**3月**1、16日／**4月**14日／**5月**12日／**6月**10、17日／**7月**8日／**8月**6日／**9月**4日／**10月**2、9日

♣運命の人

7月28、29、30、31日

♠ライバル

1月6、22、24日／**2月**4、20、22日／**3月**2、18、20日／**4月**16、18日／**5月**14、16日／**6月**12、14日／**7月**10、12日／**8月**8、10、31日／**9月**6、8、29日／**10月**4、6、27日／**11月**2、4、25、30日／**12月**2、23、28日

★ソウルメイト（魂の伴侶）

1月6、12日／**2月**4、10日／**3月**2、8日／**4月**6日／**5月**4日／**6月**2日

この日に生まれた **有名人**

ヴォルフガング・モーツァルト（作曲家）、ルイス・キャロル（作家）、浅川マキ（歌手）、清水ミチコ（タレント）、ブリジット・フォンダ（女優）、三田寛子（女優）、小山田圭吾（ミュージシャン）、雛形あきこ（女優）

太陽：みずがめ座
支配星：みずがめ座／天王星
位置：7°－8° みずがめ座
状態：不動宮
元素：風
星：なし

January Twenty-Eighth

1月28日

AQUARIUS

鋭い洞察力と確固たる判断力の持ち主

野心家ですぐれた頭脳を持つあなたは、頭の回転が速く、勘が鋭い典型的なみずがめ座です。魅力にあふれ、自信に満ちた印象を周囲に与えます。おおらかで親しみやすく、社交上手な人気者。才能に恵まれ、**しっかりした判断力**があり、人に左右されません。**反応が速く個性的**で、退屈な人間だと思われることはまずありませんが、せっかちなところは気をつけましょう。

支配星にある太陽の影響で、独創的で心が広く、頑固なところもある博愛精神の持ち主です。よい方向に行けば**新しい先端的なアイディアや活動のパイオニア**にも。人の気持ちに敏感で、相手の性格や真意について鋭い洞察力があり、トップに上りつめるのに大いに役立ちます。友情はあなたの感情を豊かにするのに不可欠。思いやりがあり社交的なあなたは、新しい人と知りあう才能に恵まれ、ネットワークを作るのが得意です。皮肉なことに、あなたは自由を束縛されるのは大嫌いなのに、あなた自身は人に指図する傾向も。

創意に富み、発明の才もあり、皮肉や軽口が好きで機転がきき、**決断の速い俊敏な頭脳**を持っています。一方、不安を感じると自分を守ろうとし、きつい言葉でやり返す面もあります。批評はお手のものですが、言葉で人を傷つけないように十分な注意が必要。

22歳になるまでは太陽がみずがめ座にいるので、自由、友情、個性の表現などがキーワード。23歳になって太陽がうお座に移ると、心の問題に敏感になります。太陽がおひつじ座に入る53歳の時に転機がやってきます。このため前より自信を持ち、大胆になります。

隠された自己

強烈な個性を持ち、感性が鋭く創造的なあなたは、自己表現が大好き。楽天的ですが、ぐちが多かったり優柔不断なところは、時に大きなマイナス点に。退屈するのは嫌いなので、自分の心を占め、浮き立たせてくれるような**新しい独創的な仕事や趣味をいつも探し続ける運命**にあります。生まれつき直感的センスがあり、学問的知識を深めることを楽しいと思うことも。成功志向でスケールの大きなプランを持ち、野心家で勇気があり、運が強く、ビジネスの勘は冴えています。ただし、お金があればすべて解決すると思いこむ傾向には要注意。このため価値観や自己評価を磨く選択肢にこだわる必要も。

仕事と適性

機転がきき魅力にあふれ、言葉のセンスに恵まれたあなたは文章や報道関係、あるいは他の人に代わって話をするなど、**コミュニケーションに関わる仕事**が適職。多くの知識を得たいという願望があり、教育、科学、文学または法律に興味を持ちます。このため、カウンセリングや地域社会の仕事に就いたり、社会的・政治的目的のために闘ったりすることがごく自然にできます。天性のリーダーシップと大きな視野に立って物事を見ることができるので、大企業の経営に腕をふるうなどビジネスの世界でも成功します。芸術表現、特に音楽や演劇などにも向いています。

恋愛と人間関係

知的で決断力があり、精神的な刺激を与えてくれる、冒険心に富んだ聡明な人とのつき合いを求めます。退屈しやすいので、**活発な人**がよいでしょう。親密な関係にはためらいがあり、共通の趣味や仕事の場でのプラトニックな関係にいる方が居心地がよいと感じますが、ひとたび愛しあうようになれば、誠実で愛情深く世話焼き型です。

数秘術によるあなたの運勢

人に頼らない理想主義者で決断力もあり、実際家でしばしば慣習を無視します。1の月の生まれですから、野心家で率直です。独立独歩の精神と、チームの一員でありたいとの思いの間でゆれ動きます。いつも新しい冒険に挑戦する心構えでいるので、果敢に人生の危機に立ち向かいます。その情熱で周りの人を刺激し、援助してもらうこともあるでしょう。

28の日生まれなので、リーダーとしての資質があり、常識や筋の通った考え方を大切にします。責任感がありますが、あまり口うるさくならないように注意が必要。

1の月の影響で、情熱と独創的アイディアにあふれています。抜け目なく直感的で、若い頃から大きなことをなしとげようと意欲的にチャレンジします。実際家ですが、経験を通じて価値観が変わり、自己表現の仕方も変わってきます。心の平和を得るためには、落ち着いた雰囲気と愛情あふれる環境が必要。

●長所：情が深い、先進的である、大胆である、美意識が高い、理想家肌である、野心家である、勤勉である、安定した家庭を築く、意志が強い

■短所：夢想家である、思いやりに欠ける、現実的でない、いばる、判断力に欠ける

相性占い

♥恋人や友人

1月9、12、16、25、30日／**2月**7、10、14、23、24日／**3月**5、8、12、22、31日／**4月**6、10、20、29日／**5月**4、8、18、22、27日／**6月**2、6、16、25、30日／**7月**4、14、23、28日／**8月**2、12、21、26、30日／**9月**10、19、24、28日／**10月**8、12、17、22、26日／**11月**6、15、20、24、30日／**12月**4、13、18、22、28日

◆力になってくれる人

1月2、13、19、22、24日／**2月**11、17、20、22日／**3月**9、15、18、20、28日／**4月**7、13、16、18、26日／**5月**5、11、16、18、26日／**6月**3、9、12、14、22日／**7月**1、7、10、12、20日／**8月**5、8、10、18日／**9月**3、6、8、16日／**10月**1、4、6、14日／**11月**2、4、12日／**12月**2、10日

♣運命の人

1月25日／**2月**23日／**3月**21日／**4月**19日／**5月**17日／**6月**15日／**7月**13、30、31日／**8月**1、2、11日／**9月**9日／**10月**7日／**11月**5日／**12月**3日

♠ライバル

1月7、23日／**2月**5、21日／**3月**3、19、29日／**4月**1、17、27日／**5月**15、25日／**6月**13、23日／**7月**11、21、31日／**8月**9、19、29日／**9月**7、17、27、30日／**11月**3、13、23、26日／**12月**1、11、21、24日

★ソウルメイト(魂の伴侶)

1月17日／**2月**15日／**3月**13日／**4月**11日／**5月**9日／**6月**7日／**7月**5日／**8月**3日／**9月**1日／**11月**30日／**12月**28日

この日に生まれた有名人

小松左京（作家）、福留功男（アナウンサー）、市村正親(俳優)、三浦友和(俳優)、ニコラ・サルコジ（元フランス大統領）、新庄剛志（元プロ野球選手）、川畑要(CHEMISTRY 歌手)、遠藤保仁（サッカー選手）、乙葉（タレント）、星野源(SAKEROCK ミュージシャン)、宮間あや（サッカー選手）

太陽：みずがめ座
支配星：みずがめ座／天王星
位置：8°－9° みずがめ座
状態：不動宮
元素：風
星：なし

January Twenty-Ninth

1月29日

AQUARIUS

豊富な知識とアイディアで時代を先取り

意志が強く知的で、優れたコミュニケーション・スキルに恵まれています。生まれつきの反骨精神を、他の人の権利を守るために使おうとすることも。**豊富な知識を駆使して調停者として働きます**。魅力あふれる人柄とクリエイティブな才能が人を惹きつけます。

人気者で、誰とでも簡単に仲よくなります。支配星にある太陽の影響で、あなたの**発明的なアイディアは時代を先取り**。人に甘えず自由を愛するあなたは自分流で物事を進めます。社交的で友情を大切にし、いろいろな人と分けへだてなくつき合います。自分の気持ちに正直で、興味のある相手や企画に対しては夢中になります。

神経質でカッとなりやすいので、抱えこみすぎたり、あるいは先が見えなくていらいらしたりするのは要注意。理想主義者で強い確信があり、言葉のセンスがあります。執筆活動や、人に教えたり講義をしたりという才能も。現実的で組織的能力がありますが、時には冒険に夢中。あけすけにものを言い、活気にあふれ行動的で、**何事も派手にやりたい方**です。才能にあふれ決断力もありますが、プライドが高すぎて傲慢にならないように。

21歳までは太陽がみずがめ座を通過するので、自由、独立、個性を表現したいという思いが強まります。22歳になると太陽がうお座に入り、感受性が鋭くなり心の問題に敏感になります。より大きな視野を持ち、内省的になるかもしれません。太陽がおひつじ座に入る52歳頃に新たな転機が訪れます。ますます自信と決断にあふれ、新しい関心分野を開拓したいという気持ちが強くなります。

隠された自己

説得力があり、ものへの執着と理想主義が混沌と入り交じっています。金銭面や安全について極端な不安を覚えますが、生まれつき経済的に恵まれ、**人に与えたものは必ず自分に返ってきます**。よりよい暮らしへの執着があります。芸術またはクリエイティブな表現では、どの分野でも自分らしさを発揮するでしょう。

あなたは魅力的で心が温かく、強い感情を持っています。カリスマ的で愛とひたむきな思いを周りに伝えるので、自己表現のはけ口を持つことが大切。しかし衝動的な行動は慎んで。男性的なところと女性的なところが両方あり、独立心が強く決意に満ち、かつ繊細で感受性も豊かです。

仕事と適性

キレのよい頭脳の持ち主なので、仕事の選択肢はいくらでもあります。自分の考えを人に伝える力があり、人前で講義をしたり教えたり、あるいは文章を書く仕事にも向いています。いつも前向きでおおらかな人柄のおかげで、**人と関わる職業でも成功し責任のある地位まで上りつめます**。商売に興味を持ち、販売や交渉の分野で人を説きふせる魅力を発揮。法律や学問、政界に惹かれることもあります。または自分を表現したいという思いが大変強いので、芸能関係の仕事も適職。

恋愛と人間関係

正直で率直なので、あなたは最高の話し相手。肩肘を張らない理想主義者で、パートナーとは情熱的な絆を求めます。見放されたり孤独になることが怖くて、妙によそよそしく冷淡なふりをしてみたり、ふさわしくない相手とつき合ったりします。そっけなくつれない態度をとって、相手に自分は必要とされていないのではないかと思われないように。

聡明で直感的なあなたは、**創造的な人々**との交流を楽しみ、度量の広い誠実な友人に恵まれます。

数秘術によるあなたの運勢

29日生まれのあなたは強い個性の持ち主。直感力があり、感性が鋭く、情緒が豊かです。ひらめかなければ、目標が持てない面も。空想にふけるのが好きですが、極端に走るところもあり、気分が激しく浮き沈みすることがないよう十分注意を。自分の心の中の思いを信頼し、自分の殻に閉じこもらず他の人に心を開きましょう。

1の月の影響であなたは直感的で人の道を重視します。創造性と知性にあふれ、自立心と機転が求められる活動で目立ちます。独自の考えで決断することも多いでしょう。

寛大で情熱にあふれ、新しいアイディアを開拓し、技術的な情報や新しい発見の応用にも興味があります。想像力に富むと同時に、アイディアを実践的に役立てます。

●長所：インスピレーションがある、バランスがとれている、心の平和がある、寛大である、創造的である、直感力がある、神秘的である、夢想家である、世俗的である、信心深い

■短所：集中力が続かない、精神的に不安定である、気分屋である、気難しい、極端に走る、そそっかしい、神経質すぎる

♥恋人や友人

1月2、7、10、17、22、27、31日／**2月**5、8、15、25日／**3月**3、6、13、23日／**4月**1、4、11、16、21日／**5月**2、9、19、23日／**6月**7、12、17、23日／**7月**5、15、29、31日／**8月**3、13、27、29、31日／**9月**1、11、25、27、29日／**10月**4、9、13、23、25、27日／**11月**7、21、23、25日／**12月**5、19、21、23日

◆力になってくれる人

1月3、5、20、25、27日／**2月**1、3、18、23、25日／**3月**1、16、21、23日／**4月**14、19、21日／**5月**12、17、19日／**6月**10、15、17日／**7月**8、13、15日／**8月**6、11、13日／**9月**4、9、11、28日／**10月**2、7、9日／**11月**5、7、24日／**12月**3、5日

♣運命の人

1月13日／**2月**11日／**3月**9日／**4月**7日／**5月**5日／**6月**3日／**7月**1、31日／**8月**1、2日

♠ライバル

1月16、24日／**2月**14、22日／**3月**12、20日／**4月**10、18日／**5月**8、16、31日／**6月**6、14、29日／**7月**4、12、27日／**8月**2、10、25日／**9月**8、23日／**10月**6、21日／**11月**4、19日／**12月**2、17日

★ソウルメイト(魂の伴侶)

1月16日／**2月**14日／**3月**12日／**4月**10日／**5月**8日／**6月**6日／**7月**4、31日／**8月**2、29日／**9月**27日／**10月**25日／**11月**23日／**12月**21日

有名人

深沢七郎(作家)、毛利衛(宇宙飛行士)、テレサ・テン(歌手)、岡村孝子(歌手)、hyde(L'Arc～en～Ciel ボーカル)、濱口優(よゐこ タレント)、アダム・ランバート(歌手)、きゃりーぱみゅぱみゅ(タレント)、鈴木聡美(水泳選手)、向井地美音(AKB48 タレント)

太陽：みずがめ座
支配星：みずがめ座／天王星
位置：9°−10° みずがめ座
状態：不動宮
元素：風
星：なし

January Thirtieth

1月30日

AQUARIUS

♒
1月

先見の明のある目立ちたがり屋

親しみやすく情熱的で成功志向が強く、自由を愛します。物事を割りきって考え、大胆で、人に優しく、社交的な場では生き生きとしています。**鋭い知性があり合理的な考え方ができる**ので、学問を愛します。ただし、知識を得る過程に満足してしまいます。

みずがめ座の支配星にある太陽の影響で、**度量が大きく博愛精神の持ち主**ですが、人の話に耳を貸さないところがあります。発明の才に恵まれ客観的に物事を考えることができるので、経済的に十分見返りがあるアイディアを思いつきます。抜け目がなく、相手の性格をすばやく見抜きます。先見の明がありますが、度がすぎて気難しくなったり人のあら探しばかりする危険性も。**新しい風潮や考え方を目ざとくキャッチ**し、言いたいことをはっきり言います。自信と確信に満ちていますが、時には不安のあまり衝動的に行動する傾向も。

周りの人に認められたいという思いが強く、目立ちたがりでもあり、人前に立つのはお手のものです。自分を刺激してくれるような関心事を見つけるとやる気を出して元気になり、説得力ある話術で伝えます。

太陽がみずがめ座にある20歳までは個人の自由、友情、個性の表現などが関心の中心です。21歳になると太陽がうお座に入り、感情が敏感になり、夢に向けての仕事の見通しが広がります。51歳で太陽がおひつじ座に入ると、転機が訪れます。本当の意味で本領を発揮し始めるので前より自信と確信にあふれ、大胆になります。

隠された自己

直感力に優れているあなたは、自分の心を信頼することが必要。そうすれば夢と現実の間でバランスをとることができます。目標達成に向けたプランを練ったら、どんなに苦しくても着実にそれを実行することが不可欠。

仕事にすべてをかけるという純粋な願いがあるためにいつも謙虚です。必ず成功するという決意が勝利へと導くことを肝に銘じて。野心家のあなたは、人から指図されるのを好みません。権威ある地位に就くのが最適。

機敏に好機をとらえ、実際家で人を組織する手腕もあります。気さくですが、人の話をじっくり聞かなかったり、すぐ飽きたりして短気。成功を収める力は十分あります。

仕事と適性

人間の本質を的確に把握し、魅力的で人を組織する手腕もあるあなたは、ビジネスでも教育でも、**人に関わる多くの仕事で成功する資質**を秘めています。人に依存せず、自信にあふれ、親しみやすく、生まれつきリーダーシップにも恵まれ、管理職や自営業に向いています。興味のある分野が見つかると率先して努力し、いつも自分を向上させることに意欲的です。創造的・発明的なアイディアがあり、芸能界でも、作家としても一流に。

恋愛と人間関係

人は人、自分は自分というタイプ。興味が多彩でいろいろいな活動に関わります。すでに社会的地歩を固め独立した、実力のある人との人間関係を築きたいと思うことが多いでしょう。あなたの心が読めないためにパートナーとの間柄が難しくなることがときどきあります。**尊敬できて頼りになる、勤勉なパートナー**が必要。あるいは仕事がおもしろくなり、成績をあげることや大変な作業に身を捧げるようになるかも。そういう時は聡明で自分を刺激してくれる創造的な人々とともに活動しましょう。

数秘術によるあなたの運勢

美的センスがあり気さくで社交的、というのは**30**日生まれの人を他の人が評する時の決まり文句です。豊かな暮らしと社交を楽しみ、カリスマ性があり誠実です。集団を好み、センスがよく、芸術やデザイン、音楽関係のあらゆる仕事で成功します。また表現力や言葉のセンスもいいので、文章を書いたり、話したり、歌ったりという世界を開拓するのも吉。感情がこまやかで、愛され、満ち足りていることが不可欠です。幸福を追求するつもりなら、なまけたり甘やかしたりということは禁物。

30日生まれの人は、特にミュージシャンや俳優、芸能人の場合、有名になるケースも。

1の月の影響を受け、創造的な考え方ができる野心的な理想主義者です。古いアイディアに新しい生命を注ぎこんで活性化する力があります。誰とでも仲よくできますが、もし人に好かれたいなら、妥協することを覚えることが必要。

●**長所**：陽気である、誠実である、気さくである、話し上手である、創造的である

■**短所**：怠惰である、頑固なところがある、飽きっぽい、気分屋である、嫉妬深い、注意力が散漫である

相性占い

♥恋人や友人

1月1、8、14、23、28、31日／**2月**12、26、29日／**3月**10、24、27日／**4月**2、8、22、25日／**5月**6、20、23日／**6月**4、13、18、21日／**7月**2、16、19、30日／**8月**14、17、28、30日／**9月**12、15、26、28、30日／**10月**10、13、24、26、28日／**11月**8、11、22、24、26日／**12月**6、9、20、22、24日

◆力になってくれる人

1月26日／**2月**24日／**3月**22日／**4月**20日／**5月**18日／**6月**16日／**7月**14日／**8月**12日／**9月**10、29日／**10月**8日／**11月**6日／**12月**4、22日

♣運命の人

8月1、2、3、4日

♠ライバル

1月3、25日／**2月**1、23日／**3**月21日／**4月**19日／**5月**17日／**6月**15日／**7月**13日／**8**月11日／**9月**9日／**10月**7日／**11月**5日／**12月**3日

★ソウルメイト(魂の伴侶)

1月3、10日／**2月**1、8日／**3**月6日／**4月**4日／**5月**2日

この日に生まれた有名人

長谷川町子(マンガ家)、ジーン・ハックマン(俳優)、稲盛和夫(経営者)、横山ノック(タレント)、柳ジョージ(歌手)、石川さゆり(歌手)、吉村由美(PUFFY歌手)、庄司紗矢香(バイオリニスト)、油井亀美也(宇宙飛行士)、二代目尾上松也(歌舞伎俳優)

太陽：みずがめ座
支配星：ふたご座／水星
位置：10°−11° みずがめ座
状態：不動宮
元素：風
星：なし

時代を先取りし、反骨精神が旺盛

頭の回転が速く寛大で気さく、創造力にあふれています。自由を愛し、自立し、博愛精神の持ち主。理性的で、知識を求めて学問に打ちこみます。**旅好きで、世界を股にかけて活躍する可能性**も。

ふたご座の支配星にいる太陽のおかげで、話すことでも書くことでも**腕のよい伝え手**です。客観的でありながら独自の情報収集能力で、人から注目されます。

時代を先取りしても、反骨精神が災いしてひねくれ者にならないよう、くれぐれも注意。**天才的なところを感じさせる優れた思索家**で、直感型で感情の起伏が激しいところもあります。人間観察のセンスに恵まれ、他人について気のきいた鋭いコメントをすることができます。いらいらしやすく、その欠点があなたのユニークな力を伸ばす障害になります。

太陽がみずがめ座を通過する19歳までは、自由、独立、個性の表現などがキーワード。20歳を過ぎると、太陽がうお座に入り、より素直に、感性が鋭くなり、敏感になります。太陽がおひつじ座に入る50歳になると、負けじ魂とリーダーシップを特徴とする新たな転機が訪れます。より自信に満ち、野心的になるにつれ、過去と訣別して新しい事業を立ち上げましょう。

隠された自己

想像力豊かでクリエイティブな力にあふれています。独創的なアイディアを次々に生みだす自由を得るため、すべてのエネルギーを使いましょう。インスピレーションと心の奥の声を頼りに、みずから人生を変える決断を。心の平和をおびやかされるのではないかと恐れるあまりに小さくまとまらないようにしましょう。

感性が鋭いところがあり、**自分の気持ちを聞いてもらい、考えを共有する相手が必要**です。そうしないと、フラストレーションがたまりふさぎこむことも。哲学や宗教、旅や政治などに興味を持ち、直感的ながら的を射た思索家。人々の気持ちを浮き立たせるようにうまく話ができます。

あなたが伝統を重んずるタイプであっても無視するタイプであっても、知識はあなたの成功の要となります。忍耐と寛容を学び、心のよりどころがあれば、どんな障害も克服してめざましい成果を得ることができます。

仕事と適性

天性のビジネスセンスと組織的・経営的手腕は、どんな職業でも有利です。**情報集めを好みコミュニケーションの才能がある**ので、教育、科学、執筆の分野で一流に。講演者や法律家としても卓越しています。博愛精神があり、人間に対する理解が深いので、カウンセリング業にも向いています。大衆や外国と関係した職業が、多様性を好むあなたを満足させ飽きさせません。博識であると同時に創造性に富み、美術や音楽面の才能が開花することも。

恋愛と人間関係

親しみやすく社交的で人を惹きつける魅力があり、おおらかで人づき合いが上手。しかし不安をおぼえた時にいばりすぎないように。創造的で大胆なことが好きなので、言いたいことを言うような刺激的で独創的な人との交流を楽しみます。献身的で思いやりがありますが、1人でいるのが嫌いだからといってパートナーに依存しすぎないように。

自分の意見を持ち、頭の回転が速いので、**活発な討論などをふくむ社交の機会**には特に生き生きしています。

数秘術によるあなたの運勢

強い意志、自己表現へのこだわりが31日生まれの人の特徴。物質的な進歩を求め、疲れ知らずで決意に満ちています。ただし、人生の限界を受け入れることを学び、安定した土台を築く必要があります。運とチャンスに恵まれ、余暇の楽しみを採算の合うビジネスにできるかもしれません。働きすぎになりがちなので、楽しみを持つことが大事。自己中心的だったり、見通しが甘くなりすぎる傾向に対しては十分な注意を。

1の月の影響で直感的、多芸多才です。頭がよく安定を求める気持ちも強いのに、落ち着きに欠けるところがあります。いつも前向きに明るくふるまい、流れに身を任せる方法をわきまえて、忍耐と細かな心配りを学ぶことも必要。

発明の才があり、野心家で成功するために一生懸命働きます。直感で独創的なアイディアや独自の展望がひらける時があります。

●**長所**：創造的である、独創的である、何かを作りだすのが得意である、建設的である、ねばり強い、実際家である、話し上手である、責任感が強い

■**短所**：不安定である、気が短い、疑い深い、落ちこみやすい、野心がない、自己中心的である、つむじ曲がりである

♥恋人や友人

1月1、5、9、15、26、29、30日／**2月**13、24、27、28日／**3月**11、22、25、26日／**4月**9、20、23、24日／**5月**7、18、21、22日／**6月**5、16、19、20日／**7月**3、14、17、18、31日／**8月**1、12、15、16、29、31日／**9月**10、13、14、27、29日／**10月**8、11、12、25、27日／**11月**6、9、10、23、25日／**12月**4、7、8、21、23、29日

◆力になってくれる人

1月1、2、10、14、27日／**2月**8、12、25日／**3月**6、10、23日／**4月**4、8、21日／**5月**2、6、19、30日／**6月**4、17、28日／**7月**2、15、26日／**8月**13、24日／**9月**11、22、30日／**10月**9、20日／**11月**7、18日／**12月**5、16日

♣運命の人

8月2、3、4、5日

♠ライバル

1月17、26日／**2月**15、24日／**3月**13、22日／**4月**11、20日／**5月**9、18日／**6月**7、16日／**7月**5、14日／**8月**3、12、30日／**9月**1、10、28日／**10月**8、26、29日／**11月**6、24、27日／**12月**4、22、25日

★ソウルメイト（魂の伴侶）

1月21日／**2月**19日／**3月**17日／**4月**15日／**5月**13日／**6月**11日／**7月**9、29日／**8月**7、27日／**9月**5、25日／**10月**3、23日／**11月**1、21日／**12月**19日

有名人

フランツ・シューベルト（作曲家）、大江健三郎（作家）、鈴木宗男（政治家）、石野真子（女優）、真矢みき（女優）、石黒賢（俳優）、香取慎吾（SMAP　タレント）、ジャスティン・ティンバーレイク（俳優）、薮宏太（Hey! Say! JUMP　タレント）、イナ・バウアー（フィギュアスケート選手）

太陽：みずがめ座
支配星：ふたご座／水星
位置：11°－12° みずがめ座
状態：不動宮
元素：風
星の名前：アルムス

February First

2月1日

AQUARIUS

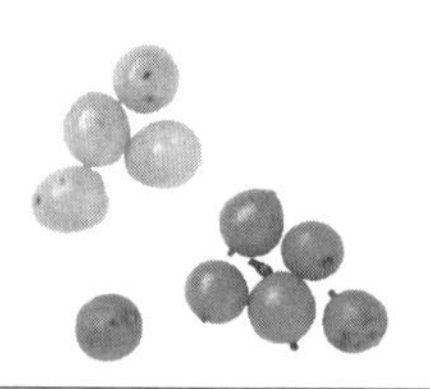

勘のよさに知性が加われば怖いものなし

個性と創造的知性、それがみずがめ座生まれのあなたの強みです。頭の回転が速く、決断力を問われる仕事を通して実力をつけます。**持ち前の勘のよさと実務的才能**を組み合わせれば、すぐに成果をあげられるでしょう。

支配星のふたご座にある太陽の影響でひらめきのよさはずば抜けており、知的能力はさらにアップ。知的好奇心にあふれ、**常に新しい知識を得ようと積極的**なあなた。自己演出の能力にも優れています。ただしエネルギーの使い方を間違えると、怒りっぽい面となって出てきてしまうので注意。

情熱を秘め、**自分が先頭に立ち中心になって行動し、結果を出したいタイプ**です。自信家で、周りにも積極的な行動を求めます。野心家で有能、正義感が強い人です。目標達成のためとはいえ、まっとうなやり方ではなく、手っとり早い手段にとびつくところがある点には注意しましょう。

太陽がみずがめ座にある18歳までは、個人の自由、友情、個性の表現などに力点が置かれます。19歳になって太陽がうお座に入ると、夢や将来像がはっきりしてきて、感受性が強まります。太陽がおひつじ座に入る49歳になると転機が訪れ、より自信に満ち、新しい活動を始めるでしょう。

♒
2
月

隠された自己

新しいものが好きで、古い考え方にはそっぽを向きます。頑固な性格ですが未知の分野にチャレンジする時は創意的に取り組みます。あなたは自分より博識な人々との交流でみずからを磨き、一方で周囲の人々に刺激を与えることでしょう。大胆で、迅速。**何事もきっぱりと決断できる行動派**なので、苦境から脱するのもお手のもの。ただし、いくら束縛されるのが苦手だからといって、いきなりキレたりするのは周囲とのトラブルになるのでやめましょう。

心の奥底にエネルギーを秘め、勇敢で自立した自己を隠し持つあなた。前へ前へと自分を動かすこの真のエネルギーを信じ、気持ちを集中すれば、自信に満ちあふれ、必ずや勝利を手に入れることができるでしょう。

仕事と適性

カリスマ性があり、人と協力して働くのに向いています。ビジネスでは管理職ポストへの出世が可能。**親しみやすく話に説得力がある**ので、販売の分野でも成功します。変化はあなたにとって重要なことなので決まりきったことをくり返す仕事は避けた方が無難。発明の才があり、先端分野の研究や個性を表現できる発明などに関わるのもよいでしょう。

恋愛と人間関係

進歩的で自立していますが、安全な土台としての平和な家庭があなたには必要です。**自分の考えをはっきり持っている強い人**に惹かれます。好きなようにする自由がある限り、友人に対してもパートナーに対しても大変誠実です。社交的で魅力があり、人を惹きつけるでしょう。

数秘術によるあなたの運勢

1という数字の性格上、元気いっぱい、より個性的で、革新的であろうとします。心の奥に強い自分でありたいという願望をいだいています。パイオニア精神があるので独立も視野に入れ、幹部やリーダーとしての能力を磨くべきです。情熱にあふれ独創的アイディアでいっぱいなので、人に歩むべき方向を指し示すことができます。ただし、世界はあなたを中心に回っているのではありません。わがままでいばった態度はタブーです。

2の月の影響で、あなたは柔軟で勘が鋭いでしょう。気さくですが、芯の強さを持っています。年を重ねるとともに自分の独自性に気づき、ますます自信にあふれ、押しが強くなります。

オープンな進歩派で、社会正義のために進んで働きます。一方、高い理念を持たない時は、妙にうわついたように見えることも。しかし洞察が鋭く、独特のビジョンを示し周囲に衝撃を与えます。

●長所：リーダーシップがある、創造性がある、進歩的である、力強い、楽観的である、確信を持っている、しっかりしている、自立している、集団を好む

■短所：やきもちやきである、エゴイストである、すぐに逆らう、がまんができない、自己中心的である、不安定である、気が短い

♥恋人や友人

1月1、4、5、11、21、24日／**2月**2、3、9、19、22日／**3月**1、7、17、20日／**4月**5、15、18、30日／**5月**1、13、16、28日／**6月**11、14、26日／**7月**9、12、24日／**8月**7、10、22日／**9月**5、8、20日／**10月**3、6、18日／**11月**1、4、16日／**12月**2、14日

◆力になってくれる人

1月14、23、27日／**2月**12、21、25日／**3月**19、23日／**4月**17、21日／**5月**15、19日／**6月**13、17日／**7月**11、15、31日／**8月**9、13、29日／**9月**7、11、27日／**10月**9、25日／**11月**3、7、23日／**12月**1、5、21日

♣運命の人

8月4、5、6、7日

♠ライバル

1月17日／**2月**15日／**3月**13日／**4月**11日／**5月**9日／**6月**7日／**7月**5日／**8月**3日／**9月**1日

★ソウルメイト（魂の伴侶）

1月30日／**2月**28日／**3月**26、29日／**4月**24、27日／**5月**22、25日／**6月**20、23日／**7月**18、21日／**8月**16、19日／**9月**14、17日／**10月**12、15日／**11月**10、13日／**12月**8、11日

有名人

クラーク・ゲーブル（俳優）、渡辺貞夫（サックス奏者）、吉村作治（考古学者）、中村雅俊（俳優）、唯川恵（作家）、みうらじゅん（イラストレーター）、布袋寅泰（ミュージシャン）、村上隆（美術家）、押尾コータロー（ミュージシャン）、綿矢りさ（作家）、東出昌大（俳優）、磯野貴理子（タレント）

太陽：みずがめ座
支配星：ふたご座／水星
位置：12°−13° みずがめ座
状態：不動宮
元素：風
星の名前：ドルサム、アルムス

2月2日

AQUARIUS

広い視野と豊かな想像力のある博愛主義者

独立心が強く成功志向のみずがめ座は強烈な個性派。誕生日の影響で広い視野と豊かな想像力に恵まれ、アイディアいっぱい、**社交上手で人間の本質を理解している博愛主義者**でもあります。頭の回転が速いので、つねに変化と知識を求め続ける、知的創造性にあふれた性質ですが、せっかちで飽きっぽいのが難点。

太陽がふたご座の支配星にいるため、新しもの好きで、伝統にこだわらず自由に自己表現します。文才にあふれ、書き言葉にも話し言葉にも優れたセンスを発揮します。**独立心が強く意地っぱり**ですが、協調性もあるので、これはと思う仕事ならば、すばらしいチームの一員になれます。

客観的で、誰に対しても正直で誠実であろうとします。しかし表面は淡々としているので、周囲には無関心だと誤解されることがあり、注意が必要。野心家で目標の達成に向けて一生懸命、働きます。仕事での成功を重視し、**人生そのものが仕事や向上への意欲と結びついています**。継続と自制が成功への鍵。

太陽がみずがめ座を通過する17歳までは、自由、独立、個性の表現などが焦点になります。太陽がうお座に入る18歳を過ぎると、感受性が強くなり、心の問題に敏感になります。太陽がおひつじ座に入る48歳で転機が訪れ、過去に別れを告げ、より大胆になります。

♒
2月

隠された自己

一見、ドライで淡々として見えますが、中身は神経質。そのくせプライドが高く、派手好き。しかし、何かよいものを手に入れると、人に分け与えようとする一面も。

色や音のセンスがいいので、音楽や芸術、文筆を通して人を魅了します。哲学や神秘主義に傾倒することも。けれども、**持ち前の鋭い感受性**を活かす機会を得られないと、ふさぎこんだり現実逃避に走ったりします。

正直でありたいという願いがあなたの行動のもとです。自分が愛する人々と世界のために、よりよい未来を築きたいと心底願っています。次のステップにいきなりとびつく前に、足下をしっかり固めましょう。

仕事と適性

人と関わるほとんどの仕事で成功します。人間に対する好奇心があるので、心理学、社会学、政治学などの研究にも向いています。独立心旺盛で、自分で仕切り、自由に仕事をしたいタイプ。頭の回転の速さとコミュニケーション能力があるので教育や文筆でも力を発揮。

感性が鋭く、音楽や芸術やヒーリングといった分野に惹かれることもあります。飽きっぽい性格なので、**変化に富んだ仕事**を選ぶ方がよいでしょう。

恋愛と人間関係

社交上手で親しみやすいあなたは、集団行動や新しい出会いを楽しむタイプ。**野心家で勤勉で、家庭を誠実に守りたい**と願っています。ただし優柔不断で心配性なので、自分の気持ちや配偶者の選択に自信が持てないことも。経済的な不安は、つまずきのもとです。

人の感情に対して敏感ですが、恋愛という点ではそれがよそよそしく思われたり、あるいは現実的すぎるように見えたりするかもしれません。

数秘術によるあなたの運勢

感性が鋭く、集団の一員でいないと気がすまないところは**2**の日生まれの特徴。柔軟で思いやりがあるので、対話をしながら進めていくような共同作業を楽しみます。気に入った相手を喜ばせたいがために、依存しすぎる危なっかしさがあるかもしれません。しかし自信をつければ、人に何か言われたりされたりしてすぐ落ちこむ傾向は克服できるでしょう。

2の月の影響で、あなたは感受性が豊かで直感力があります。博愛主義者として、人や改革や正義そのものに興味をいだく、自由を愛する進歩派です。人とともに働いてサポートするのが得意で、安定を求め、秩序を築きたいと願います。安全意識が高く、長期的仕事を先頭に立って企画し、やりとげることができます。

理想主義者ですが、人生に対してはしっかりと足が地についた方法をとり、ビジネスセンスに恵まれ経済的成功を得ることでしょう。第六感が鋭く、人に対する認識はたいてい当たっているので、自分の感性を信じましょう。

●長所：信頼できるパートナーである、優しい、機転がきく、新しいアイディアや提案を柔軟に受け入れる、直感力がある、動きがすばやい、思慮深い、調和的である、愛想がいい、友好的である

■短所：疑い深い、自信がない、神経過敏である、ずるい

相性占い

♥恋人や友人

1月3、14、24、28日／**2月**1、12、22日／**3月**10、20日／**4月**8、18日／**5月**6、16、31日／**6月**4、14、18、29日／**7月**2、12、27日／**8月**10、25、31日／**9月**8、23、29日／**10月**6、10、21、27日／**11月**4、19、25日／**12月**2、17、23日

◆力になってくれる人

1月1、11日／**2月**9日／**3月**7、28日／**4月**5、26、30日／**5月**3、24、28日／**6月**1、22、26日／**7月**20、24日／**8月**18、22日／**9月**16、20、30日／**10月**14、18、28日／**11月**12、16、26日／**12月**10、14、24日

♣運命の人

8月4、5、6、7日

♠ライバル

1月17、20日／**2月**15、18日／**3月**13、16日／**4月**11、14日／**5月**9、12日／**6月**7、10日／**7月**5、8日／**8月**3、6日／**9月**1、4日／**10月**2日

★ソウルメイト（魂の伴侶）

7月29日／**8月**27日／**9月**25日／**10月**23、31日／**11月**21、29日／**12月**19、27日

この日に生まれた有名人

ファラ・フォーセット（女優）、ちわきまゆみ（歌手）、HISASHI（GLAY ギタリスト）、劇団ひとり（タレント）、堀越のり（タレント）、宮地真緒（女優）、浅尾美和（元ビーチバレー選手）、桐山漣（俳優）、ジェームズ・ジョイス（作家）、井上聡（次長課長　タレント）、ÜSA（元EXILE　パフォーマー）

太陽：みずがめ座
支配星：ふたご座／水星
位置：13°－14° みずがめ座
状態：不動宮
元素：風
星の名前：ドルサム、アルムス

February Third

2月3日

AQUARIUS

一歩先を行く勘とひらめき

独立心旺盛で、社交的です。独創的かつ親しみやすく、生まれつき人間愛にあふれており、刺激と自己実現を求めていろいろな人の輪に入ります。感じやすい性格で、いつも容姿を意識し、男性と女性の魅力をそれぞれ兼ね備えています。**周りを惹きつける才能**がありますが、落ちこむといつまでも立ち直れない面があり、精神的に追いつめられてしまいがちなので注意して。

ふたご座に太陽があるおかげで、ひらめきの才が加わり、ますます頭脳が冴えるでしょう。優れたコミュニケーション能力があり、説得力のある話ができ、**言葉のセンスはピカ一**です。

勘が鋭く新しいアイディアをとりこむのが早いので、時代を先取りします。ものの見方が客観的で、学びたいという意欲を持ち続けます。**友情や仲間を何よりも大切にし**、友人や知人に対して、普通はそこまでできないと思われるほど尽くすこともよくあります。感覚が繊細で通俗的なものを嫌い、また光や色、造形や音にこだわるので、芸術や音楽方面に向いています。若いうちは父親がやや厳しすぎ、その影響が出ます。

17歳から46歳までは、太陽がうお座を通るので、感性が鋭く想像力も豊かに。夢がふくらみ、あるいは心の中の世界にひたります。太陽がおひつじ座に入る47歳で転機が訪れます。ますます自信にあふれ、野心に満ち、大志をいだくようになり、新しい事業や活動を始めることもありそうです。

隠された自己

意地を張りつつ前向きに困難を乗り越え、みごとに1つのことをやり遂げます。リーダーシップがあり、権威ある地位を得ることも。身近にいる人々に対して神経質なので、しっかりした家庭と平和で落ち着いた環境が必要です。前向きな時は、ひたむきで責任感があり、何事もやり遂げる能力を備えています。

誰とでもつき合い、オープンな性格なので理想を実現し、**人に奉仕する仕事**が向いています。不安と混乱の時期を楽に乗り越えるためにも奉仕はおすすめです。一見冷淡ですが、大切な相手には温かい思いやりをみせることができます。

仕事と適性

独創的なアイディアを人に伝えることで、大きな成果が得られます。気さくで、ともに働く仲間を大切にし、新しい友人を作る才能もあります。普通の人が何を求めるかということについて勘が働き、販売や広告業界でそれが活かせるでしょう。文才があり、作家や講演活動、あるいはその他の創作活動も選択肢に入ります。科学的追求、創作活動、ビジネス、どの分野であっても、打ちこめるものならすばらしい成果をあげます。人間性を理解し、子ども相手の仕事やカウンセリング、福祉関係の仕事にも向いています。

恋愛と人間関係

恋愛への強いあこがれはありますが、かといって自分らしくふるまう自由と独立は欠かせません。ロマンティックな魅力とカリスマ性に恵まれ、おおらかな雰囲気があります。人の目にどう映るかを意識し、よい印象を与えようとします。

自然体が好きで、衝動的に行動することも。周囲の人はあなたの光る個性に惹きつけられます。特にこの日生まれの男性は、**自立した強い女性**に魅力を感じるでしょう。

数秘術によるあなたの運勢

3の日生まれのあなたは感性が鋭く、創作活動をせずにはいられません。楽しいことが大好きで仲間としても最高ですから、大勢で活動し、趣味も多彩です。刺激的な体験を求めますが飽きっぽく、優柔不断で手を広げすぎるのが難点。

3の日生まれのあなたは芸術的でユーモアのセンスに恵まれています。悩むのはやめて、もっと自分に自信を持ちましょう。

2の月の影響で新しいものをすんなり受け入れ、人あしらいの才能にも恵まれた理想主義者です。野心家で魅力があり、人とのつき合い方をよく知っています。才能を表現したいという思いが強く、目標があると大胆になります。

ふだんは寛大で親切なのに、いらいらして気が短くなり、衝動的な贅沢に走ることがあるので要注意。

●**長所**：ユーモアのセンスがある、機嫌がよい、親しみやすい、創造的である、美的感覚が鋭い、自由を愛する

■**短所**：飽きっぽい、大げさである、ぜいたくである、わがままほうだいである、なまけ者である、偽善者的である

相性占い

♥恋人や友人

1月8、17、19日／**2月**15、17日／**3月**13、15日／**4月**11、13日／**5月**9、11日／**6月**7、9、30日／**7月**5、7、28、30日／**8月**3、5、26、28日／**9月**1、3、24、26日／**10月**1、22、24日／**11月**20、22日／**12月**18、20、30日

◆力になってくれる人

1月20、29日／**2月**18、27日／**3月**16、25日／**4月**14、23日／**5月**12、21日／**6月**10、19日／**7月**8、17日／**8月**6、15日／**9月**4、13日／**10月**2、11、29日／**11月**9、27日／**12月**7、25日

♣運命の人

3月29日／**4月**27日／**5月**25日／**6月**23日／**7月**21日／**8月**5、6、7、8、19日／**9月**17日／**10月**15日／**11月**13日／**12月**11日

♠ライバル

1月14、20、27日／**2月**12、25日／**3月**10、23日／**4月**8、21日／**5月**6、19日／**6月**4、10、17日／**7月**2、15日／**8月**13日／**9月**11日／**10月**2、9日／**11月**7日／**12月**5日

★ソウルメイト（魂の伴侶）

6月30日／**7月**28日／**8月**26日／**9月**24日／**10月**22、29日／**11月**20、27日／**12月**18、25日

有名人

フェリックス・メンデルスゾーン（作曲家）、ノーマン・ロックウェル（画家）、檀一雄（作家）、小西康陽（ミュージシャン）、川合俊一（元バレーボール選手）、有田哲平（くりぃむしちゅー　タレント）、吉岡美穂（タレント）、柳原可奈子（タレント）、吉田羊（女優）、土屋太鳳（女優）

太陽：みずがめ座
支配星：ふたご座／水星
位置：14°−15° みずがめ座
状態：不動宮
元素：風
星の名前：ドルサム、アルムス

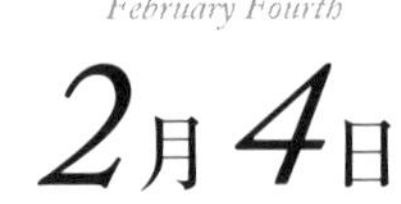
February Fourth
2月4日
AQUARIUS

強い意志と熱意を持つ野心家

気さくな性格ですが意志は強く、野心家で勤勉。金銭的なものへの執着と自分の理想との間に葛藤が起きますが、**持ち前のビジネスセンスと熱意の両方を合わせて活かすチャンス**に恵まれるでしょう。

支配星にいる太陽の影響で、自分のアイディアを大胆に伝えることができます。頭の回転が速いので要領よく情報を収集し、状況判断も的確。制約されるのは嫌いだと周囲に言いつつ、逆に自分流を人に押しつけるところがある点には要注意。

決断力とリーダーシップがあり、**新しいものにも抵抗がないのでどんな仕事もOK**です。ただし、あれもこれもと背負いこみすぎるのは禁物。タフで率直、とても魅力のある人柄です。また、社会と人への鋭い洞察のもとになる人間愛と、金と権力への欲がうまく調和しています。内面にいろいろと矛盾したものを抱えていますが、それもあなたの魅力の1つでしょう。

16歳から45歳までは太陽がうお座を通り、感受性が強く多感で、想像力や夢が深まる時期です。46歳で太陽がおひつじ座に入ると転機が訪れ、過去に別れを告げ、自信にあふれ大胆になります。中年以降、決断と実行力によって大きな仕事を成功させる力がアップします。

隠された自己

自信に満ちた外見は、愛情を求める気持ちの裏返しです。人生でも芸術でも友情でも持ち前の創造性をフルに発揮しましょう。**華やかなことが好き**ですから、先頭に立って指揮をとったり、いつも輪の中心にいます。しかしプライドが高く、意地を張りすぎると失敗します。

知識の影響が大きく、忍耐力があり、認められたいという思いや義務感から、夢の実現に向けて粘り強く努力します。直感を活かしてその具体的な土台作りをしましょう。正直でひたむきで、はっきりした意志と忍耐があるので、長い目で見て成功を収めることができます。

仕事と適性

決断力があり、**上下関係や力の強弱を抜け目なく認識する**ビジネスセンスに恵まれます。コミュニケーション能力があるので、文章を書くことや、教育、出版他マスコミ関係が適職。演劇関係や政界も向いています。

人の心理を見抜く天性の勘はビジネスを含むどんな職業でもプラスになります。あるいはそれを活かして本職のセラピストやカウンセラーになる道もあります。人間を愛し、社会の新しい動きに関心が深く、人に関わる仕事が一生を通じて大きな役割を果たすでしょう。

恋愛と人間関係

おおらかで愛想がいいのですが、いばったり命令調になるのはNG。友情や恋愛へのあこがれが仕事の野心と結びつき、**リーダーやコネの多い有力人物**に惹かれる面も。誠実で責任感があり、周りの人々から頼りにされます。

数秘術によるあなたの運勢

4の日の誕生日の意味は、しっかりした体系と規則性。つまりあなたは落ち着いた暮らしと秩序を求めます。エネルギーと実用的な能力、さらに決断力があるので、懸命に働いて大きな成果をあげることができます。地に足のついた取り組みによりビジネスの勘と金銭的に成功する能力が約束されます。

4という数字の個性で、率直かつ公平な正直者です。4の日生まれの人にとっては、暮らしが安定しない、または経済的に苦しい時期が続くことが問題。

2の月の影響であなたは新しいことも柔軟にとり入れ、理想主義者です。家と家族をとても大切にし、将来的に不動産の収入を得ることもあるでしょう。

勤勉ですが、贅沢好きで羽目をはずすところは要注意。思いやりが行きすぎて、他の人からはおせっかいだと思われることもあります。配偶者や親としては大変誠実で頼りになります。

●**長所**：几帳面である、自制的である、落ち着いている、勤勉である、器用である、実際的である、信頼できる、正確である
■**短所**：不安定である、破壊的行動が多い、押し黙っている、陰にこもっている、冷酷である、のろまである、ケチである、いばっている、怒りっぽい

♥恋人や友人
1月4、8、9、16、18、26、31日／**2月**2、7、14、16、24、29日／**3月**4、5、12、14、22、27日／**4月**3、10、12、20、25日／**5月**1、8、10、18、23日／**6月**6、8、16、21日／**7月**4、6、14、19、31日／**8月**2、4、12、17、29日／**9月**2、10、15、27日／**10月**8、13、25日／**11月**6、11、23日／**12月**4、9、21、30日

◆力になってくれる人
1月1、21日／**2月**19日／**3月**17日／**4月**15日／**5月**13日／**6月**10、11日／**7月**9日／**8月**7日／**9月**5日／**10月**2、3、30日／**11月**1、28日／**12月**26日

♣運命の人
8月7、8、9、10日

♠ライバル
3月29日／**4月**27日／**5月**25日／**6月**23日／**7月**21日／**8月**19日／**9月**17日／**10月**15日／**11月**13日／**12月**11日

★ソウルメイト(魂の伴侶)
1月27日／**2月**25日／**3月**23、30日／**4月**21、28日／**5月**19、26日／**6月**17、24日／**7月**15、22日／**8月**13、20日／**9月**11、18日／**10月**9、16日／**11月**7、14日／**12月**5、12日

有名人

チャールズ・リンドバーグ(飛行家)、ジョージ・A・ロメロ(映画監督)、黒沢年雄(俳優)、喜多郎(ミュージシャン)、時任三郎(俳優)、東野圭吾(作家)、小泉今日子(タレント)、佐々木蔵之介(俳優)、しずちゃん(南海キャンディーズ　タレント)、桐谷健太(俳優)、大政絢(女優)、山下達郎(ミュージシャン)

太陽：みずがめ座
支配星：ふたご座／水星
位置：15°−16° みずがめ座
状態：不動宮
元素：風
星：なし

February Fifth

2月5日

AQUARIUS

好奇心旺盛で、新しいアイディアをとりこむ博愛主義者

この日に生まれたあなたは、客観的で勘が鋭く性格的にも強い個性派です。**頭のよいひらめきタイプ**で、いつも好奇心にあふれ変化を求めます。ただし落ち着きがなさすぎる面があり、それがあなたの可能性をつぶすことがあるので要注意。

支配星のふたご座の影響で頭の回転が速く、**瞬時に状況判断する能力**があります。新しいアイディアを受け入れ、時代の先端を行きます。学習意欲があり、コミュニケーションが得意で文才あり。しかし、客観的すぎる一面が冷たい人間だと誤解されがちなので注意して。とはいえ**独自の視点を持つ博愛主義者**で、人と協力して働くことの利点もわきまえているので、自分が望む仕事ならば、すばらしいチームの一員に変身します。

あなたは広い視野で学問と自由を高く評価し、社会改革に手を染めることもあります。自律的な考え方が周囲との摩擦も起こしますが、理屈好きを逆手にとって話術の腕を磨くとよいでしょう。天才肌で気が短く、せっかちで気まぐれなところが難点。

太陽がうお座を通る15歳から44歳までの間は、感性が鋭く、想像力が発達します。このため、理想主義的な目標を追うでしょう。45歳を過ぎると、太陽がおひつじ座に入り、日常生活でもそれまでよりもっと断定的、積極的で率直になります。新しい事業を始めるかもしれません。太陽がおうし座に入る75歳で転機が訪れ、落ち着いた安らぎを求めるようになります。

隠された自己

多芸多才なあなたはいろいろ異なる分野で独自の考え方をします。あなたより意識が低い相手とはうまくいきませんが、焦りは禁物。**あなたの能力を大きく開花させるには、自制と自信が不可欠。**

生まれつき正しい判断力があり、周囲の人のよき助言者になることができます。ただし感性が鋭く、常に気持ちが張りつめているので、1人で静かに過ごす時間を作る必要があります。その静かな時間を芸術や音楽、演劇あるいは何か他の趣味の分野に費やすとよいでしょう。

分不相応な暮らしを求めて、いらいらするのは禁物。元気でおおらかなあなたに、人は魅了されるのです。

仕事と適性

組織をまとめる能力があり、高い地位に就きます。**頭がよくて話がうまい**ので、すばらしい教師やカウンセラー、心理学者になれるでしょう。他人の資産管理を請け負う銀行や証券業といった職もおすすめ。また文章を書いたり、演劇や芸術といった、創作活動にも向いています。チャレンジを求めてみずから起業するのもOK。公共心が強いので、公務員も選択肢の1つ。

恋愛と人間関係

魅力と知性と人を刺激する能力があり、社交生活はうまくいきます。**個性の強い、聡明な人物**に惹かれます。恋愛を含む知的な刺激を求め、友達づき合いと仕事を結びつけます。あなた自身がパートナーに対して、いばりすぎないように十分注意しましょう。

数秘術によるあなたの運勢

本能と冒険心が**5**の日生まれの特徴です。常に新しいことにチャレンジし、必死で取り組むので収穫も大きいでしょう。刺激のある人生を好むのはよいのですが、責任ある態度を身につけましょう。いきなり突拍子もないことをしたり、落ち着きがなかったりするのは問題。

5の日生まれの特徴で、流れに乗る術を知っています。

2の月の影響で、親しみやすく人あしらいの才能がありますが、妙に引っ込み思案になることも。ただ仕事と楽しみが結びついている時は共同作業が楽しくてたまりません。

礼儀正しく、人の気持ちに敏感で、励まされると張り切るタイプです。打ちこめる何かを見つけましょう。

●**長所**：多芸多才である、順応性がある、進歩派である、強い本能がある、人を惹きつける力がある、大胆である、自由を愛する、機転がきき知性に富む、好奇心が強い、神秘的である、社交家である

■**短所**：信用が置けない、のろまである、一貫性がない、自信過剰である

相性占い

♥恋人や友人

1月21、28、29、31日／**2月**19、26、29日／**3月**17、24、27日／**4月**3、15、22、25日／**5月**13、20、23日／**6月**11、18、19、21日／**7月**9、16、19日／**8月**7、14、17、31日／**9月**5、12、15、29日／**10月**3、10、11、13、27、29、31日／**11月**1、8、11、25、27、29日／**12月**6、9、23、25、27日

◆力になってくれる人

1月9、12、18、24、29日／**2月**7、10、16、22、27日／**3月**5、8、14、20、25日／**4月**3、6、12、18、23日／**5月**1、4、10、16、21、31日／**6月**1、2、8、14、19、29日／**7月**6、12、17、27日／**8月**4、10、15、25日／**9月**2、8、13、23日／**10月**6、11、21日／**11月**4、9、19日／**12月**2、7、17日

♣運命の人

1月3日／**2月**1日／**8月**7、8、9、10日

♠ライバル

1月7、8、19、28日／**2月**5、6、17、26日／**3月**3、4、15、24日／**4月**1、2、13、22日／**5月**11、20日／**6月**9、18日／**7月**7、16日／**8月**5、14日／**9月**3、12日／**10月**1、10日／**11月**8日／**12月**6日

★ソウルメイト（魂の伴侶）

1月3、19日／**2月**1、17日／**3月**15日／**4月**13日／**5月**11日／**6月**9日／**7月**7日／**8月**5日／**9月**3日／**10月**1日

この日に生まれた **有名人**

山田五十鈴（女優）、後藤次利（作曲家）、大地真央（女優）、川上麻衣子（女優）、森脇健児（タレント）、長州小力（タレント）、クリスティアーノ・ロナウド（サッカー選手）、ボビー・ブラウン（歌手）、ネイマール（サッカー選手）

太陽：みずがめ座
支配星：ふたご座／水星
位置：16°－17° みずがめ座
状態：不動宮
元素：風
星：なし

February Sixth

2月6日

AQUARIUS

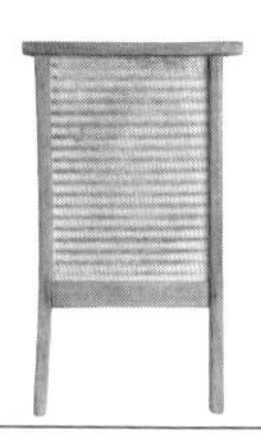

高い理想に到達するには、説得力のある手腕を使って

親しみやすく高い理想を持つ、生まれつきの外交官です。**容姿も魅力的**ですが、控えめでまじめで責任感もあります。見識を広げる自己啓発を怠らず、自分をコントロールしつつ可能性を開花させます。

支配星のふたご座の影響で、聡明でしかもコミュニケーションのコツを心得ています。しかし時にはかなりズケズケものを言う面もあるので注意。**説得力と地道な手腕が合わさって成功への道すじを作る**でしょう。

責任感があり勤勉なので、仕事を任され、あるいは支援を依頼されます。和を求めるあまり現状維持に固執し、変化を嫌ってマンネリにおちいることも。

あなたの経済的に成功したいという願望が原動力となり、それが行動へと駆りたてます。

14歳から43歳までは太陽がうお座を移動するので、感受性が強く社交生活が気になります。創作的才能を伸ばそうとして夢のような希望をいだきます。太陽がおひつじ座に入る44歳で転機が訪れ、意志が明確になり、押しの強さが表面に出てきます。

隠された自己

社会を変えるため、他の人とともに働くことを志します。進んだ理念はよいのですが、自己中心的になりやすく、頑固と忍耐の差を認識する必要が生じることも。分けへだてなく公平にしていれば、冷たいと言われることもありません。落ちこんだ時にはじっと時機を待ちましょう。

責任感があり、他の人に刺激を与え魅了します。仕事で人生を学びます。パートナーとの関係と分かちあいが成功の鍵。

一対一で向きあう人間関係はお手のものです。ともに働きつつ、さりげなく自我を通す絶妙のバランスを学びましょう。

仕事と適性

正義感が強いので、平等な権利や労働環境の向上を求めるでしょう。このため政治や社会、地域の問題に興味を持ちます。

どんな職業に就いても、人あしらいのうまさを活かすべきです。コミュニケーションをとり、人を教えさとし、刺激を与えるコツを知っているので、教育や研究も向いています。あるいは観客の心をとらえる能力を活かして芸能界も考えられます。

恋愛と人間関係

自分の理想についてこられる人や、すでに成功している人に魅力を感じます。恋人には情熱をこめて尽くすタイプ。知的なパートナーを求めます。カリスマ的魅力があるので友人の数は多いでしょう。結婚と家庭を一番大切なものと考えています。

数秘術によるあなたの運勢

6の日生まれの特徴は、愛情と理想主義と思いやりのある性格です。6という数は完璧主義者、あるいは万人の友を意味し、この日生まれの人は責任感と思いやりがあります。家庭的で、献身的な親でもあります。感性が鋭く創作的表現を求め、芸能界や芸術、デザインなどの分野に興味を持ちます。自分にもっと自信を持ちましょう。おせっかいや、とりこし苦労は禁物です。

2の月の影響で直感力があり、折り目正しい理想主義者です。考え方が柔軟で、思いやりがある自由主義。新しい考え方に熱心で、博愛精神の持ち主です。ともに仕事をする時には、勤勉で実際的です。

●**長所**：庶民派である、面倒見がよい、親しみやすい、心が温かい、頼りになる、理解がある、思いやりがある、理想主義者である、家庭的である、博愛主義者である、落ち着いている、美的感覚が鋭い、バランス感覚がある

■**短所**：不満が多い、内気である、筋が通らない、頑固である、ズケズケものを言う、協調性がない、完璧主義者である、いばっている、疑い深い、皮肉屋である、自己中心的である、おせっかいである

相性占い

♥恋人や友人

1月6、20、22、24、28、30日／**2月**4、18、20、22、28日／**3月**2、16、18、20、26、29日／**4月**14、16、18、24、27日／**5月**12、14、16、22、25日／**6月**10、12、14、18、20、23日／**7月**8、10、12、18、21日／**8月**6、8、10、16、19日／**9月**4、6、8、14、17、29日／**10月**2、4、6、12、15日／**11月**2、4、10、13、25日／**12月**2、8、11日

◆力になってくれる人

1月1、3、4、14、23日／**2月**1、2、12日／**3月**10、28日／**4月**8、17、26、30日／**5月**6、24、28日／**6月**4、22、26日／**7月**2、20、24日／**8月**18、22日／**9月**16、20日／**10月**14、18日／**11月**12、16日／**12月**10、14日

♣運命の人

1月11日／**2月**9日／**3月**7日／**4月**5日／**5月**3日／**6月**1日／**7月**8、9、10、11日

♠ライバル

1月3、5日／**2月**1、3日／**3月**1日／**7月**31日／**8月**29日／**9月**27、30日／**10月**25、28日／**11月**23、26、30日／**12月**21、24、28日

★ソウルメイト(魂の伴侶)

1月5、12日／**2月**3、10日／**3月**1、8日／**4月**6日／**5月**4日／**6月**2日

有名人

市原隼人(俳優)、ロナルド・レーガン(第40代アメリカ大統領)、やなせたかし(マンガ家)、フランソワ・トリュフォー(映画監督)、ボブ・マーリー(ミュージシャン)、髙村薫(作家)、大槻ケンヂ(筋肉少女帯　ボーカル)、坂井泉水(ZARD歌手)、福山雅治(歌手)、ユンホ(東方神起　歌手)、デヴィ・スカルノ(元インドネシア大統領夫人・タレント)

太陽：みずがめ座
支配星：ふたご座／水星
位置：17°－18°　みずがめ座
状態：不動宮
元素：風
星：なし

February Seventh

2月7日

AQUARIUS

目標達成のために結びつける豊かな想像力と知性

独創的で知的能力の高い人です。情熱にあふれ、自由を愛し、変化を求めて試行錯誤をくり返します。ただし変化ばかりで落ち着かず、才能を台なしにする可能性も。

支配星のふたご座の影響で好奇心旺盛、客観的思考力や科学者としての才能があり、**人についてすばやい観察をすることができます**。旅にあこがれ、知識を求め続けます。好奇心旺盛なあなたは、**探求の成果を披露する作家**として活躍することも。ただし、飽きっぽいので独自の才能を開花させるのはかなり大変。どこまで客観的でいられるかということと、あなたの公平さが鍵になるでしょう。

かたくなに思いつめ、いらいら、かりかりしていると目標や決意がむしばまれていきます。目標を達成するために、あなたの**豊かな想像力と知性**を結びつけましょう。

太陽がうお座を通る13歳から42歳までは感受性が強く、心の中の世界が豊かになります。夢や理想、人づき合いにまでその豊かな心が反映されます。太陽がおひつじ座に入る43歳になると転機が訪れ、対人関係で自分から主導権をとることが多くなります。

隠された自己

豊かで温かい心の持ち主で、人といっしょに行動して楽しむタイプ。礼儀正しく社交的センスに恵まれ、人をリラックスさせるのもお手のもの。

カリスマ的な性格なので愛とプラス思考を周囲に発散しますから、自己表現のはけ口が欠かせません。多感すぎて過剰反応しないようにうまくバランスをとることが大切。ただし、とても魅力的で人を愛する力もあるので、ベストな状態の自分を開花させるには、充実した活動と人間関係を見つけるだけで十分です。

正直で率直、**人を助ける能力を持ち、友人としても最高**。魅力だけでなく、野心と進取の気性をそなえています。このため、いつもチャンスを探し、行動に駆りたてられる一方、安定と強い絆を望んでいます。バランスをとるためには計画を立てることと、組織的手腕が欠かせません。

仕事と適性

変化と刺激を求めるあなたに、単調な仕事は論外。**多様性や旅がからむ仕事**が、あなたの冒険精神にはぴったりです。想像力豊かで自己表現したい思いが強く、文章を書いたり演劇や芸術の世界で活躍することでしょう。

博愛精神があり、政治、教育など社会そのものの改革に関係する仕事をするかもしれません。科学など学問研究分野なら、分析力と素直さが両方活きるでしょう。思いやりがあるので、医療・健康関連やヒーリングの仕事も向いています。

恋愛と人間関係

大変傷つきやすいので、交際を始める時は慎重に。恋に落ちると、いろいろ困難があって自分が犠牲になっても、ますます思いを深めるタイプです。相手に期待をかけすぎてがっくり、ということも。距離を置くことを覚えれば、欲求不満もたまりません。如才ない人に惹かれますが、恋人としては、あなたのように**心が広い博愛主義者**を選ぶのが無難。

数秘術によるあなたの運勢

7の日生まれは、分析的かつ論理的で自分の考えにこだわりすぎてしまうところがあります。自己認識を広げるため、いつも情報集めに熱心で、読書や文章を書くことに興味があります。如才ないのですが、詰めが甘い面も。隠し事が好きな性分なので、周囲に誤解されることがあるのは要注意です。人に頼らず、たとえ間違っていても自分で決めないと気がすみません。

2の月の影響で勘も鋭く、いつもワクワクどきどきすることを求め、たえず行動していないと落ち着きません。自由主義で人に興味があり、人といっしょに仕事をすることが多いでしょう。

励まされて張りきるタイプで、困った時に何かと協力してくれる人が周りに必要です。あなたの能力を台なしにする人は困りますが、何か決心する前には人の言うことに耳を傾けましょう。

●**長所**：信頼できる、几帳面である、理想主義者である、正直である、科学的・合理的である、思慮深い

■**短所**：ずる賢い、とりつくしまがない、秘密主義である、疑い深い、混乱している、そっけない

♥恋人や友人

1月1、7、11、21、23、31日／**2月**5、19、21、29日／**3月**3、17、19、27日／**4月**1、15、17、25日／**5月**13、15、23日／**6月**11、13、21日／**7月**9、11、19、日／**8月**7、9、17日／**9月**5、7、15日／**10月**3、5、13日／**11月**1、3、11、27日／**12月**1、9、24日

◆力になってくれる人

1月5、16、18日／**2月**3、14、16日／**3月**1、12、14、29日／**4月**10、12、27日／**5月**8、10、25、29日／**6月**6、8、23、27日／**7月**4、6、21、25日／**8月**2、4、19、23日／**9月**2、17、21日／**10月**15、19日／**11月**13、17日／**12月**11、15、29日

♣運命の人

1月6、30日／**2月**4、28日／**3月**2、26日／**4月**24日／**5月**22日／**6月**20日／**7月**18日／**8月**9、10、11、12、16日／**9月**14日／**10月**12日／**11月**10日／**12月**8日

♠ライバル

1月4日／**2月**2日／**5月**29、31日／**6月**27、29、30日／**7月**25、27、28日／**8月**23、25、26、30日／**9月**21、23、24、28日／**10月**19、21、22、26日／**11月**17、19、20、24日／**12月**15、17、18、22日

★ソウルメイト(魂の伴侶)

1月23日／**2月**21日／**3月**19日／**4月**17日／**5月**15日／**6月**13日／**7月**11､31日／**8月**9、29日／**9月**7、27日／**10月**5、25日／**11月**3、23日／**12月**1、21日

♒ みずがめ座

有名人

向井理(俳優)、チャールズ・ディケンズ(作家)、阿久悠(作詞家)、小林稔侍(俳優)、柳井正(ファーストリテイリング創業者)、香坂みゆき(タレント)、宮本恒靖(元サッカー選手)、アシュトン・カッチャー(俳優)、加護亜依(タレント)

太陽：みずがめ座
支配星：ふたご座／水星
位置：18°－19°30′ みずがめ座
状態：不動宮
元素：風
星の名前：カストラ

February Eighth
2月8日
AQUARIUS

時代の先端を行く、ひらめきのある社交家

社交家で意志が強いあなたは魅力的なみずがめ座です。寛大で率直、仲間を求め、**よい暮らしを楽しみます**。チャンスがあれば逃さず、実際的で、物事を論理的にとらえることができ、そこに意志が加われば、成功も夢ではありません。

支配星のふたご座の影響で、話すことも書くことも得意です。アイディアにあふれ、いろいろな情報を集める能力に優れ、それをうまく人に伝えることができます。**天才肌で、知的なひらめきがあり、斬新な発想で時代を先取りします**。

あなたは若干つっぱっているところがあり、それが容姿やライフスタイルにも現れます。やりすぎると問題なので気をつけましょう。自信家で、人あたりも柔らかく、人と関わる活動には向いています。抜け目がなく覚えも早いのですが、飽きっぽく相手の話をじっくり聞かずに誤解されることも。

しかし和を重んじるあなたは、人や状況に対して鋭い勘が働きます。

太陽がうお座を通る12歳から41歳までは感受性が強く、夢を意識し観念的な目標を追いがちです。太陽がおひつじ座に入る42歳になると日常生活の中でそれまでより強気で率直になり、新しいビジネスを始めるかもしれません。

隠された自己

ためになる知識を蓄積して伸びるタイプ。頭のキレがよく実行力があり、興味を持てる仕事や課題が見つかると、やる気満々、情熱を燃やします。**積極性は山をも動かす**くらいですが、謙虚な気持ちを忘れて横柄になることがないように。

創作の才があり、音楽や芸術、小説や演劇などに向きます。心が温かく、常識的で周りの人の役に立つ援助をします。

成功するための下地をしっかり作り、地道に努力しますが、手近な贅沢に溺れて遠くの目標を見失わないように気をつけましょう。

仕事と適性

進取の気性と意欲があるので、自分で仕事を開拓します。**指図されるのは嫌い**なので自営業または自由が多い仕事でないと勤まりません。実際的で几帳面、結果を出すために土台をしっかり作るやり方は事業主になっても管理職になっても役に立ちます。

コミュニケーションも巧みなので販売、広告、報道関係もぴったりです。

芝居のセンスがあり、俳優やディレクターまたは脚本家といった芸能界での活動にも向いています。

恋愛と人間関係

実際家で常識的、自分が楽しむ方法も他の人を楽しませる方法もよく知っています。**野心的で勤勉な成功志向の人**との交流が多いでしょう。プライドが高く身の安全も意識するので、お金や地位が重要な要素になります。

あなたはセンスがよく美しいものが好きで、本物を見る目があります。気に入った相手には大変度量が広い、すてきな友人となるでしょう。

数秘術によるあなたの運勢

健全な価値判断が8の日生まれの特徴です。8という数字は野心家の数字で、支配欲や物欲も意味します。8の日生まれのあなたはビジネスセンスがありますから、上に立つ人間としての資質を磨きましょう。安定への願いが強く、計画や投資は長期的です。

2の月の影響で新しいことに対しても柔軟で勘が働きます。愛想もよく人あたりも柔らかいのですが、人に依存することはありません。

よく気がつき思いやりもあるロマンティストで、志が大きく、創造性を表現する場を求めています。ただ常識的には自分が正しいと思っても、それを押しつけたり批判的になったりする傾向には注意が必要です。

●**長所**：リーダーシップがある、完璧主義である、勤勉である、伝統を大事にする、権威がある、保護者的である、癒す力がある、価値観がしっかりしている

■**短所**：浪費する、心がせまい、ケチである、落ち着きがない、働きすぎる、落ちこみやすい、計画性がない、仕切りたがる

相性占い

♥恋人や友人

1月8、14、17、20、22、24日／**2月**6、15、18、20、22日／**3月**4、13、16、18、20日／**4月**2、8、11、14、16、18日／**5月**9、12、14、16日／**6月**4、7、10、12、13、14日／**7月**5、8、10、12、30日／**8月**3、6、8、10、28日／**9月**1、4、6、8、26日／**10月**2、4、6、24日／**11月**2、4、22日／**12月**2、20日

◆力になってくれる人

1月6、23日／**2月**4、21日／**3月**2、19、30日／**4月**17、28日／**5月**15、26、30日／**6月**13、24、28日／**7月**11、22、26日／**8月**9、20、24日／**9月**7、18、22日／**10月**5、16、20日／**11月**3、14、18日／**12月**1、12、16、30日

♣運命の人

1月7日／**2月**5日／**3月**3日／**4月**1日／**8月**10、11、12、13日

♠ライバル

1月5、26、29日／**2月**3、24、27日／**3月**1、22、25日／**4月**20、23日／**5月**18、21日／**6月**16、19、30日／**7月**14、17、28日／**8月**12、15、26、31日／**9月**10、13、24、29日／**10月**8、11、22、27日／**11月**6、9、20、25日／**12月**4、7、18、23日

★ソウルメイト（魂の伴侶）

1月30日／**2月**28日／**3月**26日／**4月**24日／**5月**22日／**6月**20日／**7月**18日／**8月**16日／**9月**14日／**10月**12、31日／**11月**10、29日／**12月**8、27日

有名人

佐々木希（モデル）、ジェームズ・ディーン（俳優）、船戸与一（作家）、山本寛斎（ファッションデザイナー）、本田博太郎（俳優）、ジョン・グリシャム（作家）、岩館真理子（マンガ家）、山田詠美（作家）、田中卓志（アンガールズ　タレント）、高岡蒼佑（俳優）、松下奈緒（女優）、六代目三遊亭圓楽（落語家）

太陽：みずがめ座
支配星：ふたご座／水星
位置：19°30'−20°30' みずがめ座
状態：不動宮
元素：風
星の名前：カストラ

February Ninth

2月 9日

AQUARIUS

広い視野と独創性あふれる博愛精神の持ち主

創作の才があり独創性あふれるあなたは、友人の多いみずがめ座生まれです。**機転がきき、素直で説得力があります**。勘がよく博愛精神を持つので、人あたりは柔らかく、また人の行動を鋭く観察しています。多芸多才ですが、優柔不断と心配性が玉にきず。

支配星のふたご座の影響で、独自のやり方で問題解決にあたります。心が広く、**発想がのびやかでひらめきもあります**。自由でありたいという願いが強く態度がよそよそしいので、冷淡だと誤解されることも。

古いアイディアに新風を吹きこむのが好きで、**時代を先取り**します。高い地位に就くこともありますが、転落しないためには精神的な自己抑制が欠かせません。視野の広い理解力と潜在能力が結びつけば、あなたと周りの人の人生に多くの収穫をもたらします。

あなたは変化を求めてやまない性分なので、海外生活も含めいろいろな経験をするでしょう。多くのことに関心を持つので手を広げすぎるきらいはありますが、これはと思う仕事にはじっくり取り組むことができます。

11歳から40歳までは太陽がうお座にあり、感受性が豊かで想像力がふくらみます。社交生活や夢、創作のセンスなどに目覚める頃です。太陽がおひつじ座に入る41歳になると転機が訪れ、何事にも主導権をとりたいと思うようになり、新しい事業を始め、新しいアイディアを追いかけます。

隠された自己

落ち着きを求め、家や家族を大事にします。家族の悩みを自分から進んで解決してしまうことがよくあります。

あなたは善意なのですが、肩代わりするより本人たちに自分で解決させるようにもっていきましょう。

思いきった行動でよい結果が出るので、目的をはっきり持ち、より困難な課題に果敢にチャレンジしてください。

仕事と適性

思いやりがあり、人に流されないので教育、作家活動、カウンセリング、心理学方面に向いています。多芸多才なので単に報酬が高いだけの仕事では満足しません。**仕事でもライフスタイルでも、旅と変化を好みます**。

経営や法律、政治関係や公務員向きでもあります。

人々の夢やあこがれに敏感なので、芸術や演劇、デザインなど、クリエイティブな部分に磨きをかけるべきです。

恋愛と人間関係

気さくで社交的なので、いろいろなタイプの人を惹きつけます。おおらかで多感に見える時もあれば冷たく見える時もあり、対人関係での一貫性が大事です。知的な人々に惹かれるので、**仲間と共通の趣味を持ち、いっしょに知的な活動をする**とよいでしょう。考え方が新しく、恋人とのつき合い方もユニークです。

数秘術によるあなたの運勢

9の日生まれは優しく、思慮深く、情にもろい、というのが特徴です。親切で心が広く、リベラルです。直感的能力に優れているのですが、変化や感情の浮き沈みを克服しなければならないのがこの誕生日の宿命です。

世界を旅し、いろいろな業界の人と語りあうのが大変ためになりますが、現実性のない夢やすぐに現実逃避に走るのは禁物です。

2の月の影響で感性が鋭いものの、優柔不断なのでバランスのよいものの見方をキープすることが必要。何か自分から才能を伸ばしたいと思えることを見つけましょう。

多芸多才なので趣味も幅広く、のびのびと活動できる環境が欠かせません。

●**長所**：理想主義者である、博愛精神の持ち主である、芸術的センスがある、感性が鋭い、人を惹きつける、知的である、寛容である、気前がいい、分けへだてしない、人気がある

■**短所**：すぐにいらいらする、一貫性がない、自己中心的である、非実用的である、誘惑に弱い、劣等感が強い、心配性である

♥恋人や友人

1月7、9、23、25、27日／**2月**5、7、21、23、25日／**3月**5、19、21、23、29日／**4月**3、17、19、21、27、30日／**5月**1、15、17、19、25、28日／**6月**3、13、15、17、23、26日／**7月**11、13、15、21、24日／**8月**9、11、13、19、22日／**9月**7、9、11、17、20日／**10月**5、7、9、15、18日／**11月**3、5、7、13、16、28日／**12月**1、3、5、11、14日

◆力になってくれる人

1月2、4、7、26日／**2月**2、5日／**3月**3日／**4月**1日／**5月**31日／**6月**16、29日／**7月**27、31日／**8月**25、29日／**9月**23、27日／**10月**21、25日／**11月**19、23日／**12月**17、21日

♣運命の人

1月8、14日／**2月**6、12日／**3月**4、10日／**4月**2、8日／**5月**6日／**6月**4日／**7月**2日／**8月**11、12、13、14日

♠ライバル

1月6、19、29日／**2月**4、17、27日／**3月**2、15、25日／**4月**13、23日／**5月**11、21日／**6月**9、19日／**7月**7、17日／**8月**5、15日／**9月**3、13、30日／**10月**1、11、28日／**11月**9、26日／**12月**7、24、29日

★ソウルメイト(魂の伴侶)

1月16、21日／**2月**14、19日／**3月**12、17日／**4月**10、15日／**5月**8、13日／**6月**6、11日／**7月**4、9日／**8月**2、7日／**9月**5日／**10月**3日／**11月**1日

この日に生まれた 有名人

庄野潤三(作家)、ハナ肇(タレント)、ミア・ファロー(女優)、伊集院静(作家)、あだち充(マンガ家)、ラモス瑠偉(元サッカー選手)、谷佳知(プロ野球選手)、田中美里(女優)、チャン・ツィイー(女優)、降谷建志(Dragon Ash ボーカル)、諏訪内晶子(バイオリニスト)、春日俊彰(オードリー タレント)、夏目漱石(作家)

太陽：みずがめ座
支配星：てんびん座／金星
位置：20°－21°30′ みずがめ座
状態：不動宮
元素：風
星の名前：ナシラ、カストラ

February Tenth

2月10日

AQUARIUS

高い理想を持ち、鋭い直感力を備えたカリスマ

親切でよく働き、意志の強いみずがめ座生まれのあなたは、**健全な常識人**です。カリスマ的魅力もあり、生まれつき社交家なのでチームプレー向き。実際家で忙しいのが性に合っています。感性が鋭くイマジネーションにあふれた人です。

支配星のてんびん座の影響で、**優れた直感力**があります。人を見る目が客観的で年とともに抜け目がなくなります。自立していますが、たえず人と接することを願い、他人の役に立つことで満足します。**自分のことは自分で決めたいタイプ**で束縛は苦手。創意工夫する力があり、物事の本質を正確にとらえるので、問題解決が得意。時には、いらいらして気難しいところもありますが、敏感で思いやりがあり人に好かれます。

前向きで地道で、同時に高い理想を持っています。何をやりたいのか自分ではっきり把握するとやる気が出てきます。一流であり続けるコツは、人生設計を定期的に見直すこと。人生バランスのよさが大切です。

10歳から39歳までは太陽がうお座を通り、感受性が強く、自分なりの感情処理法を身につけます。夢を追い続けることも。40歳で太陽がおひつじ座に入ると、日常生活でも積極的に自分で決めることが多くなり、新しい仕事を始めるでしょう。

隠された自己

感じがよく社交的で、パワーと決断力に満ち、ひそかなプライドと責任感があるので、いつのまにかリーダーになっています。**頭がよく率直に発言する**ので、人からは自信家だと思われます。何より大切な家庭についても、あなたは責任をきちんと果たします。ときどき衝突がいやで自分の気持ちを抑えすぎ、身動きがとれず不機嫌になったり、逆に引っ込み思案になったりします。まず自分の感情と正面から向きあってみましょう。

新しい世界が開け、新鮮な気持ちになるはずです。あなたに必要なのは、何事も大きくとらえること。そうすれば、あなたが陥りがちな仕事と趣味との葛藤も、うまくバランスをとることができるでしょう。

仕事と適性

自立心が強く、自分の思い通りにやらないと気がすみません。**あれこれ指図されると腹を立てるタイプ**ですから、経営者向きです。勘が鋭いので人の性格をぴたりと見抜き、また商才もあるので儲け話は逃しません。売るのも買うのも得意なので、代理人業務にぴったりです。政治家として、あるいは福祉関係の仕事や公務員や総務的な職なども向いています。人の役に立ちたい思いが強いので、宗教関係の慈善や心身障害者の支援などもよいでしょう。創造的なので演劇やスポーツ、音楽や芸術、写真などの分野の開拓もラッキー。研究や新しい技術開発もOKです。

恋愛と人間関係

親しみやすく、特に自分が役に立つと思った時は共同作業が楽しくなります。**パートナーと共同することで得をするタイプ**ですから、話しあって進める技術を磨きましょう。

安らぎが欲しくて落ち着きたいと願う半面、何らかの知的刺激のある人間関係を求めます。

ただあなたは神経過敏になって、気分の浮き沈みが激しくなったり、言葉をはしょって人に誤解されたりということがままあるので注意して。それさえ克服すれば友情面でも恋愛面でも、大変誠実なパートナーとなることでしょう。

数秘術によるあなたの運勢

あなたは大変な努力家ですが、それでも目標達成のためには障害をいくつか乗り越えなくてはなりません。エネルギッシュで独創的なあなたは、人とは違っていても自分の信念にこだわります。パイオニア精神があるので、辺境の地へ旅したり独立することも。あなたを中心に世界が回っているのではないのですから、自己中心主義と命令調はいけません。

10の日生まれの人は成功と達成にこだわるので、仕事のうえで第一人者になることもしばしば。

2の月の影響で、勘がよく思考が柔軟、親しみやすい人柄です。選択肢が多すぎて何をすべきか迷うことも。

思いやりがあって敏感なので、他の人の気持ちをよく察します。

●長所：リーダーシップがある、創造性がある、進歩的である、頼もしい、楽観的である、確信に満ちている、有能である、人に依存しない、グループでいるのが好きである

■短所：いばっている、ねたみ深い、利己的である、ひねくれている、自制できない、自己中心的である、優柔不断である、気が短い

♥恋人や友人

1月10、14、26、28日／**2月**8、24、26日／**3月**6、22、24、30日／**4月**4、8、20、22、28日／**5月**2、18、20、26、29日／**6月**4、16、18、24、27日／**7月**14、16、22、25日／**8月**12、14、20、23、30日／**9月**10、12、18、21、28日／**10月**8、10、16、19、26日／**11月**6、8、14、17、24日／**12月**4、6、12、15、22日

◆力になってくれる人

1月8日／**2月**6日／**3月**4、28日／**4月**2、26日／**5月**24日／**6月**22、30日／**7月**20、28、29日／**8月**18、26、27、30日／**9月**16、24、25、28日／**10月**14、22、23、26、29日／**11月**12、20、21、24、27日／**12月**10、18、19、22、25日

♣運命の人

1月15日／**2月**13日／**3月**11日／**4月**9日／**5月**7日／**6月**5日／**7月**3日／**8月**1、12、13、14、15日

♠ライバル

1月7、9、30日／**2月**5、7、28日／**3月**3、5、26日／**4月**1、3、24日／**5月**1、22日／**6月**20日／**7月**18日／**8月**16日／**9月**14日／**10月**12、29日／**11月**10、27日／**12月**8、25、30日

★ソウルメイト(魂の伴侶)

1月8、27日／**2月**6、25日／**3月**4、23日／**4月**2、21日／**5月**19日／**6月**17日／**7月**15日／**8月**13日／**9月**11日／**10月**9日／**11月**7日／**12月**5日

この日に生まれた有名人

平塚らいてう(女性解放運動家)、髙橋英樹(俳優)、島田洋七(タレント)、市川由衣(女優)、石田卓也(俳優)、スヨン(少女時代 歌手)、川口春奈(女優)、安達哲(マンガ家)、エマ・ロバーツ(女優)

太陽：みずがめ座
支配星：てんびん座／金星
位置：21°−22°30′ みずがめ座
状態：不動宮
元素：風
星の名前：サド・アル・スード、デネブ・アルゲディ、ナシラ

February Eleventh

2月11日

AQUARIUS

機転がきき、進歩的な発想の持ち主

人間への洞察が鋭いみずがめ座生まれのあなたは、**強い意志と決断の人**。想像力豊かで、流行の最先端を走り、いつも刺激を求めてワクワクしています。何かの目標に集中している時は、忍耐力を発揮して障害を乗り越えることができます。

支配星のてんびん座の影響で、**気さくで思いやりがあり、人と接することが好き**。創造的な才能があり、人間関係にも工夫をこらします。どんな相手とでもうまくやっていける、博愛精神に富んだところがあります。

考え方が進んでいて、時代遅れのシステムはどんどん改革します。ただし、人の言うことに耳を貸さずに意地を張り通すのはやめましょう。神経質で多感で、**好きな仕事に打ちこんでいる時に幸せを感じる理想主義者**。機転がきくので状況判断が速く、いつも好きな仕事で忙しくしている方が才能を大きく開花させます。

9歳から38歳までは太陽がうお座にあるので感受性が強まり想像力がふくらみます。夢や理想、人づき合いにまで感受性の強さが現れます。太陽がおひつじ座に入る39歳で転機が訪れ、人との関係において自分からイニシアチブをとるようになり、新しい活動を始めることになります。

隠された自己

天性の直感力を伸ばすことがあなたのためになります。自分をよく見つめることで感性の声に素直に耳を傾け、ここぞという時に人生を開花させましょう。そうすれば肩の力が抜け、猜疑心にとらわれたりひとりよがりになることはありません。あまり人への要求水準を高くすると誰もついてこられないので要注意。

あなたの皮肉屋な一面は人生の矛盾もあっさり受け流し、精神的バランスをうまくとることに役立つでしょう。**人を楽しませるのは好き**ですが、知的なチャレンジも好みます。独立心は旺盛ですが、知りあいが多くネットワーク作りが得意で、パートナーやチームの一員としても申し分ありません。天性のリーダーシップは人生のあらゆる面で有利です。

仕事と適性

鋭い洞察力と本能に恵まれ、大胆で実行力も十分。心理学者やカウンセラーといった、人に関わる職業がぴったりです。考え方が進んでいて、情報工学に関心があり、先端産業の仕事が合っています。あなたの折り目正しさと、**新しいアイディアに対する柔軟な姿勢**は、上司に高く評価されます。

危機に際してあわてず騒がず、問題解決と新発見を楽しみます。自営業も吉です。教育に関心があり教師や作家として芽が出ることも。哲学など、学問の研究者という選択肢も考えられます。

恋愛と人間関係

古いやり方や因習を嫌い、新しいアイディアが好きなので、周りには**伝統にこだわらない斬新な考え方をする仲間**が集まることでしょう。よく気がつき、控えめで思いやりがあるかと思えば、頑固だったりわがままだったりします。

本当は親しくなりたいと思っているのに、素直になれず感情表現がぎこちなくなることも。全体としては、すばらしい友人であり、大切な人々を一生懸命サポートします。

数秘術によるあなたの運勢

11の誕生日生まれは、ひらめきや新しいものにこだわります。謙虚でもあり自信過剰でもあり、物質・精神両面での克己心を育てるのが課題。経験を通して自分の二面性をわきまえ、感情を素直に受け入れることで極端に走ることがなくなります。いつもはつらつとエネルギッシュですが、心配性で現実離れするのは問題。

2の月の影響で直感力があり、柔軟です。敏感で、人あたりも柔らかく博愛精神に富んでいます。相手が励ましたり支援してくれるタイプならば、パートナーシップもうまくいきます。

順応性はありますが、相手を恐れたり信用できなかったりすると、すぐに引いてしまいます。才能と直感力があり、何かに熱中し、特に新しいアイディアを試している時は周囲の雑音にまどわされてはいけません。

●**長所**：バランスがとれている、集中力がある、客観的である、情熱的である、理想主義である、直感力がある、知的である、外交的である、芸術的センスがある、奉仕精神に富む、癒す力がある、博愛精神がある、信念がある

■**短所**：劣等感がある、目標がない、感情的である、傷つきやすい、自己中心的である、はっきりしない、いばっている

相性占い

♥恋人や友人

1月11、15、20、25、27、28、29日／**2月**9、18、23、25、27日／**3月**7、16、21、23、25日／**4月**5、9、14、19、21、23日／**5月**3、12、17、19、21日／**6月**1、5、10、15、17、18、19日／**7月**8、13、15、17日／**8月**6、11、13、15日／**9月**4、9、11、13日／**10月**2、7、9、11日／**11月**5、7、9日／**12月**3、5、7日

◆力になってくれる人

1月9、26日／**2月**7、24日／**3月**5、22日／**4月**3、20日／**5月**1、18、29日／**6月**7、16、27日／**7月**14、25、29、30日／**8月**12、23、27、28、31日／**9月**10、21、25、26、29日／**10月**8、19、23、24、27日／**11月**6、17、21、22、25日／**12月**4、15、19、20、23日

♣運命の人

1月16日／**2月**14日／**3月**12日／**4月**10日／**5月**8日／**6月**6日／**7月**4日／**8月**2、13、14、15、16日

♠ライバル

1月8、29、31日／**2月**6、27、29日／**3月**4、25、27、28日／**4月**2、23、25、26日／**5月**21、23、24日／**6月**19、21、22日／**7月**17、19、20日／**8月**15、17、18日／**9月**13、15、16日／**10月**11、13、14、30日／**11月**9、11、12、28日／**12月**7、9、10、26日

★ソウルメイト(魂の伴侶)

5月30日／**6月**28日／**7月**26日／**8月**24日／**9月**22、30日／**10月**20、28日／**11月**18、26日／**12月**16、24日

有名人

トーマス・エジソン(発明家)、マリー・クヮント(ファッションデザイナー)、唐十郎(劇作家)、クロード・チアリ(ミュージシャン)、鳩山由紀夫(政治家)、岡田惠和(脚本家)、佐藤可士和(アートディレクター)、ジェニファー・アニストン(女優)、伊能忠敬(測量家)

太陽：みずがめ座
支配星：てんびん座／金星
位置：22°－23°30′ みずがめ座
状態：不動宮
元素：風
星の名前：サド・アル・スード、
デネブ・アルゲディ、ナシラ

February Twelfth

2月12日

AQUARIUS

何でもこなせるものの器用貧乏にならないように

おおらかで社交的、頭がよくて、豊かな創造性を備えています。**何事にも客観的でリーダーの素質十分**。野心家で機転もきき、スケールの大きな考え方をします。ただし、あれこれ手を広げすぎて器用貧乏にならないように注意しましょう。

支配星のてんびん座の影響で、魅力があり、**どんな職業の人ともすぐ仲よくなります**。少々そっけない時もありますが、心の中ではいつも温かい友人の輪を求めています。とても道徳的かと思えば金儲けも抜かりなく、得意の人脈作りと商才がひとつになって、成功の後押しをします。

淡々とした外見とは違い、あなたの内面はもう少し複雑です。心の中の不安を追い払うことができれば、創造的かつ想像的なアイディアを実現することができます。**持ち前の判断力で、すぐトップの座に上りつめますが**、思い上がらないように肝に銘じておきましょう。あなたは自立していて、情熱と勇気にあふれ、独自のスタイルを持っています。

8歳から37歳までは太陽がうお座を通過し、感受性が強まり、想像力豊かで人づき合いを強く意識しながら過ごし、創作活動にも興味を示します。太陽がおひつじ座に入る38歳になると転機が訪れ、意志が明確になり、自分の道を歩きはじめます。新しい仕事を始めることも。太陽がおうし座に入る68歳になると、また新たな転機が訪れ、落ち着いて安らぎのある暮らしを求めます。

隠された自己

夢見る芸術家タイプでありながら、頭の回転も速い、多面的な性格です。機転と強い自己顕示欲が、冒険心に貢献することも。ただし、優柔不断でエネルギーを浪費する傾向もあります。

自分を鍛えながら、勘と才能を信じることで、めざましい成功を収めるでしょう。能力に見合わない地位は拒絶することも。創造的な力があり、次から次へと成功しなければ気がすまないところがあります。ただし感受性が強いので、心を落ち着けるためには、１人で静かに過ごす時間が欠かせません。

仕事と適性

商魂たくましく、コミュニケーション能力もあるので、**交渉ならお手のもの**。公的機関が向いています。人に教えることに適性があり教師も選択肢のうちです。人を相手にする仕事が合うので政界もよし、カウンセリングなどの仕事も合っています。また執筆業や演劇、芸術分野で活躍することも。客観的で因習にとらわれないので、科学者や発明家にも向いています。持ち前の博愛精神でどんな道でも大きな貢献をするでしょう。好奇心が強いので考古学者や人類学者にも向いています。

恋愛と人間関係

親しみがあり、楽しいことが好きで、どんなタイプの人ともうまくいきます。**共通の趣味や関心を持つ、知的刺激をもたらす人やグループ**と交わることが好きです。時流に敏感で、同じように自分磨きに熱心な人に惹かれます。ただし個人的関係になった時に上から見下す態度をとらないように気をつけましょう。

進歩的な考え方をするので、恋愛でもいろんな可能性に挑戦したいと思っています。

感受性が強すぎ、深い思いをうまく伝えられずに、逆にそっけない態度をとってしまうこともあります。

数秘術によるあなたの運勢

12日生まれは、勘が鋭く、親しみが持てる人柄です。本当の自我を確立したい思いが強く、論理的で発明の才にあふれています。理解力と感性に優れ、目標達成のために人と協力するコツをわきまえています。自己顕示欲と人助けをしたい気持ちとのバランスがうまくとれた時は心が満たされます。

自分の足で立つ勇気と、少々のことを言われても、意志がくじけないだけの自信を養いましょう。

2の月の影響で、人づき合いのセンスがあり、新しいことも受け入れます。思いやりがあり、人の感情に敏感です。感覚的で適応能力がありますが、落ち着きのない性格なので、ときどきいらいらしたり、いばりちらしたりすることも。

学ぶ意欲があり、社会問題、特に教育や政治に関心があります。

●**長所**：創造力がある、魅力的である、進取の気性がある、売りこみがうまい

■**短所**：世の中をななめに見ている、人と協力しようとしない、神経過敏である、自信がない

♥恋人や友人

1月4、11、12、26、28、30日／**2月**2、9、10、24、26、28日／**3月**7、8、22、24、26日／**4月**5、6、10、20、22、24、30日／**5月**3、4、18、20、22、28、31日／**6月**1、2、6、16、18、20、26、29日／**7月**14、16、18、24、27日／**8月**12、14、16、22、25日／**9月**10、12、14、20、23日／**10月**8、10、12、13、18、21日／**11月**6、8、10、16、19日／**12月**4、6、8、14、17日

◆力になってくれる人

1月3、10、29、31日／**2月**1、8、27日／**3月**6、25日／**4月**4、23日／**5月**2、21、23日／**6月**19日／**7月**17、30日／**8月**15、28日／**9月**13、26日／**10月**11、24日／**11月**9、22日／**12月**7、20日

♣運命の人

1月11日／**2月**9日／**3月**7日／**4月**5日／**5月**3日／**6月**1日／**8月**14、15、16、17日

♠ライバル

1月9日／**2月**7日／**3月**5、28日／**4月**3、26日／**5月**1、24日／**6月**22日／**7月**20日／**8月**18日／**9月**16日／**10月**14、30、31日／**11月**12、28、29日／**12月**10、26、27日

★ソウルメイト（魂の伴侶）

1月7日／**2月**5日／**3月**3日／**4月**1日／**5月**29日／**6月**27日／**7月**25日／**8月**23日／**9月**21日／**10月**19日／**11月**17日／**12月**15日

有名人

桑倉奈々（女優）、直木三十五（作家）、チャールズ・ダーウィン（生物学者）、エイブラハム・リンカーン（第16代アメリカ大統領）、佐分利信（俳優）、植村直己（登山家）、伊賀大介（スタイリスト）、クリスティーナ・リッチ（女優）、新島襄（教育者）

太陽：みずがめ座
支配星：てんびん座／金星
位置：23°30'−24°30' みずがめ座
状態：不動宮
元素：風
星の名前：サド・アル・スード、
　　　　　デネブ・アルゲディ、ナシラ

February Thirteenth

2月13日

AQUARIUS

勤勉で仕事に誇りを持ち、リーダーとして活躍

話し上手で独創的、発明工夫の才があります。プライドが高く、**仕事に誇りを持っていますが**、人の下で働くのは向いていません。勤勉で頼りになり、自分がリーダーであれば集団に溶けこみます。

支配星のてんびん座の影響で社交的なので、**どんなタイプの人とも打ち解ける能力が**あります。社交性と優れた判断力のおかげで、どんな交渉でもうまくいきます。**イメージへのこだわりと美しいものへの執着**があるので、文学や芸術分野で個性を発揮することも。愛情が深く、人との関わりを大切にします。抜け目がなく、正確に分析的に物事を考える力があります。博愛精神があると同時に反骨精神もあり、他の人の権利を守るため、または理想のために進んで闘います。

相手と直接交渉することが信条ですが、言いすぎてやりこめたり、命令調になったりしないよう、十分に注意しましょう。

太陽がうお座を通過する7歳から36歳までは、感受性が強まり、理想的、創造的な目標を追求します。太陽がおひつじ座に入る37歳になると、日常生活でもより自信にあふれ、意志的になり、新しい活動を始めるでしょう。67歳で太陽がおうし座に入ると、経済的な安定と安らぎを求め、自然への愛着が芽生えます。

隠された自己

野心家で商才があるのに、くよくよ悩みがちで、せっかくのチャンスをつぶすことも。前向きな気持ちを失わず、ぜいたくをしなければ、もっと明るく気楽に暮らせます。**大胆なので、のびのびした発想ができます。**

心が広く、大きく物事をとらえるので、誰もがついてきます。変化や改革を起こさせるよう、人をやる気にさせるのはお手のもの。少々頭が固い時もありますが、距離を置くバランス感覚を身につければ、欲求不満もたまりません。敏感すぎるところがあるので、定期的に休んだり遊んだりして充電しましょう。

仕事と適性

頭がよくて実践的、創造性も豊かです。多芸多才なので、**いろいろな自己表現の方法を求めます**。大きな仕事の共同作業もこなしますが、人に指図される立場にいると束縛を感じます。理想的には自営業、あるいはなんらかの主導権のある地位が望ましいでしょう。勘が鋭く知的で、科学や教育、哲学の分野に向いています。思いやりがあるのでカウンセリングなどの福祉事業に参加し、あるいは他人の権利のために闘うことも。

音楽や美術、演劇などのセンスにも恵まれ、芸術や芸能界でも活躍します。人道的事業や、公的機関の仕事も選択肢の1つです。

恋愛と人間関係

気さくで頭がよく、おもしろい人柄なので、多くの友人がいます。**自分を刺激するタイプの、知的で創造的な人々**に惹かれます。愛情を求める気持ちは強いのに、長期にわたる人間関係では優柔不断でつまずくことも。少し距離を置き、いつも元気でいる方法を知っておけば、私生活の苦労も減るというものです。情に厚いタイプなので友達の存在は大切です。

数秘術によるあなたの運勢

感情の豊かさ、情熱、ひらめきが13日の誕生日の特色です。数秘術上この日生まれの人は、野心家で勤勉、創造的な自己表現を通じて、すばらしい成功を収めます。才能を結実させるには、現実的な視点を養わなければなりません。独創的な方法で刺激的なアイディアが生まれ、強い印象を与える作品が完成します。

13日生まれの人は情熱的でロマンティック、魅力があり、献身的に働いて成功します。

2の月の影響で理想を信奉し、人づき合いのコツを知っています。野心的で魅力があり、公私にわたる成功のために、社交性をどう使うかを心得ています。才能を表現したい思いが強く、目標があればとても大胆になります。いつもは寛大で親切ですが、ぜいたくや遊びに溺れることも。

共同作業で利益を得ますが、指導的立場にいる方が性に合うでしょう。

●**長所**：野心的である、創造的である、自由を愛する、自己表現が得意である、リーダーシップがある

■**短所**：衝動的である、優柔不断である、いばる、鈍感である、反抗的である、自己中心的である

相性占い

♥恋人や友人

1月13、17、29日／**2月**11、27、29日／**3月**9、25、27日／**4月**7、11、23、25日／**5月**5、21、23、29日／**6月**3、7、19、21、27、30日／**7月**1、17、19、25、28日／**8月**15、17、23、26日／**9月**13、15、21、24日／**10月**11、13、19、22、29日／**11月**9、11、17、20、27日／**12月**7、9、15、18、25日

◆力になってくれる人

1月11日／**2月**9日／**3月**7、31日／**4月**5、29日／**5月**3、27、31日／**6月**1、9、25、29日／**7月**23、27、31日／**8月**21、25、29、30日／**9月**19、23、27、28日／**10月**1、17、21、25、26日／**11月**15、19、23、24、30日／**12月**13、17、21、22、28日

♣運命の人

1月12日／**2月**10日／**3月**8日／**4月**6日／**5月**4日／**6月**2日／**8月**15、16、17、18日

♠ライバル

1月10日／**2月**8日／**3月**6、29日／**4月**4、27日／**5月**2、25日／**6月**23日／**7月**21日／**8月**19日／**9月**17日／**10月**15、31日／**11月**13、29、30日／**12月**11、27、28日

★ソウルメイト（魂の伴侶）

1月18、24日／**2月**16、22日／**3月**14、20日／**4月**12、18日／**5月**10、16日／**6月**8、14日／**7月**6、12日／**8月**4、10日／**9月**2、8日／**10月**6日／**11月**4日／**12月**2日

フランキー堺（俳優）、森本レオ（俳優）、佐藤B作（俳優）、竹宮惠子（マンガ家）、矢野顕子（ミュージシャン）、南原清隆（ウッチャンナンチャン　タレント）、出川哲朗（タレント）、生田智子（女優）、ヒロミ（タレント・実業家）、有村架純（女優）

太陽：みずがめ座
支配星：てんびん座／金星
位置：24°−25°30′ みずがめ座
状態：不動宮
元素：風
星の名前：サド・アル・スード、
デネブ・アルゲディ

February Fourteenth

2月14日

AQUARIUS

傷つくのが怖くて、わざと冷淡な態度をとりがち

チャーミングで知的で、温かい心を持っています。洗練された社交術のおかげで、いろいろな分野で成功します。想像力豊かで、自分の外見にこだわるので、**はつらつとして、人にもよい印象を与えます**。

支配星のてんびん座にいる太陽の影響で、人あたりがよく、おおらかなあなたには、なごやかな人間関係が欠かせません。音楽や美術が好きで、生まれつきの才能もあり、それを自己表現の手段として開花させるための研鑽をしたいと思っています。ぜいたくで、**一流の生き方にあこがれます**。

正直かつ率直で、シンプルに生きることを望んでいます。人の真意についての洞察が鋭く、心理を読むのが得意で、博愛精神の持ち主です。妙にぶっきらぼうな時がありますが、傷つくのが怖くてわざと冷淡な態度をとるのです。相手があなたから嫌われていると誤解することもあるので、この点は改めましょう。あなたは**いつまでも若さを失わず**、相手を楽しませ惹きつけます。

太陽がうお座を通過する6歳から35歳までは感受性や想像力が強まり、夢にも理想にも、人とのつき合いにもその影響が現れます。36歳で太陽がおひつじ座に入ると、転機が訪れ、何事にも断定的になり、主導権を握ることが増え、対人関係でもますます率直になります。太陽がおうし座に入る66歳で新たな変化が訪れ、経済的な安定と地道な取り組みを求めるようになります。

隠された自己

関心や興味の対象が多すぎて、優柔不断になり、あるいは理想と現実のギャップに悩まされます。しかし持ち前の明るさと、豊かな表現力のおかげで、幸運な人生を歩みます。お金や物にこだわるあまり、創造的なチャンスをつぶさないように。あなたは現実的ですが、**直感力もあります**。その力をうまく活かすことができれば、己を知り、人を助けられるようになります。

もともと遊び好きですが、責任感を育てることで、落ち着きが身につき、成功のチャンスも増えることでしょう。発想力豊かな情熱家なので、創造的追求を通して、アイディアを形に替えましょう。たえず知識を追い求め、いつまでも若々しく、エネルギッシュです。

仕事と適性

個人主義者で決意に満ち、魅力とエネルギーにあふれています。**仕事のうえでも明るい個性を売りこみ、昇進のチャンスをつかみます**。勤勉で、実務的な技能と管理能力があり、セールス業、広告業界でも成功します。人あたりもよく、公務員や大企業の一員としても有能です。金融・保険・証券関係にも向いています。あるいは金融業界でみずから起業することも。華やかな暮らしを求めるなら芸能界という選択もあります。

恋愛と人間関係

魅力のある個人主義者で、目の前にある機会は、自分の好きなように利用したいタイプ。また、友達作りが得意です。現実的で常識もありますが、つき合う相手を選ぶ時は、束縛を感じたり、すぐに飽きたりしないように、時間をかけて慎重に。

正直で率直なので、パートナーとしては、現実的でありながら感性が豊かで、繊細な相手に惹かれるでしょう。

人間関係を大切にしますが、**配偶者との間でも自由が欲しいと思うタイプ**です

数秘術によるあなたの運勢

14の日生まれの特徴は、知的な潜在能力が高いこと、実践主義、意志の強さなどです。事実、この誕生日の人は仕事本位で、まず仕事の実績で人を判断するところがあります。

安定も求めてはいるのですが、14日生まれの落ち着きのなさで、自分の向上のためにいつも進んでチャレンジします。生来、簡単には満足しない性格なので、もし職場環境や経済状況が気に入らないと、何度でも挑戦します。頭がよく、問題が起きれば即座に解決します。

2の月の影響で勘も鋭く目が肥えています。完璧主義で、最初から疑いをいだいているところがあるので、人には批判的で、自分の考えからなかなか離れられません。思考は柔軟で勘も鋭いのですが、落ち着きがなく、信念に欠けます。自分の手で物事を決めたいタイプなので、個人的な経験を通して学習することが多いでしょう。

●長所：断固とした行動ができる、勤勉である、創造的である、実際家である、想像力が豊かである、まじめである

■短所：ひどく慎重である、衝動的である、落ち着きがない、軽率である、頑固である

♥恋人や友人

1月6、8、14、18、23、26、28日／**2月**4、10、12、21、24、26日／**3月**2、10、12、19、22、24日／**4月**8、12、14、17、20、22日／**5月**6、15、16、18、20、22日／**6月**4、13、16、18、20日／**7月**2、11、14、16、20日／**8月**4、9、12、14、22日／**9月**7、10、12、24日／**10月**5、8、10、12、26日／**11月**3、6、8、28日／**12月**1、4、6、30日

◆力になってくれる人

1月9、12、17日／**2月**7、10日／**3月**5、8日／**4月**3、6日／**5月**1、4日／**6月**2、7、30日／**7月**28日／**8月**26、30、31日／**9月**24、28、29日／**10月**22、26、27日／**11月**20、24、25日／**12月**18、22、23、29日

♣運命の人

8月16、17、18、19日

♠ライバル

1月11、13、29日／**2月**9、11日／**3月**7、9、30日／**4月**5、7、28日／**5月**3、5、26、31日／**6月**1、3、24、29日／**7月**1、22、27日／**8月**20、25日／**9月**18、23、30日／**10月**16、21、28日／**11月**14、19、26日／**12月**12、17、24日

★ソウルメイト（魂の伴侶）

1月12、29日／**2月**10、27日／**3月**8、25日／**4月**6、23日／**5月**4、21日／**6月**2、19日／**7月**17日／**8月**15日／**9月**13日／**10月**11日／**11月**9日／**12月**7日

この日に生まれた 有名人

平子理沙（タレント）、鮎川哲也（作家）、海老名美どり（タレント）、大川豊（大川興業総裁・タレント）、河内家菊水丸（タレント）、マルシア（タレント）、JUJU（歌手）、冲方丁（作家）、ヒロシ（タレント）

太陽：みずがめ座
支配星：てんびん座／金星
位置：25°−26°30′ みずがめ座
状態：不動宮
元素：風
星：なし

February Fifteenth

2月15日

AQUARIUS

思いやりがあり、人脈作りの才能を備えた博愛精神の持ち主

頭の回転が速く、独創的な考え方をします。情熱にあふれ、のみこみが早い人です。コミュニケーション能力があり、商才に長け、**チャンスを逃さず才能を売りこむことができます**。

支配星のてんびん座にいる太陽のおかげで、どんなタイプの人とも打ち解け、影響を与えます。思いやりがあり、人とのつながりを大切にする博愛精神の持ち主。**人脈作りの腕とアイディアを売りこむ能力がひとつになれば、あなたの成功は間違いないでしょう**。美しいものや流行のもの、高級品志向で、好みはぜいたくです。視野が広く、大変優れたリーダーです。前向きな目標がある時は一生懸命働きます。改革を推進する時には反骨精神が顔を出しますが、度を超えると頑固な変わり者になりかねませんので、気をつけましょう。状況判断が速く、夢を実現する能力があります。物質面に執着しすぎないように注意しましょう。

太陽がうお座を通る5歳から34歳までは、多感で感受性の強い時期。理想的な芸術的目標を求めるでしょう。太陽がおひつじ座に入る35歳以降、日常生活でもひときわ積極的、行動的になり、新しいビジネスを始めます。太陽がおうし座に入る65歳で転機が訪れ、経済的な安定と落ち着いた生活を求めるようになります。

隠された自己

プライドが高く、自信にあふれているので、管理職の地位に上りつめます。別々のグループの人を引きあわせたり、人を助けたりと、**人脈作りが得意**です。洗練され、目が肥えているので、仕事以外でも趣味や余暇として、芸術活動のセンスを磨こうとします。

それほど苦労しなくても、経済的にはなんとかなりますが、理想と知恵を大切に育てることによって、大きな報いが得られます。目標の達成に必要な忍耐力も持ち合わせています。能力以下の地位に甘んじていると、自分の潜在能力を見過ごす可能性も。仕事に没頭し、自分を鍛えることで、成功の可能性は大きくなります。

仕事と適性

人々の意見をくみ、人々にかわって働くのが得意で、公共の福祉に関心もあるところは、公務員に向いています。商才があり、コミュニケーション能力に優れ、実行力もあるあなたは、**人に関わる仕事、あるいはカウンセラーなどが最適**。教育に関心があるので、教師や作家というケースも。

発明に興味があり、コンピューター関連またはエンジニアとして働くことも。ビジネスでは金融やサービス業も向いています。創造性豊かなので、独創的な芸術作品を作ることもあります。天性の人道主義者で、どんな道を選んでも価値のある貢献をします。

恋愛と人間関係

人気があり、社交上手で、多くの友達がいます。パートナーとして、友人にも恋人にも気前よく与えます。人をとらえて離さない不思議な魅力があるので、友達作りや恋愛のチャンスには事欠きません。**才気にあふれ、カリスマ的な個性を持つ、押しの強い人々**と交友を結びます。情熱家で、恋愛へのあこがれは強いのですが、誰が自分にふさわしい相手なのかを判断できないことも。

数秘術によるあなたの運勢

多芸多才で情熱的、落ち着きのなさなどが**15**日生まれの特徴です。強い本能と、のみこみの早さが最大の強み。直感の力をしばしば利用し、チャンスが来るとすぐに察知します。15日生まれの人には、お金と人の支援を集める才能があります。くよくよせず、意志が固く、予期しない出来事でも歓迎し、冒険したがる面も。

2の月の影響で、新しいことに柔軟で、鋭い勘の持ち主です。進取の気性があり、がむしゃらに働きますが、意見が割れても、脅したり威圧したりせずに、相手と向きあう方法を覚えましょう。落ち着きがなく活発で、やる気も野心もありますが、働きすぎや、欲張りな、またはむだな方法にとびつかないように注意しましょう。

あなたは機敏で如才なく、責任をともなう仕事を通して、活発なエネルギーを発散する必要があります。情熱的で楽観的な時は、他の人と協力することで、学ぶことがたくさんあります。

●**長所**：自発性がある、寛大である、責任感がある、親切である、連携しやすい、目が高い、発想が創造的である、進取の気性に富む
■**短所**：落ち着きがない、自己中心的である、変化を恐れる、信念がない、心配性である、優柔不断である、物質面に固執する

相性占い

♥恋人や友人
1月6、15、18、29、31日／**2月**4、13、27、29日／**3月**2、11、25、27日／**4月**9、12、23、25日／**5月**7、21、23日／**6月**1、5、19、21日／**7月**3、17、19、30日／**8月**1、15、17、28日／**9月**13、15、26日／**10月**1、11、13、24日／**11月**9、11、22日／**12月**7、9、20日

◆力になってくれる人
1月13、15、19日／**2月**11、13、17、19日／**3月**9、11、15日／**4月**7、9、13日／**5月**5、7、11日／**6月**3、5、9、11日／**7月**1、3、7、29日／**8月**1、5、27、31日／**9月**3、25、29日／**10月**1、3、23、27日／**11月**21、25日／**12月**19、23日

♣運命の人
5月30日／**6月**28日／**7月**26日／**8月**17、18、19、20、24日／**9月**22日／**10月**20日／**11月**18日／**12月**16日

♠ライバル
1月12日／**2月**10日／**3月**8日／**4月**6日／**5月**4日／**6月**2日／**8月**31日／**9月**29日／**10月**27、29、30日／**11月**25、27、28日／**12月**23、25、26、30日

★ソウルメイト(魂の伴侶)
1月2、28日／**2月**26日／**3月**24日／**4月**22日／**5月**20日／**6月**18日／**7月**16日／**8月**14日／**9月**12日／**10月**10日／**11月**8日／**12月**6日

この日に生まれた有名人

井伏鱒二(作家)、松谷みよ子(作家)、近藤正臣(俳優)、わたせせいぞう(マンガ家)、立川志の輔(落語家)、浅田美代子(タレント)、堀ちえみ(タレント)、山崎邦正(タレント)、西脇綾香(Perfume　歌手)、斉藤司(トレンディエンジェル　タレント)

太陽：みずがめ座
支配星：てんびん座／金星
位置：26°－27°30′ みずがめ座
状態：不動宮
元素：風
星：なし

February Sixteenth

2月16日

AQUARIUS

天才肌ながら、人の話を聞かない面も

知的で視野が広く、友人も多く、さっぱりして親切な性格ですが、時には内向的で何に対してもケチをつけたがるのも2月16日生まれの特徴です。リーダーシップがあり、人に従う立場は性に合いません。**物事の価値判断はしっかりしています。**

てんびん座にいる太陽の影響で、優れた社交家です。仲間と恋愛、友情がないと生きていけないあなたにとって人間関係は何よりも大切。ユーモアのセンスがあり、反応が速く、人情味あふれるものの見方をします。**独立心旺盛ですが、チームプレーもお手のもの。**ただし不安定で飽きっぽく、人の話をじっくり聞かないところも。行動派なので成果も大きく天才肌のところがあり、独自のアイディアがひらめきます。情報を総合的に判断して考える力があるので、人から多くのことを学び、自分からも知識を伝えます。何かに集中している時は、他のことにはうわの空。普段は客観的でいられるのですが、たまに落ちこみやいら立ちからなかなか立ち直れず、目標実現のさまたげになることもあります。**現在の幸せのために、過去のことは水に流しましょう。**

4歳から33歳までは太陽がうお座を通過し、感受性が強く、想像力が豊かで、人とのつき合いには神経質です。創造的な才能を伸ばすことにも興味があります。太陽がおひつじ座に入る34歳で転機が訪れ、意志がはっきりし、初めて本領を発揮します。太陽がおうし座に入る64歳であらたな転機を迎え、心の落ち着きを求めるようになります。

隠された自己

実務家なので、アイディアや企画の価値をすぐに判断します。人の心を読むのが得意で、相手の性格や真意を目ざとく見抜くので、指導的な立場に就くことが多くなります。意志決定では金銭的に損をしないことにこだわります。ただし、そのために心の成長が儲け主義に偏らないように注意しましょう。**ユーモアのセンスがあり、いつもバランスのとれたものの見方をすることができます。**生活に変化を取り入れることで、不安や焦りを、チャレンジや旅行、スポーツなどにふり向けることができます。しかし金運は不安定で、ある時はつつましい生活を強いられ、ある時にはぜいたくができる、と経済状況がめまぐるしく変わることを覚悟しましょう。忍耐と、長期的な計画が不満の解消に役立ちます。

仕事と適性

気骨があり、考え方が先進的で、文章やスピーチによる自己表現が得意です。したがって教職は天職。他人の仕事を的確に評価できるので、分析学的な技術を応用する仕事や、報道機関の記者なども向いています。**管理能力と商才がある**ので、商売や金融証券関係も選択肢のうちです。一方で創造性を追求することを望み、スポーツや芸術の世界または芸能界に入ることも。

恋愛と人間関係

他の人と一緒にいる時に、最も充実感を感じるあなた。**知的な刺激になり、共通の関心を持つ人**とつき合うのがよいでしょう。すぐ腹を立てないように心がけることで、いつも客観的にものを見ることができます。もともと頭がよいので、対人関係にも生まれつきの機転をきかせれば、円満な人間関係が長続きします。

数秘術によるあなたの運勢

思慮深く、感性が鋭く、友人が多い――それが16日の誕生日の特徴です。理論家ですが、人や人生を判断する時は、勘に頼ることも。自己表現をしたい気持ちと、責任感の板挟みになりがちです。

国際問題に関心があり、国際的な規模の企業や報道機関で働きます。創造力と文才に恵まれます。

自信過剰になる時と、神経質で不安定になる時とがあり、両方のバランスを習得することが大切。

2の月の影響で、心の平和を求め、また勘が鋭い理想主義者です。人情に厚く思いやりがあり、正しいと思うことには全力を尽くします。

よく気がつきますが、疑い深く、気分にむらがあり、上機嫌で気前のいい時があるかと思えば、不機嫌な時も。短気と焦りは禁物です。

●長所：教養がある、家庭を大切にする、誠実である、勘が鋭い、社交家である、協調性がある、洞察が鋭い

■短所：心配性である、無責任である、自慢好きである、自説に固執する、疑い深い

♥恋人や友人

1月6、11、16日／**2月**4、14日／**3月**2、12、28、30日／**4月**10、26、28日／**5月**8、24、26、30日／**6月**1、6、22、24、28日／**7月**4、20、22、26、31日／**8月**2、18、20、24、29日／**9月**16、18、22、27、28日／**10月**14、16、20、25日／**11月**12、14、18、23日／**12月**10、12、16、21日

◆力になってくれる人

1月9、14、16日／**2月**7、12、14日／**3月**5、10、12日／**4月**3、8、10日／**5月**1、6、8日／**6月**4、6、12日／**7月**2、4日／**8月**2日／**9月**30日／**10月**4、28日／**11月**26、30日／**12月**24、28、29日

♣運命の人

1月21日／**2月**19日／**3月**17日／**4月**15日／**5月**13日／**6月**11日／**7月**9日／**8月**7、19、20、21、22、23日／**9月**5日／**10月**3日／**11月**1日

♠ライバル

1月4、13、28日／**2月**2、11、26日／**3月**9、24日／**4月**7、22日／**5月**5、20日／**6月**3、18日／**7月**1、16日／**8月**14日／**9月**12日／**10月**10、31日／**11月**8、29日／**12月**6、27日

★ソウルメイト（魂の伴侶）

1月15、22日／**2月**13、20日／**3月**11、18日／**4月**9、16日／**5月**7、14日／**6月**5、12日／**7月**3、10日／**8月**1、8日／**9月**6日／**10月**4日／**11月**2日

この日に生まれた 有名人

高倉健（俳優）、多岐川裕美（女優）、西田尚美（女優）、オダギリジョー（俳優）、香椎由宇（女優）、ジョン・マッケンロー（元テニス選手）、相川七瀬（歌手）、佐伯日菜子（女優）、松岡茉優（女優）、金崎夢生（サッカー選手）

太陽：みずがめ座
支配星：てんびん座／金星
位置：27°−28°30′ みずがめ座
状態：不動宮
元素：風
星：なし

February Seventeenth

2月17日

AQUARIUS

社交上手で、決断力のある行動派

積極的で現実的、強い意志と決断力の持ち主です。志が大きく粘り強さと存在感があり、地位も財産も常に上を目指しており、組織力も申し分ありません。行動的で、**たえずチャレンジしていないと気がすみません**。リーダーシップはありますが、もっと忍耐力を身につけ、なるべく親分風をふかさないようにしましょう。

支配星のてんびん座にある太陽の影響で、社交上手で芸術的センスがあります。友人も多く、特に女友達からいろいろ教わることが多いでしょう。また、**仕事と楽しみを結びつけることができます**。考え方が柔軟で新鮮、また論理的なので、利益をあげる独創的な手法を編みだします。問題なのは、かたくなで反抗的な態度。自滅行為になりかねませんから注意を怠らないこと。

太陽がうお座を通過する32歳までは、感受性が豊かになる時期。夢や理想、人づき合いにもそれが反映されます。太陽がおひつじ座に入る33歳になると転機が訪れ、人間関係において大胆、率直、主導権を握ることになります。太陽がおうし座に入る63歳で新たな転機が訪れ、足が地についた暮らしを求めるでしょう。

隠された自己

勤勉で持続力と耐久力、勇気を備えています。誇り高く情熱的ですが、一方的にとり仕切ったり、緊張のあまり、いらいらするのは禁物。自制心を養うことで、ゆったりと満ち足りた気分になり、常識と経験から得た教訓で、他の人を助けることができます。

あなたは知的な会話のやりとりを楽しみ、鋭い意見をとばします。信条が確立されると大胆になり、疑いや迷いが消えます。**知識欲と洞察力が商売の勘と結びつけば、めざましい成功を収めるでしょう**。

仕事と適性

勤勉で創造性豊か、独立心旺盛で、独特の才能と管理能力にも恵まれています。

理性の力が強く、何事も掘り下げてしっかり調べたいタイプで、探偵業や弁護士なども向いています。実務家肌で、スケールの大きいビジネスを持ち前の組織力で運営・管理します。

文才と想像力を活かして、作家や教師、あるいは専門技術の講師なども選択肢のうちです。**人に命令されたくないタイプ**で、権威ある立場を好み、管理職として大変有能です。

恋愛と人間関係

社交的でエネルギッシュ、誰とでも簡単に仲よくなり、おもしろい、あるいは少し変わった人々と交流します。ただし、恋愛や結婚のように長期的関係になると、心が定まらず、危ういところも。

あなたは、**強く、しかも創造的な人**に惹かれ、自信に満ちた外見とは裏腹に、こまやかな愛情と思いやりを求めます。

恋人ができたら、気まぐれは禁物。自分の思い通りにしたいタイプですが、相手に対しては誠実で思いやりがあります。

数秘術によるあなたの運勢

17日生まれのあなたは、敏感で引っ込み思案、分析能力があり文才に恵まれています。好奇心旺盛で独自の考えを持ち、教育や訓練を受けることで、大きな利益を得ます。特定の分野で経験を積み、専門家として成功します。内省的で私心がなく、事実や数字に強い関心を持ち、まじめで真剣、マイペース。コミュニケーションが円滑にできるようになれば、自分について周囲から教えられることが多くなります。

2の月の影響で新しいことに抵抗がなく、勘も鋭いでしょう。友人が多く社交的ですが、自立心が強く、考え方は独特。博愛主義で広い視野を持ち、社会正義のために進んで働きます。

●長所：思慮深い、ビジネスセンスがある、労をいとわない、几帳面である、熟練した研究者である、科学的である

■短所：冷めている、頑固である、不注意である、気まぐれである、心がせまい、難癖ばかりつける、心配性である、疑い深い

相性占い

♥恋人や友人

1月7、17、20、21日／**2月**5、15、18日／**3月**3、13、16、29、31日／**4月**1、11、14、15、27、29日／**5月**9、12、25、27日／**6月**7、10、11、23、25日／**7月**5、8、21、23日／**8月**3、6、19、21日／**9月**1、4、17、19日／**10月**2、3、15、17日／**11月**13、15、30日／**12月**11、13、28日

◆力になってくれる人

1月15、17、24、28日／**2月**13、15、22、26日／**3月**11、13、24日／**4月**9、11、22日／**5月**7、9、20日／**6月**5、7、14、18日／**7月**3、5、16日／**8月**1、3、14日／**9月**1、12日／**10月**6、10、29日／**11月**8、27日／**12月**6、25日

♣運命の人

1月5日／**2月**3日／**3月**1日／**8月**21、22、23日

♠ライバル

1月4、5、14日／**2月**2、3、12日／**3月**1、10日／**4月**8、30日／**5月**6、28日／**6月**4、26日／**7月**2、24日／**8月**22日／**9月**20日／**10月**18日／**11月**16日／**12月**14日

★ソウルメイト(魂の伴侶)

1月2日／**3月**29日／**4月**27日／**5月**25日／**6月**23日／**7月**21日／**8月**19日／**9月**17日／**10月**15日／**11月**13日／**12月**11日

この日に生まれた有名人

YUKI（歌手）、梶井基次郎（作家）、白洲次郎（実業家）、岡本喜八（映画監督）、竹脇無我（俳優）、マイケル・ジョーダン（元バスケットボール選手）、吹越満（俳優）、岸谷香（歌手）、吉瀬美智子（女優）、パリス・ヒルトン（モデル）

太陽：みずがめ座
支配星：てんびん座／金星
位置：28°−29°30′ みずがめ座
状態：不動宮
元素：風
星：なし

February Eighteenth

2月18日

AQUARIUS

進んで努力できる情熱家

エネルギッシュで説得力があり、物欲と道徳心がうまく融合した個性派。控えめながら社交的で魅力があり、**新しい仕事では主導権を握ります**。仕事と私生活のバランスをどう維持するかが課題。

支配星のてんびん座にある太陽の影響で、**美しいものを見分ける目**を持っています。情熱にあふれ、独自のアイディアの持ち主で、音楽や小説、戯曲がそのはけ口になります。自立心旺盛ですが人間関係を大切にし、パートナーと、あるいはグループで仕事をすることの利点もわきまえています。人に興味があり、指導的役割も得意ですが、いばりすぎないように注意しましょう。タフですが傷つきやすく、優しさと厳格さが混在していて、人からは理解されにくい性格だと言われます。お金のことにばかり目がいきがちですが、商才と決断力があり、その才能を商品として売りこむセンスもあります。目標ができると一生懸命打ちこみ、独自のものを作りたいと考えるタイプ。**信念があると、すべてが自然にうまくいく**のですが、逆に疑いがあると、昔のことにいつまでもこだわり、時機を読む勘の鋭さを失います。しかし自己鍛錬を否定的にではなく、前向きな投資とみなすことができるのは、あなたのよさです。

太陽がうお座を移動する31歳までは、感受性が強まる時期です。観念的な目標を求めるのもこの頃。32歳で太陽がおひつじ座に入り、日常生活でも、より断定的に、命令調になってきます。太陽がおうし座に入る62歳になると新たな転機が訪れ、落ち着いた暮らしを求めるようになります。

隠された自己

心の中では、特に愛情や友情のことになると、極端に神経質になります。感情を表に現せずに苦労し、それが原因で人を信用できず、内気になってしまうことも。相手に対して心を開ける時は、実に優しく思いやりがあります。**人生をあるがままに受け入れること**を習得すると、こだわりが消え、ユーモア感覚をまじえて、人生を達観できるようになります。深い思いやりと人情味にあふれ、理想や正義のために死にものぐるいで働きます。直感力があり、本能と第一印象を頼りに動くと、よい結果が出ることが多いでしょう。

仕事と適性

働き者で、義務感が強く、進んで犠牲を払いますが、**仕事と遊びの健全なバランスが必要**。自立心旺盛で、独自の考えを披露する自由を求めます。励ましと、同僚からの好意的な反応で伸びるタイプです。理想に燃え、魅力的で大衆とともに働くことを好み、社会の改革を支援します。勘が働き頭がよく、商才があり、アドバイスに批判・分析能力を活かせる管理職に向いています。ただし、人の言うことを真に受けて、すぐにいらいらする点には注意。

恋愛と人間関係

直感的で敏感、感情を表に現すために、自由が必要です。**気さくで頭がよく、人生の楽しみ方を心得ている、創造性豊かな人々**と交流します。意義のあるまじめな人間関係を求め、誠実で思いやりがあります。

しかし､気の向くままに衝動的な恋愛関係を結んでしまうことも。大切な人のためなら命も投げうつので、対人関係では相手によって対応が変わることになります。パートナーとの間でも、お互い共通の友人を作るとよいでしょう。

数秘術によるあなたの運勢

決断力があり、断言的で、野心家であるのが、18の日生まれの特徴の一部です。活動的で変化を求め、いつも何か新しい企画を手がけています。勤勉、有能で責任感があり、権威ある地位まで上りつめます。商才があるので商売の世界にも向いています。働きすぎなので、時にはリラックスして休養をとりましょう。18という数字による性格の特徴で、人の心を癒し、アドバイスしたり、悩みを解決したりして、エネルギーを使います。

2の月の影響で勘が鋭く、創造力とひらめきがあります。柔軟で友人も多いですが、束縛や責任を嫌い、ルーティンワークに縛られることを嫌がります。理想主義者ですが、現実的でもあり、心のバランスを保つことが大切です。

●**長所**：はっきりしている、直感力がある、勇敢である、決意が固い、癒しの力がある、能率的である、アドバイスがうまい

■**短所**：感情のコントロールができない、なまけ者である、自己中心的である、仕事を完成できない

♥恋人や友人

1月4、8、18、19、23日／**2月**2、6、16、17、21日／**3月**4、14、15、19、28、30日／**4月**2、12、13、17、26、28、30日／**5月**10、11、15、24、26、28日／**6月**8、9、12、13、22、24、26日／**7月**6、7、11、20、22、24、30日／**8月**4、5、9、18、20、22、28日／**9月**2、3、7、16、18、20、26日／**10月**1、4、5、14、16、18、24日／**11月**3、12、14、16、22日／**12月**1、10、12、14、20日

◆力になってくれる人

1月5、16、27日／**2月**3、14、25日／**3月**1、12、23日／**4月**10、21日／**5月**8、19日／**6月**6、17日／**7月**4、15日／**8月**2、13日／**9月**11日／**10月**9、30日／**11月**7、28日／**12月**5、26、30日

♣運命の人

1月17日／**2月**15日／**3月**13日／**4月**11日／**5月**9日／**6月**7日／**7月**5日／**8月**3、21、22、23、24日／**9月**1日

♠ライバル

1月1、10、15日／**2月**8、13日／**3月**6、11日／**4月**4、9日／**5月**2、7日／**6月**5日／**7月**3、29日／**8月**1、27日／**9月**25日／**10月**23日／**11月**21日／**12月**19、29日

★ソウルメイト（魂の伴侶）

8月30日／**9月**28日／**10月**26日／**11月**24日／**12月**22日

この日に生まれた **有名人**

越路吹雪（女優）、トニ・モリソン（作家）、オノ・ヨーコ（アーティスト）、中村敦夫（俳優）、奥村チヨ（歌手）、ジョン・トラヴォルタ（俳優）、松原千明（女優）、マット・ディロン（俳優）、ねづっち（Wコロン　タレント）、高島彩（アナウンサー）、チャンミン（東方神起　歌手）、TETSUYA（EXILE　パフォーマー）、山本一力（作家）、安藤サクラ（女優）

太陽：みずがめ座／うお座
支配星：てんびん座／金星
位置：29°30′ みずがめ座－0°30′ うお座
状態：不動宮／柔軟宮
元素：風／水
星の名前：フォーマルハウト、サダルメリク

February Nineteenth

2月19日

AQUARIUS

発明の才能もある、商才に長けた人物

みずがめ座とうお座のカスプに生まれたあなたは、知的発明の才があり、敏感で理想主義者です。率直で、対人関係では正直でありたいと願っています。親しみやすく、心温かく、社交性があり、**人あしらいのコツを心得ています**。怒りっぽさと、頑固なところは克服しましょう。そうでないとカリスマ的魅力がなくなって、周囲から浮いてしまいます。

支配星にいる太陽の影響で、ロマンティストですが、直感的な知性を備えています。人といるのが好きなので社交生活は盛んです。イメージや地位を重視し、日頃から自分も人に品位を持って接します。それにもかかわらず、どこか風変わりなところがあり、それは**時代を先取りしたユニークな発想**にも現れています。持って生まれた商才で目ざとくチャンスを見つけます。ただし、落ちこんだり、マンネリに陥ってしまうと、目的を達成するのに必要な勤勉、忍耐、決断力などを身につけられないこともあります。しかし、**前向きで楽観的な時には、決断力と鋭い勘が働きます**。

正義感と思いやりがあり、気骨があるので自分の理想のために立ち上がり、あるいは人の理想のために闘います。

太陽がうお座を通過する30歳までは、感受性が強く、想像力が豊かになり、柔軟で、仲間としての集団を強く意識します。創造的な才能を伸ばすことに興味がわきます。太陽がおひつじ座に入る31歳で転機が訪れます。野心や決意が明確になり、本当の意味で本領を発揮し始めます。新しい仕事を立ち上げ、あるいは新しいアイディアの開拓に関わります。太陽がおうし座に入る61歳で再び転機が訪れ、経済的に安定し、精神的にも落ち着いた暮らしを求めるようになるでしょう。

隠された自己

自己表現したい思いが大変強く、趣味としても職業としても、小説や美術、音楽あるいは演劇に惹かれます。**さりげなく問題を解決し、心配や迷いとは無縁です**。味方やチャンスは思わぬところからそっと現れますが、見過ごさないように。後になって重大性に気づくことが多いからです。心が広く、博愛精神に富み、人生を広い視点でとらえることができます。ただ、自分や他人の境遇に失望して、無意識に不満をいだくこともあります。その際に、あっさりあきらめたり、安直に逃げだしたりしないこと。距離を置き、我慢することで自信がつき、めざましい成功を収めることができます。

仕事と適性

カリスマ的性格で人づき合いがうまく、大衆を相手にする仕事が向いています。説得力があり、イメージ作りがうまいので、販売促進や宣伝にも適性があります。あるいは、デザインやファッション、俳優、ダンサー、歌手として自己表現することも。なるべく多くの人に会いたいと考えているので、**大きな組織に身を置く方がよい**でしょう。その職種で1つ1つ昇進の階段を上り、いずれはトップまで上りつめることができます。ただし成果を

出すためには必死で働き、手をつけたことは必ずやりとげ、何事も期限ぎりぎりまで放っておかないのが得策です。

恋愛と人間関係

楽しいことが好きで多芸多才、人望があり周りに人が集まります。しかし時として、あなたの魅力にふさわしくない相手に心を奪われることがあります。しっかり相手を選びましょう。

思いやりがあり、自信にあふれているので、アドバイスや助力を求められることもあります。ただし必ずしも報われるとは限らないので、誰を本当の仲間とみなすか、その見極めが大事。**優しく寛大で、明るく人を惹きつける魅力**があるのは、あなたの大きな取り柄です。

数秘術によるあなたの運勢

明るく、野心家で博愛主義者、というのが19日生まれの人の特徴です。決断力もあり、策士で思慮深い半面、人情家で理想を追い、創造性に富む面も。神経質ですが、ひとかどの人物になりたいという思いは強く、華やかな表舞台を歩こうとします。自我を確立したいと願うことが多く、その場合はまず仲間からのプレッシャーをはねのける必要があります。傍目には自信にあふれ、くじけない策士だと思われていますが、内心は緊張して、感情が激しく浮き沈みします。

2の月の影響で、新しいことにも柔軟で直感力があり、情熱家。励まされると伸び、環境の影響に敏感です。礼儀正しいロマンティストで、思いやりがあり、人の思いによく気がつきます。友達が多く、親しみやすいのですが、気分にむらがあり、落ち着きのなさが、表に出るところがあるので要注意。適応力はありますが、物事を決める時には、人の意見に左右されないように。

●長所：大胆である、創造力がある、リーダーシップがある、楽観的である

■短所：自己中心的である、心配性である、浮き沈みが激しい、ものに固執する、エゴイストである、気が短い

相性占い

♥恋人や友人

1月5、9、18、19、23日／**2月**3、7、16、17、21日／**3月**1、5、14、15、31日／**4月**3、12、13、29日／**5月**1、10、11、27、29日／**6月**4、8、9、25、27日／**7月**6、7、23、25、31日／**8月**4、5、21、23、29日／**9月**2、3、19、21、27、30日／**10月**1、17、19、25、28日／**12月**13、15、21、24日

◆力になってくれる人

1月1、6、17日／**2月**4、15日／**3月**2、13日／**4月**11日／**5月**9日／**6月**7日／**7月**5日／**8月**3日／**9月**1日／**10月**31日／**11月**29日／**12月**27日

♣運命の人

8月22、23、24、25日

♠ライバル

1月2、16日／**2月**14日／**3月**12日／**4月**10日／**5月**8日／**6月**6日／**7月**4日／**8月**2日／**12月**30日

★ソウルメイト(魂の伴侶)

1月11、31日／**2月**9、29日／**3月**7、27日／**4月**5、25日／**5月**3、23日／**6月**1、21日／**7月**19日／**8月**17日／**9月**15日／**10月**13日／**11月**11日／**12月**9日

有名人

藤岡弘、(俳優)、財津和夫(歌手)、村上龍(作家)、薬丸裕英(タレント)、大森南朋(俳優)、琴欧洲勝紀(元大相撲力士)、中島美嘉(歌手)、吉野朔実(マンガ家)

太陽：うお座
支配星：うお座／海王星
位置：0°−1°30′　うお座
状態：柔軟宮
元素：水
星の名前：フォーマルハウト、デネブ・アディゲ

February Twentieth

2月20日

PISCES

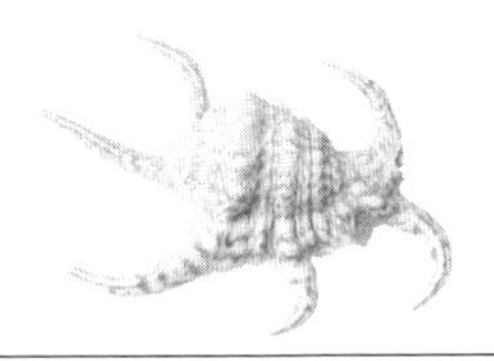

洞察力、想像力、直感力を備えた理想主義者

2月20日生まれの人はチャーミングで社交的。気さくな性格で受容の精神を備えています。おおらかで感受性が鋭いため、どんな立場の人とでも分けへだてなくつき合えます。**創造力に恵まれた多才な人**ですが、自分の目標を見失いがちなところもあります。控えめに見えても実は意志の強い野心家で、変化が必要な場合はそれを受け入れ、本当の自分を見つけるためなら、どんな遠く離れた所へでも足を運びます。

支配星うお座に太陽がある影響から、洞察力や想像力だけでなく直感力にも優れ、**物事を深く考える理想主義**になります。自分のひらめきを信じられるようになれば、他人だけでなく自分の長所や欠点も見えてくるでしょう。若さにあふれた前向きな姿勢こそ、あなたの本当の強みです。決断力を身につけ、懸命に努力すれば、**行く手にどんな障害物が現れても乗り越えられる**はず。順応性があり、新しい環境にすんなりと適応できますが、決まりきったことは大嫌い。じっとしていられない性分のため、現状に不満をいだきやすいようです。前進や進歩の後には、足踏みの時期がくるのが人生だということを理解できれば、すぐ手に入る報酬ではなく、長期的な投資によって経済的な環境を整えることができます。成功や報酬を手に入れるには、信念を守り通す粘り強さが不可欠です。短気は損気。焦りは不安のもとになるだけで、逆効果であることを忘れずに。一方、**イメージ力に優れ、先を見通す鋭い感性を持つ**あなたは、独創的な発想にあふれています。よいお手本を見つけると、そこからインスピレーションを受けて、精神的な刺激や変化を与えてくれる理想的な環境を探そうとします。

29歳までは太陽はうお座にあることから、自分の感受性や感情を特に意識する時期になります。理想的な環境や関係を探し求めたり、自分の人生に魔法のような出来事が起こらないかと願ったりするでしょう。30歳以降、太陽がおひつじ座に移動すると、自信が深まり自己主張が強くなるだけでなく、より野心的になります。何か新しいことに挑戦するか、対人関係において主導権を握ることになりそうです。

隠された自己

頭の回転が速く聡明で、多方面にわたって才能を発揮できる人だからこそ、意志を強く持ち、現実に目を向けてください。そうしなければ、迷いを断ち切り、目標を達成するのは難しいでしょう。ただし、一度これと決めると、強い意志を持って1つのことに取り組みます。また、生まれながらの心理学者で、人の気持ちをすばやく見抜く能力があり、知識欲旺盛です。社交的で頭も切れます。活動的な毎日を過ごす人が多く、気さくで知性に富み、チャーミングな魅力にあふれています。

ただ、時には経済的な事情に不満を感じて衝動買いに走ることも。広い世界に目を向け、博愛主義的な観点から物事をとらえるようにすれば、物質的な環境に対するこだわりがなくなり、気持ちにゆとりができるでしょう。生まれつき先見の明がありますので、事が起きる前に状況を察知できた時の方がよい結果が出せそうです。

♓
2
月

仕事と適性

あなたは頭の回転が速いため、変化や移動の多い活動的な生活を好むようです。しかし上司や同僚との折りあいが悪くなるとすぐに退職し、違う仕事を探そうとします。**新しい技術をすぐに習得し、その場の状況にうまく溶けこむのが得意**です。デザインセンスがあることから、アートやデザイン関係に関心を持つことも。また、リズム感や感性の鋭さから、音楽やダンスに関わる仕事、あるいは医療関係や人を癒す仕事に興味を持つ人もいます。社交的で気さくな性格ですから、広報関係の仕事でも成功します。スポーツの道に進むと、有力な選手になるかコーチになるでしょう。型にはまった作業や想像力を発揮できない仕事は苦手です。

恋愛と人間関係

気さくで社交的な性格のため、人間関係に安らぎや調和をもたらすよう力を尽くします。あなたにとって友情は大切なもの。**精神的刺激を与えてくれる友人**とは一緒にいると楽しい時間が過ごせます。

生まれながらのエンターテイナーという人が多く、機知に富んだ会話で周囲を笑わせるでしょう。大切に思う相手といる時には、特にそういった面が強く表れます。恋愛関係では1人の人と落ち着いた関係を築こうとしますが、変化や多様性を求めるタイプなので、旅に出たり交友関係を広めたりします。

数秘術によるあなたの運勢

20日生まれの人は直感力に優れ、感受性が強く、思いやりがあります。自分を大きなグループの一員として見なすことが多いようです。共同作業が好きで、互いに影響を与えあったり、経験を分かちあったり、人から学んだりすることに喜びを見出します。魅力的で礼儀正しく、人づき合いは得意。社交家でどんな社会集団でもすんなり溶けこむことができますが、他人の言動や批判に傷つきやすいところや依存しすぎる傾向があります。もっと自分に自信を持ちましょう。20日生まれの人は、和気あいあいとした、友好的な雰囲気を作り出す達人なのです。

また、生まれ月の数字**2**の影響を受けるため、順応性が高く現実的。明確な方法論が見出せない時には、安定を強く求める傾向があります。周囲の状況を鋭く見抜く感受性や調和を愛する心は、仲介役にぴったりです。

●長所：思いやりがある、よいパートナーになれる、優しい、機転がきく、理解力がある、直感力がある、調和を好む、人づき合いがよい

■短所：疑い深い、自信がない、神経過敏である、感情的になる、自己中心的である、傷つきやすい

相性占い

♥恋人や友人

1月6、10、20、24、29日／**2月**4、8、18、27日／**3月**2、6、16、25、28、30日／**4月**4、14、23、26、28、30日／**5月**2、12、21、24、26、28、30日／**6月**10、19、22、24、26、28日／**7月**8、12、17、20、22、24、26日／**8月**6、15、18、20、22、24日／**9月**4、13、16、18、20、22日／**10月**2、11、14、16、18、20日／**11月**4、9、12、14、16、18日／**12月**7、10、12、14、16日

◆力になってくれる人

1月7、13、18、28日／**2月**5、11、16、26日／**3月**3、9、14、24日／**4月**1、7、12、22日／**5月**5、10、20日／**6月**3、8、18日／**7月**1、6、16日／**8月**4、14日／**9月**2、12、30日／**10月**10、28日／**11月**8、26、30日／**12月**6、24、28日

♣運命の人

1月25日／**2月**23日／**3月**21日／**4月**19日／**5月**17日／**6月**15日／**7月**13日／**8月**11、23、24、25、26日／**9月**9日／**10月**7日／**11月**5日／**12月**3日

♠ライバル

1月3、17日／**2月**1、15日／**3月**13日／**4月**11日／**5月**9、30日／**6月**7、28日／**7月**5、26、29日／**8月**3、24、27日／**9月**1、22、25日／**10月**20、23日／**11月**18、21日／**12月**16、19日

★ソウルメイト(魂の伴侶)

1月18日／**2月**16日／**3月**14日／**4月**12日／**5月**10、29日／**6月**8、27日／**7月**6、25日／**8月**4、23日／**9月**2、21日／**10月**19日／**11月**17日／**12月**15日

この日に生まれた有名人

志賀直哉(作家)、石川啄木(歌人)、長嶋茂雄(読売ジャイアンツ終身名誉監督)、アントニオ猪木(プロレスラー)、志村けん(タレント)、美内すずえ(マンガ家)、シンディ・クロフォード(モデル)、小出恵介(俳優)、森田剛(V6　タレント)、藤田ニコル(タレント・モデル)

太陽：うお座
支配星：うお座／海王星
位置：1°30'−2°30'　うお座
状態：柔軟宮
元素：水
星の名前：フォーマルハウト、デネブ・アディゲ

February Twenty-First

2月21日

PISCES

多芸多才でクリエイティブ

2月21日生まれの人は、現実的でありながら想像力豊か。感受性が強く、**自己表現の場を心から求めています**。多芸多才でクリエイティブな才能に恵まれますが、何かに夢中になると、それが人であれ思想であれ、周りが見えなくなり感化されやすくなります。思慮分別に富み、自分自身のために安全な足場を確保することに熱心です。ただし、規則や型にはまった退屈なことは、あなたの柔軟な気質に悪影響を与えることも。束縛を嫌いますが、**必要な時には本来持っている順応性や几帳面さを発揮できる人**です。

支配星うお座に太陽があることから、受容力だけでなく直感力にも優れています。流行に敏感で世の中の流れや社会的な風潮をとらえるのが得意です。リズム感がよく、音楽のセンスやダンスの才能もあるでしょう。進むべき方向を見失うと、仲間の意見に左右されやすくなります。孤立を避ける傾向があり、流れに身を任せたり、安易な逃げ道として現実逃避を選んだりします。一方、強い金運の持ち主で、仕事を大切にする人ですから、まじめにコツコツと努力を積み重ねることによって成功を収め、安定した地位を手にします。実務的で誠実な人が多いため、強い責任感を感じます。自分の義務を果たす時にはそれを立派にこなしたいと考え、**自分の仕事に誇りを持ちます**。

28歳までは太陽はうお座にあるため、情緒面の成長や未来に対する夢、感受性を特に意識する時期になります。29歳から58歳までは太陽はおひつじ座にあるため自己主張が強まり、積極性が増し、冒険心が高まるでしょう。59歳以降、太陽がおうし座に入ると、より堅実で温和になり、自然に対する興味がわきます。足元をしっかりと固め、安心感を得たいという気持ちがいっそう強まるでしょう。

♓
2
月

隠された自己

安定や安心感を求める現実主義者ですが、粘り強さに欠ける一面がありますので集中的な努力が必要です。気が散りやすい性格に抑えがきかなくなると、現実逃避や優柔不断に陥るかも。**持ち前の豊かな想像力を創造的なかたちで現実に活かすことができれば、充実した日々を過ごせる**でしょう。また、温かい心の持ち主で内面的な魅力があります。行動的で自由や冒険を求めるため、変化に富んだ波乱の人生が待ち受けているかもしれません。先見の明を持ち、高い理想を追い求める人ですから、自分の感性を表現できる活動や人助けを通して、自分の夢や愛へのあこがれをかたちにできます。義務感の強い完璧主義でもありますので、仕事に対する誇りを持ちます。

仕事と適性

実利主義で良識がある半面、型にはまったことや単調なものに縛られたり、制約を受けたりするのは苦手です。豊かな感性と想像力に恵まれ、ひらめきを重視する一方、現実的でもあります。秩序を求めますが、自分の目標が何なのかわからなくなることも多いため、さまざまなことに挑戦します。物事をまとめあげる力がありますので、ビジネスの世界で

よい結果を出せるはずです。**成功を目指して懸命に努力しようという意志がある限り、チャンスが与えられるという幸運な人です**。社交的で人見知りしない性格を活かせば、分野を問わず広報関係の仕事で能力を発揮できます。特に音楽業界、ファッション業界、アートやデザインの世界がおすすめです。リズム感のよさを活かせば、音楽やダンス関係の仕事でも成功するでしょう。

恋愛と人間関係

人あたりがよく社交的な性格で、友人同士の集まりや社会的な活動に生きがいを見出します。感情の豊かさや心の繊細さは、人に惜しみなく愛を与えるタイプであることを示しています。ただし、その豊かな感情が出口を見失うと、ふさぎこんだり、不機嫌になったりします。本当は誰と一緒にいたいのか、心を落ち着けて自分の胸に聞いてみましょう。また、救いを求めている人を支えたいと思うあまり、一方的に相手を助けるだけの関係に陥らないよう注意して。自分だけが犠牲になるような人間関係にも要注意です。幸せをつかむには、**おおらかで一緒にいると楽しいだけでなく、あなたが必要とする安定も同時に与えてくれるパートナー**が必要です。

数秘術によるあなたの運勢

21日生まれの人は覇気にあふれ、人見知りしません。社交的な性格でいろいろなことに興味を持ち、交友関係も広く、幸運に恵まれます。人あたりがよく、気さくに見えます。自立心旺盛なうえ直感力に優れ、独創的。創意工夫の才もあるでしょう。

この日生まれの人はにぎやかで楽しいことが大好きで、人を惹きつける魅力を持ち、交際上手ですが、意外に内向的で控えめなところもあり、特に親しい相手にはなかなか自己主張できないことも。協力的な関係や結婚を望みますが、自分の才能や能力を認められたいと常に考えています。意志が強く、頑固な一面もありますが、生まれ月の数字が**2**であるため、受身になりやすく、周りの環境や仲間の意見に影響を受けやすいという暗示も出ています。自己不信に陥ると、すばらしいチャンスが巡ってきてもそれを十分に活かしきれず、エネルギーをいくつもの方向に分散させることになるでしょう。あなたの活動的に行動したいという欲求は、自己表現の場が必要なことを示しています。安定した職業に向いていますが、なかでも自分がワクワクできるような仕事を選べば、精神的、情緒的な刺激を受けることができます。

●**長所**：ひらめきがある、創造性が豊か、調和を愛する、関係が長続きする
■**短所**：依存的である、感情の抑制がきかなくなる、ビジョンを見失いやすい、落胆しやすい、変化を嫌う

♥恋人や友人
1月7、11、16、22日／**2月**5、9、20日／**3月**3、7、18、31日／**4月**1、5、16、29日／**5月**3、14、16、27、29日／**6月**1、6、12、25、27日／**7月**4、10、13、23、25日／**8月**8、21、23、31日／**9月**6、19、21、29日／**10月**4、17、19、27、30日／**11月**2、5、15、17、25、28日／**12月**13、15、23、26日

◆力になってくれる人
1月8、14、19日／**2月**6、12、17日／**3月**4、10、15日／**4月**2、8、13日／**5月**6、11日／**6月**4、9、28日／**7月**2、7日／**8月**5日／**9月**3日／**10月**1、29日／**11月**18、27日／**12月**25、29日

♣運命の人
8月24、25、26、27日

♠ライバル
1月9、18、20日／**2月**7、16、18日／**3月**5、14、16日／**4月**3、12、14日／**5月**1、10、12日／**6月**8、10日／**7月**6、8、29日／**8月**4、6、27日／**9月**2、4、25日／**10月**2、23日／**11月**21日／**12月**19日

★ソウルメイト（魂の伴侶）
1月9日／**2月**7日／**3月**5日／**4月**3日／**5月**1日／**10月**30日／**11月**28日／**12月**26日

有名人

大前研一（ジャーナリスト）、前田吟（俳優）、ハイヒールセセコ（タレント）、酒井美紀（女優）、要潤（俳優）、和田毅（プロ野球選手）、川嶋あい（歌手）、ジェニファー・ラヴ・ヒューイット（女優）、井上順（タレント）、菅田将暉（俳優）

太陽：うお座
支配星：うお座／海王星
位置：2°30'–3°30'　うお座
状態：柔軟宮
元素：水
星の名前：フォーマルハウト、サダルメリク、
　デネブ・アディゲ

February Twenty-Second

2月22日

PISCES

場の空気を読む天才

直感力が鋭く順応性があり、ユニークな人生観を持っています。受容の精神や想像力に富み、創造力にあふれた方法で問題解決に取り組みますが、それは**天才的なひらめきを経験できるタイプ**でありながら、**現実主義**でもあることを示しています。

支配星うお座に太陽がある影響から、強い感受性や感応力の持ち主になりますが、それは世の中のトレンドだけでなく、周りの雰囲気を敏感に感じ取る能力に恵まれることを示しています。物事を深く考えるタイプですが、その発想は時代を先取りしすぎるため、周囲に受け入れてもらえないこともあるでしょう。進むべき方向を見失うと、仲間の意見に左右されやすくなります。あなたは孤立を避ける傾向があり、流れに身を任せたり、安易な逃げ道として現実逃避をしたりします。一方、**つかみどころのない、気まぐれなタイプ**に見えることがあるとしても、頭の冴えや創造性豊かな才能には人を惹きつける魅力があります。多才な人ですから興味の範囲が広く、一風変わった趣味を持つことも。自分の気持ちをうまく表現できないと、不安を感じる傾向があります。優柔不断になり、エネルギーを分散させることもあるようです。ふだんは明るく陽気ですが、金銭的な問題を話しあう時には生まじめな部分が顔を出します。

27歳までは太陽はうお座にありますので、自分の感受性や心の交流を特に意識する時期になります。28歳から57歳までは太陽はおひつじ座にあることから、より強い意志と熱意をいだくようになります。人生は新たな段階を迎え、新しいことに挑戦したいという願望が芽生えるでしょう。

隠された自己

責任感が強く家庭的で、自分の内面に安らぎを見出す必要を感じます。深い愛情の持ち主で、他人を助けるためなら自分が犠牲になることもいとわない人ですが、感情に流されることはめったにありません。ただし、必要以上に責任を感じ、他人の問題まで背負いこんだりすると、不安を感じやすくなります。高い理想を持ち、調和を求めるタイプですから、創造的な活動を通じて、あるいは主義主張のために闘うことによって自分を表現しようとします。

天性のビジネスセンスや統率力に恵まれ、高い地位を手に入れることも多いでしょう。観察眼や洞察力が鋭く、良識的な価値観の持ち主で機転がききます。交渉力や分析力で周囲から一目置かれますが、安心感と引き換えに自分の理想を曲げることのないよう気をつけて。

自尊心が高く、感性が豊かでのみこみが早いタイプですから、自分が関心を持ったことや創造的な活動をすぐさま仕事に活かし、ビジネスの世界で成功を収めることができます。

仕事と適性

創造性が高く知性にあふれ、想像力豊か。物事をまとめあげる力もあります。親しみやすい性格で、生まれつき社交術に長けているため、人と関わる仕事に向いています。コミュニケーション能力が高いため、執筆業や広報関係の仕事に向いています。**他人を助けることに関心がある**ため、政治、医療に関わる仕事に興味を持ちます。

恋愛と人間関係

高すぎる理想を追い求め、愛について夢見がちになると、愛される方はその期待の高さに応えられなくなります。思いやりが深く親切で、愛する人のためなら自分を犠牲にします。おおらかで気取らない性格ですが、自分の欲求を満たすことで頭がいっぱいになると、冷たく無関心に見えることも。取り越し苦労をするよりも、バランス感覚を忘れず、前向きな態度を保つことが大切です。多芸多才で創造性豊か、人づき合いが好きで、楽しみながら仕事をすることができます。**友人やパートナーに対しては誠実で協力的**です。

数秘術によるあなたの運勢

22日生まれの人はプライドが高く、現実的で直感力が鋭いタイプ。22はマスターナンバーの1つですから、数字の22としても数字の4としても影響を受けます。正直者で仕事熱心な人が多く、リーダーとしての天性の資質やカリスマ性を備え、人の心を察する深い理解力があります。感情をあまり表に出さない方ですが、人の幸せを思い、親身になって相手を気遣います。

あなたは完璧主義のヒューマニストですが、生まれ月の数字である**2**は、現実的な目標や目的が必要だということを示しています。親切にする価値のない相手のために自分を犠牲にするのはやめましょう。優柔不断に陥ったり、弱気になったりすると、数字2の影響が強まり、周囲に壁を作り自分を守ろうとします。大切な人とうまくつき合いたいなら、批判的にならないよう注意しましょう。調和を愛する心や内面の安らぎを望む気持ちは、生まれつき心根の優しい理想家であることを示しています。

●長所：直感力が鋭い、実利的である、現実的である、手先が器用である、手際がいい、ものを作るのが得意、物事をまとめる力がある、問題解決能力がある

■短所：神経質である、親分風を吹かせる、物質主義に走る、ビジョンがない、横着になりやすい、独りよがりになりやすい

♥恋人や友人

1月4、8、22、26日／**2月**6、20、24日／**3月**4、18、22日／**4月**2、16、20、30日／**5月**14、18、28、30日／**6月**12、16、26、28、29日／**7月**10、14、24、26日／**8月**8、12、22、24日／**9月**6、10、20、22、30日／**10月**4、8、18、20、21、28日／**11月**2、6、16、18、26日／**12月**4、14、16、24日

◆力になってくれる人

1月9、20日／**2月**7、18日／**3月**5、16、29日／**4月**3、14、27日／**5月**1、12、25日／**6月**10、23日／**7月**8、21日／**8月**6、19日／**9月**4、17日／**10月**2、15、30日／**11月**13、28日／**12月**11、26、30日

♣運命の人

1月27日／**2月**25日／**3月**23日／**4月**21日／**5月**19日／**6月**17日／**7月**15日／**8月**13、25、26、27日／**9月**11日／**10月**9日／**11月**7日／**12月**5日

♠ライバル

1月2、10、19日／**2月**8、17日／**3月**6、15日／**4月**4、13日／**5月**2、11日／**6月**9日／**7月**7、30日／**8月**5、28日／**9月**3、26日／**10月**1、24日／**11月**22日／**12月**20、30日

★ソウルメイト(魂の伴侶)

1月15日／**2月**13日／**3月**11日／**4月**9日／**5月**7日／**6月**5日／**7月**3日／**8月**1日／**10月**29日／**11月**27日／**12月**25日

♓ うお座

有名人

ジョージ・ワシントン(初代アメリカ大統領)、財津一郎(俳優)、都はるみ(歌手)、イッセー尾形(俳優)、佐々木主浩(元プロ野球選手)、陣内智則(タレント)、ドリュー・バリモア(女優)、大藪春彦(作家)、岸本セシル(モデル)、狩野英孝(タレント)、マイケル・チャン(テニスコーチ)

太陽：うお座
支配星：うお座／海王星
位置：3°30'−4°30'　うお座
状態：柔軟宮
元素：水
星の名前：フォーマルハウト、デネブ・アディゲ

February Twenty-Third

2月23日

PISCES

天性のリズム感を持つ人物

2月23日生まれの人は活動的かつ大胆ですが、親しみやすく受容の精神を備えています。協力的な関係や共同作業を通じて成功を収めます。生まれつき地に足がつかないタイプですが、この日生まれの人にとって人との交流はとても大切なもの。**人と関わる経験を通して成長します。**

太陽が支配星うお座にあることから、受容の精神に富み、第六感によって周囲の気持ちを察することができます。想像力に富んだ繊細な人ですが、**持ち前の商才を活かせば経済的成功を収められる**はず。

リズム感がよく、音楽のセンスやダンスの才能があります。進むべき方向を見失うと、仲間の意見に左右されやすくなります。孤立を避ける傾向があり、流れに身を任せたり、安易な逃げ道として現実逃避を選んだりします。一方、多彩な才能に恵まれた野心家で人脈も広く、自分の好きなことを仕事に活かす力があり、どんな立場の人とでも分けへだてなくつき合えます。一度決めたら後には引かないところもあり、目指すべき目標や理想が見つかると大きな力を発揮できます。**成功願望の強さは人一倍**ですが、生まれつき感受性が鋭く、想像力豊かで理想主義的なところもありますので、人生においてはバランス感覚が大切だということを忘れずに。また、経済力を失うのではないかといった根拠のない不安も克服しましょう。

26歳までは太陽はうお座にあるため、自分の感受性や感情を特に意識する時期になります。理想的な環境や関係を追い求めたり、自分の人生に非現実的な出来事が起こらないかと願ったりするでしょう。27歳以降、太陽がおひつじ座に移動すると自信が深まり、自己主張が強くなるだけでなく、より野心的になります。何か新しいことに挑戦するか、対人関係において主導権を握るようになります。

隠された自己

夢見がちな理想主義ですが、金銭欲や名誉欲、権力欲が強く、意欲満々な野心家になります。ハードな仕事をこなし、計画をきちんと実行に移す能力がありますが、飽きっぽい性格のため、手っ取り早く儲けられなければ計画を投げ出し、より大きな見返りが期待できそうなものに乗り換えようとする傾向もあります。自分を認めてほしいという願望やリーダーシップがあり、広い視野で物事を考えます。

新しいことを始めるのが苦にならない人ですが、不安や焦りにとらわれないよう注意しましょう。浪費好きの傾向もありますので、時には無駄遣いに走ることも。しかし、金銭欲や安定を求める気持ちによって意欲がかきたてられ、それが新しいチャンスをつかむきっかけになるのは間違いありません。

仕事と適性

想像力豊かで意志が強く、親しみやすい性格ですから、人と関わる仕事がおすすめです。

自分を認めてほしいという願望が強いため、専門職に就き第一線で活躍します。自分の信じる主義主張や提案をアピールすることにかけてはずば抜けた才能があるため、販売促進関係の仕事や交渉ごとに向いています。貿易業や旅行業など、外国と関わる仕事でも成功するでしょう。1人で仕事をする方が性に合っているようですが、チームの一員としても優秀です。いったん1つの作業に集中すると、のめりこむタイプです。鋭いビジネスセンスや物事をまとめあげる力を活かせば、どんな分野の仕事を選んでも成功する可能性は高いでしょう。

恋愛と人間関係

人づき合いに積極的で、大勢の友人に恵まれます。この日生まれの人にとって、他人との関わりは大切なもの。常に交友関係の輪を広げようとします。**あなたの強い信念や強烈な個性を前にしても決してひるむことなく、対等に渡りあえるパートナー**を見つけましょう。日頃は親しみやすい気さくな性格ですが、議論好きで、精神力が試される難題に喜々として取り組みます。精神的な強さに興味を持ち、押しの強い人に心を動かされますが、他人を精神的にコントロールしたり、逆に威圧的な相手に支配されたりしないよう注意すること。あなたは親切で思いやりがあり、自分が大切に思う相手に対してはとても寛大で、愛する人のためならどんな苦労も惜しみません。

数秘術によるあなたの運勢

直感や感受性が鋭く、創造性豊か。多才で情熱にあふれ、頭の回転が速く、プロ意識が強い人です。23日生まれの人の頭の中には独創的なアイディアがたくさん詰まっていて、さまざまな方面で才能を発揮します。旅行や冒険が好きで、新たな人との出会いを求めます。誕生日の数字の23は落ち着きのなさを示すため、幅広くさまざまな経験を積みたいと考えますが、それはどんな状況でもすぐになじめる性格だからです。親しみやすく陽気な性格で、度胸があり、気力に満ちた人ですから、真の潜在能力を引き出すには活動的な毎日を過ごす必要があります。共同作業を楽しめるタイプですが、生まれ月の数字である2の影響が加わるため独立心が強く、自分の意志で物事を決めたいと考えます。さまざまな問題を掘り下げることで視野を広げ、自分の能力に自信を持つようにすれば、大きな成果が得られるはずです。

●長所：誠実である、責任感がある、コミュニケーション能力がある、直感力がある、創造性に富む、多才である、信頼できる
■短所：自己中心的である、不安に陥りやすい、頑固になりやすい、妥協を知らない、他の人のあら探しをする、偏見がある

♥恋人や友人
1月3、23日／**2月**11、21、25日／**3月**9、19、28、31日／**4月**7、17、26、29日／**5月**5、15、24、27、29、31日／**6月**3、13、22、25、27、29日／**7月**1、11、15、20、23、25、27、29日／**8月**9、18、21、23、25、27日／**9月**7、16、19、21、23、25日／**10月**5、14、17、19、21、23日／**11月**3、7、12、15、17、19、21日／**12月**1、10、13、15、17、19日

◆力になってくれる人
1月3、4、10、21日／**2月**1、2、8、19日／**3月**6、17、30日／**4月**4、15、28日／**5月**2、13、26日／**6月**11、24日／**7月**9、22日／**8月**7、20日／**9月**5、18、24日／**10月**3、16、22、31日／**11月**1、14、29日／**12月**12、27日

♣運命の人
1月22、28日／**2月**20、26日／**3月**18、24日／**4月**16、22日／**5月**14、20日／**6月**12、18日／**7月**10、16日／**8月**8、14、26、27、28、29日／**9月**6、12日／**10月**4、10日／**11月**2、8日／**12月**6日

♠ライバル
1月11、20日／**2月**9、18日／**3月**7、16日／**4月**5、14日／**5月**3、12、30日／**6月**1、10、28日／**7月**8、26、31日／**8月**6、24、29日／**9月**4、22、27日／**10月**2、20、25日／**11月**18、23日／**12月**16、21日

★ソウルメイト(魂の伴侶)
1月26日／**2月**24日／**3月**22、30日／**4月**20、28日／**5月**18、26日／**6月**16、24日／**7月**14、22日／**8月**12、20日／**9月**10、18日／**10月**8、16日／**11月**6、14日／**12月**4、12日

有名人

北大路欣也(俳優)、宇崎竜童(歌手)、野口五郎(歌手)、相田翔子(タレント)、亀梨和也(KAT-TUN　タレント)、中島みゆき(歌手)、美濃部ゆう(体操選手)、石川佳純(卓球選手)、近藤春菜(ハリセンボン　タレント)

太陽：うお座
支配星：うお座／海王星
位置：4°30'−5°30'　うお座
状態：柔軟宮
元素：水
星の名前：フォーマルハウト、デネブ・アディゲ

February Twenty-Fourth

2月24日

PISCES

独立心旺盛な思索家タイプ

2月24日生まれの人は自発性があり、独立心旺盛です。想像力に富み、受容の精神があります。感情豊かな努力型で理想を追い求め、愛する人に対してはあくまでも寛大に接し、相手を守ろうとします。**人あたりがよく親切**ですが、考え方は現実的で、高い理想をいだきがちな面と金銭や贅沢さを求める現実的な欲求が心の中に同居しているため、両極端の間を行ったり来たりします。

あなたはひらめきを与えてくれるだけでなく、金銭面でも励みになるような、正当な主義主張を見出すことができれば、感情の波に翻弄されやすいところを克服できるでしょう。

支配星うお座に太陽があることから、**鋭い直感力の持ち主**になりますが、時にはそれが情緒不安定や落ち着きのなさにつながることがあります。新しい流行や考え方を敏感に感じ取る能力に優れ、時代の波に乗るのが得意。想像力に富んだ思索家タイプですが、気が変わりやすいところもあり、時には他人と衝突することもあります。進むべき方向を見失うと、仲間の意見に左右されやすくなるでしょう。孤立を避ける傾向があり、流れに身を任せたり、安易な逃げ道として現実逃避を選んだりします。一方、新たに道を切り開くことを楽しめるタイプですから、**率先して何かを始める役回りがぴったり**です。マンネリを避け、短気を起こさないことも大切でしょう。自分を信じることさえ忘れなければ、何事にもまじめに取り組む姿勢や独創的な発想、鋭い直感力が成功をもたらします。

25歳までは太陽はうお座にありますので、未来に対する夢や情緒面の成長、直感力が特に重視される時期になります。26歳から55歳までは太陽はおひつじ座にありますので、自己主張が強くなり、積極性や冒険心がより発揮されるでしょう。新たな計画に取り組んだり、リーダーシップを発揮したり、あるいは対人関係においてもっとありのままの自分を表現することを学んだりするのによい時期です。

隠された自己

人づき合いが好きで協調性に富んだ、チャーミングな人です。**カリスマ的な個性を持つ人も多いはず**。人脈が広いため、目的に合った相手にコンタクトをとり、遊びを仕事に結びつける力があります。個性的な人柄で想像力豊か、実行力があり、なかなかの策略家です。ひとたび新しい目標や計画に集中すると、持ち前の力強い行動力を発揮して、強い意志を持って精力的に活動します。

直感力や商才のおかげで、人より早くビジネスチャンスを見極める能力があります。また、お金儲けに関しては次々にすばらしいアイディアを思いつく人が多いようです。時にはやたらと親分風を吹かせることもありますが、協調性があって駆け引き上手、話しあいを通じてうまく歩み寄る方法を知っています。

あなたにとってプライベートな人間関係はなにより大切なもの。それは自分を知るための鏡であると同時に、豊かな愛情や感情を表現する手段の1つでもあります。

仕事と適性

直感力や受容力があり、**ずば抜けた交渉力の持ち主**でもあることから、ファイナンシャル・アドバイザーや金融仲介業などに向いています。新たに道を切り開くことや新しいチャレンジにやりがいを感じるタイプであり、ビジネスの世界で目ざとくチャンスを見つけたり有能な人材を見極めたりする能力にも恵まれています。

恋愛と人間関係

チャーミングで親しみやすく、活動的な毎日を過ごし、新たな出会いを楽しむタイプです。ただし、飽きっぽい面もあるため、常に緊張感や刺激を与えてくれる相手を見つけてください。**あなたと同じくらい働き者のパートナー**が理想的です。愛情を求める気持ちが人一倍強いため、いつかは落ち着いて、決まった相手と安定した関係を結びます。友人や恋人選びに時間をかければ、恋愛や人間関係において軽はずみな行動をとることも少なくなりそうです。

数秘術によるあなたの運勢

24日生まれの人は感受性が強く、調和と秩序を求めます。信頼できる人柄で誠意があり、安定志向が強く、パートナーの愛情や支えを必要とします。また、自分自身や家族のために着実に足場を築こうとします。現実的な人生観の持ち主で優れたビジネスセンスがありますので、物質的な成功を収められるはず。誕生日の数字24に支配される人は不安定な時期を乗り越える必要があり、強情なところや自分の考えにこだわりやすい面がありますので要注意です。

生まれ月の数字である**2**の影響から広い人脈に恵まれます。人と交わりたいという欲求がありますので、グループ活動に進んで取り組み、仲介者の役割を果たすという暗示が出ています。有能で決断力に優れ、物事をまとめあげる力がありますので、後は自制心と上昇志向さえあれば大きな成功をつかめるはず。人を見る目がありますので自分の直感を信じましょう。意欲を失うと、それが集中力の低下やエネルギーの分散につながりますので要注意です。

●長所：活力がある、理想を追い求める、実務能力がある、強い決断力がある、まじめである、率直である、公平である、心が広い、家庭を愛する、活動的である、エネルギッシュである

■短所：物質主義的である、金銭に細かい、不安に陥りやすい、怠惰である、誠実さに欠ける、高飛車である、頑固者である、執念深い

♥恋人や友人

1月14、24、31日／**2月**12、22、29日／**3月**10、20、27日／**4月**8、18、25日／**5月**6、16、23、30日／**6月**4、14、18、21、28、30日／**7月**2、12、16、19、26、28、30日／**8月**10、17、24、26、28日／**9月**8、15、22、24、26日／**10月**6、13、20、22、24、30日／**11月**4、8、11、18、20、22、28日／**12月**2、9、16、18、20、26、29日

◆力になってくれる人

1月5、22、30日／**2月**3、20、28日／**3月**1、18、26日／**4月**16、24日／**5月**14、22日／**6月**12、20日／**7月**10、18、29日／**8月**8、16、27、31日／**9月**6、14、25、29日／**10月**4、12、23、27日／**11月**2、10、21、25日／**12月**9、19、23日

♣運命の人

1月12日／**2月**10日／**3月**8日／**4月**6日／**5月**4日／**6月**2日／**8月**27、28、29、30日

♠ライバル

1月16、21日／**2月**14、19日／**3月**12、17、30日／**4月**10、15、28日／**5月**8、13、26日／**6月**6、11、24日／**7月**4、9、22日／**8月**2、7、20日／**9月**5、18日／**10月**3、16日／**11月**1、14日／**12月**12日

★ソウルメイト(魂の伴侶)

1月25日／**2月**23日／**3月**21日／**4月**19日／**5月**17日／**6月**15日／**7月**13日／**8月**11日／**9月**9日／**10月**7日／**11月**5日／**12月**3、30日

有名人

淡島千景(女優)、ミシェル・ルグラン(作曲家)、佐久間良子(女優)、草野仁(キャスター)、ASKA(歌手)、岩佐真悠子(タレント)、コージー冨田(タレント)、ヴィルヘルム・グリム(グリム兄弟の弟　作家)、スティーブ・ジョブズ(実業家)

太陽：うお座
支配星：うお座／海王星
位置：5°－6°30′　うお座
状態：柔軟宮
元素：水
星の名前：フォーマルハウト、デネブ・アディゲ

February Twenty-Fifth

2月25日

PISCES

直感と理性が同居している人

2月25日生まれの人の特徴は感受性と精神力の強さです。**ひらめきや想像力に恵まれた努力家で、話し上手**。独立心旺盛で自分が主導権を握りたいと考えます。直感と理性が同居しているタイプですので、知識が持つ力の重要性に気づき、鋭い眼識を活かせば、持ち前の知性を最大限に発揮できるでしょう。

有能な人ですが、期待通りの結果が出せないと、くよくよと悩みそう。用心深く慎重な半面、因習にとらわれないため、周囲の目には自信と確信に満ちた人物に映ります。太陽が支配星うお座にあることから、第六感を備えた思慮深い人になるでしょう。分析力に優れ、世の中の流れや風潮だけでなく、**周りの状況を細かく察知する能力**があります。人の気持ちやその場の状況を見極める力がありますが、そのせいでかえって混乱や自己不信の時期を経験するかもしれません。一方、進むべき方向を見失うと、仲間の意見に左右されやすくなります。孤立を避ける傾向があり、流れに身を任せたり、安易な逃げ道として現実逃避を選んだりします。

目標に向かって突き進むタイプですが、時には自己批判が強すぎたり、自分に厳しすぎたりすることも。自分の直感を信じられるようになれば、思い切って個性的なものの見方を身につけることができるでしょう。潜在能力を最大限に引き出すには、正式な学校教育であれ独学であれ、勉学に励むことがきわめて重要な鍵になります。

24歳までは太陽はうお座にありますので、自分の感受性や心の交流を特に意識する時期になります。25歳から54歳までは太陽はおひつじ座にあることから、自己主張が強まり、固い意志と熱意を持つようになります。人生の新たな局面を迎え、新しいことに挑戦したいという願望が芽生えます。

隠された自己

芯の強い断固とした性格ですが、人を惹きつける魅力にあふれた愛嬌たっぷりの人物でもあり、両極端の性質を併せ持っています。知的で鋭い観察力があり、頭の切れる毒舌家。人の心を見抜く目もあります。勤勉な理想主義で、みずから進んで不正と闘う自立心旺盛な人ですが、権力欲や金銭欲、名誉欲によってやる気がわいてくるという一面もあるのが玉にキズ。不屈の精神を発揮して逆境に耐えることもできます。ただし、権威ある人々がしかける権力争いに巻きこまれ、それに翻弄されるおそれがありますので、何でも人の言いなりにならないよう気をつけて。

あなたは**実直な性格で困っている人を放っておけないタイプ**ですが、必要以上に負担を背負いこんで、ストレスの原因を作らないよう注意してください。

仕事と適性

受容の精神と知性に富み、**強烈な個性とリーダーとしての優れた資質**に恵まれます。責任感の強さと勤勉な態度を上司から評価され、高い地位を手に入れるでしょう。ビジネス

の世界に入れば、持てる知識を活かして成果をあげることができます。あるいは教職を選び、生徒や学生の指導に励むことになるかもしれません。創造的な才能を伸ばしたいなら、文章力を磨くのがおすすめです。監督業にも向いていて、大作に抜擢されるかもしれません。物事をまとめあげる力や組織改革を実行できる手腕の持ち主ですので、優れた管理職として実力を発揮できるでしょう。

恋愛と人間関係

神経が細かい割にざっくばらんなところがありますので、歯に衣着せぬ発言をすることも。あなたが尊敬できるのは、**前向きで裏表のない、竹を割ったような性格の人**。責任感の強い理想主義ですが、プライドが高く、誰かとパートナーを組む時には自分が優位に立ちたいと考えます。機嫌が悪い時でも、横柄な態度をみせたり、自分のいら立ちや不満を家族にぶつけたりしないように。誠実で安定志向が強いため、愛する人に対しては献身的で、懸命に相手を守ろうとします。

この日生まれの人にとって、住まいは仕事のストレスや外でのプレッシャーから逃れるための「城」。もてなし好きの人が多く、温かい気配りのできるホストやホステス役を進んでこなします。

数秘術によるあなたの運勢

25日生まれの人は思慮深く直感力に優れ、勘が鋭くエネルギッシュ。さまざまな経験を通じて自分を表現するタイプで、その経験にはわくわくするような新しい発想や人、場所などが含まれています。完璧主義のため、勤勉に働き、充実した日々を送ります。計画通りに物事が進まないとしても、いらいらしたり批判的になったりしないよう注意してください。強い精神力の持ち主ですから、集中力を発揮してあらゆる事柄を考慮に入れ、事実に目を向け、誰よりも早く答えを出すことができます。自分の直感を信じ、根気と忍耐力を養えば成功と幸せが訪れます。

生まれ月の数字である**2**の影響が加わることから、感受性の強い、知的な人物になるという暗示も出ています。人間関係を通して学び、成長することが多いようです。常に前向きな姿勢を忘れず、あふれんばかりの創造力が心の奥底の不安によって蝕まれないように注意すれば、直感力や感応力に磨きをかけることができるはずです。

●長所：直感力が鋭い、完璧主義である、観察眼がある、考え方が創造的である、人づき合いがうまい

■短所：衝動的である、こらえ性がない、無責任である、嫉妬深い、秘密主義である、環境をすぐに変えようとする、批判的である、気分屋である、神経質である

相性占い

♥恋人や友人

1月11、13、15、17、25日／**2月**9、11、13、15、23日／**3月**7、9、11、13、21日／**4月**5、7、9、11、19日／**5月**3、5、7、9、17、31日／**6月**1、3、5、7、15、29日／**7月**1、3、5、17、27、29、31日／**8月**1、3、11、25、27、29日／**9月**1、9、23、25、27日／**10月**7、21、23、25日／**11月**5、9、19、21、23日／**12月**3、17、19、21、30日

◆力になってくれる人

1月1、5、20日／**2月**3、18日／**3月**1、16日／**4月**14日／**5月**12日／**6月**10日／**7月**8日／**8月**6日／**9月**4日／**10月**2日

♣運命の人

8月28、29、30、31日

♠ライバル

1月6、22、24日／**2月**4、20、22日／**3月**2、18、20日／**4月**16、18日／**5月**14、16日／**6月**12、14日／**7月**10、12日／**8月**8、10、31日／**9月**6、8、29日／**10月**4、6、27日／**11月**2、4、25、30日／**12月**2、23、28日

★ソウルメイト(魂の伴侶)

1月6、12日／**2月**4、10日／**3月**2、8日／**4月**6日／**5月**4日／**6月**2日

この日に生まれた有名人

ガリレオ・ガリレイ(天文学者)、ピエール・ルノアール(画家)、黒岩重吾(作家)、近田春夫(ミュージシャン)、寺脇康文(俳優)、シルヴィ・ギエム(バレエダンサー)、中澤佑二(サッカー選手)、Superfly(歌手)、パク・チソン(サッカー選手)、有野晋哉(よゐこ タレント)、ジョージ・ハリスン(ミュージシャン)

太陽：うお座
支配星：うお座／海王星
位置：6°30'−7°30'　うお座
状態：柔軟宮
元素：水
星の名前：デネブ・アディゲ、スカット

February Twenty-Sixth

2月26日

PISCES

責任感が強すぎるところも

2月26日生まれの人は、社交的で直感力に恵まれた理想主義です。実務能力に優れ、心が柔軟で受容の精神があります。**生まれつき多芸多才**な人で、充実した張りのある毎日を過ごすことが多く、自分なりの個性を発揮することによって自己実現を図ろうとします。精神的に不安定な面もありますが、懸命に働き、自分自身や愛する人のために確かな基盤を築くことによって、安心感を手に入れるでしょう。

あなたは誰かの命令に従うよりも、**自分が主導権を握りたいタイプ**ですが、張り切りすぎると自分の能力以上に責任を抱えこむおそれがあり、あまりよい結果に結びつかないこともありそうです。

支配星うお座に太陽があることから、柔軟な判断力や感応力に恵まれ、内なる英知を論理的な思考に結びつけることができます。持って生まれた直感を信じられるようになれば、自分の知識に確信が持てるようになり、自信にあふれた、決然とした性質が外に表れるでしょう。一方、完璧主義のため、責任感が強すぎるところもあります。それがいら立ちや批判めいた言動につながるおそれがありますので、あまり神経質にならないよう気をつけて。頭脳明晰で洞察力が鋭く、**自分の考えを素直に、はっきりと表現できる人**です。つまり自分の考えや意見を単刀直入に、もしくは知性豊かな会話を通じて相手に伝える能力があるのです。

23歳までは太陽はうお座にありますので、自分の感受性や感情に関わる事柄が重視される時期になります。理想的な環境や関係を追い求めたり、自分の人生に夢のような出来事が起こらないかと願ったりするかもしれません。24歳以降、太陽がおひつじ座に移動すると、自信が深まり、積極性や意欲も高まるでしょう。何か新しいことを始めるか、あるいは主導的な役割を果たすようになります。54歳の時太陽がおうし座に入るため、これが次の転機になります。人生のペースを落とし、より安定した生活や経済的な安心感を求めるようになります。

隠された自己

驚くほど知的で、感受性や直感力がきわめて鋭く、自己表現したいという強い願望を持っています。**話題が豊富で親しみやすい性格**ですが、自分の本心がわからなくなることもあるようです。とりわけ親しい関係においては、その傾向が強く見られます。本来、理性的な人ですが、自分で選択し、決断をくだすことが乗り越えるべき課題の1つになるかもしれません。また、しっかりとした現実感覚の持ち主で、如才がなく野心にあふれ、人の気持ちやその場の状況をぱっと把握できる能力があることが暗示されています。ただ、注意すべきなのは、経済的な安定がすべての問題を解決してくれると考えがちなところです。目的意識や達成願望の強さは、要求水準が高いことや成功志向の持ち主であることを示しています。心のどこかで常に策略を練っているのです。自分なりの考え方を持ち、大規模な事業や巨大な組織を統括する能力に恵まれます。

仕事と適性

持ち前の言語能力の高さは、コミュニケーションに関わる分野、特に執筆業や教育界、マスコミ関係で活躍できることを示しています。科学的な分野に興味を持ち、化学や工学関係の職業を選ぶ人もいるでしょう。金融業や法曹界もおすすめです。**段取りがよく、態度に威厳が感じられます**のでどんな分野に進んでも頭角を現すことができます。

恋愛と人間関係

直感力が鋭く、精神的に落ち着きのない性分ですが、心惹かれる相手は**目標に向かって突き進む上昇志向を持った知的な人**。繊細で深い思いやりがある割に、安定した交友関係を築くことは少なく、時には心もとなさを感じることも。精神的な刺激や変化を好むため、新たなチャンスやわくわくするような人との出会いが人生設計に影響を及ぼすでしょう。パートナーを選ぶなら、知的好奇心を分かちあえる、知性あふれる人がおすすめです。

数秘術によるあなたの運勢

26日生まれの人は、現実的な人生観の持ち主で、実行力や鋭いビジネスセンスがあります。責任感の強い人が多く、天性の美的センスがあり、家庭を大切にしますので、ゆるぎない基盤を築こうとしたり、確かな安定を求めたりします。人に頼られることが多く、友人や家族から助けを求められると喜んで力になろうとします。ただし、物質主義に走りやすい傾向や他人を思い通りに動かしたい、采配をふるいたい、といった願望には要注意です。

生まれ月の数字である**2**の影響が加わることから、実務能力だけでなく、直感力や第六感も兼ね備えています。人を喜ばせたいと考えますが、逆に依存的になりすぎる傾向もあります。達成願望が強いため、革新的な発想が芽生え、大きなスケールで物事を考えるようになります。人の意見を素直に受け入れますが、周囲の干渉を嫌います。いざという時には自分の意志で決断をくだしたいと思うのです。

●長所：創造性に富む、実務的である、面倒見がよい、責任感が強い、家族を誇りに思う、熱意がある、勇気がある
■短所：頑固である、反抗的である、不安定な人間関係を結ぶ、根気がない

♥恋人や友人
1月12、16、25日／**2月**10、14、23、24日／**3月**8、12、22、31日／**4月**6、10、20、29日／**5月**4、8、18、27日／**6月**2、6、16、25、30日／**7月**4、14、18、23、28日／**8月**2、12、21、26、30日／**9月**10、19、24、28日／**10月**8、17、22、26日／**11月**6、10、15、20、24、30日／**12月**4、13、18、22、28日

◆力になってくれる人
1月2、13、22、24日／**2月**11、17、20、22日／**3月**9、15、18、20、28日／**4月**7、13、16、18、26日／**5月**5、11、16、18、26日／**6月**3、9、12、14、22日／**7月**1、7、10、12、20日／**8月**5、8、10、18日／**9月**3、6、8、16日／**10月**1、4、6、14日／**11月**2、4、12日／**12月**2、10日

♣運命の人
1月25日／**2月**23日／**3月**21日／**4月**19日／**5月**17日／**6月**15日／**7月**13日／**8月**11、30、31日／**9月**1、9日／**10月**7日／**11月**5日／**12月**3日

♠ライバル
1月7、23日／**2月**5、21日／**3月**3、19、29日／**4月**1、17、27日／**5月**15、25日／**6月**13、23日／**7月**11、21、31日／**8月**9、19、29日／**9月**7、17、27、30日／**11月**3、13、23、26日／**12月**1、11、21、24日

★ソウルメイト(魂の伴侶)
1月17日／**2月**15日／**3月**13日／**4月**11日／**5月**9日／**6月**7日／**7月**5日／**8月**3日／**9月**1日／**11月**30日／**12月**28日

有名人

ヴィクトル・ユゴー(作家)、山下洋輔(ピアニスト)、桑田佳祐(ミュージシャン)、三浦知良(サッカー選手)、藤本美貴(タレント)、クリスタル・ケイ(歌手)、竹下登(政治家)、岡本太郎(芸術家)、与謝野鉄幹(歌人)

太陽：うお座
支配星：うお座／海王星
位置：7°30'−8°30'　うお座
状態：柔軟宮
元素：水
星の名前：デネブ・アディゲ、スカット

February Twenty-Seventh

2月27日

PISCES

チャーミングな魅力にあふれる人気者

受容の精神と知性を備えた理想主義的で、感受性が強く高い志をいだいています。**先を読む能力**があり、若々しさや中性的な性質があるため、人生を新鮮な目でとらえることができる一方、精神的に不安定になりやすい面もあるようです。潜在能力を有効に活かすため、成熟した責任ある態度を心がけましょう。時には及び腰になることもありますが、自分の感情にあくまでも正直であろうとします。**大胆な行動力**の持ち主ですが、自分の感情を無理に抑えたり、夢中になりすぎたりすると、ストレスを受けやすくなりますので注意してください。

支配星うお座に太陽がある影響から、直感力や想像力に富んでいます。多方面にわたって才能を発揮し、発想が泉のようにわいてくるはずです。**チャーミングで深い思いやりがあり、人の心を惹きつける雰囲気がありますが**、気分によっては無口でとっつきにくい印象を与えることもあります。人づき合いはよい方ですが、自分なりの人生観を持っています。目標が見つかると張り切るタイプですが、物事を達成しようと思うあまり、威圧的になる傾向もありますので要注意です。創造的な発想と知的好奇心の持ち主で、さまざまなことに興味を持ちます。学び続け、知識を深めれば、天性のビジネスセンスだけでなく、言葉に関わる能力を伸ばすことができます。芸術や美に対するあこがれは、あなたに品位を与え、贅沢さや快適さを求める心を芽生えさせます。

22歳までは太陽はうお座にありますので、情緒面の成長や直感力がクローズアップされる時期になります。23歳から52歳までは太陽がおひつじ座にあるため、自己主張が強まり、活動的になり冒険心も高まるでしょう。

隠された自己

チャーミングで人の心をそらさない魅力があります。若々しい心の持ち主で、意欲にあふれています。成功願望の強いタイプですが、それは物質主義と理想主義が心の中に同居しているというおもしろい二面性の表れです。野心的な割にのんきな性格ですから、どんな時でも前向きで意気ごみたっぷり。人の心をつかむ才能にも恵まれます。

親しみやすく外向的で、交際上手な人ですから、**成功の階段を上りつめるのは間違いありません**。一方、対外的なイメージや物質的な安定を大切にしますが、人知れず不安を感じることや拝金主義に走ることもあるでしょう。とはいえ、活発な思考力や想像力に富んだ発想を活かして、成功に向かって突き進みます。

情緒豊かで深い思いやりがあり、いつまでも若々しさを失わない人ですから、持ち前の情熱や遊び心で周囲を元気づけるでしょう。

仕事と適性

知的でそつがなく、説得力があるため、**セールスに関してはずば抜けた能力**に恵まれます。ビジネスの世界なら広告業や販売業がぴったりです。チャーミングで前向きな性格ですので、大衆に関わる仕事ならどんな分野に進んでも成功します。向学心旺盛で新しい発想に興味があるため、教育の世界でも能力を発揮できるでしょう。生徒のやる気を引き出す、すばらしい熱血教師になれるはずです。人道主義ですから、弁護士や政治家など、正しい目的のために人々の代弁者として闘う仕事にも向いています。

恋愛と人間関係

あなたは知性にあふれ、若々しい心を失わない人です。社交的で人望もあります。ひたむきかつ繊細で、のびのびと親切にふるまうこともあれば､冷たくとっつきにくい印象を与えることもあります。**強い絆で結ばれた理想的な愛を求める**ことが多いでしょう。相手に対する責任感が強いあまり、時には自分自身の計画がすんなり進まないことや、人間関係に影響を受けることもあります。

魅力的な人ですから、友人やパートナーを見つけるのは難しくはありませんが、意外にも「孤立するのではないか、見捨てられるのではないか」といった不安に駆られることがあります。また、妥協することや他人に合わせることも学んでください。理想の愛を手に入れると、誠実な友、愛情深いパートナーになります。

数秘術によるあなたの運勢

直感力と分析力に優れた思慮深い人です。忍耐力と自制心を養えば、大きく前進できるでしょう。**27**日生まれの人は意志が強く、鋭い観察力の持ち主で、細かい気配りができます。時には秘密主義者だと勘違いされることや、冷徹でよそよそしく見えることもありますが、実は人知れず緊張しやすいタイプ。コミュニケーション能力を伸ばすよう心がければ、自分の正直な気持ちを素直に表現できるはずです。

生まれ月の数字である**2**の影響が加わることから、感受性が強く、集団の一員として活動することを好みます。順応性が高く、他人の気持ちを理解できる人で共同作業に向いています。受容の精神や探究心がありますので、自分の直感を信じれば、効果的に自分の意志を伝えることができるでしょう。また、見識もよりいっそう深まるはずです。バランス感覚や冷静さを忘れないようにすれば、親しいながらも依存しない人間関係を築くことができます。相容れない意見にぶつかっても、神経質になりすぎないよう注意して。思いやりを持って相手に接すれば、より豊かな人間性が養われるはずです。

●長所：多才である、想像力がある、創造性豊かである、意志が固い、勇気がある、ものわかりがよい、知的能力に優れている、精神性を大切にする、発想がある、強い精神力がある

■短所：口論好きである、落ち着きがない、神経質である、疑い深い、感情的である

♥恋人や友人

1月7、10、17、27日／**2月**5、8、15、25日／**3月**3、6、13、23日／**4月**1、4、11、21日／**5月**2、9、19日／**6月**7、17日／**7月**5、15、19、29、31日／**8月**3、13、27、29、31日／**9月**1、11、25、27、29日／**10月**9、23、25、27日／**11月**7、11、21、23、25日／**12月**5、19、21、23日

◆力になってくれる人

1月3、5、20、25、27日／**2月**1、3、18、23、25日／**3月**1、16、21、23日／**4月**14、19、21日／**5月**12、17、19日／**6月**10、15、17、23日／**7月**8、13、15日／**8月**6、11、13日／**9月**4、9、11日／**10月**2、7、9、26日／**11月**5、7、13日／**12月**3、5日

♣運命の人

1月13日／**2月**11日／**3月**9日／**4月**7日／**5月**5日／**6月**3日／**7月**1日／**8月**31日／**9月**1、2日

♠ライバル

1月16、24日／**2月**14、22日／**3月**12、20日／**4月**10、18日／**5月**8、16、31日／**6月**6、14、29日／**7月**4、12、27日／**8月**2、10、25日／**9月**8、23日／**10月**6、21日／**11月**4、19日／**12月**2、17日

★ソウルメイト（魂の伴侶）

1月16日／**2月**14日／**3月**12日／**4月**10日／**5月**8日／**6月**6日／**7月**4、31日／**8月**2、29日／**9月**27日／**10月**25日／**11月**23日／**12月**21日

有名人

ジョン・スタインベック（作家）、エリザベス・テイラー（女優）、高田賢三（ファッションデザイナー）、グッチ裕三（タレント）、中村うさぎ（作家）、徳永英明（歌手）、富田靖子（女優）、佐藤隆太（俳優）、小塚崇彦（元フィギュアスケート選手）、万城目学（作家）、室井佑月（小説家・タレント）、清水宏保（元スピードスケート選手）

太陽：うお座
支配星：うお座／海王星
位置：8°30'−9°30'　うお座
状態：柔軟宮
元素：水
星の名前：スカット

February Twenty-Eighth

2月28日

PISCES

芸術家の顔と実業家の顔が

気さくで知性豊かな、親しみやすい性格ですが、負けず嫌いの努力型です。**感受性と直感力の鋭さは大切な長所**であり、大いなる希望と壮大な夢をいだくでしょう。多方面で才能を発揮しますが、持ち前のすばらしい潜在能力を引き出すには、自己研鑽や忍耐力、決断力が必要です。人間関係をうまく処理する能力がありますので、**共同作業を通じて成功を収めることが多い**ようです。

太陽が支配星うお座にある影響が加わることから、受容の精神や創造性だけでなく、先見の明や想像力にも恵まれます。感化されやすい芸術家タイプで、人間味あふれる発想の持ち主ですが、それは表の顔。その下には**明晰な頭脳と抜群のビジネスセンス**が隠れているのです。一方、思慮深く、知を追い求める聡明な人ですが、大胆な行動力や説得力の持ち主でもあります。成功をつかむチャンスを増やすには、「学ぶこと」を忘れずに。それは確かな基盤を築くための拠り所となります。あなたは人を奮い立たせる力があり、人生のさまざまな難題に喜々として取り組みますが、自分の知性や能力を試そうとして論争を巻き起こしたり、片意地を張ったり、逃げ腰になったりすることもあるでしょう。**強い信念の人**で、自分なりの考え方を持っています。

21歳までは太陽はうお座にありますので、自分の感受性や心の交流を特に意識する時期になります。若い頃は強い男性像に特に影響を受けるでしょう。22歳から51歳までは太陽がおひつじ座にあるため自己主張が強まり、より固い意志と熱意を持つようになります。人生の新たな局面を迎え、何か新しいことに挑戦したいという願望が芽生えるでしょう。52歳以降、太陽がおうし座に入ると物質的な基盤を確立し、安心感を得たいという気持ちが強くなります。と同時に、落ち着きや感情的な安定を求めるようになります。

隠された自己

深い見識や洞察力の持ち主で、人を説き伏せる説得力があります。責任ある正しい行動を心がければ、人生で成功をつかむ確率は高まるでしょう。自分なりの道徳観や理想主義的な傾向を自覚していることから、独特の威厳がありますが、自己中心的なふるまいは慎みましょう。また、物事を直感的に察知する能力や豊かな良識があり、とっさの対応ができるシャープな人です。そういった気質のおかげで、逆境にあっても終始気配りを忘れず、意欲を失うこともありません。

魅力的で心優しく、人望を集めますが、時に横柄になり、人々を遠ざけるおそれもあります。どんな時でも遊び心を忘れない人ですから、忍耐力を鍛え、周囲の信頼を勝ち取ることによって、並はずれた潜在能力を最大限に活かせるはずです。

仕事と適性

興味を持ったことなら何でも知りたいという好奇心の持ち主ですから、教育や科学、研究、哲学といった分野がよいでしょう。主導権を握りたいタイプですので、管理職か自営業に向いています。**物事をまとめあげる能力が並はずれて高く、商才がありますので**、ビジネスの世界に身を置けばそういった才能を活かすことができるはずです。

恋愛と人間関係

さまざまな活動に幅広く手を出すタイプで、自立心旺盛ですが、それが時には人間関係の妨げになります。魅力を感じるのは**現実的な知識や知恵の持ち主**、あるいは**いろいろなアドバイスを与えてくれる親切で協力的な人**です。精神力は強い方ですが、あなたの弱点を理解してくれるパートナーを見つけてください。繊細な面を表に出せば、親密な温かい関係を築くことができます。

数秘術によるあなたの運勢

自立心旺盛で理想を追い求めますが、意志が強く考え方は現実的で、慣例を無視することがよくあります。数字の1に支配される人と同じく、野心に富み、単刀直入で精力的です。自立はしたいがチームワークも大切にしたい、という内面的な葛藤もまた暗示されています。いつでも臆することなく新しいことに挑戦できる人ですから、人生においてもさまざまなことに勇気を持ってチャレンジします。その熱意に人々はたちまち感化され、あなたが何か新しいことを始めようとすると、周囲は少なくとも協力してくれるはずです。28日生まれの人はリーダーシップがあり、分別や良識、明晰な思考に従って行動します。責任感はありますが、夢中になりすぎたり、短気を起こしたり、偏狭な考えにとらわれたりしないよう注意してください。

生まれ月の数字である2の影響が加わることから、受容の精神があり、人の行動の動機を直感的に察知する能力に恵まれます。また、この日生まれの人にとってはさまざまな人との交流がプラスに作用します。批判的になる傾向がありますので、時には自分自身の欠点を冷静に見つめるようにしてください。バランス感覚に優れているのですから、持ちつ持たれつの関係を築くコツを身につけましょう。

●長所：深い思いやりがある、進歩的である、勇気がある、芸術的である、創造性が豊かである、理想をいだく、野心的である、勤勉である、意志が強い

■短所：空想家である、やる気がない、思いやりが足りない、非現実的である、高圧的である、判断力に欠ける、攻撃的である、自信がない、人に頼りすぎる、プライドが高い

♥恋人や友人

1月1、8、14、28、31日／**2月**12、26、29日／**3月**10、24、27日／**4月**8、22、25日／**5月**6、20、23日／**6月**4、18、21日／**7月**2、16、19、20、30日／**8月**14、17、28、30日／**9月**12、15、26、28、30日／**10月**10、13、24、26、28日／**11月**8、11、12、22、24、26日／**12月**6、9、20、22、24日

◆力になってくれる人

1月26日／**2月**24日／**3月**22日／**4月**20日／**5月**18日／**6月**16、24日／**7月**14日／**8月**12日／**9月**10日／**10月**8日／**11月**6、14日／**12月**4、29日

♣運命の人

8月31日／**9月**1、2、3日

♠ライバル

1月3、25日／**2月**1、23日／**3月**21日／**4月**19日／**5月**17日／**6月**15日／**7月**13日／**8月**11日／**9月**9日／**10月**7日／**11月**5日／**12月**3日

★ソウルメイト（魂の伴侶）

1月3、10日／**2月**1、8日／**3月**6日／**4月**4日／**5月**2日

有名人

小島信夫（作家）、菅井きん（女優）、田原俊彦（歌手）、菊川怜（タレント）、ブライアン・ジョーンズ（ミュージシャン）、村下孝蔵（歌手）、膳場貴子（アナウンサー）、326（イラストレーター）、ニコラウス・コペルニクス（天文学者）、オリヴィア・パレルモ（モデル）

太陽：うお座
支配星：うお座／海王星
位置：9°−10°　うお座
状態：柔軟宮
元素：水
星の名前：スカット

February Twenty-Ninth

2月29日

PISCES

優れた決断力と理解力を持つスマートな人物

2月29日生まれの長所は、決断力や想像力、創造的な自己表現力です。心優しい理想主義で、直感的な理解力を備え、思いやりもあります。**すばらしい発想が次々とわいてくる**ものの、生来の心配性のため気弱になったり、自信をなくしたりすることもありそう。

支配星うお座に太陽がある影響から、感化されやすいタイプになり、鋭い第六感に恵まれます。感性豊かな先見性と理想主義で、人々の心をつかむ魅力的な人です。**想像力と前向きな思考の組み合わせこそ、成功と幸せをつかむ鍵**ですが、地に足をつけて日常の雑事をこなすことも大切です。

音感やリズム感があるため、**音楽はあなたにさまざまな幸運をもたらす**でしょう。一方、意欲が低下すると、本来持っている潜在的な知的能力を発揮できないタイプですので、教養を深め、自分自身をよく知るようにしましょう。どんなことでも人生経験になると思えば、いら立ちや焦りを感じることもなくなります。人づき合いは得意ですから、偏見にとらわれない広い心を持てば、目の前に広がる無限の可能性に気づくことができるはずです。

20歳までは太陽はうお座にありますので、自分の感受性や感情を特に意識する時期になります。理想的な環境や関係を追い求めるか、ゆるぎない精神世界を築き上げるかもしれません。21歳以降、太陽がおひつじ座に移動すると自信が深まり、積極的、野心的になるでしょう。何か新しいことを始めるか、人間関係においてより率直になります。51歳の時太陽がおうし座に入ると、これが次の転機になります。人生のペースを落とし、安定した生活や経済的な安心感をより求めるようになります。

隠された自己

感情の幅が広く、創造性にあふれています。芝居がかった言動が見られ、**自分を表現したいという欲求が強いタイプ**。自分の感情や思いをうまく表現できないと、落ちこんだり、人に対して不満を覚えたりします。2月29日生まれの人が持っているすばらしい潜在能力を活かすには、忍耐力や粘り強さを含めた前向きな人生観を養うことが不可欠です。天与の才能に恵まれる人が多く、芸術や音楽、演劇といった活動が創造性を表現する手段になりそう。少なくとも鋭い鑑賞眼を養うことはできるでしょう。一方、責任感が強く、借りを作らない主義ですが、自分自身や他人に厳しすぎることも。心の温かい、寛大な理想主義者になることが多く、強い義務感や責任感、忠誠心をいだいています。学ぶことは、それが正式な学校教育であるかどうかを問わず成功をもたらす重要な鍵になります。常に最新の知識を仕入れ、頭を働かせ、学び続けましょう。

仕事と適性

知的好奇心やコミュニケーション能力に恵まれるため、教育関係や理系の職業で能力を発揮します。また**色や音に対するセンス**がありますので、アートやデザイン、詩、音楽、ダンスといった分野も向いています。また、持ち前の想像力を活かして、文学の世界でもチャンスがあります。

恋愛と人間関係

あなたにとって人間関係はとても重要なものですが、パートナーに頼りすぎないよう注意しましょう。独立心を養い、多彩な能力を表現する場を見つけることが大切です。生まじめな性格ですから、**いつもそばにいてくれる、誠実で愛情豊かなパートナー**を必要としています。自分の思いをはっきりと相手に伝えるタイプで、1人の人と長くつき合いたいと考えます。温厚な人柄で社交好き、友人と過ごす時間を大切にします。決して人の心をそらさない魅力の持ち主でもあります。

数秘術によるあなたの運勢

誕生日の数字**29**に支配される人は、理想的なビジョンを追い求めるタイプです。気迫にあふれ、強烈な個性と並はずれた潜在能力を持っています。成功の鍵はひらめき。これがなければ目的を見失うこともありそう。かなり夢見がちなところもありますが、両極端の性格が心の中に同居しているため、気分にむらがあります。とても優しく親しげかと思うと、いきなり冷たく不親切な態度に変わったり、楽天家かと思うと、悲観論者になったりします。観察眼が鋭い人ですので、批判的になりすぎないように、また周囲の気持ちを考えるよう心がけてください。

月の数字**2**の影響が加わることから、観察力や感受性の鋭い、感情豊かな人になることが暗示されています。コミュニケーションを深めたい、あるいは自分を表現したいという思いは、人との交わりが大切なものであることを示しています。多彩な能力の持ち主ですから、思いついたアイディアを現実に活かすことができれば、自分自身にとってプラスになります。ただあなたは人を喜ばせようと努力しても報われない傾向が強いです。善意が常に歓迎されるわけではないことを肝に銘じて。

●**長所**：ひらめきがある、バランス感覚がある、心が安らかである、寛大である、創造性に富む、直感力がある、壮大な夢を描く、信念がある、予知に長けている、成功を収める

■**短所**：集中力に欠ける、気まぐれである、気難しい、極端な考えに走る、軽率である、神経過敏である

相性占い

♥恋人や友人

1月1、15、26、29、30日／**2月**13、24、27、28日／**3月**11、22、25、26日／**4月**9、20、23、24日／**5月**7、18、21、22日／**6月**5、16、19、20、23日／**7月**3、14、17、18、31日／**8月**1、12、15、16、29、31日／**9月**10、13、14、27、29日／**10月**8、11、12、25、27日／**11月**6、9、10、13、23、25日／**12月**4、7、8、21、23、29日

◆力になってくれる人

1月1、2、10、14、27日／**2月**8、25日／**3月**6、23日／**4月**4、21日／**5月**2、6、19、30日／**6月**4、17、28日／**7月**2、15、26日／**8月**13、24日／**9月**11、22日／**10月**9、20日／**11月**7、18日／**12月**5、16日

♣運命の人

8月31日／**9月**1、2、3、4日

♠ライバル

1月17、26日／**2月**15、24日／**3月**13、22日／**4月**11、20日／**5月**9、18日／**6月**7、16日／**7月**5、14日／**8月**3、12、30日／**9月**1、10、28日／**10月**8、26、29日／**11月**6、24、27日／**12月**4、22、25日

★ソウルメイト（魂の伴侶）

1月21日／**2月**19日／**3月**17日／**4月**15日／**5月**13日／**6月**11日／**7月**9、29日／**8月**7、27日／**9月**5、25日／**10月**3、23日／**11月**1、21日／**12月**19日

この日に生まれた有名人

兼高かおる（ジャーナリスト）、赤川次郎（作家）、飯島直子（女優）、辻村深月（作家）、今井りか（モデル）、吉岡聖恵（いきものがかり　ボーカル）、ジョアキーノ・ロッシーニ（作曲家）、原田芳雄（俳優）

太陽：うお座
支配星：うお座／海王星
位置：9°30'−10°30'　うお座
状態：柔軟宮
元素：水
星の名前：なし

March First

3月1日

PISCES

繊細にして実行力もあるリーダー的存在

3月1日生まれの人は勤勉で理想を追い求めるタイプ。**明確な目標や目的意識を持ち、意志が強く献身的**です。創造性と実務能力を兼ね備えているため、その相乗効果で独特の個性を発揮します。人生についてあれこれ深刻に思い悩むのではなく、客観的な視点を身につけ、こだわりを捨てることを覚えましょう。時には逆境や挫折に直面することがあっても、**人を惹きつける熱意や粘り強さ**のおかげでどこかから救いの手が差し伸べられます。

支配星うお座に太陽がある影響から、繊細で周りから感化されやすい一方、確かな洞察力を備えています。**同情心に厚く、人の心を理解できます**が、気持ちの浮き沈みの激しいところや神経質になりやすい面もあります。そんな感情の起伏が激しい人には、前向きな考え方や打ち解けた雰囲気がプラスに作用します。生まれつき感応力の強いタイプで、意識下にある声を聞く力に恵まれますが、洗練された社交術がこういった天性の能力に加わると、人づき合いのうまいタイプになるでしょう。ただし、気落ちすると現実逃避に走ったり、自己嫌悪に陥ったりしやすいので要注意です。野心的で実行力やリーダーシップがあり、物事をまとめあげる力にも優れています。長期的な投資で利益を得られることが多いので、一攫千金を狙ったいい加減な計画などには乗らないこと。

19歳までは太陽はうお座にありますので、感受性や周囲に対する受容力、情緒的な欲求が特に高まる時期になります。20歳から49歳までは太陽がおひつじ座にあるため、自己主張が強まり、意欲的かつ大胆になるでしょう。人生の新たな局面を迎え、新しいことに挑戦したいという願望が芽生えます。50歳以降、太陽がおうし座に入ると、着実に足元を固め、経済的安定を手に入れたい、より穏やかな人生を送りたいと考えるようになります。

隠された自己

感情豊かで人をとらえて離さない不思議な魅力があり、深い思いやりがあり寛大です。我の強さが前向きな方向に発揮されると、不屈の精神と強い信念を活かして奇跡を起こすことができます。逆に消極的な考え方に取りつかれると、手がつけられないほど頑固になります。こういった態度は精神的苦痛や憂鬱な気分を招くおそれがあります。**自分の本心を率直に表現できるようになれば、心の自由が手に入る**はず。客観的な態度を心がければ、人間味のない冷たい人だと思われることはありません。感受性が強く、色や光、音に対する感覚が鋭いため、芸術や音楽、あるいは精神世界に関わる活動に興味を持つかもしれません。私利私欲を忘れ、視野の広い人生観を身につければ、本当の幸せと満足感が手に入れられるでしょう。

仕事と適性

生まれつき温厚な人ですが野心家でもあり、率先して計画を実行に移す能力やコネをうまく利用する才能があります。**人づき合いのうまさはどんな仕事に就いても役立ちます**が、繊細なところがあるため、楽しく仕事に取り組むには職場での円滑な人間関係が不可欠です。持ち前の想像力や独自のセンスを活かした仕事の方が精神的な満足感を得られるはずです。販売業を選べば、顧客と友人同士のような関係を築けるでしょう。また、人並はずれた感性に恵まれることから、人々が、時代が何を求めているかを的確に見抜きます。その意味では持って生まれた演劇や音楽の才能、あるいは文才を活かした道を選ぶとよいでしょう。独立心が強いため、1人でする仕事がおすすめです。

恋愛と人間関係

チャーミングでカリスマ性があり、陽気で人なつっこい性格です。そんなあなたが惹かれるのは、**押しの強い精力的な人**です。自分の思いを表現したいという欲求が強いため、人が大勢集まる場所で生き生きと輝くことができるはず。寛大で心優しく、愛する人のためならどんな努力も惜しみません。シャープな知性の持ち主や決断力のあるタイプに魅力を感じます。気持ちにゆとりがある時には、気のきいたトークで周囲を楽しませますが、一風変わった恋愛をしやすいタイプで、どこまでも自由を追い求め、干渉を嫌う傾向があるようです。

数秘術によるあなたの運勢

1日生まれの人は個性的でエネルギッシュ。進歩的で度胸満点です。確かな自己を確立し、積極性を養いたいと考える人も多いでしょう。開拓者精神があり、独自の道を歩みます。自分から行動を起こすタイプですから、実行力や統率力を発揮できるでしょう。あふれんばかりの情熱と独創的なアイディアに恵まれ、進むべき道を人々に示すことができる人です。ただし、世界は自分を中心に回っているわけではありません。身勝手なふるまいや横柄な態度は慎みましょう。

また、生まれ月である3の影響が加わることから、自分を表現したいと考えます。感情面の成長にとって、人との交わりや仲間とのつき合い、友人関係はとても大切なもの。1つのゴールに意識を集中すれば、目的を見失うことはありません。探究心旺盛で、あれこれ手を広げたい性格のため旅好きになります。海外に移り住む人もいるでしょう。

●**長所**：リーダーシップがある、創造性がある、進歩的である、気迫にあふれている、楽天家である、強い信念がある、競争心が強い、独立心旺盛である、社交好きである

■**短所**：高圧的である、嫉妬深い、自分本位である、プライドが高い、敵対心がある、慎みがない、利己的である、情緒不安定である、短気である

相性占い

♥恋人や友人

1月7、8、17、19日／**2月**15、17日／**3月**3、13、15日／**4月**11、13日／**5月**9、11日／**6月**7、9、30日／**7月**5、7、28、30日／**8月**3、5、26、28日／**9月**1、3、24、26日／**10月**1、22、24日／**11月**20、22日／**12月**18、20、30日

◆力になってくれる人

1月20、29日／**2月**18、27日／**3月**16、25日／**4月**14、23日／**5月**12、21日／**6月**10、19日／**7月**8、17日／**8月**6、15日／**9月**4、13日／**10月**2、11、29日／**11月**9、27日／**12月**7、25日

♣運命の人

3月29日／**4月**27日／**5月**25日／**6月**23日／**7月**21日／**8月**19日／**9月**1、2、3、4、17日／**10月**15日／**11月**13日／**12月**11日

♠ライバル

1月14、27日／**2月**12、25日／**3月**10、23日／**4月**8、21日／**5月**6、19日／**6月**4、17日／**7月**2、15日／**8月**13日／**9月**11日／**10月**9日／**11月**7日／**12月**5日

★ソウルメイト(魂の伴侶)

6月30日／**7月**28日／**8月**26日／**9月**24日／**10月**22、29日／**11月**20、27日／**12月**18、25日

この日に生まれた 有名人

フレデリック・ショパン(作曲家)、岡本かの子(作家)、芥川龍之介(作家)、南田洋子(女優)、加藤茶(タレント)、川﨑麻世(俳優)、中山美穂(女優)、ジャスティン・ビーバー(歌手)、五郎丸歩(ラグビー選手)、伊藤若冲(画家)、小倉遊亀(画家)

太陽：うお座
支配星：かに座／月
位置：10°30'−11°30'　うお座
状態：柔軟宮
元素：水
星の名前：なし

March Second

3月2日

PISCES

チャーミングでおおらかな博愛主義者

3月2日生まれは理想を追い求める割に現実的。周囲の影響を受けやすい面があるものの、意志の強い聡明な人です。**チャーミングでおおらかな性格**ですが個性が強く、客観的な考え方の持ち主で行動力は満点。共同作業に向いていますが、高圧的になったり、主導権争いに巻きこまれたりしないよう注意して。現実に即したアドバイスを無視された時や、あなたの正当な権威を否定するような態度を相手がとった時に問題が生じやすいようです。

支配星かに座に太陽がある影響から、すばらしい想像力と直感力に恵まれています。博愛精神にあふれ、繊細で面倒見がよく、広い意味でのファミリーを大切にする人です。また、**才知を活かして人の役に立つことができます**。深い思いやりがあり、他人が求めるものを敏感に察知できる人ですが、自分自身のためにはまず客観的な姿勢を身につけ、気分のむらをなくすようにしましょう。意気消沈すると現実逃避のため、わざわざ危ない橋を渡ろうとすることもあります。あなたは人を惹きつける魅力があるものの、実は強情で意志の強いタイプ。心の中には慎重な面と情熱的な面が同居しています。論理的で機転がきき、人を見る目は確かで、**相手の真意を見抜くことができます**。金銭欲や名誉欲の強い人ですが、そのおかげで努力を続けられるという面があるのも事実です。仕事熱心で洞察力があり、精力旺盛なタイプですから人生で成功をつかむことができます。

18歳までは太陽はうお座にありますので、感受性や情緒面の成長、未来に対する夢が特に重視される時期になります。19歳から48歳までは太陽がおひつじ座にありますので、自信や積極性が高まり、大胆かつ活動的になります。自発性を養い、ありのままの自分を表現することを学ぶのにふさわしい時期です。49歳以降、太陽がおうし座に入ると精神面が安定し、現実に目を向けるようになります。着実に足元を固め、経済的安定を手に入れたいという気持ちや、美しいものや自然に触れることで心を豊かにしたいという思いが強まります。

隠された自己

一見すると人あたりのよいタイプ。しかし実は大胆な性格で、高潔な精神と強い意志を秘めた知的な人です。あなたは人生においてやや苦労することも多いかもしれませんが、必ずや**将来的には報われることでしょう**。進歩的な考え方を持ち、自分には言うべきことがあるという強い信念を胸の奥に秘めています。心配性ですがプライドが高いため、不信感やためらいを周囲に悟られることはありません。そのため、リーダー的な役回りを与えられることも多いようです。強い義務感と責任感の持ち主ですが、課せられた義務と自分が思い描く理想のバランスをとることも大切です。完璧主義のため批判的になりやすく、人に厳しすぎるところがありますので、どうすれば人の役に立てるのかを第一に考えましょう。自分を認めてほしいという意識が強いため、正当な評価が受けられないと特にやりきれなさを感じます。前向きなエネルギーを失う原因になりますので、主導権争いに巻きこまれないよう注意して。

仕事と適性

意志が強く、進歩的な考えを持ち、思いついたアイディアや方法を実際に試してみるのが好きな人です。繊細かつ理知的で、人に関わる仕事に強い関心をいだきます。演劇や政治の世界に興味を持つ人もいるかもしれません。あなたは**独創的な考え方の持ち主**で、教育界や執筆業、社会改革に関わる活動に興味を持つ場合もあります。押しが強く、天性のビジネスセンスに恵まれるため、社会的に大きな成功を収めるものの、実は持って生まれた洞察力を活かせる仕事により大きな喜びを感じます。人を癒す仕事や医療関係の職業でも才能を発揮できるでしょう。

恋愛と人間関係

友人や恋人はあなたの強さやカリスマ性に魅力を感じています。面倒見がよく愛情深い人ですが、横柄な態度をとらないよう気をつけて。仕事や夢の実現を通じて友情の輪が広がったり、恋人に出会ったりします。**社会的に有力なコネを持つ人**に惹かれる傾向があるようです。愛する人のために身を粉にして働くのは、誠実さや責任感の強さの表れでしょう。恋人選びの際には、現実的な判断や安定を求める気持ちに左右される可能性が高いようです。

数秘術によるあなたの運勢

2日生まれの人は、繊細でグループ活動が好きなタイプ。順応性が高く、他人の気持ちを理解できることから、人と関わりを持てる共同作業に進んで取り組みます。好意を感じる相手を喜ばせようとしますが、依存的になりすぎる傾向もあるようです。自分に自信を持つことを学べば、人の行動や批判に傷つきやすい面を克服できます。**3**月生まれの人は鋭い知性を持ち、有能で直感力に優れていますので、目指すべき目標を見つけるか、あるいは自分自身がわくわくできるような仕事に取り組むことをおすすめします。

この日生まれの人は旅のチャンスが多いだけでなく、交友関係でさまざまな変化を経験します。精神的に不安定になると落ち着きを失い、気分にむらが出やすくなりますので、人間関係でトラブルが起きることも。とはいえ、愛情と思いやりがあれば、優れた説得力を活かしてすばらしい人間関係を築けるはずです。主導権争いや人間関係の駆け引きに巻きこまれる傾向がありますので注意。

●**長所**：よいパートナーシップを築ける、優しい、気がきく、受容の精神がある、直感力がある、頭が切れる、思いやりがある、調和を愛する、愛想がよい
■**短所**：疑い深い、自信がない、敏感すぎる、利己的である、傷つきやすい

♥恋人や友人

1月9、16、18、26、31日／**2月**7、14、16、24、29日／**3月**5、12、14、22、27日／**4月**3、10、12、20、25日／**5月**1、8、10、12、18、23日／**6月**6、8、16、21日／**7月**4、6、8、14、19、31日／**8月**2、4、12、17、29日／**9月**2、10、15、27日／**10月**8、13、25日／**11月**6、11、23日／**12月**4、9、21、30日

◆力になってくれる人

1月1、21日／**2月**19日／**3月**17日／**4月**15日／**5月**13日／**6月**11日／**7月**9日／**8月**7日／**9月**5日／**10月**3、30日／**11月**1、28日／**12月**26日

♣運命の人

9月2、3、4、5日

♠ライバル

3月29日／**4月**27日／**5月**25日／**6月**23日／**7月**21日／**8月**19日／**9月**17日／**10月**15日／**11月**13日／**12月**11日

★ソウルメイト（魂の伴侶）

1月27日／**2月**25日／**3月**23、30日／**4月**21、28日／**5月**19、26日／**6月**17、24日／**7月**15、22日／**8月**13、20日／**9月**11、18日／**10月**9、16日／**11月**7、14日／**12月**5、12日

有名人

カレン・カーペンター（カーペンターズ　ミュージシャン）、ジョン・アーヴィング（作家）、ミハイル・ゴルバチョフ（政治家）、魚住りえ（アナウンサー）、島崎和歌子（タレント）、ジョン・ボン・ジョヴィ（ボン・ジョヴィ　ボーカル）、ダニエル・クレイグ（俳優）、優木まおみ（タレント）、クリス・マーティン（Coldplay　ボーカル）

太陽：うお座
支配星：かに座／月
位置：11°30'−12°30'　うお座
状態：柔軟宮
元素：水
星の名前：アケルナー

March Third

3月3日

PISCES

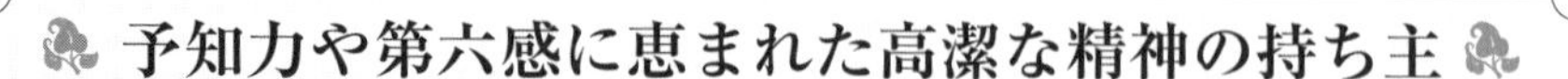

予知力や第六感に恵まれた高潔な精神の持ち主

多才で想像力に富み、鋭い感性と理解力に恵まれています。感情豊かで自由を追い求める支配星の人ですから、**自己表現の場を見つけること**をおすすめします。

高潔な精神の持ち主でプライドが高いため、壮大な夢をいだきますが、現実離れした夢を追いかけるのはやめましょう。

深い思いやりがあり心の温かい人で、**理想を追い求めるロマンティスト**です。支配星かに座に太陽があるため、受容的で周囲の影響を受けやすいタイプになります。抜群の予知力や第六感に恵まれ、面倒見がよく親切で、心の中に豊かな感情の泉を持っています。自分の行動に信念を持つことは、あなたにとって何より大切なこと。希望を見失うと明るく楽天的な性格が影を潜め、冷淡になったり、引っ込み思案になったりします。

とはいえ、意志の強い人ですから、一時的には落ちこんだとしても立ち直りは早いでしょう。**遊びをビジネスに結びつける能力**があり、社交的で気さくな性格のため、集団での活動に向いています。頭がよく知性にあふれ、おおらかでサービス精神旺盛です。人間関係においてはそつがない人ですが、嫌味な態度や愛する人との口論、嫉妬深い行動は禁物です。

18歳から47歳までは太陽はおひつじ座にありますので、自己主張が強まり、大胆かつ活動的になります。48歳以降、太陽がおうし座に入ると、現実問題を重視する傾向や、経済的安心感と安定を求める気持ちが強まります。

隠された自己

プライドが高く繊細で、物事の価値を見抜く目を持っています。今後の課題は自分の内なるパワーに気づくこと。しかるべき報酬を手にする前に途中であきらめてしまう傾向がありますので注意してください。

ただし、金銭面だけを重視したり、自尊心や自分の能力に対する自信を失ったりすると、天職とはほど遠い仕事に就くことになりそう。**人の内面を鋭く見抜く能力**があるため、人間行動の優れた観察者であると同時に、自由を大切にする個人主義になります。

創意にあふれた、進歩的な考え方の持ち主ですから、独創的なアイディアや才能を発揮する場を必要とします。繊細なところがあり、ときどき精神的に不安定になることもありますが、気分が乗った時には周囲を楽しませ、元気づけます。芸術や音楽、演劇、あるいは神秘的な出来事から精神的な刺激を受けることが多く、繊細な理想主義者になります。前向きな気分の時には意欲的になり、大胆かつ寛大にふるまいます。

仕事と適性

卓越したビジネスセンスに加えて直感力や想像力にも恵まれることから、発明家や研究者になるかもしれません。**言葉の才能と並はずれた想像力**のおかげで、執筆業や演劇、芸術の世界で創造性あふれた能力を発揮できそう。自由を愛し、自分の力を試してみたいと考える人ですから自営業がおすすめ。有能なカウンセラーや教師になれる素質もありそうです。

恋愛と人間関係

にぎやかで楽しいことが大好きな好感の持てる人柄で、多くの友人に囲まれ、人々に愛されます。そんなあなたが惹かれるのは、**自分の努力によって成功をつかめる理知的な人**。仕事や知的な社会活動を通じて、友人の輪や交友関係が広がります。

社交好きでおおらかな性格のため、その気になればパーティーを盛り上げる中心人物になれるでしょう。知的能力に優れた人に魅力を感じるためか、自分自身も討論好きで、相手とコミュニケーションを図りたいと考えます。高圧的になることや独占欲が強くなることもありますが、それはあなたの隠された不安や心細さの表れです。

数秘術によるあなたの運勢

3日生まれの人は、愛情を求める気持ちが強く、創造性や感受性が豊かです。おおらかな性格で一緒にいると楽しいタイプ。交友関係が広く、さまざまなことに興味を持ちます。多才で自己表現したいという欲求が強いため、幅広く経験を積もうとします。ところが飽きっぽいことから、優柔不断に陥ることや、あれこれ手を広げすぎることがあります。チャーミングでユーモアのセンスがあり意欲的ですが、自尊心が低く不安にかられやすい一面もあります。

3日生まれの人には希望やインスピレーションを与えてくれる人間関係や、温かな雰囲気が何より重要です。

また、生まれ月の数字である3の影響が加わることから、想像力に富んだ創造的な発想を持ち、それを確かな現実に変えたいと考えます。プライドの高い理想主義として、自分の能力に自信を持ちましょう。完璧な結果が出せなかったとか、準備不足だったと落ちこむ必要はありません。

楽天的な気分の時には、愛情深さや寛大さ、創造性を発揮して、生き生きと輝くことができます。逆に消極的な気分の時には、激しい感情の波に翻弄されやすくなります。

●**長所**：ユーモラスである、明るい、気さくである、建設的である、創造力に富む、芸術的である、愛情深い、自由を愛する、言葉の才能がある

■**短所**：飽きっぽい、嫉妬深い、うぬぼれが強い、大げさである、身勝手である、なまけ者である、独占欲が強い、わがままである

♥恋人や友人

1月21、28、31日／**2月**19、26、27、29日／**3月**17、24、27日／**4月**15、22、23、25日／**5月**13、20、23日／**6月**11、18、21日／**7月**9、16、17、19日／**8月**7、14、17、31日／**9月**5、12、15、29日／**10月**3、10、13、27、29、31日／**11月**1、8、9、11、25、27、29日／**12月**6、9、23、25、27日

◆力になってくれる人

1月9、12、18、24、29日／**2月**7、10、16、22、27日／**3月**5、8、14、20、25日／**4月**3、6、12、18、23日／**5月**1、4、10、16、21、31日／**6月**2、8、14、19、29日／**7月**6、12、17、27日／**8月**4、10、15、25日／**9月**2、8、13、23日／**10月**6、11、21日／**11月**4、9、19日／**12月**2、7、17日

♣運命の人

1月3日／**2月**1日／**9月**3、4、5、6日

♠ライバル

1月7、8、19、28日／**2月**5、6、17、26日／**3月**3、4、15、24日／**4月**1、2、13、22日／**5月**11、20日／**6月**9、18日／**7月**7、16日／**8月**5、14日／**9月**3、12日／**10月**1、10日／**11月**8日／**12月**6日

★ソウルメイト（魂の伴侶）

1月3、19日／**2月**1、17日／**3月**15日／**4月**13日／**5月**11日／**6月**9日／**7月**7日／**8月**5日／**9月**3日／**10月**1日

有名人

アレクサンダー・グラハム・ベル（電話機発明家）、村山富市（政治家）、竹中平蔵（経済学者）、宮台真司（社会学者）、川島海荷（女優）、ジーコ（元サッカー日本代表監督）、栗田貫一（タレント）、ジェシカ・ビール（女優）、権田修一（サッカー選手）

太陽：うお座
支配星：かに座／月
位置：12°30'−14°　うお座
状態：柔軟宮
元素：水
星の名前：アケルナー

March Fourth

3月4日

PISCES

直感的な洞察力を持つ、空想好き

現実派で献身的、固い意志と野心の持ち主でありながら繊細かつ上品です。仕事熱心で負けず嫌いですが、その一方、空想好きでカリスマ性もあり、神経はこまやか。**世渡り上手で洗練された魅力**があり、直感的洞察力の鋭い人でもあります。

支配星かに座に太陽があることから、受容的で感化されやすいタイプになります。高い目標を掲げますが、やや無気力なところがあるため、物質的なメリットを見出せなければやる気が起きません。**深い思いやりがあり、他人の気持ちを理解できる**ものの、気分屋で不安に駆られやすい一面もあります。

人並はずれた感応力の持ち主で、相手の心の奥底を見抜くことができます。ただし、落ちこむと現実逃避に走ったり、自己憐憫にとらわれたりしやすいので注意しましょう。**聡明で意志が強い**ため、やる気になると、あるいは好奇心をかきたてられると、知識をどんどん吸収できるタイプです。

あなたは安心感や心の充足感を強く求め、それは人づき合いや友情があなたにとって特に大切なものであることを示しています。もともと協調性のある人ですから、責任を受け入れ、自分を抑えることを学べば、自発性や自信がより高まるはず。

16歳までは太陽はうお座にありますので、感受性や周囲に対する受容力、情緒的な欲求が特に高まる時期になります。17歳から46歳までは太陽がおひつじ座にあるため、自己主張が強まり、意欲的かつ大胆になるでしょう。人生の新たな段階を迎え、何か新しいことに挑戦したいという願望が芽生えます。47歳以降、太陽がおうし座に移動すると、着実に足元を固め、経済的な安心感を得たいと思うようになります。と同時に、心の安定をよりいっそう求めるようになります。

隠された自己

気さくで社交性があり、チームワークを好むタイプで共同作業にメリットを見出します。心配性で、過去のことをくよくよ思い悩む傾向がありますので、客観的な視点を身につけることが重要です。深刻に思いつめないこと、そして人やものに依存しすぎないことが重要です。こだわりを捨てることを学べば、心を自由に解き放ち、より深いレベルで宇宙との一体感を感じることができるはず。

生まれついての外交家ですから、社交的な場でリラックスして人と接することができます。仕事を通じて人生の教訓を学ぶことが多いものの、人づき合いはあなたの幸せにとって何より大切なもの。愛する人のためならどんな苦労もいとわない人ですが、自分を犠牲にするのはやめましょう。どんな人間関係においても力のバランスにたえず気を配りつつ、自己研鑽に励めば、驚くべき潜在能力を発揮できるはずです。

仕事と適性

社交性がありますので人と関わる仕事に向いています。持ち前の鋭い直感力と想像力を活かして、ヘアメイク、ダンス、音楽、演劇といったアートの分野で才能を発揮します。何らかのかたちで執筆業に携わりたいと思う人もいるでしょう。また、**深い思いやりがあり感受性が強い**ため、カウンセラーや教師、あるいは地域住民に奉仕する公務員にも向いています。

恋愛と人間関係

カリスマ的な個性を備え、大勢の友人に囲まれます。交際範囲も広いでしょう。親密な関係になると、潜在的に不安を覚える傾向はありますが、そんなあなたが友人として選ぶのは**自己主張が強く、精神的な刺激を与えてくれる知的なタイプ**。もしくは、**人生の試練に固い意志を持って立ち向かう、まじめな人**。聡明な人に惹かれるところや知的好奇心の強さは、あなたが勉強熱心で共同作業を楽しめるタイプであることを示しています。恋愛に夢中になると、自分の時間やお金をつぎこみます。

数秘術によるあなたの運勢

あなたはエネルギッシュで実務能力に長けた、意志の強い人です。勤勉に働くことで成功をつかみます。4日生まれの人はかたちや構図に対する感覚が鋭く、現実的なシステムを作り上げる能力があります。安全志向が強く、自分自身や家族のために確固たる足場を築こうとします。

現実的な人生観の持ち主で、優れたビジネスセンスだけでなく、前向きに物事に取り組み、物質的成功を収める才能にも恵まれます。率直かつ誠実で公平な判断力があるものの、対人関係においては機転がきかず、強情なところやデリカシーに欠ける面もあります。

また、生まれ月の数字である3の影響を受けることから、多彩な才能や豊かな創造力を活かして、思いついたアイディアをぜひ実行に移したいと考えます。何でも先延ばしにしがちな性格を改めるには、規律正しい行動をとること、そしてたえず気持ちを奮い立たせることがポイントになります。さまざまな社会活動に取り組み、幅広い分野に興味を持ちますが、目標を絞りこむことを学びましょう。人の気をそらさない魅力があるものの情緒不安定な面もあり、時にはよそよそしく見えることも。研ぎ澄まされた分析力の持ち主ですから、自己主張を心がければ、周囲もあなたの意見に注意を払うようになります。

●**長所**：秩序だっている、自制心がある、着実である、勤勉である、職人肌である、実利的である、疑いを知らない、几帳面である

■**短所**：情緒不安定である、無口である、抑圧されている、怠惰である、優柔不断である、金銭に細かい、高圧的である、愛情を表に出さない、怒りっぽい

相性占い

♥恋人や友人

1月6、20、22、24、27、30日／**2月**4、18、20、22、28日／**3月**2、16、18、20、26、29日／**4月**14、16、18、24、27日／**5月**2、12、14、16、22、25日／**6月**10、12、14、20、23日／**7月**8、10、12、15、16、18、21日／**8月**6、8、10、16、19日／**9月**4、6、8、14、17日／**10月**2、4、6、12、15日／**11月**2、4、10、13、17日／**12月**2、8、11日

◆力になってくれる人

1月1、3、4、12、14日／**2月**1、2、12日／**3月**10、28日／**4月**8、26、30日／**5月**6、24、28日／**6月**4、22、26日／**7月**2、11、20、24日／**8月**18、22日／**9月**16、20日／**10月**14、18日／**11月**3、12、16日／**12月**10、14日

♣運命の人

1月11日／**2月**9日／**3月**7日／**4月**5日／**5月**3日／**6月**1日／**9月**4、5、6、7、8日

♠ライバル

1月3、5日／**2月**1、3日／**3月**1日／**7月**31日／**8月**29日／**9月**27、30日／**10月**25、28日／**11月**23、26、30日／**12月**21、24、28日

★ソウルメイト(魂の伴侶)

1月5、12日／**2月**3、10日／**3月**1、8日／**4月**6日／**5月**4日／**6月**2日

この日に生まれた 有名人

有島武郎(作家)、藤原新也(写真家)、山本リンダ(歌手)、浅野温子(女優)、野島伸司(脚本家)、中村蒼(俳優)、ポール・モーリア(作曲家)、佐野史郎(俳優)、片岡愛之助(歌舞伎俳優)

太陽：うお座
支配星：かに座／月
位置：13°30'−15°　うお座
状態：柔軟宮
元素：水
星の名前：アケルナー

March Fifth

3月5日

PISCES

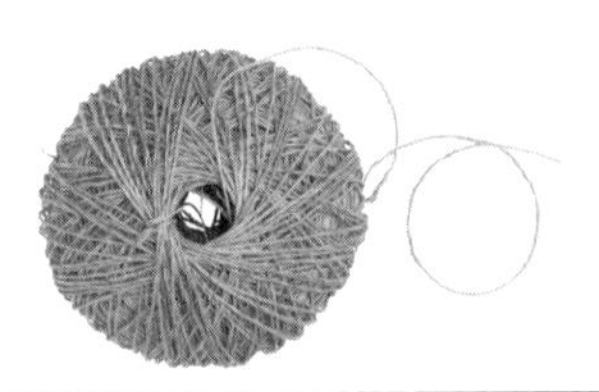

面倒見がよく、旅を愛する理想主義者

気迫にあふれた理想主義で野心的。**夢見がちでじっとしていられない性格**です。繊細で直感力が鋭い面もあり、有意義かつ創造的な活動を通じてたくましい想像力を発揮します。変化を求める気持ちが強く、わくわくするような新しい自己表現の手段をたえず探し求めています。衝動的な面もあり、何かに熱中すると、気のおもむくまま突発的な行動をとることもあります。

支配星かに座に太陽がある影響から第六感が鋭く、また受容的で周囲の影響を受けやすく、**天性の勘のよさ**で人の気持ちを敏感に読み取ります。面倒見がよく心の温かい人ですが、他人の問題を自分のことのように感じてしまう点には注意が必要です。まじめで現実的な割に激しい感情の波に流されやすく、時には神経質なふるまいや芝居がかった言動が見られます。

生まれつき温かい心の持ち主で、相手に大きな期待をかける傾向があり、**愛する人のためならどんな犠牲もいといません**。困難や挫折に直面した時には悲観的になったり、物質主義に走ったりしないよう注意しましょう。気落ちすると、現状を見て見ぬふりをしたり、現実逃避に走ったり、自己憐憫にとらわれたりしやすいので気をつけて。

自分の直感に対する自信を深めれば、どんなに思いがけない人生の転機が訪れても、それをチャンスに変えることができます。さまざまな活動や職業を経験してみたくなるのは、旅を愛する心や、天性のビジネスセンスがあるためです。

15歳までは太陽がうお座にあるため、多彩な才能に恵まれた、愛情深い理想主義者になりますが、感情に流されやすく飽きっぽい一面も。16歳から45歳までは太陽がおひつじ座にありますので、次第に自信が深まり、積極性が増し、野心的になります。何か新しいことを始めたくなり、おそらく共同事業で利益を手にします。46歳以降、太陽がおうし座に入ると、これが次の転機になります。以前よりペースダウンして、安定した生活や経済的安心感をより切実に求めるようになります。

隠された自己

感情の激しさや感受性の鋭さは、この日生まれの人が愛の力を通じて成功をつかむことを示しています。ただし、激しい思いをうまく表に出せない時や、現実的な自己表現の場が見つからない場合、そういった気質は時としてマイナスに作用し、感情の波に翻弄されやすくなります。その感情の激しさが前向きな方向に働くと、演技の才能といった創造的な能力が花開き、大胆かつ豊かな個性を発揮できるようになります。**社交性に富んだ理想主義者**で、ひらめきに満ちた発想力があります。あなたは現実的でありながら、豊かな想像力にも恵まれるでしょう。

自分の中に眠っている大きな可能性を伸ばすには、自分が何を成し遂げたいのかを見定め、綿密な計画を立てることが重要です。現実的な価値観の持ち主であり、勤勉なおかげで、経済的に困ることはありません。**仕事熱心な人**ですからこつこつと働き、懸命に努力を積み重ねれば、どんな高い理想も実現できるはずです。

仕事と適性

繊細かつ想像力豊かで、多様性や刺激を求めるため、**変化に富んだ仕事や旅に関わる職業**に特に魅力を感じます。ビジネスの世界に身を置けば、持って生まれた大胆な行動力のおかげで成功を手に入れるでしょう。世話好きなタイプで、社会改革や医療、保育関係の仕事に興味を持つかもしれません。先を見通す感性を活かして、芸術やデザイン、映画、ファッションの分野で活躍する人も多いはず。

恋愛と人間関係

理想の恋人を追い求めるロマンティストです。高い理想に叶う相手がなかなか見つからないため、プラトニックな関係を選ぶこともあるようです。**創造性豊かな人**、あるいは**博愛精神にあふれた理想主義者**に心惹かれます。恋に落ちると深い愛情を注ぐタイプで、どんな困難に直面しても常に誠実であろうとします。面倒見がよく親切ですが、他人の言動にふり回されないよう、そして自分を犠牲にしないよう気をつけて。冷静に現実を見据えることを心がけて。

数秘術によるあなたの運勢

意欲的な姿勢や旺盛なチャレンジ精神は、人生から多くのものを得られることを示しています。思いがけないような変化をもたらすチャンスや旅がきっかけとなって意識や信念がすっかり変わってしまうこともあるようです。

5日生まれは人生の刺激を求めますが、責任感を忘れないように、また気まぐれなところや落ち着きのない性格は改めるよう心がけましょう。誕生日の数字5に支配される人は、世の流れに従いつつ客観的な視点を失わない術を自然に理解しています。また、生まれ月の数字である3の影響を受けることから、社交的で人見知りしません。安心感や安定を求める割に飽きっぽい性格のため、変化を求めますが、時にはがまんも必要です。自分を表現したいという欲求が強く、前向きな気分の時にはのびのびと人生を謳歌します。あふれんばかりの創造性や言葉の才能がありますので、それをうまく活かせる表現の場を見つけてください。どんな妨害や試練に直面してもあきらめないこと。そうすれば、やがて自分のペースで行動できるようになります。

●長所：多才である、順応性が高い、進歩的である、直感力が鋭い、人を惹きつける魅力がある、大胆である、自由を愛する、機転がきく、好奇心旺盛である、神秘的である、社交性がある
■短所：当てにならない、やるべきことを先延ばしにする、一貫性に欠ける、自信過剰である

相性占い

♥恋人や友人
1月1、7、21、23、31日／**2月**5、19、21、29日／**3月**3、7、17、19、27日／**4月**1、15、17、25日／**5月**3、13、15、23日／**6月**11、13、21日／**7月**9、11、18、19日／**8月**7、9、17日／**9月**5、7、15日／**10月**3、5、13日／**11月**1、3、10、11日／**12月**1、9日

◆力になってくれる人
1月5、16、18日／**2月**3、14、16日／**3月**1、12、14、29日／**4月**10、12、27日／**5月**8、10、25、29日／**6月**6、8、23、27日／**7月**4、6、21、25日／**8月**2、4、19、23日／**9月**2、17、21日／**10月**15、19日／**11月**13、17日／**12月**11、15、29日

♣運命の人
1月6、30日／**2月**4、28日／**3月**2、26日／**4月**24日／**5月**22日／**6月**20日／**7月**18日／**8月**16日／**9月**5、6、7、8、9、14日／**10月**12日／**11月**10日／**12月**8日

♠ライバル
1月4日／**2月**2日／**5月**29、31日／**6月**27、29、30日／**7月**25、27、28日／**8月**23、25、26、30日／**9月**21、23、24、28日／**10月**19、21、22、26日／**11月**17、19、20、24日／**12月**15、17、18、22日

★ソウルメイト(魂の伴侶)
1月23日／**2月**21日／**3月**19日／**4月**17日／**5月**15日／**6月**13日／**7月**11､31日／**8月**9、29日／**9月**7、27日／**10月**5、25日／**11月**3、23日／**12月**1、21日

有名人

周恩来(政治家)、栗原はるみ(料理研究家)、マイケル・サンデル(政治学者)、菊間千乃(元アナウンサー・弁護士)、熊川哲也(バレエダンサー)、忍成修吾(俳優)、松山ケンイチ(俳優)、北条司(マンガ家)、川内優輝(市民ランナー)

太陽：うお座
支配星：かに座／月
位置：14°30'–15°30'　うお座
状態：柔軟宮
元素：水
星の名前：アケルナー

March Sixth

3月6日

PISCES

指導力があり、情の深い親分肌

3月6日生まれのあなたは、理想主義者。**優れた価値観と実用的な技術の持ち主**です。好意的で親切な印象を人々に与え、活力とやる気にあふれ、意志が固く、周りに遠慮することなく、自分の心に正直に行動します。特に金銭問題に関わることでは勘が働き、就職する時には有利です。理念や目標がはっきり決まると、身を粉にして目標に向かって邁進します。

支配星かに座に太陽がある影響から、**人を評価する時、あなたの勘はかなり正確**であることを暗示しています。同情しやすいタイプのあなたは、人の感情をすぐに察しますが、気分がふり回されやすいので注意しましょう。また、リーダーシップの才能がありますので、指図されるよりはする側に回った方が、何事もうまく運びます。しかし、成功を確実に手にするためには、もう少し自己修養をした方がいいでしょう。

健康に恵まれ、快適に過ごす術を心得ているあなたは、素敵な人生を送ります。ただし、身勝手なふるまいと、お金やものに対する過剰な執着は禁物です。あなたの本来の姿である謙虚で穏やかな性格をありのままに出しましょう。周りの人々に高飛車で傲慢な印象を与えないように。自己自制が欠けていては、価値観も信条も固まりません。あなたが正しい態度で臨めば、山をも動かし、その優れた知識と才能で人々に感銘を与えることができるのです。

14歳までは太陽がうお座にあるため、情緒を培うことが重要になります。15歳から44歳までは、太陽がおひつじ座にあります。あなたの自主性が徐々に強まり、積極的で冒険心に富んだ性格が表れます。この時主導権を握り、正直にあなたらしさを出すチャンスです。45歳を過ぎ、太陽がおうし座へ入ると、さらに感情面が安定し、現実的になるでしょう。また地位を確立させる時期でもあり、美と心性を養うことはもちろん、経済的な安定を確保する必要があります。

隠された自己

英知を愛するあなたは、豊富な知識を総動員して難問を解決できた時に、このうえない喜びを感じます。**強い意志の力を積極的に利用すれば、自分の力で前向きにものを考える自信がつく**でしょう。ふだんから実にしっかりとしており、細かなところに目が届くあなたは、探究心が旺盛で、発明の才能もあります。しかし飽きっぽく、変化を求め次々と変わる趣味に情熱を注ぎます。興味あるものがあれば懸命に働き、学習意欲は旺盛で、すぐ習得します。心が温かく創造力が豊かなあなたは、社交の場では礼儀をわきまえ、くつろいだ雰囲気を作ります。気まぐれにふるまう癖は、恋の相手との争いのもととなるので要注意。もっと愛想をふりまけば、人々の人気の的になる素質を持っています。

仕事と適性

鋭い先見の明と実利を重視する起業精神で、やりがいのある大規模な事業を計画し、みずから率先して指揮をとります。優秀なリーダーとして、**組織をまとめるセンスは抜群で、人一倍よく働きます。**社交術にも長けているため、大衆を相手にする仕事でも成功します。ビジネスに対する鋭い観察眼に、持ち前の社交術を組み合わせれば、金融業界で大活躍することでしょう。

恋愛と人間関係

愛想がよく気のよいあなたは、富や名声を手にしたいと思っています。生活の好みには、贅沢な高級品へのこだわりが見られます。あなたにとって、**お金持ちと有望な将来性**というものは、人間関係において欠かせない要素です。毎日を快適に過ごし、人々を楽しませ、明るい将来の設計図を描ける人とつき合います。

おおらかで気さくなあなたは、**気前のよい人**が好きですが、度を越さないように注意しましょう。

数秘術によるあなたの運勢

心優しい理想家で、人を思いやる性格は、生まれた日の**6**が示すあなたの特徴です。明確なビジョンを持った人道主義者で、責任感が強く、愛情にあふれ、協力を惜しみません。本来は処世術に長けたキャリア志向のあなたですが、専業主婦や献身的な親となって、家庭で身を落ち着けるのもいいでしょう。

あなたの感性豊かな面が、独自の表現方法を身につけ、芸能界や芸術、デザイン関係の仕事に就くことも少なくありません。しかし、成功するには、もっと自信をつけ、威厳を養いましょう。

生まれ月の数字の**3**は、あなたの鋭い第六感と敏感さを暗示しています。おもしろいことが大好きで、一緒にいると楽しく、人の集まる場所を好み、さまざまな趣味に興じます。一風変わった興奮するような経験も求めています。また、とても飽きっぽい性格ですので、多くの才能に恵まれているからといって、多くのことに手を出しすぎないよう注意しましょう。

好奇心が旺盛で、生きる意味を求めているあなたは、もっと精神的に成長する必要があります。

●**長所**：社交的である、親しみやすい、心優しい、頼りになる、思いやりがある、理想主義者である、家庭を大切にする、冷静である、美的感覚が鋭い、精神的に安定している

■**短所**：不満をいだきやすい、心配性である、引っ込み思案である、頑固である、発言が無遠慮である、傲慢である、責任感に乏しい、疑い深い、自己中心的である

♥恋人や友人

1月7、8、17、20、22、24日／**2月**6、15、18、20、22日／**3月**4、13、16、18、20日／**4月**1、2、11、14、16、18、26日／**5月**9、12、14、16日／**6月**7、10、12、14日／**7月**5、8、10、12、20、30日／**8月**3、6、8、10、28日／**9月**1、4、6、8、26日／**10月**2、4、6、24日／**11月**2、4、12、22日／**12月**2、20日

◆力になってくれる人

1月6、23日／**2月**4、21日／**3月**2、19、30日／**4月**17、28日／**5月**15、26、30日／**6月**13、24、28日／**7月**11、22、26日／**8月**9、20、24日／**9月**7、18、22日／**10月**5、16、20日／**11月**3、14、18日／**12月**1、12、16、30日

♣運命の人

1月7日／**2月**5日／**3月**3日／**4月**1日／**9月**6、7、8、9日

♠ライバル

1月5、26、29日／**2月**3、24、27日／**3月**1、22、25日／**4月**20、23日／**5月**18、21日／**6月**16、19、30日／**7月**14、17、28日／**8月**12、15、26、31日／**9月**10、13、24、29日／**10月**8、11、22、27日／**11月**6、9、20、25日／**12月**4、7、18、23日

★ソウルメイト（魂の伴侶）

1月30日／**2月**28日／**3月**26日／**4月**24日／**5月**22日／**6月**20日／**7月**18日／**8月**16日／**9月**14日／**10月**12、31日／**11月**10、29日／**12月**8、27日

有名人

ミケランジェロ（芸術家）、大岡昇平（作家）、宮本輝（作家）、安藤和津（エッセイスト）、柳沢慎吾（俳優）、重松清（作家）、ベッキー（タレント）、髙橋真梨子（歌手）、サニブラウン・アブデル・ハキーム（陸上選手）、岩田剛典（三代目J Soul Brothers　パフォーマー）

太陽：うお座
支配星：かに座／月
位置：15°30'−16°30'　うお座
状態：柔軟宮
元素：水
星の名前：アケルナー

March Seventh

3月7日

PISCES

豊かな発想力と鋭い直感力をもっと活かして

想像力が豊かで理想が高く、思慮深いあなたは、独創的で鋭い識別力を持ち、発想が豊かです。生き生きと輝いていますが、成功と繁栄を手に入れるには、あなたのすばらしい計画や夢に向けて、具体的な目標を定める必要があります。

支配星かに座に太陽がある影響から、あなたは直感が鋭く、**意識下にある声を聞く力に恵まれます**。また、表情が豊かで、繊細で親切な人だという印象を人々に与えます。楽観的で前向きな気持ちの時は、面倒見がよく思いやりあふれる性格で、どんな状況でも一筋の明るい希望をもたらします。他人の感情をすぐに感じ取りますが、気持ちをふり回されないように注意しましょう。心が満たされないと、あれこれと気をもんだり、もの思いにふける傾向があります。**自分の第六感を信じることにより、直感力に磨きをかけましょう**。快活で自信に満ちているように見えても、あなたは心の奥に底知れぬ何かを秘めています。器用で何でもできるために、かえって正しい選択が難しくなるのです。**前進するには行動あるのみ**。不安で優柔不断では何事も進歩できないことを肝に銘じましょう。一方、投資するなら、短期で利益を得られるものよりも、長期計画で土台を固めるようにしましょう。すばらしいアイディアを持ってはいても、他人の言葉には耳を傾け、忍耐力を養うことが大切です。客観性を高め、過去にとらわれなければ、ちょっとした挫折に苦しむことはないでしょう。

14歳から43歳までは、太陽がおひつじ座にあるので、あなたの自信が徐々に高まり、積極的な行動を楽しめるようになります。44歳を過ぎると、太陽がおうし座へ入り、持続性と経済面の安定が重要になります。自然界へ関心を向けることで、あなたの感情はさらに安定するでしょう。

隠された自己

あなたは理想家で鋭い洞察力の持ち主ですが、自信がある時とそうでない時とでは心が安定せず、洞察力も際だちません。リスクを恐れ、わが身の安全が脅かされると、他人に対してだけでなく、自分に対しても失望と不満を感じます。恐怖心に正面から向きあえば、自信が戻り、人生をどう生きていくべきかを悟ることができます。将来の明るいビジョンがあれば、あなたの想像力を発揮して、人の心を動かすこともあるのです。些細な問題や雑多なことにエネルギーを分散させずに、真の目標に到達するための集中力を養いましょう。人との協調関係を大切にすることや、美しいものに囲まれることを求めていても、心の奥深くには、金銭目当てのさまざまな思惑が潜んでいます。しかし、そのリスクがあまりに大きいと、精神的に負担に感じるようになるので注意しましょう。**あなたの創造力を活かせば、生産性の高い成果が期待できます**。リラックスして、食生活や健康にも気をつけ、十分に時間をかけて英気を養いましょう。

仕事と適性

豊かな感性を持ち、物事を分析するのが好きなタイプ。強い自己表現欲の持ち主でもあります。これにあなたの想像力がプラスされて、写真、芸術、動画業界で活躍したり、音楽やダンスで豊かな感性を披露するのもよいでしょう。または医療、教師、社会福祉、慈善事業、ボランティアなど人の世話をする仕事も向いています。海外と関わる趣味や仕事で力を発揮することもあるでしょう。また、**人を巧みに扱う能力**が、ビジネス界で成功する大きな力になります。

恋愛と人間関係

タイプを問わずさまざまな人を魅了するあなたには、友を選ぶ鑑識眼が必要です。感情が不安定だと、いろいろな印象を周りの人に与えてしまうので気をつけて。パートナーに対して誠実であることは特に重要です。あなたは、**知的な活動を分かちあえる知識豊富な人々**に惹かれる傾向があります。愛想がよく人あたりがよいため、友達も恋人もすぐできます。いつも穏やかな気持ちでいれば、あなたの創造性豊かな生き方が、人の目に魅力的に映ることでしょう。

数秘術によるあなたの運勢

7日に生まれた人は思慮深くて、物事を体系だてて考えることが得意ですが、他人に対しては批判的な言動が目立つ自己陶酔タイプです。自己意識が非常に高く、情報を集めるのが趣味で、読書や執筆そして精神世界に関心があります。敏感な性格の一方、思いこみや、うっかりミスが目立ちます。あなたが何を考えているのか、他人にはよくわからないことが多いので、秘密めいた印象を与え、人に誤解されがちです。

物事を分析したり研究するのに熱心で、相手の意表を突いた鋭い質問を浴びせることもあります。また、疑い深く、高慢すぎるところもあるので、誤解を避けるためにも、人とのコミュニケーション能力を養いましょう。あなたは知識を増やし視野を広げていくことが生きがいで、あらゆる種類の知的探究を続けていくことにより天からの恩恵を受けます。英知を探求するあなたは、哲学または医学療法の研究でひらめきを得るでしょう。

●**長所**：学識がある、綿密である、理想主義である、正直である、科学的である、合理的である

■**短所**：隠しだてをする、無愛想である、秘密主義である、疑い深い、支離滅裂である

♥恋人や友人

1月9、23、25、27日／**2月**7、21、23、25日／**3月**5、19、21、23、29日／**4月**3、17、19、21、27、30日／**5月**1、15、17、19、25、28日／**6月**13、15、17、23、26、27日／**7月**11、13、15、21、24日／**8月**9、11、13、19、22日／**9月**7、9、11、17、20日／**10月**5、7、9、15、18、30日／**11月**3、5、7、13、16、17日／**12月**1、3、5、11、14、26日

◆力になってくれる人

1月2、4、7、26日／**2月**2、5日／**3月**3日／**4月**1日／**5月**31日／**6月**29日／**7月**14、27、31日／**8月**25、29日／**9月**23、27日／**10月**21、25日／**11月**6、19、23日／**12月**17、21日

♣運命の人

1月8、14日／**2月**6、12日／**3月**4、10日／**4月**2、8日／**5月**6日／**6月**4日／**7月**2日／**9月**7、8、9、10日

♠ライバル

1月6、19、29日／**2月**4、17、27日／**3月**2、15、25日／**4月**13、23日／**5月**11、21日／**6月**9、19日／**7月**7、17日／**8月**5、15日／**9月**3、13、30日／**10月**1、11、28日／**11月**9、26日／**12月**7、24、29日

★ソウルメイト(魂の伴侶)

1月16、21日／**2月**14、19日／**3月**12、17日／**4月**10、15日／**5月**8、13日／**6月**6、11日／**7月**4、9日／**8月**2、7日／**9月**5日／**10月**3日／**11月**1日

♓ うお座

有名人

モーリス・ラヴェル(作曲家)、安部公房(作家)、オール阪神(オール阪神・巨人　漫才師)、広田レオナ(女優)、矢沢あい(マンガ家)、川越達也(料理家)、馬渕英俚可(女優)、チャン・ドンゴン(俳優)、菊池風磨(Sexy Zone　タレント)、長谷川博己(俳優)

太陽：うお座
支配星：かに座／月
位置：16°30'－17°30'　うお座
状態：柔軟宮
元素：水
星の名前：アケルナー

March Eighth

3月8日

PISCES

優しすぎるのが玉にキズ

働き者で実用主義、親しみやすく想像力が豊かで、魅力あふれる個性の持ち主です。目的意識が強く、問題が起きるとすばやく行動を起こし、何事にも意欲的です。本来は独立独歩の道を歩みますが、**チームで働く時は先導役**となり、人との協力関係もうまくいきます。しかし、権力闘争に巻きこまれないよう注意しましょう。

支配星かに座に太陽がある影響から、あなたは包容力があり繊細です。思いやりがあり、人が持っている潜在能力が何であるかを感じることができ、何が人をやる気にさせるかという動機を鋭く察知する才能があります。**面倒見がよく、他人の感情に共鳴しますが**、人の気持ちにふり回されないようにしましょう。また、心が不安定な時には、強情を張って議論を持ちかけるのは禁物。一方、野心に燃え、すばらしいビジネスセンスを備えていますが、毎日の生活が仕事に偏りがちなので、もっと**プライベートな時間とのバランスをとるように心がけましょう**。おだやかで平和な状態を作り出すことで、緊張や正体不明の不安を克服することができます。また、あなたは抽象的なテーマについて考えることが好きで、精神世界や哲学の道へ導かれるでしょう。その信条や思想に感化され、自分の課題を完全に克服することができるだけでなく、あなたの独創的な考えを推し進めることにもなるのです。

13歳から42歳までは太陽がおひつじ座にあるので、あなたの自信が徐々に高まり、積極性が増し、野心が芽生えます。主導する役を務めるか、新規事業に乗り出すでしょう。43歳を迎えると、太陽がおうし座に入り、転機が訪れます。この後は勢いが弱まり、生活に安心感と経済的な安定が必要になります。

隠された自己

知識と想像力に富むあなたは、英知のすばらしさと、その英知を偏見を持たずに受け入れることがどれだけ重要であるかを学びます。知識欲と進取の気性はあなたの原動力。家でくつろぎ、快適に過ごすだけでも満足を感じる時はありますが、あなたの挑戦は優れた計画を遂行し、夢を実現する意欲と決意にかかっています。

生まれながらのリーダーシップの才能と自信を持っていますが、心が奮起することで、初めてあなたの本来の潜在能力が遺憾なく発揮されるのです。優れた直感力を持ち、想像力も豊か。誰の助けも受けず、たった1人でも行動しようとする自分を後押ししてくれるきっかけを求めています。

あなたは、独創的で進歩的な信念を持っていますので、それを表現するための手段を見つけましょう。一方、バランスのとれた生活を送ることは、あなたの幸福の鍵になります。くよくよ悩むのはやめましょう。特に心配事は仕事に影響します。趣味や旅行などで気分転換を図り、日々の決まりきった仕事から頭を切り替えることが大切です。

仕事と適性

親しみやすく協力的なので、パートナーの関係や共同作業などの他人と関わる活動において、すばらしい働きをみせます。生まれ持ったビジネスセンスで商業、銀行業務、金融事業などで成功しますが、**人とつき合う能力や独創性を活かす**とさらによいでしょう。外交術に長けていることが、公職や交渉業務を行うなど、異なる分野で役立ちます。同様に、あなたの第六感が常に就職、雇用の好機を感じ取るでしょう。芸術や映像への興味、例えば写真、デザインなどは、あなたの創作意欲を刺激しますし、執筆、音楽、演劇、ダンスでも活かせるでしょう。

恋愛と人間関係

日常の安定と自宅で過ごす時間は重要ですが、自己を表現する手段を見つけないと、恋愛生活は退屈で味気ないものになってしまいます。仕事などの義務を負う時間と、リラックスした自由な時間とのバランスをうまくとりましょう。調和と安定、または恋人とのしっかりとした心の結びつきは特に重要です。というのも、そうでないとあなたは不満を感じ、愛する人の前で機嫌が悪くなるか、パートナーに任せすぎる傾向にあるからです。また、あなたは親しみやすさと、ものわかりのよさを恋人に集中してアピールして、**自分は特別なのだと相手に思わせる才能**があります。持って生まれた外交術を磨くことで、人間関係に平和と調和がもたらされるでしょう。

数秘術によるあなたの運勢

8日生まれの人は、権力、確固たる価値観と正しい判断力を持ち、強い成功願望と意欲にあふれる性格です。安全にも関心がありますが、同時に支配力と経済的な成功を強く望んでいます。生まれつきビジネスセンスにも恵まれ、物事をまとめ管理する能力を養うことで、多大な恩恵を受けることを8という数字が暗示しています。安心感を得たい、あるいは足元を固めたいという強い欲求が、長期の計画や投資へとあなたを駆りたてます。

生まれ月の数字の3の影響を受けて、あなたは多方面において才能を発揮します。想像力が豊かで、直感的にひらめきが走ることもあるでしょう。感性が鋭く独創性を求めるタイプなので、自分の発想を実際に利用することもあります。しかし生来の日和見主義で、あまりにも多くのことを一度にやろうとする傾向があるので注意。

●長所：リーダーシップがある、完璧主義者である、勤勉である、決断力がある、思いやりがある、人を癒す力がある、判断力がある
■短所：せっかちである、狭量である、落ち着きがない、無理しがちである、傲慢である、落ち込みやすい

♥恋人や友人
1月10、26、28日／**2月**8、21、24、26日／**3月**6、22、24、30日／**4月**4、20、22、28日／**5月**2、18、20、26、29日／**6月**16、18、24、27日／**7月**11、14、16、22、25日／**8月**12、14、20、23、30日／**9月**10、12、18、21、28日／**10月**8、10、16、19、26日／**11月**3、6、8、14、17、24日／**12月**4、6、12、15、22日

◆力になってくれる人
1月8日／**2月**6日／**3月**4、28日／**4月**2、26日／**5月**24日／**6月**22、30日／**7月**20、28、29日／**8月**18、26、27、30日／**9月**16、24、25、28日／**10月**14、22、23、26、29日／**11月**12、20、21、24、27日／**12月**10、18、19、22、25日

♣運命の人
1月15日／**2月**13日／**3月**11日／**4月**9日／**5月**7日／**6月**5日／**7月**3日／**8月**1日／**9月**8、9、10、11日

♠ライバル
1月7、9、30日／**2月**5、7、28日／**3月**3、5、26日／**4月**1、3、24日／**5月**1、22日／**6月**20日／**7月**18日／**8月**16日／**9月**14日／**10月**12、29日／**11月**10、27日／**12月**8、25、30日

★ソウルメイト（魂の伴侶）
1月8、27日／**2月**6、25日／**3月**4、23日／**4月**2、21日／**5月**19日／**6月**17日／**7月**15日／**8月**13日／**9月**11日／**10月**9日／**11月**7日／**12月**5日

有名人

高村光雲（彫刻家）、水木しげる（マンガ家）、高木ブー（タレント）、篠ひろ子（女優）、大沢在昌（作家）、角田光代（作家）、桜井和寿（Mr. Children　ボーカル）、須藤元気（格闘家）、渡部豪太（俳優）、松井珠理奈（SKE48　タレント）、原晋（青山学院大学陸上競技部監督）

太陽：うお座
支配星：かに座／月
位置：17°30'–18°30'　うお座
状態：柔軟宮
元素：水
星の名前：なし

March Ninth

3月9日

PISCES

豊かな感受性と創造性を持ちあわせた理想家タイプ

直感が鋭く敏感なあなたは、内向的ですが鋭い観察力、あふれるエネルギーそして決断力を秘めています。**頭の回転が速いので、新規事業を立ち上げ、先導者となる**でしょう。理想家で深い感情を内に秘めているので、自分の本当の人柄を表に出すためには、自分を変える努力をしましょう。

支配星かに座に太陽がある影響を受けて、あなたは豊かな創造性を与えられます。日頃から多くの思いを胸にいだき、感受性が強く、周りに気を配ります。他人の気持ちに共感し、話に聞き入る時、とても親身で誠実ですが、問題を肩代わりしてはいけません。あなたは意識下にある声を聞く力に恵まれ、その場の雰囲気を受けやすいのですが、気持ちがゆさぶられないようにしましょう。現状に不満な時に、安易に現実から逃避したり、心配しすぎたり、自己憐憫に浸るのは禁物。**多方面に才能を発揮**するあなたは、常に仕事で忙しい状態を保ち、独自のやり方で自分を表現することが大切です。一方、聞き分けがない強情な態度は、この誕生日が示唆するあなたの大きな潜在能力を台なしにするので要注意！　物事を受け入れる力を養うことで、自分自身と人生について本当にわかるようになります。新しいことを始めると刺激を受け、自分が信じる目的のために砕身して働く時、あなたは自信と希望に心満たされるのです。

11歳までは太陽がうお座にあるため、あなたの感受性つまり環境について多くを感じ取る能力と、感情的な欲求が強まります。12歳から41歳までは、太陽がおひつじ座にあるので、あなたの自主性が徐々に高まり、大胆で快活な印象を周りの人に与えるようになり、新しい冒険を強く欲するようになるでしょう。42歳を迎え、太陽がおうし座へ入ることから、地位の確立と経済的な安定を求める気持ちが増大し、平穏と心の安定を望む気持ちと結ばれます。

隠された自己

あなたは抜群のコミュニケーション能力を持っていますが、ときどき突拍子もないくらいの高い理想主義者に変貌し、自分の本当の気持ちをうまく表現できなくなることがあります。周りの人へ過度の期待をしたり、強い依存心を持つのは慎みましょう。親密な人間関係は、あなたの幸福のためのキーポイントです。自分と人との間に少し距離を置き、人への期待は控えめに。自分の足でしっかり立つことで、かねてよりあなたが求めていた自信が得られ、またそれが懐疑心や孤独に対する恐れを克服する助けとなるのです。

あなたは凝り性で几帳面なので、細部まで注意を払い、自分の批判能力と分析力に磨きをかけたいと考えているはずです。あなたの**リーダー的素質、決断力、そして過密な仕事もいとわない性格**は、いったん心を決めて努力するならば、どんな分野でも躍進を遂げることを暗示します。とても高い理想を持つ完璧主義者であり、自分の個性を発揮したいという強い願望を持っています。意義ある慈善活動を行うことで、あなたの高い理想と洞察力、そして人の役に立ちたいという深い思いやりを存分に活かすことができるでしょう。

仕事と適性

寛大な心を持ち、働き者で自分の興味ある仕事に対しては実に熱心です。物事の基本概念をすばやく理解し、責任感があるため、上司に高く評価されるでしょう。持ち前のリーダーシップを発揮して人を動かし、いざという時にも冷静沈着に対応します。鋭い洞察力と豊かな想像力は、問題を解決する際や物事を予見する時に役立ちます。また、絵や彫刻などの**視覚芸術で優れた視覚的センス**があり、音楽やダンスにも向いています。あるいは、カウンセラーや管理経営者などの職業を選択してもよいでしょう。教育に関心があれば教師や作家も適しています。この誕生日に生まれた人の中には宗教や精神性にも強い関心をいだく人が多く、介護の専門職や非営利団体でも活躍が期待できます。

恋愛と人間関係

繊細で受容の心を持っているので、**心から信頼でき、深い感情を分かちあえるパートナー**が必要です。自分だけの利益の追求はほどほどにしないと、孤立の原因となります。また内向的な性格を克服し、もっとざっくばらんに人と話ができるように自分を変えましょう。あなたには、高い理想と強い願望を分かちあえる人が合っています。新しい目標に向かって先陣を切るその大胆な意欲とパワーは、いつも人々の賞賛の的になるでしょう。

数秘術によるあなたの運勢

善意にあふれ、思慮深く、情にもろい、これらは生まれた日の9という数字の特徴です。寛大で親切なあなたは、気前がよく自由奔放な性格。鋭い直感力は万物をすべて受け入れる力を示し、積極的に精神修行の道に進むこともあるのです。9日生まれの人は、ひがみっぽさや気分の浮き沈みといった精神的な弱さを克服することが大切。一方、あなたは世界旅行や、さまざまな人々との触れあいによって、多くのことを学びます。ただし、非現実的な夢や現実逃避に走る傾向があるので要注意。

生まれ月の3という数字は、あなたが理想家で、独創性と想像力が豊かであることを示しています。包容力があり、面倒見がよく、親しみやすい性格。もともと人をよく理解し、共感しあう気持ちを持っているので、自分の念願を達成させるために機転をきかせ、人と力を合わせる術を心得ています。

●長所：人道主義である、創造的である、敏感である、心が広い、人を惹きつける、客観的である、人気がある

■短所：欲求不満になりやすい、緊張しやすい、利己的である、現実性がない、人に左右される、劣等感がある、心配性である

♥恋人や友人

1月11、20、25、27、29日／**2月**9、18、23、25、27日／**3月**7、16、21、23、25日／**4月**5、14、19、21、23、29日／**5月**3、12、17、19、21日／**6月**1、10、15、17、19、25日／**7月**8、13、15、17日／**8月**6、11、13、15日／**9月**4、9、11、13日／**10月**2、7、9、11日／**11月**5、7、9、15日／**12月**3、5、7日

◆力になってくれる人

1月9、26日／**2月**7、24日／**3月**5、22日／**4月**3、20日／**5月**1、18、29日／**6月**16、27日／**7月**14、25、29、30日／**8月**12、23、27、28、31日／**9月**10、21、25、26、29日／**10月**8、19、23、24、27日／**11月**6、17、21、22、25日／**12月**4、15、19、20、23日

♣運命の人

1月16日／**2月**14日／**3月**12日／**4月**10日／**5月**8日／**6月**6日／**7月**4日／**8月**2日／**9月**8、9、10、11、12日

♠ライバル

1月8、29、31日／**2月**6、27、29日／**3月**4、25、27、28日／**4月**2、23、25、26日／**5月**21、23、24日／**6月**19、21、22日／**7月**17、19、20日／**8月**15、17、18日／**9月**13、15、16日／**10月**11、13、14、30日／**11月**9、11、12、28日／**12月**7、9、10、26日

★ソウルメイト(魂の伴侶)

5月30日／**6月**28日／**7月**26日／**8月**24日／**9月**22、30日／**10月**20、28日／**11月**18、26日／**12月**16、24日

この日に生まれた有名人

ルイス・バラガン(建築家)、土方巽(舞踏家)、篠田正浩(映画監督)、カルロス・ゴーン(日産自動車社長兼CEO)、木梨憲武(とんねるず　タレント)、ユーリ・ガガーリン(宇宙飛行士)、未唯mie(ピンク・レディー歌手)、ジュリエット・ビノシュ(女優)、梶田隆章(物理学者)、千葉雄大(俳優)

太陽：うお座
支配星：かに座／月
位置：17°30'－18°30'　うお座
状態：柔軟宮
元素：水
星の名前：なし

March Tenth

3月10日

PISCES

ずば抜けたファッションセンス

功名心と理想主義があなたの中に同居していますが、鋭い洞察力を持っているので、現実的な行動をとります。才能に恵まれ、やる気になれば、主導者となり独創性と管理能力を人々にみせつけます。

支配星かに座に太陽がある影響から、**生まれ持った直感力に加えて、想像力を授けられています**。また、精神的な能力に恵まれているので、心が感じ取るままに、それを信じましょう。あなたが前兆を感じれば、予想した通りのことが起こるはず。また、温かく思いやりにあふれ、おおらかで優しい性格ですが、自尊心が高く敏感で、傷つきやすく、気分にむらがありますので気をつけて。**働き者でビジネスセンスにも恵まれており**、新しい考えや経験をすぐに取り入れます。また、平凡なやり方を嫌うので、それを独自のやり方で自由に表現したり、実現する力も持っています。自由を好み、その気どらない魅力、温かさ、人なつこい仕草が人を惹き寄せます。駆け引きがうまく、その結果、自分の思い通りになったとしても相手に不快感を与えるような態度はとりません。そして目標に向かってひたすら取り組みます。**美しさを愛するあなたはファッションのセンスもよく、創造性あふれる芸術を好みます**。

10歳までは太陽がうお座にあるので、あなたの感情的な敏感さと将来の夢に関する問題が際だちます。11歳から40歳までは、太陽がおひつじ座にあるので、徐々に自信と積極性が培われ、さらに活動的に大胆になります。率先して主導権をとり、正直にまっすぐ行動する能力が培われます。41歳を過ぎると、太陽がおうし座に入り、新しい局面に入ります。美と自然を享受して成長するのと同様に、確固たる地位を築き経済的な安定を確保する必要に迫られます。

隠された自己

生まれつき大胆で社交的なあなたは、もの怖じしない印象を人々に与えます。しかし、内心では、新しい道を踏み出すだけの自信がなく、自分の潜在能力や才能を十分に活用せずに終わってしまうこともあります。あなたの関心は広い範囲に及びますが、**1つの特別な計画や目標に絞ることで、並はずれた創造力を発揮することができます**。頭脳明晰で融通がきき、人の言わんとすることをすばやく理解します。この洞察力が仕事で活かされ、さまざまな社会状況の中で成功をもたらします。

気が大きく、ものわかりがよく、巧みな外交術と生来の愛想のよさで人との調和を保ちます。いくら親しみやすいといっても、人に自分のすべてをさらけ出すのはやめましょう。内省し、精神を統一するための1人になる時間を持つことが大事です。直感力を養えば、自分の能力への信頼が培われ、不安や優柔不断を払いのけることができるでしょう。

仕事と適性

人と関わる仕事こそ、あなたに最も大きな満足感をもたらします。**人の心を読み取る能**

力は、セールスや広告、相談を受ける仕事において非常に役立ちます。また、共同事業やチームでの仕事で才能を発揮しますが、人から指図されることを嫌います。そのためリーダーシップを発揮できる地位で働くか、自営業が性に合っているのです。あなたの才気あふれる感覚と豊かな創造力は、音楽、芸術、ダンスまたは演劇を通して披露されるでしょう。同情心が強く、洞察が鋭いことから、介護専門職も適しています。また性格的に、外国と関わるビジネスも向いています。

恋愛と人間関係

友人や取り巻きを虜にするおおらかな魅力をふりまき、活動的な社会生活を送り、人を楽しませるのが得意です。新しい考えを共有できる知識ある仲間との交流を楽しみ、新情報や実用的な能力に磨きをかける集まりに率先して参加します。あなたには**周りとの調和が必要**なので、パートナーや共同事業者に対して、独断主義を通すよりも外交術と対人関係能力を活かすことによって、多くを成し遂げるでしょう。

数秘術によるあなたの運勢

誕生日に1という数字を持つ人は、野心があり、自立しています。目標を達成するには克服しなくてはいけない課題がありますが、強い意志を持って成し遂げるでしょう。開拓者精神で、はるか彼方を旅したり、自力で新たな道を踏み出します。**10**日生まれの人は、世界は自分中心に回っているのではないことを知り、傲慢な態度を改めましょう。

生まれ月の数字**3**は、自己表現の方法を見つける必要性を暗示しています。また、社交的で親しみやすいので、社会活動を楽しみ、多くのことに関心を持ちます。多才でじっとしていられない性分なので、実に飽きっぽく、さまざまなことに手を出しすぎる危険性があります。時には自制が必要。また、いったん始めると何事にも没頭しますが、適度にユーモアセンスを取り入れ、くよくよと悩まないよう自尊心を養いましょう。

一方、親密な間柄の人に対して横暴な態度や口やかましくするのは禁物。愛情に満ちた雰囲気こそ、希望と感動であなたを満たす最も重要なものなのです。

●長所：リーダシップがある、独創的である、向上心がある、熱心である、楽観的である、強い信念がある、競争心がある、自立心がある、社交的である
■短所：高圧的である、嫉妬深い、自分勝手である、うぬぼれが強い、わがままである、せっかちである

♥恋人や友人

1月4、11、12、16、26、28、30日／**2月**2、9、10、24、26、28日／**3月**7、8、22、24、26日／**4月**5、6、20、22、24、30日／**5月**3、4、8、18、20、22、28、31日／**6月**1、2、16、18、20、26、29日／**7月**4、14、16、18、24、27日／**8月**12、14、16、22、25日／**9月**10、12、14、20、23日／**10月**8、10、12、18、21日／**11月**6、8、10、16、19日／**12月**4、6、8、14、17日

◆力になってくれる人

1月3、10、29、31日／**2月**1、8、27、29日／**3月**6、25、27日／**4月**4、23、25日／**5月**2、21、23日／**6月**19、21日／**7月**17、19、30日／**8月**15、17、28日／**9月**13、15、26日／**10月**11、13、24日／**11月**9、11、22日／**12月**7、9、20日

♣運命の人

1月11日／**2月**9日／**3月**7日／**4月**5日／**5月**3日／**6月**1日／**9月**10、11、12、13日

♠ライバル

1月9日／**2月**7日／**3月**5、28日／**4月**3、26日／**5月**1、24日／**6月**22日／**7月**20日／**8月**18日／**9月**16日／**10月**14、30、31日／**11月**12、28、29日／**12月**10、26、27日

★ソウルメイト（魂の伴侶）

1月7日／**2月**5日／**3月**3日／**4月**1日／**5月**29日／**6月**27日／**7月**25日／**8月**23日／**9月**21日／**10月**19日／**11月**17日／**12月**15日

♓ うお座

この日に生まれた 有名人

石井桃子（児童文学家）、山下清（画家）、藤子不二雄Ⓐ（マンガ家）、徳光和夫（アナウンサー）、シャロン・ストーン（女優）、藤谷美和子（女優）、鈴木大地（元水泳選手）、藤井隆（タレント）、魔裟斗（格闘家）、杉浦太陽（タレント）、博多大吉（博多華丸・大吉　漫才師）、松田聖子（歌手）、米津玄師（ミュージシャン）

太陽：うお座
支配星：かに座／月
位置：19°30'−20°30'　うお座
状態：柔軟宮
元素：水
星の名前：なし

March Eleventh

3月11日

PISCES

優れた直感力がある一方、楽な方に流されやすい面も

3月11日生まれの人は直感力に優れ、高い理想を持ち、活動家。ものの価値というものを非常に大切にします。強い精神力と洞察力を駆使して、**常に率先して新しいことを始めます**。しかし物質に対する執着心が強く、経済的な安定を求めるため、想像力や創造力などの才能を、お金儲けの手段とする傾向があります。楽な生活を追い求めるあまり、自分を甘やかしたり、贅沢をしすぎないよう注意しましょう。

支配星かに座に太陽がある影響から、あなたには直感力と強い第六感が備わっており、想像力も豊かで先見の明もあります。しかし、何でも第六感に頼ったり、流行に走らないようにしましょう。一方、**強い意志と信念を持った博愛主義**なので、常に理想を求めます。また、勤勉であきらめることを知らないので、その**粘り強さが必ず成功へと導く**でしょう。心配しすぎは禁物です。

直感的で動作も機敏ですが、焦らないで冷静に行動するようになれば、もっとがまん強さと寛大さが身につきます。

10歳から39歳までは太陽がおひつじ座にあることから、自信や度胸もついて、ますます活動的になります。40歳以降、太陽がおうし座に入ると、平穏と経済的安定を求める気持ちが高まります。精神的に穏やかで、ますます決断力が冴えてきますが、変化を嫌うため頑固になる可能性があります。

隠された自己

あなたは心配事、特に金銭的な問題が絡んでくると、そのすばらしい創造力が発揮されないので注意しましょう。一念発起すると、独自の方法で行動し、物事を深く考えられるようになります。**自由を求めて、勇気を出して独立精神を掲げれば、どのような状況でもすばやく適応できるようになります**。しかし、一度にあまりに多くのことに手を出すと、エネルギーが分散します。目的を絞るなどして、自分の欲望をがまんすれば、あなたの並はずれた能力を最大限に活かせます。

一方あなたは、気分のむらがあり、寛大になったり欲求不満になったりします。失望しないためには、あまり1つのことに執着しすぎないこと。鋭い思考力と洞察力を養えば、あなたの視野はもっと広がるでしょう。また、組織をまとめたり、事業を推進する能力を発揮すれば、その幅広い知識を利用して、目標を達成したり、社会的に意義ある事業を遂行することができます。

仕事と適性

管理者や経営者のような権威ある地位に就くと、生来の力が発揮されます。もともと金銭感覚があり、価値を正当に評価する能力も優れているため、**実践力や創造力が必要な職業**に就けば成功するでしょう。改革を成し遂げる能力もあり、人前での話術も長けているので、自分の主張を貫くために政界に進む可能性もあります。あるいは自由のために闘ったり、教育など公共事業にも惹かれます。個性や創造力を表現したいと、芸術、音楽、ダンス、エンターテインメントなどの世界に飛びこむこともあるでしょう。

恋愛と人間関係

あなたは積極的で社交的。人と関わりあうことが好きで、人からよい印象を受けたいと思っています。また**適切なアドバイスをくれたり、問題を解決してくれる、楽観的で現実的な人**との交際を望みます。ただし恋人や仲間に対して横暴になる傾向があるので注意しましょう。

精神的に刺激を与えてくれる人とつき合ったり、あなたの想像力を発揮できるグループに参加すれば、あなたの思いは叶えられます。

数秘術によるあなたの運勢

誕生日の**11**という数字は、理想主義、創造的な刺激、改革があなたにとって重要であることを意味しています。あなたは謙虚さと自信を兼ね備えており、物質的にも精神的にも、感情や欲望を抑制できるように努力します。経験を積めば自分の別の面を発見し、自分の感情のままに極端な態度に出ることも少なくなります。活気にあふれていますが、心配や無理をしすぎるのは禁物。

生まれ月の数字**3**が持つもう1つの影響で、あなたには豊かな感受性と想像力、それに精神力と反射神経が備わっています。情熱と積極性で思い切って新しいことを始めることもあるでしょう。1人でいる時もじっとしているタイプではなく行動を起こし変化を求めます。自分の欲しいものは、それを手に入れる最短の方法を知っています。器用で、技術や正確さを必要とする仕事にも才能があります。一方、人あたりがよい半面、プライドが高いために、イメージや外見を気にしすぎる面も。

●**長所**：落ち着きがある、集中力がある、客観的に判断できる、情熱的である、強い精神力を備えている、直感力がある、知性がある、社交的である、発明の才能がある、美的センスがある、自己回復力が速い、誰にでも優しい、信念を持っている

■**短所**：優越感に浸る傾向がある、誠実さに欠ける、目的を持たない、感情的になりすぎる、わがままである、支配的である

相性占い

♥恋人や友人

1月8、13、27、29日／**2月**11、27、29日／**3月**9、25、27日／**4月**2、7、23、25日／**5月**5、21、23、29日／**6月**3、19、21、27、30日／**7月**1、15、17、19、25、28日／**8月**15、17、23、26日／**9月**13、15、21、24日／**10月**11、13、19、22、29日／**11月**7、9、11、17、20、27日／**12月**7、9、15、18、25日

◆力になってくれる人

1月11日／**2月**9日／**3月**7、31日／**4月**5、29日／**5月**3、27、31日／**6月**1、25、29日／**7月**23、27、31日／**8月**21、25、29、30日／**9月**19、23、27、28日／**10月**17、21、25、26日／**11月**15、19、23、24、30日／**12月**13、17、21、22、28日

♣運命の人

1月12日／**2月**10日／**3月**8日／**4月**6日／**5月**4日／**6月**2日／**9月**11、12、13、14日

♠ライバル

1月10日／**2月**8日／**3月**6、29日／**4月**4、27日／**5月**2、25日／**6月**23日／**7月**21日／**8月**19日／**9月**17日／**10月**15、31日／**11月**13、29、30日／**12月**11、27、28日

★ソウルメイト(魂の伴侶)

1月18、24日／**2月**16、22日／**3月**14、20日／**4月**12、18日／**5月**10、16日／**6月**8、14日／**7月**6、12日／**8月**4、10日／**9月**2、8日／**10月**6日／**11月**4日／**12月**2日

有名人

篠田麻里子(元AKB48 タレント)、梅宮辰夫(俳優)、オスマン・サンコン(タレント)、織田哲郎(ミュージシャン)、中井美穂(アナウンサー)、三木谷浩史(楽天創業者)、大沢たかお(俳優)、UA(歌手)、土屋アンナ(モデル)、岩寺基晴(サカナクション ギター)、白鵬翔(第69代大相撲横綱)

太陽：うお座
支配星：さそり座／冥王星
位置：20°30'−21°30'　うお座
状態：柔軟宮
元素：水
星の名前：マルカブ

March Twelfth

3月12日

PISCES

社交的でカリスマ性のある理想家タイプ

人に好かれ、若々しくカリスマ性を持ち、親しみやすく、また行動も積極的。**理想や志が高いことが、いつまでも若々しさを保てる秘訣**でしょう。物欲がある半面、理想家でもあります。

野心に燃え、優れた決断力とビジネスセンスがある一方、刺激を好み、自分が人に与える印象を気にします。人生を豊かにしてくれるものを探し求めるタイプといえるでしょう。学習能力が高いため、新しい技術を習得したり、それを活かすことで成功します。

支配星さそり座にある太陽の影響で、生まれながらにして洞察力が備わっており、超心理的なテレパシーや透視術などに目覚める可能性もあります。理解力に優れ、感受性が高いため、物事の真髄を知ることに喜びを感じます。**直感で成功や名声への道を見つけ出します。**

心優しく、順応性があり、社交的なので、人に好かれようと努力します。人に与える印象を大切にし、内面や外見に気を使うため、衣服や贅沢品に浪費する傾向があります。一方、独立心が旺盛なのは結構ですが、もっと人と協力することを学べばさらに成功へと近づけるでしょう。また、責任感が強く、チームに大変貢献します。

9歳から38歳までは太陽がおひつじ座にある影響から、ますます独断的になり、野心も高まります。自信がついてくれば、率先して新しい事業を始めたり、他人とより協力するようになるでしょう。39歳を迎え、太陽がおうし座に入る時が転機です。この時期を境に平穏と経済的安定を求める気持ちが高まります。

隠された自己

才能に恵まれ、どんなに手先が器用であっても、それを活かすには努力と強い意志が必要です。性格が明るく若々しいので、**あなたの人生は理想に向かって、活気にあふれていることでしょう**。ただし興味ややりたいことが多すぎるため、注意力が散漫。目標をはっきり定め、力を集中させることが大切です。一方、高い知性と野望の両方を持ちあわせているので、優れた感性である直感とお金儲けとの間で悩むことも。

あなたは楽で贅沢な人生に惹かれる一方で直感に頼り、理想を追求するために懸命に働きます。人を楽しませて魅了するすばらしい能力は、一生損なわれることはありません。

仕事と適性

魅力的で社交的なので、人と関わりあう仕事に向いています。カリスマ性とリーダーシップ、そして優れた組織力が発揮できるかどうかを基準に選びましょう。出版などマスコミ界が向いているでしょう。文才にも恵まれているので、作家や教師などもよいでしょう。**刺激を求め、自己を表現するのが好き**なので、芸術、音楽、芸能界に魅力を感じます。独創性、しっかりした価値観とビジネスセンス、すばやい推断力を組み合わせれば、きっと成功につながるでしょう。

恋愛と人間関係

おおらかで社交的で、誰とでも友達になれます。好奇心旺盛で、ビジネスに趣味を取り入れて、同時に楽しむ才能があります。また、芸術方面や経済界で成功した人を尊敬しています。あなたには社交性があり、人づき合いがうまいので、友人や恋人に困ることはないでしょう。

パートナーを選ぶ時にはよく考えて、**よい関係が長く続く人**を探すこと。創造力豊かで、他人を励ますことが得意なので、人からは温かい心の持ち主と思われていますが、時には自分の希望も率直に表現すべきです。

数秘術によるあなたの運勢

12日生まれのあなたには鋭い直感力、他人への思いやり、優れた推理力が備わっています。いつも個性的でありたいと思っているため、常に斬新なことに取り組みます。自分の意見を通すコツや目的を達成する術も知っています。

一方、自己を表現し、同時に人をも助けることが、あなたの最大の満足。ただし思い通りにいかなかった時に、すぐに落胆しないように、もっと独立心や自信をつけた方がよいでしょう。

生まれ月の**3**という数字からも影響を受けて、多彩な才能と鋭い感覚を備えています。自分をもっと理解してもらうために表現力を高めたいので、多くのことを経験しようと努めます。

ただし、理想や完璧さを追求しすぎたり、批判を恐れたりしないように。愛情と個人的な関係を大切にすれば、希望とひらめきが得られます。

●**長所**：創造力がある、自発的に行動する、規律正しい、自己啓発できる

■**短所**：つむじ曲がりなところがある、協力的でない、かなり神経質である、自尊心が低い

相性占い

♥恋人や友人

1月6、8、14、23、26、28日／**2月**4、10、12、21、24、26日／**3月**2、10、12、19、22、24日／**4月**8、14、17、20、22日／**5月**6、15、16、18、20日／**6月**4、13、16、18、28日／**7月**2、11、14、16、20日／**8月**9、12、14、22日／**9月**7、10、12、24日／**10月**5、8、10、23、26日／**11月**3、6、8、15、28日／**12月**1、4、6、30日

◆力になってくれる人

1月9、12日／**2月**7、10日／**3月**5、8日／**4月**3、6日／**5月**1、4日／**6月**2、30日／**7月**28日／**8月**26、30、31日／**9月**24、28、29日／**10月**22、26、27日／**11月**20、24、25日／**12月**18、22、23、29日

♣運命の人

9月12、13、14、15、16日

♠ライバル

1月11、13、29日／**2月**9、11日／**3月**7、9、30日／**4月**5、7、28日／**5月**3、5、26、31日／**6月**1、3、24、29日／**7月**1、22、27日／**8月**20、25日／**9月**18、23、30日／**10月**16、21、28日／**11月**14、19、26日／**12月**12、17、24日

★ソウルメイト(魂の伴侶)

1月12、29日／**2月**10、27日／**3月**8、25日／**4月**6、23日／**5月**4、21日／**6月**2、19日／**7月**17日／**8月**15日／**9月**13日／**10月**11日／**11月**9日／**12月**7日

この日に生まれた有名人

江崎玲於奈(物理学者)、銀色夏生(詩人)、ユースケ・サンタマリア(タレント)、椎名へきる(声優)、勝俣州和(タレント)、ダイアモンド✡ユカイ(タレント)、やくみつる(マンガ家)、吉永みち子(作家)、登坂広臣(三代目J Soul Brothers　歌手)

太陽：うお座
支配星：さそり座／冥王星
位置：21°30'–22°30'　うお座
状態：柔軟宮
元素：水
星の名前：マルカブ

March Thirteenth

3月13日

PISCES

物欲さえ抑えれば成功はあなたのもの

3月13日生まれの人は、優れた洞察力を持ち、楽観的なものの見方をする人で、さらに**成功への願望が強い人**です。趣味や才能も多く、創作活動を通して自分を表現したいと思う一方、決断力と忍耐力がないため、その想像力豊かなアイディアを実現できません。

支配星さそり座に太陽がある影響から、生き生きとした感情や直感力を持ちあわせています。しっかりと現実を見据えた理想主義者であり、同時にリーダーシップを備えているため、**事業を企画したり、任された仕事では成功を収めます。**

先見の明と強い精神力を思う存分発揮すれば、あなたの人生は大きく変わります。これだと思うものには、とことん力を集中させます。ただし物欲が強く、高価なものを手に入れないとプライドが許しません。しかしお金を得ることだけに取りつかれると泥沼にはまり、途中でやめられなくなるので注意しましょう。**常に自分は一流であると自負**しています。二流になることには、がまんができません。

また、自分が提供したものに対しては、必ず大きな見返りがあるべきだと考えています。

7歳までは太陽はうお座にあるため、感性や包容力そして精神的な支えが重要となります。8歳から37歳までは太陽がおひつじ座にあるので、決断力と大胆さが増し、活力が高まります。事業を始めたり、自信がつくのもこの時期。38歳の時太陽がおうし座に入ると、心の平穏や安定とともに、事業での確実な成功や安全を望むようになります。

隠された自己

鋭い直感力と豊かな知性、強い熱意そして他人や自分の状況をすばやく評価する能力が備わっています。管理能力があるあなたは、多忙を楽しんでいるのです。

ただし、プライドが高いので、ルーティンワークをやりがいのない仕事だと考えています。活力があり、好奇心旺盛なので、新しい知識をどんどん吸収します。斬新な考えを持っているため、それを実行に移す自由があなたには不可欠です。

一方、心が広く寛大で説得力があるので、管理職に向いた性格です。また、統括力があり顔も広いので、人をまとめたり、チーム作りが上手です。勤勉ですが創造力や創意工夫に富んでおり、時流を的確に把握する力があるので、事業や仕事で手を広げる時期を逃しません。富を蓄えるより、他人を助けたり、慈善事業に従事したりすることに喜びを感じるタイプ。**引き受けた仕事は積極的に取り組みます。**

あなたは、女性、特に教育や仕事関係の人とのつながりから手助けを受けるでしょう。

仕事と適性

想像力に富み、ビジネスに関して鋭い目と感性を備えているため、多彩な才能を事業に活かします。人の扱いがうまく、優れたコミュニケーション能力も持ちあわせているので、営業、マーケティング、出版業で成功するでしょう。科学や研究分野に進む可能性もあります。ビジネスセンスも申し分ありませんが、どの分野でも**企画や管理の部署で能力を発**

揮します。旅行好きがもとで、世界をまたにかける仕事に就くこともあります。

恋愛と人間関係

社交的で人あたりがよく人気者ですが、何か新しいことが起きないかと、いつも胸をときめかせています。飽きっぽいので、**あなたを刺激したり励ましてくれる人**を見つけること。感情が激しく、カリスマ性のある人や強烈な人に惹かれます。広い心を持ち、他人を助けることもあります。愛情に対する思い入れや願望が強いあなたは、思いやりがある忠実な友人となるでしょう。

数秘術によるあなたの運勢

13という誕生日は鋭い感受性を持ち、情熱的で直感が優れていることを意味します。この数字は大志、勤勉を表し、これを発揮するには想像力と豊かな表現力が必要です。この想像力を具現化するには現実的な展望を持つことです。独自の方法でわくわくするような新しい構想を打ち立てれば、他人を感動させることができるでしょう。13日生まれの人は、まじめでロマンティックで、陽気な性格。努力すれば必ず幸福が得られます。

生まれ月の**3**という数字からも影響を受け、優れた創造力と豊かな想像力を備えています。優れた知性と感受性を持ちあわせているので、次々とすばらしいアイディアと計画がわきあがります。また、多彩な才能を表現するには、豊富な経験が役に立ちます。飽きっぽい性格なので、優柔不断になったり、手を広げすぎないように。誠実さと自信を持てば、どうしようか悩んだり、不安になることもありません。

●長所：野心がある、創造力がある、自由を愛する、自分を表現できる、率先して行動する

■短所：衝動的に行動する、横暴なところがある、頑固である、自己中心的である

♥恋人や友人

1月6、10、15、29、31日／**2月**4、13、27、29日／**3月**2、11、25、27日／**4月**9、23、25日／**5月**2、7、21、23日／**6月**5、19、21日／**7月**3、7、17、19、30日／**8月**1、15、17、28日／**9月**13、15、26日／**10月**1、11、13、24日／**11月**9、11、22日／**12月**7、9、20日

◆力になってくれる人

1月13、15、19日／**2月**11、13、17日／**3月**9、11、15日／**4月**7、9、13日／**5月**5、7、11日／**6月**3、5、9日／**7月**1、3、7、29日／**8月**1、5、27、31日／**9月**3、25、29日／**10月**1、23、27日／**11月**21、25日／**12月**19、23日

♣運命の人

5月30日／**6月**28日／**7月**26日／**8月**24日／**9月**13、14、15、16、22日／**10月**20日／**11月**18日／**12月**16日

♠ライバル

1月12日／**2月**10日／**3月**8日／**4月**6日／**5月**4日／**6月**2日／**8月**31日／**9月**29日／**10月**27、29、30日／**11月**25、27、28日／**12月**23、25、26、30日

★ソウルメイト(魂の伴侶)

1月2、28日／**2月**26日／**3月**24日／**4月**22日／**5月**20日／**6月**18日／**7月**16日／**8月**14日／**9月**12日／**10月**10日／**11月**8日／**12月**6日

この日に生まれた有名人

高村光太郎(詩人)、藤田田(日本マクドナルド創業者)、鳥越俊太郎(ジャーナリスト)、吉永小百合(女優)、佐野元春(歌手)、田中義剛(タレント)、コロッケ(タレント)、今田耕司(タレント)、中島健人(Sexy Zone　タレント)、島田雅彦(作家)、大東駿介(俳優)

太陽：うお座
支配星：さそり座／冥王星
位置：22°30'−23°30'　うお座
状態：柔軟宮
元素：水
星の名前：マルカブ

March Fourteenth

3月14日

PISCES

豊かな感受性と鋭い洞察力を備えた博愛主義者

感受性が豊かで活発で、いつも努力を怠らず人生を謳歌しています。知性と多彩な才能を備え、自立心旺盛。**寛大なあなたは誰からも好かれます**。広い世界観を持った博愛主義者で、ユーモアのセンスもあります。

支配星さそり座に太陽がある影響から、極端に走るところがあります。理想を追求する面と現実を直視する面を持ちあわせたユニークな個性の持ち主。さらに鋭い洞察力もこれに加わると、一見落ち着いて見えますが、理想と現実のギャップに、欲求不満や失望が生じて、いらいらして辛辣な言葉を発することもあります。

しかし生来、多才で野心があり、**物事を正しく評価する能力**を持っているので、必ず目的を達成するでしょう。

一方、独立心旺盛で、命令されることを嫌います。そのため人の上に立つ方がうまくいきます。金銭面では浪費に注意。また軽率な判断で財を失うこともあります。**リスクを計算に入れて計画を立てれば、幸福を手に入れることができる**でしょう。

7歳から36歳の間に太陽はおひつじ座にあるため、自信と独断力が高まり、自分の道を決めたり、また新しい方面に目を向けるようになります。37歳以降、太陽がおうし座に入ると、人生に平穏と経済的安定を得たいという気持ちと、現実的な生活を求める気持ちが高まります。

♓
3
月

隠された自己

内に秘めたプライドや鋭い感性があふれ出るほどで、その多彩な才能を活かせる責任ある地位に就くでしょう。生来の短気や落ち着きのなさは、自分の殻を破りたい気持ちの表れです。前進するための新しいチャンスが得られなければ、現状から脱出して新天地を求める旅に出るでしょう。

あなたは生まれながらにして、**ものの価値を正しく理解し、経済通でもあるので、投資で成功する**でしょう。ただし、その場だけの利益に目がくらんで、短絡的な投機に走らないこと。きちんと将来に目を向けて、計画を立てることをおすすめします。また、家族を持たず1人でいる方が、生活の安定を重視しすぎることがないので、広い世界観を作り上げることができます。

仕事と適性

知性と優れたコミュニケーション能力を発揮して、科学者、弁護士、教師、執筆業で成功するでしょう。高い理想と博愛主義を掲げており、人類の進歩に役立ちたいと考えています。**想像力が豊かで、利益をもたらすアイディアを思いつくことが大好き**です。一方、思いやりもあるので、セラピストや福祉関係にも向いています。

恋愛と人間関係

気さくな性格の陰になって、あなたの温かい心はすぐにわかってもらえません。あなたには、**知的で創造的な作業を共有できる人**が一番向いています。意思の疎通は上手なはずですが、あなたの心の底に不安が潜んでいると、パートナーとの関係がうまくいきません。時には少し距離をおいて、冷静になってみましょう。あなたには直感力があり、愉快な性格でもあるので、人並はずれたユーモアのセンスで、緊張した状況も和らぐでしょう。

数秘術によるあなたの運勢

14日生まれの人は、知性があって、実用主義と強い決断力を備えています。また、職業の内容で人を判断する傾向があります。本来は安定を求める性格ですが、14という数字の影響で変化を求める一面もあるため、現状に満足せず常に新しいことに挑戦し自己改善に努めます。そのため、あなたの人生は波乱万丈なものとなるでしょう。特に仕事の環境や経済状況に満足できないと、大きな変化が訪れます。しかし問題が起こっても、優れた洞察力を持っているので、すばやく解決するでしょう。

生まれ月の数字である**3**の影響を受け、鋭い感受性を持っています。理想主義で創造力も豊かですが、生産性のあるものにしか興味がなく、それに向かって全エネルギーを使い、大きな成果を得ます。

しかし、飽きっぽい性格があるため、決断を引き伸ばして優柔不断になったり、一度に多くのものに手を出す可能性があります。

あなたには創造的な刺激や興奮を求める傾向がありますので、積極的にそのような環境に身を置くようにしましょう。

●**長所**：思い切りのよい行動をとる、目標に向かって懸命に努力する、創造的である、現実的である、想像力豊かである、勤勉である

■**短所**：心配しすぎる、一時の感情に駆られやすい、落ち着きがない、軽率である、頑固である

相性占い

♥恋人や友人

1月6、11、16日／**2月**4、14日／**3月**2、12、28、30日／**4月**10、26、28日／**5月**3、8、24、26、30日／**6月**1、6、22、24、28日／**7月**4、20、22、26、31日／**8月**2、18、20、24、29日／**9月**16、18、22、27日／**10月**14、16、20、25日／**11月**12、14、18、23日／**12月**10、12、16、21日

◆力になってくれる人

1月9、14、16日／**2月**7、12、14日／**3月**5、10、12日／**4月**3、8、10日／**5月**1、6、8日／**6月**4、6日／**7月**2、4日／**8月**2日／**9月**30日／**10月**28日／**11月**26、30日／**12月**24、28、29日

♣運命の人

1月21日／**2月**19日／**3月**17日／**4月**15日／**5月**13日／**6月**11日／**7月**9日／**8月**7日／**9月**5、14、15、16、17日／**10月**3日／**11月**1日

♠ライバル

1月4、13、28日／**2月**2、11、26日／**3月**9、24日／**4月**7、22日／**5月**5、20日／**6月**3、18日／**7月**1、16日／**8月**14日／**9月**12日／**10月**10、31日／**11月**8、29日／**12月**6、27日

★ソウルメイト（魂の伴侶）

1月15、22日／**2月**13、20日／**3月**11、18日／**4月**9、16日／**5月**7、14日／**6月**5、12日／**7月**3、10日／**8月**1、8日／**9月**6日／**10月**4日／**11月**2日

有名人

赤木春恵（女優）、大沢啓二（元プロ野球監督）、栗原小巻（女優）、ほしのあき（タレント）、渋井陽子（マラソン選手）、松田直樹（サッカー選手）、山口智充（タレント）、姿月あさと（歌手）、黒木華（女優）、小関也朱篤（水泳選手）、青木崇高（俳優）、五木ひろし（歌手）

太陽：うお座
支配星：さそり座／冥王星
位置：23°30'−24°30'　うお座
状態：柔軟宮
元素：水
星の名前：マルカブ

March Fifteenth

3月15日

PISCES

謙虚な性格で誰からも好かれる

3月15日生まれの人は、豊かな想像力と鋭い直感力を持っています。さらに、安定と協調が人生の重要なキーポイントだと思っています。**人あたりがよく謙虚なので、誰からも好かれるタイプ**。

成功のチャンスに恵まれており、価値を見分ける鋭い感性もあり、経済的な安定を人生設計の中心に掲げています。行動も大胆で、ある程度は権力と名声を得て注目されますが、一度に多くのことに手を出しすぎて優柔不断になる傾向があるので注意しましょう。

支配星さそり座に太陽がある影響から、**好奇心が強く、何でも自分で試してみたい性格**。未知のものに対しても興味を持ち、新しい考えを模索したり、真実を探ろうとします。人間的にもっと成長するためには、困難を克服する力をつけましょう。

持ち前の直感力と創造力が刺激を受けると、相乗効果もあって、優れた功績を残す仕事を成し遂げるでしょう。一方、感情の起伏が激しく、落ち着きがなく自信を喪失したように見えることもあれば、自信過剰で傲慢な印象を与える時もあります。そのため周囲との確執が生まれ、お互いに反目しあったり、ストレスを感じたりと、好ましくない状況を招きます。その場合はリラックスして、いら立ちや攻撃的な感情を抑えるようにすれば、もとの友好的な関係に戻れるでしょう。

6歳から35歳までは太陽がおひつじ座にあるので、その影響で自信が高まり、より自己主張をするようになるでしょう。36歳の時太陽がおうし座に入ると、人生の平穏と経済的安定を求める気持ちが高まります。肩の力が抜け、また決断力もつきますが、変化を嫌い頑固になる傾向もあります。

隠された自己

あなたは**誇り高く大胆で失敗を嫌う性格**のため、すべてを正しく行い、自尊心を持ち続けることが最も重要だと考えています。生来、英知のある人ですが、それを人にみせびらかすことはありません。なぜならあなたは1人でいることが好きで、また生命の神秘をより深く観察したいからです。

いらいらしたり頑固になったり、あるいは混乱することもあるため、忍耐力を養い、人の助言に耳を貸すことが必要。鋭い洞察力を発揮し、問題を見極め、それにうまく対応すれば、困難に打ち勝つことも可能で、かえってその強い精神で人を励ますこともできるでしょう。

成功の鍵は知識です。自分自身あるいは自分の能力を信じられなくなった時、孤独になったり隠し事をするため、信頼を失うことになりかねません。本来すばらしい洞察力を備えているため、ものわかりの早い方です。自分が受けた第一印象を大切にし、それに応えて行動すれば、過去や将来ではなく現実を見据えて生きることができるでしょう。

仕事と適性

神経質なところもあるものの、勤勉で決断力があり、選んだ職業ではトップの座に上りつめます。権力と能力を思うがままに使い、産業界や政界で、特に**指導的あるいは管理的な立場**に就けば成功するでしょう。広告業、弁護士、科学者あるいは銀行員も向いています。営業や交渉、あるいは投資関連もおすすめです。創造力を活かすなら、特に音楽関係に進むとよいでしょう。

恋愛と人間関係

社交的で人あたりがよく、感受性の鋭い理想主義者。自分の感情を表現したいと強く思っています。恋愛中は献身的で思いやりがあります。疑い深くなったり、優柔不断になると、愛情に確信が持てず、不安になったり頭が混乱したりします。ただし一度決めたら、忠実で完全に没頭します。恋人には**創造的な活動を共有できる相手**がよいでしょう。

数秘術によるあなたの運勢

15日生まれの人は、多芸多才で情熱的で、変化を求めています。あなたの最大の財産は、強い直感力、それに理論と実践で得たすばやい理解力です。洞察力を利用して、チャンスを逃しません。

数字の15が与えるもう1つの才能は、金運があり、人からの支援を導き出す能力です。不確定要素があっても、迷わず大勝負に出ることもあります。

生まれ月の数字である**3**の影響から、理解力があり多才です。また、情熱家でもあるため、さまざまな経験と活動を通して自己をもっと表現したいと思っています。

ただし、すぐに飽きる傾向があるため、落ち着きをなくしたり、一度に多くのものに手を出しすぎることもあるので注意しましょう。心配や不安な気持ちが生じたら、持ち前の情熱とユーモアのセンスで、自尊心を高めるといいでしょう。

希望や直感力を与えてくれる人間関係や誠実な雰囲気が、あなたには最も大切です。

●長所：意欲的である、寛大である、信頼できる、親切である、協力的である、ものの真価がわかる、理解力がある、熱心である、創造力が豊かである

■短所：落ち着きがない、責任感に欠ける、自己中心的である、変化を嫌う、心配性である、優柔不断である、唯物主義である、権力を乱用する

相性占い

♥恋人や友人

1月7、13、17、20日／**2月**5、15、18日／**3月**3、13、16、29、31日／**4月**1、11、14、27、29日／**5月**5、9、12、25、27日／**6月**7、10、23、25日／**7月**1、5、8、21、23日／**8月**3、6、19、21日／**9月**1、4、17、19日／**10月**2、15、17日／**11月**13、15、30日／**12月**11、13、28日

◆力になってくれる人

1月15、17、28日／**2月**13、15、26日／**3月**11、13、24日／**4月**9、11、22日／**5月**7、9、20日／**6月**5、7、18日／**7月**3、5、11、16日／**8月**1、3、14日／**9月**1、12日／**10月**10、29日／**11月**3、8、27日／**12月**6、25日

♣運命の人

1月5日／**2月**3日／**3月**1日／**9月**15、16、17、18日

♠ライバル

1月4、5、14日／**2月**2、3、12日／**3月**1、10日／**4月**8、30日／**5月**6、28日／**6月**4、26日／**7月**2、24日／**8月**22日／**9月**20日／**10月**18日／**11月**16日／**12月**14日

★ソウルメイト（魂の伴侶）

1月2日／**3月**29日／**4月**27日／**5月**25日／**6月**23日／**7月**21日／**8月**19日／**9月**17日／**10月**15日／**11月**13日／**12月**11日

有名人

平岩弓枝（作家）、肥後克広（ダチョウ倶楽部　タレント）、カヒミ・カリィ（歌手）、武豊（騎手）、北乃きい（女優）、西部邁（評論家）、武内直子（マンガ家）、有安杏果（ももいろクローバーZ　歌手）、喜矢武豊（ゴールデンボンバー　歌手）

太陽：うお座
支配星：さそり座／冥王星
位置：24°30'−25°30'　うお座
状態：柔軟宮
元素：水
星の名前：マルカブ、シェアト

March Sixteenth

3月16日

PISCES

豊かな想像力と優れた洞察力を備えた理想主義者

人あたりがよくて社交的。理想主義で気さくな性格です。外見は落ち着いていますが、物質主義と精神主義という、相反する性格を備えています。**洞察力があって実利主義**で、企業家や経営者として成功する一方、進んで人を助け、思いやりのある博愛主義の二面性を持っています。

支配星さそり座に太陽がある影響から、優れた知性と理解力を備えています。その理解を高めようとすると、どんどん内向的になる傾向があります。しかし、すぐに立ち直り、自分を変えたり、すべてを最初からやり直すことで対応します。優れた洞察力を発揮して、人のことを調べるのは得意ですが、自分のことが知られるのはいやがります。

豊かな想像力は、執筆や創造的な職業で発揮されます。また、環境に敏感なため、**幸福を手に入れるには心の調和と平和が必要**。自分の能力を信じて、それを最大限に活用すれば、自分にもっと自信がつきます。

5歳から34歳までは太陽がおひつじ座にあるので、より大きな自信をつけ、優れた決断力と野心を持つようになります。新しいことに取り組んだり、もっと率直に人と接しようと決心することもあります。35歳の時太陽がおうし座に入ると、次の転機が訪れ、この時期を境に自由で変化の少ない、そして経済的に問題のない人生を望むようになります。

隠された自己

恋愛はもちろんのこと、人との交流も、あなたにとって特に大切で、**いつも人を幸福にしたいと考えています**。人道支援や温かく寛大な気持ちからも、それがわかります。しかし、周囲に敏感で感受性が強いため、精神的なプレッシャーや束縛があると、うまく自分の気持ちを表現できません。

経済的な安定と自尊心も、幸福の条件だと考えるため、義務と個人的な欲望の間で苦しむこともあります。しかし人生の経験を積めば、愛の力の方が大切だとわかるようになるでしょう。

理想主義のあなたは、どの程度、人に尽くせば、どの程度の見返りがあるかを、体験的にわかるようになります。このように、あなたは人を思いやりながらも、自分の権利を守ることを学び取る人物です。

仕事と適性

想像力があり、色彩やデザインに敏感な目を持っているため、デザイナーや広報関係の職業で成功します。美術品や骨董品を取り扱う仕事など、美しいものに囲まれて働くのもよいでしょう。想像力があり、独創的な考えを持っているので、執筆、マスコミ、出版業界に進むのもよいでしょう。**人間に興味がある**ので、外交官などにも向いています。

恋愛と人間関係

理想を追い求め、若々しい精神の持ち主で、恋愛や幸福のためには犠牲も惜しみません。生来ロマンティストなため、愛と献身は何物にも勝ると考えています。ただし、自分につりあわない人のために、あまり苦しまないようにしましょう。

年の離れた人や、生きてきた世界の異なる人と一緒になることもあるでしょう。寛大で愛情深いあなたは、パートナーを大切にします。また温和な性格で人間関係では正直。そして強い責任感を持っています。

数秘術によるあなたの運勢

16日生まれの人は思慮深く、優れた感受性を持ち、親しみやすい人です。分析力に長けていますが、人生や人を感情で判断します。自分の要求と人への責任との間で葛藤があると、緊張感を味わうことになります。また世界情勢にも興味があるため、国際的な企業やマスコミの世界に入ることもあります。創造力豊かな人は、突然ひらめきがわき、執筆に取り組むことがあります。そういう中でも、いつも自信過剰と自信喪失のはざまで苦しむことがあるので、この2つのバランスを保つ方法を知っておくことが必要です。

生まれ月の数字である3の影響から、理想主義で、豊かな創造力と独創的な考えであふれています。気さくで、人あたりのよい性格ですが、何事も1人で決定し、人には頼りません。直感力があり繊細なので、仕事上での不安を感じることもあるでしょうが、自分の才能を信じ、心配しすぎないように。

お金がすべてを解決すると考えていますが、感情的な不安と金銭問題は、ほとんど関わりはありません。ひらめきを感じると、目標に向かってまっしぐらに行動します。

また、他人に対して自分の希望を押しつけるのではなく、その人たちを励ますことに力を注ぎます。

●長所：家族に対する責任感が強い、誠実である、社交的である、協力的である、洞察力がある

■短所：心配性である、無責任な時がある、頑固である、疑い深い、すぐにいら立つ、怒りっぽいところがある

相性占い

♥恋人や友人

1月4、8、9、18、19、23日／**2月**2、6、16、17、21日／**3月**4、14、15、19、28、30日／**4月**2、12、13、17、26、28、30日／**5月**1、10、11、15、24、26、28日／**6月**8、9、13、22、24、26日／**7月**6、7、11、20、22、24、30日／**8月**4、5、9、18、20、22、28日／**9月**2、3、7、16、18、20、26日／**10月**1、5、14、16、18、24日／**11月**3、12、14、16、22日／**12月**1、10、12、14、20日

◆力になってくれる人

1月5、16、27日／**2月**3、14、25日／**3月**1、12、23日／**4月**10、21日／**5月**8、19日／**6月**6、17日／**7月**4、15日／**8月**2、13日／**9月**11日／**10月**9、30日／**11月**7、28日／**12月**5、26、30日

♣運命の人

1月17日／**2月**15日／**3月**13日／**4月**11日／**5月**9日／**6月**7日／**7月**5日／**8月**3日／**9月**1、16、17、18、19日

♠ライバル

1月1、10、15日／**2月**8、13日／**3月**6、11日／**4月**4、9日／**5月**2、7日／**6月**5日／**7月**3、29日／**8月**1、27日／**9月**25日／**10月**23日／**11月**21日／**12月**19、29日

★ソウルメイト（魂の伴侶）

8月30日／**9月**28日／**10月**26日／**11月**24日／**12月**22日

この日に生まれた有名人

髙橋大輔（フィギュアスケート選手）、三浦哲郎（作家）、浅利慶太（演出家）、ベルナルド・ベルトルッチ（映画監督）、木村多江（女優）、矢沢心（女優）、イザベル・ユペール（女優）、渋沢栄一（実業家）

太陽：うお座
支配星：さそり座／冥王星
位置：25°30'−26°30'　うお座
状態：柔軟宮
元素：水
星の名前：シェアト

March Seventeenth

3月17日

PISCES

非日常的な経験から多くを学ぶ

直感力と分析力を備えており、感受性が鋭く現実的です。大志や高い理想を掲げてはいるものの、世俗的な物欲は捨てられません。カリスマ性があり、豊かな想像力と優れた創造力、そして鋭い感受性を持っていますが、協調性に欠ける面があります。ストレスがあると、不安や疑惑といった感情が抑えられなくなり、悲観的になります。一方、**懸命に仕事をすれば必ず成功が手に入ります**。報酬を手にするには、まず仕事や義務を終わらせてしまうことです。

支配星さそり座に太陽がある影響から、深い洞察力と優れた直感力が備わっています。**高い理解力と優れた感性**を発揮して、ものの真髄を探ることで、あなたの好奇心は満たされます。同情心が厚く、率直で誠実さを備えているので、人に頼られ、あなたからも弱者に手を差し伸べます。また、常識的で広い視野で物事をとらえる能力があるので、組織をまとめる役目に抜擢されます。

楽観的な時は、**次々にアイディアが浮かんで、会話を盛り上げます**。プラス思考があるにもかかわらず、すべてに満足できずに、極端に批判的になることもあるので注意しましょう。たまには、旅行をするなど日常から離れ、知識を増やし、新たな経験をして自分を高めることも大切です。

4歳から33歳までは太陽がおひつじ座にあるので、独断力、大胆さ、活力が増し、新しい冒険をしたいという願望が強くなります。34歳の時太陽がおうし座に入ると、生活と情緒の安定と平穏を求める気持ちが高まります。

隠された自己

理解力と思いやりにあふれ、見栄を張らない率直な人柄です。人の心を気遣い、人を助けたり助言する立場に置かれます。表面的には自信に満ちているように見えますが、本当はそうでもないので、挫折や失望に打ち勝つ方法を学びましょう。がまんすることを身につければ、精神的に強くなり、また積極的になるので、成功して収入も増えることでしょう。頭の回転が速く、高度な教育や知識の習得により、もっと自信がつきます。

あなたは**カリスマ性があり、知性にあふれ創造力が豊か**で、それを目に見えるかたちにしたいと強く望んでいます。協調性を望むあなたには、平和と安全を提供してくれる家庭が重要な役割を果たします。

仕事と適性

すばらしいビジネスセンスと、楽観的な展望を持っているのはよいのですが、そう簡単に物事は進みません。世の中、そうそういいことばかりではないということ知っておきましょう。幅広い興味を持ち、大胆な行動を起こすあなたには、忍耐力と勤勉さが欠けています。土壇場にならないと始めなかったり、仕事を途中で放り出す傾向があり、それがもとで欲求不満や不安に襲われることがあります。まじめに働き、細心の注意を怠らなければ、その分野でも高い地位に就くでしょう。持ち前の創造性をビジネスにうまく活かして大衆芸術作品を生みだすなど、**自分の才能を商品化する職業**で成功するでしょう。教育、旅行、公益事業、政治などの分野でも力を発揮します。ダンス、音楽あるいは演劇なども向いています。

恋愛と人間関係

大胆で情の深いあなたは多くの人に慕われます。どんなタイプの人ともうまくやっていけますが、誰とでも公平につき合うのではなく、**肝心な時に頼りになる真の友人**と、そうでない友人とを見分ける目を持ちましょう。そうでなければ、時間のむだにつながり、自分の目的を達成できなくなります。

愛情豊かですが、それを過剰に表現しないように。あなたは寛大で思いやりがあるため、恋人や友人を気遣い、助けることでしょう。

数秘術によるあなたの運勢

17日生まれの人は、洞察力があり謙虚で、すばらしい分析力を備えています。独立心が旺盛なので、専門教育あるいは技術を身につけるとよいでしょう。専門分野で知識をうまく活かすことで、高収入を得るか、あるいは専門家や研究者として高い地位が得られます。

あなたは寡黙ですが事実や数字には強い関心を示し、また、とてもまじめで自分のペースを守ります。もっと人づき合いがうまくなりたいと考えるなら、人があなたに接する態度から、あなたがどう思われているのかを学びましょう。

生まれ月の数字の**3**は、感受性と強い第六感を備えており、先見の明があることを示しています。感受性や第六感が刺激を受けると、すばらしいアイディアや想像力豊かな考えが浮かびます。

一方、気さくで親切で理想主義のため、周りにはあなたから激励を受けたい人たちが集まってきます。また、自分の持つ多彩な才能を発揮したいため、あらゆる種類の創造的活動に参加します。親密な人間関係や愛のある環境が非常に大切で、そこから希望や創造的な刺激を得ます。

●**長所**：思慮深い、計画を立てるのがうまい、優れたビジネスセンスがある、1人で考えることができる、労を惜しまない

■**短所**：頑固なところがある、いい加減である、気分屋である、1つの考えに固執する、批判的である、疑い深い

相性占い

♥恋人や友人

1月3、5、9、18、19日／**2月**1、3、7、16、17日／**3月**1、5、14、15、31日／**4月**3、12、13、29日／**5月**1、10、11、27、29日／**6月**8、9、25、27日／**7月**6、7、11、23、25、31日／**8月**4、5、21、23、29日／**9月**2、3、19、21、27、30日／**10月**1、17、19、25、28日／**11月**3日／**12月**13、15、21、24日

◆力になってくれる人

1月1、6、17日／**2月**4、15日／**3月**2、13日／**4月**11日／**5月**9日／**6月**7日／**7月**5日／**8月**3日／**9月**1日／**10月**31日／**11月**29日／**12月**27日

♣運命の人

9月17、18、19、20、21日

♠ライバル

1月2、16日／**2月**14日／**3月**12日／**4月**10日／**5月**8日／**6月**6日／**7月**4日／**8月**2日／**12月**30日

★ソウルメイト（魂の伴侶）

1月11、31日／**2月**9、29日／**3月**7、27日／**4月**5、25日／**5月**3、23日／**6月**1、21日／**7月**19日／**8月**17日／**9月**15日／**10月**13日／**11月**11日／**12月**9日

この日に生まれた 有名人

香川真司（サッカー選手）、横光利一（作家）、山本陽子（女優）、松尾嘉代（女優）、マギー司郎（マジシャン）、甲本ヒロト（ザ・クロマニヨンズ　ボーカル）、藤森慎吾（オリエンタルラジオ　タレント）、アレキサンダー・マックイーン（ファッションデザイナー）、船越英二（俳優）、玉村裕太（Kis-My-Ft2　タレント）

太陽：うお座
支配星：さそり座／冥王星
位置：26°30'−27°30'　うお座
状態：柔軟宮
元素：水
星の名前：シェアト

March Eighteenth

3月18日

PISCES

自由奔放でじっとしていられない性格

3月18日生まれの人は、感受性が豊かです。しかし、**じっとしていられない性分**なので、旅行へ行ったり、自分の周りの環境を変えたりして、常に自分の行動範囲を広げようとします。

直感力や想像力に優れ、また自由奔放なので、精神的な若さを保っています。才能が豊かで洞察力があり、**常に自分の考えを表現したい**と考えています。ただし忍耐力のなさ、そして金銭的な報酬をすぐに期待する点は、改善の余地があるでしょう。

支配星さそり座の影響で、自分を改善したいと強く願っています。時折、あなたの本来の力を発揮することが難しい時期がくることがあります。その時は、洞察力と優れた理解力を活かして、問題をあらゆる方向から観察し、将来、起こるべく事態を予測することで、本来の力を発揮することができます。

あなたは周囲に影響されやすく浪費癖もあるため、**贅沢な生活を望む傾向**があります。そのためには忍耐力や自制力が必要。例えば、規律ある組織の中で、決まった予算内で、規則通りに仕事をこなす訓練をしてみましょう。

きちんとした姿勢と準備があれば、成功のチャンスをより効果的に活用でき、思い通りの人生を送ることができます。

3歳から32歳までは太陽はおひつじ座にあるので、自信と決断力が高まり、新しい仕事に取り組んだり、自分の進むべき方向がわかるようになります。33歳の時太陽がおうし座に入ると、安定と安全を求める気持ちがますます強くなり、人生でもっと経験を積みたいと考えるようになります。

隠された自己

寛大で心が広く、知性を備えています。創意工夫のできる人で、**いつも忙しくしていることが大好き**。心の底では自信を失い、不安になることもあり、そのため創造力が衰えたり、正しい決断をくだせなくなることもあります。

しかし、自分を信じ、将来を見通すことで、不安からも抜け出せます。リラックスできる環境に身を置けば、生き生きとした表現も戻り、人生を謳歌できるようになります。

あなたはユーモアにあふれ、愉快で交際術に長けているため、パーティーなども十分に楽しめます。贅沢を好み、経済的利益と安定のために行動する傾向があります。人というものに興味があり、鋭い洞察力もあるので、自分の直感を信じて、即座に人を評価します。あまり親密になりすぎると、人間関係で欲求不満になったり、失望することがあるので注意しましょう。

仕事と適性

勤勉な性格ですが、**自分を高めてくれる、変化に富んだ職業**を選べば、興味や意欲が持続します。旅行関係の仕事は、じっとしていられないあなたにぴったりです。冒険心をくすぐられ、あちこちを飛び回る仕事でしょうから、落ち着いた生活に入る前の若い時に、多くの経験を積んでおけます。想像力と洞察力があるので、デザイナー、芸術家、建築家、映画監督という職業に興味がわきます。リズム感も優れているため、音楽やダンスにも魅力を感じるでしょう。また博愛主義の精神から、人への援助、教育にも向いています。すばらしいビジネスセンスと組織力を発揮すれば、産業界でも成功するでしょう。

恋愛と人間関係

包容力がある性格ですが、独立心は旺盛。親切で社交的で、感情や想像力を刺激するような人に惹かれます。知性と変化を求めながらも、人間関係を尊重するので、異なるタイプの人たちとの交流を楽しみます。

ユーモアのセンスがあるため、愛する人々を和ませるでしょう。**知性あるパートナーや興味を共有できる人**とならうまくやっていけます。

数秘術によるあなたの運勢

決断力、自己主張、向上心は、誕生日の数字18がもたらす特徴です。活動的でやりがいを求めて、常に休むことなく仕事をこなしています。能力があり勤勉、そして責任感も備えているため、権威のある地位に就くでしょう。働きすぎる傾向があるので、ときどきリラックスして、頭を切り替えましょう。

また、数字の18の影響から、人を癒したり問題解決のために助言を与えたりします。

生まれ月の3という数字からも影響を受けているので、理想主義で感受性が豊かです。多才で自分を表現したいと考えるため、常に活動的で生産的でいるとよいでしょう。

気さくで博愛主義で、大きな組織に属すると、常に改善策や改革案を提案します。飽きっぽい性分なので1カ所にじっとしていませんが、一度に多くのことに手を出さないように注意。

また、情熱と魅力にあふれ、ユーモアのセンスもありますが、もっと自尊心を持ち、客観的になる努力をしましょう。

●長所：向上心がある、決断力がある、直感力がある、度胸がある、意志が固い、他人を癒すことができる、要領がよい、適切な助言ができる

■短所：感情を抑えられない、時に怠惰である、わがままである、頑固である

♥恋人や友人

1月6、10、20、29日／**2月**4、8、18、27日／**3月**2、6、16、20、25、28、30日／**4月**4、14、23、26、28、30日／**5月**2、12、16、21、24、26、28、30日／**6月**10、19、22、24、26、28日／**7月**8、12、17、20、22、24、26日／**8月**6、15、18、20、22、24日／**9月**4、13、16、18、20、22日／**10月**2、11、14、16、18、20日／**11月**4、9、12、14、16、18日／**12月**7、10、12、14、16日

◆力になってくれる人

1月7、13、18、28日／**2月**5、11、16、26日／**3月**3、9、14、24日／**4月**1、7、12、22日／**5月**5、10、20日／**6月**3、8、18日／**7月**1、6、16日／**8月**4、14日／**9月**2、12、30日／**10月**10、28日／**11月**8、26、30日／**12月**6、24、28日

♣運命の人

1月25日／**2月**23日／**3月**21日／**4月**19日／**5月**17日／**6月**15日／**7月**13日／**8月**11日／**9月**9、19、20、21日／**10月**7日／**11月**5日／**12月**3日

♠ライバル

1月3、17日／**2月**1、15日／**3月**13日／**4月**11日／**5月**9、30日／**6月**7、28日／**7月**5、26、29日／**8月**3、24、27日／**9月**1、22、25日／**10月**20、23日／**11月**18、21日／**12月**16、19日

★ソウルメイト(魂の伴侶)

1月18日／**2月**16日／**3月**14日／**4月**12日／**5月**10、29日／**6月**8、27日／**7月**6、25日／**8月**4、23日／**9月**2、21日／**10月**19日／**11月**17日／**12月**15日

この日に生まれた有名人

西野カナ(歌手)、ワダ・エミ(衣装デザイナー)、横山やすし(漫才師)、豊川悦司(俳優)、洞口依子(女優)、芳本美代子(タレント)、竹下佳江(バレーボール選手)、鳥居みゆき(タレント)、奥田瑛二(俳優)

太陽：うお座
支配星：さそり座／冥王星
位置：27°30'–28°30'　うお座
状態：柔軟宮
元素：水
星の名前：シェアト

March Nineteenth

3月19日

PISCES

鋭い観察力と分析力を持ちながら秘密主義

決断力と直感力に優れ、理解力があります。目的がはっきりすると、精力的に活動するタイプ。実利主義ですが想像力も豊かです。安定や安全を願いながらも、変化を求める気持ちも持っているのです。**あなたは仕事が生きがいで、懸命に働けば成功します**。

支配星さそり座に太陽がある影響で、鋭い観察力と分析力を備えています。人の心は見通すのに、人には自分の本音は隠しておきたいのです。意思の疎通を図る時でも、自分の意見を言う時は控えめですが、指導的立場に立った時には積極的に行動すれば、人に理解してもらえます。

心が傷ついたり、落ちこんだ時でも、**回復力が強く**、気分一新、自己変革を遂げて、すべてを一からやり直す力を持っています。組織をまとめる力と強い直感力を備え、アイディアを具体化する才能もあります。

また、自分の仕事に理想と誇りを持ち、常に最善を尽くします。**経済的に困ることはありません**が、成功を手に入れるには忍耐と努力が必要。誠実なタイプで責任感が強すぎる傾向がありますが、もっとリラックスすれば寛大になって、さらに思いやりのある行動がとれるようになります。

31歳までは太陽はおひつじ座にあるので、その影響で決断力が増し、積極的に活動するようになります。32歳の時太陽がおうし座に入ると、安定と経済的な安心感を求める気持ちが高まります。気持ちが和み、決断力も増しますが、変化を嫌い頑固になります。

隠された自己

活力にあふれ才能のあるあなたには、精神的な刺激が必要です。いつも、わくわくしていたいと思っているので、新しいアイディアを生みだしたり、独自の企画を始めます。変化がないと、落ち着かず、わけもなく不安になったりいらいらします。これを解消するために現実逃避をしないようにしましょう。

変化と冒険を望む気持ちと、安定と安心を求める気持ちが心に同居しているため、時にバクチ的な挑戦をしたり、時には確実なところで手を打ったりとバランスのよい行動が吉。また、**改革推進の時には、リーダーシップを発揮**します。チャーミングで社交的ですが、精神的な充実感や心の安定を望んでいます。

多くの目標から、今、必要なものだけを絞りこみ、自分の強い直感に耳を傾ければ、何事ももっとうまくいくでしょう。

仕事と適性

仕事のチャンスに恵まれており、どれを選ぶか難しいくらいです。**経験の豊かさと優れた組織力で、権威ある地位に就きます**。ビジネスの世界でも成功しますが、優れた想像力があるために、経済的な利益だけでは満足しません。自分の気持ちを満足させるような仕事でなければ興味を失い、再び新しい機会や目標を探します。自分を磨く機会を提供してくれる大きな組織の方が向いています。独立して個人事業を始めるのもよいかもしれません。旅行業も適性があるでしょう。

恋愛と人間関係

カリスマ性があり、親しみやすく、いろいろな人とつき合うのが好きです。あなたは身も心も捧げて人を愛します。友情は深く長く続きますが、慣習や責任で縛られるのを嫌います。

安定や安心を望むため、**刺激的ですが信頼できる人**をパートナーとして選びます。人生には変化が多いので、長続きする関係を築き上げるまでに時間がかかるでしょう。

数秘術によるあなたの運勢

野心と大胆さを兼ね備えながら、優れた想像力や感受性を併せ持った理想主義のあなたは、典型的な**19**日生まれです。決断力があり、人の資質やものの真髄を見極める洞察力がある一方、情が深く感受性が豊かです。

あなたは特別でありたいと願っているので、強い印象を与えるようにふるまい、注目の的となります。人から見るとあなたは自信家ではつらつとしていますが、実は心の内面に緊張や疑惑を秘めているので、感情の浮き沈みが激しいタイプです。高すぎる目標を掲げるので、自分に対しても人に対しても厳しくなりすぎるようです。

生まれ月の数字である**3**の影響を受けて、非常に勘が鋭くなっています。決断力と多彩な才能を兼ね備えているので、自分のエネルギーをプラスに使える環境が整っていれば、成功の可能性は広がります。

あなたは持ち前の優れた能力で、新しい考えを導入したり、作業環境を改善します。あなたは物質的な成功が重要だと考えていますが、内面の成長や変化を望む一面もあるため、知識を習得したり、自分の感情を自由に表現できることが、自分にとっては最高の報酬だとも考えています。

●長所：活動的である、注目の的となる、創造力が豊か、リーダーシップがある、前向きである、楽観的である、優れた説得力がある、競争力がある、独立心が旺盛である、社交的である

■短所：自己中心的である、心配性である、物質主義である、うぬぼれ屋である、せっかちである、現実を逃避する傾向がある

相性占い

♥恋人や友人

1月7、11、22、25日／**2月**5、9、20日／**3月**3、7、18、31日／**4月**1、5、16、29日／**5月**3、14、17、27、29日／**6月**1、12、25、27日／**7月**10、13、23、25日／**8月**8、21、23、31日／**9月**6、19、21、29日／**10月**4、17、19、27、30日／**11月**2、5、15、17、25、28日／**12月**13、15、23、26日

◆力になってくれる人

1月8、14、19日／**2月**6、12、17日／**3月**4、10、15日／**4月**2、8、13日／**5月**6、11日／**6月**4、9日／**7月**2、7日／**8月**5日／**9月**3日／**10月**1、29日／**11月**27日／**12月**25、29日

♣運命の人

9月20、21、22、23、24日

♠ライバル

1月9、18、20日／**2月**7、16、18日／**3月**5、14、16日／**4月**3、12、14日／**5月**1、10、12日／**6月**8、10日／**7月**6、8、29日／**8月**4、6、27日／**9月**2、4、25日／**10月**2、23日／**11月**21日／**12月**19日

★ソウルメイト(魂の伴侶)

1月9日／**2月**7日／**3月**5日／**4月**3日／**5月**1日／**10月**30日／**11月**28日／**12月**26日

この日に生まれた有名人

尾崎亜美(歌手)、いとうせいこう(作家)、稲森いずみ(女優)、ビビアン・スー(タレント)、市川実和子(女優)、岡田義徳(俳優)、ブルース・ウィリス(俳優)、蛯名正義(騎手)

太陽：うお座／おひつじ座
支配星：さそり座／冥王星、おひつじ座／火星
位置：28°30'−29°30'　うお座
状態：柔軟宮
元素：水
星の名前：シェアト

March Twentieth

3月20日

PISCES

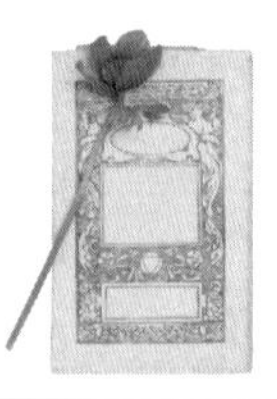

繊細で優れた直感力を持つ博愛主義者

うお座とおひつじ座のカスプに生まれたあなたは、両星座から影響を受けています。理想を掲げ、目的をしっかりと持ち、想像力あふれるアイディアを実践できる人です。繊細ですが野心と多彩な才能を併せ持ち、大きな目標に向かって進みます。**明敏な頭脳の持ち主で理解力もあり、すぐに要点をつかみます。**

ただし、疑い深い気持ちや心配事が、自己表現の妨げとなるでしょう。夢を叶えるには、経済的な問題は気にせずに、あくまでも自分の決定を信じることです。

支配星さそり座に太陽がある影響から、**隠れた事柄にすばやく気づく直感力**と、**ものの真髄を突き止めたいという願望**を持っています。積極的な時は自信があり大胆で、新しいアイディアを直感的に生みだします。あなたは一見、肩の凝らない快活な人柄に思われますが、深く知りあうと、ちょっと変わった哲学や精神学などという分野に興味を持つ一面がうかがえます。

あなたの個性を活かせば多くのことを達成できますが、自身の魅力を利用できれば、成功へのチャンスはもっと広がります。パートナーシップやグループへの帰属意識を持つことで、あなたは大きく前進できます。

30歳までは太陽がおひつじ座にあるため、大きな目標を徐々に立て、自信もついてきます。新しいことを始めたり、挑戦したいと考えるでしょう。31歳の時太陽がおうし座に入ると、次の転機が訪れます。この時期を境に、現実を顧みるようになり、安全なものにこだわり始め、贅沢や美を求める気持ちが強くなります。61歳以降、太陽がふたご座に入ると、人との交流や意見の交換への興味が増します。

隠された自己

理想を持ちながらも現実を見据える目を持つあなたは､やりがいのあることのためには、率先して活動します。物質的な安心感を強く必要としている半面、必ずしも大切だと思っているわけではないのです。あなたは喜んで人を助けたり、役立つ助言をするタイプです。

刺激を求め、協調や平和を愛するため、緊迫した状況を打開するためには最善を尽くすでしょう。自分が信じることには全面的な援助を提供し、説得力を駆使して他の人を納得させます。理想主義で真実の愛を求めますが、**現実的には実用性や安全を重要視**するため、感情に流されることはまずありません。他人の生活に干渉することと、必要な時に助言することの違いを知るようになるでしょう。

仕事と適性

人と競争するのが好きで、成功を手に入れても、さらに何かを創造していたいのです。スポーツ、音楽、演劇に興味を持ちます。説得力があり、自分のアイディアを推し進め、営業や人を対象とした職業で成功します。几帳面なタイプで、自分の管理能力を発揮できる大きな仕事に就きたいと考えます。独創的で気まぐれなところがあるので、職業に関わ

りなく、**職場を改善したり改革して、常に変化を与えようとします。**知性があり、自分の考えをきちんと伝えることができるので、教師や執筆あるいは通信関係の仕事が向いています。鋭いビジネスセンスを持っているので、商業分野で成功するか、優れた知性で研究や問題解決に取り組むでしょう。

恋愛と人間関係

優れた感受性と理解力があり、直感的で自由に行動します。愛する人には尽くす気はあるのですが、冷淡であったり不安に見えることもあります。見た目よりも敏感なので、**リラックスできる協調性あふれた環境**を作ることがとても重要。

理想の愛を求めても、あなたのハードルは高いので、期待に応えられる人はまずいないでしょう。しかし思いやりがあり優しいあなたは安定を求め、選んだパートナーに対して忠実であり続けます。

数秘術によるあなたの運勢

20日生まれの人は、直感力、感受性そして理解力を備えており、たいていは大きな組織に所属しています。団体活動を好み、互いに影響しあい、経験を共有し、他人から学びたいと考えます。

上品で外交手腕に卓越し、人を扱う心得があるので、さまざまな集団でうまくやっていきます。しかし、人に頼りすぎたり、他人の言動ですぐに傷つかないように、もっと自信をつけましょう。

生まれ月の数字である**3**の影響から、あなたはすばらしい創造力と感受性を備えています。気さくで、人づき合いもよく、社会活動や多くの趣味を持って生活を楽しんでいます。多才であり、それを表現したいために多くのことを経験したいと考えます。ただし飽きっぽくて、1つのことを最後まで極めるわけではないので、優柔不断になったり、多くのことに手を出しすぎることもあるでしょう。

情熱的でユーモアのセンスもありますが、心配したり情緒不安定にならないために、自尊心を高める必要があります。

●長所：礼儀正しい、気配りがある、理解力がある、直感力がある、思慮深い、協調性にあふれる、人あたりがよい、友好的である、善意にあふれる

■短所：疑い深い、自信がない、神経が過敏である、わがままである、傷つきやすい、悪賢いところがある

相性占い

♥恋人や友人

1月4、8、13、22、26日／**2月**6、20、24日／**3月**4、18、22日／**4月**2、16、20、30日／**5月**14、18、28、30日／**6月**12、16、26、28日／**7月**1、10、14、24、26日／**8月**8、12、22、24日／**9月**6、10、20、22、30日／**10月**4、8、18、20、28日／**11月**2、6、16、18、26日／**12月**4、14、16、24日

◆力になってくれる人

1月9、20日／**2月**7、18日／**3月**5、16、29日／**4月**3、14、27日／**5月**1、12、25日／**6月**10、23日／**7月**8、21日／**8月**6、19日／**9月**4、17、22、23、24日／**10月**2、15、30日／**11月**13、28日／**12月**11、26、30日

♣運命の人

1月27日／**2月**25日／**3月**23日／**4月**21日／**5月**19日／**6月**17日／**7月**15日／**8月**13日／**9月**11日／**10月**9日／**11月**7日／**12月**5日

♠ライバル

1月2、10、19日／**2月**8、17日／**3月**6、15日／**4月**4、13日／**5月**2、11日／**6月**9日／**7月**7、30日／**8月**5、28日／**9月**3、26日／**10月**1、24日／**11月**22日／**12月**20、30日

★ソウルメイト（魂の伴侶）

1月15日／**2月**13日／**3月**11日／**4月**9日／**5月**7日／**6月**5日／**7月**3日／**8月**1日／**10月**29日／**11月**27日／**12月**25日

この日に生まれた有名人

雪村いづみ（歌手）、上岡龍太郎（タレント）、竹内まりや（歌手）、阿部慎之助（プロ野球選手）、川島永嗣（サッカー選手）、野村佑香（女優）、奥華子（歌手）、竹中直人（俳優）、カン・ジファン（俳優）

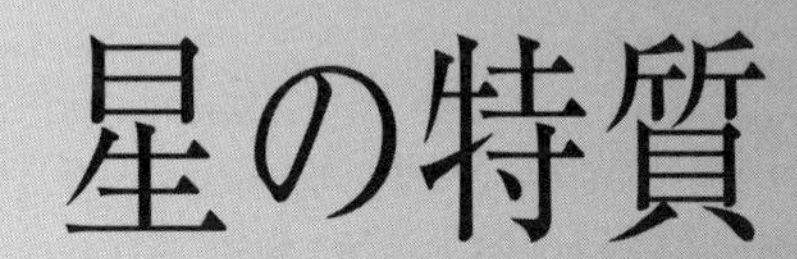

星の特質

すべての恒星とその特質のリストです。35〜39ページで紹介しております“恒星占星術とは”を確認後、お読みください。2つ以上の恒星から影響を受ける誕生日の人はこのページを参照してください。より専門的な占星術の図表と合わせれば、天体の意味を学ぶ際にも役立つでしょう。

おひつじ座

デネブカイトス

星の名前：デネブカイトス（別名：ディフダ）
座標：1°32'−2°27'　おひつじ座
等級：2
強度：★★★★★★★★
軌道：2°10'
星位：くじら座ベータ星
該当日：3月21、22、23、24、25、26日
星の特性：土星
特徴：くじら座の尾の部分に位置する黄橙色の星

デネブカイトスの影響は、控えめな性格と決然たる実行力となって表れています。また落ち着きがなく極度に活動的な時期があるかと思うと、次には休養の時期が訪れます。この星の影響を受けている人は、力の配分の仕方に配慮が必要です。そのためには、前向きな考え方でリラックスする方法を学ぶとよいでしょう。また1人で過ごす時間も大切です。太陽の角度によって、この星の影響は、組織を統率する力と強い責任感となって表れます。自分を上手にコントロールすることによって、大きな成果を手にすることができるでしょう。しかし、欲求不満に陥りがちなので注意が必要です。

●**長所**：粘り強い、意志が強い
■**短所**：欲求不満に陥りやすい、直感的に行動する、衝動的に行動する

アルゲニブ

星の名前：アルゲニブ（別名：キャリアー、ウィング）
座標：8°10'−9°4'　おひつじ座
等級：3
強度：★★★★★★
軌道：2
星位：ペガサス座アルファ星
該当日：3月29、30、31日／4月1、2日
星の特性：火星／水星
特徴：ペガサス座の翼の中にある小さな白い星

アルゲニブは、アイディアと行動を通して偉大な達成をすることを可能にする、前向きで活発な思考力を与えてくれます。さらにこの星は、強固な意志、決断力、情熱と、競争好きな性格も運んできてくれるのです。頭の回転も速くなり、堂々たるスピーチで相手を言い負かすこともできるようになります。ただし、すぐにかっとなったり、向こう見ずなところには注意が必要。この星と太陽の位置との関係により、商売の技術、学習への意欲、宗教への関心、物を書く才能が与えられています。アルゲニブは、1人の時間が必要であることも示唆していますが、多くの人と関わる仕事で成功することも表しています。

●**長所**：決断力がある、意志が強い、闘争心が強い
■**短所**：人のあら探しをする、嫌みっぽい、わがままなふるまいをする、憂鬱になりやすい、大げさである

シラー

星の名前：シラー（別名：アルファラツ、カプト・アンドロメダ）
座標：13°11'−14°13'　おひつじ座
等級：2
強度：★★★★★★★★
軌道：2°10'
星位：アンドロメダ座アルファ星
該当日：4月2、3、4、5、6、7日
星の特性：木星／金星
特徴：アンドロメダ座の頭部に位置する青、白、紫の連星

シラーは、人との間によい関係を築く能力や、人気を獲得する力を象徴します。この星から協調性を与えられているため、社会生活を通して富を得ることができます。さらに、名誉、富、楽観、陽気さ、多才さ、さらにしっかりとした判断力があなたのものに。ただ、人気に慣れっこになって、物事をずけずけ言いすぎないように注意。太陽とこの星との位置関係により、目的がはっきりしていれば、それを確実に達成できると示されています。欲しかったものを手に入れると、次に何をしようか悩んでしまうところがありますが、ちょうどよい時にちょうどよい場所にいて、ぴったりの人に会うことのできる巡り合わせのあなたですから、すぐに悩みも解消することでしょう。

●**長所**：温かい心を持っている、喜びを見出すのが得意、人気者である、魅力的な個性を持っている
■**短所**：うぬぼれ屋である、不摂生をしがちである

バテンカイトス

星の名前：バテンカイトス（別名：鯨座、鯨座ゼータ星）
座標：20°57'−21°49'　おひつじ座
等級：3.5−4
強度：★★★★★
軌道：1°30'
星位：くじら座ゼータ星
該当日：4月10、11、12、13日
星の特性：土星
特徴：くじら座の腹部に位置する黄色の星

バテンカイトスは、用心深さ、まじめさ、誠実さを与えてくれます。また、責任感の強さ、まっすぐな態度、どんな困難にも立ち向かうことのできる力の象徴でもあります。1人きりで働くことを好み、他人の制限を受けることを極端に嫌います。太陽とこの星との位置関係が、変化への適応を学ぶ必要があることを示しています。運勢とライフスタイルに変化が訪れます。やっと落ち着いたかと思うと、突然の大変革が起きることも。仕事の都合で旅をしたり引っ越しをするよいチャンスに恵まれることもあります。

●**長所**：思慮深い、上品である、献身的である、勤勉である、がまん強い
■**短所**：沈みがちである、わがままである、情緒不安定である

アル・ペルグ

星の名前：アル・ペルグ（別名：クラット・ヌーティ、ピス

キウム）
座標：25°50'−26°46'　おひつじ座
等級：3.5−4
強度：★★★★★
軌道：1°30'
星位：うお座エータ星
該当日：4月15、16、17、18日
星の特性：土星／木星
特徴：うお座の北側の魚の尾ひれ近くに位置する連星

アル・ペルグは、目的を達成するための力強い決意を与えてくれます。目標を達成するために一番大切なのは、思いを一途に持ち続けること。しかしそれは簡単なことではありません。忍耐力を持って専念することで、成功を収め、認めてもらえるのです。さらにこの星は、自分自身に対して不満を持つことは、短気につながると忠告してくれています。太陽とこの星との位置関係は、ゆっくりと、しかし着実に力を強めていけば成功を収められるということ。また、政治に関わる仕事が向いていることを表しています。

●長所：1人でも寂しくない、義務感が強い、まっすぐな心の持ち主である、正直である

■短所：移り気である、緊張しやすい、目標を一定に保つことができない

バーテックス

星の名前：バーテックス（別名：グレートネブリ）
座標：26°51'−27°47'　おひつじ座
等級：3.5−4
強度：★★★★★
軌道：1°
星位：アンドロメダ座M31
該当日：4月16、17、18、19日
星の特性：火星／月
特徴：アンドロメダ頭部の北側に位置する大星雲

バーテックスは、野心と負けん気の強さを授けてくれます。闘争心が強く、常に1番でいたいと思っているはずです。しかし同時に緊張しやすいという性質も持っているため、衝動的な行動に走ってしまうことも。太陽との位置関係は、公共のために働くことを好むと示唆しています。優れた指導力、理想主義的態度、正義のために闘いたいという欲求なども、バーテックスの持つ性質です。ときどき感情が荒れる時があるので注意しましょう。

●長所：競争心が旺盛である、情熱的である、活力にあふれる、説得力がある

■短所：落ち着きがない、気が変わりやすい、短気である

ミラク

星の名前：ミラク（別名：アンドロメダズ・ガードル）
座標：29°17'　おひつじ座−0°24'　おうし座
等級：2
強度：★★★★★★★★
軌道：2°10'
星位：アンドロメダ座ベータ星
該当日：4月18、19、20、21、22、23
星の特性：海王星／金星
特徴：アンドロメダの腰に位置する赤黄色の星

ミラクは感性、想像力、理想主義、洗練された美のセンスを象徴する星。この星の影響を受けたあなたは、快活で魅力的にあふれ、幸せを求めて集団の中にいることが多いでしょう。ミラクは、想像的な力、着想、美学的アイディアを与えてくれます。ですから、あなたは空想にふけるのが好きなのです。冒険心が旺盛で、未来を描き出すのも得意。周囲の人に刺激や影響を与えることのできるあなたは、いつでも皆の人気者です。友人は、重大な場面であなたを助けてくれるでしょう。太陽とこの星との位置関係は、音楽の才能を表しています。あなたの目標は、理想を実現すること。また、この星は、あまりに極端な行動をとると、自分に自信が持てなくなることを警告しています。

●長所：鋭敏な頭脳を持っている、理想を追求する、センスがよい、芸術的才能に優れる、興味の幅が広い

■短所：隠れて悪いことをする、恋愛中毒である、理想が高すぎる、思いこみが激しい

おうし座

ミラ

星の名前：ミラ（別名：ステラミラ）
座標：0°33'−1°32'　おうし座
等級：2−10
強度：★★★★★
軌道：1°30'
星位：くじら座オミクロン星
該当日：4月20、21、22、23日
星の特性：土星／木星
特徴：くじらの尾に位置する赤橙色の星

ミラは、強い忍耐力と責任感、しっかりとした目的意識を授けてくれます。どんな困難にも辛抱強く取り組み乗り越えることができるでしょう。しかし、物質主義に陥りがちなので注意が必要です。周囲の人や自分自身に不満を覚えると、混乱したり、失望したり、生活が不安定になってしまうことも。忍耐力に磨きをかけることが必要不可欠です。この星は、科学的な頭脳と臨機応変の才も与えてくれています。独自のアイディアを発展させることもできるでしょう。

●長所：勤勉である、義務感が強い、正直である、誠実である

■短所：情緒不安定である、短気である、落ちこみやすい

エル・シェラタイン

星の名前：エル・シェラタイン、シェラタンとも呼ばれる
座標：2°58'−3°58'　おうし座
等級：2.5−3
強度：★★★★★★★
軌道：2°
星位：ベータ・アリエティス
該当日：4月22、23、24、25日
星の特性：火星／土星

特徴：白羊宮の北側の角に位置する真珠色の星

エル・シェラタインは、がまん強さ、さからって困難を克服する力、そしてエネルギーを与えてくれます。そう決心するならリーダーシップをとる能力が育ち、名誉と幸運を得ることができます。また、不愉快な出来事には忍耐強く対処しなければならないことも教えます。フラストレーションや優柔不断にならないように。持っている力を失ってしまうおそれがあります。太陽の角度により、この星の影響は忍耐と体力とを要する仕事を好むといった傾向となって表れます。あなたは自分の守備範囲で名声を得ることができるでしょう。しかし、エル・シェラタインは状況を支配したり、仕切ったりする傾向があるというマイナスの影響をもたらすため、これにより問題が生じることもあります。

●長所：粘り強い、疲れを知らない

■短所：破壊的な力を持つ、頑固である、エネルギー不足である、バイタリティに欠ける

ハマル

星の名前：ハマル、アル・ハマル、あるいは羊とも呼ばれる
座標：6°43'－7°38'　おうし座
等級：2
強度：★★★★★★★★
軌道：2°10'
星位：アルファ・アリエティス
該当日：4月25、26、27、28、29、30日
星の特性：火星と土星の影響が結合
特徴：白羊宮の額に位置する橙黄色の星

ハマルの影響は落ち着きのなさと勝ちへのこだわりとなって表れ、同時に反抗をも示します。競争や成功に対する意欲が強いために、時には目標を達成するため正規の方法ではない方法をとることもあります。太陽の角度によって、この星の影響は集中と粘り強さで障害を乗り越えようという力となって表れますが、他人に対する思いやりがなかったり、独自のやり方を推し進めるために力を用いることがあってはなりません。忍耐を通してのみ、持っている技術、才能、能力を伸ばすことができるのです。ハマルはまた、金銭を最優先にする危険についても教えています。

●長所：忍耐強い、規律正しい、熱心に働く、集中力がある、リーダーシップがある

■短所：権力を行使する、不適切な仲間を作る

スケダル

星の名前：スケダル（別名：サドル）
座標：6°51'－7°57'　おうし座
等級：2.5
強度：★★★★★★★
軌道：2°
星位：カシオペア座アルファ星
該当日：4月26、27、28、29、30日
星の特性：土星
特徴：カシオペア座アルファ星に位置する星群と青い変光性の星

スケダルは、権力者からの助力を引き寄せる星です。また、神秘的なものに対する傾倒もスケダルの特徴です。この星の影響を受けている人は、一見まじめそうに見えますが、楽しい気楽な生活を送りたいと思っています。太陽の位置との関係により、物書きの才能や、公共の場で活躍する能力を与えてくれています。

●長所：周囲の支援を受けることができる、決断力に優れる、堅実である

■短所：物質主義に陥りがちである、生まじめである

アラマク

星の名前：アラマク、アルマクとも呼ばれる
座標：13°15'－14°20'　おうし座
等級：2
強度：★★★★★★★★
軌道：2°10'
星位：ガンマ・アンドロメダ
該当日：5月2、3、4、5、6、7日
星の特性：金星
特徴：アンドロメダの左足に位置するオレンジ、エメラルド、ブルーの色をした連星

アラマクの影響は、芸術性、音楽的才能、美しい声、社交における人気者となって表れています。この星はまた、幸運と成功とを授けてくれるので、名誉を得ることや予期せぬ利益を得ることができます。勤勉で忍耐強ければ、愛、ロマンス、家庭の幸福、そして成功を手に入れることができます。太陽の角度によって、この星の影響は執筆や創造的なものの追求からもたらされる名誉となって表れ、また、社会全般との関わりにおける成功、公務、特に法律関係の職業と関わる事柄における実績となって表れます。アラマクはまた、名声と信望を得ることができることを示しています。

●長所：創造的な才能がある、愛情深い性格である、物質的成功を招く能力がある

■短所：利己的である、わがままである、浪費家である

メンカル

星の名前：メンカル
座標：13°20'－14°14'　おうし座
等級：2.5
強度：★★★★★★★
軌道：1°40'
星位：くじら座アルファ星
該当日：5月3、4、5、6日
星の特性：土星
特徴：くじらの顎に位置する明るい赤橙色の星

メンカルは、多くの困難が存在すること、忍耐力が必要であることを示唆します。この星の影響を受けている人は、献身的で、同情の心を持っています。たとえ家族に困難が訪れても、強い意志を持って、自分の責任を果たすことができるはずです。太陽との位置関係は、粘り強さと責任感を持ち続けることができれば、成功を収めるであろうことを示しています。ただし、遺産相続を巡って家族に争いが生まれる可能性があります。メンカルはよい声の象徴でもありますが、の

どのトラブルにはくれぐれも注意してください。
●**長所**：献身的である、理解力に優れる、思いやりがある
■**短所**：すぐに諦めてしまう、怒りっぽい、責任感がない、自己憐憫に陥りがち

ザンラク

星の名前：ザンラク
座標：22°33'−23°32'　おうし座
等級：3
強度：★★★★★★
軌道：1°40'
星位：ガンマ・エリダニ
該当日：5月13、14、15、16日
星の特性：土星
特徴：エリダヌス川に位置する赤い星

ザンラクの影響で、実直で実利的ですが、人生をまじめに考えすぎる傾向があります。この星が影響して、他の人の意見に過剰に敏感になることや、悲観的になることもあります。太陽の位置から、執筆、ビジネス、公共の仕事に惹かれます。ザンラクはまた、孤立することや障害に出会うこともあると警告しています。また、周りの環境にひどく左右されやすく、家族の助けも必要としています。
●**長所**：実利的である、まじめ、責任感がある、感受性に富む
■**短所**：真剣になりすぎる、雰囲気が暗い

カプルス

星の名前：カプルス（別名：ジャイラス）
座標：23°15'−24°27'　おうし座
等級：4
強度：★★★★
軌道：1°30'
星位：ペルセウス座M34星
該当日：5月13、14、15日
星の特性：火星／水星
特徴：ペルセウスの右手に位置する二連の星群

カプルスは、強い思考力、鋭敏な頭脳、計画達成能力を授けてくれます。競争心旺盛な野心家でもありますが、軽率な行動に走ったり、優柔不断になったり、考えをころころ変えてしまうことも。人との会話や討論が好きで、演説の才能にも恵まれています。ただし、その才能の使い道を誤らないように気をつけてください。いやみっぽく、議論がましくならないように注意。太陽との位置関係により、忍耐力と決断力、さらに集中力が与えられています。哲学、占星術の分野で有名になるかもしれません。何らかのかたちで人々と関わる仕事でも成功するでしょう。
●**長所**：野心に満ちている、ユーモアのセンスがある
■**短所**：皮肉っぽい、批判的である、負けず嫌いである

アルゴル

星の名前：アルゴル、カプトメデューサエとも呼ばれる
座標：25°13'−26°21'　おうし座
等級：2.5
強度：★★★★★★★
軌道：2°
星位：ベータ・ペルセウス
該当日：5月15、16、17、18、19日
星の特性：土星／木星
特徴：ペルセルスの手の中のメデューサの頭に位置する白い双対の変わりやすい星

この星には2つの意味があります。1つは、精神的なものに高い価値を置くということ、もう1つは不運や不満足な状況、精神的なものの欠如です。前向きなあなたは業績と優れた性格のために指導者となったり、社会に対して役に立つ存在となります。この星によると、死別は人生に強い影響を与え、しばしば遺族を慰める者にとっても重要な意味を持ちます。太陽の位置と関連し、アルゴルは奮闘の後の勝利、他の人とのいさかいや議論の後の勝利をもたらしてくれます。しかし、エネルギーを分散したり混乱したりすることのないようにとも警告しています。この星では、正しいやり方を続けることが重要で、そうすることで法的なもつれを避けることができ、復讐、家族の確執、物質的な問題に巻きこむことになる不適切な仲間をも避けることができます。
●**長所**：精神的なものに高い価値を置く、正しいやり方をする
■**短所**：がまんがきかない、悪い仲間がいる

アルキュオネー

星の名前：アルキュオネー
座標：29°　おうし座−0°6'　ふたご座
等級：3
強度：★★★
軌道：1°40'
星位：おうし座エータ星
該当日：5月19、20、21、22日
星の特性：月／火星
特徴：プレアデス星団における緑黄色の主星で、牡牛（プレアデス星団で最も明るい星）の肩のところに位置する

アルキュオネーは率直で正直、まじめさを示しています。落ち着きのなさと衝動的な行動もまた、この星と関連しています。生来、これらの人々は力強くはっきりとしていますが、感情が高まると衝動的に行動する傾向があります。このため、動揺が起きたり環境の変化を生じたりもします。この星はまた、発熱や視力に関する問題について警告しています。太陽の位置と関連し、アルキュオネーは愛、高貴さ、指導力といった才能を与えてくれています。また、法律や公的なこと、あるいは独創的な精神を用いて書く技術を育てることで成功すると告げています。
●**長所**：創造的である、正直である、熱心である
■**短所**：気難しい、怒りっぽい、気分屋である

Ⅱ ふたご座

プリマ・ヒヤダム

星の名前：プリマ・ヒヤダム
座標：4°41'−5°46'　ふたご座

等級：4
強度：★★★★
軌道：1°30′
星位：ガンマタウルス
該当日：5月24、25、26、27、28日
星の特性：（変化に富む解釈）土星／水星または火星／海王星
特徴：オレンジ色をしたヒヤデス星団の主星。この星団は132個の星からなり、北の中心、おうし座の額のところに位置する

プリマ・ヒヤダムの影響は、エネルギーと野心、名声を求める気持ちとなって表れ、その結果あなたは成功を手にします。明晰な思考力を養うために教育を受けて勉強することです。一方、運命に矛盾が生じ混乱する時代があるのも、この星の影響です。太陽の角度によって、この星の人は執筆業、スポーツ、占星術の領域で才能を発揮し、社会に関わる仕事で成功します。また、富と名声を得るチャンスも訪れます。しかしながら、強欲で人を利己的に利用する傾向があるので注意が必要。焦って決断することは避けて。
●長所：文才がある、教育を重んじる、人間関係を作ることに長けている
■短所：落ち着きがない、認識不足である、強欲である

アイン

星の名前：アイン
座標：7°30′−8°26′　ふたご座
等級：4
強度：★★★★
軌道：1°30′
星位：おうし座エプシロン星
該当日：5月27、28、29日
星の特性：水星／火星
特徴：おうし座の北側の目に位置する橙色の星

アインの影響は、鋭い頭脳、優れた判断力、当意即妙の才、議論好きな性格として表れます。エネルギッシュで自己主張が強く、意見をはっきりと述べて相手を言い負かす能力に長けています。ただし、ずるいことをしてはいけません。この星は、法的問題を起こす可能性も示唆しているのです。太陽との位置関係により、学問、執筆、研究（特にオカルト的なものや占星術についての研究）への興味を強めます。さらに、自分の欲しいものは必ず手にいれるという強い意志とエネルギーも与えられています。選んだ分野で成功を収め、長きにわたって貢献することができるはずです。アインは、成功は失敗のうえに成り立っているものだということを示す星でもあります。違法行為に身を落とさぬよう注意が必要です。
●長所：思考力に優れる、判断力に優れる
■短所：落ち着きがない、短気である、無知である、喧嘩っぱやい

アルデバラン

星の名前：アルデバラン、あるいはアル・ダバラン、後に続くもの
座標：8°48′−9°45′ふたご座
等級：1
強度：★★★★★★★★★★
軌道：2°30′
星位：おうし座第1位
該当日：5月28、29、30、31日／6月1、2日
星の特性：火星／水星／木星
特徴：大きな深紅色の星でおうし座の左目に位置する

アルデバランは4つある「ロイヤル・スター」すなわち「天空の見張り番」のうちの1つで、最も重要と考えられており、高い目標、名誉、知性、弁才、品位を与えてくれます。精神的に強い人が多く、責任ある地位に就き、財をなすことができます。しかし多くの場合、成功は長続きしません。また、話をさせればメリハリがきいて人に感銘を与え、討論や話し合いの場でも力を発揮します。問題は自己主張が強く自殺に走る傾向があるということ。また、嫉妬心が強い、敵を作りやすい、目にダメージを受けやすいという点も注意。太陽の角度により、並々ならぬ精神的エネルギーを与えられ、どんなことにも負けずに前に進み、固い意志と忍耐力で物事を成し遂げることが可能。アルデバランは、成功、特に一般大衆に関係した成功を示す星でもあります。大きなことを考え、大きな事業を引き受け、集中する能力があります。ただし、名声や成功には代償や犠牲を払う必要があるかもしれません。
●長所：神学に傾倒する、表現力に富む、人気がある
■短所：集中に欠ける、心配性である

リゲル

星の名前：リゲル
座標：15°50′−16°40′　ふたご座
等級：1
強度：★★★★★★★★★★
軌道：2°30′
星位：オリオン座ベータ星
該当日：6月3、4、5、6、7、8、9日
星の特性：（多様な影響）火星／木星または土星／木星
特徴：光り輝く青白い二重星でオリオンの左足に位置する

リゲルが与えてくれるのは、急速に出世できる能力、強い意志の力、そして野心的な本性です。広範にわたる一般知識を得るよう後押ししてくれます。行動を愛しチャンスにも恵まれて、競争心を煽られます。発明の才と言ってよいくらいの科学的頭脳を育む能力も、この星の影響です。また、名誉、物質的富、持続的な成功も与えられます。太陽の角度によって、リゲルは、あなたが広く自由なものの見方をし、勇敢かつ豪胆な人物だということを示しています。あなたはまた、勤勉で商才に長け、政治や公務をこなす素質を備えています。占星術や研究　高等教育を好むのもリゲルの影響です。さらにこの星は、強く自己主張し、率直にアプローチすれば、大きな成功を収めること、また慎み深くあるように教えてくれます。
●長所：大事業を起こせる、自由人である、教育を重んじる、分別がある
■短所：気が短い、横柄である、規則を無視する、自分本位である、落ち着きがない

星の特質

ベラトリックス

星の名前：ベラトリックス（別名：女戦士）
座標：19°58'－20°54'　ふたご座
等級：1.5
強度：★★★★★★★★★
軌道：2°10'
星位：オリオン座ガンマ星
該当日：6月9、10、11、12、13日
星の特性：火星／水星
特徴：オリオンの左肩に位置する白黄色の大きな星

ベラトリックスの影響を受けている人は、思考力に優れ、きちんとした常識と状況把握能力を持っています。またこの星は社会的な出会いと富のしるしでもあります。鋭い知性にも恵まれるでしょう。権力を好み、声による表現力に優れた雄弁家になることが多いようです。女性であれば、男性的な考え方を持っているでしょう。ベラトリックスは、野心、エネルギー、権力欲、名声欲を与える星なのです。太陽との位置関係は、環境が変わりやすいことを示しています。富や名声も長続きしないかもしれません。調査能力や機械を扱う能力、物事を科学的に捉える能力にも長けているようです。

●長所：常識がある、知的である、よい出会いに恵まれる、コミュニケーション能力に長ける
■短所：優柔不断である、無鉄砲である、強情である

カペラ

星の名前：カペラ、「小さな牝やぎとアメルテア」とも呼ばれる
座標：20°52'－21°48'　ふたご座
等級：1
強度：★★★★★★★★★★
軌道：2°30'
星位：御者座アルファー星
該当日：6月9、10、11、12、13、14日
星の特性：水星／火星
特徴：白く輝く大きな星で、御者座の腕の中の山羊の胴体に位置する

カペラはエネルギッシュな性格と知的好奇心、向学心を与えています。また、研究と発明への興味をかきたてます。さらに、栄誉と信頼を受ける重要な地位も授けています。あなたは富と成功を手にするでしょう。太陽の角度によって、この星は、あなたにはしつこい傾向があり、したがって、おしゃべりは慎むようにと教えてくれています。またカペラは、誤解を避けるために人の話に耳を傾けるよう助言しています。

●長所：信頼できる、誠実である、知的好奇心がある、広範な知識がある
■短所：理屈っぽい、優柔不断である、心配性である、無関心である

ファクト

星の名前：ファクト
座標：21°08'－21°46'　ふたご座
等級：2.5－3
強度：★★★★★★★
軌道：1°40'
星位：はと座アルファ星
該当日：6月11、12、13、14日
星の特性：水星／天王星の影響下の金星
特徴：はとの右翼の下部に位置する小さく明るい二連星

ファクトは、芸術的な才能、知性、リズム感を授けてくれる星です。独創的なアイディアを生みだす才能にも恵まれ、数学、音楽、教育に強い興味を持つようになるでしょう。友好的で魅力的、運がいいのもこの星の特徴です。この星と太陽との位置関係は、人気者になること、さまざまな出会い、特に若い人との出会いに恵まれることを示しています。ファクトの影響は、芸術の分野におけるチャンスや成功として表れます。この星に影響を受けている人は、コミュニケーション能力に優れ、多くの人と関わる仕事や、仲介者としての働きの中で才能を発揮するようです。さらに、発明の才がある人も。

●長所：希望に満ちている、魅力的である、創造的な才能にあふれる
■短所：おしゃべりである、疑い深い、自信がない

ミンタカ

星の名前：ミンタカ、またの名を「オリオンの帯」
座標：21°30'－22°16'　ふたご座
等級：2.5－3
強度：★★★★★★★
軌道：1°40'
星位：オリオン座デルタ星
該当日：6月12、13、14、15日
星の特性：水星／土星／木星
特徴：薄紫がかった白色に光り輝く変化する連星で、アルニラムと並んでオリオンのベルトに位置する

この星がもたらすものは、富、幸運、尊厳。プラス思考でどんな状況でも精いっぱい善処します。ミンタカはまた、勇気と勤勉な性格、よいタイミングを与えてくれます。経営手腕と永続する幸福もこの星の意味するもの。太陽の角度によって、この星は鋭い洞察力、正しい判断力、記憶力を付与しています。あなたは用心深く控えめ。忍耐力がよりよい変化をもたらします。よいタイミングを心得ており、状況を自分のよい方向に変える能力があります。この星は学問を大変好みます。

●長所：判断力がある、経営能力がある
■短所：気まぐれである、落ちこみやすい、気が変わりやすい、忍耐力がない

エルナト

星の名前：エルナト
座標：21°36'－22°41'　ふたご座
等級：2
強度：★★★★★★★★
軌道：2°10'
星位：おうし座ベータ星

該当日：6月11、12、13、14、15、16日
星の特性：火星／水星
特徴：グレーがかった白色の、大きく光り輝く連星で、おうしの北側の角の先端に位置する

エルナトがもたらすものは、野心、決断力、仕事の業績、それから幸運と賞賛です。あなたに知性と状況を把握する力があるのもエルナトの影響。科学的学術研究や哲学、神学、歴史の研究を通して名誉ある功績をあげます。太陽の角度によってこの星の影響は、すばらしい知性、自信たっぷりの物腰、広範にわたる知識となって表れます。また、説得力も与えられており、司法や行政での活躍の力となっています。
●長所：教養が高い、堂々と演説をこなす、理解力がある、目を見張るような業績を残す
■短所：わがままである、あら探しをして批判する、問題を起こす、頑固である

エンシス

星の名前：エンシス
座標：22°2'－22°57'　ふたご座
等級：4.5
強度：★★★
軌道：1°
星位：オリオン座M42
該当日：6月13、14、15日
星の特性：火星／月
特徴：オリオンのさやに位置する大星雲

エンシスの影響は、挑戦的な態度、強い野心、常に前進していたいという思いとして表れます。落ち着きがなくせっかちで、必要以上に動揺しがちなところがあるので気をつけましょう。この星と太陽との位置関係は、あふれるエネルギーと意志の力を表しています。エンシスの影響を受けている人は情熱的で大胆なので、新たな企画を創始する能力に優れています。しかし同時に忍耐力に欠け、いらいらしやすく、感情の波が激しいので注意が必要です。
●長所：野心に満ちている、大胆である、指導力に優れる、エネルギッシュである、活動的である、やる気にあふれている
■短所：せっかちである、落ち着きがない、怒りっぽい、気難しい

アルニラム

星の名前：アルニラム、またの名を「アルニタム」あるいは「真珠のバンド」
座標：22°29'－23°22'　ふたご座
等級：2
強度：★★★★★★★★
軌道：2°10'
星位：オリオン座エプシロン
該当日：6月12、13、14、15、16、17日
星の特性：（変動性）木星／土星および水星／土星
特徴：明るい白色星で、狩人オリオンのベルトの中心に位置する

アルニラムがもたらすものは、つかの間の名声と富、世間の評判。よってこの星の影響は短期的です。この星は、切れる頭脳と大胆不敵な性格を授けてくれますが、頑固なところ、向こう見ずに方向転換するところは注意が必要です。太陽の角度によって、この星は強い個性、あふれるエネルギー、固い意志を示します。アルニラムに背中を押され、大きな仕事を受けたり、冒険的になったりします。考えてから発言すること。頑固さと欲求不満を避けることで、あなたのすばらしい活力を、前向きに価値あるものに注ぐことができます。
●長所：大胆である、エネルギッシュである、野心に燃えている、多くのものを勝ち取る
■短所：分別がない、不安定である、自分の都合で突然変更する

アルヘッカ

星の名前：アルヘッカ
座標：23°48'－24°25'　ふたご座
等級：2
強度：★★★★★★★★
軌道：1°40'
星位：おうし座ゼータ星
該当日：6月14、15、16、17日
星の特性：火星／土星／水星
特徴：おうし座の南側、角の先に位置する青白い星

アルヘッカは、プライド、意志の強さ、権力欲を象徴する星です。この星の影響を受けている人は、指導力に優れ、富と名声を獲得するための判断力を持っています。しかし、茶目っ気あふれる性格があだとなり、評判を落としてしまうことも。この星と太陽との位置関係は、内気でありながらも陽気な心の持ち主であることを示しています。努力家で勤勉、そして組織力に優れています。アルヘッカは知識を追い求める心、現実的な視点、そして優れた管理能力を授けてくれます。これらは人との関係を築くうえで役立つでしょう。ただし、人に騙されないように注意が必要です。
●長所：現実的な考え方ができる、勤勉である、決断力に優れている
■短所：何でも聞きたがる

ポラリス

星の名前：ポラリス（別名：アルルッカバ、北極星）
座標：27°35'－28°33'　ふたご座
等級：2
強度：★★★★★★★★
軌道：2°10'
星位：こぐま座アルファ星
該当日：6月17、18、19、20、21、22日
星の特性：土星／金星
特徴：こぐまの尾に位置する黄色と白の連星

ポラリスは、強い精神力、思慮深さ、はっきりとした目的意識を授けてくれます。周囲から尊敬と応援を受けることになるでしょう。しかし、人に認められるのは数々の困難を乗り越えてからのようです。たゆまず努力し続け、何度転んでも負けずに立ち上がることができれば、必ず報いられるはずです。遺産相続を巡って、誤解を受けたり争いに巻きこまれ

る暗示があるので、注意が必要です。この星と太陽との位置関係は、精神的なものや、宗教、哲学の方面への傾倒を示しています。ポラリスは、人づき合いの才能も与えてくれます。ただ、予想もしなかった事態によって運が変わることが多いようです。

●長所：礼儀正しい、直感力に優れる、目的意識をしっかり持っている、けじめがある

■短所：思いやりに欠ける、生まじめである、感情を表に出さない

ベテルギウス

星の名前：ベテルギウス
座標：27°46'－28° 42' ふたご座
等級：1
強度：★★★★★★★★★★
軌道：2°30'
星位：オリオン座アルファ星
該当日：6月18、19、20、21、22、23日
星の特性：火星／水星
特徴：赤みを帯びたオレンジの変光星で狩人オリオンの右肩に位置する

ベテルギウスは判断力と楽観的な考え方、頭の回転の速さと競争好きな性格を与える星。また、不屈の精神で幸運と成功を勝ち取らせてくれます。すばらしい業績で栄誉を称えられ、富を手にします。太陽の角度によって、この星の影響は、哲学と超心理学的研究の才能に表れます。ベテルギウスはスポーツや法曹界での成功をもたらし、人との関わりにもよい影響を与えます。名誉も富も手に入れますが、長続きするとは限りません。突然何かを失う危険は絶えずつきまとうものだと心しておくべきです。

●長所：適切な判断力がある、問題解決能力がある、行動と思考のバランスがよい

■短所：強情である、理屈っぽい、対立意識が強い

メンカリナン

星の名前：メンカリナン（別名：手綱をとる者の肩）
座標：28°56'－29°54' ふたご座
等級：2
強度：★★★★★★★★
軌道：2°10'
星位：御者座ベータ星
該当日：6月19、20、21、22、23日
星の特性：火星の影響下の木星／水星／金星
特徴：御者の右肩に位置する明るい黄色の星

メンカリナンは、あふれるエネルギー、強い意志、旺盛な競争心、鋭敏で活動的な頭脳を授けてくれます。休むことなく、常に活動し続けるという、活発な性質を持っています。この星の影響を受けている人は、成功を収め、名声や人気を獲得することが多いようです。しかし、突然方向を変えたり、軽率で破壊的な行動をとったりしないように注意。太陽との位置関係は、みずから不必要な混乱を招くようなことをせず、絶えず前進することができれば、成功を収めるであろうことを示唆しています。思いつきで行動しないこと。動く前にまずはよく考えることが大切です。

●長所：意志が固い、頭の回転が速い、討論好きである、恩を忘れない、話し上手である

■短所：神経質である、無鉄砲である、喧嘩っぱやい、強情である、意固地である、批判的である

かに座

テジャト

星の名前：テジャト（テジャト・プリオル）
座標：2°27'－3°26' かに座
等級：3
強度：★★★★★★
軌道：1°40'
星位：ふたご座イータ星
該当日：6月23、24、25、26日
星の特性：水星／金星
特徴：赤みがかったオレンジ色の二重星の変光星で、北側のふたごの左足に位置する

テジャトから、自信と誇りと威厳と品のよさ、そして豊かな感情、美的センス、芸術的才能、文学的才能を受けついでいます。またテジャトの影響は、元気のよさ、ユーモアのセンス、また人と協力することの大切さを知る賢さとなって表れています。人と協力をし、共に考え、話しあうことから多くの成功が生みだされるのです。しかし、これらの才能も裏を返せば、ずる賢さ、自信過剰、一貫性のなさとなって表れることがあります。法律上の問題を抱えることがないように気をつける必要がありそうです。太陽の角度によって、テジャトの影響は、美意識、芸術的才能、文学的才能、好奇心となって表れます。楽天的であるために、時に気力を失ったり、気持ちに迷いが生じたりしないように気をつけなければなりません。テジャトの影響を受けている人は、不安定であったり、大きな変化に遭遇することが多いのです。

●長所：思いやりがある、芸術的センスに恵まれている、愛情深い、文学的才能がある

■短所：浪費家である、見栄っ張りである、うぬぼれが強い

ディラ

星の名前：ディラ
座標：4°19'－5°17' かに座
等級：3
強度：★★★★★★
軌道：1°40'
星位：ふたご座ミュー星
該当日：6月25、26、27、28日
星の特性：水星／金星
特徴：青みがかった黄色の二重星で、北側のふたごの左足に位置する

ディラの影響は、健全なる心と創造的な考えに表れています。また、社交的で、気さくで知性に富んだあなたの話には、説得力があります。人とコミュニケーションをとるのが得意

なあなたは、楽しみながら討論やディベートなどを行なうことができ、音楽や秩序を好みます。また、何をやるにしても手際がよく、洗練され美しい出来映えになります。ディラは、ものを書く才能も与えてくれるので、物書きとしての道を選べば成功し、財をなすことができるでしょう。太陽の角度によって、ディラは、出会う人によい印象を与え、人気を博する資質を与えてくれます。広報、研究、文筆業、教育、文学、出版、政治などにおいても傑出した成果を得ることができます。また、スポーツでもよい結果を出すことができますし、天文学など難解な学問の研究にも向いています。

●長所：創造的である、知性に富んでいる、コミュニケーション能力がある、美術や美しいものを理解できる

■短所：虚栄心がある、うぬぼれ屋である、浪費家である、子どもじみている

アルヘナ

星の名前：アルヘナ（輝くふたごの足）
座標：8°7'−9°7'　かに座
等級：2
強度：★★★★★★★
軌道：2°10'
星位：ふたご座ガンマ星
該当日：6月28、29、30日、7月1、2日
星の特性：水星／金星または月／木星を伴った金星
特徴：南側のふたごの左足の部分にある明るい白い星

芸術における傑出した才能は、アルヘナの影響です。また、アルヘナの影響は、上品で愛すべき性格としても表れています。あなたは芸術や科学に興味を持っています。この星の影響を受けている人は、自分が達成した仕事に誇りを持つことができます。また、気楽さと贅沢を好む人も多いようです。太陽の角度によって、この星の影響は、芸術的才能、科学への興味、天文学および心理学の研究における優秀さなどとして表れます。あなたには、カリスマ性があり、社会的な成功を得ることができるでしょう。あなたの原動力は、贅沢をしたい、楽しみたいという欲求。この星は、アキレス腱と関係があり、足のけがに注意が必要です。

●長所：機転がきく、生活を楽しむことができる、社交的である、映画スターのような上品さがある

●短所：なまけ者である、わがままである、浪費家である、うぬぼれ屋である、高慢である

シリウス

星の名前：シリウス
座標：13°46'−14°2'　かに座
等級：1
強度：★★★★★★★★★★
軌道：2°30'
星位：おおいぬ座アルファ星
該当日：7月3日、4日、5日、6日、7日、8日
星の特性：月／木星／火星
特徴：黄色みを帯びた白色の明るい二重星で、おおいぬ座の口の位置にある。エジプトの神オシリスと関係がある

シリウスからは、楽観的で広い視野、そして固い友情を築く能力を与えられています。この星の影響は、繁栄と成功として表れ、あなたは他の人を保護し、管理する立場に就くことになります。また、大した努力をすることもなく、上の人からは好意的な目で見てもらうことができます。シリウスが暗示するものは、名誉、富、名声、そして力と支配力。またシリウスの影響は、反抗的で無謀な行動としても表れます。時期をしっかり見極めることが大切です。太陽との角度によって、この星の影響は、仕事上の成功、家庭の幸福、また美術、占星術、哲学、高等学問への傾倒となって表れます。あまりに早い時期に名誉を手に入れると、気持ちの準備が整わず、手に入れた成功に上手に対処することができないおそれがあります。あなたの物腰は上品。社会的成功もきっとあなたのものになるでしょう。また、あなたが信頼できる人物であり、他の人々の財産を守るために行動する人物であることをこの星が示しています。

●長所：信頼できる、進取の気性に富んでいる、成功者となる、創造的である

■短所：すべてを犠牲にしてまでも自由を求める、地位の使い方を誤る

カノプス

星の名前：カノプス
座標：13°58'−15°　かに座
等級：1
強度：★★★★★★★★★★
軌道：2°30'
星位：りゅうこつ座アルファ星
該当日：7月4日、5日、6日、7日、8日、9日、10日
星の特性：土星／木星および月／火星
特徴：黄色みを帯びた白い星でアルゴ船の櫂の位置にある

多くの舟の持ち主であり、船旅の出資者でもあるエジプトの神カノプスが、この星の由来です。この星は、旅と長い航海を示唆しています。この星の影響を受けた人は、優しさ、慎み深さ、洞察力を持ち、また教育と研究活動を通して成功を手に入れます。広範囲にわたる知識を身につけ、地域社会で働く能力が身につくのです。またこの星は、家族や親戚などに不幸が起きたり、両親が災いに巻きこまれる可能性を示しています。太陽の角度によって、この星は、社会的成功をもたらします。勤勉さがあれば、届きそうにないような夢も実現します。名声を得ることもできますが、長続きがするとは限りません。家族や親類、知人との間に小さなトラブルが起きますが、解決の手段は必ず見つかります。

●長所：まじめである、約束を守る、忍耐力がある、法曹界で成功する

■短所：いらいらしやすい、いつも不満を抱えている、トラブルを引き起こすことが多い

アルワサト

星の名前：アルワサト
座標：17°32'−18°34'　かに座
等級：4
強度：★★★★
軌道：1°10'
星位：ふたご座デルタ星

該当日：7月9、10、11、12、13日
星の特性：土星
特徴：ふたごの腰の辺りに位置する黄色と青の連星

アルワサトは、知性、忍耐力、現実的な視点を与えてくれる星です。物事を要領よく説明するのが得意で、公の場で目立つことになりそうです。管理、経営手腕にも優れています。ただし、熱中しすぎてエネルギーを使い果たしてしまわないこと。また、非建設的な行動をとってみずから不快な状況を作り出してしまい、後悔することもありそうなので、注意が必要です。太陽との位置関係による影響は、強い忍耐力と常識、強い意志を持って前に進み続ける力として表れます。強引にならぬように気をつけましょう。また、エネルギーは、それ相応の価値のあるところに費やすように心がけてください。

●長所：努力が報われる、決断力に優れる
■短所：強引である、攻撃的である、悲観的である、非建設的な行動をとる

プロープス

星の名前：プロープス
座標：17°59'－19°3'　かに座
等級：4
強度：★★★★
軌道：1°30'
星位：ふたご座イオータ星
該当日：7月10、11、12、13日
星の特性：水星／金星
特徴：ふたごの肩の間に位置する小さな連星

プロープスの影響は、鋭い頭脳とはっきりとした自己表現として表れます。この星の影響を受けている人は、集団でいることを好み、愛想がよく、機知にも富むため、高い地位に就くことが多いでしょう。芸術の分野、多くの人と関わる仕事などでも成功を収めることになりそうです。繊細で、感情が激しく、気楽に過ごすことや贅沢を好みます。太陽との位置関係は、芸術への傾倒を示しています。占星術、執筆活動、また、公の場で話すことには天与の才能があるようです。プロープスの授けてくれる力強いアプローチ法は、自分の意見を通したり、創造的な仕事をする際に役立つでしょう。

●長所：よい声の持ち主である、話し上手である、音楽好きである、創造的な才能にあふれている
■短所：過敏である、おべっか使いである、横柄である、やる気がない

カストル

星の名前：カストル
座標：19°16'－20°13'　かに座
等級：2
強度：★★★★★★★★
軌道：2°10'
星位：ふたご座アルファ星
該当日：7月10日、11日、12日、13日、14日、15日
星の特性：水星／金星／火星／木星
特徴：明るい白色、あるいは青みを帯びた白色の連星で、北側のふたご座の頭の位置にある

カストルの影響の特徴は、頭の回転の速さと鋭い知性。また、大きな環境の変化をもたらします。浮き沈みが激しく、幸運を手にしたかと思うと不幸に見舞われるのです。太陽の角度によって、この星の影響は、活力にあふれた性格や風刺に富んだ言葉となって表れますが、皮肉屋の面が強く出てしまうこともあります。またこの星の影響を受けた人は、文章を書く才能に長けており、コミュニケーションの才能にも恵まれています。社会の出来事に興味があり、メディア関連の仕事を選びます。海外に関連した仕事をする機会もありますが、一方、形而上学的な学問の分野で才能を発揮することもあります。

●長所：知的である、創造力がある
■短所：名声を得るがそのために失うものも大きい

ポルックス

星の名前：ポルックス（ふたご座の1人でボクシングの名手）またはヘルクレス座
座標：22°15'－23°11'　かに座
等級：1
強度：★★★★★★★★★★
軌道：2°30'
星位：ふたご座ベータ星
該当日：7月13日、14日、15日、16日、17日、18日
星の特性：火星／月／天王星
特徴：明るいオレンジ色の星で、南側のふたご座の頭の位置にある

ポルックスの影響は、繊細さ、独立心、活気、勇気となって表れています。またポルックスの影響は、競技スポーツを好むところにも表れています。しかし、せっかちで、神経質なところもポルックスの影響。これが口喧嘩の原因となって、不愉快な思いをすることになります。太陽の角度によって、この星の影響は、冒険心とスポーツの才能となって表れます。1人で行動することが多く、独力で成功を手に入れます。ポルックスは、理想を求め、ゴールを求める勇気も与えてくれます。また、高等教育での傑出した成績と哲学に対する興味もこの星の影響によるものです。

●長所：繊細で強い感受性がある、物事をやりぬく
■短所：ずる賢い、短気である、攻撃的である、自己中心的である、残酷である

プロキオン

星の名前：プロキオン
座標：24°28'－25°43'　かに座
等級：1
強度：★★★★★★★★★★
軌道：2°30'
星位：こいぬ座アルファ星
該当日：7月、16日、17日、18日、19日、20日、21日
星の特性：水星／火星または木星／天王星
特徴：黄色みがかった白い連星で、こいぬ座の体の位置にある

プロキオンの影響は、意志の強さ、気力、計画を最後までやりぬく力、さらに活発な活動や、強い好奇心となって表れています。仕事に成功し、財産を築くチャンスも、プロキオンは与えてくれます。しかし、突然の出来事に襲われることも多く、名声を得たかと思うと悪評を立てられ、また財産を得たかと思うと一夜にしてそれを失うというような経験をします。しかしながら、忍耐を身につけ、ゆっくり時間をかけて計画を練るようにすれば、成功の可能性も高くなります。古代の人々はプロキオンを、犬に咬まれる危険性と結びつけて解釈していました。

●長所：富や財産を築くことができる、威厳がある、信心深い

■短所：気取っている、注意散漫である、不器用である、ずる賢い、信用できない

アルタルフ

星の名前：アルタルフ、終わりを意味するエンドとも呼ばれる

座標：30°かに座－1°しし座

等級：3.5

強度：★★★★★

軌道：1°40'

星位：かに座ベータ星

該当日：7月21日、22日

星の特性：火星

特徴：オレンジ色の巨大な星で、かにの南側の足の位置にある

アルタルフの影響は、強い意志、忍耐力、努力によって人生を切り開く力となって表れています。持ち前の持久力と闘志で困難と危機を切り抜けます。また、衝動的な行動をとったり、神経質になったりしないよう注意が必要です。太陽との角度により、アルタルフは、勇気、決断力、活動への意欲を与えてくれます。また自信と情熱と進取の気性もこの星の影響です。

●長所：活動的かつ生産的である、勇気がある、自信がある

■短所：エネルギーを浪費する、衝動的である、賭け事が好きである

しし座

プレセペ

星の名前：プレセペ、プラエサエペとも呼ばれる

座標：6°16'－7°16'　しし座

等級：5

強度：★★

軌道：1°

星位：M44かに座

該当日：7月30、31日／8月1日

星の特性：火星／月

特徴：かに座の東部に位置する40以上の星の塊

プレセペは、優れたビジネスセンスを備え、冒険好きでありながら、勤勉な性質を与えています。この星は幸運も示し、大きな商売のチャンスを見つけることを示唆しています。プレセペは、衝動性や情緒不安も意味しています。横柄なふるまいや、不要なトラブルを起こさないように注意。この星はまた、訴訟やリスクの多い取引への関与を警告しています。太陽の位置に関連してこの星は、エネルギーや活力、内なるプライドと、強い意思で目標に向かって集中する力を暗示しています。決心してしまえば、あきらめようとしないあなたは、最終的な目的に向かって努力を続けます。この星は、友人を惹きつけ、人望をもたらし、名声を与えます。プレセペは、人との誤解から生じる気分のむら、不安、恐怖に注意。自滅的な行動につながる可能性があります。

●長所：熱心である、冒険心がある、意志が強い

■短所：計画性がない、反抗的である、矛盾している、誤解されやすい人柄

ノースアセラス

星の名前：ノースアセラス

座標：6°34'－7°35'　しし座

等級：5

強度：★★

軌道：1°

星位：ガンマかに座

該当日：7月30、31日／8月1日

星の特性：火星／太陽

特徴：かに座の体にある青白く黄色い双子星

ノースアセラスは、活力、エネルギー、創造力、芸術愛好心、予期せぬ利益をもたらしています。サウスアセルスは、愛情の深さ、責任感を意味しています。ノースアセラスは、有益な星として知られ、成功する力と、慈悲深い寛容な考えを与えています。不寛容と攻撃的なマンネリズムは、目標達成には役立たないことを表しています。太陽の位置に関連して、この星は、強い人間関係のネットワークがあり、影響力のある友人を示唆しています。哲学や宗教をはじめとする教育の高さ、ビジネスや大企業における成功が予想されます。

●長所：恐れを知らない、競争力がある、忍耐力がある

■短所：せっかちである、頑固である、落ち着きがない

サウスアセルス

星の名前：サウスアセルス

座標：7°44'－8°44'　しし座

等級：4

強度：★★★★

軌道：1°30'

星位：かに座デルタ星

該当日：7月30、31日／8月1、2、3日

星の特性：火星／太陽

特徴：かにの胴体部分に位置する淡い黄色の双子星

サウスアセルスからの影響を受けている人は、責任感を持つように心がけましょう。人生を危険にさらすような賭けはしないように。また、人を中傷してはいけません。人への悪意はそのまま自分へ返ってくるのです。評判を落とし、家族の間にも問題が生まれてしまいます。この星は、太陽、そして他の星との位置関係からもよい影響を受け、寛大な心を授

けてくれます。仕事でも高い地位に就くことになりそうです。サウスアセルスは、あふれるエネルギーと、強い決断力を与えてくれますが、人と関わる能力に関しては、ふたご関係にあるノースアセラスほどの力は持っていないようです。この星は、物事に対してもっと慎重になれば、社会的なつながりを得たり、影響力のある人と友人になることができると示しています。しかし、ちょっとした勘違いが誤解を生み、信用を失ったり仕事でのトラブルを生むこともあるかもしれません。気をつけましょう。

●長所：思慮深い、思いやりにあふれる、慎重である

■短所：ひと言多い、無礼である

コカブ

星の名前：コカブ

座標：11°56'－12°45'　しし座

等級：2

強度：★★★★★★★★

軌道：2°10'

星位：こぐま座

該当日：8月4、5、6、7日

星の特性：土星／水星

特徴：小ひしゃく座とも呼ばれる、こぐま座にある巨大な橙色の星

コカブの影響で、論理力、集中力、議論で核心をつく能力を備えています。整理整頓を好みます。権力の座に上るためのスタミナ、チャンスを与えています。太陽の位置に関連して、意志の力でたくさんのことを成し遂げられることを示しています。最後までエネルギーと勇気を失わずに闘い続ける力があり、決してあきらめません。裏切り、悪意または不正行為に注意。

●長所：意志が強い、忍耐力がある、勇気がある

■短所：焦りがちである、悲観的である、やや乱暴である

アクベンス

星の名前：アクベンス（別名：セルタン）

座標：12°40'－13°36'　しし座

等級：4

強度：★★★★

軌道：1°30'

星位：かに座アルファ星

該当日：8月5、6、7、8日

星の特性：水星／土星

特徴：かにの南側のはさみに位置する白と赤の二重星

アクベンスは、論理的、理性的な頭脳と、忍耐力、高い理想を授けます。この星の影響を受けている人は、率直で、押しが強いのが特徴です。深い考えを持ち、組織力にも優れていますが、横柄にふるまいがちなので気をつけましょう。この星は、太陽との位置関係により、物事を体系化する能力や、管理能力を与えてくれます。自分の専門分野では、傑出した貢献ができる可能性を持っています。占星術や科学の分野の教育者として高い地位に就くことになるかもしれません。また、ものを書く能力にも優れています。しかしこの星は無法者の隠れ家でもあるので、反体制活動に傾倒する可能性があります。

●長所：現実的な視点を持つ、忍耐強い、決断力に優れる

■短所：反抗的である、落ち着きがない、知識の使い道を誤りがちである

ドゥベ

星の名前：ドゥベ

座標：14°9'－15°2'　しし座

等級：2

強度：★★★★★★★★

軌道：2°10'

星位：アルファおおぐま座

該当日：8月6、7、8、9、10日

星の特性：（さまざまな解釈）水星／金星または火星

特徴：しし座の尻尾にある青い星

ドゥベは、理想主義、自信、大胆さ、プライドを与えています。この星は、知性、明晰な語り口、説得力のある表現などをもたらします。冒険好きにもかかわらず不安を感じて、疑念や不安からくよくよすることもあるでしょう。太陽の位置に関連し、ドゥベは、成功し、困難を克服する意欲をもたらしています。学習意欲や、多くを成し遂げたいという欲求から、高等教育、占星術、法律に惹かれるかもしれません。この星の影響を受けている人は物質主義に注意。有益な方向に自分の力を活用しましょう。

●長所：芸術的才能がある、美しい声を持っている

■短所：想像力が欠如している、金銭主義的傾向がある

メラク

星の名前：メラク

座標：18°29'－19°34'　しし座

等級：2

強度：★★★★★★★★

軌道：2°10'

星位：アルファおおぐま座

該当日：8月10、11、12、13、14日

星の特性：火星

特徴：おおくま座の脇にある大きな白い星

メラクは、支配力やリーダーシップを好みますが、高圧的になる可能性があります。意志の強さは、人生で多くのことを成し遂げ、人が失敗するようなところでも、成功する可能性が高いことを示しています。太陽の位置に関連して、この星は、勇気、自己主張、熱意を与えています。この星につきものの実行力は、あなたをさまざまな活動に導くでしょう。メラクは、チャンスや名声、名誉の可能性を示唆しています。

●長所：活発である、創造的である、勇気がある

■短所：せっかちである、頑固である、ワーカホリックである

アル・ゲヌビ

星の名前：アル・ゲヌビ（別名：アサド・アウストラリス）

座標：19°44'—20°43'　しし座

等級：3

強度：★★★★★★

軌道：1°40'

星位：エプシロン・レオ
該当日：8月12、13、14、15日
星の特性：土星／火星
特徴：しし座の口に位置する黄色い星

アル・ゲヌビの影響は我慢強い性格、恵まれた芸術的才能、自由な表現力となって表れています。また、この星の影響は大胆で勇敢な性格にも表れています。太陽の角度によって、アル・ゲヌビの影響を受け、決断力、生産に携わる能力、会社経営者としての才能が与えられています。組織を統率する才能があり、権威ある地位に就く人が多いでしょう。自己表現が上手で、創造力がに優れているので、芸術関係やもっと華やかな職業に向いているでしょう。ただし、前向きな自己表現ができないとわかると、自暴自棄な行動をとりやすいので注意が必要。
●**長所**：はつらつとしている、創造的である、活力がある、人望がある
■**短所**：横暴である、プライドが高い、冷酷である

アルファルド

星の名前：アルファルド
座標：26°17'−27°8'　しし座
等級：2
強度：★★★★★★★★
軌道：2°10'
星位：アルファヒドラ
該当日：8月19、20、21、22日
星の特性：（多様性の解釈）土星／金星および太陽／木星
特徴：ヒュドラの首に位置するオレンジ色に輝く巨大な星

アルファルドの影響は、生まれながらの賢明さと人情を深く解する心となって表れています。芸術を理解し、志が高く、繊細な気質を持っています。わがままや不摂生になりすぎないよう、自制心を失わないよう注意しましょう。また、混乱や大変動、あらゆる種類の中毒や感染症に対しての注意も必要。太陽の角度によって、この星の影響は、経営者としての能力、権威ある地位、昇進の可能性の高さとなって表れています。重要な地位を目指し、脚光を浴びることができます。そういった地位にかかわらず、あなたは常に公平であることを心がけなければなりません。さもないと、地位からはじき出されてしまいます。これは、仕事や人間関係においても同じことが言えます。
●**長所**：自信家である、名声を得ることができる
■**短所**：法的なもめごとに巻きこまれやすい、感情のコントロールが苦手である、嫉妬深い

アダフェラ

星の名前：アダフェラ（別名：アルセルファ）
座標：26°35'−27°34'　しし座
等級：3.5−4
強度：★★★★★
軌道：1°30'
星位：しし座ゼータ星
該当日：8月19、20、21、22日
星の特性：土星／水星
特徴：ししのたてがみに位置する黄色の二重星

アダフェラは、考え深く、秩序を愛し、実務能力に優れることを示唆する星です。この星の影響下にある人は、目の前の仕事や問題にしっかりと集中することができます。勤勉なので、スケールの大きな計画にも飽きることなく取り組むことができるでしょう。ただし、物事を進めるうえで非論理的な方法を使わないこと、そして、反体制的行動に走らないように注意が必要です。アダフェラは、太陽との位置関係により、鋭敏な頭脳と高い学習意欲、現実的な視点を授けてくれます。さらに、決断力、忍耐力、問題解決能力をも与えてくれるでしょう。
●**長所**：現実的な考え方ができる、集中力がある
■**短所**：意固地である、頑固である、悲観的である

アルジャバハー

星の名前：アルジャバハー（別名：額）
座標：26°55'　しし座−27°−52'　しし座
等級：3.5
強度：★★★★★
軌道：1°30'
星位：しし座エータ星
該当日：8月19、20、21、22日
星の特性：水星／土星
特徴：ししのたてがみに位置する星

アルジャバハーは、大いなる野心と、仕事で成功を収める能力を与えてくれる星です。この星の影響を受けている人は、富と成功を獲得するための判断力と決断力に優れます。しかし、私利私欲を追求したり、日和見主義に走ると、状況は一気に不安定になってしまうので、気をつけましょう。この星は、太陽との位置関係により、旺盛な競争心と優れた管理能力を授けてくれます。計画性を発揮し、創造的な事業にも積極的に携わることができるでしょう。過剰な自信により頑固な態度をとると、後悔する羽目になります。気をつけましょう。
●**長所**：忍耐強い、構成力に優れる、創造力にあふれている
■**短所**：無鉄砲である、早まった決断をしがちである

レグルス

星の名前：レグルス（別名：ししの心臓）
座標：28°51'−29°48'　しし座
等級：1
強度：★★★★★★★★★★
軌道：2°30'
星位：アルファレオニス
該当日：8月21、22、23、24、25、26日
星の特性：火星／木星
特徴：ししの胴体に位置する青白く光り輝く二重星

レグルスは、数ある星の中で重要な役割をする王の星。レグルスの影響は、気高さ、栄誉、カリスマ性、威厳のある人物となって表れています。この星からは、決断力の早さと厳しい状況に対処する能力を与えられ、また、権力欲や人の上に立って指揮をする能力も与えられています。意志が強く、

進取の気性に富んでいて、自由を愛し、独立心が旺盛。ただし、これらの利点は必ずしも長く続くものではないので注意。太陽の角度によって、この星の影響は、野心、権力、権威、政府機関や大企業で高い地位に就く可能性となって表れています。突出した地位に就けないでいるのは、友達の星の影響が強すぎるのです。出世街道を歩んでいるなら、人に親切にしておきましょう。出世コースから外れたら、逆に親切にしてもらう立場になるかもしれないからです。

●**長所**：威勢がよい、率直である、勇気がある、高い地位に就く能力がある、権力を手にする

■**短所**：頑固である、乱暴である、支配的である、成功と名声にこだわる

フェクダ

星の名前：フェクダ（別名：ファクド）
座標：29°41′　しし座－0°－9′　おとめ座
等級：3
強度：★★★★★★
軌道：2°
星位：おおぐま座ガンマ星
該当日：8月22、23、24、25日
星の特性：火星／木星または金星
特徴：おおぐま座の中で3番目に大きな星

フェクダの影響は、強い冒険心、贅沢志向、カリスマ的個性として表れます。情熱的で、常に前へ進もうという心を持ち、創造力にあふれるのも、この星の特徴です。野心家で、決断力にも優れているでしょう。フェクダの影響を受けている人は、楽な暮らしをしたいという思いが強いので、なまけ者になったり、わがままになったりしないように気をつけましょう。この星と太陽との位置関係により、魅力と社会性を与えられているので、皆の人気者になることができます。創造的な才能と、ものを書く能力にも恵まれているようです。贅沢な生活を望んでいるので、ビジネスでの成功を目指すことになるかもしれません。

●**長所**：社交的である、人気者である、冒険心が旺盛である

■**短所**：大げさである、横柄である、日和見主義である、虚栄心が強い、プライドが高い

 おとめ座

アリオト

星の名前：アリオト
座標：7°52′—8°52′　おとめ座
等級：2
強度：★★★★★★★★
軌道：2°10′
星位：エプシロンおおぐま座
該当日：8月29、30、31日／9月1、2、3日
星の特性：火星
特徴：おおぐま座の尻尾に位置する青白星

アリオトは、優れた判断力、人生への情熱、安心や快適さを好む性向を備えています。心が広く、自由主義的傾向があります。この星は、勝ちたいという野心や強い競争心、絶えず動き続けたいという欲求を放っています。アリオトは、批評の才能も持っていますが、状況をよくしていくという態度でのぞみましょう。太陽の位置に関連し、アリオトはビジネス、スポーツ、政治、大衆を相手にするポジションに才能があることを示しています。また、完璧主義やあらゆる状況を利用する能力を刺激しますが、過信に陥らないように。

●**長所**：純粋である、忍耐力がある

■**短所**：冷酷である、利己主義である、破壊的である、頑固である、批判的である

ゾスマ

星の名前：ゾスマ
座標:10°19′－11°14′　おとめ座
等級：2.5
強度：★★★★★★★
軌道：2°10′
星位：デルタ・レオ
該当日：9月2、3、4、5、6日
星の特性：土星／金星
特徴：白、薄い黄色、青紫の三重星がししの背に位置する

ゾスマは、真剣で責任感のある性質、強い警戒心を与えていますが、根拠のない恐怖や不安に警戒すべき。ゾスマは、自由と積極性だけでなく、予期せぬ成功や進歩を授けています。太陽の位置から、権力に従い、人に耳を傾けます。ゾスマは友情や人望を与えるので、影響力を持った社会的地位を得ます。一見、外交的、社交的でありながら、本質はどこか内気です。星は、困った時にこそ真の友がわかると警告しています。

●**長所**：忠誠心がある、義務感が強い、几帳面である

■**短所**：恥知らずである、利己的である、まじめすぎる

ミザール

星の名前：ミザール
座標:14°36′－15°37′　おとめ座
等級：2.5
強度：★★★★★★★
軌道：2°10′
星位：おおぐま座ゼスタ
該当日：9月6、7、8、9、10、11日
星の特性：水星／土星／金星
特徴：おおぐまの尾に位置する白と薄エメラルド色の星

ミザールは、野心、実利的な性質、創造力、芸術的才能を発揮します。しかし、この星は、不調和や、論議を呼ぶ問題への関与も示しています。太陽の位置に関係して、この星は執筆やビジネスでの名声や、一般大衆を相手にした場合の性向を示しています。ミザールは、批判的になることをいさめ、創造性および積極的な方向に精神力を活かすことを勧めています。

●**長所**：まじめである、責任感がある、創造的である

■**短所**：反抗的である、利己的である

デネボラ

星の名前：デネボラ
座標：20°38'−21°31'　おとめ座
等級：2
強度：★★★★★★★★
軌道：2°10'
星位：ベータレオ
該当日：9月12、13、14、15、16日
星の特性：（さまざまな影響）土星／金星／水星／火星
特徴：しし座の尻尾にある青い星

デネボラは、優れた判断力、勇気、高潔さ、気前のよさを与えています。また、前に進むためのチャンスと、刺激的な出来事をも与えてくれるようです。明晰な思考力と優れた価値観を生まれながらに備え、行動はいつも迅速。この星はまた、人に対する責任感が強いことを示しています。しかし、デネボラは、よいことは必ずしも長続きしないが、そこで短気になると人間関係を損なうと警告しています。この星と太陽との位置関係は、特別な能力を身につけるための意志と器用さを表しています。努力に対しては、名誉と報酬が与えられるでしょう。その道のスペシャリストとなることも。社会的な仕事や公的責任を果たすことで、成功を勝ち得ることができます。デネボラは、落ち着きのなさも示しています。焦って事を決めるのは、後の後悔につながります。
●**長所**：自己抑制ができる、責任感が強い、名誉を重んじる
■**短所**：せっかちである、短気である

コプラ

星の名前：コプラ
座標：24°4'−24°47'　おとめ座
等級：4
強度：★★★★
軌道：1°
星位：猟犬座M51
該当日：9月16、17、18日
星の特性：金星／月
特徴：おおぐまの尾の下に位置する1つの星、または渦巻星雲

コプラの影響は、激しい情熱、豊かな感情、そして繊細な情緒として表れます。この星の影響を受けている人は、思いやりにあふれる優しい心の持ち主です。音楽好きで、眼識に優れているため、芸術の分野で自己表現の手段を見つけるかもしれません。ただし、視力を保つために注意が必要のようです。この星と太陽との位置関係により、人と接する能力に秀でています。官公庁で働いたり、法律に関わる仕事に就くことになるかもしれません。ちょっとした困難にめげないように心がけましょう。穏やかな心を保ち、忍耐力を発揮すれば乗り切れるはずです。
●**長所**：協調性がある、幸運である、陽気である
●**短所**：短気である、気難しい、素直に愛することができない

ラブラム

星の名前：ラブラム、聖杯とも呼ばれる
座標：25°41'−26°21'　おとめ座
等級：4
強度：★★★★
軌道：1°30'
星位：デルタ・クラテリス
該当日：9月17、18、19日
星の特性：金星／水星
特徴：コップ座にある小さな黄色い星

ラブラムは、知性、創造力、受容力、直感力を与えてくれる星です。また、国際的な考え、自由な見解、風変わりな性格の象徴でもあります。歴史、哲学、宗教に関心が深く、天性の文才が、名誉や富へ導いてくれます。太陽の位置に関連してこの星は、あなたに決断力を与え、世間をうまく利用して成功のチャンスをつかめるようにしてくれます。演劇、執筆、企画、マスコミなどを通じて、創造力を発揮します。この星は、快適さ、快楽、温かさを表します。わがままになったり、責任回避をしないように注意しましょう。
●**長所**：創造性がある、芸術的センスがある、文才がある
■**短所**：虚栄心がある、うぬぼれ屋である、意欲が欠けている

サヴィジャヴァ

星の名前：サヴィジャヴァ（別名：アララフ）
座標：26°10'−27°4'　おとめ座
等級：3.5
強度：★★★★★
軌道：1°30'
星位：おとめ座ベータ星
該当日：9月18、19、20、21日
星の特性：火星／水星
特徴：おとめの頭の下に位置する淡い黄色の星

サヴィジャヴァは、大胆で力強い性格を与える星です。同時に知性も授けてくれるため、この星の影響を受けている人は、教育、科学調査、法律関係の仕事に就くことも多いでしょう。出版、報道など、マスメディア関係の仕事に惹かれるかもしれません。サヴィジャヴァは、困難に直面しても負けずに前進する力も与えてくれます。この星と太陽との位置関係は、集中力があり、知的で、細かな点にもよく気の回る性格を示しています。専門職に就くことを望む傾向があります。その分野で一流になることも可能でしょう。研究員、鑑定士、経済アナリスト、技術者、コンピューターの専門家として名をなすかもしれません。
●**長所**：行動が機敏である、手先が器用である、意志が堅固である、率直である、話し上手である、機転がきく
■**短所**：軽率である、人のあらを探す、理屈っぽい

アル・カイド

星の名前：アル・カイド、ベネトナシュとも呼ばれる
座標：25°51'−26°50'　おとめ座
等級：2
強度：★★★★★★★★
軌道：2°10'
星位：エタおおぐま座
該当する日：9月18、19、20、21、22日

星の特性：月／水星
特徴：おおぐま座にある青い星

アル・カイドは、活発な精神、創造的な表現の必要性、直感力、新しい環境への高い適応能力を示しています。人とアイディアの交換をすることを楽しむでしょうが、移り気なところもあります。この星は、ビジネスの才能や、権力を好むことを示唆しています。成功、運、富のチャンスを与えてくれます。太陽の座標に関連して、アル・カイドの影響は、ビジネスの才能を示し、一般大衆を相手にした時の成功が表れています。データ、研究または細部に注意を配るべき厳密な仕事に向いています。アル・カイドの影響により、変化を好むようになります。さらに、大きな野心をいだき、トップに上りつめるためには残酷な面をも見せるようになります。また、この星は、批判の才能を与えています。プラスの方向に利用しましょう。

●**長所**：理解力がある、思いやりがある、親切である
■**短所**：批判的である、ゴシップ好きである

マルケブ

星の名前：マルケブ
座標：27°53'−28°25'　おとめ座
等級：2.5
強度：★★★★★★★
軌道：1°40'
星位：帆座カッパ星
該当日：9月19、20、21、22日
星の特性：木星／土星
特徴：船のパイプ蓋の中に位置する小さな星

マルケブは、深い愛情と知識欲、幅広い興味を与える星です。この星の影響を受けている人は、哲学の才能を持ち、高度な教育を受けることを望んでいます。しかし、成功を収めるためには、忍耐力を磨くことが不可欠です。この星は、長期にわたる旅行、海外での就労も示唆しています。太陽との位置関係により、マルケブは、執筆、商売、調査研究の才能を与えてくれます。周囲からは、知識と情報の宝庫として重宝がられるでしょう。

●**長所**：鋭敏な頭脳の持ち主である、集中力がある、細部に気が回る
■**短所**：どうでもよい情報を集める傾向がある、くだらないゴシップが好き

てんびん座

ザニア

星の名前：ザニア
座標：3°51'−4°43'　てんびん座
等級：4
強度：★★★★
軌道：1°30'
星位：おとめ座
該当日：9月26、27、28、29日
星の特性：水星／金星
特徴：おとめ座の南翼に位置する白い変光星

ザニアの影響は、洗練された物腰と、にこやかさ、調和と秩序を求める気持ちとなって表れています。親切で魅力的なので、友人も多いでしょう。この星は、人気、名誉、知人を介して成功をもたらしてくれます。太陽との位置関係から、ザニアの影響を受ける人は、教育があり、博識で、調査や文学の才能を与えられています。この星に助けられ、あなたは自分の関心分野のスペシャリストになれるでしょう。職場では良好な人間関係を築き、すばらしい生涯の伴侶を得ます。この星の人は感情をかき乱されない限り、とても感じのよい人です。

●**長所**：洞察力がある、頭の回転が速い、洗練されている、こみ入った仕事をうまく処理できる
■**短所**：虚栄心がある、うぬぼれが強い、気力に欠ける、浪費家である、安易な道を選ぶ

ヴァンデミアトリクス

星の名前：ヴァンデミアトリクス（別名：ヴァンデミアトル、ぶどう摘み）
座標：8°57'−9°57'　てんびん座
等級：3
強度：★★★★★★
軌道：1°40'
星位：おとめ座イプシロン星
該当日：10月1、2、3、4日
星の特性：（解釈の相違がある）水星／土星または土星／金星／水星
特徴：おとめ座の右翼に位置する鮮やかな黄色の星

この星の影響を受ける人は、頭の回転が速いのですが、ときどき衝動的、あるいは軽率な行動をとります。集中力があり、論理的で、要点をはずしません。順序だてて問題解決にあたり、最後まであきらめません。しかし、頑固で柔軟性に欠けることもあります。太陽との位置関係から、この星の影響は、統率力、自尊心、意欲、評価を求める気持ちとなって表れます。頭のよさを隠そうとし、中身のないことを言ったりします。成功は努力の後にやってきます。必要もないのに、お金のことや、万一失敗したら、などと考えてしまいます。

●**長所**：控えめである、頭がよい、言行が一致している、がまん強い、几帳面である
■**短所**：気分が落ちこみやすい、心配性である

カフィル

星の名前：カフィル（別名：ポリマ）
座標：9°9'−10°3'　てんびん座
等級：3
強度：★★★★★★
軌道：1°40'
星位：おとめ座ガンマ星
該当日：10月1、2、3、4日
星の特性：水星／金星・金星／火星
特徴：乙女の左腕に位置する、変光性の黄色と白の連星

愉快で愛すべき性質を授けてくれる星です。この星の影響を受けている人は、上品な趣味を持った、礼儀正しい理想主義者です。皆の人気者になれるでしょう。人との出会いの中に、多くのチャンスが潜んでいるようです。この星は、太陽との位置関係により、執筆、占星術、社会学、哲学の才能を与えてくれます。常に人との触れ合いを必要としているので、多くの人と出会える仕事にぴったりです。心の底では成功したい、評価を得たいと思っています。いつかは、ふさわしい賞賛を得られるはずです。自分の才能を信じて、自信を持ちましょう。

●長所：鋭い洞察力を持つ、上品である、趣味がよい、創造的である、友好的である

■短所：不正に巻きこまれがち、心配性である

アルゴラブ

星の名前：アルゴラブ（別名：アルグラブ、からす）
座標：12°28'−13°22'　てんびん座
等級：3
強度：★★★★★★
軌道：1°30'
星位：からす座デルタ星
該当日：10月5、6、7、8日
星の特性：火星／土星
特徴：からす座の右翼に位置する淡黄色と紫色の連星

この星の影響を受ける人は、ビジネスや事業に手腕を発揮し、難しい問題に突き当たってもそれを解決する強い意志と高い能力を持っています。魅力と気品も兼ね備えながら、控えめでもあります。学問を愛し、成功して人に認められたいという気持ちを持っています。破壊的な面があり、人に欺かれるおそれがあると、この星は警告を発しています。太陽の角度により、この星の影響は、好印象を与え、人づき合いがうまく、人から目をかけてもらえるというかたちでも表れています。人の目にさらされる立場にある人は、名声と人気を得るでしょう。ただし、スキャンダルには注意が必要で、巻きこまれると地位を失いかねません。

●長所：粘り強い、大事業を企てる、人気がある

■短所：非正統的な方法をとる、反体制的である

セジヌス

星の名前：セジヌス
座標：16°38'−17°20'　てんびん座
等級：3
強度：★★★★★★
軌道：1°40'
星位：うしかい座ガンマ星
該当日：10月9、10、11、12日
星の特性：水星／土星
特徴：うしかい座の左肩に位置する黄と白の小さな星

セジヌスの影響は、鋭敏さ、顔の広さ、高い人気となって表れます。多才で、すぐに物事を理解します。しかし、言行が一致しない、突然気が変わる、という傾向も見られます。太陽の位置との関連から、この星の影響を受ける人は、ビジネスで成功し、占星術や哲学に特別な才能を示し、人とは違うものに関心を持ちます。社交的で親しみやすいのでたくさんの友人がいて、困った時には助けてくれるでしょう。

●長所：協力的である、人気がある、多才である

■短所：友人やパートナーとのつき合いの中で何かを失う

フォラメン

星の名前：フォラメン
座標：21°12'−22°18'　てんびん座
等級：4
強度：★★★★
軌道：1°30'
星位：りゅうこつ座エータ星
該当日：10月14、15、16、17日
星の特性：土星／木星
特徴：アルゴ―船の船尾に位置し、キーホール星雲に囲まれた、赤っぽい変光星

フォラメンの影響は、直感力、指導力、広い心、魅力として表れます。人前では控えめで友好的にふるまいますが、内面には強い個性を秘めています。やる気を持って取り組めば、富と成功はもう目の前です。太陽との位置関係により、フォラメンは社交性と、人づき合いの技術、同情心を与えてくれます。また、物事をさまざまな視点から見つめることができるので、議論においては仲介者の役割を果たすことができるでしょう。

●長所：社交的である、理解力に優れる、愛想がいい、忍耐強い

■短所：優柔不断である、指導力に欠ける、騙されやすい、欲張りである

スピカ

星の名前：スピカ（別名：イシュタル、アリスタ）
座標：22°51'−23°46'　てんびん座
等級：1
強度：★★★★★★★★★★
軌道：2°30'
星位：おとめ座アルファ星
該当日：10月14、15、16、17、18日
星の特性：金星／火星または金星／木星／水星
特徴：おとめ座の麦の穂先に位置する白色光の重星

スピカは夜空で美しく輝く、とても重要な星です。この星は優れた判断力と思わぬ幸運をもたらしてくれます。また、科学への興味、文化、芸術への愛というかたちでも、影響を及ぼします。高等教育を終えると、名誉と富が増します。外国旅行、長旅、貿易もうまくいきます。太陽との位置関係によって、スピカは、高い地位、有力なコネ、事業の成功をもたらし、新しいアイディアや発明を利益につなげる才能を与えてくれます。この星の影響を受ける人は、集中力があって鋭い直感を備えています。知的な活動や大きな組織に関われば成功します。人を相手にするのが好きで、特に営利事業から莫大な富を得るでしょう。

●長所：倹約家である、実際的である、目標に集中する

■短所：心が落ち着かない

アークトゥルス

星の名前：アークトゥルス（別名：熊使い、アルカメス、アルシマク）
座標：23°15'−24°2'　てんびん座
等級：1
強度：★★★★★★★★★★
軌道：2°30'
星位：うしかい座アルファ星
該当日：10月16、17、18、19、20日
星の特性：火星／木星または金星／木星
特徴：うしかい座の左ひざに位置する、明るいオレンジ色に輝く星

アークトゥルスは、芸術的才能と美術界での成功をもたらしてくれます。また、財産、名誉、賞賛、繁栄というかたちでも、この星の影響は表れます。外国の土地に行っても、長旅に出てもうまくいきます。落ち着きを身につけ、あれこれ心配しないよう、アークトゥルスは警告を発しています。人生が不安定になるからです。太陽との位置関係から、この星の影響は、富と高い評価というかたちでも表れます。早い時期に挫折しても最後は成功に至ります。鋭い直感やヒーリングパワーも与えられます。法律関係や役所の仕事に就くとうまくいくでしょう。また、哲学、精神、宗教について執筆するのもおもしろいかもしれません。人生の浮き沈みを静かに受け止め、客観視することで、大きな不安や不満をいだくことは避けられると、この星は告げています。
●長所：判断力がある、華やかさがある
■短所：わがままである、熱狂的すぎる、怠慢である、投げやりな態度をとる

さそり座

プリンセプス

星の名前：プリンセプス
座標：2°8'−2°50'　さそり座
等級：3.5
強度：★★★★★
軌道：1°30'
星位：うしかい座デルタ星
該当日：10月26、27、28、29日
星の特性：水星／土星
特徴：うしかい座の槍の柄に位置する、黄色くぼんやり光る巨星

プリンセプスの影響は、鋭い知力と勉学熱、学識となって表れています。また物事を深く理解し、調査するのが好きです。きっぱりとした決断力、臨機応変の才、保守的な考え方もこの星によるものです。太陽との位置関係から、この星は、教育、科学、法律、政治分野での優れた才能を与えてくれます。競争心と大胆さもあなたは併せ持っています。巧みに自分の意見を通し、その場その場で適切な対応をとれるので、誰も試みたことのない新しい事業に取り組んでもうまくやり遂げられます。控えめで、まだ曖昧なうちは自分の意思を明らかにすることはしません。納得がいくとはっきりと態度を表明し、人と意見が違っても平気です。自分の感情や行動をきちんとコントロールします。
●長所：自分に厳しい、意志が強い、野心がある
■短所：頑固である、非正統的な方法をとる、墓穴を掘る、抑制がききすぎている

カンバリア

星の名前：カンバリア
座標：5°53'−6°49'　さそり座
等級：4
強度：★★★★
軌道：1°30'
星位：おとめ座ラムダ星
該当日：10月30、31日／11月1日
星の特性：水星／火星
特徴：おとめ座の左足に位置する小さな白い星

この星の影響を受ける人は頭の回転が速く、討論の技術を身につけています。環境の変化が暗示され、それによって思わぬ利益がもたらされることがあります。実際的なものの見方をし、高度な学習、教育を求めます。親しみやすくて社交的ですが、感情をあまり表に出しません。太陽との位置関係から、この星は、ビジネス、政治、公共機関での成功をもたらしてくれます。自分の選んだ分野でスペシャリストとなるでしょう。また、まれに見るすばらしい才能を与えられることもあり、転職でキャリアアップもありえます。
●長所：献身的である、論理的である、思考能力に優れている
■短所：主張が強い、落ち着きがない

アクルックス

星の名前：アクルックス
座標：10°54'−11°50'　さそり座
等級：1
強度：★★★★★★★★★★
軌道：2°30'
星位：十字架座アルファ星
該当日：11月2、3、4、5、6、7日
星の特性：木星
特徴：南十字星で最も明るく輝く青白い三重星

アクルックスの影響を受ける人は、知識、調和、正義を求めています。また、哲学、占星術に関心があります。探究心が強く、読書や旅行も好きです。研究、教育、社会科学、哲学、宗教関係の仕事に就くとよいでしょう。太陽との位置関係から、この星の影響は、繊細、感傷的というかたちでも表れています。また、心が広く、人道的です。仕事ではその道の第一人者となり、人との関わりにおいてすばらしい力を発揮し、高い地位に就きます。
●長所：正義感がある、仲間を大切にする、思いやりがある
■短所：執念深い、不正を行う

アルフェッカ

星の名前：アルフェッカ
座標：11°16'－12°0'　さそり座
等級：2.5
強度：★★★★★★★
軌道：2°10'
星位：きたのかんむり座アルファ星
該当日：11月4、5、6、7日
星の特性：金星／水星または火星／水星
特徴：リボンの結び目に位置する白く明るい星

アルフェッカは、威厳、指導力、癒しの力を与えてくれる星です。この星の影響を受けている人は、占星術など特別な能力を必要とする分野に従事することもできそうです。音楽や詩など、芸術的な才能にも恵まれます。強い意志を持っていて、権威の座に就くことも。アルフェッカは、人から何か大きな贈り物を受け取るであろうことも示唆しています。太陽との位置関係は、活発な精神、鋭い知性、物書きの才能、そして、多くの人と関わる仕事への関与を示唆しています。この星と太陽が結びつくと、パフォーマンス・アートの世界で有名になる可能性が生まれます。たとえ何か問題が起きても、地位がゆらぐことはありません。教育を通じて、創造的な才能を伸ばすことになりそうです。

●**長所**：利口である、物書きの才能がある、教養がある
■**短所**：優柔不断である、悪賢い

アル・ゲヌビ

星の名前：アル・ゲヌビ（別名：サウス・スケール、サウス・クロー）
座標：14°6'－15°4'　さそり座
等級：3
強度：★★★★★★
軌道：1°40'
星位：てんびん座アルファ星
該当日：11月6、7、8、9日
星の特性：（さまざまな解釈がある）木星／火星／土星／金星
特徴：てんびん座の南側の皿に位置する淡黄色と薄い灰色の二重星

アル・ゲヌビの影響を受ける人は、人生で何度も大きな変化を経験し、不安定な時期を過ごします。変わったことはせず普通の道を歩むよう、この星は警告を発しています。障害を乗り越えることを学ぶと、成功を手中に収められます。太陽との位置関係から、この星は、目標に注意を集中し、そうすることで障害や失望感を克服する力を与えてくれます。

●**長所**：人を許すことができる、忍耐力がある、粘り強い
■**短所**：よくない人とつき合う、法を侵す

アル・シェマリ

星の名前：アル・シェマリ（別名：ノース・スケール、ノース・クロー）
座標：18°23'－19°19'　さそり座
等級：2.5
強度：★★★★★★★
軌道：1°30'
星位：てんびん座ベータ星
該当日：11月11、12、13日
星の特性：（さまざまな解釈がある）水星／木星または木星／火星
特徴：てんびん座の北側の皿に位置する青白い星、時にうすいエメラルド色に見える

この星の影響を受ける人は、幸運をつかむチャンスを与えられます。優れた知性と、科学や深遠な思想を理解する力を授けられ、名誉や富、長期にわたる幸福も得ます。太陽の角度によって、この星の影響は、強い性格、統率力、管理者としての能力というかたちでも表れます。高い地位に就き、最初は障害に突き当たるものの最後は成功します。法を犯したり、怪しげなことに関わったりしないよう、この星は警告を発しています。しかし、トラブルは長くは続かず、正しい選択をすれば、また幸運が戻ってきます。

●**長所**：アイディアにあふれている、楽観的である、系統だてて物事をまとめる力がある
■**短所**：大げさである、人を欺く、横柄である

ウーナク・アル・ヘイ

星の名前：ウーナク・アル・ヘイ
座標：21°3'－21°54'　さそり座
等級：2.5
強度：★★★★★★
軌道：1°40'
星位：へび座アルファ星
該当日：11月13、14、15、16日
星の特性：土星／火星
特徴：へび座の首に位置するオレンジがかった淡黄色の星

この星の影響を受ける人は、大胆で、強い信念と忍耐力を持ち、困難をうまく乗り越えていきます。自分にふさわしくない人とつき合わないよう注意が必要。正しく身を処することは簡単ではありませんが、とても大切なことです。太陽の角度によって、この星は、政治分野での成功をもたらしてくれます。文筆業や人と関わる仕事もうまくいきます。家庭内の問題は公正に解決しなければなりません。不和が生じ法廷での争いに発展などということのないよう気をつけて。

●**長所**：信念がある、忍耐強い、抵抗力を持っている、苦難を乗り越える
■**短所**：反抗的である、法を犯す、反体制的である

アジーナ

星の名前：アジーナ
座標：22°48'－23°45'　さそり座
等級：1
強度：★★★★★★★★★★
軌道：2°30'
星位：ケンタウルス座ベータ星
該当日：11月14、15、16、17、18日
星の特性：金星／木星または火星／水星
特徴：ケンタウルス座の右前肢に位置する小さな白い星

アジーナの影響は、優れた業績、高い地位、活力、健康となって表れます。この星の影響を受ける人は洗練され、とても倫理的で、これが友情、成功、名誉へとつながっていきます。太陽の角度によって、この星は、野心と成功をもたらしてくれます。あなたには、よいコネがあり、有力な友人、知人がいるはずです。また、如才なさと人好きのする性格も与えられ、それがチャンスを呼び込みます。活発な知的活動とすばやい率直な反応も、この星の影響によるものです。しかし、よく考えずに話したり軽率な行動をとったりすると、後でひどい目にあうことを、この星は告げています。

●長所：自己主張ができる、頭がよい、持久力がある、人望がある、倫理的である

■短所：軽率である、優柔不断である、自尊心がない

ブングラ

星の名前：ブングラ（別名：トリマン）
座標：28°36'－29°35'　さそり座
等級：1
強度：★★★★★★★★★★
軌道：2°30'
星位：ケンタウルス座アルファ星
該当日：11月20、21、22、23、24日
星の特性：金星／木星
特徴：ケンタウルス座の左足に位置する白と黄色の明るい重星

ブングラの影響を受ける人は、情熱的で、しかも洗練され、たくさんの人から援助を受けます。助けを求めると、一番困っている時に手を貸してくれる友人をこの星が差し向けてくれます。チャンスに恵まれ、高い地位や権力を手に入れます。しかし、極端に走ったり、何事も運命として受け入れたりしないよう、この星は警告を発しています。太陽の角度により、この星の影響は、野心、堅実さ、強い意思というかたちでも表れます。対抗心、嫉妬、利己心に注意が必要。

●長所：自立している、寛大である、人気がある

■短所：神経過敏である、人と仲たがいする

 いて座

イェドプリオル

星の名前：イェドプリオル
座標：1°19'－2°13'　いて座
等級：3
強度：★★★★★★
軌道：1°40'
星位：へびつかい座デルタ星
該当日：11月23、24、25、26日
星の特性：土星／金星
特徴：へびつかいの左手に位置する濃黄色の星

イェドプリオルは、率直で真面目な性格を生みだす星です。この星の影響を受けている人は、意志が強く、社交技術に長け、大きな野心を持っています。この星は、太陽との位置関係により、魅力、野心、そして成功を与えてくれます。執筆活動を通して成功を収めたり、研究の場で活躍することになりそうです。占星術、哲学、宗教に特別な関心を寄せています。法律、政治に関わる職業に就くかもしれません。上司、同僚からも好かれ、尊敬を受けるでしょう。

●長所：人気者である、何事にも集中できる

■短所：しゃべりすぎる、不品行である、恥を知らない、権威に逆らう

イシディス

星の名前：イシディス（別名：ジュバ）
座標：1°33'－2°29'　いて座
等級：2.5
強度：★★★★★★★
軌道：1°40'
星位：デルタ・スコルピオ
該当日：11月24、25、26日
星の特性：火星／土星
特徴：さそり座の右のはさみ付近に位置する明るい星

イシディスの影響は偏見のない態度、プライド、高い志となって表れます。この星は野心も与えてくれます。斬新で慣習にとらわれないものの見方をしますが、競争心のある人は、がまんを覚えましょう。また、交際する時は人を見極めることも大事です。太陽の角度によって、この星は高い教養を授けてくれ、法律、政治、哲学、宗教、思想哲学、天文学などの分野で高い素養を示します。外向的な人が多く、人望を集め多くの友人や長年のパートナーに恵まれます。ただし慎重に物事を判断するように。

●長所：率直である、教養がある、世事に長けている

■短所：軽率である、ご都合主義である、楽観的すぎる

グラフィアス

星の名前：グラフィアス（別名：アクラブまたはフロンス・スコルピ）
座標：2°12'－3°13'　いて座
等級：3
強度：★★★★★★
軌道：1°40'
星位：さそり座ベータ星
該当日：11月24、25、26、27日
星の特性：土星／火星
特徴：さそり座の頭に位置する青白く赤みを帯びた三重連星

グラフィアスの影響を受ける人は、優れたビジネス感覚、資力、物質的な力が備わっています。この星は明晰な頭脳と冒険心を授けてくれます。また、多くの苦境を乗り越えてから成功を勝ち取ることも暗示されます。そのため、目標を達成する鍵は、忍耐力とゆるぎない決意と言えます。儲けは必ずしも長続きしないことを念頭に置き、働きすぎはストレスと不健康の原因になるので注意。太陽の角度からの影響は、政治分野での成功と、教育、宗教、それから人と関わる仕事での突出した才能となって表れます。勤勉と奉仕から尊敬を得られるでしょう。望みのものを欲して手に入れる力も備わっていますが、苦労して手に入れた成功でも十分な見返りが

得られないことも。
●**長所**：忍耐力がある、勤勉である、ひたむきである
■**短所**：気分が変わりやすい、物欲に走りやすい

ハーン

星の名前：ハーン
座標：8°15'−9°13'　いて座
等級：3
強度：★★★★★★
軌道：1°40'
星位：へびつかい座ゼータ星
該当日：11月30日／12月1、2、3日
星の特性：土星／金星
特徴：へびつかいの左膝に位置する薄い青色の小さな星

ハーンは、名誉、幸運、チャンスを授けてくれる星です。しかし、自滅的な行動をとったり、不正を働きがちなので、注意しましょう。この星は、太陽との位置関係により、人によい印象を与える力と、カリスマ性を与えてくれます。あまり努力をしなくとも、周囲からの助けを借りて、あっという間に昇進する可能性を持っています。執筆業や、多くの人と関わる仕事で成功を収めそうです。ただ、うさんくさい状況に巻きこまれてしまわないよう、気をつけてください。
●**長所**：社会意識が高い、責任感が強い、まじめである
■**短所**：自分を抑えがちである

アンタレス

星の名前：アンタレス（別名：アンチ・アーレスまたは火星の敵）
座標：8°48'−9°49'　いて座
等級：1
強度：★★★★★★★★★★
軌道：2°30'
星位：さそり座アルファ星
該当日：11月30日／12月1、2、3、4、5日
星の特性：火星／木星または木星／金星
特徴：さそり座の胴体に位置する赤と緑の連星

アンタレスは4つあるロイヤル・スターのうちの1つで、それゆえ重要視されます。この星の影響を受ける人は冒険心のある性格で、鋭い頭脳、寛大なものの見方、偏見のない態度を持ちます。また、予期しない出来事、幸運、見知らぬ土地への旅する機会の多さもこの星の特徴。アンタレスの影響は、勇気、強い信念、大胆な性格にも表れます。ただし、軽率な行動や破壊的な行為、頑固な態度、報復的な行為は慎みましょう。太陽の角度から、アンタレスが意味するものは、教育、政治、または一般大衆向けのビジネスへの興味です。理想主義で楽観的、さらに正義感も強いでしょう。また、文才に恵まれることと宗教観を持つこともこの星の影響を受ける人の特徴で、知識や学問を追究します。名誉や財力に恵まれますが、この2つは必ずしも長続きはしません。アンタレスの影響から、予期しない事態で状況が急に好転したり悪化したりすることがあります。
●**長所**：勇気がある、世事に長ける、教養がある
■**短所**：怒りっぽい、ものをはっきり言いすぎる、反抗的である

ラスタバン

星の名前：ラスタバン
座標：10°49'−11°42'　いて座
等級：2.5
強度：★★★★★★★
軌道：1°40'
星位：りゅう座ベータ星
該当日：12月3、4、5、6日
星の特徴：土星／火星
特徴：りゅう座の頭に位置する不揃いで変光の巨大な赤とブルーイエローの連星

ラスタバンは強い信念、決断力、そして接客のうまさを表します。この星は独特の発見や発明のチャンス、変化や予期せぬ幸運な展開も表します。ラスタバンに影響を受ける人は、勇敢で勇気があり、野心的な性格です。人助けを通して自分も権力と名声を得ることもあります。太陽の角度から、ラスタバンに影響を受ける人は経営能力、野心的な性格、そして忍耐も授かります。こうした性格から、教育、宗教、科学、革新的な研究などの仕事で高い地位に上りつめることになるでしょう。この星には馬も関係し、それに関わる仕事に向きます。
●**長所**：忍耐力がある、がまん強い
■**短所**：反抗心が強い、気力がない

サビク

星の名前：サビク
座標：16°58'−17°59'　いて座
等級：2.5
強度：★★★★★★★
軌道：1°40'
星位：へびつかい座エータ星
該当日：12月8、9、10、11日
星の特性：土星／金星と木星／金星とで影響が変わる
特徴：へびつかい座の左膝に位置する淡い黄色の星

サビクの影響は正直と道徳心に表れます。この星は、自分のありのままの姿に誠実であろうとし、不誠実や贅沢を嫌うところにも表れています。どれほど儲かるように思えても、分別を働かせて裏取引をしないように注意が必要です。太陽との角度から、サビクの影響は誠実、高潔な行為、正義感を与えます。魂の知恵を求めて、哲学的な研究や、慣習にとらわれず物議をかもすような対象に惹かれる傾向があります。この星は事態を好転させる変化を与えてくれ、意に沿わない状況も結局は身になるための一時の不幸で終わることが多いのです。この星の影響を受ける人は、どのような状況にあっても、道徳心と信念を貫いて困難な時期を切り抜けます。
●**長所**：道徳心と勇気がある、障害を乗り越える力がある
■**短所**：浪費家である

ラスアルハゲ

星の名前：ラスアルハゲ、へびつかいの頭とも呼ばれる
座標：21°28'−22°26'　いて座

等級：2
強度：★★★★★★★★
軌道：2°10'
星位：アルファ・オフィウチ
該当日：12月13、14、15、16日
星の特性：土星／金星
特徴：青白く輝く星、へびつかい座の頭に位置する

ラスアルハゲの影響で、知識と素養、博愛精神、寛大で自由な考え方を求めます。また哲学や宗教にも興味を持ち、目に見えないものを感じる力を得ます。ラスアルハゲが太陽の位置と結ばれる時、控えめでありながら、思慮深い性質が表れます。この星は、世俗的な条件の中で、大きな仕事や計画に集中する能力が、ビジネスでの成功をもたらすことを示しています。自己の飛躍を遂げ、時代の先端を歩みます。また、ラスアルハゲはあなたを疑い深くします。他人への信頼感を養うことで、人気が高まり、友人の輪が広がるでしょう。
●長所：運動神経がよい、高収入を得る
■短所：疑い深い、エネルギーを消散する、まじめすぎる

レサト

星の名前：レサト（別名：さそりの針）
座標：23°2'−24°0'　いて座
強度：★★★★★★
軌道：1°40'
星位：ニュースコーピオ
該当日：12月15、16、17、18日
星の特性：水星／火星
特徴：さそり座の毒針に位置する星雲に囲まれた小さな四重連星系

恒星レサトからは鋭敏な頭脳、主張性、そして自発性が授けられます。あなたは正しい判断をくだす能力を持つ、社交的な野心家です。この星が授けるものは、独自性と創作力、新しい発見のチャンス、思いがけない利益、そして幸運。太陽の位置とつながることからレサトが示唆することは、あなたの公務での成功、文筆の才能、教育や高等教育に携わる傾向です。発明の才があり、研究好きで、自分の発見を通して社会に貢献します。鋭敏で活発な頭脳によって優れた捜査官や調査員になります。率直で、よく働き、活力にあふれ、すばやい行動をとります。しかし、あなたの全エネルギーは価値ある計画に注ぐようにしましょう。危険な法律上のもめごとをもたらす行為は禁物です。
●長所：創造的である、決断力がある、見識がある
■短所：誇張する、動揺しやすい

アキューリアス

星の名前：アキューリアス
座標：24°49'−25°57'　いて座
等級：4.5
強度：★★★
軌道：1°
星位：さそり座6M
該当日：12月17、18、19日
星の特性：火星／月
特徴：さそりの針のやや上で、アキューミンと同じ星雲の中に位置する星

アキューリアスは、エネルギーと判断力、指導力、さらに管理能力を与えてくれる星です。この星の影響を受けている人は、よく言えば活動的、悪く言えばむら気があり落ち着きのない性格の持ち主です。忍耐力を身につければ、成功のチャンスが増すことでしょう。太陽との位置関係は、多くの人と関わる仕事での成功を示唆しています。ただしそれは、自分の目の前の仕事を受け入れ、熱心に取り組むことができればの話です。目の健康には気をつかう必要がありそうです。
●長所：頭の回転が速い、鋭い洞察力を持つ、自己主張が強い、野心に満ちている
■短所：忍耐力に欠ける、短気である、気分にむらがある

エタミン

星の名前：エタミン
座標：26°55'−27°57'　いて座
等級：2.5−3
強度：★★★★★★
軌道：1°40'
星位：ガンマドラコニス
該当日：12月19、20、21日
星の特性：火星／月
特徴：りゅうの目に位置する赤い巨大な二重星

エタミンは鋭い知力、情熱、個性そして先駆者の精神をあなたに授けます。自分に自信を持っても過信すれば軽率な行動に出て立場を失う原因になります。太陽の位置と結ばれる時、この星はあなたが高等教育、執筆、出版、あるいは法律関係の専門職に就くことを示しています。エタミンは変わったもの、アイディア、課題に興味を持ち、自分の考えをはっきりと言う決然とした性格を表します。
●長所：意志が強い、野心家である、誠実である
■短所：衝動的な行動に走る、言い争いをする、怒りっぽい

アキューミン

星の名前：アキューミン
座標：27°45'−28°54'　いて座
等級：4.5
強度：★★★
軌道：1°
星位：さそり座7M
該当日：12月20、21、22日
星の特性：火星／月
特徴：さそりの針の上で、アキューリアスと同じ星雲の中に位置する星

アキューミンは、指導力、エネルギー、自信、出世欲を与える星です。この星の影響を受けている人は強い意志の持ち主ですが、一時の感情に駆られやすい、緊張しやすいという傾向も持っています。ちょっとしたことで感情が高ぶりがちなので、混乱してしまうことも多く、周囲から誤解を受けたり、喧嘩になったりすることも。仕事で成功を収め、大家族での暮らし、特に田舎での暮らしを楽しむことになりそうで

す。この星は、太陽との位置関係により、物事に対する熱意と、積極性を与えてくれます。自分の能力を人前で発揮することが好きで、欲しいものは必ず手に入れないと気がすみません。元気いっぱいで、冒険心とアイディアにあふれています。多くの人と接する仕事が向いています。何をする時も、家族からの愛情と支持は不可欠です。また、視力を保つよう、特別に心がけましょう。

●長所：独立心が強い、感情が豊かである、人気者である、野心に満ちている

■短所：傷つきやすい、気分が変わりやすい、忍耐力に欠ける、緊張しやすい

シニストラ

星の名前：シニストラ
座標：28°46'−29°44'　いて座
等級：3
強度：★★★★★★
軌道：1°40'
星位：へびつかい座のニュー星
該当日：12月21、22、23日
星の特性：金星／土星
特徴：へびつかい座の左肩に位置するオレンジ色の小さな星

シニストラはあなたに、事業での成功、優れた経営能力、指導者の素質、自主性あるいは独創性を与えます。しかし、この星はまた、落ち着きのなさをも与えるため、あなたは絶えず変化を求め、結果的に不安定な状況に陥る可能性があります。権力志向も強いでしょう。

シニストラは、太陽の角度と関連して、高い志と、勇敢で独創的でありながら好戦的な性質を与えます。この星の影響を受けるあなたは、ビジネス、法律関連の仕事、政治や公的な仕事で成功することができます。あるいは、高等教育や宗教、哲学などを志す可能性もあります。有名になれば、名声を得るだけでなく、逆に悪評を買ったりすることもあるでしょう。

●長所：社会生活で高い地位を得られる

■短所：傲慢である、冷淡である、まじめすぎる

スピクルム

星の名前：スピクルム（別名：三裂星雲）
座標：29°41'−0°39'　やぎ座
等級：5
強度：★★
軌道：1°
星位：いて座20M、21M
該当日：12月20、21、22日
星の特性：月／火星
特徴：矢尻に位置する2つの星群と1つの星雲

スピクルムは、野心、度胸、自信、信念を与えてくれる星です。この星の影響を受けている人は、社交的で、グループでの活動を好みます。また、気分屋で落ち着きがなく、奇妙な行動をとったり、思いがけない決断をすることも。太陽との位置関係は、強い信念と度胸を持ち、野心に満ちていながら、感情的になりやすいことを示しています。人に囲まれているのが好きなので、社交行事が大好き。友人、特に女性の友人が多いようです。せっかちになって大人げない行動をとらないよう、注意が必要です。

●長所：意志が強い、闘争心が強い、精力的である

■短所：ふさぎこみやすい、怒りっぽい、落ち着きがない

 やぎ座

ポリス

星の名前：ポリス
座標：2°15'−3°14'　やぎ座
等級：4
強度：★★★★
軌道：1°30'
星位：いて座のミュー星
該当日：12月23、24、25、26日
星の特性：木星／火星
特徴：いて座の弓の上部に位置する青白い三重星

ポリスは、鋭い知覚と、特定の目標への集中力を与えます。この星は、成功や幸せを求めるあなたを勇気づけ、高い地位に上らせてくれます。この星の影響を受けるあなたは、すばやく適切な判断をくだすことができ、指導者としての才能がありますが、反抗的あるいは傲慢にならないよう注意が必要。太陽の角度によって、ポリスの影響は開拓者精神、勇気、多くのチャンス、忍耐力、高い志となって表れ、プライドの高いあなたは、よきにつけ悪しきにつけ、有名になることに情熱を燃やします。また、この星の影響により、あなたは高等教育で成功を収め、精神的なものに特別の関心を寄せることでしょう。主導権を握ろうとする傾向がありますが、自分で起こした事業でなければ、あまりしゃしゃり出ない方がよいでしょう。

●長所：集中力がある、競争心がある

■短所：反抗的である、落ち着きがない、楽観的すぎる

カウス・ボレアリス

星の名前：カウス・ボレアリス
座標：5°20'−6°19'　やぎ座
等級：3
強度：★★★★★★
軌道：1°40'
星位：いて座のラムダ星
該当日：12月27、28、29日
星の特性：水星／火星
特徴：いて座の弓の北部に位置するオレンジ色の大きな星

カウス・ボレアリスの影響は、聡明さ、鋭い知性、力強く印象的な話術、優れたコミュニケーション能力として表れます。この星の影響を受けるあなたは、議論や討論を好みますが、時として攻撃的で理屈っぽい印象を与えてしまうことも。この星の影響は、会話のセンス、博愛主義、理想主義、強い正義感となって表れることも多く、また、あなたは変化を迫られ、頑固な性格を克服しなければならないでしょう。太陽

星の特質

の角度によって、カウス・ボレアリスは、影響力のある地位を獲得する決意や精神力を与えます。あなたは、指導力や発明の才を認められ、業績をあげたり、昇進したりすることができるでしょう。しかし、常に努力して進まなければならないため、精神的に落ち着かず、不満をいだくこともあるでしょう。

●長所：多才である、意志が強い、理解力がある、率直である

■短所：極端な行動に出る、独断的である

フェイシーズ

星の名前：フェイシーズ

座標：7°12'−8°24'　やぎ座

等級：5

強度：★★

軌道：1°

星位：いて座のM22

該当日：12月29、30、31日

星の特性：太陽／火星

特徴：いて座の弓の部分に位置する明るい散開星団および星雲

フェイシーズの影響を受けるあなたは、自己主張が強く、闘争心が旺盛で、何をも恐れない勇敢な心を持っています。生命力と活力に満ちたあなたは、権力をふるうことを望み、そのために必要な指導者としての資質を備えています。フェイシーズはすばやく決断する能力を与えるため、あなたは戦略に長け、競争を好み、勝利を手にします。太陽の角度によって、この星の影響は、ビジネスにおける成功や人づき合いのうまさ、強い意志、やる気、競争心となって表れます。あなたは常にナンバーワンであることを望みますが、それにはある程度のリスクが伴うことを肝に銘じておきましょう。また、裏取引などの危険な状況に巻きこまれないよう注意。

●長所：目標を達成するパワーがある、決断力がある

■短所：無理をしすぎる、頑固である、喧嘩っぱやい

ペラグス

星の名前：ペラグス（別名：ヌンキ）

座標：11°15'−12°21'　やぎ座

等級：2

強度：★★★★★★★★

軌道：2°10'

星位：いて座のシグマ星

該当日：1月1、2、3、4、5日

星の特性：水星／木星

特徴：射手が持っている矢の羽根の部分に位置する星

ペラグスの影響は、真実を愛する心、強烈な個性、率直な態度となって表れ、あなたはこの星から、成功を勝ち取る決意と、健全な良識を与えられ、また、科学、哲学、歴史、宗教などの分野において、高度な教育への関心を持つようになります。また、この星の影響は率直な人柄や、強い信念としても表れます。太陽の角度と関連して、ペラグスの影響は、創造力や豊富なアイディア、影響力のある公的な立場への昇進、家庭円満となって表れてきます。あなたは名声を得ることができ、たとえ複雑な状況に巻きこまれたとしても、たいていの場合、無事に抜け出すことができるでしょう。

●長所：健全な良識を持っている

■短所：議論好きである

アセラ

星の名前：アセラ

座標：12°39'−13°37'　やぎ座

等級：3

強度：★★★★★★

軌道：1°40'

星位：いて座ゼータ星

該当日：1月3、4、5、6日

星の特性：木星／水星

特徴：射手の脇に位置する連星

アセラは、豊かなアイディアとすばらしい判断力、そして哲学など精神的な分野への興味を与えてくれる星です。現実的な夢を描く才能に冒険心を加えれば、富を得ることができそうです。太陽との位置関係は、野心、勇気、優れた判断力を示します。この星の影響を受けている人は、強い信念の持ち主でもあります。困った時には、強い影響力を持った友人や上司が助けてくれるはず。社交的で、管理能力にも優れています。多くのチャンス、幸運に恵まれるでしょう。

●長所：社交的である、友好的である、強い信念を持っている

■短所：気難しい、理屈っぽい

マヌブリウム

星の名前：マヌブリウム

座標：14°01'−15°03'　やぎ座

等級：4

強度：★★★★

軌道：1°30'

星位：いて座オミクロン星

該当日：1月5、6、7日

星の特性：太陽／火星

特徴：射手の顔に位置する星群の中の1つの星

マヌブリウムの影響は、度胸や大胆な性格として表れます。この星の影響を受けている人は、英雄的行動に出たり、権力に断固として抵抗することがあるでしょう。しかし、がまんが苦手で、すぐかっとなる気質の持ち主でもあります。太陽との位置関係により、この星は、強いエネルギーと、人々を先導する地位に立ちたいという思いを生みだします。先駆的な精神を持ち、プライドが高く、スポーツ好きで、負けず嫌い。状況を支配したいという思いをいだくことも多いようです。

●長所：精力的である、目的達成能力がある、度胸がある、野心に満ちている

■短所：強情である、落ち着きがない、喧嘩っぱやい

ベガ

星の名前：ベガ（別名：バルチャー）

座標：14°20'−15°19'　やぎ座

等級：1

強度：★★★★★★★★★★

軌道：2°30'
星位：こと座のアルファ星
該当日：1月4、5、6、7、8日
星の特性：金星／水星または木星／土星
特徴：琴の下部に位置する、青白く輝く、サファイア色の星

ベガの影響は、指導力や社交的な性格となって表れます。この星の影響を受ける人は、理想主義者かつ楽観主義者で、創造力と執筆の才能があります。しかし、この星はまた、変動しやすい状況をもたらすため、成功しても長続きせず、強い決意がなければ安定した成功を手に入れることはできません。太陽の角度と関連して、ベガは、成功と、高い地位に上りつめるチャンスを与えてくれます。この星の影響で、あなたは有力な人物と知りあい、その結果、名声や人気を得ることになるかもしれません。しかしまた、ベガの影響により、状況が変動しやすいため、成功は一時的なものとなる可能性も。恐らくあなたは、政治家としての仕事や、一般市民を相手にする仕事に向いていますが、あまり批判的になったり、ぶっきらぼうな態度をとったりしないように注意が必要。
●**長所**：洗練されている、希望を持っている、まじめである、責任感がある
■**短所**：権力を乱用しがちである、批判的である、ぶっきらぼうである

デネブ

星の名前：デネブ（別名：アルダナブ）
座標：18°49'－19°55'　やぎ座
等級：3
強度：★★★★★★
軌道：1°40'
星位：わし座のゼータ星
該当日：1月9、10、11、12日
星の特性：火星／木星
特徴：わし座の目の部分に位置する緑色の星

デネブは、指導力、自由で公平な態度、広い心などを与えます。楽観的で、進取の気性に富み、大胆なあなたは、情熱的な野心家で、健全な良識を持ち、自信を持って行動することができます。太陽の角度と関連して、この星の影響は、人間関係における成功や、ビジネスや法律専門職への興味となって表れます。この星の影響を受けるあなたは恐らく、指導力や管理能力、強い意志、教育力などを備えているはずです。また、この星の影響は、自立した力強い性格、真の個性として表れ、あなたに勇気と熱意を持って進んでいくチャンスを与えてくれます。
●**長所**：起業家精神を持っている、競争心がある、野心がある
■**短所**：軽率である、せっかちである、不誠実である、怠慢である

テレベラム

星の名前：テレベラム
座標：24°52'－25°55'　やぎ座
等級：5
強度：★★
軌道：1°
星位：いて座のオメガ星
該当日：1月15、16、17日
星の特性：金星／土星
特徴：いて座後部の四辺形の部分に位置する赤みがかったオレンジ色の星

テレベラムは、未来を見通す現実的で明晰な頭脳と、野心や強い決意に満ちた心を与えています。この星の影響を受けるあなたは、責任感が強く、困難を乗り越えた末に、成功を勝ち取る運命です。ただし、個人的な欲求と義務との間で疑問や葛藤を感じることも。太陽の角度と関連して、この星の影響は、賢明さや、頂点に上りつめる野心となって表れます。ただし、あなたには狡猾な面があり、人に危害を加えたり、悪事に手を染めたりするおそれがあるので注意。幸運や成功は得られるものの、相当な犠牲を覚悟しなければならないでしょう。
●**長所**：野心がある、献身的である、頭がよい
■**短所**：計算高い、ずる賢い、利己主義である

みずがめ座

アルビレオ

星の名前：アルビレオ
座標：0°17'－1°16'　みずがめ座
等級：3
強度：★★★★★★
軌道：1°40'
星位：はくちょう座ベータ星
該当日：1月20、21、22、23日
星の特性：水星／金星
特徴：白鳥の頭に位置する黄玉色と瑠璃色の連星

アルビレオは、上品で穏やかな性質と、優雅で美しい容貌を与えてくれる星です。この星の影響を受けている人は、整然としたものを好みます。愛すべき個性の持ち主で、皆の人気者になることでしょう。必要な時には必ず、周囲の助けが得られるはずです。この星は、太陽との位置関係により、社交性と、のんきな性格、多くの人を惹きつける魅力を授けてくれます。人と関わる仕事にすばらしい才能を発揮できることでしょう。アルビレオは、物書きの才能を与えてくれる星でもあります。特に、社会的なテーマ、人道的なテーマが得意のようです。人とは違う個性を持っているので、ちょっぴり変わった職業に就くかもしれません。
●**長所**：隠しだてをしない、考案の才に富む
■**短所**：反抗的な態度をとる、薄情である

アルタイル

星の名前：アルタイル（別名：イーグル）
座標：0°47'－1°43'　みずがめ座
等級：1
強度：★★★★★★★★★★
軌道：2°30'
星位：わし座のアルファ星

該当日：1月20、21、22、23、24日
星の特性：火星／木星／天王星／水星
特徴：わし座の首の部分に位置する黄白色の星

アルタイルは、強い欲望、自信、野心、偏見のない態度、不屈の精神を与えています。この星の影響を受けるあなたは、時として過激で反抗的な態度をとり、とんでもない問題を引き起こすことがありますが、それを補うだけの独創性や奇抜なアイディアを持っています。また、新発明などにより、突発的に大金や成功を手にすることがありますが、変動的な状況下では権威ある地位を追われる可能性が高いので注意。太陽の位置と関連して、この星の影響は、独創性、人気、冒険心となって表れます。また、この星は知識欲を刺激し、執筆や教育の才能を明らかにします。野心的で大胆なあなたは、運命を変えようとし、思いがけず得たものに喜びを感じるでしょう。グループ活動を重視するので、友達もでき、人々に影響を与えることができます。

●**長所**：発明の才がある、個性的である、創造力に優れる
■**短所**：反抗的である、気まぐれである

ギエディ

星の名前：ギエディ（別名：アルジャディ）
座標：2°50′−3°48′　みずがめ座
等級：4
強度：★★★★
軌道：1°40′
星位：やぎ座アルファ星
該当日：1月23、24、25日
星の特性：（さまざまな影響を併せ持つ）金星／火星または金星／水星
特徴：やぎの南側の角に位置する黄色、灰色、紅藤色の連星

ギエディは、予期せぬ出来事でいっぱいの、波瀾万丈な人生を示唆する星です。突然の成功や、驚くべき人との出会いを与えてくれるでしょう。しかし、不安定で、変化の多い時期を経験することになりそうです。たとえ現在、富に恵まれていたとしても、何が起こるかわかりません。あらゆる事態を想定しておきましょう。この星は、太陽との位置関係により、あふれるエネルギーと大胆な性格を与えてくれます。この星の影響を受けている人は、執筆など、創造的な才能にも恵まれているのですが、多くの人と関わる仕事ですばらしい業績をあげることになりそうです。ピンチの時には、影響力のある立場の友人が助けてくれます。ただし、何に対しても批判的になる傾向があるので、注意しましょう。また、こそこそと裏工作をしないこと。

●**長所**：創造的である、人気者である
■**短所**：移り気である、風変わりである、批判的である

ダビー

星の名前：ダビー
座標：3°4′−4°3′　みずがめ座
等級：3
強度：★★★★★★
軌道：1°40′
星位：やぎ座のベータ星
該当日：1月23、24、25、26日
星の特性：土星／金星または土星／天王星
特徴：オレンジがかった黄色と、青の2色。やぎ座の左目にある

ダビーは権威ある地位を示し、信頼を集める責任感を与えます。この星の影響で、内気で猜疑心が強いこともあります。友人関係で不愉快なことや損をする可能性があります。太陽の位置関係から、決意と、着実な努力によって成功します。昇進の機会をとらえるためには地道に慎重に進むことが大切。

●**長所**：勤勉である、献身的である、がまん強い
■**短所**：疑い深い、人を信用しない

オクルス

星の名前：オクルス
座標：3°44′−4°44′　みずがめ座
等級：5
強度：★★
軌道：1°
星位：やぎ座ピー星
該当日：1月24、25、26日
星の特性：金星／土星
特徴：やぎの右目に位置する黄白色の小さな星

オクルスは、鋭い知性と、強い義務感、現実的な視点を授けてくれる星です。交際上手で、友人知人が多いのですが、暗くて近づきにくい人という印象を与えてしまうことも。しかし、この星の影響を受けている人には、成功の手助けをしてくれる忠実な友人がいるようです。この星は、太陽との位置関係により、親しみやすく魅力的な性格を与えてくれます。人気者で、多くの人と接する仕事で才能を発揮できます。

●**長所**：社交的である
■**短所**：思いやりに欠ける、生まじめすぎる

ボス

星の名前：ボス
座標：4°11′−5°1′　みずがめ座
等級：5
強度：★★
軌道：1°
星位：やぎ座ロー星
該当日：1月25、26日
星の特性：金星／土星
特徴：やぎの顔に位置する白く小さい星

ボスは、鋭い洞察力と、芸術の才能、知性を授けてくれます。義務感が強く勤勉なのも、この星の影響です。強い意志を持って取り組めば、成功と富は確約されています。この星は太陽との位置関係により、力強い個性と信念、目的意識を与えてくれます。独特の興味対象を持っているようです。

●**長所**：知的である、自制心が強い、野心に満ちている
■**短所**：生まじめすぎる、自分に厳しすぎる、孤立しがちである

アルムス

星の名前：アルムス
座標：11°45'−12°45'　みずがめ座
等級：5
強度：★★
軌道：1°
星位：やぎ座エータ星
該当日：2月1、2、3日
星の特性：火星／水星
特徴：小さなオレンジがかった赤い星。やぎ座の心臓のあたりに位置する

アルムスの恵みはオリジナリティ、創意、議論好きの性質、頭の回転が速く、人を感動させる能力などです。当意即妙のやりとりのセンスとしても表れます。喧嘩と落ち着きのなさを予測する星でもあります。太陽との位置関係によりこの星はあなたに独立心、すばやい行動、抜け目のなさなどを約束します。社交性があり、大衆を相手に成功することでしょう。

●長所：常識がある、判断力がある、感動的なスピーチができる
■短所：いら立ちやすい、神経質である、すぐ言い争いになる

ドルサム

星の名前：ドルサム
座標：12°51'−13°50'　みずがめ座
等級：4
強度：★★★★
軌道：1°30'
星位：やぎ座テータ星
該当日：2月2、3、4日
星の特性：木星／土星
特徴：やぎ座の背中にある小さな青白い星

ドルサムの恵みは、目標のために地道な努力を続ける力です。まじめなので公共の仕事で成功します。太陽の位置との関係で、ゆるやかながら着実な前進と責任感をもたらします。文章を書くスキルを伸ばしましょう。

●長所：責任感がある、外交的である、奉仕の精神がある
■短所：いつもピリピリしている、不満が多い、忍耐力がない

カストラ

星の名前：カストラ
座標：19°30'−20°12'　みずがめ座
等級：4
強度：★★★★
軌道：1°30'
星位：やぎ座エプシロン星
該当日：2月8、9、10日
星の特性：木星／土星
特徴：赤みがかった黄色の小さな星。やぎの腹に位置する

カストラの恵みはリーダーシップ、押しの強さ、官界での出世です。忍耐とひたむきな努力による成功を約束しますが、破壊的な行動でつまずく可能性もあります。カストラは太陽の位置との関連で優れた文才、優秀な成績を約束する星です。哲学や占星術への興味、直感力もこの星の恵みです。

●長所：忍耐力がある、野心がある、哲学的な考え方をする
■短所：自信がない、悲観的である

ナシラ

星の名前：ナシラ、しばしば「よい潮をもたらすもの」と呼ばれる
座標：20°48'−21°45'　みずがめ座
等級：4
強度：★★★★
軌道：1°30'
星位：やぎ座ガンマ星
該当日：2月10、11、12、13日
星の特性：土星／木星
特徴：やぎの尾にある小さな星

ナシラの恵みは成功と、困難や反発を乗り越える力です。スキのない性格と、困難は多いが必ず報われる、という運勢を告げる星でもあります。太陽の位置との関係で、ナシラは文才や経営センス、大衆を相手にする仕事での成功を約束します。苦労の多い星ですが、いったんうまくいけばそのまま長続きし、晩年で人の上に立つことになります。

●長所：忍耐強い、用心深い
■短所：緊張している、不満が多い

サド・アル・スード

星の名前：サド・アル・スード
座標：22°24'−23°20'　みずがめ座
等級：3
強度：★★★★★★
軌道：1°30'
星位：みずがめ座ベータ星
該当日：2月11、12、13、14日
星の特性：（多様な影響）水星／土星および太陽／天王星
特徴：みずがめ座の左肩にある、白っぽい黄色の星

サド・アル・スードの恵みは、創造性、イマジネーション、直感力、占星術や哲学への興味。家庭的で家を大事にする性格で、幸せな家庭生活もこの星が約束します。この星と太陽との位置関係で、独創性と大衆相手の仕事での成功に恵まれます。有能で独創的、創意にあふれています。予期しない不思議な出来事が起きることも。

●長所：創造性がある、チャンスに恵まれる
■短所：スキャンダルが多い、焦って失敗する

デネブ・アルゲジ

星の名前：デネブ・アルゲジ
座標：22°23'−23°39'　みずがめ座
等級：3
強度：★★★★★★
軌道：1°40'
星位：やぎ座デルタ星
該当日：2月11、12、13、14日
星の特性：木星／土星

特徴：やぎの尾に位置する小さな星

デネブ・アルゲジは、成功、富、名声を呼び寄せてくれる星です。また、変化を生む能力を持っているので、どんな不利な状況も好転させることができます。きっぱりとした性格とビジネスのセンスは、優れた指導力と管理能力に結びついています。この星の影響を受けている人には、野望をいだいた戦略家が多いようです。高い地位に就く可能性も持っています。しかし、判断力を身につけて、つき合う仲間をよく選んだ方がよいでしょう。

この星と太陽との位置関係は、法律関係の仕事や政府の職に惹かれ、着実に一歩一歩前へ進むのを好むことを示しています。ただ、小さなことにいらいらしやすいところがあるので、気をつけましょう。

●長所：説得上手である、野心に満ちている、利口である

■短所：破壊的な行動をとる、チャンスを逃しがち

うお座

サドアルメリク

星の名前：サドアルメリク

座標：2°21'−3°16'　うお座

等級：3

強度：★★★★★★

軌道：1°30'

星位：みずがめ座アルファ星

該当日：2月19、20、21、22日

星の特性：土星／水星または土星／木星

特徴：瓶を抱える右肩に位置する淡い黄色の大きな星

サドアルメリクの影響は、豊かな想像力、控えめな態度として表れます。この星の影響下にある人は、形而上学や占星術への関心が強いようです。この星と太陽との位置関係は、冒険的な事業でチャンスに恵まれること、また大企業で成功するであろうことを示唆しています。勤勉で習得能力に優れますが、実利主義に走りがちなので注意が必要かもしれません。成功の前には、失敗がつきもの。どれだけ努力できるかが勝負です。

●長所：忍耐強い、繊細である、働き者である

■短所：疑い深い、非現実的な考えを持っている、自分を見失いやすい

フォーマルハウト

星の名前：フォーマルハウト

座標：2°51'−3°51'　うお座

等級：1

強度：★★★★★★★★★★

軌道：2°30'

星位：南のうお座のアルファ星

該当日：2月19、20、21、22、23、24、25日

星の特性：金星／水星

特徴：南のうお座の口の位置にある、赤みがかった白い星

フォーマルハウトは4つのロイヤル・スターの1つで、冬至点のしるしとなります。特に強烈なパワーを持つ星で、幸運や成功、鋭い知性を与えます。また、この星は物質主義的な観点をよりスピリチュアルなものに替える必要性を暗示しています。あなたの太陽との位置関係から、この星はリズム感のよさや感受性の鋭さ、そして周囲の流れに身を任せる傾向を示しています。環境の影響を受けやすいタイプで自己中心的な面もありますので、創造的な自己表現の手段を見つけてください。遺産や相続と縁のある星ですが、無駄遣いには注意しましょう。

●長所：やりくり上手である、理想主義である

■短所：洞察力に欠ける、そそっかしい

デネブ・アディゲ

星の名前：デネブ・アディゲ（別名：アル・ダナブ）

座標：4°19'−4°55'　うお座

等級：1

強度：★★★★★★★★★★

軌道：2°30'

星位：アルファ・シグナス

該当日：2月22日、23日、24日、25日、26日、27日

星の特性：金星／水星

特徴：はくちょう座の尾の部分にある、明るく輝く白い星

デネブ・アディゲは情報をすばやく把握する能力や知性をつかさどります。また、精神的な感応力だけでなく、多彩な能力や理想主義を示しています。気さくで誰からも好かれますが、友人選びは慎重に。太陽との位置関係から、この星は文才や文学を愛する心を授けます。占星術に興味を持つ人もいるでしょう。デネブ・アディゲは人望の厚さや大衆に関わる場での成功を意味する星です。また、幼い頃に強烈な印象に残るトラブルに直面することも暗示されています。

●長所：はっきりとものを言う、想像力がある、頭が切れる、知性豊かである

■短所：機転がきかない、人間関係にひびが入るような行動をする

スカット

星の名前：スカット

座標：7°51'−8°40'　うお座

等級：3.5−4

強度：★★★★

軌道：1°30'

星位：デルタ・アクアリウス

該当日：2月26日、27日、28日、29日

星の特性：（解釈によってさまざま）土星／木星あるいは天王星／金星／水星

特徴：みずがめ座の右足部分にある小さな星

スカットは理想主義、芸術的才能、受容的な精神をつかさどります。また、ロマンティックな気質や幸運、成功、永遠の幸福を意味しています。あなたの太陽との位置関係から、この星は感受性や理想主義、精神的な感応力、そして一般大衆と関わる場での成功を示しています。人望が厚く、困った時には友人が救いの手を差し伸べてくれるでしょう。ただし、

感情に流されないよう注意してください。また、批判に対して過剰に反応する傾向を克服しましょう。

●**長所**：創造性が豊かである、リズム感がある、感受性が強い、忍耐力がある

■**短所**：移り気である、神経質である、気分にむらがある

アケルナー

星の名前：アケルナー
座標：14°17'−15°11'　うお座
等級：1
強度：★★★★★★★★★★
軌道：2°30'
星位：アルファ・エリダヌス
該当日：3月3日、4日、5日、6日、7日、8日
星の特性：木星
特徴：エリダヌス川の河口部分にある青白い星

アケルナーは視野を広げ、すべてを見渡す能力を授ける星です。この星の影響を受ける人は楽天的な人生観の持ち主になり、正義を愛し、高い志をいだきます。また、この星は不特定多数の人々にうまく対応できる能力や成功を示します。また、哲学や宗教の世界へと導く星でもあります。あなたの太陽との位置関係から、この星は寛大でがまん強く、楽天的な気質を与えます。また、大学など高等教育の場での成功や文才を示す星でもあり、めざましい成果をあげ、報われるという暗示が出ています。ビジネスの世界で、あるいは一般大衆に関わる活動で成功を収めるでしょう。名声を得た場合、その地位を長年にわたり維持することができます。

●**長所**：正義感がある、社交的なセンスがある、志が高い

■**短所**：影響を受けやすい、現実逃避する

マルカブ

星の名前：マルカブ
座標：22°29'−23°22'　うお座
等級：2.5−3
強度：★★★★★★★★
軌道：1°40'
星位：ペガスス座アルファ星
該当日：3月12日、13日、14日、15日、16日
星の特性：火星／水星
特徴：ペガスス座の羽根上に位置する白く明るい星

マルカブからは企業に対する忠誠心、問題解決能力それに決断力が与えられています。この星のもとに生まれた人は、討論が好きで、公正な判断ができ、手先が器用でさらに即応力があります。答弁がうまく、状況を自分の有利な方に仕向けます。太陽の角度によって、マルカブの影響は、旅行好き、芸術の才能、交渉力となって表れます。またすばやい思考と行動、そして直感力を活かして成功します。高等教育、聖職、哲学あるいは執筆などに刺激を受けます。マルカブの影響を受けている人は、自己満足にとどまったり、熱意を失わないよう注意しましょう。

●**長所**：活気にあふれている、創造力が豊かである、積極的である

●**短所**：難癖をつける、強情である、怒りっぽい

シェアト

星の名前：シェアト
座標：28°14'−29°6'　うお座
等級：2
強度：★★★★★★★★
軌道：2°10'
星位：ペガスス座ベータ星
該当日：3月16日、17日、18日、19日、20、21日
星の特性：火星／水星、または土星／水星
特徴：ペガスス座の左足上に位置する黄色〜オレンジ色の巨星

シェアトの影響は決断力と頑固さに表れます。この星の影響を受けている人は、夢と理想を持ち、行動的です。友人も多く、社会生活を満喫していることでしょう。太陽の角度によって、シェアトの影響は一般人を対象とした仕事での成功や理論的学問、占星術、密教的なことに対する才能となって表れています。洞察力、それに強い想像力があるかもしれません。この星は成功が必ずしも長続きしないこと、友人、知人、ビジネスパートナーを慎重に選ぶ必要性を暗示しています。

●**長所**：すぐにあきらめない、常識がある、進取の気性に富む、決断力がある

■**短所**：水難のおそれがある、軽率である、頑固である

❁著者紹介❁

サッフィ・クロフォード

文学修士

5月28日生まれ。

占星術と数秘術の専門家として20年の経歴を持つ。ロンドンで、講師、カウンセラーとして活躍。占星術と数秘術に関するワークショップも開催している。社会学、歴史学、西洋哲学の立場から、占星術の歴史、そしてその解釈、再帰性についてまとめた論文で学位を取得。

ジェラルディン・サリヴァン

理学士

6月4日生まれ。

占星術の専門家として27年のキャリアを持つ。世界各国で講演を行い、アメリカではテレビにも出演。ロンドンでは、ワークショップや、大人のための占い講座を開講している。占星術と心理学両面から見た、意識下の世界、夢の経験に関する論文で学位を取得。

増補版　誕生日大全

2016年 9 月30日　第 1 刷発行
2024年11月30日　第18刷発行

著　者　サッフィ・クロフォード
　　　　ジェラルディン・サリヴァン

訳　者　アイディ

発行者　大宮敏靖

発行所　株式会社主婦の友社
〒141-0021 東京都品川区上大崎3-1-1 目黒セントラルスクエア
電話　03-5280-7537（内容・不良品等のお問い合わせ）
　　　049-259-1236（販売）

印刷所　大日本印刷株式会社
太陽堂成晃社（カバー印刷・加工）

ISBN978-4-07-417295-5

◆本書は2012年に発行された「愛蔵版 誕生日大全」の内容を一部最新情報に更新したものです。
◆本書の内容の範囲を越えるご質問にはお答えできませんのでご了承ください。